汉京城

HANJINGCHENG

（上）

李曰题

刘林海 著

作家出版社

图书在版编目（CIP）数据

汉京城 / 刘林海著．-- 北京：作家出版社，2019.8
（2021.12 重印）
ISBN 978-7-5212-0552-7

Ⅰ．①汉… Ⅱ．①刘… Ⅲ．①长篇小说 - 中国 - 当代
Ⅳ．①I247.5

中国版本图书馆 CIP 数据核字（2019）第 120555 号

汉京城

作　　者：刘林海
责任编辑：郑建华　李　雯
装帧设计：连鸿宾　陈　燏
出版发行：作家出版社有限公司
社　　址：北京农展馆南里 10 号　　**邮　　编**：100125
电话传真：86-10-65067186（发行中心及邮购部）
86-10-65004079（总编室）
E-mail:zuojia@zuojia.net.cn
http://www.zuojiachubanshe.com
印　　刷：三河市北燕印装有限公司
成品尺寸：152×230
字　　数：818 千
印　　张：55
版　　次：2019 年 8 月第 1 版
印　　次：2021 年 12 月第 3 次印刷
ISBN 978-7-5212-0552-7
定　　价：98.00 元

序

几个月前，我的大学同班同学刘林海拿来一部他写的长篇小说《汉京城》，我看了以后，大为吃惊！一个有着自己律师事务所的风头正劲的成功律师，利用业余时间写出了一部六十万字的长篇小说，无论从哪个角度讲，都是一件可喜可贺的事情。

1979 年 9 月，我和刘林海同时考上了西北大学中文系汉语言文学专业。刘林海大我一岁，当时也不过十七岁。我们一伙青春年少，意气风发，很有点无知无畏的感觉，当年的狂傲、指手画脚、不知天高地厚的“勇敢”，现在想来都叫自己脸红。好在当时的社会环境风清气正，每一个大学生都以多读书、读好书为荣！中文系的学生除了上课以外，不分水平、层次，几乎每个人都或多或少地写东西。风气所在，我和林海也不例外。印象中林海写了不少各类“文学作品”，投没投稿，我不得而知。我自己也有多种艺术形式的练笔，不管得失，不论成败。记得比较准的是我曾给当时的《上海文学》投过一个短篇小说，编辑先生（估计是个老男人）还用毛笔给我回了他们编辑部专用信笺两小页的修改意见。因我自己的水平和能力有限，最后除了反复阅读编辑部的回信，落得了一段时间的窃喜外，竟然胆怯地没有给写信的编辑回信。真不敢设想，如果我修改后又投过去，真给发表了，我是否当时就走上了文学写作的道路？尽管是个美好的假设，但它的可能性还是存在的。无情的事实是我和刘林海大学毕业后，都分配到不同的工作岗位当干部，文学写作的青春梦渐行渐远。我们工作后开始的经历也有相似处：干工作、找对象、结婚和接着的养孩子。不同的是，我三十多年一贯制，基本上保持着和文学或近或远的长期联系，近二十年干脆以文学为生了。而刘林海比我要曲折一些，省直机关的干部不做了，下过海，经过商，后来又自学成才成了一名职业律师，再后来开了自己的律师事务所，做得风生水起，业务遍及海内外。

我和刘林海臭味相投，在上大学期间交往非常多。刘林海进大学时是我们班英语的最高分，毋庸置疑地成了我们班的英语课代表。当时同学们英语水平都比较差，农村考来的就不用说了，不少同学在中学阶段压根就没学过。更有二十多号子20世纪50年代出生的同学，年龄偏大，想认真学外语却苦于记不住。刘林海这个课代表为同学们学好英语没少忙活：经常找老师，无数次地为需要学好英语的同学买资料，甚至一对一、一对多地给同学们不厌其烦地校正发音，教学外语的窍门，俨然一个小老师。这些热心的服务、跑腿对他自己也很有好处，逼着他把英语越学越好。大二他就可以读英语原著了，如果他沿着这个方向一直走下去，到今天成为一个英国语言或英国文学专家是绝对没问题的。尽管专家没做成，但过硬的英语水平为他后来做律师派上了用场。据我所知他曾接手一个涉外官司，在美国加利福尼亚一住几个月，并打赢了这场官司。林海是他们刘家唯一的男孩子，是父母的掌上明珠，是众多姐妹心目中的宝贝疙瘩，但他不任性，没有后来我们见得多了的独生子女让人烦的一身毛病。相反他非常好相处，倒是有一股豪气，有“路见不平一声吼”的气概，不到二十岁时就有“少年义气可拿云”的志向。还有就是刘林海记忆力惊人，举凡唐诗宋词、世界名著的警句、影视戏剧的精彩台词、中外名人名言，只要是他读过、看过和听过的，都能脱口而出、准确无误、滔滔不绝。刘林海三十岁时选择律师作为他的终身事业，与他的天赋密切相关，当然不用说与他的智商、情商、苦读苦修，坚忍不拔有必然的联系。才气加毅力是任何一个要成就一番事业的人必须具备的两个条件，缺一不可。有才者易流于疏懒，顽强而乏才者效率太低！人生苦短，当我们怨天尤人的时候，最好能反思一下自己的才力如何？毅力怎么样？我谈起刘林海时有点啰唆，这无疑是老态的表现。这主要是被感情因素所左右，我忍不住想起了我们的青春年少，想起了我们一起在西北大学度过的美好时光！看到他丰富多彩的人生，想到自己的平庸无能，怎么能不感慨系之？感叹是无用的，尽管有点悲壮。我还真是珍视当年的轻狂时刻：1981 年初春，天还很冷，记得我们还穿得比较厚，不知刘林海从哪弄来一双溜旱冰的铁鞋，当时西安年轻人中时兴玩这个。我和刘林海等四人某天晚饭后开始学习溜旱冰，先是在学校的水泥地上，半夜以后走出学校大门，在西安的西大街和东大街上，轮流穿旱冰鞋，整整练了一夜。我记得每个人的摔跤次数都是数以百计，到了天大亮，都学会了。我的右手腕都摔肿了，但毫不在意，以学会了溜旱冰而得意。现在想来，恍如昨天！

《汉京城》无疑是刘林海青年时代学习中文专业，走上工作岗位几十年如一日坚持阅读文学作品，并结合自己后来作为一个律师办的巨量的案子及日渐成熟的人生阅历，综合形成的心血之作，也是他近四十年不但没有衰减、反而是越来越浓重的、不吐不快的“文学情结”的集中爆发。作品通过主人公白川三十多年的人生经历，形象地表现了中国社会方方面面、角角落落的大变迁、大发展，完全可以看作是四十年来当代中国的一部文学编年史，是一部现实主义文学品格的厚重之作。白川是1983年毕业的学法律的大学生，自走上工作岗位起，恰好与中国飞速发展的三十多年历史阶段完全重合。今天的国人都非常清楚地知道，万元户、商品经济、市场经济、公司、股票、奖金、腐败、公证、房地产、私家车、电视、电脑、手机等此前没有的词汇，对我们的现实生活意味着什么。一个全新的时代出现了，任何一个中国人都不可能置身事外。作品描写和叙述的五光十色、错综复杂的“现在进行时”的生活，我们每个人都感同身受。白川和我们一样，成长、成熟、思考、前行，当然也夹杂着观察、反思、认知，甚至是痛苦、茫然和挣扎。走进社会，就意味着置身现实生活的洪流。白川用纯洁的眼睛打量现实，但生活却使他眼光中的杂色越来越多。现实不是童话，必然有它的酸甜苦辣！洪灾突临，心爱的人无影无踪，实在是人类面对大自然的一种无能、无奈！本能地替同事打抱不平，却被人陷害关进了拘留所，也不是找不出一些现实生活中的缘由。真实的社会是成千上万的充满欲望的人所组成的，每个人都有自己的想法，每个人都想实现自己的欲望，如此矛盾来了，碰撞来了，甚至是你死我活来了。简言之，真正的生存需要千锤百炼。白川勇敢地投身其中，义无反顾，用自己的知识和智慧，用法律的利器，顽强坚持，奋勇搏击，始终不忘公平、正义的追求，是一个阳光、健康且层次非常丰富的现代知识分子形象。尽管有孙鸣飞的阴鸷、方鸣的狠毒、马秉义的流氓，但也有韩浩平的疾恶如仇和从善如流、秦大明的愈挫愈勇、苏春明的本性良善与大节不屈，更不用说张丽霞女神般的召唤，姚丽霞的无私和深情，这些不同的人物交织在一起，构成了一个丰富多彩、有滋有味的艺术世界。仅以一部小说论，《汉京城》介入现实生活的激情，生动地表现了当代中国人的生存状态和精神状态，强烈关注司法公正和社会正义，热情地对人间真情、至善至美讴歌，是一部难得的、具有现实主义审美品格的优秀之作。

《汉京城》写成后，我有幸先睹为快。不用解释我是带着老同学、老朋友的感情写下以上这些文字的。我曾多次给刘林海讲，长篇小说就不需要有“序”，但他非要坚持，我也只好觍颜认可。我非常愉快地向大家推荐这部作品，我相信我没有看走眼。同时，我客观地写出了对这部作品的粗浅认识，至于是否到位，有待贤明的读者读后公断。

杨乐生

2019年初春于西北大学

目录

第一章

一九八三年夏天，长江支流汉江遭受了一场百年不遇的洪水。某夜，江水冲溃堤坝，倒灌山城康宁市，常住人口超过十万的城市一夜间顿成泽国。

刚刚从汉京大学法学系毕业的白川是在洪魔肆虐的前夜来到康宁市的。

二十一岁的白川在没有领取毕业生派遣证之前，勉强还可以称作学生。头天下午，他用还没有缴销的学生证买了一张古城汉京到康宁市的无座半价火车票，然后百无聊赖地在候车室打发着几乎静止的时间。开往康宁的火车正点发车时间是晚上十一时，不到十点钟，白川就早早挤到检票口前边。随着电铃声响起，检票口铁栏打开，人群潮水般地涌进站内。头戴大檐帽的女检票员被强大的人流冲到墙角，乘客脚步声淹没了检票员的呼喊。本来，旅客可以有序地凭票对号进车找座，但不知从何时起，这一列不出省境的火车因为乘客太多，不得不大量出售无座票。为了能抢到一个理想的歇脚位置，人们从进站那一刻起就进入百米冲刺状态。尽管年轻力壮，但在车门口，白川仍然随着强劲的人群推力，反复数次才把自己像楔子一样塞进绿皮车厢。

车厢里的走道早已水泄不通，乘客呼兄唤弟、寻子觅爷。车顶上几个小得可怜的电风扇像作秀一样旋转着。汗味、脚臭味、狐臭味混杂一起，足以致人窒息。

白川在人海中如游泳般把自己挪到车厢中间的位置，他感觉这里似乎比车厢两头稍微宽敞一些。

列车开动后，车窗吹进来一丝凉风，车厢内的吵闹声小了些。白川讨好地询问身边坐着的一位乘客在什么地方下车。得到的却是慢条斯理的回答:“远着呢。”白川心里明白，此时此刻，列车上的人们无形中以有座无座论等级，有座的人会不失时机地炫耀自己的优越感，中途下车的有座乘客甚至会在离座前把自己的座位卖出去，最不济也可以当人情送给看着顺眼的无座乘客。白川打定主意站一夜。

此次康宁之行，白川是去看他的女友张丽霞。张丽霞在康宁卫校读中专，这一年间，白川一直想过去看看，出于经济原因总也没能成行。一个礼拜之前，白川给张丽霞写信说打算分配完毕，在新单位报到后请假去一趟康宁。没想到分配时的霉运让白川情绪低落到极点。沮丧中，他想对张丽霞倾诉一番。毕业典礼暨分配大会结束后，白川临时决定去一趟康宁。

后半夜，火车驶过宝东市，车上的乘客稍稍少了一些，已经可以在车厢过道艰难地挪动步子。坐着的乘客们大多已歪七扭八地进入梦乡，鼾声此起彼伏。站着的乘客，或斜靠在椅背侧面，或不停变换着站姿。大家无一例外地在设法减轻两腿的压力，使自己舒服一些。白川观察着周围的男男女女，看样子这些人大都是铁路沿线的农村人。这几年，农村实行了家庭联产承包责任制，农业生产方式从几十年一贯的生产队一夜之间变成家庭模式，完全实现了耕作自由化，农民外出既不需要向生产队请假，也不要生产队开介绍信了。农闲时，自有心思活泛的人在外面倒腾点儿小生意。好在城里的管理也变了样，农村进城卖土产的小贩也不再担心因投机倒把被抓了。可好归好，铁路运输的压力却大了，额定载客量的列车动不动塞进双倍的乘客，更有相当多的短途乘客逃票乘车，因为拥挤的车厢内根本不具备查票条件。第一次坐长途火车，白川真切地体会到上车前争先恐后的混乱与上车后无立脚之地的拥挤。

过了宝东市，火车进入宝成线。宝成线的声名，白川这一代人无不如雷贯耳。中学的地理书本上，几乎用一整页描述伟大的社会主义祖国如何在崇山峻岭中自行设计、自行施工，创造了宝东到成都铁路建设的奇迹。为了彰显这一壮举，卷烟厂生产了以“宝成”命名的香烟，并一度成为卷烟市场的宠儿。白川记得，初中地理老师在讲述宝成铁路时，溢美之词无以复加，沉浸在想象中的白川心中升起无限的骄傲，他为有幸成为新中国的一员而自豪。但今晚，奔驰在宝成线上，白川却全然没了当年的自豪感。火车不停地钻山洞，窗外一片漆黑，洞内洞外的唯一区别是列车行驶的声音，发出巨大回声的时候必然是在山洞内行驶。

幸运的是，在深山中的一个小站，紧挨着白川的座位上一个农村妇女招呼白川坐在她的位置。看来这个女人要下车了。白川一阵惊喜，赶紧将屁股安置在渗着女人汗湿的人造革座位上。女人提着包下车时，白川不住地点头表示感谢，却愣是不敢抬起屁股，在这关键的座位交接过程中，他害怕别人的介入导致座位的归属陷入争议。坐定后，白川想起刚上车不久一个女人踮着脚尖艰难地把行李托上行李架时，白川本能地搭了一把手，也许就是那个小小的善举为自己赢得了回报。

坐在座位上，白川舒展了一下已经有些麻木的双腿，闭上眼睛，抱着他唯一的一件可称作行李的帆布挎包，打算进入梦乡。但说来也怪，站着的时候，他几次打盹儿歪倒在别人身上，可坐下来时，却睡意全无，往事像电影一样在他的脑海中浮现出来。

白川是在被称为动乱的年代中长大的。小学和中学时代，白川的大部分功课在学工学农中完成。在以劳动为名义的闹腾中，白川的与众不同之处就是酷爱读书。被老师定性为“毒草”的书，白川大都看过。后来只要能接触到的印刷品，白川必然通读一遍。他甚至把一本赤脚医生丢弃的《验方秘方》从头到尾读了两遍。文化生活简单得可怜，一年到头最享受的就是县上的电影放映队来村子放电影的时候。那一年夏忙罢，邻村磨张村放映印度电影《流浪者》，白川天未擦黑就早早赶过去。也正是那一天，他和张丽霞的关系近乎了很多。张丽霞是他的中学同学，比他低一年级，家就住在磨张村。平素他们虽然认识，却从来没有说过一句话。那天看见白川，张丽霞居然就近借来一个凳子递给白川。电影开映后，白川一下子就全神贯注地进入银幕里的世界。看着拉兹的苦难生活，他不知不觉间泪如雨下。在拉兹接受审判的时候，担心着拉兹的命运，他把心提到了嗓子眼儿。直到女律师丽达以她的善良与智慧争取到法官对拉兹的从宽处理，白川提着的心才终于放下来。那一刻，善良美丽的丽达在白川心中俨然女神一般。等电影散场时，白川仍然坐在凳子上发呆，直到有人呼唤他，他才缓过神来。原来张丽霞一直坐在离他不远的地方。他这才想起要给张丽霞归还凳子。他把凳子递给张丽霞时，忘了擦掉脸上的泪痕，他想对张丽霞说声谢谢，但嘴咧了咧却只是尴尬地笑了笑。倒是张丽霞大方地问他电影好不好看？他却答非所问回了一句："当律师好！"张丽霞显然没有听明白。白川回过神后不好意思地补了一句："我是说丽达当律师，把拉兹救下了，真好。"

看过那场电影后，少年白川对律师这个职业产生了强烈的神往，他幻想自己将来也能像丽达那样在庄严肃穆的法庭上拯救他人。几年以后，中国恢复了中断多年的高校录取考试，沉寂了多年的学习热潮瞬间席卷了一代被耽误的年轻人。白川在恢复高考后的第三年高分考中文科。报考志愿时，他毫不犹豫地填报了法律专业。一九七九年九月，白川平生第一次离开家乡，在父亲的陪伴下前往县城，然后独自一人坐长途汽车到达省城汉京，成为汉京大学法学系的一名大学生。

白川与张丽霞确定恋爱关系是在白川读大学三年级的时候。白川上大学后，礼节性地给张丽霞写过一封信，当时张丽霞读高中二年级，正是冲刺高考的时节。白川的信中无非写一些鼓励性的言语，张丽霞随后平淡地回了一封信。第一年应届高考时，张丽霞落榜了，复读一年后，再度高考时竟然以一分之差，又一次与梦想失之交臂。在农村，普通农家对培养男孩女孩仍然持有完全不同的观念，为了让儿子跳出农门，父母可以勒紧裤腰带让儿子复读三年四年甚至更长时间，但对女孩子就不一样了，女孩终究要嫁人，在女孩身上的过量投资总归是浪费。高中毕业的女生参加高考一般也就一次，落榜复读的几乎凤毛麟角。张丽霞家境还算过得去，头一年落榜后复读了一年，可命运不济又一次名落孙山。

让白川心灵产生震撼的是张丽霞第二次落榜后写给白川的那封信。信的开头一段话至今牢牢地刻在白川的记忆中：

> 川哥，我第一次这样称呼你，难免唐突。但请你原谅一个痴情的女子斗胆喊出心底里埋藏了五年的声音。一切都是从看那场电影开始的，当电影散场的时候，你眼中的泪水叩开了一个姑娘的心扉。从那以后，我的生活开始烂漫。几年的日子，也许你根本没有察觉，但这并不影响幸福感始终悄悄地伴随着我。然而今天，一切都该结束了，我认为过去的一段岁月是我人生中最珍贵的回忆。接下来我要做的，就是坦然地接受命运安排，而我又实在放不下一个奢望，那就是在你的参与下，一道回首一次昨天……

洋洋洒洒几千字，张丽霞除了告诉白川她已经坦然面对命运，收拾学业回家待嫁之外，第一次几乎毫无保留地向白川袒露了自己的情感世界。白川这才知道，那一次电影场上的邂逅，张丽霞已经在心里牢牢地把自己的情感红线系在他白川身上。她喜欢白川的俊朗，她更喜欢白川的聪明与博学。她知道白川从来没有感受过母爱，她幻想有朝一日能和白川生活在一起，用她细腻的情感去滋润他。白川考上大学时，她兴奋得发狂，但癫狂之后却又陷入忧伤，因为她知道他俩之间从此将出现一道深深的鸿沟。为了跨过这道鸿沟，她开始发愤学习，她要用高考的成功获得与白川比翼双飞的机会。两年间，她虽然没有向白川表白过，也没有向包括家人在内的所有人透露过心思，但她相信功夫不负有心人。然而，残酷的现实两次击碎了她的梦想，让她伤心的不是自己身份的无法改变，而是她内心燃烧了几年的感情烈火被浇灭了。张丽霞在信中告诉白川千万不要把这封信当成感情表达信，更不要当成求爱信，因为在写这封信的时候，她已经把一直含苞但始终没能绽放的爱情之花在心里彻底埋葬了。她坦言自己的信实际是一个女子对逝去的情怀所作的祭文，而这篇祭文除她本人之外难有其他读者，尽管她也明白选择白川作为读者会令白川心烦，但她希望白川能谅解她。白川含着泪把张丽霞的信读了好几遍，他没有想到，一场偶遇，让一个纯情的女孩竟然进入如此的状态。其实，在那场电影之后，白川也曾屡屡在心里有过异样的冲动，但他明白以他的家境和条件是不容许他想入非非的，张丽霞顶多对他有几分好感而已。当命运眷顾他离开农村后，当初那些情感上的小浪花也慢慢变得淡漠了。面对突如其来的表白，白川猝不及防，他觉得迷茫，更觉得心痛。他心疼一个女孩子为了他竟遭受了如此的煎熬，更心疼自己一个男子汉竟然始终浑然不觉。白川用了一整夜时间给张丽霞写了一封长信，他讲了他在高考前夕不为人知的拼搏努力，讲了他进入大学校园后见识的提高，讲了大学深造后他感悟到的人生价值，他更讲了张丽霞倾情于他让他感动。白川在信的最后请求张丽霞看在一个她信任的朋友的分儿上，再复读一年。白川把信发出去后，并没有按掐算的时间收到回信。于是白川又发出了第二封信、第三封信，依然石沉大海。说来也怪，早前的张丽霞在白川心中充其量是个曾经要好的异性朋友，而那一段时间，白川的脑海中却时常浮现出张丽霞的模样，那些记忆中为数不多的张丽霞的身影，在白川的脑海中逐渐鲜活起来。白川每天都在想着张丽霞的状态，他不知道张丽霞会不会听从他的建议再去复读。再后来，等不到张丽霞的回信，白川甚至变得魂不守舍。终于在一个周末，白川坐长途车回到家乡。等白川直接到达磨张村张丽霞家时，第一眼看到白川的张丽霞父亲惊讶不已，从堂屋跑出门的张丽霞竟瞬间放声哭泣起来。事后白川知道，接到白川的第一封信后，张丽霞打定主意再复读一年，可父亲坚决反对。父女之间闹别扭之际，张父无意间看到白川写给女儿的信。白川当年考上大学的事情，方圆几十里曾经传为佳话，张父对白川并不了解，但他认为白川鼓励女儿复读第二年，无非是心血来潮说几句好听话而已，哪有女孩像男孩一样连续高考三年的事。可张丽霞打小也算是娇惯出来的孩子，一旦犟起来，父亲也没有办法。情急中张父对女儿说："白川劝你复读，让他亲自来跟我说，我就让你去复读。"张丽霞反问父亲自己与白川无亲无故凭啥让人家来说话。张父哑然。几十天的时间，父女之间一直处于冷战状态。而就在这个时候，白川却意外地出现在张家。其后，张父果然同意张丽霞继续复读。那天黄昏，从张丽霞家回到自己的村子白湾村，五六里的路程，张丽霞送白川一直到白湾村口。看着天色已晚，白川又执意把张丽霞送回磨张村，往来走了近两个小时。他们说的话并不多，但彼此似乎都能听到对方咚咚的心跳声。从那以后，白川与张丽霞相恋了。

收获了初恋的张丽霞以更加饱满的激情投入到第二次高考复读中。其间白川与张丽霞鸿雁传书，长则十天，短则三天，张丽霞得到了无限的鼓励，白川体验了初恋的甜蜜。第二年的夏天，功夫不负有心人，张丽霞以超过中专五分的成绩，被康宁卫校录取。入学报到时，张丽霞在中转站省城汉京与白川聚了一天。他们在古城公园的湖面上荡着小舟，憧憬着未来的美好。那天傍晚，白川送张丽霞登上了汉京开往康宁拥挤不堪的列车。列车启动之前，在广播催促旅客尽快上车的时刻，张丽霞突然忘情地抱住白川，浑身颤抖着。有生以来，白川第一次感受到紧紧依偎着异性身躯的感觉，那种温润、那种丰满、那种气息瞬间定格在白川永恒的记忆中。

一部印度电影《流浪者》，让曾经的少年白川对法律产生了既神秘又神圣的向往。进入汉京大学法学系，也算是圆了白川的少年梦。一眨眼，四年的学业结束了，白川也面临着几乎是决定一生命运的毕业分配。按照专业对口原则，法学系的学生大部分将被分配到公安局、检察院、法院、司法局等部门，但听说今年分配方案中有一部分人要分到非法律口。分配动员期间，辅导员老师已经或明或暗地漏出口风，担任班干部的同学将会得到适当照顾。白川自恃当了四年生活委员，论苦劳也该受到优待。他在分配摸底调查表上胸有成竹地把自己期望的分配单位填上了汉京市中级法院。

法学系那天上午以突然袭击的方式召集全体毕业生召开毕业典礼暨分配大会。会议的议程后来让白川感到组织者确实煞费苦心。会议一开始，先请上级领导副校长讲话。副校长一大堆官话套话，肯定了学子们四年的努力勤奋，感谢了园丁们四年的诲人不倦，最后对即将走向社会的骄子们提出殷殷期望。副校长讲完后，法学系党总支书记又强调几点，希望大家对副校长的重要讲话融会贯通。然后，副校长带着大部分校、系头面人物以参加另一个重要会议为由匆匆离开会场，主席台上只剩下主管分配的系副书记、系办秘书、辅导员三人。说来也有趣，刚才领导在时，会场嗡嗡声不绝于耳，这阵子会场却静得一根针掉在地上也能听见响声。系办秘书不紧不慢地开始宣读分配方案。看得出来，秘书是在努力压抑着内心不安而装出一副平静的样子宣读着方案。果不其然，在方案念到大约一半时，后排突然爆发出一阵声嘶力竭的吼声，搞不明白第一个发出呐喊声的人是谁，但附和声却令会场顷刻间乱成一锅粥。系办秘书已经无法正常继续宣读方案了。辅导员嘶哑着嗓子呼喊了一阵。待会场稍安静一些，系副书记吩咐将事先写好的方案张贴在墙壁上，草草宣布会议结束。白川挤到主席台前，待看到榜单上自己的名字被安排在省农贸合作社一栏时，顿觉一瓢冷水兜头浇下。几分钟之后，会场的同学散去了一大半。自不必说，分配中称心如意的人脚底抹油离开了是非之地，留下来的少部分人敲桌子、跺脚、骂娘、沉默，大家以各自的方式诠释着无奈和不满。

白川不理解自己为什么没有得到应有的回报，他要寻一个说法。他幻想还有改变的可能。对他而言，与法律的绝缘，无异于葬送了他人生的梦想。他不知农贸合作社是干什么的，但隐隐觉得这是个和农村以及农民打交道的行当。入这一行，对他一个从农村出来的有抱负的青年来说，岂不是在走回头路？

当白川敲开辅导员老师办公室门的时候，面对辅导员那张明显憔悴且眼睛布满血丝的脸，他事先准备的诘问之语一句也说不出来。站立良久，白川的泪水从眼眶中溢出来。辅导员老师拍着白川的肩膀，让白川坐下来，长叹了一口气说：“白川，我知道你没去法院心里不畅，但你不知道我们平衡矛盾有多难。都想去对口单位，非对口单位的指标咋完成？再说了，也就是个观念问题，去公检法司只是个形式上的对口。论起级别来，汉京市中级法院也不过是个县团级单位，省农贸合作社还是个地市级单位，前程不一定比法院差。其实，对你还是有所照顾的。难道你没看见那么多人被分回原籍？能留在省城，知足吧。”辅导员的劝导，白川听不进去，但他明白，命运已经无法更改。

分配使同学们在兴奋与沮丧之间形成了两极分化。教室里已经空无一人，宿舍里也失去了往日的欢歌笑语，四年的同窗情谊一朝之间变得脆弱无比。白川在很多曾经感到亲切的脸庞上读出了虚伪、矫情、显摆、得意甚至幸灾乐祸。曾经给他带来新奇、幸福、自豪、快乐的校园，此时让他觉得索然无味。他此时能做的事情，就是去系办领取派遣证。但他实在不想看见那一张击碎他梦想的薄纸片。

白川想起了他的亲人。这个世界上，与他血缘关系最近的有两个人。一个是父亲，那个被村里人不论辈分一概称为七大爷的善良无比的老农民，他含辛茹苦既当爹又当娘拉扯大了白亮和白川兄弟俩。儿子白川考上大学，他只是觉得祖上积了德，不知哪辈子烧了高香，在这辈子应验。另一个亲人就是他的哥哥白亮，他比白川大四岁。可怜一个精细伶俐的孩子五岁时染上了脑膜炎，没娘的孩子少人疼，初发烧时，村上的赤脚医生给开了几片药，没见退烧，待后来烧得迷糊时，送到公社医院，才诊断出脑膜炎，又转到县医院，抢救了几天时间，命是保住了，脑子坏了，后来只会傻兮兮地笑。对父兄二人，长大后的白川已在心中担起担子，他知道自己这辈子要尽力孝敬父亲，用加倍的付出回报父亲的养育之恩，他也必须扶养智障的哥哥一辈子。现在，在关乎自己人生命运转折的这一刻，他却不可能与他们交流。他唯一可以倾吐心声的人无疑是情感上已亲密无间的张丽霞。本来，白川打算毕业分配报到后请几天假去一趟康宁，他原计划把这趟旅行作为自己灿烂的新事业开启之前的一场个人庆典，现在看来未免可笑。他一刻也等不下去了，他想马上见到心爱的人，向她倾诉自己的落寞，倾听她的慰藉。

白川醒来的时候，车窗外的天空已经发灰。他揉揉眼睛，瞅了一下车厢顶头挂着的大钟，时间是五点四十。夏季的天亮得早，平常在学校时，这会儿天已经大亮，草坪和操场上会挤满晨读的学生。而这里显然天亮得晚一些。白川朝车窗外望去，隐约仍然能看到连绵逶迤的山梁，看来火车依然在山中转悠，唯一的变化是行驶方向掉了个儿，昨夜火车驶出汉京时的列车头部现在变成了列车尾部，白川判断列车已经离开宝成线掉头向东行驶了。白川自小生长在平原上，第一次进入深山，想起了同宿舍来自大山腹地的同学告诉他家乡早上十点太阳冒头、中午两点太阳落山的情景。他曾感到不可思议，现在看到大山延迟了天亮的时间，才知道大自然真的神奇奥妙。

列车广播声响起来的时候，车窗外已经大亮。随着舒缓的音乐声，广播员甜美地祝福着乘客度过了一段美好的旅程。想想从昨天奔命似的挤进车站到勉强得到一个座位，白川觉得列车广播实在是对乘客幽默的戏弄。一会儿，广播里又传出了郑绪岚曼妙的歌声：“明媚的夏日里天空多么晴朗，美丽的太阳岛多么令人神往……”短短一夜的旅途体验，让白川突然对神往的传说产生了怀疑，他不禁在心里发问：太阳岛真有那么好吗？

列车停靠在一个小站的时候，月台上一群叫卖零食的小贩向隔着车窗的乘客招揽生意，有卖麻花的、卖鸡蛋的、卖包子的……白川忽然有了几分饥饿，仔细一想，从昨天下午买完车票候车到现在，已经有十几个小时没有吃东西了。卖包子的小贩端着一个蒲篮，蒲篮上盖着一片已经脏得发灰的白粗布，连声喊着：“包子，一毛钱一个！”

白川咽了一口唾沫，打算买两个包子垫垫底。他一边招呼卖包子的小贩，一边去兜里摸钱。当小贩揭开蒲篮盖布问他要几个时，白川却呆住一句话也说不出来。卖包子的小贩连问了几声不见回应，狠狠地瞪了白川一眼，丢下一句：“神经病！”就自顾往别的车窗前凑过去。

白川身上的钱连同代作钱夹的学生证不见了！

慌乱中的白川本能地弯下腰在座位下边四处寻找，但是哪里有学生证的踪影。

白川是在几天前领取了他作为学生的最后一笔收入——二十元助学金。白川在班里的助学金补助标准是最高的。四年前刚入学时，根据家庭情况，学校对学生助学金补助标准按甲乙丙丁四个档次发放。甲等全班只有五个名额，每人每月二十元，乙等十六元，丙等十二元，丁等八元。白川被评定为甲等，同学们公认是实至名归。为了让这笔宝贵的财富最大限度地发挥作用，白川每个月把自己的伙食费控制在八元之内，买书籍、零用物品控制在四元之内，如果没有意外的大宗开支，白川每月保证给父亲寄回八元钱。前天领取最后一笔助学金后，白川本想给父亲寄回去十元钱，但后来想想不如等到分配报到领取第一个月工资时，给父亲多寄一些钱，也让父亲惊喜一回。父亲含辛茹苦一辈子，估计从来没有揣过超过三十元的票子。就这样，二十元的大钞罕见地一直在白川包里待了几天。昨天，他用四元五角钱买了一张半价车票，又在车站的副食门市部花八角钱外加四两粮票买了一斤蛋糕，作为送给张丽霞的礼物。连同先前身上的毛票，白川的钱包总共应该有十五元八角。而现在，这笔钱却不翼而飞。

学生证里还夹着本月的粮票三十斤，还有乘车的车票。

白川只觉得心慌气短，脸上渗出了汗，一阵眩晕让他无力地瘫坐在座位上。

定神之后，白川努力地回忆着从昨天买完车票之后的每一个环节。本来他打算把钱连同学生证放在挎包里，但他担心人多拥挤挎包带子挤断。他特意把学生证与钱、粮票夹在一起放在裤兜里。进站挤车时，他一直刻意用一只手护着裤兜，直到昨晚落座之前，他还确信一切安然无恙。

看来，厄运应该是在他后半夜疲倦到极点进入梦乡后降临的。

白川痛苦地拽着自己的头发，他真想大声号骂，但是他只能努力地克制住自己。

正当白川犹豫是否需要报警的时候，车厢两头分别站上了穿着制服的乘务员。一个乘务员扯着嗓门喊了一声：

“大家准备好，开始查票！”

很显然，乘务员车厢两头一站，用意在于堵住逃票的人。看到乘务员，白川亦喜亦忧。喜的是也许乘务员能帮着追回被盗的钱物，忧的是车票丢了，他该如何解释。正寻思间，乘务员来到白川的座位跟前。

“把车票拿出来！”乘务员向白川发出命令。

白川略显紧张地顿了一下说：“我的票丢了。”

“丢了？在哪里丢的？”

“说不清楚，被人在车上偷了。”

乘务员嘲弄似的咧了咧嘴说：“一车厢的人不偷，咋专偷你哩？”

白川失语。

“在哪里上的车？去哪里？”乘务员继续问。

“汉京上的车，去康宁。”白川答。

“车票多少钱？”

“四块五毛钱。”

“哟嗬！”乘务员抓住了把柄，“一张票九块钱，你为啥四块五？”

“我买的学生票。”

“把你的学生证拿出来！”

“学生证也丢了！”

“丢你妈的×！”乘务员冷不丁骂出了脏话。

白川没想到穿着制服的乘务员竟然在大庭广众之中骂出粗俗的脏话。他气愤地质问乘务员：“你为什么骂人？”

“骂你是轻的，老子还想打你哩！乘车不买票，还敢糊弄老子，还他妈说你是学生，老子才懒得管你是不是学生。”乘务员一边骂着，一边揪住白川的衣领。

白川只觉得血脉偾张，他下意识地捏紧拳头。此情此景，让白川想起四年前入学不久与流氓的一场殴斗。那是在课间休息的时候，家住汉京的女同学雅娟被来自校外一个不三不四的小伙子纠缠着挣脱不开。临时班长上前询问时，小伙子流里流气地说他是处朋友，雅娟气愤地否认他的说法。眼见小伙子得寸进尺，白川冲到小伙跟前，警告他自重一些。看到白川的打扮，那个小伙子竟然骂了一句:“自重你妈个×！滚远点乡巴佬儿！”血气方刚的白川不等对方再骂出第二句，一记老拳砸在那家伙的鼻子上，立马小伙子鼻孔血流如注。小伙子大概没有想到校园的学生中竟有如此尚武之人，虚张声势地喊了几句，拔脚开溜了。这一拳，让白川在班上的人缘一下子提升了许多，也正因为这一拳，几天后的班干部选举中，白川被大伙一致推选为生活委员。

此时此刻，已经受过四年高等教育的白川努力用积淀的修养在心中告诫自己：冷静，冷静。

乘务员骂骂咧咧地拖拽着白川离开座位前往列车办公席。车厢里的乘客像看戏一样欣赏着这一幕。白川像被抓的小偷一样狼狈地穿行在车厢里，他的尊严被乘务员践踏得荡然无存！

各车厢被清理出来的逃票人陆陆续续被驱赶集中到八号车厢办公席，一个个灰头土脸耷拉着脑袋。乘务员严厉地盘问着每一个人的上车站点，要求拿出证明上车地点的证据，拿不出证明的一律从始发站补票。在补票排队时，白川趔趄着身子，让身后的人一个一个越过自己。待到补票结束时，除白川外，还剩下十来个人，有男人，有女人，还有怀抱小孩的，他们一个个脸上表情木然。

刚才拉扯白川的那个乘务员走过来，照着蹲在走道的几个人屁股各踢了几脚，喝令他们站起来，又恶狠狠瞪了白川一眼说：“不要脸的东西，下一站，全都给老子滚下去！”

忍受着失窃与凌辱双重折磨的白川此时反倒平静下来。他心里明白，此时，任何的冲动与任性，只会给自己惹来更大的麻烦。面对着乘务员充满挑衅的目光，他把头偏向一边。也许在乘务员的眼中，这是白川的懦弱，但在白川的内心深处，这是他维护自己残存自尊的唯一方式。

正在白川思忖如何应对被轰下列车的无奈之际，车厢一头走过来一位个子高挑、气质不俗的女列车员。白川一眼瞅见她左臂上箍着一个黄色的臂章，赫然印着“列车长”三个大字。

列车长扫了一眼过道里站着的人，问乘务员：“都是无票的吗？”

乘务员回答：“没有票，孬孙们也不补票。”

列车长摇了摇头，无可奈何地叹了口气。

当列车长在办公席上坐定后，她忽然注意到白川，用手指了一下白川，问乘务员：“他也混票吗？”

乘务员点点头：“是的，小子装得挺像，还说钱丢了！”

列车长起身问：“小伙子，为什么坐车不买票？”

“买了。”白川凭直觉断定列车长应当是个有素质的人，他不待列车长继续发问，一口气说下去，“我昨天买了汉京到康宁的学生半价票，上车一直没有座位，后半夜有了座位，睡着了，醒来后发现钱、粮票、学生证都丢了。就这样。”

列车长停顿了几秒，问白川：“你在哪个学校上学？”

“汉京大学法学系。”

“到康宁干什么去？”

“去看我的朋友，她在康宁卫校读书。”

列车长交叉着双手托着下巴，似乎在判断白川言语的真伪。

“你过来。”列车长挥手招呼白川。

白川走到办公席前。

列车长说：“你能不能把你买票、乘车、丢票的过程简单写个说明？”

白川忙不迭回答：“可以。”

列车长递给白川一张纸和一支圆珠笔。

白川就着办公席接待柜台，铺开纸，略一思索，写下一段文字：

关于丢失车票的说明

本人白川，男，21岁，汉族，汉京大学法学系学生。一九八三年×月××日在汉京火车站购买了一张汉京至康宁的半价普客火车票。当晚乘车，因无座在五号车厢过道站立。××日凌晨一时在一下车乘客腾出的座位上就座，因疲倦入睡。清晨醒来时，发现装在衣兜里的车票、粮票、学生证等丢失。

说明人：白川

一九八三年×月××日

列车长接过白川递来的说明，反复看了几遍。最后，她仰起脸，带着几分笑意说："小伙子，我相信你，你不用下车了，就在八号车厢先找个座位坐下。"

白川悬着的一颗心落地了，不管其他事情咋样，毕竟他可以直接到康宁了。

列车长的态度显然让乘务员有些意外。他不满地瞥了白川一眼，嘴角咧了咧，但到底没有说出话来。

距终点站康宁剩下还有大约三分之一的路程，车上已经有了空座位。白川找了个座位坐下来，长嘘了一口气。

当列车缓缓停靠在一个不知名的小站时，过道上一群逃票的人被乘务员驱赶下车。幸免于难堪的白川心里说不出是什么滋味。不可否认，对列车长的另眼看待，白川心里有无限的感激，但基于对整个列车混乱不堪的感受，白川却似乎无法对一车之长的列车长心生敬意。

车厢里悬挂的大钟时针指向十一，已经接近中午。按照列车运行时刻表，大约再有五个小时就到达康宁了。白川将目光投向车窗外，天上灰蒙蒙的，从早起到现在未见一丝阳光。列车现在行驶在群山环绕的一片小小的平原上，更确切讲应该属于群山环抱的盆地。大地像一口大锅，乌云覆盖的天空像一张大锅盖密密实实地罩着大地。白川感到自己似乎即将和所有的生灵被活活闷在这口硕大无比的锅中，烩作一锅。

天色越来越暗，远处亮起了几道闪电，接着滚过几声炸雷，暴雨即将来临。乘客们纷纷关上了窗户。

片刻工夫，大雨倾盆如注。车窗玻璃外边的雨水形成了厚厚的水幕，完全遮住了视线。震耳欲聋的雷声仍然此起彼伏，一个女人怀里抱着的孩子大声地哭叫，车厢里弥漫着些许恐怖的气氛。

白川想起刚才被赶下车的那群可怜的人，不知道他们现在有没有躲雨的地方。

列车一个急刹车，突然停下来。面朝车头方向坐着的白川几乎被甩下了座位。旅客一阵骚动。白川坐定身子，试图透过车窗外的水幕看个究竟，无奈眼前只是一片昏暗。

列车广播通知乘客，现在是临时停车，请旅客们安静等待。车厢里慢慢平静下来。

一个消息传开，前面的铁路被洪水冲垮了。

车厢里再次喧闹起来。有人大声询问乘务员。此时，列车长已不知去向。乘客们抓耳挠腮，左顾右盼。

车厢里最终还是安静下来。人们心里明白，面对老天爷，谁也无能为力。

在听天由命的等待中，旅客们开始选择合适的消磨时光的方式。有些人歪着头靠窗闭上眼睛。一个女人悠闲地织起了毛衣。邻座的一个小伙子掏出一副扑克牌，自顾摆开算命的架势，一个中年人提议凑几个人一块“争上游”。很快你轰我炸的酣战声不绝于耳。

“你是白川吧？”一个年龄十八九岁的女列车员走到白川跟前。

白川茫然地点点头。

“我们列车长让你到餐车去一趟。”女乘务员不待白川做出表示，就转身向车厢一边走去。待她走出几步后回过头时，发现白川仍然坐在座位上没有动，就又走回来，对着白川声音不高却又带着几分命令似的口气说:“走哇!”

白川傻傻地跟在女乘务员的身后，来到紧靠八号车厢的餐车。他一眼看见戴着臂章的列车长端着一杯水，正优雅地坐在窗边。看见白川，她招了招手示意白川坐在她的对面。

“你还没吃东西吧?”列车长问。

白川感到很诧异，他原以为列车长要对他做进一步的处理，却没想到列车长竟问了这么一句话。他这才想起自己几乎有一个昼夜没有吃东西了，从早上买包子发现丢钱到与乘务员发生拉扯一直到现在，他竟然忘记了饥饿。列车长一问，才觉得饥肠辘辘，肚子也跟着咕咕作响，但白川一时不知道该怎样回答。

列车长让服务员端过来一碗盖浇饭。看白川迟疑的样子，她说:“你丢了钱，肯定没吃东西，先填填肚子再说。”

白川的内心像打翻了五味瓶一样，他不知道对他来讲，犹如雪中送炭的这碗饭是对他的关爱，还是对他人格的轻贱。受过高等教育、自诩为象牙塔中天之骄子的大学毕业生白川，不知道该表示感谢还是该表示拒绝。

白川突然想起挎包里买给张丽霞的那包蛋糕。他说:“谢谢列车长，我包里还带着吃的东西。”

“我诚心请你吃饭，难道你要驳我面子?”列车长站起来，拍拍白川的肩膀，半是劝说半是强迫地让白川坐下来，然后又递给白川一双筷子。

白川感到列车长一片诚意，他接过筷子。饭菜的香味让他的喉咙里泛出酸水。他在心底里告诫自己:慢点儿吃，别丢人。

白川在适度的自控中不紧不慢地吃完了盖浇饭，把碗送回洗碗池后又坐下，对列车长说:“列车长，您能不能给我一个地址，待我回去后把饭钱寄给您?”

“不用了，饭钱是我掏的，算我请客。”列车长回答。

“你凭什么相信我?”这回是白川反问列车长。

“第一眼看见你，从你的眼神中，我就看出来你不像逃票的人。

我让你写一个说明，无非是检验一下我的判断。你写说明时语言那么流畅，字迹那么秀丽。凭什么？我就凭这些。”

“可是你们乘务员不相信我。”白川想起与他拉扯的那个乘务员的做派，仍觉一腔怨气。

列车长张了张嘴，却没有说什么。

“你们让那些可怜的人下车，他们怎么办？”白川说出了心里话。

列车长略微一笑：“你就别操心了，他们都是老油条，下一趟车，他们仍然会混上去。我们这样做，无非是让他们知道逃票是要付出点儿代价的。要不然，坐车都不买票，这列车咋管理？”

列车长说到这里，白川似乎也意识到这种无奈之举的必要性。

列车长吩咐身旁的列车员拿过来一本便笺本，拔出随身携带的钢笔，龙飞凤舞地写下几行字：

康宁车站：

持条人白川，系在校大学生，在车上丢失证件及钱物。请予以放行。

××× 次列车长姚丽娟

一九八三年 × 月 ×× 日

列车长在写好的便笺上又盖了一个小圆戳，然后将便笺撕下来交给白川，嘱咐白川到达康宁车站时在出站口出示。

这个时候，白川从内心里对列车长油然生出敬意。他牢牢记住了“姚丽娟”这个名字。

列车长又从口袋中掏出钱夹，翻出一张两元的钞票，递给白川说：“你钱丢了，下车后还要花销，这点儿钱你带上。”

白川忙不迭推开列车长的钱，连说：“不用，不用。”

列车长的态度异常坚决。她不由分说把钞票塞进白川的上衣口袋。

白川只觉得眼睛一阵湿润。

五个小时以后，列车缓缓启动，一路走走停停，到达康宁车站时，已是晚上十一点。列车整整晚点七个小时。

随着人流走下火车，白川举目四望，天空黑得像锅底一样，没有一丝星光，蒙蒙细雨依然飘洒着。康宁火车站竟然如此狭小，出站口是设在露天月台上的一个木栅栏门。少得可怜的几盏路灯像鬼火一样发出幽暗的光。车站竟然没有候车室。车站似乎在半山腰，山脚下几里之外稀稀拉拉散落着一些灯火，凭感觉应当是康宁市区。绕市区有一条巨大的半圆形带子，反射着几丝粼粼波光。

凭着列车长开具的证明，白川顺利地出了站，但他却不知道该朝哪里去。下车之前，他已经做好了如何度过当晚的准备，因为不可能深夜去找张丽霞，又没有住店的盘缠，他打算就在候车室将就一夜。白川计划明天早上先去康宁市文化馆，那里有他来往很少的一个姑表哥哥。既然异乡遇到麻烦，相信表哥会帮他一把。等他借到钱，再去寻找张丽霞，也不至于让他们在康宁的第一次会面显得太窘迫。但车站却意外地没有候车室，这让白川作难了。

眼见得车站上的乘客已寥寥无几，白川索性尾随着远去的人流朝着康宁市区走去。

没几分钟的时间，白川走到一条江边，刚才出站时看到的那条黑黢黢的带子，现在变成了模糊而又宽阔的江面。这就是长江最大的支流汉江。一座看起来有二三百米长的大桥横跨在江面上，桥的另一端连接着汉江对岸的康宁市区。白川走在汉江桥上，下意识朝桥下望了望，江面模模糊糊，但似乎水很大。

过了汉江大桥，走了一大截下坡路，就进入康宁街区。白川回头一看，刚才路过的大桥分明高高地悬在头顶。借着昏暗的路灯灯光，白川发现在大桥的桥基两边绵延着若隐若现的像城墙一样的江堤。原以为黄河是中国唯一的地上河，白川没想到汉江在这一段也成为悬在康宁上方的地上河。

兜里揣着列车长给的两元钱，白川实在想不出好的过夜办法。他想在打烊的店铺房檐下的台阶上坐一夜，但又觉得有辱形象，也担心治安巡逻人员把他当成盲流扣下。火车上与乘务员发生的不快不能重演。他后悔没有随身带一本书，那样他起码可以在街灯下假充斯文，以保全一个大学生应有的尊严。

怕啥来啥，黑影中走出了三个戴袖章的人，他们直直地朝白川走来。借着路灯发出的光，白川看见他们的臂章上印着“联防队”的字样。

联防队员问白川是干什么的，已有心理准备的白川回答说刚刚下火车。联防队员又问站在这里等谁，白川说寻找旅店。

白川的镇定与不同此地方言的口音让联防队员相信了他的话。

貌似领头的联防队员稍显热情地说:“我们领你去市第二招待所吧。”

白川没奈何跟着联防队员，七弯八拐地走到一个亮着灯的院子。

好在联防队员给白川指了指接待室就走了。

第二招待所接待室的柜台后边坐着一个中年女服务员。感觉有人进来，她抬起头瞅了一眼，又低下头。白川瞥了一眼，服务员正在看一本《大众电影》画报。

白川站在柜台前，扫视着墙上悬挂的房间价目表，双人间床位是每张三元，四人间每张两元，通铺每张八角。白川思忖用兜里的钱住一宿应当没问题，但他忽然觉得用列车长赠给他的两元钱去住这一段离天亮仅剩几个小时的半宿，似乎有点儿对不起列车长。站在柜台前，他犹豫起来。

也许是觉得这位客人站在柜台前久不言语有些奇怪，女服务员抬起头淡淡地问白川要住店吗，白川含糊地“嗯”了一声。服务员问白川住几人间，白川说通铺。白川分明看见，服务员的面部闪过了一道不易觉察的轻慢。

服务员让出示介绍信，白川回答:“没有。”服务员让拿出工作证，白川说:“也没有。”服务员诧异地皱起眉头，像看怪物一样盯着白川，那眼神似乎在问：你是个好人吗？

白川从服务员的眼神中看到了疑惑与几丝恐惧。他连忙给服务员解释，说自己是汉京大学的学生，来康宁看朋友，火车上丢了钱，学生证也丢了。

服务员将信将疑，迟疑了一阵对白川说：“没有证件不能住店，这是规定。”

白川知道服务员说的是真话，他表示理解地点了点头，拿起挎包转身朝门外走去。就在他即将走出门时，分明听见服务员喊了声“你回来”。白川回头一看，柜台后的服务员向他招手，白川转过身来。

服务员问白川：“这么晚了你去哪里？”

白川没有回答。

服务员说：“天太晚了外边不安全，要不你就在接待室坐着吧。”

白川心里一阵高兴，连说了几声“谢谢”，就在靠墙的一条长凳子上坐了下来。服务员依旧低下头，自顾自继续看起了画报。

困乏的白川眯上眼睛，头靠着墙，心里默默地盘算着还有四五个小时天就该亮了。忽然听见服务员“哎”“哎”地喊了几声。他睁开眼，看见柜台后的服务员站起身欲和他说话，白川也站起来。

服务员说：“你坐在这里不方便，我给你安排个床铺，你填一下住宿登记表，明天退房时有人问你，不要说你没有证件就行了。”

白川不知道女服务员所说的不方便是针对白川而言，还是针对服务员自己而言。但毫无疑问，她给白川安排铺位是出于好心，且少不了要承担一定的风险。本来，让白川在接待室坐半宿，对他来说应当是不错的安排，但此时如果拒绝服务员，明显又不合适，甚至会引起误会。想到此，白川言不由衷地说声“那好”。

服务员让交五块钱押金。白川尴尬地说：“我身上只有两元钱。”

服务员脸上显出了几分扫兴，坐在凳子上沉默了一两分钟，站起身说：“你不用登记了，跟我来。”

服务员把白川领到院子的一处平房门口：“门口的第一张床空着，你临时住一晚，明天天亮了就离开。”

平房里鼾声此起彼伏，凭感觉这间房子里住了有七八位客人。白川摸索着和衣躺在进门的第一张空床上。

躺在床上，白川觉得全身的筋骨像散了架一样。他困乏极了，但却无法入睡。想着今天的经历，真像是做梦一般。值得庆幸的是，他遇到了两个好人，列车长和招待所这位服务员。

就在白川迷迷瞪瞪似睡非睡之际，像一阵呼啸而来的狂风，伴随树干断裂的声响让白川一个鲤鱼打挺坐了起来。不待白川明白，更为巨大的一声轰响后，他被一股强大的力量掀翻，头重重地磕在门框上，瞬间失去了知觉。

载入人类灾难史的康宁特大洪灾发生了！

当白川清醒过来的时候，他已经漂在水面上，一丛树枝挂住了他的上衣。

大地像突然塌陷在无底的深渊中，四周漆黑一片。山崩地裂的响声消失了，代之以恐怖的沉寂。遥远的地方传来了几声零星的犬吠，昭示着这个世界还存在着生灵。

白川的衣服挂住了树枝，身体漂浮在水面上，他能感觉到身体四周的水在流动，但流速并不快。白川怀疑自己是不是进入了梦境，他努力地咬了一下嘴唇，一阵疼痛让他确信这是真真切切的现实。白川一手抓住一根稍粗的树干，一手艰难地解开挂在树枝上的衣服。他试着在水中直立起来，但双脚根本够不着地面。

顺着树枝，白川摸到了树的主干，他不太费力地往上攀了几下，坐在树杈上。

白川努力地回忆着刚才的一幕，他只清醒地记得那一阵恐怖的声音，后来发生的事情就不知道了。白川下意识地摸了摸后脑勺，果然有黏糊糊的感觉。他明白自己受伤了。

白川判断自己应当是被突然从窗户涌进来的巨浪冲出洞开的房门，又在院子里随水流冲到这棵树跟前。他不由得想起那间平房里的其他人，那些人都在沉沉的梦乡中，他们能被幸运地冲到外边的院子吗？

刚坐到树杈上的时候，白川整个身体离开了水面，但不消一刻钟工夫，水又没到了白川的屁股，看来水流虽不湍急，水势却仍在上涨。

白川忽然听到身边有一个活物在水中挣扎，他估摸应当是人。他本能地伸手抓了一把，凭感觉揪住了一片衣角。他使劲往自己跟前一拉，顿时自己的双腿被人牢牢地抱住了。白川连忙喊叫水中的人上树来，但抱住他双腿的人却没有反应。眼看着水势还在涨，情急之下，白川揪住了那人的头发，这才发现水中的人是个女的。也许是白川手揪头发让水中人感到疼痛，那人“啊”“啊”地喊了几声，手松开了白川的腿。白川就势抓住她的胳膊，使劲把她拽上了树杈。

被白川救上树杈的人似乎有些神志不清，从身形上感觉应当是一个小姑娘。小时候在农村，见过对溺水人的抢救，白川试探性地在小姑娘背后猛拍了一巴掌，黑暗中小姑娘“哇”地吐了出来。

小姑娘呕吐时，担心她再次掉到水里，白川伸出手想去扶她一下，但他伸出去的手却碰到了树枝上一个软溜溜的东西。从小在农村长大的白川马上意识到，树上有蛇。

一阵恐惧让白川心有余悸。小时候，与伙伴抓田鼠时用水灌鼠窝，常常会灌出一条蛇，蛇都会游水。而在今天的灾难面前，蛇显然要比人类的求生本领高得多。白川不知道这棵栖身的树上到底有几条蛇，他更不知道逃难的蛇中有没有致命的毒蛇。

被救的小女孩缓过劲来，显然她已经意识到身临生死边缘。她紧紧地抓住白川的胳膊。

水势没有任何下降的趋势。白川意识到，要想活命，必须离开树枝，到更安全的地方去。

突然，白川发现不远处划过了一道亮光，接着又传来一阵急促的叫喊声。他无法判定那里是房顶还是高处的地面，或者是船一类的东西。他连忙把手卷作喇叭状，大声喊：“救人！救人！”

白川的呼唤并没有立即得到回应，但对方显然听到了他的声音，一道微弱的光朝这边射过来。

“有船吗？我在树上，两个人！”白川极力提高嗓门。

“你自己能游过来吗？这里是楼顶。”终于有了明确的回应。

根据亮光的距离和对方声音的高低，白川估摸两处相距有五十米左右。小时候在村子的河沟涝池中，白川会几招狗刨，上大学后，倒是接受过体育老师正规的游泳训练，如果在游泳池，几个来回一两百米白川应当没有问题。可今天晚上在流动的洪水中，他不知道自己有没有能耐，更为麻烦的是，他不可能丢下这个小姑娘。

对面没有了声息，看来只有自救了。

白川问小姑娘会不会游泳，小姑娘没有作声。

白川抓住小姑娘的手，按在自己的裤带上说："我游的时候你就抓牢。"

小姑娘挣脱了手来回拨拉着表示拒绝。

白川说："不走就得淹死，树上还有蛇，会咬人的。"

白川脱下了衬衣，把一只衣袖系在自己的裤带上，一只衣袖拴在小姑娘的手腕上。为了能保全两个人的性命，白川别无选择。尽管他明白，这样有可能使他与小姑娘同时葬身洪水，但良心让他无法抛下患难中另一个鲜活的生命。

白川把小姑娘强行拖下了水，他用一只手夹着小姑娘，另一只手奋力地划水。下水一扑腾，他才意识到自己犯下了致命的错误。下水前他反复紧了紧裤带，但没有想到牢牢系在腰上的长裤子浸满水后像两条沉重的沙袋绑在腿上，两条腿根本使不上劲。仅靠一条胳膊划水，勉强撑着让他和小姑娘不至于沉下水。他想退回到树杈上，可现在连树杈所处的方位也找不到了。他想张嘴呼喊楼顶上的人给点儿光亮，但仅仅保持在水面上的嘴巴似乎被紧紧卡住脖子，根本无法喊出声来。他已经听见小姑娘几次呛水的声音，自己仅有的力气也一点点地耗尽。现在，白川的划水成了最后的本能，一切似乎都成了徒劳。

曾经以"泰坦尼克号"沉船灾难为历史背景拍摄的电影《冰海沉船》，让白川第一次感受了貌似美丽的汪洋暴露出的凶猛残酷，在众多沉海的乘客起伏于波涛的揪心中，留给白川最深的印象是浩瀚的水面上一串串小得可以忽略的气泡。在大自然面前，人类也许可以创造奇迹，但一个作为个体的人却渺小无比，有时像一只被风刮走的小飞蝇一样，无声无息。今夜，白川即将葬身此地，一个他平生第一次涉足的陌生地方。面对他的失踪，与他相识的人充其量遗憾地在记忆中留下悬念。面对他灵魂不在的身躯，与他不相识的人会冷漠地把他列入无名遇难者集中处理。此时，白川最大的遗憾是自己的善良连累了不知名姓的小姑娘。

一个硬物碰到了白川的额头，白川本能地伸手抓了一把，他竟然抓住了一根细细的绳子。他就势拉了拉，绳子是捆在一个物体上的绑绳，被绳绑着的物体显然是一个不大的漂浮物。一阵惊喜，白川赶忙腾出夹着小姑娘的胳膊，抓住小姑娘的手，拉扯着小姑娘抓住绑绳。白川这才长长地换了几口气。

缓过劲来的白川仔细地摸索漂浮物，这是他在农村再熟悉不过的簸箕。这一捆簸箕大约有十来个，想想应当是从哪个土产门市部仓库里冲出来的。

绝处逢生的白川不得不信服命运。小时候伙伴们对指纹玩，人家的孩子有筛子有簸箕，偏偏白川十个指头全是簸箕。村东的半瞎子曾说白川是簸箕命，父亲问其详，半瞎子说天机不可泄露。白川今日自己得解了。

借助浮力，白川仍然费力地手脚并用一点一点靠近发出声响的楼顶。终于，楼顶上的亮光又射过来。几次晃动后，亮光固定在白川的头顶，楼顶上的人发现了他们。

白川和小姑娘得救了。

楼顶上有人抛下了一根绳索。借助着这根救命的绳索，白川把自己连同小姑娘拖到大楼跟前，又按照楼顶上人的指点，带着小姑娘翻进已半截淹在水中的二楼窗户，跌跌撞撞地爬上了二楼楼顶。

白川爬上楼顶的时候，天空出现了几颗发着幽光的星星。微弱的光亮映照出楼顶模糊的人影，白川估摸着有二三十人。突然脚下一绊，白川打了个趔趄，紧攥着白川手的小姑娘重重地摔倒在地上。白川站定身子，发现地上黑乎乎躺着一个人。他摇了摇躺着的人，却听见几声痛苦的呻吟声。想起刚才楼上有人打手电，白川喊了一声："借光，谁有手电？"

一道光柱应声射过来，白川看见躺着的人约莫有五十来岁，两手紧抱着胸部，面孔似乎因为痛苦而变得有些狰狞。白川急问：“你怎么了？”躺着的人吃力地嚅动着嘴却说不出话来。白川把耳朵贴近那人的嘴巴，才听见他断断续续地说：“药……药……”

“啥药？在哪里？”白川提高了嗓门。

“201 房间……门后……挎包。”声音虽小，但白川听清了。

“201 房间在哪里？”白川继续问。

身后突然有人答话：“二楼最东头右手第一间房。”

白川条件反射地站起身要去下楼，没等迈步，一直待在身旁的小姑娘又攥住白川的手。

“这会儿你还跟我干啥？”白川甩开小姑娘。

“别丢下我！”小姑娘说出了得救后的第一句话。

白川感到一阵心酸，这个不知来历、不知姓名、不知年龄的小姑娘已把她的生死寄托在相处短短个把小时的白川身上。他回身拍了拍小姑娘的肩膀说：“待着别动，我很快回来。”

“带上手电。”有人递过来一节手电筒。白川又是一阵感动，灾难面前，人性中的善良无处不在。

二楼的水淹到白川的腰部。白川把手电筒举在头顶，一只手摸着墙，艰难地在水中挪动着身子，好不容易走到最东头，用手电光照了一下右面，门框上果然印有“201”编号。白川推了一下半掩着的门，竟如此费力，水的阻力让门板活动显得艰难无比。白川小心地转到门后，谢天谢地，微弱的光线下，他看到了一个人造革提兜。

返回楼顶的白川在手电光中翻出了人造革提兜中的硝酸甘油，塞到病人口中。

累到极点的白川一屁股坐在地上。

天亮了。

盯着这一幕现实版的人间地狱，幸存的人傻了。

远处的群山依旧耸立着，而群山环抱的这一片原本应该充满生机的热土现在成了泽国。市区标志性建筑钟表大楼像一座灯塔，孤零零地戳在水面上。为数不多的楼房像漂在水上的木舫。低一点儿的平房不见了踪影，高一点的房顶随着水波若隐若现。树木大部分只露出半个树冠，树枝顺水漂流。以电线杆走向为标识的街道，现在成了水道。水中漂浮着各种物件，家具、衣物、柴草，人和动物的尸体比比皆是。

白川栖身的楼顶俨然成了一个孤岛。天亮后，又陆陆续续爬上来不少人。劫后余生的男男女女已全然没了性别羞涩，大都袒胸露背，有些人几乎全身赤裸，这会儿随意抓了件东西遮住羞处。几乎没有人穿鞋，大家一概赤着脚。很少有人说话，人们脸上显露着悲哀、恐惧、无助、茫然。面对这突如其来的灾难，幸免于难的人们一时还没回过神来。

东边的山头冒出了霞光，像刽子手挥刀后四周喷射出的鲜血一样，红得让人发瘆。老天爷就是这样厚颜无耻，一会儿倾盆大雨不惜制造惨剧，涂炭生灵；一会儿若无其事洒满明媚。楼顶上惊魂甫定的一群人，看着这变幻无常却又我行我素的苍天大地，无可奈何地傻坐着。

白川一直坐在地上，看着这茫茫一片，他感到最揪心的是张丽霞的生死。他不知道康宁卫校地势高低，也不知道张丽霞住的是楼房还是平房。他想找个人问问康宁卫校的情形，但看看这群沉浸在悲戚与惊骇中的人，他不知道有没有人有心思回答他的问话。谁也不知道楼顶上的人们此刻心里是受着何种煎熬，他们的父母、丈夫、妻子、儿女是依然站在水面上的某一个物体上，还是已沉入水底或者漂浮在水面上。白川唯有在心里默默地祈祷。

被白川救下的小姑娘一直静静地蹲在白川身边。看来这是个有良好家教的孩子。她有七八岁的样子，齐耳短发混着泥水糊在头上，稍微显瘦的脸上布满了像泪痕一样的泥水印子，眼睛出奇大，因为恐惧而显得空洞、无神。

小姑娘赤裸着下身，上身倒还紧紧地裹着一件分不清颜色的背心。在这个时候，谁也不会留意到彼此的装束和仪容，小姑娘的状况丝毫没有引起楼顶上任何人的注意。白川赶忙站起身来四处寻找，他想给小姑娘找一件遮体的衣服。可楼顶的人们自顾不暇，哪有多余的衣服？情急之下，白川拔下楼顶一根可能用作晾衣的竹竿，在就近的水中挑起一堆像衣服一样的东西，提出水一看，是件土布床单。白川使劲绞干了床单上的水，让小姑娘披在身上。

小姑娘“哇”的一声哭了起来，两手紧紧地抱住白川的胳膊。可怜的小姑娘，也许昨天她还尽情地偎依在父母的怀抱中撒娇，可是一夜之间，她经历了撕心裂肺的生离死别。此时不知亲人是否已与她阴阳相隔，习以为常的欢乐也许将成为永恒的回忆。昨夜在鬼门关前，这位不知名的大哥哥拉了她一把，她活了下来，捡了一条命的她不得不与一群和她一般命运的人承受生理与心理的痛苦。当白川给她披上一件床单时，似乎激活了她本能的童真与娇柔，她再也无法抑制自己。

小姑娘悲怆的哭声感染了楼顶上的每一个人。

白川轻轻地抚摸着小姑娘起伏的肩膀，他知道，此时最有效的排解方式莫过于让她痛快淋漓地哭一场。

“你叫什么名字？”白川擦了擦小姑娘的眼泪问。

“小红。”小姑娘用细得像蚊子一样的声音怯怯地回答。

“家里还有谁？”白川问道，“他们都跑出来了吗？”

叫小红的姑娘再一次哭出声来。她告诉白川，家里有爸爸、妈妈和弟弟。一家人都在屋子里，水怎么来的，父母和弟弟现在在哪里，她都不知道。

看来，小红的亲人凶多吉少。

“孩子，别哭了。”声音来自白川和小红的身后。

白川回过头，发现身后站着一个五十多岁的男人，虽衣衫不整，满身泥垢，但略显沧桑的脸上明显透出一股书卷气。

男人抚摸着小红的头，喃喃地说：“能活下来就不错，我们都是幸运的人。”

白川突然认出来，这位就是昨天晚上躺在地上的那个人。

“夜里是你给我拿的药吧？”男人问。

白川轻轻地点了一下头。

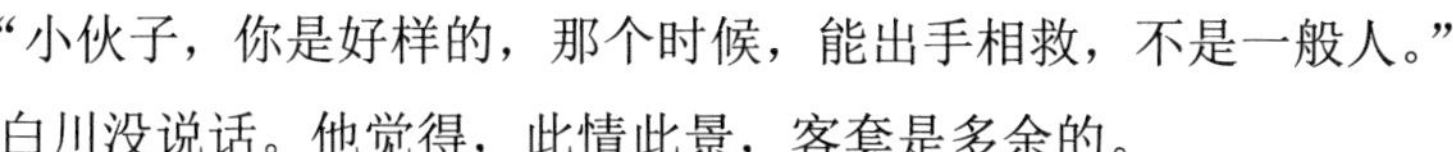

“小伙子，你是好样的，那个时候，能出手相救，不是一般人。”

白川没说话。他觉得，此情此景，客套是多余的。

“没有你，我可能已经完了。”男人显然是打心眼儿里感激白川。

“怎样称呼你？”白川问。

“叫我老田。”

“老田，你知道康宁卫校在哪吗？会不会也淹了？”白川迫不及待地询问令他最揪心的问题。

老田遗憾地摇了摇头说：“我也是从外地来的。前几天刚住下，康宁的情况我不太熟悉。”

看见白川失望的样子，老田又说：“你是来看亲戚还是朋友？先别着急，我估计一会儿就会有人来救咱们，相信政府、组织。”

从老田说话的语气中，白川觉得老田应该是一个有身份的官员之类的人物。

当天空中出现第一架直升机的时候，楼顶上的人齐齐站起来，人们雀跃着，有人抓着衣服奋力地挥舞。飞机盘旋时，机身上喷涂的“八一”标志看得清清楚楚。显然，军人在关键时刻冲到了第一线。

在巨大的轰鸣声中，直升机刮着旋风，从不算太高的空中抛下了几堆物件，拉升高度后飞走了。楼顶上的人愣了片刻，一拥而上。在对抛下的东西哄抢中，有人被绊倒了，有人大声地骂起了娘。

人性的弱点总是在某些时候暴露无遗。温文尔雅的谦谦君子离开文明的环境，原始的丛林法则也会成为无师自通的行为规范。现在，这一隅如诺亚方舟的小小世界，是一片混乱与无序的状态。

关键时刻，老田站了出来。

老田捡起了刚才白川捞衣服的竹竿，奋力地在哄抢东西的人群上空挥舞了几下，大喊了一声：“都住手！”

抢东西的人们愣住了，大家不约而同地松开了手。人们盯着这个仪态不俗的人。可能大部分人还不知道，他就是凌晨躺在地上的那个人。

“大家听我说，”老田用手捋了一下额头前已被泥水糊住的头发说，“大家能活下来，死里逃生，实在不容易。党和政府会马上想办法让我们离开这里。还有解放军，大家都看到了，刚才是部队的飞机给我们送来东西。现在最需要的，是我们的团结互助。如果我们各顾各，甚至互相伤害，我们有什么脸面面对江水下面我们亲人的亡魂？有什么脸面面对施救我们的解放军？”

老田入情入理的话发挥了作用，人们松开抢东西的手。

看着这一幕，白川打心眼儿里敬佩起老田来。

“小伙子，你过来！”老田朝一直坐在地上的白川招手。

白川走到老田跟前，与老田一道打开了飞机上投下的几小包物品，无非是一些饼干与面包之类的东西。老田粗略地数了一下楼顶的人数，嘱咐白川一定要人人有份，每人一块面包或一把饼干。白川抱起装食品的布包，挨个给每个人分发食物。不知什么时候，小红跟在白川身后。白川赶忙抓起一把饼干递给小红，却见小红摇了摇头。白川发食物时，小红身上仍然裹着白川在水中捞出来的那件土布床单，不离白川左右。可怜的小红，此时的白川成了她心中唯一的依赖者。

没有可饮用的水，人们艰难地吞咽着食物。有人提议顺楼梯下去舀一盆水上来，被老田制止了。老田说那水不能喝，会得病的。

中午的时候，天上的云彩消失得无影无踪，太阳似乎经过了几日阴雨天休息，积聚了无限的能量，这会儿加倍地发射着毒光。楼顶水泥板晒得发烫，四周的汪洋中蒸腾着水汽。

已经有人晕倒了。

老田对白川说：“要想想办法。”

白川看了看老田，没有作声。刚才制止哄抢食物的过程，老田已经表现出了临阵不乱的指挥才能。可现在孤岛般的楼顶四周全是水，楼顶是光秃秃的水泥板，能有什么办法可想？白川期望老田能想出奇招。

“这样下去，会死人的。”老田若有所思地望着远方说，“现在水势似乎不涨了，但一时半会儿不会退下，要离开这里，需要船只一类的东西。康宁是个小山城，不会有太多的船，要从外边运来需要时间。我们必须耐心等待，但在这样的烈日曝晒下，人会虚脱的。”

白川忽然想起凌晨替老田涉水取药的过程，那些住宿的房间有床单、棉被。他对老田说："我们把下边房间的铺盖拿上来搭个临时帐篷？"

"咱们想到一块儿去了。"老田顿了一下问，"你拿药时水有多深？"

"有齐胸深。"白川边说边用手比画。

老田站起身招呼了几个看起来身强力壮的人，简单地动员后，被招呼在一起的人一致赞同老田的想法。仍然是由白川顺着凌晨下水找药的楼梯下去，几个随行的人鱼贯随后，好在水位依然在没胸的位置。光线很充足，白川几个人不费太大力气到了二楼。房门大都半开着，床单、被褥、浴巾之类的东西一团一团漂浮在水面上。白川进到一个房间，把水面上漂着的东西集中在一堆，顺着水的浮力，推出房门，水下的床板、桌、凳不断地磕碰着腿脚。一会儿工夫，一大堆物品集中在通往楼顶的楼梯口。老田已经带了一拨人在上边接应，人们七手八脚地将这些救急的东西传递到楼顶上。

用楼顶为数不多的晾衣竹竿做撑子，用捞出水的床单被服做棚顶，一个很小却能遮阳的帐篷搭了起来。人们把体力不支的弱者搬到帐篷里。

让白川感到欣慰的是，他在捞到的东西中找到了一条裙子。他让小红换下了裹身的床单。

因为老田的作用，楼顶上的人似乎感到有了主心骨，情绪变得平静多了。

老田与白川在离帐篷不远的地方席地而坐。

"我还没问你叫啥名字？在哪里工作？到康宁干什么来了？"老田一口气问了白川这么多。

"我叫白川，汉京大学法学系的毕业生，已经分配到省农贸合作社，还没报到上班。这回来康宁是看我的女朋友，她在康宁卫校上学。"白川也是一口气回答了老田的全部问题。

"怪不得你问我康宁卫校的情况。"老田安慰白川说，"学校的房子肯定结实，年轻人反应快，应该没有问题。你放心吧。"

老田又说："小白你到了省农贸合作社，那是农口单位，以后少不了我们还有来往。"

白川想问老田在哪个单位干什么工作，但嘴巴动了一下没有说出声。一方面，他感觉老田是个有背景的人，他不想让凌晨他给老田冒险取药的行为成为他攀附权势的资本；另一方面，对那个让他破灭梦想的狗屁农贸合作社，他实在没有任何兴趣。

老田似乎看出了白川的心理活动，笑了笑说："你不想和我做朋友吗？"

"哪里，哪里。"白川显得有些窘迫，"我还没上班，啥情况都不熟悉，不敢给你添麻烦。"

"我就是喜欢交朋友，尤其是年轻人。我的忘年交可是不少。"老田说。

"你到康宁来出差？"白川问。

"省委要召开农业工作会议，派了几个组下乡调研。前几天，我们组来到康宁。对了，你们农贸合作社的王副理事长和我是一个组的，昨天社里有急事，一大早赶回去了。也是他命好，躲开了水灾。"

"这么说你是省委的人？"

"不，我是省报社的。参加这次活动，既是调研，又是采访。"

白川心想怪不得老田有亲和力和指挥能力，原来他是记者，见过大世面。

"这栋楼是哪个单位的？"白川只知道自己昨天晚上从第二招待所那间大平房中被冲出来，挂住他衣服的那棵树让他九死一生活了下来并最终爬上这栋楼的楼顶。他很想知道这里离他昨晚住的地方有多远。

"康宁地区行署招待所。"老田回答。

"离康宁市第二招待所有多远？我昨晚住在那里。"白川又问。

老田站起身，指着不远处一道房梁露出水面的地方对白川说："那儿就是，我这几天晚上散步常经过那里。"

白川目测了一下老田指的地方与这栋大楼的距离，直线距离大约有百米远。仔细辨认，不远处的一棵仅能看见树冠的汉槐应当就是昨晚自己和小红栖身的那棵树。白川不由得心里叹息，滔天大浪让他磕碰得失去知觉，最后却竟然被挂在树枝上。当他在水中拖着小红已精疲力竭几近放弃时，额头却碰上了一捆簸箕。难道这一切能简单地用“侥幸”两个字来解释吗？

白川问老田身体是咋回事？老田说他患有心脏病，发作时用药不及时，会有生命危险，所以平常药不离身。今天凌晨可能是过度紧张引起病情发作。

老田转身摸着小红的头顶说：“记住这场灾难，记住是白川哥哥救了你，以后一定要珍爱生命，珍惜生活，不管将来的命运是啥样子，要坚强。”

太阳偏西的时候，水面上漂来了一溜木排，楼顶上再度沸腾起来。待木排靠近时，楼顶上的人们看到撑排的人头戴着五星徽章。当场就有人激动地哭了起来。

木排是临时扎起来的，十来根用于建造房屋的木椽用铁丝扎在一起，代替船只做了水上应急交通工具。

因为木排承载量小，加上数量有限，领头的军人说让老人、儿童、妇女先走。白川催小红快上排，小红却拽着白川胳膊不肯独自上排。老田说：“小红你别犯傻，赶快离开这里，政府会帮你寻找家里人。”白川说：“老田你带小红先走，拜托你把她安顿好。”老田从白川胳膊上掰开了小红的手，拉着小红上了排。

楼顶上，包括白川在内剩下二十来个年轻人。白川望着缓缓离开的木排，朝老田和小红挥着手。

“哥哥！”排上的小红突然撕心裂肺地大喊了一声，随即又号啕大哭起来。

这是小红在获救后第二次放声大哭。没有人知道这位小姑娘此时心里想到了什么。但白川明白，一场生离死别，已使得一个花朵般的生命情感上极度脆弱，她再也经不起新的创伤。短短大半天工夫，小红已经把白川认定成她的亲人。

白川的心里泛起一阵酸楚。

楼顶上最后一拨人登上救援木排时，夕阳已接近西边的山头，天上血红，水面上折射出的波光好似漂浮着一层血沫子。为了避开水中若隐若现的建筑物，木排在原本属于街道的水面上行驶。空气中弥漫着腥臭味，木排不时撞上漂浮的尸体。

木排停靠在一处高地旁，从各处脱险的人们顺着临时设置的路标登上汉江大堤，再穿过汉江大桥到达江北岸。白川站在汉江桥头，回想昨天晚上过桥时城区灯火阑珊的情景，比照眼下水雾茫茫的状况，真是恍若隔世。

救助站就设在江北的火车站周围，沿着铁路搭起了一溜帐篷，不大的候车广场上挤满了或躺或坐着的灾民。车站办公平房前挂着一个大木牌，上面歪歪扭扭地写着“救助站”三个字，房顶上架着的高音喇叭反复播放着救灾指挥部的“通告”：

受灾同胞们：

洪水肆虐，家园被毁，但我们的意志不垮。困难是暂时的，相信党和政府，我们一定会重建一个更美好的康宁。为了渡过难关，指挥部号召受灾同胞暂时离开康宁，外出投亲靠友。政府保证，持指挥部签发的受灾证明，近期可免费乘坐火车、汽车。待大灾过后，政府会接大家回到家乡。让我们携起手来，众志成城，战胜灾难。

康宁市抗洪救灾指挥部

几个戴着“救助”臂章的人向灾民散发受灾证。接过这张薄纸片，有人小心翼翼地折起来揣在口袋，有人木然接到手中，再任风吹落地上。白川从地上捡起了一张证明：

受灾证明

兹证明持证人系康宁市特大洪灾受灾人，恳请各地民政机关及有关部门给予照顾。

康宁市民政局

康宁火车站出站口的栅栏已全部拆掉，过往的列车一律在康宁短暂停靠。灾民在反复的动员中登上火车，向四周疏散。一个穿着铁路制服的中年人手握扩音器边走边喊话：“乡党们，先离开这里。上了火车，你可以在任何一个地方下车，去舅家、姨家、姑家、表兄家、表姐妹家，只要能歇脚就行。没有亲戚，就到当地的政府去，只要你在中国境内，就会有人照顾你。”

有些人上了火车，有些人仍然固执地坐在月台上。这些不愿离去的人，或者是不愿离开故土，或者是等待着失联亲人的消息。

又一列火车停下来，有人动员白川上车。白川摇了摇头，依旧坐着。

白川决意等下去。他此次来康宁，短短几十个小时的生死遭遇，已让他深深感受到了生命的脆弱与命运的无常。他惦念着张丽霞，不看到张丽霞，他无法离开这里。他心里盘算，也许在这个救助站，能够意外遇到张丽霞，或者至少打听到康宁卫校的情形。

夜幕降临时，康宁车站的灯火在四周寂黑的映衬下，显出些许生气，黑压压的人群中不时传出此起彼伏的嘤嘤啜泣。

白川在笼罩着悲凉气氛的车站月台上坐了一夜。

清晨的康宁裹在淡淡的雾霭中。仍然坚守在康宁车站的人像一群幽灵一样无力地呆坐着。白川也坐在地上，背靠着灯杆。昨夜他只是在困乏到极点时打了几个盹。这会儿他揉了揉眼睛，站了起来，抖了抖已经酸麻得几乎丧失知觉的腿。

汽笛一声长鸣，又一列火车哐哧哐哧地喘着粗气进站。

透过薄雾，白川突然发现道轨上站着一个人。列车正以巨大的惯性向前推进，道轨上的人似乎根本没有在意灾难将至。月台上纷乱迟钝的人群也似乎失去了人类应有的活性，这一本来可以令所有人尖叫的生死瞬间竟然被忽视了。

一个箭步，白川冲下月台，抱着道轨上的人滚到路基下边。

火车旋起一阵风，撩起了白川上身仅有的一件背心，他紧紧用手摁着那个人，一直到火车完全停稳。

白川拽起了地上那个人，一看是个三十来岁的女人。

女人表情呆滞，灰头土脸，嘴里喃喃地反复念叨：“没了，全没了。”看来，在这场灾难中，她遇到巨大不幸，精神有些错乱。

白川救人的壮举，依然没有引起人们的注意。也许是因为场面的混乱，也许是因为意识的麻木，处在生死边缘的人们，对死亡已经见怪不怪。一幕对生命的拯救，似乎也显得平淡无奇，微不足道了。

碰巧的是，这个过程被一个视察灾情的官员目睹。而这个官员身旁，竟然是昨天与白川一前一后离开楼顶孤岛的老田。

“白川，是你呀！”老田喊了一声。

看见老田，白川感觉有些意外：“你没离开？小红呢？”

老田说：“我是记者，遇到这样的灾难，职业操守要求我留下来。小红你放心，在另一个救助点安顿好了。”

“小伙子好样的！你是哪个单位的？”官员问。

老田拍了拍白川的肩膀说：“他叫白川，大学毕业刚分配到省农贸合作社，来康宁看朋友，遇到水灾了。”老田又转回头对白川说：“这位是咱们省政府欧阳秘书长，昨天专门从省城赶过来指导救灾工作。”

白川不知道秘书长官职有多大，他平生见过职务最高的官员是汉京大学的校长。他想，秘书长可能级别会比校长要高。看着微微有些谢顶的欧阳秘书长，他觉得有一股煞气。

老田说：“白川，你快点儿回汉京吧，这里已乱成这样，你一时半会儿找不到朋友的。”

白川说：“我得留下，见不到人我不想回去。”

老田顿了一下，对欧阳秘书长说：“秘书长，让他参与救灾吧，他也算是农贸合作社的人了。”

欧阳秘书长赞许地点了点头：“老田，一会儿带他去救灾指挥部报到。”

救灾指挥部设在离康宁火车站几里远的公路边上的一个院子里。这里依然是江北，地势高度与康宁火车站差不多，可以俯瞰康宁市区全貌。指挥部院子外边挂着一块方木牌，斑驳的字迹显示这里原来是康宁市森林防火站。白川站在木牌下，感觉到一种讽刺味道，防范火灾的办公场所，现在却成了抗击滔滔洪水的指挥中心。

指挥部院内院外已堆满了山一样的救灾物资，大部分是被服和食品。一边是排队卸货的大汽车，一边是络绎不绝装货的小三轮车、架子车，这里已然成了名副其实的救灾物资吞吐站。

老田带着白川从货物夹缝中来到一间办公室。看得出老田和这里的不少人都很熟悉。老田给一个值班模样的人说，这位是省农贸合作社的白川同志。值班的人大概觉得白川还是个毛头小伙，略微迟疑了一下，拿过一个签到簿让白川签名。白川看见签到簿上已经签了不少名字，工作单位有省民政厅、省商业厅、省物资局、省总工会、省妇联等一个个曾经让白川如雷贯耳的单位名称，个人职务有处长、副处长、科长等等。他不知道该怎样下笔，抬起头用目光征询老田的意见。老田轻轻地笑了笑，对值班的人说:“白川是个新参加工作的同志，省政府欧阳秘书长直接安排他来这里，你帮他填一下，单位省农贸合作社，姓名白川，职务干事。”值班人一听老田的话，从白川手里拿过签到簿和笔，按老田的说法一一填写了相关内容。值班人大概注意到白川衣衫不整，又从柜子里拿出一件印有“救灾”字样的短袖衫，叮嘱白川换上。

老田握了握白川的手说:“小白，我还要到别处去，你自己注意安全，待水退时，你再打听朋友的消息吧！”

白川成了救灾指挥部一名机动工作人员。他与别人一起布置临时会议室，发放救灾物资，喷洒防疫药剂，对受灾人员进行心理疏导。

太多的经历让白川震撼。他被安排随同康宁军分区几名军人乘坐橡皮舟观察灾情时，水面上一具具已经泡得发胀的尸体伴随着熏天的恶臭，让白川体会到尸横遍野的情景。

在指挥部待了三天时间，白川经历了太多太多不曾见过甚至不曾想象过的场面。

白川依然无时不惦记着张丽霞。

水灾后的第七天，大水退了。被淹没的建筑物露出来，有相当一部分土木结构的房子倒塌后成了一堆一堆的土丘，地面上覆盖着没膝深的淤泥。

退水后的市区实行严格的交通管制。两天后，白川凭借身上印有“救灾”字样的服装，穿过市区，找到了郊外的康宁市卫生学校。

康宁卫校似乎比白川当年上高中时的学校大不了多少，除了一栋二层楼外，其余都是平房。这里虽不像康宁城区受灾那样严重，但明显被水泡过，墙上显示的水渍也有齐胸深。

校门口的传达问白川找谁，白川说找张丽霞。传达问：“是八二级护理三班的张丽霞吗？”白川说：“是。”传达突然不作声了。

白川再问：“张丽霞在哪里？”他不明白一个普通的学生为何传达竟能熟识。

传达又问白川是张丽霞什么人。

白川说是老家人。

头发已花白的传达仰起头吁了一口气：“她走了。”

“走哪里去了？”

老传达盯着白川，一字一顿地说：“死……了……淹……死了……”

白川只觉得一阵天旋地转，瘫坐在地上。

第二章

经历了一场炼狱般洗礼的白川返回汉京大学校园时，学校已经放暑假了。偌大的校园显得有些空寂。路边的法国梧桐树上穿梭着几只黑白相间的喜鹊，“嘎嘎”的叫声清脆响亮却又略带几分凄凉。往日布满学生的草坪上，只有几个半大的教工子弟在踢童子球。校办公楼前挂着一幅显然还没有来得及撤下的横幅标语，标语上是一句老掉牙的口号：军爱民，民拥军，军民团结一家亲。白川想起来，八一建军节已经过了，现在应该是八月份。

宿舍的钥匙白川还有。他进入宿舍楼，空空荡荡看不见人影。汉京大学的学生宿舍楼是按年级划分的，这一栋楼里住的全是七九级的学生，照理现在该全部扫地出门了，假期结束后这里就会住满清一色的八三级新生。白川的宿舍钥匙放在门框顶上一个不为人注意的地方，那是白川去康宁前怕带上麻烦悄悄放上去的。这会儿一摸还在。待白川打开门，映入眼帘的是一片不堪入目的狼藉。四张架子床被推得离开了原位，破毛巾、烂袜子、脏手套等物件胡乱地散落在床板上，满地是零散、废弃的纸张。看得出，曾经一起意气风发指点江山的舍友们各奔东西前，人人心里一片浮躁。唯有白川的床位还保持着他离开时的样子，被子、褥子、床单合着卷起来后留下半截光秃秃的床板，显示出舍友们最后残留的涵养。白川的床头前有一堆纸灰，估计是哪位仁兄处理未成正果的情书时留下的杰作。白川就忽然想起老家有人死亡后，亲人们在死者床前焚化纸张的场景。

白川无意去收拾这间对他来讲已没有太大意义的宿舍。他拿起门后脸盆架上孤零零属于自己的脸盆，起身去楼道公共卫生间，想去洗把脸。但让他意外的是，打开龙头，却没有水流出来。楼道公共卫生间分为两部分，外部是顺墙设置的一排水龙头和洗手池，可以称为盥洗室，内部是如厕室。进到卫生间内部的如厕室，他只觉得秽气冲天，蹲坑中粪便已溢出池子，地面上满是蠕动的白色蛆虫和成堆的黑色蛆蛹。白川忍住喉咙中本能的涌动，赶紧退出来。

回到房间，白川拉了一下电灯开关，没有任何反应。

无疑，这座本应充满生机的宿舍楼已经断掉了生活必需的水和电。白川突然对自己的母校、一直以来引以为傲的象牙塔产生了强烈的鄙夷。他觉得，母校用这种方法抛弃自己四年如一日训导培育的学子，未免有些下作。

白川明白，他现在唯一能做的，就是尽快离开这里。

好在学校的办公大楼还在正常工作。当白川推开法学系系办门时，恰好碰上了自己的辅导员老师。

看见白川，辅导员脸上露出了些许惊喜。他急问白川："你这几天干什么去了？别的同学都陆陆续续报到上班了，只有你的派遣证还一直躺在这里。你不敢太耽误，如果用人单位招用的毕业生人数多，你去迟了岗位可能就差了。"

辅导员老师说的是实情，不管怎么讲，学校总是希望自己的毕业生能够得到用人单位的重用。白川心里明白这一点。经历了一场大灾难，白川的思想已经发生了变化，相比生死而言，工作上的专业对口与否已显得那么微不足道。对辅导员老师既是责怪又是关心的话，白川机械地点了点头。他不想告诉任何人他这几天的经历，他更不想把女友遇难的悲情透露给别人。

揣着派遣证离开系办时，白川忽然想起来，自己已是身无分文。

经过瞬间的迟疑，白川还是转回身去找辅导员老师。平心而论，四年时间，他担任生活委员，与辅导员来往的密切程度要超过一般同学，和辅导员老师谈不上有多深的感情，但起码互无嫌隙。此刻，在这座校园里，最值得白川信任的仍然是辅导员老师。

知道白川想借钱的意思，辅导员老师又一次责备白川说："本来你在七月十五日以前报到，可以在单位拿七月份全月工资，顶不济三十一日前报到还可以拿半月工资。你倒好，非得拖到八月份，多浪费。"但辅导员老师说归说，很快从口袋掏出一张五元的钞票递给白川，问够不够。白川说够了。接过钱，白川说："老师，我给你打一张借条吧。"辅导员老师说："白川，你外气了，从今往后你我不只有师生名分，实质上就是朋友了。以后说不定有一天我还要求你，大家相互帮衬罢了。"

白川在汉京市地图上查了一下，汉京大学离省农贸合作社大约有十几站路，中间要倒两趟公交车。因为要随身携带被褥、纸箱等行李，白川想雇请校门口骑三轮的师傅，讨价还价之后，仍需付两元钱。为了省钱，白川决定搭乘公交车往返两次，这样也就是三毛钱左右的花销。

省农贸合作社是一个独立的院子，一栋四层的办公楼坐落在院子中央，楼前砌着一个不大的花坛，花坛四周停放着几辆小车，除一辆黑色的上海小轿车外，其余是清一色的绿色帆布篷吉普车。在白川的想象中，农贸合作社应该摆满了与农业有关的各种商业物资，没想到这里却看不出一丝与农村关联的气息，甚至看不到与贸易搭界的地方。从外表看上去完全就是个政府机关，几辆小车也显示出这里的尊贵与神秘。上大学时，曾有见过世面的同学对通行工具的使用级别用顺口溜表达：省长级别空中行（飞机），厅长级别两头平（小轿车），县长级别帆布篷（吉普车），公社级别东方红（拖拉机），大队级别独眼龙（手扶拖拉机），小队级别踏轮行（自行车）。以这种标准判断，省农贸合作社的级别也应该达到厅级级别了。

院子大门口有一间房子，房子外面挂着传达室的牌子。问明白川的身份，值班员拿起电话拨了几个号说了一番话，让白川去三楼人事处办手续。见白川提着一大堆行李，值班员让白川把行李暂存在传达室，人上去就行了。

进了办公楼，一种肃穆之气扑面而来。楼内显得很寂静，地板是木质的，几个半开的门里，看得见的人正襟危坐在办公桌旁。白川忽然觉得这里的情景有些像电影里国民党保密局的味道。第一次进入这样的环境，他不免有些紧张。

白川拢了拢头发，敲开了三楼一间标着“人事处”字样的房门。一个年轻人听过白川的自我介绍，面无表情地说:“我领你见处长去。”

被称作处长的人在另一间门口未挂标志的房间。白川进去的时候，他正伏在写字台上写东西，对于推门进来的两个人，他似乎没有察觉。领着白川的年轻人定定地站在桌前，丝毫没有着急的意思。半晌工夫，处长才抬起头。白川的第一印象是这位处长很胖，阔脸大耳，脸上还布着几块横肉。小时候看电影时，《渡江侦察记》中情报处长那尖嘴猴腮、精明狡黠的形象早已深入白川的心。他觉得实在无法把眼前这个人和“处长”的称谓联系在一起。

“你是汉京大学法学系分来的白川？”听完带路的年轻人介绍后，人事处长显然是明知故问。

“嗯。”白川用细小的声音回答。

“别的大学生早都报到了，你为什么才来？你不知道我们这里还有一个二次分配吗？”处长说话时，把“我们”二字加重了语气。

白川嗫嚅着说:“回了一趟家，有事耽误了。”说话的时候，白川感觉到撒谎的难堪。

处长把目光投向那个年轻人，漫不经心地说:“先做正常报到处理。通知总务科，安排一下宿舍、伙食。”

简单的几句话后，白川觉得他自此应该就是农贸合作社的一员了，只是他还不知道他将在哪个部门、哪间办公室、干哪一项工作。

总务科长姓韩，是一个三十岁左右的汉子，清瘦的身板，留着板寸头，一双小眼睛眨巴起来让人感觉到肚子里装满了一串一串的鬼点子。他带着白川绕过院子中央的办公楼，来到一溜平房跟前。平房隔出大约十来间房子，每个房子上面都挂着门牌，有医务室、理发室、档案室、打字室等。韩科长打开一间没有门牌的房子。白川看见房子里支着两张简易单人床，两个书桌，一张床上已经铺上了床单被褥，另一张空着。显然，这房间已经住进了一个人。

韩科长说:“你先临时住着，这里已经来了一个大学生，和你一样是刚分来的。另外，职工灶上吃饭要饭票，你可以先打条子借点饭票。”说完话，韩科长递给白川一把房门钥匙。

待韩科长走后，白川简单地把从学生宿舍刚刚卷起带来的铺盖又打开铺在空着的床上。

为了尽快把留在汉京大学的行李搬完，白川稍稍休息了一下，又回到汉京大学。等到他带着剩余的行李坐上公交车时，正是下午下班的时候，车上显得拥挤不堪。倒了一次车后，白川已是大汗淋漓。待进入农贸合作社院子时，天已经擦黑，他只觉两腿像灌了铅一样沉重，头也剧烈地疼起来。勉强开门进了房子，一屁股坐在床上，顿感天旋地转，来不及脱下鞋袜，倒头躺了下去。

白川似乎又回到了老家白湾村。熟悉的乡道上，赤脚的他骑在黄牛背上，随着给生产队做饲养员的父亲七大爷去几里路外的小河沟饮牛。小白川手持柳条在黄牛屁股上抽了几下，黄牛惊了，撒开四蹄奔跑起来。一会儿黄牛竟飞了起来，白川也随着腾云驾雾，离大地越来越远了。突然身后传来哭喊声，那是他心心相印的女友张丽霞，他不能丢下她。他使劲地揪着牛缰绳，想让牛回头，可犟牛偏偏越飞越快，身后的张丽霞的叫声越来越凄惨。白川已经顾不了许多，他纵身从牛背上跳下，从云端上坠落下去，耳边是呼呼的风声，眼前是模糊的云雾，他惊恐地大喊着……

白川睁开眼睛，发现床前站着一个陌生的年轻人。他想坐起身，但努力了几下却觉得身不由己。年轻人按住他的肩膀说:“你发烧得厉害,躺下别动。”他转身倒了一杯水,端给白川说:“口渴了,喝点儿水吧。”

白川舔了舔嘴唇,感觉似乎已经糙起了皮,喉咙里干痒无比。他一摸身上,不知道什么时候盖上了被子,周身已是大汗淋漓,仍然穿在身上的衬衣浸得透湿。他强撑着欠了欠身,一只手撑着床板,一只手接过水杯,一饮而尽。

“谢谢你。”白川疑惑地问,“你是谁?”但声音却小得可怜。

年轻人在另一张床上坐下来:“我叫孙鸣飞,鸣叫的鸣,飞翔的飞,和你一样,是刚分到农贸社的学生,比你早到几天。”

白川明白了,这位孙鸣飞是他的新同事兼舍友。

“现在几点了?”白川哑着嗓子问。

“半夜两点,”孙鸣飞说,“昨天晚上我回来看见你和衣躺着,鞋也没有脱。喊了你几声没见反应,我帮你脱了鞋盖上被子。刚才你大喊了几声,可能是做梦了。我起来摸了摸你的额头,烫得吓人。”

白川想多说几句话表示感谢,却觉得嗓子实在难受。

孙鸣飞见白川不说话,又走到白川床边,关切地摸了摸白川的手说:“我出去给你买点儿药吧!”

白川使劲摇了摇头。他知道,这会儿三更半夜,药店已经关了门,出去也是白费劲。

孙鸣飞没有说话,拉开门出去了。

白川回想着从昨天报到起到现在接触的几个人,门房传达室那个值班员让他把行李暂时放在门房,他搞不清是不允许他提着行李在办公楼上行走,还是关心着让他办事轻松一些;人事处接待他的那个小伙子从见着他一直到领他去找韩科长的过程中,除了几句非说不可的话外,金口难开;那个弥勒佛似的人事处长看不出慈祥的影子;那个韩科长,说话举止看似利落,却总觉得难以亲近。无疑,这个新认识的孙鸣飞给白川留下了最好的第一印象。

大约半个小时后,孙鸣飞竟然买回了药。

孙鸣飞边冲药边说：“离咱们这儿一站路有一家医院，前几天我也和你一样感冒了，到那里看过病。刚才我到急诊室给医生说了你的症状，医生说没见你人，不敢乱吃西药，给开了一盒银翘感冒片和一盒板蓝根冲剂。你先把这些药吃了，天明后要是还不见好，就到咱们卫生所去看看，或者我再陪你去那家医院。”

看得出，孙鸣飞是个热心肠，且快人快语。白川觉得，以后肯定和孙鸣飞合得来。

服下药，尤其是一杯浓得像红糖水一样的板蓝根下肚，白川觉得身上轻松了许多，嗓子也觉得舒坦了一些。

“你是哪个学校分来的？”白川轻声地问。

“汉京师范大学中文系。你呢？”

“汉京大学法学系。”白川轻轻叹了口气说，“你也是专业不对口。”

孙鸣飞打开了话匣子。他滔滔不绝地告诉白川，他们中文系的学生就业领域最为宽泛，进学校当老师算是主业，但大家都想改行，只要从事文字工作都算对口，进报社、电台、电视台、杂志社都行。当然，像他这样进党政机关搞文秘工作也没问题。

白川又问农贸社是干啥的，孙鸣飞说：“报到以前，我以为这里是做生意的，糊里糊涂就来了。可过来一看，完全不是那么回事。省农贸社就是个纯粹的行政机关，隶属省政府，听说咱们的一把手级别比省上一般厅局长规格还要高半格哩。在这样的单位，文字工作和法律工作准能派上用场的。”孙鸣飞显得不无自豪，“我这几天帮档案室装订档案。听马老师讲，农贸社管理全省农村商业工作，是连接农民群众和政府的桥梁，政府对农村的物资供应和政策指导就是通过农贸社完成的。全国从中央到省、地、县、乡、村，各级都有农贸社。据说农贸社是全国所有行业中机构最多、体系最完备的部门。咱们省农贸社系统就有十几万人。”

白川静静地听着，心里琢磨着。看来，不光他对农贸社情形不了解，恐怕当初制订分配方案时学校的那些实权人物也不甚了了。除了公安、检察、法院这些对口单位外，省委经济部、政府办公厅、省物资局、省商业局等单位能引得大家趋之若鹜，无非是因为牌子唬人。而农贸社作为被冷落的单位，大抵是被这个上不了台面的名号给辱没了。难怪在康宁时老田说农贸社属于农口，以后还会和他打交道。连那个欧阳秘书长对农贸社似乎都很看重。想到这里，白川心里有了一丝慰藉，说不定这次看似不理想的分配，其实是撞了好运。

回想昨天报到的情形，人事处那个胖处长责怪白川报到迟了，让他先住下来，他不知道下一步会让他到哪个部门干什么工作，他也不知道自己能不能适应工作要求。想到这里，白川问孙鸣飞现在在哪个部门。孙鸣飞说："我来报到的时候，听说今年社里分来了五个大学生，财贸学院分来了两个，统计学院分来了一个，好像都二次分配到下边公司了，人事处让我等待具体安排。听马老师说，能在社里安排临时宿舍住下，可能会留到社机关。"说这话的时候，孙鸣飞的语气中又似乎透着一丝担心。白川问马老师是谁，孙鸣飞说她叫马兰花，在档案室管档案，是个回民，五十多岁，快退休了，待人热情、大方。白川想起小时候看过的电影《马兰花》，觉得这个名字有些好笑。

孙鸣飞提到另三个大学生二次分配到下边公司的事，让白川心里有些不明白。他问孙鸣飞下边的公司是咋回事？孙鸣飞说："听马老师讲，农贸社系统是条块结合管理，条条管理主要在业务上，省农贸社一竿子插到地、县、乡镇各层次；人事和财务上块块管理，听各级政府的。省农贸社有几家直属公司，人事安排上统由省社管理。有生产资料供应公司、棉花购销公司、土产购销公司、茶叶购销公司、工业品下乡公司、废品物资回收公司。另外，还有一家科研机构叫农副产品研究所，一所学校叫农贸商业服务学校。二次分配就是到这些直属单位去。"

"我们会被分下去吗？"白川问。

"十有八九下不去。要不然为什么要在社里给我们安排宿舍呢？"孙鸣飞顿了一下又说，"其实掌握我们命运大权的人就是人事处那个处长。"

"是那个长得很胖的处长吗？"

"就是他。听马老师说，他姓关，大家都喊他关老爷。关老爷年轻时在延安边区是红小鬼，干的就是贸易工作，经常化装带着钱从苏区潜入白区为根据地换药品、换粮食，是名副其实的老革命。新中国成立后又上过朝鲜战场，立过军功。他是咱们农贸社资历最老的人，连理事长都敬他三分。可惜他在战场上受过伤，身体里现在还有美国炸弹的弹片，一遇天气变化就周身痛，长期吃激素，胖得变了形。”孙鸣飞一口气把关处长做了详细介绍。

听到这里，白川觉得胖处长那张原本不怎么令人喜欢的脸孔似乎有几丝宽厚。不过对他一个农家子弟来说，当初只想圆梦搞法律，至于进什么级别的单位他倒真不在乎。如果真的因为他迟到了几天而被发配到下边的什么公司，他会义无反顾地离开这里。想着已经阴阳相隔的张丽霞，他追求前程的心思淡了许多，他甚至不知道自己还能否再恢复昔日的活力。

白川在心里悲叹命运的不公。一所几百人的学校，三个同学遇难，而张丽霞就在其中。他不明白同样睡在平房的张丽霞，为什么不能像其他同学一样逃脱厄运。让白川遗憾至极的是他到达康宁卫校时张丽霞的遗体刚刚运走几个小时。他在康宁苦苦坚守了十多个日日夜夜，没有与亲爱的人活着见面，甚至在她的遗体离开这个世界的时候，老天爷连目送的机会都没给他留下。

对面的孙鸣飞打起了轻轻的鼾声，白川却无法入眠。他脑子里像放电影一样闪现着他与张丽霞在磨张村观看电影《流浪者》的情景。他想象着张丽霞在洪水中挣扎，最后沉入水底的悲惨状态。一会儿，他又想起了小红，不知她找到自己的亲人没有；还有那个在铁道上被他推下路基的人，不知现在恢复神志没有。这些不幸的人……

一夜无眠。第二天早上，白川依旧感觉头昏脑涨，周身乏力。孙鸣飞起床后为白川打来了洗脸水，绞干毛巾，让白川擦了脸，又在职工灶上端回了早点。对于孙鸣飞无微不至的关照，白川半是感激，半是不好意思。出门上班的时候，孙鸣飞对白川说：“我就在旁边不远的档案室，你有啥事来找我。”

房间只剩下白川一个人，他依然躺在床上。他不知道接下来应当干什么。关处长吩咐让他先住下来，他拿不定主意是该一直在房间等着，还是再去人事处请示一下。他伸手摸了一下孙鸣飞放在床头的早点，还有些余温。虽然感觉不到饿，但他明白必须吃点儿东西。他爬起床，趿拉着鞋，倒了半杯水漱了漱嘴，开始吃早点。孙鸣飞带回的早点是两个小花卷、一碗稀饭、一份小菜，小菜是雪里蕻炒肉末。这比白川在汉京大学的早餐要好得多。

吃完饭，白川觉得身上有了些劲。他叠好被子，开始整理昨天匆忙带来的行李。说是行李，其实没几样东西，被褥已经铺在床上，除了几样冬夏分明的衣服外，就是书籍，大部分也都是他四年来读过的课本和听课时做过的笔记。因为经济上的拮据，白川上大学期间很少购买教材以外的书籍。别的同学各有所爱的专业读本，尤其是文艺作品，白川就是再喜欢，也从不轻易产生拥有的念头。白川像在学生宿舍一样，把书籍和笔记一溜码放在床角靠墙的位置。好在这个床铺要比学校的床铺宽一些。几件暂时不穿的衣服塞进纸箱放到床底下，行李就算是收拾完了。

坐在床沿上，白川的思绪又回到过去与张丽霞相处的点滴时光中。他想起张丽霞去康宁上学时与他在汉京游玩公园的情景。那是他唯一一次、对张丽霞来说也应当是绝无仅有的一次浪漫。他们以恋人身份徜徉在公园的小径上，享受着爱的滋润。面对壮美的人生，他们计划着未来在某一个城市建造一个温馨的二人世界，工作上比翼双飞，生活上相亲相爱，一起成就事业，一起生儿育女。然而，随着一场洪水，一切烟消云散，一个鲜活的生命自此香消玉殒。此时此刻，他真的希望有另外一个世界，虽然此生不能相聚，但只要张丽霞在那边能有另一种生活，他心里也能稍稍得到安慰。想着想着，白川觉得应当把自己的哀思写下来。他要写一封给张丽霞的信，倾诉他心中的思念与痛苦，然后在夜深人静时找个合适的地方焚化。如果张丽霞真的在另一个世界，她肯定能看到他的信。

白川整理了一下思绪，就着房间那张老旧办公桌，摊开纸。

提起笔时，白川又觉得脑子里乱成了一团麻。他不知道抬头该写成给张丽霞的一封信，还是写成给自己的一篇悼念文章；他不知道该告诉张丽霞自己一时无法从痛苦中解脱，还是该告诉张丽霞让她放心走好，不要牵挂，他会振作起来面对一切。

几个小时过去了，白川一直呆呆地坐在桌前。一直到孙鸣飞下班推开房门，铺在桌上的纸张仍然是一片空白。

孙鸣飞进到房间后却阴着脸。他在房间的地面上站着，神色怪异地在房间四周和天花板上四处巡视了几遍。

白川注意到孙鸣飞的举止，轻声说：“鸣飞，你下班了？早上忙不？”

孙鸣飞却没有了昨天夜里侃侃而谈的劲头，只是轻轻地点了点头，几次张了张嘴又似乎把话咽了回去。

看着孙鸣飞欲言又止的样子，白川问：“鸣飞，有啥事？”

孙鸣飞愣了半天，才心不在焉地说：“咱们先吃饭去吧。”

农贸社的职工食堂在办公楼东边的一排平房内。白川随孙鸣飞到食堂时，那里已经有了不少人。食堂的面积看着有大半个教室大，外间摆着十来张大圆桌，圆桌上稀稀拉拉坐着几十号就餐的人，里间应当是操作间，与外间用一道玻璃墙隔着。透过玻璃墙，能看见四五个腰缠裙布的厨师穿梭忙碌着。外间靠玻璃墙摆着一条长桌，桌上铺着白色的桌布，桌上一溜摆放着七八个大盘子，盘子里盛着几样花色不同的菜和米饭、馒头之类。一个类似于大保温桶的容器应该是盛汤用的。

白川学着孙鸣飞的样子，在长桌边上的盒子里放进了一张一角钱的副食菜票和一张四两的主食粮票，然后在摞起的餐具中拿出一个硕大的盘子。这种盘子比农村人过红白喜事时宴席上使用的盘子要大得多，质地是白川没有用过的细瓷，白得刺眼。白川看着孙鸣飞拿起菜盘中的大夹子，在桌上的各样菜品中分别夹了一小点儿，又舀了一勺米饭。

白川心里一时有些糊涂，他不明白，一角钱的菜票和四两粮票的价值和数量是确定的，但桌上的菜和饭却没有人管理和控制，吃饭的人取多了怎么办、饭菜不够吃怎么办、先来的人吃多了后来的人怎么办，疑惑归疑惑，白川在心里告诫自己一定要保持风度，处变不惊。他扫视了一下盘中的菜，有炒土豆丝、白菜炖粉条，这是他几年来在汉京大学食堂吃的主打菜；还有西红柿炒鸡蛋、小酥肉，这是他在学校时不敢问津的高档菜；另外一盘像肉又不像肉的酱红色的菜，白川从没见过。

白川小心翼翼地拿起夹子，尽量装出斯文的样子。他用右手端着盘子，用左手去捏菜夹子，很快又意识到错了，赶忙放下盘子，把夹子换到右手上。他平生第一次直接在属于公众的大盘里自己操勺给自己打菜，这种不习惯让他感到有些心跳。

白川忽然想起七岁时随父亲参加舅舅家表姐出嫁的婚礼宴席，席上摆着八双筷子，白川是第九个人，被安排站在父亲的身边。父亲半抱着白川，把一双筷子递到白川手里。菜是一道一道上来的，几乎每盘菜都是一抢而空。白川偶尔把筷子递给父亲，父亲往往吃一口菜就又把筷子还给白川。当一碗苫着几片肥肉的煮白菜端上桌时，眼尖手快的白川迅速夹起了两片肉，他想让自己与父亲能够分享这种平常根本无法接触的美味，但他没有想到父亲的大手压住了筷子。父亲低声却又威严地说："只能夹一片！"他讪讪地松开了筷子。宴席吃罢回家的路上，父亲说："八个人八片肉，咱们爷儿俩只有一双筷子，按规矩只能吃一份。啥时候都不能忘了规矩。没了规矩就没了教养，没了教养就不是好人了。"

想起久远的一幕，白川捏着菜夹子的手有些发抖。他夹起一撮土豆丝放到自己的盘子里，却因为手不太听使唤在白色的桌布上洒了不少菜。他下意识地四周看看，不好意思地放下夹子，用手捡起洒下的菜放进自己的盘子。他又夹了些白菜粉条，却不想一夹子下去夹上了一大坨子。看到盘子中不少的菜，白川担心吃不完，加上刚刚发着烧胃口也不太好，他没有再夹小酥肉和那种叫不上名字的菜，又夹了两个馒头，就随着孙鸣飞坐在角落的一张桌子上。

孙鸣飞看着白川的菜盘说："白川，你咋不打点儿荤菜？咱们食堂的香肠据说都是自己灌的，味道很不错。"

白川说："我胃口不好，想吃点儿素的。"这才知道那道未碰的酱红色像肉又不像肉的菜，原来就是听过没吃过的香肠。

孙鸣飞又问白川："为啥不吃点儿米饭？"

白川说："我从小在农村，吃面长大的。在学校时老觉得米饭吃到嘴里像一团沙子，不习惯，常拿米饭票换南方同学的馒头票。"

坐定后，孙鸣飞又打来两碗汤递给白川，是蛋花汤。白川吃着馒头，就着菜，再喝几口汤，觉得味道比汉京大学学生食堂的伙食强多了。

一边吃着饭，白川一边注意观察其他就餐的人。来得早的人已经三三两两起身离桌，吃完饭的人盘子里的东西基本上都光了，离桌前就餐人都把用过的盘子送到洗碗池里。偌大的食堂显示着安静与尊贵，没有人大声喧哗。想想大学食堂里你呼我喊的热闹，白川觉得这里有几丝压抑。让白川感到不解的是，靠近窗户的一张桌子四周没有一个人落座，桌上的餐布平平展展一尘不染，那里一直空着。白川正觉疑惑，却见从食堂外鱼贯走进来一拨人，径直在那张桌子四周落座。他数了一下，有七个人，内中一个是白川认识的人事处关处长。看得出那个坐在上首举止随意的人，应该比关处长官职更高。

孙鸣飞低声告诉白川："这是咱们农贸社的几个领导，可能是刚开完理事长办公会。那个靠墙的人是咱们的常务副理事长，姓王，右边紧挨着王副理事长的是侯副理事长，那个女的是总会计师，王副理事长左边的是刘监事长，剩下的是人事处关处长、财务处孙处长、办公室杨主任。"孙鸣飞像介绍家庭成员一样轻声向白川介绍了那一桌要人，不禁让白川打心眼儿里佩服孙鸣飞对工作环境熟悉的速度。白川突然想起在康宁市那栋楼房的房顶上，老田告诉他农贸社的王副理事长提前一天离开康宁躲过水灾的事，原来就是这位看着神采飞扬的人。

王副理事长刚一坐定，就见食堂操作间走出了总务科那位韩科长。白川没想到韩科长竟然直接在操作间安排厨师工作。韩科长招呼着厨师快速地从里间端出了几个菜摆在桌上，又从墙角的一个橱柜中拿出几瓶啤酒打开盖也放在桌上。白川这才明白，原来农贸社的领导就餐标准又比刚才白川体验的高一个规格。

吃饭过程中，孙鸣飞依旧似有心事地满脸忧郁，除了简单地为白川介绍了几句邻桌人员身份外，就没再说话。白川努力回忆着早上孙鸣飞起床后给他绞毛巾让他擦脸、给他打饭回来让他用餐，直到上班前的过程，没有感觉到自己在说话和举止中有不得体可能惹孙鸣飞不快的地方，他不能断定孙鸣飞的状态和自己有没有关系。想想昨天晚上和孙鸣飞的交谈内容，想想孙鸣飞与他萍水相逢给他的关照，他认为孙鸣飞应该是个大度且助人为乐的人。他觉得既要做朋友就应当以诚相待。他猜想会不会是二次分配中将在他和孙鸣飞二者之间选一人留在社机关。他决定吃完饭后问问孙鸣飞。他打定主意，必要时自己发扬一下风格。

吃完饭回到房间，孙鸣飞仍然神不守舍地坐在床上东张西望。

白川说："鸣飞，你有啥事告诉我。"

孙鸣飞盯了白川半晌，脸上露出了怪异的神色。

白川又说："鸣飞，你相信我，咱俩虽然见面只有一天时间，但我觉得咱们投缘，有啥事咱们一块儿扛。"

孙鸣飞说："我心里闷得慌，不想再让你心里添堵。"

白川说："没事，我这人心大，啥都不在乎。"

孙鸣飞两只手使劲地搓了一阵，气愤地说："韩浩平这王八蛋不是东西。"

白川问："韩浩平是谁？"

孙鸣飞说："就是总务科韩科长。"

白川就想起昨天韩科长给他安排食宿的过程。说心里话，他对这个人印象不怎么好，看看今天食堂里韩科长在社领导跟前的殷勤样子，他断定这个韩科长是一个媚上欺下的家伙。见孙鸣飞咬牙切齿的样子，白川问："韩科长干了啥坏事情？"

孙鸣飞说："我早间上班和马老师聊天，给马老师说你昨天晚上病了，发高烧。我说这几天感冒好像是流行性的，我前几天也和你一样，发烧、咳嗽、头疼。马老师就冷兮兮地笑。我问马老师笑啥，起初她不说，经不住我一再追问，马老师才告诉我一件事。她说两年前社里调来了一个女干部，丈夫是省税务局的一个处长，夫妻长期两地分居。好不容易这女的从外地调回来，安排在咱们农贸社做统计工作。没想到好日子没过几天，这女的发现她丈夫早在外边有了别的女人，一气之下从家里搬出来，死磨硬缠让社里给她腾了一间宿舍。她一个人住机关，孤孤单单的，时间不长就患上了抑郁症。一个礼拜六的晚上愣是给自己脖子上拴了一个绳套，绳子的另一端挂在暖气管道上。当时正是夏天，待到礼拜一大家上班找寻那女人时，撬开门，已经闻见了尸臭。”

孙鸣飞一口气说完了从马老师那里听来的故事。白川不解地问孙鸣飞：“这跟我们有什么关系？”

孙鸣飞说：“你听我继续说。这女的死后半年，社里因为办公房紧张，把女人原来住过的宿舍收拾了一下，做了社志编纂办公室。社志办是个临时机构，抽了几个快退休的老同志收集整理资料，还配了一个年轻人负责跑腿联络。没想到过了不到三个月时间，有两个老同志在组织体检时一个查出肝癌晚期，一个查出膀胱癌，没几天一先一后进了火葬场。这事一出，社志办的其他人员说啥也不在原来的办公室待了。后来这间房子就一直闲着，一直到我们分到社里来之前。”

孙鸣飞说到这里，白川有些明白了，他问孙鸣飞：“那个女人住过的宿舍是不是咱们住的这间房子？”

孙鸣飞点了点头，又说：“听马老师讲，这一回社里招录的大学生本来要安排到招待所临时住宿，偏偏韩科长提议让住到这间凶宅，还说年轻人阳气旺盛，可以把房子的阴气冲一冲。你说这韩浩平是不是人？他咋不自己住到这间房子冲阴气呢？”

听完孙鸣飞的话，白川不由自主也在房间四顾寻找那个寻短见的女人可能拴绳子的地方，可房间的暖气管道离地面并不高，最高处充其量不过一米五左右。

白川学过法医学，他知道自缢的方式很多，相当多的人在濒临死亡的瞬间会有本能的求生欲。典型的吊死现场是绳头系在房梁上或者高处的树杈上，踩着凳子把自己的脖子塞进悬挂的绳环，一脚蹬掉脚下的凳子。这种自杀方式的成功率几乎可达百分之百。而在绳套高度达不到自杀者身高的情况下，自杀者往往在最后的瞬间因为生理上的痛苦而放弃自杀。那个女人在不超过一米五的暖气管上结绳自尽成功，足见其求死的决心与毅力。

看到孙鸣飞怒火中烧的样子，白川反倒平静下来。他说：“鸣飞，想开些，没有啥，咱们都是大学生，没有那么脆弱。我这个人不信神不信鬼，但我信命。生老病死，富贵贫贱，命里都给你安排好了。我就觉得我命硬，灾呀难呀都躲着我哩。再说了，死人的事是常有的，你说我们住的老房子，甚至脚下站着的每一块土地，从古到今哪里没死过人？我们千万不要自己吓唬自己。”

孙鸣飞说：“白川，你想开了就好。我早间知道这事后不想给你说，怕你病还没好又有了心理负担。”

白川笑了笑说：“哪天闲下来，我把我们学校里老师讲过的刑侦案例给你说一说，只怕你晚上睡不着觉。”

中午休息了一会儿，孙鸣飞又到临时岗位档案室上班去了。孙鸣飞一走，白川觉得有些无聊，就又坐回到桌子前准备把心里的哀思写出来。可一拿起笔，却觉得心里又乱又慌，其实他对孙鸣飞说的那些话，半是真心，半是安慰孙鸣飞。不管咋说，住在一间人称凶宅的房子里，心里的阴影是不可能一时半会儿消散的。当然，最好还是能搬离这间房子。可是，依他和孙鸣飞两个无根无基的学生而言，去找谁替他们说话？唯一的办法就是尽快上岗工作，力争以自己的工作业绩换来话语权，从而改善工作和生活环境。

无心提笔，白川想找点儿事情干。他觉得有必要把这间房子仔细打扫一下，尽管房子不太脏，但为了除去晦气，还是需要擦洗一下。他在门后找到一个拖把，打算先把地板好好拖一下。

也是合该出事。提着拖把的白川出门找水龙头，却老远看见孙鸣飞正和韩科长站在一起说话。韩科长端着一个水杯，慢条斯理地有一搭无一搭晃着脑袋。孙鸣飞两手比画着，显得有些激动。白川看见孙鸣飞时，孙鸣飞也看见了白川。白川猜想孙鸣飞与韩科长的谈话肯定与房子有关，他知道这时候掺和上去兴许于事无补，但刻意躲开无疑显得有些明哲保身。经过简单的思想斗争之后，白川还是大大方方地迎着孙鸣飞和韩科长走过去。

看见白川走过来，孙鸣飞像是对着白川又像是对着韩科长说："刚住进那间房子，我发了几天烧，昏昏沉沉跟中了邪一样。这白川刚进来也病了。我在房间整夜整夜睡不着觉，这样下去不是个长法。韩科长你帮忙给我们另找一间房子或是让我们住招待所吧。"

韩科长没理会孙鸣飞，扭头对着白川说："你们这些年轻人就是不知道天高地厚。我在部队上野营训练的时候，还在坟头边躺着过夜。你们大学一毕业，国家就给你们发着高工资，吃的苦比我们少得多，拿的报酬比我们高得多，就这样还到处讲条件。还有良心没有？"韩科长说话的时候，一字一顿，脸上满是讥讽和揶揄的神色。

白川觉得和韩浩平这样的人理论就像对牛弹琴，他转身想走开。孙鸣飞看见白川手里攥着的拖把，伸手说："你把拖把给我，我去洗。"白川连说："不用，不用。我自己来。"

就在白川与孙鸣飞为拖把拉扯之际，拖把却脱了手，拖把把手恰巧砸在韩科长端茶杯的手上。"啪"的一声，韩科长的玻璃茶杯摔在水泥地面上，玻璃碎片散落一地。意外的情形让韩科长一时愕然，他大概没来得及对白川和孙鸣飞的行为到底是故意还是过失做出判断，自己被两个毛头小伙子冒犯后，心中本能地升起一股怒火。他突然把口中还没咽下去的茶水"扑"一下全吐在离他咫尺的孙鸣飞脸上。猝不及防的孙鸣飞右手抹了一把脸，左手推了一把韩科长。没想到韩科长得寸进尺，就势给了孙鸣飞一个耳光。孙鸣飞显然被打蒙了，站在原地双手捂住了脸。

目睹这一幕，白川只觉得一股热血冲上脑门，他飞起一脚，冲着韩科长的屁股踢过去。没有丝毫防备的韩科长应声面朝地跌了个狗吃屎。待韩科长爬起来时，脸上满是灰土，额头上出现了几道血印，嘴里吐出了一口血沫，一颗门牙随即跌落地上。韩科长伸开手掌时，更是血流如注。手掌的伤口上明晃晃地嵌着一块玻璃片。

倒霉的韩科长做梦也没有想到这个一直没有开腔的年轻人竟敢在太岁头上动土。他指着白川，结结巴巴地说："你行凶打人，老子治死你！"一边忙不迭地朝不远处的卫生室跑去。剩下了傻乎乎站着的孙鸣飞和不知所措的白川。

科长韩浩平用另一只手压着汩汩冒血的手掌，两只手都染得血红，又在无意间抹了一把脸，顿时整得从上到下血糊嘶拉。他连滚带爬地跑到卫生室，把值班医生吓了一大跳。

这卫生室本来就归总务科管，一看到顶头上司科长大人成了血人，值班医生大骇，惊问科长："你咋了？"

韩科长说："你甭问了，先快些处理伤口。"

值班医生手忙脚乱地找到酒精药棉先擦了韩科长脸颊："科长，你额头上擦破点儿皮，不碍事。"待擦洗手掌时，发现血流得厉害，摇了摇头说："科长，伤口太深，得要缝合一下，我陪你到职工医院去吧。"韩科长坚持让值班医生给他先简单包扎住。

值班医生说："科长，这不行。不光要缝合，还得打破伤风疫苗。"

韩科长一听来了气，狠狠地说："让你包扎你就包扎，少废话！"

值班医生只得草草地用纱布缠住了伤口。韩科长又让给他的额头上也贴上纱布。一时间，韩科长像是从前线下来的伤员。

这韩科长为啥要在卫生室先包扎伤口？其实他心里已经想好收拾白川和孙鸣飞的主意。他意外挨揍，虽说传出去也是丢人事，但显然这事瞒不住大家，索性就把事情闹大一点儿。他得先带着伤在农贸社院子里给大家留下一些悬念，然后把这个棘手的问题甩给领导。不把这两个毛头小子整得吐血，他韩浩平算是孬种。他要让这件事成为一个警示——韩浩平惹不得！

科长韩浩平说来有些背景。他从小在坊上长大，在一帮小混混中也算是出过不少风头。初中毕业后上山下乡插队农村，说是接受贫下中农再教育，却没少干过教育贫下中农的事。为了地方上的清静，插队的公社送他去了部队，在遥远的新疆天山脚下，韩浩平当了一名汽车兵。三年军营生活倒真是把韩浩平的意志磨炼了一番。复员回到汉京市，韩浩平在农贸社系统的运输公司开卡车。农贸社机关增加公务车辆后，在下属单位抽调司机时，韩浩平凭着过硬的技术和年龄优势借调到农贸社机关，没几天工夫给理事长开起了专车，成了“司级（机）干部”中的红人。理事长外出公干，韩浩平是司机兼生活秘书。理事长家里大事小情，韩浩平更是一手包揽，俨然成了理事长的家庭侍卫。一来二去，理事长的千金看中了韩浩平。理事长知道后大为光火，他不能容忍女儿嫁给一个司机。他训导女儿说：“十个司机九个贼，别看小韩平常跟咱们走得近，但不是一个层面上的人，跟小韩结亲会让人笑话的。”为了棒打鸳鸯，理事长为自己调换了司机。却不想，理事长的千金吃了秤砣铁了心，跟父亲哭闹一番无济于事，把母亲常用的一把安眠药吞进肚子里，又在床头留了一份“此生不嫁韩浩平，宁肯舍身赴黄泉”的遗书。把个理事长夫妇吓得三魂出窍，急送医院又是灌肠又是洗胃。理事长千金睁开眼睛“哇”的一声大哭后，惹得理事长老泪纵横，连说：“宝贝，爸随你，爸随你。”千金破涕为笑。理事长有如黄连下肚，只恨自己搬起石头砸了自己的脚。韩浩平运交桃花攀龙附凤的消息传开后，理事长为遮人耳目，把韩浩平从司机班调出来到总务科打杂。机关中除司机和炊事员是工人身份外，其他岗位的人员都是干部身份。韩浩平是工人身份，离开司机班继续在机关待着就有些不尴不尬。还是人事处关老爷体察上情，弄了个以工代干指标让韩浩平冠冕堂皇地成了正式职员。理事长年纪快到离休大限时，升职省政协副主席，临走时对自己一手提拔起来的王副理事长提出唯一要求，希望把他女婿韩浩平安排一下。王副理事长爽快答应。时间不长，韩浩平先是从以工代干完成以工转干，后又被提拔为总务科科长。这韩浩平经过多年打磨，脑子灵光，又兼言语乖巧，把社里的头头脑脑和一干重要人物侍候得心平气爽。虽有人背后议论韩科长利用职权假公济私，但奈何韩科长上头有人，社领导一叶障目，韩科长在机关虽然官职不高，却也是炙手可热的人物，整日里围在领导周围，狐假虎威，优哉游哉。

韩浩平脸上贴着一大块纱布，手上包着厚厚的药棉，径直跑到关处长办公室。按说这件事韩浩平应当先向他自己的顶头上司机关办公室主任去汇报，但韩浩平觉得那样做有可能让问题淡化。关处长现在是掌握这两个待分配学生命运的重要人物，韩浩平自认为平时伺候关处长伺候得也不错，他直接去见关处长，一来可以让关处长亲眼看到他的“惨相”，二来他觉得这样可以显示出他把关处长当作贴心靠山。

果不其然，看到如此扮相的韩科长，关处长大惊失色，从坐椅上弹起身子失声问：“浩平，出啥事了？”

韩浩平说：“被新分来的两个大学生给打了。”

关处长两眼睁得像铜铃一样。韩浩平又龇了一下牙说：“关处长，你看毒不毒？两个人围着我，用拖把棍敲碎了我的茶杯，一个人在前边用拳头捶我，一个人在后边用脚踢我，故意把我踢倒在玻璃碴上，牙都被打掉了。也算我命大，要是玻璃戳在眼睛上，我就瞎了。”

关处长听到这里，已气得浑身发抖，连声说：“不像话，不像话，简直成了土匪！”

关处长用电话召来了干事李义。李义就是昨天第一个接待白川的那个年轻人。

关处长说：“小李你去把那俩货叫来。吃了豹子胆了，敢在机关撒野，一定要严肃处理。不成的话，把他们退回学校去。”

李义一出门，关处长对坐在沙发上的韩浩平说：“浩平，你消消气，有我给你做主，这事情完不了。你先休息休息。”

韩浩平摇着头说：“关处长，你放心，我是当兵的出身，经得住摔打。”

韩浩平离开关处长办公室，回到自己的办公室。他在凳子上坐了十几分钟，梳理了一下思路，然后抓起电话，拨通了花池街派出所。几声响铃后，电话那边传来了一个熟悉的声音，韩浩平听出是副教导员方鸣。韩浩平说：“方教导，我是韩浩平，有个事和你商量一下。”方鸣说：“我在所里值班，你到所里来。”韩浩平说：“我不方便过去，你最好到我这里来。”方鸣说：“那你得等等，我找个人代一会儿班。”

花池街派出所是中城区公安分局下属的一个派出所，省农贸社就在花池街派出所辖区。又因为省农贸社是花池街一个重点联系户，被派出所称作警民共建单位。之所以选择农贸社作为共建单位，知道底细的人都明白那是派出所傍后台。省农贸社福利好、油水大，在省直机关是出了名的，共建关系建立后，派出所二十几号在编人员的福利大部分就由农贸社包下了。从紧俏的凤凰、永久自行车，飞人、蜜蜂缝纫机，上海、蝴蝶手表供应票证；到茶叶、花生免费提供。花池街派出所警员上上下下尽享其乐。在这些物品传递过程中，韩浩平自然扮演了重要角色。多年的往来，韩浩平与所里的老警员大都成了哥们儿。方鸣是副教导员，平日里在韩浩平跟前没少得实惠，这会儿韩浩平有事相求，方鸣自然不会推辞。

待方鸣推开韩浩平办公室门，看见韩浩平那副尊容后，自然也是吃了一惊，连说："我的韩哥呀，你这是咋弄的，谁欺负你了？这不是太岁头上动土嘛。"

韩浩平说："我让人打了。"

方鸣问："谁敢打你？"

韩浩平说："是两个不知天高地厚的家伙，刚分来的大学生。"

方鸣倒吸了一口气，做出一副不可思议的样子："大学生咋能打人呢？"

韩浩平就把他和白川、孙鸣飞的冲突过程添油加醋地叙述了一番。

方鸣思索了一阵说："这事够刑事案件了，最近'严打'搞得正红火，所里还为完不成抓人任务犯愁呢。这不正好凑个数。这样吧，你先写个报案材料，最好再把你们社里随便哪个部门的公章盖上，我这里程序就开始了。"

韩浩平一听连连摇头："我叫你来商量就是不能按常法办。你想，我去报案让别人咋看我？难不成说我太没器量。再说这两个学生已经算是农贸社的职工了，传出去还不是给农贸社抹黑？"

方鸣面露难色地问："那咋办？"

韩浩平说："我叫你过来，就是想让你以辖区巡查的方式撞上案子。"

方鸣嬉笑着点点头："还是你精明。我这就回所里，给所长汇报一下，让所长和你们人事部门直接联系。”

临出门前，方鸣又折回身问韩浩平：“韩哥，我上回让你办的事咋样？娃他舅可是等着办婚事呢。”韩浩平说：“你放心，不就是一台缝纫机吗？过几天我保准把供应券送到你手上。”

送走方鸣副教导员，韩浩平给顶头上司办公室主任打了个电话，说他要到医院去看病。主任问：“浩平，你哪里不舒服？”韩浩平没有告诉主任他被打的事，只说自己头晕恶心，上不成班。主任说：“那你就赶快去检查一下，身体有病可马虎不得。”

韩浩平让社里的值班司机送他到商业职工医院。这是隶属于省农贸社的一家医院，主要面向全省农贸社系统职工开展医疗服务。韩浩平一到这里自然被待若上宾。

门诊大夫问韩浩平是咋受伤的？

韩浩平说：“不小心摔在地上，让玻璃扎了，牙掉了。”

大夫问：“还有什么症状没有？”

韩浩平说：“头晕得厉害，老想呕吐。”

大夫说：“那得好好检查一下。”随后开了一大串检查单。

韩浩平在大夫的陪同下做了各种检查，却没有发现明显异常情况。门诊大夫揭下韩浩平额头的纱布，抹了些药水说不需要再贴纱布，揭开手掌上的纱布后仔细清洗了一遍创口，又贴上纱布，嘱咐韩科长回家休息，注意伤口不要见水。

韩浩平突然用手抱头，脸上一副痛苦不堪的样子。大夫急问：“又怎么了？”韩浩平说头疼得跟炸了一样。大夫显出一丝疑惑的神色。

韩浩平说：“我估摸会不会是脑震荡？”

大夫说：“要不然，韩科长你在留观室待一半天。”

韩浩平说：“我想住院好好再检查一下。”

既然科长有要求，门诊大夫只好说：“韩科长，那我就给你办住院手续。”

安顿好住院的床铺，韩浩平甩开大夫，在医院门口的大街上用公用电话拨通花池街派出所，对着电话另一头的方鸣说：“兄弟，我头晕得厉害，医生说可能是脑震荡，需要住院进一步检查治疗。我住在商业职工医院内科病房 301 床。这几天有啥急事甭到社里找我……”

却说闯下大祸的白川和孙鸣飞回到房间，各自坐在床沿上，半天沉默无语。

还是孙鸣飞先打破了寂静：“我们把麻烦惹大了。”

白川咬着牙恨恨地说：“这个韩科长欺人太甚！”

从小吃百家饭长大的白川骨子里透着一股野气，父亲有限的教化就是正派与义气。进大学校门后那次对付小流氓的偶然义举，让他以生活委员的身份与同学之间形成密切的关系。当班干部虽然付出了额外的劳动，但他也收获了助人的快乐。今天仍然是这种秉性，让他又冲动了一次。当他看到韩科长朝孙鸣飞脸上吐茶水、掌掴孙鸣飞时，他几乎是条件反射地踢了韩科长一脚。但冷静下来时，他不免也为自己的冲动而后悔。他明白这一脚很可能毁了自己的前程，甚至连孙鸣飞也要牵扯上。但事已至此，也只好听天由命了。

孙鸣飞再一次打破了沉寂：“我看韩科长不会善罢甘休，他一定会想办法报复我们。”

看着孙鸣飞略带恐惧的脸色，白川突然心里有些发酸：“就这么个事情，何况是他先把茶水吐你脸上，他也要对他的行为后果负责任。”白川为孙鸣飞宽心：“凡事总有个前因后果。他韩科长是个领导，我们向他提合理要求，他不该用言语羞辱我们，不该把茶水吐在你脸上，更不能伸手打人，这是严重的侮辱人格。再说了，韩科长摔在地上，手碰巧被玻璃扎伤，多少也算是意外事件。”

孙鸣飞自顾摇着头：“要是上头领导也像你这样看问题就好了。我担心我们在社机关是待不成了。”孙鸣飞重重地叹了口气：“怪就怪我多事，偏要找韩科长解决困难。”

孙鸣飞说到这里，白川从床边站了起来，拍了一下胸口：“鸣飞，你听我说，这事跟你没关系。人是我踢的，祸是我惹的，我一人做事一人当。上头领导要问这件事，咱俩一定得把实情说了，千万不要拉着你做无谓的牺牲。”

就在白川与孙鸣飞忐忑不安之时，门外响起敲门声。白川拉开门，见人事处干事李义站在门外。白川让李义进屋说话。李义却仍然保持着第一次见白川时的神态，语调像机器人一样没有抑扬顿挫地冒出一句:“关处长让你们去一趟。”白川问:“让谁去？”李义说:“都去。”

白川和孙鸣飞一前一后跟着李义上了三楼。一进关处长办公室，关处长霍地从坐着的椅子上站起来，右手使劲地在桌子上拍了一下，震得房间“嗡嗡”作响，桌上的钢笔、铅笔蹦了起来，茶杯里的水四处飞溅。关处长指着白川和孙鸣飞，用不太连贯的语调说:“你们……简直是土匪！说你们是高级知识分子，真是羞先人哩……也不知四年大学你们是咋上的……”

看着关处长盛怒的样子，白川心里反倒平静下来。他往前走了一步，有意用自己的身体挡住孙鸣飞:“关处长，您消消气，听我解释……”

白川一开口，关处长眼睛瞪得更大了:“你这个白川，学了几年法律，没有一点儿规矩，学校分配通知发了半个多月，你无声无息，搅得社里正常的人事安排迟迟到不了位。这刚一进单位，竟敢行凶打人！我看你是不想干了！你说说，你干吗要打韩科长？”

白川从进了关处长办公室后，就一直正视着关处长那张阔脸。他已经从孙鸣飞的简单叙述中了解了这位关老爷的人生背景。他初步断定关处长与韩科长不是一类人，关处长应该是个心地善良、是非分明的好人。白川心里盘算着一定要让关处长明白事情的原委，但他不知道给他们安排住到那间凶宅的事情与关处长有没有关系，他决定先忽略这个环节:“韩科长给我们安排住宿后，房间有些潮湿，先是孙鸣飞病了一场，我昨天又发了高烧。今天下午孙鸣飞在院子里碰到韩科长，就给韩科长说能不能把房子换一下，刚好我出门洗拖把。韩科长不问青红皂白先把我俩训斥了一顿……”

关处长突然打断了白川:“大夏天房子有啥潮湿的？你们住在哪里？”

白川身后的孙鸣飞开了腔:“就是办公楼后边那排平房，靠理发室旁边的那间屋子。”

关处长“唔”了一声，声调明显有些异样，脸上也露出一丝惊讶。

白川看着关处长表情的细微变化，断定关处长不知道住凶宅的事情。他接着说：“韩科长训完我们，我给鸣飞递拖把的时候，鸣飞没接住，拖把杆掉了，碰到了韩科长手里的茶杯，茶杯摔到地上碎了。韩科长朝鸣飞脸上吐了一口，把茶水吐得鸣飞满脸都是，还打了鸣飞一个耳光，我就在韩科长屁股上踢了一脚。没想到韩科长摔倒了，手扎在碎玻璃上。”

在白川说话时，关处长已经坐回椅子上。白川观察着关处长的脸色，虽仍然难看，但已经显出些作难的神态。

短暂的沉默之后，关处长说：“这事情总是你们的不对，白川你受过高等教育，又是学法律的，你怎么能用脚踢人？”

白川点着头说：“关处长是我的错，我接受组织处理。”

关处长用手撑着下巴想了一会儿说：“你们两个先回去，把事情的前因后果写个材料给我送来。注意要讲真话。”

白川和孙鸣飞同时说：“好，好。”

待白川和孙鸣飞转身出屋时，关处长像是对着白川和孙鸣飞，又像是自言自语地说：“这些个年轻娃呀，不知道天高地厚。”

关处长陷入两难之中。把韩浩平的控诉和这两个年轻大学生的辩解一对比，他心里就明白了，韩浩平的话语中必然注水不少。这几年韩浩平利用手中的一点儿小权力营私舞弊，已是公开的秘密，但是看在离休老理事长的脸面上，现任领导得过且过。关处长在地方上经历几十年的风风雨雨，也习惯了水清无鱼的自然法则。但是今天发生的事情，却不容关处长含糊处置。韩浩平在机关院子与人打架受伤，总得有个责任承担者。让韩浩平担责，不太合理。让这两个学生担责，又显得有些冤枉。再说，如果让这两个学生承担责任，就得把他们发配到基层岗位，或退回原学校。为了今年多分几个大学生，关处长没少向省人事厅学生分配处求情，尤其是跨专业的法学专业毕业生白川，他本打算是要充实到机关新组建的政策研究室，那里现在由几个老家伙撑着摊子，太需要专业人才了。而今，这么一闹，原来的用人计划就得泡汤。想了想，关处长打定主意：这事情先不惊动社里的领导，放几天再说。

事情的发展远远超出了关虎处长的想象。

方鸣副教导员回到花池街派出所后，立即向所长汇报了农贸社大院发生的事情。

所长说："农贸社是咱们的警民共建单位，维护农贸社正常的工作秩序是咱们工作的重中之重，这件事你看着处理好。"

方鸣问所长："要不要向局里分管局长汇报一下？"

未等所长答话，值班室有人喊："方教导接电话！"方鸣出了屋子。

方鸣接完电话后回来对所长说："所长，这事情有些严重，被打的韩科长已经住院了，初步诊断是脑震荡，人正在抢救。"

所长惊问："生命有危险吗？"

方鸣说："估计到不了那么严重。"

所长叹了口气："咱们辖区尽量别出大案子。"

方鸣接着刚才的话题："我的意见还是给分局主管领导打个招呼，毕竟农贸社是大单位，万一有个闪失我们也是提前请示过。"

所长点了点头。

方鸣用值班电话接通了分局主管刑侦的副局长："局长，我是方鸣，所长让我给您报告个事。我们辖区共建单位省农贸社大院一个科长在上班时被两个歹徒打伤了，人已经住院抢救。我们打算立案抓人，向您请示一下。"

电话那头传来副局长的声音："歹徒是什么人？"

方鸣回答说："暂时还不清楚。"

副局长说："农贸社是我们分局的重点保护单位，要维护正常的工作秩序，打击这种嚣张犯罪。但你们办案时，要注意政策，不要干扰机关正常办公。"

方鸣恭恭敬敬地连说几声："明白。"待听见对方挂机后才慢慢放下电话。

方鸣有意向副局长隐瞒了所谓“歹徒”的真实身份。

第二天一早，方鸣叫上年轻警员苏春明，先到职工医院找到住院的韩浩平做了笔录。

韩浩平一见方鸣带着另一个警员，知道方鸣已经把心中想的事情办成了，表面上却装出一副吃惊的样子问:“方教导，你这是要干啥？”

方鸣脸上一半是严肃、一半是关切地说:“我们接报说你在上班时被歹徒打伤住院，过来调查一下。”

韩浩平摇摇头说:“我可不想报案，那是工作中发生的冲突，没啥大事。”

方鸣坚决地说:“这事我们既然知道了，就不能不管，要不然就是失职。你也有义务配合我们把事情的来龙去脉说清楚。”

韩浩平脸上显出不情愿的样子:“那好，你问啥我如实回答就是。”

做完笔录回到派出所，方鸣对苏春明说:“小苏，你去写个立案报告。”

苏春明有点儿疑惑地问:“方教导，定啥性？”

方鸣有些意外地愣了一下:“这有啥考虑的，就流氓罪嘛。”

苏春明讪讪地说:“我以为要定个治安案件。”

方鸣“扑哧”一声笑了，半带揶揄地说:“我说小苏，你在公安上都干了快两年，咋还这么书呆子气？‘严打’一阵子了，该严的绝不能宽。咱们所里这个月立案、拘留的任务指标还没有完成。你立个治安案件，不是白白地浪费资源吗？”

苏春明嘴里嘟囔:“我就怕那个韩科长说的话有水分，那个白川和孙鸣飞毕竟是大学生呀。”

看着苏春明犹犹豫豫的样子，方鸣显得有些不耐烦:“算了，小苏，立案表我来填吧。你还是好好学习学习，尽快适应形势要求才行。”

方鸣三下五除二写好了立案报告：

一九八三年 × 月 × 日下午，我所接到群众电话，称辖区省农贸合作社大院发生一桩严重斗殴事件。经值班民警出警，得知该社总务科科长韩浩平因工作事务遭两名待分配人员白川、孙鸣飞围殴。凶徒手持拖把击打韩浩平，致韩手中的玻璃杯摔碎在地，一名凶徒与韩正面撕扯，一名凶徒在韩身后用脚踢蹬，韩寡不敌众倒地。殴斗中韩牙齿被打落一颗，脸部软组织挫伤，手掌被玻璃片戳伤，创口长度超过2cm。后韩赴医院诊治，诊断结果为外伤、脑震荡。现韩住院进一步观察。经我所询问受害人并查看其伤情病历，认为白川、孙鸣飞已构成流氓犯罪。拟立案侦查。

方鸣把写好的立案报告默读了两遍，自觉十分满意。他在立案事由中把立案线索描述为接群众电话，把白川和孙鸣飞这两个新分配到农贸社的大学生含混地表述为“待分配人员”，把打架场面又进行了形象设计。他觉得自己着实是在忠于客观事实的基础上创造性地运用了法律思维。方鸣此时有一种沉醉感。

办完立案审批手续，已经是下午时分。方鸣吩咐苏春明带上两副手铐。两个人步行到省农贸社大院，先到办公室接待科，然后找到三楼人事处关处长办公室。当关处长看见门外进来两个身穿警服的人时，诧异地站了起来。随行的接待科长介绍说：“关处长，这两位是花池街派出所的同志。有个案子来了解。”未等接待科长话音落下，方鸣抢着自我介绍说：“我是花池街派出所副教导员方鸣，这位是警员苏春明。我们来办一个案子。你们社里的总务科长韩浩平被人打伤了，派出所已经正式立案。我们来这里一是给组织上通报一下，另外要把两个涉案人员带回所里讯问。”

关处长一听，双眼睁得老大：“谁报的案？”

方鸣平静地说：“没有人报案，是我们警员例行巡查时偶然碰上的。”

关处长连连摇头：“使不得，使不得，这是我们社机关内部的事，我们自己消化解决，就不劳你们费心了。”

方鸣微微一笑：“关处长，这就是你的不对了。维护正常的社会秩序是我们公安机关的职责，是义不容辞的义务。如果有案子我们不管，往轻里说是失职，往重里说是玩忽职守。再说这个案子已惊动了分局领导。案子已经立过了，岂有不往下办的道理？”

关处长被方鸣一番话说得有些发噎，停了停，用和缓的口吻问：“那你们想咋办？”

方鸣声音低沉却坚决地说：“把人带去审问。”

关处长几乎条件反射地提高了嗓门：“坚决不行！”

房间的空气顿时紧张起来。

还是关处长打破了难堪的沉默：“我说这位教导员同志，咱们是共建单位对不对？”

方鸣连说：“是，是。”

关处长说：“是共建单位就得共同商量着办事。你说你们穿着警服，大庭广众之下，为了点儿鸡毛蒜皮的事情，把我们两个干部押着离开院子，让这两个干部以后咋工作？让我们农贸社脸面往哪里放？”

方鸣连连摇头：“好我的关处长哩，你又错了，这哪里是鸡毛蒜皮的事情？在堂堂的省级机关大院持械行凶，人都被打成脑震荡住院了，是严重的流氓犯罪。”

关处长有些意外：“打成脑震荡住院了？”

方鸣说：“我们已经到医院见过受害人了。”

关处长这下子有些明白，心里暗暗骂韩浩平这个王八蛋。

关处长似有不解地问方鸣：“就是打个架，咋能跟流氓罪扯到一搭？”

方鸣回答：“按照《刑法》规定，调戏妇女、寻衅滋事、打架斗殴，都属于流氓犯罪。”

商量了半天，最后决定先在社机关找间办公室由方鸣和苏春明对白川、孙鸣飞问话。

在三楼一间临时腾出来的房间，方鸣和苏春明坐定后把纸张铺在桌上，摆出了审讯的架势。人事处干事李义把白川送入房间后就退了出去。

让方鸣有些意外的是，白川进屋后表情显得很平静。他原本想着白川见到警察会一脸恐惧，却没想到白川竟如此沉稳。

“说一下你的姓名、年龄、籍贯、经历。”方鸣威严地开了腔。

白川一口气按方鸣的要求说了一遍。方鸣用嘲弄的口气说:“原来你是学法律的。”白川补充了一句:“学了四年。”

方鸣问:“知道为啥叫你吗？”

白川答:“估计是跟韩科长打架的事。”

方鸣说:“那你就把事情的经过原原本本讲一遍。”

白川把昨天在房间提着拖把出门去找水龙头、看见孙鸣飞与韩科长说话、自己凑过去、韩科长骂人、拖把撞落水杯、韩科长吐孙鸣飞茶水、掌掴孙鸣飞、他用脚踢韩科长屁股、韩科长摔倒、韩科长牙齿掉落、韩科长手被扎破等等一系列事情像竹筒倒豆一样抖落一空。

做记录的苏春明认真地听着、记着。其间，他几次提醒白川说慢点儿。苏春明心里明白，这第一份原始笔录，将是案卷中最重要的一份口供，它有可能直接决定眼前这位和他年龄相仿的年轻人以后的命运。

白川说话的时候，方鸣脸上的表情忽阴忽晴。问话完毕，他让白川签字画押。

白川从苏春明手里接过笔录一看，吃了一惊。他没有想到笔录的首页赫然印着四个大字:“讯问笔录”。

白川抬起头睁大了眼:“警察同志，我又没犯罪，怎么成了讯问？是不是笔录搞错了？”

方鸣说:“没有错，你先看看内容记得对不对？”

白川手有些微微哆嗦，他平静了一下情绪，把笔录从前到后认真看了一遍，觉得记录基本全面，他的意思也都反映得比较准确。他在笔录的最后一页签上了自己的名字。

苏春明显得稍为客气:“请你在每一页上签上名字，再摁上指印。”

白川一一照办了，又接过苏春明递过来的一张草纸，擦擦手指上残留的红色印泥。

白川临出门时，方鸣叮咛说：“白川，你是大学生，又懂法律，知道不配合我们会是什么后果。你先在宿舍待一会儿，回头我们再找你。”

白川点了点头。

房间剩下方鸣和苏春明两个人。苏春明说：“方教导，我看这事没有那么简单，韩浩平和白川两个人对事情过程的叙述出入比较大。韩浩平说的话我咋觉得有些夸大其词？咱们还是慎重一些好。”方鸣若有所思地点点头：“你说得有道理，先不忙下结论，等问过另一个人犯后再说。”

李义带着孙鸣飞进入房间后，方鸣先让孙鸣飞坐下，又从随身口袋中摸出一包香烟拆开递给李义一支。李义摆摆手表示谢绝。

待李义要退出时，方鸣说：“我问你个事。”

李义停住了脚步，定定地看着方鸣。

方鸣问：“你们农贸社机关有多少人？”

李义说：“不算临时工和借调人员，干部工人合计六十五名。”李义是人事处的干事，回答这些问题既专业又精确。

“那你们系统有多少人？”方鸣又问。

李义说：“省直企事业单位、地市级企事业单位、县区级企事业单位三大块合计有十万人左右。”

方鸣显出惊讶的神色：“这么说你们六十五个人领导着十万大军？”

李义说：“算是吧。”

方鸣自言自语地说：“怪道是人说省农贸社是省政府直属机关中名号不响，却是实力最强的单位。”

苏春明不明白方教导为什么晾着个急需问话的孙鸣飞，却与李义拉起了家常。他坐在桌旁把手中的笔帽拧上又卸下，再拧上又卸下，他试图通过这种方式提示方教导尽快开展正常工作。方鸣显然也注意到了苏春明的动作。

方鸣突然转过头对苏春明说：“小苏你回一趟所里，在我办公桌上把那本《刑事办案手册》拿过来。”苏春明不理解方教导现在要那本书干啥，再说到所里来回一趟少说也得四十分钟。他疑惑地说：“那得耽搁一会儿工夫。”方鸣说：“不急。”

苏春明回所里拿东西，李义退出了房间，临时审问室就剩下方鸣和孙鸣飞。方鸣这时候目不转睛地紧紧盯着孙鸣飞，足足有五分钟没有说话。

孙鸣飞与方鸣目光对视着，眼神里充斥着无辜的惊慌，继而无可奈何地把眼神移到了自己的脚尖上。

沉默过后，方鸣说：“孙鸣飞，你把你和白川殴打韩浩平的事情讲一遍。”

孙鸣飞抬起头，把昨天与韩科长的冲突过程按自己的回忆表述了一遍。

方鸣听完后说：“你不老实。”

孙鸣飞说：“我说的都是真话。”

方鸣一字一顿地说：“我们已经调查过，你们用拖把棍击打韩浩平，又前后夹击用拳脚踢打，导致韩倒地受伤。”

孙鸣飞连连辩解：“不是的，不是的。”

方鸣冷笑一声：“你说不是的，韩浩平是咋受伤的？现在韩浩平是受害人，你们是加害人。我们难道置受害事实于不顾，置受害人指控于不顾，去相信你们打人的人吗？”

孙鸣飞觉得无话可说。

方鸣变换了一下口气：“当然，作为办案的警察，我们也注意到你和白川两个人有主次之分，说不定可以认定某个人行为构成犯罪时，而另一个人行为情节轻微，不构成犯罪。但你要明白，认定行为情节轻微的前提条件，必须是如实陈述案情，并绝对配合侦查工作。”方鸣特意加重语气强调了“绝对配合”四个字。稍停了一下，方鸣又说：“孙鸣飞，你要认清形势，你听听刚才那个同志介绍的情况，能在省农贸社机关得到一份工作多不容易。你就忍心因为一时的糊涂而终生遗憾吗？”

孙鸣飞坐在凳子上，双手不停地搓着，长时间的沉默之后，自顾自地轻轻点了一下头。

苏春明返回来，把《刑事办案手册》递给方鸣。

方鸣说："我拿这本书是准备给这两个犯事的学学法律。"方鸣又指了指孙鸣飞："重点是给你学的，你有啥疑问我给你在书中找答案。"

孙鸣飞摇着头说："警察同志，我相信你们。我一定配合你们把事情说清楚。"

给孙鸣飞做笔录的过程很顺利。让苏春明意外的是孙鸣飞的口供竟然与受害人韩浩平的陈述基本吻合。在孙鸣飞签字画押之前，苏春明把笔录的关键内容又浏览了一遍：

……

？拖把是哪里来的？

：白川从宿舍房间拿出来的。

？白川拿拖把干啥？

：我不清楚。

？白川拿着拖把的时候，你在干什么？

：我一看白川拿着拖把，就想夺过来。

？夺过来了吗？

：没有。还没等我夺过拖把，拖把就已经砸在韩科长手上，玻璃杯摔到地上碎了。

？韩科长是咋样倒在地上的？

：白川从身后用脚踢的。

？在整个过程中韩科长动手了没有？

：记不清了，好像没有。

……

方鸣从苏春明手里接过笔录看了一遍，满意地点点头，让孙鸣飞签了名字，摁了手印。

做完笔录，方鸣和苏春明又进了关处长办公室。方鸣说："关处长，根据我们对受害人以及肇事者的询问和审讯，这个案子实实在在，足以定性。考虑到咱们的共建关系，我觉得应该充分听取社里的意见。我这就回去给所领导和分局领导汇报一下，随后我再来跟您沟通。在这期间，麻烦社里约束一下白川和孙鸣飞，暂时不要外出。”

关处长说：“这个你放心。”临出门时方鸣又要了关处长的电话。

回到派出所，苏春明对方鸣说：“方教导，我还是觉得有些疑惑。看白川的架势，好像说的是真话。关键的问题是拖把到底是掉落时碰掉了韩浩平的水杯，还是白川故意持拖把打落水杯。另外，韩浩平是否吐了孙鸣飞茶水，是否扇了孙鸣飞的耳光，但为啥孙鸣飞说的和白川不一样？”

方鸣说：“我知道你这个警校的科班毕业生对白川有些惺惺相惜。小苏啊，可不敢意气用事，要不然会吃大亏的。”

苏春明又问：“白川和孙鸣飞是不是要区别对待？”

方鸣说：“这个问题让我再斟酌一下。”

次日，方鸣办了三件事。

第一件事，是办理对白川的刑事拘留审批手续。

一上班，方鸣叫上苏春明一同到所长办公室，跟所长汇报了农贸社案件的基本情况。方鸣提出了对主要责任人白川刑事拘留、次要责任人孙鸣飞不做追究的个人意见。说完，方鸣又问苏春明啥意见。苏春明表示同意。

所长问方鸣这一段时间局里布置的抓人任务完成得咋样，方鸣说：“时间过半任务过半。”

所长看了看方鸣和苏春明，又翻了翻桌上的台历说：“方副教导员，你是案件主办人，拘与不拘、拘几个你看着办。”所长说话的时候，一副慢条斯理的样子，尤其是把“方副教导员”五个字一字一顿地吐出来。不待方鸣接话，所长又意味深长地说：“这个案子发生在农贸社大院，不同于社会上的其他案子，注意别惹出什么麻烦。衙门大了背景深，搞不好上头一个电话过来，就够我们喝一壶的。我看必要时多听听农贸社领导的意见。”

方鸣连连点头表示赞许："我也是这么想的。我就是先请示一下您的意见，完后打算再和农贸社负责人沟通一下情况。"

跟所长请示完毕，方鸣同苏春明一道去分局办完了对白川的刑事拘留审批手续。

刑拘审批手续办完，方鸣对苏春明说："小苏，我下午还有点儿私事，你小侄子的学校下午开家长会，我得去一趟。"

苏春明说："方教导这可不是小事，比所长办公会重要多了。你赶紧去，别误事。"

方鸣叮咛苏春明把案卷锁好。

苏春明顺嘴又问啥时候拘白川。

方鸣说："今天晚了，明早行动。注意保密就是了。"

方鸣随后出了派出所，但他没有去孩子的学校，而是拐了个弯，又到了省农贸社大院。

方鸣离开派出所时已脱下警服换上便装，因而进农贸社院子时也没有引起太多注意。他跟认识的门房打过招呼后径直上到三楼。

推开关处长办公室门，一看关处长正和另外两个人说事，方鸣就礼貌地说："关处长，有个事情我向您汇报一下。您忙着，我先在外边等一会儿。"

关处长看到昨天来过的警察又来了，情知有急事，连忙站起来招呼："方警察，噢，方副教导员，你进来坐。"又对两个谈话的人说："我得先和这位同志说点儿事。"等那两个人出门后，关处长倒了一杯水递给方鸣。

落座后的方鸣接过水杯，轻轻地吹了一下水杯上面的茶末，小抿了一口，把茶杯放在茶几上："关处长，我是来向您请示汇报工作的。"

关处长一听笑出了声，脸上的表情却有些僵硬："我是农贸社的，你是公安局的，我们在你的辖区，接受你们的管理，有啥事应当是我们向你们请示汇报。"

方鸣说："关处长，我说的是心里话。论级别您比我高得多，论年龄您也是老前辈。虽然说这不是工作程序，但我个人觉得不跟您谈一下想法心里总不踏实。”

关处长倒是很干脆，张开五指，双手从额头往后脑勺梳了两下：“那小方咱就不客气了，有啥话你就尽管说。”

方鸣就给关处长认真地介绍了当前全国“严打”的形势和公安局内部掌握的政策。

关处长听后感到不可思议：“公安局系统怎么还制定抓捕人犯的任务？”

方鸣说：“这回的政策雷厉风行，可抓可不抓的坚决抓，可判可不判的坚决判，可杀可不杀的坚决杀。公安机关要像篦子一样把各个角落篦一遍，凡有劣迹的人都难逃法网。”方鸣又把白川和孙鸣飞的案子讲了一遍，言下之意这两个肇事者在劫难逃。

关处长挠挠头自言自语：“是不是有些过火了？这两个大学生我看都不是坏娃。”

方鸣摇摇头说：“政策制定是上头的事，这两个大学生也就是撞到枪口上，怪就怪他们运气不好。虽没人报案，却让我们巡查的碰上了。”

关处长又说：“韩浩平被打后找过我，他的说法和这两个学生的说法有些出入。”

方鸣说：“我们给三个人都做了笔录，主要责任人白川的说法和受害人不太一致，次要责任人孙鸣飞和受害人的说法基本吻合。”

“噢？”关处长脸上现出了一些惊讶的神色。

关处长给方鸣茶杯中又续了一些水：“有没有变通的办法？”

方鸣沉思了一小会儿，突然像开窍一样抬起头：“要不然按照宽严相济的原则，对次要责任人免于追究？”

关处长问：“你是说放过孙鸣飞？”

方鸣说：“我就是这个意思。”

关处长说：“那当然好。可是……”

方鸣说：“好我的处长哩，再不能可是了，要是能成全一个，也是大幸了。我还担心到时候说我没有执行‘可抓可不抓的坚决抓’这项政策。”

关处长想了一会儿说：“方副教导员，我有几个请求提出来不知合适不合适？”

方鸣说：“关处长再不要这么生分。就叫我小方好了。有啥事您尽管吩咐。”

关处长伸出三个手指头：“我代表社里向你们提三个要求。”

方鸣说：“关处长尽管说。”

关处长逐一掰着指头：“这一，你们抓白川时，不要派警员到我们院来当众抓人，更不要让警车来。那样对农贸社影响太不好，也把这个年轻人的后路给断了。我们社里把人送到派出所。这第二，我看白川这娃本质很好，我们社里派人把他送到你们派出所，你们能不能给他算个投案自首？这第三，你们能不能给白川弄个免予刑事处分或监外执行啥的？看着将来把白川的公职给保住。”

关处长说完，方鸣挠了一阵头，没有说话。

关处长又问：“我说的一条都办不到吗？”

方鸣微微笑了一下：“关处长，您说的这三件事在我们工作程序上有些麻烦。第一件我觉得好办，到时候我们穿上便装，到你们社里，随你们的人坐你们的车，去派出所就行了。这也免得万一你们陪白川投案的路上，白川跑了大家都得担责任。第二件事我可以做所里和局里的工作，在给检察院报送案件时提交白川属于投案自首的证明，但前提是白川必须认罪。依我现在对白川的了解和判断，白川未必肯就范。这第三件就更麻烦了，我们公安局只是个侦查机关，侦查完毕案子就交给检察院了。检察院审查完毕再起诉到法院。法院还有个一审二审。最后定啥罪、判啥刑跟我们无关，我们连参与的权利都没有。”

方鸣一连串带有普法色彩的话语，让关处长听得云里雾里。但大意能明白，看来除了抓人不搞大动静外，其他都基本无望。

不管怎么说总算保住了一个人，关处长想了想也觉得只有如此。他把目光从窗外移到方鸣脸上：“小方，这事情我也能理解。隔行如隔山，你们有你们的规矩，我们会配合好的。你回去给你们所长表表我们的谢意。以后有啥需要我们支持的不要见外。”

方鸣见关处长下了逐客令，就站起来和关处长握手道别。临出门时却突然停住脚步，略带迟疑地说：“关处长，我有个私事，讲出来实在有些不好意思。”

关处长说：“都是自己人，有啥不好意思的？你坐下来咱再说。”

方鸣又坐回到沙发上：“这话说起来让人又气又难。我小舅子快三十岁的人咧，一直没对象，这事成了我岳父母的一块心病。这不，几个月前好容易谈上一个，勉勉强强说定了婚期，谁知女方狮子大张口，提出非得三转一响一咔嚓……”

关处长问：“啥叫三转一响一咔嚓？”

方鸣说：“三转就是自行车、缝纫机、手表；一响就是收音机；一咔嚓是照相机。”

关处长听后笑了：“挺形象的嘛。”

方鸣又说：“丈母娘把这个政治任务交给我了。我那口子见天在我耳边嗡嗡，把人能烦死。”

关处长明白了方鸣的意思：“这也难怪，社会风气就是这样，谁也脱不了俗。看看我能帮你啥忙？”

关处长最后一句话有些明知故问的意思。显然，他不太乐意替方鸣帮这样的忙。方鸣观察着关处长的表情，他原以为关处长会慷慨地表示全包在自己身上，却未料关处长不冷不热。看来这位关处长跟韩浩平是截然不同的两类人。

方鸣适时调整了语言方式：“关处长，我知道这些东西都要供应券。我就是想问问您，你们农贸社系统有没有议价供应这些物资的商店。”

关处长从桌上拿起一支笔，边摆弄边说：“方副教导员，这些紧俏的商品都是按计划层层下拨的，但也有些机动指标。这样吧，我给计划处写个情况说明，让他们挤一下，给你一台缝纫机、一辆自行车。”

方鸣显得有些激动，站起身连连说：“谢谢！谢谢！”

关处长却又说:“我有个要求，给你的票证一定要限于自用，不敢流转。”

关处长说的“流转”指的自然是黑市上的倒卖。方鸣刚才已经注意到关处长手里捏着笔对他说话时称谓已从“小方”转回到“方副教导员”，他心里明白这位被称作“关老爷”的人是个不好贴近的人，就显出虔诚的样子:“咱自家的婚事急得不行，咋能流转给别人？”

离开农贸社大院，方鸣算是办完了第二件事。他的心情谈不上愉悦，也说不上沮丧。谈不上愉悦的原因是他感觉与关处长的沟通过程和结果比他想象的要差一些。对于农贸社元老关老爷，他原来有些耳闻，他本来希望通过这个偶发的案件与这个关处长建立密切的关系。虽说在农贸社有韩浩平做哥们儿，但和这个人交往总让他心里有些虚。如果能和关处长对上缝，自不必说日后会活泛得多。没想到这位关处长好像无意和他拉近距离，时间不长的谈话，除了对案件交流比较投入外，在他策略地提出个人请求时，关处长略显不情愿，尤其是叮咛他限于自用不得流转的话，让他觉得自尊心多少有些受挫，看来这个关系基本到此为止。说不上沮丧的原因是毕竟拿到了两张供应券，跟老八换个三百元不成问题。对自己一个月薪四百二十大毛的警察来说，顶大半年工资了。老八是他在道上的朋友，平日里专靠倒卖票证营生，路子很海，人还算讲义气，是他在社会上不可缺少的朋友。

方鸣第二件事干完了。抬起手腕看看表，已是下午五点半，该干最后一件事了。方鸣坐上三路电车直奔商业职工医院。

韩浩平住在内科一间双人病房。方鸣进病房的时候，另一个病人恰好出去吃饭了。韩浩平一看见方鸣，急忙从床上坐起来，慌里慌张地在病床下找鞋穿。嘴里忙不迭地说:“好爷哩，你咋来了？”方鸣往前走了几步，压住韩浩平的肩膀说:“你是病人，就在床上别下来。我坐在这里咱俩拉拉话。”

方鸣坐定后说:“韩哥，你住院倒是享着清闲，可把我在外边忙活坏了。”

韩浩平说:“兄弟，你辛苦我心里有数。不知道案子办得咋样？”

方鸣说："能咋样？就是个小小的打架事件，批评教育一下也就了事的事，你给我布置的任务，非得上纲上线。所领导要过关，局长要签批，你说难不难？"

韩浩平脸上露出了失望："这么说，便宜这俩小子了……可是我毕竟被打成脑震荡……"

方鸣嘿嘿地笑了："韩哥你甭装了，我好赖也是多年的侦查员。你挨打后我第一时间见到你，你比谁都清醒。脑震荡的病理特征我可是懂的，比如说不可逆转的瞬间意识丧失你有吗？打架的过程我看你记得超清楚，甚至是创造性的深刻记忆。"

听着方鸣的话，韩浩平脸上一阵臊红，嘴里却嗫嚅着："好赖堂堂的科长，让两个毛猴猴打了一顿，以后我咋在农贸社院里混？"

方鸣从口袋中掏出一盒烟，抽出一支递给韩浩平，自己嘴里叼上一支，擦着火柴先给韩浩平点上，再给自己点上，深深吸了一口，吐出个烟圈："韩哥，你说，跟两个年轻娃较量，咱就是争个面子。毁了人家娃的前程，是不是有些缺德？"

韩浩平把头摇成拨浪鼓："啥叫德？有面子就有德。我没了面子就缺了德。你不帮我拾回面子，我自然就缺德了。"

方鸣"扑哧"一声笑了："你的这个歪理还挺有逻辑性的。"方鸣说着话，掸掉烟头上的烟灰："你韩哥跟我是啥关系，我能不为了你两肋插刀？我来就是告诉你，那个踢你的大学生白川已经定成流氓罪，拘留证已经办好，明天早上就把人抓了。估计得判刑，三年两年不好说。"

一听方鸣这话，韩浩平一阵惊喜，激动得顾不上穿鞋，光着脚从床上跳下来，抓住方鸣的手使劲摇着说："我的好兄弟呀，让我咋感谢你！"

方鸣从鼻子里喷出一股烟："兄弟嘛，彼此彼此。"

看着韩浩平激动得胸脯一起一伏的样子，方鸣故作轻松地问："韩哥，我托你办的事咋样？"

韩浩平忙说："不就是一个缝纫机票吗？过两天我保准送给你。"

方鸣连连摇手："韩哥也真是小瞧我了，这种小事还值得兄弟说两遍吗？我是说求你老岳父帮忙的事哩。"

韩浩平这才想起来，半个月前，他和方鸣在小酒馆把盏推杯，几两黄汤下肚，方鸣抱怨自己工作多年了，职务前边的“副”字去不掉，没少受所长的窝囊气，也不知教导员正职位置一直空着是啥意思。韩浩平借酒壮胆，口吐豪言，声称老岳父是刚刚退休的省政协副主席，与在任的省公安厅长交情不浅，他让老爷子打一个电话，方鸣的事情就该成了。本是酒桌上的疯话，没想到方鸣当了真。韩浩平在岳父大人眼里值几斤几两，他还是有自知之明的，估计不提则已，真提了恐怕不成事反倒坏事。但此时此刻，韩浩平明白不能真话真说。他拍了拍胸脯：“兄弟，你这大事我咋能忘了？但要找个机会。老爷子那个人脾气有点儿怪，轻易不求人。我正想着这事要找个由头，看是我出面说好还是你嫂子出面说好。”

方鸣显得通情达理：“难得韩哥这样上心。这事情的确不简单，我就等你的好消息了。”

韩浩平在病房四周环视了一圈说：“兄弟，你看我还要不要再住医院？”

方鸣说：“戏演完了，就赶紧谢幕。你明天就出院吧，省得农贸社的人说拘留白川是你住院施加压力的结果。”

韩浩平把拳头在床上擂了一下：“还是兄弟把问题看得透。我明早就出院，下午就去上班。”

当一份《刑事拘留决定书》摆在桌面上时，学了四年法律的白川尽管早已有预感，还是实实地吃了一惊。他无论如何也不能接受一脚把自己踢成罪犯的现实。看着文书落款处加盖的中城公安分局的红色大印，他感觉像是一张吃人的血盆大口。他想呐喊，他想骂人，他甚至有一种冲动，想把那张《刑事拘留决定书》抓起来撕个粉碎。但是，现在的他毕竟已不是白湾村那个不怕天不怕地的野孩子，他是个受过高等教育的人。他告诫自己：已经给他带来灾难的冲动绝不能再度发生。

同样的办公室，同样的关处长，几天前白川作为一个新人来这里报到，虽说受到几句薄责，但却有劫后余生的归家感。今天，没有人责难他，面无表情的警察像念经似的宣读拘留决定，关处长一言不发，摆在他面前的是一条通向炼狱的不归之路。难道这就是关处长所说的二次分配？

警察让白川在决定书上签字，白川半天没动。他知道一切已经无可挽回，但是在签字这点儿有限的权利行使时，他还想寻求最后的尊严。他慢慢地环视了一下屋里的几张面孔，能感觉出来，每一张面孔背后都包藏着一颗各异的心。这个姓方的警察一副公事公办的样子，但眼神中流露着空洞；关处长的脸上让人读出些许遗憾与不忍；耐人寻味的是与白川年龄相仿的这位姓苏的警察，他眼神中透着一种怨气，白川在与他的对视中捕捉到了羞愤的神色。

白川思索了一阵，郑重地写下一行字：

收到拘留决定，本人认为自己违法行为轻微，不构成犯罪。

尽管白川是在貌似平静的状态下被带离农贸社大院，但是，“新分来的大学生被警察抓走了”的消息还是一个早上就在大院中刮起了旋风。这些机关的干部，尽管一个个仪表堂堂，但骨子里脱不了猎奇、媚俗的心态，一桩本属悲情的事件像故事一样，一传十、十传百。

已经从医院回到办公室的韩浩平明显感觉到，今天来领办公用品或商量后勤事务的人比平日多了几倍。他注意到进来找他的人眼神都有意无意地紧盯他掉落了门牙的嘴巴和依然贴着纱布的手。

宣传教育处快退休的桑老干脆问他：“小韩，听说你被人打了，凶手被抓走了，到底是咋回事？”

韩浩平装出落落大方的样子说：“新分来的学生耍二杆子，几句话言语不合，竟然动手动脚。现在这些年轻人真是脾气大，惹不起。”

桑老说：“打人犯法哩，你告得对，就该让他们尝尝不知天高地厚的滋味。”

韩浩平一听连喊冤枉：“桑老，我可没有那样小肚鸡肠。谁都是从年轻的时候过来的，年轻人火气大没有啥，咋还值得告呢？”

桑老惊讶地说：“警察把人都抓走了，大家还以为是你告的。”

韩浩平说：“那我可是冤了，挨了打还背个告人的黑锅。”

此刻的农贸社大院里，没有人比孙鸣飞更痛苦。当他得知派出所正式抓走白川时，顿感五雷轰顶。他没有想到事情竟会糟糕到这种程度，他虽对法律知之不多，但他明白，白川的行为是一个正派的人本能的反应。从道德角度上分析，白川比他孙鸣飞崇高，白川敢作敢为，白川的行为，是明显的打抱不平。这种见义勇为的行为怎么能跟犯罪扯上边？孙鸣飞更对自己在警察介入后的表现感到耻辱和羞愧。那个姓方的警察对他单独训导，让他意识到与警察的配合可以保住自己的前程，他在不诬陷白川的底线上按警察的诱导隐瞒了一些重要的情节。现在自己虽然解脱了，可刚刚结识的朋友白川的前程却彻底断送了。他扪心自问：自己在灾难面前对有恩于己的人落井下石，岂不是个卑鄙小人？待在档案室的孙鸣飞，无心听马兰花老师神侃，他度时如年地挨到下班，打开宿舍门，看着白川空荡荡的床铺，只觉得万箭穿心。情不自禁中，他狠揪自己的头发，左右开弓扇着自己嘴巴。最后，他和衣趴在床上，用被子蒙住头，号啕痛哭。

这边白川在李义的陪同下，随着两个警察坐着农贸社的面包车到了花池街派出所。两个警察一前一后夹着白川下了车。李义与司机依旧坐在车上，目送三个人进了派出所。

一进派出所大门，方鸣对苏春明说：“小苏，你把人铐上。”苏春明却没有动作。方鸣有些诧异但没说什么。待进了办公室，方鸣让苏春明把铐子拿出来。苏春明从包里掏出铐子递给方鸣。方鸣将白川两手环铐在办公桌腿上。白川不得不蹲在地上。

看着墙上的标语“做坏人的克星，当人民的卫士”，白川心里觉得好笑。

方鸣给自己泡了一杯茶，坐在椅子上，背向后仰了几下，腿往前伸着，屁股挨着椅子面，全身直得像棍一样保持着半坐半睡的姿势足足有几分钟。然后他坐直身子，喝了一口茶，清清嗓子对白川说："从现在起，你是罪犯，必须规规矩矩，不准乱说乱动。"

白川似乎没听见，没有作声。

方鸣继续品着茶，二郎腿跷起来抖着，屁股下边的椅子咯吱咯吱地响着。白川心里想，这把椅子经年累月地"享受"着主人这种待遇，木楔不松动呻吟才怪呢。办公室对着放了两张办公桌，桌上各自放着一张标识卡，一张写着"副教导员方鸣"，一张写着"民警苏春明"。看着标识卡上贴着的照片，白川知道给他办案的两个警察，年长的是副教导员方鸣，年轻的是警员苏春明。

白川不知道派出所还有什么手续要办。他现在倒是希望尽快把他送到看守所，那样起码可以摘械具，不至于蹲在这里忍受着生理和精神上的双重折磨。

这种折磨一直延续到下午三四点，其间苏春明不知去向。方鸣前后出房间接了几个电话，听声音有几次是和苏春明通话。从方鸣说话的口气判断，好像与看守所对接过程出现了问题。

方鸣似乎在等待中。白川也一直在等待中。时间一分一秒地过去，白川想离开这间办公室、想改变这种似人非人状态的欲望越来越强烈。有几次白川本能地想站起身伸伸腰，无意间手中的铐子带着桌腿，让桌面上的茶杯、墨水瓶一阵震动。

终于等到苏春明回来。方鸣好像获得解脱一样站起身收拾了茶杯和桌面上的家什说："我还有事，得先走一步。你晚上先把这个人关到留置室，明天一早再送看守所。"方鸣说完后，看也没看白川一眼，一溜烟出了门，似乎这房间只有苏春明一个人。白川感觉此时在方鸣眼里，自己无异于拴着的一条野狗。

方鸣一出门，苏春明掏出钥匙，打开了白川手腕上的铐子。白川不明白苏春明想干什么，但他就势站起来，活动了一下已经有些肿胀的手腕，伸了伸已经酸麻不堪的腿，然后平静地看着这个和自己一样年轻的警察。

“你需要上卫生间吗？”苏春明轻轻地问白川。

白川这时候突然想起来，他从早上起床到现在已经有相当长的时间没吃东西没喝水了，甚至连一泡尿也没有撒过。尽管没有排泄的需求，但他亟需活动一下身体。白川朝苏春明微微地点了点头。

“出门左拐顺楼道走到里边就是卫生间，注意男女标志。”苏春明说着话坐到凳子上。

白川站在原地没有动，他希望苏春明用不戴械具的温和方式押他去解手。但苏春明却依然坐着不动。站着的白川与坐着的苏春明眼神对在一起，四目相望，足足有半分钟时间。白川的眼神仿佛在说：既是阶下囚，我得认命。苏春明的眼神中却分明流露出一种激将：你是大学生，维护权利得靠你自己。

在两个人情感复杂的目光对视中，苏春明打破难堪，微微笑了一下：“你解手还需要我陪吗？”

白川以为自己听错了：“你是说让我自己去吗？”

苏春明仍然微笑着点了点头。

“你就不怕我跑了？”白川带些挑衅的味道继续看着苏春明。

苏春明耸耸肩膀说：“你不会的。”

去卫生间来回不过四五十米的距离，用时不过两三分钟，但就在这片刻的工夫，白川的脑子里升起了无数个疑问。那个方副教导员凶神恶煞的样子与这个摸不清底细的苏姓警察形成了鲜明的对比。苏警察主动打开了他的手铐，并且不可思议地让他一个人去卫生间，在这个没有任何防范措施的地方，逃跑是轻而易举的事情，难道是有意让他逃跑？可白川没犯啥大罪，用不着跑。难道是故意给他设局，等他逃跑时再把他当场抓回，这样他的罪可就重多了，这么说这个年轻警察比那个方副教导员更为阴毒。想到这里，白川不禁打了个激灵。但他很快又否定了这个推测，因为在与这个苏警察几天的照面中，在他脸上读不出阴毒与狡诈。这么说他是在示好，可实在又找不出示好的理由。

找不出合理的答案，白川索性不再费脑子，他要看看这个年轻警察葫芦里到底卖的啥药。

白川回到房间，一看苏春明仍然坐在椅子上，脸朝着天花板，似乎在思考着什么。白川不由自主地把方副教导员挺直身子坐在椅子上的动作与现在的苏春明做对比。尽管动作极为相似，但脸上的表情却大相径庭。方副教导员分明是取得成功的志得意满，而苏春明更像是在矛盾的焦虑中一筹莫展。

白川不知道下一步是继续归位被铐在桌腿上，还是被开恩换成另外一种控制方式。看着苏春明陷入沉思的样子，他轻轻咳嗽了一下，其意在于提醒坐着的苏警察。

苏春明站起来，两手抓着白川的肩膀说："白川你坐下。"不等白川反应过来，苏春明半推着白川坐在靠墙的长条凳上。

白川心中疑惑。但他初步判定苏警察的行为没有恶意。

更让白川意外的是苏春明拿出一个玻璃杯，用开水冲洗了一遍，捏了一撮茶叶，沏上茶，双手递给白川。

白川接过茶杯，不无自嘲地说："我是个罪犯。"

苏春明却清晰无比地说出一句话："在我眼里，你不是罪犯；在我心里，你不可能是罪犯。"

白川瞬间觉得眼睛有些潮湿。他没有想到，在经历着难以承受的冤枉与委屈之时，一个他原以为是冤枉制造者之一的人，竟然对他受冤的状况如此直白地寄予同情。

视线有些模糊的白川擦了擦眼睛，看着苏警察一直在盯着他，有些不好意思地笑了一下："谢谢你的理解，苏警察。"

苏春明说："叫我小苏或春明都行。"

白川说："春明，你这样会犯纪律的。"

苏春明说："纪律是死的，人是活的。"

白川问："春明，谁让你这样做？"

苏春明说："良心。"

苏春明像是想起什么来，对白川说："你在房间待一会儿，我去去就来。"

大约半个小时后，苏春明提进来一个袋子，放在桌子上摊开，袋中一堆包子冒着热气。苏春明先抓了一个包子塞进嘴里，一边嚼着一边说：“贾六包子，刚出笼的，够咱俩吃饱了。”看着白川依旧坐着未动，苏春明有些嗔怪地说：“难道你让我喂到你嘴里不成？”

看到桌上的包子，白川顿时觉得百爪挠心，肚子里的咕咕叫声连他自己也听得清清楚楚。既然这位已让他心生好感的警察诚心待他，他又何必自作清高。他站起身走到桌子前，一手抓起三个包子，三口两口吞了个精光，喝了口水，又抓起三个包子吃掉，直到塑料袋中只剩下三个包子，他有些不好意思，停住了手。苏春明说：“我买了两笼包子，一笼八个，我总共吃了五个。”白川说：“既是你请客，我没顾上客气，剩下的你吃。”苏春明说：“你再吃两个，我吃一个。”

到了这个份上，白川觉得毋须再有顾忌。他抹了一下嘴问：“春明，你给我说说你为啥不把我当罪犯？”

苏春明说：“我干公安少说也两年了，见的人经的事也不算少，你和那个韩浩平打架，你们几个当事人对事件的描述各不相同，可我心里明白你说的是真话。”

白川迫切想知道韩科长的控告内容：“那韩浩平是咋说的？”

苏春明笑了笑：“这你就不要让我犯纪律了，毕竟是侦查秘密嘛。”

白川理解地点点头：“可是我还是不明白，打架时现场有三个人，难道我和孙鸣飞两个人的说法抗不过一个韩浩平？”

苏春明没有作声。这一次案件的办理结果，孙鸣飞的口供对白川责任的落实起到了一定的作用。但以他对孙鸣飞做笔录时的观察，孙鸣飞似有难言之隐，而他尤其无法理解的是孙鸣飞作为事件冲突过程中被欺负的人，对明明替自己打抱不平的白川却在其后做证过程中闪烁其词。他不由得怀疑在给孙鸣飞做笔录前，方副教导员指派他去所里拿《刑事办案手册》期间，发生过什么。但这些疑惑他暂时只能藏在心里。

苏春明避开白川关心的话题：“你想不想知道我下午干啥去了？”

白川说：“我无权知道。”

苏春明说："我就索性告诉你。下午我主动要求到看守所去联系你送押的事。看守所的内勤是我警校的同班同学，我想让他以权谋私给你安排一个好一些的号子。他问我这个需要照顾的白川是我什么人，我说是我的表哥。他说乖乖，你这样的关系还不在案件中申请回避，我说我就犯浑这一次，让他替我保密。完事后，我故意磨蹭时间，才没把你今天送走。"

白川没想到今天下午他在桌腿上铐着经受心理和生理折磨的时候，侠肝义胆的苏春明正在为自己奔波求人。感动之余，他觉得值。

白川问："春明，你帮我就是出于良心？"

苏春明说："是良心，也可以冠冕堂皇地说是责任。你在看到不平的事情时，不像有些人明哲保身，而是不计后果地仗义出手，虽说不上是见义勇为，但起码是正人君子。我作为办案人员之一，虽不能扭转乾坤，但推波助澜叫我良心何安？不说做警察的责任，做人的责任是不是也丢了？"

白川说："春明，我不过就是踢了韩浩平一脚，韩浩平手扎破了也是个意外事件，这事总不能上纲上线定为刑事犯罪案件吧？"

苏春明摆了摆手："好白川哩，书把你真读傻了，现在是'严打'，从重从快是原则。"

白川这才意识到案件的严重性。

看着白川心情沉重的样子，苏春明说："我到看守所去，就是想让你少受些罪。另外，我还想看看有啥办法争取还原案件真相，洗刷你的冤情。你不知道，今天晚上本不是我值班，我和别人换了班，就是想和你好好聊一聊。"

白川说："我意外地交了你这么个好朋友，也算没白受冤枉。"

苏春明说："我干了两年公安，没交下啥朋友。我有时怀疑我入错了行。给你案子做笔录时我就注意到你和我年龄一般大，同一年参加高考，又同时都学法律。只不过我技不如你，上了个高中专，读了两年警校，算是速成班。不像你，正儿八经的本科生，又是大名鼎鼎的汉京大学法学系毕业生。你能给我说说你为啥要学法律吗？"

白川没想到苏春明竟与自己同龄，又和他有着相似的履历，看来还真是应了那句“人不亲行亲”的俗语。他问苏春明是属啥的、几月几日生日。苏春明说是一九六二年的老虎，八月出生的，论起来白川是当哥的。

白川说:“我上大学之前看过一部外国电影，是印度的《流浪者》，那里面有个女律师叫丽达，我崇拜她，就迷上了法律。”

苏春明听着拍了一下大腿:“奇了，我上中学时看过一部外国电影，是日本的《追捕》，那里面有个检察官叫杜丘，你别提多让人羡慕了。我那时就在心里暗暗发誓要当一个除暴安良的检察官。后来就报考法律专业，没想到阴差阳错录到警察学校，最后成了个令人生厌的矢村。”

《追捕》白川看过，那里面的故事情节他也烂熟于心。但那个警官矢村是个善良人，一开始受蒙蔽追捕杜丘，后来在了解真相后协助杜丘完成了神圣的除恶行动。他突然觉得眼前的苏春明不正是那个正派、精明且不惜触犯纪律以求正义的警官吗?

苏春明给白川的茶杯中添了些水:“白川，我想问你一个问题，你千万别介意。”

白川说:“对你，我没有什么介意的。”

苏春明说:“你笔录中谈到家庭成员只有你年迈的父亲和丧失劳动能力的哥哥，我感觉你有一段不寻常的人生经历。能告诉我吗? ”

白川没想到苏春明会问他这样的问题，他的思绪再一次飞回童年的白湾村。

婴儿时，哺乳白川的三个妈妈先后死于惊吓的事情是白川长大后父亲告诉他的。

白川的亲生母亲是在生下白川三天后，突然瞥见院子的杏树上摘杏的邻家孩子踩断树枝跌落地上，掉地的孩子没事，白川娘却得了产后风，没几天撒手人寰。白川爹抱着没奶吃的孩子求到村东刚刚殇了孩子的四大娘。四大娘正在丧子伤心之际，乐得怀抱白川聊以填补心里空虚。没想到几天后坐着生产队的马车出工，一只小狗从辕马脚下突然穿过，马惊了，一车人有惊无险，四大娘回家当晚患上了癔症，不吃不喝疯疯癫癫十来天一命归阴。命运多舛的白川又被爹送到邻村一个有奶的女人怀里。谁知又是邪门，奶妈几天后在田里锄苞谷，一条尺把长的花蛇哧溜一下从奶妈脚下蹿过，奶妈当即倒地人事不省，回家后郎中想尽办法，终没能从死神手中拉回奶妈。这事一发生，方圆几里传了开来：白家养了个孽种，一月克死三个妈。

嗷嗷待哺的白川无人收留，无奈的父亲在集贸市场买回了一只奶山羊。靠着米糊糊和羊奶，白川顽强地活了下来。父亲要忙着田里出工，饥一顿饱一顿成了白川延续生命的基本模式。常常是父亲下田回来，先抱着白川到羊圈里，直接叼住羊妈妈的奶头，猛吮一通。再后来，父亲干脆把白川放到羊圈里，任由白川自饿自食。

为了拉扯白亮和白川哥儿俩，三十大几的父亲一辈子再未续弦。人缘极好的七叔早早地被生活压得佝偻了腰身，称谓也被过早地换成了七大爷。七大爷的小儿子喝着生羊奶长到五六岁还没个正式名字，二小子是七大爷唤儿的名字。二小子跟他哥不一样，哥哥白亮整天在院子傻坐着，白天看太阳，晚上看星星，寻常总是拿一根草棍在地上逗蚂蚁。二小子见天在村上东家窜进西家窜出，乡里人纯朴，感念七大爷的人品和二小子的可怜，谁家也没把二小子当外人。二小子吃着百家饭，穿着百家衣，像是荒草植根沃土，噌噌地蹿起来。有时候一顿饭，二小子竟能窜几家吃几次，时不时有人问起二小子今天窜到谁家吃饭。久而久之，二小子得了个绰号“串儿”。串儿虽说吃百家饭，可从七大爷那里传承的血脉让他心眼儿善良，手脚勤快，东家有事他掺和，西家忙碌他打杂，又有人把串儿昵称为村子里的“公娃”。公娃串儿长到七岁要上学了，老师问串儿叫啥名字，串儿回答:“串儿。”老师说太难听了，以后叫白川吧。

白川读书很聪明，识字极快。老师说这孩子记性好悟性也好，学习上能触类旁通。第一学期结束，白川竟然把语文课本从封面到封底一个字不落地全背了下来，连封底的出版社名称也不落下。再往后，上完小学，进初中，好学的白川又利用“串儿”的身份，东家淘，西家拣，把能称为印刷品的东西不分行当、不分层次，统统阅读。他读过药书，读过皇历，让他记忆最深的是在一孔废弃的窑洞里，他看到大量的“文化大革命”造反派战报，后来他才知道这孔窑洞是“井冈山红色造反司令部”的指挥部，那些战报也让他了解了狂热年代史无前例的壮举。而正是这些如饥似渴的阅读，为他后来的高考打下了基础。一九七七年邓小平老人家一声令下，千军万马争过高考独木桥。白川是一九七九年的应届毕业生，自认为没费太大的力气考上了大学。公娃串儿上了大学，七大爷兴奋得几夜合不着眼。白湾村几十户老少爷们脸上有光，都说白川是吃自家饭长大的。

白川一边回忆，一边说给苏春明，苏春明听得唏嘘不已。待收回思绪，白川对苏春明说：“今晚咱俩是聊天，不是审问，不能光是我说你听。你能把你的经历说给我听吗？”苏春明连连摇头：“我可没有你那么曲折的经历，活了二十一岁平淡无奇。我打小生长在汉京城里，连麦苗和韭菜都分不清。我父亲是大学老师，教生物的，家里成天摆着些瓶子，里边装着奇奇怪怪的东西，说是培养的真菌。我小时候，经常碰碎他的瓶子，没少挨打。我母亲是幼儿园老师，一辈子就是喜欢孩子。我小时候最开心的事情就是去姨妈家走亲戚。姨妈有两个女儿，表姐比我大好多，是铁路上跑火车的，常给我带些外地的稀罕玩意儿。表妹和我同岁，比我小一个月。”苏春明谈起小时候的事儿，似乎仍然充满着无限的留恋与向往。

两个年轻人开心地聊着，全然忘记了各自的身份。

第三章

中城区看守所坐落在破败的皇城墙根不远处。作为十朝古都，汉京市有着闻名世界的宏伟城墙，外围城墙环绕的城市中央，又严严实实地包裹着一小圈皇城墙，俨然城中之城。这也是中城区得名的由来。皇城墙高约四丈，宽约五丈，萋萋荒草苫住了墙体，默默地向世人展示着这里曾经的高贵与皇家内心的虚弱。二十世纪五六十年代，市郊的农民参加了轰轰烈烈的古城变新颜建设活动。浩浩荡荡的马拉车、人力车像蚂蚁搬山一样，拆除皇城墙当作肥料运到田里。后来惊动了京城的一个大文物专家，紧急致书国务院，说汉京皇城墙是人类文化的宝贵遗产，拆毁城墙是犯罪行为，毁城墙的事才停了下来。原本完整的一遭皇城墙变成一段一段的残垣断壁，成了孩子们捉迷藏的好地方。民国时期西北绥靖公署曾在皇城墙根设立了一座监狱，专门关押共产党人和有赤化倾向的危险分子。新中国成立后，汉京这座监狱依旧关押人犯，只不过里面的角色来了个乾坤大挪移，昔日的囚犯成了监狱的主人，曾经的主人不少被请君入瓮。再后来，这座监狱与政治脱钩，移交给地方政府，成了中城区公安分局辖下的看守所，用以关押刑事未决犯、刑期较轻的已决犯和少量的行政拘留人员。

白川是被微型面包改装的囚车，连同另外三个犯罪嫌疑人一起从花池街派出所押运到中城看守所的。

看守所混在一大片居民区内，破旧的灰墙，和着两扇漆皮已脱落的大铁门，毫无特色地矗立在马路边。灰墙上有三四道铁丝网，车辆进出铁门时，门卫推动门扇发出刺耳的声音。如果不是门口挂着的“中城公安分局看守所”的木牌，外人很可能把这里当成一处存放重要物资的仓库。

进入大铁门，是看守所的办公区。迎面墙壁上醒目的“坦白从宽、抗拒从严”八个大字，昭示这里的非同寻常。像医院大厅的划价处和收费处一样，院子里两间房子外面的窗口排着两个队列：一边是带着行李等待入监检查的犯罪嫌疑人，清一色带着铐子，有的还拖着脚镣，每挪一步都是一阵“哗啦啦”的金属碰撞声。陪同送押的警察们聚在一边抽着烟，聊天；一边是等待探视的犯人家属，有男有女，上了年岁的人居多，他们脸上的表情大都是无奈与凄然。探视的人们手里提着大包小包，里面装着衣服、食品、书籍等。

白川觉得有些搞笑，学法律的他，怎么也不可能想到课堂上灌输的神圣无比的司法程序，现实中竟如此粗鄙，连无处不排队这种具有中国特色的国情，竟然在羁押场所也被发挥得淋漓尽致。

登记完个人信息，送押的警察签过字，像移交货物一样，轻松地合上案卷，扬长而去。留下了一批有生命会说话的“货物”，等待着新的主人对他们的命运行使主宰权。

从办公区进入监管区，要通过一道坚实的电动铁门。按照管教的要求，白川与几名新来的押员排成一列，高声齐喊“报告班长”后，电动铁门伴随着“轰轰”的震耳声音徐徐从中间打开，犯罪嫌疑人鱼贯进入监管区。

进入监管区的第一件事是入监风纪整理，一个年岁稍大穿着囚号服的人走过来，抽掉了押员腰间的皮带，然后用剪刀剪掉每个人身上的纽扣，再仔细搜走口袋里的任何东西。被整理完风纪的犯人们立时显得怪异无比，裤子有的耷拉到小腿上，有的胡乱地绑在腰上，上衣胸前布满了剪掉扣子后剩下的小洞。

白川心里寻思，这种丧失人性的风纪整理行为，哪里是在实施法律，分明是变态施虐。好好的衣服剪掉扣子的系线就行了，为什么要把好端端的衣服剪出那么多小洞？想想给自己定的“流氓”罪名，白川觉得有些人妖颠倒。

整理完风纪，白川被带到理发室。几分钟后，摸一摸秃头，白川觉得有种久违的感觉。

白川狱号是〔1〔。他明白，今后的一段日子，这个号码就是他的名字。

白川被分到南一排七号监室。管教送他进监房时，突然有人喊：“〔1〔！”

白川没有反应，管教在他的秃头上拍了一把，他怔怔地站住身。

一个不认识的警察走过来说：“〔1〔，你是花池街派出所苏春明的案子，对不对？”

白川说：“就是。”

说话的警察脸上露出了几丝柔和：“我知道你是个大学生，还是学法律的。你进来了一定要有个知识分子的样子，有啥事你让管教给我捎个话，我叫马明阳。”

不待白川回话，马明阳转身离开。

白川疑惑地问身旁的管教：“马警察是干啥的？”

管教粗暴地训斥了一句：“叫马政府。”白川低下了头。管教补了一句：“是我们所的内勤。”

白川当下明白，苏春明头天下午的“以权谋私”行为已经奏效。

监管区从南到北排着四栋长条形二层小楼，楼上楼下布着鸽笼一样的监室。监室的正面小半面墙被钢筋焊成的栅栏封着。七号监室在南边第一排一楼。管教用随身带着的钥匙打开门锁，拉开栅栏上套着的一个仅容一个人出入的小格子门，把白川推进去，“哐当”一声又锁上了门。

尽管有着足够的思想准备，但这种平生从未体验过的气味，仍然让白川觉得有一种窒息的感觉。在三十来度的高温中，说不清种类的气味混成一团，能够勉强分辨出来的味道有汗味、脚味、屁味、腥味、狐臭味、膻味、臊味、酸味、霉味。过去在农村的时候，白川感受过很多特有的气味，大田里的味道，茅厕里的味道，牛圈里的味道，鸡舍里的味道，醋坊里的味道，每一种味道都难说给人单纯的快慰或是厌恶。而这种酷暑天气中的监舍味道，却真是创造了人间难闻之最。

见进来一个新人，“呼啦啦”拥上来一群犯罪嫌疑人，像群兽扑食一样围住白川。有人手摸着他的秃头，有人按压他的后背。哄笑怒骂声中，白川被数不清的手从头到脚摸了一遍。白川能做的就是紧紧用双手捂住裆部。旁边另有几个人早已将白川随带的行李翻了个底朝天。见没有收获，翻行李的人大声叱骂：“穷屄一个！”

正在白川经历着生理和心理上从未体验过的折磨之际，突然一个炸雷般的声音在监舍门外响起：“413，滚过来！”

监舍中立刻鸦雀无声。被称作“413”的犯人吸溜了一下鼻涕，往门口走了几步，直直地站立着像棍子一样：“报告马政府，我在这里。”

躺在地上的白川抬起头一看，是那个内勤警察马明阳站在门口。

马明阳隔着栅栏门，指着 413 的鼻子命令：“把他扶起来！”

413 的头像鸡啄米一样一边点着，一边转回身拉住白川的胳膊把白川搀起来。

眼见 413 弯腰搀扶白川，刚才一帮肆虐的人立马呈扇形七手八脚地共同扶着白川，或做出搀扶的样子，阵势活像舞台上一群小丑做着表演一样。

马明阳压低声音但却恶狠狠地说：“413，我警告你，号子里谁敢欺负〔1〔，我先治死你！信不信我给你背床板？”

413 的腰弯得像虾米一样，“马政府，您老发了话，〔1〔就是我爹。谁要敢欺负〔1〔，我当儿子的能答应吗？”

马明阳一离开，413 气狠狠地盯着白川足足几分钟，半晌蹦出了几句话：“没想到今天来了个大爷，好了，杀威棒就免了。猴子，让他住到后边的板子上去。”

413 话音一落，一个年轻犯人把白川的被褥铺在监舍最里间的墙角处。

定下神来的白川仔细环视监舍四周。房子大约有二十来平方米，南北长七八米，东西宽约三米。天花板很高，正南面是大半面墙，小半面栅栏，北面的墙壁上方高处，有一个小小的方窗。地面上靠墙一溜大约两米宽的木板床铺。白川数了一下，在这个狭小的世界，连同新来的他共有二十三人。

413 这会儿坐在靠门的床边，闭着眼，有三个犯人正在围着伺候。一个站在身后弯着腰为413捏肩，两个分别跪在左右替413捶腿。413 看着并不壮实，年龄约莫四十出头，皮肤黝黑，颧骨高耸。白川突然想起小时候看过的样板戏《智取威虎山》，他觉得 413 的形象很像威虎山上的座山雕。

被 413 称作猴子的犯人看着不到二十岁，似乎比白川年龄更轻一些。他有些套近乎地替白川反复地抻着床单，用眼神向白川传递着友好的信息。

“哥，你犯啥事进来的？”猴子凑到白川耳边有些巴结地问。

白川坐在板铺上半靠着墙，微侧着头看了一眼猴子，没有正面回答。

白川问猴子叫啥名字。猴子摆了摆手：“这里面不能问名字，也不准叫名字，每个人的号码都在衣服前胸和后背上印着。号码就是咱的名字，我是 417 号。”

白川下意识地摸摸自己刚刚穿上的号服。一件已经很破旧的灰色马夹，前后缀着象征牢房的黄色粗线条，号码是用油漆印上去的。从衣服的成色看，狱号和狱衣应当是循环使用的。白川就在心里想象他入监之前的 010 号现在不知道在哪里，是去劳改监狱服刑了，还是洗刷了冤屈恢复自由了，或者是已经在枪口下奔黄泉去了？

看着白川沉思的样子，猴子又说：“哥，你命好，有人罩着，没吃杀威棒。”

白川问：“啥叫杀威棒？”

猴子说：“每一个新进来的人，都要挨一顿打，按在地上，老舍员一人在新人屁股上打三拳。几十拳下来，有人疼得躺几天。”

白川没料到这种在小说中出现的场景竟然能在现实中上演：“那管教能不管？”

猴子夸张地四周看了看，把嘴又往白川耳根前凑了凑：“打杀威棒的时候，是用被子裹住头，这样就喊不出声，还有人在门口望风，管教哪里能顾得上？挨打以后谁要敢打小报告，谁就是甫志高，那就更惨了。”

猴子一说甫志高，白川想起了《红岩》中的白公馆和渣滓洞，心里一阵阵悲哀。

一阵哨音响起，监舍里顿时一片躁动。一小会儿工夫，监门外出现了两个同样穿着号服的犯人，号服上大大地印着“外役”两个字。一个外役左手提着铁桶，右手握着铁勺；一个外役端着竹筛子，筛子里盛着馒头。提桶的外役放下铁桶，用手中的铁勺在铁桶上“当当”地敲了两下，监舍里的人应声拥到栅栏门口。

午饭每人一个馒头，一碗煮白菜汤，碗是塑料制成的。白川看见不少人从自己的馒头上掰下一小块搁到413跟前。413手里拿着两个整馒头。显然，有人被剥夺了进食的权利。

又是一阵哨声响起，号子外边有人喊：“劳动的时间到了！”接着几个外役给号子送进了两个装着纸条的大筐子和一大盆糨糊。犯人们慢腾腾地围着大筐和糨糊，糊起了火柴盒。

白川第一次接触糊火柴盒的工作，感觉不得要领，速度慢不说，糊出的内盒芯总是卡不进外盒。413瞪了白川一眼，嘴张开想骂人，却又闭上嘴把话咽了回去。猴子殷勤地向白川反复示范着。

“头儿，你给咱讲《水浒》吧。”猴子朝半躺着的413说了一句。立时，干活儿的人齐声附和。大家齐刷刷把目光投向413，个个眼中充满了期待。

413坐了起来，清了清嗓子问：“你们想听哪一段？”

猴子说：“就讲潘金莲跟西门庆睡觉的事。”

413做了一个扇耳光的动作："你他妈就知道男人和女人睡觉。我今天给你们讲一讲五虎上将豹子头林冲和花和尚鲁智深的事情。这个开首叫作'花和尚倒拔垂杨柳，豹子头误入白虎堂'。"

众人齐说："好！"

"话说鲁提辖鲁达在延安府三拳打死镇关西郑屠，惹下人命官司一路出逃，先是在五台山文殊院落发为僧，取法号智深，后到东京大相国寺，被派往菜园管事……"

413几句话出口，让白川大吃一惊，他没想到413竟有如此好的口才。

413从鲁智深制服泼皮、倒拔垂杨柳讲起，一直说到林冲遭陷害误入白虎节堂、被刺配沧州途经野猪林。说到董超、薛霸欲害林冲时，413站了起来，做了一个饿鹰扑食的动作："只听得半空中一声雷响，一个胖大的和尚舞动着一只大铁禅杖，只一隔，咣当一声，把董超手中的水火棍拨到九霄云外……"

413说书的时候，干活儿的人个个听得如醉如痴。待413说了"且听下回分解"时，号子里响起了一片掌声。

白川怎么也没有料到这个无恶不作的413竟把一本《水浒》记得如此烂熟于心。依白川对《水浒》的了解，413有些章节几乎是在背诵原著，加上现场发挥，真算得上专业说书人。怪不得号子里设了个"杀威棒"。可惜413的学识没有用到正路上。

413注意到白川脸上的表情："[1[，你说老子讲得对不对？"

白川想起上午当着马明阳的面413认他为老子，这会儿又自称老子，就觉得那张脸又丑恶又猥琐。但是他没有否认413的才华："讲得对，讲得很好。"

413突然一脸的兴奋："这么说你也喜欢《水浒》？"

白川点了点头。

413又问："[1[，我看你像个知识分子。"

白川说："我是个大学生。"

413一拍脑袋："我的爷呀，还是大学生，你是学啥的？"

白川说：“我是学法律的。”

一圈人炸开了锅，犯人们没想到号子里关进了一个学法律的大学生。

猴子说：“乖乖呀我的哥，你是学法律的还犯法，那就是知法犯法，罪加一等嘛。”

一个脸上带着刀疤的犯人挤到白川跟前，把白川从头顶到脚下瞄了一遍说：“这大学生也犯法，那学不是白上了？怪可惜的。不过也好，在号子里给咱们讲讲法律，也算有用武之地了。”

旁边又有人问：“〔1〔，你说啥叫个既遂犯，啥叫个未遂犯？”

猴子在一旁接了腔：“你羞先人了，抱住人家女娃，事没成，老二自己先软了，给你定个强奸未遂也是你老二救了老大。啥叫既遂，老二进去就是既遂；啥叫未遂，老二没进去就是未遂。这事问我好了。”猴子说完，得意地看着白川。

就在众人七嘴八舌之际，一旁的 413 却阴着脸没有作声。白川感到不解，刚才 413 得知自己喜欢《水浒》时表现出兴奋，这会儿知道自己是学法律的大学生后表情又显得阴郁，他不知道其中有什么奥妙。

白川从犯人们的眼神与言谈举止中，感受到自己在这小小的畸形世界中，分量变重了。

吃罢晚饭，号子里的人在 413 的带领下，集体背诵监规。其他号舍传出同样的背诵声。有人故意扯开嗓子狂声呐喊。看守所里几百条喉咙同一时段发出杂乱的声音，响彻云霄。

背完监规，号子里震耳欲聋的喊叫声变成了叽叽喳喳的嗡嗡声。

猴子又凑到白川的耳边：“哥，你说我说得对不对？强奸罪的既遂和未遂是不是那么回事？”

白川有些厌恶地瞪了猴子一眼。猴子却没有感觉，又把手卷成喇叭形：“还有怪事哩，有人犯了强奸罪，干的却不是女人，人家走的是男人后门。”白川把脸别到一边，不想再听猴子说话。

“啪”的一声响，白川回头一看，413 不知什么时候走过来，猴子正捂着半边脸。显然刚才的响声是413赏给猴子的一记耳光。413又朝猴子背上踢了一脚，猴子就势翻了一个滚，躲到一边。

413坐下来，脸对着白川的脸，不足一尺的距离，眼睛死死地盯着白川的眼睛，足足有几分钟。在两个人的对视中，白川看到了对方眼神中的杀气，但他没有移开视线，他在心里告诫自己，不能怯懦。他想起父亲在他小时候告诉他野外遇到狼时，千万不要逃跑，在和狼的对视中，眼神中不能流露出害怕，那样狼就跑了。他觉得现在他面前的413，正是一只残暴但内心并不强大的凶狼。

几分钟后，413先开了腔，声音不高却咬牙切齿："你是谁？到号子干啥来了？"

白川控制着加剧的心跳，尽量装出平静的口气，同样用低沉的声音回答："和你一样，犯了法被关进来。"

413把上下牙齿使劲咬了一下，发出"咯吱"的声音："我看你像是卧底的。你不会是冲着我来的吧？"

白川摇了摇头。

413又问："你和那个姓马的是啥关系？"

白川说："没有关系。"

413沉默了半晌，攥起的拳头轻轻抬起来，在接近白川鼻子的时候才收回去，又用拳头支住自己的下巴颏，然后一字一句地说："你我最好井水不犯河水。"

自白川被抓走后，孙鸣飞深陷痛苦中不能自拔，他在良心的谴责中恍惚不安。

孙鸣飞出生在离汉京市一百多公里外的深山中一个普通工人家庭。听父母讲，孙家祖上山东，太爷爷那一辈闯关东出了山海关，后来落户在辽宁，繁衍了一大家子。孙鸣飞的父亲年轻时上了几天卫校，毕业后进了一家钢铁厂职工卫生所，再后来随着援建大西部的洪流，一路西行，进河北，入山西，三线建设时扎根在秦巴山脉腹地一个新建的国防工厂。孙鸣飞小时候最崇拜的人是自己的母亲。母亲是一名天车工，在空旷高大的车间开龙门吊，上千斤的钢材、器械在母亲手指轻松的摁动中被提起来，东西南北自由搬动，像变戏法一样。谁知，在孙鸣飞上小学三年级的时候，一场意外的事故让母亲丢掉了工作。那是母亲升起龙门吊时，突然吊头脱落，一捆半吨重的钢筋坠落地上，地面作业的一个女工被砸得血肉横飞。母亲最后被确定为事故责任人。虽然最终母亲没有被抓起来判刑，厂里却把母亲开除公职。孙鸣飞兄弟姐妹四个，孙鸣飞老大，下边两个妹妹一个弟弟。母亲公职一丢，一家六口人的生活重担一下子全压在父亲身上。全家生活水平一落千丈。无奈时母亲帮人照看孩子换一些家用补贴。有一天，母亲搂着孙鸣飞兄弟姐妹四人，一边抹着眼泪一边叮嘱："你们的父母一辈子是工人，没有能耐让你们出人头地，你们要好好学习，靠自己的努力，离开工厂，干啥都比做工人强。"为了安慰母亲，孙鸣飞说："妈，我长大了还开天车，咱在哪里跌倒就在哪里爬起来，我一定开好天车。"没想到母亲怒火中烧，重重地扇了孙鸣飞一个嘴巴，放声哭起来。孙鸣飞抱着母亲的腿，连说："我长大不开天车，不当工人。"

除生活贫困外，更让孙鸣飞难堪的是精神上遭受的歧视。尽管母亲并没有犯罪，但在同学们的眼中，他成了杀人犯的孩子。后来，他在学习中找到了乐趣，在读书中寻到了释放压力的快活。当别的同学疯玩的时候，他常常一个人躲在墙角，沉迷在知识的瀚海中。

一九七七年高考恢复时，孙鸣飞已经初中毕业即将升入高中，此时，昔日嘲讽孙鸣飞的同学们才如梦初醒，纷纷找回书本，夜以继日企图夺回浪费掉的青春时光。可奈何逝去的光阴不会因为几句时髦的口号倒流，当年嘲笑孙鸣飞的同学现在恨不得悬梁刺股，不得不流着涎水，看着孙鸣飞的背影望书兴叹。一九七九年高考，孙鸣飞一举夺魁，在子弟学校一百多名考生中摘下状元帽，把父亲乐得恨不得坐到工厂高高的烟囱顶上。母亲压抑了十几年，一朝扬眉吐气，走路腰板直了许多。

四年大学读完，孙鸣飞分到省上的大机关。当他把分配结果写信告诉父母后，父亲给他的回信第一句话是："儿子，你母亲说你不回工厂了，她十几年悬着的心终于放下了，她说我儿子永远不会当工人了。"在农贸社报到后短短的十来天时间，孙鸣飞无数次幻想未来出人头地的场景。他多想在不久的将来乘坐小轿车，随带司机和秘书衣锦荣归，让父母脸上增光。

然而现在，为了一件小小的事情，他和初识的同事捅了大娄子。而他出于无奈，选择了明哲保身，甚至对仗义护他的人落井下石。他觉得自己实在是忘恩负义。

孙鸣飞仍然在档案室帮着马兰花老师装订档案。看着孙鸣飞神思恍惚的样子，马兰花开导孙鸣飞："小孙，打架这事儿年轻人谁没干过，再说那个姓白的小伙子自作自受也是活该。公安局既然已把他抓走，这事跟你也就没关系了。你又何苦自寻烦恼呢？"

孙鸣飞很想原原本本把打架的过程讲给马老师，但到底还是忍住了。

马兰花开导着孙鸣飞，话锋一转又开始谴责起韩浩平："这个韩浩平也不是啥好东西，一个混混司机，交了桃花运，攀上个有点儿能耐的岳父，就开始狗仗人势了。这几年公家的便宜可没让他少占。哼，保不准哪天他倒会吃上官司。"

孙鸣飞现在已无心怨恨韩科长，他只想能够让白川解脱厄运，从而挣脱沉重的心理负担。他随口问马老师："马老师，你在公安上有没有熟人？"

马兰花惊异地反问孙鸣飞："难道你想找人捞白川？"

孙鸣飞点了点头。

马兰花笑了一下说："好我的瓜娃哩，你本身就是泥菩萨过河，自保都算侥幸，还有心护别人？别再没事惹事了。"

孙鸣飞说："马老师，我良心上受不了。"

马兰花停了一阵说："小孙，难得你是个有情义的小伙子。"又过一会儿，马兰花突然拍了一下脑门："小孙，我给你出个主意，人常说解铃还得系铃人。这件事伤了韩浩平，在公安局韩浩平就是原告，你去求一下韩浩平，韩浩平给公安说一下，撤案不就行了。”

孙鸣飞疑惑地问：“这样行吗？”

马兰花肯定地说：“当然行。”

孙鸣飞想了想又摇摇头：“韩科长不会答应的。”

马兰花想了想又说：“我看不一定，韩浩平脑子很灵光，他虽然挨了打，但公安已经把人抓了，他的气也该出了。你去求他，他如果不答应，就不怕别人说他小肚鸡肠？”

孙鸣飞觉得马兰花说得有道理，犹豫了一阵说：“马老师，那我去找韩科长。”

没想到马兰花突然把袖子往上撸了撸说：“小孙，我和你一起去。他韩浩平不看僧面看佛面，老娘再说也是农贸社元老级的人物了。”

孙鸣飞心中涌出无限的感激。

马兰花是个回民，五短身材，加之长得胖，走路两腿甩动的频率很快，老远看着活像一个硕大的圆球在滚动。孙鸣飞一米八〇的个头，瘦瘦的身材。两个人并行在院子，形成了巨大的反差，也颇有些引人注目。

推开总务科的门，韩浩平正坐在办公桌前抽着烟看《故事会》。一看见马兰花和孙鸣飞进来，略略有些吃惊，但还是放下《故事会》，把目光投向马兰花：“咦，马姐来了。”却没理随行的孙鸣飞。

马兰花快人快语，开门见山地说：“小韩，你和两个学生打架的事，小孙来找你……”

不待马兰花说完，韩浩平打断了马兰花：“马姐你咋说话？咋成了我和两个学生打架？我动手打人了吗？”

马兰花急忙摆摆手：“小韩你别咬文嚼字，我就是那么个意思。小孙来找你，想让你到公安上把案子撤了。”

韩浩平说：“马姐，我挨了打，可没有告状。人家公安是先找到我，我还说我不想告状，人家说我有义务把事情说清楚。我没办法才让人家做了笔录。”

马兰花又说：“那你就做做好事，到派出所去请求放了那个姓白的孩子行不？”

韩浩平吸了一口烟，憋了半晌，把烟从鼻孔中喷出来，又把烟头在烟灰缸上掸了一下说：“马姐你给我出难题呢，公安局又不是我家开的，我去说话人家能认？再说我也算是当事人，能翻手为云覆手为雨吗？”

马兰花大概没想到韩浩平会如此干脆地给自己来个对不起，一时语塞。

一旁站着的孙鸣飞说：“韩科长，这事情都怨我，我不该给您提要求换房子，不该把水洒到您脸上，让您受了那么大的伤。我给您赔个情道个歉，也替白川领个罪。要是方便的话，您就替白川开脱一下。”

孙鸣飞说完话，韩浩平意外地脸上表现出一丝亲昵。他把烟屁股在烟缸里摁灭，站起身走到孙鸣飞身旁拍了一下孙鸣飞的肩膀：“小孙，你是个好小伙子，咱们那天也是误会。这事已经过去了，跟你没有关系。至于那个白川，下手也忒狠了，公安上把他教育教育也是应该的。你放心，我知道该咋做。”说话的时候，韩浩平注意到马兰花的脸色有些异样，又把正说的话拐了个弯：“小孙你真幸运，一来社里就跟着马姐。你可知道马姐在我们社里待了几十年，这个大院里谁个不尊、哪个不敬？有马姐护着你，你前程无量。”

韩浩平的话，在马兰花听着不知道是夸赞还是讥讽。马兰花觉得再没必要与韩浩平费口舌，板着脸对孙鸣飞说：“小孙走吧，上午要把那些档案装订完毕。”

韩浩平的内心实际是很复杂的。那天与孙鸣飞和白川刚碰面时，他不过是想在这两个新来的人面前端端架子。自己一个司机出身的小小科长，在农贸社这个院里虽说有点儿小实惠，但实在算不上领导，充其量不过是领导的马弁而已。没想到这一次弄巧成拙，架子没端起反倒丢了面子，其实事后他对自己吐孙鸣飞茶水和掌掴的冲动也极后悔。可一旦错了，也只能错由错中来，不整治一下那个不知天高地厚的小子，以后谁都敢骑在他脖子上。但是，他心里明白，事情的真相他和孙鸣飞、白川三个人心里清清楚楚，不用说，白川和孙鸣飞心里已经深深埋下了仇恨的种子。白川被抓，估计一时半会儿出不来，农贸社肯定是回不来了。而这个孙鸣飞说不准将来会飞黄腾达，要不想办法化解隔阂，难保会给自己日后埋下定时炸弹。今天恰好马兰花带着孙鸣飞过来，正是个好机会。与马兰花说话的时候，他心里一直在琢磨咋样不卑不亢自然地和孙鸣飞套近乎。至于这个马兰花，韩浩平打心眼儿里讨厌，她平日里天不怕地不怕，仗着自己是个少数民族干部，嘴尖毛长，说长道短，背地里没少议论过自己。韩浩平日常对她惹不起躲得起。现时马兰花离退休也就剩下不到半年时间，韩浩平已经不需要再上心考虑她了。但韩浩平明白需要用发展的眼光处理人际关系，他的当务之急是改善和这个大学生同事孙鸣飞的关系。

碰了个软钉子的马兰花和孙鸣飞回到档案室。马兰花抓起杯子喝了几口水，把水杯重重地往桌上一放，坐在凳子上半晌没有说话。孙鸣飞知道马老师心里不爽，一时不知道该说啥话，拿起暖水瓶给马老师的茶杯里倒满了水，说了一句："马老师，让您辛苦了！"连孙鸣飞自己都觉得这句话说出来有些词不达意。

马兰花的确是生气了。她没有料到这个比她小近二十岁的韩浩平对她竟然如此怠慢。"马姐"的称谓在她看来是那些比她年岁小不了多少的同辈人才有资格呼喊的昵称，而他韩浩平一个小屁孩没大没小也"马姐""马姐"地叫着，实在是有些不知天高地厚。这些都不说了，难为今天自己觍着个脸到他门上说事，他竟是满嘴官话。让马兰花最不能接受的是韩浩平对自己的态度竟不及对孙鸣飞的态度，这让原本把自己脸面看成佛面的元老人物马兰花觉得在学生孙鸣飞面前把人丢大了。

孙鸣飞依旧用锥子和细绳子装订着山一样的档案。还是马兰花自己调整了情绪："小孙，这件事看起来不那么简单，咱得从长计议。现在当务之急是想办法让那个姓白的小伙子在看守所不要吃亏。听说那里边黑得很，去年我一个侄子犯事了，在那里面待了半年，出来后在家躺了几个月，说是被打伤了。开始我还以为是公安局的人刑讯逼供，后来才听说是被同一个号子里的犯人殴打的。”

孙鸣飞怔怔地听着，越发觉得良心受煎熬。

马兰花突然又抬起头问：“不知道那个小白在汉京城有没有亲人，那里边可是要花钱的。有钱了能买吃的用的，关键是能孝敬牢头，就不挨打了。”

孙鸣飞像是受到了启发，停下了手中的活计，抬头看了一阵天花板，嘴巴动了动欲言又止。过了一会儿，低声问：“马老师，你能不能借我十元钱？听说到十五号就发工资了，我还你。”马兰花问孙鸣飞借钱干啥？孙鸣飞说想到看守所给白川送过去。

一听孙鸣飞要借钱送给白川，马兰花情知自己多嘴惹事，但又不想让孙鸣飞小瞧自己，遂说道：“哪里需要那么多钱，真要是给多了反倒会让牢头变本加厉，少一点儿就可以了。我这里有五元钱，你回头给他送过去就行了。”

孙鸣飞下午请了个假。他打听到中城区看守所的地方，搭了公共汽车赶到皇城墙下。他把从马老师那里借来的五元钱连同他从学校毕业时存下来的助学金凑了十元钱，给白川上了账。上账的时候，接待室说有两个在押人员叫白川。孙鸣飞说了白川的年龄和单位，接待室说那应当是刚收进来的南一排七号押员白川。接待室问孙鸣飞和白川的关系。孙鸣飞说是表兄弟。接待室又问谁大谁小。孙鸣飞说：“我是表弟。”接待室在上账人与押员关系一栏填上了“表弟”。

给白川上完账，孙鸣飞觉得心里轻松了一些。

入看守所第三天的早上饭罢，管教站在七号监所外大声喊叫：“〔1〔！”白川初时没有反应。猴子推了一把：“哥，叫你哩。”白川这才懵懵懂懂地走到栅栏门口。管教开了铁门，拿了一件标有“外役”字样的号衣让白川套上，打着手势示意白川跟着他走。来到一堵墙壁下，管教指着墙上的一块黑板说：“领导说这上面的内容陈旧了，要换一换。听说你是大学生，让你显显才华。”

白川一时愣了神，他不知道谁给他安排了这件差事，他更不知道看守所的黑板报该写些啥内容。当然，此刻他突然有了一种被信任的温暖。他疑惑地问管教："上面写啥？"管教从不远处的窗台上拿下一个黑板擦递给白川："你先把旧板报擦掉，待会儿有人给你内容。"

白川慢慢地擦着黑板。白灰粉在他周围弥漫开来，灰粉冲进他的鼻腔，刺激得他忍不住打了个喷嚏。这是多么熟悉、亲切的感觉，从小学一直到高中，教室讲台上的黑板擦除了老师讲课时边写边擦使用外，下课时永远掌控在班长或老师喜欢的学生手中。当着全班同学的面，为老师下节课揩净黑板，是何等地受人羡慕，是何等地神圣与傲气。而今天，成年的白川身陷囹圄，同样的黑板擦，竟让他有些与昔日同样的感觉。

更让白川高兴的是给他拿来黑板报内容的是那个内勤马明阳，他就在心里判断这份差事应该是这个警察给他争取来的。看到马明阳，白川竟忘了喊马政府，只是有些感激且尴尬地笑了一下。马明阳也是微微一笑，把板报内容递给白川："你是大学生，字应该写得不赖。好好表现。"白川生硬地点点头。马明阳那句话最后的四个字"好好表现"，让白川听着心里有些不太舒服。马明阳从审讯室搬出来一条凳子，放在黑板下，白川踩在凳子上开始用粉笔板书。

白川板书的时候，马明阳并没有离去。墙壁下只有白川与马明阳两人。

马明阳开口说话："白川，我听苏春明说……"

白川注意到，马明阳没有喊他 C1C，这是马明阳与他贴近情感的信号。

"你的案子有点儿冤，你得想想办法，争取让检察院不批准逮捕就好了。"马明阳慢慢地说。

马明阳的话，正是白川心里纠结的事情。在派出所警察与他最初的谈话中，他内心是镇定的，尽管他感觉那个后来知道是副教导员的方鸣警察在办案中有些上纲上线，但基本的案件事实说轻了是个小纠纷，说重了大不过算个行政治安案件。在第一次看到笔录纸上印着的"讯问笔录"时，他心里"咯噔"了一下，但随后他心里依然笃信"以事实为依据，以法律为准绳”的信条。直到苏春明与他单独深谈后，他才明白了“严打”大形势下远远没有料到的严酷。进了看守所，他知道自己在课堂上学到的知识与现实完全脱节。在这种状况下，寄望于检察院不批准逮捕，恐怕只会是失望大于希望。现在马明阳让他自己想想办法，是啥意思，他却不明白。

想到这里，白川说：“我家在外地农村，汉京城里没有亲戚，也没有熟人。”

马明阳说：“好你个白川，我给你说心里话，你却把我当外人。我看你人缘好得很，你表弟苏春明冒着犯纪律的风险不回避案子还来求我照顾你。这不昨天下午又有个姓孙的表弟到所里来给你上了十块钱账。”

白川感到诧异，停下了手中的粉笔：“我哪个表弟，叫啥名字？”

马明阳摸着头想了想说：“好像叫孙飞。”

白川心里明白了，那个与他一同闯祸的孙鸣飞没有忘记自己：“你是不是记错了？他应当叫孙鸣飞。”

马明阳又想了想说：“对，是叫孙鸣飞。”

白川说：“他不是我的表弟，他是和我一起分配到省农贸社的大学生。我们两个才认识几天时间。”白川没有告诉马明阳这位孙鸣飞其实是他同案当事人。

马明阳赞许地说：“刚结识几天的朋友肯在你患难时出手，真是难得呀。”

这时候，白川仍然摸不透马警察的真实意图，他觉得有必要把他和苏春明的关系说清楚，这样既会让马明阳少一些对苏春明的误解，也可以让马明阳知道自己的真实背景。“马警察，”白川故意没有用规范的要求称马政府，他觉得这样称谓是在强调双方对话的平等性，“我和苏春明真的非亲非故。”

“什么，非亲非故？这么说我这个同学在骗我？”

“他真的是在骗你。我跟他一点儿关系也没有。”

马明阳显得有些不解：“你们既然没关系，他干吗帮你？有别人求他吗？或者……”

白川明白马明阳“或者”后面是怀疑苏春明收受好处。他斩钉截铁地用不高的声音说：“马警察，我见过你们警察中有些让人讨厌的人。但是接触了苏春明，我真的感觉到那身警服穿在他身上有多般配，有多神圣。”

马明阳沉默了一阵子，显得有些激动：“我这个老同学，连我也信不过，我还怕他犯纪律该回避不回避，替他有些担心哩。不想他却是侠肝义胆。这么说你真有冤情，那真的得想办法把冤情反映给检察机关。”

白川说：“冤不敢说，但确实是有些过火了。”

马明阳说：“有个简单办法，你把你的案情写个材料，通过所里寄到中城检察院。随后我给你提供纸和笔，保证按合法渠道把信给你寄出去。”

白川心里想，这世界到底好人比坏人多。

突然想起号子里的事情，白川故作不经意地说：“号子里可够乱的。”

马明阳问：“有人欺负你吗？”

白川摇了摇头。

马明阳又问：“你是说红头413称王称霸吧？”

白川没有作声。

马明阳说：“这个413，原来是个练武术的，后来在一家武术学院当老师，也算是有些文化，勉强可算是文武双全。偏就坏在这家伙有些变态，就喜欢小男娃，先后把几个学武术的男生猥亵了。学生家长告到学校，才事发了。抓起来类推了个强奸未遂罪，一审给判了个无期，正等着二审结果哩。因为他会拳脚，又会讲些故事之类的，就成了号子里的红头。”

白川问：“既然知道他是红头，咋不治一治呢？”

马明阳说：“你是受过高等教育的，应当知道啥叫蜂群效应。没有蜂王，整个蜂群不就炸了窝。马群有头马，羊群有头羊，这是自然规律。全世界哪个国家的监狱都少不了牢头狱霸，你就是收拾一个，还会再上来一个。对看守所来讲，有些事睁只眼闭只眼，只要不出大事就行了。”

仔细琢磨马明阳说的话，白川不得不承认，马明阳说得有道理。这恐怕也就是原始的丛林法则。

白川突然想起马明阳那天恐吓413的事，便问道:“你那天说‘背床板’是啥意思？”

马明阳说:“哪天我给你找个机会体验一下。”

第四章

礼拜一早上一上班，一则爆炸性的新闻把省农贸社大院炸翻了天！

本省最权威的报纸、发行量日超三十万份的省委党报《西部日报》发表了一篇名为《洪水中方显英雄本色》的通讯报道，副标题是“记省农贸社抗洪模范干部白川”。作者是该报记者田智礼、实习记者姚丽霞。文章在头版刊发醒目的标题，第二版占用了一个整版，且配有本省某著名画家所作的插图。

通讯稿大意是省农贸社年轻干部白川出差康宁市，偶遇洪灾，随即自觉投身到抗洪救灾中。他在汹涌的波涛中，冒着九死一生的危险救起了命悬一线的小姑娘；为了病人又冒死泅水进入已被洪水隔断的房间寻找救命药品；在呼啸的列车头前奋不顾身推开了意识不清的中年妇女。几天的抗洪救灾中，他活跃在每一个需要他的角落，协助查看水情，辅导灾民心理，派发救灾物资……

省农贸社虽然在政府序列中是个级别不算低、重要性也不算差的部门，但真正论起知名度，在省级机关可就排不到前面了。尤其是因为农贸社系统的主要业务在农村，城市的民众对其知之寥寥。曾经有笑话说，某市民把农贸社当成演戏的曲艺社上门要求买票看戏。农贸社的几任班子都曾经想法子加大对农贸社的宣传力度，更有一届理事会动员下属各单位集资筹拍一部二十集的电视连续剧，终因找不到大牌导演和像样的演员而胎死腹中。负责宣传工作的宣传教育处也多次协调媒体发表一些御用文章，不外乎某个单位在帮助农村振兴经济中勇立潮头，某个职工数十年如一日无愧党的事业。这些官样八股文章一出炉，无一例外如投进水池中的小石子，连个小水花都难以看见。而今有这么一篇题材新颖、事迹突出、个性鲜明、可读性极强的报道，如何不让农贸社院内上下轰动。

这则新闻报道的爆炸性还在于其作者的重量级别。田智礼是“文革”前的大学毕业生，反右斗争时曾因激进言论被打成右派，长期下放劳动。摘帽后他调入省委农村政策研究室。本省若干重要的涉农文件都是他的手笔，省委书记的众多讲话稿也多是由他妙笔生花。田智礼后来为了更贴近生活，主动要求到省报专搞新闻工作。在省报机关，田智礼虽不是社长、总编，但其身份背景的特殊性换来了“报社脊梁”的美誉。这样一位享誉省城的大笔杆子，能亲自署名一篇新闻通讯，足见这篇文章的分量。

礼拜一早上的理事长办公会是雷打不动的例会。这一段时间，因为理事长在北京养病，常务副理事长主持工作。长条形的会议桌周围坐着一圈重要人物，有肖副理事长、纪检组组长、工会主席、机关党委书记、各处处长、各直属公司经理，还有农贸商校校长、农副产品研究所所长一干人等。王副理事长布置了今天会议的三个讨论议题：一是响应省委省政府号召，做好康宁市灾后重建支援工作；二是制订今年秋季农副产品收购计划；三是研究商校教学楼基建工作。王副理事长刚讲了个开头，秘书报告说省委那边通知开个紧急会议，让王副理事长马上过去参加。王副理事长只好临时指定三把手肖副理事长组织大家讨论。这肖副理事长本就在班子中是个放屁都不响的角色，日常工作中事不关己，高高挂起，平素怕担责任，也自然少了别人对他的敬畏。王副理事长前脚一离开，会议室里马上像一窝蜂“嗡嗡”起来，会议的主题被抛到九霄云外，聊天的焦点自然集中到今天的新闻报道上。大部分人对这个从未谋面的白川充满好奇，各下属单位的头面人物也只是在今天早上读到这篇文章时，才知道其中的主人公已在几天前被送进监狱。大家不知道发生在这个人身上一正一反的极端事迹的具体背景是什么，也无法对这一尴尬的现实做出合理评价。但不管怎么说，报纸上登载白川的事迹，因为出自一个公认的正派大笔杆子之手，人们对其真实性基本不持存疑态度。大家心里只有一个共同的疑问，这样一个好青年为什么在农贸社大院里成了坏人？

向来以不拘小节敢说敢为著称的农贸商校校长问宣教处长：“这么好的一个典型人物你们宣教处怎么没有挖掘出来？”

宣教处处长说：“怪就怪人事处没有把这个宝贝疙瘩安排在我们宣教处能看得见的岗位上。”

一句话惹毛了关处长关老爷，关老爷把桌子一拍：“我心里正窝着火哩！为了争取分来个学法律的大学生，补充政策研究室的力量，我们跑断了腿，磨破了嘴皮子，高教局磕磕绊绊分了个汉京大学法学系的白川。这倒好，你们办公室把他的宿舍安排到一间连办公都没人愿意去的凶宅里头。总务科的韩大科长更是老虎屁股摸不得，屁大点儿事情，成了刑事案件。你们办公室的人都快成精了。”

这关老爷的话一石激起千层浪，会场上议论的焦点一下子转移到对办公室工作作风的诟病上。这个说报表、稿纸印制质量低劣，那个说院子卫生状况脏乱差，更多的人质疑单位福利发放暗箱操作，把个办公室主任说得脸上一阵红一阵白。

宣传教育处和秘书科的电话简直成了热线，一个上午的时间，电话铃声此起彼伏。不少与农贸社挂搭点儿关系的小报记者要求对白川进行深度采访，有《西部商报》《古都信息报》《贸易战线报》《创业报》等等。好在农贸社接电话的人员具备基本素养，牢牢隐瞒白川入狱的真相，礼貌地表示感谢关注并留下联系电话。各下属单位包括地区、县级农贸社打来电话，对省社涌现出如此英雄表示祝贺，甚至邀请白川去做英模报告。有热心市民通过 114 电话查询台查找到省农贸社电话后，打进电话向英雄表示问候和敬意。农贸社一个小人物竟被推向前所未有的焦点关注中。

在白川涉嫌流氓犯罪的刑事案件办理过程中，关虎处长本就窝了一肚子火。起初，韩浩平挨打向他告状时，他对这个大学生的行径感到吃惊。但后来听过白川和孙鸣飞的辩解后，他根据自己的判断确认事出有因。可接下来事情的发展让他既迷惑又生气。韩浩平说他没有报案，派出所却大力介入，那个副教导员方鸣分明是挟权徇私。他隐隐感觉在这件事情的演变过程中韩浩平人前一套、人后一套。但苦于自己对公安办案无能为力，只好眼睁睁看着一个前途无量的年轻人从此毁了前程。今早他读完这则报道，才知道这个白川延迟到省农贸社报到的真相。虽然他还不知道白川参加工作前夕去康宁干什么，但是他相信白川是个品行端正、乐于助人的好青年。现在他觉得有责任、有义务以这一篇通讯报道为契机帮助一下这个青年人。早上开例会之前，他本想把他的想法跟王副理事长好好沟通一下，却没有找到合适的机会。王副理事长离开会议室后，他不愿意在有一搭没一搭的闲扯中浪费时间，索性也离开会议室回到自己的办公室。

关处长拿起桌上的《西部日报》，把那篇通讯报道又仔细阅读了一遍。他突然有一种感觉，这篇报道的作者在写作这篇文章时明显倾注了感情色彩，其中不乏拔高形象的溢美之词。想想闻名本省理论界和新闻界的大佬级人物田大笔杆子能亲自署名执笔，也许这背后有着令人寻味的背景。关处长知道田大笔杆子在社会上影响大、交际广，与省上一些头面人物也颇有交集，他既能极力捧誉白川，想必也一定愿意为蒙冤的白川开脱。但关处长和田大笔杆子并不熟悉，直接去找人家似乎有些唐突。转念一想，关处长又觉自己多虑，搭救白川，本就是出于一腔正义，他与白川无个人情缘，如果田大笔杆子也侠肝义胆，说不准比他关虎还着急。关处长心里打定了主意。

关处长翻开省委、省政府内部电话号码簿，找到了西部日报社的电话号码。他整理了一下思绪，拨通了报社总机。电话那边传来了接线员柔和的询问声。关处长说："请接田智礼同志。"接线员问关处长是哪里，关处长回答说是农贸社。接线员说那给你接到农业组吧。电话里又响起一阵“嘟——嘟——”的长音。关处长突然意识到，田智礼的电话不是随意可以接通的。听筒中继续显示无人接听的声音，接线员再次说话：“农贸社，对不起，农业组办公室没有人接听电话。”关处长换了个口气：“我有个急事找老田，麻烦你捎个话给他，就说我是省农贸社白川的领导，我叫关虎，让他有空时给我来个电话。”接线员显然训练有素：“关同志，你再等等。”

大约半分钟后，电话中传来一个略显沙哑的男人声音：“我是田智礼，请问你是……”

“我是省农贸社人事处关虎处长。”

“噢，你是不是那个关老爷？”

关处长没想到田大笔杆子竟然也知道他的雅号：“见笑了，我是关虎。”

“我下乡时和你们王副理事长住在一起，听他说，你可是名副其实的老革命了。你找我有啥事，尽管吩咐。”

关处长说：“田同志你言重了，你是大笔杆子，我们社里的人可都敬重你。你写了一篇有关我们社里白川的文章，反响很大……”

“白川可是个好小伙子，我写的东西都是我看见和听见的第一手资料，这样的典型真是难得。你们内部可真要好好表彰宣传哩。”

关处长重重地叹了一口气：“白川出事了……”

电话那头吃惊地问：“什么？出什么事了？”

“他被公安局关监狱了！”

“犯了啥罪？”

“流氓罪。”

电话那头静默了一阵后，低沉的声音传过来：“关处长，你等我一下，我到你们农贸社去一趟。”

与田大笔杆子短短的电话交流中，关虎判断白川与田大笔杆子应该在康宁市有过不寻常的接触，他断定田大笔杆子对白川现在的处境不会袖手旁观。他觉得白川有救了。

一辆标有“采访”字样的北京吉普车驶进了省农贸社大院。车上走下来一老一少两个人，年岁大一点儿的是资深记者田智礼，年轻的是参加工作不久的实习女记者姚丽霞。

传达室电话打给关处长，说门口有两位省报社的记者来访。关处长连说：“请进，请进。”关处长抬腕看了一下手表，自他与田智礼通完电话到此时不过区区四十分钟。他心里不由得一阵感动。

关处长放下电话拔脚就往楼下走。走到二楼楼梯口时，田智礼和姚丽霞已经上到二楼。

关处长一边问：“可是田大记者？”一边就伸出了手。

田智礼握住关处长的手说：“老革命的名字早就如雷贯耳，今天见了真容，幸会！幸会！”

关处长拉着田智礼的手进了他的办公室。刚一落座，田智礼就迫不及待地询问白川的案子。

关处长倒是显得沉稳一些：“田大记者你是稀客，先坐下，我给你沏杯上好的毛尖，咱们慢慢说。”关处长倒了两杯茶，一杯端给田智礼，一杯端给姚丽霞：“这位小同志，该咋称呼？”

姚丽霞有些局促地站了起来。

田智礼说：“我一着急，倒忘介绍了。这位是我们报社去年分来的大学生，叫姚丽霞，实习记者。那篇写白川的稿子就是她写的毛稿。”

姚丽霞拢了拢额前的刘海：“我是个新手，田老师手把手教我来着。”

田智礼显得很着急：“关处长，你快点儿说事。这件事关系重大，于公涉及新闻报道后续的社会影响，于私我得关心关心我笔下的主人公。”

关处长从抽屉里拿出白川的派遣证，递给田智礼。田智礼把派遣证上的内容浏览了一遍，然后抬起头看着关处长。

关处长喝了一口茶水：“老田，你知道，这几年各单位人才都是青黄不接。我们社里按编制成立了一个政策研究室，就几个老同志撑着，我费劲巴拉从高教局争取了一个法律专业毕业生，后来就来了这个白川。开始不知道啥原因他报到迟来了十多天，看了你们报纸我才知道他原来去了康宁。来社里报到后的第二天，跟我们总务科的韩科长打了架，韩科长受了些伤。不知道这事情咋就传到了公安局，就给白川定了个流氓罪，关起来了。”关处长说话时，语气保持着平缓。

听完关处长简单的叙述，田智礼脸上的表情显出了几分轻松：“原来就是个打架，我还以为他要流氓、调戏妇女什么的。要是那样的话，我这个老记者可算是看人看走眼了，也就在圈子里把人丢大了。”田智礼吹了吹茶杯上漂浮的茶末问：“打个架就成了流氓罪，那个科长伤得重不重？白川为什么要动手打人？”

关处长把茶杯使劲地往桌面上一蹾，茶杯中的水花溅得满桌都是。他连忙拿起一份打湿的文件在空中甩了几下，又手忙脚乱地找到抹布擦拭桌面。

自觉失态的关处长尴尬地笑笑：“老田你问到点子上了。你说现在的公安办案还有没有章法？啥事情都无限上纲。说个不该说的话，依我对这个案子的看法，这白川虽说不对，倒是挺讲义气的。我要是年轻些，就愿意和他交朋友。”

老田一听这话，站了起来：“照你这么说，这白川就不该关吗？”

关处长就把白川和孙鸣飞被总务科安排住到凶宅，孙鸣飞、白川和韩浩平冲突的过程讲了一遍。

田智礼一边听一边点头，待关处长停下来时，他问：“你说的这些过程公安局都问清了吗？”

关处长答道：“事情刚发生时，韩浩平先来找的我，后来我把白川叫过来问了一遍，两个人的说法有些出入。说老实话，凭我的判断，白川说的应当实在一些。我们那位韩科长有些背景，寻常说话做事有些言过其实。我也搞不清公安局会听谁的。”

田智礼换了个话题：“关处长你知道我的那篇报道是咋写出来的？”

关处长看着田智礼，眼神里流露出疑惑。

“我在报道中写的那些事情，大部分都是我亲眼看见的，亲耳听见的。”田智礼似乎又回到了那个浊浪滔天的恐怖之夜，“康宁市被江水淹没的那天晚上，我住在市委招待所。等我惊醒的时候，我住着的二楼房间水已经没膝。一按开关，灯没有亮，听见楼道里有人喊着上楼顶。我光脚踩着水糊里糊涂爬到楼顶，坐到楼顶上大口大口喘气时冠心病发作了。你知道在那种情况下如果少了‘炸弹’，我必死无疑。后来就是这个白川，冒死泅水去二楼房间给我拿回了药。要不然的话，我早见马克思去了。”

关处长这下明白这位田大笔杆子为什么能亲自署名，并且用极富感情色彩的笔调写出那么一篇荡气回肠、催人泪下的作品。

“在那个伸手不见五指、四周一片洪水的夜晚，我们待着的那个楼顶成了汪洋中的一个孤岛。在无与伦比的恐惧中，我们战战兢兢地等到天亮。”田智礼说话的方式，让关处长感觉到一个文化人对脑海中一段记忆刻骨铭心的程度。

“我们这些劫后余生的人聚在楼顶上，看着周围熟悉的街巷沉入水底，水面上是耸起的树梢、电杆、隐隐约约的房顶，我们盼望着能尽快有人来搭救我们。当天空有直升机给我们撒下食物时，求生的本能让大家失去理智发生争抢。关键的时刻白川挺身而出。”说这话的时候，田智礼有意无意地忽略了一个细节，其实当时率先发声的是他田智礼而非白川。

“等到救生木筏来到时，面临人多筏小的情景，白川又放弃了第一拨逃生的机会。和我一起获救的一个小姑娘叫小红，她给我详细叙述了白川在洪水中的树杈上，用衣服把她拴在身上拖到楼顶上的过程，真的是九死一生。”田智礼喝了一口水继续说，“后来我在康宁火车站又遇上了白川，他把那个傻站在铁道上的妇女从轰隆隆的火车头前推开的一幕，恰好让我和省政府欧阳秘书长看见了。后来，还是欧阳秘书长让白川参加到政府抗洪救灾工作中。再后来，白川的表现让救灾机构的同志交口称赞。”田智礼伸出手在空中点了几下，又意味深长地说：“所以说呀，这个白川，可是给你们农贸社长脸了。”

关处长有些意外：“这么说，欧阳秘书长对白川有印象？”

“岂止有印象？康宁救灾回来后，我在省委宣传部开会时见到欧阳秘书长，他叮咛我要好好挖掘抗洪救灾中的模范事迹，多做正面报道，多做一线普通群众的先进宣传，比如那个舍己救人的农贸社干部白川，就要大张旗鼓地宣传。从这一点讲，我们的这一篇报道，也算是御用文章。”

“我全明白了。”关处长说，“我找你就是想让你给白川声援。我们农贸社是个纯业务单位，和社会上的拉扯不多，尤其是公检法单位，可以说是井水不犯河水。我现在就想快点儿让白川出狱。说实话，越是听你介绍，我越是舍不得这个白川。”

“我能帮上忙吗？”一旁坐着的姚丽霞突然插话，“我的表哥在中城区公安分局工作，我可以让他帮着打听一下。”

田智礼思考了一下，摆了摆手：“不用了，我们不要去走歪门邪道。这事情得正面沟通，要找他们的领导。”田智礼又挠了挠稀疏的头顶：“我看这事情得麻烦一下欧阳秘书长。”

关处长轻轻拍了一下手：“你和我想到一起去了。本来我今天早上开例会前想跟王副理事长汇报一下，让他以组织身份给有关方面反映情况。如果欧阳秘书长肯出面，事情肯定会有转机。”

田智礼看了看表，已经是十二点过五分。他自言自语地说：“现在已经下班了。”

关处长这才想起已经到吃饭的时间：“我光顾着说话，把吃饭的事给忘了。对面有个包子铺，我请你。”

田智礼说：“我喜欢吃盒饭。”

关处长说：“那好办，到我们的机关食堂去体验一下生活，包比你吃盒饭强。”

田智礼摇摇头：“到你们食堂我怕熟人多，饭吃得不自在。”

关处长说：“那让人打几份饭到办公室来。”说着话就出门唤来干事李义，让打三份饭到办公室来。

田智礼说：“多打一份，给楼下坐在车上的司机。”

几个人草草地吃完午饭。田智礼问关处长：“你能不能跟我一起去找欧阳秘书长？也算是代表农贸社组织。”

关处长说：“这没问题。白川到我们这里报到后，还没分到具体的工作岗位上，还归我管。”

田智礼会心地笑了：“我还担心你没有得到王副理事长的首肯会有顾忌。真要是他怪罪你时我来担着。”

关处长说：“老田你想多了。”他停了一下又问：“要不要你先和欧阳秘书长预约一下，看领导啥时候能安排出时间。”

田智礼说：“不要打电话了，我们直接去省政府办公厅，他礼拜一一般在机关，我们下午一上班就把他堵住。”听田智礼说话的口气，关处长知道田智礼和欧阳秘书长绝非一般的工作关系。

田智礼带着关处长和姚丽霞一行三人仍然坐上报社的采访车，不消一刻钟工夫，车子开到了省政府办公地址皇城大院门口。一看见特殊的车牌号，全副武装的持枪警卫敬了个礼，车辆几乎没减速就进了大院。进入大门后是一个巨大的影壁，上面书写着极富时代色彩的标语“不管白猫黑猫，逮住老鼠就是好猫”。绕过影壁，上千亩的大院四周像公园一样布满了苍翠的参天树木，树木中间零零星星地散落着一些二层小楼或平房，省政府的一些重要部门各据一隅。办公厅在大院的正中央，财政厅、经贸委、计委、外事办、编制办等分布在院子四方。

车子开到办公厅楼下时，田智礼一看表，还差十分钟两点。他对姚丽霞说：“小姚，你和司机在车上等一等，等会儿我和关处长两个人上去就行了。”

两点整，田智礼和关处长在办公厅传达室办理登记手续，传达问二人是否有预约。田智礼看了关处长一眼说约好了两点。传达抓起电话拨了几下号码说：“刘秘书，有人约好两点见欧阳秘书长。”田智礼听不见话筒里的声音，却见到传达面有愠色。传达放下电话后说：“对不起，领导下午有别的安排，没有约见你们。”

关处长这时就在心里埋怨田大笔杆子玩得有些玄。田智礼却似乎料到这一招，他声音仍然平和地对传达说：“麻烦你再给秘书打个电话，就说省委李书记跟欧阳秘书长约好让我来的。我是省报社的田智礼。”

一听到省委李书记，传达的脸上露出了恐慌，立马抓起电话照着田智礼的话又重复了一遍。果然，传达放下电话后让田智礼和关处长稍等一下。有两三分钟的时间，楼道里走出了一个年轻人，问：“哪位是田记者？”田智礼说：“我就是。”年轻人说：“我是刘秘书，欧阳秘书长在里间。你们随我来。”短短几分钟时间，关处长见识了田智礼的行事风格，不由得心里生出几分感叹。

随着秘书走进一间硕大的办公室，首先映入关处长眼帘的是一圈套着红绒面的沙发，沙发的下面是一大张红色的羊毛地毯，看着有些刺眼。再往里看，一张足有三米长的写字台，衬托得写字台后边坐着的人有些矮小。关处长心里就在琢磨，原来啥事情都得讲合理，过分的东西就不美了。

身材并不算矮小的欧阳秘书长放下手中阅批的文件，站起身从办公桌后绕出来，笑呵呵地握住田智礼的手：“我说你个田智礼，来前也不打个招呼，倒会用李书记来糊弄我。”

田智礼说：“我是无事不登三宝殿，提前打招呼怕你推辞，只好不宣而至。”田智礼又伸手指了指关处长：“这位是省农贸社人事处关处长。”

关处长伸出手：“省农贸社关虎。”

欧阳秘书长伸手与关处长握了一下：“老田陪你来，有啥事你说。老田是我‘文革’牛棚中的棚友，他不会给我寻麻烦事的。”

关处长这才明白田智礼与欧阳秘书长的私交背景。听着欧阳秘书长的话，关处长掂量着这位领导话里的意思，显然是双关语。他既是说田智礼是他的故交他不会不给面子，又好像告诫自己如果是寻麻烦的事情就最好免开尊口。

正在关处长寻思如何开口时，田智礼说了话：“这事是我让关处长给我帮忙，其实也是给你帮忙，我们给人家关处长把麻烦惹下了。”

欧阳秘书长嘴角微微露出一丝嘲讽的笑：“老田，你就别卖关子了，我们把啥麻烦惹下了？”

田智礼说：“你给我安排任务，让我写报道，宣传省农贸社那个白川。报道写了，反响也挺好，可那个白川进监狱了。你让人家管事的关处长担到二梁上，左不得右不得，咋整？”

听到白川进了监狱，欧阳秘书长吃了一惊："就是康宁火车站上舍己救人的小伙子白川吗？咋能进监狱？"

田智礼说："公安局给定了个流氓罪，人就关在离皇城不远的中城区看守所。"

欧阳秘书长遗憾地叹了口气："这个白川大概是个典型的矛盾人格。这人一犯罪，可倒真不好办了，报道已经见报，得想个善后的办法。"

田智礼把大腿一拍："要真是那样，我就不来找你了。在我眼里，连他这回犯的事都够得上有情有义，他的人格一点儿也不矛盾。我说心里话，想想我们过去树立的那些英雄形象，勇救国家财产的金训华、火车头前战惊马的欧阳海，很大程度上就是一时的本能而已。这个年轻人白川不见得比他们差，这样的英雄人物竟然被关进监狱，我们的这个社会真是出了问题。"

欧阳秘书长看看激动的田智礼，又看看关处长，满是疑惑地问道："到底是咋回事情？"

关处长像上午跟田智礼见面时一样，把他所了解的事情原委和他的判断叙述了一遍。临末又强调了一句："我看公安局办案子没有章法。"当然，对那个令他反感的派出所副教导员方鸣的做派，他对欧阳秘书长和田智礼隐瞒了。

欧阳秘书长听着听着就皱起了眉头。等到关处长一说完，他抓起电话，拨了一通号码："喂，孙厅长吗？我是欧阳锋……我跟你说个事，今天《西部日报》那篇反映康宁救灾中的事迹报道你看过了吧，……对，是叫白川，省农贸社的白川，……可是这个白川现在被你们中城区公安分局关进看守所了。……省农贸社的同志现在就在我这里坐着，这个案子的现场就在农贸社院子里，两方当事人都是农贸社的干部，农贸社组织上认为这本来就不是个案子。……好吧孙厅长，我以省人民政府的名义要求你把案子过问一下，如不够犯罪，立即放人！"欧阳秘书长"啪"地挂上了电话。

田智礼没有说话，他用眼神询问欧阳秘书长。欧阳秘书长显得有些生气："公安部门现在真是有些尾大不掉，一个'严打'就不知道自己几斤几两了。前一段时间就有人反映说他们从上到下层层分配抓人指标，你说这还得了？”

田智礼无心听欧阳秘书长的牢骚，他关心的是公安厅孙厅长对白川一案的态度：“孙厅长是咋说的？”

“他能咋说？不知道这回事情，马上过问一下呗。哼，官僚主义。”

田智礼说：“只要他真的能过问，也就行了。”

就在农贸社大院里一浪高过一浪地议论这个热点新闻的时候，农贸社办公室主任先后接到了两个电话。第一个电话是正在北京某家医院住院养病的一把手理事长打来的。理事长虽人在北京，却天天关注着本省的大事小情，《西部日报》上各版面的重要文章，他要求省农贸社的秘书每天给他打电话讲述一遍，今天秘书给他几乎通读了那篇报道。当他从秘书的汇报中得知报道的主人公白川已被抓起来的消息后一阵暴怒，旋即打电话给王副理事长，得知王副理事长去省委开会时，又把电话打给办公室主任。他劈头盖脸质问：“农贸社院子里发生的一桩小小的打架事件为什么能捅到公安局去？公安局到农贸社抓人时，领导们为什么不以组织身份出面做好解释工作？”理事长最后给办公室主任下了死命令：“农贸社建社几十年，就出了这么一个真正算得上英雄的人物，要不惜一切代价把白川保住。”办公室主任唯唯诺诺地保证马上汇报给王副理事长，不折不扣地落实理事长的指示。办公室主任接到的第二个电话是前任理事长、现已从省政协退下去赋闲在家的韩浩平岳父打来的。魏老理事长用略显苍凉的口气大骂了一通韩浩平，说打架的事情一个巴掌拍不响，韩浩平虽然挨了打也算不上啥好东西。办公室主任虽然心里怨着不是你老领导徇私，韩浩平也不会转干当上科长，这会儿你倒装正经，但嘴上却说：“老领导你别气坏了身子，相信公安局会依法做出公正处理的。”

办公室主任接完两个电话后，出门在院子里恰好碰上韩浩平。不等办公室主任说话，韩浩平先开了腔：“我说主任，咱们社里出了个大英雄，我跟大家一样高兴。可没想到，那边英雄一上报，这边我立马成了王八蛋。你说我冤不冤？”办公室主任心里正没好气，随口扔下一句：“你冤不冤你知道！”

被判了死刑的犯人在临刑前几日会被关在特殊的房间里，四肢被固定在一张“床板”上，故名“背床板”，白川被马明阳安排看了几天“床板”回来后，413 对他的态度似乎变得友善了一些。白川对 413 却是敬而远之。

前几天马明阳叮嘱白川直接给中城检察院写一份申诉材料，看“床板”时因为监室光线太暗，白川一直没有动笔。回到七号监室后，白川跟管教讨要了笔和纸。好在看守所对在押人员书写材料和信件还是基本提供方便的。白川坐在自己的铺位上，把纸张摊在膝头上，脑子里整理着反映材料的线条。可是想来想去，他总觉得脑子里一团乱麻。脑海中挥之不去的是那个“背床板”的死刑犯老道的形象。他仿佛看见五花大绑的老道跪在满是砂石的河边，随着一声枪响，老道的天灵盖被揭掉，红的血液伴着白的脑浆汩汩地冒出。到了吃饭的时候，看着饭碗里煮白菜冒出的热气，他又想起了枪响后老道被子弹钻开的脑洞。猴子看到白川的样子，说：“哥哥，你没有胃口就让给兄弟吧。”白川就把菜碗整个翻过来扣在猴子的碗上头。

晚上，噩梦一个连着一个。白川一会儿像是回到了白湾村，遍地是蠕动的蜈蚣；一会儿又像是沉没在康宁的那场洪水中，一个浪头接着一个浪头，水淹没到脖子的时候，他大声呼救，却感觉发不出声来。蒙眬中，猴子坐在白川身边，手摸着白川的前额说：“哥，你说梦话把我吓醒了。”白川回忆着刚才的梦境，一手按住猴子的肩膀示意他躺下不要惊动别人。

这时候却听见门口的 413 说话：“大半夜发啥神经？搅得爷心烦。”猴子抢着说：“头儿，[1[像是病了。”

一阵“窸窸窣窣”的声音，413 走到了白川跟前。413 摸了一下白川的额头，又摸到白川的手腕上。白川想起马明阳给他讲过的 413 的案子，只觉得一阵恶心，下意识地挣开 413 的手。413 压低嗓子骂道:“妈的，不识抬举，爷为你好，你还不领情。”骂归骂，413 却并没有住手，他让白川翻过身去，白川乐得给他个脊背。413 竟然蛮有节奏地在白川的脊背上敲了起来。

说来也怪，敲了有几分钟，白川觉得身子轻松了一些。413 拍了拍手掌说:“好好睡一宿，明早就好了。”猴子咂巴了几下嘴巴:“咱头儿可是个推拿高手。”白川没有想到 413 还有这样的手艺，更没有想到 413 竟然有乐于助人的一面。他越发觉得不能用简单的善良和丑恶评价任何一个人。

后半夜，闷热的监室堪比蒸笼。白川的前胸不停地渗出汗水，汗水向身子一侧流动时又觉得痒痒的，用手掌一抹，汗珠都积到手心，顺手甩出去，寂静中能听见汗水洒在墙上的声音。此时的白川感到脑子清楚了一些，他白川在冲动之下伤害别人，理智地分析自己的行为，受到追究不算冤枉。他想放弃徒劳的努力，坦然接受命运安排。现在他觉得唯一对不起的人就是那个仍然在白湾村为儿子鲤鱼跳龙门而陶醉的父亲，一旦他知道引以为骄傲的宝贝儿子已经被关进监狱，不知道精神上能不能挺得过去？白川在心里盘算着如何把这个残酷的消息告诉给父亲。

栅栏外的天渐渐地亮了。

吃罢早饭，突然有管教在门外喊:“〔1〔，有人提审！”猴子面露喜色地说:“哥，八成是检察院的人来了。你可要抓住机会，把对你有利的事好好说，对你不利的事能不认就不认。千万可别信坦白从宽那一套。你没听人说‘坦白从宽，砖场背砖；抗拒从严，回家过年’吗？”白川感觉猴子一脸的真诚，不无感激地笑了笑，点点头。

管教没有把白川带到审讯室，而是径直出了监管区，进到看守所接待室。白川没有看到检察院的人。房间站着三个人，一个是苏春明，一个是马明阳，还有另外一个陌生的警察。让白川感到有些不解的是，苏春明一脸的笑意。

苏春明指着陌生的警察说:“白川，我给你介绍一下，这位是我们派出所的刘所长。”一听苏春明的口气，白川就觉得有些怪异，他

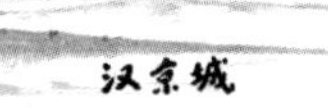

觉得有一定工作素养的苏春明不应该因为自己的情感因素，当着别人的面，对他这个囚犯礼貌有加。但接下来更让他想不到的是，被称为刘所长的警察竟然向他伸出了右手。他一时愣住了。刘所长却没有顾忌白川的诧异，用两只手抓住白川的右手：“白川同志，让你受委屈了！”

刘所长松开白川的手后，从公文包中拿出卷宗说：“白川同志，我给你宣读一份决定书。”刘所长清了清嗓子，念道：

汉京市公安局中城分局刑事撤案决定书

一九八三年 × 月 × 日，我局接群众举报后，对在省农贸社大院参与打架的当事人白川以流氓罪立案侦查，其后对白川采取拘留措施。经进一步侦查查明，涉案人员白川虽有不当行为，但情节轻微。且另一方当事人亦存在过错。白川的行为不构成犯罪，故决定撤销案件。

汉京市公安局中城分局

一九八三年 × 月 × 日

白川定定地站住身，一时回不过神来。几分钟后，眼泪到底没有忍住，顺着脸颊流了下来。

苏春明紧紧握住白川的手：“你的案子把省上的领导都惊动了。我们刘所长亲自复查案子，把原来的结论都推翻了。”说到这里他做了个鬼脸：“你现在已经是昭雪冤案，恢复了自由的‘杜丘’。”

马明阳说：“白川，你的监号是[1[，啥意思？就是‘我冤枉’嘛！”

白川觉得空气中弥漫着温馨的气息。他望望窗外，今天是个大晴天。他有一种冲动，想冲出院子，对着天空大吼一声“我不是罪犯”。但是他忍住了。

马明阳说：“白川，你就在这里等着，我让人把你的东西收拾一下给你拿出来。还有你账上没用的钱，给你退了。”

白川说：“我自己进去收拾。”

白川随马明阳又回到七号监舍，把自己简单的行李卷起来抱在怀里。猴子问：“哥，你去哪里？”白川轻轻拥抱了一下猴子：“我的案子结了，我自由了。”猴子惊讶地张大了嘴巴，随即脸上现出羡慕的神色，继而又露出一些不舍。出监门时，白川停下脚步，朝仍在铺位上坐着的 413 伸出了手。413 却没有动，冲着白川眨了一下眼：“祝你好运！”白川缩回手说：“我叫白川，谢谢你给我捶背治病，后会有期。”

收拾完行李，取回账上的余款，苏春明说：“白川，外边有车子等你。”白川却以无比坚决的口气说：“我自己回去！”苏春明笑了：“这回可轮不到我们的车子送你。你出去就知道了。”

推开了那道像仓库一样的铁门，白川一眼看见马路边停着一辆吉普车。车旁边站着三个人，一个是孙鸣飞，一个是李义，还有一个戴着鸭舌帽的人。

孙鸣飞老远看见白川，一溜烟跑过来，两臂一伸，把白川紧紧环抱起来，嘴里连说：“我的好兄弟呀，让你受委屈了！”

白川把头搭在孙鸣飞的肩头，两只手在孙鸣飞的背上使劲拍了几下：“我没事，好好的。”

待孙鸣飞松开胳膊时，白川看见孙鸣飞分明流出了激动的眼泪。

孙鸣飞有些不好意思地擦了擦眼睛，又笑着说：“我只当是咱俩再也不能一起共事了，让我这辈子良心往哪儿放？没想到还是好人有好报。”这时候，李义走过来和白川握了握手，帮着白川把行李放到车上。

孙鸣飞拉着白川的手上了吉普车，指着已坐到驾驶座上那个戴鸭舌帽的人说：“这位是咱们社里的雷师傅，今天关处长专门安排让车来接你。”雷师傅一边发动着汽车，一边转过脸朝白川笑了笑。

面对突如其来的变化，白川觉得脑子里转不过弯来。他想问问孙鸣飞那个韩科长这两天有啥情况，更想知道省农贸社对他们打架的事情是啥态度，但是碍于旁边这个总觉得脾气有点儿古怪的李义，他便没有作声。他想起孙鸣飞在监所替他上账的事情，感激地说：“鸣飞，难为你还替我上了十块钱的账，你也挺不容易的。”孙鸣飞拍了一下白川的膝盖：“你别臊我了，能帮那点儿小事，也就是图着晚上睡觉能闭上眼睛。你为我遭了多大的难！”

白川若有所思地说：“今天早上派出所给我宣读了撤案决定书，来的人是所长，那个方副教导员没见人。我总觉得这件事有些费解。”

孙鸣飞朗声笑了起来：“别提那个方副教导员，他就是个小人。你现在是咱们农贸社的大英雄，全省人民都知道了，谁敢跟你过不去？”

白川觉得一头雾水：“我是什么大英雄？你说的谁跟谁呀？”

“你是抗洪救灾的大英雄，《西部日报》都整版报道了。你不知道有多少单位要请你去做英模报告哩。”

白川仍觉得有些糊涂：“我跟《西部日报》有啥关系？”

孙鸣飞说：“等一会儿回去我拿报纸给你看，洪水中救了小姑娘、房间里泅水取药救命、火车头前推开妇女，可都是你干的事？”

原来是这么回事，白川心里有些明白，这事肯定跟那个老田有关系。

车停在离农贸社不远的一个胡同口，孙鸣飞招呼白川下了车。李义把白川的行李提下来，稀罕地说了一句话：“关处长让你休息一半天去单位找他。”就又坐回车上。

车子开走了，白川疑惑地看着孙鸣飞，不知道到这里干什么。

孙鸣飞提起白川的行李往肩上一搭：“我说兄弟呀，别愣着了，那个凶宅我们不住了。关处长直接找办公室主任让韩浩平把咱们的宿舍临时调到招待所。真是运气到了挡也挡不住，运气背了喝凉水都塞牙。”看着白川没有作声，孙鸣飞有些不好意思：“想想这些事儿，还是我跟你得了福。”

新宿舍安排在招待所三楼。一间大约二十平方米的房内支着两张单人床，床头各放着一张五斗桌，四周的墙壁刷得粉白，地面是水磨石。这里的条件显然好多了。孙鸣飞说：“楼道的尽头有个公共浴室，每天晚上七点到十点有热水，可以天天洗澡。”白川想起在汉京大学时每周开放一次的澡堂子，洗一次澡得排上半天队，内心不由得又生出几分感慨。

孙鸣飞在自己床铺的枕边拿出了那张《西部日报》。从报纸的折皱印迹看，孙鸣飞已经读了无数遍。

白川接过报纸一看，报道的作者果然姓田，他这时才知道老田的名字叫田智礼，同时又为这个实习记者姚丽霞与自己已故的女友同名而唏嘘。

白川把报道内容浏览了一遍，“扑哧”一声笑了。

孙鸣飞有些惊讶：“你笑什么，是假的吗？”白川说：“假倒不假，只是写在报纸上，就让人觉得有点儿那个了。在那种情况下，换作别人，也一定会那样做。不过都是碰巧让我赶上了。”

孙鸣飞说：“世上应该的事情多得去了，有些人举手之劳的事就是不肯出手。何况你当时总归是冒着危险去干的。”

白川说：“到了节骨眼儿上，没有时间去思考，本能而已。”

王副理事长再一次召集理事长办公会，新来的学生安排作为一项议题。按照本年度的用人计划，各院校毕业的学生已全部报到，大部分已充实到一线的公司，机关留下了汉京师范大学中文系的孙鸣飞和汉京大学法学系的白川。孙鸣飞拟安排到办公室秘书科从事文秘工作，白川拟安排到政策研究室。对于上述方案，与会人员没有不同意见。

谈到白川时，王副理事长说：“白川在康宁参加救灾的事迹已在社会上引起很大反响，给我们农贸社系统争了光。前几日理事长从北京打来电话，让我们要大张旗鼓地做好宣传和表彰工作。大家再议一下。”

关处长接过话头：“白川是今年报到的学生中来得最迟的一个，原来不知道他干什么去了，看了报纸才知道他去了康宁。既然他在康宁时以咱们农贸社的名义参加救灾，我想可不可以把他的报到时间认定为去康宁的时间？”

办公室主任接着说：“我觉得关处长说得对，既然人家娃给咱们社里争了光，咱们就得从那个时候承认人家的身份。另外，我们可以按正常的出差标准发给白川补贴。”

关处长又说："凡事总有功过是非，白川救灾中的表现值得嘉奖，但与韩浩平打架的事还是要有个说法。我建议对双方当事人白川和韩浩平同时提出口头批评。"

大家都说好。

王副理事长最后拍板说："人事处落实一下白川去康宁的时间，报到日期从那时候起算。办公室让财务科按出差标准发给补助。另外，给予一次性奖励五十元。关于荣誉问题，记三等功一次。"

与会人员罕见地一致拍手表示赞同。

白川被确定为一九八三年七月十二日参加工作，这样他不但实习期缩短了一个月，又多拿了一个整月的工资。出看守所的第五天，一大早收到了盖有省农贸社理事会大印的立功表彰决定。随后，又在财务室领取了七月和八月的两个月工资九十七元，外加出差补贴四十二元、一次性奖励五十元。

自白川记事以来，他的家里从来没有合计超过二十元的储蓄。记忆最深的是，他考上大学那年，父亲卖掉家里的一只老山羊，加上乡亲们的馈赠，递到他手上沉甸甸的十二元钱。

而今，他的兜里一下子鼓鼓地装着一百八十九元，这是多大的一笔财富！他觉得像是进入了梦境。

白川觉得有几件事要做。他要还上孙鸣飞替他在监所上账的十元钱，他还要去一趟汉京大学还上辅导员老师的五元钱。接下来，他得回一趟家乡，他要把他平生以来第一笔收入的大部分交给父亲，告诉父亲从此以后儿子会让他老人家过上吃香喝辣的好日子。他还要去看看丽霞的父母……

大学毕业生白川在经历了生死跌宕、大悲大喜、大起大落之后，终于踏上了工作岗位。

第五章

省委省政府农村工作会议在汉京市最豪华的饭店京东宾馆开了整整一个礼拜。与会人员除各地县党政一把手外，省委农工部、经济部，省政府农办、省农贸社四大系统上下负责人也基本到齐了。白川作为临时抽调的工作人员参加了会务组。会议围绕落实中共中央、国务院一号文件精神，开展了规模空前的大讨论。省委书记、省长分别做了重要讲话。各主要部门领导做了慷慨激昂的表态。地县代表在分组讨论会上除拍胸脯发表豪言壮语外，更多的是强调多给政策、多给资金。

让白川感到震惊的是会议高规格的食宿标准。大约五百人的会议规模，代表们的住宿房间均为二十四小时热水供应、自带卫生间的标准房间，更有地市级和部门的一把手享受单间待遇。白川留意查看了京东宾馆接待室的房间价目表，豪华单间每间每天三十元，普通单间和标间每间每天二十元。伙食档次就不用说了，除早餐稍简单以外，中、晚餐每顿八凉八热一汤，外加水果，鸡鸭鱼样样不少，稀罕的鱿鱼、海参、虾仁也零星地上了桌。白川第一次品尝了进口的腰果和夏果。感受着这种不同凡响的奢华，白川就想起多年前白湾村支部书记给父亲七大爷讲述县政府三干会议伙食的情景，支书说吃饭时每人一个大海碗，排队打菜时猪肉烩白菜冒尖盛，肉片与白菜差不多半对半，支书说着话还咽着口水，听得七大爷直咂巴嘴，听得白川恨不得立即长大把支书取而代之。看着眼下的情景，白川不知道是社会变了还是上下差距太大。他粗略地算了一笔账，每人每天住宿连带伙食至少花掉二十元钱，五百人一天需要开支一万元，七天会议得花掉七万元。七万元是个什么概念？父亲七大爷挣一个劳动日在生产队换算两毛钱，一个月六块钱，一年七十二块钱，要挣够这五百个人七天的花销，大概需要近千个像父亲一样的农民不吃不喝劳作一年时间才能挣出来。

花钱归花钱，享受归享受，会议代表们无一例外地群情高涨。用采访会议记者的话说：来自农业战线和相关部门的首长和同志们，在史无前例的政策感召下，一个个摩拳擦掌，准备甩开膀子大干一场。会议后期形成若干重要文件。连同领导讲话和先进经验交流材料，每个代表所获取的材料超过半尺厚。会议后勤组为每个代表又配发了一个人造革大箱子专门用来盛装文件。会议在热烈与祥和的气氛中圆满结束。

省委省政府工作会议刚一结束，农贸社就组织召开全省系统工作会议，具体安排农贸系统落实工作。理事长已从北京养病回到汉京，身体状况好了，精神状态也大为提振，农贸社大院上上下下显示出雷厉风行的势头。理事长要求本次的全省工作会议力戒形式主义，会议讲话要有干货，要提出工作目标，要制定措施，要建立监督检查机制。经理事长办公会议你推我让的讨论，会议材料的准备工作落实到政策研究室和办公室两个部门，由政研室牵头。

政研室主任是前年从商校教师的岗位上调过来的，教了大半辈子的政治经济学理论，到省社几年工夫，总觉得书本上的东西和现实差距太远。由政研室执笔写出来的东西总是被人说成像教材。理事长没少骂政研室制作的东西里泛酸味和腐味。人事处关老爷曾经开玩笑对政研室主任说："主任你坏就坏在啤酒瓶底似的近视镜上，看啥都模糊。看不清，就拿不准，拿不准，就偏了。人家是两个眼，难为你四个眼。""四眼主任"的外号就叫出去了。

四眼主任把白川叫到自己的单人办公室，推心置腹地说："小白呀，你来咱们研究室一年多了，我注意观察，你是个不错的苗子，人勤快，脑子也活络。我想尽快给你肩上压担子，这样对你会有好处。这次筹备全省工作会议，是个机会，理事长的讲话是个重头活儿，就由你来做第一执笔人吧。"白川没想到主任会把这么重要的任务交给他来完成。机关里的人都知道，给一把手写会议讲话，意味着机关头号笔杆子的桂冠归属，而他白川仅仅是个参加工作不久的小青年，何以能担此大任？

看着主任啤酒瓶底镜片后期望的眼神，白川挠着头："主任，我怕是太年轻了拿不下来。"

主任说："我正是看着你年轻，才让你上手哩。年轻人想法活跃，能出彩。再说有我后边给你撑着，你先练一练。"

主任的情绪感染了白川。白川说："主任，那我试试。"主任赞许地点了点头。

白川临出门时，主任又叫住了他，语重心长地说："小白，还有一件事，我翻过你的档案，你上学时就写过入党申请书，你来社里更应当积极求上进。你抽空再写一份入党申请书，我随后跟机关党委书记说一下，把你列为培养对象，我将来就做你的入党介绍人吧！"

白川心里一热，连说："主任，我明白了。我照你说的去办。"

为了做好会议筹备工作，农贸社在京东宾馆临时包下五间房子，抽调了七八个人集中办公。除政研室外，办公室派出了秘书科干事孙鸣飞协助搞材料，总务科科长韩浩平带了一个司机专司后勤工作。现时的白川、孙鸣飞、韩浩平已冰释前嫌。韩浩平在老早前，就主动请白川和孙鸣飞一起在离农贸社不远的一家小酒馆喝过酒，还声言不打不成交。在其后的办公用品领用和福利发放上，白川总能感觉出韩浩平有意无意的照顾，不过这些反倒让白川有些不自在。筹备小组由政研室主任挂帅，白川负责先行摘录中央、国务院、省委、省政府政策及各级领导讲话要点，孙鸣飞负责征求省社各处室、下属各公司、地区社等部门对会议的意见和建议，韩浩平负责筹备小组的伙食、起居、出行。

工作做得出色的当属搞后勤的韩浩平。一日三餐在宾馆的小包间顿顿宴席，标准不亚于省委省政府工作会议餐。五间包房里摆放着各种水果、香烟、饮料，晚上九时以后司机会从外边买来宵夜。最让四眼主任开心的是韩浩平找来一副麻将牌，一到吃完宵夜，主任、韩浩平、司机等人就围着方城大干起来，有时一干就是一个通宵。

这种奢华与低效的工作状态，让白川心里有些不忍。他悄悄对孙鸣飞说："这样子是不是有些造孽？搞个会议筹备有必要这么浪费吗？"

孙鸣飞却显得比白川达观："老兄，都一年过去了，你还是十足的书生气。人家凡事都要讲个形式，形式上完美了才会有实质上的完美。你说我们不到宾馆来，能体现社里对落实省委省政府会议精神的重视程度吗？再说，社里一年那么多的核算经费，花得越多，说明我们越是勤政。你可千万不要再矫情了。"

二人之间迥异的观点，让白川一下子感觉到他与孙鸣飞的差距。

奋战了几个昼夜，白川把各类文件、讲话东拼西凑，又搜肠刮肚，找些自认为既显文采又不华丽造作的言语，终于搭起了理事长讲话的底稿。写好之后，自己反复看了几遍，总觉得整个内容平铺直叙，像是一个大杂烩。他让孙鸣飞看了一遍。孙鸣飞认为该说的都说了，可以交给主任，让主任大刀阔斧地去删改。白川却觉得有些难以交差，但又苦于江郎才尽。

看着白川一筹莫展的样子，孙鸣飞说："白川，我给你出个主意，保准有收获。"

白川看着孙鸣飞狡黠的表情，没有吱声。孙鸣飞故意沉默了一会儿，直到白川脸上露出不耐烦的表情时，才慢腾腾地说："你不是和省报的田智礼是老交情吗？你去向他讨个教，他是全省数一数二的大笔杆子，能没有高招吗？"

一句话提醒了白川，他对孙鸣飞说：“咱们一起向主任请示一下，去老田那里取取经。”

没想到孙鸣飞把头摇个不停：“好你个白川，真是木瓜脑子。主任领着咱搞材料，你却要去外面请教别人，你这不是羞辱主任吗？再说我们的会议材料在会议召开之前都属于机密，怎么敢大张旗鼓地拿给外系统的人？”

白川仔细一想，孙鸣飞确实说得有道理，不由得打心底里佩服孙鸣飞一年来的长进。看来在领导身边做秘书就是提高得快。

白川又讨教地问孙鸣飞：“那咋样去问老田？”孙鸣飞说：“主任他们几个人晚上打麻将，早上起来晚。明天一大早你揣上稿子，悄悄去一趟报社。万一主任起来问你，我就说你回社里取东西去了。”

白川又问：“万一将来老田说出来怎么办？”

孙鸣飞朗声笑道：“老兄呀，你太低估老田的智商和情商了。”

自与老田在康宁分手后，白川见过老田两面。第一回是出看守所没几天老田托关处长捎话让他去报社一趟，白川见到了与康宁水灾时形象上完全判若两人的老田。老田见了面就握着白川的手说白川救了他的命。白川连说：“反了，反了。”他早听关处长给他讲了老田搭救他的过程，老田才是给了他第二次生命的人。老田说以后就不要见外，做个忘年交；第二回是在不久前的省委、省政府农村工作会议上，老田是记者组的总协调，跟搞服务的白川打了个照面。因老田忙于事务只是寒暄了几句。过去的来往基本上是情感上的交流，白川心想这次借着工作需要，深度地交流一下，也还真是个不错的机会。

老田看见白川的时候，显得特别高兴，拉着白川的手满脸堆着笑，像是嗔怪又像是开玩笑地说：“我的这个小老弟，我只当你身子金贵，不肯轻易到你这个糟老兄这里来，难不成我得每次求你来看我？”

白川一脸的惶恐：“老田你说哪里话？你一天干的都是大事，我哪敢随随便便打扰你？”

老田拍了拍白川的肩膀：“小老弟呀，人生难得一知己，我已经是快退休的人了，啥事也大不过咱俩的交情。”

老田让白川坐在沙发上，倒了一杯茶放在茶几上，又抽出一根烟递给白川。白川摇手说不会抽烟，老田就把那支烟拿起来在鼻子底下反复地嗅着，却没有点着。白川拿起茶几上的火柴划着后想替老田点上，老田却吹灭了火柴说："不抽烟还是好，我年轻时烟抽得厉害，'文革'的时候学会抽旱烟，把身体都抽坏了。现在满身的病，医生说再抽就得去马克思那里报到了。没办法只好戒了，实在想抽的时候就闻一闻。"

白川惦记着那边宾馆主任找寻他，就想尽快切入主题。老田好像明白白川的心思，不等白川说话，老田问："我想你是无事不来找我，我能帮你啥忙，你尽管说。"

白川一边从兜里掏出一摞稿子，一边说："我们社里要开全省工作会议，主任把理事长讲话稿的撰写任务交给我，我想让你指点一下。"

老田眼睛一亮："不错呀白川，这么短的时间就受到重用了，机会可得珍惜哟。"说着话，老田就接过稿子坐在桌前看起来。

白川原想近五千字的讲话稿老田至少得看半个小时，没想到老田用了不到五分钟，就把稿子从前到后翻了一遍，摘下了花镜。一时间，白川觉得脸上有些发臊，显然，他的作品在老田眼里根本不入流，但同时又觉得老田少了几分耐心。

"稿子整体还行。"老田一句概括性的评价让白川稍稍有些安心。老田似乎自言自语："但总觉得没有特色。"老田站起来，在房间来回踱着步："其实这写文章就是一点儿小诀窍，人常说天下文章一大套，就看套得妙不妙。这妙字咋理解？实际上就看有没有特色。缺少了特色，看着就像是抄来的。"

"我就是找不着能出彩的地方。"白川不好意思地说。

老田依然拿着一根未燃着的香烟在鼻下嗅着。过了一会儿，他掐断了香烟，说道："这样好了，你的通篇稿子在两个'点'上做文章。你们农贸社当前的工作方向说到底还是体制改革，体制改革的主要内容就是你们喊滥了的'三性'：组织上的群众性、管理上的民主性、经营上的灵活性，而这'三性'中的群众性是根本问题。群众性就是讲究一个所有制问题，一旦农贸社真正成了农民群众自家的企业，管理的民主性和经营的灵活性也就顺理成章了。要实现群众性，具体的措施就是放手扩大农民参股规模。你可以在讲话稿中把这个问题作为工作重点大讲特讲，讲意义、讲目标、讲措施、讲考核，这是第一个‘点’。第二个‘点’，全省的工作面很宽，经济发展水平也不平衡，要想推动全局，就得树立榜样。所以呀，改革就得搞试点，深圳模式不就是全中国一个成功的试点经验吗？要在来年的工作计划中把试点建设作为重中之重，全省搞一个试点县，各地搞一个试点乡，不怕失败，单怕保守。”

听着老田如数家珍的叙述，白川惊讶作为局外人的老田竟然对农贸社业务如此精通，怪不得老田不到五分钟就把他的稿子看完了。

老田最后说：“讲话材料还得有个画龙点睛、朗朗上口的题目，就叫‘抓住重点、推动试点、把改革工作推向制高点’。”

白川听得热血沸腾，他激动地站了起来：“老田，我真是不虚此行，您到底是前辈。”白川下意识地把对老田的称谓由“你”字改成了尊称的“您”。

“见笑了，权当是咱俩私下胡侃，可别说给外人。”老田以调侃的口吻叮咛白川。白川不由得心里又是一阵感动，同时不免在心里对孙鸣飞越发服气。

接近中午下班时分，老田留白川吃饭，白川急着回宾馆，就与老田握手道别。出房间门走到楼道上，迎面一个姑娘跟老田打招呼。老田却突然抓住白川的手说：“先别走，先别走，回房间说话。”又招呼那个姑娘一块儿进了他的办公室。

“我给你们介绍一下，”老田对一脸疑惑的白川说，“这位女同志是我们社里人见人爱的美女记者姚丽霞。”他又转过脸对那个姑娘说：“他可是你笔下塑造的英雄白川。”

一听是曾经报道过他却从未见过面的记者，尤其是她与故去的女友叫了同一个名字，白川一下子不好意思起来。他一时觉得脸皮有些发烫，张口结舌找不出合适的寒暄词语。

姚丽霞不愧是干记者的，一边显出惊喜的神色，一边落落大方地伸出手说:“幸会，幸会。我沾田老师光的那篇报道发出后，好多人问我新闻背后的故事，我都不好意思说从来没见过你。你要知道，干我们这行的最忌讳闭门造车。”

白川下意识地用双手握住姚丽霞的手:“姚记者，我得感谢你，真的是妙笔生花，把我写得那么好……”

姚丽霞说:“你错了，要谢得谢田老师，那篇报道我充其量算个记录员，大部分内容都是田老师一旁口述，我做记录而已。要不然，报社的人都说我来社里最大的幸运是跟对了师父。”

看得出，姚丽霞快人快语，这种特点既可能是她与生俱来的性格决定的，也可能是职业磨炼出来的。白川打量着这位女记者，一米六五左右的中等个儿，五官匀称地搭配在鸭蛋形的脸庞上，一双丹凤眼显示出不凡的灵气，齐耳短发更透出几分潇洒与干练。白川不由得从心底里对姚丽霞出众的气质生出几分赞叹。

他又觉得好像在哪里见过姚丽霞，尤其是她举手投足之间的细微表现，总有似曾相识的感觉，他不由得在脑海里努力地搜寻着记忆。

愣神的工夫，一旁的老田笑着说:“白川，你也是英雄难过美人关，一见我们的美女记者，怎么也傻了？”

白川回过神来，尴尬地笑了。

老田又说:“本来今天咱们三个人难得聚到一起，有机会一起吃顿饭多好。可我知道白川你公务在身，那咱们就另寻机会。人常说，最美好的感觉不外乎是等待嘛。”

果不其然，白川把按照老田指点的意思改过的讲话稿拿给主任过目后，主任大加赞赏，连说自己没有看走眼，白川确实是个可塑之材。主任在白川的毛稿基础上，又画龙点睛地润色修改了一些地方，把部分内容前后位置做了颠倒调整，把某些语言变换了一种表达方式，洋洋洒洒近六千字的讲话稿就算基本脱手了。接下来的事情就是交由理事长审阅拍板了。

全省农贸社系统工作会议如期召开。会议地点仍然是京东宾馆，只不过规模比起省委省政府农村工作会议小一些，人数不超过二百人。会议邀请了主管农业的省委副书记和主管商贸的副省长分别做了简短的讲话。理事长做了题为“抓住重点、推动试点、把改革工作推向制高点”的工作报告。报告回顾了近年来农贸社系统的改革历程，肯定了成绩，找出了差距；提出了未来几年的工作设想，尤其是设置试点县、大刀阔斧进入深水区试水的想法。理事长讲话过程中，副书记数次插话，注入精彩的现场点评，越发使理事长跃入高亢状态，语调的坚决、声音的洪亮，配以恰到好处的手势，感染了在场的全体与会人员。会后有人做出统计，理事长讲话过程中，计有二十一次经久不息的雷鸣般掌声。

在分地区的小组讨论中，普遍反映这次的工作会议有新意、有深度，尤其是理事长的讲话深入人心、激动人心、鼓舞人心、振奋人心。全省十二个地市农贸社几乎不约而同地向省社提出要求，希望把试点县放到自己的辖区。

会议取得了圆满的成功。政研室牵头筹备会议功不可没，尤其是理事长的讲话稿被认为是近年来农贸社机关的一篇杰作。四眼主任走起路来腰挺得也直了。一场会议筹备让政研室这个二流处室一跃成为机关翘楚。

理事长以省农贸社党组书记名义召集党组扩大会议，除作为党组成员的王副理事长、侯副理事长、监事会主席、总会计师、工会主席、纪检组组长外，又吸收身兼机关党委副书记的人事处关虎处长、身兼机关党委组织部部长的政研室主任参加了会议。

会上，理事长高度评价了全省农贸社一年来的工作风貌，尤其是对这一次全省工作会议的成功召开予以充分肯定，提出要借助这股东风让全局工作再上一个新台阶。理事长把他在会议上的讲话题目又扩充了一下，提出未来工作要“胆子大一点，步子快一点，工作抓重点，放手搞试点，把农贸事业轰轰烈烈推向制高点”。

理事长话音一落，在场的人都不约而同地拍起手来。王副理事长接着说：“这次会议的成功召开，政研室功不可没，尤其是材料的准备上有新意，以后要再接再厉。”

四眼主任把近视镜往鼻梁上推了推，谦逊地说：“主要是领导把精神给得很足。领导出思路，我们只是做好总结记录就行了。何况这一次办公室的后勤搞得很好，总务科韩科长亲自挂帅跑一线。”

关处长插话说：“主任你要多发挥年轻人的作用，年轻人思想新，脑子活。”

四眼主任接过话头：“那是，那是，你给我们配的那个年轻人白川，就很不错，这次的成绩也有他的功劳。”

在七嘴八舌的讨论中，理事长引导大家，要注意把今后一段时间的工作重心，从传统的商业贸易购、销、调、存业务上，转移到压倒一切的体制改革上来。要通过改革，弘扬农贸社独一无二的“三性”，把农贸社真正办成农民群众集体性质的商业企业，自下而上地发动农民群众自觉自愿地参与到农贸社的工作中来。要实现这个目标，就要放手吸收农民入股，要力争全省农民户户当股东。只有当了股东，农民才有主人翁意识。有了主人翁意识，“三性”中的“群众性”就自然而然地实现了。大家都说理事长把问题看得透，把道理说得浅。

就在大家众口一词齐声叫好的时候，总会计师却一直没有作声。

王副理事长注意到这一小小的不和谐，用貌似轻松的语调说：“总会计师，也该你表个态，理事长的精神要得到贯彻，财务工作可是重头戏。”

总会计师取下鼻梁上的眼镜，把镜片放在嘴前哈了一口气，然后用衣襟慢悠悠地擦着镜片，不大的声音像是说给自己听：“我对时下的政策有些吃不透。单从财务角度讲，吸收农民的股金还是要用到流动资金中去，不知大家想过没有，我们系统总体上流动资金规模是比较充裕的，银行对我们的贷款还算是比较积极的，贷款利率月息六厘也不算高，有些扶持农产品收购的专项政策性贷款还是贴息甚至无息。而我们吸收农民的股金注定要分红，分红的标准就要按利润率来确定，这样下来肯定成本要高多了。如果经营不好，分红比例低了，农民会不会闹腾？再说，我们放手吸股，分红时，在税前列支还是税后列支，税务局会不会找事？同时，从农民手里直接拿钱，肯定与银行业务发生冲突，我们多年来苦心经营的银企关系会不会受到破坏？这些事情我没有想出一个头绪来，只怕最终费力不讨好，赔钱赚吆喝。”

总会计师一席话说完，会场上出现了短暂的沉默。半晌时间，关处长打破了沉默：“真是隔行如隔山，总会计师这么一说，还真是不简单哩。”

王副理事长一直观察着理事长的表情。看见理事长紧锁眉头，王副理事长清了清嗓子说：“总会计师你错了，往轻里说，你这是本位思想，只是站在企业经营角度上看问题；往重里说，你这就是立场问题。既然党和国家要求我们还社于民，把农贸社办成农民自己的企业，那我们替农民着想就是第一位的。至于其他的顾虑、其他部门的态度，统统都得让道。”

王副理事长话音一落，理事长把手指在沙发扶手上弹了几下，语气坚定地说：“王副理事长把话说到点子上了。总会计师，我看你还得好好加强学习，千万不要一叶障目。”

党组会议定了三条原则：第一，上下统一认识，把今后一段时间的工作重点放到体制改革上，体制改革以放手吸收农民股金为龙头；第二，确定属于革命老区的红都县为全省体制改革试点县；第三，省社成立体制改革领导小组，理事长兼组长，下设办公室，简称体改办，与政研室合署办公，由政研室主任兼体改办主任。

这一段时间，白川没日没夜地恶补专业知识。虽说他是法律院系的科班生，但用主任的话说，政策和法律毕竟是一张芦席的底子和面子，不是一回事。在政研室工作，白川需要尽快地成为懂政策的内行。白川明白，农贸社的政策是建立在农贸社业务理论的基础上，对业务一窍不通，何敢妄谈政策研究。为了真正适应工作需求，他尝试着系统地学习贸易工作基础知识。可是他发现自己对数字实在是太缺乏敏感性了，那些反映总购进、总销售、纯利润等项目的一串串洋码数字让他头疼不已。

四眼主任看着白川勤奋学习的样子，赞叹年轻人肯吃苦。白川就趁势给主任道出了苦衷："主任，我看这些资料上的数字，总想不明白它到底是多少，比如上年度全省羊绒收购完成五千六百万元，这五千六百万元是多少钱，要用多少车辆来运输？"

四眼主任哈哈大笑起来："你当这五千六百万元是叫你数、叫你花？你一定要明白，你是个经济工作者，你接触的数字都是符号，跟你的生活不沾边，千万不要把它跟你的日常花销联系到一起。这就像天文学家研究天文现象一样，你说哪个天文学家想到过星际之间几十万光年靠人腿或汽车需要走多少时间？"

白川想了想说："主任你这么说，我有点儿明白了。"

政研室和体改办一套人马两块牌子，白川被主任指定为体改办主办干事。

一个礼拜一的早晨，四眼主任把白川叫到自己的办公室，开口问白川把他布置的任务完成得怎么样。

白川一时没听明白，问主任是啥任务。

四眼主任有些嗔怪地说："年轻人，前途还是挺重要的，我上次让你写入党申请书的事儿，你忘了？"

白川明白过来："这一段时间我看您挺忙的，没敢打扰，我写好了没交给您，怕影响您。"

四眼主任说："这你就不对了。要我说，作为一个求上进的人，靠拢组织才是最大的事情，组织上也会高兴的。"

白川说："我这就去把申请书拿给您。"

不等白川出门去拿入党申请书，四眼主任又说："小白，我还有个事儿跟你商量一下。"白川觉得主任的语气显出少有的谦恭，就表情严肃地听着。

“社里已经确定红都县作为全省试点改革县。既是试点，就要省社直接指导工作，实时实地地总结经验教训，省社要派一名同志长驻红都县。”四眼主任说到这里停了下来。

白川明白了主任的意思。其实，这多半年来一直在机关里看材料、抄稿件，他倒是很想到一线去实践一下。再说，提起农村，他总有一种不解的情怀。但是，白川心里拿不准主任是把这件事当成机会提供给他，还是当成负担让他挑起来。他试探地问：“主任，您看我合适不？”

四眼主任一拍桌子站了起来：“我就是喜欢你这个性格，年轻人就是要敢于冲锋陷阵，越是艰险越向前。”四眼主任又调整了一下口气，重新坐下来：“当然了，条件是差一些，但其他方面会有收获。今年处室的先进干部人选就是你了，经济上不必说，按出差补贴，工资可以拿双份。”白川这才明白，他所感兴趣的工作原来在主任心目中是一份苦差事。

从省城汉京开往红都县的长途汽车早上十点发车，一个小时就进入了连绵不绝的黄土沟壑。远远看去，一道一道的山梁横七竖八地编织在一起，像一张硕大无比的网格遮盖着大地。已经是阳春三月的节气，在白川的故乡白湾村，这时候的农人们已经开始在田里春耕了，树枝头已经装点了粉的、紫的、白的桃花、杏花、梨花、桐花。而现时车窗外的黄土世界中，仍然是一片沉寂的萧条，稀疏的树木光秃秃的，偶尔一两片未掉落的黄叶子在风中摇曳。川道上的农田保持着去年耕过的样子，裸露的黄土像鱼鳞一样苫在地面上。川梁上枯干的杂草呈现出一片铅灰色。不时可以看见一群山羊在牧人的吆喝声中撒欢奔跑，随着牧人亦歌亦呼的号子声，羊群后面就腾起一片经久不息的黄尘。因为川道公路的背阴处还存着已经冻成冰溜子的积雪，汽车不得不带上防滑链条，像蜗牛一样爬行着。

经过近八个小时的颠簸，白川终于在天黑前赶到红都县城。出了车站，冷冷清清的县城几乎看不到几个人，街面上的铺子大都已经关了门。一家离车站不远的砖砌房子的房顶上冒着浓浓的黑烟，房子的门脸外墙上挂着个小木牌子，牌子上有几个毛笔写的黑字“红都羊杂碎”。白川突然觉得饥肠辘辘，就急忙赶过去，挑开已经脏得分不清颜色的厚门帘。店堂里显得灰暗无比，空气中弥漫着煤烟与羊膻混合在一起的味道。店堂里没有顾客，一见有人进来，老板娘殷勤地打着招呼让座。

白川把挎包卸下来放在桌角，老板娘递过来一杯冒着热气的茶水问：“小兄弟，你是第一次到红都吧？”

白川不解地问道：“你怎么知道我是外地人？”

老板娘拿着抹布熟练地擦着桌面：“我不但知道你是外地人，我还知道你是第一次来。红都县城就巴掌大个地方，没有我不认识的。凡外地到红都来的，没有人不到咱这里吃饭。你说我咋能不知道？”老板娘干活儿快，说话更快：“咱这里是最正宗的羊杂碎，县城里几家杀羊的每天都把羊下水送到咱这里。肉又好又新鲜，顾客人多时就来一盆烩羊杂，人少时就来一碗羊杂面或羊杂汤，甭提多舒坦了。”

白川说：“给我来一碗羊杂汤、两个饼子。”

老板娘说：“你等一下。”就进了里间。

老板娘盛好羊汤，又拿了两个烧饼递给白川。看得出，老板娘的羊杂汤做得很精心，一口吹不透的油腥上漂着蒜苗末和香菜末，和着羊肉特有的鲜味，令人胃口大开。白川狼吞虎咽地吃完了两个饼子，喝光了碗里的汤，头上冒出了汗，肚子里却觉得舒坦。

白川掏出手绢擦了擦汗，问老板娘为啥没见有别的顾客，老板娘说：“饭点儿过了。红都人吃饭一天两顿，早上九点吃一顿，下午四点吃一顿。这会儿下午饭早吃过了。要是真赶到饭点儿，只怕铺子里有不少人要站着吃。我一个人也顾不过来，灶间总有两三个人在忙活。”白川心想原来如此。

吃完饭，结过账，白川打听县农贸社的地址。老板娘用手比画着说：“出了门朝左拐，走百来步，县城最高的那个三层楼就是。”

一栋三层高的普通水泥楼房在红都县城街面上显得很气派，顶楼的外墙上有红漆写着的一行大字“红都县农村贸易合作社”。一层和二层像是商场，只是已经关了门。相形之下，在一片错落无致的低矮建筑群中，县农贸社的这栋三层大楼有些鹤立鸡群的味道。

大楼的一侧是可以进出汽车的大门，大门的两边挂着密密麻麻的牌子。白川细看，计有“红都县农村贸易合作社”“中共红都县农贸社委员会”“红都县农贸社工会委员会”“中共红都县纪律检察委员会驻农贸社纪检室”“红都县农贸社理事会”“红都县农贸社监事会”“省商业学校红都县实践基地”等等。白川心里觉得有些好笑，他想不明白这些林林总总的内设机构有无必要对外逐一挂出招牌。

一看院子里进来一个陌生人，门房问找谁。白川回说是省社来的。门房忙不迭地接过白川的挎包，一边朝院子大声喊叫：“秦理事长！”白川看见后边有一排砖箍的窑洞，一个不到四十岁的中年人应声从中间的一孔窑洞中挑开门帘走了出来。中年人老远看见白川，就朗声问道：“可是省社来的小白同志？”

白川迎上去伸出手说：“我就是省社的白川。”

中年人双手握住白川的手使劲摇着说：“欢迎欢迎！早上地区社有人打电话说你今天坐车过来，我们就一直等着。这不，职工灶上羊肉都炖好了。”白川说：“我刚才在街道上吃过了。”

中年人显得有些诧异：“你咋能在外边吃饭？这事要是传出去不成了笑话，咱们农贸社是个大家庭，哪有到了家门口去外边吃饭的道理？”

白川不好意思地笑了笑。

中年人突然又拍了拍脑袋说：“看见你光顾着高兴，忘了自我介绍。我叫秦大明，县社的理事长。”

白川说：“秦理事长，给你添麻烦了。”说着就掏出了省社的介绍信。

秦理事长接过介绍信扫了一眼：“小白，不客套了。坐了一天车，既然已经吃过饭，先休息，房间已经安排好了。”

县农贸社招待所就在农贸社院子里，也就是几孔窑洞，仍然是砖箍的。看来这地方的人有着浓浓的窑洞情结。白川在秦理事长的陪同下走进窑洞，一掀开棉门帘，一股热浪扑面而来。圆形的洞壁可能因为热气的常年蒸腾，灰粉刷成的白色已经有些辨不出颜色。还算宽敞的窑洞靠窗摆了一张五斗桌，后边盘着一个足可以容纳五六个人睡觉的大火炕。

秦理事长又握了一下白川的手说："这几天有些倒春寒，窑洞里就多烧了些炭火，暖和。"

白川担心晚间煤气中毒，就快速地环顾了一下四周，却没有发现烧煤的火炉。他有些不好意思地问道："晚上要不要开窗户？我怕煤气。"

秦理事长爽朗地一笑："放心，放心，这里是地炉，火道在地下，窑洞内不会有煤气。"

一天的疲劳，让白川在温暖的窑洞中很快进入梦乡。

为了能把扩股工作尽快实质性搞出成绩，红都县农贸社召集全县各基层社理事长举行座谈会。会上，秦理事长向大家隆重介绍了白川，说白川是省社派来监督指导工作的领导，又说白川是名牌大学的毕业生，政策水平很高。白川不等秦理事长的话落音，急忙站起来分辩似的说自己是刚参加工作不久的新人，到红都来主要是向一线的同志们学习，顺带做一个上下传递信息的通信员。末了，会场上还是稀稀拉拉地响起了一些掌声。

一听说白川是省上下来的，各基层社理事长七嘴八舌、争先恐后地倒开了苦水。问题不外乎春耕农时不可违，正常的农业生产资料供应跟不上，化肥、农药、地膜库存不足。正常的业务人手都不够，哪有精力去搞什么扩股工作。说着说着话锋就指向上级的政策，大有指责上头不务正业、瞎指挥的意思。

秦理事长适时地扭转讨论方向。他说："我一开始对扩股工作也是不理解，可前段时间开完省社的工作会议，我的立场就变了。咱农贸社要搞好，就是要从根本上打好基础。大家想想，农民们都把自己的闲钱交给农贸社，农贸社用这些钱再生钱，那农民不支持农贸社工作才叫怪事。这就必然会形成良性循环。所以这是一个长期的工作目标，大家切不可让短期利益蒙住了眼睛。”

说到底大家还是给理事长面子，话题就又转到扩股的难度上。有人说，农贸社的人一进村子，老百姓听说是让各家各户出钱的，就都集体对抗。老百姓中有人骂农贸社羞人挣不来钱，跑到村子里搞摊派来了。又有人说，扩股一开始，农民们抱怨负担又多了一项，政府催公购粮，计划生育催罚款，这会儿又来了个农贸社催股金。有人讲了个笑话，说是农贸社的工作人员在某一个村子对农民做了整整两天的入股动员工作，第三天再去时，村口墙壁上出现了一个大标语，上面写着：“防火、防盗、防农贸！”大家一听都哈哈大笑起来。

气氛在笑声中显得轻松了一些。

忽然有个人站起来说：“我跟大家想的不一样，大家发愁股金收不上来，我就是担心一旦股金集中起来咋办？”

秦理事长对白川说：“这是咱们农贸社的活化石，从解放到现在一直在社里，是个老资格。”

被称为“老资格”的人继续说：“新中国刚成立时，人都说农贸社是农民头上的一盏灯，现在却有人说农贸社是农民头上的一把刀。原因在哪里？很简单，过去农贸社是政府花钱扶持着为农民服务的，现在农贸社是政府财政的挣钱工具。功能变了，和农民的关系就对立起来了。我们见天高喊自己是农民的企业，农民能买账？你要放手吸股也可以，那就得给农民支付实实在在的高回报，问题是高回报从哪里来。政府能答应我们把利润都分给农民吗？银行会不会朝我们打黑枪？”

会场上又是一阵交头接耳的嗡嗡声，显然，这位“老资格”的见识引起了大家的共鸣。

秦理事长拍了两下手，示意大家安静下来：“老同志的话对我很有启发，我们是搞经济工作的，还得靠经济手段促进工作，一味地磨嘴皮子搞宣传是注定要碰壁的。我考虑是不是在全县各乡镇张贴通告，明明白白把我们吸收股金的回报方案宣传出去。我们的回报比例暂时定成银行同期存款利息的三倍，不怕农民没兴趣。”秦理事长把眼光在会场转了一圈，继续说：“银行存款利息的三倍，比我们从银行贷款成本高不到哪里去，以后农民的股金多了，我们就不用再看银行的眉高眼低了。”

会场上有人问：“政策不会有问题吗？”

秦理事长说：“这政策是从中央到地方一竿子插下来的，能有啥问题？”

秦理事长看了看一直在笔记本上做记录的白川：“小白同志，你从省社下来，站得高看得远，你给咱做几点指示。”

白川连忙放下笔摆着手：“我没有发言权。我会把大家的意见认真记下来，如实反映上去。”

“我给大家透露个好消息，”秦理事长看着大家思想已基本统一，显得有些眉飞色舞，“我昨天和地区社的领导通了半天电话，地区社说这次把咱们县确定成全省试点县，是做了大量工作争取来的。下一步，省社和地区社一定会在物资调配上提供政策倾斜。尤其让人振奋的是，地区社已经和省社做过沟通，准备在我们的试点工作初见成效后，把我们作为国家级先进企业上报中央。这样，我们县社系统全员可以涨一级工资。”

秦理事长话音一落，会场上响起了热烈的掌声。

秦理事长又扳着指头算了一阵说：“扩股工作要见实效，咱就得定硬指标，各基层社头上都要确定指标任务。回头让财务股牵头起草个文件，各基层社按辖区农民人数为基数，以人均十元入股金额确定目标。按这个计划，我们全县农业人口二十一万，年底扩股金额至少达到二百一十万元。这可不是个小数目，我们要是再鼓一把劲，说不定还能翻番哩。”

扩股座谈会结束后，白川跟秦理事长提出想到下边的基层农贸社去调研。秦理事长说：“这样也好。”想了想他又说：“你就到庙湾社去吧，那里是咱们县较大的镇，人口也多，我们县上的工作好多都是靠庙湾示范的。”

庙湾镇是红都县仅次于城关镇的第二大镇。这里四面环山，是名副其实的一块盆地。盆地的中央被一道弯弯曲曲的凌水河切割成两部分。庙湾镇就在凌水河岸上，一座已经有了年代的拱形石桥把两岸连在一起。北岸是主镇区，集市和店铺都集中在那里。南岸有一座香火旺盛的寺庙，坐落在凌水河拐弯的地方。庙湾镇也由此而得名。

白川是搭乘农贸社拉运化肥的货车赶到庙湾的。

到达庙湾的第二天，恰好是庙湾镇逢集的日子。对乡村的集镇，白川有一种特殊的情结。小时候最开心的事莫过于随父亲赶集，那熟悉的商贩叫卖声，人群拥挤的嘈杂声，骡、马、牛、驴、猪、羊、鸡、狗混杂的叫声，在白川的脑海深处刻印着难以忘怀的印迹。

今天，白川虽然也是赶集，但心态却与儿时截然不同。当年，他是那个万头攒动的人流中一个懵懂的小小少年，他期盼着父亲能翻出一角毛票给他买一个麻糖或一碗豆腐脑。而今天，他除了重温那种亲切的感觉之外，更多的则是以局外人的身份，对这种千百年来形成的最传统最具魅力的人际交换方式进行理性的观察与分析，用最近一段时间使用频率较高的词汇表达，是“市场调研”。

庙湾镇的集市交易中心竟然设在河滩上。宽阔的河道中央，一条汩汩的清流在大大小小的石块缝隙中向东流去。在靠岸边稍平整一些的地方，卖东西的人们把自己的货物随便就势放在地上。市场上交易的双方几乎是清一色的农民。白川惊讶地发现，偌大的集市上竟然没有一个卖家使用秤。除粮食之类的东西用升和斗度量之外，其他商品一律论个，大到各类牲畜，小到苹果、柿子等各类水果。蔬菜之类的东西则论堆交易。买家凭着自己的经验，卖家凭着自家的诚信，寻求着合理的交易方式。市场上交易的物资以山货居多，有核桃、木耳、腊肉、豆干、蘑菇、皮毛，有农家的各类木制家具桌子、凳子、门板、窗套、案板，有铁匠打制的各类铁制农具锄头、铁犁、镰刀、斧头。在牲口市场，白川依然能分辨出掮客的身影，三三两两叼着旱烟锅的老男人，背着的双手提着一截拴绳，睁着鹰一样的眼睛，像猎人一样四处嗅着转着。在白川的家乡，牲口交易时遵循一条古训，牲口转缰绳不转，买家和卖家手里攥着的永远是自家的缰绳，被买卖的牲口以项上的缰绳替换作为主人转移的法定标志。看来，这道规矩在红都依然是信条。白川饶有兴趣地观察着买家与卖家撩起衣襟、用手指头在暗中讨价还价的情形。

在牲口市场的不远处，河岸上竖着一串广告牌。广告牌上张贴着税务局的税收宣传海报，工商局对市场整顿的通告，还有一张已经被撕掉一个角的中级法院布告，鲜红的“√”依然显得很刺眼。广告牌是两面张贴的，白川依稀感到另一面站了不少人。他想看个究竟，就绕了过去。只见一大堆人正在观看一张大红的公告。仔细一瞧，原来是庙湾农贸社给全镇农民发出的一份关于放手吸收股金的公告。公告号召全镇农民要明白农贸社是农民自己的企业，踊跃拿出闲钱入股当主人，股金以每股两元为起点，不设上限，股金分红保证不低于年百分之七。公告还承诺，凡入股农民将会在农业生产资料供应和农副产品收购中优先得到服务。广告牌前面的农民指指点点地读着，相互之间交头接耳地议论着。

白川正在用心听着农民们对农贸社扩股的评价，身后传来一声“哎哟”的声音。回头一看，一个六十来岁的老头摔倒在地上，打着补丁的袋子摔落在身旁，袋子的口摔开了，袋中装着的黄豆撒落了一地。白川连忙蹲下身把老头扶了起来，帮老头掸掉身上的浮土，又仔细把地上的黄豆粒集中起来，吹掉灰尘，装进口袋。

老头坐在地上喘着气，感激地看着替他忙活的白川。

等白川把散落的黄豆装进袋子，扎好袋口交给老头时，老头拉住白川的手：“一看你就是个好小伙子。你不是本地人吧？”

白川点了点头，关切地问：“摔得重不重？能走路不？”

老头勉强站起来往前走了几步，现出了龇牙咧嘴的样子，朝白川不好意思地笑笑说：“人老了，胳膊腿都硬了，经不起摔打，怕是把脚崴了。”老头又坐下来，用手揉起了脚。

白川蹲在老头身旁，与老头拉起了家常：“大爷，您是来卖黄豆的吗？”

“我是来买黄豆的。头前我刚得了个孙子，村里的人都鼓动我，

让给娃做个满月哩，我就寻思着量一斗黄豆，回家做一挂豆腐，到时候烩一大锅菜。”

“您一个人来集上的吗？”

“儿子在省城建筑工地上干活儿，家里就剩下老伴和儿媳妇，这不又添了一张嘴。屋里能干活儿的也就我一个人。”老头显得很健谈。

老头揉了一阵脚又站起来走了几下，仍然一瘸一拐，显得吃力。白川问老头还想干啥。老头说该回家了。白川问老头家住在哪里。老头指了指对面的山梁：“翻过那架山走二三里路，就是我的村子梁家疙瘩。”

看着天色尚早，白川决定把老头送回家。他不待征求老头意见，把那半截装黄豆的布袋往肩上一搭：“大爷，我送您回去吧。”

老头连忙摆着手：“这怎么行？来回要两个时辰，我咋敢麻烦你哩。”

白川说：“反正我闲着也没事，就当是到您家去串串门，您不会拒绝吧？”

老头说：“你要是真想到我家走一遭，我高兴都高兴不过来呢，你是个贵人。”

一老一少走出了庙湾镇，白川又在路边折了一根树枝，整理了一下交给老头当拐杖使唤。乡间的小道仍然是黄土路，路面上有车轱辘轧出的深深的印子。白川走在这条道上，又似乎回到白湾村那熟悉的蜿蜒小道上：父亲拉着装满牲口草料的架子车，他挎着篮子，蹦蹦跳跳地追寻着翩翩飞舞的蝴蝶。

老头神秘地冲白川眨了眨眼：“小伙子，你给我说实话，你是上头派下来微服私访的吧？”

白川“扑哧”一声笑了：“大爷您真有意思，都啥年代了，还微服私访哩？我就是一般干部，是农贸社的人。您刚才在市场边上看到的公告，就是农贸社组织农民入股的公告。我从汉京城过来，就是为这件事情来的。”

一听说是为农贸社的事情来的，老头好像一下子来了精神：“原来你是来视察农贸社的。说到农贸社，我可真是有一肚子的话要说。

现在的农村人一提起农贸社就来气，化肥、农药、农地膜价格一年一个样子，票子在农贸社用着越来越毛。就这还不算，那假化肥和假农药可真是把咱农民坑得没商量。”老头说着说着有些激动：“最可气的是说话不算话！前几年号召农民养兔，说是兔毛能卖大价钱，我一时上了道，买了十只兔子精心地伺弄着，攒了不少兔毛。拿到农贸社收购站，没想到人家说时月过了，行情变了，兔毛不收了。我干瞪眼没办法，一气之下，把兔子都杀了吃了，白白地损失了几十块钱，贴赔了那么多时间。”

第一次当面听到有人激烈地非议农贸社，白川脸皮有些发烧。

大概是看到了白川不自然的表情，老头话锋稍稍转了一下：“其实，对咱们农民来说，农贸社是挺重要的。没有了农贸社，物资没人供应，山货没人收购。就凭镇上五天一次的那个集市，解决不了问题。如果农贸社给农民做事贴心一点儿，农民还是会拥护农贸社的。”

白川把背着的黄豆换了一个肩膀：“不是现在让农民在农贸社入股吗？农民入了股既当主人又挣红利，这是多好的一件事。”

老头拄着棍子站住了，定定地看着白川说：“这事儿没人相信。农贸社那些大爷们一个个胡吃海喝，谁有心思好好想着把生意做好？咱农民把钱交给他们，只怕是几天时间就折腾光了。到时候他们两手一摊，又像糊弄我们养兔一样。”

白川没有想到现在的社群关系已经恶化到如此程度。想想在上边天天看到的材料，不外乎农贸社为农民排忧解难，农民是农贸社的贴心人，白川心里只觉得不是滋味。

老头自言自语地念叨：“论起搞合作社，咱农民比谁心里都亮堂。新中国刚成立时，农村搞合作化，先是互助组，后是合作社，刚开始大家心劲儿挺高，可后来越办越糟糕，为啥呢？大锅饭吃不得，养了一帮子吃闲饭的人，干活儿的老实人就觉得心里窝火。现在农贸社又要拉农民入股搞合作，怕只怕是又搬起皇历念古经哩。”

“这么说，大爷您是个老社员？”

老头看了白川一眼：“小伙子，农村上了年纪的人，谁不是老社员？”

白川不好意思地笑了。

老头朝远处看了一阵，像是想起什么心思，喃喃地说："说到老社员，我真是个老资格的社员了。年轻的时候，我和我父亲都是苏维埃的社员。"

一听说"苏维埃"三个字，白川产生了强烈的好奇心。他迫不及待地问道："大爷您快说说，苏维埃是咋回事。"

老头把腰板挺了挺。似乎在模仿当年的英姿："那是以前的事了。那时，我还是个不到二十岁的毛头小伙子，听人说红军要过来，有钱人家卷着细软都跑了，我们这些穷人没地方去，都战战兢兢地在家守着。过了几天，红二十五军过来了，领头的是司令徐海东。徐司令的红军一来，大家才知道不是传说中的红脸红头发模样。红军待穷人挺和气的，时间不长，就跟咱穷人好得像一家人一样。后来就在庙湾扎了下来，还成立了苏维埃庙湾政府。庙湾政府为了给红军筹粮筹衣物，成立了一个苏维埃庙湾贸易合作社。合作社是红军首长领头，吸收本地的农民共同入股搞生产经营。部队把打土豪的战利品交给贸易社，贸易社跟乡亲们换部队需要的东西，公买公卖生意搞得可红火了。我的父亲因为干活儿卖力，部队首长让我父亲做了采购。我父亲把家里多年积攒的五块大洋拿出来参了股。那一阵子，我跟着父亲在庙湾一带东奔西跑，我父亲套着骡马车四村八乡搞收购，我怀里揣着红军给发的一颗手榴弹，手里拿了个红缨枪当保镖。说实话，土匪一看见车前头插着的苏维埃贸易合作社的幡子，都不敢轻举妄动。"老头说这些话的时候，脸上现出了无限骄傲的神色。

白川的心里顿时涌出敬意。他没有想到，在这偏远的深山沟里竟然还埋没着一位有着赫赫功劳的老英雄："大爷，真是没看出来，您老人家还有这么光荣的历史。"

老头沉浸在昔日的辉煌岁月："想想当年，再看看今天，就觉得气不打一处来。"

白川不明白为什么这样的老革命没有受到政府的优待："大爷，您就一直在农村？"

老头脸上显出一些悲戚："徐司令的队伍最后开走了，有钱人又回来了，红都县的保安团到处抓人。我趁夜跑到外地躲起来，我父亲却被抓了。后来经人作保，保安团打断了我父亲一条腿，说是我父亲给红军跑腿应得的报酬，才把我父亲放了。"

白川迫不及待地问道："那后来呢？"

老头轻轻摇着头："新中国成立后，红军坐了天下，我也回到了庙湾。父亲拄着拐杖走路，已经失去了劳动能力。我们爷儿俩拿着苏维埃贸易社当年发给我们的股票去找政府。不知道政府听了谁的话，说我父亲在红军开拔后当了可耻的叛徒，供出了贸易社储藏物资的地点，是对革命有罪的人。不管我父亲咋样分辩，政府的人就是不信，还要没收我父亲的股票。我父亲求政府把股票还给他，说那是他断了一条腿的代价，他不要啥报酬，只求把股票还给他留个纪念。政府的人才把股票还给了他。"老头说到这里，擦了擦眼睛。

白川没想到苏维埃也有合作社，合作社也发行股票。他问："大爷，这么说，您家里还保存着当年的那张股票？"

老头点点头："我父亲虽然有些伤心，但是他说他不后悔当年的举动，红军信得过他，那一段时间他很开心，那是他一辈子最长脸的日子。后来，我父亲就一直把那张股票当宝贝一样藏着，直到他九年前去世的时候，还叮咛我要把这东西当传家宝保存下去。"

白川小心翼翼地问："大爷，能不能让我看看那张股票？"

老头爽快地说："当然行嘛，那又不是啥值钱的东西。对我家来讲是宝贝，对别人来讲就是一张废纸。"

白川心里一阵高兴。他隐隐觉得在那张尚未谋面的股票背后，有一堆值得挖掘的素材。说不定今天这个看似极为平常的偶遇能带来意想不到的收获。

梁家疙瘩坐落在山梁背阴处。老远望去，稀疏的几棵树木挺立在山坡上，有榆树、椿树、槐树、杨树、柳树，却未见房屋。再仔细观察，原来树木都长在一些低矮的院墙内，院墙里面几乎是清一色傍着山势券成的窑洞。初来乍到的人，若不细心，甚至发现不了这是一处村庄。

老头把白川让进自家院落。一个老女人迎了出来，白川估摸她应该是老头的老伴儿。老头没有向白川介绍女人的身份，只是对女人说："来客了，快倒些茶水来。"女人从窑洞里搬出了两个马扎凳子，摆放在院子的石磨旁，又提出一个热水瓶，拿了两个黑土瓷碗摆在石磨盘上，再从热水瓶里往两个黑瓷碗里倒了些水，就退回窑洞里。老头招呼白川歇歇脚，两个人就在石磨旁坐了下来。

老头给白川说这是他们家的老宅。这梁家疙瘩住了有二十多户人家，都姓梁，算起来都是本家。白川这才知道老头姓梁。

白川打量着梁老头院里的陈设。一圈低矮的院墙包围着院子，院子占地面积约有大半亩。院子坐南朝北，南面依山坡地势券出了五孔窑洞。两孔窑洞的门外挂着门帘，应当是住人的地方；一孔窑洞上方竖着烟囱，显然是厨窑；另两孔紧挨着的窑洞敞开着，可以看见一孔中有牲口的影子，还有一孔堆放着杂物和柴草。院子中央这盘石磨周围，一圈地面被牲口踩得溜光发亮。离石磨不远是一口水井，井口上的辘轳绕着的一圈井绳显示出井并不太深。院子里辟出的一小片菜田里种着葱、韭菜之类的蔬菜。菜田旁边有几株树，其中一株杏树依稀可见细小的花苞。看来，老梁家的日子在这个偏僻的山村仍然算是殷实且富有情趣的。

端起放在磨盘上的黑瓷碗喝了一口水，白川觉得一股苦涩味，让人难以下咽。

梁老头一看白川的样子，不好意思地说："山里的水金贵，不好喝，习惯了就好了。"

白川看了一眼旁边的水井，不解地问："你们家不是有水井吗？"

梁老头答道："那不是水井，是水窖。下雨下雪的时候，把雪水和雨水引到窖里存起来，平时慢慢用。"

白川想起了庙湾镇当街的凌水河："山里不是有河水吗？"

梁老头说："有是有，离这儿最近的河道也有五六里地，远水解不了近渴。"

心里惦记着梁老头说的那张股票，白川拐着弯又把当年的事扯起来："大爷，您当年在苏维埃合作社跑采购的时候就住在这儿吗？"

"那时候的庙湾镇虽没有现在的房子多，可热闹的程度一点儿也不比现在差，乡亲们都把家里多余的东西拿到镇上去交换。贸易合作社在镇子中间，我和我父亲白天黑夜忙着社里的事情，很少回家，大部分时间都住在镇上。"梁老头一提起当年话就多起来。

"大爷，我想看看苏维埃合作社当年给您父亲发的股票。"白川看了看梁老头，又补了一句，"不知方便不方便？"

梁老头朝窑洞里喊了一声："屋里的，把床头的小匣子给我拿出来！"

年长的女人从窑里走出来，怀里抱着一个朱红色的小方匣子。梁老头接过小匣子摆在磨盘上，当着白川的面打开，取出了一个红布包，又小心翼翼地绽开红布。白川遂看见几张发黄的牛皮纸证件躺在红布中央。

梁老头翻着那几张证件不无自豪地说："这都是我父亲存下来的，有土改时发给我家的地契，有我父亲当年参加中苏友好协会的会员证，有我们家参加农业高级社时的社员证。对了，这就是红二十五军发给我父亲的股金证。这可是五块大洋换的，那时候不是一笔小钱。"

一张巴掌大的纸片呈现在白川的眼前。这是一张看起来年代久远的草纸，黄色中泛着黑灰色，粗糙的纸质依然能让人看见纸张中横七竖八的小草梗，纸张上布满了斑斑点点不知是汗渍还是血渍的印记。看得出，纸张曾经的主人为了保护它而付出了心血。纸张上有毛笔写就的一行遒劲的字，字迹依然清晰可辨：

> 兹收到本乡农民梁进财股金大洋五块，执此照参加贸易合作社管理与分红。中华民国二十四年 × 月 × 日。

纸张的下方加盖着一个长条形的印章，有些模糊不清。白川仔细地分辨了一会儿，半看半猜地确定为"中华苏维埃庙湾镇贸易合作社"。

白川仔细端详着这张浸透着历史印记的条据问："梁大爷，梁进财是您的父亲吗？”

梁老头点点头：“我父亲年轻时跟别人跑过马帮，最远到过蒙古王爷的地面上。因为脑子活络又打得一手好算盘，苏维埃贸易合作社就看上了我父亲。”

白川又问：“那您父亲新中国成立后就一直在家里待着？”

梁老头脸上现出了苦楚：“人家说我父亲是革命的叛徒，我父亲也找不到证人证明自己的清白，加上腿被打断了，一直拄着拐杖，人其实也就废了。可我父亲到死心里都不甘。”

虽然无法对梁老头的父亲梁进财被伪保安团抓捕后又释放的事情做出准确判断，但白川可以肯定，这一对父子所遭受的待遇是不公正的，他们当年把家里储蓄的五块大洋投入到苏维埃的事业中，起码在红色政权建立后，应当给个公正的说法。

白川想把这张股金证拿到县城里找个复印机复制下来，可是来回一趟要半天时间。让梁老头陪着他返回县城显然不可能，独自拿走这张股金证更不合适。他想了想说：“梁大爷，我想把您这张股金证抄一份可以吗？”

梁老头有些不解：“你抄它有啥用？”

白川答道：“我跟您说过我是省农贸社下来的，我拿回去请教一下别人，说不定还能给您和您父亲落实政策哩。”

梁老头若有所悟地点点头：“唉，那敢情好。真要是那样子，我在我父亲的坟头上烧几张纸告诉他。”

白川请梁老头给他找一支笔和一张纸。梁老头进了窑洞，出来时拿了一张从皇历上撕下来的纸片，又交给白川一支圆珠笔，圆珠笔是一截细竹管套着笔芯的土造笔。白川把皇历翻过去，在背面用圆珠笔抄写，画了几下却不见有印油下来。看着白川一筹莫展的样子，梁老头把圆珠笔要过去，把笔头对着自己的嘴巴哈了一阵热气后又交给白川。白川一试，果然出油了。他不好意思地朝梁老头笑了笑，然后极认真地按照股金证的大小、字迹、印章位置，把股金证临摹了一遍。

白川让梁老头把红匣子里的东西收好，又叮嘱道：“大爷，我回去后先问问情况，回头我还会来找您的。”看看时间不早了，白川起身告辞。梁老头留白川吃饭，白川说：“谢谢大爷，改天我在镇上请您吃饭。”

在返回庙湾镇的路上，白川一直思索着梁老头的话。应当说，梁老头的想法，在农民中有一定的代表性。农民对农贸社吸收股金的消极态度，主要缘于缺乏信任。曾经发生过的坑农害农事件，也许极为偶然，但要消除那些事件的恶劣影响，却不是一朝一夕的简单事情。从这个出发点看问题，当前的改革重点，首先要放在塑造形象和取信于民上。农贸社在新中国成立初年曾吸收过农民股金，是名副其实农民自家的贸易社。但在其后几十年的“一大二公”体制下，却成了尾大不掉的官商，给农民股金的分红也不了了之。现在，何不首先从清理过去的股金、补发拖欠的红利入手，扩大股金的增发呢？

白川想到了战国时候商鞅变法的故事，连商鞅都知道在城门口立一根木头，徙木立信，悬高赏取信于民。先贤的做法虽然简单，但仍值得今人借鉴和学习。

对于梁老头家里保存的这张股金证，凭直觉，白川感到是真实的。对于梁老头描述的他和父亲梁进财为红二十五军采买物资的事情，他觉得也是可信的。不过，他无法判断当年的苏维埃贸易合作社遗留的问题，现在应当由哪一个部门来解决。但不管怎么说，梁家为革命的投入，国家应当认账。至少，这张股金证可以视为一件红色文物，由国家出资收购。

白川在庙湾镇待了三天。他在农贸社的百货、副食、生产资料门市部，农副产品、废旧物资收购站实地调研，又到附近的村子，以他儿时养成的“串儿”习惯，零距离走访了几十户农民家庭，获得了他自认为第一手的调研资料。

回到红都县，白川向县社秦理事长汇报了他在庙湾几天的调研成果。他向县农贸社提出建议，在放手吸收农民股金的过程中，应当首先加大力度清理过去的股金和红利，用实际行动取信于民。秦理事长对白川的想法表示赞赏。

秦理事长说:“过去的清股工作虽然也提到过，但毕竟是要拿出钱来开销，上上下下积极性不高。这里面有个认识问题，要让大家明白今天的支出是为了明天更高的收入。回头需要再开个会，让大家统一思想。”

白川又提到梁老头股金证的事情。秦理事长说:“这个事情应当由民政部门管，我们随后可以帮着反映一下。”

梁老头的事情，总是在白川脑海中挥之不去。他眼前不时浮现出一幅画面:梁进财赶着骡车打着响鞭，年轻的儿子手持红缨枪威风凛凛的不离左右，一车一车的货物源源不断地送到红二十五军军需仓库。

忽然，白川想起了老田。在白川的心目中，老田是一个知识面很广、看问题很到位、十分睿智的人，也许他对这个事情有独到的见解。

白川拿出了在梁老头家里用皇历纸临摹的股金证，重新复制了一份。然后，他给老田写了一封信，把他在红都县短短几天调研的过程和感想告诉老田。他重点叙述了梁老头的家世和那张股金证，向老田请教如何给梁老头一些帮助。随后，他把复制的那张股金证附在信后，抽了个空把信塞进离县农贸社不远的邮筒中。

红都县农贸社理事长秦大明做起事来风风火火，人送外号“霹雳火”，颇有些梁山好汉秦明的行事风格。他觉得白川的建议不错，马上与县社的一帮核心人物碰头，随即在全县下发了《关于切实做好清理陈旧股金兑现历年积欠红利的通知》。《通知》要求各基层农贸社用两三个月的时间，把农贸社自新中国成立以来吸收农民的股金进行清理。农贸社档案不全的，告示各村，让农民持原有股金证或股票来农贸社进行登记。重新造册登记后由农贸社换发新的股金证。重新登记过程中仍然坚持入股自愿、退股自由的原则。不愿继续持股的发还股金，对于既往未分红的股金，一律按当期银行存款利率的两倍计付红利。

清理股金、兑付积欠红利的工作一推开，果然从各基层社陆续反馈回令人欣慰的消息，农民说农贸社这回是来了真格的。

一晃，白川在红都县已经待了近一个月，其间大部分时间在各基层社活动。他喜欢农村，喜欢乡土气息，喜欢和农民打交道。他觉得在这块土地上很适合他实现自己的价值。

一大早上，秦理事长告诉白川，地区社打来电话，说是省社今天有人到红都来搞调查研究。白川问是哪个部门的，秦理事长说不太清楚。看着院子里盛开的桃花，白川心想，没准儿是哪位领导赏春踏青来了。

下午，白川在窑洞中听见汽车喇叭声。

循声朝窗外望去，只见一辆吉普车驶进县社院子。白川寻思，能有专车随行，估计身份不低。

白川和秦理事长几乎同时出了窑洞。

吉普车一侧车门打开，走下一个人来。白川一看原来是孙鸣飞，他惊喜地迎上前去。孙鸣飞也看见了白川，微笑着点了一下头，却绕到车的另一侧拉开车门，熟练地用左手挡住车顶，右手扶着一个女人下了车。

待那个女人的头抬起来，白川愣住了，原来是西部日报社的姚丽霞。

孙鸣飞落落大方地偕姚丽霞迎向秦理事长和白川，他先开口问候秦理事长："您好，您是……"

白川代答："他是红都县社的秦理事长。"

孙鸣飞握住秦理事长的手："我是省社的孙鸣飞。给您介绍一下，这位女同志是《西部日报》的记者姚丽霞同志。我们这次来是专程采访调研农贸社扩股工作，尤其是要宣传一些典型。"

秦理事长向姚丽霞伸出双手，连说："欢迎！欢迎！"

姚丽霞说："少不了给你们添麻烦。"

孙鸣飞这才拉住白川的手，使劲地摇着，对姚丽霞说："姚记者，这可是我最要好的同事白川。"

姚丽霞定定地看着白川，抿着嘴意味深长地笑着，没有说话。

白川礼节性地与姚丽霞握着手说："这里是老区，条件差，多担待。"

姚丽霞依然笑着没有说话。

县农贸社食堂里已经备好了一桌饭。一干人凑了整整一大桌，分宾主坐定：上首坐着姚丽霞与秦大明，紧挨着姚丽霞的依次是孙鸣飞和白川，白川下首是省社的司机。秦理事长的另一边依次坐着县社监事长、副理事长、办公室主任、业务股长、财务股长。

看着桌上的菜摆得差不多了，秦大明拿起酒杯说："我来个开场白。今天咱们县社略备薄宴，没有啥好东西，就是咱红都的土特产。一来，给省报的姚大记者和省社的孙同志洗尘；二来，是感谢省社的白川同志近一个月来在咱们红都风餐露宿搞调研，提建议，对我们的工作着实帮助很大；三来，也是借着省上同志的光，我们大家一块儿高兴高兴。"

秦大明把杯中的酒一干而尽，大家也都跟着喝光了杯中酒，唯姚丽霞只端着酒杯浅浅抿了一点儿。

秦理事长看着姚丽霞说："我们这里的规矩是端起来的杯子必须喝光，姚大记者一定要入乡随俗。"

姚丽霞说："理事长，我喝酒过敏。"

一旁的孙鸣飞说："我代劳了！"就把姚丽霞杯中的酒倒进自己杯子一饮而尽。

秦大明鼓起掌说："孙同志是个爽快人。"

三杯酒过后，大家的情绪都高涨起来。秦大明把省社工作会议之后全县工作的进展情况，总结为三个提高："认识水平提高，工作力度提高，实践效果提高。"孙鸣飞接过话头："省社把咱们红都县作为全省试点县开展工作，咱们就是要放手大干，先是从扩大农民入股规模入手，增强农贸社的'三性'，然后在扩大经营范围、扩大服务领域的'两扩'上，大做文章。用省社理事长的话说，我们就是要在农村扮演无所不能的角色。除了不能贩卖毒品、贩卖军火以外，凡是农民需要的，我们都要大胆地尝试，从生产、消费、信贷各个环节，为农民提供一条龙服务。”

孙鸣飞的话一落音，秦大明带头鼓起掌来。白川在心里琢磨，孙鸣飞真是好学，几天不见面，嘴上一套一套的。

面对大家的掌声，孙鸣飞连连摆手，谦逊地说：“我是咱农贸社的新人，要跟大家好好学习哩，尤其是要跟基层的同志学习。我这次下来的唯一任务是陪姚大记者在一线采访。我要做的事情就是当好向导，做好后勤。”

孙鸣飞用姚丽霞的筷子，往姚丽霞面前的小碟中夹了一口菜说：“大家千万别小看姚大记者，她是咱们省上的大理论家田智礼先生的得意门生，现在是报社的顶梁柱子，写过好多重量级的文章。”

姚丽霞真的是喝酒过敏，第一杯酒只是抿了一小口，这会儿就已脸色潮红。她接过孙鸣飞的话：“我才真正是新闻战线上的一个新兵，跟着田老师确实提高不少。要说我的几篇拙作，得归功于我的运气好。就拿在座的白川来讲，不是他在康宁抗洪救灾中的英雄事迹，哪里能有我的那篇文章？”

一听说白川的英雄事迹，秦大明忙问是咋回事。

孙鸣飞说：“大家有没有印象？前年八月省报发表的那篇抗洪救灾事迹通讯报道，主人公就是我们的白川，作者就是我们的姚大记者！”

业务股长一旁提醒：“理事长你忘了？咱们县社还在会议上读过那篇文章。”

秦大明一拍脑袋：“哎哟，原来小白你就是那位了不起的英雄。”说话间就站了起来，他从姚丽霞和孙鸣飞背后走到白川跟前，紧握住白川的手说：“这才是有眼不识泰山，相处都快一个月了，今天才知道你是英雄人物！”

白川不好意思地摇了摇头：“羞死人了，我要称得上英雄，全中国所有正派人都算得上英雄。在那种情况下，任何一个有良知的人，都会那样做的。本能而已。”

姚丽霞说：“白川同志，你也莫要太谦虚，英雄也都是普通人嘛，要不然为什么毛主席他老人家说群众是真正的英雄？当然，我们要在寻常中发现和挖掘英雄。这一回，说不定我们又能挖出个革命老英雄来！”

众人一听这话，齐刷刷放下筷子，把目光集中在姚丽霞脸上。

姚丽霞说：“前不久，白川同志在你们红都下乡调研时，碰到一个老农民。那老农民家里有一张 1935 年红二十五军贸易合作社发给他父亲的五块大洋股金证。他父子二人当年给红军当采购。后来红军撤走后，他父亲腿被国民党打断了，他远逃外乡。白川同志把这件事情写信告诉了田智礼老师，田老师查了一下历史资料，判断这件事情是真实可信的，就跟农贸社的领导同志通了个气，引起了省社领导的重视。”

孙鸣飞把话接过来：“省社的王副理事长跟田老师通过话后，专门向理事长做了汇报。理事长指示，一定要在这件事情上做好文章，做大文章。理事长专门做了批示，说我们农贸社是共产党的农贸社，过去红色政权成立的消费合作社、生产合作社、贸易合作社，都是我们的前身。我们要把遗留的问题承接下来，把荣誉也承接下来。”

秦大明吐了一下舌头：“乖乖，我差点儿误了大事。这事白川跟我也讲过，我就没有这么高的认识。看来还是站得高看得远。以后我们要加强学习，和上级领导尽量缩小差距。”

这时候，白川才完全明白，孙鸣飞为什么突然和姚丽霞凑到一块儿，并且隆重地乘坐省社的专车到红都来。他在心里又对老田生出几分敬意。

载着白川、姚丽霞一行人的吉普车，在坑坑洼洼的生产小道上，勉勉强强开进了梁家疙瘩村。车一进村，着实引起了村子里一阵轰动。村里的男女老少，拥到梁老头家门前看稀罕。见过世面的人，就说这种车是专门供大领导乘坐的。有人问，这家伙劲头那么大，吃啥东西，有人说不吃东西，光喝油。又有人说，怪不得我们一天吃不上油腥，原来是这家伙成天和我们争食哩。

梁老头没想到，那天帮他背黄豆的小白同志带了这么多公家人到他的家里来，这可是多大的荣耀！他激动不已，家里的凳子不够用，他连忙招呼老伴到邻居家去借凳子。石磨上面，摆开一溜土瓷碗，梁老头招呼大家喝水。突然又想起了什么，梁老头出了门。几分钟后，他一手提着一个布烟袋，一手攥着几个旱烟锅子，放到磨盘上说："我不抽烟，忘了敬烟了。借了几个烟袋锅，大家尝一尝。"看着一个个磨得发亮的烟袋嘴儿，大家都笑了。

白川把来人一一向梁老头做了介绍。每说到一个人，梁老头都要认真地把手举到额头，敬一个礼。

介绍到姚丽霞时，白川强调说："她可是我们的核心人物，就是她要来采访您。"

梁老头脸上显出疑惑的神色："你们一帮人，都得听这位女同志的？啧啧……长得这么俊，还是领导哩。"

姚丽霞笑着说："梁大爷，你搞错了。我只是个记者，不是领导，是大家伙儿一块儿陪我过来的。"

梁老头似懂非懂地说："哦……哦……记者，记者也是不小的官。"

姚丽霞想和缓一下气氛，笑着问："梁大爷，你为啥给我们每个人都要敬礼呢？"

梁老头脸上显出极认真的神色："我当年跟父亲给红二十五军搞采购时，父亲让我见了部队上的同志尤其是首长，一定要敬礼。你们今天来我这里，肯定跟当年的事情有关。你们都是上头的领导，我就得给你们敬礼。"大家又笑了，梁老头也笑了。

姚丽霞从包里掏出了红皮的记者证，对梁老头说："梁大爷，我是《西部日报》的记者，叫姚丽霞，你叫我小姚就好了。我来这里，是想跟你聊一聊你当年和你父亲在红二十五军贸易合作社的事情。听说你还有一张股金证，我也想看看。"

梁老头把记者证捧在手心，翻来覆去端详了好长时间，却没有打开，嘴里念叨着："真好看，真好看。"

梁老头回到窑洞里，又抱出了木匣子放到磨盘上，打开红布包。那张巴掌大的草纸制作的股金证，引起了在场的人一阵唏嘘。

姚丽霞拿出照相机，调整了快门和焦距，拍了两张照片。却总觉得不如意，就对白川说：“白川同志，最好能带到城里去复印一下。相机拍出的效果可能不太好。”

白川转过脸，对梁老头说：“梁大爷，姚记者想把这张股金证拿到县城里复印一下，要不然您跟我们一块儿去？”

没想到梁老头毫不犹豫地说：“当然行。我和我父亲把它保管得那么仔细，就是想让它有个说法。你们能跟我寻个说法，连我父亲都会在地下高兴的。你们拿去就好了。”

白川说：“大爷，您就这样相信我们？”

梁老头神色显出一些庄重：“小白同志，我老汉活了六十多岁了，看人不会走眼。那天你离开我们家，我就给你婶子说，农贸社上头有小白这样的好人，以后工作赖不了。”

大家都对梁老头的大度感到高兴。姚丽霞说：“梁大爷，感谢你对我们的信任。这样吧，我给你打个条子，先把这张股金证拿走，待我们用完了，保证完好地还给你。”

梁老头说：“那敢情好。”

姚丽霞想了想，又说道：“梁大爷，要不然这样子，我们过两三天再来你家。你这几天好好回忆一下，等我们再来时，你把当年能记得起的东西，通通都给我们讲一讲，不管是工作上的事，还是生活上的事。”

梁老头说：“那好，那好。”

姚丽霞就着磨盘，在采访本上打了一张收条，递给梁老头。梁老头接过收条，小心翼翼地折起来揣在口袋，看着姚丽霞，嘴里嗫嚅着想说话，却没有发出声音。

姚丽霞问：“大爷，你还有啥不放心的事尽管说出来。”

梁老头挠着头吞吞吐吐地说：“我想请你帮个忙。”

姚丽霞答道：“只要我能做到。”

梁老头问：“你能到我媳妇的窑洞里坐一下吗？”

姚丽霞笑笑说：“这有啥不行的？”

梁老头把老伴从窑洞里叫出来，朝大家笑了笑说：“前一段时间，儿媳妇给我生了个大孙子，我就等着有贵人来给娃起个名哩。娃没满月，出不了窑洞，各位大老爷们进窑洞不方便，我就寻思着让这位姚记者进去看看娃，给娃起个名字。”

姚丽霞一听惊讶地张大了嘴，一边摇着手说：“给娃起名是大事，我可不敢。”

一直没太说话的孙鸣飞开了腔：“姚大记者，你是梁大爷看中的贵人，又是文化人，你最合适。”

随行的县社办公室主任说：“这是我们本地的乡俗，主人家求到你了，你就不能推辞。以后，没准还要拜你做干娘哩。”

姚丽霞在大家的嘻嘻哈哈中羞红了脸。

姚丽霞随着梁老头的老伴，在梁老头儿媳的窑洞里待了一会儿，走出来时眉飞色舞地给大伙说：“小家伙虎头虎脑，长得真是可爱，听说刚生下的时候有八斤重哩。我看咱们大家集思广益，共同给孩子取个名吧！”

孙鸣飞说：“姚大记者，我提个建议，给孩子起名不要太草率。干脆我们好好想一想，等下次过来的时候，把股金证和孩子的名字一起交给梁大爷。”

姚丽霞点点头说：“这样最好。”

梁老头扳着指头算了一阵说：“再过五天，我给孩子做满月宴，大家一定给我个面子，到时候都来喝喜酒。”

大家相互看了看，没有作声，还是县社办公室主任最后说：“能来的一定都来。”

回县城的路上，大家坐在车上，七嘴八舌地讨论给孩子起个啥名字。有人说起个富贵名，有人就反对，说人贵名贱，名贱人贵；有人说要和时代结合起来，就提出了“小康”“开发”“改革”。大部分人又都说太俗气了。

姚丽霞说：“依我看，梁大爷让咱们给孩子起名，说明这孩子跟咱有缘分。咱们这次来走访梁家，是你们农贸社和我们报社两家共同的活动，孩子的太爷爷和爷爷又都是当年红二十五军贸易合作社的老社员，横竖跟‘社’脱不了干系。我们都盼着各项工作红火茂盛，我们就给孩子起名叫‘茂社’咋样？”

孙鸣飞一听，率先鼓起了掌：“姚大记者，你真是唐雎不辱使命。老梁头在众人中独独求你给孩子赐名，真是看中人了。”

大家都跟着鼓掌称好。

姚丽霞说：“我有个问题想不明白，梁大爷今年六十开外了，在农村是该有重孙的人了，为啥才刚有孙子？”

孙鸣飞随口说道：“应该是晚婚晚育吧？”

姚丽霞笑了：“学长，你跟没说一样。”

孙鸣飞不好意思地笑了。

白川想了想说道：“梁大爷给我说过，当年红二十五军撤走后，保安团把他父亲关起来，打断了一条腿。后来解放了，他父子二人没有受到应有的优抚。估计是不是家里生活艰难，耽误了年龄，结婚晚了？”

姚丽霞点头说：“我觉得白川同志说得有些道理。我观察梁家大婶，智力上好像有些问题。”

白川说：“不管咋讲，梁大爷得了一个大孙子，于梁家来讲是最大的喜事。”

第二天，姚丽霞一行人拿着这张股金证，到红都县史志编纂办公室去求证真伪。

史志办主任戴上老花镜，又拿着放大镜看了一阵，连说：“好东西！好东西！”他卸下眼镜对姚丽霞说：“这可是宝贵的革命文物，应当交由县档案馆珍藏。”

姚丽霞说：“我们只是想辨别一下它的真假，无权处置。再说，现在它还是一份有价证券，需要先在经济上有个了断。”

史志办主任说：“我们可以联系民政上拨付一笔资金。”

姚丽霞说：“如果你们真有兴趣，下一步和县农贸社联系。”

史志办主任说：“文物这东西，看见了就得采取措施。一旦离开视线，就可能失之交臂。”

姚丽霞笑着摇摇头:“我们也是在工作，得守规矩。”

史志办主任扼腕叹息。

县社秦大明得知采访过程后，问白川对这件事情的处理意见。白川建议，请县社相关部门的同志，还有省社的孙鸣飞、报社的姚记者，再座谈一下。秦大明点头同意，立马就布置办公室主任通知副理事长、监事长、业务股长、财务股长一起到会议室开会。这次，大家很快达成共识，认为这件事情由农贸社作为历史遗留问题处理，是天经地义的事情，而且，要大张旗鼓地做好宣传工作。在处理方案上，财务股长提出可以按人民银行公布的白银价格，把五块大洋折算成人民币，给梁家兑现。秦大明问大概能算多少钱，财务股长转身出去，从办公室拿回一个计算器，按了半天说:“大概五十多块钱。”秦理事长说:“那没有多少。”财务股长说:“还可以加些利息嘛。”

姚丽霞突然说道:“我有些想法不知当讲不当讲？”

秦大明连声说:“你是主角，当然可以讲。”

姚丽霞又习惯性地拢了拢头发说:“按说这个会议我只是列席，没有发言权，但总觉得心里有话不吐不快。关于这张股金证，我们可不可以从两个方面去看，一方面是老梁家的实际付出。当年的五块大洋是梁进财父子全部的积蓄，当时能买多少生活用品？能养活多少人？几十年过去了，该赚回多少？这还不算他们当年为队伍付出的劳动，不算梁进财腿被白军打断的生理和心理创伤，不算其后几十年不公正待遇造成的生活困难；另一方面，我们今天处理这件事情，既是弘扬正气，正本清源，又是借机树立我们农贸社的形象。我们何不把各方面的因素，充分地考虑进去，让事件的善后起到轰动和震撼的效果？”

姚丽霞一口气说了这么多，会议室一圈人安静地听着。姚丽霞停了一下，又说:“其实我还有个想法。我们搞新闻的讲究个导向作用，就是要倡导社会观念的走向，说得俗一点儿可以理解为广告效应。目前，全县、全省农贸社正在大张旗鼓地扩股，我想我们何不把这件事情安排一个好的结局，在我们见报的稿件中一并报道，然后我们跟印刷厂联系加印一部分报纸，由咱们县社组织人员在各村镇发给群众。

大家想想会是什么效果？”

会议室依然一片静默。过了足足有一分钟，秦大明声音不高却很坚定地说：“姚记者给我们大家上了一课。我们这些干实际工作的人，实在是一叶障目啊！”他把目光在县社几个人员的脸上扫了一遍：“我说说我个人意见。把五块大洋，按当时的购买力折算成粮食或布匹，再以现在物品价格换算成人民币，按现行的银行贷款利率计算到现在，本息一次性兑付，具体工作交由庙湾镇农贸社完成。至于这笔钱，可以由县社专款拨付给庙湾。”

秦理事长说完，监事长第一个举起胳膊说：“我同意。”

随后，大家齐刷刷地举起了手。

开完座谈会，白川对孙鸣飞和姚丽霞说：“你们来红都几天了，一直忙着顾不上休息，我好赖算是半个红都人，干脆让我尽点儿地主之谊，晚上做东，请你们两个人吃顿饭。”

孙鸣飞说：“白川兄肯破费，当然恭敬不如从命。”说着看了姚丽霞一眼，似乎是征求姚丽霞的意见。

姚丽霞说：“白川同志一直在一线忙活，够辛苦的。按说我应当掏钱慰劳你们。”顿了一下，她又说：“要不然我们均摊吧？”

白川说：“姚记者就不要见外了。等回到汉京，抽空你再做东吧。”

白川把姚丽霞和孙鸣飞又领到了红都汽车站旁边的羊杂碎馆。店老板娘一看见白川，就眉开眼笑地打招呼：“我说这位小兄弟，你上回吃完饭，我就算准你会成为我的老主顾。这好长时间没见你，你这是第二次来红都吗？”白川说：“我一直没离开，最近事情太多，没顾得上过来。这不，来了几个朋友，一块儿过来尝尝红都特色。”

白川点了一盘凉拌羊肚、一盘凉拌莲菜、一盘葱烧豆腐、一窝烩羊杂。菜上齐后，白川提议喝点儿小酒。

孙鸣飞看了一眼姚丽霞，说：“小姚不胜酒力，我们也得有点儿绅士风度。要不然，咱们来一瓶葡萄酒咋样？”

姚丽霞说：“你们喜欢喝白酒就喝白酒吧。你们两个喝，我给你们看酒。”

白川说："鸣飞说得对，我们是得有些绅士风度。咱们就喝点儿红酒。"说着要了一瓶山葡萄酒。

老板娘拿了三个土瓷碗放在三人面前，打开酒瓶，把瓶中酒一分为三。孙鸣飞笑着说："红都喝红酒，有特色。"

白川举起酒碗说："姚记者，你远道而来，不辞辛苦，实在是支持我们的工作。鸣飞，你过来看我，让我觉得心里暖暖的。我先敬你们两个了！"

孙鸣飞说："白川兄，有你在这边开辟根据地，我们才有工作基础，也才会取得成绩，得感谢你。"

姚丽霞说："学长，你别酸了。我们都是刚步入社会的学生，为了社会对我们的认可，为了我们在红都相聚，干杯！"

三个土瓷碗碰在一起，酒花溅在桌面上，三个人各喝了一大口。

白川用筷子指着桌上的菜说："我点的这几个菜，都是红都最普通的土产，可都有说法。先说这红都的羊肉，因为红都的山里长着一种特殊的草叫地荚，羊吃了，肉就不膻；再说红都的豆腐，是用离县城二十里地玉峰山下的泉水磨制的，吃起来又爽口又劲道，城里有人卖豆腐时，常常夸张地把豆腐拴在秤钩上；至于红都的莲菜嘛，说起来更有趣，一般的莲菜，都是不超过九个眼儿，而红都莲菜十一个眼儿，你们数一下看是不是？"

姚丽霞夹起一片白生生的莲菜数了数，果真是十一个眼儿，她惊喜地说："哇，好神奇呀！"

孙鸣飞说："白川兄，你快成红都通了。"又朝姚丽霞说："小姚，你先品尝一下。"

白川笑着说："我这些也都是拾人牙慧而已。"

说话的时候，白川注意到一个细节，姚丽霞一直称呼孙鸣飞为"学长"。孙鸣飞在众人面前虽称呼姚丽霞为"姚大记者"，但这会儿却一口一个"小姚"。

白川想知道姚丽霞的背景，他拐弯抹角地问道："姚记者，田老师可真是德高望重的理论家。"

“可不是。他原来是‘文革’前的高才生，‘文革’期间受迫害，‘四人帮’倒台后才恢复工作的。”姚丽霞说。

白川又问：“你跟着田老师时间不短了？”

姚丽霞答：“时间不长，不到三年。”

孙鸣飞插话说：“小姚从学校毕业分到报社，给田老师当学生，真的是名师出高徒。”

白川看着姚丽霞，又像是在问孙鸣飞：“姚记者是哪个学校毕业的？”

孙鸣飞说：“我这次来红都，才知道小姚和我是同校同专业。”

白川恍然大悟：“原来你们两个人都是汉京师范大学毕业的，怪不得听姚记者喊你学长哩。”

孙鸣飞说：“人家可是比咱们早工作一年，按说是老资格了。”

白川不明白姚丽霞既然参加工作在先，为什么又称孙鸣飞为学长，他有些不解地看着姚丽霞。

姚丽霞说：“跟你们两个本科生在一起，我都觉得气短。你们正儿八经深造了四年，我入学比你们晚一年，上的是汉京师范实验班中文科。两年制专科，速成的，滥竽充数，惭愧惭愧！”

白川心里明白了，嘴上说：“学历不代表知识，更不代表功力，姚记者的水平真的不低。”

大半碗酒下肚，孙鸣飞兴奋起来。他端起酒碗跟白川碰了一下说：“白川兄，你我算是有缘分，虽说出身不同，本质却是一样。你家是地道的农民，我家是普通的工人，我们没有显赫的背景。命运算是眷顾我们，让我们在大机关谋得了一个差事。短短的几天时间，我们经历了一场暴风雨，幸好雨后出彩虹，我们都挺过来了，这说明好人总是有好报。白川兄，咱二人不是兄弟胜似兄弟，以后携起手来，天高任鸟飞，海阔凭鱼跃，天生我材必有用。”

姚丽霞举起酒杯说：“你们俩都是我的学长，都比我学历高，希望你们都飞黄腾达。记住日后事业有成时，别忘了提携我。”

虽说喝的是红酒，姚丽霞似乎确实不胜酒力。虽然饭馆的光线暗淡，但白川依然清清楚楚地看见姚丽霞的脸颊绯红。他觉得姚丽霞长得很美，尤其是这种美中体现出一种高贵的气质。从他第一次在老田办公室看到姚丽霞时，他就有一种似曾相识的感觉，今天这种感觉尤为强烈。他又努力在脑海中搜寻几年来经历过的各种场合，但最后还是否定了与姚丽霞曾经谋面的可能。他心里不免又有些自嘲，原来爱美之心人皆有之。

看看瓷碗里的酒不多了，孙鸣飞说:“要不要再来一瓶？”白川说:“今天我做东，酒和菜都要管个够。”说着，他就喊老板娘再开一瓶红酒。老板娘再拿出一瓶红酒时，却被姚丽霞抢到手里说:“今天的酒就喝到这里。恰到好处，来日方长。”

孙鸣飞顺着姚丽霞的话说:“我们都听学妹的，不喝了，不喝了。”他又想起了什么似的，对着白川说:“白川兄，我离开省城时，带的任务可是为姚大记者做好向导和后勤工作。这次采访工作安排得挺好，明天是星期天，你要是累了，我陪小姚到旅游点上去转一转。不知红都有啥好玩的地方？”

白川说:“听人说有两个地方值得去。一个是当年红二十五军军部旧址，是一户财东人家的院子；一个是红军洞，是当年红二十五军堆放武器、装备、粮食的一个山洞。”

姚丽霞说:“千里不舍同路伴。明天大家一起休息，要是白川不去，我们玩着也没意思。”

孙鸣飞说:“就是，就是。”

三天后，姚丽霞结束了在红都的采访工作。带着梁老头一家的祝福，带着红都县农贸社秦理事长一班人的期待，她仍然与孙鸣飞坐着省社的吉普车，离开红都县城。送别姚丽霞后，白川心里忽然有一种怅然若失的感觉。

秦大明理事长特意安排庙湾农贸社把梁老头的股金本利兑付活动，放在梁老头孙子满月宴席的现场。

这天，庙湾农贸社把运货的拖拉机像布置婚车一样装点了一番。

车头前挂起了一个斗大的红绸牡丹花，车厢两边绑上两根竖起的竹竿，正中拉开一条红布横幅，上书“光荣之家”四个大字。上午十时，拖拉机“突突”着开到梁家疙瘩村口，先是一阵鞭炮震耳欲聋地响过，接下来，农贸社请来的锣鼓队就在车厢里“咚咚锵锵”地敲了起来。

再说梁老头人逢喜事精神爽。一大早，他就招呼乡亲们布置场面，头门口挂上大红灯笼，门楣上请人写了几个大字“茂社满月庆典”，连院子的果树上也挂上了红布条子。磨盘边上垒起了一个临时灶台，一旁的风箱“啪嗒啪嗒”地扇得灶火呼呼作响。院子里的乡亲们一个个红光满面，彼此说着热乎的话。

听见外面的鞭炮、锣鼓声，梁老头起初不知道是咋回事，当听说是庙湾农贸社的人来做客时，不免有些意外，继而高兴得有些发癫，赶紧跑到外边。一眼看见白川，他急忙跑过去两只手握着白川的手，激动得不知说什么好。白川指着庙湾农贸社理事长，说：“咱们庙湾农贸社今天有大事告诉您哩。”梁老头有些疑惑地盯着庙湾社理事长。理事长微微地笑了笑，从怀里掏出一张纸拿在手上，却不急着说话。看看周围的乡亲们都拥了上来，理事长把在场的人环视了一圈，清了清嗓子大声念道：

庙湾农贸社理事会决定：

查庙湾镇梁家疙瘩村村民梁富贵与其已故父亲梁进财，早年参加红二十五军贸易合作社，入股银元五块，担任贸易社采购员，系为革命做出过贡献。其后，股金未予退还，分红未予兑现，人员未予安排。现经庙湾镇农贸社理事会研究，并报上级社理事会批准，决定返还梁富贵股金本金及历年应得分红人民币伍佰元整。另外，因梁富贵本人已超过了退休年龄，决定按退休人员对待，每月发给退休金人民币十元。

庙湾镇农贸社理事会

××××年×月×日

理事长念完手中的决定，并没有听见预想的掌声。除了农贸社随行人员外，梁家疙瘩村的人一个个傻愣愣的，你看着我，我看着你。白川往前跨了一步，拉住梁老头的手说：“大爷，您的那张股金证农贸社给您兑了五百块钱，从今往后每月还给您发十元钱补贴呢。您今后的生活可就有着落了！”

梁老头突然扯开嗓子哭了一声：“爹呀！”就鼻涕眼泪地流了出来。半晌，他擦了擦眼泪，问：“小白同志，我不是做梦吧？”白川说：“大爷，是真的。”梁老头说：“我爹能闭上眼睛了。”

周围的人七嘴八舌地议论起来。有人问：“五百块钱有多少？”有人咂巴着嘴说：“梁家烧高香了！”还有人说：“老梁遇上贵人了！”

梁老头突然抓住白川的手，高高举起来说：“我梁富贵这辈子真的遇上贵人了，这个小兄弟就是我梁家的贵人。”

白川不好意思地连连摇手，躲到理事长的身后。

庙湾镇农贸社会计把一沓厚厚的票子递给梁老头，梁老头迟疑着不敢伸手去接。会计索性一只手抓住梁老头的手腕，另一只手把票子塞到梁老头手中。理事长说：“老梁，你把钱点一点，看五百块钱够不够？”梁老头狠劲地在地上跺了一下，往手指头上吐了口唾沫，一张一张数起来，连着数了几遍都没有数清。旁边有人笑着问：“老梁，见过这么多钱没有？”梁老头说：“没见过。”

这时候，从远处走过来一个人，径直走到农贸社一行人跟前，朝理事长伸出手说：“哎呀，你们可都是稀客。难为我认识你们，你们不认识我。”

梁老头说：“这是咱梁村长。”

理事长伸出手，握住村长的手说：“梁村长，到你们村上没拜见你，真是失敬了。”

村长说：“你们农贸社看不上我们这个小村子，寻常不到我们这儿来。今天弄这么大的动静，真是太阳从西边出来了。”

理事长说：“村长是批评我们哩。我们虚心接受，以后有啥事，尽管到镇上来找我。”

村长转过身，对仍然拿着一沓票子发愣的梁老头说：“甭高兴傻了，先给贵客们安排席口。”

理事长说：“我们就不坐席了，回去还有事。”

村长眼睛一瞪说：“真是瞧不起我们梁家疙瘩，吃顿饭的脸都不赏。别说你们农贸社，镇长跟书记到我们村上也不敢说不吃饭就走。”

理事长说：“我们不能犯纪律。”

村长说：“不搞好和群众的关系就是最大的犯纪律。”不由分说，他拉着理事长坐到一张桌子上，又招呼白川一行人也坐下。

待搞明白事情的来龙去脉，村长说：“最近你们农贸社搞扩股，吸收农民的闲钱。说实话，咱农民现在虽说没有太多闲钱，但家家都还有点儿备用钱。短时间不用，放到家里，怪操心。今天的事情，大家伙都看见了。回头我跟乡亲们动员一下，让大家把钱都存到农贸社去，到时候买东西，取着也方便。可你们得保证我们农民随用随取。”理事长说：“入股自愿，退股自由，这本来就是我们的原则嘛。”村长说：“今天老梁一下子领了那么多钱，不能供到神龛上，回头还让他存到你们农贸社去。”

梁老头孙子满月宴后的第五天，姚丽霞的采访报道见报了，稿子的题目是《一张股金证背后的四十余年兴衰史》。报道描绘了发生在老区庙湾四十多年前一段波澜壮阔的革命热潮，首次披露了一些鲜为人知的红色故事，详细记述了梁进财、梁富贵父子二人跌宕起伏的人生。当然少不了提到新时代改革大潮下，这张股金证在农贸社体制改革中修成正果，皆大欢喜。

《西部日报》在老田和姚丽霞的关照下，专门给红都县农贸社加印了一千份。秦理事长亲自安排各基层社打电话，要确保辖区每村分十份报纸。又让人跟县广播站联系，要求把这份报道作为本县新闻连着播了几遍。

红都县委书记给秦大明理事长打来电话，对县农贸社工作提出口头表扬，指出农贸社的改革就是要以农民群众的欢迎程度来评价成功与否，并希望县社深化改革，继续当好全省改革典型，为老区争光。

梁老头家获得了高额股金回报和后续退休补贴的事，像旋风一样刮遍了红都的村村落落，梁家无疑像中彩一样，被渴求过上好日子的农民们津津乐道。同时，一个概念也在农民中树立起来：农贸社是共产党的农贸社，跟着农贸社，致富有希望。

白川坐在窑洞里，认认真真地把报道看了两遍。他能感觉出来，报道通篇饱含着作者的生活激情和工作热情。对于这张股金证的发现过程，他并没有跟姚丽霞讲述与梁老头最初接触时的情景，但姚丽霞却在文中准确地反映了当时他的行为与心态。通篇文章虽无华丽的辞藻和腻歪的煽情，却让人读起来浮想联翩，犹如置身其中，高潮迭起，催人泪下。尤其是梁老头孙子满月宴上股金兑付的那一段，姚丽霞虽然只是在电话里大概了解了一下那天的过程，但却像亲身经历过一样，写得如此生动。说实话，在白川前年刚从看守所出来，读到写他的那篇报道时，多少还有些不以为然，他认为那不过是文人所谓的“源于生活、高于生活”的伎俩而已。而今天读着姚丽霞的这篇新作，他着实有了一种震撼的感觉。同样的面对，同样的经历，为什么在她的笔下，既无任何虚构，也无多少夸张，却能让人血脉偾张。他的脑海里又浮现出那天在县农贸社会议室讨论会上的情景：姚丽霞以自己独到的见解，摆事实讲道理，声音不高，侃侃而谈，娓娓道来，一副娇美相却不失巾帼气质。白川被这位尚未有过多少交往的女子深深折服了！

红都县农贸社的扩股工作，很快热火朝天地开展起来。农民们的入股热情一浪高过一浪。县城内的工商银行、农业银行和信用社各网点出现了排队取款的情景，而不远处的农贸社则出现了排队交款的场面。有的偏远基层社给县社打来请示电话，说有邻县的群众要实名入股。秦理事长表态说不能接受，因为农贸社的社员是以行政区划认定的，改革不能走偏。当然，如果外县农民愿意在本县农民名下隐名持股，农贸社不宜拒绝。

为了确保工作力度，秦理事长又召开班子会议，决定在机构上加强一下。其后，县社成立了农民股金调配中心，各基层社成立了股金服务部。

就在上上下下对农贸社工作一片叫好的同时，红都县人民银行、工商银行、农业银行、农村信用合作社等几家金融机构却发出了与众不同的强烈反响，纷纷指责农贸社破坏了正常的金融秩序，引起社会混乱，并分别向各自的上级行社行文反映，请求自上而下纠正这种错误。

一方面是来自政府、社会机构、新闻媒体的叫好声，一方面是来自金融部门的质疑声。最后，有关权威部门发声：既是试点，胆子就放大一些。

省农贸社在红都召开体制改革现场座谈会，除本系统各地市、县领导参加外，还盛邀了农口、改革口、商业口、粮食口以及各类媒体到会指导。会议达成共识：红都农贸社的体制改革经过试点的实践，证明是成功的，改革就是要以敢为天下先的精神，大胆地试吃“螃蟹”，不要怕犯错误，不要怕触犯个别部门的利益。改革就是要打破过去的条条框框。检验改革成功与否的标志只有一项，就是农民是否得到实惠，是否满意。这就叫不管白猫黑猫，逮住老鼠就是好猫。摸着石头过河，在探索中前进。

霹雳火秦大明理事长代表红都县农贸社，发表了气势磅礴的表态发言。他自我肯定体改取得了初步的成就，并放言这只是万里长征走完了第一步。下一步，要让农民的股金大幅度地投入运营，要在扩大经营范围和服务领域上做大做强，要突破传统的商业界限。计划下一步建造水泥厂、烤烟复烤场、果汁加工厂、副食生产厂，要在各乡镇办起有特色的农贸社医院、牲口医院、庄稼医院，还要立足于红都县的县域特色，发展农贸社的红色旅游，还要尝试挖掘红都地下丰富的各类矿产。

一场大爆炸式的改革，由霹雳火秦大明点着了引信。

第六章

蹲点结束后，白川又回到了汉京城。

屈指算来，白川在红都待了两个多月时间。离开汉京城时，还是春寒料峭，回来时，已有些夏天的味道。大街上，俊男们已经穿上了衬衣，靓女们已经套上了花花绿绿的裙子。沿街的小摊上摆出了时令水果杏子和桃子，卖冰糕的声音此起彼伏。省农贸社旁边的一所中学正在举办学生运动会，学生们集体呐喊出的“加油”声震耳欲聋。

回到省社，一个消息让白川吃了一惊：总务科长韩浩平出事了！

三天前的中午，中城区检察院来了两个穿制服的人，从总务科办公室带走了韩浩平。韩浩平一离开，院子里炸了锅，不知是巧合还是有人有意而为，省社的大门外响起了一阵鞭炮声。待门卫出门探看究竟时，只见一堆纸屑在地上冒着硝烟。

有人说韩浩平在采购办公用品时开了假发票，多报冒领；有人说韩浩平吃了回扣；还有人说韩浩平办会时采买了假酒，构成了玩忽职守。说法不一，各种版本都有。但在人们交流传言的时候，大部分人脸上都流露出幸灾乐祸的神情。

晚上回到宿舍，孙鸣飞甚是神秘地对白川说：“韩浩平出事，我总觉得跟马老师有关。”

白川问：“你是说马兰花，她不是已经退休了吗？”

孙鸣飞说：“上个礼拜马老师来机关领工资，我在院子里碰上她。我俩正说话时，韩浩平走过来，马老师看着韩浩平的背影说，看那张狂的样子，蹦跶不了几天，早晚得进局子里去！这没几天韩浩平就出事，能这么巧合吗？”

中城区人民检察院举报中心是在收到一封匿名举报信后，对韩浩平展开调查的。举报信举报韩浩平利用职务之便，私自将农贸社饲养基地的肉牛，卖给本市个体牛肉作坊，获利上万元。检察机关根据举报信提供的交易下线，很快找到了牛肉的购买者，提取了相关收款条据，人赃俱获。在正式接触韩浩平后，几乎没费周折，韩浩平的心理防线一触即溃，一口气交代了来龙去脉。检察院迅速办理了立案手续，很快对韩浩平逮捕羁押。

被关押在中城区公安看守所的韩浩平情绪低落到了极点。他没有想到自己对检察机关毫无保留的坦白与说明，竟然给自己换来了正式的逮捕措施。他是个很要面子的人，更是个很要强的人。他明白，这下一辈子算是玩完了。他几次想自杀，但在看守严密的监所，他无法找寻到没有痛苦的自杀方式。绝食或者咬舌自尽，他又担心自己缺乏耐力半途而废，既丢面子又遭罪。

韩浩平回想起自己被检察机关定为犯罪的事情，总觉得着实冤枉。

事情得从头说起。

秦巴山腹地有一片高山草甸，方圆大约五十平方公里，原来是部队的军马场。红火的时候，这里饲养着上千匹优质军马和数不清的牛羊。不知从何时起，部队撤销了骑兵建制，军马失去了用场，部队遂将军马场交给地方。从此，军马场虽仍沿用过去的名称，却褪尽了往日的辉煌，沦为无人管理的自由牧区。因为这里远离市井，又无住民，有些具备条件的大企业就在这里办起了自己的养殖场。省农贸社多年来就有为机关干部提供高福利的传统，夏季有黄河滩上的专供西瓜，秋季有品种不断变换的苹果酥梨，冬春季节则保证牛羊肉不断。军马场停办后，当地的农贸社瞅准时机，招兵买马，办起了一个畜牧场。因为资金短缺，畜牧场向省社提出资金扶持申请。省农贸社在提供贴息贷款的同时，顺带提出了一个条件，要求当地农贸社畜牧场每年为省农贸社提供一万斤牛肉，以保证机关后勤供应，省社承担相应的饲养成本。

随后的两年时间，牛肉确实保证了供应，肉质也不错。可每到年底结算时，那个畜牧场的一大摞开支票据，却成了省农贸社财务部门一个头疼的问题。草料款、防疫费、饲养员工资费、运费、屠宰费，七算八算，省社当成福利的特供牛肉成本摊下来，竟比市场上的牛肉价格要高出许多。省社虽然有钱，但用于后勤的经费却不敢轻易跟业务资金沾边，想提高职工的供应价格，只怕是找骂。想终止这种吃唐僧肉似的合作，又舍不得知根知底的放心肉。没奈何，省社决定自己找人直接经管牧场。

这件事情自然由总务科负责。总务科长韩浩平在军马场住了一个礼拜，把畜牧场的经营管理搞了个明明白白。他着手从原委托代养的畜牧场分出了一百头牛崽，按市价付了款，又把原军马场一处废弃的马厩改成牛舍，聘请了在当地已从业多年的两个新疆籍牧民为饲养员，就挂起了省农贸社军马场畜牧基地的牌子。

却说这军马场毕竟天高皇帝远，省社畜牧基地的养殖规模又实在小得可怜，韩浩平一年四季去不了几次，整个基地的事情都是两个饲养员说了算。这一年的秋天，韩浩平去畜牧基地时，意外地发现省社的牛舍里多出了五十头肉牛。他急问端详，饲养员笑着说：“是给别人代养的。”大为光火中，韩浩平追问牛主人是谁。饲养员吞吞吐吐地说，是他们自己捎带着养一批牛，增加个人收入。韩浩平问他们公私如何区分？饲养员说：“公家的牛屁股上都烙着记号，错不了。”韩浩平痛斥饲养员吃官饭干私活儿。饲养员却做起了韩浩平的工作。饲养员说，放牧有讲究，牛群越大牛越好养，既少得病，又好长膘。再说当个饲养员虽是吃官饭，却是一直饿肚子，一个月几十块钱的工资，实在划不来。现在虽说是干私活儿，却没误公活儿，两相兼顾哪头都不吃亏。看韩浩平余怒未消，饲养员又提出私养的部分收益，可以算韩科长一份，三个人三一三剩一。一来二去，韩浩平心里活泛了，半推半就地被饲养员拉下了水。

如此几年过去，神不知鬼不觉，韩浩平在兢兢业业经管公家畜牧的同时，与饲养员联手，做着自家的小买卖，公私兼顾两不误。省社的牛肉供应依然保质保量，且成本确实比过去委托别人养殖时低了许多，领导和职工都说韩浩平有功劳有苦劳。最要紧的是，韩浩平心里明白，这项经营给他带来的收入远远高于自己的工资。这个灰色的副业，滋润得他常常在梦中笑醒。

为了能保守秘密，韩浩平一直严格约束饲养员，必须把私养的肉牛销往外地。偏巧半年前，一家外省客在购买了韩浩平等人的牛后，不承想运输途中出了车祸，司机当场死亡。牛贩子无奈之下，把车上的活牛、死牛、受伤的牛，一股脑卖给了汉京市回民坊来军马场采购肉牛的贩子。因为有几头牛在车祸中死亡，买家担心检疫管理所要证明，外省客随手掏出了省农贸社军马场畜牧基地的销售证明连同付款凭证等。汉京的买家捡了便宜，回家后少不了四处显摆。可巧的是，买家是有着百年历史的老字号牛肉店老板，老板正是省农贸社退休职工马兰花外甥女的公公。风声传到马兰花耳朵里，一股正义之气油然而生。想想韩浩平在省社借着他老岳父的余威神气活现的样子，想想那一次为了年轻人白川的事求韩浩平时，韩浩平那副阴阳怪气的德行，马兰花只觉得不与坏人坏事做斗争，有负一个几十年社龄老职工的责任心！随后，一封举报信带着马兰花疾恶如仇的情感，飞到了中城区人民检察院举报中心。

韩浩平初时被叫到检察院时，检察人员让他自己回想一下做了什么对不起组织的事。他绞尽脑汁想了好长时间，觉得没有犯什么大事。他除了平常托门子走关系，要几个紧俏商品特供票，偶尔在外边吃吃喝喝报销几张发票外，真的没干过啥违法乱纪的事。他独独没有想到畜牧场私养肉牛的事儿。当检察人员提示他在军马场畜牧基地管理中是否有不可告人的事情时，他稍稍有些吃惊。他不明白那么远的地方发生的事情，怎么能惊动中城区检察院。可他很快又镇定下来，以他的认知，这只是一件不能让别人知道的不算光彩的事情。他韩浩平一没偷，二没抢，三没贪污公家财产，他只是利用工作的便利搞了点副业而已。何况，这种状况在一定程度上，真的是为了扩大牛群规模，于公于私都有利。他坦然地告诉检察人员，说自己顶多是犯了向组织隐瞒实情的错误。检察人员带着安慰性的语气给他说，不管是啥错误，只要讲明白，就是好同志，讲明白后就可以回去了。韩浩平还提出能不能在检察人员送他回农贸社时，给他适当采取措施消除影响。检察人员说尽量满足。可韩浩平没有想到，他痛痛快快说明来龙去脉后，换来的结果却是立即被逮捕。

为了能争取对韩浩平的宽大处理，韩浩平的妻子魏秀琴把家里的积蓄全部拿出来，又找自己的父亲求援，总算凑齐了八千元赃款，交给了中城区检察院。

在副省级的位置上退休、已赋闲在家的前农贸社魏理事长得知自己的宝贝女婿犯事时，气得立马心脏病发作。被老伴和保姆手忙脚乱救醒后，他坐在沙发上长吁短叹了大半天。老头子一辈子铁骨铮铮，叱咤风云，自视从没干过让人指脊梁骨的事情，单单就是这个娇生惯养的女儿寻死觅活地嫁给一个不成器的司机，让他当年觉得蒙羞。而今这一出戏，让他一世英名毁于一旦。

以泪洗面的魏秀琴搂着自己五岁的女儿，跪在父亲面前。魏秀琴说：“嫁鸡随鸡，嫁狗随狗，韩浩平好赖是我的丈夫，是你孙女的父亲。再说，他在外边倒腾，挣下的钱还是交给了我。要说有罪，我也是罪人。”老理事长看着女儿的样子，又想起多年前这个冤家为嫁韩浩平服药相逼的情景，心里在骂女儿自作自受。魏秀琴一看父亲无动于衷，干脆把头在地板上磕得咚咚响。五岁的女儿吓得哇哇大哭起来。老理事长把外孙女往怀里一搂，几滴浑浊的老泪落下来，手朝着女儿挥了几下："你滚吧，你滚吧！横竖我这张老脸不要了，让我想想办法。"

这天，王副理事长把白川叫到他的办公室，询问白川在红都蹲点期间的情况。白川简略地汇报了试点中的工作进程，又强调说县社秦大明理事长是一个敢说敢干雷厉风行的好干部。王副理事长说："这些事，我都知道一些。我要说的是你的工作干得很出色，省社在红都开座谈会时，红都的同志上上下下对你反映很不错。省社的领导很满意。你是年轻干部，前程无量，可一定要再接再厉呀！"白川有些不好意思："我只是干了我应该干的事情，县社的同志很支持我。"王副理事长说："在一个新的环境，能和同志们打成一片，这就是能力。"白川认真地点着头。

王副理事长说着，话锋一转："咱们省社韩浩平的事，你听说了吧？"

白川不明白王副理事长为什么要给他提这件事，有些迟疑地点点头："听说了。"

王副理事长看着窗外，若有所思地说："韩浩平犯了法，应该受到惩罚，但他毕竟还是我们的职工，我们要想法子让案子处理得合理一些。"王副理事长把目光转向白川。

白川仍然不明白王副理事长的意思，保持着严肃的表情没有说话。王副理事长又说："你是汉京大学法学系毕业的学生，听说你们学校有个周老师，外号叫'周铁嘴'，办了好多辩护案子，没有一个失败的。你能不能找一下你们的老师？"

白川这才明白了王副理事长的真实意图。

这个外号"周铁嘴"的老师大名周华安，是刑法教研室的主任，寻常的教学实践就是担任刑事案件的辩护律师，加上省内公检法各部门桃李满天下，学生们办案时，老师的辩护观点就不免成了金科玉律。成功的辩护案例多了，名声就大了，身价也高了，一般的案子也懒得接了。白川跟周华安老师不算太熟。他脑子里飞快地把学校与自己有交集的教职工筛了一遍，觉得还是通过辅导员老师搭桥去找周华安比较有把握。

想着这些，白川试探着对王副理事长说:“您是让我去找周华安老师，让他出面替韩浩平辩护？”

王副理事长说:“我就是这个意思。”

白川说:“那我马上想办法联系周老师。”

王副理事长又特别叮咛:“学生见了老师，可不能少了礼节。我这里有两条红塔山烟，给你老师拿去。至于律师费用，好说。”

白川回到办公室，四眼主任凑上来，近视镜片后的两只眼睛狡黠地眨巴着:“小白，王副理事长找你有啥事？”

白川从坐着的椅子上站起来，认真地说:“王副理事长让我找一下我们学校的周老师，想让周老师给韩浩平当律师辩护哩。”

四眼主任直起腰长出了一口气:“我就说领导有啥事情还越级布置工作，敢情这是私事。”

白川对主任的话有些不理解，依旧站着看主任那张表情复杂的脸。

四眼主任把一只手搭在白川肩上，往下按了按，示意白川坐下，意味深长地说:“王副理事长是韩浩平的老岳父一手栽培的。韩浩平当总务科长，是王副理事长投桃报李。这韩浩平一出事，王副理事长可是难堪了。一方面他提拔的人犯事，他难辞其咎，一方面给他的恩人老理事长没法交代了。”白川这下明白了事情的背景。

到了下午一上班，一个三十来岁的矮胖女人径直进了办公室要找白川。白川一看，是一个从未见过面的陌生人。

白川站起身说:“我是白川，你是……”

那女人说:“我姓魏……”

正说话间，四眼主任从门外走进来，一看见那女人，高声说:“嗬，小魏来了，可真是稀客呀！”一面又对白川说:“小白，你不认识，这位是咱们魏老理事长的千金。”又转向女人:“走吧，到我办公室坐一会儿。”

被称为小魏的女人嗫嚅着说:“我找白川问个话。”

白川这时候已经明白，来人是韩浩平的妻子。他起身找茶杯要去倒水，四眼主任拦住说："你们到我办公室说话，人少些，清静。"

进了四眼主任的单人办公室。女人一落座，就抽抽搭搭地抹起了眼泪。

四眼主任倒了一杯茶水递给女人："小魏，你别着急，小韩这事情不是啥杀人放火的大事。再说，这几年小韩也为咱社里出了力，大家都看着哩，心里有数。领导也都很关心，想办法开脱哩。这不，王副理事长都把这件事情当成政治任务布置给小白了。"

四眼主任的眼神无意中与白川的眼神碰撞了一下，白川却实在看不出主任的眼神中是同情还是幸灾乐祸。

四眼主任看着女人，又用关切的语气问："你父亲他老人家还好吧？他一直心脏不太好，可别累着，别气着。"

白川打量着韩浩平的妻子。这是一个实在无法和美联系起来的形象。女人从上到下可以用一个"胖"字来形容。站着的时候，她的身高不过一米五五，从肩到腰一般粗细，两条柱子似的粗腿走起路来给人感觉两腿间的裤子随时可能被磨破；坐着的时候，沙发上似乎摞着一堆小山似的肉。再看她的那一张脸，像是一盆发起的面团，脸上布着几道横肉，眼睛细成了一条线。这是一副典型的长期营养过剩、养尊处优造就的皮囊。

白川对韩浩平妻子说："今天早上，王副理事长已经跟我交代过韩科长的事情，我会尽力而为的。我明早就去找我们周老师。周老师水平很高，又在公检法系统德高望重。他要是肯出马，韩科长不会有麻烦的。"

韩浩平妻子说："白川，我知道我家老韩做过对不起你的事，你可千万别记恨他。"

白川站起来说："你说的这是哪里的话？过去的事情是一场误会。我们都是男子汉，谁会小肚鸡肠？再说我跟韩科长一起办过会，有交情哩。"

韩浩平妻子抹了一把眼泪："你这么说我就放心了。回头让老韩出来好好谢你。”

第二天一早，韩浩平妻子魏秀琴和白川相约在汉京大学校门口见了面。白川把王副理事长给他的两条红塔山香烟交给魏秀琴，让魏秀琴一会儿直接送给周老师。

离开母校两年了，白川明显地感觉出变化。图书馆旁边已经竖起了一栋七层大楼，脚手架围着的楼里传来乒乒乓乓的敲击声，几部吊车的摇臂在空中来回摆动着。白川刚进学校时住过的平房宿舍已被拆除，地面上深陷着一个巨大的作业坑，几部打桩机在坑底轰鸣着。往日只有学生们穿行的校园马路上，这会儿满是拉运渣土和建筑材料的卡车。路边的灌木行道树被灰尘涂成白色，空气中飘浮着呛人的味道。

白川没费多大周折找到了辅导员老师。说明来意，辅导员老师说：“周老师最近正在筹建律师事务所，忙得不亦乐乎。”停了一下又说：“周老师是个热心人，保不准他会出手相助的。”说着话，辅导员带着白川和魏秀琴敲开了刑法教研室的门。

周老师是汉京大学老三届毕业生，“文革”结束后调回母校任教，担任刑法教研室的主任。在教学之余，周老师还担任多项社会职务，最主要的兼职是省司法厅法律顾问处的特邀律师。几宗案子辩下来，他成了法律顾问处坐头把交椅的律师。

白川看见周老师，弯腰鞠了个躬说：“周老师好！”

周老师扬起清瘦的脸庞，卸下花镜，看着白川，用眼神询问白川是谁。

辅导员老师说：“周老师，你记不得了，这是咱七九级的毕业生白川，分到省农贸社了。”

白川说：“周老师，您给我们班教的刑法学和犯罪心理学。”

周老师突然一拍后脑勺：“想起来了，想起来了，你是你们班的那个生活委员。”

白川说：“周老师您好记性。”

周老师眼光停在白川身后的魏秀琴身上，爽朗地说：“这学生毕业后找老师，不是找事，就是找茬。白川，你找我是找事还是找茬？”

白川不好意思地说：“周老师您还是那么幽默，学生我真是给您找事来了。”

白川把韩浩平的案子以他了解的情况大概讲了一遍，又强调说社里的领导安排他找周老师。白川的本意是想让周老师明白，省农贸社的领导很看重周老师。

白川却没想到，周老师不以为意地说：“白川同学，接不接案子，要看我们对案子的把握，评估我们介入的价值。律师的工作特点是表现在自我价值的实现上，周老师从来不做官方的御用律师，你千万不要把这件事当成领导布置的任务来办。”

白川说：“老师，我明白了。”

魏秀琴说：“周老师，您是汉京城有名的大律师，您千万别嫌我家老韩这个案子小。我们家老韩真是冤枉。”说着，就把两条烟摆在周老师办公桌上。

周老师笑了笑说：“我戒烟了。”

周老师喝了一口水：“白川，你要让我接这个案子，我有个条件。”

白川说：“周老师，您说吧，啥条件都行。”

周老师说：“省司法厅长也是咱们的老校友，他前一段时间让我牵头组建一个律师事务所。后来，我给学校打了个报告。学校同意在咱们法学系设一个律师事务所，对外承接案件，对内作为教学实践基地。我最近正在筹办这件事情，确实有些忙不过来。你要真让我接这个案子，你得答应做我的助手。我带着你，咱们一块儿来做这个案子。”

白川说：“我没有身份，咋能协助您？”

周老师拉开抽屉，取出一张表格说：“咱们律师事务所正在招兵买马。你是法学系的毕业生，各项条件都符合。你把这份表格填一下，回头在你们农贸社盖个章子，我交给司法厅审查一下。”

白川没想到周老师这么轻而易举地动员他当律师。为了能让周老师顺当地接下案子，他犹豫了一下说：“那我以后得多麻烦周老师了。”

周老师抬腕看了看表，然后抓起桌上的电话拨了几个号码。一阵待机长音响过，周老师问：“是李检办公室吗？我是周华安……”白川隐约听见话筒中传出问候声。周老师几句寒暄后，问：“是不是有个自侦的案子？当事人叫韩浩平……对……家属来找我。我想介入一下……好，好……再见！”

周老师放下电话说：“白川，这个案子我接下了。你随后带着这个家属，到法律顾问处去办一下委托手续。至于费用嘛，我这里不管，去和顾问处财务谈。”

周老师把桌上的两条烟推给魏秀琴：“这烟你带回去吧，我不抽烟。”

白川说：“周老师，魏师既然已经拿来了，你就留下，送人也可以嘛。”

周老师把烟推给辅导员老师：“那就送给你吧。”

临告别时，周老师叮咛白川：“正经事别忘了，把那张表快点儿填好，随后给我送来。”

几天以后，白川以律师助理的身份随周华安到中城看守所会见在押的案犯韩浩平。白川故地重游，不由得感慨万千，看守所的布局和设施，依然是老样子，但白川的身份却发生了根本性变化。曾经的他作为专政对象，被关押在这里，忍受着生理与精神的双重折磨。而今，他却堂而皇之地以办案人身份，在这里提审人犯。更具讽刺意义的是，昔日他被韩浩平动用关系不光不彩地送进去，而今天他却半是受人指派半是仗义，不计前嫌，搭救曾经陷害他的人。真是世事无常。

身穿号衣、手戴铐子的韩浩平看见白川时吃了一惊。为了消除尴尬，白川用平和的语气和韩浩平打了个招呼。

韩浩平一屁股坐在为犯人设置的凳子上，张口就问：“白川，你来干什么？”

白川没有正面回答，伸开手掌指着周华安说：“韩科长，这位是省法律顾问处的周华安律师，来给你当辩护人。”

韩浩平看了一眼周华安，又对着白川说："你不要臊我，我已经不是科长了，我将来也当不成科长了。我知道我曾经做过对不起你的事，你今天到这里，会不会是看戏来了？看着我现在的狼狈样子，你心里该舒坦了吧！"

白川感到一阵气愤，但是他控制住自己的情绪："韩浩平，你真是小肚鸡肠，过去的事情难为你一直放在心上。那件事本来就是我的错，我真的没有记恨过你。至于这一次，是王副理事长给我安排的任务，你老婆和我一起找的周老师。"

一旁的周华安这时候说了话："韩浩平，你的妻子通过白川找到我，我本来是安排不出时间的。白川答应给我做助手，我这才接了你的案子。白川是我教出来的学生，在我眼里他品学兼优。你如果信不过他，我们马上和你妻子解除委托关系，让她给你另请高明。"周华安的目光与韩浩平对视着。

韩浩平没有说话，沉默了半天，把头抬起来，脸对着天花板，眼角流出了两行泪水。

周华安详细地询问了韩浩平私养肉牛的过程。白川在一边担任记录员。问完笔录，韩浩平认认真真地把笔录看了一遍，签上了自己的名字，按上了手印。他把食指上残留的印泥在鞋上揩了一下，抬起头问："周律师，你说我有罪吗？"周华安没有正面回答，但语气坚定地说："相信我们会努力，不让你受冤枉。但是，毫无疑问，你得为你的过错承担后果。"韩浩平似懂非懂地点了点头，又对白川说："谢谢你了，白川，来日方长。"

韩浩平回了监室。周华安对白川说："韩浩平这个案子是个可左可右的松紧案。我个人的感觉，本着疑罪从轻的原则，应当属于利用职务之便占公家便宜。现在，要设法搞明白韩浩平与两个饲养员饲养的肉牛到底占用了公家多少费用？"

白川有些不太明白："周老师，占公家费用怎么理解？"

周华安拍了一下白川的肩头："做律师一定要理顺案件中的法律关系。检察机关把韩浩平卖牛肉所得的钱都视作贪污的赃款，有一个问题耐人寻味。畜牧基地的牛实际上分为两类，一类是农贸社购买养殖的牛，一类是韩浩平私养的牛。而私养的牛最初并不是公家出钱购买的，在所有权归属上，它姓私不姓公。韩浩平等人处理姓私的资产，客观上并不侵犯公有权，只不过这些姓私的资产，在管护和增值过程中，借助了公有资源如饲料、防疫、人工工资等等。这些被借助的资源对应的费用，实际上就是被韩浩平等人私吞的公有资产。”

白川一下子恍然大悟：“周老师，真是百闻不如一见，您就是见解独到。”

周华安说：“实践出真知，我们在书本上学到的知识远远不够。”

“要查清案件事实，需要第一手资料。”周华安对白川说，“有必要去找一下那两个饲养员，把饲养的肉牛数量、购买来源、养殖费用、摊销方式落实清楚。”说到这里，周华安眼里露出鼓励的神色：“白川，我最近忙得不可开交，你能不能单独去一趟军马场？”

白川毫不犹豫地说：“周老师，就让我去！”

突然有人在背后擂了白川一拳。白川回头一看，却是一直没见面的苏春明。白川一边连忙握住苏春明的双手，一边给周华安介绍苏春明。周华安礼节性地与苏春明握了一下手说：“白川，我先回学校。改日你去军马场时，记着拿上法律顾问处的介绍信。”

周华安一走，苏春明又在白川的肩头上狠砸了几拳：“我说白川，你们农贸社衙门高，你架子大，我是高攀不起。打了一回交道，就再也见不上你人了。”

白川笑着回敬苏春明：“你们干公安的就是会给别人下马威。你要是心里还有我这个曾经的阶下囚，为啥就不能屈尊来看看我呢？”

苏春明突然眼睛盯住白川手里握着的案卷：“白川，你到看守所干什么来了？难不成还到这个伤心之处故地重游？”

白川说：“汉京大学正在组建律师事务所，我们周老师让我一起凑热闹，今天跟着周老师头一次实习。”白川有意隐瞒了韩浩平的案子，他不想为这件事给苏春明解释。

苏春明显出高兴的样子：“现在律师吃香了，可惜我学历太低。

回头我参加电大或函授，拿个本科文凭，跟你一块儿做律师算了。”

白川说：“你好好当你的警察，做律师的还不得看你们的脸色？”

苏春明脸色变得严肃起来：“白川，你说错了。时代在变化，权力的制约越来越严格，靠这身行头混日子，以后不灵了。”

“今天中午咱们一起撮一顿，我做东。”苏春明拍了拍上衣口袋，“我早上刚领了工资，四百二十大毛，该犒劳犒劳自己。”

白川说：“我来做东。”

苏春明说：“皇城根下刚开了一家川府人家，经营的是川菜，味道还算地道。咱们就去那里。”

两个人步行了几分钟进了川府人家。这家店开张时间显然不长，店堂里仍然飘散着淡淡的油漆味道。白川和苏春明找了个紧挨街面落地窗的位置坐下来。一番推让之后，苏春明拿起菜单点了四个菜：一盘夫妻肺片、一盘蒜泥黄瓜、一盘鱼香肉丝、一盘麻婆豆腐。白川说：“不错，两凉两热，咱春明也算是美食家了。”苏春明说：“你我聚一次不容易，还得喝点儿小酒。”又要了一瓶二锅头。

“前一次我和马明阳还说起你，他让我见到你时捎个问候。”苏春明说。

白川问：“马明阳还在看守所吗？我还想着今天能不能碰上他。”

“明阳去深圳了。前段时间，深圳特区在汉京城大张旗鼓地招人，我们局里一大批人应招去了那里。听说明阳到那边一个区公安局做户籍警了。”苏春明又像是自嘲似的说，“能干的人都寻高枝了，孔雀东南飞，剩下的不是乌鸦，就是麻雀。可惜我没有兄弟姐妹，父母死活不肯放我离开，只能在老窝守着庸庸碌碌。”

白川说：“明阳是个好人，有良知，他到哪里都会干出一番事业的。”他看了看苏春明，又说：“天生我材必有用，不见得非得到特区才能施展拳脚。我们留在汉京，照样能干出一番事业！”

忽然想起了方鸣，白川问：“你们方副教导员还在吗？”

苏春明脸上显出了一闪即逝的不屑：“方副教导员高升了。”

“升正职了？”

苏春明说："在花池街派出所干了几年副职，总也扶不正，跟所长关系处得一般。今年初，局里新成立了缉毒大队，调过去做大队长了。"

白川问："缉毒大队主要干啥？"

苏春明答道："对贩卖、运输、藏匿还有吸食毒品的犯罪行为进行侦查打击。现在社会上毒品有些泛滥，改革开放把海洛因、大麻也都带进来了。缉毒大队一成立，好多人撞破头往进挤，那里是肥差。"

白川嘴里"唔"着点了点头。

"我的工作也快变动了，"苏春明说，"局里原来有个临时机构叫打击经济犯罪办公室，简称打经办。现在要正式组建常设机构，自上而下设立经济犯罪侦查部门，分局设立经侦大队，正在招兵买马。我前几天已经报了名，听所长说，局人事科已经同意了。"

白川说："挺好的，我觉得这个部门应当是一个业务性很强的机构，可以锻炼人。"

苏春明说："你说对了，我就是想给自己提出挑战。"

菜上齐了。苏春明给两个酒杯中斟满酒，率先端起一杯对白川说："你我二人在特殊的过程中结识，相处时间不多却情同兄弟。让我们共同喝了这一杯酒，日后成为永远的知己！"

白川想起两年前与苏春明在派出所那个非同寻常的夜晚，有些动情地说："你我二人出身不同，背景不同，论理你条件比我优越得多，可是你在我人生最黑暗的时刻伸出了友谊的手，此情终生难忘！"

苏春明说："这叫缘分。"

"谈谈你的感想吧，"苏春明说，"该你说一说这两年的收获，有些啥值得骄傲的事，也让我分享分享。等以后你当上了处长、理事长，我这个朋友也是你一路上的见证人。"

工作两年多时间，白川其实有很多感受，他也需要有知心朋友进行沟通，但却似乎一直没有合适的对象。寻常与孙鸣飞在一个宿舍，他总觉得在内心深处，有一道说不清的隔膜，甚至彼此有一种相互揣摩寻找话题，或刻意回避某些话题的感觉。机关里边的其他同事，不管是自己的上司四眼主任，还是表面上对他亲热有加的同事们，除了工作上的接触，他永远不知道别人的内心世界。有时候他看着别人就着一杯茶，把一张报纸的某个版面，从早上八点上班一直看到中午十二点下班，他真不知道报社搞校对的编辑会不会有如此的耐性。步入社会后，他觉得遇到的唯一知己就是忘年交老田，可老田毕竟与他不在同一部门，不在同一年龄段，他不可能与老田无障碍地进行心际交流。在红都下乡的几个月，他有一种植根社会的感觉，可又有些像水上浮萍一样飘忽不定。今天，与苏春明坐在一起推杯把盏，他一下子有了不吐不快的欲望。

白川一口气把他分到政策研究室、参加省委省政府农村工作会议、为全省农贸社理事会起草文件、下乡到红都参加体制改革试点的工作内容通通讲了一遍。谈到举办会议的奢靡，他流露出不解；谈到机关人际关系的微妙，他发出感慨；说到红都轰轰烈烈的改革，他表达出喜悦。

苏春明认真地听着白川的叙述，偶尔插嘴问几句。待白川停下来的时候，他举起杯说："白川，我能感觉到你已经适应了目前的工作状态，该祝贺你。"两个人把酒一饮而尽。

端着空酒杯在空中摇动着，苏春明眼神中流露出一丝惆怅，像是对白川，又像是自言自语地说："我参加工作四年多了，刚开始的热情劲儿，不到一年时间就消退了。我现在最苦恼的事情是缺乏职业荣誉感。你知道吗，除了工作的时候，我平常不太愿意穿警服。有些时候，我甚至羞于让人知道我是干警察的。"

白川有些意外："怎么会这样，干警察不是挺好吗？"

苏春明不屑地撇了撇嘴："挺好？你当时被送进看守所的时候，觉得警察好吗？我原本心目中的警察是社会正义的卫道士，除暴安良是警察的唯一职责，但工作一段时间后，才发现自己太天真了。很多时候，我们正办的案子，上头一个指示，案子就得停下来，忍看坏人逍遥法外。有时候，我们又不得不按照领导的意图，干扰本来完全正常的社会活动。再说，我们这个队伍里不乏心理阴暗的人，为了私利不惜中伤陷害别人。有时候，我真有一种羞与为伍的感觉。"

白川说："你说得有些偏执。哪个行当都会良莠不齐，警察队伍中大多数是好人，马明阳是好人，你苏春明也是好人！"

"工作中我总有一种孤独感，"苏春明说，"在我们小小的派出所，几乎每个人都有自己的圈子，每个人都有自己的势力范围。我就像置身在寂静的战场前夜，周围满是看不见的碉堡，谁知道啥时候哪个角落会喷出机枪火舌？"

"打仗的时候，是敌对的双方相互厮杀。我们不树敌、不结盟，做一个和平的红十字战士，就没有人瞄准我们了。"白川说着，忽然觉得自己的话有些牵强。他转了个话题："春明，你喜欢交朋友吗？"

"我从小随父母在大学校园里长大，父母都是知识分子，管得比较严，不太喜欢和人拉扯，对别人的所作所为少不了有些挑剔。这一年多来，我一直怀疑自己是不是选错了行当，我似乎还是应该去干一些自我性较强的工作。"苏春明情绪有些低沉地说。

"我不同意你的看法，"白川说，"我和你恰恰相反，从小吃百家饭长大，村子里的大人们都是我的长辈，小伙伴都是我的朋友。"白川从苏春明手里拿过酒杯，倒上酒，放到苏春明跟前："人的特点就在于群体性，大家相互之间交往配合，不管是社会工作还是个体性较强的工作，都离不开协作，只不过协作的方式不同而已。你非得众人皆醉我独醒，实际上是自己跟自己过不去。人的乐趣一定程度上在于责任分担和幸福共享。就说咱俩今天在一起小聚共酌，是多惬意的一件事，强似你一个人躲在角落里喝闷酒。所以，我说你还是要调整好自己的心态，对符合自己价值观的人，热情地去交往；有违自己价值观的人，大不了，敬而远之，必要的时候也需要适当斗争。"

苏春明轻轻地点了一下头："你说得对。"

看着苏春明的表情，白川突然意识到自己的言论有些尖刻，毕竟他与苏春明交往还不是很深。他担心刚才的一席话引起苏春明内心的不快，就又转了一下话锋："其实我谈的不过是我自己的一些体会而已。参加工作后，我结交了一个报社的老同志，对我的帮助实在不小，让我真切地感受到，这种情分其实是一笔宝贵财富。"白川把老田给他出主意写会议材料和红都派记者宣传改革的事情讲了一遍。

说到红都，白川又想起了姚丽霞。他情不自禁地对苏春明说："我做梦也没想到，老田接到我的信后能派记者到红都去，而他派去的那个女记者的工作风格、工作效果又是那样出色。"白川绘声绘色地把姚丽霞的采访过程和那天座谈会上的情景描述了一番。

苏春明听着听着，嘴角上浮出笑意。他问道："你是不是对那个女记者有些倾慕？"

白川说："爱美之心人皆有之，她身上表现出的不凡特质让我钦敬，让我欣赏。我有与她交往的念头。但要说是倾慕，就有些俗了。"

苏春明又说："听你给我的描述，虽然你没有说出她的名字，但是我猜她叫姚丽霞。"

白川从凳子上弹起来，睁大了眼睛，吃惊地问："你怎么知道她的名字？"苏春明说："你坐下，我慢慢告诉你。"

"姚丽霞是我的表妹。"苏春明一字一顿地说道。

白川惊讶地张大了嘴巴："这世界真的这么小。闹了半天，我给你吹嘘你表妹。"

"她是我姨妈的孩子。"苏春明说，"你还记得我曾经跟你说过，小时候最开心的事情，就是到姨妈家和表姐表妹一起玩。我姨妈就两个女儿，大表姐叫娟子，表妹叫小霞，就是让你欣赏的这位姚丽霞。"

"怪不得我第一次见你表妹时就觉得在哪里见过她，莫非她长得像你？"白川想起在老田办公室第一次看见姚丽霞的情景，那种似曾相识的感觉实在是真真切切！

苏春明笑着说："男人见了漂亮的女人，总会给自己的失态寻找借口。我可从来没听人说过我跟我表妹的长相有相似之处。"

"你表妹一定受过良好的家庭教育，我能感觉出，她身上有着丰富的家风积淀。"白川既是称赞姚丽霞，也是对苏春明的一种溢美，毕竟他们同属有着血缘关系的大家族。另外，白川也想知道姚丽霞更多的情况，但他又不好意思直截了当地问苏春明。他借着这种赞美的方式，拐弯抹角地提示苏春明。

“我知道，你想深度了解我表妹。”苏春明猜透了白川的心事，“我姨父是高级知识分子，学金融的，‘文革’前的大学生。姨妈是银行职员。姨父大半辈子都在研究所搞科研。我姨父一心想让自己的两个女儿继承父业，在科研领域发挥价值。可事与愿违，表姐和表妹从小就腻味数理化，偏偏喜欢文史地理。表姐喜欢旅游，喜欢到田野上去，喜欢看山看水。小时候，一到礼拜天，她就带上我和小霞去郊外放风筝、挖野菜。小霞更不省心，哪儿人多往哪儿蹿，吹糖人的、卖泥哨的，她在摊子前一站就是半天。娟子姐说小霞是假小子。后来，她们姐妹俩都给自己寻找到合适的职业。娟子姐先是到铁路上当列车员，成天东奔西跑，因为表现好，被推荐上了大学，在铁道学院当工农兵学员，毕业后，还回到铁路上。小霞考上师范学院的两年制专科，毕业后分到报社干了记者。用小霞的话说，她从姨父和姨妈营造的封闭家庭中飞了出去，社会有多大，她的舞台就有多大。到现在她还经常开导我，要对身边发生的事情多思考，多留心。”

“怎么样，你想知道的我都告诉你。”苏春明显然很乐意把姚丽霞的情况介绍给白川。看着白川若有所思的样子，苏春明突然似有所悟:“哎，说到小霞，我突然感觉你们两个人的性格有很多地方相似。”

白川回过神来:“她是做记者的，跟我们想问题做事的风格都不一样，没有什么相似的地方。”

苏春明说:“同样的社会，同样的场景，你们俩看到的多是阳光，多是欢快，你们置身其中，很快能找到发挥自我价值的平台。而我却不一样，我看到了那些丑恶现象，常常愤愤不平，不能自拔。”

白川觉得苏春明这番话是对的。的确，姚丽霞的身上充满了活力，她的言谈与举手投足之间都富含感染力。她可以用自己的言行调动起各种身份、各种阶层的人积极向上地投入到她所倡导的事业中去。而这一点正是白川欣赏与推崇的。白川心里寻思，原来不同的家庭背景，不同的教养环境，竟然能够成长出性格志趣契合的人。

“你妹妹也算是我人生中的贵人了。”白川围绕前年那篇报道发生的事情，把他与老田、姚丽霞的关系说给苏春明。

等到白川说完前后过程，苏春明恍然大悟："怪不得前年所长直接把案件从方鸣手里要过去，直接审查把关。我当时只是隐隐约约听说农贸社领导找了省公安厅厅长，厅长一竿子插到底过问案件，原来有这么一档子背景。也怨我，那阵子太忙，竟然没有读到我表妹的大作。"

苏春明说："人和人之间有一种说不清的缘分，咱们俩之间就有缘分。我头一次见你的时候，你在我的眼里就不是坏人。方鸣在案子办理过程中的所作所为，虽然难说有什么违法违纪的事情，但我却有一种本能的心理排斥，这可能就是咱们的缘分在起作用。你和我表妹没有见过面，就能成为她笔下活灵活现的勇士。这不是缘分是什么？"苏春明往两个酒杯中又斟满了酒，举起杯与白川碰了一下："为了咱们的缘分，喝起来！"

"你和娟子姐、小霞参加工作后还常聚吗？"白川问道。

苏春明却笑着伸出手掌，做了个拒绝的姿势："白川，你不够意思，今天我们两个难得聚在一起，是想叙叙旧，交流工作生活感受，这大半天却只剩下一个话题了。你要再问，我就得收取情报费了。"

白川有些尴尬地举起杯子喝了一口酒说："我自罚一杯。不谈你表妹了。你说说下一步你到经侦大队打算咋样施展拳脚？"

"我还是特感动我们之间这种缘分，"苏春明又把话题转回来，"要不然哪天我约上小霞，咱们一起出去玩一玩？"

白川说："你们兄妹一起，我跟着瞎凑合，合适吗？"

苏春明笑笑说："白川，你跟我玩深沉。"

按照周老师的安排，白川在省法律顾问处开具了调查介绍信，做好了去军马场调查饲养员的准备工作。这天吃完晚饭后，他正坐在宿舍的床头前，在稿纸上写调查提纲，孙鸣飞满面春风地从外面回来，照例又是对着门后的镜子自我欣赏半天，嘴里哼着轻快的小曲。这一段时间，孙鸣飞发生了一些明显变化，一方面表现出高涨的激情，无时无刻不洋溢着欢快与陶醉的气息，尤其是在个人仪容仪表上，始终保持着一尘不染的状态；另一方面，他呈现出了前所未有的学习热情，他的床头，层层叠叠摆放了许多业务书籍，范围涉及商业、流通、营销、金融等领域，他甚至把白川在大学读过的法律专业教科书，也恨不得囫囵吞枣地浏览一遍。对孙鸣飞的变化，白川只当是孙鸣飞在工作实践中认识到知识的价值。

知道白川将外出为韩浩平的案子奔波取证时，孙鸣飞有些不以为然地问道："白川，你觉得为韩浩平这样的人操心劳神，值吗？"

白川回答说："周华安老师已经安排我做了他的助理律师，我现在做的事情，从一定意义上来说是对法律负责，是对我的身份负责。别说韩浩平，就是换成李浩平、王浩平，我也照样得认认真真地做好每一个环节的工作。"

孙鸣飞说："一个人做任何事情，不可能不跟自己的情感好恶产生联系。想想当初的韩浩平，十足的得志小人一个，他害得你在看守所待了那么长时间，现在他犯事，纯粹是报应。我觉得高兴都高兴不过来，哪里还有心思去帮他。"

放下手中的笔，白川盯着孙鸣飞半晌没有说话。他对孙鸣飞这番言语无法认同。他甚至觉得，作为一个受过高等教育，现在又有一份体面工作的孙鸣飞能说出这番话，实在不合身份。

孙鸣飞看出白川的心思，用带有调侃的口气说："毛主席说，世界上绝没有无缘无故的爱，也没有无缘无故的恨。只有对爱的人或事，才有动力想方设法把事情做好。对于让人憎恨的人或事，顶多不得已而为之，应付一下就行了。"

白川说："有的时候，人更应当以自己的责任作为出发点去做事。我既然受王副理事长的指派找到周老师，又答应周老师做他的助理，不管韩浩平和我的关系怎么样，进入工作状态，我不能投机取巧。"

一提到王副理事长，孙鸣飞脸色有些异样："原来是王副理事长直接给你安排的这项工作，那我就明白了。"没过几分钟，孙鸣飞又来了精神，在房间里来回踱着步子，指尖搭在额头上，似乎是在心里认真分析。一会儿他说道："白川，我收回我刚才的话。对韩浩平这件事，你一定要抛弃前嫌，以忘我的状态把事情做得出色一些。你要明确这项工作的价值所在。你不是为韩浩平做事，你是为王副理事长做事。还是我刚才说的那个意思，我们的爱来自于对领导的敬重，这是我们做好事情的动力。你一定要珍惜这个机会。你想想，以我们年纪轻轻的小干事，能有什么机会和平台展示自己的风采？偌大的农贸社机关学法律的就你一个人，为了追求实效，你最好把你自己的办案设想、目标、工作方法给王副理事长写一个书面汇报，相信领导一定会有独到的见解。你再做出必要的修正，这项工作最终必然会达到事半功倍的效果。”

孙鸣飞显然是出于好心，一口气说了一大堆，但白川却听得不是滋味。

在王副理事长的关照下，省农贸社派出了一辆吉普车，随白川前往军马场。经过近一天的颠簸，白川到达军马场的时候已是黄昏。雇用的饲养员知道是省社的人来了，将就着在牛舍靠墙角落的土炕上，给白川和司机腾出了两个铺位。辛苦了一天的司机，看着窝囊的土炕，嘴上嘟囔着小声骂娘，但架不住疲劳，倒头后很快起了鼾声。两个饲养员正在为牲口铡草，咔嚓嚓的切草声音，伴随着群牛反刍的咀嚼声，与偶尔几声清脆的响鼻声交织在一起，形成了不绝于耳的原始交响乐。这种熟悉的场景，熟悉的味道，让白川感到亲切无比。他恍然有回到儿时生产队饲养室的感觉。

为了能够顺利地取得有价值的证据，白川决定暂时向饲养员隐瞒韩浩平被收监的情形。第二天一大早，他以省社工作人员的身份，要求饲养员介绍一下畜牧场肉牛饲养情况，尤其是费用开支。让他没有想到的是，饲养员开门见山地告诉他畜牧场里公家的牛有多少头，私人的牛有多少头。

白川问：“公家的牛圈里能养私人的牛吗？”

饲养员反问白川：“私人的牛让公家的牛群变大了，好养了，有什么不成？”

白川问："私人的牛是谁的牛？"

饲养员坦然地回答说是自己的。

白川问："私人的牛，谁承担饲养费用？"

饲养员说："过去牛少的时候花钱多，私人的牛加进去后，整个牛群花钱少了。所以私人的牛不需要承担费用。"

白川又问起畜牧场的账目。

饲养员说："韩科长一个月支付的工资和各项费用都是说定的，畜牧场没有账目。"

无奈之下，白川说："为了你们私养肉牛的事，韩科长坐监狱了。"

两个饲养员显然吓坏了。一个惊得半天合不上嘴巴，一个一屁股坐在地上。

白川说："中城区检察院认为韩浩平参与私养肉牛牟利，构成贪污。我来就是想把事情闹明白。"

一个饲养员战战兢兢地问："那你是替公家来寻我们的事吗？"

白川说："不是。我是农贸社的人，给韩浩平当律师的。"看着饲养员脸上疑惑的表情，白川试图更通俗地解释："律师就是替韩浩平说话的，争取让他尽快从监狱出来。"

饲养员似懂非懂地点着头："让我们做些啥事？"

白川说："你们得证明自己养的牛和公家的牛分得很开，你们没有占公家的便宜。"

遗憾的是，畜牧基地就这么两个饲养员经管着。名号虽大，实际上就是两个人养着一群牛，根本拿不出有价值的财务资料。当白川想了解私养的肉牛与公家的牛如何区分时，饲养员告诉白川，公家饲养的第一批牛屁股上烙着编号，后来没有了，现在两种牛已无法从个体上区分，仅有的概念只是数字而已。白川问起牛群饲料、防疫费用。饲养员说隔几个月由韩科长报销一次。问起饲养员的工资，回答说由韩科长发给，每人每月五十元，韩科长来得勤时一个月发一次，来得少时几个月发一次。

对于私养的肉牛如何分利，两个饲养员有些闪烁其词。

一个饲养员强调说:“韩科长让我们把牛卖到外省去，运费大、利润薄，我们还要留下足够的钱再购买牛崽。挣的钱，凭良心，我们该给韩科长的都给了。”

白川问:“这么说，每一次购买的牛犊都是你们两人经手的？”

饲养员说:“这个很清楚。公家的牛都是从正规的种牛场上购买的，我们不参与。私人的牛是我们在牧场收购人家的。韩科长从来不出面。”

离开畜牧基地的时候，饲养员显得忧心忡忡，反复地问白川他们会不会受到牵连，白川觉得心里没底，说了一句空话:“相信法律。”

来回折腾了三天时间，白川没有收集到任何有价值的证据。无功而返后，他到汉京大学周老师的办公室，沮丧地向周老师汇报了军马场之行的过程。末了，他带些自责的口气，表达了没有完成任务的遗憾。

但令白川没有想到的是，听完白川的介绍，周老师却是笑眯眯地说:“白川，你这回真是不虚此行。你的调查让我们明确了办案方向和工作方案。”

白川不解地问道:“周老师，我去军马场之前，你让我收集韩浩平私养的肉牛占有公共资源和费用的证据，以此来确定韩浩平侵吞公共资产的数额，可是在这方面一点儿有价值的证据都没收集到。对咱们的工作能有什么帮助？”

周老师说:“我们办案子，首先是把事情搞明白，在翔实的事实基础上理顺法律关系。你未去军马场之前，在我的意识里，畜牧基地是一个健全的机构，韩浩平的行为是对这个机构正常机制的破坏。我让你去的目的，在于搞清楚韩浩平的行为对这个机构机制的破坏程度。而你的军马场之行，让我明白了一个基本事实，那就是畜牧场不过是省农贸社一个工作场所，而这个场所是由韩浩平个人负责管理，客观上类似于一种个人承包关系。如果说这种承包关系在形成层面和实际运营上出了问题，要在农贸社管理上找答案。”

白川听到这里，恍然大悟。

周老师沉思了一会儿，又说：“我觉得下一步应该理一理省农贸社与畜牧基地之间的财务关系。关键的问题是认定畜牧基地投入与产出的合理比例。说得明白一些，农贸社从畜牧基地收回的产成品牛肉，合理的成本应当是多少？韩浩平管理期间的实际成本发生是多少？至于韩浩平私养肉牛收入一事，恐怕要多在违纪层面探索思考。”

周老师的一番分析，让压在白川脑海中的阴霾一扫而光。同样的状态，周老师却与他产生了截然不同的分析结论。他又想起了在看守所会见完韩浩平，第一次听周老师说出独到见解时，让他意识到书本知识与实践的差距。他很想再次由衷地表达对老师的钦敬，但又觉得有些多余，遂变换了一下口气说：“周老师，法律思维真的很玄妙，我以后一定多动脑筋。”

周老师说：“法律不是玄妙，法律是一门科学。要研究这门科学，一定要看透客观现象，少不了要多动脑子。”

根据省农贸社财务部门提供的财务资料显示，韩浩平接手畜牧基地后，农贸社每年从畜牧基地收回的牛肉，生产成本远远低于原来委托下属机构养殖期间所摊销的成本，也低于汉京市肉制品市场的挂牌价格。从这一点出发，评价农贸社畜牧基地的经营状况，算是说得过去。

周华安律师亲自执笔，给检察机关洋洋洒洒写了一份三千多字的《法律意见书》，除了详细叙述案件事实外，引经据典论述畜牧基地实际上是省农贸社委托韩浩平经管且由韩浩平实际承包的一个工作场所。这种承包方式，核心在于确定一个合理的承包基数。从公平角度讲，这个承包基数应是市场上正常的养殖行业投入与产出比例值。而韩浩平的管理结果实现了成本上的降低，因而并没有造成公共财产的流失。至于韩浩平私养肉牛获利一事，应当属于违纪范畴，依法不应当受到刑事追究。

以律师周华安、助理律师白川名义书写的《法律意见书》送交中城区检察院后，在检察院上上下下引起了重视。检察长本就是汉京大学法学系早年的毕业生，也算是周华安的门生，拿着老师的大作，半带着虔诚的心情拜读完毕，提笔做了一行批示，要求举报中心、侦查科、起诉科、批捕科联合座谈该案。座谈会上，各部门领导揣摩着一把手的意思，分别谈出了一些模棱两可的认识，但却很快达成共识：本着宽严相济的原则，教育为主，惩办为辅，以不起诉为宜。

检察长遂拍板："韩浩平的行为属于假公济私，于情于理于法都在禁止之列。但鉴于其情节轻微，按不起诉处理。刑事责任虽可免，行政责任要追究。可以在做出不起诉决定书的同时，向农贸社发出检察建议书，建议对韩浩平开除公职。"检察长一锤定音，大家不由得对检察长的执业艺术心生钦敬。这种处理结果，既肯定了检察机关立案抓人的合理性与必要性，又显示出工作过程中适用法律的严格性，同时把球踢给农贸社，真的是不枉不纵，举重若轻，恰到好处。

王副理事长再一次单独召见白川。

王副理事长问白川："中城区检察院给我们发来一份《检察建议书》，要求我们对韩浩平开除公职。你从法律角度上分析一下，我们该怎么办。"

白川把《检察建议书》认真地看了一遍后说："王副理事长，以我的个人看法，检察院的这份东西谈不上效力问题，对我们而言，只不过是有没有约束力的问题。形式上它只是提出建议而已。对他们的建议是否采纳，由我们决定。"

王副理事长说："我知道你的意思了。"

说完又补了一句："你抽空再问问你们周老师。"

白川说："我马上就去问。"

周一的理事长办公例会把对韩浩平处理作为一个重要议题。理事长起先没有做任何提示性表态。王副理事长简要介绍了韩浩平的基本案情，又当场宣读了中城区检察院发送的《检察建议书》，让大家谈谈看法。

王副理事长话音一落，政研室四眼主任开了腔："我倒觉得奇怪了，检察院抓我们的人事先也没见跟我们打招呼。这会儿案子不办了，让我们来擦屁股，还给我们发号施令，让开除公职。难道说我们擦个屁股用卫生纸还是废报纸都得你检察院说了算？"

会场上立时响起了一阵哄笑声。接着又有人提起前年中城区公安局把白川关进看守所的事情，说这公检法是一路货色，办事没章法。

四眼主任又说："这现在的公检法都成了精了。我有一个外甥七八年前从部队转业，当时有门道有背景的战友都分到国营大企业当了人见人羡的工人，就我外甥没门路，被塞到一家派出所。谁都没想到几年过去，世事反了，工厂的工人成了瘪三，我外甥可是抖起来了，穿着那一身警服神气活现的。要不然为啥社会上都说大盖帽两头翘，坑了原告坑被告？"

又是一阵子嘻嘻哈哈。

理事长一看跑了题，适时地轻轻咳嗽了两声，会场上静了下来。

王副理事长说："我们就不再评价检察院的错对了，毕竟韩浩平还是我们的干部，我们要负起责任来。我个人的想法，还是本着惩前毖后、治病救人的原则，在做出严肃处理的同时，给韩浩平留一条自新的路子。"

王副理事长说这话之前，心里一直在思忖着对这件棘手事情的处理方案。他心里明白，理事长对韩浩平的老岳父、前任理事长不咋感冒，早都看韩浩平不顺眼，加上韩浩平群众基础太差，赶上这么个茬口，当然借势除之而后快。但是，这韩浩平是他自己一手办理转干并提起来的，一旦开除韩浩平，他在用人政策上，必然留下无法抹去的污点。再说他感情上也实在没法跟魏老理事长交代。让他直接说出替韩浩平开脱的话，又实在觉得抹不开面子。他说了几句拐弯抹角的话后，眼光在周围扫了一圈，突然发现人事处关处长表情一脸严肃，似乎心里在思考着什么。他知道这位关老爷是恶煞的面孔菩萨的心肠，素来做事不走绝路。他就把希望寄托在关处长身上："关处长，你是负责人事的，也懂得人事政策。你给咱谈谈意见。”

关处长清了一下嗓子，慢条斯理地说：“韩浩平犯了事，检察院给咱们发建议书，说明人家还是认为韩浩平犯了错误。根据咱们了解的情况，韩浩平所犯错误的性质不能说不严重，如果对这种假公济私、损公肥私、中饱私囊的行为不惩处，我们正常的秩序就会被破坏得一塌糊涂。至于检察院的建议书，我觉得不一定当成金科玉律，我们参考一下就行了。可不可以适当调整一下，给韩浩平一个开除公职留用察看两年的处分？”

四眼主任说：“关老爷，你是神人！形式上给了检察院面子，实质上给了检察院钉子。”

王副理事长担心再有人跟风四眼主任，不待四眼主任把话说完，笑着接过话头说：“政研室主任就是能看到问题的要害。我们既不能对司法机关的意见置之不理，又不能完全失去能动性。我觉得关处长的意见很合理。”王副理事长停了一下，把目光转向一旁的理事长：“理事长，您的看法？”

理事长沉默了足足有半分钟，最后说道：“大家说得都有道理。这件事情王副理事长你看着办，人事处拿出具体方案，你把个关就行了。”

韩浩平从看守所出来后在家歇了两天，不得已还是去丈人家挨了老岳父一顿臭骂。骂到深处，老岳父抓起桌上的茶壶，忍不住要朝韩浩平砸过去，手举在空中犹豫了一下，终于还是把手势转了个方向，“哗啦”一声茶壶摔在地板上，瓷片碎了一地，茶水和着茶叶顺着地板流到茶几下方的羊毛地毯上。大气不敢出的保姆听见响声从房间里跑出来，又手忙脚乱地从卫生间拿出拖把和小簸箕，打扫地上的碎瓷片和茶根。一旁的魏秀琴抹着眼泪从保姆手里夺过拖把说：“你进去，我来。”保姆知趣地讪讪退回自己的房间。

怒气难消的老理事长坐在太师椅上，胸脯一起一伏。魏秀琴只怕自己的父亲背过气去，悄没声息地站在太师椅背后，轻轻捶打着父亲的后背。

半晌工夫，老理事长缓过劲来，依然是责骂，但口气缓和了一些：“罢了，我这张老脸也让你踢得没形了，不值钱了。昨天王副理事长给我打了个电话，还算给你留了个饿不死的破饭碗，开除公职留用察看两年。我让王副理事长把你赶出省社机关，发配到下边的公司去。我看你也就配做个门房传达。”

韩浩平低声说：“难为爸了。”

老理事长说：“你甭叫我爸了，我上辈子不知道亏了谁，今生碰上你这个冤家。你叫我一声爸，我恨不得找个老鼠洞钻进去！”

魏秀琴觉得有些听不下去，使劲摇了一下父亲的肩膀说：“爸，你给浩平留些面子。”

老理事长把女儿的手从自己肩膀上拨开：“都是你这个孽障，把这个家折腾到这步田地。”

韩浩平和妻子离开岳父家的时候，岳父甩下一句话：“赶快去上班，不准挑剔岗位，别再丢人败兴！”出了门走到楼梯口，韩浩平还能隐约听到不绝于耳的咒骂声。

这一回，韩浩平却公然违背了老岳父的指令，不管妻子魏秀琴好说歹说，韩浩平就是不肯到省社去联系自己的新工作。魏秀琴担心丈夫迟迟不上班真的丢了工作，但又拿丈夫没办法，想再去找自己的父亲给丈夫施压，又担心弄巧成拙，也只能看在眼里急在心里。

韩浩平闷头在家睡了几天。这天早起，他让妻子魏秀琴陪他一起去省农贸社。魏秀琴一阵高兴，心想丈夫想通了，急着侍弄韩浩平吃早餐，嘴里一边念叨：“男子汉大丈夫能屈能伸，哪里跌倒哪里爬起来！”韩浩平却坐在沙发上不说话。看着墙上的挂钟时针已指向十点，韩浩平仍然没有动身的意思。魏秀琴着急地催促：“难不成你要等到下班后再去？”韩浩平依旧坐着愣神。

直到快十一点的时候，韩浩平站起身朝妻子招呼一声：“走吧！”魏秀琴说：“这会儿去刚赶上下班，要不然吃完午饭下午再去？”韩浩平有些不耐烦：“啰嗦个啥，你跟我走就是了。”

韩浩平带着妻子没有进省农贸社的院子，却在对面巷子里的仙客来餐馆坐了下来。

魏秀琴说："家里的饭你不吃，到这儿开的啥洋荤？"

韩浩平说："你到省社去把白川请来，就说我在这里等他说个事。"

魏秀琴说："你请人家，你自己去也显得有诚意。"

韩浩平说："那个院子我不想进去。"

魏秀琴无可奈何地朝省农贸社走去。

魏秀琴站在省农贸社传达室的房子里，隔着窗户望着办公楼门口，心里不免有些发酸。想想若干年前，自己的父亲在这里贵为一把手时，她每一次来，都如众星捧月。而今物是人非，多少人见了她故意装作没看见，有些不得已与她打招呼的人，脸上却明显透着不屑。为了尽量减少尴尬，她躲在传达室里间。

三三两两的人从办公楼上下来，陆陆续续或走向食堂或走出院子大门。虽说农贸社机关食堂搞得相当不错，但终究还有恋家的人。那些出院门的，是回自家吃饭的人。

终于，楼道门口出现了白川。魏秀琴急忙走出传达室，朝着走向餐厅的白川背影喊了一声："白川！"

白川回过头来，搜寻了半天，仍然不知道是谁在唤他。直到魏秀琴又喊了第二声，白川才看见传达室门口那尊像弥勒佛一般的女人的身影。因为魏秀琴矮胖的体格特征给白川留下了深刻的印象，白川马上认出喊他的人是韩浩平妻子。

白川转回身紧走几步，在魏秀琴身边站住脚，问："你叫我？"

魏秀琴说："小白，韩浩平想见你，在外面的餐馆等你。"

白川感觉有些意外。他没有想到韩浩平会在这个时候让妻子来叫他，他一时不知道该去不该去。

看到白川犹豫的样子，魏秀琴有些急切地说："浩平出来几天了，哪里都不去，他就想见见你。你给他开导开导吧。"说着就挪动脚步朝大门外走去。

白川迟疑了一下，也跟着魏秀琴走出院子大门。

一进仙客来餐厅，白川一眼看见墙角台面旁坐着的韩浩平。十几天的时间，韩浩平显得有些清瘦，但皮肤却明显变白了，估计是见阳光太少的缘故。韩浩平一看见白川，老远站起身走过来，伸出手同白川握了一下，嘴里嘟哝几下，却没有说出清晰的话语。

桌子上已上了两盘凉菜，一瓶酒已经起开盖子，但是只摆着两双筷子。韩浩平招呼白川落座。白川看了一眼魏秀琴，说："嫂子，你坐。"韩浩平说："不了。秀琴你先回去，我跟白川单独聊聊天，吃完饭我就回家。"魏秀琴机械地点了点头，挪动着肥胖的身躯朝外间走去，快出门时，又转过头叮咛了一声："喝酒悠着点儿。"

白川和韩浩平相向坐着，一时间两人都沉默着。韩浩平先是尴尬地笑了一下。

白川说："韩科长，你还好吧？"

韩浩平说："白川，你又来了。你在看守所见我的时候，我就给你说，我已经不是科长了，今后也再当不成科长了。你咋还叫我科长？"

白川不好意思地笑了笑："习惯了，我没有恶意。"

韩浩平说："人家说坐过监狱的人可以算作经历圆满的人。我这回也算是圆满了，挺好的。"

白川看着桌上点好的菜，问道："老韩，你让嫂子叫我，也不知道我在不在，你咋就把菜先点上了？"

韩浩平说："我这个人相信缘分。今天咱俩能凑到一起就是我们的缘分。你要是没在或者请不出来，那就是我和你没缘分，我就只有独自喝闷酒的份儿了。"

"嫂子人很贤惠，对你不错。"白川寻找着话题。

韩浩平说："魏秀琴嫁给我，也不知道是谁亏了谁。我给不了她富贵，她给不了我快活。"看着白川怔怔的眼神，韩浩平觉得说话有些过头，又补了一句："她是爱我，嫁鸡随鸡，嫁狗随狗嘛。"

白川说："姻缘就是一线牵。人家可是老理事长的掌上明珠。"

韩浩平嘴巴撇了一下，有些悻悻地说："你可别提魏秀琴的父亲了。魏秀琴是爱我，可魏秀琴她父亲不爱我。说句不嫌丢人的话，我觉得在魏秀琴父亲的心目中，我简直连一条狗都不如。这么多年来，要不是念着魏秀琴对我好，我都不愿意上她娘家门上去。”韩浩平长叹了一口气，颇有些感慨：“过去人讲究婚姻要门当户对，这真的是至理名言。我跟魏秀琴走到一起，就是门不当户不对，这中间的滋味只有我自己心里清楚。”

韩浩平端起了酒杯说：“不说那些乏味的事情。白川，我今天请你，就是想跟你说说心里话。”

白川也端起酒杯，却没想到韩浩平把白川端酒杯的手压了下去：“白川，你先不要喝，听我说话。”

韩浩平自顾自端着杯子一仰脖子，把一杯酒喝干，又给自己把酒倒上，一连喝了三杯，然后用手抹了一下嘴：“白川，你能出来跟我吃饭，我心里真的高兴。我先喝三杯，算是自罚的酒。这三杯酒下肚，我说三句话。第一句话，我韩浩平真心诚意给你道歉。前年的事情，我做得过分，就是打了个架，闹到了公安局，害得你差点儿被判刑。我跟你说实话，当时就是我给派出所方鸣打的电话。最近几天，我躺在床上老想这件事情，良心上受煎熬。你说我本来就犯了事，就这样，在看守所的时候心里还在盘算是哪个挨千刀的点了我的黑炮。而你本来就清清白白，却让我折腾进去了，我真是失了德了。”

白川打断韩浩平：“老韩，你这一句话太长了。事情都过去了那么长时间，你咋还纠缠在心里？”

韩浩平说：“你不纠缠是你肚量大，我不纠缠是我没心没肺。你要能原谅我，我心里能舒坦一些，不原谅我也能想得开。”

韩浩平又端起酒杯，白川伸手要拦韩浩平，韩浩平摇着头，摆着另一只手，把杯中酒仍是一饮而尽：“我说第二句话。我受难的时候，多少人避而远之。魏秀琴给我说起她在外边找人的事，一提起就伤心流泪。但是，白川你不一样，你真的是以德报怨。我今天要认认真真地对你说一句谢谢！”

韩浩平又喝了一杯酒：“第三句话嘛，我叫你一声兄弟。人生在世，难得有知己，患难之时见真情。我在患难的时候感受了真情，我愿意这一辈子交你这个朋友。你认了，我心里的高兴就不用说了。你要是不认，我还是那句话，我也能想得开。”韩浩平又一口饮尽杯中酒。

没动一口菜，韩浩平一连干喝了六杯酒，脸越发红了。

白川这时候端起酒杯说：“老韩，借你的酒，我也说三句话。第一，过去的那件事情，我真的不记恨你，毕竟我也有错，我为我的鲁莽付出代价是应该的。这件事从今往后一笔勾销，你我都不要再提了。第二，你知道我已经跟着周老师做兼职律师了，你有事的时候我出面，对我而言也算是工作和职责，你不必记在心里。第三，你我不打不相识，相识再相交也算是缘分。我会珍视这份缘分。”

白川话音一落，韩浩平激动地用手拍了一下桌子说：“好兄弟，真男子汉，够朋友！”一边示意白川拿筷子夹菜。

“听说省社给你两年留用期。”白川有意省去了“开除”这个有些刺耳的词。

“我寻你也想跟你聊聊这件事情。”韩浩平说，“魏秀琴的父亲说，省社可能把我放到下边哪个公司去，他一个劲儿催我快到新单位去。”

白川说：“孔子说，人谁无过，过而能改，善莫大焉。你以后保不准还会腾飞得更高哩。”

韩浩平说：“你前半句说得不对。孔圣人是给圣人说话哩，对我们这些凡人都不灵。人一旦犯了错，身上就贴上了标签，任你努力一辈子也甭想翻过身来。至于你后半句话，也许是对的，我真的希望我能飞起来。”

白川猜道：“老韩，你的意思是想调动工作，到别的系统去？”

韩浩平没有答话。

白川停了一下，又说：“也是，常言说人挪活树挪死，换一个环境没准会好一些。”

韩浩平咬了一下嘴唇说：“我不想再吃剩饭了，我想辞职。”

“辞职？……那你丢了工作，以后生活来源咋办？再说，嫂子还有你岳父他们会同意吗？”白川一边说着一边摇着头，他觉得韩浩平有些意气用事。这年月有一份固定的薪水，毕竟是普通百姓生活的基本保障。

“我想下海做点儿小生意。”韩浩平把眼光移到窗外的大街上，“我想了好几天了，从部队上下来，在农贸社干了这么多年，我得到了什么？除了找到一个胖老婆，生了一个女儿之外，还有什么，到头来差点儿从高墙里出不来了。人就是怕想不开，想开了就海阔天空。你看看现在的社会，只要你脑子活肯吃苦，照样能过好日子，不见得比吃官饭差。要不然为啥人家说拿柳叶刀不如拿剃头刀、搞原子弹不如卖茶叶蛋？我还听说最近连火车软卧车厢都不再凭工作证乘坐了。以后，这社会有钱就是成功。说不定将来我奔‘钱程’会成功，莫不是坏事变成好事了？魏秀琴她得听我的。说句心里话，她这个人在我跟前是蛮守妇道的，只要我铁心要干的事儿，她最后都依着。”韩浩平顺着自己的思路滔滔不绝：“至于她父亲，没必要顾虑那么多。这个社会总是前进的，长江后浪推前浪，世上新人换旧人。他父亲离休在家待了几年，脑子已经僵化，等我干出个名堂来再给他解释不迟。”

白川默默地听着，内心里却有着沸腾般的感觉。韩浩平这一番表白，显然是把白川当作可信赖的朋友。白川除了对韩浩平的诚心有些感动外，让他觉得震撼的是，几天的牢狱经历，竟然让这个过去有些跋扈的人，一下子变得如此务实。他不得不在心里承认，韩浩平是个有胆识的人。

韩浩平的人生观、价值观、世界观发生了质的变化。

第七章

周三上午快下班的时候，办公桌上的电话铃响了，白川拿起听筒，里面传来苏春明的声音。自从知道苏春明与姚丽霞的表亲关系后，白川似乎觉得同苏春明的关系和感情又近了一步。白川自己也闹不明白出于何种心态，隔三差五总要跟苏春明通个电话，不咸不淡地海阔天空扯上几句。苏春明现在已经调到分局经侦大队，好像比过去清闲了一些。有几次通电话时，苏春明都说在看书。白川说能看书说明一有闲情二有逸致。苏春明照例调侃白川还想不想当新闻人物，白川说别以为你家有人搞新闻就成天拿着新闻晃人的眼睛。几句玩笑过后，苏春明问白川这个礼拜天有没有安排。白川问苏春明是不是想做东请客。苏春明说娟子姐跑车回来在家歇着，外甥女要去市郊新开的游乐场玩，问白川想不想参加他们的家庭周末活动。白川问都有谁参加，苏春明反问你想让谁参加。白川说你们家庭聚会我哪有权力让谁参加、不让谁参加。苏春明嘻嘻哈哈一阵后说我邀请你，不会让你太孤单，除了我以外，肯定还有你认识的。白川一听心里明白，苏春明有意兑现自己的承诺，特意安排有姚丽霞参加的聚会。

放下电话，白川有一种说不出来的兴奋。上次跟苏春明一起吃饭时，苏春明提出有机会让白川跟娟子姐和小霞妹一起聚聚。白川想着苏春明也可能就是随口说说而已，但他却在心里时时萌生出一种渴望，他多么希望苏春明说到做到。此后每一次和苏春明通电话，他都在心里惦记着苏春明说过的话，但又实在不好意思提醒。今天苏春明真的安排了他日思夜想的活动，怎能不令他喜出望外。

白川情不自禁地哼起了小曲。

临桌看报纸的大老张抬起头问："小白，接了个电话，有啥喜事，高兴得不得了。"

白川自觉失态，掩饰说："有个外地同学，一年多没见了，来汉京出差，大家约着周末见一面。"

大老张又笑着问："男同学，女同学？"

白川笑着答道："男女同学都有。"

大老张说："该高兴，该高兴。有朋自远方来，不亦乐乎。"

离下班还有半个小时，大老张站起来收拾了一下桌上的东西，对白川说："小白，我得早走一会儿，去一趟友谊百货商店，办公室有啥事你招呼一声。"

白川说："你走吧，我在这儿守着。"忽然他又觉着应当替大老张跑个腿，就说道："老张，你要买啥东西，我替你跑一趟。"

大老张说："我得自己去，咱们是两代人，各有各的乐趣。你有同学聚会，兴奋得不得了。我呢，最大的乐趣就是怀里逗着我那宝贝孙子玩。这不，昨天晚上小孙子跟我说，幼儿园别的小朋友家里都有米老鼠，我答应去给他买一个。他竟然还指定我一定到友谊百货商店去买。你说现在这社会，小小的孩子也讲究品牌了。"

白川说："这是乐趣，你该自己体验。"

大老张一走，白川忽然想到周末见到苏春明一家的时候，也应当带件礼物。可礼物送给谁，送什么礼物，一时又没有合适的想法。想着想着心里一亮，既然苏春明提到要带他的小外甥女，何不就给孩子买一件礼物，既随意又大气。至于礼物，也不用费脑筋，现成地学学大老张就行了。最近一部动画片《米老鼠和唐老鸭》让孩子们发了疯，不如就买一个米老鼠毛绒玩具。

白川眼前浮现出一个场景：公园门口彩球飞舞，歌声连天，姚丽霞挽着姐姐娟子的胳膊，矜持地赏花；一旁的苏春明卡着小外甥女的腰，一下一下地抛向空中，孩子咯咯地笑着。这时候，自己抱着一个米老鼠，微笑着款款迎上去。一会儿，他脑海中的画面又变成手拿一把鲜花的他，朝着正在向他发出会心微笑的姚丽霞走去。

下班时间到了，楼道上响起了嘈杂的声音。陷入沉思的白川回过神来，他决定也去商店买一款米老鼠。他计划吃完午饭就去商场。中午休息两个小时，吃饭用半小时，去商场来回一趟一个小时，时间足够了。

三下五除二扒了几口饭，白川离开食堂出了院子，步行十几分钟就到了友谊百货商店。这个商店已有多年历史，改革开放之初，这里是专供来汉京市旅游的外国友人购物的场所，使用的现金一律是外汇券。这几年外宾少了，商店为了生存，也放下身段接待国人了。由于稍带一些神秘感的历史，这儿的生意做得挺红火，顾客摩肩接踵。白川问清售卖儿童玩具的地点，就径直朝三楼奔去。上楼的时候，他忽然想到会不会碰到大老张，掐算一下时间，大老张这会儿应该已回到家里。又想着万一碰到他，就说过来瞧稀罕。

玩具柜台前人头攒动。货架上各类玩具琳琅满目，令人应接不暇。布玩具、电子玩具、智力玩具、模型玩具、弹射玩具应有尽有。白川不禁想起了儿时乡下的合作社商店，不变的玩具永远是两样，一样是乡下人称为“吹胀捏塌”的气球，一样是逗弄婴儿的拨浪鼓。时代的变迁真让人慨叹不已。

白川在人群中迅速地扫视了一圈，没有发现大老张的身影。挤到玩具柜台前一看，米老鼠和唐老鸭都有。看了一下价格，米老鼠大中小号分别是十元、八元、六元。白川觉得小号看着秀气一些，但又恐被误认为小气，就要了一个中号的。他交过钱，用印有友谊百货商店标识的袋子装好，没有在商场逗留就离开了。

看着离下午上班还有一段时间，白川就先拐到宿舍，打算把米老鼠玩具放起来。住招待所已经有两年多时间，前一阵子孙鸣飞说省社新建的家属楼已经交工了，估计过不了多长时间老职工搬进新楼，就能腾出不少单身宿舍，届时他们俩就能各自住上单间房子。虽说住单间房条件会好一些，但因长时间以来和孙鸣飞同住一室互相做伴已习以为常，白川倒不太在乎住单间宿舍。中午时分，招待所的住客似乎并不多，楼道寂静无声。白川用钥匙打开宿舍门，孙鸣飞不在房间，但孙鸣飞的茶缸却摆在桌面上，摊开的一张信笺纸上搁着笔。孙鸣飞是个生活态度比较严谨的人，通常他的茶缸都是收拾得很整洁放在窗台上。白川一摸茶缸，内中的大半杯水还温热着，孙鸣飞显然离开不久。

就在白川放好米老鼠玩具转身准备离开房间的时候，他无意中瞄了一下桌上摊开的信笺纸，只见上面赫然几行字：

亲爱的霞：

最近一段时间，我脑海中无时无刻不浮现出你的倩影，自从红都之行后，我觉得自己深深地……

白川一阵心跳。

毫无疑问，这是孙鸣飞正在书写的情书开头。他本能地为自己无意中窥探了别人的秘密显出不安。但马上，他的眼光聚焦在“霞”这个收信人名称上，再一想，既然提到红都之行，那除了姚丽霞还能有谁。这么说，孙鸣飞与姚丽霞已经相恋了，或者说，孙鸣飞已经向姚丽霞求爱了。

白川突然觉得一阵眩晕。

担心孙鸣飞返回宿舍看到他的窘态，白川匆匆离开了房间。带上门后，他又想起放在床头的米老鼠玩具。为了不让孙鸣飞知道他回过宿舍，他又打开门返回去，把那件玩具塞进了床底下的一个纸箱里。

下午坐在办公室，白川全然没了往日的活力。看着他魂不守舍的焉巴样，大老张连着问了他几声，他才回过神来含糊地应了声。

为了掩饰自己的窘态，白川脸上现出痛楚的样子："中午吃完饭，我走路有些急，出了些汗，许是吹了风，有点儿头晕。"

大老张说："感冒了，多喝些水，注意休息。要不然去卫生所开包感冒片，喝完回宿舍睡一觉，发发汗，包你起来神清气爽。"

白川说："不要紧，扛一下就过去了。"

好不容易熬到下班，办公室里其他人都走了，楼道里也渐渐安静下来。晚餐的时间快要结束，白川却一点儿食欲也没有。偌大的办公室里，他独自一人待着，像一尊泥塑一样纹丝不动地坐在办公桌前，任思绪漫无边际地飞扬。

白川扪心自问，是自己爱上姚丽霞了吗？可连他自己都不敢做出确定的回答。目前为止，他与姚丽霞只有两次接触，第一次是在田老师那里邂逅，姚丽霞飘逸的身形与俊美的风貌，让他有种似曾相识的感觉。第二次是在红都短短的几天工作时间，姚丽霞充满内秀的工作实力与饱满的生活激情，强烈地震撼着他，他打心眼儿里折服与敬佩。因为姚丽霞的出现，他从事的工作也得到了有力的推动，他在心底里又有了一丝感激，他甚至希望能在工作和事业上有这么一个搭档。他记得很清楚，当姚丽霞与陪同的孙鸣飞离开红都，汽车绝尘而去的那一瞬，他心里忽然有一种空荡荡的感觉。难道从那个时候起，他就喜欢上了这个漂亮而又能干的女记者？可如果说这是爱的话，他又觉得太缺乏时间的积淀。短短的两次接触，几天的了解，他就爱上了一个女孩子，是不是自己太轻浮了？转念一想，自己是一个正常的男子汉，"窈窕淑女，君子好逑"是人之常情，自己这不也算是一见钟情吗？

可现在，不管白川对姚丽霞是一种什么样的心态，姚丽霞却是名花有主了。也许，孙鸣飞已经与姚丽霞确定了恋爱关系，他们的关系正在飞速地升温中；也许，孙鸣飞只是展开了猛烈的追求。但可以肯定的是，比起白川懵懵懂懂的单相思，孙鸣飞毫无疑问捷足先登了。联想到在红都的几天时间，能感觉出孙鸣飞在姚丽霞面前没少献殷勤。只是他当时本能地认为，孙鸣飞既是作为姚丽霞的陪同人员，当然应当尽心尽力做好服务工作。当孙鸣飞在人前把姚丽霞称作姚大记者，背过人又亲切地称作小姚时，他也认为那是因为孙鸣飞与姚丽霞同为师范学院校友的缘故。今天想来，自己未免太过幼稚。

白川又想起了张丽霞，那个曾经被他深爱且也深爱过他的女子，如今已在冰冷的天国。白川长这么大，就谈过一场恋爱。在那段艰难的岁月，两个青涩的少男少女说不上奔放热烈，却也互相慰藉，在生活和学业上得到了感情的浸润。上大学期间，他与张丽霞几年间鸿雁传书，虽说校园里也曾有异性向他或明或暗地发过信号，但是他却一门心思放在张丽霞身上。张丽霞遇难后，他有一段时间深陷悲伤，不能自拔，他甚至怀疑自己还有没有勇气再接纳其他的异性。然而，短短两年时间，一个同名的更优秀的女孩却撞开了他的心扉。白川不由得自我考问，这种移情别恋，是不是对逝去的张丽霞负心？但是换个角度再想一想，既然张丽霞已经离开了这个世界，此生不可能牵手，爱着他的张丽霞也许在另一个世界期盼着他尽快寻找新的幸福。他只有尽快找到另一半，才是对张丽霞最好的告慰。

现在，最让白川纠结的是该不该赴苏春明的邀请。他的脑子里好像有甲乙两个人，甲说：爱情是至高无上的感情，它纯真到不允许夹杂任何功利色彩，也无须考虑除感情之外的任何因素，只要是你爱的，就勇敢地表白，勇敢地释放，轻言放弃是对爱的亵渎。只要姚丽霞在法律上没有成为别人的妻子，你就要努力去追求。爱情是自私的，谦让是扯淡。而乙却说：道德是做人的准则，你既然已经知道孙鸣飞热恋姚丽霞，你不能促成倒也罢了，绝对不能横插一杠子。朋友应当肝胆相照，以诚相待。孙鸣飞的状态你已经知道，而你的心思孙鸣飞却蒙在鼓里，你们俩同时追求姚丽霞，如同一场竞争，孙鸣飞在明处浑然不觉，你在暗处伺机而动，你还是个男子汉吗？甲乙两个角色在脑海中你来我往唇枪舌剑，吵得白川脑袋快要爆炸。

白川晚上回到宿舍的时候，已接近十一点。孙鸣飞还没有上床睡觉，他一边刷着牙，一边含糊不清地哼着流行小调。白川能感觉他的心情很不错。刷完牙，孙鸣飞又往嘴里灌了一大口水，扬起脖子咕噜噜地吹了一阵气，“哗”的一口吐到盆子里，这才转过脸来问道：“这么晚回来，又加班了？”白川说：“有一份材料，急着赶了一下。”

几乎是一夜未眠。在孙鸣飞不绝于耳的鼾声中，白川像烙烧饼一样在床板上翻来覆去。窗户渐渐发白，外边老远响起小学校操场跑操的号子声。看看表，已经六点过十分，白川握着拳头捶了几下发涨的脑袋，翻身起床洗漱。出门的时候，他摇了摇依然深陷梦乡的孙鸣飞，叮嘱他别睡过头。

吃罢早点进了办公室，白川打定了主意。等到墙上的挂钟时针指向九时，他拨通了苏春明的电话。

白川说：“春明不好意思，有急事领导让我下一趟乡，今天就得去，礼拜天回不来，不能和你们一起玩了。”

苏春明问：“推到下周一再去不行吗？”

白川说：“不是我一个人，我定不了。”

苏春明叹了口气说：“可惜我一片苦心了。”

放下电话，白川觉得心里一阵隐隐作痛。

孙鸣飞的确是对姚丽霞展开了狂热的追求。

大前年刚进机关与白川、韩浩平那一场风波，让孙鸣飞的思想受到了很大的触动。他眼见仗义出手的白川最后被公安关进监狱，人生的烂漫戛然而止。当那种胁迫同样降临到他的头上时，想着自己苦涩的童年岁月，想着一辈子受屈受穷、好不容易看着儿子有了出息、眼巴巴等着翻身的可怜父母，他不寒而栗。关键的时候，他选择了明哲保身。白川几天的冤狱，有惊无险，让他的良心得以安宁。但他心里明白，形势的逆转，完全是基于偶然的意外事件。这件事给了他深刻的启示，任何情况下，冲动是魔鬼，凡事必须三思而后行。

在秘书科工作，孙鸣飞亲身体会到权势的魔力。领导的一举一动，都会在周围产生无形的影响，一句话能使一个人欣喜若狂、如醉如痴，一句话也能使一个人惊恐不安、如坐针毡。就连他一个小小的秘书，因为是领导身边的人，也能够时时感受到别人的羡慕和巴结。

因为经常随领导左右，他也看见过理事长、副理事长被省长、省委书记之类更高层次的领导接见时满脸诚惶诚恐的样子。原来这个世界上，真的是官大一级压死人。想要少被人压，就得不断地往上爬，爬得越高，人压越少，压人越多。

孙鸣飞自我总结有三个优点。一是眼睛尖。他对工作中的蛛丝马迹都会留意观察，尤其是领导的日常习惯，包括着装、饮食、个人嗜好。他体会到，通过用心观察，准确地了解领导的特点，是与领导缩短距离的最佳手段。二是脑子灵。对寻常发生的事情，他时时告诫自己保持冷静，凡事先在心里多问几个为什么，只有想明白的事情，才能决定如何出手。因为爱思考，他很少有过吃后悔药的情形。三是嘴巴甜。他本身就是学中文的，扎实的语言功底，让他在日常表达个人意见时驾轻就熟。他研究过人性的特点，不论年龄大小、官职高低、职业优劣、文化高下，任谁都喜欢听溢美之词，真像俚语所讲的“二尺五是假的，谁都爱戴”。适度地赞美他人，其实是成本最低的投资手段。孙鸣飞依其自认为人生精髓的三个优点，时时自觉地发扬光大。现实也的确验证了他的人生哲学。几年的探索努力，他的工作能力得到了机关大多数人尤其是领导的肯定。去年底，他被评为机关先进工作者。依他个人的评估，不消一两年时间，秘书科长的宝座非他莫属。

在那一次纯属偶然的工作过程中，孙鸣飞结识了与他毕业于同一个学校的姚丽霞。这个小他一岁的学妹，虽然毕业于实验班专科，但功底和能力实在不输那些本科生。她飘逸的气质与干练的工作风格让他怦然心动。孙鸣飞也曾有过流星落地般短暂的恋爱过程，那是在校读大三的时候，外语系的一个小眼睛姑娘在图书馆阅览室与他几次交流后，彼此有了些意思。此后一段时间，每天晚饭后孙鸣飞早早到阅览室为对方占上座位。终于有一天，小眼睛姑娘俏皮地提出让孙鸣飞请她吃一顿饭。囊中羞涩的孙鸣飞咬咬牙，把计划买《中华大辞典》的款项，挪用到校园里一家专门面对学生开设的川菜馆的饭桌上。面对桌上的麻婆豆腐和鱼香肉丝，小眼睛姑娘调侃说川菜的代表菜品是夫妻肺片和水煮肉片。孙鸣飞尴尬地说，我以后慢慢请你把川菜尝个遍。小眼睛姑娘问孙鸣飞毕业后打算干什么。孙鸣飞说想进机关。小眼睛姑娘说，都啥时候了，咋不把眼光放远些。她说毕业后想去美国，再不济也要到澳大利亚、新加坡去闯一闯。孙鸣飞言不由衷地赞叹说是应当志向远大一些。那顿饭吃完，小眼睛姑娘就不常去图书馆了。孙鸣飞白白地丢了一本《中华大辞典》，连他自己都搞不明白那顿饭吃得值不值。如今的孙鸣飞早已不是昔日那个兜里没货又没见过世面的穷小子了，他有着一份体面而又前程无量的工作，他可以挺直腰杆追求一切他自己认为合理的东西。

在红都陪同姚丽霞的短短几天，孙鸣飞仍然依他本能的特点注意观察姚丽霞的一举一动。姚丽霞吃饭时偏好辣味，穿衣服喜欢米色，他都记在心上。他注意通过姚丽霞的言语分析姚丽霞的内心想法，尽量在姚丽霞还没有提出要求的情况下就适时满足。他更在不同的场合使用合适的称谓，不失时机地送上不令人生腻的赞美。几天时间，他能感觉出这位漂亮能干的学妹对他有了明显的好感。他决定用心去追求姚丽霞，他要让自己在未来一段时间，事业爱情双丰收。

从红都回汉京后，孙鸣飞留下了姚丽霞的联系电话。他知道姚丽霞的工作内容是针对农口的采访报道。农贸社的工作动向与改革成果正好属于姚丽霞的工作范围。他利用自己在秘书科的工作便利，不失时机地把各地农贸社上报的工作报告筛选出有价值的内容，通报给姚丽霞。一段时间，《西部日报》上隔三差五地总会出现农贸社系统的正面消息。记者姚丽霞的名字在报纸上出现的频率也越来越高。省农贸社的理事长、副理事长们对报纸的报道动向早已有所感觉。待知道事情原委后，越发器重秘书科这个勤奋能干的小伙子。有一次，王副理事长拍着孙鸣飞的肩膀说："小伙子有出息，好好干，社里亏不了你。"

一天，姚丽霞给孙鸣飞打电话，说报社为了动员社会力量办好报纸，近期要发展一批特约通讯员，问孙鸣飞有没有兴趣。孙鸣飞说："这样的大好事打着灯笼都难找。你能给我争取一个名额，我都不知道该咋感谢你，岂能说‘兴趣’二字。”姚丽霞让孙鸣飞抽空到报社去一趟，有一张表格需要填写，还得要本人所在单位签章同意。孙鸣飞放下电话，给老科长说要去报社一趟。科长说：“为了咱们农贸社的面子，你一定要把关系强化强化再强化。”

孙鸣飞到报社后，姚丽霞带着孙鸣飞见了田智礼。一段时间以来，姚丽霞多次给田老师提到孙鸣飞，田智礼也知道孙鸣飞为农口报导提供了不少有价值的稿源。邀孙鸣飞做特约通讯员的意见最初还是田智礼提出来的。孙鸣飞第一次近距离接触这位省内大名鼎鼎的大笔杆子，看着田智礼慈祥的面容，心里油然生出一份敬意。

孙鸣飞不待田智礼开口，就落落大方地弯腰鞠了个躬：“田老师您好，我是省农贸社的孙鸣飞。”

一旁的姚丽霞没想到孙鸣飞不用自己介绍就先开了腔，也就没有说话。

田智礼看着姚丽霞问：“这位就是咱们准备发展的特约通讯员小孙？”

姚丽霞说：“我通知他来领表格。”

田智礼从桌后边的座位上站起来与孙鸣飞握了一下手，又招呼孙鸣飞坐在沙发上，让姚丽霞倒了一杯茶，就随意问起了农贸社近来的改革形势。

孙鸣飞说：“田老师，自从去年省委省政府农村工作会议之后，农贸社的改革就迈上了快车道。现在各地区的扩股工作搞得轰轰烈烈，经营范围和服务领域的拓展也达到了前所未有的程度。”

田智礼说：“也还得防止过热。就扩股来说，宗旨是提高农贸社的群众参与性，绝不能搞成全能机构，否则可能会出事的。还要注意和其他各类机构保持好协作关系。”

孙鸣飞说：“田老师，我拜读了您登载在《农村工作研究》上那篇文章，题目是《农村治理机构去行政化研究》，真的是对农村现在的状况分析得入木三分，对我们农村工作有振聋发聩的作用。”

田智礼笑了笑说：“言重了，一点儿拙见而已，未必正确。”

田智礼拢了拢稀疏的头发，感慨万千地说：“看着现在改革开放、万象更新的局面，真的让人热血沸腾。你们可是生逢盛世，正是大展宏图的好时机。”

孙鸣飞说：“田老师，邓小平说老干部都是党和国家的宝贵财富，我们年轻人没有经验，容易冲动冒进，还得靠您这样的老前辈指导扶持。”

田智礼顺手拿起桌上的《求是》杂志说：“党中央现在强调干部队伍的‘四化’，这‘四化’中的年轻化看年龄，知识化看学历，都是硬指标，革命化是软指标，唯有这专业化可是有学问。以后你们可要多多学习专业知识，多看专业著作，可能的话写一些论文，对你们会有好处的。”

孙鸣飞说：“田老师看问题就是深刻，拨云见日。”

话题又聊到白川。孙鸣飞说：“白川在研究室干得风生水起，上上下下对他评价都不错，社领导把他当苗子培养哩。”

田智礼说：“白川是我在患难中交下的一个小朋友，他身上有很多闪光的地方。”

孙鸣飞说：“他跟我住在一个宿舍，我了解他。他为人诚恳，助人为乐。”

田智礼说：“你回去给他捎个话，让他有空来瞧瞧我。就说小朋友不想找大朋友，大朋友却时常惦记着小朋友。”说着就哈哈笑起来，孙鸣飞和姚丽霞也跟着笑了。

田智礼说笑着，突然有些吃力地把身子朝后仰了仰，用拳头在小腿上狠狠地砸了几下，脸上显示出痛苦的表情。

孙鸣飞问：“田老师，你不舒服？”

田智礼苦笑了一下说：“人老了，全身零件都有了毛病。冠心病就不说了，这腰椎间盘突出，整得这腿上时时像有千万只蚂蚁在啃咬，实在是难以忍受。”

孙鸣飞这时想起了自学中医的父亲。他说：“田老师，腰椎间盘变形压迫神经，导致腿部酸麻疼痛，靠药物治疗作用小。我父亲曾经跟一个老中医学得一手推拿，对腰椎疾病有些小手段，不妨您有空时让他给您推拿试试。”停了一下他继续说：“他在老家，不过常来汉京。”孙鸣飞说这话时掺了水分，他的父亲其实在他参加工作后还没来过汉京城。说话时他已盘算着必要时让父亲来一趟汉京。

田智礼说：“那敢情好哇，人常说有病乱投医。既是你的父亲，肯定能给我精心整治整治。”

与田智礼一席谈话后，孙鸣飞觉得受益匪浅，尤其是田智礼关于干部队伍“四化”中专业化的重要性分析，实在是让他觉得精准老到。自那以后，他借了一些专业理论书籍，尝试着阅读钻研。毕竟自己是学汉语言文学出身的，经济学方面的功底显得差一些，好在机关里不乏擅长理论研究的人，少不了可以找到老师。挂靠在省农贸社的“农村商贸经济学会”办了一个会刊，双月出版一份内部刊物《农村商业经济》，两个编辑都是“文革”前的老大学生，孙鸣飞很快成了学会的常客。一来二往，老编辑也喜欢上了秘书科的这位年轻人，只说时下人心浮躁，难得有虚心好学、注重理论研究的年轻干部。

孙鸣飞并没有把田智礼让白川去瞧他的原话转达给白川，只是轻描淡写地对白川说自己有事情到报社去了一趟，偶然见到了田智礼老师，田老师还让给你带好哩。白川说：“田老师忙，整天四处奔波，不便常去搅扰。”孙鸣飞说：“我看见田老师时，他的案头上摞着几尺厚的材料，看了让人怪心酸的。”

功夫不负有心人。孙鸣飞像啃硬骨头一样愣是把几本与自己专业风马牛不相及的书籍读得个一知半解，又热蒸现卖找出几份下级地方农贸社关于改革过程中的矛盾和困难问题的反映材料，模仿着套用专业术语写了一篇三千字的论文，搜肠刮肚起了一个自己觉得有些彩头的名字——《农村商贸体制改革瓶颈与对策初探》。文章写好以后，又反复改动了几次。这才拿到学会去交给老编辑，腼腆地红着脸说：“老师，我写了一篇文章，想让您给看看。”老编辑卸下眼镜看着孙鸣飞：“不简单呀，小孙，大作出来了，我得拜读拜读。”孙鸣飞说：“老师您就别取笑我了，您要看着不行，就直接扔垃圾堆得了。”

三天以后，老编辑给孙鸣飞打电话让过去一趟。孙鸣飞怀着一颗忐忑不安的心到了学会办公室。毕竟这是孙鸣飞平生第一次对刊物投递稿件，他担心会贻笑大方。

老编辑开门见山地说：“小孙你第一次写稿子，文章的立意不错，对现存的问题也表述得比较透彻，就是对背后的原因分析有些肤浅，对策中有些方案提法欠推敲。”

孙鸣飞连连点头称是：“我也知道根本不够格在刊物上发表，我就是想让老师指点批评。”

老编辑在桌上拿起孙鸣飞的稿子说：“万事开头难。第一次能写成这样就已经很不错了，我帮你改了改。编辑的工作讲究文责自负，看看你能接受我的意见不？”

孙鸣飞接过稿子一看，吃了一惊，文章中除了他从上报材料中摘录整理的那一部分现存问题的表述外，有关背景因素分析部分已被改得面目全非，他书写的内容被保存下来的文字几乎不足三分之一，后边的对策部分干脆由老编辑另写了几大段。

孙鸣飞觉得脸上有些发烫：“老师我真不知道咋感谢您，让您费了这么大神。”

老编辑说：“当编辑就是给人当梯子嘛。能给你当个梯子，我心里高兴。”

孙鸣飞说：“我这就拿回去重抄一遍，好好地保存下来。”

老编辑说：“写了文章就是要给人看，又不是写日记，有啥保留的。你回去工工整整地抄一份，再拿过来。下一期的刊物挤一挤，排上去。”

孙鸣飞心里一阵狂喜。

惦记着田智礼的疾病，孙鸣飞给家里写了一封信，要求父亲到汉京住上一段时间。隔了不几天，孙鸣飞接到回信。父亲在信中说现在形势变了，大家都一门心思干自己想干、能干的事情。他在厂里的家属生活区租了一小间门面，开了个推拿按摩所，顾客不少，一时半会儿走不开。孙鸣飞立马又给父亲写了第二封信，除了提醒父亲年龄大了要照顾身体不必为挣钱太过劳心伤神外，干脆明着说请父亲来一趟汉京帮一个重要人物推拿推拿。他强调了这件事对自己前程的重要性。

接到儿子第二封信后，孙鸣飞的父母在一起商量。母亲一心在儿子身上，极力撺掇老头子听儿子的话。好在推拿按摩所没有放不下的病人，老头子给铺面挂了个“暂停诊疗”的小牌子，就急匆匆赶往汉京市。

孙鸣飞没有让父亲住到自己的身边，而是让父亲落脚到离报社家属院不远处的一家私人小旅馆。父亲一住下，孙鸣飞就给姚丽霞打电话让她转告田老师，说他父亲从老家看他来了，他让父亲在汉京多住一段时间，看看田老师有没有空，他带父亲去给田老师瞧瞧病。

姚丽霞很快回电话:“田老师问你父亲住在哪里，他去找你的父亲。”

孙鸣飞说:“田老师那么忙，哪能让他到处跑，我和父亲一块儿去找他就行了。”

姚丽霞说:“要不然我让田老师下班后在办公室等着，你跟你父亲下班后过来。”

孙鸣飞说:“没有问题。”

快下班的时候，孙鸣飞早走了一会儿。他先是赶到父亲住的小旅馆，和父亲一块儿步行到报社门口。又磨蹭了一阵子，看看时间已是六点十分，才走到传达室要通了姚丽霞的电话，说他和父亲已在报社门口等着。不消几分钟时间，田智礼和姚丽霞从报社办公大楼里风风火火地走出来。

一看见孙鸣飞父子俩，田智礼更是加快了脚步。走到孙鸣飞父亲跟前，不等孙鸣飞开口介绍，田智礼就说:“老先生，真不好意思，让你跑一趟，我应当去找你才是。”

孙鸣飞父亲第一次来省城，也不知道这位半老头是个什么官，语无伦次地说着听不太清的话。

孙鸣飞对父亲说:“这位是田老师，可是个响当当的人物。”

孙鸣飞父亲嘴唇有点儿哆嗦，到底还是没说出话来。

田智礼说："还是先到我办公室吧。"

进了办公室，孙鸣飞父亲越发拘谨起来。姚丽霞倒了一杯茶水递过去。孙鸣飞父亲刚坐到沙发上，又忙不迭地站起来，伸手接茶杯时，手一抖茶水洒在外面，热茶又烫着了手腕，忍着疼，将水杯放在桌面上，手腕在衣服上搓着。

看着父亲的窘态，孙鸣飞心里有些埋怨父亲丢份儿。

田智礼坐在孙鸣飞父亲对面的凳子上，使劲地敲着小腿说："老先生，我这两条腿外面也看不出啥毛病，就是说不上来的难受。小孙说你是推拿高手，兴许有办法。"

一提起推拿，孙鸣飞父亲来了精神，站起来在房间四周看了一圈。

田智礼问："老先生找啥？"

孙鸣飞代父亲回答说找一处能躺下的地方。

田智礼说："这样有些不尊重老先生。"

孙鸣飞父亲这时候清楚地说："找一张席子铺到地板上就行。"

田智礼当真就在地板上铺了一块桌布，按孙鸣飞父亲的要求背朝天趴下。孙鸣飞父亲半跪在田智礼的身旁，按了按田智礼的后背，点着头自言自语地说是有些问题，接着就旁若无人地在田智礼的后背上一下一下按起来。

在孙鸣飞父亲为田智礼按摩的时候，孙鸣飞就想寻机会和姚丽霞说话。姚丽霞坐在凳子上，手里拿着一本杂志漫不经心地翻看着。

孙鸣飞抬起屁股从沙发的这一边挪到靠近姚丽霞的那一边："小姚，你们这边有没有我们农村商业经济学会那本会刊？"

姚丽霞说："省上各部门的内部刊物向来都给我们有赠刊。"

孙鸣飞正想把他写的那篇文章将要刊登的事情告诉姚丽霞，却见姚丽霞把竖起的食指按在嘴巴上，示意孙鸣飞安静。

按摩了大约半个小时，孙鸣飞父亲停住了手，有些艰难地站起来。估计是长时间跪在地上，腿脚有些酸麻。姚丽霞连忙搀扶着孙鸣飞父亲的一只胳膊，安顿其坐下。田智礼翻转身坐起来。孙鸣飞伸手要去扶，田智礼摆了摆手自己站了起来，在屋子里来回踱了几步，脸上显出惊喜的神色。

孙鸣飞父亲有些气喘地问："背上有没有热麻的感觉？"

田智礼连连点头："有感觉，有感觉，不知是不是心理作用，腿上也感觉轻松了。"

孙鸣飞父亲这会儿显出了一个大夫的沉稳和自信，慢腾腾地说："中医说通则不痛，痛则不通。你的椎骨长期压迫血管和神经，造成经络不畅。通过按摩可以改变血管和神经的位置。经络通畅了，病就好了。"

田智礼虔诚地问："老先生，你说我这病能按摩好？"

孙鸣飞父亲说："常言道，病来如山倒，病去如抽丝。这可是个慢功夫，没有十天半个月，不会有太大的效果。"

孙鸣飞一旁接过话头说："田老师，我父亲这段时间打算在汉京待个把月，就让他每天给您按一按。"

田智礼说："那不行，我不能每天让老先生跑一趟。小孙，要不然我每天下班去找你父亲。"

孙鸣飞说："田老师，您见外了，明天下班我们还来。"

第二天同一时刻，孙鸣飞又带着父亲去了田智礼的办公室。一进房间，孙鸣飞就看见正中央摆着一张折叠床，折叠床的四个腿下边各垫了几块砖，床的高度正好适合按摩。沙发前的小茶几上又摆着几样点心和水果，显然是为孙鸣飞父亲准备的。孙鸣飞父亲用手使劲摇了摇折叠床，觉得很稳当，满意地说："这样最好。"田智礼招呼孙鸣飞父子先吃点儿水果和点心。孙鸣飞父亲说："先做活儿。"

让孙鸣飞有点儿失望的是没见到姚丽霞。等到按摩完毕，孙鸣飞忍不住问田智礼："田老师，小姚今天咋不在？"

田智礼说："下班时，我让她先走了。"

孙鸣飞觉得有点儿败兴。

接连按摩了一周时间，田智礼果然觉得效果明显。他告诉孙鸣飞父亲："这几天晚上睡眠好多了，走路腿也不太疼了。"孙鸣飞父亲说："要是再坚持十天左右，估计正常的生活就不受影响了。"田智礼说：

“我原来迷信大医院，对中医还有些偏见。现在看来错了，中华医学博大精深。再说了，真的是高手在民间。”

又一天，按摩完毕，田智礼对孙鸣飞说：“小孙，我跟你商量个事，省政府的欧阳秘书长你认识不？”

孙鸣飞说：“欧阳秘书长在我们社里开会时讲过话，我认识人家，人家不认识我。”

田智礼说：“欧阳秘书长和我是好朋友，跟我得了一模一样的病。今早我俩通电话时，我说我遇到了一个神医，真的效果好。欧阳秘书长责怪我，说这么好的福音为啥不早告诉他。他非让我把你父亲介绍给他不可。我说你父亲是外地来汉京小住的。他说可不可以在省政府小招待所里包一个房子让你父亲暂时住下来，好好休息着，每天抽一小会儿，他和我一块儿让你父亲调理调理。”

田智礼说完，孙鸣飞怔住了，他一下子不知道说什么好，脑子里不由得涌出了许多令他难以忘怀的场面：省农业工作会议上，欧阳秘书长器宇轩昂地发表演讲，形象何等高大；在一个农业项目剪彩仪式上，如众星捧月，欧阳秘书长何等霸气。这样的人物，平日他只有仰视的份儿。孙鸣飞脑子飞速旋转起来，攀上了这位神仙般的人物，对自己而言难以用“价值”二字衡量其中的意义。他听说多少才俊为了能有个与秘书长照面的机会，不惜花重金找门路，而今天田智礼却给他提供了这样一个令人拍案叫绝的机会，岂能不令他幸福得发疯。

见孙鸣飞半晌没有说话，田智礼以为孙鸣飞担心父亲受累有顾虑，又说：“不会让你家老爷子太受累，省政府小招待所食宿条件是很不错的，顺带让老爷子好好休息休息。”

孙鸣飞回过神来，极力掩饰着自己内心的激动，故意说道：“我有些担心我父亲没见过世面，给秘书长服务不好。”

田智礼说：“这你就错了。真要是去了，你父亲是大夫，他是个普通的病人，没有他挑剔的资格。”

孙鸣飞父亲听着儿子与这位干部的对话，知道又要给他找事，心里有些不愿意，正要张嘴婉转推辞，却一眼看见儿子严厉的眼神，那分明有一种不可抗拒的禁令传递给他，到嘴边的话不得已又咽了回去。

第二天，孙鸣飞接到姚丽霞的电话。听着那熟悉又悦耳的声音，孙鸣飞有一种陶醉的感觉。姚丽霞说田老师让她联系孙鸣飞，下午省政府办公厅的司机要把孙鸣飞父亲接到省政府小招待所。孙鸣飞略一思索说：“下午我在农贸社的院子等着。”

孙鸣飞不愿意让人知道他把父亲安排在一家私人小旅馆。中午吃完饭，他就赶到那家旅馆退了房，提着父亲简单的行李，搭公交车到了省农贸社门口。看着离下午上班还有半个小时，孙鸣飞和父亲又坐在街边花坛旁边聊了一会儿。直到上班的时间过了，大门口已经没有人，他才跟父亲一道进了院子。孙鸣飞把父亲安排坐在传达室里等着，自己回到秘书科办公室。

让父亲一个人坐在传达室，毕竟有些不方便。孙鸣飞坐在办公室，不停地看看手表，心里七上八下的。好在时间不长，电话铃响了，是传达室打过来的。孙鸣飞搁下电话急忙走到大门口，一个精精干干的年轻人自我介绍说是省政府办公厅刘秘书，受秘书长指派来接孙老先生。孙鸣飞从传达室叫出了父亲，随刘秘书坐上了停在院子里的一辆黑色上海牌轿车。

汽车七拐八扭，孙鸣飞父亲有些晕车，几次想要呕吐却硬是忍住。刘秘书忙招呼司机把车停在路边，让孙鸣飞父亲下车吐一下。孙鸣飞父亲三脚两步走到一棵行道树下，翻江倒海地吐了一大堆。孙鸣飞往地上一看，吐出来的东西里有不少咸菜末。他就知道父亲中午又是就着咸菜吃着干饼凑合了一顿。

再坐上汽车时，刘秘书嘱咐司机把车窗打开，车子尽量开得慢一些。孙鸣飞父亲坐在后排靠窗的位置，半个头几乎伸出窗外。孙鸣飞这时候心里正在紧张地盘算着见了欧阳秘书长该说啥话，该做啥动作。他设想着欧阳秘书长可能提出的问题。他告诫自己，在谈及农贸社领导的事情时，一定要停留在感性认识上，多说赞美的话，但还得注意分寸，不要让秘书长觉得肉麻。

进入省政府大门的时候，全副武装的哨兵恭恭敬敬地敬了一个标准的军礼，挥手示意进入。汽车几乎没有减速。孙鸣飞想想平日进省政府大院时，出示介绍信不说，还要核对工作证，再由传达室打电话与负责接待的部门沟通，得到同意后，才能从一侧的小门进入，而今天只是乘坐着领导的车子，就受到如此礼遇。怪不得人们都喜欢趋炎附势。孙鸣飞不免又产生几多感慨。

汽车在大院里转了几下，停在一个小院门前。刘秘书打开车门，把孙鸣飞父亲扶下车，跟司机交代了几句，司机就把车开走了。小院门前没有挂牌子，外表看着像一个普通的农家小院。孙鸣飞伴着父亲随刘秘书走进院子，却立刻有一种别有洞天的感觉。院子里面绿树成荫，正中央一个不小的池子，池子中间用太湖石堆起一座假山，假山的顶端一股水流由细变粗，在底部形成一个足有一丈宽的瀑布，哗哗的流水声让人恍若置身世外仙境。水池外圈是一道U形长廊，长廊两边是刻着各种造型的花鸟虫兽的石头柱子，廊顶被叫不上名字的藤类植物覆盖。刘秘书带着孙鸣飞父子穿过长廊进了一个大厅，说这就是小招待所。孙鸣飞四周看了一下，却没有找见服务台。偌大的厅堂里安静极了，面对大门的墙壁上挂着一幅巨型油画，是邓小平的半身肖像，背景是一片林立的高楼，无疑是寓意深圳特区。大厅的地面上摆着一圈真皮沙发，沙发皮面上一尘不染，灯光下熠熠生辉。

一个长得很漂亮的女子风摆杨柳般走过来。与刘秘书说话的时候，女子一双大眼睛忽闪着，显得风情万种。她把刘秘书三人带到二楼，打开一间房门。刘秘书对着孙鸣飞父亲说：“老人家，你这几天就住在这里，吃饭有人给你送到房间来。”

孙鸣飞的父亲经过一番晕车的折腾，刚才进小招待所时有些晕晕乎乎。这会儿一听说让他住到这里，又朝房间瞅了一眼，吓得一伸舌头就扭头朝外走。孙鸣飞一把拽住父亲的袖口问父亲干啥。孙鸣飞父亲说：“你让我折寿呀，住在这里得多少钱？”刘秘书笑了笑说：“老人家你放心，这里吃住不收钱。”孙鸣飞父亲瞪着双眼，又一次把舌头吐得长长的。

孙鸣飞这才仔细观察了一下房间的布局和陈设。房间看起来有百十平方米大，厚厚的暗红色羊毛地毯踩上去松软无比。墙壁上贴着米色的壁纸。房间用一溜屏风隔成两个区域，里面是一张约有两米宽的大床，白生生的卧具在红地毯的反衬下显得有些刺眼，大床的旁边有一道开着的小门，隐约可以看见内中瓷白的洗手池和马桶。屏风的外面摆着一张办公桌，桌上竖着一个笔架，笔架上吊着七八支大小不等的毛笔。一个大得吓人的石砚台摆在桌子中央，台灯和电话等什物一应俱全。办公桌前方又是一圈真皮沙发，中间一个茶几上摆着时令水果。在孙鸣飞看来，这房间的格局，与其说是招待所，不如说是首长办公室更为合适。不说孙鸣飞父亲，就连孙鸣飞也是第一次见到陈设如此豪华的场所。更让孙鸣飞没有想到的是，刘秘书拉开了墙壁上的一道帷幕，一整面落地窗把刚才院子的假山和绿廊尽收眼底。落地窗中间的一个小门，连着外边的独立大阳台。阳台上一个小石桌，几副竹躺椅摆在周遭。孙鸣飞内心再一次感到震撼，这哪里是凡人的生活，分明是神仙福地，想想刚才退掉的那间私人旅馆，阴暗湿霉的房间只有一道细得可怜的阳光从小窗户挤进去。他突然有一种想哭的感觉。

安排父亲坐定后，孙鸣飞不知道欧阳秘书长何时出场，心里仍有些忐忑，正想询问刘秘书还需要他做些什么事情，却没有想到刘秘书先开了腔："孙同志，你父亲住在这里你就放心，有啥事服务员随叫随到。这房间有专线电话，你把电话号码记一下，可以随时跟你父亲联系。你就先回去，你父亲也可以随时给你打电话。"

孙鸣飞没有想到会立即赶他走，心里想好的见了秘书长那些应对方案都泡汤了，不觉像泼了一盆凉水一样从头凉到脚跟。嘴上却说："我哪能不放心，就是我父亲从山沟里过来，有些事不太懂，给您和领导添麻烦了。"

刘秘书嘴里说着客套话，起身做出送客的姿势。在父亲仍然傻愣愣的神态中，孙鸣飞走出了小招待所院子。接他们的汽车早已不知去向。孙鸣飞回首看看小招待所的院门，依然给人一种再寻常不过的感觉。

小半天工夫，孙鸣飞觉得自己的见识又提高了不少。人和人外表看着差不多，但那些寻常表象背后的差距，却是常人难以了解且根本无法理解的，芸芸众生就像一个庞大的金字塔，塔顶永远都是极少部分。孙鸣飞不禁暗暗给自己鼓劲，王侯将相宁有种乎？要想出人头地就得努力拼搏。想着心事，走到大门口，却被哨兵的高声呵斥吓了一跳。孙鸣飞抬头一看，哨兵正威严地盯着他，一手指着大门旁边的侧门。原来自己低头误走了正门。孙鸣飞急忙歉意地点点头，退了几步从侧门出了大院。又走了半站路，寻得一路合适的公交汽车，挤上去买了票，倒了一路车，回到农贸社院子。进了办公室，看看离下班还有一段时间，又给姚丽霞拨了一个电话，想把父亲已经住到省政府小招待所的事说一下，却被电话那边告知姚丽霞不在办公室。

孙鸣飞静静地坐在椅子上，近一段时间的场景像电影一样在他的脑海里翻腾。给姚丽霞提供报料，本来只是想取悦这位可人的学妹，无意中与田智礼拉上了线。他心里清楚这位声名显赫的理论家背景很深，故而不惜让老父亲丢下日常营生，来汉京城为田智礼一个人服务。而让他万万没有想到的是，他的行为收到了立竿见影的效果，不几天工夫竟然以这种方式与堂堂的省政府秘书长牵上了线。孙鸣飞觉得与其说是机缘巧合，不如说功夫不负有心人。虽然说今天下午没有见上欧阳秘书长，但他坚信付出总有回报。退一万步讲，即使欧阳秘书长是个无情无义的人，孙鸣飞起码可以把父亲给欧阳锋治病的事情当作资本，在关键的时刻亮出来唬唬别人。想到这里，孙鸣飞觉得应当给自己这几天的辛劳，做基本圆满的评价。

孙鸣飞又想起了父亲。父亲毕竟是一把年纪了，大老远跑到汉京城，却不得不住在价格低廉的私人旅馆，伙食就更不用说了。当父亲跪在地板上给田智礼按摩的时候，他心里到底还是有几分不舒服。今天下午坐车的时候，晕车给父亲带来的痛苦，他看得清清楚楚。做为人子，不能让父亲安享晚年，反倒让父亲继续为自己受屈受累，孙鸣飞不禁心里有些酸楚。可转念一想，父亲其实是在为儿子做着难以估量价值的工作，一旦见效，儿子回报父亲的能力与当下比较，必然不可同日而语，父亲的投入无疑是值得的。

孙鸣飞心里更明白，要想博得姚丽霞对他的青睐，他必须具备足够的实力。自己的家庭背景乏善可陈，唯一的资本是自己的才华和学识。可现在这年头已经盛行拜金和拜权，以知识分子身份为荣的人，已显得有些迂腐，他必须尽快取得一顶帽子或保持强劲的上升势头，否则，丘比特神箭不可能轻易射向自己。以他对姚丽霞最近一段时间的观察，姚丽霞虽然没有向他明确示爱，但至少对他充满了好感，他要想办法让这种好感升温，由量变到质变，让好感升华为爱慕。他要把自己的优势尽可能地展示给姚丽霞。前几天，孙鸣飞已经取得了报社特约通讯员的头衔，他要利用这个平台，多收集资料，多写文章，多与姚丽霞沟通交流。另外，获得田智礼的好感与信任也是必不可少的条件。等到这些条件具备得差不多了，他就要勇敢地向姚丽霞展开猛烈的爱情攻势。毕竟都到了谈婚论嫁的年龄，一旦机会丧失了，一切都可能成为终生遗憾。

第二天，孙鸣飞按照头天记下的号码给父亲拨去电话。电话通了好长时间，却没有人接。他忽然想到也许父亲正在给欧阳秘书长做理疗，就没敢再继续拨号。过了个把小时，他再一次把电话拨过去，依旧是无人接听，不免有些担心。他连着拨了几次，直到第四次拨通，才有一个柔和的女声应答。孙鸣飞问房间的住客在不在，对方说这位大爷好像不会接电话，她是打扫卫生的服务员，听着电话连响了几次没人接，她才拿起电话的。孙鸣飞让对方把话筒交给住客。一会儿话筒中传来父亲有些哆嗦的声音。孙鸣飞说：“爸呀，以后电话铃响的时候，你要拿起来接一下。你有啥事也可以给我打电话。昨天我把电话号码给了你，你要不会打就让服务员给你帮忙。”孙鸣飞父亲“噢噢”了几声后，对孙鸣飞嚷着要离开这里。孙鸣飞问：“是不是吃住得不好？”父亲说：“不是吃住得不好，是太好了消受不起。”孙鸣飞说：“爸，你就当是长见识哩，再说也是为了我好。”父亲说：“时间长了能让人疯掉。”

孙鸣飞最关心的事情是那个领导的理疗做得咋样。父亲说：“昨天晚上那个老领导和另外一个领导一起来推拿，老领导恢复得很好，新来的这个领导第一次做不会有明显效果，但是做完后他还是说感觉好多了。”孙鸣飞听后觉得一阵欣慰。

转眼十来天过去了，孙鸣飞父亲的抱怨日甚一日。孙鸣飞与父亲通电话的时候，父亲问孙鸣飞是不是想要了他的老命。

孙鸣飞说：“爸，你住那里，好吃好喝，干活儿又不累，像神仙一样逍遥，你咋把享福当受罪呢？”

父亲说：“神仙？那你来当当神仙试试，我一个人关在这笼子里，比坐监狱还难受。我感觉我都不如动物园笼子里的那些猴子，起码猴子还可以看外边的游客，我就是一个人傻乎乎地在这里闷着。”

孙鸣飞哀求父亲：“爸，你这么说我能想明白。你就当是为你儿子或者是为你未来的孙子，再坚持几天。”

又过了两天，田智礼给孙鸣飞打来电话。

孙鸣飞一听是田智礼，急忙问：“田老师，您的病这几天咋样了？”

田智礼说：“小孙我可得好好谢谢你，你父亲的医术真是了得。我这做了也就半个多月，感觉好像是痊愈了。欧阳秘书长效果也很明显。那天秘书长跟我开玩笑说他负责在省政府大院开个小诊所，聘用你父亲坐堂，保准顾客盈门。”

孙鸣飞听着心里像灌了蜜一样，嘴上说：“田老师，能治好你们的病，比啥都好，再继续坚持一下，都会痊愈的。”

田智礼却说道：“小孙，秘书长让我跟你商量一下，你父亲在汉京城的时间太长了，老头子吵着要回去。秘书长说为了我们两个人，让老人家老待在这里不人道，也显得我们太奢靡了。秘书长说要不然先让老人家回去，过三两个月再来汉京一段时间。”

孙鸣飞心里有些恨父亲不争气：“田老师，我父亲就是那个脾气，您不用理他。看病需要持之以恒，不能前功尽弃。”

田智礼说：“小孙，你不对。对老人要理解，要尊重，要不然我们的良心会不安的。咱们就这样办，让你父亲先回去一段时间。”

随后不长时间，办公厅刘秘书打来电话，说欧阳秘书长让安排车子把老先生送回老家，问孙鸣飞什么时候出发，要不要孙鸣飞陪着回去。孙鸣飞客套着说不需要车送了。刘秘书说秘书长已经安排过了。孙鸣飞想起父亲晕车的情景，说：“我父亲坐不了轿车，怕晕。如果方便的话，能不能找一辆吉普车，明天就可以送回去。”刘秘书说知道了，就挂上了电话。

十来分钟后，王副理事长打电话让孙鸣飞到他办公室去一下。孙鸣飞急忙放下手中忙活着的材料赶过去。一进门，王副理事长罕见地从椅子上站了起来，有些神秘地问孙鸣飞与省政府欧阳秘书长是啥关系。

孙鸣飞一时有些回不过神来，摇摇头说没有啥关系。

王副理事长说：“小孙你藏得很深，这不刚刚秘书长让秘书给我打电话，要省社派一辆吉普车送你父亲回老家。”

孙鸣飞明白了事情的根由，装出轻描淡写的样子说：“我父亲是个老中医，专程来汉京给欧阳秘书长看病。”

王副理事长若有所思地点了点头，没有再问什么，就抓起电话给办公室主任吩咐让预备一辆吉普车下乡。

孙鸣飞突然觉得有些不妥，连忙说：“理事长，不要安排车了。我父亲没福，坐不成小车，不管是吉普车还是轿车，一上去就吐得天翻地覆。”

王副理事长问：“那咋办？”

孙鸣飞说：“理事长您不用操心了，我想办法。”

把父亲从小招待所接出来，孙鸣飞问父亲：“还要不要玩几天？”父亲说：“好儿子哩，你把我饶了吧，我看见这些高楼就觉得气短。咱山沟里多舒坦，哪有这样嘈杂，我一分钟也不想在这里待了。”孙鸣飞只好带着父亲直奔长途汽车站，替父亲买好了回家的车票。

父亲还是挎着来时的包，高一脚低一脚地朝着大客车走去，走出几十步，却又转身走回来，在衬衣口袋里掏出了一沓钱，塞到孙鸣飞手里："我差点儿忘了，昨天下午那两个领导一人给了我一百元，都给你。"

孙鸣飞吃了一惊："你咋能要他们的钱？"

父亲说："我不要能由得了我？人家是领导，吐个钉子就是铁。让我拿上，我不敢不拿。"

孙鸣飞一跺脚："爸，你真是犯糊涂。"

父亲却语重心长地说;"傻孩子，你爸没见过世面，可懂得人情。人家是领导，给咱东西，就像皇帝给臣子赏赐，你敢不要，怕是不想活了。"

一句话提醒了孙鸣飞，如果父亲真的坚决拒绝，难免会使欧阳秘书长认为父亲别有所图。父亲的接受无疑是对的，看来姜还是老的辣。

孙鸣飞把那一沓钱又递回到父亲手中："你把钱带回去花吧。"

父亲说："现在日子好过了，我开小诊所挣钱不少，足够我跟你妈花了，你在城里边花销大，留着给你补贴用吧。"他一边说着一边硬是把那沓钱塞进孙鸣飞的口袋，走出几步又回头做了一个鬼脸说："快点儿找个媳妇，我和你妈还等着抱孙子哩。"

孙鸣飞的手伸进口袋，捏着厚厚的一沓似乎带着父亲汗湿的票子，望着父亲远去的背影，眼睛有些潮湿。

也许是心理作用，孙鸣飞感觉从那一天起，王副理事长对自己的态度发生了一些微妙的变化，经常有意无意地说几句关切的话。看他的眼神也显得体己多了，偶尔有几次还亲昵地拍拍他的肩头。

双月刊《农村商业经济》刊登了孙鸣飞的署名论文《农村商贸体制改革瓶颈与对策初探》。杂志还专门加了编者按，称本文作者以深刻细致的观察，揭示了农贸体制改革老大难问题的形成背景和根源，并以独到的见解开出了药方，对改革的进一步深化有一定的参考价值。文章的末尾注明作者系省农贸社办公室秘书科干事。刊物发到各处室，不消半天工夫，孙鸣飞就成了被热议的人物，有人说没看出来这小伙子理论上还有两下子，还有人断言孙鸣飞下一步将是省社重点培养的第三梯队骨干人物。孙鸣飞在大楼和院子中与人照面时，赞扬声不绝于耳。孙鸣飞表面上波澜不惊，嘴上谦逊地说："见笑了，见笑了。"心里却是乐开了花。

拿到散发着油墨味的杂志，孙鸣飞第一个想着给姚丽霞送一本去。忽然又想起姚丽霞给他说过，省上各行业编辑的不管公开还是内部的专业杂志，报社都能收到赠刊，还是等着姚丽霞自己去翻阅吧，以免让姚丽霞嘲笑自己轻狂。孙鸣飞又认真地把自己的文章通读了两遍，觉得文通字顺，观点新颖。当然，他内心实实感谢几乎是重新构架思路并执笔润色文章的老编辑。但不管怎么说，文章的立意和格局论起知识产权来讲，仍当属他孙鸣飞无疑。他很想与姚丽霞交流一下自己的创作感想。

孙鸣飞设想姚丽霞读到文章后，一定会为他深刻的思路与独到的见解而深深折服，最终这种折服必然幻化为爱慕。现在时机已经到来，该是他向姚丽霞表明心声的时候了。他要让姚丽霞知道，红都之行后，有一颗火热的心一直在为她激荡，他要正式向姚丽霞抛出红线，只要姚丽霞拉住这根红线。他们俩就将紧紧地拴在一起。

孙鸣飞酝酿了几天时间，他要用美丽的辞藻编织一份奢华动人而又朴实大方的情书。他想着既要把姚丽霞的高雅与柔美充分地赞誉，也要把他孙鸣飞那一颗赤诚火热的心完美地坦露，同时恰到好处地展示自己的优势和未来的强劲势头，更要把两个人比翼双飞后必将奔向辉煌的未来大加渲染。孙鸣飞相信以他自己中文系本科毕业生的扎实功底，遣词造句虽不敢说已达到炉火纯青，但驾轻就熟应当是没有问题的。

孙鸣飞没有想到，因为他自己马虎，让舍友白川无意中看到了他刚写了个开头的情书，阴差阳错地把一个情敌在上战场之前就消灭了。

汉京大学法学系教授、兼职律师周华安挂帅组建的律师事务所挂牌开业了。律师事务所以挂靠的汉京大学法学系为背景，取名“京法律师事务所”。律师事务所吸收法学系有兴趣从事律师业务的教授、副教授、讲师等一干人员，又网罗了周华安近年来保持联系的一批弟子，既有政府机关各部门的工作人员，又有大型企事业单位的管理人员，一个庞大的兼职律师队伍就拉起来了，屈指一算人数超过五十人。法学系有不少毕业生分散在本省各级法院、检察院、公安局，因为政策因素，政法干警不得从事律师业务，这些人中又有好多热心母校事业的人组成了律师事务所顾问班子。一时间，京法律师事务所的成立成为本省政法系统头号新闻。开业那天，律师事务所在汉京大学招待所举行了隆重的剪彩揭牌仪式，省市高中级法院、检察院、公安局、文教局、工商局等沾边的单位都派了代表前来祝贺，省司法厅长和汉京大学校长共同持剪铰开了红绫。不绝于耳的鞭炮声后，在浓浓的硫黄味道中，司法厅长发表了热情洋溢的贺词。他说，京法律师事务所的成立，是本省司法工作中的一个里程碑事件，标志着法律服务市场的全面启动，必将推动全省法制建设迈向一个新台阶。

在律师事务所成立之先，周华安郑重向白川提出邀请，希望白川能够出任律师事务所主任助理。白川了解了事务所人员构架后，觉得自己难以胜任。他给周老师坦陈了自己不能胜任的原因：他担心，一是骨干兼职大都是曾经的师长，自己不好进行管理；二是他本身在农贸社专职工作就比较忙，又要经常下乡，怕顾不上事务所的工作误事。周老师听完后哈哈大笑说：“律师工作本来就是天马行空，独往独来。律师事务所不是个管理机构，而是个服务平台，日常工作就是受理案件，为律师提供各种执业手续，不存在管理上不好意思的问题。”至于白川本职工作繁忙一节，周老师认为不碍事，事务所会聘请两个专职行政人员，白川只需要利用业余时间参与一些工作就行了。最后，周老师强调说：“白川，我让你当主任助理，是想让咱们事务所表现得多元化、有活力。咱们的主要成员都是学校的老师，年龄也都偏大，思想闭塞，保守是通病。你是农贸社的干部，与社会接触面广，又年轻，咱俩搭档着做了一回事，我觉得挺舒心，就想让你帮我个人场。”周老师话说到这份儿上，白川就没有理由再拒绝了。

律师事务所揭牌典礼之后，又请全体到场人员吃了一顿饭。饭后，来宾们一哄而散，留下了所有的兼职律师，在学校礼堂举行了第一次全所律师大会。会上，周华安介绍了事务所组织架构和主要组成人员，向大家表示了自己乐于奉献、大展宏图的决心。稀稀拉拉的掌声之后，周华安给大家透露了一个让所有人吃惊的消息。

周华安说：“自从律师制度恢复以来，我们就一直念着一本经《律师暂行条例》，而这部条例开头就给律师定性成‘国家法律工作者’，这和律师工作的本质格格不入。全世界都知道律师是自由职业者，而我们国家却要给它套上一个国家名义的紧箍咒。大家想一想，我们办案子，是当事人掏钱聘请的，但我们却对国家负责，这岂不是笑话。”

周华安说到这里，大家一阵“嗡嗡”声，不外乎交头接耳表示赞同。周华安又做了一个手势，示意大家安静：“今天司法厅长给我说了一个消息，我觉得挺振奋的。厅长说，中央高层已经意识到这个问题，下一步要制定专门的《律师法》与国际接轨，明确律师是社会法律工作者，真正让律师行当成为自由职业。”

周华安一落音，大家热烈地鼓起掌来。

周华安接着说：“接下来的话，可能就让大家有压力了。既然律师是自由职业者，就得靠自己的实力吃饭。过去我们当律师，实行考核制，单位一张推荐表，司法厅一考察，盖个圆戳，律师工作证就发给你。现在不行了。厅长说，马上要实行考试制，所有的律师都要通过统一的律师资格考试，然后再经考核合格后，发给律师执业证。”

会场上有人迫不及待地发问：“过去的工作证作废不？”

周华安答道：“肯定作废。不管新老人员，一律执行新政策，我们在座的各位同仁，都得考试。”

周华安诙谐地说：“我真的担心，等到我们下次开会的时候，一半的人不见了。”

会后，周华安特意给白川交代，最近要抽出些时间好好复习一下，千万别弄出主任助理考试被淘汰的笑话，并叮咛白川如果需要复习资料，尽管到他那里去拿。白川问周老师考试是过关制还是选拔制，周华安说他不清楚，但听厅长的意思，这一次考试将从严掌控。

与周华安老师的一场合作，让白川对律师工作产生了浓厚的兴趣，他第一次感受到法律作为一门科学，竟是如此的神奇。同样的客观事实，同样的法律条文，站在不同的角度，运用不同的思维方式，却会得出截然不同的结论。周华安老师的一个新颖的思维方式，让韩浩平的人生命运发生了大转折，这其中的价值与功德，似乎难以衡量。在一定程度上，白川甚至觉得应当感谢韩浩平，正是因为有了他的案子，才让自己与周老师牵上了线，才让自己与律师结下了缘。现在，周老师又让自己做助手，不用说他要铆足劲儿大显一番身手，可他现在要做的事情，就是得首先给自己“充电”。无论如何要通过律师资格考试，否则，对不起律师事务所，对不起周老师，更对不起自己。

自从无意中知道孙鸣飞与姚丽霞的恋情后，白川平常与孙鸣飞相处一室时，总觉得有些别扭。给苏春明外甥女买的那件米老鼠玩具，仍然静静地塞在床下的纸箱里，白川几次想拿到办公室送给大老张，但又觉得似乎对不住苏春明的一片诚心。晚上孙鸣飞开心地哼着小曲的时候，白川总有一种头疼欲裂的感觉，他现在最大的愿望就是尽快调开宿舍和孙鸣飞分开住。这天晚上，白川给孙鸣飞说他最近要参加律师资格考试，需要熬夜复习功课，很担心影响孙鸣飞的休息。其实孙鸣飞正处在事业与感情双丰收的征途上，何尝不想一个人独居一室？两人很快达成了共识，权益得靠自己争取。两个人商量后，就共同去找办公室主任请求安排单身宿舍。

韩浩平出事后，总务科长这个当年因人设岗的位置就一直空缺着，原来由韩浩平负责的事务还得找办公室主任。当白川和孙鸣飞共同找到办公室主任说明情由后，办公室主任倒是通情达理地表示这个问题早该解决，让年轻干部一直住在招待所，也实在是说不过去。其实办公室主任心里明白，长江后浪推前浪，世上新人换旧人，孙鸣飞和白川都是被大家看好的后起之秀，没准哪一天扶摇直上就成了处长甚至更高层次的领导。为了给自己留后路，还是不能轻易得罪年轻人。

但主任显得有些为难："社里新落成的家属楼已经分下去了。按照狗撵兔原则，住了新房就得把原来的单身房腾出来匀给年轻同志。可有些老同志就是不自觉，住进新房不搬离旧房，苦了你们这些年轻人。"

孙鸣飞说："主任，我们理解组织上的难处。希望能再做做工作，让我们尽快离开招待所。"

就在孙鸣飞和白川走出主任办公室时，主任却又叫住了两个人："我有一个不成熟的想法，有些难缠的问题，得要想出好思路。我估计那些不愿意搬出老房子的人，多半是心里有想法，想跟单位上谈条件。咱们何不把未收回的房子提前分给需要住房的人，这样，那些无理占房的人脸面上就过不去了，你们这些急等住房的人也可以催他们搬离，岂不是能尽快解决问题？"

孙鸣飞和白川相互看了一眼，都觉得这是个好办法。

孙鸣飞说："主任，难为你为我们年轻人着想，我们得好好谢谢你。"

主任说："我回头给王副理事长请示一下，争取尽快落实下去。"

办公室主任这一招还真灵，很快白川和孙鸣飞就各自拿到了单身宿舍的钥匙。利用星期天时间，白川和孙鸣飞把自己简单的行李用职工食堂购菜的人力三轮车，搬到各自的新宿舍。搬完家，孙鸣飞提议去小酒馆吃一顿饭，庆贺两个单身职工真正实现了形式上和实质上的统一，实至名归。

白川接到了周华安的通知，律师资格考试将在下个月十号统一进行。按周华安的说法，此次考试是司法部授权省司法厅在本省举办的，考试结果由司法部确认，以后类似考试将会升格为全国统一进行。今年的试题也许会相对简单一些，一定要抓住机会，像参加高考一样打一场硬仗。白川屈指一算，离开考时间也就剩下二十来天，他觉得时间有些紧张。但转念一想，考试是最公平的竞争方式，每个参加考试的人员都面临同样的压力，大家拼的无非是实力和努力。他相信以他四年本科努力学习的功底和他做事情的刻苦程度，他不会输给别人。

四眼主任不愧是个通情达理的领导，他对白川从事兼职律师工作一直持支持态度。他是从教书先生的岗位上转行过来的，作风有些涣散，爱打麻将，平常说话口无遮拦，有时候不太招同僚待见。但他最大的特点是尊重知识、尊重求知的人。

这几年来，四眼主任眼见白川钻研好学，工作积极肯干，好多事情上为研究室撑了面子，打心眼儿里喜欢这个年轻人。听说白川要参加律师资格大考，四眼主任免不了又是一通热情洋溢的鼓励，他甚至要求白川把考试提高到与本职工作同样的高度上看待。主任说："我们社里要有人才，培养人才是我们未来工作取胜的必要条件。下一步还要评职称，我们研究室少不了经济师、会计师、政工师，你能考上律师，我们的人才可就全活了。"为了能让白川腾出时间潜心复习，主任说最近不给白川安排工作，白川也可以不来办公室，就在单身宿舍复习功课。主任又给白川施加了一些压力："白川，你要是落榜了，可就辜负了我的一片心。"面对这个说不上亲切、偶尔还会让他有些生厌的四眼主任，白川心里一阵感激。

白川拿出了当年参加高考的劲头，把学校里读过的教科书又翻出来重新摆在床头。考试大纲划定了八门课程范围，有"法学理论""宪法""刑法""民法""经济法""刑事诉讼法""民事诉讼法""法律实务"。对这八门课程，白川感觉难以应对的是最后一门"法律实务"。因为迄今为止，他仅仅与周老师办过韩浩平一件案子，而且在检察院起诉环节之前就消化了，虽然自己是学法律的，但于法律工作实务而言，他基本上还是门外汉。他忽然想起了苏春明，苏春明在公安系统已经干了五年多，实践方面的知识应当积累得比较丰富。白川决定与苏春明联系一下，起码可以在苏春明那里找些资料看一看。

这天上午，白川拨通了中城公安分局经侦大队的电话，接电话的是个女同志。白川说找苏春明。对方问：“你是什么人，找苏春明干啥？”白川对这种问话方式有些反感。平日在自己的办公室，已经习惯拿起话筒后顺嘴说声：“你好！”可公安局的干部仍然还是这种尾大不掉的老爷作风，不由得让人生厌。

白川心里反感，嘴上却编了个谎说：“我是苏春明的表哥。”

对方一听，口气变得柔和了，但却有些责怪地说：“你是他表哥，你还不知道，苏春明他老父亲昨夜突发脑溢血，现在正在抢救。今天没来上班。”

白川大吃一惊，忙问在哪个医院。对方说好像是在京都医院脑外科。

京都医院是解放军军医大学附属医院，是汉京市规模最大且医术公认最高超的医院。苏春明父亲在那里就医，估计病得不轻。白川放下电话，略略思考了一下，从抽屉里拿出刚领的工资装进口袋，出了农贸社院子，搭公交车直奔京都医院。

京都医院不愧是大医院，好像全市、全省的人都来这里看病了，偌大的就诊大厅被挤得水泄不通。看到这情景，白川想起在红都下乡时看到的河滩上的集贸市场。

说是部队医院，但拥挤的人群中却难觅军人的踪迹。从衣着打扮看，有城里人，也有乡下人。白川一时弄不明白，如此人满为患，到底是因为医院太少，还是因为得病的人太多？

按照导医牌的指引，白川寻到了脑外科住院部，这里相对人少一些。白川拦住一个护士模样的白大褂，询问是否有一个姓苏的新病人。白大褂目不斜视地信手指了指护士台上的病员栏。白川凑到病员栏前，在密密麻麻的病员卡中来回找了三遍，才发现一个写着“苏启东”名字的卡片。一看年龄五十七岁，病名是急性脑部出血，床位是二十八床，白川心里断定这位应该是苏春明的父亲。他急忙寻到二十八床，不想房间三张床上，二十七床和二十九床上两个病人正挂着吊瓶，唯中间的二十八床空空如也。白川急问病房的人二十八床哪里去了。回答说可能在手术室。

在标着“手术”字样的手术室门口，白川一眼看见坐在门口条椅上疲惫不堪的苏春明。苏春明看见白川后站起身，问白川咋来了。白川没有说话，只是紧握着苏春明的手。他看见苏春明眼里布满了血丝，头发有些凌乱，显然是经历了一番折腾。与苏春明一起坐在条椅上还有几个人，苏春明介绍说是他的几个同事，还有一个是他的姐夫。白川点了点头，算是和大家打了招呼。

苏春明的父亲头天夜里下床上卫生间时，突然发病摔倒在地板上。苏春明的母亲听见声响起来，一看情形着了急，摇又摇不醒，搬又搬不动，无奈之下给正在值夜班的儿子打了个电话。好在苏春明正守在电话机旁，一听母亲说了父亲的病症，懂得点儿法医学的苏春明嘱咐母亲千万不要挪动父亲身体，随即又拨通了急救电话。等到苏春明搭了辆出租车急急火火回到家时，楼下已停着一辆闪烁着红灯的救护车。

手术整整进行了十三个小时。苏春明父亲推出手术室的时候，已经是晚上八点钟。病人头上严严实实地包裹着纱布，仍然处于深度昏迷状态。大夫宣布手术成功，开颅后脑腔内的积血已经清理干净。大夫说亏得发病后病人未发生大的体位挪动，且送医及时，否则凶多吉少。苏春明长出一口气，问医生病人能否健康痊愈。大夫说这要看后期的恢复情况，理想的话可以做到生活自理，不理想的话可能会长期卧床，但要想回到发病前的身体状况，几乎是不可能的。苏春明听后心情又沉重起来。

按照医院的规定，病人术后要留在重症监护室观察一段时间。在此期间，家属需要昼夜陪伴。手术完毕后，苏春明的几个同事陆陆续续散去，只剩下苏春明和他的姐夫以及白川三人。晚上十时，住院部要清理闲杂人员，重症监护室每位病人只允许留下两名陪员。苏春明让白川快点儿回去休息，白川提出让他与苏春明一起陪护。苏春明姐夫说那成何体统，论义务也该由自己来陪护。白川只好对苏春明说：“明天我休息，早上我过来换你。你可要注意休息，别把自己折腾垮了，父亲还需要你照顾。”苏春明问白川明天为什么不上班。白川说领导给了他一个月的假期。

第二天吃完早餐，白川包里装了几本用于复习的课程和笔记本，又去了京都医院。他琢磨着自己刚好可以在医院一边帮助苏春明陪护病人，一边读书复习，两不误。

一到脑外科住院部，苏春明有些兴奋地告诉白川，他的父亲今天凌晨已经苏醒了，意识很清楚，医院说根据现状可以判断病人今后生活自理能力应当没问题。苏春明说话的时候眼眶中溢出了泪水。

白川也有些动情地说：“春明，你真是个孝子。”连着两天两夜不合眼，白川真担心苏春明撑不住：“我今天不用去上班，在这里守着。你和姐夫都回去休息吧。”

苏春明转身对姐夫说：“姐夫，我昨天晚上还睡了一阵子，精神头还行，你先回去吧。”他又对白川说：“父亲在重症监护室，他病房二十八床铺闲着，我睡了一会儿。”

苏春明姐夫离开后，白川问道：“春明，你过去没有跟我说过你还有姐姐。你姐姐、姐夫在哪里上班？”苏春明答道：“我没顾得给你说清楚，那是我表姐夫，就是娟子姐的丈夫，在一个中学里当老师。”白川这才明白过来。

白川和苏春明像一对亲兄弟一样，共同在医院陪护苏春明父亲。几天时间，有了白川的分担，苏春明在精力和心理上都感觉轻松了许多。苏春明父亲恢复得很快，第三天就可以靠着被子坐起来了。老头子打心眼儿里喜欢白川这个小伙子，他甚至用不太流畅的语言说：“你们就……就……结拜成……成兄弟吧。”白川笑着凑到老人的耳朵边说：“叔啊，我们本来就是好兄弟。”

在陪护苏春明父亲的过程中，白川没有耽误复习课程。他常常坐在一个小马扎上，把书摊在苏春明父亲脚下的床铺上，一边看着书，一边做着笔记。隔壁病床上的大爷看着眼热，不解地问白川这么老大不小了，上几年级。白川笑笑说自己在学校没学下东西，这会儿补课哩。大爷说不晚，《三字经》上讲，有个梁灏，八十二岁时才考中了状元，看人家那是啥劲头。没想到苏春明的父亲慢吞吞地吟起了三字经："……若梁灏，八十二。对大廷，魁多士。"白川一听惊讶地张大了嘴巴。苏春明高兴地说："爸，你脑子还这么好使。"苏春明父亲说："没坏。"

从外地采访归来的姚丽霞一听说姨父得急病已住院做了手术，没顾得上歇息，就风尘仆仆地赶到了医院。她到了病房后意外地看见了白川。看着姨夫身体状况还算不错，姚丽霞松了一口气，回头问白川怎么也来了。

苏春明说："他不是来了，他是一直在这里待着，赶上我这个做儿子的了。"

白川说："我最近休假，不上班。刚好过来替春明做些事情，顺便看看书，两不误。"

姚丽霞说："真得好好谢谢你，替我们尽孝了。"

姚丽霞对苏春明说："春明哥，你和白川都该歇歇了。我跟单位请了几天假，我来陪着姨父，你就放心吧。"

苏春明说："小霞，你是女孩子，在这里不方便，我有白川帮着，能行。"

姚丽霞嘴巴撇了一下："春明哥，你不要再老是女孩子女孩子了，我不比你差多少。再说姨父得了这么大的病，我不尽尽孝，你是让我良心不安哩。"

苏春明拗不过姚丽霞，对白川说："也好，那就让小霞白天顶一阵子，咱俩都回去休息一下，晚上我再过来替换。白川，你就不用过来了。"

白川回到宿舍，摊开书本继续复习功课。可不知怎么心里老是静不下来。他心里明白，姚丽霞的再次出现，又让他心里翻江倒海。这两天在医院里一忙活，他就忘记了苏春明和姚丽霞的关系，直到在病房里猛然看见姚丽霞，他还觉得意外。等到姚丽霞朝着苏春明父亲喊“姨父”的时候，他才恍然大悟。在病房里，姚丽霞完全是一个普通的女孩，没有铅华，没有修饰，她像任何一个病人家属一样，毫无掩饰地显示出自己的紧张、担心，进而又毫无顾忌地释放着释然、轻松的情绪。白川近距离地注视着她，甚至能感觉出她起伏的心跳和呼吸的气息。他觉得生活中的姚丽霞更纯真、更动人。白川有些遗憾，为什么在病房的时候，他没有寻机会和姚丽霞握一下手。而他也有些不明白，姚丽霞为什么自始至终没有向他伸过手。

白川又想起了无意中看见的孙鸣飞写了开头的那份情书。那一刻，他在心中刚刚点着爱的火苗，还没等到熊熊燃起，就被无情地浇灭了。为了得到解脱，白川强迫自己用更大的热情投入到工作中去。在这期间，他的脑海中不时浮现出姚丽霞的身影，不由自主地猜想着姚丽霞与孙鸣飞的爱情进展。但每次想到这些的时候，他又理智地在心中责骂自己没有出息。他耻笑自己看见姚丽霞长得漂亮，就觉得在哪里见过，感觉人家有才华，就心生倾慕，十足的一个轻浮之徒。再说，明知孙鸣飞和姚丽霞两个学兄学妹共坠爱河，自己还想入非非，莫非要上演一场令人不齿的三角之恋？

但是责骂归责骂，白川脑子里那团乱麻似的东西却总是挥之不去。

这一段时间，因为各自都已经有了单身宿舍，白川和孙鸣飞见面的机会少了，只是每天在食堂吃饭和上下班时能碰上面。白川留意着孙鸣飞的表情，依然是志得意满。白川知道孙鸣飞最近在《农村商业经济》上发表了一篇论文，已经有人给孙鸣飞送了个“小理论家”的头衔。孙鸣飞的这种喜悦与欢腾，肯定是因为事业爱情双丰收。孙鸣飞的这种表现，越发让白川坚定了不再放任自己情感的决心，他要拿得起放得下。

然而，再次看见姚丽霞的时候，白川却实在不能自已。他一方面告诫自己要理智、克制，一方面却又冒出一些歪理：爱情是自私的，我爱你是我的权利，你可以不爱我，但你不能剥夺我爱你的权利。他常常在心中呐喊：白川，你是个胆小鬼，十足的懦夫，既然你爱一个姑娘，为什么不去大胆地追求，也许只有你的爱才能让你爱的姑娘真正得到爱的滋润。你的消极，将会使你爱的姑娘永远丧失幸福的机会；白川，你不去大胆地表达爱，实际上是虚伪的哥们儿“义气”作怪，爱情哪里容得下“义气”二字，你简直是在犯罪！

整整一夜，白川在床上又像烙烧饼一样翻过来倒过去，直到窗外放亮，还没有入睡。按照昨天的计划，他今天白天要继续去医院陪护苏春明的父亲。这几天，一边照顾病人，一边看书复习课程，已经习惯了，虽说累，反倒觉得很充实。但今天早上起床后他却改变了主意，他不打算去医院了。昨天晚上，一番激烈的思想斗争之后，理智终于战胜了冲动，他不能与他的同事兼好朋友在爱的战场上厮杀，尤其是朋友在明处，他不能暗中悄无声息地出击。他要以男子汉的气度克己求义。既然已经拿定了主意，他就不能再让自己有任何可能引起思想波动的机会。姚丽霞一定还在医院，他不愿再与她打照面。好在苏春明的父亲已经好多了，苏春明一个人也可以照顾得过来，何况还有姚丽霞和姐夫搭把手，自己不去，不会有什么大问题。

转眼二十多天过去了，全省律师资格统一考试如期举行。功夫不负有心人，一段时间的脱产复习，让白川感觉应对考试虽谈不上轻松，但也还算从容。两天四节考试，涉及八门课程的考题全部做完。除了某些案例分析吃不准以外，在概念解释、选择填空、问题回答等内容上白川自觉没有出现大的失误。在考场上，白川亲眼看见不少昔日的老师也戴着花镜，与他同堂考试，心里别有一番滋味。周华安老师也在考生之列。考后的相互交流中，对认识不一致的答案，经反复分析后，认为各有对错。周华安对白川坦言说：“考试是最公平的竞争方式。在考场上没有身份，没有地位，没有资格，只有实力。你信不信，等结果出来，我们这些老家伙考（烤）糊的数目，肯定比你们年轻人多。”白川说：“周老师，你的观点不一定对。你试试，让大学教授再去考一次大学，说不定还会有一大批人落榜，你能说教授没有实力吗？所以，考试也未必公平。”周华安爽朗地笑着点了点头：“你说的也有道理。”

参加完律师统考，白川又正常上班了。这天早上，白川接到苏春明打来的电话。苏春明关心白川的考试结果。白川说马马虎虎就那么回事儿了。

苏春明说：“你这样讲，我感觉有八九成的把握，等你把律师干成气候了，我也辞职随你去闯江湖。”

白川问苏春明他父亲恢复得咋样？

苏春明说：“我给你打电话，正是要说说这事。老爷子出院后，没几天就能下地扶着墙活动，现在已经拄着拐杖四处去转了。连医生都说是不可思议的奇迹。”

白川听后高兴地说：“可喜可贺，真是福音。”

苏春明又说道：“可没想到住了一场院，惹了个大麻烦。”

白川略有些诧异。

苏春明叹了口气：“回家后，他一直跟我妈唠叨，说他得了一场病，捞了个比儿子还可爱的小伙子。他说你白川在医院伺候他比我还耐心周到。这不，天天闹着让我把你叫到家里去，还说要把你认成干儿子哩。我妈也想见见你，表表她的谢意。”

白川这才明白过来，看看办公室里没有人注意，对着话筒压低声音说：“我不过是尽了一个朋友应尽的责任而已。叔叔也太在意了。我想如果我摊上同样的事，你也会义无反顾的。孟子都说老吾老以及人之老嘛。”

没想到话筒里传来苏春明略显不满的语调：“白川，我咋觉得你有些油腔滑调，这么说你不愿意到我家去，不愿意让我父母看见你？”

白川连声道歉：“不是，不是，春明你误解我的意思了。我只是觉得我做了该做的事，不必老挂在嘴边。至于去你家，如果不怕打扰叔叔和婶子，我天天去都行。”

苏春明说：“不啰唆了。这个礼拜天，你到我家去，中午一起吃饭。记着我家的地址：汉京科技学院教工新村八号楼三单元二楼。实在记不起来时，到新村里边问生物系苏教授家在哪，问不过两个人保准有一个人会指给你。”

汉京科技学院和汉京大学相距不远。在汉京各大学名次排列上，两所大学几乎难分伯仲，前者是纯理工科学校，后者是综合大学。在汉京大学读书期间，白川经常参加两个大学之间共同举办的诸如球类友谊比赛之类的活动。每逢学校晚上放映露天电影，另一个学校的学生也会夹着凳子穿过一条马路来凑热闹。白川对汉京科技学院的熟悉程度，几乎赶得上对母校的了解。

礼拜天早上吃完饭，白川在农贸市场买了一些水果，倒了两路公交车，轻松地赶到了汉京科技学院教工新村。尽管记着苏春明告诉他的地址，但他还是想试试苏春明的说法对不对。白川向一个看上去有四十来岁的教工模样的人询问生物系苏教授家，果不其然，教工不假思索地告诉他直往前走，到尽头左拐第一栋楼八号楼就是。教工又特意告诉白川，苏教授前一段时间患病做了一场大手术，现在正在家里养病。白川这下明白苏春明并没有吹牛，看来苏春明的父亲在汉京科技学院应当是一个大名鼎鼎的重量级人物。

按过门铃后，三单元二楼的房门打开了。开门的正是苏春明。看见白川，苏春明高兴地紧紧和白川拥抱了一下，接过白川手里提着的水果放在茶几上。

苏春明的母亲应声从房间走出来，嘴里忙不迭地说：“这孩子就是白川呀！”

白川弯了一下腰说：“婶子，你好。”

苏春明母亲拉住白川的手，把白川左右端详了好一阵子，笑呵呵地说：“怪不得老头子要认你当干儿子，敢情就是一个人见人爱的好小伙。老头子在医院那几天，难为你不嫌脏，不嫌累。我家春明有你这样的朋友，真让人打心眼儿里高兴。”

白川有些不好意思地用手挠着头说：“婶子你过奖了。”

苏春明母亲拉着白川坐在客厅的沙发上。

白川在客厅环顾一周，不见苏春明父亲的影子，便问道："苏叔叔呢？"

苏春明母亲喊了一声："老头子！"

就听见里面屋子传来洪亮的声音："小白来了！"听声音全然不像一个刚做过开颅大手术的病人在说话。

苏春明抬起屁股要进里面房子，却被母亲按住："让他自己多活动，恢复就得靠锻炼。"话音未落，就见苏春明父亲拄着拐杖走出来。

白川急忙站起身来，握住苏春明父亲的手说："叔叔真不错，恢复得这么好。"

苏春明父亲说："到阎王爷那里转了一圈，人家嫌咱心急，给赶回来了。"大家都笑了起来。

白川搀着苏春明父亲往沙发上坐，苏春明父亲摇摇手说："没那福分。"苏春明从旁边搬过来一个藤条椅放在父亲身后，扶着父亲的腰坐下去，又接过拐杖放到墙角，转身对白川说："沙发太低，坐不下去，也起不来。"

苏春明父亲头上戴着一顶绒线织成的帽子，帽子下檐能看见花白的短茬头发，面色红润，五官端正。白川曾听说脑溢血发作治愈后的病人会有后遗症，重则瘫痪卧床，轻则口眼歪斜、涎水不断。但是看着坐在藤椅上的苏春明父亲，却没有任何明显症状。

"孔老夫子说，老而不死谓之贼。"苏春明父亲说话的时候，依然声音很大，"生老病死，是自然规律。我经了这一场病，想得开了。该死的时候就得死，死不了的时候，还得高高兴兴地活着。"

白川笑着说："叔叔，我没听说过孔子有那句话。我觉得，不管咋说长寿总是好事情。"

苏春明母亲一旁说："你叔虽说是个教生物的，可就是爱钻研老古董，床上尽放些《弟子规》《三字经》《朱子家训》《增广贤文》之类的书。孔子的话他不会记错的。"

白川说："婶子这我信。在医院里，叔叔头上缠着纱布的时候，就背《三字经》哩。"

苏春明父亲说："中国传统文化博大精深，老先人留下来的东西真的是宝贵遗产。你读着那些东西就感觉句句在理，实在是至理名言。"

苏春明插话说："爸，你年轻上学时专业选错了，该搞古典文学。"

苏春明父亲说："我研究生物学，也免不了常常在老先人留下的这些教诲中找窍门。"

苏春明父亲问起白川大学时读的专业。白川回答说是汉京大学法学系的本科生。苏春明父亲问白川毕业分配时为什么不到公检法机构。白川说是学校定的方案。

苏春明父亲脸上显出一些忧郁："不到公检法好。春明在公安局，我整日替他操心。现在的公安跟过去可是大不一样了。我年轻的时候，人们看见警察，都觉得亲热得不得了。你再看看现在的警察，有多少老百姓朝着后背指指点点。"

白川说："叔叔您言重了，警察大部分都是好人。"

苏春明父亲摇了摇头："想想电影《今天我休息》中的马天民，多么可亲可敬的一个人。可现在这年头，哪里能找到那样的民警？"

苏春明母亲从茶几上拿起一根香蕉，剥掉皮递给白川："你别听你叔瞎咧咧，吃点儿水果。"白川一边说着"谢谢婶子"，一边接过香蕉，又转递给苏春明父亲。

苏春明父亲摆摆手说："小白，你不客气。"又把眼光对着茶几上的一串香蕉说："香蕉古称甘蕉，是芭蕉科植物，在热带地区广泛栽培，限于地球南北纬三十度以内。它的营养成分除了蛋白质、糖、钾之外，关键是富含其他水果少有的磷，对人有清热、润肠、解毒、生津作用。我们北方气候干燥，食用香蕉可是益处大着哩。"

苏春明说："爸，你又上课了。"

白川说："叔叔就是知识渊博。"

门铃突然"叮咚"地响了几声，苏春明起身去开门。一阵欢笑声从门外传来，接着一个约莫五岁的小女孩蹦蹦跳跳地跑进来。苏春明母亲伸开双臂把孩子搂到怀里，一边喊着"毛毛"，一边在孩子的小脸蛋上左右亲着。

白川没有想到，来人中竟然有姚丽霞。

看到白川，姚丽霞似乎也有些诧异，点了点头算是打了个招呼。

苏春明从母亲怀里拉过毛毛，给白川说：“这就是我的小外甥女毛毛。”他又指着和姚丽霞一同进来的另一个女人介绍说：“她就是娟子姐，毛毛的妈妈。”

白川明白，娟子就是姚丽霞的姐姐，赶忙站起来说：“娟子姐好，我是春明的朋友白川。”

姚丽娟说：“知道，知道，春明常说起你。”

苏春明父亲问娟子今天咋能腾出空闲来。姚丽娟说：“我昨天晚上刚跑车回来，要在家歇上三天，今天过来看看姨父。”说着就用拳头轻轻捶打着苏春明父亲的肩头。

白川定神再细看一眼娟子姐，惊讶地张大了嘴巴。

娟子姐分明就是几年前白川去康宁时，在火车上遇到的那位列车长姚丽娟。

已经过去了上千个日日夜夜，康宁的经历永远无法从白川的记忆中抹去。在列车上的那一段难堪经历，可以说是他走向社会经受的第一场人生历练。在拥挤的车厢中遭窃后，难辨身份的白川被缺乏素质的乘务员推来搡去，在面临着被赶下火车的当口，就是这位娟子姐慧眼识真情，以她特有的身份，为他解围，维护了他已经被践踏得难以言表的最后一丝尊严，并且在离开时慷慨地送给他两元钱的盘缠。多少个日子过去了，每每想到这一幕，白川都觉得心里涌出一阵暖意。参加工作后，遇到需要出手的情形，他都会义无反顾。他觉得唯有如此，才在心底深处对得住那位此生也许再也见不到的好心的列车长。而今天，这位列车长就站在他跟前。世界竟是如此之小。

姚丽霞注意到白川的表情，打趣着对苏春明说：“姐姐走到哪里都聚人气，按摩的手法专业得让人刮目相看。”说着把嘴朝着白川的方向努了努。

苏春明没话找话：“白川，你吃水果。”

白川没有理会苏春明，用有些颤抖的声音问道：“娟子姐，你还认得我吗？”

姚丽娟从姨父的肩上挪开手，看了看激动的白川，茫然地摇了摇头。

“你是汉京到康宁那趟火车上的列车长？”

姚丽娟点点头：“我跑过的路线有好几条，汉京到康宁的线也跑过。”

白川继续说道：“娟子姐，你记不记得几年以前有一次在火车上，一个大学生身上的钱和证件被偷了，被乘务员当成逃票的要赶下车。是你相信了那个大学生，给他出了证明，还给了他两块钱……那个大学生就是我。”看着姚丽娟仍没有反应，白川又强调说：“就是康宁发洪水的前夜。”

姚丽娟努力地想了想，有些不好意思地摇了摇头：“我们跑车，天天都会遇上稀奇古怪的事情。时间太长了，我真的想不起来。”

“娟子姐，”白川动情地说，“那一次的经历，我终生难忘。说实话，当你表示相信我的时候，我硬是忍住了泪水。在拿上你给我的那两块钱时，我还是偷偷地抹了眼泪。”

姚丽霞这时听明白了，故作调侃地说：“白川，合着说你在康宁的英雄壮举是娟子姐成就的。没有娟子姐，你到不了康宁。”

一句话又把姚丽娟说蒙了，转脸看着姚丽霞不作声。

姚丽霞说：“白川到了康宁后，正好遇上大水，在洪水中救人，在飞驰的火车头前挽救生命，参加抗洪救灾，成了人所共知的大英雄。”

姚丽娟笑着说：“原来是这么回事。”

白川说：“娟子姐，你雪中送炭赠给我两块钱，我只说以后没有报答的机会。今天见了你，真是缘分。”

姚丽娟说：“小白，你就别说了。干我们这行，少不了要多做善事。区区小事一桩，算不得什么。”

白川突然拍了一下脑袋，有些恍然大悟地笑了起来，对苏春明说道：“我今天才算是搞明白了，我第一次见丽霞的时候，就觉得好像在哪里见过。田老师取笑我见了美女失态。后来我给你说也许因为你们兄妹长得像，才让我对丽霞有似曾相识的感觉，你也嘲笑我。你现在看看娟子姐和丽霞长得有多像？”

苏春明说：“好了，好了，我给你平反，你是柳下惠，绝对的正人君子一个。”

白川说：“娟子姐的形象在我的脑海中刻得太深了。”

苏春明的母亲在一旁拍了一下手：“你们都是我的孩子，能聚到一起，真让人高兴。今天中午，我给咱们包饺子，一来相聚高兴，二来也庆祝你姨父死里逃生。”

姚丽霞说：“姨妈呀，做饭的事情轮不上你，你和我姨父歇着，我和娟子姐下厨房。”

苏春明说：“妈，你给咱们备馅儿料，娟子姐和小霞和面擀皮，我和白川包。”

一旁的毛毛奶声奶气地说：“我还当运输队长。”

姚丽娟拍了一下毛毛的头：“小家伙就爱包饺子。往常我一跑车回来，毛毛就闹着我和他爸爸包饺子，为的就是把我擀好的皮儿运给她爸。”

苏春明父亲笑呵呵地说：“我们大家一起动手，一起做，一起吃，多好。”

皮儿擀好了，苏春明母亲把饺子馅儿端到茶几上。姚丽霞、姚丽娟、苏春明、白川四个人一起围上来包饺子。

姚丽霞用筷子夹了一点儿馅料放到鼻子下闻了闻说：“姨妈拌的馅儿真叫一绝，大葱虾皮猪肉馅儿吃了二十多年，愣是没吃够，有时晚上做梦都能馋醒。”

和姚丽霞近距离地待在一起，白川仍然觉得心跳得厉害。他包饺子的手艺本就有些差，因为心神不宁，手也有些颤抖，几次把馅儿撒在茶几上。毛毛童言无忌，指着白川说：“叔叔笨。”姚丽娟说：“叔叔是干大事的。”

姚丽霞似乎看出了白川的紧张，为了活跃气氛，微微一笑说：“白川你给我们说说，你最近干了些啥大事？”

苏春明接过话来:“你可不要小瞧白川，人家现在可是大律师，高举正义之剑，祛邪扶正，除暴安良哩。”

姚丽霞又问道:“前几天省上律师资格统一考试，动静挺大的。我们报社还专门派人去采访了。你参加考试了吗？”

白川说:“领导给了我几十天假，脱产复习了一段时间，考试算是考了，就是不知道能不能过关。”

苏春明说:“白川要是考试过不了关，估计没人能过关。”

姚丽娟捏饺子的手法显得很娴熟，馅儿往皮儿上一搁，双手合着一挤，一个饺子就成形了。

白川问:“娟子姐，你包饺子咋那么专业？”

姚丽娟答道:“你知道军人都会包饺子，那是训练出来的。我们铁路上是准军事化管理，包饺子也是我们训练的项目之一。”

白川说:“隔行如隔山。你们那个行当满世界跑着看风景，真让人羡慕。”

姚丽娟说:“说起隔行如隔山，我到现在一直闹不清公安局、检察院、法院是啥关系，现在又来了一个律师，听着让人云里雾里的。”

没等白川答话，苏春明说:“娟子姐，我给你通俗地说，公检法都是办案子的，公安局抓住了一个坏人，交给检察院审查，检察院说这个人该惩罚，就交给法院，法院一落实，说公安局和检察院做得对，该杀该关我说了算。这整个过程中，律师当评论员，提意见，说是非。”

姚丽娟说:“搞那么复杂干啥，是坏人抓住一判不就得了。”

苏春明看了一眼白川说:“怪不得党中央三令五申强调全民普法哩。”

白川笑笑说:“我听了一个段子，说公安局是一群蛮干的，检察院是一群捣蛋的，法院是坐堂胡判的，律师是把局面作乱的。”

苏春明说:“我还听过一个更绝的段子，说公安是瓜熊，检察是犟熊，法院是黏熊，律师是瞎熊。”惹得大家哄堂大笑。

话题又转到记者行当。

苏春明说:“小霞，你们整天满世界乱窜，到处煽风点火，唯恐天下不乱，越乱你们越高兴。”

白川说：“春明，你可不能这样歪曲我们神圣的新闻事业。一个社会制度的健全与否，在很大程度上取决于舆论监督，民主的进程就寄希望于新闻工作者。要不然为啥说记者是无冕之王呢？记者抑恶扬善。我们哪个行当都离不开。”

苏春明停住手抬起头，哈哈地笑了几声：“哟嗬，几时学会拍马屁了？挺专业的。”

白川不好意思地笑了笑，忽然想起田智礼，就问姚丽霞：“丽霞，最近田老师身体咋样，下乡了没有？”

姚丽霞说：“白川，你就是架子大，田老师说他和你是忘年之交，他是大朋友，你是小朋友。他整日惦着你，却不见你搭理过他。他捎话让你去他那里坐坐，也从来不见你的影子。”

白川有些吃惊，抬起头盯着姚丽霞问：“田老师啥时候捎话让我去他那里？我平日里只怕田老师工作太忙，不敢轻易打扰。”

姚丽霞说：“田老师让你们单位的孙鸣飞给你捎话，我就在当面哩。”

白川没有作声，他在脑子里回忆着最近和孙鸣飞的交流片段。他记得孙鸣飞给他说过在报社遇到田老师，但并没有说过田老师让他去坐坐的事。白川想着也许是孙鸣飞忘记了，就随口说：“孙鸣飞现在是你们发展的特约通讯员，整日里急着写稿子，又发了一篇论文，挺忙的。”

苏春明抬起头问道：“你们是说白川的那个同事孙鸣飞吗？”

白川和姚丽霞不约而同转脸看着苏春明。

白川问：“你熟悉孙鸣飞？”

苏春明嘴角露出了一丝嘲讽：“白川你忘了，几年前那个案子中他可是你的同案犯。”

白川拍了一下脑袋，不好意思地笑了。

姚丽娟有些惊愕，看着苏春明，似乎用眼神询问是咋回事。

苏春明说：“娟子姐你别误会，白川的确犯过案子，可正是那个案子，让我结识了一个好兄弟。你要是知道案子内情，你就会说白川是好样的，事实也证实白川是冤枉的。”

姚丽娟说:“这么说你们办案时把小白和那个姓孙的一起冤枉了。”

苏春明慢悠悠地说:“白川和那个姓孙的可是两码事。咱们和他是两路人，隔席不搭筷子。”

听着苏春明莫名其妙的话，白川有些不解。姚丽霞眼睛更是瞪得大大的。苏春明却有些大大咧咧地站起来说:“不说没趣的事儿。饺子包好了，准备开饭。”

饺子端上桌，苏春明的父亲夹了一个放到嘴里，吃完后咂巴着嘴说:“几十年的味道还是没变。”

姚丽娟说:“姨父，你跟着我姨妈一辈子也享福了。”

苏春明父亲说:“我做完手术清醒后，想的第一件事就是你姨包的饺子。我只说今生有机会吃饺子，生命还能说有质量，吃不成饺子时，就是活着也少滋味。”

苏春明说:“爸，你的追求也太低了。”

苏春明父亲说:“你们不懂，饺子是中国食文化的精髓。相传医圣张仲景卸任长沙太守后赋闲在家，时逢冬至时日，见百姓冻饿交加，好多人耳朵都烂掉了，就制成了‘护耳汤’，‘护耳汤’中煮着饺子，四处放饭。百姓吃了寒意尽无，舍饭一直放到大年三十夜深。这就是我们冬至和除夕夜吃饺子的由来。”

姚丽娟说:“跟姨父在一起，吃饭学习两不误。”

白川却清清楚楚地看见，饭桌上的姚丽霞一直没有说话，情绪有些低落。

傍晚时分，白川回到宿舍，洗了一把脸，和衣躺在床铺上。大半天的场景，在他的脑海中又像放电影一样过了一遍。苏春明一家人给他留下了深刻而又美好的印象。苏春明的父亲知识渊博、乐观诙谐。苏春明的母亲快活能干、善良朴实。意外重逢的娟子姐快人快语、落落大方。还有聪明伶俐、讨人喜欢的毛毛。至于姚丽霞，这个让他心仪已久的姑娘，也许是人家窥破了他的内心世界，表现得有些矜持。白川不由自主地回忆着姚丽霞从进门的那一刻起一直到分手告别时的每一个环节。他有些纳闷，姚丽霞的情绪前后差别很大，包饺子的时候还是眉飞色舞，而到了吃饭的时候却郁郁寡欢。这到底是什么原因，难道是因为他白川的某一句话，或者某一个动作，引起了姚丽霞的不快？

白川想起来了，姚丽霞情绪的变化是在苏春明提到孙鸣飞之后。看得出来，苏春明对孙鸣飞似有微词，这一点让白川和姚丽霞都感到意外。可以肯定地说，姚丽霞对苏春明有关孙鸣飞的评价是十分在意的。这说明了什么？答案只有一个，姚丽霞与孙鸣飞的关系已非同一般。

白川不由得又琢磨起孙鸣飞来。孙鸣飞与苏春明并无交集，有的只是警察与当事人之间短暂的工作接触，苏春明为什么流露出对孙鸣飞的厌恶？他忽然又想起姚丽霞嘲讽他架子大的话。既然田老师托孙鸣飞带话让他去，孙鸣飞为什么把口信截留了，难道真的是因为孙鸣飞太忙忘记了？想着想着，白川觉得一头雾水。

比白川更为惆怅的是姚丽霞。

从汉京师范大学中文专业实验班毕业，姚丽霞有幸分配到本省权威媒体西部日报社当了一名记者。良好的家庭教育和姣好的容貌，让她具备了记者的先天优越条件，尤其是跟上了一个知识渊博、资历丰富、人脉广泛的老师田智礼，几年时间，她的记者工作就做得有声有色。现在，她已经是社里公认的青年才俊。有人断言，不久的将来，她会成为社里的金牌记者，坐上前排交椅。姚丽霞工作上取得成就的同时，少不了会有诸多小伙子向她示爱。可姚丽霞偏就是眼头高，对频繁伸出的橄榄枝总是视若无睹，渐渐地她成了同龄异性心目中冷傲的刺玫瑰。在对农贸社系统的一次外出采访中，无意间结识了算是学长的孙鸣飞。同学相逢，一见如故。孙鸣飞对她关怀备至，照顾有加，她心里生出了一丝好感。后来随着工作联系的密切，她与孙鸣飞的来往更多了。然而有一天，当她突然接到孙鸣飞正式的求爱信时，她却觉得原来自己丝毫没有思想准备。她扪心自问是否能够接受这一份爱，答案却模棱两可。对孙鸣飞的才华和学识，她认为无愧于母校的名声，对孙鸣飞的为人处世，她找不出明显缺点。但姚丽霞却总觉得孙鸣飞浑身都长着眼睛，说话办事拿捏的尺度，就好像事先经过排练一样太过成熟。经过几天的思考，她给孙鸣飞发了一封再简单不过的信，信中只写了寥寥几句话："学长，我没有思想准备。让我们再彼此加深了解，好吗？"孙鸣飞很快又给她洋洋洒洒地回了一封信，大意是对姚丽霞没有拒绝这份爱感到兴奋与激动，同时表示要以加倍的付出，袒露一颗赤诚的心，直到修成正果，有情人终成眷属。

表哥春明在提到孙鸣飞时显露出的鄙夷与不屑，让姚丽霞吃了一惊。姚丽霞没有舅舅，就母亲和姨娘姐妹两个。由于走动得密切，姚丽霞姐妹俩与春明情若同胞。自打小时候起，在姚丽霞的眼里，春明哥就是自己的保护神，有哪个小朋友欺负了她，她会正告对方春明哥会替她算账。苏春明为人耿直，疾恶如仇，在待人处事上缺少一些圆滑，他眼里的人非黑即白，非白即黑。但是可以肯定，能让他产生厌恶的人，至少在做人方面存在着严重缺陷。他那么讨厌孙鸣飞，到底是因为什么呢？他与孙鸣飞只有一桩案件办理中的交集，难道说在案子中孙鸣飞做了不可告人的事情？

姚丽霞又想起了田老师让孙鸣飞带话给白川的事。田老师虽然是以开玩笑的语气与孙鸣飞说这一番话，但田老师托孙鸣飞带话让白川来报社的意思，却是清清楚楚，而今天白川的态度显然说明孙鸣飞并没有传话过去。白川不可能说假话。难道真是孙鸣飞太忙忘记了？不可能！答案只有一条，孙鸣飞不想让白川与田老师来往过多。当孙鸣飞自告奋勇把自己的父亲介绍给田老师看病的时候，看着年迈的孙父跪在地板上为田老师按摩，姚丽霞内心涌出的感动与心酸兼而有之，但学长孙鸣飞却在伺机与她谈论别的，让她心里不由生出一些异样。

姚丽霞又在心里琢磨起了白川。这个她曾经在未谋面的情况下塑造出来的笔下英雄，全部的素材来自于田老师的介绍。田老师是一个理智绝对高于情感的人，他对一些现象和人物的评价近乎冷酷。然而，在谈到白川的时候，能感觉出来田老师发自内心的赞叹，他甚至用“洪水中的天使”这样的溢美之词评价白川。那篇报道白川的通讯最后由田老师亲自署名，也足见田老师真实的情感。后来在田老师办公室，她第一次见到这个平平常常的小伙子，却并没有在心里留下太深的印象。红都的采访过程，她只是感受到这个年轻人充满活力，浑身集聚着使不完的能量，与他在一起，似有一种无形的感染力促人奋发向上。后来，当表哥春明知道他们之间的工作关系后，时不时在她跟前把白川褒扬一番，有时候甚至会让她觉得表哥别有用心。姨父住了一次院，竟要认白川做干儿子。这一切不由得让她对这个年轻人产生了浓厚的兴趣。与孙鸣飞相比，白川最大的特点是本真和纯朴，而这一点似乎又恰恰是孙鸣飞所缺少的。

想着想着，姚丽霞又有了几分自责。自己为什么用另一个异性的长处去衡量正在对她展开爱情攻势的异性，莫非自己在选手中进行选择？而白川并没有对自己有任何非正常的表示。她觉得自己有些可笑。

可不管怎样讲，她觉得在自己对孙鸣飞的追求做出正式表态之前，一定要弄明白表哥春明对孙鸣飞厌恶情绪的由来。

第八章

律师资格统考成绩下来了。果不其然，白川各门课程顺利过关。这天，白川接到周华安的电话。周华安让白川抽空去一趟事务所，商量一下统考结束后在册律师的管理问题。白川与周华安约定利用周末时间碰个头。

礼拜天一大早，白川收拾好东西，出门准备搭公交车去汉京大学。在公交车站牌下，白川苦等了十几分钟，却没有坐上车。接连过去的三辆公交车都没有在站上停车，估计是车上太拥挤，司机不得已甩站而过。白川看了看表，离与周老师约定的碰头时间只剩下半个小时，再等下去必然会迟到。为了避免浪费周老师的时间，白川前行几步，离开公交站台，扬手拦了一辆出租车。

出租车是近年来发展起来的行业。曾几何时，乘坐出租车还是寻常百姓遥不可及的消费项目。早先，汉京市旅游汽车公司集纳了全市的豪华车型，作为这个城市的门面，专门为外宾提供出租服务。没几年工夫，当标着出租字样的出租车满大街穿梭揽客的时候，这个行当昔日的辉煌，早已不再。车型大部分降格为低档的东欧进口车如拉达、波罗乃兹等。白川拦下的出租车是一辆黄色的菲亚特，这种车虽额定乘员四人，却只有左右两门，乘客进入后座时需要挪开前排的椅子。又因为它车型小，没有后备厢，外形酷似一只皮鞋，市民们遂送它一个雅号“跑鞋”。

“跑鞋”停在白川身边。白川拉开车门，把自己塞进副驾驶座。为了避免车顶碰头，他尽量把屁股靠前坐着。司机问白川去哪里，白川回答说去汉京大学。听着声音有些熟悉，白川不由自主地把目光转向司机，他惊讶地发现，开车的是已经有一年多没见过面的韩浩平。

“韩科……”话一出口，白川意识到不合适，连忙改口，“老韩，是你呀，咋跑出租了？”

韩浩平一看拉上的主儿是白川，有些不好意思：“我早起出门时，看见院子的杨树上落了一只花喜鹊。我就跟你嫂子说没准今天咱家要来客人哩，不想却在这里碰见了你。”

白川这时候想起了第一次见到韩浩平时，韩浩平在总务科意气风发颐指气使的模样，心里觉得有些酸酸的。他故作轻松地问：“老韩，现在你是给自己干，挣钱多是自然的了，关键是自由。”

韩浩平长叹了一口气：“白川，我现在信命了。命里该有的少不了，命里不该有的，来了也守不住。我命里就是个车夫，当兵的时候开车，这不，现在还得抓方向盘。”

白川想起了韩浩平的老岳父魏老理事长，顺口说道：“你老泰山也该帮帮你。”

韩浩平转头看了一眼白川，显然没听明白。

白川解释说：“我是说你孩子他姥爷。”

韩浩平在方向盘上拍了一把：“你别提魏秀琴她爸了。为我辞职的事儿，不让我进他家门了。我也给魏秀琴撂下话，此生不干出个名堂，不会再上他家门受窝囊气。”停了一下，韩浩平又用略带同情的口气说：“老头子也可怜，女儿跟了我，觉得在人前抬不起头来。现在又离休了。唉，这年头，落架的凤凰不如鸡。听魏秀琴说，她爸现在一天到晚把自己关在家里，闭门谢客。”

一个小学生横穿马路，韩浩平一个急刹车，白川的额头撞到了前风挡玻璃上。韩浩平连声道歉。

白川揉着额头："干你们这行当还真有点儿风险。"

韩浩平说："没准哪一天出个事，还得进那个四堵墙里。"

白川说："老韩，你别说晦气话。"

韩浩平说："这一辆车两个司机两班倒。车老板每月要给管理处交费，要给公司交份子钱，还要修车、加油。我每天一班得给老板交五十元钱，不拼死拼活地跑，就得贴钱。这活儿一急，就少不了出岔子。"

白川说："还是安全第一。"

车到汉京大学门口，韩浩平把车停在路边，笑笑说："不好意思，得让你走一截路。这种'跑鞋'车上不了台面，一般单位的门卫都不让进去。"

白川摸出钱夹，却被韩浩平按住了手："白川，能给你服务一次，我心里高兴。你就别见外了。"

白川抽出了一张五元票子，死活塞进韩浩平手里："老韩，做生意不容易，咱们交情归交情，规矩还得有。"

白川下了车，韩浩平又叫住白川："白川，我给你个电话号码，你和你朋友以后有事外出，提前一天给我打这个电话。这是车老板家的号码，她会告诉我。"

看着白川远去的背影，韩浩平心里五味杂陈。

当初亏得周华安律师和白川的努力与周旋，韩浩平被检察院免予起诉，交由农贸社做行政处理。毕竟韩浩平是老理事长的女婿，王副理事长不能不多方开脱，加上班子其他成员不看僧面看佛面，顺水推舟给韩浩平一个"留用"的待遇。可韩浩平却觉得脸上无光，无法承受这种巨大的反差，瞒着唠叨不停的妻子，毅然决然地交了辞职书。待老理事长知道情况后，木已成舟，虽气了个半死，却也无奈，从此放了话，不准女婿登门。

韩浩平丢了公职，虽面子上做了"此处不留爷，自有留爷处"的态势，可心里难免有些虚。看着胖妻子整日愁眉苦脸的样子，他一时也是急火攻心。后来，打听到自己一个战友的妻子是旅行社导游，在一家出国中介服务公司兼职，中介公司需要帮手，经战友介绍，韩浩平前去应聘。对方一听韩浩平是从省直机关辞职下海的，指望着韩浩平拉一些客源，就让韩浩平做了推介部副经理。到底是在机关待了多年，待人接物上能把握分寸，韩浩平的工作颇得老板认可。谁想祸从天降，两个月后，经中介公司介绍到美国的一批劳工在旧金山机场被遗弃，滞留的劳工被美国移民局扣留。经美国警方介入调查，引进劳务的一家当地华人企业涉嫌诈骗，把劳工缴纳的中介费席卷一空逃之夭夭。后来劳工们被美国警方遣返回到国内，一下飞机就集体跑到中介公司，把办公室砸得一塌糊涂。大批警察到场后，把公司员工一个不留，一窝提溜到公安局。审查了两天，韩浩平因不是主要责任人，获得释放。此事在古城汉京市闹了个天翻地覆，电视台报道了，报纸刊登了，中介公司的大门随后被盖着汉京市工商局大印的封条糊了个严严实实。韩浩平下海后的第一份工作泡汤了。

开出租是妻子魏秀琴的主意。中介公司一出事，韩浩平也连带受些牵连，让魏秀琴没少担惊受怕。丈夫回家后，魏秀琴力劝丈夫找一个靠手艺吃饭的营生，她说天底下饿不死手艺人，丈夫会开车，不妨去开出租。起初，韩浩平觉得开出租有些丢面子，经不住妻子唠叨，也就想通了。随后托人在出租汽车公司联系车辆。出租汽车公司车辆分两种，一种是产权归公的车辆，数量不大，早已被公司原来的老职工承包一空。一种是挂靠的私车，车主每月给公司缴纳份子钱。韩浩平经人说合，决定跟一辆档次最低的“跑鞋”车老板合作。车老板是个离异的女人，除了经营一辆车子外，据说还开了一间小烟酒店，是个号称“女强人”的能干女人。韩浩平与女老板言明两班倒，前半月韩浩平开白天，女老板开夜晚，后半月韩浩平开夜晚，女老板开白天。韩浩平每天上缴女老板五十元承包费，多出部分归韩浩平，不足部分补足。

跑了几天，每天果然也有一二十元的个人进项。在与其他司机偶然交流的过程中，韩浩平才知道“跑鞋”车半日承包费的行情就没有低于五十元的。韩浩平庆幸自己遇上了一个好雇主，跑车时也就越发卖力。看到女老板又要跑车，又要经营店铺，韩浩平主动提出把自己每天跑车时间增加一小时，这个时间的收入全部上缴。女老板说韩大哥是个实在人。

比起在单位挣薪水，干出租确实来钱快多了。按每天收入二十元算，韩浩平月收入可以达到六百元，这比在农贸社当科长的工资整整高出十多倍。韩浩平琢磨着辛苦几年，自己也攒钱买上一辆车子，成为真正的老板。

但是很快，韩浩平就体会出了什么叫苦不堪言。自从开起出租，韩浩平没有睡过一场安稳觉，没有吃过一顿消停饭。值白班时，他每天早上五点起床，骑自行车赶到交车地点，然后一整天蜷缩在车座上，吃饭多半是对付。有时候一个干饼子外带一个苹果就是一顿午餐，能吃上带汤水的饭那叫奢侈。最要命的是上厕所，大街上供人方便的厕所本就很少，车上有客的时候又不能扔下客人独自离开车辆，唯一解决的办法就是尽量少喝水，学会使劲地憋。白天还好说，到了值夜班的时候那叫一个难，迷茫的夜色中要时刻注意路况，还得瞪大眼睛在路两边搜寻搭车的人。疲倦的时候，恨不得用火柴棍儿把上下眼皮撑起来。车上空着的时候，跑快了怕空驶里程太多，跑慢了怕找不到搭车的人。一旦遇上个酒鬼搭车那就惨了，一分钱车费不付不说，说不出目的地赖在车上不下，也是常事，没准还会给车座上翻江倒海地吐出一大堆秽物。摊上这些事总还有些心理准备，遇上更憋屈的事情想给人说都难以启齿。那天晚间，一个二十来岁的女子坐上车要去车站，到车站后，女子问车费多少钱，韩浩平说五元。女子趁韩浩平没在意，突然撩开衬衣，把肥大的奶子在韩浩平身上蹭了一下，坦然地甩出一句“五元值了”，就下车扬长而去，气得韩浩平狠狠地骂出一句粗话。

用出租车司机们的话说，出租不是人干的，起得比鸡早，吃得比猪差，干得比牛累。跑车一段时间后，韩浩平就觉得身体有些吃不消。转念想想，女老板跟他一样两班倒，连一个女人都能承受得了的艰难，自己好意思说苦说累吗？韩浩平这下子明白了那些坐在办公室喝茶聊天的人，整日抱怨搞导弹的不如卖茶叶蛋的，实在是身在福中不知福。

每天回到家里，韩浩平就像散了架一样趴在床上，半天一动不动。魏秀琴看着丈夫的样子，真感到心疼。她变着法子给丈夫做些有营养的饭食，可韩浩平却觉得没有胃口。魏秀琴认为如此下去不是长法，试探着给丈夫提出不行的话换个事儿干干，或是在家歇一歇。韩浩平冷笑着回敬妻子："让我开出租是你的意思，这会儿刚刚顺手了又改行。回家歇着，你让我一个大男人靠老婆养活，吃软饭不成？"

好在家里的事情有魏秀琴撑着，不需要韩浩平操心。魏秀琴早年高中毕业后没考上大学，在家当了一年待业青年，后来父亲找人说话，把魏秀琴安排在省百货公司劳动服务公司。劳动服务公司经理为了讨好领导，让魏秀琴做了办公室的财务人员。可魏秀琴天生不是干财务的料，一张简单的统计数据报表，不是填错了栏目，就是汇总出了差错。经理把魏秀琴派到市财税学校，脱产培训了几个月，回来后只盼有长进，没想到一接手工作，才知道魏秀琴实在成不了大器，也就只好任其拿着工资吃闲饭。魏秀琴乐得无事一身轻，上起班来三天打鱼，两天晒网。久而久之，魏秀琴成了名副其实吃空饷的人。闲着也是闲着，魏秀琴把一门心思全投在自己的小家庭上。每天接送孩子上学，伺候丈夫吃喝。

不管怎么说，丈夫的身体健康还是第一位的。看着丈夫面容憔悴，日甚一日地消瘦，魏秀琴好说歹说劝丈夫到医院去看看。这一天，夫妻俩到人民医院挂了个内科的专家门诊，医生号了号脉，听了听心胸，开了一大堆化验单，又是胸透，又是心电图、血常规、尿常规，一项没落下。结果一出来，医生给了个结论：浅表性胃炎，轻度胃下垂。医生说，这种病和司机的职业特点有关系，饮食不规律，长期保持开车姿势不活动等因素是主要病因。

没查出啥要命的病来，魏秀琴舒了一口气，回过头来还是劝丈夫动动脑子找个其他的营生。可韩浩平却不以为然，他让妻子给他准备一个小号的保温水壶放在车上，说以后饭点上准时吃饭，吃干粮时保证喝些热水就行了。至于胃下垂的事，韩浩平说那是当年在部队常年训练时落下的老毛病。韩浩平嘴上这么说，其实心里是不忍心丢掉这份还算不错的工作，累是累了点儿，收入毕竟不低。何况，难得遇上一个通情达理的老板。

韩浩平跑车的时候，也经常顺带帮老板为店铺拉货。老板的店铺位于市区繁华的解放大街边上的一个街巷口上，是一个旧居民住宅楼一楼住户屋子改建成的铺面，经营面积不过四十平方米，经营品种主要是烟酒和一些日常生活用品。老板雇了一男一女两个店员，有时老板晚上跑车时，白天也在店里。店铺进货的渠道主要是烟草公司、食品公司、百货公司三家。老板人手不够时，常招呼韩浩平开车一起去进货。在农贸社多年的工作经历，让韩浩平到这些单位办起事来轻车熟路，老板对韩浩平又有些刮目相看。看着老板忙得连轴转，韩浩平问老板为什么不再雇一个司机把自己腾出来。老板苦笑着说："韩大哥你不知道，不当家不知柴米贵，多一个人多一份开销。我再敢雇一个司机，这辆车子就得白跑了。其实我和你一样，都是靠下苦挣钱的。"

能得到老板的理解和看重，韩浩平觉得应当知恩图报，因此也就一心想着帮老板把生意做好。有时候拉了长活，收入高一些，他会主动给老板说明情况，把当日的费用多缴一些。老板推辞说言明的规矩不能破，既然包死价格，多余的应当归下了苦的人。韩浩平说规矩是死的，人是活的，这车一跑长路，车损、油耗都会增加，多挣的钱人和车都应当有份儿。老板说搭档过几个司机，没有韩大哥这样实心眼儿的人。

韩浩平对车老板隐瞒了自己的病情，仍然没黑没白地在大街小巷疯跑。说来也奇怪，刚开始跑车时，韩浩平一钻进又小又丑的黄"跑鞋"中，总觉得灰头土脸，只怕遇见熟人。几个月过去了，他却有一种志得意满的感觉，他觉得自己靠辛苦赚了比一般人多得多的钱，他值得为自己的成果骄傲，他甚至恨不得过去所有熟识的人都能看见自己驾驶“跑鞋”的身影。有一天，在一个狭窄的巷子里，一辆显然是政府机关公务用车的“伏尔加”停在路中央，韩浩平几次鸣笛后，“伏尔加”驾驶室窗口探出一张脸，不屑地大声喊道：“一辆破‘跑鞋’，瞎按什么喇叭，不嫌寒碜。”韩浩平没好气地拉开车门，走到“伏尔加”车头前说：“‘跑鞋’是破了点儿，可是咋开我说了算，你的‘伏尔加’不破，咋开你能说了算吗？不服咱俩把车都开到郊外钓鱼去，你敢吗？”看着“伏尔加”司机一时语塞，韩浩平觉得一阵开心。

那天偶然在拉客时碰见了白川，韩浩平不由得想起当年与白川打架时的情景。那时候，他韩浩平虽然官职不高，在农贸社那一亩三分地里却也大小算个人物，而白川只不过是一个刚离开校门的毛头小伙子。短短几年时间，乾坤大挪移，白川成了农贸社一颗新星，而他韩浩平却无法再自由出入那个当年曾经让他意气风发的院子，真是三十年河东，三十年河西。又转念一想，出水才看两腿泥，命运既然让自己开起出租，说不准这是最好的安排，自己并不觉得比别人矮半截。临分手时，他给白川留下了联系电话。

近日，汉京市著名的风景区丽湖旁边开了一家舞厅，这是汉京城改革开放以来开设的第一家舞厅。据说老板是从广州过来的，为了能让汉京市相关部门批准开店，可没少花精力。舞厅一开张，顿时在全城刮起了一阵旋风，每天晚上宾客如云。那些正处在躁动期的青年男女，争先恐后涌进这家娱乐场所。舞厅连带着也催红了其他行业。舞厅门外的马路边上，一街两列摆满了卖羊肉串的小摊。每到晚上十一点后，大批的出租车拥到舞厅门口，等待舞厅散场后揽客吊活。放眼望去，几乎是清一色的黄色“跑鞋”，在马路上汇成一片黄色的海洋。每遇拉夜班的晚上，韩浩平也会准时开着“跑鞋”，融入这片黄色海洋中。

这天晚上，从舞厅出来的客人几乎已经走完了，韩浩平却没有抢上单。就在韩浩平沮丧地发动车子准备离开时，有人敲打车窗。韩浩平摇下窗户，看见窗外站着一高一矮两个男青年，他热情地招呼两个人上车。搬起副驾驶座椅，矮个坐在后排，随后高个坐在前排。车子启动后，韩浩平问要去哪里。两个人没有立即答话，韩浩平迟疑着减慢了车速，回头看着副驾座上的高个子。高个青年犹豫了一阵说去下河口。韩浩平一边开车，一边在心里犯起了嘀咕。下河口是郊区的一处风景区，从山里流出的两条河流在那里交汇，风景不错，白天游人不少。可现在是大半夜，这两个人到那里去干什么？开了小半年的车，韩浩平已经习惯对车上的乘客身份进行判断。凭感觉，他觉得这两个人不像是有正当职业的人，也不像是从舞厅出来的浪荡小伙子。为了摸清两个人的底细，韩浩平故作轻松地与两个青年拉起了家常，他说新开的这家舞厅每天晚上的顾客能有好几茬，说舞厅门口的羊肉串摊子，那个叫热合提的新疆小伙子烤得最正宗。韩浩平说话的时候，车上的两个人却一直沉默着。为了能让车上人说话，韩浩平问副驾驶座上的高个："兄弟，这么晚去下河口干什么？"对方随口回说："去上班。"韩浩平又问了一句："上夜班？"对方"嗯"了一声。韩浩平这下子断定这两个人不是正经货色，因为他知道下河口一到晚间，漆黑一团，方圆数里没有人烟，哪里会有上夜班的人。韩浩平打定主意要想法子把这两个家伙甩下车。

接近午夜，马路上的车辆已显得稀少。韩浩平悄悄把车子拐向一条大路，副驾座上的人似乎感觉出来，问韩浩平路对不对，韩浩平说走大路晚上敞亮些，绕点儿道不加钱。

副驾座上的人声音不高却有些阴冷："拐回去，走原道。"

韩浩平放慢了车速："小道路况太差，晚上视线不好。"

没等韩浩平的话落音，一个尖硬的东西从后排伸过来抵住了韩浩平的下巴，韩浩平下意识地一脚刹车，车子停了。

"把钱全部拿出来！"声音是从后排发出来的。

韩浩平感觉得出，抵在他下巴上的东西是一把大号的改锥。他偷眼看了一下副驾驶座，不知道什么时候，那家伙手里多了一条用来锁自行车的钢制链锁。

遇上打劫的了！

韩浩平还算冷静，毕竟在部队待过几年，心理素质还是比较强的。开出租之前，车老板专门安排韩浩平听过一次公安局举办的反扒反劫培训课。这会儿韩浩平虽然心脏剧烈地跳动，但他告诫自己：镇静，镇静！

韩浩平装出哆哆嗦嗦的样子："兄弟，有话好说，钱都给你。"一边说着，一边伸手从工具箱中取出人造革夹子。那里面装着半天的收入，大约几十元钱，还有行驶证、养路费等一些随车手续。

副驾座上的家伙一把抢过夹子，先打开车门绕过车头，又打开驾驶座车门，仍然拿着链锁站在车门口，显然是等待后排的同伙从副驾驶座位上下车。韩浩平从这两个家伙的行为中判断出他们的目的似乎只在抢钱。当那把大号改锥离开下巴的时候，韩浩平一只脚已悄悄伸出车外，他想把那只夹子夺回来。因为夹子里边装着汽车的所有手续，一旦被抢走，车子就得停驶。他在心里盘算着，以他的身手，对付这两个货色，应该不成问题。只要在空场地上，夺回夹子，打得赢就打，打不赢上车就跑。

当后座的家伙推开副驾驶座位下车后，先前站在门口的高个转身离开。说时迟那时快，韩浩平身子一跃出了车门，飞起一脚踢过去。他想一个扫堂腿让对方失去还手之力。可是没有料到，到底是天黑看不清楚，韩浩平一脚踢在了敞开的车门上，"砰"的一声，车门重重地回弹了一下，韩浩平打了个趔趄，几乎摔倒在地上。歹徒没想到这个司机竟敢还手，骂了一句脏话，顺手扬起链锁朝韩浩平砸去。韩浩平只觉得后脑勺一声爆响，眼前冒起一阵金星，歪歪斜斜地半靠在车身上。两个歹徒瞬间消失在浓浓的夜幕中。

韩浩平勉强站直了身子，只觉得一股热流顺着脸颊流淌下来，他随手一抹，黏糊糊地沾了一手，他知道是血。

这时候，远方一辆亮着大灯的车开过来，韩浩平几乎是本能地张开双臂拦过去，被拦的车子减速后，韩浩平发现这是一辆运货卡车。但让韩浩平意外的是，在车快要停下来时，司机却突然一轰油门加速扬长而去。显然，货车司机是在看清韩浩平脸上的血迹时，怕惹是非避而远之。韩浩平心里一凉，寻思得赶快报案。他急忙返回“跑鞋”车里，启动了车子。

韩浩平把车子开到就近的一家派出所。值班民警看到满脸是血的韩浩平，却显得很平静。韩浩平有些结巴地说完案情，民警让韩浩平拿出证件来。韩浩平说所有证件都被歹徒抢跑了。民警说：“你来报案，我们得核实你的身份，要不然你打电话叫你的家人或者朋友带上证明来。”韩浩平刚刚经历过一场生死劫难，心想到了派出所，警察会马上出动追击歹徒，没想到警察先要审查自己，心里有些窝火，转身就想离开。值班民警却不让他走，说你身份没搞清楚之前不能离开。韩浩平张开嘴想骂娘，忍了一下，把脏话咽了回去。抬腕看看表，已是凌晨一点，自己家里没有电话，想通知魏秀琴没有办法，只能打扰车老板了。

韩浩平从值班民警手里接过电话，拨通了老板家。很快，话筒里传来老板的声音。

韩浩平说：“老板，不好意思，这么晚了还打扰你。我被打劫了。”

“你在什么地方？”老板声音急促地问。

“东城区庙街派出所。”

“人咋样？”

“还好。”

老板似乎松了一口气：“我马上过去。”电话里传来挂机后的嘟嘟音。

坐在派出所值班室的长椅上，韩浩平回忆着刚才的一幕。他遗憾自己那一脚没有踢中歹徒，否则，那个人造革夹子已经夺回来了，说不定两个歹徒也被制服，这会儿已经把绑得结结实实的歹徒送到派出所了。可想着想着又觉得好笑，抢回自己的夹子就行了，干吗还要惹事去抓歹徒呢？这年头多一事不如少一事，真要把歹徒抓住送到派出所，不说日后歹徒会找他算账，就是派出所核实身份做完笔录也会把他折腾得够呛。韩浩平用眼睛瞟了一下那个值班民警，他正用一副扑克牌在桌上算命，看来是在百无聊赖地打发时间。

现实给韩浩平又上了一课，有事没事少招惹公安。

不到半个小时，车老板急急忙忙地赶到庙街派出所值班室。一看到韩浩平的样子，大惊失色地问："你哪里受了伤？"

韩浩平故作轻松地笑笑："小事一桩，头上破了个口子。"

车老板急忙凑上去，扳过韩浩平的头，仔细看了一下说："赶紧先去医院。"

值班民警收拾起桌上的扑克牌，慢吞吞地说："做完笔录再走。"

车老板脸上露出愤愤之情："看病要紧。"

韩浩平对车老板做了个手势："不打紧，先做笔录。"

车老板从包里掏出卫生纸，小心翼翼地替韩浩平擦拭头发和脸上的血迹。韩浩平有些不好意思地接过卫生纸说："我自己来。"

值班民警要过车老板的驾驶证，反复看了几遍，拿过《报案登记本》，填写了相关内容，然后取过笔录纸。警察先是详细询问了韩浩平的姓名、身份、年龄、家庭成员状况、户籍、简单履历，然后煞有介事地告知韩浩平报案要实事求是，说假话要负法律责任。韩浩平一一作答。说到案情的时候，却显得特别简单，警察问一句，韩浩平答一句，不外乎歹徒几个人，怎样上的车，要求去哪里，车上说了啥话，咋样抢的夹子，咋样行凶，歹徒口音，体貌特征等。

做完笔录，民警让韩浩平和车老板都签上字，说"你俩可以走了"。韩浩平感觉有些诧异："完了？"

民警也睁大了眼睛："完了！"

韩浩平问："不去找歹徒了？"

这下子轮到民警诧异了："我去？……你去？……"

车老板显得很镇静，一把抓住韩浩平胳膊："韩大哥，咱们快走！"

车老板开上车子，让韩浩平坐在副驾驶位子上。一轰油门，车速超过八十迈，十来分钟时间，车子开到市人民医院。老板陪韩浩平到了急诊室。急诊大夫问了受伤过程，仔细检查了受伤的地方，用酒精清理了创口，上了些药，往头上缠了一条绷带。车老板问大夫伤得重不重。大夫说不太要紧，是皮外伤，回去注意休息，明天再来换药，有什么症状，及时来医院。

出了医院，韩浩平说：“老板，真不好意思，今天的事情是在我班上发生的，损失我来认，车费由我出。手续丢了，这几天我去找人补。”

车老板一手捂着鼻子，另一只手拍了一下韩浩平的肩膀，有些哽咽地说：“韩大哥，你真浑呀，都啥时候了你还说这样的话！”

韩浩平说：“老板，你送我回家吧。”

老板说：“这大半夜的，你满身血迹，还不把嫂子吓个半死？你上我家吧，我给你找件干净衣服换上。”

韩浩平想想车老板说得在理，更关键的是，他住的是省农贸社的家属院，这大半夜回去，家属院大门早上锁了，等他叫开大门，少不了得向看门师傅解释，没准明天一大早省农贸社大院就传遍了他被打劫的消息。韩浩平是个好面子的人，他不愿意让别人看他的笑话。但是想想车老板一个女人家，大半夜去人家家里总有不便，就显得有些犹犹豫豫。

车老板显然看穿了韩浩平的心思，抓住他的胳膊：“走吧韩大哥，都是自己人，不必多心。”

车老板家住在泰山厂家属区。这泰山厂是本市规模最大的军工企业，据说是专门生产炮弹引信的。十几年前，市民们一提起泰山，总觉得神秘兮兮的。那时候谁想要进这家厂子当工人，得经过严格的政审，刨清祖宗八代的身份，以确认“根红苗子正”。近年来因生产任务不饱和，工厂连年亏损，不得已搞起了“军转民”。泰山厂的职工也从过去的人见人羡变成了人见人怜。但常言说瘦死的骆驼比马大，因为过去的基础建设，泰山厂职工的住宅仍然比本市的其他行业要好一些。泰山厂家属区占地面积足有上千亩，矗立着上百座家属楼。因为面积太大，没有院墙，四面八方与大街相通。车老板开着“跑鞋”，进了家属区，七弯八拐，把车子停在一栋楼下说：“到了。”韩浩平心想，这样最好，偌大的院子，没有门房，没有人关注，省得有些爱管闲事的人在背后嚼舌根子。

老板的家在三楼。进了家门，韩浩平第一感觉是房子面积不小，但稍显凌乱。客厅摆着一张方桌，方桌上摆着一部普通百姓家很难见到的电话机，两张靠背椅子摆在桌子边上。房子三室一厅，这在省农贸社是处级以上干部才能享受的待遇。

韩浩平被老板招呼着坐在客厅的椅子上，不经意地朝四周望了一下。透过几间开着的门，能看见两间卧室，其中一间房子堆满了烟酒之类的货物，显然是被主人兼做了仓库。厨房和卫生间一应俱全。在汉京市内，这样的房子算是豪华型的。

老板给韩浩平沏了一杯茶，又从房间的柜子里翻出一件没有开封的男人衬衣，递给韩浩平说:“韩大哥，你去卫生间洗把脸，注意别把伤口打湿了。”韩浩平接过衬衣，进了卫生间，把身上的血衣脱下来。打开水龙头，发现竟然有热水。想用毛巾时，却不知墙上挂着的一溜毛巾用哪个合适。正犹豫时，门外老板说:“韩大哥，给你一条毛巾。”韩浩平又把换下来的血衣套上身，打开卫生间的门，却只见老板从门外伸手递进来一条毛巾。韩浩平只觉得老板是个细心的女人。他一边洗着身上和脸上的血迹，一边琢磨着老板有什么显赫的背景，能住上这样的好房子。

等韩浩平从卫生间出来时，桌子上已经摆上了一碗热腾腾的面条，面条上面漂着两只荷包蛋。老板说:“韩大哥你肯定饿了，先打个尖。”韩浩平这时候正觉得饥肠辘辘，也就没多客气，端起碗狼吞虎咽地吃起来。

韩浩平吃饭的当口，老板又进了卫生间，随之哗哗的水流声传了出来。韩浩平抬眼望过去，卫生间门没有关上，老板正在盆子里搓洗着衣服。韩浩平马上意识到老板正在洗他脱下来的血衣，急忙走到卫生间门口说:“老板，我刚才还没顾上洗哩，你放着，我的衣服我来洗。”老板回身看了韩浩平一眼，却没有说一句话，仍然低着头旁若无人地洗着。

韩浩平觉得顺从不是理，强挡不方便，一时间站在门口不知所措。等老板把衣服在手中拧干后又在空中使劲抖了一下，这才似乎注意到仍然站在门口的韩浩平，平静地问道“韩大哥，你吃完了吗？”韩浩平有些口吃：“快完……完了。”

韩浩平端着碗继续吃饭。

老板在对面的椅子上坐下来打开了话匣子：“韩大哥，不是我说你，你也不是十七八岁的小年轻人了，咋还犯糊涂哩。歹徒抢走你的夹子，就让他抢走算了，你怎么能下车去反抗？啥金贵能抵过命金贵？甭说抢走的是夹子，就是把车抢走了，只要人好好的，就比啥都强。你说今天这事多悬，你要真有个三长两短，可让我咋办呀？”

韩浩平心里一热，不由自主地眼睛有些潮湿：“我就想把车子行驶证啥的夺回来，没有手续，车子就得趴窝，损失太大。”

老板说：“今天这事儿，说到底是你的错。”

墙上挂钟的时针已指向四点。老板说：“韩大哥，天都快亮了，你躺下休息一会儿。”说着，她就走进一间卧室，指着床铺：“这间房是我给孩子准备的，她平常住在姥姥家，十天半个月回来一次。你就在这里将就一下。”老板拿起一个小柄扫帚，把床铺仔细扫了一遍，摊开了被子。

韩浩平有些过意不去：“老板，真的难为你了。”

老板转过脸盯着韩浩平说：“韩大哥，你能不能不再叫我老板，我听着别扭。”

韩浩平有些语塞：“那我……”

老板说：“我有名字，叫我吴君玫，小吴，小玫都行。”

韩浩平一只手搭在头上的绷带上，想了一会儿说：“老板，我叫你君玫吧。”

看得出来，吴君玫是个极其利索的人。她说起话来干脆利落，做起事来有条不紊，浑身洋溢着活力。韩浩平第一次近距离地认真打量这个女人：一头乌黑的秀发，配着一张圆脸，高耸的鼻梁显出少许洋气，白皙的皮肤透出一种健康的美，足有一米七〇的个头，在女人中显然出众，身材虽说清瘦，却凹凸有致。韩浩平忽然觉得，少妇的韵味在吴君玫的身上得到了充分的体现。他这时不禁想起了自己的妻子魏秀琴，她与吴君玫几乎走了两个极端，魏秀琴已沦为一个地地道道的家庭妇女，一身赘肉把女性的优美糟践得一塌糊涂。更要命的是干起活儿来既没章法，更没速度。洗衣服时常把衣服泡进水盆，才想起没有肥皂，做饭时水烧开了才开始擀面条。但是魏秀琴有一个优点：善良，待他韩浩平心眼儿特实。

吴君玫仍然在来来回回忙活着。韩浩平坐在床铺上，脑子里回忆着晚上的惊险一幕。想着车子手续丢了，这几天车子得趴窝，找交警队、车管所、运管处、出租公司不知得费多长时间，得花多少冤枉钱。他又想着天亮后回家进家属院时，咋样给别人解释自己的狼狈样。好事不出门，坏事传千里，说不定知道消息后有人会幸灾乐祸，哈哈大笑哩。

看见韩浩平一直没有躺下，吴君玫走到门口柔声地说：“韩大哥，你早些歇着吧。”说着从门外带上门。韩浩平这时想把自己的心思对吴君玫说一下，就又开了门，对已经进了另一间卧室的吴君玫说：“君玫，我想给你说几句话。”吴君玫应声走出房间。两个人就在客厅的餐桌两边相对而坐。

“车子手续丢了，咋样补办，你给我说说，我去跑腿。”韩浩平非常内疚。

“韩大哥，咱现在不说这事，不闹心了。”

韩浩平有些惊讶：“那这几天车闲着咋办？份子钱、养路费可是一分都少不了。”

吴君玫浅笑了一下：“歇上个三五天，赔不死人。”

韩浩平有些不解地摇着头。

“君玫，你家的条件真是不错。”韩浩平找了个别的话题。吴君玫“嗯”了一声，没有说话。

韩浩平忽然觉得有些失言，作为一个雇员，涉及老板资产的话题本应忌讳，就又连忙自我解围道：“我过去在机关管过一段时间的住房，能住上三室一厅的，都是处级以上的干部。楼层更重要，三层是最好的，都说是金三银四。你的这套房子各样都占得住，卫生间还有热水……”

吴君玫仍然紧闭着嘴，韩浩平有些尴尬。

正在韩浩平打算离开客厅进房间时，吴君玫开了口：“韩大哥，你愿不愿意跟我聊聊天。”

吴君玫的眼睛与韩浩平近距离地对视在一起，韩浩平分明看见，吴君玫的眼里透着淡淡的忧伤。韩浩平没有说话，认真地点了点头。

“我从小是在泰山厂长大的，我父亲年轻时在部队上是一个汽车兵。”

吴君玫一开腔，韩浩平就感到一阵亲切，原来吴君玫的父亲与自己有着相似的经历。

“我父亲复员后，到泰山厂当了一名汽车司机。我父母都是农村人，父亲在部队上的时候，他们两人就结了婚。父亲退伍安置后，把我母亲也带到城里来。我母亲就在厂里干一些临时杂工。我母亲生下我的时候，我父亲那天刚好从外地出车回来，在路边给我母亲采了一大束山玫瑰，我母亲就随口给我起名叫小玫。

“我上学的时候，泰山厂子弟学校整天学工学农，很少在课堂里上课。我和一帮同学一天到晚在工厂车间里跑着玩，老师也懒得管。我比其他同学有优越感的是有一个开汽车的父亲。那年头你知道，让人羡慕的职业是一副听诊器、三尺铺柜台、四轮方向盘。我父亲常年外出跑车，时不时总给我带回一些稀罕东西。父亲是天底下最疼我的人，反正学校平常也不点名，父亲短途跑车时，我就坐在父亲的驾驶棚里，一跑就是一整天。最开心的事情就是替厂里搞福利拉瓜果的时候，父亲的车开到一望无际的河滩上，我在满是西瓜的大田里奔跑抓蝈蝈。”

吴君玫从衣兜掏出手绢擦着眼睛。看得出来，那段幸福的记忆已深深刻在她的脑海中。

“父亲开的是解放牌卡车。父亲日常擦车的时候，我总觉得父亲的身影跟雷锋很像。这么多年过去了，我现在才明白，其实我一辈子最崇拜的男人就是父亲。因为常跟父亲跑车，我对开汽车有了浓厚的兴趣。十五岁那年，在一个乡间的大土场上，父亲第一次把方向盘交给了我。那么大一个铁家伙，竟然能顺着我的手脚前后左右奔跑，我感到太神奇了。父亲让我用心学车，他说保不准我将来能开上火车，开上飞机。

“离我高中毕业剩下不到一个月。有一天，校长把我从教室叫出来，神情严肃地说：‘君玫，你是个品学兼优的孩子，遇到灾难的时候你要挺住。’我问校长有啥事儿，校长说：‘你父亲出事了。’

“父亲晚上跑车时，路过一处施工路段，施工单位把公路挖断了，却没有设置警示标志。晚上视线不好，车速又快，卡车一头栽下路基，父亲从车窗中甩出去，当场死亡。后来我听说父亲的脑浆流了一地。

“我的家塌了天，母亲几次哭昏过去。想到从此再也见不到父亲，我死的心都有了。让我一辈子遗憾的是，一直到父亲火化时，我都没有看见父亲的遗容。据说那是厂里专门安排的，怕我和母亲看到父亲的惨相会出意外。

“父亲的后事办完了，厂里还算仁义，给我们孤儿寡母优厚的待遇。厂里每月给我母亲发三十五元的生活补贴，又把我按顶替招进厂里上班。那一家在公路上施工的单位赔了一笔钱，连同厂里发的抚恤金，我家得了九千块钱。我母亲把那笔钱存起来说：‘小玫，这是你父亲给你留下的。以后咋用你说了算。’

“我进厂后，人事科问我想干啥。我说我想开汽车。人家说开汽车都是男人的事，你女孩子应当干点儿别的。我说我会开车，我父亲也希望我开车。我回家给母亲说我想开车，母亲哭了，说：‘娃你疯了。’我说：‘我开车，有我爸在天上保佑着我。’

“厂里当真让我当了一名女司机，不过没让我开大车，而是进了小车班。后来，厂办主任对我说：‘现在社会变了，不应当有行业性别歧视。厂里常常有接待任务，能培养个女司机，也是咱泰山厂的一道风景。’就这样，我成了司机班十几个成员中唯一的女司机。厂里先给我申请了一个实习驾驶证，一年后，我拿到了正式驾照。

“我在厂里开车几年时间，年年都被评为先进。当我的安全行驶里程超过十万公里的时候，班长说我算是老司机了。因为女司机本来就比较稀罕，再加上开着小车四处奔走比较惹眼，我就经常收到一些写着甜言蜜语的情书。我觉得自己年龄不算太大，也不太理会这些事情。有时候收到不知是谁塞到我桌子抽屉的信，我甚至懒得拆开看。

“有一天，厂办主任把我叫到办公室，天南地北地闲扯了一阵后，问我最近是不是收到一个叫周永利的人写过的几封信。我摇了摇头说想不起来。主任哈哈笑着说：‘这年头真是有牙的没锅盔，有锅盔的没牙，多少人做梦天上掉馅饼，你小吴却是馅饼砸在头上没知觉。我得恭喜你了。’我问主任我有啥值得恭喜的。主任说：‘周永利是驻厂军代室主任的公子，在另一个国防厂干行政工作。多少个如花似玉的姑娘想攀攀不上，人家可就是看上你了。你倒好，人家给你写了几封信，你竟然不理不睬。这不，军代室主任托我当月老哩。’我一听有些发蒙，我从来没有见过这个叫周永利的人。我就说：‘主任我还年轻，不想谈恋爱，再说我也没见过那个周永利。’主任说：‘小吴，你都二十大几的人了，按《婚姻法》规定都该结婚了，个人的事情也不能再耽搁了。周永利你应该见过，一米八的个头，要能力有能力，要模样有模样，人家坐过你的车，对你可是一见钟情哩。’我这才想起来，我确实曾经送过一个大个子男人去永寿路的部队军事代表局，路上跟那人不咸不淡地说过几句话，可是他给我却没留下啥印象。为了不让主任扫兴，我说：‘主任，你给我点儿时间，我得考虑一下，还得跟我妈商量。’主任最后坚决地说：‘小吴，你不要犯糊涂，机会抓不住就永远不会再有了。周主任的儿子是个前程无量的人。你嫁给他，周永利他爸周主任就是你的老公公，人家正团职的干部，以后少不了有你吃香喝辣的。吴师傅九泉有知，也会高兴得不得了。’

“对军工厂来讲，军代表就是天王老子。泰山厂上至厂长，下至车间主任，谁见了军代表都点头哈腰。厂办主任当这个媒人，不用说也是讨好军代表的。此后一段时间，经不住四面八方的软硬兼施，加上我母亲也很满意，我就在厂办主任的安排下，勉勉强强地和周永利见了一面，周永利还算是一表人才，我就答应了这门亲事。

“我结婚的时候，婚礼搞得相当隆重。在厂部的大餐厅里办了十几桌酒席，厂里的头头脑脑都来了。党委书记、厂长、工会主席、妇联主任、人事科长一个没落下，好些车间主任也随了份子。厂党委书记亲自讲话，说我们的婚姻是军爱民、民拥军结出的硕果。厂里专门腾出了一套只有科级以上干部才有资格享受的三居室单元房分给我，说是对我这几年工作努力、成绩突出的奖励。其实，我心里明白，那是厂里在讨好周永利他爸。结婚那天，我站在这套单元房里，内心却有一种屈辱感，我觉得这房子就像一只鸟笼，我就像笼子里的一只鸟，泰山厂把笼子连同鸟儿一并当成礼物送给了军代室主任。

“结婚没几天，我就发现周永利虽然人高马大，长得一表人才，但却是个十足的浪荡公子。说起正经事一窍不通，抽烟喝酒打麻将却是样样在行。家务活儿他从来不沾手，常常半夜十二点以后喷着熏天的酒气从外边回来，客厅的地毯因为他几次醉酒呕吐没法收拾，只好卷起来扔掉，我挣的那点儿可怜的工资动不动被他悄悄从口袋中摸走。后来我俩终于爆发了激烈的冲突。让我想不到的是周永利竟然抓住我的头发对我拳打脚踢。再往后，他动手动脚成了家常便饭，更可憎的是他喝醉酒后甚至用烟头烫我。你说这家伙干别的事笨，打我时心机却挺深，他打我从来不在我的脸上和胳膊上留下痕迹，所以我遭受折磨时，邻居和同事却一点儿不知情。

“就这样过了一年多时间，我的女儿降生了。我怀孕时，仍然经受着周永利没完没了的折磨，我只想着等孩子生下来，周永利会变得好起来。可没想到有了孩子，周永利却毫无收敛。有一次，他把正吃奶的孩子从我的怀里抢过去扔到一边，又拿起烟头在我的大腿上烫起来。”

吴君玫说到这里哽咽了。韩浩平没有想到，吴君玫的前夫竟是这样的变态狂魔，但他更为吴君玫能如此默默地忍受而感到痛惜。

“我受点儿罪也就认命了，但长期这样下去，等我的女儿稍微长大一些，她的身心健康如何得到保护？从那一刻起，我打定主意要和周永利分手。当我向周永利提出离婚时，周永利眼睛瞪得像铜铃一样大。他说：'你这么个平头百姓的女儿嫁给部队干部家庭，你家上辈子烧了高香了，你还敢跟我提离婚？'我说：'你的做派糟践了军人干部的身份，在我眼里你狗屁都不是。咱俩分开，你爱找谁找谁去。'

"我给厂办主任说我要离婚。厂办主任说：'你疯了！你不怕给你惹麻烦，我还怕给厂里惹麻烦哩。'我说：'我的婚姻我做主。'厂办主任说：'你的婚姻你做不了主，周永利他爸不发话，你休想离婚。'我离开厂办主任办公室后，直接到区民政局婚姻登记处。登记处说夫妻任何一方不同意，登记处办不成离婚登记。

"我从小脾气犟，认准的事儿九头牛也拉不回来。既然打定主意离婚，就是天大的难关我也要闯过去。孩子满月以后，我抱着孩子去法院，法院立案庭的人说离婚案子得要单位开介绍信才能立上案子。我又回到厂办要求开介绍信。厂办主任说：'吴君玫你死了那条心。当初结婚时你那么风光，这会儿说散就散，你让当初参加你婚礼的领导脸往哪儿放？再说你不替自己想，你总得替泰山厂几万张嘴想一想。你闹离婚的事你公公已经知道了，他给厂里交代一定不能让你们这个家散了。'我说：'主任，我管不了那么多，我的事情我得想办法解决。'厂办主任说：'吴君玫，你自便。'

"那是一个冬天的早晨，我把孩子用棉衣裹严实，抱着孩子倒了几次汽车，坐到永寿路的军事代表局。军代局门口的哨兵不让我进去。我站在哨兵前面，从怀里掏出了事先准备的一块白布，当场咬破手指用血写了几个字'我要离婚'挂在胸前。我本来想写上周永利父亲的名字，但还是觉得应当给无辜的公公留点儿面子，就只写了那四个字。我在军代局大门口站了一会儿，围上来一圈人，却都是看热闹的老百姓。有人指指点点说几十年头一遭见到有人到部队门口上访。不长时间，军代局出来一个军官，他说他是政治处的李干事，问我有啥事儿。我说：'我要和泰山厂军代室主任的儿子周永利离婚，厂里不允许。'李干事把我带到办公室，打了个电话后对我说：'泰山厂的军代室周主任是个正直善良的人，他不会干涉孩子的婚事，不过他要是真有什么犯纪律的事，我们会介入的。’他让我先回家，随后等他了解完情况后再协调解决。我说：‘这事儿不解决，我天天来。’李干事说：‘你放心吧。不管结局如何，事情总得解决。’

“我回家后的第三天，我的公公在泰山厂一个副厂长的陪同下来到了我家。副厂长对我说：‘小吴同志，我们对你丈夫周永利同志做了了解。他说，你们夫妻感情挺好，就是你们常为一些小事耍小孩子脾气。你到军代局门口一站，影响很不好。我们今天来想做做你的工作。一场婚姻不容易，宜和不宜散。’

“我一看离婚没了希望，也顾不得羞耻，当着公公和副厂长两个男人的面，我撩开了衣襟，把肚皮和胸脯上的新伤旧伤一块让他们看了。副厂长说：‘小吴你别这样，赶快把衣服穿好。’我哭着把一年多来我的遭遇跟他们讲了一遍。副厂长在一边直搓手。公公半晌没吭声，老大个人竟然忍不住流下了眼泪。临走时撂下一句话：‘君玫，这婚我帮你离。’

“不久，厂办主任就通知我去拿离婚介绍信。递给我介绍信时，主任说：‘小吴，你把天捅破了。你的婚是离了，以后的日子怕是难过了。’

“周永利拿着他们单位的介绍信和我一起去民政局办离婚登记时，显得很大度。他说：‘君玫，我们夫妻一场，也算是缘分。孩子你养着，家里的房产、家具都归你，孩子的抚养费我掏一半。等以后孩子上学需要增加费用时，咱们再商量。’我说：‘孩子归了我，不需要你分担抚养费。’那是与周永利相处一年半时间里他在我心目中唯一一次君子行为。当然，我把这仅有的一点情分记在我的那个公公身上。

“离婚以后，我在厂里的地位一落千丈。有人骂我是扫帚星，还有人说我作风有问题，靠着脸蛋儿骗了厂里一套房子，目的达到了，又在外面挂了一个小白脸。在这样的环境中，我真的有度日如年的感觉。这期间周永利父亲也调走了，听说到了邻省一家军工厂继续当军代室主任。我盘算着自己也得离开泰山厂。可是我一个无依无靠的女人，父亲早亡，母亲是个靠厂里救济的家庭妇女，有啥背景能办调动呢？无奈之下，我选择了停薪留职。因为那几年厂里效益不好，鼓励大家停薪留职自谋生路。我上午把申请交到厂办，下午财务科就通知我去办手续。

“不管咋说，停薪留职还是在一时冲动之下决定的。丢了工作，我和女儿的生计成了问题。这时候我想起母亲当年给我说的话，就试着跟母亲说能不能把父亲那笔抚恤金拿出来用。母亲毫不犹豫地说那本来就是你的钱，咋用你自己做主。我真是打心眼儿里感谢母亲，随后我让母亲把钱取出来，又借了一些钱，盘了一辆最低档的‘跑鞋’出租车。

“刚开始跑车的时候，真叫一个难。最大的麻烦就是记不下路，为这事儿没少跟顾客解释。再就是时不常会碰上一些色狼，遇到这种情况多半儿都忍气吞声。起先我雇过几个司机，可他们不是跟我斗心眼儿，就是明火执仗欺负我，没办法我只能自己多开些时间。后来我又从朋友手里盘了一个小店铺，心想不能在出租车行当这一棵树上吊死。再后来，我就遇上你……”

吴君玫一口气说了许多，说到伤心处，她流着泪，说到开心处，她眉开眼笑。

韩浩平没有想到这位女老板比自己的经历还要复杂。听到吴君玫咬破手指写血书的情景时，他感觉到自己的心脏在剧烈地跳动，仿佛自己就站在军代局大门口。他情不自禁地抓住了吴君玫的手，直到突然意识到自己的失态，才松开手来。吴君玫却没有任何异样的表现，一切都显得顺理成章。

窗外的天色已经大亮了。吴君玫说：“韩大哥你坐会儿，我下楼去买些早点。”

不到一刻钟工夫，吴君玫提着两个塑料袋子回来。一个袋子装着油条，一个袋子装着豆浆。她把豆浆在炉子上又热了一下，分盛在两个碗里，把油条放在盘子里，一并端到客厅的桌子上。吴君玫吃得很快，三下五除二放下了筷子。韩浩平却想着心事，吃得很慢。

吃完饭，韩浩平几次欲言又止。吴君玫看出韩浩平有话要说，就问道:“韩大哥你还有啥事儿，尽管跟我说。”

韩浩平显得有些不好意思:“君玫我和你商量一下，我能不能在你家待两天？”

吴君玫有些不理解:“能是能。可是……”

韩浩平说:“君玫咱俩有些像。我是从单位一赌气辞职的，我现在还住在原来单位的家属院。那个院子有百来户人家，都是过去的同事。我要是这个样子回去，要不了半天时间，谣言就得满天飞。我寻思着在外边躲两天，等把头上的绷带解了，我再回去。”

吴君玫一听心里明白了:“韩大哥，我能理解。你就把这儿当成自己的家，别说两天，就是十天半个月也没关系。”吴君玫停了一下又犹豫着说:“不过，嫂子那边……”

韩浩平说:“我想好了，一会儿我写一个条子，就说我拉了一个长活儿到外地去了，需要两三天时间。客人事急，立马要走，来不及回家打招呼。你让你店铺的店员把条子送到我家里去，交给我妻子就行了。”

吴君玫说:“这样最好。”

白天一整天，韩浩平把自己窝在吴君玫家里。他在床上躺了一会儿，却一点儿睡意也没有，索性起来找活儿干。他在卫生间找了一条抹布，把客厅和卫生间认真地擦了一遍，又把自己住宿的房间收拾得一尘不染。他想去收拾吴君玫的卧室，又觉得不太合适，就随手拿起桌上的一本旧杂志从前到后看了起来。

天擦黑的时候，吴君玫回来了。她给韩浩平带回了晚餐，在厨房又热了一下，端上桌子：一盘鱼香肉丝、一盘醋熘土豆丝、一碗青菜鸡蛋汤、一碗米饭。

韩浩平说:“君玫你累了一天，你先吃。”

吴君玫说:“我吃过了，你快点儿吃。吃完饭，我陪你到医院去换药，千万不敢让伤口感染了。”

韩浩平说:“一点儿小毛病，真当成伤员了。”

从医院换完药回到家，吴君玫对韩浩平说："韩大哥，我今天到出租公司去了，把咱那辆'跑鞋'挂出去了。公司说估计很快有人接手，价格不会太低，能赚一些。"

韩浩平听完吴君玫的话吃了一惊。他说啥都没想到吴君玫会把出租车盘出去，他今天还一直盘算着下一步咋样加班加点把这次的损失弥补回来，却不想吴君玫不再给他这个机会了。他又想到从昨天到今天吴君玫对他的关怀，原来是老板炒鱿鱼之前最后的一点儿温情。像被一盆凉水浇下来，韩浩平从头顶凉到了脚跟。

"都是我惹的祸。"韩浩平想着因为一场打劫，让吴君玫告别了出租行业，心里有些过意不去。

吴君玫说："韩大哥，这事咋能怪你，是你让我下了决心，说不定我还得好好谢谢你哩。以后我们有了更好的事业，你就是功臣。"吴君玫说话的时候，把"我们"两个字特意加重了语气。

韩浩平听得有些糊涂："君玫你不开出租也好，一心经营你的铺子。等我给别人开上了车，回头我还帮你拉货。"

吴君玫说："韩大哥我把车盘出去，就是不想让你开车了。你也别去给别人开。"

韩浩平笑了："不开车咋养活自己？"

吴君玫转身从房间里拿出一张纸片。韩浩平一看，原来是自己前一段时间去医院检查时的诊断证明。他这才想起前天从家里出门时，发现那张诊断证明被风刮在地上，他随手捡起来揣在口袋里。不想昨天晚上吴君玫洗衣服时发现了。

吴君玫说："韩大哥，你的身体已经不允许再开车了。我今早出门时就下了决心，我不再雇人了，我一个人也开不了，干脆把车盘出去算了。"

韩浩平这下子知道吴君玫盘车的真实原因，心里觉得一热："君玫你也太冲动了，其实我身体没啥大毛病，凑合几年不成问题。"

吴君玫说："你凑合身体，身体不凑合你。等到爬不起来的时候，可就晚了。”

“我想把盘车的钱拿出来开一个服装店。”吴君玫说，“韩大哥，我信得过你，你就给咱们把那家烟酒店打理起来，我腾出手来专搞服装。”

韩浩平没想到吴君玫已经替他做了打算，心里一阵感激，半天说了一句话：“真让我干，我要对得起老板。”

“韩大哥，我说过，你不要再把我当老板咧。这回你要干，咱俩合伙。”

“你说什么？合伙？”

“对，合伙！”

吴君玫平静地说：“韩大哥，人常说挣钱的买卖伙着干，你我碰在一起是缘分。咱俩搭手干，比我一个人强得多。”

韩浩平说：“君玫，我缺本钱。”

吴君玫说：“这没有问题。咱俩好朋友，明算账。本钱我先垫上，挣了钱我把本钱扣了，以后二一添作五。”

韩浩平问：“赔了咋办？”

吴君玫答道：“赔了算我的，因为我拉你入的伙。”

韩浩平活了小半辈子，接触了不少的人，经历了不少的事。他深知人世间世态炎凉，平时推杯换盏，友情绵绵，到了利益面前多少朋友撕破脸皮，反目成仇，甚至不惜相互陷害，直到把一方置之死地而后快。但今天，这个与他交往不过半年的女人，却是如此仁义，怎能不让他感慨万千。他忽然有一种与吴君玫相见恨晚的感觉。他觉得这样的人才真正称得上知己，有这样的知己应当是自己人生的幸运。常言说“士为知己者死，女为悦己者容”，此时在他的心目中，吴君玫堪称生死之交。

“韩大哥，咱们先小人后君子。”吴君玫说，“生意场上的事还是说清楚的好。我想咱俩还是写个书面的协议啥的，日后有个依据。”

韩浩平连连点头：“那是应该的。”

吴君玫说：“你原来是坐办公室的，就由你来执笔吧。”

韩浩平心里有些发怵，他知道自己肚子里墨水太少，上学时没学下啥东西，部队上只是整日活动筋骨，在省农贸社虽说当过几天科长，可从来没摸过笔杆子。要让他写一份文书，还真有点儿赶鸭子上架的味道。

看着韩浩平迟迟疑疑的样子，吴君玫说："这事儿也不急，你好好想一想，过几天咱们再定。"

吴君玫站起来，向韩浩平伸出手："韩大哥，你能答应和我一起干，我真的太高兴了。"

韩浩平也站起来，握住吴君玫的手："君玫，我是个打工的，你能瞧得起我，我打心眼儿里感激。"

吴君玫忽然冷不防紧紧抱住韩浩平，"嘤嘤"地哭了起来，肩膀一起一伏，断断续续地说："从今往后……我不是单干了……我……有依靠了。"

韩浩平被吴君玫突如其来的动作吓傻了。

两个胸膛紧紧地贴在一起，韩浩平能感觉出对方剧烈的心脏跳动。吴君玫贴着他脖子的脸蛋有些发烫，抵着他下巴的头发散发出一阵幽香。

韩浩平木然地站了一两分钟，不由自主地伸出双臂，把吴君玫紧紧地搂在怀里。

窗外漆黑一团，夜已经深了。

店铺里的女店员最近正在忙着谈恋爱，三天两头总会缺班。吴君玫找了个由头，把她打发走了，店铺里就由韩浩平和另一个店员小关一起经管。韩浩平进店时，吴君玫给小关介绍说这位是韩老板，出资收购了店里的一半股份，以后经营由他负责。小关说："韩老板，以后多多关照。"韩浩平说："大家都是干活儿的，不必客气。以后一起尽心就行。"

吴君玫给韩浩平布置的任务让韩浩平犯愁。韩浩平手脚勤快，脑子活络，说起话来嘴也不笨，可提起笔来就犯迷糊。吴君玫让他起草协议书，都快有一周时间了，他还没写出个子丑寅卯来。他曾试着写了几行字，错别字一大堆不用说，连他自己都觉得内容前后矛盾驴唇不对马嘴。他想求助自己的妻子，可又明知魏秀琴和他半斤八两。魏秀琴在家里看到丈夫惆怅的样子，问要不要去找自己的父亲帮忙。韩浩平说："你杀了我，都比让我找你爸写东西强。"这天在店铺里张罗理货时，他又琢磨起协议书的事。忽然间，他想起前一阵子和白川在大街上碰面的事情。白川现在不是当律师了吗，他是学法律的大学生，写个协议还不是小菜一碟？韩浩平心里一下子亮堂起来，他决定找白川帮忙。他又把自己和白川几年来的恩恩怨怨在脑子里回忆了一遍。当初也是他一时糊涂，为了面子，把白川送进了看守所，差点儿断送了一个年轻人的前程。这事后来让他后悔了好长时间。而白川回社后却不计前嫌，一起为农贸社办会时，大家相处自然，尤其在他落难时白川以德报怨，让他逃过一劫。与自己相比，白川算得上是真君子。经历了生活的风雨之后，韩浩平才明白有个白川这样的朋友，是件幸运的事。

店铺里有一部电话机，既是店铺的工作电话，又兼做公用电话，对外收费使用。韩浩平寻思先给白川打个电话约个见面时间。省农贸社总机电话号码韩浩平烂熟于心，号码一拨通，里面迅速传来让韩浩平再熟悉不过的接线员声音。

韩浩平怕接线员听出自己的声音，故意变着语调要求接通政研室。一阵提示音过后，果然是白川的声音。

韩浩平说："白川你好，我是韩浩平。"

白川显然有些意外："老韩，是你呀，你今天没出车？"

韩浩平说："我现在不开出租车了。"

"又有啥好项目了？"

"说不上啥好项目。我想让你给我参谋参谋，你能腾出时间吗？"

白川顺口说："老韩，你有时间随时来找我。"

韩浩平犹豫了一下："白川，我还是想请你到外边坐一坐。"

白川明白韩浩平的心思，连忙说："没有问题。你定时间，下班后随时都行。”

韩浩平说：“要不然你到我店里来一趟。啥时候都行，来时给我打个电话，我恭候你。”

白川说：“行！”随后记下了韩浩平店铺的电话号码和地址。

当天下午吃完饭，白川就赶到韩浩平的店铺里。

一看见白川，韩浩平有一种莫名的亲切感。他拉着白川的手说：“你干吗要等到吃完饭才过来，我本来想和你一起喝杯酒哩。”

白川说：“机关食堂吃着方便。”说话时就在店铺里转了一圈。一边走着一边说：“老韩，别看你这店铺小，还真是有点儿现代经营意识。咱们传统的经营模式，都是一道柜台把顾客和货物隔开，店铺像防贼一样防范顾客。你这里顾客可以直接自己取货，这在国外就叫自助式超级市场，是零售商业的发展方向哩。”

韩浩平说：“白川，你现在是搞政策研究的，接触的新鲜事物多，站得高，看得远。以后你就常来我这里，给我做个顾问。”韩浩平说这话的时候，心里却在暗暗佩服吴君玫的胆识，她虽然不知道超级市场的概念，但却自发地形成这种理念。难怪她的生意做得红红火火。

韩浩平在货架后边招呼白川坐定，倒了一杯清茶，把他和吴君玫决定搭伙经营烟酒店铺和开服装店的事说了一遍，不过他隐瞒了吴君玫是他原来的车老板和这次决定改行的原因。当韩浩平提出让白川帮忙起草一份协议的时候，白川仔细询问了这间店铺的来由、新开服装店的设想、合作双方的投资来源、股份比例、收益分配方式等细节。完了就让韩浩平找纸和笔来。韩浩平说：“纸和笔都是咱店里文具柜上的商品，啥样的都有。”说着取来了一沓信笺和一支圆珠笔。

白川把信笺摊开在柜台上，略略思索了一下，挥笔写下了一份文书：

合伙协议书

甲方：吴君玫　　　　　　乙方：韩浩平

甲乙双方在友好协商的基础上，就合伙经营商铺及服装店事宜进行磋商，达成一致意见，协议如下：

一、甲方在汉京市 ×× 区 ×× 街 ×× 号已开设店铺一间，经营面积 ×× 平方米，主营烟酒百货零售，同时拟在繁华商业区开设服装店一间。

二、甲方要求乙方共同参与烟酒店和服装店经营，乙方同意加盟介入。

三、双方商定，对烟酒店和服装店按合伙体开展经营，股份按双方各半划分，风险共担，利益均沾。

四、双方商定烟酒店原有资产折价 ×× 元，作为铺底资金，服装店所需铺底资金亦由甲方垫资，两个店铺产生收益时首先由甲方收回其铺底资金，剩余部分各半分配。

五、双方应确保店铺合法经营，照章纳税，任何一方违反政策、法律，自行承担责任，给对方造成损失时应承担赔偿责任。

六、本协议一式两份，双方各执一份，具有同等法律效力。

甲方（签字）　　　　　　乙方（签字）

× 年 × 月 × 日　　　　　× 年 × 月 × 日

白川写好协议书，又认真地看了一遍，改动了几个字，就交给韩浩平。

韩浩平认认真真地看完，高兴地拍着脑袋：“我说白川呀，你的大学真是没白念，我吭哧憋肚几天时间，也没理出个子丑寅卯，你几分钟就写得头头是道。真是人比人，气死人呀。”

白川说：“老韩，你要让我抓方向盘，车子一动，不吓死我才怪哩，这没有啥神秘的，熟能生巧而已。”

韩浩平忽然想起一件事：“白川，吴君玫跟我说铺底的钱她来出，赚了有我的份儿，赔了她来担。这件事我觉得不合适，咋样子说道说道。”

白川说：“老韩，生意上没有这样合作的，风险共担是个原则，只认赚不认赔的约定，就是写到合同里，在法律上也不算数，你要是真觉得赔不起，那就当雇员拿工资好了。吴君玫说这话是人家大气，咱可千万不能那样做。”

韩浩平觉得有些脸红：“白川，你说得对。合作的事上要仁义。”

孙鸣飞的任命决定在省农贸社机关引起了一场小小的波动。

早晨一上班，机要室给机关各处室送达了一份以省农贸社党组名义下发的文件，内容是任命孙鸣飞同志为省农贸社办公室秘书科副科长。尽管这是省农贸社机关最低层级的干部任命，但因为事先没有任何征兆，且不像往常干部任免那样成批的任命与免职，好事的人就猜测着这张任命文件的背景因素。

这几年省编制办严格控制各机关干部职数，一大批面临退休的老干部在眼巴巴的期盼中，黯然告别多年的岗位，梦断官场。每一次的干部任免，都会让一批人夜不成寐，结局又会几多欢笑几多愁。而孙鸣飞不过是刚参加工作几年的一个毛头小伙子，却能够单独任命，如何不叫人浮想联翩。于是，有人传言说孙鸣飞是上届省委副书记孙某的侄子，还有人说孙鸣飞的父亲是抗美援朝的老志愿军，与省委书记当年同为某部队司令部参谋。

只有孙鸣飞心里最清楚。半年多来的投入，实现了应有的产出，尽管投入中包含着难以用金钱衡量的行为、情感，但毕竟是值得的。父亲第一次汉京之行，欧阳秘书长身体恢复得很好。时间不长，秘书长传话说要亲自去找老先生理疗。孙鸣飞心想哪能如此造次，随即马不停蹄赶回家，好说歹说又把父亲搬回汉京城。秘书长再次接受老先生理疗后，竟神奇地痊愈了。被病痛折磨了十来年的秘书长一朝完全恢复健康，如何不感激涕零，当下给老先生许下海口：“老人家，你有啥要求尽管跟我说，只要我能办到绝不推辞。”老人家摸摸花白的头发说：“一个山沟里的糟老汉，有吃有喝没啥要求。领导你要真想帮我，把我那宝贝儿子管好就行了。”秘书长一挥手：“老人家这是小事，你放心。”

王副理事长找孙鸣飞谈话征求意见：“小孙，你到社里来了几年，领导一直在观察你，培养你，现在想给你压担子。你愿意到下边去锻炼，还是愿意继续留在机关？”

孙鸣飞想摸摸王副理事长的意图：“理事长，我年轻没经验，我听您的。”

王副理事长说：“机关里讲个论资排辈，提拔干部可以破格，但破格也得有个限度。你要是下基层，可以给你安排个正科级，要是留在机关，只能安排副科级。”

对王副理事长说的这个问题，孙鸣飞心里有数。下基层公司当个科长，眼下级别高一些，可以后就难有出头之日了。在省社虽说眼下级别低，可衙门大了位子高，以后前程难以估量。他孙鸣飞绝非井底之蛙，区区一个科长，岂是追求目标？他故作犹豫，怯怯地说：“理事长我也想下基层锻炼，但是这几年我在您身边工作，觉得受益匪浅，让我下基层，实在有些舍不得。另外，我也怕把这几年学的东西荒废了。”

王副理事长轻轻拍了一下桌子：“我明白了。小孙你好好干，还在我身边！”

孙鸣飞说：“理事长，能在您身边工作，总觉得心里亮堂。”

谈完话后，王副理事长拍了一下孙鸣飞的肩头：“代问你父亲好。”

事业上飞黄腾达之际，孙鸣飞却在爱情上遭遇了滑铁卢。

就在任命决定下发后的当天，孙鸣飞兴高采烈地给姚丽霞打电话含蓄地暗示自己已得到重用。姚丽霞显然听明白了意思，但却只是出乎孙鸣飞意料地说了几句冠冕堂皇的祝贺话。孙鸣飞约姚丽霞一起吃饭，姚丽霞回说：“最近工作忙，下班后还得加班，实在抽不出时间。”孙鸣飞一通电话打完，只觉得扫兴到了极致。

隔天，孙鸣飞收到了一封发自本市的信函。信很厚，一看信封上的字迹，是姚丽霞写的。他抑制着狂跳的心，飞奔回宿舍，小心翼翼地用刀片把信封割开。他之所以这样做，是想把这封盼望已久的信作为他们爱情的见证，像文物一样永久地保存起来。自他和姚丽霞交往以来，这是他收到姚丽霞的第二封信。第一封信中只有短短的几句话，但却让他感觉到抛出的红线已被姚丽霞牵住，姚丽霞所表现的态度让他体会到矜持中的高贵，那一刻他越发坚定了把这场爱情进行到底的决心。而今天这封信，将会是他们的爱情正式拉开序幕的宣言。他又想起前天与姚丽霞通电话的情景，他断定那是姚丽霞在正式宣示接受爱情之前本能的羞涩。孙鸣飞把已经启封但还没有抽出信芯的信件贴在胸前，恨不得把那份任命决定书也一并抱着留一张纪念照。爱情事业双丰收，这是何等的幸福！

小心翼翼地抽出厚厚的信笺，孙鸣飞却发现有些异样，打开一看，那是他原先寄给姚丽霞的求爱信。姚丽霞在一张信笺上短短地写了几行字：

孙鸣飞同学：

谢谢你对我的看重。我们俩真的不合适，如果你愿意，让我们继续保持同学关系。

同学姚丽霞

孙鸣飞心里一阵发凉，他没有想到让他激动不已的期盼，竟是如此的结局。脑子里突然一片空白，他颓然坐在床沿上，腿有些发软。

过了好长时间，孙鸣飞恢复了思维。他无法接受这样的现实，他不明白姚丽霞为什么会如此决绝地拒绝他。如果说一年前他收到这样的信，他会认为那是对方目光短浅有眼无珠，而今天的孙鸣飞早已今非昔比。在农贸社机关，他已经是一颗耀眼的新星，凭着他现在的实力，凭着他显现出的势头，他在同龄人中绝对是鹤立鸡群。这一点难道姚丽霞看不明白？他又想到了田智礼，莫非是田智礼嫌他与欧阳秘书长近了一步，在姚丽霞跟前吐露微词？想想又觉得不合情理，田智礼是一个磊落的人，不会在背后说人坏话。

孙鸣飞想得有些头疼。

吃罢晚饭，心烦意乱的孙鸣飞走进了公园。宿舍里太闷了，他想独自静静地与大自然亲近一会儿。他在公园假山旁边的一条石凳上坐下来，冷眼看着周围的一切。已经是深秋季节，早晚已有了凉意。暮色中，看得见参天的梧桐树叶已经泛黄，一阵风吹过，窸窸窣窣地发出悲凉的声音。偶尔传来几声蝉鸣，却明显是那种垂死的嘶嘶啦啦的声音。池边的花坛里是一丛快要开败的鸡冠花，颜色深得像污血一样。一只老花猫睁着幽幽的眼睛，间或发出一两声令人毛骨悚然的叫声。

公园里的情侣不少。虽不是春暖花开之时，俊男靓女却仍然不减情致，一对对挨肩搭背，窃窃私语。看着双双对对的身影，孙鸣飞觉得有些索然。正当他准备起身离开的时候，一对特殊的男女引起了他的注意。那男的年龄约莫四十岁，头顶已显得稀疏，将军肚微微凸起，而挎着他胳膊的女子却年轻得多。让孙鸣飞感到惊讶的是那女子长得实在漂亮，她的身材，她的五官，无一不恰到好处。孙鸣飞相信，这样的女人，应该是所有男人谁见谁爱的尤物。可她却与这个明显与她不般配的男人卿卿我我，实在是不可思议。孙鸣飞琢磨着这两个人的关系，夫妻肯定不是，父女又不像，情侣不相称。

就在孙鸣飞纳闷的时候，女子说话的声音清晰地传进了他的耳膜："局长，分房的事，妹子就靠你了。"孙鸣飞一下子明白过来，这是一个当官的上司和他的下属女职员。

孙鸣飞陷入了沉思。一个当官的无非手中有些权力，就可以把美人揽在怀里；一个女人，为了物质利益就可以把自己的姿色当成商品。这个世界也真是太功利了。转念又一想，整个社会都是这样，岂不正是应了黑格尔的名言——存在的就是合理的。在整个社会大潮面前，随波逐流才是保持活力的法宝，逆流独善必然会头破血流。那个当官的一定付出了超乎常人的努力，才戴上局长的帽子，为什么不能享受成功后的轻松？那个女人既有姿色，为什么不能利用自己的资本，为自己的幸福寻求一条捷径？而那些抱着正统观念去指责权力的拥有者和拜权的功利者，不是迂腐，就是吃不到葡萄反说葡萄是酸的。

孙鸣飞突然觉得心里亮堂起来。在这个官本位的现实社会中，物欲横流，人欲横流，一切皆以权力为中心，掌握了权力，就意味着拥有了一切。古人为了做官去刻苦读书，这才有了“书中自有黄金屋，书中自有颜如玉”的千古绝句。在权力面前，感情算得了什么，刚才那个如花似玉的妙龄女子，与那个大腹便便的男人款款携手，与感情有屁关系。可谁又能说那是不合理的。

想着想着，孙鸣飞觉得自己有些可笑。他在心里对自己说：孙鸣飞你是见过世面的人，如今你也已经是人见人羡的科级领导干部，论学历你是象牙塔中的高才生，论背景你已得到堂堂省政府秘书长的关照，论前程你海阔天空不可估量，你难道还愁找不到如意佳偶？姚丽霞，一个平平常常的报社小记者，与你相配已是高攀，却如此短视，不珍惜机会，你大可不必妄自菲薄。今日的科长，就是明日的处长、局长甚至更高，当你身边高朋满座、美女如云的时候，你再笑对仍然为生计奔波的井底之蛙姚丽霞吧。

夜幕即将降临，孙鸣飞抬起头，漫天的火烧云像大海中的波纹一样均匀地布满西部天空，明天一准又是个艳阳天。公园里的各种彩灯已经放亮了，成群结队的蝙蝠在空中穿梭飞舞，无尽的飞蛾和蠓蝇为蝙蝠布下了饕餮大餐。空中一小团东西掉下来砸在孙鸣飞的鼻梁上，孙鸣飞随手一摸，黏糊糊的。他本能地把手指放在鼻子下边嗅了嗅，一种奇异的臭味，但却并不让他恶心。他明白了，这是蝙蝠屎。

孙鸣飞突然心花怒放，蝠粪，福分呀，说不定我孙鸣飞真的是红运来了。

孙鸣飞一路哼着小曲儿，回到宿舍。

孙鸣飞咋也想不到，姚丽霞决然回绝他的原因，是与表哥苏春明的一次谈话。

那天在苏春明家里聚会的时候，苏春明不经意间对孙鸣飞流露的鄙夷，让姚丽霞既感意外又百般不解。很快，姚丽霞找机会与表哥单独聊了一次。

当姚丽霞在苏春明一再追问下，不得不透露孙鸣飞正在对她展开爱情攻势的信息时，苏春明竟然“呸呸”地朝地下吐了几口：“你要真答应了他，咱兄妹这辈子来往就乏味了。”

姚丽霞惊问何故。

苏春明说：“小霞，人说‘道不同不相为谋’，他跟咱不是一个道上的人。”

姚丽霞刨根问底。

苏春明说：“我是干公安的，我不能犯纪律，我只能说他缺些格调。”

姚丽霞问：“你是说几年前他在白川的那个案子中，做了不该做的事？”

苏春明“唉”了一声：“小霞，我是当哥的，我得为你负责。孙鸣飞这样的人，不值得托付终身。当初，白川为他拔刀相助，才犯了事。可他倒好，为了自保，把白川推进了火坑。”

姚丽霞大吃一惊：“你是说他反过来陷害白川？”

苏春明摇摇头：“不能说他陷害白川。但可以肯定地讲，如果他客观地叙述真实案情，白川是不会蒙冤的。”

姚丽霞若有所悟地点着头。

“人和人差别就是大。”苏春明说，“我办了个案子，结识了两个品行天壤之别的人。同是大学生，同是省级机关的干部，跟孙鸣飞的自私自利、明哲保身相比，白川这个人，见义勇为、义薄云天，真是值得交往的真君子。”

姚丽霞说：“春明哥，你把一大堆赞美的语言送给一个和你同龄的大男人，莫不是你与他有些断袖情节？”

苏春明说：“你们这些当记者的就是坏，唯恐天下不乱，啥健康的事情，在你们眼里都是别有故事。”

苏春明忽然坏笑了一下：“小霞，你说到断袖情节，可惜我不是

‘同志’。我要是个女孩子，我一准抓住他不松手，可你有这个条件呀。你还不知道，白川第一次跟我说起你的时候，那个劲儿呀，就四个字形容：倾慕不已。”

姚丽霞捶了苏春明一拳：“表哥你坏！”

姚丽霞第二天上班的时候，在田老师办公室意外地碰见了白川。

白川是专程到报社拜访田智礼的。上一次在苏春明家，姚丽霞说到田老师让孙鸣飞带话要见白川的事，让白川觉得有些不好意思。田老师是老前辈，经济理论界泰斗级的人物，人家老在心里惦记着他，而他却是无事不登三宝殿，实在有些失礼。他就想着找机会去看田老师。前几天他收到红都县农贸社秦大明理事长的一封长信，秦大明详细叙说了红都县农贸系统后续改革的事情，重点谈了一些无法解决的问题，更多是表露了对未来的担心。白川看完信后，觉得有些问题堪称严重。这封信是他和秦大明的私人信件，他不便把信中的内容在省社公开张扬，但又实在想找人交流一下。这就想着在拜会田老师的时候请教一下，也算是收集些经济改革素材提供给田老师。

秦大明信中说，那一场轰轰烈烈的扩股工作给农贸社带来了前所未有的充裕资金，粗略估算县社和各基层社账面趴着的闲置资金超过千万元。当初只想着咋样把农民的闲钱收集起来，却没有认真琢磨收来的钱如何保证生钱。资金池中满满的，却找不到浇灌渠道，忍看股息像蒸汽一样不间断地挥发着池中的资金。为了巩固改革成果，县农贸社集思广益开辟投资渠道，在农村办了养殖场、水果加工厂，还搞了一个小型钼矿，又与农民联办了几个专业合作社，开发了红都特产，药材有党参、天麻，食品有板栗、木耳、核桃，工业原料有生漆、栓皮等等不一而足。资金用途落实了，可运营中的问题层出不穷。工厂的产品打不开销路，库存大量积压；养殖厂防疫问题解决不了，畜禽大量死亡；专业社生产的农副产品运销环节不畅，鲜活品大量腐烂；矿山缺乏有效的检测和治理手段，污染严重。更重要的问题是资金回流断链，后续投入无法解决，矛盾已呈日益加剧状态。

白川把秦大明信中的内容详细陈述给田智礼，田智礼陷入了沉思中。恰好姚丽霞进来，寒暄之后，田智礼让姚丽霞坐下来一起听一听。

“你怎么看待这个问题？”田智礼问白川。

“田老师，有些问题我吃不准，我是个学法律的，习惯从法律角度思维。当初扩股热火朝天的时候，没想那么多，现在冷静下来细细琢磨，总觉得有些理不顺。你说农贸社是个商业流通行业，大规模吸收股金，是不是搅乱了社会分工？金融服务是银行业的专属领域，农贸社的触角伸得太长，会不会造成行业业务重叠，监管失控？再说，现在大讲特讲打破经营范围限制，那农贸社不成了包揽天下的万能机构？是不是改革的步子迈得太大了？”白川一口气说出了自己的疑惑。

田智礼赞许地点着头：“白川，你看问题有深度，说出了改革深水区矛盾的焦点。我现在担心下一步出乱子，就不是巩固改革成果的问题，而是收拾残局的问题。你想想，如果老百姓对农贸社失去信任，发生大规模股金挤兑，将会是一场什么样的灾难？你刚才怀疑改革步子迈大了，我觉得应当检讨改革的方向是否跑偏了。”

白川打心眼儿里佩服田老师分析问题的透彻性：“田老师，看来我对问题的严重性认识远远不足。”

田智礼说：“要有相应的防范对策。”

田智礼把目光转向一旁的姚丽霞：“小姚，你有啥看法？”

姚丽霞坐在沙发上，低头盯着自己的脚尖，似乎没有听见田智礼的话。

见姚丽霞没有反应，田智礼稍稍提高了声音：“小姚，我想听听你的意见。”

姚丽霞应声抬起头，嘴张了一下却没有说出话来，顿时脸颊有些发红。

白川说：“小姚，你还记得咱们在红都农贸社开座谈会时的场景吧？当时大家可是一门心思，想方设法扩股哩。”

姚丽霞脸上现出了活力：“我刚才就在想这件事，搞不好我们都是推波助澜的人。”

姚丽霞其实是走神了。白川说话的时候，她听得很认真，她觉得白川特有的法律逻辑思维，既新颖又严密。随着白川的话语，她的思维却集中在对白川的评价上。这个法律本科毕业生，心地善良，助人为乐，言谈举止总能让人感到实实在在。在他的身上，看不到矫揉造作，更没有哗众取宠，难怪表哥苏春明视他为知己，田老师愿和他结成忘年交。当姚丽霞想这些事的时候，田老师说的话她并没有听进去。直到田老师把她的思绪打断，她才回过神来，仓皇之间张口结舌，还是白川替他解了围，她顺水推舟撒谎说自己也想起了红都座谈会的事。

“我觉得应当到红都去搞个深度采访。”田智礼说，“当初红都作为改革试点，现在应当有个初步结论。这不是农贸社一家的事，省委省政府都应当掌握第一手资料。”田智礼看了一眼姚丽霞：“要不然，小姚你和经济组那位同志去一趟红都，好好收集一些素材，回头整理一份内参，呈送省委省政府领导和有关部门。”

姚丽霞说：“田老师，我这就去准备。”

白川提出建议：“田老师，要不要跟省农贸社说一下派人协助？”

田智礼摆摆手：“这件事不打扰你们农贸社，形式上要保持舆情监督的客观性。白川，这事儿跟你也没关系，属于我们报社的正常采访。”

第九章

红都县农贸社摊上麻烦事了。

这天，红都县农贸社理事长秦大明带着监事长和财务股长风尘仆仆地赶到省农贸社。因为红都早前被省社列为改革试点县，所以县上和省上的直接来往就多了一些，有时候省社直接下拨给县社一些紧俏物资指标，常常惹得夹在中间的地区农贸社意见老大。秦大明一行未经通报，直接闯进了王副理事长办公室。开门见山几句话后，王副理事长意识到问题的严重性，立即通知监事长、督察处长、财务处长、政研室主任到他的办公室开个临时碰头会。王副理事长特意叮嘱政研室四眼主任通知白川列席会议。

一群人坐定，王副理事长把秦大明一行给大家做了介绍，然后神色凝重地说：“红都是我们省体制改革试点县，是省社树立的一面旗帜，红都的发展对全省工作有着举足轻重的示范作用，省社要力保这面旗帜不倒。大明同志刚才说了个情况，要引起我们的重视。”王副理事长转向秦大明：“大明，你把情况给大家简单介绍一下。”

根据秦大明的介绍，白川断定这是一起典型的诈骗案件。

红都地处黄土高原，境内除了山地外，多为沟壑。历史上牧业曾是主打产业，红都出产的羊绒久负盛名。这次大刀阔斧的体改中，县农贸社把扶持发展畜牧业作为重头戏。县社在各宜牧乡镇设立了十多个羊绒专业生产合作社，为牧民购置了良种山羊，与牧民签订了兜底保护价格的收购协议。牧民的生产积极性提高了，羊绒的产量上去了，农贸社的库存增加了，销售渠道却出了问题。羊绒是号称软黄金的热门出口产品，多年来一直由农贸社负责从牧区收购，然后调运地区外贸公司。外贸公司虽与农贸社不属同一系统，但在业务上一直保持着调销计划。今年，农贸社收购量扩大了，外贸公司的调运指标却迟迟要不来，另外，外贸公司对农贸社提高收购成本后的调销价也根本不买账。仓库的库存调不出去，后续收购资金没有着落，不得已，农贸社开始给牧民打白条。就在农贸社燃眉之际，接到南方特区一个长途电话，对方自称是专业外贸公司，从《商情信息》上了解到红都羊绒滞销，愿与红都农贸社建立合作关系。县社接电话后喜出望外，当即派出业务股长一行人赴特区考察洽谈。几天后业务股长带回了令人振奋的消息，对方的公司名称叫太平洋国际转口贸易公司，公司设在特区一栋豪华的办公楼上，业务主要是面向欧洲美洲的进出口项目，对羊绒的需求量没有上限，且价格高过地区外贸公司一成。又过了几天，几个操南方口音的人，持太平洋国际转口贸易公司介绍信来到红都。县社如接待财神一般，陪南方人考察了牧场，巡视了库存羊绒。南方人对羊绒品质表示满意，当下签了合同。数量约定三十吨，总价款一百八十万元，先由需方支付百分之十预付款，待货到需方后全款一次性支付给供方。南方人考察返回后很快转过来十八万元的首付款，红都农贸社上下协力，不出几天把三十吨羊绒运往合同指定的发货地点汉京火车货站。到了预计的日期，红都县社与对方联系，却被告知货未收到。再后来，在焦虑的等待与反复联系中，对方的电话却死活打不通了。无奈红都县社二次派出业务股长亲赴特区联系结算事宜，却发现对方已是人去楼空。

大家七嘴八舌地议论起来。有人说搞特区把毛主席他老人家打下的红色江山搞垮了。有人指责外贸公司尾大不掉，官商气息严重。四眼主任说还是要加强农贸社自身的素质，不适应新形势就得被淘汰，这笔学费交得让人太心疼了。

王副理事长盯着白川说：“小白，我记得你当年在红都蹲过点，对那里的情况比较熟悉。你又是学法律的，想听听你的意见。”

白川知道，自己在这样一个环境中，人微言轻。他看了一眼秦大明，用探讨的口气说：“我能理解县社的同志在库存大量积压时，急于推货的心情。问题已经出来了，还是要采取积极对策，除了吸取教训以外，关键是尽量减少损失。”

秦大明问：“咱们在特区人生地不熟，咋追损失？”

白川说：“对方的行为已经构成诈骗犯罪，我们可以向公安局报案，抓人追赃。”

王副理事长问：“在哪里报案？”

白川回答说：“法律规定在犯罪行为发生地。犯罪分子公司设在特区，也到红都去过，特区和红都都可以报案，但这事离不开特区当地公安局的支持。”

王副理事长思考了一下说：“大明，我建议你们直接到特区公安局报案，那样直接一些，避免走弯路、拖时间。”

秦大明嘴上说好，表情却显出一些缺乏自信。

王副理事长突然对四眼主任说：“干脆让小白抽出几天时间，与红都的同志们一起去趟特区。”

秦大明连忙说：“这样最好。”

白川说：“王副理事长，我有个建议。为了能在特区顺利报案，加大办案力度，可不可以由咱们省农贸社跟省公安厅协调一下，让省公安厅跟特区公安部门联系一下？”

王副理事长说：“这是个好主意，我来安排。”

白川是第一次到南方特区。一下飞机，一股热浪扑面而来。虽说已进入孟冬时节，但这里依然是酷热的夏天。随着人流，白川一行进了机场角落的更衣室，脱下了套在身上的毛衣毛裤，唯留下已被汗水打湿的衬衣。短短的两三个小时，白川经历了冰火两重天。

出机场坐上大巴，不到一个小时就进入市区。这里到处是一片热火朝天的繁忙景象。放眼望去，密密麻麻的塔吊散布在大大小小的建筑工地上，像一片钢铁森林。与北方的黄土地不同，这里的土壤呈红色，因为基本建设，一片一片的绿色植被被铲除，裸露的红土地像疥疮一样看得人刺眼。据说，十几年前，这里还是一处不起眼的海边渔村，当中国改革开放的总设计师邓小平在这里比画出一个圆圈后，一个特区的概念产生了，从此，这里以日新月异的速度发生着翻天覆地的变化，“特区速度”一度成了形容效率的代名词。现在，白川置身在这片火热的土地上，不禁心潮澎湃。

因为省公安厅与特区公安局的事先联系，没费周折，特区公安局接待了白川一行，将案件交由下属的西山公安分局负责侦破。白川等人又马不停蹄地赶到西山分局，分管经济犯罪侦查的副局长招呼客人坐在会议室，又叫来了分局经侦大队的大队长。

大队长一进会议室，白川愣住了，原来他是曾经在汉京市中城公安分局看守所当过内勤的马明阳。

马明阳也认出了白川，热情地握着白川的手连说：“没想到，没想到。”

副局长问：“你俩认识？”

马明阳说：“这是我家乡汉京市的朋友。”

副局长说：“巧了，我就不用多交代了。这个案子是市局交办的案子，一定要办好，保证警力安排。”

秦大明没有想到白川与大队长熟识，高兴得不知说什么好。

马明阳让白川一行先住下来，说随后就安排警力开始工作。

白川说：“我不把你当外人，这个案子虽然发生在红都县，但却会对全省农贸社系统发生不可估量的影响。时间就是生命，我们一分钟都耽搁不起。晚一天，赃款追回的可能性就少一分，能不能马上派人上案子。”

马明阳笑着说：“你到特区还这么性急，看来特区速度还得加快。”

一直忙活到很晚，负责办案的警察仔细审阅了秦大明提供的资料，一一做了笔录。深夜时分，白川等人找了一家酒店住下来。

马明阳果然不负厚望。第二天一大早，派出三路人马进行侦查。一路去骗子公司租住的楼房物业部门，查询公司员工；一路去铁路部门查询羊绒流向；一路去银行部门冻结与骗子公司有关的金融资产。

两天的时间，各方信息汇总在一起，案情的脉络基本清楚。这是一帮职业流窜犯罪团伙，他们在特区高档酒店租下房子，然后通过各种渠道寻找猎物，通过先支付小额款项的方式取得对方的信任，一旦得手后迅速撤离，类似的案子已发生多起。而红都农贸社被骗的羊绒已倒手卖给了一家毛纺厂。幸运的是，这家毛纺厂只支付了一半货款，尚余一半货款要等下个月付出，公安局对这家毛纺厂应付款即时发出冻结令。

总算有希望减少损失，秦大明略觉欣慰，提出要请马大队长吃一顿饭，以表感激之情。马明阳婉言谢绝，他说："理解乡党们的心情。情领了，饭就不吃了。"但他转身却对白川小声说："晚上我请你喝茶。"

吃过晚饭，白川在房间接到马明阳的电话，马明阳让白川在楼下大厅见面。白川来到一楼大厅，却看见马明阳一身休闲装，全然没有了警察的气息。两个人走出酒店大门，马明阳招手唤来一辆出租车，上车后轻声说了一个地方。司机点点头没有说话。估计要去的地方司机很熟悉。

车厢里吹着空调，显得有些闷。马明阳把车窗摇下来，一阵湿热的风吹进车里，风中飘着一丝淡淡的腥咸味。马明阳指着远近灯火通明的建筑物给白川一一介绍：那里是刚刚落成的金融大厦，这边是已经交付使用的大型体育场，不远处是计划明年上半年竣工的图书馆。车行前方，一座硕大的圆形建筑像倒插在大地上的一根巨型圆锥，锥尖直直地刺向夜空。马明阳说这是正在进行后期施工的帝都大厦，层高达到八十层，是中国大陆目前最高的建筑物。白川把头伸出窗外，仰起脖子看着大厦的顶端，只觉得眼晕。开车的师傅提醒白川注意安全。

车子在一条小河边停下来。白川随马明阳下了车，沿着碎石铺成的小径，进入一片由各种南国植物掩映的处所。灯光下，巨大的榕树像硕大无比的伞盖撑在地上，数不清的须根很艺术地从树干上垂下来。叫不上名字的阔叶植物比比皆是，形态各异的五彩花朵散发着阵阵香气。小径两旁一溜灯杆上挂着若明若暗的灯笼，灯笼的外边写着一个大大的“茶”字。白川觉得这种场景似乎只在外国的电影中看到过。

马明阳挑了一个位子，与白川坐下来。原来这里是一处露天茶社，每一个茶台都被植物分割开来。白川四周环视了一遍，能看见其他茶台上有人影，却听不见有说话的声音。马明阳与白川坐定后，穿着旗袍的女服务员款款而至，马明阳从服务员手中接过茶单递给白川，让白川点茶，白川连忙摆手说随便就好。马明阳问白川要喝咖啡还是要喝茶，白川说茶水就行。马明阳问青茶、花茶、红茶。白川没想到特区人喝茶这么讲究，说都行。马明阳对服务员说要一壶铁观音好了。

服务员离开后，马明阳说：“茶是一门艺术，清茶清心，花茶柔和，红茶热烈，不同的体质适饮不同的茶种，不同的地域适宜不同的茶品。泡茶更有讲究，水质要好，水温要适当，温度高了，茶叶就泡死了，温度低了，茶叶泡不开。茶也是有灵性的，日本人讲究茶道，那是茶文化的精髓。”

白川说：“明阳兄到特区来了几年，成了茶博士了。”

服务员端上来一个大托盘，盘中放着一个玻璃烧杯，几包茶叶，几个像酒杯大小的茶盅，还有一些白川不知道用途的工具。服务员恭恭敬敬地给白川和马明阳鞠了一个九十度的躬，然后跪在一个小垫子上，两只手轻盈而又夸张地给玻璃烧杯中加上水，放在一个酒精炉上煮起来。待杯中水沸腾时，服务员打开茶叶包把茶叶倒进一只陶瓷茶壶中，将烧杯中的沸水徐徐注入茶壶，再将第一道茶水倒掉，第二次往茶壶中注入沸水，半分钟后，小心翼翼地端起茶壶给茶盅中倒上淡黄的茶水，分别递给马明阳和白川各一杯。服务员做这些事情的时候，与其说是沏茶，不如说是表演。白川端着小得可怜的茶盅，觉得有些可笑，把茶水一饮而尽。他回头看马明阳时，只见马明阳把茶盅端着放在鼻子底下反复嗅着，然后小口地啜了几下，显得很陶醉。

白川打趣着说：“原来在特区喝茶也有特色。”

马明阳却显得很认真：“这不是特色，生活原本就应该这样。”

“我约你出来，就是想和你好好交流一下。”马明阳说着对服务员做了个手势，训练有素的服务员点点头莞尔一笑，站起身又深深鞠了一个躬，转身退去。

“春明最近还好吧？”马明阳说，“好一阵子没有和他联系了。”

白川说：“前一段时间春明父亲突发脑溢血，幸亏送医及时，做了开颅手术，恢复得还不错。”

马明阳说：“春明是个大孝子。几年前我来特区时他也有些动心，最后还是舍不得父母。我笑他都多大岁数的人了，还躲在父母翅膀下。他说自己是独子，父母年岁大了，有些放心不下。看来他是对的。”

马明阳问白川现在的工作状况如何。白川说自己除了在机关坐班外，现在干兼职律师的工作。

马明阳说：“那更有必要和你谈谈了。”

白川说：“我做律师无非是不想丢掉专业，没有多大的志向，不值得评论。”

马明阳说：“有些话不说出来可惜。”

“我来特区几年了，自己觉得像变了个人一样。”马明阳说，“初来乍到时，这里的一切都让我觉得新鲜，很快我就完全融入了这个城市，完全融入了这里的节奏。这里是一个移民城市，大家来自天南海北，各种文化在这里汇聚交融，能够被大家共同接受的必定是精华部分。这里没有论资排辈，不讲资历，不讲背景，只讲实力，只讲效果，付出就有回报。作为一个年轻人，来到这里，真有一种天高任鸟飞、海阔凭鱼跃的感觉。在这里，工作时候就讲拼命，休息时候就讲放松。对比过去在汉京城里的那种状态，真有一种脱胎换骨的感觉。”

马明阳一口气说了许多，白川却不太明白马明阳说这些话的意图。

白川说：“中央划定特区，就是要搞试验田，将来肯定要把成功的东西在全国复制。你们无疑是第一批实践者，也是第一批成果享受者。”

马明阳说："从国家角度来说，改革试点十年甚至几十年，是很平常的事情。但对于一个人来讲，十年几十年却可能决定着一辈子的结局。我觉得每一个人都应当珍惜稍纵即逝的机会。"

白川听得有些糊涂："明阳，你不是已经抓住机会了吗？"

马明阳笑了笑："白川，你难道听不明白我的意思。咱们都是同龄人，我想以我的个人经历，给你一些启示。"

白川这下有些明白："你是动员我和你一样来这里发展。"

马明阳说："我给你直截了当地说吧。特区现在发展速度越来越快，人才需求量越来越大，北方的大批年轻人都孔雀东南飞，来这里了。这一段时间我们公安局正在扩编招录新人，你是名牌大学法学系的高才生，现在又取得了律师资格，你绝对是最受欢迎的人才。"

白川笑了："闹了半天，你是在策反哩。我可不一定有你的福气。"

马明阳的表情变得严肃了一些："当初春明没能过来，有他的原因。如果你有条件，却任由机会丢掉，就真有些遗憾了。再说特区的发展，也总有饱和的时候，一旦将来想通了，却来不了，岂不后悔？"

白川明白马明阳是出于一片好心。也许对他来讲这真的是一次人生难得的机会。可是他想起了自己已经得心应手的农贸社工作，想起了自己钟爱的京法律师事务所，当然也想起了乡下的老父亲和智障的哥哥。白川神色凝重地说："明阳，你这么看重我，我真的很感谢你，兴许这是我人生路上一个绝无仅有的机会，但这件事毕竟提得太突然，我得好好想一想。"

马明阳说："你要是嫌弃公安工作，也可以来特区做律师，兴许我以后从公安改行了，还要投奔你哩。只要你能来特区，我就高兴。"

一阵悦耳的蛐蛐叫声传来。白川循声望去，鸣叫声来自马明阳腰间挂着的一个方寸大小的匣子。马明阳卸下小匣子看了一下，对白川说："局里通知明早八点开会。"白川问这小匣子是什么东西。马明阳说："是传呼机。"说着，他把小匣子递给白川："这玩意儿挺方便。你若带上它，谁都可以通过电话通知联系上你，也可以简单留言。"

白川看着传呼机小屏幕上一长串数字说道："科技发展的成果，

首先体现在特区这块前沿阵地上。”

马明阳显得很诚恳：“我们这一代人处在大变革时期，与我们的先辈相比，我们是幸运的。我们要无愧于时代。如果你真能来这里发展，等你晚年的时候，你一定会记住我们今天的这番谈话。”

白川也有些激动：“我会记住今天咱们这一番推心置腹的交谈，相信我们未来有更多的携手机会。”

喝完茶，马明阳又送白川回到酒店。在酒店门口的花坛前，白川一眼看见正在焦急地踱着步子的秦大明。

秦大明看见白川，急忙握住白川的手，神色凝重地说：“我在这里一直等着你，明天一大早我得赶回红都去。”

白川急问何故。

秦大明说：“刚才红都县主管农贸社的副书记打来长途电话，严令我放下这里的一切事，立即赶回红都。”

白川问：“副书记说原因了吗？”

秦大明答道：“副书记只说了一句‘你回来就知道了’。”

秦大明语气有些酸楚：“白川，我预感没有啥好事，八成和这个案子有关。我估摸这次我在劫难逃。”秦大明犹豫了一下又说道：“我想征求一下你的意见。你能不能跟我一起回红都，这里的事情让监事长和财务股长处理。你要能跟我一起回去，我有啥事能跟你商量，必要时还能及时跟省社沟通。”

白川不假思索地点着头：“行。”

姚丽霞在红都县的采访进行了三天时间，采访结果让她触目惊心。

姚丽霞是和组里的另外一个年轻女同事小王一同到红都的。临行前，田老师交代姚丽霞尽量不要惊动县农贸社和当地党政部门，一定要收集到真实的第一手资料。到红都后，她们住在县政府招待所，以大学生参加社会实践的名义开展社会调查。她们走村串乡，实地踏勘，所到之处，无不怨声载道。

有一个典型的例子。当初，农贸社为农民描绘了宏伟的蓝图，农民把最好的农田腾出来种上农贸社提倡的药材品种，实指望产值真像宣传的那样，高过粮食数倍，但一个生产周期下来，一两年的时间贴进去了，收获的药材却脱不了手。从最初的惜售到后期的抛售，再到彻底的滞销，农户经受了难以承受的心理煎熬。尽管已经出现了巨大的亏蚀，能将药材变现的农民仍然是幸运的，为数不少的农户忍看无人问津的药材像小山一样摊在院子霉烂变质。农贸社的外号千奇百怪，或叫玩农社，或叫脓包社。

几年前的情景还历历在目。那时候，庙湾一带的凌水河是何等清澈透亮，河中的鱼、蛙随处看见。而今天，因为上游农贸社开办的一家钼矿废水处理不力，凌水河已污染得不成样子，河水呈现殷红色，老远就散发出刺鼻的味道，水中不用说已没有鱼蛙的影子，就连河滩原来一丛一丛的水草也踪迹全无。姚丽霞站在河岸上，心里一阵阵隐隐作痛，她为红都逝去的秀丽风光难过，更为红都百姓生存环境的破坏而情急！

农贸社与农民群众关系的恶化，使得农民对农贸社开具的财务凭证产生了前所未有的信任危机。农贸社收购农产品时开出的白条半价在民间流通。当初大张旗鼓的扩股中，农贸社宣传入股自愿，退股自由，股金证可以随时兑付现金。而今，农民用自己的血汗钱换来的股金证，却被告知不能兑付。原来承诺的每年不低于百分之八的保底收益，除第一年兑付外，其后年年违约。已经有两个年度分红彻底停止。股金证在民间已经有了一个雅号“红都金圆券”。

农贸社的失信，又催生了大量的谣言。农贸社库存的羊绒被南方商人诈骗一案，已被传得沸沸扬扬，多个版本莫衷一是。有人说骗子早在红都派出卧底，收买了农贸社内部核心人员，里应外合把资产卷走。有人说根本没有诈骗一事，这个案子是农贸社理事长秦大明精心策划的一场骗局，一切都在演戏，目的只有一个，就是找借口不给农民兑现收购款。更有离奇的说法，秦大明已经给农贸社的几个头头脑脑在国外购置了房产，正在筹备以出国考察的名义集体叛逃。

受灾严重的农户们自发地串联起来，有人提出去地区、去省城甚至去北京上访讨说法，有人提出强行接管农贸社财产。一时间暗潮涌动，山雨欲来。

姚丽霞坐在招待所房间里奋笔疾书，她把收集来的资料进行了细致的整理归纳，理出了汇报材料的基本线条。她要在离开红都之前把这份准备作为内参呈送的材料初稿完成。姚丽霞觉得红都的形势堪称严峻，局部地区的社会矛盾已经到了一触即发的程度，她要和时间赛跑，要在难以化解的矛盾爆发之前，让领导和决策部门尽快掌握这些一手信息。新闻工作者的职业责任感，让姚丽霞满负荷地高速运转着。

来自社会上的信息已经掌握得差不多了，现在该亮明身份去了解农贸社内部的情况，去探一探县委和政府部门的态度和想法。不管怎么说，维护正常的经济秩序和社会稳定，基层党政部门是第一堡垒，红都县党政机关的应对措施和态度是内参中不可或缺的内容。姚丽霞取出了出发前报社开具的介绍信，背上了采访包，叫上了同事小王，准备先去一趟县农贸社。

出招待所步行三五分钟，就到了红都县农贸社。远远望去，农贸社大楼门前聚集了很多人，看那些人的样子不像顾客。姚丽霞疾步赶上去，环顾四周，有两三百人。一进到人群中，四周是不绝于耳的叫骂声，浓厚的方言土语，姚丽霞听得不甚明白，但看得出人们群情激昂。

这是一群清一色的庄稼汉，有老有少，有男有女，相当一部分人手里握着被称为“红都金圆券”的股金证。

农贸大楼一层，半边是农贸社开办的百货商店，半边是股金服务部。百货商店仍在正常营业，而股金服务部大门却紧闭着。“红都县农贸社农民股金调配中心直属股金服务部”的牌匾仍然挂在门外，隔着玻璃橱窗，可以看见股金服务部内部装饰豪华的接待大厅，里面却空无一人。几个年轻农民不停地拍打着服务部的大门，却没有任何反应。

此刻，早有人把群众聚集的事情报告给县农贸社。可秦大明一行这时候正在南方特区马不停蹄地追赃。多年来，由于秦大明强势的工作风格，红都农贸社的其他班子成员早已习惯了甘当配角的格局，凡遇大事，必得秦大明拍板点头，其他副职乐得事不关己，高高挂起。

今天，秦大明不在红都，面对群众集体上访的局面，副理事长没了章法。他有心出门去劝解农民，却又担心不能服众反倒丢了面子，有心报告县委县政府，又怕挨训，只好给办公室主任发了一道一文不值的指令："密切注意事态发展。"

农贸大楼门前的人越聚越多，一部分看热闹的人也混杂其中。不知谁率先喊出了一句口号，马上人群集体发出了震天的回应："打倒农贸社！""打倒秦大明！""砸烂农贸社！"这些临时绉出的口号在街道上此起彼伏，一浪高过一浪。

姚丽霞冷静地观察着事态的发展。她站在人群外围，选择不同的角度和不同的对象，照了几张照片。她有些纳闷，如此规模不小的群众集会，为什么农贸社没有一点儿反应。再看看四周，没有警察的身影，甚至连一个干部模样的人也看不见，一切都在原始状态中萌发、燎原。

突然传来一阵巨大的玻璃破碎声。姚丽霞循声望去，股金服务部面街的一面玻璃墙被敲碎了。一群人从洞开的玻璃墙外涌进股金服务部大厅。

一场骚乱开始了。

涌进股金服务部的人几分钟后又从破洞处钻出来，显然，服务部里空无一人。人群中有人大喊："农贸社把钱卷跑了！"一时间咒骂声演变成呐喊声。有个女人当场号啕大哭起来。

不知是谁领的头，忽然一群人冲向农贸大楼另一边的百货商店，紧随其后的巨大人流，排山倒海地涌进营业厅。

一场大规模的抢劫在光天化日之下发生了！

大厅里几个营业员被突如其来的情形吓傻了，一个个呆若木鸡，有人躲到墙角捂住了眼睛。

大厅里到处是敲碎玻璃和撬动木板的声音，柜台上的各类商品成了洗劫的对象。有人脱下身上的衣服充作包袱，把零散的商品包作一团。在抢夺中，又发生了相互撕扯，哭声、骂声汇成一片。

姚丽霞从事记者生涯已有五年多时间，多次置身突发事件现场，可今天这种场面她却是第一次遇到。当人群冲进百货商店的一刹那，她仍然举着照相机在拍照，她觉得在这关键时刻用镜头记下真实的画面，是她义不容辞的职责。但是，当大规模的抢劫开始后，她震惊了，这是20世纪的中国，这是法制的社会，岂能容忍如此野蛮的行径上演！

姚丽霞忽然觉得一腔热血冲上脑门，她顾不得多想，把照相机递给小王，三步两步冲进百货商店，站到一个柜台上，高举起红色的记者证，大喊一声："都住手！"

姚丽霞拼命喊出的声音被巨大的噪声淹没了。但是，姚丽霞出众的打扮和不同凡响的举动很快吸引了众人的目光。商场里出现了短暂的安静。

姚丽霞借机大声说："老乡们，我是省报社的记者，我知道你们的苦衷，可你们这样做是在犯法，哄抢国家财产是要判刑的。"姚丽霞娇小的身躯挺立柜台，一副凛然不可侵犯的气势，一些人不由自主地放下了手中抢来的东西。

一个抢了几台挂钟的人没有理会姚丽霞，小跑着准备出商场，姚丽霞跳下柜台，一个箭步冲上去拽住他的衣襟喝道："你给我放下！"

抢钟的人急于脱身，飞起一脚朝姚丽霞踢去，姚丽霞应声倒下，一头栽倒在水泥地板上，殷红的鲜血顺着她的额头流在地板上。

姚丽霞的鲜血唤醒了人们的理智，商场里的抢劫停下来了。人们叹着气摇着头默默退出商场。

小王摇动着摔昏过去的姚丽霞，哭着央求大家帮一把。一个小伙子二话没说，把姚丽霞背在背上，又有几个人搀扶着，一行人一路小跑奔向医院。

姚丽霞用自己的鲜血保护了农贸社财产，避免了更大的恶性事件。

商场被抢、记者被打的消息震惊了红都县县委、县政府一班成员。县委书记当即做出批示：主管经济的副书记牵头彻查事件来龙去脉，整顿农贸社内部；县委宣传部做好对被打记者的安抚工作，与报社联系处理好善后；公安局组织警力全速破案，务必将带头闹事的凶徒绳之以法！

姚丽霞经医生检查，确诊为颅脑外伤，轻微脑震荡，随即被安排住院治疗。

刚住进四人病房，县委宣传部长即来到病床前，握着姚丽霞的手连连道歉，随即又找院长给姚丽霞安排了单人病房。宣传部长看着姚丽霞苍白的脸说："姚记者，我作为县委常委、宣传部长，代表组织对您表示慰问。您深入一线采访，我们却不能提供基本的安全保障，真是失职。"

正说话间，几个穿警服的人鱼贯进入房间，领头的说："您是农贸大厦被打的记者吧，我们正在全力破案，现在来给您做个笔录。"

不待警察把话说完，宣传部长大手一挥："出去出去，没看见记者同志需要静养休息吗？"警察没想到陪床的人如此霸道，不知道他的来头，一时面面相觑，不知说什么好。宣传部长又说："回去跟你们局长说，就说我王永林说的，没事别到这儿打扰。"

姚丽霞有些艰难地欠了欠身子："警察同志，千万别乱抓人，不要把事情搞大了，要不然会更麻烦的。"

警察互相对视了一下，给姚丽霞和宣传部长分别敬了个礼，转身离去。

秦大明和白川赶回红都时，已经是事件发生的第三天。一进农贸社院子，秦大明就感觉出异样的气氛，急急忙忙找来办公室主任一问，才知道事情的严重性。白川一听说有个来红都采访的记者被打住院了，惊问记者姓啥，办公室主任说不知道。白川只觉得心烦意乱，问清记者住院的地方，跟秦大明打了一声招呼，就急忙朝医院奔去。

初入院时，姚丽霞不停地呕吐，头剧烈地痛，她只是隐隐记得她站在商场柜台上面对着满堂闹哄哄的人群，后来发生的情况她一点儿记忆也没有，医生说这是脑震荡患者的基本症状，临床上称作不可逆转的短暂性记忆障碍。经过两天的治疗，呕吐症状消失，但头部依然隐隐作痛。白天经常出现幻觉，神思恍惚，夜晚整夜整夜地失眠，无奈请求医生开了安定片。她心里惦记着那一份急待完成的内参，心里越急，就越感到焦虑。躺在病床上，她简直有一种度日如年的感觉。

当白川的身影出现在病床前的时候，姚丽霞以为自己又出现了幻觉，直到白川清清楚楚地喊了一声“丽霞”时，她才惊讶地张大了嘴巴，半晌没有合上。

姚丽霞做梦也没想到，白川能在这个时候、这个地方，来到她的身边。她的眼眶中不由得溢出了泪水，顺着脸颊流进了耳朵。白川有些慌乱，急忙四处寻找毛巾，却想不到病房的毛巾都挂在床底下，情急中掏出自己的手绢想递给姚丽霞，又觉得姚丽霞手臂上扎着吊针不方便，就伸出手替姚丽霞揩去眼角和脸上的泪珠。姚丽霞似乎也感觉到不好意思，用另一只手轻轻拨了一下白川拿手绢的手，咧开嘴巴破涕为笑。白川也跟着苦涩地笑了。

“帮帮我，让我坐起来。”姚丽霞欠着身子想坐起来。

白川赶紧按住她的肩膀：“你挂着针，躺下别动。”

姚丽霞把声音提高了一些：“没那么严重。”说着她倔强地用一只手撑住床板坐了起来。白川急忙把被子团起来垫在姚丽霞的后背部。

姚丽霞疑惑地问白川为什么到红都来。白川详细说明了原委。

姚丽霞听完，若有所思地说：“我有点儿明白了，原来这几天秦大明理事长不在红都，红都县农贸社群龙无首。”

“都怪我多嘴，让你受伤了。”

白川话音刚落，姚丽霞眉毛一扬：“跟你有什么关系？”

“我要是不去找田老师，不给田老师说红都的情况，田老师就不会派你到红都来了。”

姚丽霞嗔笑了一下：“可真有你的，没见过这样给自己头上揽责任的。”

白川不好意思地挠了挠头。

“鸣飞知道你受伤的情况吗？”白川问道。

姚丽霞面无表情：“他怎么会知道？”

白川又问：“要不要我给鸣飞打个电话？”

姚丽霞沉默了，把头偏向一边。

白川以为姚丽霞不好意思表露心思，又说道:“县农贸社打长途电话很方便，我一会儿回县社去打电话。”

姚丽霞转过脸来，眼眶中含着泪水:“白川，你真没意思，咱俩在一起说话，你干吗把我跟孙鸣飞扯在一起。我有病跟孙鸣飞有关系吗？”

白川没想到姚丽霞能说出这样的话，就想问一句你俩不是已经确定了关系吗，但想想又觉得不合适，话到嘴边又咽了回去。

“帮我把毛巾拿过来。”姚丽霞说。

白川四周看了看，找不见挂毛巾的地方。

姚丽霞说了声“笨”，就扑哧一下笑了，用手指了指床板下边。

白川低头一看，也笑了。取出毛巾，白川一摸又湿又凉，随手又拿起脸盆，出病房门在水房打了半盆水，可巧还有热水。又端回病房，把毛巾在温水中反复地揉搓了几下，绞干后递给姚丽霞。姚丽霞一只手摊着热毛巾，慢腾腾地擦着眼睛和脸颊，一副很惬意的样子。姚丽霞把毛巾递给白川时，白川抓住姚丽霞拿着毛巾的手，用毛巾把姚丽霞的手心手背擦了一遍。

姚丽霞脸上又恢复了往日的精神:“白川，我这回到红都，所见所闻，真的是触目惊心。”

白川问:“有多严重？”

姚丽霞说:“就是一个烂摊子。”

姚丽霞把她在红都几天的采访经历绘声绘色地给白川讲了一遍。白川想起几年前在红都蹲点时热火朝天的情形，伤心地说:“这就是我们为之付出心血的改革成果？”姚丽霞说:“是一场灾难性的后果。”

正说话间，一个穿白大褂的护士走进病房，看了看吊瓶中剩余的液体，捏了捏输液器中间的塑料观察孔，又在姚丽霞扎针的手腕上轻轻按了按说:“姐姐，我看你的气色好多了。”她回头又对白川说:“姐姐真是个英雄，我们红都县城都传遍了，说姐姐在抢劫的现场一声大喊，把歹徒一个个都吓傻了。还有人说姐姐当时从腰里拔出了手枪，朝天放了一枪，把歹徒都吓跑了。”

白川看那护士，有十七八岁，一双大眼睛忽闪着透出几分稚气。

姚丽霞说：“这个小妹是省护校的学生，刚分到医院，还在实习期。”

白川说：“谢谢你了，小妹。”

“该让姐姐休息了。”小护士说，“医生叮咛姐姐一定要多休息，不要多说话，不要激动。”

白川看着姚丽霞说：“小妹给我下逐客令了，我是不是该离开了？”

姚丽霞忽然问道：“你啥时候离开红都？”

白川回答：“我今天刚到，估计还得几天。”

姚丽霞嘴巴嚅动了几下却没有说话。

白川问：“你还有啥事，给我交代就行。”

姚丽霞脸上泛起潮红：“你明天还来吗？”

白川一下子愣住了，停了几秒钟，显得有些慌乱地说：“来，来，只要你需要，我随时都来。”

白川紧紧地握住姚丽霞的手，他的拇指触到了姚丽霞的脉搏，他分明感觉出姚丽霞的心脏在快速地剧烈跳动，手心一片潮湿……

白川走出医院，抬头一看，天高云淡，远处逶迤的群山在蓝天下构成一幅美丽的图画。空气中透着凉爽的清新。白川张开嘴，贪婪地猛吸了几口。

从县委副书记办公室出来，秦大明只觉得泰山压顶。县委副书记刚才的一番话，有如一把尖锥，把秦大明本已受伤的心又刺得痛上加痛。副书记说农贸社的一场改革简直就是一场闹剧，破坏了经济，坑害了农民，歪曲了红都形象。说到秦大明本人，副书记用了“好大喜功”“沽名钓誉”“文过饰非”等一连串极端的词语。秦大明辩解说：“改革是上级制定的方针，红都又是省农贸社抓的一个试点。”副书记勃然大怒：“莫要拿上级压人了，上级让你干你咋不去找上级来摆平当下的矛盾？上级为啥不给你拨款安抚农民呢？”副书记最后勒令秦大明组织全社力量，全力以赴解决农民交付农产品的白条和股金的退现问题，如果再爆发矛盾，让秦大明吃不了兜着走！关于羊绒上当受骗的事情，副书记指示：查一下农贸社有没有内鬼，必要时可让县检察院配合介入调查。

晚上，惴惴不安的秦大明与白川坐在房间商量，秦大明把县委副书记的训示给白川讲了一遍。

白川说："副书记也是无视客观背景，太过武断了。"

秦大明说："小白呀，你是不在基层工作，不知道基层同志的苦衷。领导就是这样，要成绩时猛下任务，出问题时猛打板子，担责任时拉替罪羊。面对目前这一盘残局，我秦大明纵是有三头六臂，也回天乏术。"秦大明长长地叹了一口气："我思考要妥善解决问题，恐怕只有依靠上级单位了。当初，红都被省社列为试点县，说是摸着石头过河。今天走到河中央，难道上级就忍心看我们被激流冲得支离破碎？"

"你有什么好想法？"白川问道，"比如说希望省社能在哪些方面给予支持？"

秦大明想了想说："以目前的情况，县社急需一笔资金填补窟窿，当务之急是把农民手中的白条和股金保证兑付。如果省社能在其他渠道调配一笔资金，难关就可以度过了。"

白川说："我对财务程序不懂，系统内资金调配和拆借，不知在政策和规定上有没有可操作性。"

秦大明垂头丧气地说："按常规几乎没有操作空间。"

白川自言自语道："能不能特事特办。"

"县委书记让我最近坚守红都，你说这是不是把我软禁了？"秦大明说，"我有心去一趟省社做个专题汇报，可惜现在连行动自由都没有了。"秦大明看了看白川，又用商量的口吻说："小白，你能不能回一趟省社，把我们这里的情况和我的苦衷，给省社领导特别是王副理事长好好汇报一下，力争取得省社的同情，拉我们一把，也好让这个试点的形象不至弄得太糟。"

"咱俩想到一起了。"白川说，"我也正想着有必要让省社的领导全面掌握这里的情况。这样吧，县社尽快写一个详细的情况反映材料，我带回去直接呈送王副理事长。你回头再做补充汇报，也许会有效果。”

秦大明脸上显出了希望：“你见了王副理事长，就说我现在连行动自由都没有了，不能亲自去面见领导，让他一定不要见怪。”

“我让人今天晚上加班准备材料，明天一大早你就出发。”秦大明显得迫不及待。

白川想着他答应姚丽霞明天去医院的事，犹豫了一下说：“早迟不在半天，反正明天回汉京也晚了，见王副理事长也得等到后天，今晚把材料先做出来，明天再好好修改一下，我下午离开。”

秦大明站起身握住白川的手说：“小白，真的从心底里感激你！患难之时见真情。”

秦大明又向白川提起省报社那个被打的记者。秦大明说：“听说那个记者还是个女的，真是值得人崇敬，我过去只说记者是唯恐天下不乱的搅屎棍，没想到记者中还有如此勇敢的人，真让我对记者这行改变了看法。”白川想起那年在红都县农贸社开座谈会时秦大明和姚丽霞打过照面，就想把姚丽霞的情况说一下，转念一想又怕越说越复杂，就装着不知情的样子问女记者受伤的详细过程。秦大明把他了解的情况给白川讲了一遍，末了还由衷地竖起大拇指。

第二天一早，白川把县农贸社连夜组织的材料认真看了几遍，提了几点修改意见，一直到最后校对无误后，方才加盖了印章。看看时间已接近午时，遂收拾好行李，匆匆朝医院走去。

未进医院大门，突然听见有人喊“大哥”，初时白川以为是旁人在相互招呼，没有理会，继续朝前走，直到一个小姑娘站到他面前，他才发现原来是昨天在病房里见到的小护士。

小护士忽闪着大眼睛：“大哥，你昨天来了一趟医院，姐姐的病一下子好了。前几天她一直在昏睡，从昨天开始突然精神多了。你走后她下床四处活动，竟然还在病房里哼起了歌儿。”小姑娘一口气说了许多。

白川高兴地说：“要好好谢谢你呀。”

小姑娘抬起头羡慕地说："大哥，你真幸福。有姐姐这样漂亮的女朋友，多好。"

白川停住脚步："谁跟你说姐姐是我的女朋友？"

小姑娘嘻嘻一笑："大哥你真逗。昨天你走后，我跟姐姐夸说你男朋友长得真帅气，姐姐高兴得脸上笑成一朵花，你干吗瞒我？"小姑娘说完，燕子一样轻捷地转身跑去，抛下了一串"咯咯"的笑声。

待白川走进病房，却意外地发现姚丽霞已脱掉病号服，穿得整整齐齐坐在床头。

白川吃惊地问："你这是要去哪里？"

姚丽霞说："我在等你。"

"等我为什么不躺在床上？"

"我今天让护士把吊瓶少挂了一瓶。针打完了，我想跟你一起吃顿午饭。"

白川没想到姚丽霞要到外面去吃饭，他担心姚丽霞身体虚弱不能出医院："你得吃病号饭。"

姚丽霞把头一偏："你是舍不得一顿饭钱喽？"

白川说道："你也真够损的。好吧，想吃什么？"

"羊杂碎！"

"羊杂碎？"白川摇着头说，"你一个女孩子，又是病号，怎么想起吃那东西？当心吃坏肚子。"

姚丽霞做了个鬼脸，一字一顿地说："我——就——想——吃！"

当年红砖墙砌起来的房子早已不见踪影，取而代之的是一栋外墙上贴着马赛克的二层小楼，面街一溜落地玻璃窗，朱红的大门门楣上方一块牌匾，上书"三羊开泰饭庄"。白川和姚丽霞一进饭庄大门，一个穿着不太合身旗袍的女服务员走上前来，用带着浓浓红都味的普通话说了一声"欢迎光临"，就把白川和姚丽霞带到一个靠窗的桌子前。

两个人坐定，服务员递上菜单。白川问："有没有羊杂碎？"服务员说："那是店里的招牌菜。"白川说："就要一份羊杂碎。"然后又把菜单递给姚丽霞。姚丽霞扬扬手说:“一份羊杂碎就够了。”白川说:“我请吃饭,你别寒碜我。”姚丽霞说:“我就想吃一份羊杂碎。你请我,就听我的。”白川说:“我听你的。”白川把菜单还给服务员。服务员的脸上露出了几分轻视。

“你为什么想起吃羊杂碎?”白川问道,“好多人不习惯那种怪味道。”

姚丽霞说:“我长这么大只吃过一次,印象太深了。”

白川问:“就是几年前咱们和孙鸣飞一起来这里的时候?”

姚丽霞说:“确切地讲,是迄今以来你唯一请我吃饭的那一次,而且我可能还是配角。”

白川不好意思地笑了:“那时候,你可是我心目中高不可攀的姚大记者。”

姚丽霞说:“那时候,你是我心目中可望而不可即的抗洪英雄。”

白川说:“别让我惭愧。比起你前几天的壮举,我算得了什么?”

“你很勇敢,但让人觉得后怕。”白川说,“我听县农贸社秦理事长说了那天的情景。在那个时候,多数人已经失去了理智,你一个弱女子,就像小羊落单掉入狼群,万一有个三长两短,怎么办?”

姚丽霞说:“没想那么多。很多时候,人就是出于一种本能。”

白川说:“我能想象得出,你手举着红色的记者证,站在柜台上,一身正气,凛然不可侵犯。”

姚丽霞笑了:“成了一尊雕塑。”

“以后还是要注意安全,”白川说,“你是干记者的,经常会出现在一些危险的场合,还是要理智,不能一味地冲动,让人操心。”

姚丽霞嘴巴一撇:“让你操心?”

白川笑了:“让所有关心你的人操心。”

一大锅羊杂碎端上桌,白川用勺子给两个小碗里分别盛上,把一个小碗递给姚丽霞。姚丽霞把鼻子凑到小碗跟前,皱了一下眉头说:“还是那个味道,酸、辣,还有说不上来的味儿。”白川说:“让你吃这个,委屈了。”姚丽霞说:“我喜欢这种劲爆,接地气。这就是真实的生活。”

白川说:“我吃完饭得回汉京去,有重要的事情要立即汇报给社里。”

姚丽霞脸上露出一些失落:“马上就走?”

白川说:“红都的情况很严重,要让省社及时掌握,提早采取对策。县社写了一份请示报告,我亲自带回去,再当面汇报一下。”

姚丽霞把目光转向窗外的大街上:“我能跟你一起回去就好了,我手头的事也急。”

白川说:“那可不行,你身体还没有养好,要听医院的安排。”

姚丽霞说:“我怀疑医院听了上头的话,故意让我在医院多待几天,他们不想让我早早离开。”

吃完饭,姚丽霞说:“白川,我送你去车站。”白川说:“你开玩笑,你一个病号偷偷从医院溜出来,我要不送你回去,我能放得下心?”两人说着又回到了医院。未进病房,老远就见小护士蹦蹦跳跳地跑过来:“大哥、姐姐,你们干啥去了?医生都问了好几次,说我工作不认真,没看住病人。”白川歉意地笑笑:“小妹,给你添麻烦了。”小护士吐了一下舌头:“只要大哥姐姐开心,我就高兴。”

安排好姚丽霞,白川伸出手故作诙谐地说:“姚大记者丽霞同志,我先走一步,祝你早日康复。”

姚丽霞握住白川的手,低着头半晌没有说话,忽然几滴发烫的水珠掉在白川的手背上,白川明白那是姚丽霞的热泪。

姚丽霞用有些颤抖的声音说:“白川,从今往后你就叫我小霞好了,我们家里从我小时候起就一直这样叫我。”

白川没有说话,双手紧紧地握着姚丽霞的手,良久没有分开。

最近一段时间,理事长因为身体原因,长期在医院养病,省农贸社一直由王副理事长全面主持工作。消息灵通的人士说,省委组织部考察工作已经结束,如果不出意外,年底前王副理事长的职务将会去掉“副”字。事实上王副理事长最近工作劲头很足,在几次机关干部大会上反复强调要改善机关工作作风,决不能因为官僚习气导致工作失误。其实大家都知道,在王副理事长升职的关键时刻,工作上千万不能出现纰漏。因而，当白川把红都县农贸社的报告送到王副理事长的案头上时，着实让王副理事长有些挠头。

当初，把红都县列为试点，省社没少造声势。尤其是一场浩大的现场会，让全省农贸社系统把聚焦点锁定在红都县。省委、省政府、省内各主流媒体都在关注着试点县的成果。如果这个时候红都县出事，将意味着省农贸社的改革发生了方向性的错误。这对于作为农村工作前沿阵地的农贸社形象，将是极大的毁损。对于王副理事长本人的仕途，不用说更是灭顶之灾。王副理事长坐在办公桌前，把那份报告反复掂量，苦苦思索对策。

王副理事长明白，要解决红都的问题，说一千道一万还是资金问题。按红都农贸社的报告材料估算，资金缺口大约需要五百万元。这样一笔资金，对偌大的省农贸社资金体系而言，算是小菜一碟，但问题是缺乏调拨渠道。省社下属各公司流动资金难以挤出，国家储备棉、麻专用收购资金，农业生产资料采购专项资金，都有严格的监管制度，谁敢冒险去违反政策。

王副理事长主持召开了理事长办公会，专题讨论红都的问题。王副理事长强调说，要把红都的事情提高到关乎全省农贸社系统改革成败的高度来认识。谈到资金问题，王副理事长要大家集思广益，开动脑筋，群策群力。

王副理事长话音一落，四眼主任率先发表意见："改革是大政方针，政策是上头制定的，试点中出现一些麻烦也在所难免，我们可以把这个问题向省委、省政府、中央部门进行反映，通过政策调整来解决问题。"四眼主任的话明显背离了王副理事长的调子。紧跟着又有人提出深究问题后边的背景，明确责任人。

人事处关处长说："改革方向是对的，怕只怕经是好经，让那些歪嘴和尚念坏了。"

王副理事长一看讨论的方向偏了，及时控制："今天不是务虚会，只解决当下的实际问题，主题就两个字'资金'。"

总会计师当年在决策大张旗鼓扩股时，就曾发出过不同的声音，可惜那阵子孤掌难鸣。这会儿就想借势提起当年的决策过程，想想又怕别人误解自己幸灾乐祸，就没好气地对着财务处长说了一句：“该是你财务上献言献策了。”

大家把目光投向财务处长。财务处长是干了半辈子财务工作的老油条，深知财务工作不能越雷池半步。大家讨论的时候，他一直保持着沉默，但却在心里盘算着如何既不让王副理事长反感，又不让自己惹上麻烦地拿出分析意见。现在一看该自己亮相了，他就清了清嗓子，慢条斯理地说：“我觉得王副理事长说得很对，调整政策是上头的事情，追究责任是地方上的事情，我们作为行业主管上级，在这件事情上，就是要选择保住典型还是放弃典型。”

财务处长说话的时候，王副理事长赞许地点着头。财务处长继续分析：“显然我们不能选择放弃，那样既可能使我们的改革夭折，更会让我们省社形象受损，只有力保这一条路子。可问题在于，力保不能光靠嘴保，得拿出钱来，钱在哪里？”财务处长似乎在卖关子，看了看四周又说道：“关于财务工作，规矩很严格，财务制度细得像纱网一样，机动余地几乎没有。”

王副理事长脸上的希望瞬时变成了失望：“按你说的就没有办法了？”

财务处长说：“我有一个想法，还是要着眼于部门之间的合作。多年来农业银行的业务一直主打我们农贸社，可以说我们几乎是给农行打工的。现在我们有困难，农行不应该坐视不管。我的意思是以省社的名义给省农行发一个函，请求省农行协调下级行给红都发放一笔专项贷款。必要时，我们省社提供担保和贴息。”

王副理事长用略带些狐疑的口气问：“这行吗？”

财务处长说：“事在人为嘛，要相信金融机构的金融手段。”

其实，财务处长心里明白，作为金融机构的农业银行，内部的条条框框更为繁杂，没有政策依据，没有合适的业务背景，想拿到贷款几乎难似登天。但今天的理事长办公会研究的议题，已经把财务处长逼到了墙角，他必须想出合适的法子为自己解围。至于后边的事情，他知道变数太多了，走一步看一步。

财务处长的话让在场的人茅塞顿开，大家纷纷称赞财务处长不愧是行家里手。四眼主任说：“我们把农行供养了这么多年，好赖也算个大施主，现在寺院富得流油，赈灾是他们义不容辞的责任。”四眼主任的话引来了几声不知是共鸣还是调侃的掌声。四眼主任有些得意：“但是问题毕竟发生在我们内部，我们省社要负起责任来，要像当初试点开始那样积极扶持，善始善终。我建议省社成立一个帮扶小组，由财务处、政研室、办公室几家抽调人员，深入红都一线，帮助基层及时排忧解难，及时向省社传递信息。”

王副理事长显得很高兴：“今天我们的这个理事长办公会实际上是个诸葛亮会。大家拿出的方案有创造性。事情就这样定，财务处负责起草给省农行的函，注意措词诚恳但不能过于谦卑，材料送交后还得适当从情感上加强联络。关于帮扶小组的事，很有必要。财务处、政研室、办公室各抽一名人员，派下去蹲点。另外，通知地区农贸社抽调专人参与帮扶组。”

很快，省农贸社组成了红都帮扶工作小组，由三名成员组成，分别是办公室秘书科副科长孙鸣飞，政策研究室干事白川，财务处老周。由孙鸣飞担任组长。

孙鸣飞在接受办公室主任的任务指派时，坦诚表示完全服从组织安排，但谦逊地提出自己担任组长不太合适，建议由年龄长一些的老周来担任。办公室主任说：“工作不能完全论资排辈，白川和老周是一般干部，你孙鸣飞是副科长，由你做负责人最合适。”办公室主任最后开玩笑说：“当年红军长征时，有一个决策班子叫三人团，是最高领导机构。你们也是三人团，但没有那么重的担子，当好县社的参谋就行了。另外就是要做好联络工作，保证下情上达，上情下达。”孙鸣飞说：“我听领导的安排，尽心尽力把工作做好。”

接受任务后，孙鸣飞心里却打起了鼓。红都农贸社当年推行试点工作的时候，他虽然也去过，但仅限于蜻蜓点水，不像白川那样深入参与过，他知道在这方面自己的发言权远远赶不上白川。另外，他和白川一同进入省社机关，一直住在一起，彼此之间的关系完全建立在同事的身份和日常生活中的交情上，真正在一起工作，让他以领导的身份与白川共事，他既不习惯，更无妥处的信心。这些问题都还是次要的，让他心里最没底的是他无法预料这项工作最终的结局。红都的事情在省社机关已经议论纷纷，羊绒被骗案形成损失已是铁定的事实，前期改革中出现的失误不可避免地会形成大的社会矛盾。这个时候，别说一个三人工作组，就是三十人、三百人组成工作组恐怕也是无济于事。他可以断定，随着红都形势不可逆转地恶化，所有染指这项工作的人最终都会受到牵连，至少会被视为无能或窝囊。自己此时何必要蹚这浑水！

孙鸣飞忽然想起一件事，前几天他和刘秘书电话闲聊时，刘秘书给他透露说，最近省政协组织了一批常委进行社会调查，为即将在几个月后召开的两会准备重磅议案，初步把农贸社作为调查对象之一。刘秘书是省政府欧阳秘书长的秘书，从孙鸣飞父亲为欧阳秘书长理疗时起，孙鸣飞与刘秘书有了往来。孙鸣飞担任副科长后，工作上的联系多了一些，两个人的私交也开始升温。据方方面面的信息，欧阳秘书长将是下届省政府班子中主管财贸的副省长人选。孙鸣飞知道与刘秘书交往的价值空间，时常给刘秘书提供一些紧俏商品如进口彩电、冰箱之类的供应券。刘秘书投桃报李，常给孙鸣飞传递一些官场信息、政策风向等等，隔几天相互总会通个电话。

孙鸣飞想好了主意，把几份需要领导签批的文件夹在夹子里，走进了王副理事长的办公室，说：“理事长，打扰您了。”双手把文件夹打开呈给王副理事长。王副理事长粗略地看了一下，在几份文件上龙飞凤舞地签上自己的名字。孙鸣飞收起文件夹转身出门，快走到门口时又回过身来，显出欲言又止的样子。王副理事长问：“小孙还有啥事儿？”孙鸣飞说：“理事长有个小道消息，想报告给您，又怕有水分，劳您神。”王副理事长一脸认真：“说出来听听。”

孙鸣飞说：“有一份机要文件要处理，我跟省政府刘秘书通电话时，他无意中给我透露说省政协一批常委为了给未来的两会准备重磅议案，要组织社会调查，把咱们农贸社作为调查对象。”

王副理事长从凳子上站起来：“这是大事，怎么能说是小道消息。”

孙鸣飞显得有些不好意思：“我想着这是刘秘书私下随口说的，不知道有准头没有。”

王副理事长用手中的笔敲着桌面：“小孙，你真糊涂，刘秘书是欧阳秘书长……不，确切地说是未来的欧阳副省长身边的人，你以为他是自由市场摆摊的，能张嘴胡说？”

孙鸣飞低下头，嘴里唯唯诺诺地应着声。

王副理事长思考了一会儿说：“政协这帮子常委，一群八贤王，吃饱了撑的，没事乱转，成不了啥大事，可坏起事来没商量，要做好准备，应对这件事。”

王副理事长心里明白，政协委员的议案，十个中有八个是找碴儿。每年的“两会”一开，各部门最头疼的事莫过于应对人大代表和政协委员的议案，有些尖刻的内容甚至足以把部门一把手赶下台。而目前省农贸社系统危机四伏，尤其是以红都县为代表的部分地区，社农矛盾已到了一触即发的程度。这个时候，让那些天王老子都不放在眼里的政协委员一掺和，够省农贸社喝一壶的。

想到这里，王副理事长对孙鸣飞说：“小孙，交给你个任务，你继续打听消息，多和刘秘书联系，一旦定下来，全力以赴做好接待工作，让委员们吃好玩好，调研的地点和调研方式一定要安排好。这件事要当成政治任务来完成。”

孙鸣飞显得有些迟疑：“可是……”

王副理事长有些不解：“可是什么？”

孙鸣飞说：“我们主任安排我参加帮扶小组到红都蹲点去。”

王副理事长大手一挥：“轻重缓急掂不来，换人，换人！”

帮扶小组的成员其后做了调整，由人事处干事李义替换了办公室秘书科副科长孙鸣飞，负责人指定为财务处老周。说到李义的介入，还有个小插曲。王副理事长跟办公室主任说：“秘书科副科长孙鸣飞不要去红都了，换个人。”办公室主任说：“办公室事多，人手本来就不够，一个萝卜一个坑，实在抽不出其他人来。”王副理事长说：“那是你的事，你想办法。”办公室主任找到人事处关处长说：“关老爷，我这里工作人手拉不开，王副理事长让我找你想办法哩。”关处长调侃说：“你看我合适不？我正想换个地方吃饭。”办公室主任嘿嘿一笑说：“吃饭的地方在红都，帮扶小组需要人。”关处长想了想说：“让李义去吧。李义一直在机关坐着，该给个机会让他出去透透风。”

临出发去红都之前，白川突然接到姚丽霞的电话。白川惊喜地说：“小霞，我一会儿就出发去红都，估计晚饭前就到了，我请你吃晚餐。”

姚丽霞在电话那头“咯咯”一笑说：“吃羊杂碎以后再找机会，我已经回汉京了。”

白川一惊：“你出院了？病好了？”

姚丽霞说：“本来就没有什么大病。我要出院，医院不让，我说不给我办出院我就不辞而别了，他们就乖乖给我办了出院手续。”

白川觉得心里一阵高兴，但一想到满怀期望地赶回红都却不能见到姚丽霞，心里又不免有些失落：“小霞，我原来打算一下汽车就去医院找你，可是……我们这次一行是三个人。”

姚丽霞爽快地说：“你又不是落户红都，有啥纠结的。等你回汉京，记得及时给我打电话。”

就在省农贸社千方百计为保住红都试点形象而采取对策的时候，红都的形势却出现了持续恶化的状态。县农贸大厦在光天化日之下遭到哄抢，这是新中国成立以来红都县最为恶劣的群体事件，尤其是省报记者在保护公有财产的时候被打成脑震荡住院，这简直是有着光荣传统的革命老区的奇耻大辱。县委书记责成公安局迅速破案，对带头闹事的主要责任人员一定要绳之以法。县委书记一发话，公安局一班人马雷厉风行，不几天时间，十几名犯案人员相继落网。但这些被抓的人大多是年轻力壮的庄稼汉，一个个拖家带口，又都是家里的顶梁柱子。人一抓，老婆孩子外加老头老太太整天聚在公安局门口打探消息，三下两下人越聚越多，把个县公安局和县看守所门口挤得水泄不通。人一多，哭声闹声汇成一片。初时公安局组织警员说服大家安心回家等待政府处理，说服无效只好强行驱散。没想到越驱人越多，最后又把一大批人驱到县农贸社门口。两拨人形成两个巨大的阵营，公安局门口的人呼吁放人，农贸社门口的人要求归还血汗钱！

省农贸社派出帮扶小组的消息传到地区农贸社，地区农贸社也派出专人配合省社的帮扶工作，人已提前到达红都。省地两级的合力出手，让秦大明看到了希望。在盼星星盼月亮的焦急等待中，秦大明终于等来了白川一行。

顾不上歇息，省社三人小组就会同地区社下派人员和秦大明为首的县社一班领导开了个碰头会。老周传达了省社王副理事长对解决当下困局的几点指示，重点强调县社上下要团结一致，及时掌握动向。秦大明关心省社能否解决资金的燃眉之急，老周说省社已通过领导协调省农行提供一笔专项贷款。秦大明问大约需要多长时间，老周说这没准，估计至少得十天时间。

有了盼头，秦大明又有了劲头。他亲自出面跟上访的群众对话，又是鞠躬又是拍胸脯，最后表态十日内保证全面兑付农民手中的白条和需要退股的款项。见县农贸社一把手亲自做出承诺，围在县农贸社门口的人群才慢慢散去。

却说省农贸社要求省农行为红都发放一笔专项贷款的知会函件送交省农行后，省农行相关领导和部门层层批转，最后落到红都县支行。支行行长看完材料，不由得哈哈大笑起来。随即唤来两个副行长，像品评奇文一样发了一通点评。行长说：“当初农贸社大张旗鼓地扩股，变相吸收储蓄，明目张胆违反国家金融政策，扰乱金融市场秩序，我们提出不同意见，竟然说我们狗逮耗子多管闲事。今天农贸社惹出事来，让我们帮着擦屁股，岂有此理。”一个副行长问：“咋样回复省行？”行长说：“你难道没看出来，上级没有一个领导或部门做出明确批示让我们怎么做，这不是明摆着让我们拒绝吗？我们不放贷，谁能怎么样？”

县农贸社会议室里，省、地、县三级人员仍然在热烈地讨论研究。面对目前棘手的局面，有人提出发动全社职工通过亲朋好友关系，深入社会，做好群众宣传工作。有人提出着力依靠县委县政府，发动社会职能部门如公安、司法等环节的力量以保障社会稳定。

一直没有说话的李义语出惊人：“世上本无事，庸人自扰之。万事总有其内在规律，车到山前必有路，就等着看吧。”大家像看怪物一样把李义看了一阵，又回到本来的话题上。

白川说：“因为多方面的原因，农贸社与农民的信任危机已经到了前所未有的程度，当下要有实际动作让农贸社重塑形象，单纯地宣传起不到实质作用，动用社会力量搞压制只会事与愿违。”

秦大明说：“农民目光短浅，看见的都是现成的。现在说一千道一万，就是一个字：钱！钱！！钱！！！”

最后大家达成共识，要齐心协力抓好三项工作：第一项是敦促省市社协调农行从速放贷；第二项是做好内部清产核资工作，把全县吸纳的社员股金和未兑付的白条详细统计，对改革以来增添的固定资产逐一评估清算，把家底摸清楚；第三项是稳定职工情绪，保障正常经营工作不受影响。

老周给省社打电话询问农行那边的进展情况，财务处处长说省农行已经把函件批转给红都县支行，建议红都县社直接和农行红都支行联系。财务处长特别强调说近年来因为改革，部门之间利益有些冲突，银企关系一度紧张，这一次是我们向人家求助，要谦恭一些。

为了能引起农行县支行的重视，省地社帮扶工作组外加秦大明一行五人，以省农贸社工作组的名义，拜访农业银行红都县支行。

听说是省农贸社工作组来访，农行红都县支行行长早早就站在大门口等待，一见到秦大明，老远抱起双拳。秦大明把省地社的人员一一做了介绍。行长连说：“稀客稀客。”宾主进了会议室。会议桌上放着鲜花和时令水果。行长又把副行长和信贷科长等介绍给客人。

行长热情洋溢地说："农贸社是我们最密切的合作对象，是几十年的好伙伴。今天又是省农贸社的同志光临敝行，你们既是兄弟部门，更是上级领导，有什么指示我们一定照办。"老周代表省农贸社高度评价了农贸社与农行银企之间的合作关系，对多年来农行给予农贸社的支持表示感谢。他话锋一转提到申请贷款一事："我们不隐瞒客观事实，由于前期工作上的冒进，出现了一些问题，尤其表现在资金环节上。关键的时候，我们希望农行给予一些信贷上的支持。"

"这是我们义不容辞的责任，"行长说，"农贸社与我们是鱼水关系，一损俱损，一荣俱荣，何况省行也给我们批转了有关材料。"行长又把几位本行人员看了看："大家说对不对？"

信贷科长开了腔："行长，这里面有个问题。现在资金有严格的分类，每一类又有相应的额度，我们现在办理的贷款归到哪一类？额度从哪里来？"

副行长接过话头："信贷政策是红线，千万不能碰。我觉得科长说的问题难以解决。"

行长显得有些不耐烦："政策是死的，人是活的，要不然为啥说有条件要上，没有条件创造条件也要上呢？"

信贷科长说："办法倒是有，还需要农贸社配合。"

老周说："只要银行愿意放贷，我们省、地、县三级合力配合。"

信贷科长说："可以做委托贷款，由省农贸社或地区农贸社在我们行里存入资金，由我们行作为受托人按照贷款流程把资金放出去，这是两全其美的做法。"

所谓的委托贷款，其实是让农贸社自己拿出钱来存入银行，再由银行借给农贸社，贷款来源和贷款风险都由农贸社承担，银行额外赚一笔利息差。老周是搞财务的，心里明白这种模式无异于趁火打劫。心里嘀咕：我要是能拿出钱，干吗还找你农行？

行长咧嘴一笑："还是你们做业务的点子多，我看这办法不错。"

老周说："行长，我们现在调不出资金，否则就不会向你们求援了。"

信贷科长说：“省农贸社每年有几千万元的储备物资收购资金，就趴在账户里闲着，稍稍提出一笔转存到我们这里就可以了。”

老周说：“那种钱天王老子都不敢动，动了就会坐班房。”

信贷科长说：“违反信贷政策，改变贷款流向也是要吃官司的！”

会议室里一时安静下来。行长手里握着一支铅笔在桌上轻轻敲着，副行长不失时机地抓起桌上的一串香蕉掰开给每人面前放了一根。老周面色凝重地瞅着墙上的挂钟。秦大明的目光在行长和副行长的脸上不停地游离着。

白川心里很清楚，信贷科长的话不能算错，但这明显是见死不救的态度，看来当初农贸社大力扩股的事情，今天仍被农行记恨着。

难堪的沉默被李义打破：“唇亡则齿寒也。城门失火，必殃及池鱼。今日的农贸社，即明日的农行。为了农行的明日，农行今天应当出手。”

李义的话，让副行长和信贷科长一干人面面相觑。

行长却慢条斯理地说：“省上这位同志的话算得上给我们敲警钟，任何情况下，都要居安思危。工作中稍有差池，麻烦就该轮上我们了。”

老周看了一眼李义，无可奈何地说：“小李的意思是说我们两家唇亡齿寒，共同的利益把我们牢牢捆在一起。”

与农行红都支行的洽谈不欢而散。

秦大明接到监事长从特区打来的电话，监事长说羊绒案件的侦破工作告一段落，犯罪分子有一人已经落网，主犯仍在逃。对于冻结的资金，暂时还不能返还，要等到法院审判完毕，估计还需要三五个月时间。秦大明听完后心里又是一凉。

吃罢晚饭，白川在院子里散步，看见秦大明老远站着，仰着脖子看天。白川走过去轻轻打了一声招呼。秦大明回过神来，苦笑着对白川说：“人都说天上没有掉馅饼的事，我诚心指望上头能帮帮我们，现在看来，靠天靠地不如靠自己。”

白川惊喜地问道：“你有主意了？”

秦大明说：“我想发动全县农贸社职工集资，一般职工每人三百元，领导五百到一千元，我先以身作则。我打算把家里的电视卖了，把全部存款取出来，凑三千元。这样全县也能凑出百来万元。”

白川听后觉得有些心酸。

回房间的时候，白川听到隔壁房间的李义像是跟谁在说话，凑上去一听，原来李义在吟诗：

我看着身后长长的影子，
哀叹我有家难回。
无人感知我心灵的创伤，
问苍天我与谁归……

原来李义喜欢作诗。白川有些纳闷，在一个机关待了几年，竟然不知道有个诗人藏在身边。联想到几年前第一次踏进农贸社大院时与李义的接触，也只觉得李义是个不善言辞的古怪人，没想到他还有文学素养。

秦大明以县农贸社理事会的名义向全县农贸社职工发出倡议书，倡议干部职工踊跃集资。在倡议书发出的同时，秦大明亲自给各下属单位一把手打电话，要求领导率先垂范，并提出把集资工作的效果同各单位领导的绩效考核结合起来。

县社发出的集资倡议书，形式上说是自愿，实质上却有着摊派的味道。各单位领导本就思想不通，也就懒得跟下属员工多做解释，只说是上级布置的任务，非完成不可。一时间把个红都县城搞得乌烟瘴气，沸反盈天。缘何一个农贸社能在县城引起这么大的动静，这里边有个原因。农贸社是商业系统，职工以女性居多，且多是县上党政部门机关干部的家属。近年来一大批待业青年又被消化到农贸社各个岗位上。因而农贸社的员工，不乏与县城吃商品粮的机关事业单位干部们存在千丝万缕的联系。这集资一开始，员工们自然要回家拿钱，老婆找丈夫，子女找父母，少不了大小家庭起纷争。再说县农贸社拖欠农民股金和白条的事，在全县已人尽皆知，对农贸社集资用途，大家心知肚明，心想让我们用自己的血汗钱去帮你农贸社填补窟窿，岂有此理。一时间，各种怨气通过各种渠道在县城蔓延开来。

让秦大明始料不及的是，集资倡议发下去后，并没有出现他想象的踊跃情景。他原以为多年来宣传的“爱社如家”理念已深入人心，职工心系农贸社，会积极拿出家里的存款，没想到火爆场面没出现，有些单位甚至发生集体抵制的尴尬局面。几个信得过的铁杆支持者拿出钱后，却是孤掌难鸣！甚至有个别的单位负责人完不成任务，竟以辞职相要挟。

霹雳火秦大明这一把火把自己的后院烧着了。

当初农民上访，成分比较单一，不外乎庄稼汉老头、老太太，庄稼汉丈夫、妻子。现在集资触动的群体可就复杂多了，几乎涉及各个层面各个部门。虽说没出现上访，但却是暗潮涌动。其间，至少有三股暗潮交相呼应。一股是农贸社内部职工相互串通共同抵制；一股是有些门道的职工通过裙带关系，把农贸社添盐加醋地反映到县委县政府头头脑脑那里；还有一股最可怕的力量，是那些家属在农村的“一头沉”职工，他们把这种怨气散播到农户中，本来拿不回股金和白条款的农民就整日惶惶不安，这下子更是恐惧不堪。

不几天时间，原本有些趋于和缓的上访局面再次呈现并处于失控的状态。上访的主流依然是农民，但显然多了一些声援者。犹如风助火威，火借风势，人员越聚越多，规模越闹越大，先是围堵农贸社大门，后是在县委县政府门口集结，再后来干脆堵住了县城的主要街道。

中共红都县委紧急召开常委会议讨论对策。常委们这些天耳边已充斥着对农贸社不绝于耳的声讨，常委会议上大家七嘴八舌地批评着农贸社这几年来的工作失误。有人说这个外号霹雳火的秦大明就是个祸害，把个安居乐业的红都折腾得鸡犬不宁。更有人提出担忧，说如果不采取紧急措施，上访的农民一旦跑到地区、省上甚至进京，红都就完了。县委书记思考了一阵做出决定：一、县民政局会同各乡镇深入村组，做好农民安抚工作；二、县公安局搞好治安，做好截访，务必阻止农民进入地区、省城，否则，局长引咎辞职；三、通知县检察院对秦大明立案侦查，符合条件立即抓人，以安抚百姓。

县农贸社会议室仍然在开会，省社帮扶组、地区社工作人员、秦大明一班领导人，共计十来个人坐了一大圈。秦大明一脸苦楚，但仍把最后的一线希望寄托在省社那里。

秦大明说："当初是省社把试点放在红都的，我们红都县社欣然接受。这几年改革不敢说没有失误，但毕竟是摸着石头过河。现在我们是待在河中央，眼看着要被淹死，省社不能见死不救呀。"

老周皱着眉头说："形势的发展出乎我们意料。有些事靠我们帮扶小组是没法解决的，我觉得有必要立即返回汉京，给省社领导当面汇报一下这里的新情况。"

老周话音未落，会议室突然闯进两个戴大檐帽、穿制服的人。其中一个人打开夹子，拿出一张纸，清了清嗓子，威严地念道：

红都县人民检察院逮捕决定书

犯罪嫌疑人秦大明，男，35岁，汉族，红都县城关镇人。因犯有非法集资罪、玩忽职守罪，经红都县人民检察院立案侦查，确认犯罪事实成立。现经红都县人民检察院检察委员会讨论，对秦大明实施逮捕。

红都县人民检察院

××××年×月×日

宣读完毕，另一个穿制服的人从公文包里取出一副铮亮的不锈钢手铐，熟练地套住了秦大明的两个手腕，做了个请君入瓮的动作。秦大明似乎心里早有准备，脸上没有出现一丝惊慌，顺从地戴上手铐，离开会议桌，在两个穿制服的人一左一右地挟持下，向会议室外面走去。

临出门时秦大明回过头来，苦笑了一下说："谢谢大家，我也解脱了。"

一切发生得如此突然，前后也不过五分钟时间。会议室的人个个呆若木鸡，你看着我，我看着你，一时不知说什么好。

“苦呀！”突然一声尖叫。大家循声望去，只见李义从凳子上溜了下去。大家一阵慌乱，七手八脚地把李义扶起来。李义脸色如白纸一般，两眼翻白，手脚抽搐。白川急忙用拇指使劲掐着李义的人中。

半晌工夫，李义睁开眼睛，傻乎乎地看着一圈众人。白川问:“李义，你好些了吗？”

李义反问:“你们在干什么？”

白川说:“刚才你从凳子上溜下去，把大家吓了一大跳。”李义眼睛一瞪，好像又想起了什么，好久又是一声“苦呀”又躺回到地上。

众人急忙把李义送到医院。大夫忙了一阵，李义又清醒过来。大夫问了发病过程，摸了摸脉搏，翻开眼皮看了看，听了听心音，量了量血压，说:“病人身体无大碍，估计是受了惊吓，引起惊厥，过一阵就会恢复常态。”大夫建议去精神病科看看，排除抑郁症。

鉴于红都发生的新情况，又加李义发病，老周与白川商议，帮扶小组暂时先撤回省社，等待下一步新的工作安排。

从医院出来的李义举止显得有些怪异。为防止意外，老周对白川说不如立即返回汉京。几个人遂收拾了行李准备出发。地区农贸社的人也表示要立即回社里报告。省地两级帮扶人员遂各奔东西。

老周和白川相帮着李义准备搭乘长途汽车返回汉京。在车站等车时，李义突然又是浑身战栗，眼睛直直地瞅着远处。白川顺着李义的目光望去，不远处，有两个穿制服的交通警察正在指挥交通。看来，一场对秦大明的抓捕，已经让李义对制服产生了强烈的反应。白川急忙往前走了几步，挡住李义的视线，给老周使了个眼色，三人朝另外一个方向走去。

终于坐上了回汉京的汽车，当汽车启动时，白川突然有一种逃亡的感觉。

此刻，除了锒铛入狱的秦大明，心里最痛苦的人恐怕莫过于白川。窗外的山水依旧，却是一片肃杀的死寂。白川的思绪不由得飞回到几年前第一次来红都时的情景。那时候，正是早春时节，大地苏醒，走上工作岗位不久的白川满怀抱负，投身到火热的改革洪流中。为了神圣的事业，他夜以继日，废寝忘食，挥洒了几多汗水。然而今天看来，这一切是多么的可笑。

白川在心里替秦大明打抱不平。平心而论，秦大明是一个热爱事业、热爱工作的人，为了农贸社，他牺牲了自己多少利益，在最后关头，他甚至卖掉了自家唯一值钱的家当——电视机。然而，没有人能够理解秦大明，甚至在他出现危机时，多少人抱着墙倒众人推的心态推波助澜。今天，秦大明成了一只替罪羊，是谁把他推到了这一步？是改革的政策？是运气不好被选中试点？还是红都的改革环境太差？白川觉得有些头疼。

现在，白川只想尽快地见到姚丽霞，他觉得唯有姚丽霞能和他心心相印地沟通。他有一肚子的疑惑要向姚丽霞求证，他相信他们俩能够达成共识，能够找到答案，能够找对方向。

回到汉京城已经是傍晚时刻。老周下汽车直接回家，临别叮咛白川把李义送回宿舍。待安顿好李义，白川拖着沉重的步子回到自己的宿舍，草草地擦了一把脸，坐在床沿上发呆。看看表，已经是八点半了，他想着姚丽霞现在不知在干什么。他知道姚丽霞住在报社院子的单身宿舍，心里真有一种冲动，想立即去找姚丽霞，但还是尽量抑制着自己。百无聊赖之际，他索性走出宿舍，习惯性地上楼走进办公室。

已经有十多天没进办公室了，灯光下，白川能看见他的办公桌面上一层浮灰。他找到抹布，把办公桌擦了一遍，坐下来拿起笔和纸，想把最近发生的事情记下来。可手握着笔，他却觉得脑子里一团乱麻，眼前总是姚丽霞的影子。为了排遣自己的情绪，明知道姚丽霞早已下班，他仍然拿起了电话机，往姚丽霞的办公室拨了几下，几声长长的“嘟”声之后，竟然有人拿起话筒。

让白川惊喜不已的是，话筒里传来的竟是姚丽霞的声音。

白川抑制住剧烈的心跳，用近乎颤抖的声音说："小霞，是我。"

话筒中出现了长时间的沉默，白川连着喊了几声"小霞"，姚丽霞方才一字一顿地说："白川，你终于来电话了。"

白川问："这么晚了你还在加班？"

姚丽霞说："我每天都加班。"

白川有些情不自禁："小霞我想见你，就现在。"

姚丽霞问："你不是在红都吗？"

白川说："我刚刚回来。"

姚丽霞没有说话，但白川分明能听见话筒那边急促的呼吸声。

白川忘记了疲劳，放下电话，三步两步冲出了办公室。他出院子扬手拦了一辆出租车，二十多分钟赶到了报社。当他出现在姚丽霞面前时，只觉得自己的心快要跳出喉咙。他努力镇定着自己，轻声喊了一声"小霞"。

姚丽霞显得清瘦了许多，灯光下脸色略微有些发白。她抬头看着白川，许久没有说话，眼神中流露出几分哀怨。白川握住姚丽霞的手，问她伤好得怎么样。姚丽霞轻轻地点点头。白川又问她工作怎么样，她还是点点头。白川再问她心情怎么样，她却是轻轻地摇了摇头。

办公桌上放了一本摊开的书。白川随手拿起一看，是德国作家歌德的著名小说《少年维特之烦恼》。白川没想到姚丽霞能有闲情逸致看情感小说，问道："你不是说你加班吗？"

姚丽霞没有正面回答，却问白川："你看过这本书吗？"

白川说："看过。"

姚丽霞问："你能给我说说你读这本书的感受吗？"

"爱情就像烈火一般炙热，任千般理智也无法浇灭。"白川说，"少年维特爱上了法官的女儿绿蒂，但是他们两人中间无法逾越的鸿沟，实在是人间悲剧。"

"我把这本书看过三遍。"姚丽霞说，"第一次看它，我不断地流泪，我为少年维特伤心。那时候我还小，晚上躺在床上想着维特的处境，整夜地睡不着觉。我第二次看它，还是流泪，可是我思索一个问题，既然绿蒂已经知道维特一辈子只可能爱她一个人，她也爱维特，那她为什么不能抛弃一切，离开丈夫阿尔贝特？第三次看它，我在琢磨，一幕冷峻的悲剧，幕后的原因到底是什么？自由和爱情为什么不能得到完美地绽放？”

“好了，我多愁善感的天使。”白川说，“你还没有回答我，你为什么加班看小说？”

姚丽霞说：“我在歌德构建的情感世界中打发时间。”

白川问：“你没有加班？”

姚丽霞说：“我给自己加班，每天晚上十二点才回房间。我的任务只有一个，守着电话机。快十天了，我只守来了一个电话。”

原来，姚丽霞每天晚上都在等白川的电话。而在红都的日子，白川虽然每天都在思念中度过，却从来没想到给姚丽霞打个电话。白天他忙于四处奔波，身边找不到电话，夜晚他根本不知道姚丽霞守着电话机望眼欲穿。可这些能成为他解释的理由吗？他是在姚丽霞仍然住在红都医院的时候匆匆告别的，而在姚丽霞病体未愈赶回汉京给他打电话时，他却告知姚丽霞他要离开汉京去红都。红都一去近十天时间，对姚丽霞而言，白川音信全无。这一切的一切，白川都是基于一个苍白无力的说法：工作需要，身不由己。可是站在姚丽霞的角度去想一下，这是何等的伤心。

白川再一次握住姚丽霞的手，嘴里喃喃说道：“小霞，原谅我，让你受委屈了。”

姚丽霞却突然把手抽出来，“咯咯”地笑了起来：“我才不像你那样小心眼儿。守着电话，读着小说，多富有诗意的一件事。我还得感谢你给了我这种意境不是？”

姚丽霞又回到了往日的状态：“你快给我说说红都的情况，我还等着后续的追踪报道呢。”

一提起红都，白川的心又沉下来。他把省社、市社派出工作组，与县农行协调贷款失败，秦大明发动职工集资引火烧身，农民上访矛盾加剧，县检察院在会议室突然逮捕秦大明的事详细地说了一遍。末了他又说："也是合该晦气，这一次省社派出的三人帮扶小组原来有孙鸣飞，不知道啥原因，临时换成了人事处的干部李义。这位仁兄在几次正式场合语不惊人死不休。在逮捕秦大明时又突然癔症发作，现在一看见穿制服的人就犯病。"

姚丽霞说："以后咱俩就不要提我的那位学长了。他和咱们不是一路人。"

姚丽霞从桌上堆着的材料中翻出一本最新一期的《内参情况反映》，说道："红都的情况已通过内参反映到省委、省政府的领导跟前，中央一些部委领导也应当能看到。可是站在红都的角度来看，一切都似乎迟了。"

白川接过那份内参，找到了记者田智礼、姚丽霞采编的文章《红都县农贸社体改试点后遗症不容轻视》，认真地看了一遍说："写得很全面、很客观，问题分析得也很透。就是不知道能对领导决策起多大作用。"

姚丽霞说："记者的职责是发现问题、反映问题，至于后续的社会效果，得依靠整个社会的联动机制。"

"田老师还好吗？"白川问道。

"田老师一直挂念着你。我给他说你又到红都下乡去了。田老师说，像你这样的年轻人，现在不多见了。"姚丽霞说话的时候，脸上显出既像赞许又像戏谑的神情。

白川说："你和田老师一样，说出话来，让人费思量。"

"我心里感到很压抑，不知道自己这几年干了些什么。"白川说，"当初豪情满满响应政策搞试点，到头来却是一场笑话。出大力的秦大明当了替罪羊进了监狱。这一切该由谁来负责？我们有没有责任？"

"你真是热血青年。"姚丽霞说，"在这个社会上，我们都是普通的角色，以我们单个人的力量无法扭转乾坤，我们只能是踏踏实实做好自己的本职工作。这就像一场战争一样，我们都是战士，说得再高级点儿充其量不过是下层指挥员。而一场战争的进行与否，是政治家们决定的事情；一场战役的进行与否，是军事家们决定的事情；一场战斗的进行与否，是指挥员们决定的事情。我们作为战士，没有权利也没有必要去考虑战争的正义与非正义，客观上也不允许我们去考虑战争的必要性。在一场战争中，也许我们侥幸成了英雄，也许我们不幸成了炮灰，英雄不见得高尚，炮灰未必猥琐。当我们回首思索战争时，没有必要难过，没有必要悲伤，只需要记得，我们曾经是战士，我们曾经冲锋陷阵！”

“你说得真好。”白川由衷地佩服姚丽霞的见地，他为自己堂堂一个七尺男儿拿不起放不下而感到有些惭愧，“我这个人就是有些不切实际的完美主义，面对挫折容易悲观。和你相比，我真的要好好振作。”

“你在我眼里是最棒的人。”姚丽霞丝毫不掩饰自己的内心，“表哥春明在我跟前没少说过夸你的话。但是说实话，作为异性，我自认为我比他更了解你，也许他以前和你接触得比我多，可他不会比我敏感。”

听着姚丽霞对自己大胆地表露心迹，白川一阵激动，一时不知道说什么好。

姚丽霞看了一下腕上的手表说：“时间不早了，你该回去休息了。”

白川突然一阵冲动，不知从哪里冒出来一股勇气，用变了调子的声音说：“小霞，我想抱抱你。”

空气凝固了，姚丽霞看着白川，两双眼睛火辣辣地对视着，他们彼此分明看见了对方眼神中燃烧的熊熊火焰。终于，姚丽霞颤抖着身躯扑进了白川的怀抱，白川紧紧搂住了姚丽霞的双肩，两个火热的胸膛紧紧贴在一起。

有生以来，白川第二次拥抱异性。一次是他送别初恋情人张丽霞时，在汉京火车站，张丽霞忘情地抱住他。那种情形来得很突然，甚至对他来说有些猝不及防。而今天的相拥，他不知期待了多长时间，脑海中不知憧憬了多少次。这个让他日夜牵挂、倾心爱慕、赞赏有加的女神般的异性，如今真的与他相爱了，白川不由得怀疑这是梦境还是现实？

姚丽霞在白川的怀抱中扬起脸，晶莹的泪花从眼眶中溢出，顺着脸颊流下。

白川的嘴唇触到姚丽霞的眼睛，他情不自禁地轻轻吻去姚丽霞的泪珠，一阵甜丝丝的甘醇沁入心扉。顺着姚丽霞的脸颊，白川的双唇与姚丽霞滚烫的双唇合在一起，像突然有一股电流传遍全身，瞬间一股酥麻的感觉让他浑身颤栗不已。白川感觉自己被融化了。

第二天，王副理事长详细听取了老周和白川的红都帮扶情况的汇报。听着汇报，王副理事长的眉头越皱越深。谈到红都农业银行支行的态度时，王副理事长忍不住骂了一声“王八蛋”。说到秦大明被检察院当场逮捕时，王副理事长愤愤地说：“难道就不能给人一点儿最后的尊严，请到检察院去再戴铐子不行吗？”老周说：“检察院的想法可能恰恰相反，他们就是要闹出点儿大动静，甚至故意在大街上招摇过市，以图安抚人心哩。”王副理事长叹了口气：“好人多遭难。”

听完汇报后，王副理事长坐在办公桌前，手搭在额头上思考良久才说：“地方党政部门和司法机关的工作我们无权干预，但这场风波给我们敲了一个警钟，红都是试点地区，情况稍严重一些。省上别的县市也存在类似问题，要防止这种态势蔓延开来。老周，你跟你们处长说一下，让他组织力量把全省这几年的扩股情况搞个摸底调查，一定要做到心中有数。”

临离开王副理事长办公室时，白川犹豫了一下说：“王副理事长，和我们同行的李义同志在红都突然发了病，好像是精神方面出了些问题，我担心他出事，组织上对他要关心一下。”

王副理事长显得有些不耐烦：“病了看病不就行了？咱们有的是卫生所，还有条件不错的职工医院，放着当摆设吗？”说完又觉得有些不妥，他补了一句：“白川，你去跟关处长谈一谈，我们还是要关心职工生活，关心职工健康。”

白川坐在自己的办公桌前，心里一刻也静不下来。昨夜，他沉浸在巨大的幸福中几乎一夜没能合眼，一直到现在，那个醉人的场景仍然在他脑海中不断浮现。在这期间，他也不时想起秦大明，他现在应当被关在红都县看守所。联想到自己在中城区看守所那几个难忘的日日夜夜，他不知道红都县看守所管理状况怎么样，有没有牢头狱霸，秦大明会不会受到欺负。白川也一直替李义担心，这个心理脆弱的人，也许内心世界太过丰富，容不下现实世界的残酷与无情。

楼道里突然响起一片杂乱的脚步声。

白川正在纳闷，四眼主任从外面走进来，急火火地问白川：“你们去了一趟红都，蚀了咱们一个干部，到底是咋回事？”

白川惊问发生了什么事情。

四眼主任说：“李义自杀了！”

李义是在凌晨时分用自己常用的围巾结束了年轻的生命。

早上，李义的单身宿舍房门一直关得紧紧的。因为最近一段时间李义在红都下乡，邻居习以为常并没在意。上午，关处长需要一份人事培训表格，这份表格保管在李义手中，关处长知道红都帮扶小组已经回到省社，却不见李义的影子，遂派人去李义宿舍寻找。敲了半天门不见李义回应，恰好邻居一个干部家属从市场买菜回来，说昨天晚上听见房子有响动。寻人的人借了一张凳子放在门前，站在凳子上从门上方的玻璃小窗朝房间张望，吓得腿一软，从凳子上摔了下来。原来李义把自己吊在暖气管道上，舌头长长地拖在嘴巴外面。

随后赶来的公安人员对现场做了勘验，对尸体做了详细的检查，确认自杀无疑，告知农贸社按正常死亡处理善后。

李义在自己的床上留下了一首绝命诗：

一副冰冷的铐子铐走了我的灵魂，
剩下无助的皮囊任由龌龊的世界践踏毁损，
天堂里没有暴力，没有邪恶，
我心向往，身心永存。

头天晚上白川还与李义平静地互道晚安，今天李义却匆匆去了另一个世界。白川悲叹世事竟如此无常。他不由得又想起了第一次与李义见面的情景。也许李义本可以成为一个著名的诗人、一个出色的画家、一个卓越的音乐家，可是命运却偏偏安排他做了一个机关职员。人生，为什么常常要把喜剧演绎成悲剧？

李义一死，几种传言在农贸社散布开来。有人说多年前农贸社的那个因丈夫出轨上吊的女吊死鬼终于找到了替死鬼，这回心满意足地投生奔前程去了，下一回又不知谁要遭殃给李义做替死鬼。有人说农贸社在红都试点胡闹哩，废田种草，挖山开矿，惹得天怒人怨，这回遭了报应。白川明显能感觉出来，一提到李义，人们都会把异样的目光投射到自己身上。

一个多月以后，红都县传来消息，秦大明一案有了结果。红都县人民法院做出判决，秦大明在羊绒被骗一案中犯玩忽职守罪，判处有期徒刑四年，在股票发行与拒兑一案中犯非法集资罪，判处有期徒刑三年。数罪并罚决定合并执行有期徒刑五年。秦大明服判放弃上诉。

一场轰轰烈烈的改革试点宣告失败了！

这天，白川接到一个电话，对方说她是魏秀琴。白川打趣着说："嫂子好哇，接到你的电话真是稀奇，而今老韩在外边干得可是风生水起，票子大把大把地赚，你在家里做着全职太太，敢情幸福得找不着北吧？"魏秀琴声音不高却显得很严肃："白川，我知道你很忙，打扰你不好意思。可我真的有事想见你一面，就一会儿工夫。"白川说："那你到我办公室来吧。"魏秀琴说不太方便。白川问魏秀琴现在在哪里，魏秀琴说就在省农贸社大门外不远的大街上。白川想了一下说："那就在我宿舍吧，办公大楼后面的小二楼上，我等你。"

几年没见面，魏秀琴好像瘦了一些，但身材依然算是臃肿。白川站在宿舍楼外，老远看见魏秀琴像鸭子一样挪动着双腿走过来，赶紧迎上去打招呼："嫂子几年不见，精神状态越发好了。"

魏秀琴苦笑了一下："你们这些大学生说起话来总是文绉绉的，我有啥精神状态，就这一身胖肉，谁看见谁笑。"

白川说:“胖是福相。”

白川招呼魏秀琴坐定，忙着找杯子倒茶水。

魏秀琴说:“你别忙活了，我说几句话就走。”白川把一杯水递给魏秀琴，然后坐在自己的床沿上。魏秀琴朝着大开的房门看了一眼，欲言又止。

白川明白魏秀琴是想关上房门。他站起来想关上门，又觉得有些不太合适，遂轻轻地把门虚掩住，又坐回到床沿儿上:“嫂子有啥事你尽管说。”

魏秀琴没有说话，却从口袋里掏出手绢，捂着眼睛和鼻子，抽抽搭搭地哭起来。

白川一时有些慌乱，不劝不是，劝也不是，又怕别人看见引起误会，急得站起身来搓着双手。幸好魏秀琴适可而止，擦了擦眼泪说:“大姐想让你帮个忙哩。”白川一听魏秀琴把自己称作大姐，情知跟韩浩平关系上出了问题。

果不其然，魏秀琴说:“我跟韩浩平过不下去了，找你想帮我把婚离了。”

白川故作轻松地扑哧一笑:“嫂子，你别逗了，这农贸社谁不知道你两口子夫唱妇随，情投意合。有啥解不开的疙瘩能扯到离婚上去？”

魏秀琴正色道:“白川，韩浩平说他在省农贸社上上下下就服气你，你上一回又帮过他，你说话他肯定听。我想让你出面跟他谈谈，就让他同意跟我好说好散把婚离了。要不然的话，我真的得请你给我当律师到法院打官司了。”

白川一脸狐疑:“嫂子到底是为啥事嘛？”

魏秀琴叹了一口气:“也是我自作自受。当初韩浩平辞职回家，我极力鼓动他去开出租车，开着开着，跟车老板又合着开了一个店。天杀的车老板是个狐狸精，两人开着开着就开到床上去了。”

白川吸了一口凉气:“车老板叫啥名字？”

魏秀琴说:“名字我不清楚，只知道那个妖精姓吴。”白川想起来，大半年以前，他受韩浩平之托起草了一份《合作协议书》，那协议书的另一方是个女人名字，正好姓吴。看来魏秀琴并没有说假话。

“嫂子，你是不是有些敏感，在一起做生意也不见得就一定有不正当男女关系呀。”白川对韩浩平虽然不很了解，但在韩浩平犯事入狱的那段时间，他能感受出魏秀琴对丈夫的那一份挚爱，韩浩平在其后的行为中也多少能体现出对妻子的感激。他们两个人应当有不错的感情基础。

魏秀琴说：“我不是小肚鸡肠，我能鼓动他到外边找活儿干，就不是那种恨不得把丈夫拴在裤腰上的人。刚开始的时候，他偶尔夜不归宿，我没在意。后来他晚上经常在外边过夜，成了家常便饭，他的衣服上还常常有女人的口红印。再后来，我在他的衬衣上看见女人的长头发。我问他时，他死活不承认。再后来，我坐出租车跟踪他，其实他都是在那个狐狸精家里过夜。”

白川这下相信魏秀琴说的是真话，但他不知道韩浩平心里是咋样打算的。他问道：“那这件事情你捅破了没有？”

魏秀琴说：“我找了个孩子不在家的时候，跟他提出这件事，他愣了好一阵子，算是默认了。我跟他说，你要想顾这个家，就跟那个狐狸精一刀两断，你要还想继续花下去，咱俩立马离婚。他想了一晚上，第二天跟我说他还是要顾家。此后一段时间，他晚上在外边过夜的次数是少了一些，可没过多长时间又跟过去一模一样。我提出离婚，可他就是不答应。”

“他不同意离婚，说明他还爱你，他还恋着这个家。”白川说，“也许他心里真的很难受。你这一闹，不是把他推到别人的怀里去了吗？”

魏秀琴坚决地摇着头：“当初我闹死闹活跟了他，就没想着凑合过日子。日子穷富不要紧，跟别人争一个老公有啥意思？这回我是离定了。我原本想实在不行就去法院起诉他，但是一想到我爸就泄气了。原来为了和韩浩平走到一起，让我爸把人在农贸社上上下下丢尽了，现在再闹一出离婚打官司的事，只怕会要了他的老命。我实在是没有办法，才来找你的。白川，你就帮大姐一回吧。”

“我一定帮你。”白川说，“不过，嫂子你听我说，组成一个家庭真的不容易，何况你们经历了那么多的风风雨雨，孩子又那么大了，怎么能说散就散呢？我要见了老韩，非得好好说说他不可，有这么个知冷知热的好老婆，别身在福中不知福。一定要让他痛改前非，悬崖勒马。”

魏秀琴又苦笑了一下：“你别瞎子点灯白费蜡。我是让你说服他同意离婚。”

白川没费多大周折就见到了韩浩平。还是那间小店面，门头却焕然一新，铺面的设施也上了一个台阶，铺位上的商品档次有了明显提高，连几个营业员也换上了统一的服装。

一看见白川，西装革履的韩浩平老远就跑过来紧紧握住白川的手，连叫“稀客、稀客”。

白川认真地把店铺各个角落看了一遍说：“老韩，士别三日，当刮目相看，这才多长时间，鸟枪换炮了。”

韩浩平说：“做生意靠的就是一张脸面。”

白川问：“合作的生意做着还行吧？”

韩浩平说：“头前就这一个店，后来又在花布巷开了一个服装店。我们两个人有分工，我做烟酒杂货，她做服装，马马虎虎，还行。”

白川说：“花布巷比这里繁华，人流量大，生意肯定差不了。”

“咱们到办公室去坐坐。”韩浩平说着话就抬起身招呼白川往商铺外面走。

白川想起上一次给韩浩平起草协议书时在铺子里到处找写字的地方时的情景，就问道：“咋还有了办公室？”

韩浩平说：“在铺子后面的院子租了一套单元房，兼做办公室和仓库。”

所谓的办公室是一套三居室的单元房，一间房摆着办公桌，桌上放着电话机，一间房堆着各种各样的烟酒百货等商品，还有一间房子支着一张双人床铺。韩浩平说：“小是小了些，功能算是齐全。接待个客人，联系个事情，货物有个中转的地方，临时还可以休息一下。”

白川看见卧室的衣帽架上，挂着一条女人的花披肩，心里就都明白了。

两人坐定，白川开门见山地说:“老韩，嫂子去找了我。”

韩浩平有些意外:“你是说魏秀琴去找过你？”

白川说:“嫂子把她的苦恼都跟我说了，难得她信得过我，我就是想来跟你谈谈。嫂子是一个贤惠的女人，你们的孩子也大了，组成一个家不容易，好好跟嫂子过日子吧。”

韩浩平摸出了一包香烟，抽出一根递给白川。白川摆摆手表示自己不抽烟。

韩浩平说:“男人的精气神都是从烟里边得来的，你就抽一支吧。”

白川犹豫了 ·下，从韩浩平手里接过烟，笨拙地递到嘴边，韩浩平用打火机打着火，给白川点着烟。白川吸了一口，呛得连连咳嗽了几声，把烟掐灭了。

“我叫你一声兄弟，你不介意吧。”韩浩平说。

白川笑着摇了摇头。

韩浩平猛吸了一口烟:“你还没成家，有些事你可能不明白。过日子就跟吸烟一样，同样的味道，不同的人是不同的感受。有些人吸一口像神仙，有些人吸一口难受得要命。时间长了，感觉又会慢慢发生变化。

“我从小在坊上长大，坊上是回民聚居的巷子。我的父亲母亲去世很早，我是叔叔养大的。叔叔待我不错，婶娘可不待见我。小时候我常在外边游荡，跟一帮子同龄人打打闹闹。稍大一点儿，叔叔送我参了军。在部队几年时间，把我的性子磨得差不多了。后来转业回地方当了司机，也是运气好进了省农贸社机关，给魏秀琴的父亲当专职司机。

“我没想到魏秀琴能爱上我。论家境，我是一穷二白，别人都说我是上辈子烧了高香，可是我当时确实没啥感觉。后来魏秀琴寻死觅活地跟他父亲搞绝食，我心里确实感动。当魏秀琴的父亲同意魏秀琴嫁给我时，我哪里还敢说出不同意的话。

“跟魏秀琴结婚后，我成了名副其实的上门女婿。在魏秀琴父亲眼里，她女儿下嫁了我，我攀上了魏家的高枝，我应当当牛做马才能报答他们魏家的恩情。原来给魏秀琴父亲开车，我是下人，当了他家女婿，我还是下人，我在他跟前连说话的资格都没有。在别人眼里，我是魏理事长的女婿，一个啥都没有靠卖身起家的人。在农贸社机关那几年，是我心里最受煎熬的几年，我拼命地表现，想靠自己的努力从魏家的光环中挣脱出来，可到头来别人还说我就是一个小爬虫。没有人知道我活得有多痛苦。

“说句实在话，魏秀琴对我真不错，为了给我长脸没少跟她父亲怄气。我其实挺感激她的，可是感激归感激，我却实在对她提不起劲来。每一次看到她的背影，我都心里发酸。我成天问我自己，我进了魏家，到底图了个啥，魏秀琴给了我幸福，还是害了我？

“我为啥坚决辞职离开农贸社，一半原因是因为那个案子，还有一半原因就是不想再在魏家的影子中活着，我想靠自己的能耐活出个人样。后来我开起了出租车，又跟人合伙做生意。”

韩浩平说到这里停住了。白川心里发出一阵感叹，他不由得想起当年韩浩平在农贸社院子跟他和孙鸣飞打架的事情。那时候，他只是觉得韩浩平小人得志、颐指气使，却不知道韩浩平背后那一颗无奈和焦虑的心。然而，白川觉得韩浩平这些感触不足以成为寻求第三者的借口：“你在外面有了事业，不一定非得跟嫂子分手呀！”

“我跟你想的一样。”韩浩平说，“我也舍不得孩子，可是魏秀琴不干。”

白川说：“嫂子不干是有原因的。她不愿意和别的女人分享情感。”

“人啊，真的不知该咋说。”韩浩平抬起头看着天花板，像是要把眼中的泪水流回去，“我生意上的伙伴叫吴君玫，是个单身，人很不错，讲义气，肯吃苦。因为一次特殊的事件，我俩走到一起了。当我跟她相处的时候，我突然觉得自己前十几年白活了，我这才知道原来婚姻是可以幸福的。有了开始，我就有些不能自拔，一天不见吴君玫，我就像掉了魂儿一样。连我自己都不相信我一个孩子都老大了的男人，为啥能这么狂热地爱上另一个女人，而吴君玫爱我的程度甚至超过我爱她。”

“既然如此，你就和嫂子离婚算了。”白川说，“嫂子年龄也不算大，你们就没必要互相耽搁了。”

韩浩平说：“我从小父母就去世了，也没有兄弟姐妹，叔叔虽然待我不薄，可因为婶子的原因走动得比较少，我唯一至亲至爱的骨肉就是孩子。我实在舍不得孩子，也同情魏秀琴，我实在不知道该咋办。”

“恕我直说，”白川面色显得凝重，“老韩，你还是有些自私，说一千道一万，你顾忌的全是自己的感受。你既要把紧孩子，又要让嫂子受着屈辱，还得让你的合作伙伴背负恶名，这种情形能长久吗？现在，你必须在孩子和吴君玫之间做出选择。”

韩浩平说：“对我来讲，跟魏秀琴离婚，把孩子给我是最理想的。可是，我知道魏秀琴不会答应。”

白川一听这话，目光直直地盯着韩浩平，脸上有些不屑地说：“闹了半天，你是拿不离婚做要挟，让魏秀琴把孩子给你，要不然，就让她在屈辱中继续受折磨？”

韩浩平连连摇头：“白川，你把我想得太坏了。我不可能跟魏秀琴离婚再把孩子领走，要是真走到那一步，我必须净身出户。”

白川说：“老韩，你比我年长，按说我不该在你面前说三道四，但是作为一个局外人，我提醒你别在事中迷，尽早做出决断。如果还想跟嫂子和孩子过日子，就另找一份工作，跟吴君玫断了。如果真舍不得那份幸福，就跟嫂子快些离婚吧。”

第十章

花谢花开，冬去春来。

田智礼无意中在姚丽霞办公桌上的玻璃板下发现了一张白川的照片。他联想到近来白川频繁来报社的情形，心里有些明白，不禁为这一对年轻人感到由衷的高兴。

这天，田智礼打趣地问姚丽霞：“小姚，你跟我的那位忘年交走动得挺密切？”

姚丽霞的脸蛋一下变得绯红，低下头，不好意思地沉默着。

田智礼笑着说：“你们两个人走到一块儿，真叫天作地合。一个是我的忘年小兄弟，一个是我的徒弟，你说我高兴不高兴？只是你们两个都没良心，悄悄地瞒着我。要知道，没有我，你们两个怕是到现在还不认识哩。”

姚丽霞说：“田老师别生气，我们就是想着到事情彻底定下来时，再给您汇报。”

田智礼哈哈大笑：“这又不是工作，有啥汇报的。你俩都老大不小了，该谈婚论嫁了。”

白川跟姚丽霞经过大半年的热恋，确实已开始讨论婚事，只是还有一个关键的环节没有完成。到现在为止，白川还没有见过姚丽霞的父母，姚丽霞也没有去过白川的老家。姚丽霞的父母其实没少为女儿的终身大事操心，看着女儿整日里忙着四处采访劳碌，生怕女儿没工夫谈朋友误了年龄，催问了多少次，女儿却只是搪塞让父母别操闲心。姚丽霞是怕把白川带回家后父母再得寸进尺催办婚事，闹得心烦。现在觉得条件和时间都差不多了，就和白川商量着跟父母正式见上一面。

白川问姚丽霞:“我是以同学或同事身份去你家，还是以男朋友身份去你家？”

姚丽霞说:“同学也可，朋友也行。”

白川说:“我觉得还是先以同学身份方便一些，也别让叔叔婶婶觉得唐突。”

姚丽霞说:“我父母都是随和的人，不在乎小节。”

白川突然想起仍然放在宿舍箱子中的那件米老鼠玩具，笑着说道:“几年前，我给毛毛买了一件米老鼠玩具，怕你误会没敢送出去，现在还藏着。”

姚丽霞说:“亏你好意思，有胆买没胆送。毛毛现在长大了，米老鼠也过时了，你就留下来送给我好了。”

姚丽霞的家在省人民银行家属院，姚丽霞的父亲是银行下属金融研究所一名研究员，母亲是一名普通的银行职员，刚刚退休不久。近年来，各单位重视知识分子，人民银行给姚研究员分了一套一百二十平方米的四居室单元房。条件虽然好了，姚丽霞母亲却抱怨房子大了打扫卫生太费神。姚母对丈夫说:“丽霞要是男孩子就好了，娶上个媳妇进门，咱们这家可就全活了。姑娘迟早还得嫁出去，这房子越发空了。”姚丽霞父亲说:“娶上个媳妇，整你一辈子，找个好女婿依然顶得上半个儿。”礼拜五的晚上，姚丽霞的母亲接到女儿从单位打来的电话，说晚上单位有事要加个班，明天中午在家里吃饭，又特别叮嘱母亲有一个同学跟她一起回家，让母亲中午多做几个菜。姚母急切地问是男同学还是女同学。姚丽霞说母亲招待同学还男女有别呀？到时候看见就知道了。姚母放下电话，无可奈何地叹口气说：“这娇惯出来的女子就是任性。”

礼拜六一大早，姚丽霞母亲去菜市场采购了不少东西。这一段时间她退休在家闲着，一时还有些适应不了，最高兴的事情莫过于礼拜天给女儿女婿还有外孙下厨做一桌好菜。只是娟子忙着跑车，小霞工作也忙，常常礼拜天还在外边采访。老太太有力使不出，不免常常感到失落。今天女儿提前通知回家吃饭，还要带上同学来，如何不让做母亲的铆足劲儿展示一下自己的厨艺。

门铃声响了，姚丽霞母亲欢快地打开门。出乎意料的是，女儿的身后站着一个身材高挑、浓眉大眼的小伙子。小伙子彬彬有礼地弯了一下腰说：“阿姨好。”姚丽霞母亲愣了片刻，接过小伙子手里提着的水果网兜，忙不迭地说：“请进、请进。”

一进屋，姚丽霞对父亲母亲说：“我跟你们隆重介绍一下，这位是我很要好的一个同学，在省农贸社工作，叫白川。”

姚丽霞父亲拉着白川的手，让白川坐在沙发上说：“我们小霞的同学，可是不敢怠慢。”

姚丽霞母亲倒了一杯茶水递给白川，又从桌上拿起一个苹果塞到白川手里。

白川一手端着茶杯，一手拿着苹果，显得有些拘谨。

姚丽霞咯咯一笑：“好你个白川，你要摆造型呀！”

姚丽霞母亲嗔怪着在女儿肩上拍了一把。

姚丽霞父亲问：“小白，你在大学学什么专业？”

白川答：“我是汉京大学法学系的。”

姚丽霞父亲问：“这么说你跟小霞不是大学同学？”

姚丽霞在一旁说：“爸呀，你是查户口，还是搞招聘？人家上家里来坐坐，又不是来接受盘问的。”

“爸爸妈妈，我来满足一下你们的好奇心吧。”姚丽霞说，“白川同学跟我不是同一个学校的同学，却是同一个时代的同学。他是娟子姐五年前在火车上认识的一个大学生，后来是我笔下的主人公，他还是春明哥的朋友，也是姨父想认下的干儿子。我觉得他跟我们家有缘分，就邀请他到咱们家来做客。”

姚丽霞母亲一阵惊喜，把白川上上下下看了一遍：“小霞，你小姨可是跟我说过，你姨父住院的时候，你春明哥的朋友像亲儿子一样伺候他。我就说天底下难得有这样的好小伙子，敢情就是他呀。”

白川说：“阿姨，我跟春明是好朋友。他有难处，我自然应当帮他。”

姚丽霞的父亲对妻子挥了挥手：“快去忙活吧。小白头一次到咱们家来，嗯，也该让孩子见识见识你的厨艺。”他又对着白川说道：“你阿姨一辈子就是喜欢家里人多，每逢家里来客，她都高兴得不得了，以后你有空就常来家里坐坐。”

白川说：“谢谢叔叔，只要您和阿姨不烦，我保准常来。”

姚丽霞帮母亲做饭的时候，白川和姚丽霞的父亲在客厅里聊天。姚丽霞的父亲问到白川的工作情况，白川一一作答。

姚丽霞父亲问白川一个问题：“你在政策研究室，你咋样看待农贸社和对口银行的合作关系？”

白川忽然想起在红都事件中与农行红都支行的那一次接触，他想了想说：“姚叔，农贸社主要跟农业银行发生关系。按道理，银企之间应该是鱼水关系，可是这几年的体制改革，让两家之间出现了一些不和，有些事情让人挺痛心。”

姚丽霞的父亲精神一振：“有啥痛心的事情说来让我听听。”

白川就把红都试点一事从扩股开始一直到秦大明被判刑的事情叙述了一遍。谈到后期股民集会矛盾激烈的时候，白川说：“在省农贸社和省农行的协调下，红都县农贸社把最后的希望寄托在农行的支持上，而农行县支行却采取了袖手旁观的态度，甚至让人感觉到有一些幸灾乐祸。”

姚丽霞父亲听得很认真，一边听着，一边微微点着头。待白川说完，他思考了好长一阵子，说道：“农贸社扩股的事情，我也知道一些，没想到像你说的那么严重。其实这件事情反映出部门之间在新时期分工与利益的平衡问题。依我看，社会越是进步，分工就得越细，否则就是倒退。农贸社从农民手中大量吸收股金，概念上是强化组织上的群众性，但实质上等同于吸储，事实上是对金融行业的渗透。金融业是一个专业性极强的行业，缺乏专业人才，缺乏有效的管控，运行中必然出现问题。农贸社无度地扩股，出事是迟早的。而农行在这件事情上的表现，很大程度上是一种本能，你动了我的奶酪，犯了我的地盘，我不成心看你笑话才怪。但说到底，这还是一种短视。银行要容许自己的客户某一时段的背弃，只有用加倍的诚意和努力弥合自己和客户的裂痕——哪怕责任在客户身上，这样才能立于不败之地。”

“姚叔，您把问题看得真透。”白川有一种茅塞顿开的感觉，“我就是习惯于站在农贸社的角度去想问题。”

姚丽霞父亲说：“我们搞理论研究的，一定要学会换位思考，要站在一定的高度看问题。单单从一个行业、一个区域利益出发去思维，会陷入死胡同。”

“我还有个问题不太明白，”白川说，“我现在也感觉到农贸社放手扩股有些问题，可这是上头的大政方针，底下也只是贯彻落实。到底是谁的错？”

姚丽霞父亲笑道：“这问题不复杂。你年轻，有些事情没有经历过，但应当听说过。‘大跃进’、‘大炼钢铁’、‘大鸣大放’、大办食堂、大搞农田基本建设、大割资本主义尾巴，哪一件事情不是上头的方针？所以呀，我们得有独立的思维与思考，不唯上，不唯权。”

“你俩有完没完？”不知道什么时候，姚丽霞站在客厅，“爸，你要这样，我以后就不让白川来咱家了。我可不想把研究所搬到家里来。”

厨房里传来姚丽霞母亲的声音：“摆桌子吃饭！”

桌上凉菜热菜摆了七八盘，看着就让人食欲大增。姚丽霞父亲拿出一瓶茅台酒说：“这是春节前一个老朋友送的，一直没舍得喝。今天高兴，咱们一起喝。”

姚丽霞说：“你还是留着招待贵客吧！”

姚丽霞父亲眼睛一瞪：“那你说白川不是贵客？”

姚丽霞意味深长地看了白川一眼。

姚丽霞母亲又在姚丽霞肩上拍了一把："这孩子说话没深没浅。"

吃饭的时候，姚丽霞的母亲不停地给白川的小碟中夹菜。

姚丽霞在一旁说："妈，从来也没见过你对我这么好。"

姚丽霞母亲笑着说："那是因为你不讨我喜欢。"

姚丽霞说："这跟人家刚见了一面儿，就讨你喜欢了？"

姚丽霞母亲说："你姨父、你小姨想认干儿子，说不准我还认到前头去了。"

四个人一起笑起来。

已经参加过不少次宴会的白川，平生却是第一次在这样的环境和气氛中吃饭。小时候，他对吃饭的概念，一直停留在几个人蹲在房檐下各自端着一只海碗往嘴里扒拉的情景。上大学的时候，饭厅里依然是一人一碗饭外加一盘菜。参加工作后，吃饭花样多了，有会议餐、工作餐、朋友聚会餐。但这种其乐融融的家宴他却从来没有感受过。上一次在苏春明家吃饺子的情景，在他的脑海里印象很深，但当时因为与姚丽霞之间难以言表的特殊关系，让他内心一直处于高度紧张的状态。今天，他相对放松，他能感觉出来，姚丽霞的父母对他喜欢有加。在这样的氛围中，他感受到了幸福。当姚丽霞母亲给他夹菜时，他突然觉得鼻子有些酸。从小没有感受过母爱的白川，强忍着没让自己的泪水流出来。

吃完饭又坐了一会儿，白川礼貌地向姚丽霞的父母告辞。

姚丽霞母亲恋恋不舍地说："礼拜天又不上班，吃完晚饭再走吧。"

姚丽霞说："妈，人家不像你一天闲着就知道做饭、吃饭。"

姚丽霞父亲说："小白，你以后常来，多给我说说你们工作上的事情，让我也开开眼界。"

姚丽霞说："得了，吃了一顿饭，就发展经济间谍了。"

姚丽霞送白川出门。走到家属院门口，白川说："小霞，你猜猜，刚才我出你家门时想说啥？"

姚丽霞看着白川没有作声。

白川说："我就想对着你妈喊一声'娘'！"白川说话的时候，眼泪哗哗地流了出来。

姚丽霞掏出手绢递给白川说："以后有的是时候。乐意了，你就不停地喊，一直喊到老！"

分手时，白川说："我回去就守在办公室电话机旁，直到接上你的电话。"

姚丽霞说："这还没分手，又要打电话，真是黏糊上了。"

白川说："我是急着想知道面试结果。"

晚饭后，白川坐在办公室，手里拿着一本杂志，无聊地打发着时间。九点过后，电话铃声终于响了。白川拿起话筒"喂"了几声，对方却没有声音。白川以为是谁在搞恶作剧，又怕占着电话姚丽霞打不进来，就挂上了电话。话筒刚放好，电话铃又响了。白川再次拿起话筒，果然是姚丽霞。姚丽霞问白川："为什么第一次挂断电话？"白川说："话筒里没有声音。"姚丽霞说："我就想看看你有多大的耐性。"白川说："你错怪我了。我是怕别人打电话，电话占线你就打不进来了。"

白川显得有些急切："小霞，你知道吗？我现在有些心跳加快。"

姚丽霞问："对自己没有自信？"

白川笑了："商业学上讲适销，有时候货是不错，可就怕货不对路。"

姚丽霞银铃似的声音从话筒中传过来："货是好货，也挺对路。你猜我父母怎么说的？"

白川迫不及待地问道："怎么说的？快讲给我。"

姚丽霞说："我爸说，我们家小霞慧眼识英才。我妈说得更绝，她说：'小霞以后不要再把别的男孩子领到家里来。小白是第一个，也是最后一个。'你说说我压力大不大？"

一阵狂喜让白川不能自已。他嘴唇有些哆嗦地说："小霞，谢谢你，谢谢你爸爸妈妈。"

姚丽霞说："你过关了。接下来是不是该我接受面试了？得安排时间去看看你父亲了。"

白川说：“我心里总还是有些紧张，我怕你到农村受委屈。”

姚丽霞说：“亏你瞎操心。你跟一个记者说怕到农村受委屈，还不如直接对我的记者资格提出质疑。”

白川一阵感动：“你说啥时候合适？”

姚丽霞说：“丑媳妇早晚总得见公婆。趁着春暖花开，找个礼拜天，让我好好体验一下我心上人童年的生活环境。”

放下电话，白川觉得浑身被幸福包裹着，他真想对着窗外大喊一声：“我有爱人啦！”

“公娃”串儿从城里带回来一个漂亮媳妇。

不到半晌工夫，这个消息就在不大的白湾村传了个遍。

姚丽霞提出跟白川回老家拜见父亲，白川心里当然高兴，但一想到老家破败的院落以及父亲和哥哥依然困顿的农家生活，心里又有些犯愁。一是怕姚丽霞从小在城市娇生惯养，没见过农村的苦光景，情感上难以接受，二是毕竟带回个女朋友也算是大事，不提前跟父亲打个招呼有些说不过去，就寻思着自己先回老家一趟，提前做个准备。姚丽霞知道白川的打算后，却极力反对，她认为一切都要讲个本真，就像她事先没有跟父母做任何铺垫就带着白川去家里见父母一样，没必要像演戏一样提前彩排。白川说山村太穷让姚丽霞有个心理准备。姚丽霞说：“岂不闻爱屋及乌？”白川说：“若是父亲怕你家枝头太高不敢攀折咋办？”姚丽霞说：“你就跟父亲讲，儿子不争气把枝头已经折了，不攀赔不起。”白川心里觉得热乎乎的。两个人遂决定尽快回一趟白川老家。

参加工作以后，每年白川也回几次老家，过春节时更忘不了东家西家走上一圈。有白川的支持，七大爷靠乡党搭手已经在宅院里盖起了三间一砖到顶的大瓦房。白川的哥哥白亮依旧傻傻地过着快乐的日子。偌大的院子寻常就父子二人，前出后进显得空落落的。七大爷明知大儿子白亮这辈子恐怕是没有人家会把女儿许给他，也就死了心，只是一心盼着干大事的小儿子尽快领个媳妇回来，不为传宗接代，只为让这院子里概念上有个女人，更为自己在村子里腰杆能挺得更直一些。

当儿子白川领着一个姑娘出现在七大爷面前时，着实把七大爷吓了一大跳。七大爷何时见过这么漂亮洋气的女孩子？他只当是在梦境中，把一双昏花的老眼揉了又揉。

直到白川喊了一声“爹”，又指着姚丽霞给父亲介绍说“这是小霞”时，七大爷才不由自主脱口说：“这是谁家的姑娘，来咱家干啥来了？”

倒是姚丽霞无拘无束地大着嗓门说：“大伯，我叫丽霞，是白川的朋友，专门来看您。”

七大爷诚惶诚恐地把两只手抱在胸前：“我的爷呀！这么乖的女子，能到咱家里来，我只当是仙女下凡走错门了。”

白亮“嘻嘻”地笑着跑过来。白川说：“这是哥哥白亮。”姚丽霞喊了一声“哥哥”。白亮没有搭腔，把姚丽霞上上下下看了几遍，笑得更开心了。

白川说：“哥哥小时候得了一场脑膜炎，把脑子烧坏了。”

姚丽霞说：“善待哥哥是一份责任。”

七大爷把儿子白川和城里姑娘姚丽霞领进新落成的房间。房子的内墙还没有粉刷。窗户还没镶玻璃，几张报纸临时糊在窗棂上，报头上“西部日报”四个大字显得很醒目。青砖铺成的地面上摆着几件刚打制不久的家具，一个农家用来放置粮食的板柜和一张方桌外加几个小凳子，还没有上油漆。墙角盘好的土炕上铺着一张苇席，席上堆着一床已露出棉絮的破被子，显然已经开始住人了。

七大爷把两个没上油漆的木凳子搬到房子中央。用衣服袖子把凳子揩了几下，招呼姚丽霞和儿子坐下。

七大爷在屋子里来回走动着不知说什么好，突然间好像想起了什么，转身在炕头的一个纸盒里面翻出两颗水果糖，把其中一颗小心翼翼地剥开糖纸，一颗红得透亮的水果糖用手指捏着，习惯性地用嘴吹了又吹，递给姚丽霞。白川正要阻挡，姚丽霞却站起身来，伸出双手接过剥开的水果糖，慢慢地放到嘴里。她一边对白川说：“好些年没吃过水果糖了，还是老味道，真甜。”

白川问父亲：“有没有烧好的水？”七大爷这才想起光顾着激动，连喝的都忘给客人倒下，急忙去找水。姚丽霞说：“白川，你带我到院子里转一转吧。”白川拉着姚丽霞的手走出房间。七大爷端着个搪瓷茶缸走过来，正好看见白川和姚丽霞手拉着手，有些惊慌：“川儿，你？”白川松开姚丽霞的手，从父亲手里接过搪瓷茶缸：“爹，你坐着，我带小霞看看老屋。”

原先的老房子依然在，只是显得更破败了。两间旧厦子房是用土坯砌成的，墙角布满了鼠洞，房顶因为年久失修已经露出了破洞，阳光从房顶照进来形成几道光柱。房梁上横七竖八的蜘蛛网沾满了各种小飞虫。房间的土炕已经塌陷，一股特有的老烟油味儿从炕洞中散发出来。

白川说：“我就是在这间小屋里出生的。”

尽管已经有足够的心理准备，姚丽霞的眼眶里还是渗出了泪水。

另一间厦房里摆满了农具，姚丽霞好奇地摸着一件件从没见过的物件询问用途。白川一一介绍：这是圆锹，铲土用的；这是镢头，挖土用的；这是锄头，除草用的。墙上一个大号的钉子上挂着三把镰刀，白川取下来给姚丽霞做着示范动作：这把镰叫木镰，是专门收割麦子用的；这把镰叫草镰，是给牲口割草用的；这把镰叫笨镰，是上山砍柴用的。

姚丽霞指着墙角一个下方带着四个齿子的东西问白川是啥，白川费着劲儿把那件东西搬出来说：“这叫耧，是播种用的农具，把种子放在上头的斗里，牲口在前边拖着，人在后边摆动着，种子就从下面的齿孔里种到田里了。摆耧可是农家一大技术活儿，耧摆得不匀，秧苗稀稠就不匀，庄稼收成可就减半了。”

姚丽霞吐了一下舌头：“这玩意儿还有这么大的学问。”

羊圈里圈着黑白两只羊，一见有人过来，“咩咩”地叫个不停。姚丽霞从地上捡起一把草伸过去，黑山羊一扬脖子把草叼去，津津有味地嚼起来。白山羊也跑过来，眼睛圆骨碌碌地盯着姚丽霞，猛不丁吐出舌头，在姚丽霞的手背上舔了一下，吓得姚丽霞像触电一样打了一个哆嗦，把手缩了回去。

白川笑着说："山羊最有灵性，见到主人时常会舔主人的手。看来真是缘分，这山羊也把你当作这个家的主人了。"

说话间，门口稀稀拉拉走进来一帮人。白川一看，有隔壁王伯、王婶，对门二嫂，还有族里德高望重的三爷。进门的人毫无顾忌地大声呼喊着串儿，跟七大爷大着嗓门说话。

三爷说："老七，听说串儿给你领回来个城里媳妇，可是真的？"

七大爷赶紧摆了个手势，指了指后院站着的白川和姚丽霞，压低嗓门说："甭胡说。人家女娃到咱家耍来咧。"

白川和姚丽霞迎着众人走出来，院子里的人齐刷刷把目光投向了姚丽霞，接着是一阵惊叹的"啧啧"声。

三爷说："这哪里来的女子，咋长得这么俊？咱白湾村的水土也不错么，咱村的女子咋跟人家差那么远呢。"

二嫂说："这妹子跟年画上的人一样水灵。"

把姚丽霞说得不好意思地低下头。

三爷问白川："你这个伴儿在城里干啥工作。"

白川说："她是个记者。"

三爷又问："记者是干啥的？"

白川忽然看见窗户上糊着的报纸，顺手一指说："那个报纸就是她编的。"

周围的人又是一阵惊叹。

三爷说："我今天开了眼了，怪不得报纸上的话说得那么漂亮，敢情编报的人长得太漂亮了。"惹得姚丽霞也"扑哧"一声笑了。

二嫂对七大爷说："你家来了客人，我晌午过来给你做饭吧。"七大爷说："那敢情好，谁不知道你擀的面又细又长又筋道。"

院子里的人走一波来一波，姚丽霞也慢慢习惯了，轻松地跟大家笑着说话。有时候碰到一两句听不懂的方言土语，白川就兼做翻译。

厨房里传来“啪嗒啪嗒”拉风箱的声音，菜刀在菜板上夸张地发出剁面的声音，恰似一曲交响乐。一只母鸡不知何时站在房顶上，“咯嗒咯嗒”地叫个不停。姚丽霞第一次真正置身于农家，她觉得既新奇又高兴。

午饭好了，七大爷把小方桌放到当院，方桌四周却没有摆放凳子。二嫂给方桌上摆了四个碟子。姚丽霞瞄了一眼：一盘盐、一盘醋、一盘油泼辣子、一盘炒葱花，还有几瓣蒜放在旁边。

院子里还有几个人，看着到了吃饭的当口，却没有走的意思。二嫂从厨房里端出一个大盆，又拿出一摞碗。白川取了一只碗，用筷子从盆里把面捞到碗里，又放了些醋、盐、辣子、炒葱花，递给姚丽霞说：“这叫捞面，平常待客就吃这个。”姚丽霞接过大碗，慢慢地拌着碗中的面。再看看院子里的人，每人手里拿着碗，围着方桌上的大盆，各自往自己碗里捞面，然后像白川一样放上调料，随便在院子找个地方，或是坐着，或是蹲着，或是站着，一边吃着面条，一边嘻嘻哈哈地说着话。七大爷也端着个饭碗圪蹴在方桌旁，笑得脸上开了花。

姚丽霞看着碗中的面条，除了几片葱花外，油泼辣子把面染得通红。她挑了几根面条塞进嘴里，只感觉出咸酸两种味道，面倒是挺筋道。看着其他人狼吞虎咽的样子，她似乎受了些感染，一口气把碗中的面条吃光了。白川要给她再加面时，她说：“我吃撑了。”

吃罢饭，院子里的人陆陆续续散去。姚丽霞跟白川说想到村子外面的田野里走走。

七大爷说：“串儿，你带这姑娘到河湾去转转。”然后他收拾起竹笼和镰刀说：“我去给羊打草。”

姚丽霞对白川说：“你多找把镰刀，咱们跟大伯一起去打草吧！”

七大爷带着白川和姚丽霞走出家门，一行三人手里各自拿着镰刀或铲子。走在街道上，看见的人无不感到新奇。八叔笑着对七大爷说：“七叔你老糊涂了，儿子带个女朋友头一次到家里来，吃了头一顿饭，你就让人家下地干活儿，不怕把人家吓跑了？”

七大爷乐呵呵地笑了几声没有说话。白川能感觉到父亲情绪很好，腰杆似乎有意挺得很直，走路步子迈得很有力气。姚丽霞东张西望着，问这问那。

正是清明节过后不久，田野里一片生机盎然，远近的果树林子汇成一片一片颜色各异的花海。白川指着果园跟姚丽霞一一介绍："那片白色的是梨花，这边粉色的是桃花，稀稀拉拉的那一片是苹果花。"

姚丽霞说："小时候在广播里常听评剧，那里面唱到'桃花艳李花浓，杏花茂盛……'"

白川说："现在桃花和李花开得正盛，可惜杏花早前十来天已经败了。"

走到一片油菜地旁，一大片金黄色的海洋，微风吹来，一股浓郁的香味沁人心脾。不远处摆放着一溜儿蜂箱，蜂箱上头飞舞的蜂群老远看去就像是一团团蒸腾的气雾在空中翻滚。姚丽霞忘情地站在地埂上，伸开双臂，深深地吸了几口气，又在原地转了几个圈说："白川，我醉了。"白川说："真遗憾没带个相机来。"

白湾村地处秦岭北麓山地与平原的边界地带，南边是连绵逶迤的秦岭山脉，北边是一望无际的平原。一条河流从秦岭一道峪口中流出，途经白湾村一带，因为较大的落差，经年流水不断，"哗哗"作响，因而得名响水河。响水河在这里呈一个大"U"字形的弯道，白湾村正好处于"U"字形弯道的中间，又因村中居住的多为白姓人家，白湾村由此得名。姚丽霞站在响水河岸上，饱览着迷人的风景。白川指着响水河下游方向说："再往前四五十公里，响水河汇入渭河，最后汇入我们的母亲河黄河。"

河岸的不远处有一个几十亩大的水库，水库中央的几台机器正在工作着，喷出的水流哗哗作响。姚丽霞不认识水中的机器是干什么用的。白川说那是制氧机，水库中养殖的鱼儿氧气不足时，要靠制氧机增加水中的氧气。白川叹了口气说："这一方水库是我儿时的游泳池，每到夏天，这里就成了我们一帮小不点儿的乐园，这里给了我们欢乐，也给了我们恐惧。王伯的外甥走亲戚来我们村，和我们一道下水库，一个猛子扎下去，人就不见了，捞上来时早没了气。从那以后大人就对我们严加看管，不让我们随便到水库玩儿水了。”姚丽霞惋惜地咂咂嘴。白川笑着又说：“我在这儿学会了狗刨，后来在康宁那场大水中逃得一命，还救了人。”

七大爷在河边的一片空地上割草，草地上一丛一丛小黄花显得很耀眼。姚丽霞走过去问七大爷这花儿叫啥名字，七大爷说：“这花儿叫婆婆丁，能吃。”白川说：“婆婆丁学名叫蒲公英，是一味中药。”姚丽霞睁大眼睛说：“我看电影上的蒲公英是一个白色的大圆球，轻轻一吹无数个小伞随风飘开。”白川说：“那不是蒲公英花，是蒲公英成熟后的果实。飘开的小伞，是四处播撒的种子。”

“我们采一点儿回去吃好吗？”姚丽霞说，“野菜我们自己采，回去自己加工，多有诗意。”

白川说：“开花的蒲公英有些老了，吃起来柴。”他忽然灵机一动：“小霞，我们挖些荠菜，晚上回家包饺子吃。”

姚丽霞激动得蹦了起来：“有荠菜吗？太棒啦！晚上我给咱擀皮包饺子。”

白川蹲在地上教姚丽霞辨认荠菜的种类：紫花荠菜、白花荠菜、面条荠菜、花瓶荠菜、勺儿荠菜。面对着白川手中一大把形状相似又略有区别的野生植物，姚丽霞只觉得眼花缭乱。她试着按白川的指点挖了一小堆让白川检验，白川却挑出一大半扔到一边。白川捡起一个叶片稍显肥厚的“荠菜”说：“这叫王不留，形似荠菜，却是有毒的东西，一旦吃到嘴里让人舌头发麻，失去知觉。”他又捡起一个叶片发灰的“荠菜”说：“这叫草秃子。人如果误食会伤害眼睛，严重的会失明。”

姚丽霞吐了一下舌头：“你不是吓唬我吧？”

白川说：“我也是听人说的。”

草棵里突然传来几声悦耳的昆虫鸣叫声。姚丽霞说：“有蝈蝈。”白川说：“蝈蝈要等到初夏才有。”白川想起了儿时的情景，看着远方，对姚丽霞说：“小时候夏忙天到了，地里到处是割麦子的人，我在麦草垛子上揪上一大把麦秆，放到水库里泡软，编成很好看的蝈蝈笼子。一会儿工夫我就能抓十来只大肚子蝈蝈，装进笼子提回家，挂在院子的树梢上。晚上月亮一上来，笼子里的蝈蝈像比赛一样叫个不停。一院子的人都觉得浑身清凉。”姚丽霞脸上生出无限的遐想与羡慕。

“你会抓知了吗？”姚丽霞突然想起夏天城里的树上常常有鸣叫的知了，这种空中的小精灵让人感觉只闻其声不见其形。

“抓知了可有讲究了。”白川说，“知了到夏天很多，要想抓没有出壳的知了，你只需要在傍晚时候守在大树干下，四面八方的知了就会从地下钻出来，它们会趴在树干上，蜕下厚厚的壳子。这时候随手就可以抓上一大堆。等到知了成熟飞上树时，抓起来可就不大容易了，但还是有办法。通常是拿上一根长竹竿或者苇秆，一头糊上一团面筋，瞅准树上的知了，把面筋往知了翅膀上一粘，知了就落到地上了；或者往竹竿顶头绑上一个小铁圈，铁圈后边套上一个塑料袋子或者纱布袋子，往知了身上一扣，知了就飞进袋子；还有一种更艺术的抓法，在马尾巴上揪一根长马尾或者揪下女孩子的一根头发，做成一个小环，一边套上活扣，竹竿伸到知了头前时，知了会用爪子拨拉小环，竹竿一拉，小环就套在知了脖子上了。”

姚丽霞听得神乎其神，瞪大眼睛：“哇，太有才了。”

白川有些得意：“还有一种最笨的抓法，你在树下站着，等到知了办事的时候，用脚使劲蹬一下树干，两只知了就落地了。”

姚丽霞不解地问：“知了办啥事？”

白川坏笑了一下：“就是公知了和母知了办的那种事。”

姚丽霞飞红了脸，用拳头擂了一下白川：“让你坏。”

姚丽霞听得意犹未尽：“你还有什么有趣的事情都说给我听听。”

白川说：“提起小时候的事，几天几夜也讲不完。”他顺手指着不远处的麦子地：“我十二岁的时候，那里是一片瓜田，生产队请山东的瓜农种西瓜。大夏天时西瓜还没有开园，我们几个小伙伴就整天在瓜田四周踅摸。终于有一天让我们逮住机会，瓜客在瓜棚午休睡着了，我和东街的狗蛋，迅速分工干活儿。瓜田的边上有一条小水渠，水渠里流着水，我让狗蛋远远躲在水渠的下游，我匍匐着爬进瓜田。挑大个的西瓜摘下来，用脚使劲一蹬，西瓜就骨碌碌滚进水渠里。等我找到狗蛋，狗蛋已经从水中捞上一大堆西瓜，足有十几个。看着一大堆西瓜，我们又犯了愁，吃又吃不完，拿回家又不敢。我俩就在旁边的空地里挖了一个大坑，小心翼翼地把西瓜埋起来。我们计划每天吃掉一个西瓜，盘算着可以吃半个暑假。第二天中午，我俩兴奋地赶到埋西瓜的地方，没想到不知谁家养的两头老母猪拱开了我们的"宝藏"，把十几个西瓜祸害得一塌糊涂。狗蛋朝母猪踢了一脚，老母猪往前一蹿，从我的两腿中间跑过去，把我摔了个仰面朝天。"白川一边说着一边比画着，把姚丽霞笑得前仰后合。

太阳落山的时候，白川父子连同姚丽霞三人又回到村子。走进村口，一阵熟悉的炊烟味道扑面而来，大人们呼唤自家孩童的乳名，间或爆出几声粗野的叱骂声，让白川感到亲切无比。一阵犬吠引起四周更多的和鸣，此起彼伏。

鸡贩子在村口大声喊着："收鸡、收鸡！"姚丽霞问白川为何收鸡的人傍晚才来村子。白川说："村子里的鸡都是散养的，白天抓不住，这会儿刚刚上架，一逮一个准。"

姚丽霞把挖来的荠菜淘洗干净，又和上面，亲自拌馅擀皮，就着暗淡的灯光包起了饺子。七大爷蹲在院子黑影处吧嗒吧嗒地抽着旱烟锅子，随着吸烟的节奏，烟锅子一明一灭。白亮看着忙活的弟弟和姚丽霞，高兴地手舞足蹈来回走动着，不停地唠叨："饺子好吃、饺子好吃！"

姚丽霞深情地望着白川说："我到白湾村来了不过大半天，发现自己真心喜欢上了这里。这里的山，这里的水，这里的田野，更重要的是这里的人，无一不让我感到新奇亲切。也许这就是我梦中的童话世界。说不定有朝一日，我会跟你一起在这里扎下根来，日出而作，日落而息。"

白川说："只怕是过上三天，新鲜劲儿一过，你恨不得马上逃离这里。”

姚丽霞忽然停住手里的活儿，很认真地跟白川说：“我跟你商量个事。”

白川也停住了手，认真地注视姚丽霞。

姚丽霞说：“等我们办婚事时，就回白湾村。你用花轿把我抬进你们白家吧。”

白川笑了：“我长这么大，还没见过谁家结婚用花轿抬媳妇。那只怕都是新中国成立前的事了。小的时候，家家户户娶媳妇，都是用生产队的牛车。父亲是村里的饲养员兼车把式，谁家娶媳妇都少不了请父亲出车。一大早天不亮，父亲套好车，车上用芦席卷起一个篷子，前后挂上红布帘。牛车‘咯吱’‘咯吱’地出村，到早上吃饭前新媳妇就接回来了。未进村，先放一挂鞭炮报个信，村子里马上就响起回应的炮声，全村男女老少就都拥到村口。那时候，我也常常跟着父亲当押车娃呢，每次都能挣一毛两毛的红包。”

姚丽霞听得入了神：“那让我也坐一回牛车吧。”

白川说：“只怕是牛车进不了汉京城。”

姚丽霞说：“我们坐车回来，让你父亲赶着牛车到县城接我。”

白川一笑：“到时候在报上发一篇稿子《新时代牛车接媳妇，女记者复古开洋荤》，再配发一张插图，保准能轰动。”两个人一起笑了起来。

饺子端上桌，白川招呼父亲和哥哥一同坐在桌子四周。七大爷给自己碗里拨拉了一堆饺子，依旧蹲在墙边自顾自地吃起来，一边吃着一边惬意地点着头。白川问父亲味道咋样。七大爷说：“这城里人做的饭就是不一样，一把荠菜能做出这么香的饺子，我头一回尝到。”白亮也端着个碗，吃着饺子在房子里来回走动，载歌载舞。

晚上，白川把姚丽霞送到对门二嫂家过夜。他和父亲还有哥哥白亮挤在新房的土炕上。白亮一倒头就打起了呼噜，白川和父亲贴心贴肺地聊起了家常。父亲问儿子这几年在外头做事顺心不顺心，有没有啥难怅事。儿子说自己是吃公家饭的，尽心尽力地把该干的事情干好就行。

白川把房子四周环视了一遍："爹，这房子总还得收拾停当，墙面该抹上灰，窗户上的玻璃也该装了。钱的事情你不用担心，我回头给你。"

七大爷说："你在外面花钱的地方多，不能多给你添累。眼看着天热了，夏天好对付，耽搁几天不打紧。"

"爹，你看小霞这女子咋样？"白川问父亲。

七大爷把烟锅头在炕沿上掸了几下，又对着烟嘴吹了几口气："儿子，我看出来了，这女子不嫌弃咱家，也爱你。可我就是觉得人家娃长得那么俊，心眼儿又那么好，怕人家嫁给咱委屈了。"

白川说："爹，小霞不是那种势利人，她有菩萨一样的好心肠。"

七大爷半晌没有说话，突然间老泪纵横。白川连忙找出手绢替父亲擦泪。七大爷泣不成声地说："自从你娘一死，咱这院子里几十年没有女人，……虽说日子一天一天过来了，……可没有女人总归不是个完整的家。"白川想起父亲又当爹又当娘，拉扯自己和哥哥长大成人的情景，也禁不住眼泪成串地掉下来。

白川说："我见过小霞她爸妈，她们一家人都很善良，也都同意我跟小霞的婚事。我想今年合适的时候把婚事办了。"

七大爷问儿子："那你在城里有婚房没？"

白川回答："单位给我分了一间宿舍，收拾一下就能凑合着用。"

七大爷长叹了一口气："可惜我儿子没有个争气的爹。"

白川说："爹，你这话不对。在我眼里，你是这世间最好的爹。"

白川想起姚丽霞想坐牛车的事，笑着对父亲说："爹，小霞到咱家来了一天就喜欢上咱家了。她跟我说结婚时想坐着牛车进咱们村子。"

七大爷一惊："啥？坐牛车？我都有多年没赶过接媳妇的牛车了。现在人家都坐汽车，再不济也是拖拉机。"七大爷又闷头吸了几口烟，忽然一拍大腿："串儿，这是好事儿，等你们结婚回村上的时候，我就套上牛车到车站去接你们。我给我儿媳妇赶上一回车，让村子里的乡亲们搭把手，保准热闹得不成样子。"

顿了一下，七大爷又说：“串儿，我小的时候你爷爷给我说过，咱白家第三代能旺起来。到我这一代，你娘一死，家中塌了半个天，日子过得艰难。你现在是第三代，白家就指望你了。人常说旺家要靠女人，我看小霞这女子是个旺夫命。有她跟你在一起，日子保准一天天好起来。”

白川说：“爹，等我将来在城里有了大房子，我就把你跟亮哥接到城里去。你受了一辈子苦，也该享享清福了！”

七大爷说：“爹一辈子待在这一片土地上，一天也离不开。你把事儿干好了，替咱白家长脸，比啥都强。”

父子俩拉呱着心里话，一直到鸡叫头遍。七大爷催儿子早些歇下，说明天还要赶路回城。白川躺在炕上，却仍然翻来覆去睡不着觉。没多长时间，窗户已有些发白。白川索性穿上衣服，出房门在院子找到一把扫帚，把院子里外仔仔细细地扫了一遍。扫地声吵醒了七大爷，七大爷也穿上衣服下了炕。

一会儿工夫，有人敲门。白川打开门，二嫂子领着姚丽霞走进院子。二嫂子用毛巾裹着十来个鸡蛋递给七大爷，说是给白川带在路上吃。姚丽霞头发微微有些散乱，刚洗过的脸上似乎也没有搽化妆品。白川觉得她平添了几分纯朴的娇美。

看着白川通红的双眼，姚丽霞心疼地问是不是昨晚上没有睡好。白川说心里激动，跟父亲聊天时间晚了。

按白川和姚丽霞的计划，一大早他们要离开白湾村回汉京。七大爷把二嫂送的鸡蛋煮了两碗荷包蛋，又把剩下的都煮熟了打算给儿子带在路上吃。瞅着大儿子白亮不在，七大爷把两碗荷包蛋端给儿子和未来的儿媳。

姚丽霞看着漂浮在碗里没有丁点儿颜色的白水蛋，觉得没有胃口。

白川端着碗问爹和哥哥吃了没有。

七大爷说：“串儿，你不知道咱们这儿讲究出门要平安，先得吃水蛋吗？你们吃了水蛋，爹心里会踏实一些。我和你哥不出门，一会儿还要吃早饭哩。”

白川看了一眼姚丽霞，知道姚丽霞没有食欲，就去灶房里又拿出两只碗，把两个碗中的水蛋均匀地分在四个碗中。端起一个碗递给姚丽霞说：“平安蛋是爹和哥哥的一份牵挂，还是要吃的。”又端了一碗递给父亲说：“爹，咱们家四个人一起平平安安。”

吃完荷包蛋，七大爷把白川和姚丽霞叫到自己跟前，神色庄重地说：“女子，你头一回到咱家来，大伯我实在没有拿得出手的东西送你。早间我寻思了一来回，想把我一件心爱的物件送给你做个见面礼。”

七大爷从怀里掏出一块用红布包裹的东西，细细地打开。红布里呈现出一块闪着光亮的铜质奖章。白川从来没见过这个东西，双手捧过来一看，奖章的图案是一枚国徽，上方四个凸起的大字“劳动模范”。

七大爷说：“刚解放的第二年，白湾村就选了我一个劳动模范，这是我到县上开会时，县长亲自戴到我胸膛上的。就是有了这个奖章，串儿娘才铁了心跟上我的，后来他娘一直把它当宝贝藏着。”

白川仔细端详着这件被父亲视为传家宝的奖章，仿佛看到当年英姿飒爽的父亲站在奖台上接受县长颁奖的情形。

七大爷有些动情地对姚丽霞说：“女子，这东西不值啥钱，你要愿意收下，比放在我跟前有意义。”

姚丽霞看着奖章，心里热浪翻滚。她明白这枚奖章记录着一个朴素的农民心目中一生唯一的一次辉煌。也许它是他唯一的精神财富。此时此刻，老人把这件不常示人的心爱之物交给她，意味着对她何等的看重与信任。姚丽霞颤抖着双手从白川手里接过奖章，眼眶中含着泪水：“这是白家的骄傲，我替白家好好保管着它。我要让它像传家宝一样世世代代传下去。”

七大爷说：“女子，等你再到白家来的时候，我套上牛车到县城去接你。”

姚丽霞兴奋地拽住白川的手：“我盼着这一天！”

韩浩平经过一番痛苦的思想斗争，最终还是选择了与魏秀琴离婚。韩浩平是个有良心的人，他舍不得自己的姑娘，他也知道魏秀琴深爱着他。可是当韩浩平与吴君玫相处一年多之后，那种满足，那种陶醉，那种激情，让他简直有浴火重生的感觉。白天，他一边忙碌地工作，一边等待着幸福的夜幕降临。夜晚，在吴君玫温热的怀抱中，他体味着人生快乐的巅峰，第二天再以饱满的激情去投身工作。让韩浩平抛弃已经拥有的这种激情生活，他实在难以做到。他曾经幻想名义上继续与魏秀琴保持夫妻关系，但魏秀琴毫不妥协的决绝态度令他不得不打消天真的念头。最后他一咬牙，同意离婚。他们是到婚姻登记处去办理的手续。为了表示自己的歉疚，韩浩平没有带走家里的一分钱财产，净身出户。同时韩浩平向魏秀琴郑重承诺，由他承担孩子以后的全部生活费和教育费用。魏秀琴表示孩子既然归了自己，就没打算让韩浩平承担抚养费用，虽说离了婚，但孩子跟父亲的关系没有断绝，以后的事情一边走一边说。离开婚姻登记处的时候，魏秀琴好像变了一个人似的，昂起头迈着坚定的步子，独自向着远方走去，像是满怀朝气地去迎接一场新的生活。韩浩平站在登记处大门口，目送魏秀琴远去的背影，忽然有一种怅然若失的感觉。

刚离婚那一段日子，韩浩平体验出了轻松的感觉。他深情地搂着吴君玫说：“从今往后，我的全部身心名正言顺毫无保留地交给你了。”吴君玫笑着说：“你让人家一丝不挂地赶了出来，嫁给我，一分钱嫁妆都没带。以后你也就没有啥牵挂了。我保证把你养得舒舒服服。”韩浩平突然觉得有些索然无味。

两个人仍然保持着原来的分工，吴君玫打理服装店，韩浩平照看烟酒杂货店。吴君玫有经商天赋，很有生意人眼光，常常坐飞机到南方采办款式新颖的服装。说来也怪，凡吴君玫采办的服装款型，基本上一上柜就一抢而空。时间一长，吴君玫的服装店成了同行经营活动的风向标。吴君玫的店铺每每摆上新货不几天，市场上就遍地开花。吴君玫在店铺门口挂上了一个小木牌，木牌上写着“同行竞争，靠天靠己。看版莫入，面斥不雅”，仍然挡不住化了装的同行或派来的侦探。但不管怎么说，吴君玫走在前面，总能比别人卖个好价钱，只不过要辛苦一些，得常去南方淘一些新款。吴君玫的服装店越红火，就越显得韩浩平的烟酒店有些惨淡。韩浩平没少动脑子去找寻新的经营品种和经营方式，以扩大利润规模，但却苦于一时找不到头绪。

这天，韩浩平正在店里整理账目，一个熟悉的身影忽然出现在眼前，原来是几年没见过面的方鸣。韩浩平急忙从柜台里面走出来，方鸣也发现了韩浩平，显得惊讶不已。两个人握着手拍着肩膀寒暄。方鸣一身便装，夹克衫裹着的肚子微微有些凸起，显出一些福相。头发梳成近年来流行的“招手停”，看不出一丁点儿帽子的压痕，看来方鸣很少穿正装制服。韩浩平问方鸣最近升迁的情况，方鸣说一身皮子从绿颜色变成黑颜色了，聚在一起像一群乌鸦。干警察成不了气候，十来年了还是个科级，在缉毒大队混着当大队长。方鸣问韩浩平咋开商店了。韩浩平说自己头脑发热辞职下海了。

方鸣说：“人都说吃官饭的人是圈里的猪，共产党养活着，吃了睡，睡了吃；下海自己经商的是天上的鸟，没有人养你，全靠四处飞着逮虫子找食吃。鸟儿自由，海阔天空，想飞到哪里就飞到哪里。猪羡慕鸟自由，可猪就是舍不得猪圈里的现成猪食。你如今成鸟了，回头看看我们这些猪，是不是觉得很可笑？”

韩浩平说：“兄弟啊，一行不知一行难。我在农贸社的时候，坐在办公室，一根烟、一杯茶、一张报纸，半天工夫就过去了，干事不干事熬到月底，工资一分不少。现在自己干，恨不得天上的日头拴在空中。这每一日都精打细算着收入和支出，房租、税收、工商费、卫生费、治安费、人员工资都得从那点儿可怜的差价中挣出来。稍不如意，盆儿盖不住碗，生意就赔了。”

“你店里的货物进销差有多大？”方鸣又强调了一句，“我是说卖掉一百元的商品，你能挣多少钱？”

韩浩平回答：“这不好说。有的利润高一些，有的还得赔钱。像那些小百货利润好的能挣到百分之二十；卖烟利润就薄一些，一盒烟卖个五六块钱，也就赚个一毛两毛；卖盐就更可怜啦，除去破袋的损耗，还要赔钱嘞。”

方鸣不解地问:“既然赔钱为啥还要经营。”

韩浩平答道:“搞商业零售讲究个品种齐全。赔钱的品种，图的是赚个人气。”

方鸣在店铺里转了几圈，认真地把货柜上的商品巡视了一番。韩浩平殷勤地给方鸣做着介绍。方鸣问韩浩平店铺的股东是几个人，韩浩平说是他和现任妻子吴君玫。方鸣又是一惊，问韩浩平啥时离的婚。韩浩平说魏秀琴人不错，可是他跟魏家没缘分，离了有半年了。方鸣调侃着问:“新嫂子长得漂亮？”韩浩平淡淡一笑:“是个干事业的。”

韩浩平又告诉方鸣，他和妻子分头经营两个店。总觉得自己经营水平比妻子差一截。韩浩平满怀期待地对方鸣说:“我这店里还有几个固定的大客户，机关单位办公用品、烟酒定点供应、过节职工福利筹办都能满足，保证没有假冒伪劣商品。”韩浩平说话的意思是想把方鸣的缉毒大队也发展成自己的固定客户，末了又添上一句:“大客户供货少不了回扣。”

方鸣掏出一根烟叼在嘴上。韩浩平赶忙找出打火机给方鸣点上烟，有些歉意地说:“光顾着跟你说话，忘了给你敬烟了。”其实韩浩平没给方鸣敬烟，是因为营业时间店铺不允许抽烟，这是吴君玫当初立下的规矩，一来怕影响店铺环境，二来怕引起火灾。韩浩平一直守着这个规矩，想吸烟的时候，自己就在店铺外头去找个角落吸上一阵。而现在方鸣吸烟，他自是不好意思劝阻。

“咱哥儿俩好长时间不见面了，见了你就觉得亲得不行。”方鸣说，“你要是能走开，咱借一步到外头说话。”

韩浩平说:“就去我后边的办公室，总得喝杯茶水。”

方鸣一进韩浩平办公室，把四周扫视了一圈，哈哈一笑说:“好我的韩哥哩，你这办公室倒是全活，既是办公室，又是仓库，还支一张鸳鸯床？”

韩浩平说:“你可别瞎说，你嫂子常到这里来哩。”一边说着话，一边给方鸣泡上一杯茶。

方鸣端起茶杯嗅了一阵说:“韩哥，这是今年刚上市的龙井。”

韩浩平说："兄弟你可是茶神，前几日你嫂子去了一趟杭州采货，回来捎了一包西湖龙井，说这是明前茶。"

方鸣呷了一口茶，很惬意地说："男人活在世上，别的方面不说，嘴上三大宝：烟、酒、茶。"

两个人闲扯了一会儿家常，不外乎叙述各自事业的艰辛。韩浩平谈到自己苦于不能提高经营业绩时，方鸣深有感触地说："韩哥，咱俩是多年的老交情，看着你经营上的艰辛，兄弟我心里少不了着急，我有心帮你一把，又怕你不领情。"韩浩平有些不理解："兄弟，你这话是啥意思？你帮我是我的福分，我只怕是感激都来不及，咋还能不理解。"

方鸣说："你要能跟我合作，你的经营水平一定会有提升。"

韩浩平显得迫不及待："咋合作，你快说说。"

方鸣从烟盒中抽出一根烟递给韩浩平。韩浩平急忙打开办公桌上的抽屉，取出一包长支过滤嘴红塔山烟，拆开放在方鸣面前。

方鸣点着一支烟，猛吸了几口："最近，我们正在考察选拔特情人员，你有没有想法？"

韩浩平问："啥叫特情人员？"

方鸣回答："就是为公安提供情报和线索，配合公安机关侦破案件的特殊人员。"

韩浩平哈哈一笑："不就是线人嘛。"

方鸣表情严肃地说："线人是对特情人员的蔑称。事实上特情人员也是公安队伍的组成成分，只不过是隐蔽战线上不占编制的战士而已。没有特情，在很大程度上公安工作就陷入盲目被动状态。所以说做特情工作其实是很崇高的。"

韩浩平说："你甭给我讲政治，我想知道当线人咋样能让我多挣些钱。"

方鸣回答："每月领一些特情津贴，这没有多少，主要是案件津贴，根据案件破获的情况给予奖励。"

韩浩平又问："可是我谁都不认识，从哪里给你搞情报，再说有没有风险？我可是想过几天安生日子。”

方鸣说：“只要你愿意从事这份对自己、对社会都有价值的工作，情报渠道可以慢慢培养，至于风险嘛，你要知道，你的后盾是强大的公安机关。”

韩浩平心里有些活络：“兄弟，你给哥说实话，一个月能有多少钱的收入？”

方鸣神秘地一笑，反问道：“你的店面一个月能挣多少？”

韩浩平说：“除去费用也就净落个两三千块。”

方鸣把手掌在空中翻了一下说：“我让你翻一番。”

韩浩平惊讶得吐出了舌头。

“我跟你嫂子商量商量。”韩浩平打心眼儿里服气自己的妻子吴君玫，他相信吴君玫一定会有独到的见解。

方鸣突然站起身，用右手指撑着左手掌心，做了个暂停的动作：“打住，打住，就这一点，韩哥你就不够格。特情人员讲的就是隐蔽，任谁也不能透露消息，哪怕是父母妻儿，这是铁的纪律。”方鸣似乎觉得有些生硬，坐下来又舒缓了一些口气：“你要是做特情，只能和我一个人单线联系，不能给任何人暴露你的身份。我和你的关系，纽带是兄弟情感，原则是工作纪律。”

韩浩平低着头半天没有开腔。

看出韩浩平思想斗争很激烈，方鸣适可而止：“韩哥，我可不想打乱你的生活节奏。今天碰巧遇上你，权当是兄弟给你提供一条信息。你要是有兴趣，想好了跟我联系，没有兴趣，就当是我给你讲了一些闲话，左耳朵进来，右耳朵出去，甭往心里搁。”方鸣说完，把电话号码给韩浩平留下，就起身告辞了。

方鸣一走，韩浩平内心像开了锅一样上下翻腾。最近一段时间，看着妻子打理的服装店生意风生水起，他心里既高兴又窝火。高兴的是妻子多挣钱，家里的生活更有奔头；窝火的是自己的烟酒店利润赶不上妻子服装店的零头。妻子虽没说过啥话，韩浩平却总觉得在妻子跟前矮三分。小时候，韩浩平是街坊邻里的娃娃头，经常神气活现地对一帮小屁孩发号施令，长大后参加工作成了家，却因为一场攀龙附凤的婚姻丢失了自我。虽然前妻魏秀琴不小瞧自己的丈夫，老岳父却没拿正眼看过女婿。尤其是在外人眼里，他韩浩平就是靠自己的女人吃香喝辣。“吃软饭”这个词，曾像利刃挖心一样让他难堪不已。当他毅然决然丢掉铁饭碗辞掉公职的时候，表面上看是因为那一桩案子，但只有他自己心里清楚，他是借机甩开多年来头顶上那一道既给他带来荣耀，又给他带来屈辱，既像光环又像符咒的东西。离开魏秀琴，他曾想尽快舒展男子汉的万丈豪情，以自己的智慧与魄力赢得过人的资本。他曾幻想着有朝一日在前呼后拥的阵势中，在农贸社大院招摇一圈。但是随着时间的推移，他却发现自己在新家的地位似乎重蹈覆辙，他依然是在女人的光环下罩着。所不同的是，原来的光环是女人的父亲，现在的光环是女人本身。依韩浩平的个性，他无法接受这种现实，他要寻找振兴自我的招数，他要用事实证明自己的价值。

无疑，方鸣提供的信息对他产生了巨大的诱惑力。利润翻一番，这也许是最初的目标，说不定还有更大的契机。如果这个目标真的实现了，他将来可以再扩大烟酒店规模。等妻子见识了自己的能耐后，他要把妻子的服装店也接过来，让妻子在家里当全职太太。在外边闯荡，本来就是爷们的事情。自己一个大男人，整天让妻子东奔西走，抛头露面，实在不是一件光彩的事。

但是一想到方鸣的为人，韩浩平又有些底气不足。韩浩平与方鸣并无太深的交情。当初，韩浩平在农贸社当总务科长的时候，因为工作原因跟方鸣有了交集，一来二去，混得有些熟。在韩浩平眼里，方鸣属于热黏皮，见到用得着的人，一回照面后就成了老相识。跟人打交道，有些唯利是图。在农贸社那段时间，方鸣没少在韩浩平跟前索要过各类特供票证，每次方鸣都能找出貌似合理的理由，但韩浩平心里清楚那些理由十有八九都是现编的。有一次工商抓了个黑市票证交易团伙，收缴的票证中有一张凤凰自行车供应票，顺着票号一查，正是韩浩平提供给方鸣的。为这事韩浩平没少受折腾，问方鸣时，方鸣说是给小舅子提亲用，小舅子犯浑给了别人。现在，方鸣一本正经地说是为公安事业发展特情人员，又说是只能与自己单线联系，谁知道这家伙葫芦里卖的是啥药，没准又是一个套子。想想妻子含辛茹苦创下烟酒店这个家业，放心地交给他打理，一旦有个闪失，毁在他手上，叫他有何颜面再面对妻子。

想了好久，韩浩平打定主意，还是稳稳当当本分地做好自己的生意。

就在韩浩平已经淡忘了和方鸣见面这档事后，有一天韩浩平突然接到方鸣电话。方鸣在电话中说，缉毒大队有一宗业务想跟韩浩平谈一下。韩浩平一阵惊喜，他估计缉毒大队又要采购一批办公用品，说不定还能跟他建立固定的供货关系。想着一个大客户又来了，他心说方鸣到底还是没忘记老交情。方鸣让韩浩平抽空到局里去一趟商谈。韩浩平说："啥时候都行。"方鸣说："那现在就可以来。"韩浩平搁下电话，出门拦了一辆出租车，高高兴兴赶到中城公安分局。

方鸣的办公室四周墙面上挂满了花花绿绿的锦旗，锦旗上或绣或烫着各类雷人的词语："破案能手""缉毒英雄""毒品克星""人民卫士"等等。韩浩平说："兄弟，你现在可算是大人物了。"方鸣拉着韩浩平坐在椅子上："咱兄弟俩永远不说外话。"

方鸣开门见山："我们缉毒大队想设一个情报窗口，我觉得你那个店很合适，这桩好事兄弟自然想给你揽过来。"

韩浩平嘴巴一咧："我还以为你们要在我那里进点儿货，闹了半天还是让我当线人。"

方鸣说："韩哥，你就是犯糊涂。要是进点儿货，屁大的事，我能叫你专门跑一趟？在你那儿设个窗口，可是给你送钱哩。"

"窗口咋设？"韩浩平问。

"给你那儿放点货，有人来买，你卖就是。"方鸣答。

"货是啥货？"

方鸣平静地说："海洛因。"

韩浩平浑身一哆嗦："你让我卖毒品？"

方鸣一笑："我让你扫毒哩。"

方鸣打开抽屉，从一个盒子里取出几个小纸包打开。纸包里是一小堆白得像石灰一样的粉末。方鸣说:“这就是害人的毒品海洛因,市场上一克卖到一百元,快赶上黄金价了。我们缉毒大队想撒网控制市场,就得深入到市场里,你那个店里可以放一些货,便于我们掌握情况。”

韩浩平一吐舌头,连连摇头:“你这是让我钓鱼哩,保不准哪天鱼钩上一使劲,我就被拖下水了。”

方鸣脸色稍稍一沉:“韩哥,你这是信不过我,真让我伤心。我是代表公安局组织上物色窗口的,你不干会后悔。”

韩浩平问:“我的报酬咋算?”

方鸣说:“这些东西,你按市价销售,销售款一半你留下,剩余的你交回来。”

韩浩平又是一惊。

方鸣掰着手指头:“你一天卖上十克,一克一百元,一千块钱的销售额,你能落五百元。这五百元你要是靠卖那些小零碎挣回来,得卖多少?”

韩浩平脑子里像是有一台机器高速旋转起来,他甚至觉得有点儿透不过气来。他只是听过人说贩毒一本万利,但没想到干这玩意儿来钱如此容易。他一直想方设法要把烟酒店搞得生意兴隆,在妻子面前长点儿脸,可苦无良法。难道说方鸣给他指了一条捷径?可是一想到“经营毒品”四个字,他又觉得心惊肉跳。每次市中级法院张贴的毙人公告上,总有几个贩卖毒品的在榜,这毒品可是万万沾不得的呀。韩浩平觉得有些头晕。

见韩浩平有些犹豫,方鸣换了一种说话方式:“韩哥,怪不得人说熟人生疑。我给你举个例子,你家对面楼上发生了一起重大刑事案件,公安局要在你家阳台上设个观察点观察对面的动静,你同不同意?你要知道,配合公安机关侦破案件是公民神圣的义务。”韩浩平若有所思地点点头。

韩浩平问:“货放到我那里谁来买?我总不能把货放到柜台上,再打个广告说本店出售海洛因?”

方鸣说:“买家你不用管，自有人会上门找你要货。你要知道，毒品黑市上黑红两线，黑线是真正的毒品贩子，红线是和你一样在隐蔽战线上众多的隐名英雄。黑红两线错综复杂。”

韩浩平鼓起勇气，结结巴巴地说:“我……试试……看。”方鸣顿时一脸严肃:“韩浩平，这是对你、对公安、对社会都有益的一件事，但工作性质决定要严守秘密，你不能告诉任何人，尤其是家里人。你只能和我单线联系。记着，买家会到店里找韩老板，你必须避开店员一手收钱一手交货，慢慢地就会形成老关系。”

韩浩平问:“我需要收集啥情报？”

方鸣双手一摆:“现在不给你布置任务。”

第十一章

不知不觉中，白川和姚丽霞结婚也有半年时间了。新婚燕尔，小夫妻恩恩爱爱，尽享鱼水之欢。当初两人结婚时，婚房就布置在白川的单身宿舍，平常姚丽霞一大早去报社上班，晚上再回到农贸社院子的家中。偶尔需要加班或下班太晚时，姚丽霞也会住在报社仍然保留给她的单身宿舍，白川有时也去报社陪姚丽霞。每到周末，夫妻俩大多一起去姚丽霞家。遇上姚丽娟不跑车时，老研究员家里就更热闹了，加上姚丽娟的孩子毛毛，一家三代七口人欢声笑语其乐融融。不知啥时候，姚家支起了一张麻将桌，姚丽霞的母亲一到礼拜天，除了做饭，就是招呼女儿女婿砌长城，“哗啦哗啦”的麻将声让屋里多了一些生气。为了讨丈母娘喜欢，白川也学会了搓麻将，“清一色”“十三不靠”“十四对”各种和法也略知一二。

白川工作上依旧忙。红都改革试点失败后，有关农贸社扩股的热度降低了，但改革的调子仍然没有变。白川依旧频繁地下乡，整理各类汇报材料，偶尔也参加一些中央和兄弟省市组织的经验交流活动，只是缺少了过去的激情，常常会对备受褒奖的改革事迹在心里产生疑问。另一方面，京法律师事务所的兼职事务也需要白川腾出一定的精力去应对。周华安不愧是桃李满天下的学界泰斗，自打他挂帅成立京法所后，一大批年轻律师改弦易辙，纷纷把工作关系转到昔日的恩师门下。京法所的规模很快超过了原来稳坐头把法律服务交椅的省法律顾问处。为了适应事务所的管理需要，周华安不得不在给白川工作任务加码时，又聘请了一个业务副主任。本职工作与兼职工作的饱和，让白川多少感到有些穷于应付。但白川对这种充实的工作状态觉得很满意。

多年的政策研究，让白川也多少成为农贸社体制改革领域的活跃人物。除了按部就班地开会、制作文件等常规工作外，省农贸社一些重大的对外活动，也常能看见白川的身影。这天中午，四眼主任给白川布置了一项重要的工作任务。四眼主任说，省政府财贸办与日本北海道一家全国农业协同组合机构开展交流活动，那家全农组织派出了二十余人的考察团来华，省财办要求省农贸社作为对口接待单位把这项工作做得漂亮一些，省社理事长责成办公室牵头组织接待班子。四眼主任以倚重白川才华的口吻，意图让白川代表政研室参加接待任务。对于日本全农组织，近年来国内经济类刊物多有介绍，甚至农贸社体制改革方面也多有借鉴日本全农的成功经验。白川自是珍惜这个机会，爽快接受任务的同时没忘了对主任的极力栽培表达谢意。

日本北海道全农组织男女老少一干人在省内的考察活动持续了五天时间。其间，省农贸社精心安排的活动路线和议程，让外宾们无可挑剔，作为总策划的秘书科长孙鸣飞自是功不可没。最后一日，外宾们被安排观摩一处基层农贸社与农民合办的养鸡专业合作社。面对着上万只分散在各个农户家中的商品鸡，考察团对中国农民通过农贸社牵线的这种组合方式表示出极大的兴趣。考察团中那个年轻的女团员酒井美惠子不停地追问农贸社与农民之间的结算方式，偏巧省外办跟团的那个日文翻译似乎在商业领域不太专业，磕磕巴巴急得满头是汗。酒井美惠子一急，英语也蹦了出来。白川此时正站在离美惠子不远的地方，一听美惠子讲起英语，也就不由自主地凑上去想替日文翻译解解围。

白川大学选修的外语是英语，虽说专业程度一般，但基本的会话也还是说得过去的。他跟美惠子一搭腔，美惠子喜出望外，立马撇开日文翻译，用英语和白川交流起来。毕竟是自己熟悉的领域，白川手口并用，虽然费力但却基本满足了美惠子小姐的好奇。交流当中，美惠子问到农贸社与农民之间有没有矛盾，历史上是否出现过冲突事件。白川坦率地回说出现矛盾是正常现象，并且把当年红都体改扩股失败的事简单地讲了一遍。

在白川充任临时翻译时，那个外办派来的日语翻译脸上就有些尴尬之色。他顺势朝着身边的孙鸣飞小声嘀咕了一句："这样显摆，怕是要违反外事纪律了。"

那场外事接待活动后不久，省级机关开展了整党整风教育，党员干部逐个检查自己近年来的一言一行。为了保证双整工作的扎实认真，各机关成立了整党整风办公室，设置了举报箱。双整后期，省农贸社双整办收到一封匿名举报信。信中反映政策研究室党员干部违反外事纪律，在一次外事接待中向外国人透露未经组织审查的重大负面信息，显然是忘记了自己的党员身份，与组织离心离德。这封举报信因其反映的内容特殊，立即引起双整办的重视。更为要命的是，同样内容的举报信，省委双整办也同时收到，相关领导批示后迅速转到省农贸社，这就引起了省农贸社领导的高度关注。省农贸社双整办与白川核实时，起初白川一头雾水，及至再三细思后，才回忆起与那个酒井美惠子的一番交流。白川遂把事情原委详细地说了一遍。双整办主任遗憾地摇着头说："小白呀小白，可惜你一个前途无量的年轻人，政治觉悟太低了。"

省农贸社党员干部违反外事纪律的事，连省委整风办都知道了，此事让省农贸社新任理事长大丢面子。新任理事长姓马，两个月前从地区行署副专员任上调到省农贸社。新官上任三把火。机关作风整顿是马理事长烧起的第一把火。白川这下子算是撞到了枪口上。

马理事长责成省社整风办把白川与外国人私下交流的事件搞个详细的调查。整风办按照理事长的指示，除要求白川写出详细的情况说明外，又专门派人员对当时派遣日文翻译的外事部门和那个翻译本人进行了外调，证明举报白川的问题基本属实。

省农贸社召开党组扩大会议，专题讨论整党整风收尾工作。因为涉及对白川的处理，就吸收了人事处长和政研室主任参加会议。会议一开始，马理事长强调说:“在我们机关里竟然出了一个堪比间谍的人，实在是有辱农贸社的形象，务必严肃处理。”

马理事长讲完，刚调来不久的督察处长说:“一个堂堂的省级机关党员干部，在大是大非问题面前丧失基本的立场，与党员的标准背道而驰，已经没有资格做党员了，对这样的害群之马，建议开除其党籍，行政上留用一年。”这位督察处长是马理事长上任不久后调进来的，仗着与马理事长有些关系，在机关里说话做事时常目中无人，多少有些不招人待见。

四眼主任作为白川的顶头上司，觉得不做做保护下属的样子有些面子上过不去。他看了看理事长的脸色，说出了模棱两可的话:“孔子说，人非圣贤，孰能无过，过而能改，善莫大焉。我们既要给犯错误的白川同志严肃的处理，又要给他改过自新的机会。处理方案要合适，避免畸重，避免畸轻。”

关虎处长清了清嗓子，声音有些激昂:“我不赞成督察处长的意见。白川同志我是了解的，工作积极，为人诚恳，尤其是助人为乐。他虽然处事不当，但事出有因，情有可原，开除党籍的处分，无异于在政治上一棍子打死他。”

关虎处长简单的几句话，扭转了督察处长煽起的风头。四眼主任一看有人挑头，立即附和:“关老爷到底是站得高看得远，白川可是我们研究室的青年才俊。”

马理事长转过头对着闭目养神的王副理事长:“老王，你谈谈看法。”

这王副理事长因为一场风起云涌的改革试点宣告失败一事，在省委、省政府重要领导心目中留下了阴影。加上近年来，他在省农贸社工作中触犯了部分人的利益，就有一些小报告源源不断地传递到上头，终使得换届时职务前的“副”字永远地保留下来。眼见得仕途无望，王副理事长也就心灰意冷，平日里不大离开办公室，遇到有下属汇报工作时，还常常手执狼毫在宣纸上奋笔疾书。今天开会时，本不打算说话，没想到马理事长的哈巴狗督察处长仗势耍横，心里就有些生厌。这会儿理事长让他说话，他就想借机发一发胸中闷气：“那我就说几句话，不中听时请各位海涵。我对白川工作上的表现不想做评价，单就与外宾不当交流一事说说看法。根据我们掌握的情况，白川是在外请翻译不能满足外宾需求的情况下自告奋勇出面解围，起码动机上是良好的。省财办要求我们把接待外宾当作政治任务来做好，从这一点讲，白川比那些事不关己高高挂起的人强得多。再说了，我到现在为止都不明白白川泄露了哪些国家机密。如果我们怕外宾知道什么，干吗邀请人家来考察？我想问问刚才慷慨激昂的督察处长，如果当时的白川换作你，你除了看笑话还会干什么？你刚才说白川是害群之马，我可以负责任地告诉你，我们农贸社原本就是一群良马，白川更是一匹千里马。现在嘛，只怕是混进了害群之马。”

王副理事长的话，让督察处长脸上红一阵白一阵。这督察处长来农贸社之前，在另一家省政府直属机关当处长，因为与女下属发生婚外恋情，被女子的丈夫暴揍了一顿，闹得沸沸扬扬，声名狼藉，不得已逃离了原单位，攀着马理事长来到省农贸社。好事不出门，坏事传千里，督察处长那点儿烂事，早有消息灵通人士在省农贸社传成公开的秘密。王副理事长一席尖刻的话，矛头直指督察处长，羞得督察处长只想找个地缝钻进去。

王副理事长语调又提高了几度：“对待一个在积极工作状态中犯点儿小错误的年轻同志，我们必须把着眼点放在帮助和教育上。我以党组副书记的名义郑重提出，对白川同志进行口头批评，不做组织处理。”

王副理事长说完，会议室陷入难堪的沉寂，墙壁上挂钟的秒针摆动声音依稀可闻。大家心里明白，作为二把手的王副理事长明显公开与一把手唱起对台戏，而现在就等着一把手表态收场了。

马理事长毕竟在官场上混了多年，他知道在这件事上，与王副理事长力争高下有些不值。他当然也担心会因此落下个心黑手辣的恶名。他强压着对王副理事长的怨气，以轻松的口气问道："其他的同志还有没有意见？"马理事长眼光所到之处众人一律摇头。马理事长最后发表总结："这件事发生在我们农贸社，让人痛心，但事出有因，我同意王副理事长的意见。随后由人事处关处长与当事人进行谈话。整风办在给省委工作汇报上，注意说明事情原委，避免节外生枝。另外，为肃正风气，白川以后不列入考察提拔对象。"

对于这样的处理结果，关处长觉得还是比较人性化的。他随后把白川叫到自己办公室，冠冕堂皇地进行一番训导，最后说："年轻人，我快退休了，过几个月就该办手续回家养老了。有几句忠告送给你。在政府机关工作，政治上不能犯错误，一旦犯了，可能终生打上烙印。你的人生路子还很长，以后要选准自己的人生目标，切不可自暴自弃。"

白川对关处长一向是比较敬重的，他听关处长的话似乎弦外有音，就恳切地问道："关处长，您能不能给我再说得具体点儿。"

关处长摇摇头："你不是小孩子，我只是提醒你多思考思考罢了。"白川起身告别时，关处长又说了一句："常言道，近君子，远小人，以后交人上也要注意。"

白川知道自己这回无意中犯下了一个致命的错误，可是又能怨谁呢？琢磨着关处长让他"近君子远小人"的话，白川明白，关处长针对的是告他黑状的人。这件事情到底是谁捅出去的？白川在脑海中把那次外事接待工作组的几个人逐个筛了一遍，却觉得没有一个人会在背后打他黑枪。到底是谁？他实在有些困惑。

周六晚上，白川照例到律师事务所处理事务，却碰上周老师加班。看到白川似有不解之忧，周老师直截了当地问白川有什么烦心事。白川遂把整党整风办对他进行处理的事情说了一遍。

周华安突然问白川："要不然你调回汉京大学，咱们律师事务所可是缺专职管理人员。"

白川一时没有心理准备，没有作答。

周华安接着说："你要是愿意回来，校领导那里的工作我去做。咱们的校长这几年总还是给我面子的。"

白川想了想说："周老师，这件事容我想一想。"

白川又想起关处长给他的那几句似懂非懂的忠告。关处长让他要选准人生目标，是不是暗示他换一个工作环境？可关处长为什么不明说呢？

白川忽然想起了田老师。在白川心目中，田老师是智慧的化身，对一些看不明白的事情，田老师总能拨云见日。他结婚的时候，田老师送了一幅自书的墨宝，题头一行小字"白川大弟与爱徒丽霞大婚誌喜"，正文四个大字"天下为公"，落款"智礼敬录国父语录"。这幅字现在就挂在白川婚房正中央。最近他有一段时间没见过田老师了，虽说晚间常到报社姚丽霞宿舍过夜，但第二天一大早就离开了，很少跟田老师打上照面。白川决定尽快见一见田老师。

田智礼快要退休了，但精神状态依然很好，说话依然风趣。看见白川，打趣着说："拐跑了我的女徒弟，却把我这个牵线人给忘了。今天啥风把你吹来了？"

白川说："田老师，我是没事不打扰您，来了就给您添麻烦。"白川简单说明来意。

田智礼听完陷入了沉思，好久好久才开了腔："白川，你这是犯了政治错误。政治错误不可能给你改正的机会。"田智礼站起身走到窗户前，眺望着远处若隐若现的山峦："我年轻时跟你一样，大鸣大放时心血来潮，没管好自己的嘴巴，运动一过成了右派。在大山深处，一改造就是十几年，半辈子的人生毁了。我能够再次翻身，不是我改正错误了，而是政治环境变化了。"

白川似有所悟："田老师，你是说我在农贸社没有前途了？"

田智礼把眼镜卸下来哈了一口热气，在衣襟上擦着镜片：“人生很短暂，时间会冲淡一切，但以你短短的韶华青春作为成本去等待，未免可惜。”

白川心里明白，田老师是让他换一个工作环境：“田老师，这么说我还是该跟周老师去干律师工作？”

田智礼说：“这是你人生的一件大事情，不光是换了个单位，工作性质也大变样了。过去是搞行政的，今后可能就专搞业务了。你一定要慎重考虑。”

白川说：“田老师，听你一席话，我心里亮堂多了。我现在明白其实关处长也在暗示我调动工作哩。”

田智礼说：“关处长是人事处长，职责所在，他总不能明着唆使单位的干部都去跳槽吧？”

周华安果然说到做到。当白川说出自己愿意调回母校工作后，周华安在学校领导和人事处等相关部门马不停蹄地穿梭了一个礼拜，用周华安自己的话说，逢山开路，遇水架桥，终将一份商调函从汉京大学发往省农贸社。商调函内容是因工作需要，商议调动白川到汉京大学工作。

商调函发到省农贸社后，却发生了令白川意想不到的结果。人事处关处长倒是通情达理，将商调函批转政策研究室拿出意见。政研室四眼主任接件后，却大为光火。他把白川叫到自己办公室，一顿劈头盖脸的抢白加上牢骚，让白川难以招架。四眼主任说：“你在政研室工作了这么些年，我一直重用你，有时甚至给你吃偏饭。你这一走，明摆着是告诉别人，我容不下你，把你挤走了嘛。为了你违反外事纪律那件事，我在党组扩大会上据理力争保你，让马理事长对我都有了看法。冲这一点，你也得记我些好处吧。”其实，四眼主任有自己的小心思，虽说政研室有六七个科员，但真正能提得起笔杆子的人没几个，那几个老痞子，又不把他这个主任放在眼里。白川实在是他麾下既有能力又好指挥的唯一干将。这回白川犯的错误，让他一忧一喜。

忧的是一个好苗子，在政治上误了前程；喜的是有了包袱的白川今后永远成了卖力干活儿的机器。白川一旦调走，政研室就几乎成了空架子，他也就成了光杆司令。这些因素自然而然成了四眼主任极力拒绝白川调离的原因。

听了四眼主任的话，白川觉得情面上有些过不去："主任，我知道你对我好。我调离的主要原因，是觉得自己在政治上不成熟，不宜在机关工作。再说我犯了错误，也是给你脸上抹了黑……"不待白川把话说完，四眼主任把手一挥，态度显得异常坚决："白川，我还是那句老话，你在我身边，我一如既往重用你。说我舍不得你也好，说我刁难你也好，总而言之，言而总之，一句话：你要调走，我不同意！"

为防止白川走上层路线，四眼主任又立马找到王副理事长，说了白川要调走的事。王副理事长听后却是大度地笑笑说："铁打的营房流水的兵，省农贸社是共产党开的，又不是我和你家办的，不愁没人进来。既然白川去意已决，你何不高抬贵手？"一句话把四眼主任噎得够呛。王副理事长说完话，又继续提着狼毫在宣纸上练笔。

四眼主任一看没招，气哼哼转身出门径直进了马理事长办公室。吸取刚才跟王副理事长说话的教训，四眼主任变了一个说话方式，他把汉京大学那份商调函掏出来放在马理事长办公桌上说："理事长，我这研究室主任难干了，手下的兵老的老，弱的弱，就一个能顶事的人这回也脚底抹油，溜之大吉。你得给我补充人力了。"

马理事长拿起那份商调函看了一下，愤愤地说："这个白川，让整个省农贸社蒙羞，这一次对他免予处分处理，已经是仁至义尽。现在他却不知感恩，反倒背叛组织，岂有此理！"

四眼主任显得怯怯地说："白川要调走，心情可以理解。我只是想着工作上人手力量不能少，要不然不放人，要不然就再补充新人。"

马理事长说："你放心干你的事。我马上通知人事处给汉京大学回函，不同意调动。如果白川真要离开省农贸社，就把他发配到下边基层单位去。"

关处长在接受马理事长有关拒绝白川调离的指示时，试探着替白川求情：“理事长，人才流动是正常现象。走一个白川，可以再调新人过来。何况现在不像前几年，大学生待分配人员多的是。”马理事长说：“你当我们农贸社是培训班，花力气费工夫把他培养几年，翅膀一硬就飞了？”

为了让事情做得体面一些，关处长把白川叫到跟前，说了领导坚决不同意调动的情况，但没有具体说明是哪个领导的意见。末了他开导白川：“不让你走，说明领导看重你，舍不得你。真要是轮到别人都盼你走，那才真让人伤心哩。”

白川问：“关处长，就不能再通融通融？”

关处长摇摇头：“领导已经发话了。领导一发话，就是泼出去的水，收不回来了。”看着白川失望的样子，关处长又说：“我叫你来，就是想跟你商量一下。这一次肯定是走不成了，咱们这里要是给汉京大学回函不同意你调出，按人事工作惯例，以后这条渠道就断了，汉京大学不可能再发商调函。我想可不可以你跟汉京大学那边做做工作，我们把商调函退回去，不做任何解释。过个一年半载，等有了机会，先把咱们这边的工作提前做好，再让那边重新发商调函。”

白川明白，这回关处长想帮他，却心有余而力不足。目前按照关处长的想法来做，无疑是最好的善后方案。白川感激地点点头。

白川陷入了痛苦的自责中。他知道自己这次又犯下了致命的错误，他不该在没有做通农贸社工作的情况下，就让周老师草率地促成汉京大学发函。这份堪称深圳速度的商调函，酿成了一局死棋。从今往后，他也许会进入一个难堪的工作状态。从外部环境上讲，他将成为农贸社被边缘化的人物，在别人眼里，他是一个永无出头之日且又无法解脱的人，无异于一个政治上判处无期徒刑的人。更受不了的是他自己的内心煎熬，年复一年、日复一日从事一份没了兴趣、缺乏激情、纯粹为了混饭吃的工作，理想和抱负通通都得扔进垃圾堆中。对他一个仍处在风华正茂年龄的有志青年而言，这是一份多么大的痛苦？关处长虽然给他留下一点儿希望，但他心里清楚，今天办不到的事情，明天也绝非易事。即使有一天，人事变迁，机构调整，农贸社同意放他，汉京大学那边还会等着他吗？

回想起一段时间以来发生在自己身上的桩桩事情，他甚至后悔不该参加那次外事接待。他同时又在琢磨着，是谁向组织上举报了他与外宾交流的事情。

向整党整风办举报白川违反外事纪律的人是办公室秘书科长孙鸣飞。

打从攀上欧阳秘书长这棵高枝后，孙鸣飞可谓时来运转，平步青云。先是被任命为秘书科副科长，不到一年时间就把秘书科长取而代之。其间他又和欧阳秘书长的秘书打得火热。因为常散播一些事后经检验准确无误的官方小道消息，他已成为机关公认的有背景的人物。欧阳秘书长升迁成为主管财贸工作的副省长后，有关孙鸣飞与欧阳副省长之间的神秘关系更是传得神乎其神。有说孙鸣飞是欧阳副省长的远房外甥；有说欧阳副省长“文革”落难时，与孙鸣飞的父亲同住过一个牛棚。有好事之徒向孙鸣飞求证时，孙鸣飞总是淡淡地笑着予以否定，这更让大家信以为真。当上科长不久，又有传言说省委组织部准备在省农贸社选拔一名青年科级干部，下派到县上担任财政副县长，人选已经内定为孙鸣飞。这真是运气来了挡都挡不住。

然而，孙鸣飞在事业上得意的同时，情场上却屡屡失意。当初一门心思追求自己的学妹姚丽霞，眼看着有情人将成眷属，却不知是何原因功亏一篑。因为这事，孙鸣飞把那本原先视作招牌和荣誉的“特约通讯员证”装进箱子里，再也没有用过，也懒得再去写那些豆腐块文章。好在事业上的成功，填补了情感上的空虚。他坚信以自己骄人的地位和身份，定会赢得更为美满的姻缘。果然，时间不长，他结识了省社下属一家公司的财务人员小赵。小赵长着一张娇美的脸庞，外带一副柔弱无骨的身材。几次见面后，干柴遇烈火，偷尝了禁果。几个月后，小赵撩起上衣，露出微有些异样的肚子。小赵说自己的哥哥娶媳妇，急需三千块钱，把孙鸣飞听得直倒胃口。孙鸣飞把自己的积蓄拿出来又借了些钱，凑了三千块交给小赵，又陪小赵去医院打了胎，从此与小赵一刀两断。不长时间，孙鸣飞经人介绍，又与商业学校的女助教交上朋友。女助教知书达理，温文尔雅，浑身透着书卷气。孙鸣飞在女助教身上似乎看到了姚丽霞的影子，只是觉得她比姚丽霞冷峻。相处一阵子，女助教与他相敬如宾，两个人连拉手的动作也很少有。孙鸣飞后来慢慢发现，女助教患有严重的洁癖。在公共场所，女助教不会去摸任何东西，两只手永远插在口袋中。她外出时很少喝水，因为她无法忍受使用公厕的感觉。回到孙鸣飞宿舍时，孙鸣飞把钥匙交给她让她开门，她竟然从口袋掏出一张卫生纸，垫着门把手打开房门。有一次逛街，女助教脚下一崴，孙鸣飞下意识地伸出手拽住女助教裸露的手臂。可过了一会儿，孙鸣飞分明看见女助教用一方湿巾在擦拭自己被孙鸣飞摸过的部位。孙鸣飞瞬间精神崩溃，找了个理由离开后，与女助教再无来往。

当孙鸣飞知道姚丽霞与白川确定恋爱关系后，心中说不清的苦辣酸甜、五味陈杂。以前，他不明白起初对他好感满满的姚丽霞，为什么在毫无征兆的情况下拒绝了他。现在他终于找到了原因，原来是与他曾经亲如手足的好朋友、好同事白川横插了一杠子。这一杠子，犹如背后悄悄捅出的一把刀子，毁了他美好的姻缘。从得知白川与姚丽霞恋情的那一刻起，他记恨起了白川。虽然表面上装着若无其事，但却在心里打定主意，迟早要消了这口怨气。白川与姚丽霞结婚的那天，他仍然礼节性地到婚房向二人表示祝贺，还硬塞给白川一个红包。看着盛装妩媚的姚丽霞，他只觉得一阵眩晕，心里犹如刀割般地疼。离开白川和姚丽霞，他把自己关在宿舍里，闷头睡了一天。他实在想不通，凭着他的各项条件，为什么姚丽霞有眼无珠，良莠不辨？他也不明白，白川用了什么障眼法，把聪慧过人的姚丽霞从他身边哄骗过去。没准这会儿白川怀中正拥着美人，心里嘲笑着在这场情场角斗中灰溜溜败阵的他呢。孙鸣飞在心痛之余又感到一丝耻辱。

那次与白川一同参加外事接待，白川临机展现的外语才华让众多接待组成员刮目相看，也让孙鸣飞自惭形秽。然而，那个落寞的日文翻译一句小嘀咕，又让他心生异样。是啊，没准你今天的显能，正是你日后倒霉的注脚。老天爷不会让你爱情事业双丰收。

整党整风快结束了，眼看着白川依然在他面前神气活现地过着幸福的小日子，孙鸣飞心里有了一种冲动，他何不把白川违反外事纪律的事情捅出去，以报夺美之恨？他心里明白，这件事一旦上纲上线，白川的政治生命就完结了，做这种断人后路的事情，觉得良心上有些不忍。但是转念一想，你白川明知道我和姚丽霞来往密切，却在背后悄悄出击，你不仁，我何必义？你毁我幸福，我何必顾虑你的前程？再说了，组织上要求党员要无条件对组织保持忠诚，我作为党员干部，知情不举是不够格的表现。打定主意，孙鸣飞趁着下班无人之际，在办公室三下五除二写好了一封匿名举报信。担心别人认出自己的笔迹，孙鸣飞又在远离农贸社大院的小巷里找了一间打字复印部，把匿名举报信打印了两份。回到机关看看四处无人，他迅速把两份匿名举报信分别塞进了省农贸社整党整风办公室的举报箱和省委整党整风办设在省农贸社大院的举报箱里。

话说白川调动受阻，一时感到难堪无比。周老师那边等着回音，省农贸社机关也有不少人知道白川想调离的消息。白川隐隐觉得，机关里平常与他相处得不错的同事，这一阵子似乎多了一些客气，而这种客气中，又明显透着一种礼节性地生疏。他再一次体会到了人情的淡薄。

前不久，在一本法制杂志上，白川看到一篇学术泰斗撰写的文章，文中提出国家即将推动司法改革，其中一项重要举措是把律师工作推向市场化。文中说，中国的律师以国家公职人员的身份开展活动，有悖于律师的天职。司法要进步，律师制度必须与国际接轨，律师要成为真正的自由职业者。以后中国的律师，必须全员辞去政府的公薪职务，投身社会，开展法律服务。这篇文章给白川留下了极深的印象。现在，重温一下那篇文章，白川突然萌生一个大胆的想法——辞职！

当白川把自己的想法告诉妻子时，姚丽霞也吓了一大跳。姚丽霞说:“咱们辛辛苦苦读小学、中学十几年，又幸运地在高考独木桥上冲过来，好不容易在省直机关混了一碗饭。你这一闹腾，一切都归零了。”

白川说:“这些事我都想过，但我觉得还是个观念问题。如果这个社会上没有官饭可吃，难道我们就不去读书上学了？学来的知识总归是自己的，不在体制内，一样可以干事业。”

姚丽霞深情地抱着丈夫:“你看准的事情我都支持。万一失业了找不到饭碗，我的工资也够咱俩过个紧巴日子。”

白川抚摸着姚丽霞的头发，眼泪“吧嗒吧嗒”地掉在姚丽霞头上，嘴里喃喃地说:“不会的。相信社会总会进步，一切都会更好的。”

周末下班回家，姚丽霞跟白川说田老师想见他一面。白川问田老师有啥事。

姚丽霞说:“我把你想辞职的事跟田老师说了，田老师说想跟你见面聊一聊。”

白川说:“我周一就去报社找他。”

姚丽霞说:“田老师快退休了，他跟省上一帮退居二线的老同志搞了一个关心在押人员子女成长协会，简称关在协会。明天在庆湖公园开成立大会，田老师希望你也去捧个场。”

白川问:“咱俩一起去？”

姚丽霞说:“田老师不让我们报社的人去，说是要低调一些，以免别人误认为炒作。”

庆湖公园是汉京市最大的公园。公园内一半面积是人工开挖的庆湖，庆湖边上是一溜富有古典风韵的建筑物，里面设置些工艺品商店，以及各种地方特色的小吃店。庆湖岸边有一个露天舞台，常有一些免费文艺演出，偶尔会举办一些社会公益活动。姚丽霞告诉白川说协会成立大会早上九点半召开。为了能帮田老师干一些杂事，白川不到九点就赶到庆湖岸边，却看见田老师早已在露天舞台下边的凳子上坐着。白川急忙跑过去跟田老师招呼了一声。田老师让白川在一旁坐下，说开完会后好好聊聊。

依据白川的想象，一个协会的成立，再刻意低调，也起码得有一些气氛，现场不飘大气球也得拉个横幅，主席台上总得铺个红桌布。可没想到仅仅是露天舞台下摆了几十个不知从哪里搬来的折叠椅子。要不是事先知道这里的活动主题，外人会以为这里又有自发组织起来的自乐班子自娱自乐。到了预定的九点半，台下的椅子上竟然坐满了人。白川环视一圈，男女都有，年龄却大都在五十岁朝上，半数人头发花白。

白川从来没有见到过如此简单的协会成立仪式，像是小学生集会一样，有人拿出事先准备好的名单一一点名，每念到一个名字，就有一个人站起来给大家弯腰致礼。花名册中缺席的人不过两三个。白川不由得赞叹这些老同志认真严谨的工作作风。点名完毕，田智礼以协会筹备小组组长身份宣读了简单的筹备工作报告，另有人宣读协会章程。章程只念了前几条，说鉴于时间关系，让大家会后慢慢阅读章程文件。选举会长副会长及秘书长时，以提名表决的方式，几乎是全体人员一致掌声通过。前后议程持续不到半个小时。会议结束，大家陆续散去。

协会成立大会一结束，田智礼偕着白川在庆湖岸边散步。走着走着，两人找了一条供游人休息的水泥条椅坐了下来。白川说："田老师，你们的这个协会成立大会，简单得让人吃惊，可是参会的这些老同志，都挺认真的。"田智礼说："这是协会的一些基本会员，大部分都还在职，大小都有个官帽。民政厅的副厅长、司法厅的副厅长、监狱局的局长也都在座。可我们这回提倡要把协会真正办成不具有任何官方色彩，也不借助官方资源的真正意义上的民间组织。有些人提出让政府拨些经费或者让政府机关发话摊派些赞助，我说那样就变味儿了，就与协会的宗旨背道而驰了。那样的协会不但不是公益机构，而是扰乱社会秩序的'公害'机构。今天这个成立大会由全体会员自掏腰包，用凑起来的会费负担的，整个花销也不过三百块钱。"白川不由得肃然起敬。

“听丽霞说你想辞职？”田智礼问道。

白川叹了一口气，把农贸社拒绝他调走的事又说了一遍。

田智礼说：“丽霞跟我说这些事情的时候，我能感觉到她有一些惋惜，且不无担心，这是人之常情。我就是想知道，你这个决定到底是一时冲动，还是经过深思熟虑。”

白川咬着嘴唇，沉默了一阵说：“我绝不是一时冲动，但也不敢说是深思熟虑。”

田智礼说：“同样的一条道，对一些人来说是康庄大道，而对另一些人而言则是寸步难行的荆棘小道。”

白川有些不解：“您说两部分人的区别在哪里？”

田智礼指着远处湖面上划动的小船：“说得再简单一些，就像那条小船一样。在这个静静的湖面上，它游弋自如，可你敢把它放到汹涌的大海中去吗？反过来，一艘乘风破浪的轮船，你要让它到这片湖中，那只能当成展览品。对一个人而言，选哪条路，取决于个人的志向与实力。你是一条供人游玩的小船，你就消消停停地待在人工湖里；你若是乘风破浪的轮船，你就必须下海。”田智礼回头看着白川：“留在人工湖中，祥和安宁，不会有大的风险。下到海中，惊涛骇浪，波诡云谲，但却承载着非凡的使命。”

白川说：“让我继续碌碌无为地待在机关，我心有不甘。”

田智礼问：“那你对自己下海的实力有信心吗？”

白川坚定地点着头：“有！”

田智礼说：“在国际上，通常新闻媒体和律师都是自由职业者，未来的中国，必然走向与国际接轨的道路。你所选择的行业和我现在从事的行业，都会成为与政府没有多大关系的社会工作者。我前几天看过一则报道，说西方有很多国家的监狱都是私人开设的，而且改造犯人的效果远远优于公办监狱。这种情形让我们用固有的思维方式去理解，简直觉得是天方夜谭。”

田智礼拍了一下白川的肩膀：“我要是年轻十几岁，一定像你一样去追寻更强大的自我。回头看看我们这一代人，有多少雄鹰被熬成百依百顺的猎鹰，真是悲哀。你们不同，赶上了好时代。说不定过上十几年，回头想想咱们今天的谈话，会让人感到幼稚得可笑。”

“我知道您是支持我勇敢地迈出这一步。”白川抬头看着天空，“田老师听您一番话，让我觉得天都高了。”

白川的辞职报告在农贸社大院里掀起了轩然大波。农贸社成立有史以来，干部调进调出司空见惯，但真正以辞职方式离开机关的，白川是继韩浩平之后的第二例。不同的是，韩浩平因为涉嫌贪污差点儿吃了官司，农贸社机关待不下去了，为避免发配保住面子，情急中辞去公职。而白川作为一名年轻有为的大学生干部，把自己的大好前程一脚踢开，实在让人难以理解。

反应最强烈的是四眼主任。他为了留住白川不惜背着人做小动作，可没有想到换来的却是如此结果。他对白川说：“咱们在一起工作了多年，不讲交情总有感情，你不该做事这样决绝。一个外事接待上的小错误算不上啥，时间会冲淡一切。”

白川笑笑说：“主任，我辞职决心已定。我下海了咱们的交情和感情都还在。”四眼主任说：“你可不能一时冲动，将来后悔。”

白川说：“主任，我明白。”

辞职手续办得很顺利。每一道环节办理中，白川都能听到示好的言语，有让白川三思而后行的，有替白川愤愤不平的，还有称赞白川有勇气的。当然，最让白川感动的是办公室主任的表态。办公室主任说：“你辞职了，照理应当把占住的宿舍腾出来。但是你放心，有我在，你永远住着。直到有一天你不需要时再交回来。”

对于白川的辞职，周华安既是惋惜，又是惊讶，更是激动。惋惜的是白川一下子丢掉了经营多年的铁饭碗，惊讶的是白川竟能如此义无反顾，干净利落，激动的是自己的得意门生以后可以全身心地投入到京法律师事务所的工作中。周华安对白川说：“根据目前的司法改革趋势，律师事务所要逐步跟行政机关和事业单位脱钩。从业人员也需要卸下公职身份。你一辞职，给我们事务所的其他人员带了个好头。以后咱们同唱一台戏，你多在舞台上展示，我多做幕后工作。”白川说：“周老师，我只怕自己才疏学浅，难担大任。”周华安坚定地说：“对你，我心里有底。”

苏春明给白川打电话说：“妹夫，你可真有魄力，给我这个大哥带了个头。你先下海扑腾一阵子，给我探探路，我随后跟你去。”自从白川跟姚丽霞成婚，苏春明在白川面前常以大哥自居。

白川笑言：“我跟你说过多少次，你是我的兄弟，哪有大哥一说。”

苏春明也笑了：“这没办法，谁让我给你妻子当哥哩。”白川说：“怪道是古诗中说，‘郁郁涧底松，离离山上苗。以彼径寸茎，荫此百尺条。’”

两人言归正传，苏春明说他知道白川辞职一事，不禁为白川喝彩。

这么多人对白川的辞职表示支持，让白川倍感欣慰。

四眼主任一看确实留不住白川，不禁对之前自己想方设法阻止白川调动一事，感到深深的内疚。无奈木已成舟，也只好把谴责自己的话在心里反复念叨。为了求得心理上的平衡，他坚持自掏腰包在离机关不远处的餐馆包了一桌饭，请政研室的全体人员聚了一顿餐，说是给白川饯行。餐后全体人员又到照相馆照了一张政研室的全家福，特别在照片上注明“欢送白川同志纪念”。

特意找了个周末，趁着大家都不上班的时候，白川到办公室把自己的私人物品收拾在一个包裹中。他坐在即将永远离去的办公桌前，回想着曾经在这里经历的一切。七个年头，两千多个日日夜夜，多少欢乐，多少不安，多少难堪，这里曾经是他放飞梦想的地方，这里曾经是他劳心伤神的地方。而今，这一切都将成为永远的记忆。他找来抹布，最后一遍仔细地擦拭桌面，还有桌面上的台灯、电话机。不知不觉，他的眼睛有些湿润。做完这些，他掏出笔在一张信笺上写下几行字：

感谢各位同仁在过去岁月中给予的帮助。今后诸位遇到高兴或不高兴之事，记得通知本人，一并分享或分担。白川给各位送安。

写罢，白川把办公室钥匙掏出来压在信笺上。走出办公室，白川轻轻地带上门，已是泪流满面。

第十二章

有了方鸣介绍的新业务，韩浩平经营的百货烟酒店果然利润大幅度提升。过去小店每月扣除房租、人员工资加上杂七杂八的开销，净利润不过四五千元。和方鸣搭上线后，每月总能挣到上万元，个别月份竟超过两万元。钱挣多了，韩浩平却牢记着方鸣叮嘱的工作纪律，他没敢把新的经营项目给妻子吴君玫透露一星半点儿。但一个让他难以应对的问题，是如何给妻子解释小店利润提高的原因。吴君玫是个善良但却在生意场上精明无比的人，绝非一两句谎话能糊弄过去。思前想后，韩浩平还是决定先把特殊经营实现的利润对吴君玫瞒起来。韩浩平用化名在银行起了个折子，把多挣的钱隔几日一并存到折子里，半年多时间，折子里的存款余额竟然突破五万元。钱一多，韩浩平又担心一旦妻子发现，以为他有外心，自己就是跳到黄河里也洗不清。一转念又觉得自己心底无私天地宽，他为了这个家，为了未来扩大生意规模，毫无私心可言，良心上对得起妻子，不怕妻子一时理解不了，多留点儿意暂时保好密就行了。

初时，特殊商品的货源是方鸣直接提供的。韩浩平每次拿新货时，会把上一批货按照他们说定的分配比例，把销售款中的一部分上缴给方鸣。来买货的人最早有两三个，慢慢地增至八九个，后来有了十几张面孔。方鸣知道情况后告诫他就此打住，以后若有新人来，不得供货。方鸣给出的理由是特供点只为了解地下市场交易状况，收集买卖信息，规模一大就变味儿了。再后来小店的供货对象就控制在原有的十来个人数上。但人员数量虽是控制住了，销量却还在逐步增大。韩浩平隐隐感觉，来这里买货的人除了自己消费外，可能还进行着二次零售。

一段时间，方鸣出现货源断供。买家埋怨韩浩平经营失信，韩浩平觉得委屈，说这里断货，可以去别处采买。买家说你以为这是菜市场卖菜，既然跟你牵上线，你就得保证供货。韩浩平穷于应付，反过来向方鸣催货。

有一日，方鸣打电话说有人送东西给韩浩平。韩浩平放下电话不久，店里进来了一个穿着夹克、戴着贝雷帽、架着一副墨镜的人，声言要找韩老板。韩浩平迎上前，来人卸下墨镜，韩浩平觉得这张脸很熟悉，却一时想不起来在哪里见过。来人大大咧咧地在韩浩平肩膀上捶了一拳说："韩哥，你贵人多忘事，开店铺当老板耍大了，把兄弟早都忘了。"韩浩平一脸茫然地摇了摇头。来人伸出手比画了一个"八"字。韩浩平恍然大悟："你是老八？"来人脸上似有不满："韩哥总还给些面子，没把你兄弟全忘了。"韩浩平连忙把老八让到后边的办公室。

这老八原来跟韩浩平见过几面，是通过方鸣认识的。韩浩平在农贸社当科长那阵子，方鸣没少从韩浩平那里拿过特供票证，有几次就是派这个老八在韩浩平手里取票的。那时候的老八比现在瘦一些，头发齐肩，花格子衬衫，配着扫地的喇叭裤，加上一副麦克太阳镜，十足的时髦青年。原先老八自己给韩浩平介绍说是方鸣的姨表弟。只是后来经韩浩平之手发出的特供票证被市场管理人员当场抓住后，韩浩平又知道交易人员正是这个老八，也就对这个老八心生厌恶。没想到几年后的今天，老八却在这里突然冒出来。

韩浩平打趣着说："兄弟，你可是永远引导潮流，当初是时髦青

年，今天还是这么时尚。”

老八说：“我这是随大流。你没听人说，现如今不管多大官，都穿夹克衫；不管老和少，都戴贝雷帽；不管多大肚，都穿健美裤。”

韩浩平说：“穿在你身上却显得不一般。”

老八从兜里掏出一包东西放在桌子上说：“这是方大队让我送来的。”

韩浩平用手捏了捏包里的东西，知道是特殊货物，拿起来装进柜子里。他又给老八倒了一杯茶，递上一根烟。

老八抽着烟，在空中吐出一串烟圈，对韩浩平说：“你把钱让我带走。”

韩浩平有些意外：“我每次都是完事后才把钱给方大队的。”

老八摇着头：“那是以前。以后从我这里拿货，要现钱。”

韩浩平想起当年老八倒票证的事情，他有些不放心这个老八，谁知道他会不会背着方鸣把钱卷走。韩浩平真不理解方鸣一方面让他工作保密，一方面又差这么个让人难以信任的货色与他接头。

韩浩平想了想说：“兄弟，我今天手头没有钱，你要不放心，就先把东西带走。”说着就起身去柜子拿那包东西。

老八做了个手势挡住韩浩平：“算了韩哥，今天是第一次，先赊给你，下不为例。”

韩浩平疑惑老八跟方鸣的关系。方鸣和老八原来都说对方是自己的表兄弟，现在老八又掺和到这件事情里来，莫非方鸣让自家的亲属也投身到隐蔽战线上工作？想到这里，韩浩平试着问老八：“兄弟你是方大队的姨表兄弟？”

老八突然发出一阵怪笑声：“我姐夫他三姑她表舅的干儿子的媳妇的同事是方鸣他妈。”老八绕口令似的胡乱说出一串莫名其妙的关系。

韩浩平明白了，所谓的表兄弟关系，只是当初方鸣和老八为了需要胡诌出来的谎言。

老八走后，韩浩平心里打起了鼓。说实在话，当初方鸣让韩浩平当特情人员，韩浩平知道其实就是线人，为了自己的安全，他婉拒了。后来经不住方鸣承诺的高回报诱惑，韩浩平抱着试一试的心态，开始了这种不知深浅的特殊经营活动。其间有几次，他也对自己的经营产生过怀疑，他知道经自己的手卖出去的东西肯定被瘾君子吸掉了，他为自己这种实质上也在害人的行为感到一丝恐惧。可是一想到他的经营目的是帮助公安收集情报，最终会铲除毒品交易，他又感到一丝宽慰。另一个不可否认的原因，是这种项目经营的高额回报让他尝到了甜头，竟欲罢不能。反正他的行为是正义的，至于对个别人的伤害，那是他方鸣考虑的事情。而今天老八的到来，却再次触碰了韩浩平似乎有些麻木的神经。老八问他要现钱，这完全是纯粹的买卖关系。再说像老八这样货真价实的地痞流氓，怎么能够格做特情人员？联想到老八说到他和方鸣关系时发出的那一阵怪笑声，韩浩平肯定，方鸣在老八的心目中绝对不是什么高尚的人。难道说他们两人之间有着不可告人的勾当？如果是这样，那么自己这半年多以来所谓的特情经营，到底是啥性质的行为？韩浩平又想起方鸣叮嘱他务必单线联系、严守纪律的事情，突然觉得毛骨悚然。

连续几个晚上，韩浩平失眠了。

这夜，韩浩平闭上眼睛，脑子里又出现了法院张贴在大街上的处决犯人布告。他似乎看到了刑场上一排排五花大绑的毒贩，随着一阵枪声，一个个栽倒在地。韩浩平翻来覆去睡不着觉，吴君玫体贴地轻轻抚摸着他的前胸后背，说着可人的体贴话。韩浩平的心里又是一阵隐隐作痛，这是多好的一个女人，这是多么值得珍惜和留恋的一个家，他绝不能因为自己的一时糊涂毁了这一切。

想着想着，韩浩平眼泪流了出来。吴君玫无意中摸到了韩浩平的脸，发现他流了泪，急忙打开电灯开关，惊问韩浩平怎么回事。韩浩平起身又按灭了电灯开关，在被窝中紧紧搂着妻子，轻轻地说：“我没事。有你在跟前，我觉得我是最幸福的人。想想从前的事儿，就有些难过。”吴君玫以为韩浩平思念女儿，善解人意地说：“抽空去看看孩子。”韩浩平又是一阵感动。

没等到韩浩平想出跟方鸣摊牌的办法，方鸣倒是先约韩浩平见面。两个人在中城区公安局附近的一家茶馆见了面。

一坐定，韩浩平单刀直入表了态："老方，你不找我，我还要找你哩，这特殊买卖我不想干了。"

方鸣有些诧异："韩哥，你这是咋的了，买卖亏你了？"

韩浩平把脸扭向一边："买卖不亏心里亏。"

方鸣说："这倒怪了，你干这件事情，是替公安收集情报，于国于民都有利，你自己又有收获，你心里有啥亏的。"

韩浩平问："我这大半年收集了啥情报？卖出去的那些东西除了祸害人还能干啥？"

方鸣哈哈一笑："你呀你呀，那些买货的人不在你那里拿货，还会到别处拿货的，那不就更不好控制了。要知道连戒毒所里，都要定量供给戒毒人员毒品，要不然会死人的。"

韩浩平想起了老八那一副德行："难道你们还需要老八那样的二流子？"

这下轮到方鸣嘲笑韩浩平了："我说韩哥，你活了几十岁，咋智商还像小孩子一样。难道能让老八穿上制服或者西服来找你？也正是他那种流里流气，才符合咱们的这种工作要求。"

方鸣的一席话似乎也有道理，把韩浩平说得低头无语。

看着韩浩平服气了，方鸣又说："韩哥，你的心情我能理解，这主要是因为你对咱们这项工作的意义认识得还不够深刻。今天我找你来，正是要给你安排一项任务，你也好有机会体验一下咱们的工作价值。"

韩浩平抬起头来："干啥事？"

方鸣下意识地朝四周看了一圈，压低嗓门儿说："去一趟云南。"

韩浩平问："跟谁去？去多长时间？"

方鸣答道："跟你同行的人，你到机场就知道了，时间大约一个礼拜。"

韩浩平条件反射地问道："有危险吗？"

方鸣淡淡地一笑："你就当去旅游一趟。"

韩浩平想着这大半年来没有给方鸣提供过有价值的情报，这次就听方鸣一回，顺便对方鸣的说法实实在在感受一番，如果真的有猫腻，回汉京后与方鸣一刀两断不迟。

方鸣见韩浩平没做回答，知道韩浩平心里没底，就又说道："韩哥，你知道我为啥让你去？"

韩浩平目光中显示出疑惑。

方鸣说："一来是让你见见世面，二来是我相信你的能力。要知道，你可是经过专业训练的复员军人。"

韩浩平问："出去会打架吗？"

方鸣说："你可以照顾别人。"

韩浩平沉默了一会儿说："我得跟你嫂子请个假。"

方鸣说："那是你的事。"

韩浩平随后跟吴君玫说当年部队的几个战友相约，在云南滇池搞个聚会，抹不开面子得去一趟。

吴君玫大度地说："这你得去。人生在世，同过窗的、扛过枪的、烧过香的，这三种关系是一辈子都扯不断的。你有条件却不去，就显得生分了。"

韩浩平感激妻子的理解："我就是放心不下店里的事。"

吴君玫说："时间又不长。这几天不进货，我把服装店的事儿料理完就去烟酒店，咱们的几个店员都还规矩，出不了啥事儿。"

想着妻子两头穿梭，韩浩平有些过意不去。

吴君玫又说道："穷家富路，出门时多带些钱，别在战友面前寒酸。"

韩浩平按照方鸣指定的时间赶到汉京机场，却意外地看见老八。老八一见韩浩平，手一扬在空中打了个响指，算是打了个招呼。韩浩平满腹疑惑："就你跟我两个？"老八反问："你想要多少人？"一瞬间，韩浩平有些后悔轻易答应方鸣这趟行程。可事已至此，也没有退路，只好在心里打定主意，一路上提高警惕，见机行事。

换登机牌的时候，老八掏出身份证。韩浩平瞟了一眼，忍不住笑了。老八身份证上的名字赫然印着“杨子荣”。老八看见韩浩平发笑，又顺着韩浩平的目光转到手上的身份证上，知道韩浩平笑他的名字，遂把上衣下摆往外一翻，一只腿夸张地抬起来，做了一个《林海雪原》中杨子荣上山打虎的造型。老八黑着脸说：“小时候我娘给我起了个名字叫荣荣，长大后我改名叫子荣。杨子荣是威虎山老九，大家都叫我老九。后来又有人说老九是读书人，我就自己升了一档，自称老八。这就成了我江湖上的名字。”

过了安检，两个人在候机室找了位子坐下来。老八掏出一支烟叼在嘴上，拿出打火机正要点火，一个机场工作人员走上前来礼貌地提醒此处禁止抽烟。工作人员又指了指远处标有吸烟室牌子的房子和旁边的咖啡厅。老八看了一下手表，对韩浩平说：“离登机时间还有半个小时，喝杯咖啡吧。”韩浩平没想到老八还有这样的雅兴，想着反正此行自己只是个配角，索性一路就听老八的，多长点心眼儿就行。两人进了咖啡厅。

老八打了个响指，服务员飘然而至。老八说来两杯咖啡。服务员问要哪一种，老八说：“我要蓝山。”又朝韩浩平努了努下巴。韩浩平从来没在咖啡厅喝过咖啡。过去别人曾给他送过礼盒装的雀巢咖啡，他的小店柜台上也摆着这种东西。但仅有的几次品尝，让他讨厌那种苦涩的味道。韩浩平对服务员说：“来一杯茶吧。”服务员问：“青茶？红茶？花茶？”韩浩平答：“青茶。”服务员又问：“龙井？毛尖？仙毫？”韩浩平有些不耐烦：“随便。”

老八递给韩浩平一支烟。韩浩平说：“我带着了。”老八说：“韩哥呀，常言说烟酒不分家，我的烟你不抽？”韩浩平接过老八的烟。老八用打火机先给韩浩平点上火，又给自己点上，猛吸了几口，往空中吐了几个烟圈，惬意地把头仰在沙发背上，无限享受地用手指轻弹着沙发扶手。

咖啡和茶端上来。韩浩平呷了一口茶水，并没有感觉出什么特别的味道，应当是极为普通的龙井。他随手翻开桌上印制精美的茶单一看，上面标注的价格吓了他一大跳。一杯龙井茶，竟然要三十元，这几乎是一个普通工人半个月的工资。他心里咒骂着这家咖啡店，占着个得天独厚的位置，独家做着宰人的生意。

老八又吹起了牛："别人都说杨子荣的名字让我叫着就是特色。我就喜欢冒险。别看他方鸣当大队长，多少事他还得靠我哩。我给他看风卧底，帮他办了多少事。有一次他破了一个案子，上头给他发了一个锦旗，我说那个锦旗应当发给我，我才是真正的英雄。"老八又朝四周看了一眼，神神秘秘地说："韩哥，回头咱兄弟俩好好合作，我帮你把生意做大做红火。"

韩浩平听着不是味道，心想我和你绑着做事，迟早把自己做到阎王殿里去，嘴上却没有说话。老八又递给韩浩平一支烟，韩浩平接过来，又从自己口袋中取了一包烟，抽出一支递给老八。韩浩平一边抽着烟，一边听老八继续吹牛。

机场广播通知飞昆明的旅客登机。老八喊来服务员结账，一杯咖啡一杯清茶外加服务费竟然收了八十八元。韩浩平感觉有些心疼，老八却若无其事地从钱夹中抽出了一张百元大钞，甩下一句："不用找了。"服务员把腰弯成九十度柔声道谢。老八又打了个响指，两人遂走向登机口。

韩浩平寻常不太坐飞机，坐进机舱后，仍然有一些兴奋。今天的天气不赖，从飞机的小窗口朝外望去，蓝天下朵朵白云，近处的停机坪上有几架飞机旋梯上正在上下旅客。远处的跑道上正有一架飞机降落，飞机落地瞬间起落架与地面擦出一团烟雾。韩浩平想着一会儿飞机将冲破云端，那时在空中俯瞰大地，又将是何等壮美的一幅画面。

飞机徐徐起动，缓缓地驶向跑道，最后终于像脱缰的野马，高速滑行起来。由于速度太快，机身颤抖着，窗外的景物排山倒海般向后退去，渐渐变得模糊。机头高昂着，机舱的座椅斜冲向天。终于，巨大的机身腾空而起。韩浩平有一种失重的感觉。

透过机窗，韩浩平看到下方的大地越来越模糊。他忽然有一种昏昏欲睡的感觉，他不知道这是飞机起飞过程中正常的生理反应，还是他的确困了。他觉得眼皮沉重，似乎没有精力欣赏机舱外的风景。他努力地回忆着前几次坐飞机的情景，好像从来没有出现过这种状况。难道是自己真的困了？可是昨天晚上他睡得很好。他看了看坐在身旁的老八，老八却显得很精神，还在摆弄着自己带的随身听。终于，他困得不能自已，一歪头，呼呼大睡起来。

直到飞机降落在昆明机场，韩浩平才在老八的推搡下睁开眼睛。韩浩平揉了揉眼睛，拍了拍脑袋，迷迷瞪瞪问到哪里了？老八说："老兄，你昨天晚上干了啥事？是不是嫂子怕你出门采花，把你提前给抽干了？"韩浩平说："你甭胡说，我就是犯困。"老八说："睡着也好，养足劲儿，一会儿还要转机哩。"

下飞机后，老八拿着两个人的身份证又办理了飞往西双版纳的登机卡。办完卡，老八说找地方吃点儿东西。韩浩平却觉得没有胃口。老八说："你不饿我饿。"

为了照顾老八情绪，韩浩平随老八进了机场一家快餐店，点了两份套餐。老八狼吞虎咽地把餐盘中的饭菜一扫而光，韩浩平却只是象征性地吃了几口。吃完饭，老八又递给韩浩平一支烟。韩浩平点着吸了几口，突然觉得神清气爽。烟吸完，他又有了食欲，遂拿起筷子，把盘中的菜和米饭吃了大半。老八说："饭后一根烟，赛过活神仙。你老兄先吸了烟，再吃饭，就是跟人不一般。"老八像是说快板，把韩浩平也逗笑了。

天傍黑，飞机降落在景洪机场，这里就是举世闻名的西双版纳。一出飞机，一阵闷热让韩浩平喘不过气来。看看四周，除飞机上下来的旅客外，人们大都穿着短袖和短裤。出了机场，老八轻车熟路地跑进街边一家小服装店，买了几件简单的夏装，招呼韩浩平到试衣间换下原来的衣服。片刻工夫，两个人一身本地打扮。老八又找到一间公用电话亭，拨了一通电话。大约二十来分钟，一辆绿色吉普车开过来，老八似乎仅仅用眼神和司机交流了一下，司机就打开车门，拉着韩浩平上了汽车。

天已经完全黑下来。透过夜幕，韩浩平能感觉出汽车正行驶在巍巍群山中。看着外边黑黝黝的一片，韩浩平有些纳闷儿，离开机场时他估摸越往景洪市区灯火越明亮，可恰恰相反，走了几十分钟，灯火却越来越稀疏，最后车窗外竟然没了一丝光亮。

韩浩平不禁用手捅了一下老八问道："我们这是去哪里？"

老八轻轻答道："打洛。"

韩浩平从来没听说过这个地方，又问："得多长时间？"

老八说："四五个小时吧。"

韩浩平一盘算，到达目的地应该是后半夜了。

汽车不停地拐着急弯，韩浩平的身子在车内来回摆动着。上坡的时候，汽车的呜呜声在山间发出不绝于耳的回音。下坡的时候，车轮的制动发出刺耳的声音。司机出身的韩浩平凭感觉知道汽车是在陡峭的盘山道上行驶。这种路况，别说黑夜，就是白天，一般的司机开起来也会头皮发麻。而现在驾车的师傅如此镇定地保持着不低的速度，绝非等闲之辈，看来他至少是常跑这条夜道的主儿。

汽车停在路边的一小块平地上，司机站在路边方便。老八拉着韩浩平也下了车，两人同样方便完毕。韩浩平掏出一支烟点上，又摸索着递给老八一支。老八说："你那烟没劲儿，我抽不惯。你还是抽我的。"老八说着话，黑暗中冷不丁从韩浩平嘴里抓走燃了半截的烟扔在地上，又递给韩浩平另一支烟。韩浩平对老八粗鲁无理的举动，虽心有不满，但想想在这黑灯瞎火的空山旷野，与老八一般见识实在不合时宜，也就压住心中的火，勉强点着了老八递过来的烟。说来也怪，一根烟后，韩浩平似乎来了精神，只觉得空气中弥漫着沁人心脾的山野清新。看着满天繁星，韩浩平心想，这里不愧是远离都市远离污染的清静之处。要是白天，也许眼前是望不到边的世外仙境。他贪婪地大口吸了几下空气，忍不住做了几个原地跳跃的动作。

到达打洛已是后半夜的两点。汽车直接开到一家小型酒店的院子，司机从前台拿了两串钥匙，交给老八。老八看了看钥匙牌，递给韩浩平一把说："你住三〇九，我住三〇七，咱俩隔壁。"韩浩平过去出差在外时，都是和同行的人住一间，今晚住单间，想着落个清静也好。

等到韩浩平打开三〇九房门时，里面的情景着实让他大吃一惊。房间是标准间布置，却有一大一小两张床，而小床上竟然躺着一个长发女人。韩浩平不由自主地惊叫一声，以为走错了房间。声音惊醒了睡着的女子，却不料那女子从床上一跃而起，双手接过韩浩平手中的挎包，俨然像妻子看到多日未见的夜归丈夫。韩浩平一时愣住，傻傻地不知道说什么好。女子用分不清地域的醋熘普通话嗲声嗲气地说："大哥，对不起，等你时间长了，好困，好困。"

韩浩平心中涌起了一股无名之火，他觉得自己受了侮辱。他明白这一切都是老八事先安排好的。他眼前浮现出吴君玫的身影，那个给他幸福、让他心醉的妻子，满以为自己的丈夫千里之行是为了战友聚会，却哪里知道丈夫实际上是瞒着她参与了这些龌龊的勾当。韩浩平愤愤地转身出了屋，敲开了三〇七房间的门。当老八出现在门口，韩浩平看到一个一头秀发的年轻女人正搂着老八的后腰。

韩浩平压着火，低声喝叫老八出来。老八扒开抱着他后腰的女子手臂，随韩浩平来到走廊上。

韩浩平有一种想掌掴老八的欲望："你干的好事！"

老八无辜地睁大眼睛："我咋咧？我咋咧？"

韩浩平问："谁让你叫别的女人进房子的？"

老八显得有些不解："我叫的呀！"

韩浩平气狠狠地说："你想叫你叫，别糟蹋我！"

老八一脸不屑："得得，怨我骚情。真是狗咬吕洞宾，不识好人心。"

老八大步走进三〇九房间，把那个女子肩膀一按，朝房外走去，一边走一边说："老子今晚就要来个双套车。"看着老八的背影，韩浩平气得浑身哆嗦。

夜已经很深，韩浩平却辗转反侧睡不着，回想着今天桩桩件件事情，越想越觉得不是味道。既然方鸣说这趟出行是特情工作，就应当有其他便衣之类的人员同行，而今天的情形却让他断定除了他和老八，没有其他人参与行动。老八带着他来到底是干什么？难道搞特情还需要嫖宿女人吗？想想老八那副德行，真是令人作呕。与这样的人为伍，再神圣的事业也会被玷污。韩浩平打定主意，再冷静地观察观察，如果真有必要，他就当机立断，找机会离开老八独自返回汉京。

第二天早上起来，韩浩平洗漱罢，却好久不见老八的动静。待在房中无聊，韩浩平索性独自下楼步出酒店，在街上漫步溜达。

看看街上店铺的招牌，韩浩平才知道，打洛隶属云南省勐海县，这里好多店铺门头上书写着像符咒一样的文字，到处是销售缅甸珠宝、漆器、木雕的小商店。街上一波一波装扮各异的行人，显示着这里特殊的旅游气息。镇子中央有一条静静的河流，清澈的河水缓缓流向远方。远处的坡地上长着成片的竹林，透出勃勃生机。河面上有一座不太宽的桥，桥头有一块碑石。韩浩平走到碑石跟前一看，知道这条河叫打洛河，往前不远就汇入举世闻名的湄公河。

韩浩平站在打洛河边，思绪万千。阳光下，这里风景如画，这里一派祥和，这里民风淳朴。可又有谁知道，阳光背后的阴影下，掩藏着多少乌七八糟的东西，掩藏着多少罪恶。

回到酒店，韩浩平又在床上躺下来。一直到接近中午时分，老八才睡眼惺忪地趿拉着拖鞋来到韩浩平的房间。想着昨天晚上的一幕，韩浩平厌恶地把头扭到一边。老八像没事儿人似的招呼韩浩平起来吃饭。韩浩平没作声，默默地穿上鞋子，随老八一起走到酒店楼下的餐厅用餐，餐后又回到房间。韩浩平不知道有什么正经事要干，问老八啥时候退房。老八搓搓手说：“睡觉就是。”老八一出房门，韩浩平突觉一阵困意袭来，又和衣躺下，瞬间进入沉沉的梦乡。

一阵山响的敲门声终于把韩浩平唤醒。

待韩浩平打开房门，老八一脸怨气地在门口嚷嚷：“我敲了几次门，以为你出门玩去了也不打声招呼。这刚又敲了一阵子，我还打算让服务员把门打开哩。”

韩浩平迷迷糊糊地用拳头捶着脑袋说：“我就是犯困，怕是因为这里天气太热，一时适应不了。”

老八又抽出一支烟递给韩浩平，又替韩浩平点上说：“抽支烟，精神精神，该出去办事了。”

抽完烟又洗了一把脸，韩浩平觉得睡意已消。不长时间，老八跟一个陌生人走进房间。陌生人对韩浩平点了一下头，算是打了招呼。老八只是做了个手势，韩浩平随着老八一行三人出了酒店。陌生人钻进一辆微型面包，发动了车子，老八跟韩浩平坐进面包车后排。面包车开了二十来分钟，七弯八拐，停在了一个农家院落。农家的竹楼上有人在做活儿，但似乎对来客熟视无睹。韩浩平和老八下了车，陌生人遂独自开着面包车扬长而去。正在韩浩平疑惑之际，一个黑瘦的汉子从竹楼里走出来，依然是点点头，挥了挥手。韩浩平像机器人一样跟着老八随着黑瘦汉子朝山野走去。

穿过一片竹林，沿着一条羊肠小道走了一阵，来到一条不知名的小河边。黑瘦汉子不知从哪里推过来一条说是小船——不如说是一块大板的筏子，三人小心翼翼地坐上。三下两下，筏子到了对岸，黑瘦汉子指了指远处一排低矮的房子，嘴动了动却没有说话，留下韩浩平和老八，汉子划着筏子又返回去。

来到一排矮房子跟前，老八把手指头搭在嘴里，长长地吹了一阵口哨。随着哨声，一个光着膀子、只穿着一条裤头的中年男人应声走出门来。看见韩浩平和老八，中年男子哈哈大笑一声，快步迎上来把老八紧紧搂在怀里。

老八用拳头捶了几下中年男人，指着韩浩平说：“这是我韩哥。”

中年男人握住韩浩平的手说：“到这里，咱就是老大，天有多大，咱就多大。”

韩浩平有些不解。

老八说：“韩哥，咱们已经出国了，这里是缅甸国。”

中年男人摇摇头说：“不对不对，这里是掸邦共和国。”

韩浩平惊出一身冷汗。他做梦也没有料到，就刚才这么一小会儿，他已经踏上异国土地。这几年国内出国热潮不减，多少人为了走出国门费尽手段，有些人为了拿到一本签证甚至不惜卖掉全部家当，而自己今天却在稀里糊涂中轻而易举地离开了自己的国家。可韩浩平不傻，他心里很清楚，自己的行为是彻头彻尾的偷渡，刚才给他们带路的自然是“蛇头”无疑。韩浩平内心感到一阵恐惧，他不能叛国。可是，他现在还能顺利地回到自己的祖国吗？他还能回到自己深深爱恋的妻子吴君玫身边吗？他现在可以断定，方鸣的什么特情任务，纯粹是狗屁谎言。只不过，现在韩浩平还不知道老八带他出来的真实用意是什么。他心里默默告诫自己：镇静！镇静！

中年男人给老八和韩浩平各泡了一杯浓茶，又从柜子里取出来一个精美的瓷罐，拿出了三件亮闪闪的金属盘子，招呼老八和韩浩平坐下。韩浩平不知道中年人要干什么，怔怔地坐下来喝着茶。却见老八熟练地用一个比掏耳勺大不了多少的小勺子，从瓷罐儿里挖出一丁点儿白面粉一样的东西，放在金属盘子上，又把金属盘子放在一个架子上，架子下方燃起一盏酒精灯。老八手持一根长长的吸管，一端含在嘴里，一端对着金属盘子上的白面。随着酒精灯的燃烧，盘子上的白面化作一团烟雾，顺着吸管进入老八嘴里。老八长长地憋了一口气，又喝了一口浓茶，闭上眼睛，显出飘飘欲仙的样子。

原来老八在吸毒！这是韩浩平第一次近距离看到吸毒的情景。

韩浩平突然意识到自己已经陷入一个十分危险的境地，他本能地想起身离开，但突然又觉得这是一个愚蠢的决定。如果现在是在国境以内，以韩浩平的身手，摆脱这两个人的纠缠是没问题的。而此时此刻，他却置身于一个完全陌生的异国他乡，没有一个人能够帮他，可能连语言都无法交流，搞不好，甚至会丢掉自己的性命。他现在唯一能够做的，就是静观其变。

果然，中年人指了指桌上的另一张金属盘，向韩浩平做了个邀请动作。

韩浩平强装镇定地笑了笑，摆摆手表示拒绝。

中年男人脸上露出愠色:“看不起咱家?”

韩浩平急忙解释:“没有,没有,我真的不会。”

一旁的老八睁开眼,把憋了半天的那口气,长长地吐出来,对中年人说:“龙哥,我这个韩哥刚上道,不用勉强。过不了几天,只怕你的面儿供不起他。”

被唤作龙哥的人脸色和善了一些,对韩浩平说:“这位兄弟,人生如梦,抓紧胡弄。面盘一端,赛过神仙。今生烟不抽一口,死了不如一条狗。”

龙哥的一套歪理,没有引起韩浩平的在意。老八嘴里吐出的余烟在空气中弥漫开来,却让韩浩平感觉到异香扑鼻。他是第一次见人吸毒,也是第一次被动地吸入二手毒品。怪不得毒品对人有那么大的魔力,原来身临其境竟有如此美好的感觉。此时的韩浩平真有种试吸一口的冲动。

在龙哥家里住了一个晚上。龙哥叮嘱韩浩平不要轻易离开房子,说这里一到晚间遍地是毒蛇,一旦不小心被咬伤,会有生命危险。韩浩平不知道龙哥的话是真的还是说来吓唬他不要私自外出。他也只能豁出去横下一条心,吉凶祸福听天由命。

第二天,龙哥带着老八和韩浩平乘车驶进一座小城。老八和龙哥一路相谈甚欢。韩浩平却始终困意不减,昏昏欲睡。下车后,韩浩平又抽了老八递过来的一支烟,方才觉得精神了些。看着这座城市的景象,韩浩平觉得和国内农村的小集镇没有太大区别。店铺外边的招牌上仍然大部分使用汉字。侧耳一听,人们交谈的语言,虽然听不懂,但却并不陌生,很像国内某个地方的方言。韩浩平问老八这是啥地方,老八说是果敢,掸邦国的大城市。

他们依然找了个酒店住下,但这个酒店的条件却实在差得不成样子。小院子一圈平房,院子地面是碎沙砾铺成的,院子角落有一个公共厕所。如厕时,一排粗糙的水泥蹲坑,下面是贯通的粪池,一团一团的蛆虫在池子中蠕动着,泛出的一阵阵恶臭让人窒息。客房内的简陋程度更是令人咋舌，一张简易木板上铺着草席，席上摆了一床深色的被子，估计长年没有拆洗。一张小桌子旁放着一条凳子，桌子上摆着已在国内绝迹多年的竹皮保温瓶。房子四周的墙皮有不少地方已经脱落，残留的石灰面上布满了波浪状的水渍，显示着房子屡遭雨水侵蚀的历史。

韩浩平有一种穿越的感觉。正赶上饭点儿，龙哥带着老八和韩浩平在餐厅用餐。餐厅在酒店的另一个角落，与公厕相望。就餐的人分不清是住客还是酒店的工作人员。厨师把米饭和菜打在托盘里递给每一个人，大家分别围站在几张大圆桌四周，自顾自吃饭。这种情景让韩浩平想起了当年的军营生活，士兵们正是在这种状态中填饱肚子的。托盘中的米饭像是用很多的油炒过，淡淡地发着亮光，米饭的配菜是鱼片和煎姜。老八说这是拌饭。韩浩平尝了一口，一股浓浓的咖喱味，但不算难吃。

吃完饭后仍觉得困乏，老八又给韩浩平把烟点上，不怀好意地说道："韩哥，兄弟的烟可贵着哩，你不能老蹭了。"

韩浩平猛吸了几口："几根烟你计较，回国我还你几条。"

老八不怀好意地笑了一下："只怕你买不来我这种烟。"

韩浩平一惊，把抽剩的半截烟头从嘴里取下来，拿在手上端详了半天，又看了看老八，只见老八一副得意相。韩浩平脑子里飞速地转着老八这几天给他抽烟的情景，猛然醒悟，原来老八在烟里做了手脚。

满腔怒火像火山一样爆发出来，韩浩平不顾一切地挥起拳头朝老八砸去。老八往旁边一躲，韩浩平扑了个空，后腰却被龙哥抱住了。

韩浩平发了疯一般要跟老八拼命。一看有人打架，吃完饭的人呼啦啦围上来一大圈，像观赏表演一样，似乎个个希望打斗进入高潮。老八挑衅地指手画脚，韩浩平用世界上最恶毒的语言咒骂着。

龙哥一看阻挡不住，高声喊了几句听不懂的话。话音一落，人群外挤进来一个穿着短袖制服的人，韩浩平搞不清他是警察还是军人，情急之下指着老八说："这个流氓给我烟里下毒。"穿制服的人却无意听取韩浩平的指控，用生涩的普通话说："这里不准打架，再打就把你们关起来。”

像泄了气的皮球一样，韩浩平耷拉下了脑袋。看客们纷纷散去。院子里只剩下老八、韩浩平和龙哥三人。老八故作轻松地又点着了一根烟，一边吐着烟圈，一边嘴里哼起了小曲。

韩浩平突然仰起脖子，对着天空发出一声瘆人的大叫，老八和龙哥一时没反应过来。正当老八吃惊地睁大眼睛不知所措时，不防韩浩平使出吃奶的劲儿，飞起一脚，踹在老八后腰上。老八一声哀号被踹出去足足两米，趴在地上跌了个结结实实的狗吃屎。

韩浩平把自己关在房间，躺在简易木板床的草席上，痛苦不堪。他万万没想到，自己精明了半辈子，竟然在这个小阴沟里翻了船。他回忆着从汉京机场与老八见面之后的每一个细节，在咖啡厅里，老八殷勤地给他敬烟，他总共抽了老八两支烟，怪不得坐上飞机时他困得眼皮都睁不开。到了昆明、景洪和打洛，老八依然给他烟抽，每次抽完烟后他都有异样的感觉，而他竟然浑浑噩噩，丝毫没有察觉出老八的险恶用心。

一个圈套，一个纯粹的圈套，韩浩平知道自己被套牢了。

这一切，到底是老八一个人的恶行，还是老八和方鸣合谋定下的诡计？韩浩平现在可以断定，方鸣从安排他搞特情经营活动开始，就没安下好心，所谓的特情工作也纯系杜撰。只是方鸣为什么瞅上他韩浩平，难道他另有所图？而方鸣的真实身份到底又是什么？方鸣十几年来的经历韩浩平是知道的，这个人从派出所干副教导员，到担任缉毒大队大队长的过程，不容置疑。难道方鸣是黑白线上的双料人物，白道上是公安干警，黑道上是毒贩子？还有，这一次给他下毒的事，无疑是老八想用毒品控制住他。可这到底是谁的主意，是老八自己，还是方鸣授意？

韩浩平在心底里给自己鼓劲。目前自己是孤身一人，没有任何人能够给他提供帮助。在这片闻名世界的毒品生产基地，想要借助当地的政府或者军警人员，帮他收拾老八这类从事毒品交易的外籍人员，无异于白日做梦。可是他已经离开了自己的祖国，他必须想方设法回去。然而怎么能够回得去呢？他是偷渡出来的，也许只有再偷渡国境潜回中国，他才有自救的机会。可是没有向导，这一切都是幻想。怎么办？怎么办？

三十八岁的韩浩平遇到了有生以来最大的麻烦。

韩浩平想起了老八的名字“杨子荣”，这个让亿万中国人如雷贯耳的英雄称号，却让这么一个流氓无赖给玷污了。而他自己，一个自以为身负使命的傻瓜，却被这个“杨子荣”骗进魔窟，这是多么滑稽的闹剧呀。他脑海中又浮现出过去不知看过多少遍的电影《林海雪原》中的情景，孤胆英雄杨子荣在杀机四伏的威虎山上，机智勇敢，利用敌人内部矛盾借力发力，终于与小分队里应外合全歼了座山雕一伙顽匪。此刻，他韩浩平的处境，与杨子荣所处的境地何其相似。只不过杨子荣是真正打进匪窟的英雄，而他却是由于天真幼稚误入魔窟。

韩浩平分析着老八此行的目的。他可以肯定，老八是为了贩毒而来的。这里是毒品的产地，老八必然会带上毒品再次偷越国境潜回中国，而韩浩平想要脱身也必须回到中国的国土上。显而易见，靠韩浩平个人的能力，他是无法回国的。韩浩平当兵的时候，曾经接受过野外生存训练，至今他还记着教官的一句话：“深陷绝境，只考虑保命，只能顾眼前，过了这道坎，前面就有希望。”当下就只能顾眼前了，而要过这道坎，唯一的方式是和老八合作。

一阵困意又向韩浩平袭来。韩浩平明白，自己已经染上了毒瘾。现在，后悔与诅咒已经无济于事，他要用意志与身体抗争。可他此时有这种抗争的条件吗？离开了老八的烟，他除了困乏之外，哪里有力气做事，更不用说去面对千变万化的险恶局面。

强打着精神，韩浩平痛定思痛，他决定采取一切手段麻痹住老八。他要让老八相信自己已经完全被控制，成了俯首听命的小跟班。现在他与老八斗勇已经失去了基本的条件，只剩下斗智一条。他相信自己在智商上胜过老八一筹。此时此刻起，他要将计就计，掌握老八一伙的罪证，套取尽可能多的信息，最后在中国的领土上，把老

八、方鸣等人统统送上庄严的审判台。至于他自己，他要在完成这桩使命后走进戒毒所，权当这一段是他人生道路上一次惊魂夺魄的历练。

敲开了隔壁老八的房门，韩浩平看见老八正趴在床上，嘴里哼哼唧唧地呻吟着。龙哥正坐在凳子上抽着烟。

韩浩平装作余怒未消的样子说："给老子一根烟。"

老八侧着脸翻了一下白眼没有说话。韩浩平走到床前撩起老八的上衣，用手掌在老八的后腰上搓了一阵子。一会儿工夫，老八坐了起来，递给韩浩平一根烟说："你小子还算够哥们儿。"

韩浩平猛吸了两口烟，大大咧咧地说："我平生最恨背后下黑手的人。你他娘做事不光彩，干吗偷偷摸摸地算计我？"

老八说："兄弟就怕你跟咱们不是一条心。"

韩浩平把手伸到老八脸跟前："给我一盒烟，别老让我跟叫花子一样，一根一根地问你讨着抽。"

老八从兜里摸出大半盒，正想数数还剩几根。韩浩平闪电般地一把夺过来："全部没收。"

老八苦笑着说："你得节省着抽。"

在果敢住了三天，老八和龙哥频繁地外出。韩浩平却一直无所事事地待在房间。他多次毒瘾发作，但却硬是忍着不去轻易点老八送他的烟。韩浩平数了一下，老八送他的半盒烟还剩下十三根，他要把这些烟留在最需要身体给力的时候。在房间待着的时候，正是他戒毒的时候，他要想方设法降低生理上对毒品的依赖。每每犯瘾的时候，他就咬紧牙关，用拳头捶打着脑袋，用手指掐自己的腿。实在扛不住时，他把烟点着吸上一口赶紧摁灭。

这天晚上，老八喜滋滋地把韩浩平叫到自己房间，指着桌上两包油纸包着的东西说："明天该回去了。"

韩浩平解开一个油纸包，一堆白生生的粉面儿呈现在眼前。韩浩平问道："这些要多少钱？"

老八阴阴地笑了一下："这要看咋说了，在这里一克二十块钱，这两包总共五百克，也就一万块钱。"

韩浩平说："咱那边可是批发都卖到五十块钱一克啊。"

老八说："五十块钱不假，可那是兑过的。"

韩浩平问："咋兑？"

老八说："一克这边的纯品兑九克头疼粉和小麦面粉，一克变十克，你说是啥价钱。"

韩浩平掰着指头一算，这一万块钱的毒品，在汉京零售价竟然高达二十五万元。天哪，这就是毒品的暴利，怪不得那么多人冒着杀头的风险做这种营生。

韩浩平想从老八嘴里套出一些有价值的信息。他装出贪婪的样子："这些东西送回去跟咱有啥关系？"

老八显出玩世不恭的样子："见了面，分一半，不让你老兄白跑一趟。"

韩浩平说："可方大队长那边……"

老八哈哈大笑："那个王八蛋向来都是吃现成，不过他还得拿个大头。"

韩浩平做出吃惊的样子："你是说方鸣不是为了缉毒？"

老八说："这个吸血鬼就是吸着我们的血过日子。"

"方鸣为啥要把我拉进来？"韩浩平问。

老八张开嘴刚要说话，却好像又想起了什么，闭着嘴没有作声。

韩浩平岔开话题："再给我一根烟。"

老八吃惊地问："那盒抽完了？"

韩浩平说："抽完了。"

老八无可奈何地摇摇头："没想到你上道这么快。"

老八变戏法似的又拿出一包烟。韩浩平问："这烟是你加工的？"

老八神秘地一笑："回头我教给你。"

两个人吞云吐雾之间，韩浩平试探着煽动老八："干这营生利这么大，咱自己担风险，干吗要让人家吃现成？”

老八显出很老到的样子：“这你就不懂了，有钱大家挣，相互得有分工，连大街上绺包的都还有望风的、下手的、掩护的、挨打的，这就叫协同作战。”韩浩平做出恍然大悟的样子。

“我啥也做不了。”韩浩平脸上露出些许遗憾，“你们都是能人，我就会开车，只能拖累你们。”

老八嘴里吸了一口烟，鼓着腮帮子摇着头，又从鼻孔里喷出两根烟柱：“你是做生意的，你老婆也是做生意的，你们认识的老板多，能给咱拉来多少下线？”

韩浩平一听这话，心里明白了。方鸣这个十恶不赦的王八蛋，分明是瞅准了他和妻子这一对猎物。他眼前又浮现出妻子在商铺里忙碌的身影，心里隐隐作痛。

“明天回去，我干啥事？”韩浩平问道。

老八说：“你当好骡子就是了。”

韩浩平这下真的不理解了：“啥叫骡子？”

“骡子你都不知道？”老八把眼睛睁得老大，却突然又像明白过来，“也是你刚上道，不知道咱们道上的话，骡子就是专管运输的。等明天到了国内，我会把货装在洗发水和护发素瓶子里，交给你带上飞机。干我们这行的，骡子一般都是新手干。”

韩浩平这下算是彻底明白了，他被裹进了一个犯罪团伙精心编织的大网中。先是被方鸣无意中瞄到，遂被确定为猎物，接着骗他上道，给一些甜头，最后安排一次罪恶的旅行，既让他染上毒瘾彻底控制住他，又让他充当骡子把货物运回汉京。此时的韩浩平恨不得把老八撕成两半。他咬紧牙关，腮帮有些哆嗦，担心老八看出来，他把头转向一边。

他们终于离开了果敢。在龙哥的陪同下，韩浩平和老八又回到了边境界河一侧龙哥的家，简单地吃了些东西，龙哥又拿出那一套吸毒的用具。这一次，韩浩平主动提出来让他也来一口。拿起吸管的时候，韩浩平故意装出哆哆嗦嗦的样子，把金属盘子上白面儿燃烧的白气吸了一丁点儿到口中。他这样做的目的，一来是麻痹老八和龙哥，二来也想让自己已受到毒品侵蚀的身体在偷越国境时能有好的表现。

离开龙哥家，天下起了蒙蒙细雨。龙哥说这正是好机会。沿着来时的路，韩浩平和老八又到了乱草丛生的河边。老八把手指搭在嘴里长长地吹了一声口哨，不大工夫对面那条似船似筏的大板又划过来，上头仍然坐着那天送他们过来的那个黑瘦汉子。老八拉着韩浩平跃上船，轻轻地向对岸漂去。

筏子一靠岸，韩浩平迫不及待地跳下船，双脚一着地，韩浩平一颗悬着的心终于落下来了。几天几夜，他无时无刻不在高度的警惕中经受煎熬。那种度日如年的感觉，让他平生第一次领悟了一个没有祖国庇护的人是何等的可怜。现在，他终于踏上了祖国的领土。

河边的一棵树上落了一群山鸟，韩浩平一时心血来潮，捡起一颗小石子扔了过去，呼啦啦一大群鸟儿飞起来。带路的黑瘦汉子转过身来，一脸怒气地盯着韩浩平。韩浩平歉意地笑了笑，三个人继续朝前赶路。

“站住！”身后突然传来一声喝令。

韩浩平回头一看，林子里出现了几个武警打扮的人。

老八惊叫了一声：“糟了，边防警。”黑瘦汉子把手一挥，老八撒丫子向前跑去，韩浩平也本能地撒开腿跟着老八跑开了。

“再不站住就开抢啦！”武警高声警告。

黑瘦汉子和老八却并没有停下脚步的意思。

“砰”的一声，武警朝天开了一枪。

没想到黑瘦汉子从腰里拔出一支枪，转身也开了一枪。原来这帮人干着武装走私的营生。

武警遇到了武装抵抗，遂端起冲锋枪一阵扫射。“啊呀”一声，黑瘦汉子中弹倒地。剩下老八和韩浩平依然向前狂奔。随着不绝于耳的枪声，韩浩平能感觉出子弹嗖嗖地擦肩而过。

受过军事训练的韩浩平明白，要想脱离追击，最好的办法是利用地形迂回奔跑。看着气喘吁吁的老八，韩浩平突然清醒过来，后边的武警正在履行正义的保疆卫土的使命，何不利用这个机会让老八受到惩处呢？

韩浩平伸出脚尖使了个绊子，老八一跤摔在了地上，半晌爬不起来。韩浩平朝斜刺里一个就地十八滚，顺着一个坡道滚了下去，停住身时，发现旁边有一堆浓密的灌木丛，顾不上刺棵子划破身体的疼痛，韩浩平钻进灌木丛，把自己严严实实地藏起来。

透过灌木丛，韩浩平看见端着冲锋枪的武警呈半包围状态向老八靠近。老八已经从地上爬了起来，两腿打着弯站在地上。忽然，老八从包里掏出那两包东西，扬手好像准备扔出去。但没等到那包东西脱手，武警的枪口喷出一串火舌。老八像一条死狗一样趴在地上一动不动。

无恶不作却又蠢笨无比的老八显然是想扔掉毒品毁灭罪证，却未曾料到被武警当成投掷手榴弹之类的爆炸物品，顺理成章地开枪将其击毙。不管怎么说，老八也算是罪有应得。

躲在灌木丛中的韩浩平看着眼前发生的一切，心情极为复杂，可谓是亦喜亦忧。喜的是这些贩毒分子倒在了正义的枪口下，有多少人免受毒品之害，他自己的仇恨在一定程度上也算报了。忧的是自己依然处在危险的状态下，此刻他稍有动作，照样会招来一阵冲锋枪的扫射。再说即使是活着被抓住，他也是百口莫辩，没有人会相信他是被骗上道的无辜之人。韩浩平认真思索着，觉得当下最理智的做法，是逃过边防警察的眼睛，顺当地回到自己生活的汉京城。

边防警察从老八的尸体上取下了两包货物。一个小战士就地打开一看，几个人不约而同“啊”地惊叫一声，其中一个年岁稍大的人说：“逮了这么大一条鱼。”另一个人说：“可惜溜了一条。”小战士又把老八尸体翻了个遍，掏出一堆东西递给年岁稍大的人。韩浩平估计是老八的身份证，钱夹或是香烟之类。年岁稍大的人又在老八尸体上踢了两脚，说：“撤！”几个人朝韩浩平相反的方向走去。

韩浩平略略松了一口气。他庆幸自己没有被发现，他更庆幸自己在逃跑的过程中没有被流弹击中。他想起刚才在河边用石块轰起了一群小鸟的事，怪不得黑瘦汉子恼怒地盯着他。说不定就是惊飞的那群小鸟招来了边防警察。如果真是那样，一切都似乎是天意。

老八的尸体就在几十米开外，武警肯定会在不久后过来收拾尸体。韩浩平知道自己的危险依然没有解除，他必须尽快离开这个是非之地。估计那三个边防警察已走出半里地，韩浩平小心翼翼地从灌木丛中钻出来，顺着记忆中前几天走过的路狂奔起来。

终于穿过了那片竹林，前边不远处就是黑瘦汉子的竹楼。韩浩平突然意识到，此时孤身一人去黑瘦汉子家必然引起怀疑，搞不好自己会第二次陷入魔窟。他必须绕开这条道，只要走到公路上就安全了。他一边想着，一边无意中用手摸了一把脸，觉得黏糊糊的。伸开手掌一看，竟然满手鲜血，他觉得脸上一阵火辣辣地痛。他这才想起来，刚才躲进灌木丛的时候，密实的刺棵子把自己扎得体无完肤，紧张之中他竟然没有感觉出丝毫的疼痛。

不远处地上小坑中有一汪清水，估计是积聚的雨水。韩浩平在水坑边蹲了下来。透过水面的反射，他看见自己满脸血丝糊拉，头发脏而凌乱，衣服多处被划破。现在这个样子，也许会被人当作逃犯。韩浩平用手捧起一掬水朝脸上一泼，又是一阵刺痛。他强忍着疼，把脸上的血迹擦洗干净。

韩浩平找到一条田间地埂，绕了一个大圈子，终于走到了铺着砂石的公路上。虽说是公路，却看不见汽车的影子。韩浩平估计这是一条连县道也算不上的乡村公路，他盼着能有农家的机动车辆路过。

果然，不大工夫，一辆三轮柴油车随着“咚咚”的轰鸣声由远而近，韩浩平站在路中央，伸开双臂做了个拦车的动作。开三轮车的是个五十岁上下的男人，饱经风霜的脸上布满了皱纹。韩浩平夸张地给开车人弯腰鞠了个躬说：“大爷，您把我捎到打洛。”开车人“啊啊”了几声比画了几下，却始终摇着头。韩浩平估计这位大爷可能是傣族人，他情急中捡起一根树枝，在地上写了“打洛”两个字。开车人明白过来，“啊啊”地说着话，点着头，让韩浩平上到后车厢上。随着又一阵“咚咚”的声音，韩浩平明白，自己终于脱险了。

万幸的是，韩浩平贴身的小包没有丢掉，身份证、钱夹，还有老八送给他的烟都还在。依靠这些东西，经过两天的辗转折腾，韩浩平回到了汉京城。

已经是万家灯火的夜晚。韩浩平站在自家楼下，看着楼上熟悉的窗户，灯还亮着。韩浩平眼中溢出了说不出是高兴还是伤心的泪水。他摸摸自己的脸，划破的伤已开始结上硬痂。他知道妻子看见他这副模样，一定会心疼不已。为了让自己显得精神一些，他从那半包特殊的烟里又抽出一根，痛苦地划着火柴给自己点上。随着烟卷嗞嗞地燃烧，他脑子里一遍一遍盘算着如何向妻子解释这几天发生的一切。

“叮咚”的门铃声只响了两下，吴君玫就打开了房门。一看到多日不见的丈夫，顾不上关门，吴君玫忘情地双臂搂住韩浩平。韩浩平也紧紧抱住妻子，用脚轻轻地带上房门，然后扳起妻子的脸，把双唇紧紧地贴在妻子的嘴巴上。韩浩平和吴君玫虽不是青春伴侣，但彼此的特殊经历，让两个人的情感丝毫不亚于初婚的年轻人。两个人结婚虽已有几年时间，但彼此之间的分离却从来没有这一次时间长过。偶尔吴君玫上南方进货，多半都是今去明回，顶多也不过三天时间。而这一次韩浩平外出，一走就是一个礼拜，让吴君玫真有些既不适应又挂念不已。

两个人热吻了好久，吴君玫从韩皓平怀里挣脱出来，想去给韩浩平倒杯水喝。忽然，灯光下她看见韩浩平脸上的划伤，惊问韩浩平是怎么搞的，一边心疼地用手抚摸着韩浩平的脸颊。

韩浩平轻轻地把妻子的手握在掌心，装出若无其事的样子说:“那天跟战友们在一起喝得太猛了，独自上厕所时跌了一跤，把脸在树枝上划伤了。”

吴君玫打了个寒战:“你喝醉了也没个人扶你，万一树枝戳到眼睛里，可咋办呀？”

韩浩平呵呵笑着:“我这个人福大命大造化大，再说有这么个好老婆佑着，出不了事。”

吴君玫嗔怪丈夫出去这么多天的时间，竟然不给家里打个电话。韩浩平解释说这几天跟战友不是吃饭就是在外边疯玩，身边没有电话，实在不方便。

吴君玫说："我有两件喜事要告诉你，你先猜猜。"

韩浩平闭着眼想了一会儿说："这个月服装店的利润过三万元大关了？"

吴君玫摇了摇头。

韩浩平想了想又说："税务所给咱们定税的事情有眉目了？"

吴君玫还是摇了摇头。

韩浩平又想了一阵，突然眼睛一亮："你有了？"

吴君玫夸张地点了几下头。

韩浩平激动地弯下腰把妻子两腿一抱，就势在空中转了几个圈。

吴君玫两只胳膊在空中划拉着，小声尖叫了几声，用巴掌在韩浩平头上拍了几下。

韩浩平说："我又要当爸爸了。"

吴君玫说："我还愁着给孩子办准生证的事呢，咱俩可都是二胎，当心让人家给计划掉了。"

韩浩平说："车到山前必有路，活人不会让尿憋死。"

吴君玫又让丈夫猜猜第二件喜事。

韩浩平说："我真的猜不出来，你直接告诉我好了。"

吴君玫说："你出去几天时间，不给我打电话，搞得我操心睡不稳觉，我知道你找不到电话机。这不电信局开始发售'大哥大'，我前天找人，中间花了些手续费，给咱拿回来两个机子，是九百兆的，省内能用，出了省还可以自动漫游。"吴君玫说着从床头柜里拿出两个印制精美的纸盒子。

韩浩平一看牌子，是市场上最新款的翻盖式摩托罗拉。他有些心疼地问道："得多少钱？"

吴君玫说："咱们店两个月的收入。"

韩浩平说："四万多块，太贵了，买一个就行了。你常在外边跑，我用不上。”

吴君玫说：“你个大老爷们儿空着手，我倒是先拿上了大哥大，你没啥，我还怕别人笑话咱家母鸡打鸣，公鸡下蛋哩！”

韩浩平再一次感动地把妻子紧紧搂在怀里。

晚上，两个人依旧温存一番。吴君玫很快进入甜蜜的梦乡。韩浩平却一直无法合眼。本来，他是多么幸福的一个人，这么漂亮、温柔、贤惠、能干的女人跟了他，也不知是自己上辈子哪一代人烧了高香。他本可以过上人见人羡的小康生活，而今却因为一念之差误入歧途，已经拥有的这些美好生活也可能很快化为乌有。他自作自受倒也罢了，给无辜的妻子造成伤害，让他情何以堪？

他恨方鸣，他恨老八。老八罪有应得，已死于非命，而方鸣却仍然道貌岸然地头顶警徽，人模狗样地干着坏事。这口恶气他一定要出。为了自己、为了社会、为了正义，他要想办法除掉这个祸害。

天快亮的时候，韩浩平终于昏昏沉沉地睡着了。吴君玫却是早早醒来。看着熟睡的丈夫，她轻轻地起床穿好衣服，替丈夫掖好被角。洗漱完毕，她又给丈夫备好了早餐，就急匆匆出了门。待韩浩平醒来的时候，窗外已是日上三竿。韩浩平洗罢脸，把妻子准备的早餐吃过，未等把用过的餐具送到厨房清洗，又觉得一阵难以抵挡的困乏袭来。他知道自己的毒瘾又犯了。现在他有两项选择，一是继续躺到床上去，忍受毒瘾的折磨，但必然会被回家的妻子发现端倪；二是抽上一支烟，出门照常工作，但却任由毒瘾在自己肌体内继续猖獗，愈演愈烈。痛苦的韩浩平使劲扯着自己的头发，理不出头绪来。

韩浩平不知道方鸣知不知道老八的死讯。现在，该是他去找方鸣，还是等着方鸣来找他。他见了方鸣，又该说什么？是向方鸣汇报发生的情况，还是质问方鸣其中究竟，甚或是揪住方鸣痛揍一顿，但似乎都不合适。他现在最麻烦的是手头没有任何证据，而方鸣有职有权，事业上如日中天，凭着他的一己之力，能斗得过方鸣吗？搞得不好，说不定会被方鸣反咬一口。

韩浩平突然想起了白川。这个为人正派、敢作敢为的年轻人懂法律，或许他能助自己一臂之力。

现在，如果单纯拒绝毒品，韩浩平根本没有足够的体力来完成他的事业。他要收拾方鸣，他还要把那个小店撑下去。妻子已经有了身孕，他要更多担待一些。现实不允许他立即倒下，他得挺住。

韩浩平又抽出一支特殊的烟点着。他数了数烟盒中剩下的烟，还剩下五根，这些烟现在成了他维持正常生活状态的食粮，未来的一段日子，他还得自己想办法解决后续的补给问题。上一次老八给他供的货还没有售完，剩下的余货再也不可能外销了，他得留下来为自己解决不时之需。

白川辞职的事，韩浩平已经知道。共同的命运，让韩浩平觉得和白川之间的亲切感又增加了几分。他在公用电话簿上找到了京法律师事务所的电话，试着用妻子购置的大哥大拨出了电话。这是韩浩平生平第一次用这种没有连线的神奇工具拨打电话，一阵清晰的待机声音过后，话筒里传来了问话声。韩浩平说找白川律师，对方说白律师出去了，估计一个小时左右回来，并问要不要留言。韩浩平说了声谢谢，就摁了挂断按键。通完话，韩浩平把“大哥大”在手上摆弄了好一阵子，不禁又感叹科技进步给人们带来的方便。他想，如果世界上的人都能够远离罪恶，和谐共处，该有多好。而偏偏就在社会进步的同时，方鸣之流让人不得安生，真是可恶之极。

知道白川一个小时左右会回到办公室，韩浩平索性直接下楼，打了一辆出租车，不大一会儿赶到了汉京大学。

韩浩平没上过大学，对校园有一种由衷的敬重，看着三三两两夹着书本、背着书包往来穿梭的学子，心里生出一种说不出的滋味。此生他最大的遗憾是没有给肚子里装上太多墨水。韩浩平想起最初和吴君玫为了生意上的合作走到一起时，一份合作合同让他绞尽脑汁无处下笔，而白川三下两下写出的东西让他打心眼儿里折服，怪不得人说知识是财富，知识是资本。如果有来生，他一定不会在年轻时错过读书的机会。

韩浩平打听到京法律师事务所的办公地点在法学系的行政办公楼

上。他直接上了楼，一眼看见白川正在楼道上整理东西，好像是准备搬家。韩浩平悄悄走过去，在白川后背上拍了一把。

白川回过头，看见韩浩平站在眼前，感觉几分意外："老韩，啥风把你给吹来了？"

韩浩平说："我是听说你辞职下海了，咱哥儿俩半斤八两，就一直想来找你叙叙旧。你这是要搬家吗？"

白川说："律师事务所原来占着学校的办公楼，名义上是教学基地。现在政策要求律师事务所自收自支，不能再无偿占用学校办公室了。这不刚在学校门口租了几间门面房，跟你一样，开了铺子。"

韩浩平哈哈一笑："说是半斤八两不算，还是王八瞅绿豆，对上眼（缘）了。"

白川笑着带韩浩平进了凌乱不堪的办公室。

"老韩，买卖兴隆吧？"白川倒了一杯水给韩浩平，"你今天又是来让我给你写合同？"

韩浩平半带开玩笑地说："我有个法律上的事想把你咨询一下，待会儿我给你付咨询费。"

白川说："也不知道你的这些信息是从哪里听来的，把律师都当成唯利是图的人。你以后有时间常来我这里，我给你付探视费。"两个人说笑了一阵。

"白川，你别见怪，我的确是无事不登三宝殿。"韩浩平心里着急，话很快转入正题，"我想问问，线人的身份合法不合法。"

白川一愣："这还真是个不太好回答的问题。"白川想了想又说道："确切地说，这是个灰色地带，其实它是国家机关在收集信息和线索过程中，因为手段有限，不得已而为之的一种工作方式。这个环节没有明确的法律依据，线人的行为往往也很难界定，一定程度上破坏了法制。"

韩浩平又问："公安局的人会不会以发展特情人员为名义搞违法犯罪活动？"

白川说："任何部门都可能混进坏人。所谓的特情工作往往会成为内鬼违法乱纪的遮羞布。前几年发生过一个真实的案例，一个公安缉毒民警为了立功，和一个所谓的线人勾结做局，把数量巨大的毒品藏在一辆出租车上，‘破获’案件后，差点儿给出租车司机判处死刑。”白川觉得韩浩平提出了一个怪异的问题：“老韩你是不是遇上麻烦事儿了？”

面对白川真诚的关心，韩浩平真想把自己的实情和盘托出，但想了想还是忍住了。他顾忌白川认识方鸣，顾忌这事一旦让第三个人知道，他会丧失退路，毕竟他和白川目前还算不上推心置腹的朋友。韩浩平搪塞着说：“我的一个朋友，在农村老家有些事，跟公安局警察干上了，那警察是个坏人。”

白川说：“告诉你朋友，黑的永远白不了，白的也永远黑不了。凡事得多动脑筋，谨防让坏人披着合法外衣给算计了。”

“我想让朋友去举报那个公安，”韩浩平说，“我就是不知道该给谁家举报，咋样举报？”

白川说：“公安局内部有纪检监察部门。如果那个警察涉嫌犯罪，也可以直接到检察院去举报。”白川找出一本《法律法规汇编》，翻了一阵又说道：“不过我有些担心，你朋友手头可能没有证据。一般情况下，那些没有证据支持的举报，大部分会被压在案头，长期搁置。另外，一旦举报，还要注意举报人的安全，那些丧心病狂的人什么事都能做出来。”

白川说的最后一个问题，正是韩浩平心里最担心的。方鸣是个心黑手辣的家伙，一旦发现韩浩平和他叫板，必然会使出浑身解数置他于死地。而他手头没有任何证据。凭着身上那一张皮子和手中的权力，方鸣会输给他吗？

从白川办公室出来，韩浩平心事重重地赶回店里。自己一个多礼拜不在，店里的经营看起来仍然井井有条，他不得不佩服妻子的管理能力。店员告诉韩浩平，说他外出这一段时间经常有人来找韩老板。韩浩平知道来找他的人大都是购买特殊货物的。他告诉店员，从今往后有人找他时，除非他在店里碰见，否则一概说他不在。

韩浩平把自己关在办公室里，取出了没有卖出去的特殊货物。看着那一包一包害人的东西，他真想一把火烧掉。可是理智又告诉他不能那样做，因为他暂时还离不开这些东西。他现在要试着自己制作一些特殊的香烟。他拿出一盒普通香烟，打开倒出烟卷，试着用针挑出烟卷前头的烟丝，灌进一些白面。他知道不能多灌，那样会让他的毒瘾更大，但少了又起不到作用。灌进白面后，他又把烟丝填进烟卷。为了检查一下效果，他把自己加工的第一支烟卷点着抽上。一会儿工夫，他觉得来了精神。他成功了。

韩浩平很快加工了一盒烟。看着自己的产成品，他有一种想哭的感觉。从现在起，他再也不是一个堂堂正正的好人了，他成了瘾君子，他得靠着白面儿维持自己的光鲜。他要时时刻刻向所有的人隐藏自己不可告人的一面。对店员，对外人好说，可是对自己的妻子也如此，会让他良心上不安。妻子肚子一天天大起来，他得尽丈夫的责任去照顾她。要尽到责任，更离不开毒品，这种内心的煎熬与折磨他如何去承受？再说，妻子是个很精明的人，他又能瞒得了多长时间？

果不其然，不几天，吴君玫发现了丈夫的异样。白天偶尔相处时，丈夫愁眉苦脸，神不守舍，晚上躺在床上时，丈夫常常辗转反侧。过去激情无限的温存也显得三心二意，尤其是丈夫老在黎明时分躲进卫生间蹲上老半天，待吴君玫随后入厕时就闻见呛人的烟味，这种情形过去绝无仅有。以吴君玫丰富的生活阅历，她隐隐感觉到，丈夫的云南之行，肯定发生什么。她决定抽空跟丈夫好好谈谈，她要用自己的赤诚去保卫她的幸福家庭。

汉京城

HANJINGCHENG

下

平凹题

刘林海 著

作家出版社

第十三章

这一段时间，汉京城各大影院正在热映美国大片《真实的谎言》。早上起来，吴君玫照样给韩浩平备好早餐，走进卧室吻了一下依然赖在床上的韩浩平："你今个下午早些回家，吃完饭你跟我去办个事。"韩浩平含含糊糊答应了一声。等到下午，夫妻二人都早早回了家。吃罢晚饭，吴君玫掏出两张电影票说："这几日人家把电影都看疯了，店员们上班时议论得热火朝天，我跟傻子一样啥都不知道。今晚咱俩也去看一场。"韩浩平问电影是啥名字。吴君玫说是《真实的谎言》。韩浩平说："怪了，谎言都是假的，为什么能有真实的谎言？"吴君玫说："要不然为啥说值得一看。"

这是一部略显惊险而又带点儿搞笑的影片。随着剧情的深入，吴君玫很快全神贯注地投入到跌宕起伏的故事情节中。韩浩平能感觉到吴君玫紧紧抓着自己的一双手在微微出汗。而此时的韩浩平却完全是另外一番感觉，他看着 CDI 高级特工哈里为了事业十几年对妻子隐瞒真实身份，不由得想到了自己目前的处境。但不同的是，哈里是为了国家的利益，而他韩浩平为的是什么？看到哈里与妻子海伦被挟持到热带海岛上时，他眼前不由又浮现出在龙哥家里的那一幕，他的眼眶里噙满了泪水。电影结束，大厅里灯光突然亮起来，吴君玫看到满脸泪水的丈夫，笑着掏出手绢替丈夫擦泪。韩浩平把手绢接过去，一边擦着眼睛，一边不好意思地笑了起来。

回到家，夫妻二人洗漱完毕，相拥着躺在床上，两个人仍然回味着刚才的电影情节。

吴君玫说："浩平，我问你，夫妻之间到底该不该相互隐瞒？"

韩浩平把妻子搂在怀里，深情地说："是夫妻就要坦诚相待，但有时也可能有一些例外。哈里不给妻子说自己的身份，那是他那个职业的纪律要求，再说也是为了保护妻子。所以依我看，为了爱而隐瞒也可以理解。"

吴君玫突然抬起头，一动不动地盯着韩浩平的眼睛："浩平，你爱我吗？"

韩浩平的眼睛中透出了几丝慌乱："你问这话干啥？咱两口子这么长时间了，难道你还怀疑我吗？"

吴君玫说："我就想知道你有没有啥事瞒着我。你隐瞒我的事情真的是为了爱吗？"

韩浩平一下子明白过来，自己这几天的煎熬已经被聪明的妻子看破了。原来今天晚上的电影，是妻子特意安排观看的。

韩浩平再也控制不住自己的情感，十几天来压在心头那块沉重的巨石他实在无法承受了。他需要倾诉，他需要排遣，他需要安慰。在这个世界上，除了没有和他共同生活的女儿外，吴君玫是他的至亲至爱。他没有理由继续对妻子隐瞒实情，他要把一切都告诉妻子，他要乞求妻子的宽恕，他更希望得到妻子的帮助。

韩浩平痛苦地捂住脸，泪水顺着指缝涌出来。

吴君玫一阵吃惊，披上衣服坐起来："浩平，浩平，有啥事儿你说给我听。"

韩浩平伸开双臂，紧紧地搂住吴君玫的腰身，把脸贴在吴君玫的肚皮上。

吴君玫擦拭着韩浩平婆娑的泪眼，坚定地说："浩平，天大的事儿有我们两个人一起兜着，相信没有过不去的火焰山。”

韩浩平披上衣服下了床，在卫生间洗了一把脸，又坐回到床前，半晌没有说话，突然间左右开弓扇起自己嘴巴子。吴君玫惊慌失措地抓住韩浩平的双手：“浩平你别这样，有话好好说。”

一缕鲜血顺着韩浩平的嘴角流了下来。吴君玫又从卫生间拿出毛巾，轻轻揩去韩浩平嘴角的血迹。韩浩平长长地叹了一口气，把自己在农贸社工作期间与方鸣来往，后来在小店偶遇方鸣，受其教唆经营特殊商品，再后来上当受骗参与贩毒并染上毒瘾的事情详细说了一遍。

韩浩平讲述的时候，吴君玫的眼睛越睁越大。待到韩浩平说完，吴君玫的眼睛已变得空洞无神。韩浩平摇着妻子的肩膀说：“君玫，你原谅我吧。”吴君玫却像是尊僵硬的石雕一样没有一丝反应。韩浩平“扑通”一声跪在妻子面前。

多年来江湖上的闯荡打拼，让吴君玫对毒品的可怕程度略知一二。凭着女人的直觉，这几天她感觉出了丈夫的异常，她曾在心里做过最坏的打算，不管发生什么意外她都会坦然面对。她做过种种猜想：是丈夫在经营中上当受骗，经济上吃了大亏；还是丈夫交友不慎，参与赌博背上了赌债；或是丈夫背着自己出了轨；甚或是丈夫患上了某种麻烦的疾病。她独独没有想到丈夫会和毒品打上交道。被世人称作五毒的“吃、喝、嫖、赌、抽”中，唯有最后一毒是不可救药的。她更没有想到丈夫竟在自己辛辛苦苦创建起来的店铺中秘密销售毒品，时间已达半年，而她却浑然不知。

吴君玫把跪在地上的韩浩平拉起来说：“你躺到床上去。”转身朝房外走去。

韩浩平一把抓住吴君玫的胳膊：“君玫，你要去哪里？”

吴君玫拨开韩浩平的手，苦笑着说：“我想一个人静静。”

吴君玫独自坐在客厅的沙发上，心里翻江倒海。她想起了自己生命中遇到的几个男人。无疑，父亲是她最爱的人，也是她少女时期崇拜的偶像，可他却被一场车祸夺去了生命，让她在小小年龄就经受了痛苦的生离死别。她的前夫，那个貌似伟岸的男人，却是十足的变态狂人，让她饱受心理和生理的双重折磨。命运让她碰上了现在的丈夫韩浩平，他的诚实和善良，让她看到了父亲的影子。在韩浩平还有家室的时候，她忘情地投入了他的怀抱，她曾为自己不光彩的“小三”角色感到过羞耻，但她又实在经不住那种从未体验过的炽热激情的诱惑。在韩浩平离婚之后，她觉得愧对韩浩平的前妻魏秀琴，她感激为了她不惜放弃孩子监护权的韩浩平。婚后的日子，她加倍地关爱韩浩平，甚至把烟酒百货店交给韩浩平独自打理，初衷也是为了维护丈夫男子汉的尊严。可是她万万没想到，自己的丈夫现在竟然吸毒、贩毒。已经走上不归路的丈夫还有回头的余地吗？自己耗尽心血经营的幸福家庭还有维持下去的可能吗？

吴君玫在客厅坐了整整一夜。韩浩平在卧室也一夜不曾合眼。第二天一早，韩浩平走到客厅，惊讶地发现桌子上的烟灰缸里堆满烟屁股。韩浩平从来没见过妻子抽烟，他现在明白，妻子对这件事情的严重性似乎比他看得还重。他默默地在妻子身边坐下，抓住妻子的手，看着妻子布满血丝的眼睛、憔悴的面容，心里隐隐发疼。他的眼神中流露出无奈与乞求，他期望妻子原谅他。

吴君玫挣脱韩浩平的手，站起来理了理头发，走进卫生间，像往常一样洗漱完毕，又上厨房准备早点。做完这一切，吴君玫平静地对丈夫说：“我出去办个事，你在家等着我，一会儿我回来有事跟你商量。”

韩浩平的心里像打鼓一样咚咚作响，他想问问妻子外出有啥事，可他没有勇气张嘴，他甚至觉得自己已经丧失了和妻子平等沟通的资格。

妻子外出后，韩浩平静静地待在家里，他知道自己已经犯下了难以宽恕的罪过。妻子出去干什么他不得而知，他现在唯一能做的就是接受妻子任何形式的处置。如果妻子向他宣布离婚的决定，他会默默收拾好个人物品，深情地给妻子鞠一个躬，感谢妻子给予他几年真正的人生幸福，然后离开这个家。忽然，他想起了妻子与前夫离婚时大闹军代局的事情，妻子会不会去找方鸣？如果那样的话，可就糟了。方鸣那个心狠手辣的家伙，可是什么事情都能做出来的主儿。他不能自己跌进陷阱，又把妻子搭进去。妻子肚子里还怀着他韩浩平的骨血，绝不能让妻子有什么闪失。想到这里，他焦躁不安地在房间里来回走动，真想出门去找妻子，可又担心会越找越乱。情急中，他试着拨打妻子的那部“大哥大”，却听见铃声在客厅响起来，顺声望去，那部新买的移动电话就放在电视柜上。原来妻子出门时并没有带上“大哥大”。看着墙上的挂钟，韩浩平只觉得时间像停滞了一样。

终于，楼道里传来了熟悉的脚步声，韩浩平从沙发上一跃而起打开房门。吴君玫带着室外的凉意走进来，搁下背上的包。韩浩平接过妻子脱下的外衣挂在衣帽架上，又倒上一杯水递给妻子。吴君玫一口气喝了小半杯水，用手背抹了一下嘴唇，无力地坐在沙发上。韩浩平站在妻子身边，目不转睛地盯着妻子的一举一动，等着妻子说出一切意料之中或出乎意料的话。

“我去找律师了。”

一听吴君玫说了个开头，韩浩平心想妻子终于要跟他一刀两断。

“我把你的事向律师咨询了。”吴君玫说，“律师说，法律不会允许任何人假借任何名义从事贩毒的勾当。律师还说，贩卖白面儿累计数量达到五十克，就够上判死刑的标准了。”

韩浩平浑身一震。他想起自己找白川时，只顾着探讨如何应对方鸣的事，却忘了咨询自己犯的事该承担多大责任，而妻子无疑最关心丈夫的法律责任。韩浩平心里盘算了一下，他这小半年卖出的毒品总量，怎么说也会超过五十克。难道说他现在已经犯了死罪？他打了个冷战，浑身一阵哆嗦。

“我舍不得你，我不能没有你。”吴君玫轻轻地说。

此时此刻，再好的消息也抵不过妻子发自肺腑的这句话。韩浩平忍不住双眼模糊，嘴里喃喃地说道：“君玫，我不争气……”

“我明天送你去戒毒所，”吴君玫说，“我问过了，汉京城南三十公里处有一家戒毒所。你去那里，先想办法把毒瘾戒了。”

“我走了，商店的事情怎么办？”看着妻子疲惫不堪的样子，韩浩平痛楚万分。他知道，妻子这几年把服装店的生意搞得越来越红火，人手越来越紧。如果再让妻子两头忙碌，精力和体力都会跟不上。

“商店的事情你不用操心了，生意宁肯不做。”吴君玫脸上露出了不容置疑的神色。

“可是……”韩浩平低下头，“我忍不下方鸣这口气。”

吴君玫咬紧牙关，眼睛里射出了仇恨的光芒：“善有善报，恶有恶报，先让他等着！”

韩浩平不知道妻子心里的想法：“等到啥时候？”

吴君玫却突然舒展了眉头，和颜悦色地说：“浩平，方鸣毁了你，毁了我，毁了咱们的生意，这笔账不能一笔勾销。但现在不是算账的时候。他现在有权有势，我们和他斗，手头一点儿证据都没有。他稍微使点儿手段，你就得蹲大狱，说不准连性命都得丢掉。退一万步讲，就算是把方鸣扳倒了，你也是大罪。用你后半辈子坐牢的代价去跟方鸣斗，我觉得不划算。对付这个人渣，还得想别的办法。”

对妻子的见识，韩浩平由衷地佩服。这个善良而又聪明的女人，历经生活的磨难，在大风大浪面前，总能够准确判断，正确把控。韩浩平想着自己上午担心妻子去找方鸣的事，不免为自己对妻子的小觑感到惭愧。

吴君玫说：“从今往后，你不要再到小店去了。”

“为什么？”韩浩平不解地问。

吴君玫说：“我怕方鸣去找你。”

韩浩平说：“他要想找我还不容易？”

吴君玫摇摇头：“老八的死，方鸣肯定会知道。我估摸着方鸣也担心自己受牵连，会找你订立攻守同盟。一看你躲起来，他知道你怕了，心里也就放下了，也许从此会和你一刀两断。”

韩浩平再一次为妻子的见地深深折服。

韩浩平在戒毒康复所住了一个半月的时间，妻子吴君玫每天和韩浩平打一通电话。在这家相对封闭的戒毒机构，韩浩平是唯一裤带上悬挂“大哥大”的戒毒患者。病区的护士长担心韩浩平与外界的不良人员联系，善意地提醒韩浩平务必不要和外边的毒友通电话，否则戒毒会成为空谈。护士长告诉韩浩平戒毒最重要的环节是心理上的戒除。韩浩平说自己每天都要跟妻子打电话，是妻子送他到这里来的。护士长笑笑说：“要是这样的话，你妻子的电话赛过美沙酮了。”

毕竟毒瘾染得不深，加上韩浩平内心深处对毒品的排斥，短短一个半月，韩浩平成功脱毒脱瘾。

这一天，吴君玫接韩浩平出院。一出康复所大门，韩浩平看见站着的妻子一袭红装，手里捧着一束鲜花，微风吹起一缕秀发在眉宇间飞舞。妻子的身后，是一望无际绿油油的麦田。远处逶迤起伏的群山，像刚刚洗过一样，青翠碧绿。这一切映在韩浩平的眼帘中，是多么美好的一幅画面。韩浩平忘情地把妻子揽在怀里，接过妻子手中的红玫瑰，用鼻子贪婪地嗅着。吴君玫莞尔一笑，在丈夫的脸颊上亲了一口。

“你把我当成荣归的英雄了，搞得这么隆重。”韩浩平说。

“你在我眼里就是英雄。你这些日子不在的时候，我老是在想，如果那个姓方的真是个好警察，没准你真成了英雄。让你在境外遭了那么大的罪，国境线上九死一生逃脱危险，你说你不是英雄是啥？”吴君玫一脸的虔诚。

韩浩平摸不准妻子是调侃还是说心里话，只觉得有些啼笑皆非。两个人上了吴君玫叫来的出租车。坐在后排，夫妻俩一直手拉着手，碍着前面陌生的司机，不方便说话。两个人你看着我，我看着你，眼神中交流着无限的依恋。

回到家，韩浩平迫不及待地问妻子这一段时间的经营状况。吴君玫说：“我把烟酒杂货店盘出去了。”

韩浩平吃了一惊：“君玫，你……？那店铺费了你多少心血！”

吴君玫淡淡一笑：“我想过了，咱家的服装店现在越做越大，人手紧张，再过一阵子，我就该生了，回头还得奶孩子。过去有孩子时我妈给管着，跟娃的感情没培养起来，现在想着有些后悔。这回我得亲自带了，你说我是管娃还是管店？做服装你手生，你先给我打下手，等你熟悉了我就脱手。我跟着你当全职太太不好吗？”

韩浩平有些遗憾地说：“那么好的店卖了怪可惜，你也不跟我商量商量。”

吴君玫正色道：“浩平，盘出那个店是我们唯一的选择。方鸣为啥要瞄上你，不就是因为你有这么一个店？人常说，不怕贼偷，就怕贼惦记。那个店咱继续守着，方鸣能让咱安生？你以前供货的那些主儿能让咱安生？”

韩浩平听完妻子的话沉默不语，想到方鸣又觉得怒火中烧。吴君玫看穿了丈夫的心思，轻轻地说道：“君子报仇，十年不晚。”

吴君玫觉得有些累，和衣躺在床上。

韩浩平坐在妻子身边，看着妻子娇美的脸庞，不觉心猿意马，抖抖索索地想去解开妻子的裤带。

吴君玫轻轻在韩浩平手上打了一下：“我给你宣布一条纪律，从现在起，不准你再碰我。我得替你老韩家的小宝贝站好岗，把好门。要真有个闪失，对不起你老韩家的列祖列宗。”

韩浩平乖乖地缩回了手，讪讪地笑了。

吴君玫抓住丈夫的手贴到自己的肚皮上：“你仔细感觉，小家伙开始有动静了。”

韩浩平摸着妻子的肚皮，只觉得一股暖流涌遍全身，激动的泪水又涌出眼眶。他有些哽咽地说：“君玫，这辈子碰上你，八成是上辈子烧了高香。有你在，我什么都可以不要。”

吴君玫怀孕期间，韩浩平把家务活儿都揽下来，贴心贴肺地照顾妻子，也不时去服装店打打下手。离预产期剩下不到两个月，吴君玫想去南方淘一次货。她对丈夫说：“店里的服装该换季了，得去那边看看新版型，再过一段时间我就出不去了。我想趁现在还能走动时去一趟广州，把后几个月的货定下来，坐月子也就安心了。”韩浩平看着肚子已经耸起来的妻子，担心她出门身子沉不安全，就提出自己代劳一趟。吴君玫却不放心丈夫的眼光:“选版的事你是生手，要是看走眼了，货发回来压下不说，关键是店里的常客就流失了。”韩浩平嘴上说要代劳妻子，其实心里对自己也没有信心。这几年服装店生意红火，最大的原因是妻子选货适销对路。而他一个男人，面对着橱窗里琳琅满目的男装女装，有时候真感觉眼晕。

韩浩平很想跟妻子学一学选货的技巧，就对妻子说:“要不然我跟你一起去趟广州。你把我带上认一认给咱发货的那些老板，我也跟你学着选选货。再说你现在这个样子一个人出门，我真的有些不放心。”吴君玫觉得丈夫说得有道理，她也确实想让丈夫熟悉一下业务。如果丈夫真是一块好料，将来丈夫负责外出进货，她负责店面打理，何尝不是一个绝好的搭配呢。她想了想也就同意了，当下夫妻二人决定一同去趟广州。

提前买好了去广州的机票，吴君玫把店里的事情又做了安排，叮嘱一个年长的店员费心管好店里的生意。想着夫妻俩第一次乘飞机外出，吴君玫又在家里炒了几个菜，打开了一瓶放了几年的外国红酒。韩浩平笑妻子学会玩浪漫了。

吴君玫说:“咱俩结婚的时候没敢张罗，连个旅游都没搞。这一次一起外出，权当是把旅行结婚的课补上。等咱们到了广州，先不着急进货，好好玩几天。我这几年虽经常去那边，多半是今天去、明天回，就知道有个白云机场，有个服装街。”

韩浩平说:“对着哩。人活在世上，就是图个幸福，挣再多的钱把幸福丢了，还不如不挣钱。”

夫妻俩执杯把盏，不觉有些微微醉意。吴君玫跟丈夫拉起了家常:“常听人说要奔小康生活，不知道真正的小康是啥样。咱家现在算不算小康？”

韩浩平双眼迷离:“我听过一个段子，说的是:白天没吃的，晚上没睡的，是贫穷型;白天有吃的，晚上有睡的，是温饱型;白天有吃的，想吃啥吃啥，晚上有睡的，想睡谁睡谁，那就叫小康型。”

吴君玫啐了韩浩平一口:“你们这些臭男人，啥时候也少不了花心。”

韩浩平表情严肃起来："君玫，我也算是活了半辈子。小时候没人疼过，后来长大当兵，参加工作，一直到第一次成家，老觉得心里憋屈。自从跟你过日子，我真的感觉到啥叫幸福。要我说小康的标准，第一条就是心里要舒坦。就说咱现在用上了'大哥大'这事儿，我在戒毒所的时候连医生护士都羡慕我。你说我幸福不幸福？"

吴君玫跟丈夫又描述起未来："我们现在累是累了点儿，趁着年轻挣点儿家底，以后孩子出生了，要让孩子上最好的学校。我们再买上一套大房子，买上一辆高档轿车。你知道，我最爱开车。咱们一家有时间就开车出去旅游，把全国都跑遍。"

韩浩平说："社会发展得真快，说不定过几年，私人都能买飞机了。"

吴君玫把目光投向了窗外，有些伤感地说："小时候我随父亲出车，父亲指着天上的飞机对我说：'小玫，你以后说不定有机会坐飞机呢。'我就给父亲说：'保不准我还会开飞机哩。'"

两个人一直聊到该上床睡觉的时候。吴君玫把用过的碗碟放到厨房的水池子里。韩浩平要去洗碗，吴君玫挡住了他："明天再洗吧，今天咱俩就当是在饭店吃饭，嘴一抹，剩下的事儿就不要管了。"韩浩平觉得妻子难得放松一回，也就由了妻子。

吴君玫懒洋洋地躺在床上。韩浩平又习惯性地撩起妻子上衣下摆，把耳朵贴在妻子赤裸的肚皮上，他能听得见微弱的胎音，甚至能感觉出一个硬邦邦的东西动了一下。

韩浩平仰起脸说："这家伙踹了我一脚。"

吴君玫说："肯定跟你一样，是个不安分的家伙。"

韩浩平问："你猜猜他是男孩还是女孩？"

吴君玫反问道："你想要男孩还是女孩？"

韩浩平说："男孩女孩都一样。"

吴君玫说："我才不信哩。你做梦都想要个男孩，不过我估摸这回能遂你的愿。人都说酸儿辣女，我刚怀上那阵子，可一直好酸哩。"

韩浩平帮妻子脱掉衣服，又把自己脱得一丝不剩，两个人赤条条地搂在一起。吴君玫说："浩平，你要是实在憋不住了，就来一回吧。"

韩浩平捂住妻子的嘴巴："你别瞎说，我知道轻重。"

韩浩平一觉醒来，窗户上的玻璃已经泛白。他跳下床趿拉着拖鞋上了趟卫生间，回到房间时却看见房灯已经打开，妻子的两只眼睛睁得圆圆的，脸颊上有着明显的泪痕。

韩浩平惊问妻子："是不是身体不舒服？"

吴君玫抹了一把眼泪说："我做了个噩梦。"

韩浩平说："梦里的事情都是反的，你只要说给人听就破了。"

吴君玫说："我梦见一团大火，真的很大。火里有很多人，有男人、女人、老人、小孩，火把我也包围了，我怎么跑也跑不出火堆。就在我绝望的时候，我看见父亲在火堆上方的空中行走。我喊父亲，父亲看见了我，就走到火堆中，我紧紧抱住父亲，哭着不肯松手。一会儿又下起大雨，火熄灭了，我和父亲被浇得精湿。"

韩浩平抚摸着妻子的头发说："许是你昨晚喝多了。"

韩浩平给妻子做好了早点，吴君玫却仍然躺在床上半天不肯起来。眼看着热好的牛奶都凉了，吴君玫依然盯着天花板发呆。韩浩平知道妻子想起故去的父亲伤心，就又坐到床前跟妻子找话说。

吴君玫突然抓住韩浩平的手："浩平，我老是觉得父亲就在我身边，可我怎么也舍不得离开你。"

听着妻子莫名其妙的话，韩浩平柔声细语地安慰妻子："父亲已经在另外一个世界了，我们和他阴阳相隔。保不定他在那边过得挺幸福。"

吴君玫说："父亲离开人世已经整整十九年了，明天是他的忌日。"

原来妻子父亲的忌日要到了，韩浩平这下有些明白。他想了想，安慰妻子说："你不早说，我好准备准备，现在还来得及。我一会儿到八仙庵去请一些烧纸、香蜡，今晚到十字路口祭奠一下。"

吴君玫眼含泪花点了点头。

吃罢早点，韩浩平要去八仙庵，吴君玫却拦住韩浩平说："人都去了十九年了，没必要搞得那么隆重，晚上下楼随便烧几张纸就行了。我想到我妈那里去一下，顺便看看丽丽。"韩浩平说："应该的。

你妈肯定把日子记得比你牢，咱们一块儿到她那里，中午跟妈、孩子一起吃顿饭。”

吴君玫的女儿丽丽一直跟姥姥住在一起。丽丽已经上初中了，因为吴君玫常年忙着做生意，对女儿丽丽投入的精力就少了一些。丽丽从小到大跟着姥姥生活，对姥姥的情感自然就胜过母亲。吴君玫再婚后，丽丽对继父韩浩平一时无法接受，很少到母亲家去。韩浩平做过不少努力，效果却并不明显。好在几口人不在一个屋子共同生活，也就听之任之，相安无事。

见女儿女婿进门，吴君玫的母亲急忙接过女婿手中的大包小包，把两口子让到屋里坐下。吴君玫看见床头的蒲篮里放着几件未完工的婴儿服装，知道是母亲忙活着为即将出生的第二个外孙做衣裳。她随手拿起一件上了半边袖子的小红夹袄说：“妈呀，你做的这件小夹衣合着就是盼我再生个女子。”吴母一把抓过小夹袄说：“谁说红夹袄只兴女孩穿，月子里的娃儿不分男女都得穿红的。”吴君玫说：“妈，有空给娃做件黑坎肩，黑的看着实在。”吴母白了女儿一眼：“没见过月子娃穿黑衣服的。”

丽丽放学回家，看见母亲和继父，稍稍愣了一下就进到里屋去写作业。吴君玫跟着女儿进了里屋，让丽丽把作业拿出来让她瞧瞧。丽丽嘴巴一噘说：“你忙你的生意，忙你的日子，我的事就不劳你操心了。再说，我的作业你也看不懂。”丽丽抢白吴君玫不是一次了。过去每逢女儿犟嘴，吴君玫都不往心里去，她知道这孩子从小没有父爱，母爱也少得可怜，性格孤僻古怪可以理解。可今天不知为啥，丽丽的话却像刀子一样刺痛了吴君玫的心，她的眼中顷刻涌出了泪水。她背过身去，用手背抹去眼泪，看见桌上有一摞信笺纸，随手拿起一支铅笔，模糊着眼睛写了几行字：

丽丽：

妈妈爱你。过去忙着生意，对你关心少些，你一定要理解妈妈，妈妈也是为了我们家能过上好日子。你一定要原谅妈妈。你继父是个好人，你要相信他。妈妈真心希望你学习进步，健康成长。

妈妈

吴君玫把写好字的一页纸撕下来叠整齐，悄悄夹进丽丽的书本里，默默地走出了房间。

吴君玫跟母亲说要到广州进货，吴母也担心女儿挺着个大肚子不安全。韩浩平安慰岳母说有他一路陪着不会出啥事。吴母说：“啥时候都别把钱看得太重。人壮了钱自然就旺，人弱了钱就得跑光。”韩浩平说：“妈说的话有哲理。”

夫妻俩回到自己家，吴君玫依然无精打采。韩浩平认为是一场噩梦让妻子情绪低落，就想着法子哄妻子开心。他提出去看场电影，吴君玫却说没有兴趣。想想明天一大早要赶飞机，韩浩平就开始张罗着给妻子收拾几件换洗的衣服。

吴君玫忽然说道：“浩平，明天还是我一个人去广州吧。”

韩浩平诧异地抬起头：“咱两个人的机票都买好了。”

吴君玫说：“我一个人速去速回，你留在家里。店里没有自己人，我有些不放心。”

韩浩平说：“老店员跟咱多年了，不会胡来。再说，咱出去也就几天的工夫。”

吴君玫说：“浩平，你听我的，这回你不要去了。现在咱们有‘大哥大’，你我把电源都开着，二十四小时咱俩随时通话。”

韩浩平心疼机票钱：“那我的飞机票？”

吴君玫说：“不打紧，机票钱能退一半。”

天蒙蒙亮时，韩浩平已给妻子做好早点，又温存地侍候妻子洗漱。妻子没有身孕的时候，通常都起得比韩浩平早，待韩浩平起床时早点已摆在桌上。打从戒毒所出来后，心怀歉疚的韩浩平每天抢在妻子前头早早起来做饭干家务，日子久了吴君玫也就习以为常。看着妻子已经有些笨拙的身子，韩浩平只恨自己无能，要是他有能耐选货，何需妻子挺着个大肚子千里舟车劳顿？吃罢饭，韩浩平提上妻子的行李，随着妻子一同下楼，拦了一辆出租车，直奔机场。

早晨搭乘飞往广州第一趟航班的乘客大部分是做生意的，韩浩平俩人来到候机大厅时，值机柜台前已排起一溜长队。韩浩平让妻子坐在休息区的凳子上，自己排队为妻子换好登机牌。

进入安检口时，吴君玫突然抱住韩浩平说：“我真的舍不得离开你，可有些时候没有办法。”

韩浩平觉得妻子有些怪异，又怕一对老夫老妻在大庭广众之下卿卿我我，惹人笑话。他难为情地朝四周瞅瞅，在吴君玫耳边低声说道：“你快点儿回来，以后不让你出去订货了。我主外，你主内。”

吴君玫又冷不防在丈夫脸上亲了一口，转身离去。韩浩平下意识地用手捂着妻子刚刚亲吻过的脸颊，目送着妻子的背影消失在安检柜台后边，心里泛出几丝异样，怅然若失地站了好久，直到安检柜台关闭。

出了候机大厅，韩浩平并没有急着乘车离去，他坐在机场广场前的喷水池前，遥望着远处起飞和降落的飞机。想着妻子独自一人在外穿梭奔走，他心里惴惴不安。联想到妻子从昨天早上开始的表现，他觉得有些异常。为什么妻子好端端不让他同行，为什么妻子在安检口突然抱住了他，并说了一句怪兮兮的话，难道妻子有什么不祥的预感？韩浩平不禁打了个寒战，他不敢往下多想。看着离预定的起飞时间只剩下不到五分钟，他掏出“大哥大”，想给妻子拨个电话，没想到手指刚触到按键，妻子的电话倒是先进来了。真的是心有灵犀，韩浩平不免心里又是一阵激动。吴君玫说她已经坐进机舱的座位上，是靠窗户的座位，现在正好能看见初升的太阳。

韩浩平说：“我还没有离开机场，就在广场前的喷水池前。我要看着你的飞机从我头顶上飞过去。”

吴君玫说：“没准一会儿飞机起飞时我能看见你。”

韩浩平听见话筒里传来空姐提示关机的催促声。

吴君玫说：“浩平，你记着，我永远爱你！”

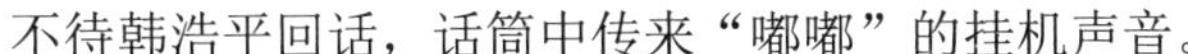

不待韩浩平回话，话筒中传来“嘟嘟”的挂机声音。

一会儿工夫，一架飞机腾空而起，韩浩平估计是妻子乘坐的那一架。尽管飞机爬升后迅速朝远方飞去，韩浩平还是站起身来，使劲地朝飞机摇晃着胳膊。

吴君玫乘坐的那架苏制图154型飞机升空后十多分钟解体爆炸。

这是中国民航有史以来最大的一起空难事件，一百六十位乘客和机组人员无一生还。据失事地的老百姓事后回忆，一阵剧烈的爆炸声响后，天上降落了无数的火球，火球落地后又传来一阵阵沉闷的声响。随后，天上纷纷扬扬地洒落下各种物件，先是重一些的金属器物，再后是衣物，最后竟然是花花绿绿的钞票。有一家农户从屋子出来，突然看见满院子都是百元大钞，以为是神仙显灵，吓得当场哆嗦着跪在地上。

汉京市政府紧急调集大批医护人员赶到现场，武警迅速在方圆几平方公里内设置警戒线。遗憾的是，现场横七竖八的遇难者无一人有生命体征。

韩浩平是在中午饭后得知消息的。

送完妻子，韩浩平搭机场巴士回到汉京市区。一下车，他就听到不绝于耳的警笛声。初时，他以为某地又发生了火灾，但循声望去，却是一辆辆警车呼啸而过，他想着也许哪里又要开公捕公判大会。可接下来街上又急驰着一辆又一辆同样鸣着长笛的救护车。警车和救护车朝着同一个方向奔驰。类似的情景韩浩平从来没有遇到过，他瞬间感觉出了大事。看看手表，离妻子降落广州白云机场的时间还有大约半个小时，他心里有些焦躁。

好不容易等到预定的飞机落地时间，韩浩平拨出了妻子的“大哥大”号码，话筒里却依旧传出关机的提示。他有些纳闷儿。飞机是准时起飞的，难道妻子落地后忘了打开“大哥大”？不会的，以他对妻子的了解，第一次带着“大哥大”外出的妻子，不可能不在第一时间牵挂着与他通话。也许飞机飞行中途临时中转降落到其他机场？那也不会，妻子会给他打来电话的。韩浩平越是琢磨不清原因越是着急，他每隔两三分钟就拨打一次电话。后来，他干脆打开免提，用重拨键一遍又一遍地拨叫着妻子的号码。

情急之中，韩浩平突然想起应当给飞机场打个电话。他先是拨通汉京市邮电局114查号台，问清了汉京机场问询电话。可不知啥原因，机场询问电话始终处于忙音状态。韩浩平又拨通了广州市114查号台询问白云机场电话，查号台却传来女话务员温柔的提示，说白云机场现在问询电话打不进去。韩浩平急问什么原因，话务员说好像是发生了空难。韩浩平浑身一哆嗦，瞬间大汗淋漓。

距离飞机预定降落时间已经过去了一个小时，韩浩平仍然无法打通妻子的手机，飞机场问询电话也仍然占线，韩浩平像疯了似的坐立不安。想了片刻，他又走到街上，拦了一辆出租车直奔汉京机场。他要亲自到机场去问问飞往广州的航班为什么迟迟不见落地。

一进机场候机大厅，韩浩平立刻感觉到与几个小时前的气氛截然不同。工作人员表情肃穆，行色匆匆。问询台前竟有几堆人相互搀扶着，悲悲戚戚，有几个女人号啕大哭。韩浩平踉踉跄跄上前打听，有人告诉他有飞机失事了。韩浩平又问是哪一班，对方告诉他是飞广州的。

韩浩平浑身僵住了，只觉得喉咙里一阵腥咸，一口鲜血吐了出来。

韩浩平是在当天下午接到民航方面正式通知的。第二天，遇难者家属陆陆续续集中在汉京航空酒店。这家三星级酒店临时停止对外营业，作为空难善后工作处理中心。数百名来自全国各地甚至国外的男女老幼，被这场巨大的灾难联系在一起。不管电梯在哪一层打开，都能听见悲悲切切、呜呜咽咽、撕心裂肺的哭声，恰好十八层的酒店仿佛成了十八层地狱。

辨认遇难者遗体是善后工作中最麻烦的内容。从人道角度出发，民航方面力争做到每一具遗体都能准确地确定身份，这就需要由最熟悉死者的亲属参与辨认。而大部分遗体或残缺不全，或面目全非，参与辨认的亲属，可想而知情绪会失控到何种程度。韩浩平在接到辨认遗体通知后，曾犹豫要不要告知吴君玫的母亲及女儿，但是理智让他决定还是暂时先瞒下这祖孙二人。妻子已经逝去，他要替妻子照顾好亲人。

现在该轮到韩浩平经受这种常人难以接受的情感折磨了。

需要韩浩平辨认的遗体有三具。韩浩平对工作人员说自己的妻子是个已经有七个多月身孕的孕妇，身体特征应当很明显。工作人员无奈地摇了摇头。当韩浩平走进停尸房时，面对三具已经看不出容颜的女尸，他竟然无法断定哪一具是妻子的。他不明白，妻子的肚子明明是隆起的，而这几具女尸肚子的部位却都是瘪瘪的，难道妻子没在里面？他换着角度看着遗体的长度和其他特征，却没有发现端倪。忽然，他想起妻子后脖颈上有一颗红痣，妻子曾跟他开玩笑说那是一个短命痣，现在只有找寻这个特征了。当韩浩平在工作人员的协助下翻起编号为 103 号的女尸时，一颗红痣赫然出现在眼前。

韩浩平发疯般撕开了包裹遗体的白布，尸体的腹部血肉模糊。显然，妻子是在活着或者死了的时候腹部发生爆裂，腹腔中的大部分器物不知抛落何方。

韩浩平眼前又一阵发黑。

辨认完尸体出来，韩浩平像一截木头一样杵在地上。他仰头看着天空，想象着在万米高空中，妻子从开裂的机舱中被弹出，在云层中东颠西倒，继而像从天而降的陨石一样以自由落体运动砸向地面。随着一声轰响，肚皮像气球一样爆裂开来，一个美艳无比的生命，从此香消玉殒。而他的孩子，那个还没有到世间来过的小天使，竟是以这样的方式离开了他赖以生存七个多月的母亲，完成了令人唏嘘的生命历程。

韩浩平脑海中又浮现出几天来妻子的种种异常表现。那场噩梦，让妻子情绪发生了很大变化。妻子梦见在冲天大火中与故去的父亲会面，难道是妻子的父亲给女儿托梦，召唤女儿？妻子在机场与自己分手时怪兮兮的言行举止，难道是妻子预感到了什么？空难的当天，恰好是妻子父亲的忌日，难道这仅仅是简单的巧合？想想妻子坚持把一张机票退掉，让他留在汉京，韩浩平心里竟有些遗憾。在这个世界上，妻子给了他幸福，他愿意生生世世跟妻子厮守在一起。如果在飞机解体的那一瞬间，他能与妻子相拥着坠入云海，也许他们两人现在正在另一个世界开启浪漫的旅行。可是，不知道该说是无私还是自私的妻子，却把双双携手的机会丢了，独独撇下他一个人，在无尽的痛苦与思念中经受煎熬。

吴君玫，这个饱经沧桑、爱憎分明、天生丽质、精明能干的女人，一生酷爱驾驶，儿时梦想着驾驭飞机翱翔，最终却在向往的蓝天之旅上，追随车祸中逝去的父亲而去。

此次空难，民航创下国内最高赔偿纪录。韩浩平领到二十四万元赔偿金后，没停留就直接赶到吴君玫母亲家中。吴母从知道女儿出事那一刻起，就卧在床上没有起来。这个一辈子无欲无求、与世无争的女人，当年忍受着巨大的悲痛，送别了车祸中死于非命的丈夫。而今，她又在空难中痛失爱女。她脆弱的情感实在无法承受残酷现实的蹂躏，她已经几天没有吃东西了。孙女丽丽为姥姥请来诊所的医生，挂上了吊瓶。依靠着点滴，吴母偶尔打起劲喊几声女儿的名字，有气无力地哭泣一阵。

韩浩平见到岳母和丽丽时，忍不住又是泪如雨下。他把一大包赔偿金放在岳母床头，轻轻地拉住岳母的手。吴母睁开眼睛，看见女婿，又是一阵无力的哀号，突然间一口痰涌上喉头，喘不过气来。韩浩平急忙把岳母扶起身拍了一阵，终于一口痰吐了出来。岳母使劲想把头伸到床沿外边，却显得力不从心。情急之中，韩浩平急忙用手掌接住了岳母吐出的一口浓痰。一旁的丽丽转身拿来了卫生纸，递给继父。韩浩平擦掉手上的痰渍，抬头看见丽丽一双眼睛含着泪水，情不自禁把手搭在丽丽肩膀上。丽丽突然抱住韩浩平，号啕大哭起来。

这个可怜的孩子，从小生长在单亲家庭。父亲对她来说仅仅是个概念，母亲虽然也关心她，但却腾不出太多的时间与她相处交流。继父来到这个家时，她已经懂事了，情感上怎么也接受不了这个凭空而来的父亲。姥姥成了她在这个世界上唯一信赖和依靠的亲人。她是在得知母亲遇难的噩耗后，才在书本里发现母亲留给她的那张字条。一切都好像是天意，母亲的字条就像是刻意写下的遗言。当她泪眼模糊地看着那几行金贵无比的字迹时，母亲却已经在另一个世界安身了。姥姥躺下去时，丽丽第一次感觉到自己肩上的责任，她找来了医生为姥姥看病。往常她从学校回到家时，姥姥总会把做好的饭菜摆在她面前，而今，她自己在厨房里学着做饭。她把饭端给姥姥，可姥姥却一口不动。她想放声大哭，又怕让姥姥更加伤心。她强忍着悲痛，侍候着比她更需要关怀的姥姥。现在，面对继父，这个她从来不曾喜欢过的男人，却突然觉得像是看到了母亲的影子。她不由自主地扑进继父怀里，任由自己的悲伤倾泻而出，泪水打湿了继父的衣裳。

韩浩平一只手搂着丽丽的肩膀，一只手轻轻抚摸着丽丽的头发，泪水吧嗒吧嗒滴落在丽丽的头发上。此时此刻，韩浩平忽然又想起了自己的亲生女儿晶晶，那个不得不接受父母离异的小姑娘。当年他毅然决然地离开她们娘儿俩，孩子心灵受到的创伤又何尝不是如此？眼前的一幕与伤心的记忆搅在一起，韩浩平竟忘了自己此行的目的，也忍不住大哭起来。

丽丽抬起头来，用手掌替继父擦去眼泪，轻轻地说了句：“爸爸，别难过。”

吴君玫在世的时候，想过多少办法拉近女儿和丈夫的情感距离，可总是瞎子点灯白费蜡。而今，丽丽终于对韩浩平喊出了“爸爸”，可是这一切来得太迟了，吴君玫再也感受不到这种温馨的氛围，无法弥补的遗憾永远地随她去了。

吴君玫母亲睁开眼睛，看着这一对父女在哀痛中的依偎，不知是出于悲伤还是激动，混浊的老泪又滚滚而出。丽丽拿了条毛巾给姥姥擦泪。吴母颤颤抖抖地伸出手招呼韩浩平，韩浩平双手握住岳母的手。

吴母说：“浩平，丽丽还小，你就把她当成你的亲生女儿吧。”

韩浩平双腿一软，“扑通”一声跪在岳母床前：“妈，君玫走了，我还跟过去一样。你是我的亲妈，丽丽是我的亲女儿。”

一旁的丽丽又放声大哭起来。

处理完吴君玫的后事，韩浩平静下心来收拾妻子的遗物。妻子在世的时候，服装店的财务账目他从不过问，现在他不得不把妻子留下来的账目什物细细地过一遍。当他打开妻子床头柜里的账簿时，他发现塑料封层里夹着一张硬纸卡片，卡片上写着一行小字：

> 亲爱的浩平，我们的所有资产都在这里，除了账簿上的内容，其他的都存在 ×× 银行 ×× 支行第 52 号保险柜里，用你的身份证和挂在柜子里的钥匙可以打开保险柜，记住，我是你的一半，你是我的一半。
>
> ×××× 年五月三日

原来这是妻子一年前留下的字条，而五月三日正是韩浩平的生日。韩浩平努力地回忆着去年自己过生日的情景。那是劳动节过去的第三天，天气不冷也不热，刚从店铺回来的韩浩平推开门就闻到了扑鼻的香味。往饭桌上一看，几盘炒好的菜摆得整整齐齐，一瓶红酒已经起开了盖子。韩浩平不知妻子玩的什么浪漫，待要问个究竟，妻子却是一袭红色纱质睡衣飘然而至，紧紧抱住他，送上一个深情的吻。一句“生日快乐”让韩浩平如梦方醒。而让韩浩平做梦也没想到的是，当天妻子背着他，已悄悄把全部家庭财产管理权授予了他。

当韩浩平来到 ×× 银行 ×× 支行设在地下一层的保险柜库时，银行的服务人员颇感意外。因为 52 号保险柜开启频率挺高，箱主吴君玫给工作人员留下了较深的印象，因而对韩浩平的开箱要求本能地予以拒绝。韩浩平不愿给陌生人述说妻子的死讯，只强调自己也是箱主之一，有权开箱。无奈之下，工作人员调出了原始的租箱协议，果然发现格式合同下方有手写的一行小字：

办理人员吴君玫及其丈夫韩浩平有权单独持身份证开箱。

看见妻子的笔迹，韩浩平又是一阵心酸，强忍着没有让眼泪流出来。工作人员核查了韩浩平的身份证，为他办理了开箱手续，又关切地问吴君玫为什么没有来。韩浩平张了张嘴，却像是有什么东西堵住了喉咙，终究没有说出话来。

打开 C2 号保险箱，呈现在韩浩平面前的是一堆条据和一本存折，还有十几根金条。韩浩平把金条拿在手上掂了掂，大约有两公斤，按照时下的金价，每克一百元，价值应当在二十万元左右。打开存折，上面密密麻麻地填写着银行不定期的存款记录。韩浩平仔细察看存折时间，存款历史已长达四年之久。最末一次存款记录是在一个多月以前，而存款余额已经达到八十六万元。韩浩平一下子明白过来，原来妻子在多年的经营中，一直精打细算，她每过一段时间，就把店铺节余的利润存进折子里，从而积累了这笔巨额财富。再翻翻那一堆条据，基本上都是别人打给吴君玫的欠据，数额不等，大到上万，小到几百，欠账人中有韩浩平认识的，也有从来没有听说过的名字。

一张特殊的收条引起了韩浩平的注意。这张收条歪歪扭扭地写着：

收到吴姐定金三千块，先看好地世（势），下手前再拿三千块，得手后付余款四千块。要求打断姓方的胳斗（膊）汇（或）腿，不能伤姓（性）命。

黑子

韩浩平吃了一惊。

显然，这是一张雇凶伤人交易的收款字据。韩浩平琢磨了一阵明白了，这应当是吴君玫在黑道上找人收拾方鸣的付款凭证，“黑子”

定是受雇凶手无疑，而这笔三千块钱也应当是支付的首笔定金，约定其后付足一万元。怪不得妻子给韩浩平说过饶不了方鸣，原来妻子背着他已经开始实施报复方案。为什么妻子要用这种方式报仇？为什么妻子要背着他这么做？联想到妻子送他去戒毒所之前的表现，韩浩平推测，妻子是在咨询律师后，知道韩浩平已经构成严重犯罪，如果公开与方鸣较量，必然会导致自己的丈夫受到法律的严惩。为了让丈夫躲过一劫，她选择了黑道复仇的方式。至于背着自己的原因，答案就更简单了，妻子无非是怕丈夫受到牵连。

多么善良而又勇敢的一个女人。韩浩平用手捶打着自己的脑袋，在心里呐喊着质问老天：为什么好人多遭难？我韩浩平作了什么孽，老天爷偏偏要夺走我心爱的女人？为什么要独独留下我遭受这难忍的精神折磨？

想到方鸣，韩浩平又把一腔怒火转向那个披着人皮的魔鬼。也许，如果没有方鸣，他今天仍然与自己心爱的妻子甜甜蜜蜜地共同生活着。没有方鸣，就没有他接触毒品的事，就没有卖掉烟酒杂货店的事，生活就是另外一个样子，吴君玫或许就没有必要挺着个大肚子去乘坐那一趟夺命航班。现在，面对妻子留下的条据，韩浩平忽然觉得自己有责任完成妻子的遗愿，他有义务让妻子的在天之灵看到恶人得到报应。

韩浩平不知道那个叫黑子的人真实姓名，也不知道黑子是否已经开始下手。他在条据中又翻了一阵，没有找见与黑子有关的第二张条据。看来，妻子并没有付出第二笔钱。

依韩浩平对江湖规矩的了解，黑子在没有收到约定的第二笔钱时，是不会贸然行动的。韩浩平此刻觉得，收拾方鸣是一桩神圣的事情。妻子的遗愿，不能让诸如黑子之类的人来完成，这件事他要亲力亲为。

面对逝去妻子留下的巨额财产，该如何处理，韩浩平有些茫然。他仿佛看见远在天堂的妻子正在默默地注视着他。他明白，这是妻子的遗产，岳母和继女丽丽都有权利继承。他想了想，把保险柜里的东西一股脑装进兜里。他要把这件事跟岳母说个清楚。

吴君玫的母亲已经强打着精神下床了。这个没见过世面、大字不识的农村女人年纪轻轻守寡，老年又痛失唯一的爱女，却不得不默默地接受命运的残酷安排。当女婿告诉她女儿留下巨额财富时，她麻木地没有显示出丁点儿反应。

韩浩平问岳母这钱该咋办？岳母说：“那是小玫留给你的，你想咋办就咋办。”

韩浩平说：“妈，我想着把这些钱都放在你跟前，作为你养老和丽丽以后上学的费用。”

岳母说：“我老了，用不了多少钱，小玫爸死后厂里每个月还给我发着遗属补贴，够用了。丽丽还小，以后用着钱的时候再说吧。”

韩浩平又说：“妈，要不然咱们把钱一分为三，你、我、丽丽各拿一份。”

岳母想了一阵，摇了摇头：“浩平，我看出来了，你是好人，小玫跟你跟对了。这些钱是你和小玫两个人挣下的，咱不能分。再说钱要是分了，咱这个家就彻底散了。我和丽丽以后还想指望你哩，你就把这些钱连同公家给小玫赔的钱，一起拿上继续做生意，小玫在那边也会高兴的。”

韩浩平眼里含着泪水说：“妈，我听你的，以后生意上有啥大事，我随时跟你说。”

空难过去了十几天，韩浩平慢慢静下心来，他觉得应该到失事现场祭奠一下妻子，他要告诉妻子的亡魂，他会从悲伤中解脱出来。

韩浩平专程到八仙庵请了一大堆香蜡纸钱。想想也就是十几天前，他还张罗着要给妻子早逝的父亲到这里买祭品，妻子阻挡了他，没想到现在却要给已是阴阳相隔的妻子送祭品。真是世事无常，黄泉路上无老少。

失事现场在汉京郊外的农村，大约离市中心三十多里地，韩浩平本打算雇一辆出租车过去，又怕司机少不了问这问那。他想一个人静静地跟妻子亡灵厮守一会儿，就从车棚里找出了已落满灰尘的自行车，打算骑自行车去一趟。一看车胎，瘪瘪的早已没了气。他推车找了个自行车修理铺子，充足了气，背好装着祭品的背包，朝郊外骑去。

刚出发时，天上还是艳阳高照，不一会儿工夫，却是阴云密布，渐渐地天上落下了零散的雨星。韩浩平后悔没有带上雨具，可一想已经走了半截路程，索性也就豁出去淋上一场。果然，雨点越来越急，韩浩平却毫不在乎地越蹬越快。猛然他想起包里的纸钱会被打湿，干脆停下车子，脱下上衣包住背包，继续前行。

根据事先了解的信息，韩浩平找到了失事现场的大致方位。这是一片旷野，一条河道自南向北穿行而过，河岸两边是大大小小的稻田。河道很宽，但河水并不旺，河道里的鹅卵石中长满了荒草。韩浩平在河道发现了一截丢弃的警用警戒绳，看来这里就是当时发生事故的中心地带。

雨慢慢小了，韩浩平抬头望着天，依然是灰蒙蒙的一片。就是这一片罪恶的天空，十几天前，眼睁睁看着在自己的怀抱中，一百多个鲜活生命瞬间暴毙。韩浩平仿佛听见了那一阵剧烈的爆炸声，仿佛看见了天空中无数飞速下坠的物体，仿佛置身于一片血色的海洋中。

突然，一阵哭泣声传入他的耳膜，这是一群人的哭声，有男人，有女人，甚至还有婴儿。莫非真的是冤魂不散？韩浩平四下里寻找，河滩上却依旧一片沉寂。慢慢地，韩浩平分辨出声音来自不远处几丛干枯的芦苇，一阵轻风吹过，芦苇呜呜作响。

韩浩平打开背包。还好，里面的纸钱没有被打湿。他把祭品摆在一块大的卵石上，又拿出妻子生前高兴时常喝的红酒，打开盖子，点上香、蜡，焚化了纸钱。火光中，他分明看到了妻子娇美的面容，一脸的笑意。随着轻风，纸灰和纸片盘旋着升上天空，又四处散开，像是无数黑的和黄色的蝴蝶漫天飞舞。韩浩平拿起酒瓶，往火堆中间洒了一圈，又把酒瓶对着自己的嘴，咕咚咕咚地灌了几大口，突然间敞开喉咙，号啕大哭起来。

韩浩平的人生经历，也算得上曲曲折折。年少时，父母早亡，那时候他还不懂得悲伤。在叔父粗犷的抚育中，他养成了玩世不恭的混混性格。后来参军直至复员成家，他遇到过麻烦，经历过挫折，但从来没有什么事能让他感到撕心裂肺的苦痛。自从跟吴君玫走到一起，他觉得自己重生了一回，他第一次体验到了爱一个人是何等的美好，他也第一次真正享受到了被人爱的幸福。吴君玫的离开，让他遭受了毁灭性的打击，他流了几次泪已经记不清楚了，可他每次都克制着自己。今天，在这旷野之中，面对着冥冥之中的妻子，他再也控制不住自己的情绪，一腔悲伤就像打开闸门的洪水，汹涌奔腾。

“君玫，你想我吗？你知道这十几天我是怎样经受折磨的吗？你为什么要独自一个人坐上那架夺命的飞机？你为什么一定要让我退掉机票留下来偷生？没有我，你难道不孤独吗？”

哭喊了一阵，韩浩平似乎觉得心里好受了一些。他觉得不能光给妻子添堵，他得说一些让妻子放心的话。他擦了擦眼泪，深吸了几口气，喃喃地说：“君玫，你放心地走吧，早晚我们还会见面的。你留下来的钱我拿到了，我会把生意做得更好，我会把妈妈照顾好，我会让丽丽将来上最好的大学，找到最理想的工作。”停了一下，他又说：“我今后绝不会跟坏人来往，绝不会去碰一下毒品。还有，我不会让那个姓方的有好日子过！”

人常说怕处见鬼。韩浩平祭奠完妻子骑车回家的路上，也许是一身泥巴引起了别人的注意，一辆闪着警灯的警车从韩浩平身旁驶过时缓缓降低了速度，然后在前方不远处的路侧停了下来。韩浩平还没有完全从刚才的哀伤中回过神来，也没有在意停在路边的警车，只顾低头骑着车子。

警车门打开，钻出一个穿着警服的人，朝韩浩平的背影喊了一声“韩哥”，见韩浩平没有反应，又连喊了几声。

待韩浩平停下车子回头看时，却发现正是不共戴天的仇人方鸣。

韩浩平眼睛里射出了仇恨的火焰，方鸣却似乎并没有察觉。他打量着浑身沾满泥水的韩浩平，瞪大眼睛疑惑地问道：“韩哥，你这是咋弄的，简直成了个泥猴。”

韩浩平没有说话。

方鸣又打开车门，取出一条干净的毛巾递给韩浩平：“我刚才在车上看见你的背影，还以为是个坏人。车开到你跟前看着像你，还不敢确定哩。”

韩浩平双手扶着车把，没有松手去接方鸣手里的毛巾，阴阴地说：“方大队长，你别碰我，小心触了霉头，沾了晦气。”

方鸣觉得奇怪：“小半年不见，你咋神神叨叨的？”

韩浩平说：“我老婆带着我没出世的孩子前几天从天上掉下来摔死了，一尸两命。我刚到她摔死的地方去找他们了，这会儿她母子两个的魂儿还附在我身上。”

方鸣吃惊地睁大眼睛：“你是说嫂子坐了那趟出事的飞机？”

韩浩平说：“该死的活不了，该活的死不了，命里阳寿尽了。”

方鸣突然不知道说什么好，嘴里颠三倒四地咧咧：“我刚去执行个任务，却不想在这里碰到了你，嫂子真是不幸。”

韩浩平冷冷地笑了一声：“你还是快些离开我。保不准她娘儿俩的阴魂附到你身上，小心让你把车开到沟里去。”

方鸣一只脚踏进车里，一只手把着车门：“韩哥，我有急事先回局里，回头再去看你。”

韩浩平厌恶地摆了摆手。

离开了吴君玫，服装店的生意一落千丈。短短几个月的工夫，尽管韩浩平使出了浑身解数，却还是眼睁睁地看着销售量严重下滑，盘账时月月亏损。其间，韩浩平数次南下广州、杭州、温州，也淘来了自认为引领潮流的新式款型，但发回来挂上架后，却是问者寥寥。原先在市场上被同行视作风向标的服装店，现在没有了昔日的光彩。韩浩平顶着亏损的压力，咬牙坚持按原先的标准给店员发着工资。可几个店员心知肚明，店铺的未来已是不可逆转地走向没落，领着老板从家底里拿出的工资，面子上不好意思，心里也不踏实，就接二连三地有几个人跳了槽。无能为力的韩浩平终于明白，这店铺跟人一样，活着得有灵魂。吴君玫一走，店铺没了灵魂，再继续撑着，就像一个脑死亡的植物人一样，生命已经失去了意义。

韩浩平迫不得已，在服装店门口挂上了“此店转让”的牌子。挂牌之前，韩浩平心里着实纠结了一阵。服装店是妻子一手创建起来的，先前的红火有目共睹，砸在韩浩平手里，实在是愧对妻子。卖店，意味着亲手葬送了妻子开创的事业；不卖店，将忍看妻子留下的财富被蚕食掉。拿不定主意时，韩浩平对着妻子的遗像，拿出一枚硬币说：“君玫，你给我个主意，卖店不卖店你说了算。我把硬币抛出去，你要留店就让硬币正面朝上；你要卖店，就让背面朝上。”韩浩平抛出的硬币在空中划了一道弧线，落在地上的时候，脆生生地蹦了几下方才停住。韩浩平紧张地闭上眼睛，心里默默地念叨着，不管君玫做啥决定，他都会无怨无悔地照办。当他睁开眼睛时，赫然看到那枚硬币上的花字。韩浩平心里一热，阴阳相隔，心心相印的妻子却仍然如此善解人意。既然硬币背面朝上，说明妻子同意把店盘出去。

仗着吴君玫经营期间给店铺创下的好名声，很快就有几个买家寻上门来。经过对比筛选，韩浩平选中了自认为诚意和实力都还不错的一个买家。几轮谈判后，双方敲定了交易价格。可到最后签合同时，对方却提出两个条件，一个是要求韩浩平把店铺房东同意转让的承诺拿出来，一个是要求对店铺过去可能存在的债务偿还提供有效担保。这对韩浩平来说有些小为难。他转念又一想，店铺转让是大事，人家能想到这些问题，就说明这些环节很重要，一旦店铺交出去了，也许会给双方都惹来麻烦。想着想着，他就想起了白川，看来还得再请白川为自己把把关。

上次找白川时，正碰上律师事务所搬家。这一次没费多少周折，来到汉京大学门口，老远就看到京法律师事务所的牌子。韩浩平一进事务所，一个接待人员热情地迎上前问他找谁。韩浩平说找白川。接待人员问韩浩平有没有预约。韩浩平心想这白川如今玩大了，见个面还得预约。接待人员看出韩浩平是随机来的，又说白主任正在接待一个重要客户，让韩浩平先坐着等一会儿。韩浩平坐在接待室的沙发上，隔着玻璃幕墙朝四周一看，小隔挡隔开的办公区里坐了足足有几十号人。看来这家律师事务所现在是蒸蒸日上。

约半个小时后，接待人员把韩浩平领进白川的办公室。韩浩平看见办公室门口挂着“主任室”三个大字，就张口喊了一声“白主任”！

白川看见韩浩平，吃了一惊，急忙站起来迎上去握住韩浩平的手：“老韩，你总是不打招呼就突然出现在面前，让人意外。”

韩浩平说：“几天不见，当主任了。”

白川说：“事务所现在改制了，成了民办单位，原来的周主任因为还是公职人员，就把这个担子让我挑了。”

韩浩平说：“应该，应该。依你的本事，别说当个主任，就是当这个大学的校长，我看也没问题。”

白川说：“老韩，你说笑话了。”

白川从身后的板夹上取下一张报纸说：“老韩，你的那个老朋友上报纸了。”

韩浩平一眼望去，白川拿着的是一张地方小报《汉京法制报》，报纸的头版头条一条通栏大号报道《毒贩的克星，人民的卫士》。

韩浩平不解地问：“这跟我有啥关系？”

白川指着报道大标题下边一行小字说：“这不就是当年把我送进监狱的那个方副教导员吗？”

韩浩平低头细看，副标题写着“记中城区缉毒大队大队长方鸣同志”，报纸上还配着一张方鸣穿警服的照片。韩浩平觉得一阵恶心：“这种货色竟然还能上报纸？”

这下轮到白川不解了：“他可是没有伤过你呀？”

韩浩平想起当年串通方鸣整治白川的事，脸上有些发烧：“这个人品行不咋的，他跟咱不是一路人。”

白川说：“报纸上说，他疾恶如仇，跟犯罪分子斗起来绝不手软，以至于遭到黑恶势力的报复，有人向他下黑手。”

韩浩平说：“这种人渣，迟早不得好死。下黑手的人没要了他的命，算是便宜他了。”

韩浩平说着把报纸挪到一边：“我看见他的照片就想吐。”

白川问韩浩平这回来找他有啥事。韩浩平说想把自家的服装店盘出去，要写个合同。白川问放着好好的生意为啥不做了，韩浩平叹了口气，用尽量平和的语气说他那口子走了。

白川以为韩浩平跟后娶的妻子又闹了别扭，就劝道：“老韩，你可不敢再折腾了，组成一个家庭不容易，有啥矛盾千万得想办法化解。”

韩浩平说：“吴君玫死了。前段时间失事的那一架飞机，正好让她赶上了。”

白川吃了一惊：“就是汉京飞广州的那趟飞机吗？”

韩浩平点了点头。白川一阵唏嘘，紧紧握住韩浩平的手：“老韩，你出了这么大的事，我一点儿也不知道。你可千万节哀顺变呀。”

说到以后的事情，韩浩平情绪显得异常低落：“我没有碰见吴君玫之前，还觉得自己很能干。可跟君玫一比，我才知道我差一大截子。君玫干啥成啥，那个服装店在她手里，生意好得让别人眼红，可一到我手里，任我再咋用心，就是背得邪乎。我把一个烟酒杂货店搞砸了，这服装店又经营不善，心里真觉得对不起死去的君玫。”

白川安慰道：“老韩，你别这么说，人各有长，搞服装店本来就是女同志的专长。我和我家那口子上街买衣服时，看着柜台里面挂着的那些五颜六色的衣服，我也不会选择，只好由人家做主。”

白川突然想起来一件事：“老韩，你还记得当年咱们在省农贸社搞体制改革的事吗？”

韩浩平说：“咋不记得，我们一起在宾馆搞材料、办会，你是秀才握笔的，我是车夫服务的。”

白川说：“后来省社在红都搞了个试点，大张旗鼓搞扩股，搞扩大经营范围。再后来失败了，红都的农贸社理事长秦大明被关了。”

韩浩平说:“这些事儿我不知道。”

白川说:“前几天秦大明到汉京来找我，说出狱后到处漂着做些小生意，没挣下大钱。他说了个信息，红都县政府正在搞国有小型企业的出售，叫‘民进国退’。秦大明自己想把当初农贸社办起的钼矿盘下来，就是手头拿不出钱来。他来找我，想让我给他介绍个投资人。你有兴趣没？”

韩浩平说:“我对开矿一窍不通。”

白川说:“你可以考察一下嘛。”

韩浩平有些心动:“不知得投多少钱？”

白川说:“听秦大明说有个百十万元就可以了。”

韩浩平心里有了底:“这事儿得慎重。”

白川笑了笑说:“老韩，你还不知道吧？红都县现在负责产权出售的副县长是咱农贸社的孙鸣飞。”

“孙鸣飞？”

白川说:“就是和我一起进省农贸社的那个孙鸣飞。听秦大明说半年前挂职锻炼，到红都镀金去了。”

“我跟孙鸣飞来往不多。”韩浩平说，“但我总感觉你和他不一样。”

白川说:“人家孙鸣飞可是响当当的中文系高才生，写文章那叫有才气，说起话来也是有板有眼。”

韩浩平说:“现在当官的，靠的就是吹牛。笔头子能吹，嘴头子能吹，几天就吹上去了。”

白川有意把韩浩平和秦大明撮合到一起:“老韩，你要是愿意到红都去投资，这人际关系都是现成的，天时地利人和都占住。要不我想法子跟秦大明尽快联系一下，可别错过时机。常言道运气可遇不可求。”

韩浩平突然眼睛一亮:“白川，要不然咱们一起搭伙干。资金你不用犯愁，我来出，你只要给咱出点儿力就行了。”

白川说:“你的美意我领了，可惜我现在做着事务所的主任，精力上真的顾不过来。不过你们要真是干起来，我给你们做法律顾问。”

话题又转到韩浩平来访的本意上。韩浩平说:“我跟买家把转店的

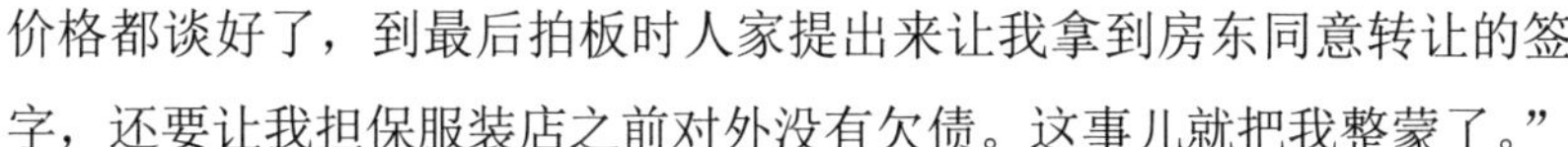

价格都谈好了，到最后拍板时人家提出来让我拿到房东同意转让的签字，还要让我担保服装店之前对外没有欠债。这事儿就把我整蒙了。”

白川问服装店占用的房子是谁家的。韩浩平说：“是当初中城区政府旧城改造时建起来的商铺，吴君玫是从城改办租来的。”

白川说：“你去城改办问问，能不能出个文字材料同意转让？”

韩浩平沮丧地说：“我去了三次，找了人家办事的领导，人家说这事儿我们私下咋搞他们不干涉，但是不能出具文字东西，也不会签字。他们担心开了头，以后市场就乱了。”

白川说：“按照法律规定，房屋转租要得到房东同意，否则就会违法无效，买家提出的要求是合理的。”

韩浩平失望地问：“那这事儿就办不成了？”

白川沉思了一会说：“老韩，这的确是个法律上的障碍。我给你出个主意，吴君玫去世后，你和吴君玫的母亲、女儿就成了法定继承人，你们几个继承人可以合伙开一个公司，大家各占一部分股份，就把公司的经营范围确定成服装经销，经营场所还放在那个店里。等到公司成立起来，你们把大部分股份卖给人家，让人家去经营。你们少留一部分，只做股东参与分红，不参与经营，这样一来店铺就不存在转租问题了，既不用房东签字确认，又把买家担心的债务麻烦解决了。”

韩浩平听得似懂非懂：“办公司容易吗？”

白川笑了笑说：“你现在算是正儿八经的商人，可得学些新东西。如今连农民都成立农工商公司哩。未来的社会，靠跑单帮干不成大事。”

韩浩平试探着问：“这事情还真有点儿复杂。白川你能不能帮我做这件事，我给你付律师费。”

白川说：“对我们来说，这是普通的法律服务事项。要不然我给你安排一个律师，为你提供专项服务。至于费用嘛，是得有一些，不过会优惠的。”

韩浩平高兴地说：“这样最好。”

自那日在郊外偶然碰见韩浩平之后，方鸣心中一直惶惶不安。他从韩浩平的表情中看到了仇恨，甚至能感觉出一丝杀气。自从方鸣干上缉毒警后，慢慢地就游走在黑白两道之间。他要在白道上干出业绩，就不能离开黑道上的支持。久而久之，他成了一般毒贩的克星，又成了某些特殊毒贩的老大。当他发现昔日的朋友韩浩平已下海经商后，就想着把韩浩平也拉到自己营造的网中，几番努力后终于成功。可没想到，韩浩平与老八第一次出道时就遇上了麻烦。当方鸣获知老八已被击毙的消息时着实吓了一大跳，他担心侥幸逃脱的韩浩平会把自己给牵连出来，那样他肯定难逃法网。惴惴不安了一段日子后，他去烟酒杂货店找韩浩平，得知韩浩平已经把小店盘了出去，心里一块石头才落了地，他明白韩浩平也是出于恐惧在寻求躲避。那天在办完案子驾车归途中，一身泥巴的韩浩平引起了他的注意，他下意识地停下了车。几句不投机的话里，他嗅出了韩浩平寻仇的味道。面对一个刚刚失去亲人的壮汉子，方鸣知道冲动往往会战胜理智。事后他有些后悔，当时不该停下车招惹韩浩平。

方鸣有个习惯，每天上班时规规矩矩地按时到单位点卯，除了外出办案，平时基本上都窝在办公室里。可一到下班，他的生活就变得丰富多彩。用他自己的话说，上班为公家做人，下班为自己做人。八小时以外的内容，说确切也不确切，只知道要吃饭不知道到哪里去吃，只知道要上床不知道上谁的床。除了吃饭和上床外，唱歌、洗澡、搓麻将是三个永恒的主题。这样一来，方鸣每天晚上回家的时候总是子夜时分。原先，方鸣住在中城公安分局的家属院，后来担心自己的作息习惯给同事留下不良猜测，后来索性就住在老婆单位的家属院。老婆单位是个街道办事处下属的集体所有制服装厂，企业已停产多年，家属院也成了三教九流汇聚的大杂烩。看到方鸣每晚夜深时才回来，门房打趣地问方鸣："人说七八点回来的是穷鬼，九十点回来的是酒鬼，十一二点回来的是色鬼，一两点回来的是赌鬼，老方你每天晚上回来这么晚，是哪号鬼？"方鸣说："这话用到我身上不灵验。我是鬼的克星。"

那天晚上，方鸣洗完澡，又接受了一场特殊服务，出浴场发现天上飘起小雨点，顺手拦了一辆出租车。因为老婆单位家属院在一条背巷子里，中间有一段路不够宽，出租司机开车进去容易，出来得倒着回来。到了离家四五百米远的地方，司机不愿意再往里开了，方鸣也想走几步路，就爽快地付钱下了车。天上乌蒙蒙的一片，巷子里的路灯暗得像鬼火一样，刚刚被雨水淋过的地面还有些湿滑。

就在方鸣漫步前行的时候，身后一记闷棍，方鸣软软地倒在地上。

第二天上午，头上缠着一圈厚厚绷带的方鸣苏醒过来，他试着活动四肢，一条腿却不听使唤。他努力地用另一只有知觉的脚去撞动那条麻麻的腿，感觉又粗又硬。他不明白自己躺在什么地方，又觉得喉咙干得像要冒烟。当他发出微弱声音的时候，床头出现了一个穿白大褂的护士。护士说："你醒了。"方鸣吃力地问："这是什么地方？"护士说："这里是汉京市人民医院。你受了伤，昨天晚上送过来的，你已经躺了十来个小时了。"方鸣问现在几点，护士看了看表说上午十点一刻。

方鸣努力地回忆昨夜发生的事情，他只记得下出租车后在昏暗的灯光下往家走着的情景，后来发生了什么事情，他是怎么到这家医院的，一概想不起来。是被车撞了，还是被人打了，或是高楼上掉下来什么东西砸着了他？他脑子飞快地转动着，又觉得头一阵阵地疼痛。

中城公安分局的局长和政委都来到医院看望方鸣。局长叮咛方鸣安心养病同时，也表示分局会不遗余力地尽快破案，缉拿凶手。

局长说："我们公安局连自己干警的人身安全都保护不了，何谈保护人民群众？刑侦队要是把这个案子破不了，就是枉吃了这碗饭。"

政委说："凶手要是抓到了，我们提前跟检察院和法院通个气，这案子我看够上杀人罪了。打到老方头上的那一棍要是再用点儿力，估计老方已经光荣了。"

看到领导对自己的关心和体贴，方鸣心里一阵感动，挣扎着要坐起来。

局长按住他的肩膀："老方，你伤得不轻，好好躺着。人常说伤筋动骨一百天，从现在起你得耐住性子休息，为了你自己，也为了咱缉毒大队日后的工作。"

方鸣从同事嘴里得知，自己在昨天夜间遭到不明身份的歹徒袭击。当巡逻的联防队员发现躺在地上的他时，歹徒早已逃之夭夭。联防队员在他的身上找到了工作证，弄清了他的身份，没敢耽误就把他送到市人民医院，又连夜通过辖区派出所报告中城区公安分局。经医生查看伤情，方鸣应当是被木棒之类的钝器击打，头部呈开放性创伤，左腿粉碎性骨折。医生对方鸣头部伤口清洗后送 CT 室做了检查，未发现脑腔异常，遂对腿部打上厚厚的石膏。

下午，中城区公安分局刑侦大队的大队长带着几个同事来到医院，他们一是看望方鸣，二是询问案情。刑侦大队已经按照局长的批示，正式办理了立案手续。

刑侦大队长说："老方，领导给我下了死任务，我也给领导立了军令状，你可一定要给咱多提供有价值的线索。"

方鸣说："局里有那么多的办案任务，为我这么一点儿小事，兴师动众不值得。"

刑侦大队长说："人家哪个行业都讲究近水楼台先得月，咱干公安的能有啥便利条件，依我说这才是咱们干的最有价值的案子。"

刑侦大队长听了方鸣的陈述，判断应当是方鸣在缉毒工作中跟犯罪分子结下了梁子，遂让方鸣把近一年来他参与办理的缉毒案件回忆一下，又嘱咐刑侦队员把一年来缉毒大队办理案件形成的案卷认真阅读，力争找出线索。方鸣说会不会是歹徒随机劫财恰好瞅上了他。刑侦大队长说："这种可能性不大。因为从伤情上分析，歹徒先是在你的头部击了一棍，在你被打晕后才又在你的腿上狠劲砸了几下。如果是随机劫财，一般情况下，不会在你昏迷后打第二棍的。从你腿上粉碎性骨折的后果来看，足以认定歹徒下手之狠。所以，合理的解释只能是报复行凶。"

刑侦大队长对案情的分析无疑是正确的。到底会是谁对自己痛下黑手？方鸣想得比刑侦大队长更复杂。依他这几年的生活和工作状况，和他结仇的人不外乎三种情形：一是工作中结下的仇。这几年经他手打掉了不少的涉毒团伙，被判处死刑的案子就有十来起，那些毒贩的哥们儿和家人报复的可能性不能说没有。二是在江湖往来上结下的梁子。方鸣干的这一行，少不了常有江湖朋友寻情钻眼，七拐八绕找到方鸣捞人的，有时候钱收了事没办成，难免事主心里不平衡，会想些歪辙。第三个原因是方鸣说不出口的。在方鸣日常男女交往中，有几个固定的情妇，尤以手下那个女内勤小高与他关系最为密切，小高是几年前从警校毕业分到缉毒大队的，长得靓丽可人。内勤的职责说起来是为全大队民警提供后勤服务，实质上只听命于大队长。一来二去，小高成了方鸣的贴身侍从，最后两个人到底滚到了一张床上。大队的其他人私底下虽微词不断，却没有人去捅开那层窗户纸。待到小高嫁给一个银行的职员，二人的亲密关系依然如故。方鸣虽对小高的丈夫有些担心，但常言说色胆包天，也就不过多了一些掩耳盗铃的遮掩而已。因而小高老公寻仇的概率最大。可是仔细一分析，方鸣又一一做了排除。常言说鸡不与狗斗，民不与官斗，在他的缉毒事业中，除了抓捕时，亡命徒会不计后果地反抗外，一般的毒贩大都会避之不及，正可谓耗子再凶也不敢惹猫。江湖上的恩怨也会遵循道上的规矩，要不然去找纪委反映情况，要不然会单挑决个胜负，下黑手的事情会让江湖人不齿。至于跟小高的事，他最近并没听小高说过家里那口子有什么异常。

突然，方鸣想起了一个人，这个人与他并无大的恩怨，但他却隐隐感觉到这个人传递出强烈的寻仇气息。这个人就是韩浩平！

设局让韩浩平进入自己的圈子，说实话，方鸣的初衷只是看中了韩浩平的背景和身份，他希望韩浩平能成为自己的一名得力干将。老八带着韩浩平当骡子时，他交代老八找机会让韩浩平沾上“面儿”，可他没有想到在那趟营生中，老八翻了船丢了命。他是在其后的公安内部通报上，得知汉京籍毒贩杨子荣被边防武警击毙的消息。对于韩浩平那一趟差事的根根节节，他不得而知，但是从那天郊外偶遇中韩浩平的表现看，韩浩平已经完全明白自己受骗了。韩浩平在经受了一场生死大劫难后，一腔仇恨似乎正在伺机喷发。

方鸣现在可以断定，向他下黑手的人非韩浩平莫属，但他没有敢把这一条线索告诉刑侦队长。以他自己的分析，如果真如他的判断，刑侦也能够顺利破案，归案后的韩浩平必然会把来龙去脉交代清楚，那样也许会给韩浩平定个重伤害罪，判个五年、八年，而他方鸣则可能会以毒品犯罪受到追究，仅以老八被击毙时查获的数量，顶格判他死刑没有悬念。权衡利弊，他不能以可能丢掉自己性命且遗臭万年的成本，换来对韩浩平的惩罚，这一次的哑巴亏算是吃定了。“君子报仇，十年不晚。”干脆就让这一次的伤害事件成为永久的疑案，那样，他或许还可以把自己粉饰为得罪黑社会势力而不幸遭受报复的公安英雄。

《汉京法制报》是汉京市司法局下辖的法学会创办的一家地方小报，其发行对象是汉京市公检法司等部门。因为经费有限，采编力量不足，办报质量一直搞不上去。又因为可读性太差，宣传主管部门几度要求报纸停办，却因报纸养活着几十口人，下岗人员不好分流，报纸依然不死不活地维持着。那一天，有个记者在医院看病，偶然听到两个医生聊天，得知医院半夜接收了一个打架受伤的病人，身份是个警察。职业的敏锐感让记者动起了脑子，随后一摸底，了解了事情的梗概。记者拿了一张介绍信，揣上记者证，又买了一束鲜花直接找到病床上的方鸣。方鸣一听这位不速之客的来意，婉言谢绝采访。方鸣不接受采访的原因有两个，一是怕自己遭人暗算的事情传到社会上惹人笑话，二是公安上有纪律，凡是涉及工作内容的新闻采访，必须通过分局宣传科，以免引起不必要的麻烦。这位记者遭拒绝后又跑到中城分局宣传科，宣传科请示政委，政委思考了一下，指示不做接待。政委的想法是案子目前仍未破，民警受伤又不是在工作状态中发生的，宣传的口径不好把握。万一案件破了，行凶人的动机跟方鸣的工作没有关系，甚或是为了私人之间的债务或情感纠纷，分局的面子可就难看了。再次遭到拒绝的记者却是不屈不挠，第二天写了一篇名为《公安干警夜半回家遭遇不明歹徒袭击》的报道，拿着打印的稿子交给中城分局宣传科，说是征求意见，如无不妥第二天上报。看着这份虽与事实并无多大出入，但切入点却让人啼笑皆非的稿子，宣传科长只好再请示政委。政委看完稿子，拍案怒骂记者吃饱了撑得没事干，又让宣传科动动脑子给那家报社找个碴儿，把这事压下去。宣传科长却提醒政委，说没事尽量少招惹这些小报记者，他们成不了事坏起事来可是一个顶两个。岂不闻现如今城里有三害：小偷、城管加记者。政委问宣传科长啥意见。科长说不如因势利导，给记者一些甜头，给局里树一个形象，把方鸣和他所带领的缉毒大队正面报道一下，重点不要放在方鸣被打受伤的事情上，这样起码可以在汉京市政法系统收获一些正面影响。政委觉得宣传科长说得有道理，指示宣传科长跟财务科联系一下要笔经费，既做事就要做得漂亮一些，如果可能的话，还可以搞系列报道。

有宣传科的安排协调，方鸣在病床上接受了汉京法制报社记者的正式采访。本就能说会道的方鸣，在心里梳理了一下这几年办过的大案要案，添油加醋，绘声绘色地把自己的工作业绩和工作过程进行了渲染。说到与毒贩惊心动魄的生死较量时，方鸣甚至套用了电视剧中的某些情节。把两个记者听得目瞪口呆，不觉打心眼儿里对方鸣油然生敬。当然，方鸣没有忘记强调，在那些决胜环节，无一不是局长、政委在办公室运筹帷幄，无一不是干警的通力合作、众志成城。至于说到自己受伤的事，方鸣说尽管自己无法判断这支黑箭从哪里射出，但更坚定了他除恶务尽的信念，他相信法网恢恢，疏而不漏。采访结束后，两个记者紧握着方鸣的手，表示感谢接受采访，并称方鸣是记者近年来采访生涯中遇到的最优秀、素质最高的采访对象。

采访结束后没几天，《汉京法制报》头版用整整一个版面配图刊发了题为《毒贩的克星，人民的卫士》的报道。文章洋洋洒洒几千字，尤以方鸣一张身穿迷彩服瞄准射击的照片最为引人注目，那是方鸣几年前在靶场参加射击训练时拍的。为了显示合作诚意，报社又加印了上千份报纸，专门送给中城区公安分局。分局也不浪费，组织人员把报纸分送到辖区各企业事业单位。一时间，大英雄方鸣的名字家喻户晓，如雷贯耳。报纸又呈送到省公安厅，厅长一看却是另一番感受，说这么一个出色的缉毒英雄，这么一宣传，好倒是好，却把英雄以后的事业给断送了。这方鸣以后走到哪里，头上都罩着一个缉毒英雄的光环，毒贩能眼睁睁地等着让他抓？看来方鸣以后的工作岗位需要调整了。不过不要紧，是金子到哪里都会发光。

被打后的前几天，躺在病床上的方鸣痛苦之余觉得有些丢人。他知道现在不少人有幸灾乐祸的毛病，尤其是警察被打，不知道会有多少人拍手称快。就是同行，也会有人把这件事当成茶余饭后的笑料。日后怎么相处，他觉得有些难堪。待到那篇登载他事迹的报纸送到他病床前的时候，他几乎是一字一句读了几遍，突然间觉得心胸开阔。是啊，这报道中叙述的桩桩件件，岂不就是他方鸣现实中实实在在的表现。自己被袭击的案件虽尚未侦破，但谁都能推想出这是英雄行为之后遭到的黑帮报复。为了神圣的事业，自己的身体受到点儿伤害算不了什么，他不该有半点儿丢人的想法。方鸣的心理状态调整过来以后，自我感觉好多了。自从他的事迹见报后，不时有各行各业的相关人士来看望他，给他送上鲜花，每每他都尽量绽开灿烂的笑容。甚至在辖区一所小学的少先队员集体看望他时，一时兴起的方鸣与少先队员在病房里合唱起了一首老掉牙的歌曲“我爱北京天安门，天安门上太阳升”。

在病床上躺了两个月，腿上的石膏才敲掉不长时间，方鸣就挣扎着下床了。又挨了一个月，方鸣就拄着单拐上班了。缉毒大队的教导员在方鸣治病的日子里主管全大队的工作，好不容易刚有些得心应手的感觉，却看见拄着拐杖的方鸣回来了，心里恨不得方鸣再摔上一跤重回医院接骨，嘴上却说：“方大队，我盼你回来都盼病了，队上工作太重太杂，我一个人实在能力有限。”方鸣含蓄地说：“有我在，你放心。我不在，让你受累我放不下心。”

省委宣传部、省政法委决定在全省开展人民群众满意的十佳政法干警评选活动，范围涵盖省公安厅系统、省法院系统、省检察院系统、省司法厅系统。省公安厅系统下拨了三个指标。公安厅长拿到评选推荐文件，想起了几个月前《汉京法制报》上登载的那篇文章，大笔一挥，给汉京市公安局一个戴帽指标，点名将中城分局缉毒大队大队长方鸣层层推荐报上来。厅长已有旨意，厅宣传处立即落实。市局、分局一竿子插到底，抓紧找笔杆子撰写方鸣的先进事迹材料。御用写手已有原先的报纸做蓝本，又有领导明确要求再拔高的指示，几天之内妙笔生花，一个堪比雷锋的优秀民警形象跃然纸上。全省评选结束后，作为本省权威媒体的党报《西部日报》、省电视台、汉京市电视台对当选人物做了连篇累牍的报道。方鸣的事迹在众多当选人中尤其吸引读者和观众的眼球。

方鸣当选全省十佳政法干警不久，为了促进外树形象、内强素质的公安建设活动，省公安厅又在全系统范围内下发了《关于号召全省公安干警向方鸣同志学习的决定》。一时间方鸣名声大噪，汉京市外的不少市区请求方鸣去做事迹报告，在汉京市公安局主要领导的首肯下，方鸣拖着还不太利落的腿脚四处奔走。所到之处，享不尽鲜花珍馐，闻不尽雷鸣掌声，方鸣感觉自己步入了人生巅峰。

因为走起路来一瘸一拐，方鸣在系统内得了个雅号——方拐子。不知道第一个起外号的人是出于昵称，还是戏谑，反正这个名字在系统内很快就取代了方鸣的大名。

在享受莫大荣誉的喜悦之余，方鸣不仅又在心中泛起几分酸楚。这一切都是基于那几记不知从何方抡砸过来的闷棍，不知道那个下黑手的人，看到今天的结果，会作何感想。

给方鸣下黑手的人的确是韩浩平。

自从那次与老八同行的惊险经历之后，韩浩平已经彻底看透了方鸣亦白亦黑的真实身份。依他执拗的性格，这个哑巴亏他是不会吃的，但是温柔善良的妻子给他的一番分析，又让他不得不冷静地面对现实，加上妻子已经有了身孕，他不能再让自己有什么闪失，只好暂时咽下有生以来最大的一口恶气。谁知天不睁眼，一场空难让他的幸福化为乌有，妻子没了，未曾出世的孩子被带走了，一瞬间他成了一人吃饱全家不饿的光棍汉。清理妻子遗物的过程中，他发现了妻子生前替他寻仇的秘密。感动之余，他生出了几许羞耻感。一个大老爷们，在外边遭人欺负，竟靠着已有身孕的妻子找人复仇，这是多么可笑可悲的一件事。半辈子铁骨铮铮的韩浩平，得让这件事情有个了断，这既是给自己有个交代，更是完成妻子未了的心愿。他狠下心，决定让方鸣为自己的恶行付出代价。

也许是天意，正在满脑子琢磨报仇方案的时候，半年不见的仇人竟然出现在他的面前，这莫非是老天坚定他复仇的信念，又莫非是妻子在冥冥中有意做出的安排。不善伪装的韩浩平两眼喷火，几句不阴不阳的话语让方鸣落荒而逃。韩浩平从方鸣的举止和表情上看到了怯懦。他更加相信，心中有鬼的方鸣不知干了多少伤天害理的事情，不把这个人整治一下，不知道他还会伤害多少人。

把吴君玫善后事情料理完毕后，韩浩平把服装店的日常管理事务交给妻子生前最信任的一个店员，然后一门心思地实施复仇计划。那天，他在郊外见到方鸣时，刻意记下了方鸣驾驶的那辆警车车号，他想从这辆警车的行驶状态中，找到方鸣的生活规律。可当他在中城公安分局门口的卖货摊前蹲守了几次后，却发现那辆警车的驾驶员不停地变换面孔，看来那辆车并不是方鸣的专车，他遂放弃了按车找人的想法。几经打听，他终于知道方鸣并不住在公安局家属院，而是住在一个疏于管理的大杂院。韩浩平找到方鸣老婆单位的家属院，一番踏勘，他决定把下手的地点放在方鸣回家必经的那条小巷子里。小巷子尽管狭窄，但中间却有个十字路口，四通八达，办完事后便于撤退。又经过一段时间的跟踪，韩浩平把方鸣的活动规律基本掌握清楚了。

从妻子留下的雇凶条据看，韩浩平明白妻子并不想结束方鸣的性命。在这一点上，韩浩平是赞同的，毕竟杀人的事情不能轻易去干。何况一旦出了人命案件，再加上死者的警察身份，公安上不会不倾尽全力侦破，那样很有可能自己会落网。所以在具体的复仇工具上，韩浩平颇费了一番心思。刀具被他排除了，钝器中他也不敢选择金属棍棒，后来他在土产店买了一根手腕粗细的锹把，又用锯条锯下一小段，装在一个挎包里。

机会终于来了。那天晚上，天上下起了零星小雨，韩浩平把自己伪装了一番，又蹲守在那条小巷子里。接近半夜十二点的光景，那个熟悉的身影终于出现在巷子的一头。韩浩平觉得一腔怒火涌上心头，他屏住呼吸，一分一秒地等待着时机。等到方鸣走过十字路口时，韩浩平以迅雷不及掩耳的速度从方鸣背后冲过去，照着方鸣的后脑勺就是一击。方鸣没来得及吭一声，就像死猪一样倒在地上。此时，韩浩平似乎看到了老八给他送到手中的像毒针一样的特制香烟，似乎看到了在境外龙哥和老八把自己堵在屋中的情形，似乎看到了妻子吴君玫怀中抱着胖乎乎的婴儿走向熊熊燃烧着的火堆，这一切都是这个恶棍一手造成的。韩浩平真的想给方鸣头上再补上一棍，把这个坏蛋送上西天。但是韩浩平并没有丧失理智，他再一次抡起手中的棍子，使出吃奶的劲儿，照着方鸣的一条腿死命地砸了下去。“咔嚓”一声，韩浩平明白，方鸣挨打的这条腿，从此再也不可能自如行走了，担心这家伙随后接骨康复，他又补了几下。韩浩平收起棒子，看了看四周，依然寂静无人。他朝着事先瞅准的方向，撒开腿一溜烟跑得无影无踪。

韩浩平自认为自己的活儿干得干净利落。回到家后，他觉得一阵轻松，复仇的快意多少冲淡了压在心头多日的悲哀之情。他在妻子的遗像前点燃了一支香烟，对着妻子的遗像说：“君玫，这支燃着的香烟就算是我给你献上的一炷细香。我要告诉你，我已经报了仇，你尽可以放心了。从今往后，我一定牢记这次交友不慎的教训，把你留下的服装店生意做好，把妈和丽丽照顾好。”跟妻子说完话，韩浩平感觉出一阵强烈的倦意，一歪头和衣倒在床上，迅速进入了梦乡，呼噜声一阵高似一阵。

一直睡到第二天早上十点多，韩浩平方才从床上爬起来。洗漱完毕，随便找了些吃的东西下肚。他又想起了昨天晚上的事情，这会儿稍稍觉得有些后怕。他担心自己砸在方鸣头上的那一棍下手太重，方鸣会丢了性命。他又担心会在现场留下蛛丝马迹。他后悔昨天晚上等方鸣时自己还抽过一根烟，警方会不会从丢在地上的烟屁股找到线索？

常言道，心里没冷病，不怕吃西瓜。韩浩平到底心里有事，以致白天晚上安不下心来，白日里听见警笛响就紧张，夜晚更是常常从梦中惊醒。为了排遣心中的恐惧与不安，韩浩平借着为服装店采货的名义南下广州、杭州。心中本就不平静，哪能静下心来一门心思打理货物？到了最后，也就自欺欺人胡乱地挑选了一些款式。货发回汉京，除了占库存之外别无用场。

挨过了个把月，竟然平安无事。韩浩平策略地着人打听方鸣的下落，知道方鸣一直养病未上班，这下心里安稳了一些。得知方鸣性命无虞后，他也断定方鸣或办案人员没有怀疑到他头上。

等到在白川办公室看到那篇登载方鸣事迹的报道后，韩浩平的心里又有些不平，这小子挨了一顿打，反倒因祸得福上了报纸。不过，他觉得自己和方鸣的恩怨应该了断了，他现在需要动脑子搞好经营，绝不能把君玫苦苦积攒的家业坐吃山空。可问题在于要立足实际，扬长避短，找一件适合自己的事做。人往高处走，水往低处流，他绝对不可能再干开出租的行当，他要找一个起点高一些的平台。

白川给韩浩平提供的红都县钼矿信息，让韩浩平产生了浓厚的兴趣。为了丢掉包袱，他得尽快把服装店盘出去。他试着把白川介绍给他的组建公司、转让股份的方式说给买家，没想到买家第二天就表示愿意接受这种转让方式。原来这个买家的女儿在政法大学读书，粗通法律，自然给父母提供了基本的法律咨询。韩浩平很快又联系白川，与京法律师事务所签了个专项法律事务服务合同。韩浩平付了律师费用，白川指派了年轻能干、手脚勤快的律师直接操刀。前后不到一个月的时间，吴君玫财产继承、有限责任公司成立、公司控股股份出让等手续有条不紊办理完毕。揣着三十万元的股份转让费，韩浩平打心眼儿里服气律师的能耐。

第十四章

一场轰轰烈烈的体制改革试点活动，为秦大明换来了五年的牢狱之灾。当年一审判决下发后，负责案件审理的法官庭后单独提审了秦大明。对于秦大明一案，他主张秦大明无主观恶意，应该判决无罪或至少免予刑事处分。但可惜的是，案件早由县政法委组织县公安局、县检察院、县法院三家负责人召开三长会议，定下调调，从重从快的原则连县法院院长也无可奈何。法官推心置腹地跟秦大明说，中国的法制建设任重道远，权大于法的状况还需要相当长的时间去消化解决。法官有些自证清白地说，别看那份判决书的落款处写着几个合议庭审判长、审判员的名字，那都不过是应景而已，这正是审案的不判案，判案的不审案。末了，法官建议秦大明提起上诉，说或许案子到了中级法院还有翻盘的机会。经历了一场风波之后，秦大明已变得心灰意冷。他对所谓的上级和领导丧失了基本的信任。当初他意气风发地接受省、地两级领导重托，承担了体制改革试点任务，几乎所有的改革内容，都是按照上级制定的方向和政策往前推进，可一旦出现问题，没有一个上级部门或者领导站出来替他说话，他像弃儿一样孤独无助地任凭风吹雨打。为了所谓的改革大业，他牺牲了个人利益，一心扑在工作上，最后甚至把自己的家当变卖以渡过难关，可又有谁怜念这些？当法庭上公诉人慷慨激昂地宣读起诉状时，他觉得可悲又可笑。他对所有的指控都默默承受下来。他出人意料的认罪态度，让法庭的审理过程缺失了应有的精彩。在一场由检察院主导的乏味无比的独角戏中，审判结束。结果，秦大明换来了认罪态度良好的认定，法庭当庭宣判对秦大明数罪并罚，判处五年有期徒刑。秦大明依然嘴角抿着，轻轻地微笑。当法官问秦大明最后还有什么要陈述的，秦大明对着话筒说："谢谢法官和检察官，劳你们费心了。"旁听席传出一片唏嘘声。富有良知和正义感的老法官想动员秦大明上诉，可秦大明根本不相信上级法院会替他申冤，他坚决地摇着头表示拒绝。

秦大明是在省第五监狱服刑的。据接收秦大明的狱警介绍，省第五监狱是模范监狱，也是政府对那些恶性不强或是对社会有一定贡献的投劳人员的优待服役场所。这里对外叫机械厂，犯人们除了没有自由和不发工资外，日常工作生活与普通工人没有太大区别。秦大明既已进了监狱，也就认了命，日常严守监规，干起活儿来踏踏实实，从不耍奸溜滑。犯人们之间的拉帮结派他也从不参与，很快又成了生产能手。监狱管教看在眼里，适时提拔他做了技工班长。在一次叉车送货时，他偶见叉车上的货物散开掉下来，千钧一发之际，他推开了叉车下方正在蹲着干活儿的一位狱友，从而避免了一场工伤事故。监狱为他记功一次，又申请当地法院为他减刑半年。其后，秦大明不改初衷，认真劳动，用狱政部门给他的总结材料上的话说，几年如一日，彻底洗心革面，提前完成了劳动改造。付出总有回报，秦大明从入狱那天算起，坐了三年两个月零三天的牢，以假释方式提前办理了释放手续。

释放的前几天，副监狱长跟秦大明进行了一次谈话。副监狱长是主管生产的，他看上了秦大明的能力和为人，想挽留秦大明留监狱就业。副监狱长说："老秦，你是个好人，可再怎么说，你出去了还是个刑满释放犯，不如就留下来做个正式职工，强似你到社会上遭人白眼。"

秦大明说:“监狱长,您的好意我领了,可是我一天也不想在这里多待。我几年来努力表现,图的就是早点儿出去。现在政府给我减了刑,我不能自己再把刑期拖下去。”

副监狱长觉得秦大明有些怪异:“你怎么能这样看问题?照你的说法,我们这些干警从来到这里的那一天,就开始了无期徒刑?”

秦大明说:“我和你们不一样。”

副监狱长又说道:“犯人刑满留狱就业,是打着灯笼都难找到的好事,多少人花钱找门子想留下。你倒好,到手的金元宝用脚踢。”

秦大明显得很固执:“我和人家不一样。”

副监狱长无可奈何,用带些调侃的语气说道:“好你个老秦,我要是管狱政,别说给你减刑,不给你加刑才怪哩。”

待到秦大明办完释放手续,那位副监狱长私人做东请秦大明在监狱外边吃了一顿饭。副监狱长给秦大明掏了心窝子:“老秦,我在监狱里干了这么多年,出出进进的犯人总也见过上千人。可说句真话,我就服气你。你人实诚,心眼儿活,能力强,要是把你埋没了,老天爷真的是瞎了眼。我前段时间想把你留下,是指望你在生产上给咱们监狱里把好关。可你不想在这里待下去,我也能理解。现在你要走了,我想问问你以后是咋打算的?”

秦大明感激副监狱长对他的信任,便把自己的心里话说了出来:“我几年前进监狱,说实话没为我自己一毛钱的事,我就是政府为了平息社会矛盾寻找的一只替罪羊。我现在也算看透了,进监狱前我一心为了公家。以后出了监狱,我得一心为我自己。”

副监狱长双手一拍:“老秦你几年监狱没白坐,到底是想明白了。”秦大明不明白副监狱长葫芦里卖的是啥药。副监狱长四周瞧了瞧,凑近秦大明的耳朵边,显得神神秘秘的样子:“老秦,你出去开个小公司,我和你绑锅做生意。”

对自己出狱后的生计,秦大明心里没有着落。副监狱长的厚爱,无疑让秦大明眼睛一亮:“可是我一个落难的人,一无资金,二无关系,我凭什么和你合作呢?”

副监狱长笑了笑：“你为人实诚和脑子好使，这两项足够了。”

原来，副监狱长在干好本职工作的同时，一直在社会上兼做生意，他在第五监狱所在地的礼州市开了一家经营石油化工产品的门市部，主营油料业务。因为自己身份的原因，他以妻子的名义申办了执照，又雇用小舅子负责打理门市部日常业务。偏偏这个小舅子不是个做生意的料，平素里只顾得吃喝嫖赌，外加手脚不干净。妻子对自己的兄弟又护短，副监狱长没少为这事和妻子拌嘴。秦大明在监狱里的表现，让副监狱长有了合作的想法，这才在秦大明刑满释放后给他说了自己的心思。

秦大明出狱后就把那家石油化工产品门市部接管下来。副监狱长跟秦大明言明二人为合股关系，秦大明不用出资，占三成干股。秦大明接手经营后，先把门市部原先的账目详细地清理一遍，这才发现副监狱长的小舅子实在不是啥好鸟。账目混乱不说，虚报冒领竟毫不掩饰，甚至把洗澡时给小姐支付的小费也公开以白条入账。秦大明花工夫把门市部全部库存重新登记，对外欠债务逐一核实，把应收账款逐一催收。在摸清家底的基础上重新建账。对几个雇员重新考查训话，留用了几个，辞掉了几个。没几天工夫，门市部面貌焕然一新。副监狱长看在眼里，喜在心里。

为了让自己在业务上尽快熟悉，秦大明特意在书店买了几本专业书籍。不几天时间，把《化工经营知识》《石油制品大全》读得滚瓜烂熟。店里日常经销的各类润滑油、润滑脂、添加剂的标号、功能、适用范围，秦大明如数家珍。这石油化工产品有个特点，品种多、用途窄，各类车用、工业用油脂品类多达数百种。而一般市面上经销的普通品种也就几十种，无奈时只有寻找替代品。秦大明钻研好学，很快成了油料专家。他能够根据客户的具体需求，为客户推荐最合适的替代品，或是建议客户购买若干种商品调和使用。久而久之，秦大明经营的这家门市部成了远近闻名的货品最全、服务最好的油料供应商店。

门市部的业务分批发和零售两项，秦大明入主经营后把零售搞得红红火火，而批发环节仍然由副监狱长管控。从账面反映的情况看，门市部有十几个固定的批发供货对象，大都是有些规模的生产性企业，第五监狱也在供货之列。批发业务的货物流程，基本上是从汉京市石油公司或外省的石油制品厂家采购货物，装车直接送到买方，然后由买方付款给门市部。门市部的利润有百分之八十来自于批发业务。秦大明这才明白，为什么副监狱长的小舅子那样胡花乱整，门市部却依旧能撑下去。

过了一段时间，副监狱长交代说让秦大明把门市部的批发业务也管起来。秦大明详细了解了原先的流程，才知道副监狱长一直把业务联系电话设在家里，由妻子日常守着电话，遇有业务时妻子及时告知副监狱长，再由副监狱长安排进货、送货、结账事宜，实际上那个门市部仅是一个窗口和概念。一段时间的观察后，副监狱长觉得对秦大明没有看走眼，就想着让生意正正规规地在店里做起来，也好解放妻子，解放自己。

为了让秦大明尽快进入角色，副监狱长频繁地带着秦大明拜会各供货单位的实权人物。无非是管供应的副厂长、供应科长、计划员、采购员、库管调度等几类人。好在秦大明有些酒量，几场饭局之后，秦大明就和这些大大小小的人物成了相见恨晚的哥们儿弟兄。再慢慢地，门市部每月的批发业务就都由秦大明接单、采货、送货。被解放出来的副监狱长的妻子首先高兴得不得了。

副监狱长是个知人善任的人，也是个说到做到的人。他把自秦大明介入经营后的营业账目月月盘点，扣除费用和税收后，给秦大明提出三成利润。第一个月秦大明分了两千元，第二个月分了一万元，第三个月分了一万八千元。秦大明觉得有些不好意思。副监狱长却另有一番说法：“你刚进来时就分了那么一点儿，你就知道我的经营有多差。你来了没几天，收入翻了几番，可是得大头的依然是我。你说咱俩谁该感谢谁？”秦大明愿意与门市部休戚与共，他说：“我暂时不需要钱，要不然把钱先放在账上。”副监狱长说：“咱俩说好的，生意上你不需要出钱，现在门市部的流动资金够用，等将来需要扩大经营规模时，你再把钱拿出来，咱俩再谈合作分成。”秦大明庆幸自己遇到了一个诚信的合作对象。他把分得的利润整数汇给住在红都的妻子，把几乎全部的精力都用在门市部的业务上。过了一段时间，副监狱长让秦大明从柜上取了三万块钱，购置了两部“大哥大”，一部副监狱长自用，一部配给秦大明。又过了半年多，门市部买了一辆昌河牌面包车，既做零星货物配送之用，又兼做秦大明经理座驾。秦大明一时之间倒也成了礼州城里一个有头有脸的人物。

随着经营业务的壮大，秦大明却慢慢地有了些心理负担，这就是批发环节中的回扣问题。批发业务说白了就是针对大企业的大单供货，在这个链条上，各用货单位业务流程大同小异，能不能取得供货资格，由供应科长提出名单，主管副厂长拍板确定，采购计划由计划员下达，具体货物采购选择由采购员定夺，配送货物质量及数量确认由库管员把关，结算款拨付时还得财务科长说了算。这一路上的尊尊菩萨敬好时畅通无阻，如若稍有懈怠则关口难过。神多了废香，环节多了生意费用自然也就高了，无奈只好提高供货价格，这就使得所谓的批发价格已经超过了门市部的零售价格。就这样仍难以应付居高不下的成本。再后来，只好在货品规格上想点子，诸如把一般的机械油开票写成高档的通用机床油，把普通的液压油写成抗磨液压油，从而掩人耳目地提高销售价格。反正买卖双方彼此心照不宣。

让秦大明产生恐惧心理的事情源于一桩交易数量上的差错。那是在一次送货过程中，因为司磅员中间上了一次厕所，无意中把一车货物开出两份磅单，而库管员其后竟一车两报，回过头来，库管员要求将冒报的一车货款提一半给自己。秦大明知道情况后要求库管员据实核减数量，却遭到库管员拒绝。库管员威胁说，如果合作不成，就把门市部在货物规格上弄虚作假的事情都抖搂出来。不得已之下，秦大明只好照办。可是，当秦大明静下心来掂量这件事时，却越想越害怕，这是明目张胆的监守自盗，分明是犯罪行为。联想到平日里习以为常的回扣行为，岂不也是犯罪？秦大明不由得胆寒。过去为了公家的事业，自己的政治生命已经玩完，又搭进去一千多个日夜的自由，但是想起来却不愧对良心。而今为了自己的私利，却是实实在在的犯罪。难道真的因为一场冤狱，自甘从清白之人堕落为真正的罪犯？反复地思考之后，他决定悬崖勒马，他不能让自己沦为实至名归的罪犯！

当秦大明委婉地跟副监狱长提出辞职请求时，副监狱长吃了一惊。副监狱长觉得自己没有对不起秦大明的地方，他以为秦大明看见门市部效益上升，个人期望值提高了，遂咬着牙表示可以把秦大明分红比例提高到四成。秦大明却解释说三成已经高得让他不好意思，辞职的原因真的跟他个人分成没有任何关系。副监狱长非得问出个究竟不可。不习惯撒谎的秦大明犹豫了一下，把自己的担心和盘托出。副监狱长听后，沉默半晌说道："老秦，这世界上有些事儿不能较真儿，太较真儿就干不成了。"秦大明说："我心理承受能力太差。"

秦大明去意已决，副监狱长一看挽留不住，也就只好答应。为了表示对秦大明的谢意，副监狱长特意又从柜上取了三万元现金作为最后的一笔奖励给了秦大明。当秦大明提出把配给他的那部"大哥大"交出来时，副监狱长说："老秦你留下做个纪念，也方便我们相互联系。"

秦大明回到红都县。一半天工夫，消息就传遍了小小的县城。少不了一帮昔日的部下故旧上门问寒问暖，又有人张罗着为秦大明接风作贺。几年的牢狱生活，早已让霹雳火的性格发生了很大变化。秦大明死活不肯出席任何为他设置的酒宴，只是低调地在家中迎来送往。妻子问秦大明以后的日子准备咋过，秦大明说他还没有想好。其实秦大明已不打算再浪迹人海，他想把自己放在一个闭塞的地方，诸如山间租一片地，搞搞种植、养殖之类的营生。

一天下午，秦大明家里来了一位不速之客。客人自称是县政府办公室的通讯员，说是孙副县长请秦大明去一趟。秦大明一时有些诧异。他努力地在脑海中搜索过去在官场上认识的人物，却死活想不起来有个姓孙的。秦大明问通讯员孙副县长叫啥名字，通讯员说叫孙鸣飞。秦大明却依旧没有任何印象。秦大明问县长叫他过去有啥事情，通讯员说自己也不知道。秦大明想了一会儿跟通讯员说："你回复县长，就说我一个刑满释放犯，保证规规矩矩，不做危害社会的事情，不给县政府脸上抹黑，让县长一定放心。"

通讯员走后，秦大明心里打开了鼓。这位孙副县长不知何方神圣，召见他一个劳改释放犯，也不知是福是祸。他仔细检点回红都后与来访故旧的聊天内容，自感没有任何出格的地方。对原来判他五年有期徒刑的事，他没有抱怨任何人，更没有为自己鸣冤叫屈。莫非是县上的领导怜惜他当年一心为了工作，不得已被选作一只替罪羊，现在良心发现，想安慰安慰他？可转眼一想又觉得不可能。如果真是那样，一个堂堂的副县长不可能私人召唤他。再说，秦大明因一场官司，已经看透了官场上的丑恶一面，当你红火的时候，八竿子打不着的人趋之若鹜，当你落难的时候，不落井下石的人就算不错了。自己现在既是一介草民，且还戴着一顶劳改释放犯帽子，最好还是离那些当官的远一些。秦大明想得心烦，索性找了本书看起来。

第二天是个星期天，秦大明和妻子正在家里包饺子，听到有人敲门。妻子打开门，却看见一个气宇不凡的陌生人站在门口。不待秦大明妻子说话，陌生人朗声问道："老秦在不在家？"秦大明应声赶出来，却想不起来访客是谁。陌生人呵呵笑着握住秦大明的手说："老秦，你真有个性，我让人请你到我办公室坐一坐，你偏不给面子。你现在是隐居南阳的诸葛亮，我就只好三顾茅庐来了。"秦大明一听这话，知道这位是孙副县长，连忙把孙副县长让进屋子坐下，又嘱咐妻子倒茶水来。

孙副县长一落座，就笑眯眯地看着秦大明，像老相识一样大大方方。

秦大明试探着问："你是孙县长……"

孙副县长点点头："孙鸣飞。你的老朋友。"

一句话把秦大明说得如坠五里雾中："咱们认识？"

孙副县长说："老秦，你真是贵人多忘事。当年搞体改试点时，我来红都陪记者搞采访……"

秦大明这下想起来了："闹了半天你是省农贸社的小孙。那一阵子你们省社的白川在这里蹲点，后来你陪着报社一个女记者到红都来，咱们在一起开过座谈会。”

孙鸣飞说：“老秦记性不错。”

“我还得叫你孙县长。”秦大明说，“你咋下到红都来了？”

孙鸣飞脸上显示出说不清是自豪还是自嘲的表情：“党的政策，干部任用前总得发配出去受点儿苦。”

秦大明说：“原来你是到这里挂职锻炼的。这你放心，苦日子长不了。”

秦大明问起省社王副理事长的情况。孙鸣飞说：“王副理事长一场改革试点失败后，心也灰了。后来来了个新理事长，王副理事长懒得管事，一心沉迷书法。现在退居二线，在省书法协会下边搞了个商业圈书法分会，自任会长。据说现在他的一幅字在市面上能卖几百块钱哩。”

秦大明又提起了白川。

孙鸣飞说：“我们那位老朋友从省社辞职了。”

秦大明闻言一惊：“辞职了？”

孙鸣飞说：“嫌机关那个笼子太小，到社会上折腾去了。现在当了大律师，是一家律师事务所的主任。”

秦大明说：“我在里面待了几年，外面的世事变化太大了。”

孙鸣飞说：“我再告诉你，那年来我们红都采访的那个女记者，现在是白川的妻子。”

秦大明想起了那场大风波：“那个女记者是个好人，后来到红都采访时勇敢地阻止了歹徒打砸抢，被打伤后住了好长时间医院。”

闲话说了一阵，孙鸣飞道出了自己的来意：“老秦，你懂经济，是咱们红都县难得的人才。最近县上正在搞国退民进的改革，这里面涉及很多技术问题，也需要严格把控政策。县上成立了改制办，机构就设在县经贸委，我想请你出山给咱把把关。”

秦大明问：“啥叫国退民进？”

孙鸣飞说：“党中央号召放手发展民营经济，具体做法就是把小型国有企业产权出售给私人，以提高企业的活力。用一句流行的口号说，不求所有，但求所在。今后民营企业要进入国家经济的各个领域，国有企业只退守关乎国计民生的行业。这个就叫国退民进。”

秦大明伸了一下舌头：“我的天，要全面私有化了？”

孙鸣飞说：“老秦你外号叫霹雳火，向来都是走在时代前沿，现在可不能落伍了。”

“我是个刑满释放犯，你用我不怕犯错误？”秦大明说。

孙鸣飞摇摇头：“老秦，全红都县的人都知道，当年搞改革时，你没为自己捞一分钱私利，后来出事了，你把自己的家当都卖了。你又不是诈骗犯、贪污犯、行贿犯，我用你能犯啥错？再说了，我也没有能耐给你恢复公职。我只是想让你出面帮帮改制办的那些榆木疙瘩，做个临时工而已。”

听完孙鸣飞一番言论，秦大明内心像一锅沸水上下翻滚。对时下的政策，秦大明不可能一下子吃透，但这种在所有制上大刀阔斧的动作却又着实让人咋舌。政策，政策，这个让所有人挂在嘴边，却又永远也搞不懂的名词，让多少精英折戟沉沙，让多少家庭分崩离析，让多少现象扑朔迷离。自己的一场牢狱之灾，岂不也是在政策的改变中发生的一场悲剧。现在突然间冒出这么一个史无前例的政策，谁敢保证以后不秋后算账，谁又敢保证自己不会跟着遭殃？想了想，秦大明打定主意：婉言谢绝孙鸣飞的盛邀。

“我现在脑子坏了，忘性特大，说话做事颠三倒四。”秦大明说，“孙县长你不知道，这监狱真是个改造人的地方，再能耐的人也会坐成傻子。你说的事情我听都听不懂，更不用说让我去帮改制办做事了。你可千万打消这个念头，要不然对我对你都不好。于我别人笑话说是废人一个，于你别人笑话缺乏领导素养，让一个刑满释放的半吊子担当大任。”

“就冲着你这一番话，谁要是把你老秦当傻子谁就真成了傻子。”孙鸣飞说，“古今中外，多少个仁人志士是在高墙中磨炼了坚强的意志？我请你出山，是尊重人才哩。张县长那里我已打过招呼，他也赞成我的做法。”

秦大明低下头，态度异常坚决地说：“孙县长，你的美意我领了，但是我真的不能去。我再也不想跟官场有交集了。”

对秦大明的态度，孙鸣飞多少有些意外。当秦大明刑满释放回到红都的消息传到孙鸣飞耳朵时，孙鸣飞半是惊讶，半是好奇。他很想看看这位昔日的风云人物几年牢狱改造之后，是个什么样的状态。当年，秦大明的入狱，在全省农贸社系统甚至整个商业金融系统引起了一场地震。尽管各种说法都有，但最终社会上认同一种版本，那就是秦大明其实是一只替罪羊。现在秦大明出狱了，作为主管经济的副县长，孙鸣飞觉得自己有责任为过去的同行安排一个合适的出路，毕竟农贸社还是他的大本营，对秦大明的体恤自然会为他赚来好口碑。为了不招惹闲话，他还把拟用秦大明做临时工的想法给一把手张县长做了汇报。他跟张县长说起用秦大明的初衷，一是为了不造成人才浪费，二是为了让县上的干部尤其是中层领导感觉出现任领导班子是个富有人情味的班子。张县长知道这位挂职副县长上头有些背景，也想给自己在省上留个渠道，寻常的小事情任由孙副县长做主，也就自然对这个建议未做否定。孙鸣飞原本以为秦大明对自己的厚爱会感激涕零，却没想到派出的通讯员给孙鸣飞带回了秦大明不阴不阳的口信。孙鸣飞遵循礼贤下士的风格，他想着秦大明可能是因为想不起来他这个老相识，不敢轻易高攀，因而也就不气不恼，专门找了个休息日亲自上门造访，也算是他出于私人关系的看望，可秦大明这种决绝的态度，着实让他有些尴尬。如果有人知情后再编排些小道消息，说他堂堂的孙副县长求见刑满释放犯，被拒之门外，让他的一张脸往哪里放？

孙鸣飞一看话不投机，适时地换了个话题：“老秦，我来看你，完全是出于咱们过去的私人关系。你不近官场，我能理解。那你要把自己以后的生活好好规划规划，可千万不敢沉溺下去，那样的话，我们这些曾经的朋友心里会难受的。”

秦大明也觉得自己的态度驳了孙鸣飞的面子，就抬起头说道：“孙县长，你能不能给我指个道？”

孙鸣飞说："现目下政府搞国退民进，这就是个好机会。咱们县上工业口、经贸口、农贸口、商业口原先一大批地方国有小型企业正在社会上寻找收购单位。不说别的，就红都农贸社体改时办起的那些加工厂，你都熟悉。何不买下一家厂子去搞一番事业？"

秦大明眼睛一亮："我个人能买厂吗？"

孙鸣飞说："这一次的国有资产处置，不论买家是企业还是个人，不管是本地人还是外地人，一律平等对待。你有什么不可以的？"

"收购资产需要的资金量大不大？"秦大明担心自己的经济实力。

孙鸣飞说："政府处置资产的目的是盘活现有社会资源，让那些已经没有丁点儿活力的企业通过所有制变化注入新的生机。对个别一时难以恢复生产或者需要大量投入实现转产的企业，政府还可以让买家分期付款。"

秦大明来了精神："孙县长，你给我推荐一个好项目吧。"

孙鸣飞笑了笑："对具体的生产经营，我可真是个外行。改制办那里有县上拟出售的企业明细单，你有空时，可以到那里去要上一份，然后分析、筛选，找出你心仪的收购对象。"

孙鸣飞副县长的造访，无疑在秦大明心中激起了难以平息的波澜。过去的一段弯路，让秦大明大好的人生年华白白地浪费了许多，现在他仍处风华壮年，他要干出一番事业，他要用事实证明他秦大明是一条铁骨铮铮的汉子。在礼州市与那位副监狱长生意上的合作，让他初尝私营企业的酸甜苦辣。如果能给他一个合适的机会，让他完全按照自己的理念开展经营，他相信自己会取得成功。孙鸣飞走后，他让妻子设法拿到了红都县政府国有小型企业产权改制办公室对外发布的企业产权出售名单，仔细地研究了一番。在这些企业名单中，大部分是计划经济时代盲目上马的一些老旧产品制造企业，如今大部分面临淘汰转型，他在农贸社理事长任上创办的食品厂、饲料厂、烤烟复烤厂等也赫然上榜。忽然间，农贸社钼矿的名字引起了他的注意。

农贸社钼矿是那年省农贸社在红都搞体制改革试点时的项目。按照当时上级的精神，只要农民需要的，只要能产生效益的，农贸社可以完全打破经营范围的限制，放手渗透到经济领域的各个角落。省社的王副理事长跟秦大明解读政策时说，只要把住军火和毒品两项不能搞以外，其他没有禁区。秦大明上中学时有个地理老师，姓牛，是地质大学毕业的，后来调到省城地质学院。他曾给秦大明说过，红都的凌山里有钼矿，极具开采价值。体改试点时，秦大明专门请牛老师回到红都，沿着凌河流域，把凌山的地质结构详细考察了一遍，遂决定由农贸社办一个小型矿山。后来，农贸社在省地矿厅申办了一张采矿证，又购买了一些选矿设备，挖了一些坑道。遗憾的是，牛老师的勘察结论虽没有错，作为矿山成品的钼精粉也炼出来了，但却因为市场低迷，销售渠道不畅，矿山经营难以为继。再后来，体改塌火，资金链断裂，矿山实际上也就荒废了。

废弃的钼矿位于凌山深处的凌河岸边。当初在选址时，牛老师倒是费了一番心思，把采矿、选矿、运输、排渣等等因素反复考量后，才拍板把选矿场生产基地放在大山里头。这样一个几乎与世隔绝的场所，当下倒真的合秦大明的心思。他不想在喧闹的市区整日与人打交道，只想在远离市井的地方，默默地做一番事业。秦大明思前想后，决定对这个矿场再深入考察一番。

搞经营管理，秦大明算是内行，但说到矿山，秦大明可是个门外汉。现在秦大明需要搞清矿山产成品的销路，需要详查矿山开采的可行性，需要落实矿山现有设备的使用价值。而这些因素，他既看不明白，更无法进行有效分析，他只有求教别人。秦大明想起了当年建矿时四处奔波的牛老师。只有牛老师最了解这个矿山，看来还得麻烦牛老师。

选了个合适的时间，秦大明坐长途汽车去了趟汉京城，设法见到了牛天儒老师。牛老师现在已经是地质学院的教授，麾下带着几个硕士研究生，正在为找寻研究课题费脑子，一听秦大明要把红都废弃的矿山恢复生产，立马来了精神。牛教授说，以他当年考察的资料，红都凌山的地质结构中，应当蕴藏品位不低的钼金属矿藏，且储量丰富，开采前景相当乐观。同时矿石中伴生有可供提炼的铜、钒等金属元素。牛教授认为，这个项目的恢复可能出现难以估量的商业价值。

另外，牛教授又提供了一条振奋人心的商业信息，他说由于海湾战争的爆发，国际市场钼价已冲破长期低迷的局面，期货市场交易明显开始活跃。牛教授最后说：“那个沉寂多年的矿山就是个金娃娃，只差独具慧眼的人去抱它。”

秦大明又讨教矿山恢复生产需要投入多少资金。牛教授的几句话却让秦大明像泄了气的皮球一样蔫了。牛教授说：“当初矿山因陋就简，投了不到百万元，现在估计那些设备设施已经报废，需要重新添置家当。另外原有的尾矿坝、年久失修的坑道，都需要进一步改造。再把通货膨胀的因素考虑进去，二次投资总量也在二百万元左右。”秦大明想想自己在礼州跟那个副监狱长合伙一段生意，攒下的积蓄也不过二三十万元。以他自己现在的身份，要想借贷筹足这笔巨款，只怕是力不从心。

看到秦大明脸上的难色，牛教授开导说：“办企业缺钱是常事儿。你可以想想办法，比如在银行贷款什么的。还可以寻求投资商，让别人拿钱进来一起合作。有钱大家挣嘛！”

秦大明知道有钱的人不见兔子不撒鹰，挠着头说：“谁肯相信咱哩。”

牛教授说：“这事儿要是能定下来，我给你入一股。其他人要是信不过，我来解释。”

秦大明眼睛一亮：“真的？”

牛教授说：“我一个教书匠，没有其他收入，家底充其量也就二十来万元。我全拿出来。”

秦大明兴奋地说：“只要你肯介入，你的名字就是金字招牌，比拿多少钱都强。”

牛教授愿意掏钱共同干矿山，这让秦大明着实感到意外。如果说，在秦大明见牛教授之前想搞矿的动机仅是想在远离尘世的地方证明自己价值的话，与牛教授的会晤，则让他多年前那种雷厉风行的霹雳火性格又被激活了。从地质学院出来，秦大明有一种热血沸腾的感觉。世上无难事，只要肯攀登。二百万元的数额不算小，但只要把牛教授这杆大旗竖起来，再在宣传上下些功夫，不愁没有想合作挣钱的人。当务之急，是要让自己尽快改变对矿山经营一窍不通的尴尬。想着这些，他决定先去书店买一些有关矿山方面的书籍。礼州一段时间的油品经营，让他深深体会到专业知识对经营的重要性。任何情况下，老板都不能当门外汉。

想到筹资，秦大明脑海中把自己的朋友故交筛了一遍，却没有找出来几个真正有钱的人，看来也只有积少成多这一条路子了！忽然，他想起了当年农贸社大张旗鼓搞扩大股金的事情，一开始谁也没有料到，后来事情的发展方向让上上下下的人目瞪口呆。这回如果再去走积少成多的路子，谁敢保证不会重蹈覆辙。显然，走集资这条路子要慎之又慎，他秦大明绝不能在一个地方跌倒两次。回忆往事时，他又想起了当年和他处得不错的白川。听孙鸣飞说白川已经辞职，当了一家律师事务所的主任，又娶了报社那个当年在红都为保护国家财产挺身而出的女记者为妻。兴许他们夫妻俩在社会上有路子，如果能找来一两个大投资商，岂不是一河水都开了？

秦大明记得孙鸣飞说给他的那家律师事务所叫京法律师事务所。他掏出随身带着的“大哥大”，拨了114查号台，果然问出了电话号码。电话打通一询问，白川真的就在那家律师事务所。秦大明喜出望外，顾不上去书店，向路人问明了方向和地址，坐上公交汽车，朝汉京大学奔去。

见到多年不曾有消息的老朋友，白川又惊又喜。两人手握在一起久久不愿松开。看到秦大明鬓角几缕白发，白川心里有些酸楚，只觉得往事历历在目，忍不住想掉眼泪，嗓子眼儿好像堵了什么东西，半晌说了一句：“秦理事长，你受苦了！”

秦大明把头摇得像拨浪鼓：“什么理事长？那都是过去扯淡的事情了。我现在就是秦大明。要说受苦嘛，也不见得，人生一辈子，也算是长了些见识，反正过去了的都是好日子。”

白川忍不住捶了秦大明一拳：“好你个老兄，进了一趟监狱，磨了你多少年，火辣辣的性格愣是没变多少。”

白川问秦大明是咋找到自己的。秦大明回说孙鸣飞现在挂职当红都县经济副县长，前段时间听说他回家闲着没事，上门去看望他，顺便说起来的。

秦大明说："我听孙鸣飞说你是辞职离开农贸社的，你就不觉得可惜？你看人家孙鸣飞跟你条件差不多，如今挂职做副县长，镀一段时间的金，回到省上要不了几天就平步青云，处长、副厅长、厅长，没准以后还会上到副省级。"

白川笑了笑说："人各有志，官场有官场的好处，官场也有官场的难处。你如今远离官场，是不是也有无官一身轻的感觉？"

秦大明笑道："说的倒也是。"

白川问起秦大明现在的生活状况。秦大明把自己出狱后跟那位副监狱长在礼州市做油品经营的事说了一通，又把回到红都后孙鸣飞请他出山被他婉拒的事也告诉了白川。秦大明说："我如今再也不想跟官场上的人打交道，只想一味地做好自己。孙鸣飞建议我在这一回政府出售小型企业产权的过程中，买一个小厂子。我调研一番后，想把咱们原来办起来的钼矿厂拿下来。"

对那个钼矿厂，白川印象中只是最后去红都时凌河水污染的情景。他不无顾忌地说："对钼矿厂我不太了解，但是我担心你开起来污染太严重，不知道政府审批能不能过关？"

秦大明说："我已经走访了地质学院的专家。当年上马时因陋就简，现在不一样了。采矿和选矿的工艺大大提高，污染的问题可以有效解决。"

白川说："这样就好。现在时代不同了，盲目拍脑袋的决策方式已经吃不开了，一定要有专业方面的支持，做好可行性研究。"

对矿山恢复生产的技术问题，秦大明显得胸有成竹："地质学院的牛教授是地质方面的权威，当初钼矿厂开办的时候就是他拍板选址，现在他也愿意拿出积蓄入股。有他把关，生产上方方面面不成问题。"

白川说："现在搞经营讲究靠'知本家'，有专业知识的人是最大的资本家。"

秦大明接着白川的话头:“可是我现在遇到的最大难题是资本。按牛教授的推算,启动资本需要二百万元。”秦大明眼神中流露出希冀:“我想听听你有没有兴趣,咱们跟牛教授绑锅一起干。”

白川笑着摇了摇头:“我没有经营头脑,律师事务所的工作够我忙的了,再说我也没有能称得上资本的资金。”

白川的话在秦大明预料之中:“你交往的人多,可以帮我宣传宣传。有人愿意投资的话,给我牵个线。”

秦大明返回红都没几天,接到了白川的电话。白川说原来省农贸社有个叫韩浩平的同事对钼矿有兴趣。秦大明一听喜出望外。白川说要不然让韩浩平去红都实地考察一番。秦大明说他正想再到汉京城去接牛教授来红都凌山里看看那个荒了的矿,干脆他们一起去拜访韩浩平。

等秦大明再到汉京城时,韩浩平像等待老朋友一样与秦大明会面。两个人一见如故,谈起各自的经历,又觉得亲切了几分,免不了对农贸社不死不活的体制发几句感叹,对各自找到实现价值的平台说几句聊以自慰的话。谈到收购钼矿的话题,他们的情绪显得都很高涨。当下两人决定,紧紧拴住牛教授好好干一番事业。韩浩平提议最好拉白川入伙。秦大明说:“我们就搞个‘四人帮’。”

韩浩平做东,把牛天儒、秦大明、白川请到汉京市新开张的一家粤菜馆。觥筹交错间,韩浩平和秦大明极力撺掇白川入上一股。白川仍然婉言表示谢绝:“我是个律师,是做中介服务的,我可以为你们的合作提供顾问服务,参股未必能发挥我的作用。”

看到白川的坚决态度,韩浩平和秦大明不无憾意。

白川又解释说:“我辞职之前,给我们周老师做兼职主任助理。农贸社本职工作本就很忙,律师事务所很多的事务和案件要我去办,两头扯,状态很不好。现在要再搞个兼职,只怕是跟周老师和所里的同仁都没法交代。”

话说到这份儿上,韩浩平和秦大明都表示理解。

说到钼矿的前景,牛天儒又是一番宏论。他把凌山地质地貌的形成历史以及金属钼、铜、铁、镍可能蕴藏丰富的依据，如数家珍地道出来。对于钼市场的未来走势，牛天儒更是信心满满。趁着酒意，几个人做了现场分工，牛天儒负责矿山技术指导，秦大明负责生产管理，韩浩平负责产品销售。白川自告奋勇说自己担任法律顾问。

在合作方式上，白川建议成立一个有限责任公司，对内由三个出资人合股，对外以公司名义收购钼矿，开展经营和销售，大家都表示同意。最后由牛天儒提议公司起名“汉京市三贤矿业有限责任公司”，寓意三个股东携手合作，既是三个贤达的人，又要在合作上贤明公道。大家都拍手叫好。接着又说到三个股东的出资份额，牛天儒说自己能拿出二十万元。秦大明咬了咬牙，表示自己可以筹到三十万。众人都把目光聚集到韩浩平脸上。

韩浩平脸上似有难色。

白川适时缓解气氛：“公司的资金来源，既可以靠股东出资，也可以靠企业对外融资。股东出资量小不要紧，企业成立后可以到外边去借款。”

韩浩平说：“这几年在外边搞经营，挣了些钱，有个百十来万，我能做主投到公司。但是我不想一个人占太多的股份，我觉得还是大家权利平等一些好。”

白川说：“我给你们提个建议。公司的注册资本金就按一百万元的盘子确定，牛教授出资二十万元，老秦出资三十万元，老韩把剩下五十万元补上，股权比例就按2∶3∶5，在工商局办个登记，有了这一百万元垫底，其他的钱公司对外去借。”韩浩平立马表示愿意把家里能拿出的闲钱都借给公司。事情就这样说定了。

接下来由韩浩平负责在工商行政管理局办理企业成立登记。白川为新公司起草了企业章程。按照工商局的要求，三个股东按各自的承诺出资数，把钱打入指定的银行账户进行验资。不到十天时间，公司的营业执照就发下来了。按照公司登记的章程，韩浩平出资最多，担任董事长，是企业的法定代表人。秦大明是公司总经理。牛天儒担任公司监事。公司又特别聘请白川作为终身法律顾问。

就在韩浩平忙碌着注册公司的同时，秦大明和牛天儒张罗着考察凌山深处的矿区。牛天儒还带了自己的两个硕士研究生，既是为自己的经营项目实地考察，又是带学生搞课题研究。一行四人乘坐从农家租来的小型拖拉机，颠簸了一个多小时。他们赶到目的地时，已把牛教授折腾得吐了个昏天黑地。稍稍歇了歇，打起精神，几个人开始了认真的调研。

矿场已经破败不堪，那些机械设备上能拆下来的有用物件，已被山民拆卸一空，仅剩的钢铁骨架，已经锈蚀得不成样子。牛教授说这些设备的价值已经成为负值，要想重新恢复生产，还得花钱拆除，清理这些废物。评估完选矿场，四个人又戴上安全帽，点上矿灯，小心翼翼地探看已经被荒草淹没的矿洞。

黑咕隆咚的矿洞看不见深浅，牛天儒捡起一块石子用力扔进去。随着一阵回声，飞出几只幽灵般的蝙蝠。牛天儒又点着了几支蜡烛，让他的学生一人手持一支。秦大明有些不解，问牛教授既然有矿灯，为何还要点上蜡烛？牛天儒笑笑说:“我们来打扰山神，点上蜡烛，以示歉意。”几个人一步挨着一步，慢慢地往前挪着。牛教授用矿灯仔细照着矿洞壁，不时用手指抠下矿壁上的泥土，在手指上捻碎，再不停地放在鼻子下方嗅一嗅。寂静的矿洞里不时地响起水珠滴落在水面的敲击声。越往里走，地面的积水越深，秦大明的鞋子里已经灌满了水。牛天儒反复叮咛自己的学生，注意手中的蜡烛火苗。也不知道走了多长时间，矿洞依然看不见尽头，燃烧的蜡烛已经灭了几次。牛天儒抓住秦大明的肩膀说:“今天到此为止。”几个人又转身顺着原路小心地退出洞外。

坐在矿洞口外的石头上，牛天儒问矿上原来的技术资料还在不在，秦大明说他也不清楚，但估计多少年过去了，那些资料可能早已散失。牛天儒说:“今天的初步考察结果，让人半喜半忧。喜的是看到的矿体品位比想象的还要好，忧的是原来矿山的设备已完全毁损。选矿场不用说，矿洞里边的安全设施要从头搭建，光是矿道的保护设施就少不了要花大钱。”

秦大明脸上露出愁容。牛天儒开导说：“你用不着担心，这喜事对咱是好事，这忧的事对咱来说也未必是坏事。”

秦大明颇为疑惑：“牛老师此话怎讲？”

牛天儒狡黠地笑了笑：“矿产学是一门深奥的科学，要钻进去不太容易，这个矿真正的价值在于矿藏的品位和开采成本。而一般人的眼光可能恰恰停留在现有设施的价值上。如果原来矿山的硬件现在看起来仍然很有使用价值，又有多少人会和我们拼命地竞争买矿山，客观上是不是会提高我们的成本？再说了，我们一切从头来，就好像在一张白纸上搞创作，这比对别人的涂鸦修修补补要舒心得多。”

牛天儒几句话把秦大明说得目瞪口呆。秦大明拍了一下脑袋：“好我的牛老师，我只知道你是个教书匠，没想到你比我有商业头脑得多。”

牛天儒说：“时代不同了，知识需要资本化，教育要产业化。我们大学里的好多同事都在社会上搞兼职。说起来我还算是落伍的。”

“牛老师，你们搞地质的还搞迷信？”秦大明说，“刚才你这两个学生端着蜡烛敬山神，真是一丝不苟。”

牛天儒说：“好我的大明哩，那个洞子废弃了多年，谁知道里面的氧气走到哪一截就没有了，我点上个蜡烛，是要侦察氧气含量哩！”

秦大明恍然大悟，不由得对牛天儒敬佩得五体投地。

事情的发展果真不出牛天儒的预料。在红都县改制办登记竞买资产的企业和个人名单中，唯有农贸社系统的钼矿无人问津。按照牛天儒的安排，秦大明在报名期限截止的最后一天，以三贤矿业公司的名义申报竞买钼矿。自不必说，在众多的资产拍卖中，唯钼矿成了三贤公司一家举牌的独角戏。

因为三贤公司是注册地不在红都的外来企业，又兼三贤公司为红都县出售资产活动填补了一项空白，因而在竞买钼矿的项目交割上，县上又特意开了小灶，允许三贤公司把总额六十万元的竞买款在三年内分期付清，首期支付只需要十万元。这一举措无形中又大大减轻了三贤公司的资金压力。矿山接收后，秦大明忙前忙后地招募员工，委托施工单位修路建房。沉寂多年的矿山又出现了人欢马嘶的热闹场面。韩浩平则随着牛天儒奔上海、下广州，马不停蹄地采购矿山开工前的各类设备。前后不到三个月时间，矿山开工必不可少的粉碎设备、球磨设备、浮选设备陆续抵达矿山。经过紧锣密鼓的安装调试，震耳欲聋的机器轰鸣声终于在山谷回荡起来。

红都县国有小型企业产权处置工作在全省范围内搞得比较彻底，获得了省上相关部门的赞许。具体抓工作的经济副县长孙鸣飞也成了思想解放、锐意改革的青年才俊。在县委县政府工作总结会上，孙鸣飞更是站在相当的高度上论述了本县未来的宏观经济形势，断言红都县域经济将会在新一轮体制革新的刺激下，取得长足的发展。在一片掌声中，偏有早已从原主管经贸的副书记位子上下来、现任县人大副主任的一个老家伙唱出反调，他讥讽资产处置是葬送共产党的江山，无序的经营状态会给小小的红都县带来灾难，他点名批评把那个本就污染的钼矿出卖给私有企业。主持会议的县委书记礼貌地打断了这个不合时宜的言论。老先生气呼呼地丢下一句“千秋功罪，留给后人评说”，然后拂袖而去。

红都的资产改制为孙鸣飞赚来了好名声。半年后，一张任命书，孙鸣飞回到汉京市，履新省农贸社政策研究室主任，据说成了全省最年轻的正处级干部。

老天爷像是有意成全三贤公司。自从矿山恢复生产后，随着矿洞的延伸，矿体的品位越来越高。这使得选矿成本又大大降低，钼精粉产量大幅度提高。更令秦大明等人欣喜若狂的是，钼精粉市场像疯了一样，价格一路上扬！一年前，每吨度的单价就一直在两千元左右徘徊，如今却超过了四千元。买涨不买跌的心态，让钼精粉供不应求。负责跑市场的韩浩平的电话几乎被人打爆。买家为了能订上货，甚至在未得到韩浩平首肯的情况下，强行把货款打进三贤公司的账户。

需求决定生产。三贤公司在秦大明的指挥下，工人一天二十四小时三班倒，人歇设备不停转。山里面偶有停电情形，为了不致影响生产，秦大明为矿上添置了几部大功率发电机，确保全天候生产。

经营效益让所有股东始料未及。当初决定竞买矿山时，秦大明提出需要在恢复生产后两年内收回成本，没想到现在开业刚刚三个月，账面上已经趴着五百多万元。三个股东一碰头，决定把原始投资先按照比例返还给大家，剩余的钱暂做扩大再生产资金。怀揣着返款的转账支票，几个人像做梦一样。

韩浩平说：“我没想到开矿像捡钱一样来得容易。”

秦大明说：“怕只怕有人一旦知道咱们这样挣钱，不把咱们绑架了才怪。”

倒是牛天儒冷静：“开矿就是靠天吃饭，没准哪天老天爷一翻脸，我们就只有哭的份儿了。”

第十五章

随着新世纪的到来，经济领域的发展呈现出大爆炸态势。

自从二十世纪九十年代初邓小平南方讲话之后，古城汉京的市政建设步入了快车道。早先被汉京市民引以为豪的高大城墙，现在似乎成了捆绑这个城市发展的紧箍圈。以钟楼为市中心的东南西北四条大街从空中看去像是四支上了弦的箭，箭尾被钟楼勾着，箭头分别搭在如弓的城墙上，时刻像要离弦弹出。城墙内已经无法适应经济和人口爆炸性增长的趋势。除了政府机关、学校、医院之外，大量的新生经济体纷纷在城市外围寻找落脚点。顺应发展需要，汉京市政府报经省政府同意，最后由国务院批准设立了两个经济开发区。城东开发区位于雁马三角洲一带，主题为高新经济技术开发。城西开发区位于城西三十里的苗山脚下，主题为环保产业园区。

按照市政府的规划，新成立的两个经济开发区将作为汉京市的两个卫星小城，在各项优惠政策的扶持下迅速崛起，从而为汉京市安上两只腾飞的翅膀，力争十年内把汉京市打造成中国中西部一线城市。然而开发区挂牌后，东西两区却出现冰火两重天的差异，东开发区发展如火如荼，日新月异，不几年工夫，高楼林立，房价蹿升。市民们甚至以在东区有一套居室或在东区上班而引以为荣。相比之下，西开发区却像中了邪似的一直死气沉沉。原先从农民手中征得的大量良田搁荒，杂草丛生，稀稀拉拉的几栋在建工程戳在荒地上，似乎哀叹着烂尾的不幸。对于这两个开发区大相径庭的命运，坊间传说是风水问题，东区好似紫气东来，西区则是破坏了古皇城的龙脉。但不管怎么说，由于东区骄人的业绩，东区管委会主任孙鸣飞已成为本市乃至本省政界的明星人物。

四十三岁的孙鸣飞这会儿正漫步在风景如画的饮马河畔。多年来，他养成了一个习惯，那就是每天抽出半个小时，撇下随从、支开秘书，独自一人在开发区的某个角落转悠一阵子。几千个日日夜夜，开发区几乎每一寸土地都留下了他的足迹。在管委会的各类会议上，最让孙鸣飞自豪甚至自负的是，他能够信口说出开发区每栋建筑的方位、朝向、层高，每一条街区道路的宽度、长度。巴结孙鸣飞的下属说孙主任的脑子比电脑还好使。只有孙鸣飞自己心里明白，对这片瞩目的古城热土，他倾注了多少常人难以想象的心血，耗费了多少常人难以付出的精力。

饮马河和雁鸣河是发源于大山深处的两条河流，分别自饮马峪和雁鸣峪两个山口流出。两峪相距大约十来公里，两条河流自南向北奔流十来公里后交汇一处，最后在百公里外汇入黄河。这样一来，饮马河和雁鸣河上游就形成了山水环绕的一块三角洲，又有人冠以时髦的名字，叫雁马半岛。这片三角洲大约有四十平方公里，因不适合耕种，历史上就成为人迹罕至的荒滩，杂草丛生，狐兔出没。上世纪，因为此处频频出现无头凶杀案，更让这片荒滩多了一些恐怖和神秘。改革开放后，为满足大量的基本建设需要，这里又成为古城基建的砂石供应区。几年时间，无序的乱开滥采又让这个多少保留点儿原始风貌的处女地变得千疮百孔。二十世纪九十年代中期，一位离休的前中央高级首长来古城小住，提出想到自己当年打过游击的雁马三角洲走一走。几个小时的行程下来，这位老革命为这片土地的不幸忍不住流下了心酸的眼泪，他用拐杖狠劲地在地上戳着，连骂几声不肖后人。

一旁陪伴的省、市头面人物噤若寒蝉，连连表态要下大力气取缔非法开采，恢复生态。没想到老革命却长叹一口气说：“变了的就再变不回来了，明天把非法开采的赶走，后天还会再回来，还不如把这地方好好开发一下，也算是另一种方式的保护。”一旁的市委书记灵机一动说：“您老好主意，我们不如就在这里办一个开发区。当年总设计师邓小平在深圳画了一个圈，一个全球瞩目的城市崛地而起。今日您老在这里画个圈，几年以后就会有一个全国瞩目的新区冒出来。”老革命盯了一眼市委书记，眼神中说不出来是赞许还是鄙夷。但其后雁马河开发区就真的提上了议事日程，也是这位老革命从中周旋，经由市、省两级上报的开发区设置方案，没费多大周折，国务院就批准了。

开发区设立伊始，欧阳锋省长亲自向汉京市委书记推荐了年轻能干的处级干部孙鸣飞到管委会锻炼。市委书记口授组织部长，将孙鸣飞作为副厅级的管委会主任人选进行考察，却被知情后的欧阳省长拦住了。欧阳省长给市委书记打电话说：“你误会我的意思了。这个小孙是个人才，可以培养，但一下子做副厅级去挑管委会主任这个大梁还欠火候。就让他做副主任，从省农贸社平调过去，观察一段时间再说。”省长一句话，孙鸣飞很快走马上任。对管委会的班子，最后确定将汉京市下属的安县县委书记王乐平提拔过来担任主任，孙鸣飞和其他几个从各部门抽调的处级干部担任副主任。在班子分工时，孙鸣飞主动放弃了土地、规划等当红分管项目，请缨分管环保和卫生工作。

常言说，群众的眼睛是雪亮的。管委会对外挂牌办公后，最不起眼的副主任孙鸣飞吃苦耐劳的工作作风，很快赢得了上上下下的一致赞许。加上孙副主任丝毫没有架子，平易近人，一年多时间下来，深得民心。王乐平主任不知从哪里知道这个副主任背后有棵大树，也就顺水推舟在工作上多给孙副主任一些支持。一段时间开发区招商工作总是不尽如人意，王主任与孙副主任几次促膝谈心，征得孙鸣飞同意，将孙鸣飞的分管工作调整为主抓招商。这孙鸣飞也果然不负栽培，工作调整后，带着招商局的局长，讨得欧阳省长的几张条子，三番五次进北京、走上海、下广州，居然说动了几家央企和上市公司落户雁马河开发区。也是羊群效应，有了大品牌企业的示范作用，一时间外埠和本土小微企业趋之若鹜，开发区从最初土地供应零地价迅速蹿升到每亩三十万元、五十万元。地价上去了，管委会财政收入摆脱了过去讨饭吃的尴尬局面，区域内的市政建设一下子热火朝天地干了起来。管委会干部的奖金来源也有了保障。很快，孙鸣飞副主任的威望远远超过了王乐平主任。

合该孙鸣飞命壮。王乐平主任家安在汉京，家属也都在市区，在远郊安县当书记时，寂寞难耐，结识了一个红颜知己，后来发展得如胶似漆。不承想吃啥利受啥害，这知己后来把不住自己的身份，死磨硬泡要让王书记休了原配。这王书记是聪明人，又加身不由己，岂肯贸然答应。知己便几番闹腾，最后搞得王书记不得不寻门子一走了事，这也是王书记调到管委会的真实背景之一。可没想到这个王书记命背，人调走了，却把种子留在了知己的肚子里。王书记离开安县，心说这一段孽缘也该了了，哪知这知己悄无声息地任由肚子膨胀起来。王书记到管委会大半年时间后，知己抱着襁褓中的胖小子来认亲归宗了。把王主任当时吓得脸色蜡黄。知己打定主意，不给名分决不罢休。可怜王主任悔不当初，却实在想不出两全其美的办法。这知己也是个愣头货，一看王主任升了官，旧情不认，连亲骨肉也没了怜念，大骂几声:“陈世美，你走着瞧。”一不做二不休，她径直抱着孩子进了中国共产党汉京市纪律检查委员会的大门。王主任在安县的作风问题以前虽有传言，但这种事无人告发，也就是多一些干部们饭后茶余的谈资罢了，这当事人一旦横空出世，纸里的火是咋也包不住了。王乐平身为领导干部，长期包养小三，且胆大妄为产下私生子，这让汉京市委的脸面往哪里放？市委常委会议上，多数常委主张对道德败坏的王乐平开除党籍、开除公职。亏得即将卸任的市委书记想在离任前留个宽厚为怀的印象，力主以惩前毖后、治病救人的原则，给王乐平留一条生路。最后决定对王乐平撤销党内外一切职务，开除党籍，开除公职留用察看一年。王乐平在市委决定发出后，黯然地收拾了宽大的办公室内的个人物品，默默地告别政坛，到市文史馆做了一个普通的馆员。

这王乐平主任一落马，管委会主任的位置空下来，市委拟在管委会的几名现任副主任中确定一名候选人。市委组织部先是在管委会干部职工中做了个民意调查，搞了一次无记名投票。原担心票数太过分散，没想到排在第三位的孙鸣飞副主任得票数达到百分之八十，遥遥领先于其他几个副主任。此后的工作程序中，孙鸣飞经过考察、公示，顺理成章地成了一把手。自此，孙鸣飞名片上的头衔标注着中国共产党汉京市雁马河开发区工作委员会书记、汉京市雁马河开发区管委会主任。孙鸣飞成了名副其实的党政工作一肩挑的管委会最高首长。

履新职后，孙鸣飞丝毫不敢懈怠，他告诫自己要冷静、努力。他悄悄给自己定下了两条原则：一是生命不息，进取不止；二是守住廉政底线。他请本市著名的书法家、中国书法家协会副主席善明老师写了两幅字，内容虽俗却极朴实，一曰“谦虚谨慎，戒骄戒躁”，一曰“手莫伸，伸手必被捉”。两幅字分别挂在他办公室左右两侧的墙壁上。他每日上班时都不免把两幅字端详一番，一来欣赏善老师的墨宝，二来时时省身。有下属中关系亲近的，他也会常把这两幅字指给他们体味。

果然在其后的几年间，以孙鸣飞为旗手的雁马河管委会政治清明，工作凌厉，日新月异的区域风貌把几乎同期设立的西区环保产业园区比得成了矬子。国内的几家知名媒体先后在雁马河开发区采访后做出长篇累牍的报道。汉京市雁马河开发区俨然成了中国西部的一颗明珠，孙鸣飞主任成了传奇式的能人。在各类官方会议或公开的社交场合，孙鸣飞主任谈起雁马河的城建、规划、招商等项工作，端的是如数家珍，口若悬河。大量的数据，孙主任可以从数亿起头精确到个位，以至于一位记者惊呼孙主任为“孙电脑”。从此“孙电脑”的外号不胫而走。某一年年底，北京一家有背景的半官半民机构经过所谓的全国海选，授予十多位政治经济界明星人物“改革开放领军人物”，孙鸣飞荣膺此衔。

不过，最近孙鸣飞主任却在心里纠结着一件大事情。

十多天前，已赋闲在家的老省长欧阳锋打电话让孙鸣飞去自己家里一趟。欧阳锋从省长位子上退下来后，先是在省上党的顾问委员会干了一段时间的副书记，其后，随着这个机构从中央到地方系统性地撤销，欧阳锋卸掉了自嘲为累赘的所有官帽，在省委南山小院的别墅中专心侍弄花草。可只有他自己心里明白，干了一辈子革命工作，一下子完全脱岗，跟抽走他的灵魂没啥两样。好在现任的省委班子领导成员牢记邓小平同志的一句忠告“老干部是党的宝贵财富”，隔三岔五上老领导家汇报时政，讨教要领。被尊称为欧阳老的前省长不吝赐教，仍然不遗余力地为党发挥余热。省委领导看重欧阳锋，早前与欧阳锋有过工作联系的现任大小官员，也就仍然不敢怠慢这位德高望重的八贤王，欧阳锋的别墅前仍然门庭若市。

孙鸣飞算是欧阳锋的门生之一。对孙鸣飞在雁马河开发区干出的政绩，欧阳锋颇为欣慰，只说自己看人不走眼，慧眼识英才。那一日省委书记拜访欧阳锋时，说到本省为了加大改革开发力度，尽快提振汉京市在西部的经济龙头地位，已经报请国务院批准设立汉京新区。欧阳锋问新区设在哪里，行政区划如何确定。省委书记说原来汉京设立两个经济开发区，东区的雁马河开发区搞得比较成功，西区的环保产业园区一直起不来，现在想把西区产业园区撤掉，以老园区为基础，适当向周围扩一下，划出一百平方公里成立新区。十年内有计划地把一些重点的教育、科研、卫生、商业、金融机构迁进去，再加大力度做好招商工作，争取打造一个居住人口达到三百万的一流新型城区。至于行政区划，改起来程序太复杂，目前仍依旧制，待将来市政建设起来后再看情况定。欧阳锋听完书记一席话后激动地用手掌使劲拍了一下桌子，连说了三声“好”！欧阳锋说：“我们省有丰富的文化底蕴，十几朝古都桂冠让汉京名闻天下。但啥事情都是相辅相成的，传统文化是优势，有时候也是累赘。观念上以老自居、故步自封就是汉京市发展速度上不去的一个重要原因。不说别的，单说汉京市的四堵城墙，改革开放之初花了那么多钱，把破破烂烂的城墙补旧如新。结果咋样？给游客办了好事情，却把本地发展的手脚给捆住了。现在能意识到这个问题，划出一片空地另起炉灶，确是大手笔。”欧阳锋谈到兴奋处，问书记新区的工作班子考虑得怎么样。一谈到这个敏感话题，省委书记支吾了一阵含含糊糊地说：“新区是省上设立的，直接隶属省委省政府，一把手按副省级配备，回头好好物色人选。”欧阳锋说：“新区不是普通的地方，经济要先行，一定要选懂经济的人，有经验的人。”欧阳锋突然想起了孙鸣飞，顺口说：“汉京当年搞开发区，东区管委会选了个好主任，东区就搞得有声有色，西区一开始没选对人，频繁换帅，结果一塌糊涂。”书记说：“这情况我听说过，要不咋说兵熊熊一个，将熊熊一窝。”说着说着，欧阳锋似乎忘记了自己的身份，又说：“汉京雁马河开发区管委会现任主任叫孙鸣飞，当年是我推荐过去的。如果需要的话，可以把他抽过来。”省委书记看着欧阳锋，眼神里流露出复杂的神情，频频点头，嘴上却未置可否。欧阳锋一时性起，当着书记的面，在书案上原先铺好的宣纸上饱蘸浓墨，奋笔疾书两行遒劲的大字：今朝划就一荒滩，明日新城尽灿烂。

欧阳锋送走省委书记的当天晚上，就给孙鸣飞拨了个电话。孙鸣飞接通电话的时候，欧阳锋突然听见在孙鸣飞谦恭的答话中有欢快的音乐声，欧阳锋抬头一看时钟，已是晚上八点三十分。心里隐约“咯噔”了一下，他随口问孙鸣飞在哪里，孙鸣飞说正在办公室加班。欧阳锋一阵来气，把电话挂断了。挂上电话后，欧阳锋像是一瓢凉水从头顶泼下，凉到脚跟。欧阳锋心想：好你个孙鸣飞，我看重你，想重用你，也算是一心为你的前程，没想到你却在歌厅逍遥。这倒也罢了，气人的是你玩得快乐却骗起老头子说你加班，真是欺我老迈。

正在生气之际，桌上的电话铃声响了，欧阳锋知道是孙鸣飞打过来的，连看也不想看一眼。一直到第三阵铃声响起，欧阳锋瞥了一眼电话，却发现来电显示不是孙鸣飞的手机号码，遂信手接起来。没想到，电话里依然是孙鸣飞的声音，并且依然有音乐声。欧阳锋有些诧异，半晌没吭声。孙鸣飞却连连给欧阳锋道歉，说他刚才因为手机信号不好，又加会议室嘈杂，电话掉线了。欧阳锋问：“你那里好像人很多？”孙鸣飞说：“管委会要派员参加一个在香港举办的贸易洽谈会，制作了一个宣传片，因为时间紧，把各部门的负责人召集在一起，共同审一下片子。”几句话把欧阳锋心中的怨气说得烟消云散。欧阳锋不免又为自己的小肚鸡肠感到惭愧。

欧阳锋对孙鸣飞说：“我这几日闲得慌，你抽空过来陪老头子聊聊天。”孙鸣飞说：“欧阳老要不然我让副主任负责审片，我现在就去您那里？”欧阳锋说：“那倒不用，我这里是闲事，你们去香港参加会议是大事，可一定要不失时机地给咱们汉京好好宣传宣传。你这几天抽空来见我一下就行了。”孙鸣飞说：“欧阳老您真会体谅人！”

在官场上摸爬滚打了二十来年的孙鸣飞，深谙官场规则。他深知不经意间的一举一动都会对仕途产生意想不到的影响，公开场合的一句话、一个动作，有可能为自己赢得喝彩，也可能给自己带来灾难。日常里，没有想好的话他轻易不会说，没有看透的事他绝对不会做。但他也知道人非圣贤孰能无过的道理，所以他时时告诫自己任何情况下要自醒自省，孔子说一日三省吾身，他要做到每时三省自身。一旦意识到言行出错，及时补救至关重要，切不可在浑然不觉中酿出大错。

欧阳锋给他打电话时，他正在会议室组织下属审查一个宣传片。一看到欧阳锋的电话，他心里一喜，心想正好借此机会恰到好处地在属下面前展示一下自己的背景。电话一接通他喊了几声“省长好”，却明显听出对方的不快。在欧阳锋电话挂断的那一刻，他甚至打了个激灵。在孙鸣飞的官场生涯中，欧阳锋可算是恩重如山，如果没有这位重量级人物的提携举荐，他孙鸣飞只怕现在还是省农贸社一个名不见经传的小职员，充其量副处长到顶了。欧阳锋现在虽赋闲在家，但明事理的大小官员们都知道这位欧阳老在本省官场上根基的深厚，没有哪个愣头青敢把这位八贤王不放在眼里。论良心论情势欧阳锋无疑仍是孙鸣飞心中最倚重的人物。

对于欧阳锋的不悦，尽管只是连着一股无形的电波，但是孙鸣飞分明已经看见了欧阳锋紧锁的眉头，他脑子里像过电影一样把刚才接通电话短短的几十秒回放了一遍，一下子恍然大悟。原来细心的老领导肯定听见了宣传片播放的背景音乐，他以常理判断自己正在参加业余娱乐活动，而自己说正在加班，无疑是让老领导误判他孙鸣飞在说谎。这位老革命一直最恨属下说假话，肯定是一场小误会触动了老人家的敏感神经。

想到这里，孙鸣飞严肃地宣布休会五分钟。工作人员应声关掉了播放器开关，孙鸣飞却让继续打开播放器按钮。

待大家纷纷离开会议室后，孙鸣飞起身回到自己的办公室，抄起办公桌上子母机电话上的子机，重又回到会议室，就着播放器中传出的音乐声，给欧阳锋拨了一通电话。第一阵铃声显示无人接听，第二阵仍然如故。孙鸣飞心里明白，欧阳锋现在正坐在离电话机不远的凳子上或沙发上。过了两三分钟，孙鸣飞再度拨通了电话。良久，话筒中终于传来了那种让他无限敬畏且又无可奈何的声音。几句无关痛痒的对话之后，孙鸣飞果然又辨出了欧阳锋语气中的关怀与慈祥。放下电话，孙鸣飞长舒一口气，不禁又为自己的机智在心底里喝彩。关键的时候电话子母机帮了他的忙，欧阳锋误以为他在歌厅或者看演出，而他用子母机在会议室的音乐背景中连续拨出电话，欧阳锋家的固定电话不可能不显示出他孙鸣飞此时此刻所在的位置，一切不用他做解释，甚至是在保全欧阳锋面子的情况下巧妙地又把自己敬业的精神展示了一番，何等的神来之笔呀！

孙鸣飞第二天吃过早点就赶到欧阳锋家。欧阳夫人一见到先生的得意门生，连忙招呼坐下，又吩咐保姆沏上今年还未上市的新茶。孙鸣飞像多日不归的游子一样对着夫人问长问短，又拿出一盒装潢精美的长白山野山参递给她。乐得夫人脸上像开花包子一样合不拢。孙鸣飞四周环视了一眼问：“欧阳老去哪里了？”夫人回说：“吃罢早饭刚刚带着妮妮出去玩儿了。”孙鸣飞知道妮妮是欧阳夫妇豢养的一条宠物狗，品种是那种不算太名贵的“贵宾”。因为欧阳老的子女都不在身边，寂寞中老夫妻也就把它当成心肝宝贝。说话间欧阳锋已经牵着一条狗绳进了房间，妮妮显然在外边还没有疯够，拖着脖子上的项圈仍赖着不肯进屋。欧阳锋一边把狗绳紧了紧，一边嗔怪地骂了几声很不雅的话。夫人在房内蹲下身，叫了声妮妮，把双手拍了拍做了个拥抱的姿势，那妮妮箭一般蹿进门内，扑在夫人怀中，两只前爪搭在她肩膀上，伸出依旧流着涎水的猩红色长舌头，在欧阳夫人脸上左右狂舔一番。欧阳夫人轻轻地在妮妮的头上拍了一下说:“傻丫头，看看你孙叔叔来了。”

看着眼前的这一幕，孙鸣飞心里说不上来是什么滋味。他小时候被邻居家的狗咬过，此后对狗猫之类的动物有一种本能的厌恶。欧阳夫人却不知孙鸣飞心里的想法，像递送孩子一样把妮妮送给了孙鸣飞。孙鸣飞略略地皱了一下眉头，热情无比地张开双臂。那妮妮也是人来疯，更兼狗仗人势，见多识广，一点儿也不惧生疏，撒个欢儿又跳到孙鸣飞怀里。孙鸣飞忍受着难以言状的心理痛苦，把妮妮放在一旁的沙发上，打开自己随身的公文包，掏出一个精致的小塑料食盒，再打开食盒盖子，双手捧着送到妮妮鼻子下方。那妮妮兴奋地“呜呜”了两声，尾巴摇得欢实无比，把身子弓在食盒边儿上大快朵颐，屋子里顿时弥漫出一股又香又臭的特殊味道。原来孙鸣飞早就惦着欧阳夫妇的心肝宝贝，每次拜访之前都忘不了给这条不知上辈子烧了啥高香的畜生买一盒红烧猪大肠。

欧阳锋看着眼前这一幕，心里涌出一阵暖意。孙鸣飞向妮妮示爱完毕，方才站起身来朝欧阳锋鞠了个躬，嘴里说道:“欧阳老，您好！”欧阳锋上前一步时，孙鸣飞下意识地伸出了手想要与欧阳锋握手，却又觉得不妥，把伸出一点儿的手又缩了回去。欧阳锋亲热地拍了一下孙鸣飞的肩膀说:“快坐下，快坐下。”一边脱下外套递给夫人，换上拖鞋，坐在了孙鸣飞对面的沙发上。

“小孙，你现在可是忙人了。”欧阳锋说，“能来我这儿也算稀客。”

不待欧阳锋话语落音，孙鸣飞又站起身来:“欧阳老您这么说，我可真的担当不起。”

欧阳锋笑了起来，伸出手往下压了压示意孙鸣飞坐下:“小孙你还是老样子，一丝不苟，一本正经。”

孙鸣飞说："欧阳老，我是您一手栽培起来的。当初我去雁马河管委会时，您语重心长告诫我'老老实实做人，踏踏实实干事'的话，这些年来我一直牢记在心里。"

欧阳锋说："过去几年了，我都忘了我说过的话，真是老朽不中用了。"

孙鸣飞说："您这么说我都不好意思再叫您欧阳老了。您是实实在在的老当益壮，在咱们省上的干部队伍中，谁不知道您欧阳老身歇心不歇，您的余热发挥起来，可是好多现职望尘莫及的呀。"

欧阳锋摆摆手说："言过其实，言过其实，小孙你切不可人云亦云。"

欧阳锋问及雁马河开发区当下的情况，孙鸣飞又如数家珍般地从市政建设、民生服务、政务管理等各个方面简略地汇报了一通。欧阳锋保持着多年的工作习惯，在孙鸣飞说话的时候，不知从哪里抓过来一个小笔记本，一边听着，一边在笔记本上记着，脸上现出赞许的神色，其间也插话问一些问题。孙鸣飞都做了精准的回答。

"雁马河区下一步的发展方向你们是咋设计的？"欧阳锋问道。

孙鸣飞咬了一下嘴唇："欧阳老，我这半年来一直感到有些困惑，您问的这个问题，正是我苦苦思索一直没找到答案的难题。说句骄傲的话，雁马河区这几年的变化，确实算得上飞速发展，尤其是西区环保产业园区的发展滞后，更衬托得雁马河区引人瞩目。可是经过这八九年的高速运行后，雁马河区却无法找到当初起步时的发展势头。对于未来的发展蓝图，管委会组织各部门在一起会商，还请了社会上的一些专家进行论证，可是愣没拿出一套让人满意的方案。"

欧阳锋沉默了一阵，若有所思地点了点头："小孙，你说的这些是完全符合自然规律的。这就像一个人的成长过程一样，刚出生的那一阵猛吃猛睡，一天一个样子，十几岁以前个头年年往上蹿。等到了二十来岁，成年了，你还想让他像婴儿一样疯长，那不成了笑话。雁马河区经过婴儿期和少年期，现在至少已经到了青年期，不能再追求形象上的发展，而必须注重内在因素的提升。"

孙鸣飞说："欧阳老，听您一番话，胜读十年书。我们这些在一线干事的人往往就是眼光短浅，看不到问题的实质。其实一个地方的外部形象发展很容易，真正要提升内在的层次是很难的。”

欧阳锋摇了摇头：“小孙，你这话说得也对也不对，外部形象发展是打基础。如果没有一个好的基础，以后何谈搞好内在因素？婴儿如果一生下来营养不良，恐怕你日后再补也补不回来。这就像当年新中国建立的时候，共产党坐了江山，自然就给以后的民族腾飞奠定了基础。毛主席他老人家说，‘夺取全国胜利，这只是万里长征迈出了第一步。’这句话实际是一句自勉的话，绝不是对取得政权的自轻自贱。”

孙鸣飞听到这里一阵肃然起敬。

欧阳锋换了个话题：“你个人的情况怎么样？”

孙鸣飞稍微愣了一下，他不太明白欧阳锋所说的个人情况是指什么内容，是问他的家庭？问他的个人生活？还是问他对外交往？一时间显得有些语塞。

欧阳锋看出孙鸣飞的局促，微笑了一下：“我是想问问你对自己目前工作状态的想法。”

孙鸣飞心里一阵紧张，一阵激动。这句话如果是出自现任的顶头上司，八成自己的红运要到了。眼前这位曾经在本省叱咤风云的人物，今天虽然名义上赋闲，但其在高层的影响力任谁也不敢小觑。这种有着强烈官场特色的话能从欧阳锋嘴里说出来，可以断定有着意味深长的含义。孙鸣飞脑子飞速转着。为了掩饰自己的内心活动，孙鸣飞起身拿起一旁饭桌上的热水瓶，往欧阳锋的茶杯中续了一些水，也给自己的茶杯中添了一些，这才又坐下来把半个屁股搭在沙发上，目不转睛地注视着欧阳锋说：“欧阳老，您时时刻刻关心着我，我真的不知道说什么好。过去我在您的羽翼下躲风避雨，现在您休息了，我本应竭尽全力地反哺报恩，不承想还得让您费心。这心里真有点儿酸酸的。”孙鸣飞说着眼睛就有点儿红起来，情不自禁又不好意思地从茶几上的纸盒中抽出两张抽纸，把眼睛和鼻子揉了一番，讪讪地笑笑，又说：“到管委会这么长时间，工作上说得过去，跟上上下下的关系搞得也还算不错。但近一半年来，开发区的发展步子慢下来，我自己忽然有一种有劲使不上的感觉。”

欧阳锋接过话头：“英雄无用武之地？”

孙鸣飞连忙摇着头：“不是、不是，可能还是我能力有限，不适应客观发展要求，程咬金的三板斧抡完了，后劲不足。”

“你越来越会说话了。”欧阳锋停顿了一下，把目光从孙鸣飞的脸上移到沙发对面的墙壁上，久久地保持着一个姿势。孙鸣飞顺着欧阳锋的目光望去，那是一幅本省地图，再一细看，是那种塑压的凹凸不平的地形图。欧阳锋看了一会儿地图，站起身来走到地图跟前。孙鸣飞也站起身靠近欧阳锋。欧阳锋回看了一眼孙鸣飞，又把目光挪到地图上：“你看看老祖宗给我们留下的这一方宝地，有多美丽，有多富庶，怪不得历朝历代有那么多的皇家把都城选到这里。我过去出差坐飞机每每离开咱们这儿，从空中看去，周围连绵不断的山脉，把我们的家园像明珠一样包裹着。你说说，我们有什么理由不全心全意地把这颗明珠装扮得更漂亮一些？”孙鸣飞认真地、使劲地点着头。

“可话又说回来，”欧阳锋继续说道，“困苦能催人奋进，安逸能致人堕落。优越的生存条件，往往使人安于现状。纵观历史，在我们周边的省份，演绎了多少可歌可泣的商界神话，晋商、豫商、徽商、浙商都有不朽的历史背景，而我们省上却几乎是空白。再看看这颗明珠中央的汉京市，九水环绕，九龙拱卫，而古皇家留下的这群子民们却是在不愁吃喝中混日子。”

孙鸣飞一时不知道欧阳锋这些慷慨激昂的话语背后的潜台词，只好随声附和着一些不咸不淡的话：“就是要解放思想，迈开大步子。”

欧阳锋却是听者有心：“对了，现在就是要解放思想，迈大步子。本省要发展，龙头是汉京。汉京要发展，思想先解放。咋解放思想？从那四堵高大城墙里彻彻底底地跳出去。”

欧阳锋坐回到沙发上，呷了一口茶水，缓缓地说道：“省委省政府拟报请国务院，在汉京市西部设立一个新区，用十年时间在一百平方公里的土地上打造一个全新的汉京城。”

孙鸣飞本能地问道：“那原先的环保产业园区还保留不保留？”

欧阳锋继续说道："当初汉京市设立了两个开发区，现在看来东区比较成功，这里面有你挂帅的那个班子的功劳，也有决策正确的因素。在一片荒滩拓展，就像在一张白纸上描画，可以充分发挥创造性。而西部那个环保产业园区搞不起来，跟决策时没有充分考虑原有居住生态因素有很大关系。现在要来大动作，撤销原来的环保产业园区，在那个基础上搞一个大新区。"

孙鸣飞听到这儿，心里微微一震。关于建新区的事，坊间早有传言，但因为近年来类似的说法很多，诸如曾有人说气象地理专家建议把国内气候分界线的秦岭用人工开出一条宽度一公里的豁口，从根本上改变北方气候，让汉京未来成为四季如春的亚热带城市。对这些不着边际的小道消息，孙鸣飞向来嗤之以鼻。而今天欧阳锋一番话，让孙鸣飞多少还是有些意外。具有现代管理意识的孙鸣飞有些不太理解，为什么如此重大的社会事务，竟然没有经过任何的可行性论证，甚至连掌握着橡皮图章的人民代表大会也没有参与一下。

看到孙鸣飞若有所思，欧阳锋问道："小孙，你心里是咋想的？"

孙鸣飞回过神来，不好意思地笑了笑，突然间冒出了一句连自己都觉得意外的话："我听人说西边的开发区选址触动了龙脉。"

欧阳锋有些诧异，随即正色道："小孙，我们共产党人是无神论者。你作为一个受党培养多年的领导干部，岂能相信这些鬼话？"

孙鸣飞意识到自己的失口："欧阳老，我哪会相信这些话，突然间想起来觉得很可笑。"

欧阳锋说："工作上出现失误是正常的，但有些人就是喜欢造谣惑众，我们的一些干部也就随波逐流了。"

孙鸣飞认真地点了点头。

孙鸣飞心里揣摩着欧阳锋给他说这番话的意思，莫非是让他知道压力，奋起提振雁马河开发区的各项工作，以免日后太落伍？或者是让他另谋高就，早做打算？他全神贯注盯着欧阳锋，希望从这位八贤王的表情中捕捉出一些信息。

"我想把你推荐到新区去。"

欧阳锋一句话像炸雷一样让孙鸣飞一愣。孙鸣飞坐在沙发上保持着一个姿势，半晌没有变化。

欧阳锋看出孙鸣飞意外的状态，又问道："你不愿意去？"

孙鸣飞回过神来："欧阳老您这么样看重我，我哪里还能有愿意不愿意的想法呢，就是觉得太突然了，一下子没转过弯来。"

短暂的意外之后，孙鸣飞的脑子又高速运转起来。以他的判断，新区是省上设立的，隶属于省政府，虽和汉京市之间行政区划上会发生穿插，但级别不会低，可能会是副省级待遇。而他孙鸣飞目前只是个副厅级，如果平调过去，难免会屈就一个副职，那样可就有些不划算了。如果能提上一级，以正厅待遇在新区做个副职，级别是提高了，可实权却降低了。但不管怎么说，如果还想在官场上继续有所作为，他心里很明白，必须老老实实地把自己的命运交给这些原本就牢牢掌握着生杀予夺大权的主宰者们。

"你可以到那里去做个副职，"欧阳锋说，"职级上可以晋升一级。至于工作内容，我想让省委给你压担子，做个常务副主任最好。至于主任嘛，肯定会是一个副省长兼任。"

孙鸣飞心里一阵高兴，做常务副主任，前面是一个兼职的副省长，那岂非实质上的一把手？孙鸣飞抑制不住内心的激动，嘴唇有些哆嗦着说："欧阳老，只怕我才疏学浅，难以胜任。"

欧阳锋继续说："你要再接再厉。东边的雁马河开发区搞得不错，挪个地方继续开创新的事业，不要吃老本，要立新功。"

临别时欧阳锋再次拍了拍孙鸣飞的肩膀，亲切地说："小孙，人生道路上要抓住机遇，这件事情你要有足够的心理准备。干好了，全汉京市人民、全省人民都会记住你的名字。干得不好，你就会被钉在历史的耻辱柱上。"孙鸣飞觉得眼眶潮湿，深情地说："欧阳老，我明白。"

显然，命运之神再一次垂青孙鸣飞，已经在副厅级位置上干了多年的孙主任也该动一动了。与八贤王欧阳锋的一番谈话，让孙鸣飞好几天热血沸腾，如果欧阳锋真能以其影响力促成他的升迁，日后他自然会在省级领导的圈子中穿梭。官场中平台的高低至关重要，窝在一个县里，再优秀的干部充其量到退休干个副县级，市上的干部要想越过副厅级难上加难，而一旦进入省级领导的活动圈子，上个副省级可望又可及。汉京新区归省政府直接管辖，一把手是副省长兼任，管委会常务副主任与副省级不就是一步之遥吗？

高兴劲儿没过几天，传言却让孙鸣飞添了几丝忧烦。关于开发建设新区的事很快在民间传开，且引起了一些质疑。有言论说汉京老城西部肥沃的良田被大面积占为建城用地，是对不起子孙万代的恶行。让孙鸣飞听到最雷人的说法是关于风水的言论，说汉京城本就建在一条巨龙的背上，千百年来这条巨龙驮着汉京城自由自在，城西部大片土地是巨龙双爪着陆的地方，在那里建城，龙断了立足之地，风水没了，肯定遭殃，要不然为什么西区环保产业园区的领导没有善终的？孙鸣飞回忆了一下环保产业园区管委会的领导班子更替情况，第一任党工委书记上任不到一年死在办公室，官方的说法是工作辛苦累死的，更有本省的一份官方报纸发表了一篇歌颂其人的新闻报道，但民间的说法是跟管委会主任闹不和气死的。前任党工委书记一死，管委会主任顶了缺，党政一肩挑，干了半年时间，某次参加一栋大楼的封顶仪式，乘坐的工地施工电梯上升到十八楼时突然失控，以自由落体速度摔至地面，包括这位党工委书记在内的几名伤者被送往医院时全没了气息，医生说伤者内脏都震碎了。后来就有人说前任阴魂不散，你气死我，我让你下十八层地狱。再后来，管委会又有一名副主任在外地出差时车祸身亡。

静下心来，孙鸣飞运用唯物主义的观点分析汉京新区的未来工作。汉京新区的建立是以破坏原有生态环境为代价的一场大规模建设活动，会触动多少利益集团的神经，会有多少背景高深莫测的主家逐鹿拼杀，又会有多少不愿改变现状或现状改变中欲壑难填的原住民上访闹事。这些不可避免的社会矛盾势必会使新区建设险象丛生，暗雷遍地。这个时候，他孙鸣飞走马上任，只怕是刀尖上舔血。

实话说，孙鸣飞一点儿也不怀疑自己的能力，他觉得以自己的才华和经验干个国务院副总理应当不成问题。但他对自己的实力还是缺一点儿信心，官场上的实力取决于背景、资历、能力三个要素，背景关系最为重要，资历中的学历、从政年限等环节不可或缺，而工作能力则取决于大人物随心所欲的评价。要不然有一句粗俗的俚语说："背景是金子，资历是银子，能力是锤子。"孙鸣飞一步一步走到今天，背景就是欧阳锋，而今天的欧阳锋虽说在政界还有些影响，但显然已属明日黄花，让他敲敲边鼓可以，指望他遮风挡雨是不可能了。何况这位八贤王已日渐老迈，健康状况也很快会让他心有余而力不足。

论起政绩，孙鸣飞在汉京同级别的土著干部中大概也算得上数一数二，如果不发生意外，在未来的干部调整中升个正厅级应该是情理之中的事。而今欧阳锋为他设计的升迁之路，只不过是让他这种情理中的运行速度更快一些。快速意味着效率，但快速也意味着风险。孙鸣飞现在已经不是初涉官场的愣头青了，多年打拼为自己积攒的政治资本，他不可能不珍惜。

这个时候，孙鸣飞多想找个知心朋友好好地倾诉一番，找一个没有任何功利色彩的知己或者亲人给他支支招，该有多好。可孙鸣飞在心里细数与自己关系较近的往来人员，竟然悲哀到找不出一个合适的沟通对象。二十年的官场拼杀，虽然交人无数，却没有一个知心朋友。官场上，他对上司永远心怀敬畏，从不敢有丝毫造次，唯一算得上有点儿私交的欧阳锋，却牢牢地定位在主仆式的关系中。对同僚，刀光剑影中的争斗早已使得每个人都把自己的真实一面牢牢地包裹起来。对下属，孙鸣飞时时刻刻保持异常清醒的头脑，洞察各种阿谀背后的用心。官场之外，孙鸣飞算是比较清高的人，他痛恨官商勾结，瞧不起那些傍大款的官员，他很少参加社会人士举办的聚会，几乎不出席任何与工作无关的吃请。担任开发区管委会正职后，他在一次全体干部大会上公开为自己立下军令状。他说如果有人发现他参加辖区企业老板的宴请，除非上级领导视察或外部招商作陪需要以外，他立马引咎辞职。他也希望别的班子成员能够尽量与他保持一致。他说到了，也基本做到了。他对这一诺言的践行，为他赢得了清廉的好名声，也落下了不食人间烟火、油盐不进、薄情寡义的骂名，但孙鸣飞知道，正是自己的身体力行，才使得管委会政清气顺。

可好归好，孙鸣飞的清廉却给自己制造了孤家寡人的氛围。其实真正让孙鸣飞感到伤心的不是来自职场和社会上的孤独，而是家庭中透不过气的压力。孙鸣飞十几年前与现任妻子李红艳结为连理。李红艳是农贸社下属茶叶公司的一名会计，长相漂亮可人，被称为茶叶公司一枝花，两个人牵手时，被人称作郎才女貌的绝配。谁知道这李红艳是个中看不中用、不解风情的大花瓶。也可能是长得太漂亮，她自小养成了一种对男人骚扰的本能排斥。与孙鸣飞洞房花烛的头几个晚上，李红艳把自己用里三层外三层的衣服严严实实地捆扎着和衣而卧。孙鸣飞只说妻子新婚娇羞，也就在好话糊弄一番无果后，任其使性。过了十多天，孙鸣飞终于在欲火中烧时来了个霸王硬上弓，没想到妻子当夜就哭哭啼啼地回到了娘家，紧跟着第二天一大早丈母娘上门兴师问罪，声讨孙鸣飞有辱斯文，甚至还冒出了一个让孙鸣飞一辈子都难以忘怀的名词：婚内强奸。自此孙鸣飞落下了阳痿的毛病，夫妻二人基本上井水不犯河水。又过了几年，李红艳似乎开了窍，常以言语行为撩拨丈夫，却无奈孙鸣飞的原始本能早已被压在五行山下难以激活。李红艳的几次尝试不像是努力倒像是表演。再过了一年多，李红艳十月怀胎诞下一女，孙鸣飞却咋也喜欢不起来这个千金，一直到孩子上初中，孙鸣飞没有参加过一次学校召开的家长会。在这样的家庭环境中，可想而知为人夫、为人父的孙鸣飞是何等的郁郁寡欢。对妻子的厌恶，自然迁延到对妻子娘家人的淡漠。丈母娘背地里骂女婿是喂不熟的白眼狼。因为得不到姐夫的恩惠，孙鸣飞的小舅子、小姨子在孙鸣飞去丈母娘家时对他不理不睬。由此恶性循环，孙鸣飞与妻子李姓一家几乎断了来往。按说，与丈母娘家的龃龉，会使孙鸣飞本能地贴近自家的亲戚，但实际状况却也不尽如人意。孙鸣飞早年上大学之前，与父母困顿地厮守在穷山沟中的兵工厂，未见有上门走动的亲戚。后来孙鸣飞出人头地，一下子孙老爷子、孙老太太跟前冒出了很多从未谋面的侄子、侄女、外甥、外甥女。初时这些人通过老爷子老太太找到孙鸣飞，为显示自己的成功，孙鸣飞尽量给予力所能及的帮助，但到后来才发现这种帮忙的事情越帮越忙，简直到了应接不暇的程度，加上几个接受孙鸣飞帮助的七大姑八大姨在受助后的得寸进尺，让孙鸣飞心生厌恶。不知从啥时候起，孙鸣飞又是以一刀切的政策拒绝了来自于亲友的任何求助。不用说，孙鸣飞很快又在父亲与母亲的亲属圈中蜕变为十足的王八蛋。

对于自己的孤独，孙鸣飞在自己身上找不出过错，可又不得不默默地承受着这种内心深藏的苦痛。孙鸣飞的办公室有一个小套间，里面支着一张简易的单人床，一年中至少有一半多的时间，孙鸣飞是在这里过夜的。除去外出开会考察，孙鸣飞其实难得回到自己那个法律意义上的家。每到夜深人静时，难以入眠的孙鸣飞会时不时地想起刚参加工作时那一段昙花一现的初恋。由于姚丽霞的因素，孙鸣飞后来与田智礼也鲜有来往，因为每次与老田会面，老田都会不经意地提到当年孙鸣飞为报社撰稿的事，而这一段恰恰是孙鸣飞最感遗憾的经历。孙鸣飞离开农贸社后，还拜访过老田两次，再后来就是偶尔逢年过节会让司机把单位发放的福利拿一部分送给老田，老田每次都会回赠一本书或者一幅自己的墨迹。

前一阵子孙鸣飞参加市委部署五讲四美三热爱工作会议时，听市委宣传部的副部长说田智礼身体状况很差，在省人民医院住院已经有很长时间了。孙鸣飞心里紧了一下，问明老田住在干部病房老年心血管科，就打算抽时间去看一看老田。毕竟在自己的人生道路上，老田曾经充当了进步的梯子。如果没有老田，自己也不会和欧阳锋牵上线。可是会一结束，孙鸣飞又马不停蹄地赶往北京参加一项评审会议，一周后回到汉京，手头事情一忙，把看老田的事情也就抛到了脑后。现在孙鸣飞再一次遇到了人生转折中的重要节点，他又想起了老田。说实话，在孙鸣飞走入社会后，真正让他佩服的人莫过老田，老田观察分析问题的能力难得有人能赶上。贵为一省之长的欧阳锋，其见识也常常有些让孙鸣飞内心不屑。

孙鸣飞打定主意尽快去看望老田，一是了却一桩心事，二来也顺便在老田健康状况允许的情况下听听这位高人的指点。

说来也怪，就在孙鸣飞把这位在自己内心世界已经淡漠日久、接近尘封的老朋友想起来的时候，一大早上班，秘书送来一封已让孙鸣飞见怪不怪、有些麻木的白皮信件。孙鸣飞用眼角的余光撇了一下，随口问道：“又有谁死了？”秘书把信封的正面看了一下说：“不认识，落款写的是田智礼同志治丧委员会。”

孙鸣飞一惊，眼睛瞪得老大。偏偏这秘书是个高度近视眼，没看清孙主任脸上的表情，嘴里独自嘟囔：“现在这些人也真是，你们家死了人搅得八家不安。领导整天工作忙得不可开交，哪有时间给你家丧事去捧场。”秘书说这些话时，断定这位死者是与孙主任八竿子打不着的关系。官场上，凡有关系密切的主家遇到丧事，早有电话打来，或者不待人断气，三朋四友早已云集事主家里。由治丧委员会发出通知或讣告者，多为鲜有往来却因工作或生活经历多少有些牵挂的故旧。田智礼退休多年，且又非官场上的人，孙鸣飞担任领导干部后又与其往来甚少，秘书自然也就把这份讣告信发送者归入意图攀龙附凤的那一类人上了。

这边孙鸣飞怔怔地站了有半分钟，突然一把从秘书手里抓过讣告信，手有些哆嗦地撕开信封。展开信笺，上面短短的几行字：

讣　告

原西部日报社高级记者、正处级离休干部田智礼因患心脏病抢救无效，不幸于××××年×月×日×时×分逝世，享年七十三岁。定于××××年×月×日在汉京市凤凰殡仪馆举行追悼会。请各位同事好友届时参加。（××××年×月×日早七时有车辆自西部日报社出发去殡仪馆，有交通工具者可自行前往）

田智礼同志治丧委员会

××××年×月×日

孙鸣飞一屁股坐在凳子上半晌说不出话来。秘书这会儿看出来这封讣告信与孙主任的特殊关系了，一时不知道该不该说话，待了一会儿问：“孙主任要不要备车？”孙鸣飞头也没抬，挥着胳膊无力地做了个示意秘书出去的动作。

孙鸣飞脑海中掀起了一波波的浪花。十几年前与田智礼往来的一幕幕情景像电影一样回放了一遍。说良心话，孙鸣飞打心眼儿里感激田智礼。现在，那个善良的智者永远地走了，想再次聆听他时时显出几分睿智教诲的机会不会有了。孙鸣飞与其说有一丝遗憾，毋宁说更有几分内疚。为什么自己在明知老田健康状况已经很差的情况下竟然抽不出一会儿工夫去看望一下？为什么自己竟然是接到讣告才知道噩耗的人？他抬起头看了看手表上的日历，还好，追悼会举行的日子是明天早上，邮差没有耽误时间。

田智礼追悼会显得稍稍有些清冷。遗体告别仪式设在凤凰殡仪馆最大的厅堂凤凰厅，估计主办方考虑前来送行的人员较多，定了个大号的吊唁厅。

孙鸣飞担心路上塞车，一大早就吩咐司机开车出发，到达殡仪馆时，距追悼会开始还有四十分钟时间。孙鸣飞让司机停下车，说自己昨晚整夜未眠，需要在车上打个小盹儿。司机把车停在停车场一个角落，知趣地下了车，站在车外不远不近的地方。其实孙鸣飞只是想把握一个恰到好处的出场时间。通常这类活动少不了来一些重量级的人物，除去亲朋好友，官场上有头有脸的人物得要有个出场顺序，头牌人物来早了是重视，来晚了是百忙中抽身。而小一号的人物不合时宜地早到迟到都免不了尴尬。照理田智礼也算是本省理论工作界的元老级人物，说不定会有一个现任副省级干部出席。孙鸣飞不知道欧阳锋会不会来。昨天他想给欧阳锋打个电话，思虑再三觉得不合适，毕竟老田去世前自己一点儿也不知情。他似乎无法应对欧阳锋可能的询问。

今天孙鸣飞参加这场追悼会，不大不小也算个副厅级官员，但身份其实很难定位，说亲戚不沾边，说朋友算不上，说同事不够格，说学生没名分。他昨晚临睡前甚至动了不想参加的念头，可很快又自我否定了。一是心理上过不去；二是一旦日后欧阳锋问起他，这无情无义的质问他做何解释？看看离追悼会开始的时间只剩下十分钟，孙鸣飞从容地下了车。站在外边的司机小跑过来要给孙鸣飞提包，孙鸣飞摆了摆手拒绝了。当孙鸣飞走到凤凰厅门前时，稀稀拉拉的场面还是让孙鸣飞略感意外。孙鸣飞在签到簿上签下了自己的名字，又装着不经意地看了已经签过字的名册，似乎还没有重量级的人物。孙鸣飞走进凤凰厅，浏览了一下四周墙壁摆放着的花圈，在靠前头的位置，摆放着省委宣传部、文化厅及一些与新闻口有联系的单位送来的花圈，个人送来的花圈中，他看到了欧阳锋的名字。现任高层领导中，省委常委兼宣传部长的名字显得鹤立鸡群。

有人拍了一下孙鸣飞的肩膀。孙鸣飞回过头一看，是多年不见的白川。白川穿着黑色的西装，胸前别着一朵小白花，看样子好像以工作人员的身份在忙碌。在这种场合中相见，两人彼此都把握着言行的分寸。孙鸣飞嘴上挂着一丝苦笑问：“白川你一个人？”白川朝不远处指了指。孙鸣飞顺着白川的手指望去，同样一身素装的姚丽霞站在几步开外。目光与孙鸣飞对视时，姚丽霞礼节性地轻轻点了一下头。

看见自己曾经热恋过的女人，孙鸣飞心中有一种说不出的感觉。如今的姚丽霞虽已是徐娘半老，可气色看着不错，身体比原来稍稍有些发福但并不显累赘，举止中显出高雅和品位。在参加追悼会之前，孙鸣飞想过可能会碰上姚丽霞，他甚至奢望着当姚丽霞看到他如今贵为厅级干部时本能地产生些许酸楚。可就是这么几秒的对视，孙鸣飞就知道这个女人到现在为止依然在心理上保持着强大无比的自我，反倒是自己相形见绌。他忽然就想起了自己屋里的那个李红艳，她长得不算不漂亮，但她的举手投足之间却无时不充斥着俚俗，孙鸣飞打心眼儿里厌恶她，她肯定也早就有了情感寄托。多少年来，孙鸣飞几乎没有带她参加过任何公共活动，哪怕是纯私人性质的聚会。想到这里，孙鸣飞心里一阵悲凉，就算自己在官场上再怎么风生水起，但比起昔日同在一个平台上起步的白川，说什么他也不算赢家。

追悼会预定的时间是上午九点半。待参加的人员自觉地有序肃立在大厅，墙上的挂钟指向九点三十五分时，追悼会仍未宣布开始。通往停尸房的小门口站着四个穿黑制服的殡仪馆服务人员，显然是处于待命状态。直到大厅中响起嗡嗡声，这才有一个主持模样的人对着麦克风轻轻吹了几口气，提醒大家再耐心等待几分钟，说是有老田一个年迈的旧友因为行动不便，迟到几分钟。孙鸣飞心里就在猜想这个值得全体人员等待的人绝非一般的平头百姓，莫非是欧阳锋？正在猜测的当口，人群纷纷转过头对进入大厅的几个人行注目礼。孙鸣飞一眼看见走在前面的人正是一脸悲戚的欧阳锋，紧随其后的是省委宣传部的张副部长，后面还有一个稍显年轻的人，估计应当是宣传部的某个处长或副处长。欧阳锋在前排站定后，转过身非正式地把来宾扫视了一番，用目光与为数不多的相识算是打了招呼。等欧阳锋的目光碰到孙鸣飞时，孙鸣飞咬了咬嘴唇，做出哀伤的表情。

田智礼的遗体推进了吊唁大厅。玻璃罩子中，昔日的伟岸身躯变得瘦小不堪，红缎子被面遮盖着头部以下的地方，头上顶着一个呢制帽子，窄窄的脸庞像是用蜡制成的，在大厅日光灯的照射下反射出几许幽怨的光。大厅中已经响起了女人们压抑的抽泣声。孙鸣飞偷眼瞟了一下不远处的姚丽霞，她正在用手背抹着眼泪。

主持追悼会的是西部日报社的总编。他在介绍来宾时，说老省长欧阳锋是老田大半辈子的知己朋友，今天不顾自己行动不便，亲自来送老友最后一程。孙鸣飞一边听着，一边想象着欧阳锋一大早突然心血来潮要亲自参加田智礼的追悼会，慌得省政府办公厅不得不临时抱佛脚紧急联系让省委宣传部副部长作陪前往。虽说是迟到了一小会儿，但总还算没误事。孙鸣飞愈加对自己准时到这里参加追悼会感到庆幸。

孙鸣飞想着心事，也没有听清楚主编低沉的悼词宣读过程中说了些啥。待到议程进行到向田智礼遗体告别时，孙鸣飞机械地随着人流，走到安放田智礼遗体的玻璃罩前，虔诚地弯下腰，为这位在自己人生旅程中扮演过重要角色的人深深地鞠了三个躬。

心里惦着一定要跟欧阳锋打个招呼，孙鸣飞程序性地与田智礼的家属握了一下手，就快步走出吊唁大厅。

欧阳锋正站在大厅外面，旁边围着几个人问长问短。欧阳锋的眼神却是四处游离着，等看见孙鸣飞，欧阳锋眼神定了下来。显然，欧阳锋也是在等着孙鸣飞。

孙鸣飞凑上去双手握住欧阳锋冰冷的手说："欧阳老，您年岁这么大了，还亲自参加追悼会，真让我们又心疼又感动。"欧阳锋叹了口气说："等到我从这里走的时候，我的那些老朋友，不知道会有几个人来送我最后一程。"孙鸣飞说："欧阳老，您别说这些伤感的话。"

欧阳锋一只手往远处挥了挥说："我该回去了。"另一只抓着孙鸣飞的手却没有松开的意思。孙鸣飞明白了欧阳锋的意思，急忙把手松开，扶着欧阳锋的胳膊朝停车场走去。

欧阳锋看看同行的宣传部副部长与自己有一小段距离，悄声地说："小孙，新区那件事基本上定下来了。省委班子对你前几年的工作成绩是肯定的，把你作为新区主管负责人候选人，大家基本上没有异议。你就准备走马上任吧。"

孙鸣飞心里五味杂陈："欧阳老您觉得我行吗？"

欧阳锋停住脚步，眼睛瞪了一下："小孙，你啥时候变得婆婆妈妈了？"

孙鸣飞正色道："欧阳老，我就是怕辜负了您的期望，给您脸上抹黑。"

欧阳锋嘴角微微翘了一下："我推荐的人，我心里有数。"

把欧阳锋送到车跟前，孙鸣飞为欧阳锋打开车门，一只手挡着车顶，一只手搀着欧阳锋，扶助欧阳锋坐上车。孙鸣飞说："欧阳老您先走，我再留一会儿。"

欧阳锋以为孙鸣飞充当治丧工作人员，深情地说："好好安慰一下老田的家人，叮嘱他们有啥事找我。"

望着欧阳锋乘坐的汽车扬尘而去，孙鸣飞心潮激荡。半生沉浮，这个人一直主宰着自己的命运。在外人看来，他孙鸣飞红运高照，多亏了背靠着的这棵大树枝繁叶茂。可只有他自己明白，其实自己在不经意间被绑上了一架战车，在这架战车行驶途中，他必须时刻保持旺盛的精力、强健的体魄，稍有差池，等待他的可能就是万人耻笑的灾难。为了一个现在连自己也说不清楚的目标，或者说是一份战士的荣誉，他还得拼着劲儿地往下干。要干好，还得靠着这棵大树。孙鸣飞盯着自己的手掌，似乎掌心还残留着与欧阳锋临别时无意中握住欧阳锋手腕时能明显感觉到的汗液，那如柴的枯骨上包裹着的皮肉，显示出主人垂垂老矣的状态。孙鸣飞无可奈何地摇摇头，为自己仍然把命运拴在一个行将就木的老人身上而感到悲哀。可悲可叹的老人政治，在他孙鸣飞身上得到了充分的体现。

司机看见了傻乎乎站着的孙主任，赶忙发动起车子开了过来。车子突然在孙鸣飞面前停下来，让他吃了一惊。当司机走下车训练有素地打开车后门时，孙鸣飞脸上略显不快，只是轻轻地说了声："事儿还没完。"就头也不回地又朝着吊唁大厅走去。孙鸣飞心里明白，刚才欧阳锋临走扔下的那句话，虽说是随口说说，可他岂能没有落实的下文。他务必得再和田智礼的家属见上一面。

等孙鸣飞无意间抬起头时，正好看见吊唁厅后边高耸的烟囱上，腾起一股浓浓的黑烟。黑烟冲上天空，向四周喷洒出一群黑色的细小碎片，碎片在空中翻滚飞舞。孙鸣飞知道这是焚尸炉中刚刚送进去一具尸体，黑色的碎片是死人随葬的衣物燃烧瞬间形成的残留物，说不定这一股浓烟正是田智礼进炉烧起的。再有十多分钟，那个曾让不少人尊敬、也对不少人产生过影响的人，连肉体也将永远在这个世界上消失了。他的名字，三五个月内会常常被人念叨。三五年之后，除了他的家人，社会上可能已经没有几个人还能记得起这个名字。三五十年之后，除了文史档案中的记载，还能有谁知道历史上曾经有田智礼这么一个人？孙鸣飞突然间觉得生命的意义原来如此虚无，人活一生到底是为了什么？田智礼这一生说不上失败，但也绝对谈不上成功。孙鸣飞又想起了刚刚分手的欧阳锋。欧阳锋比起田智礼算得上成功人士，成功在哪里？无非是一直保有着人上人的社会地位和心理优势，而这种地位和优势在他将来不可抗拒地进入焚尸炉之后也会灰飞烟灭。原来人生的意义全在此生，全在生命存在的当下。孙鸣飞似乎又明白了一些道理。

迎灵厅聚着几拨人，那是等着收取逝去亲人骨灰的丧属们。孙鸣飞老远看见白川和姚丽霞跟田智礼的家人站在一起，他心里有一丝愧意，觉得自己在田智礼临终前的关照和丧葬事宜上尽的责任少了一些。但转念一想，田智礼与姚丽霞是名正言顺的师徒关系，白川既是姚丽霞的丈夫，多尽些义务也在情理之中。看见孙鸣飞走过来，白川又一次伸手与孙鸣飞握手寒暄，又把孙鸣飞介绍给田智礼的儿子和女儿。

孙鸣飞郑重其事地对田智礼的儿子说："刚才欧阳锋老省长临走时特意让我转话给婶子，以后有啥事儿可以直接给他打电话。"

一旁的姚丽霞意味深长地说："老省长退休了，办起事来只怕是还没有你孙主任顺手。以后田老师家里有啥事儿直接找你，怕不会推辞吧？"

孙鸣飞苦笑了一下说："好我的老同学哩，这几十年过去了，你的脾气还是一点儿没变。你这话也不知道是鼓励人，还是挖苦人。"

白川把话转到一边儿："田老师走得突然，丽霞难过得几天缓不过劲儿来。她说这一辈子真正称得上良师益友的人就田老师这么一位。"

孙鸣飞点点头说："何止丽霞，对我，对白川，岂不一样？说句实在话，田老师留给我们的精神食粮，够我们享用一辈子。"

姚丽霞说："学长能从政治角度做出高度总结。"孙鸣飞正不知该怎么样接过话头，墙上的小喇叭呼喊田智礼丧属迎灵。一干人呼啦啦拥上前去，接过窗口递出的裹着红绸布的骨灰盒。田智礼儿子把骨灰盒抱在胸前，大伙儿纷纷伸出手抚摸着骨灰盒，盒子外边仍然有些发烫，显然是骨灰透过木匣传出的温度。姚丽霞忍不住又抽泣起来。

按照政策规定，田智礼属于正处级离休干部，又是新中国成立前参加工作的，他的骨灰可以存放在汉京市烈士陵园。可就在昨天与陵园管理处联系骨灰存放位置时，却被告知腾不出空位子。家属再三交涉，园方回复需要民政局领导出面协调。田智礼的儿子从父亲那里继承了宁折不弯的气节，索性吐了一口口水，愤愤地扬长而去。

孙鸣飞参加过很多次现职和退位领导的葬礼，对干部的殡葬政策略懂一些，他看到大家张罗着把骨灰送往普通市民寄存骨灰的安灵场所，疑惑地问田智礼的儿子："为什么不把田老师安葬在烈士陵园？"田智礼的儿子愤愤地说道："现在的社会连葬埋个人都得找门道，政策规定的待遇还得去找民政局的领导才能享受。把我父亲放在百姓待的地方，说不定更符合他老人家的心愿。"

孙鸣飞听后觉得一阵愤怒。他没想到腐败之风竟然延伸到殡葬行业，怪不得大家都在痛斥形形色色的行业堡垒。孙鸣飞想起市民政局牛局长，那个个头不高的南方人形象不太讨人喜欢，孙鸣飞与他一起开过几次会，称不上有什么私交却也彼此熟识。孙鸣飞心里犹豫了一下，他想跟牛局长联系一下，但他不知道自己是为了田智礼家人讨说法，还是为田智礼家人找门路。另外，当着白川和姚丽霞这对和自己曾经有过千丝万缕恩恩怨怨的夫妻，他出面找民政局，若能摆平这件事会不会被看作是炫耀，若碰个钉子会不会显得太丢面子。

想了几秒，孙鸣飞忽然愤愤地对姚丽霞说："丽霞，这件事你们就应该管一管，舆论监督应该发挥应有的作用。连殡葬行业的政策执行中都得掺上人情，我们这个社会真的无可救药了。"

姚丽霞鼻子哼了一声："老同学，你在官场这么多年，你睁眼看看哪个领域、哪个层次还有净土，有笑话说现在连管理公共厕所的人都要给自己锁起来一个干净的坑位。如果为这件事我们去动用舆论手段，岂不也成了以权谋私？田老师九泉有知，更会怪罪的。"

姚丽霞一番话让孙鸣飞心里像打翻了五味瓶一样不是滋味："丽霞你说得不错。但是我们作为田老师的学生，生前没能尽到必要的义务，身后如果坐视他连应有的政策待遇都享受不上，这心里会不安。"孙鸣飞说着掏出手机，往旁边挪了几步，在手机上找到了牛局长的电话号码，拨了过去。铃声响了几下，手机中传来了像公鸭嗓子似的带有江浙口音的普通话。孙鸣飞报上姓名，牛局长立马谦恭地询问孙大主任有何吩咐。孙鸣飞压抑着心中的厌恶，说自己的一位老师属于离休的正处级干部，按照政策，逝后可以把骨灰安放在烈士陵园，园方说需要市民政局批准，想咨询一下政策。牛局长呵呵笑了几声说："这么个小事，还劳孙大主任亲自给我打电话，我这就去跟管殡葬的副局长说一下。这政策贯彻中因条件限制有些难度，可再难也不该难到你孙大主任头上。"牛局长停顿几秒又说："这么着孙主任，您把他家属的电话能不能给我说一下？"孙鸣飞没有挂断电话，又走回到人群中问田智礼儿子的电话号码。田智礼儿子有些不情愿地说出了自己的号码，孙鸣飞对着自己的手机复述了一遍。一旁有人在咒骂着民政局官员是占着茅坑不拉屎的害人精，孙鸣飞也不在乎牛局长可能会听见这些不雅的话，不温不热地说声谢过牛局长，就挂断了电话。

孙鸣飞心里真的有几分来气。听牛局长的口气，这政策落实中能否克服困难保障贯彻就看对谁，就看他民政局愿意不愿意。如果牛局长真的告诉他因条件限制确实做不到，虽然会让他丢面子，但或许会让他心里好受一些，可面对这种看似巴结实则是另一种类型的敲诈时，不能不让人愤怒。你牛局长既然已经要走了家属的电话，且看你如何安排。至于家属现在还愿不愿意把亲人送到那一方已被污染的"圣洁"之地，也就成了无所谓的事了。

牛局长的工作效率果然了得，从孙鸣飞挂断牛局长电话算起最多不超过三分钟，田智礼儿子的手机铃声响了起来。孙鸣飞盯着田智礼儿子脸上的表情，几声不同音调的"啊""喂""哦"里显示出从惊讶到不解又到高兴最后有些不屑的神态。挂断电话，田智礼的儿子说烈士陵园园长亲自打来电话说刚才接到民政局的口头通知，民政局说父亲是德高望重、对党和人民做出重大贡献的老革命，务必要把父亲的遗骨放在尊贵的位置。

姚丽霞看了一眼孙鸣飞说："田老师的尊贵来自于孙主任的一个电话。"

白川说："丽霞你这样说话玷污了田老师的英灵。"

田智礼的儿子用目光征询大家的意见。孙鸣飞平静地盯着田智礼的儿子，似乎用眼神说这件事你们家属自己定。姚丽霞把头别向一边，分明是忍着再次夺眶而出的泪水。白川用目光把大家看了一遍说："我觉得还是把田老师送到他该去的地方，这是一份待遇，也是一份荣誉。今天鸣飞出面协调，事情显得顺利了一些。没有鸣飞我们以后还会奔走，田老师最终还是要到那里去。"

白川的话，其实也符合大家的一致心意，田智礼儿子当下退掉了正在办理的骨灰寄存手续。孙鸣飞问用不用他准备车辆去烈士陵园，姚丽霞说报社老干部科安排的车子还在。

骨灰安放一事在孙鸣飞轻而易举的协调下得以顺利解决，多少有些出人意料，孙鸣飞也从众人的眼神中阅出了对自己的几分敬意。他再一次明白了官场上那句"实力来自身份，身份显示实力"名言的分量。牛局长之所以那样讨好地买他面子，还不就是因为他比牛局长级别高出半格，且时时与市长、市委书记往来较多的缘故。不管怎么说，今天这一桩小事让他在故交面前挣了面子，要谢还得谢头上这顶乌纱。

分手时，姚丽霞给孙鸣飞提到一件事，让孙鸣飞心里有些空落落的感觉。姚丽霞说母校师范大学中文系经教育部批准改设文学院，下辖三个系，分别是汉语言系、中西方文学系、应用文学系，将在下月十日举办文学院建院典礼。孙鸣飞问如此盛事他怎么从来没有听人提起过。姚丽霞说："虽说是母校的大事情，未见得是母校每一个走出来的人的大事情。现在也就是一帮闲来无事的老校友张罗着届时连带搞个毕业同学聚会。八成你官当得太大、公务太忙，没有人敢轻易惊动你的大驾。"孙鸣飞苦笑着自嘲道："我整日忙着做被同学们取笑的官样文章，可能被大家打入另类了。我只希望在我暗自神伤的时候，丽霞你不要人云亦云。"孙鸣飞很认真地跟姚丽霞核实了文学院建院典礼举办的时间，又记下了文学院筹办委员会的办公室电话。末了对姚丽霞说他到时一定去参加，希望届时能够跟更多同学畅谈几十年的社会实践。

孙鸣飞参加过不计其数的追悼会，今天田智礼的追悼会，却让孙鸣飞实实在在生出几多人生感悟。

第十六章

律师界最近出了一件引人瞩目的大事。自恢复律师制度以来，官办机构律师协会一直作为司法厅下属的一个职能部门，担负着对律师的管理、指导和维权工作。突然间，一个自上而下传来的信息让律师们感到振奋，说是经过二十多年的群体努力，律师作为具有民主代表意义的自由职业群体已经焕然一新，从今以后，国家要把律师协会这个半官半民的组织从真正意义上办成律师自治组织。律协的会长、副会长要从律师队伍中层层选举产生。

果不其然，不久后省律师协会举行了首次会长、副会长民选活动。担心第一次选举因选票分散导致失败，省司法厅成立了律协领导选举工作指导委员会，指委会为省律师代表大会推荐了若干名会长、副会长候选人。可没有想到选举结果出炉时，指委会推荐的候选人多数败北。而当选的会长、副会长却竟然选票出奇地集中。参加换届选举会议的省政法委书记惊叹说："中国的选举不敢搞全民普选，原因就在于选民整体素质太差。如果中国的老百姓都像我们的律师这样，只怕是美国式的选举明天就能实行了。"

这次的换届选举，白川以高票当选副会长。对于自己的当选，白川归因于省律协业务培训会上几次发言的效果。选举刚刚结束，不知从哪里获得消息的周华安立即给白川打来电话，在祝贺白川的同时，老教授禁不住激动地连声称这是“法治领域民主的胜利”。

律协副会长的头衔，很快为白川带来了更多的社会活动内容。不久，省公安厅聘请他担任警风警纪监督员，市检察院邀请他担任专家咨询委员会委员，汉京仲裁委员会聘请他为仲裁员。白川在纷繁的律师业务之外，不得不分出相当一部分精力去应对大量的社会事务。用白川自己的话说，自由到了极致则失去了基本的自由。

一大早，白川吃过早点急急忙忙赶到办公室。前天刚参加完庭审的一桩刑事案件的辩护词，务必要在今天整理打印好，送交法院的书记员。律师助理为白川倒了一杯茶，白川顾不得喝上一口，从抽屉里找出昨天整理的辩护词草稿，又逐字逐句地顺了一遍，方才将稿子交给助理，嘱其打印校对好交到法院。刚坐在椅子上想定定神，手机铃声响了，接起一听是律师协会办公室打来的。律协秘书长通知下午召开一个紧急会议，要求各位副会长务必参加。白川想起下午还有一个客户的商务谈判需要他出席，就提出请假。秘书长说下午的会议很重要，司法厅副厅长亲自参加，建议白川想办法解决业务活动冲突，最好出席会议。白川叹了口气说：“好吧。”

离开省农贸社多年，白川已经不太习惯带有机关色彩的工作会议，几次律协会长会议，似乎又让他回到了多年前那种让人多少觉得有点消磨时间的议事风格中。有几次，白川试图以自己崇尚的简约风格扭转会风，却发现应者寥寥。于是，他明白了一个道理，一旦官帽戴在头上，官气也就跟着来了，这些原来精明干练的律师戴上了会长、副会长的帽子，官场上的作风也学会了，要不为啥说“为人不为官，为官都一般”。

有司法厅副厅长参加的律协会长办公会一直开到下午快下班。副厅长做完冗长的讲话后离席而去，剩下一帮民选的会长、副会长叽叽喳喳地聊起了闲天。律协秘书长拿过一张海报：“这是今天随报纸递来的宣传广告，大片《泰坦尼克号》在全国热映。汉京市各个影院，天天观众爆满，我们大家一块儿去看看咋样？”

张会长率先点头说：“这个主意好，咱们先欣赏一下。如果真不赖，律协包上几场，给汉京市的律师们把电影票都送到手上。我们律协真的该转型了，从今以后要去管理化，实现服务化。”

提起看电影，白川感到已有些陌生。上大学时校园里每周都有免费的露天电影，隔三岔五几个同学还会用省出的伙食费去电影院奢侈一下。参加工作后，偶尔观看过一些单位组织的带有政治色彩的影片。今天提到去电影院，他不由得产生了一种久违的亲切感。

就近的光明俱乐部离律协不过一站路，大家商量先去简单吃些东西，然后步行过去。

在街边一家新开的川菜馆刚坐下，白川的手机响了，一看号码是韩浩平。白川知道通话内容不会简单，就一边接通电话，一边步行到包间外面的走道上。

韩浩平在电话中问白川晚上有没有紧要的事。白川回答说律师协会有个集体活动需要参加一下。

韩浩平犹豫了一下说：“白川，跟你说事，就是刀下见菜，立马就得行动，不好意思也没有办法，你就多担待一下。公司董事会要开个会，本打算放到明后天，刚才跟大家联系时，没想到牛老师说他明天要到美国去参加一个什么客座讲学，时间需要一个月，行程也改不了，只好大家将就一下把会议放到今天晚上。你看看能不能把那个集体活动推掉，来参加咱这个会议。”

白川正想放松放松，重温一下昔日的感觉，让韩浩平这么一搅，电影看不成了。但他还是试探着说道：“老韩，你那边会议要是我可以缺席，我就请个假算了，律协这边大家可都已经说好了。”

韩浩平显得很认真：“白川，你是咱公司独立董事，说话的分量可不一般，大的决策离了你，成何体统。你要是那边的活动推不开，今晚我们先在会议室聊天等你，你完事儿后赶紧过来。”

白川说：“让大家集体等我，我可是消受不起。这样吧，我这边已经坐到饭桌上了，吃完饭我就赶过去。”

韩浩平高兴地说："白川，就你给我这个董事长面子。"

白川笑了："老韩，我跟你说，咱们公司现在已经上规模了，得有点儿规矩。以后，开会的事也得按章程来，《公司法》和《公司章程》都规定董事会会议要在五日前通知各位董事。你今天的做法说轻一点儿违背了章程，说重一点儿违背了法律，可以被视为无效。"

韩浩平打着哈哈："下不为例，下不为例。"

吃完饭，白川抱歉地跟各位同仁做了解释，就驱车赶到三贤集团公司总部。

三贤集团办公地点位于汉京市繁华的光华路上。一栋十五层的办公大楼堪称这一片老街区的地标性建筑。每到夜幕降临的时候，楼顶巨型霓虹灯闪烁的"三贤大厦"四个大字，吸引着南来北往过客们的眼球。多年以前，这里是汉京市二轻局下属一家集体性质的编织厂，主要产品是农业生产中常用的柳条筐、簸箕、筛子、斗、升子等等，后来产品没了销路，编织厂无奈中关门歇业。年轻职工另择高枝纷纷离去，剩下一帮老弱病残三天两头打着个白横幅在市委市政府门口要饭吃。久而久之，编织厂成了市政府施政工作中难以根治的顽疾。前几年从京城空降到汉京的市委书记仗着自己在京城中有背景，做起事来雷厉风行，也不太担心政策上的过激，拍板把包括编织厂在内的几家老字号小型集体企业以改制的名义统统卖了出去。这些老大难企业，一旦改姓"私"，纷纷活了过来。三贤集团就是在那次小型集体企业甩卖中，中标购买了编织厂。三贤集团是以承债式资产买断方式完成收购的。所谓承债式资产买断，就是由三贤集团在接收编织厂土地、房产等核心资产的同时，将编织厂历年形成的债务包袱和人员包袱全部背下来。那次收购，是在本市颇具影响力的一家评估公司在评估认定编织厂债务数额大于资产数额的基础上，以一百万元人民币的象征价格完成交易的。三贤集团接收编织厂后，把老员工逐个筛选，将为数不多的年轻人吸收为三贤集团员工，大幅度提高原有薪资。老弱人员买断工龄，一次性给予高额补偿，把人事问题解决得风平浪静。在债务处理上，白川发挥了职业优势，组织了精干的律师，对陈年老账一一甄别，把那些早已超过诉讼时效的债务一一甩脱，对于几家银行的陈旧贷款，以不良资产处置方式用一成到两成的价格全部消化。原来的编织厂穷归穷，但占地面积不算小，二十多亩地的院落，稀稀拉拉地趴着几栋破旧的厂房和仓库。三贤集团拆除了那些已丧失使用价值的房屋，高价聘请上海一家设计师事务所重新对院落进行规划设计。短短两年时间，三贤集团总公司办公总部正式建成，破旧的编织厂成为一代人记忆的同时，地标性建筑“三贤大厦”拔地而起。在“三贤大厦”落成典礼上，锐意改革的市委书记亲自剪彩，并热情洋溢地称赞编织厂的改革转型是古城汉京市多元化经济相互渗透的典范。以韩浩平为首的三贤集团其实心里明白，一场看似为国家卸包袱的企业买断，三贤公司实际上赚得盆满钵满。这场一本万利的生意该归功于谁？当然首先是政策，其次是三贤集团的远见。

金碧辉煌的三贤公司会议室里，先到的董事们正在品茶聊天。

看见白川，秦大明鼓起掌来，打趣地说：“我刚才正准备布置门口的内勤毕恭毕敬地站成一排，看见你就高喊一声‘白董事到’，然后我们齐刷刷起立。”

白川笑了笑：“我不是国民革命军蒋总司令，我们这个三贤集团办公室更不是指挥剿共的巢穴。”

牛天儒接上话茬儿：“我们都靠跟着共产党吃饱饭，没有党的好政策哪有我们三贤公司的好营生，所以我们要感恩党。感恩的同时光知其然不行，还得知其所以然，我们要不断地学习党的政策，贯彻党的政策。”

韩浩平大着嗓门儿说：“我就烦你们这些文人凑在一起，说起话来云三雾四，哪有我们这些大老粗干脆。”

其他几个董事都跟着哄笑起来。

一阵闲扯之后，董事会进入正题。董事长韩浩平说有一个投资项目需要讨论一下，今天争取能形成决议。说话间，秘书给每人手里发了两页纸的一份项目简况。秘书一边宣读一边做着解释。

秘书宣读完毕，白川明白了讨论内容：汉京市西郊城乡接合部的富民村按政策规定属于城中村改造范围，负责城改建设的是富民村村办企业富民农工商工贸公司。富民公司在实施城改建设时因资金短缺，找到三贤公司，希望能合作开发。村上可供开发的土地大约三百亩，三贤公司如果愿意介入，需要先期支付富民公司五千万元用于缴纳村民养老金和宅基地、承包地的补偿。

待大家基本搞清项目内容后，韩浩平说："我自己算了一笔账，这个项目按政府规划的容积率，可以建成八十万平方米的住宅。毛利大约有十多个亿，除去税、费，保守估算净利润可以达到五个亿，我们前后需要投入两个亿，建设周期按五年算，五年的盈利率可以达到百分之二百五十。"

牛天儒"扑哧"笑了一下："好你个韩董事长，你咋给咱寻下个二百五项目。"

韩浩平不好意思地挠挠头："如果不保守，按正常盈利水平，五年达到百分之三百。"

牛天儒又说道："我从农村出来，跟农村打交道、跟农民打交道要注意两个因素：一是农村政策因素，一是农民意识因素。这农村政策，是改革开放以来党和国家关注的重中之重，经常会发生调整。房地产开发可是离不开政策导向。这农民意识说起来很可怕，农民说你好时，恨不得把你捧到天上；说你不好时，你就比茅坑还臭。尤其是村上的班子换届，每届班子上来后都会把上届的事儿翻个底朝天。我们的开发周期肯定会跨越换届，得把握好这个问题。"

秦大明说："风险和收益是并存的。农村有农村的弊端，也有农村的优势。农民一般都顾眼前利益，只要我们能给农民提供现成的实惠，农民就会支持我们。既然这个项目已经找上门来，我看不能轻易放过。"

韩浩平把目光投向白川，询问白川的意见。多年来韩浩平已经习惯了对白川的倚重，这个年龄比韩浩平小几岁的人，在过去的交往中，已彻底让韩浩平折服了。

白川这会正琢磨着富民村的地理位置。据他了解，这个项目应当在新区的核心位置上。此时此刻，在这个区域找项目是机遇还是风险，还真难预料。难说上头会有一场雷厉风行的圈地运动，现在往那个地方凑，会不会是往枪口上撞。想到这里，白川问韩浩平："你知道汉京市建新区的事儿吗？"

韩浩平朗声笑了起来："这档事儿，做地产的哪家不知道？大家都在挤破头往那儿凑。要不是富民村恰好处在新区位置，富民公司凭啥张嘴要五千万元的启动资金？"

白川显出些许担忧："新区的规划建设肯定要求高标准，过去那种一哄而起、各自为政的开发模式肯定行不通。我担心政府在选择开发商时会看重企业的背景和实力。我们是本土企业，论经济实力未必能和外来的大企业比拼，可千万不能让我们沦为招商的牺牲品。"

秦大明摆摆手说："白川你多虑了。政府主导建设新区，我们积极投身进去，就是响应政府号召的表现。如果有外面的大企业进来，我们正好利用天时地利人和的因素，来个捷足先登，说不定会有更大的平台等着我们。"秦大明的话引起了其他几个董事的共鸣，大家纷纷表示认可。

最后，牛天儒慢条斯理地说："介入一下未尝不可，但一定要注意不能盲目过热。我们三贤公司现在应当说已经进入良性发展期，矿业板块虽说效益不错，但国际上钼产品行情堪比三岁小孩，说变脸就变脸，要居安思危。地产板块虽说成功开发了编织厂，但那里面存在很多侥幸因素，绝不能在新的项目上犯经验主义的毛病，每一道环节都要深思熟虑。"

基于董事长韩浩平的力主，各位董事达成共识，要让三贤集团在未来的汉京新区建设中展示本土企业的良好形象。

说到参与项目需要的资金，韩浩平轻松地告诉大家："三贤集团的业绩已引起多家金融机构的关注，几大民营银行设在汉京市的分支机构，都有和三贤集团建立合作关系的愿望。未来企业的流动资金可以通过融资渠道解决。"说到这里韩浩平喜形于色："可以说，银行就是我们的资金仓库，要多少拿多少！"

晚上十二点，白川方才回到住宅小区。抬头看看十六层自家屋子窗户，孤零零地还透着灯光。这多年来，白川和妻子丽霞晚上加班是常事。受他俩的影响，儿子白小川也习惯了夜猫子的生活方式。日常倒还罢了，一旦碰到周末，游戏机不打到凌晨绝不松手。今天是礼拜五，那一对母子肯定又在各自的精神世界里陶醉酣畅。

果不其然，白川用钥匙打开家门时，屋里没有任何反应。他推开儿子的房门，光着膀子的小川正聚精会神地盯着屏幕，微型音箱里响着不绝于耳的喊杀声。他知道这是刚上市不久的游戏《白发魔女》。白川走过去拍了一下儿子的肩膀，小川却依然无动于衷。白川轻轻地叹了口气，无可奈何地退出了儿子的房间。想想自己在这个年龄时，整日疯跑在乡间田园，虽说没有几样堪称为玩具的东西，但生活并不贫瘠，大自然给了他取之不尽的游玩内容。而今天的孩子们享受着无所不有的工业智力产品，却永远把自己锁在小小的房间里，沉迷在模拟的世界中。他不知道这到底是社会的进步还是沉沦。

姚丽霞正在台灯下写作，听见响声，抬头看了看丈夫，心疼地说："我的大律师，你每天不把时间耗完，总也回不来。长此以往，把身子累坏了，只怕到老了后悔就来不及了。"

白川走到妻子身边："你不也和我一样嘛。"低头看了一眼妻子笔下的材料，却是一份关于召集同学会的通知。

"你们要举办同学会？"白川问道。

姚丽霞说："我们师大原来的中文系升格为文学院，过几天要举行揭牌仪式。听说国家教委要来人，顺带着我们七九级、八〇级两届同学想举办一期同学会。一来给母校助兴，二来也是毕业二十来年了，大家聚一聚，相互交流交流。我这不正在草拟参会同学名单。"

白川说道："这事儿咋也轮不上你张罗。"

姚丽霞笑了笑："热心公益事业，不亦乐乎。大家觉得我是记者，交际面比较广，就推选我做了同学会筹备委员会的委员。"

"现在的同学会成时髦了。"白川说，"十几年没见面，同学们早已被社会熏陶得形形色色，当年的愤青成了老于世故的滑头，清纯的处子成了随波逐流的俗人，自以为混得不赖的人极力想在同学会上显摆自己，更有些居心不良者寻机成就昔日不曾实现的鸳鸯梦。”

姚丽霞瞪了一眼白川：“你这个人当律师时间长了，把社会想得阴暗，把人想得龌龊。难道几十年不见的同学都是抱着不良动机聚到一起的？还什么鸳鸯梦，亏你能说出口。”

白川笑道：“你没听人说，同学会，同学会，同桌拉手两行泪，短短一日心欲碎，从此恨不天天会，拆散一对是一对。”

姚丽霞啐了白川一口。

“你们的同学会少不了大佬吧？”白川问道。

姚丽霞说：“我们中文系出来的人，大都是靠舞文弄墨混碗饭吃。常言说秀才成不了大气候，这些老同学除了几个为数不多的人在文坛、诗坛上小有名气外，大部分默默无闻。不像商学院、建筑学院出了好多商业大佬。我听说汉京市首富就是搞建筑包工出身的，是汉京市建筑大学七九级的毕业生。”

白川又道：“文坛的大佬是层次更高的大佬，政界也有大佬。你们学校的孙鸣飞现在也算是汉京市官场上响当当的人物，他的官职现在应当算是副厅级了。”

姚丽霞从桌上拿起正在书写的人员名单：“孙鸣飞是学校官方邀请的人员。据说两届同学中有三个从政的人员被校方直接邀请：一个是文化部的一名司长，一个是解放军总参谋部的一名大校记者，还有一个就是孙鸣飞。我和其他两个人不熟。至于孙鸣飞，我想通知他在参加完官方典礼后和我们的同学会互动一下。”

白川呵呵地笑着说：“看来官本位的意识无处不在，连母校的宾客席上也打上标签，非厅局级勿坐。”

姚丽霞突然想起了一件事：“我今天下午给一个同学打电话，那同学他舅舅在省委组织部工作。他说孙鸣飞要调任新设的汉京新区去做领导。你听说过没有？”

白川摇摇头：“当了多年律师，对政界的事儿已经麻木了，再说我也没有了解官场动态的渠道。”

白川突然觉得肚子有些饿，可能是下午饭吃得匆忙，肚子没太填饱。他走到厨房，打开冰箱拿出了一瓶酸奶，独自一人坐在客厅的沙发上慢慢享用起来。

白川的思绪又回到了晚上董事会对富民村项目的讨论中。

三贤公司的起步和壮大，凝结着几个创业者的心血。除了当初三个投资股东外，作为原始发起人之一的白川没少操心劳神。从一定意义上讲，三贤公司的兴衰已经与白川的命运紧紧连在一起。一方面，这个企业是他参与创造的一个作品，荣辱与共已经成了潜意识里挥之不去的思维定势。另一方面，三贤公司每年支付给他的薪酬和奖励也让他享受了丰厚回报。他没有理由不以主人翁的心态去参与企业决策。近十年来，从单一的矿山开采，到涉足物流、地产，三贤集团可谓是一步一个脚印。

白川永远不能忘记三年前那次矿洞塌方的情景，九名矿工被捂在坑道深处，现场的韩浩平带着哭腔，电话征求白川的意见。白川也是浑身冷汗，一筹莫展。放弃救援意味着九条鲜活的生命从此永远逝去，特大事故必然惊动地方政府、国家安监部门乃至国务院，矿山关闭不说，企业经营者也必定难逃牢狱之灾。但贸然施救，谁也不敢保证不出现二次塌方。如果再搭进去几十条性命，情何以堪？就在白川张口结舌之际，韩浩平却冷静下来，他说:“既然白川你也拿不准主意，我韩浩平也就豁出去了。我马上组织敢死队，全力抢险。如果侥幸救出坑洞的工友，算我们命大。救不出人来，或者再搭进去几个，我韩浩平立马自杀。这事儿跟你们其他人没有关系。兄弟们来生再见！”不待白川回话，韩浩平已挂断电话。等再打过去时，电话已无人接听。当白川驱车赶去时，已是八个小时以后，坑洞口正传出一片欢呼声。九名矿工已在敢死队长韩浩平的拼死施救下，安然脱险。可韩浩平却因头部被矿石砸中受伤，正被抬出坑洞。白川扑在担架前，紧紧抱着这位过命交情的兄长，热泪夺眶而出。用白川总结的话说，三贤企业之魂，是用鲜血铸成的，三贤公司的生命就是三贤人的生命。

看多了民营企业的兴衰存亡，白川常常会为三贤公司未来的命运莫名地感到担忧。自改革开放起，多少商界风云人物传奇般地崛起，又流星似的陨落。一些曾经如雷贯耳的名字，最后无一例外地被扫入历史的垃圾堆。就拿本市来说，当初几个叫得响的民营企业领军人物，或离奇失踪，或死于非命，或锒铛入狱。民营企业旺不过十年，这几乎成了一个无法挣脱的魔咒。站在理性的角度，白川把这种现象归结为内部决策的一人独大或外部发展上的盲目扩张。

经过多年的发展，三贤公司似乎已经进入巅峰期。白川并不奢望它继续高奏凯歌，但他期望企业的生命周期更长一些。他担心企业因理念落后被时代淘汰，又担心企业寻求转型丢掉老本。既希望扩大经营规模，又担心资金链条断裂。对于董事长韩浩平热心的这个富民公司地产项目，白川虽然一时找不出放弃的理由，却总是感到心里不踏实。

汉京师范大学文学院成立庆典在紧锣密鼓的筹备之后如期举办。校方用二十万元的不菲价格从南山买来了一整块十二吨重的花岗岩巨石，矗立在原中文系现文学院办公大楼前，又请本市著名的书法家、全国作家协会副主席凯涛题写了“汉京师范大学文学院”九个行草大字，刻在巨石上。花岗石形似卧虎，威风凛凛地守护着文学院。揭牌当日，国家教委副主任与本省主管教科文卫的副省长共同剪彩。因为来宾众多，校园内的汉师宾馆人满为患，附近的几家大酒店也都住满了昔日的师范学子。据校方不完全统计，这次自发回母校参加文学院成立庆典的往届中文系毕业生超过四百人，达到恢复高考后毕业人数的百分之四十多。

由于特殊的记者身份，姚丽霞作为校方接待人员被安排住在汉师宾馆。

在汉师宾馆住宿登记册上，姚丽霞看见了孙鸣飞的名字。

孙鸣飞在十多天前接到学校发出的烫着金字的邀请函。平日里类似的函件多如牛毛，孙鸣飞大多是一笑弃之，实在推不掉的就指派下属去应付一下差事。但这份发自母校的邀请函，他捧在手里时却觉得沉甸甸的。他心里明白，学校官方发出的邀请函是有严格范围限制的。在这个拜金拜权主义已渗透到社会各个领域的时代，无法脱俗的学校发出有限的邀请函，发送对象非富即贵。当初孙鸣飞身为来自山沟的寒门学子，四年寒窗苦读，默默无闻地进校，悄没声息地离校，谁也不曾注意有他这么个人。如今二十几年过去，却能享受到接受邀请函的殊荣，这一切当然来自于孙鸣飞自己的努力拼搏。成功的时候社会看重他，母校也不得不看重他。孙鸣飞觉得手里的这张邀请函是母校的一份评价，是母校给他迟来的待遇，当然更不用说也是他的一份荣耀。

既然自己受到了母校的看重，孙鸣飞就在心里琢磨如何体面地做一件与自己身份相匹配的事情回报母校，想来想去无非是送上一份厚礼。孙鸣飞虽说是官员，可并非政府职能部门负责人，手中并无半点社会权力，不像财政部门可以巧立名目拨付一笔项目资金，计划部门可以立个人情项目，规划部门可以批个基本建设规划。孙鸣飞主政的管委会尽管是副厅级单位，在雁马河开发区那一亩三分地里掌握着予夺大权，但出了开发区却无一星半点权力。用孙鸣飞时常自嘲的话说，自己实际就是个大企业的董事长。要想给母校回报，看来只能用掏腰包的方式表示了。

为母校庆典送礼的事，着实让孙鸣飞犯了几天难。十几年为官，孙鸣飞最骄傲的是自己的清廉，他曾经无数次拒绝了巨额贿赂。某次，一个死皮赖脸的地产商把一个小皮箱放在他的办公室强行离去，愤怒之下他通知办公室主任把小皮箱原封不动地送交纪检部门。久而久之，他在圈子中成了不食人间烟火的异类。当然，保持清高也给他经济上带来了些许拮据，他日常的工资，基本上都交给了那个虽然没有感情但名义上仍抚养着自己那个说不清血缘关系的女儿的妻子。他每个月的奖金和差旅费补贴，以及某些可以参加的评审会报酬，成了他私房钱的全部来源。孙鸣飞多年积攒的私房钱，满打满算不超过八万元，他打算取出几千元给母校置办一份礼物，可几千元能买个什么东西？思虑良久，他觉得最好是一件能够摆放的工艺品。他有意在管委会大厅转了一圈，觉得能有一件根雕之类的艺术品再合适不过。他随后叫来后勤科长，指着几年前一家入园的国企单位赠送给管委会的孔雀开屏黄杨木雕，问这件东西大概值多少钱，科长说大约十来万元。一句话，把孙鸣飞说得从头凉到了脚跟。科长以为主任看着根雕碍事，就说要不然把这件根雕搬到杂物间去。孙鸣飞摆摆手说："不用了，怪可惜的。"经过一番比对琢磨，孙鸣飞最终决定给母校买一面镜子，他要挑一面装潢精美的大号落地镜，豁出去花上一万元，大大方方为自己挣个面子，也不枉母校对他的看重。

因为孙鸣飞实在太忙，又加上自己多年来很少上街买东西，他就把买镜子这件事托付给秘书科长。

这秘书科长叫杨昌利，三十来岁，十来年前从一家民办大学毕业，说是学社会学的，可毕业后哪有个研究社会学的岗位供他施展拳脚？在社会上闯了几年，打过零工，做过小贩，运气好时也能碰上几宗对缝的生意。但终究这么瞎混下去不是长事，后来他的父母挖空心思找门路，竟然与市政府接待处处长搭上了远房表亲关系，三天两头提着土特产上门献殷勤。小杨也是个乖巧孩子，知道社会上的艰辛，不管这表舅表舅妈有没有不屑的意思，总也装着天真，把热脸使劲朝表舅家蹭着。可巧有一回表舅妈急性胆囊炎住院治疗，小杨衣不解带在病床前看护表舅妈三天三夜。表舅妈出院后缠着丈夫给小杨找工作。经不住妻子死缠硬磨，恰好雁马河开发区管委会缺人手，接待处长小使伎俩，给自己这个新认的外甥在管委会谋了个差事。小杨在社会上混过几年，知道铁饭碗的金贵，把表舅给自己找来的工作视若珍宝，上班后吃苦耐劳，很快赢得了上下美誉，最后被孙鸣飞看中，安排在身边做了秘书科长。

杨科长接受了孙主任安排后，一时丈二和尚摸不着头脑，他怯怯地问主任买镜子做啥用。孙鸣飞这几年早已把小杨当成了值得信赖的心腹，索性就把前因后果给小杨讲了一遍，杨科长听完后沉默了半晌，给孙鸣飞说了一番话。

杨昌利说：“孙主任，我说几句话，您千万别介意。”

孙鸣飞盯着杨昌利，嘴角翘起显出笑眯眯的样子，又摇了摇头表示自己不会介意。

杨昌利清了清嗓子：“主任，现在的学校，从小学到大学都热衷搞庆典、搞纪念，其实无非是借着这个由头造声势，扩大知名度，顺便借助毕业生捡一捡关系而已。说到捡关系，目标一般指向三类人：一类是社会名流，这些人可以给学校装点门面；一类是商界成功人士，这些人可以给学校出赞助；一类是官员，这些人可以给学校带来实惠。学校在笼络官员的过程中又有讲究，对那些下级官员如比比皆是的处级干部，学校的目的在于激发他们报效母校的热情，或者说白了开发他们表现自我的虚荣心；对中级官员如厅局级则是看中了他们手中的权力，或是求点儿政策倾斜，或是争取点儿物资或资金支持；至于更高级的官员，如省部级以上，学校则争取攀附上就行了。至于给母校送礼的事，其实和身份相辅相成。下级官员一般集体凑凑份子置办一件说得过去的东西就行了；厅局级的官员，大多是利用权势提供一笔大额的利益输送；至于再高级的官员，能给母校赐一幅墨宝或是送一个小物件就足以让校方以此为荣，记入校史并珍藏在展览室内。”

看着孙鸣飞听得认真，杨昌利又大着胆子说下去：“主任，依我的看法，您已经到了中级官员的地位，学校当然希望您能给一笔实惠。可是您赠给学校一面镜子，论礼品自身价值不算太高，不可能放在显赫位置，放在展览室又显得太……”杨昌利说到这里有些词不达意。

杨昌利一席话把孙鸣飞说得心灰意冷，同时又不得不佩服眼前这个年轻人不愧是学社会学的，把个庆典活动牵扯的社会关系梳理得一清二楚。但孙鸣飞又不想在下属面前表现出自己的短见，就故意拉下脸问道：“莫非你让我随波逐流，以权谋私？”

杨昌利连连摇头：“主任，咱们为何不换个思路，给咱们开发区做成一件好事？”

孙鸣飞来了兴趣，他站起来看着杨昌利："你说说看。"

杨昌利不好意思地摸着头："我也是临时有个想法。现在国家不是提倡教育科研产业化嘛，说白了就是要把学校、科研机构、商业活动嫁接起来。您的母校在汉京市也算是排在前几名的公立大学，牌子不算软。如果能像招商一样邀请汉京师范大学在咱们开发区搞一个科研项目，岂不是在我们管委会的政绩簿上又添上了重重的一笔？"

孙鸣飞笑着摇了摇头："我们学校这次是原来的中文系挂牌成立文学院，这搞文的行当除了舞文弄墨以外，哪有什么科研项目？如果是理工科的话，兴许还有戏。"

杨昌利也笑了："主任，您真是一心扑在工作上，社会上的闲事一点儿也不留意。现如今各行各业都把科研吊在嘴上，大学里不管文理工科都有科研任务，文科教师一篇学术报告都要申请科研基金哪。"杨昌利显得胸有成竹："我对文学是门外汉，我猜想搞电视的、报纸的这些行业，都跟文学有关。"

孙鸣飞点着头："你说对了，这些属于新闻专业。这一次新成立的文学院就设立了一个应用文学系。"

杨昌利激动地一拍巴掌："我们管委会最主要的职能就是招商宣传，要宣传就离不开写文章、拍广告、做宣传片这些杂七杂八的事。我们跟学校合作搞一个新闻教学科研基地，岂不是两全其美？"

孙鸣飞皱了皱眉头："要搞这么个基地得花多少钱？"

杨昌利说："钱的事情不用考虑。可以先拿出几间办公室，挂上牌子，根据需要再添置设备。反正管委会和学校都是国有单位，不存在所有权不清的问题，只要大家都能用就行了。这件事要是能办成，咱们管委会岂不是争取了汉京师范大学名号的无偿使用权，争取了知名院校给我们无偿的人才和技术支持？在学校那边自不必说，多了一个不花钱的实践基地，那些成天闷在校园里的老师和学生可都巴不得有个机会在校园外边溜达溜达。"

杨昌利一番话，让孙鸣飞茅塞顿开。孙鸣飞为官多年，作风非常民主，与他搭过班子的人都知道，他最注意充分听取各种意见，尤其是与主流观点相左的看法，然后分析研判，最终形成成熟的方案。正因为这种群言堂的工作风格，使得他的副手以及各部门负责人工作积极性一直保持着高涨的态势。今天杨昌利大胆进言，也是日常形成的工作习惯。

孙鸣飞对杨昌利的点子在表示认可的同时，又担心这件事会遭到其他副主任的抵制。杨昌利坚持认为，站在公道的立场，这件事是提升开发区知名度，为开发区引进优质资源的大好事，别人无理由反对。对于孙主任的担心，杨昌利觉得主要是孙主任把决策背景看得太重了，多年的清廉，让主任形成了惯性思维。杨昌利又建议孙主任先把想法跟母校通个气，避免类似的合作已有先例或正在洽谈而发生撞车。

孙鸣飞采纳了杨昌利的建议，当天晚上就赶到汉京师范大学，找到了自认为当年与自己师生情谊较深的夏同礼教授。夏同礼给孙鸣飞授课时还是个讲师，是教古汉语的，后来在孙鸣飞离校后一步一步晋升为副教授、教授、博士生导师，去年刚刚办完退休手续，由于桃李颇丰，著作等身，如今在系上仍然是颇有分量的人物。孙鸣飞发迹后与夏教授依然保持着稀少的往来。听完孙鸣飞的想法，夏教授说:“这是件大好事么。现在提倡开门办学，毕业生就业率是考核学校办学方向的一个重要指标。能让学生们提前到校门外去搞些社会实践，比多上几堂课有意义得多。”夏教授自告奋勇说这件事就由他去跟新任的文学院院长沟通，争取以应用文学系为龙头办好这个实验基地。

没等孙鸣飞跟杨昌利通报夏教授的反映，第二天一大早杨昌利就呈送孙鸣飞一份打印好的材料，题目是《关于引进汉京师范大学在开发区设立教研基地的请示》。孙鸣飞浏览了一遍，感觉通篇体现出为了管委会工作更上一层楼，务必要千方百计抓住这一机遇，不惜人力、财力、物力吸引汉京师范大学青睐落户的意思。文笔虽不甚老辣，逻辑关系倒是顺当。

孙鸣飞不禁笑出声来:“我是学中文出身的，知道这妙笔生花的道理，还真没想到你比我老到。”

杨昌利说："主任，您过奖了。其实这件事，我真的是站在咱们管委会的立场上，寻思着不要放过这个千载难逢的机会。这件事最终办成了，就是您利用个人资源给咱们管委会做出的一份贡献呀。"

孙鸣飞跟杨昌利商量这个事该由哪个部门去牵头落实。杨昌利说宣传办和招商局都可以，如果要把概念做强做大还是招商局出面好一些。孙鸣飞让杨昌利和招商局沟通一下，先不要把这个材料拿出来，看看招商局的态度再做定夺。

招商局长得知汉京师范大学有在开发区设立教研基地的意向后，表现出异乎寻常的热情，立即向主管副主任做了汇报。

主管招商的梁副主任更觉得这是件好事，很快找到了孙鸣飞："孙主任，听说你们母校要在咱们这里设教研基地，你可千万要保证肥水不流外人田。放着你的这个关系，母校要是把教研基地落户到别处，我们开发区的脸往哪里放？"

孙鸣飞故作惊讶："你怎么知道这件事？前几天咱们秘书科小杨给我说起来时，我寻思我作为管委会主任，去游说母校在咱们这里办教研基地，只怕是落个以权谋私的话把儿，我还把小杨说了几句，让他不要再乱扯这些。不料你竟然也是这种想法。"

梁副主任一脸不解："孙主任，你的想法才怪哩。让学校在我们这里搞教研基地是给我们长脸，这就跟我们挖空心思挤破头在上面争项目、要政策是一个道理。你能出面给咱争取来，是你的义务和责任，当然也是你的实力所在。这咋能和以权谋私扯在一起？"

孙鸣飞笑了笑："看来我真的是多虑了。"

秘书科长杨昌利毛遂自荐参与招商局这一特殊的招商活动。他把自己已经草拟好的那份《请示》交给招商局做了润色、修改，然后由招商局提交主任办公会。各位副主任一致叫好，大家纷纷从不同侧面论述了这个虽说不算大但却意义深远的项目的重要性，最后形成决议，责成招商局务必与汉京师范大学联姻成功。同时，为了保证工作顺利进行，管委会财务科从经费上提供必要保障，宣传办全力提供人力支持。

其实这里面有一个因素，孙鸣飞和杨昌利都不知道。主管招商的梁副主任的准儿媳，也就是副主任公子的女朋友刚刚从北京一家大学研究生毕业，正在想法子进入汉京师范大学当老师，副主任公子催着老爸一定要设法办成这件事情。这不瞌睡了就送来个枕头，梁副主任岂能不极力张罗着把这件事做成。至于管委会其他班子成员，明知孙主任与师范大学的背景关系，又加之主管招商的副主任极力鼓吹，大家也乐得顺水推舟。

夏教授那边很快有了回音。文学院第一届领导班子对这桩事全体赞成，大家认为这是给建院工作锦上添花的喜事。夏教授同时征求孙鸣飞的意见，可否在文学院剪彩仪式完成后再抽出半个小时，趁着来参加文学院揭牌仪式的有关领导还在的机会，搞一个学院与管委会共建教研基地协议的签约仪式，也算是揭牌活动中的一个亮点。

孙鸣飞对母校如此看重自己发起的这项活动感到有些激动，连声称赞:“这样更好！”

这件事就这么敲定下来。孙鸣飞一边指定秘书科长杨昌利协助招商局与学校方面对接，特别叮咛杨科长注意工作方式，尤其是在费用支出方面，要注意遵守财务纪律，切不可在敏感问题上犯错误。

回母校参加典礼的孙鸣飞心里有一番说不出的滋味。二十多年前，他第一次从深山里出来，突然置身于大都市鳞次栉比的高大建筑群中，除了茫然再没有什么感觉。在这所偌大的高等学府，一个个气宇轩昂、衣着光鲜的男女学子，让肩膀上还缀着补丁的孙鸣飞自惭形秽。他唯一觉得自己腰杆能挺直的力量，来自于刚刚别在胸前的那枚白底黑字的汉京师范大学校徽。那个时候，他曾悄悄在心里发誓：要在未来的十年、二十年比别人更能昂首挺胸地站在这里，不能冲天鸣飞，就错叫了鸣飞这个名字！而今，二十多年过去了，此刻站在校园的林荫道上，他不再感到狼狈，看着和自己年龄相仿的教职员工，他甚至觉得自己有着一种强大的心理优越感。孙鸣飞敢肯定，他比这些仍然围着学生娃们绕圈子的教职员工们活得更丰富、更有滋味。在汉京市这片土地上，他孙鸣飞的名字叫出来，肯定会比眼前这些人的名字响亮得多。可转念又一想，自己能算作成功吗？能算作冲天鸣飞吗？在那些比他更大的领导跟前，甚至在已赋闲回家的欧阳锋跟前，他不仍然是小可怜虫一个？想想自己当年心里默默发过的誓言，又觉得有些幼稚可笑。

路边三三两两走过的俊男靓女，显然都是在校的学生，单从衣着打扮上，已经看不出来自寒门或豪门。如今，就是家里再穷的人家，也会举全家之力让在外读书的孩子装扮得人模人样。看看这些学子们的表情，一个个风华正茂的脸庞上充溢着自得与安逸。孙鸣飞抚今追昔，不由得羡慕年轻学子们的无忧无虑，却也为他们未来进入社会不得不经受大浪淘沙般的洗礼而感到担忧。他忽然想起伏契克《绞刑架下的报告》最后的结束语：“人们啊，我爱你们，你们要警惕啊！”

让孙鸣飞产生别样感觉的，还有母校的建筑。二十多年时间，汉京师范大学的大部分建筑物依然如故。二十世纪五六十年代由苏联老大哥主导建设的青砖灰瓦建筑，还在服役。从外边的繁华市区猛然进入校园，甚至会产生一种穿越的感觉。值得称道的是校园马路两边几乎高过建筑物的参天法国梧桐，为马路搭起了天然凉棚。这几年因为市政规划需求，行道法桐今日去肢，明日斩首，几十年时间里，艰难地老也长不大。而在这校园中，法桐却无所顾忌地彰显了枝繁叶茂的个性。也许，这是作为有别于市井俗世的象牙塔顽强地保留特色的方式。

揭牌典礼上午九时半在文学院办公楼前举行。不大的广场上挤满了前来祝贺的往届毕业生。虽说参加人员大部分属于自发行动，但秩序井然。由校党委书记兼校长陪同的省部领导站在核心位置，几番短暂而又热情洋溢的讲话之后，领导们执剪剪开红绸系成的硕大花朵，周围响起热烈的掌声。孙鸣飞佩戴着嘉宾字样的胸花，站在不算最核心的中间位置。姚丽霞虽说也是参加母校的聚会，却兼受报社派遣担任采访任务，也带着嘉宾胸花，手持采访本在中央位置捕捉着各类重要信息。

六月的时节，虽说还没有进入盛夏，但火红的太阳照在人身上已经有些毒辣辣的感觉。骄阳下没有一丝风，让参加仪式的人们感到闷热无比。日头下的男女们随手操起一本书或是几页纸充当扇子在胸前摇摆着。出于对母校的深情厚意，大家忍受着难耐的酷热，未见有人先行离开。

一个小时的仪式结束之后，广场上的人们纷纷散去，学校周边的饭店、餐厅顿时开始了各类小范围的同学聚会。

雁马河开发区管委会与汉京师范大学文学院的签约仪式在文学院办公楼三楼会议室举行。参加剪彩仪式的领导们除了管文教的副省长临时接到通知去参加一个重要会见而离开外，其他人都被邀请参加签约仪式。像一般的外事活动一样，文学院院长和管委会主任孙鸣飞分别做简短讲话，然后由管委会招商局局长和文学院应用文学系副主任代表各方在协议上签了字。签完字后，让孙鸣飞颇感意外的是应用文学系副主任发表的一通签约感言。

代表院方签字的这位系副主任是一个看上去三十出头的女性，大约一米六五的中等身材，盘在脑后的一堆发髻配着一张瓜子脸，一双杏眼造出无限的妩媚，鼻翼两侧绣着两团淡淡的雀斑，浑身上下透着浓浓的知识女性的风韵。她略带点儿东北口音的普通话让人听起来字正腔圆，又显出几分亲切、诙谐。她的名字让孙鸣飞感到有点儿俏皮。系副主任在做自我介绍的时候，指着窗户说：“认识大家很高兴。我叫明亮，明亮的明，明亮的亮。”在场的人们都放声大笑起来。夏同礼教授打趣地说：“小明是我的得意门生，原来学古汉语，后来留校教诗歌创作。为了强化咱们的师资力量，她又在新加坡留洋读了新闻学研究生，现在可是咱们学院的宝贝疙瘩。有了她，我们学院的前景又明又亮。”明亮在即兴发言中说：“母校的发展壮大除了自身努力外，离不开社会力量的支持，尤其是从学校走出去的往届学子对母校的回馈。当我知道这次共建的教研基地是七九级学长孙鸣飞大力倡导并全力支持促成时，感慨万千，感动不已，感激不尽！”她说出三感的时候，略略停了一下，把目光定格在孙鸣飞脸上几秒。会场上又爆出了热烈的掌声。

明亮最后代表自己正在教授的全体学生向孙学长祝福，希望孙学长工作顺心，家庭幸福，身体健康，并真诚期望孙学长能够时常抽空到母校来跟学弟学妹们沟通交流。

明亮的一席话像一股清泉一样，从孙鸣飞心田流过，他只觉得清爽无比，沁人心脾。孙鸣飞参加过不少与工作关系不大的座谈联谊之类的会议，听多了不绝于耳的赞美之词，但那种八股式的语言已让他生腻。今天这个签约座谈会，也许是因为与母校那种割舍不开的情感纽带，也许是因为这位风姿绰约的明亮女士恰到好处的语言把控，孙鸣飞第一次有一种恨不得让时间过得慢一点儿的欲望。

孙鸣飞酒量不大，尽管日常应酬不少，但一般的宴席上，他往往只是浅尝几下。他知道酒后乱性，他担心自己养上贪杯的习惯后失言丧德。和他一起吃过饭的人，大都感觉他把谨言慎行的风格不合时宜地延伸到八小时之外，以至于缺失了生活的多彩。但今天的母校答谢宴会上，孙鸣飞却破例喝了不少酒。席间别人敬他酒，他来者不拒。当明亮端着酒杯款款走来要跟他连喝三杯时，看着明亮在酒精的刺激下潮红的娇美脸庞和期待的眼神，他竟然不假思索地把三杯酒一饮而尽。明亮对这位学长的爽快和随和显然兴奋不已。两个人情不自禁地把手握在一起，周围的人都鼓起掌来。孙鸣飞人没有醉，心里倒是有了几分醉意。

第十七章

为了富民村这个地产项目，韩浩平忙得不亦乐乎。他先后多次驱车实地考察，其间还邀请了一位在古城设计院工作的老朋友从设计层面论证指导。几次调研后，韩浩平认定这个项目有巨大的利润空间，与各位董事再次通气后，韩浩平果断地拍板与富民公司签署了《联合开发协议书》。按照协议内容，富民公司负责办理土地规划等一系列建设的审批程序，三贤公司负责出资和施工建设。为了显示三贤公司的诚信，韩浩平指令财务人员紧急调动资金，务必在合同约定的十日内把首期五千万元资金打到富民公司的账上。

富民公司的全称叫“汉京市富民农工商经贸有限责任公司”，对外号称是村办集体企业，实际在工商行政管理局注册登记的股东是马怀礼、马秉义、马尚义三人。马怀礼是富民村村民委员会连任几届的主任，马秉义是马怀礼的儿子，马尚义是马怀礼的侄儿亦即马秉义的堂弟。马怀礼身兼富民公司董事长，马秉义为总经理、法人代表，马尚义为财务总监。当初，上头鼓励农村大办集体经济，刚刚履职村委会主任的马怀礼响应党的政策，号召村民集体出资办企业，无奈被小农意识充斥着思维的村民却无人掏一分钱。村上的提留款连维持正常的村委会行政开支都困难，哪能挤出钱来筹办企业。眼看着别的村各类企业纷纷冒出来，马怀礼把多年积攒下来准备给儿子马秉义办婚事的钱拿了出来。关键的时候，马怀礼的弟弟马怀德拔刀相助，兄弟二人凑足了十五万元作为开办资金，把富民公司的牌子挂了出来。马怀礼的儿子马秉义早年不爱读书，偏偏热衷武术，自幼就爱舞着枪枪棒棒与孩子们打打闹闹。马怀礼看着儿子一天天长大，实在不是读书的料子，干脆因势利导，把儿子送到登封嵩山脚下的一家武术学校。马秉义在武校学了三年，还真的学下些本领，参加了几次省级散打比赛，每次都能拿到获奖名次。武校毕业后，儿子要和一帮武友去闯世界，却被马怀礼死缠活拖硬拽回家。马怀礼心里明白，儿子这身本事在现今社会没有太大用场，久而久之难免惹上寻仇雇凶、伤人越货的麻烦，他要让儿子在自己的眼皮底下安安生生地吃口饱饭。马秉义虽是一介武夫，倒也孝顺，听了父亲的话，回到村上，在富民公司挂了个职拿了一份工资。让马怀礼吃惊的是，马秉义不知从哪里学来了一套经商本事，今儿个出去倒腾点儿砂石，明儿个揽上些土方活路，不几年时间，富民公司竟成了方圆几个村子叫得响的村办公司。又过了几年，上头有精神要对企业进行改制，其实就是把一些原本就是个体经营的假集体企业从公有企业行列中清理出去。这场改制后来被称为“摘红帽子”活动。马怀礼顺应时势，以村委会名义确认富民公司是完全由个人出资并开展经营的公司，在工商局办理了变更登记。富民公司从富民村村办集体企业摇身一变成为私有企业。股东由马怀礼、马怀德兄弟二人另加马秉义共同组成。马怀德是个本分人，不会折腾，就让儿子马尚义顶了自己的名分。自此，富民公司在法律上已经成了马家的私人公司，可外界并无太多人知道，甚至富民村的大部分村民都蒙在鼓里。马秉义是个极善笼络人心的人，他自幼喜欢看《水浒传》，最崇拜梁山好汉宋江，这也是他自小痴迷武术的主要原因。他平日里喜欢结交权贵，肯为朋友两肋插刀，在村子里又是仗义疏财。每逢年节，总是花钱采购些米呀、面呀等生活用品分发给村民。

渐渐地，马秉义的名声超过了自己的父亲马怀礼，方圆十里八乡都知道没有马秉义摆不平的事情。后来，马秉义又成了区人大代表，闲来无事四处转悠，也就变成了视察活动。不用说，马秉义已成为富民村下届村委会主任的唯一人选。

近几年政府号召位于城市中心位置的农村村民集体拆除破败的自建住宅，统一迁居到符合城市整体形象的高层住宅里去，以实现城市整体划一的风貌，这就叫作“城中村改造”。因为政府一时拿不出太多的城改资金，就倡议开发商与村民委员会联合实施改造。基本的模式是村上出地皮，开发商出资金，建成的房产一部分作为村民安置，一部分作为商品房由开发商销售获利。这样一来，村民不花钱就住进了新居，开发商取得土地的价格合算，获利不菲，政府也只是提供政策上的扶持，就解决了市政建设中的老大难，可谓是一举三得的大好事。其实这城改项目中最得实惠的要数那些村上的实权人物，村党支部书记和村委会主任两个巨头一般都会私下拿到开发商天价的额外补偿，有的甚至在开发商的后续开发中持有一定的暗股，往往一个城改项目就能使一两个农民成为千万富翁。正因为如此，城区大大小小的村子对城改活动趋之若鹜，也波及城乡接合部的农村。富民村原本离城区还有一段距离，按政策不应列入城改范围，马秉义走门子、找关系，最后又以人大代表的身份联络一帮代表给人大提了个议案，呼吁加强对城乡接合部的市政管理工作，最后居然也就拿到了富民村城改审批文件。以马秉义深厚的人脉基础，又加马怀礼多年在富民村积攒起来的威望，村委会组织村民代表走了个形式上的表决，把富民村的城改项目委托富民公司实施运营。如此一来，富民村可供改造开发的三百亩土地就完全掌握在马秉义手中。

马秉义知道手中的资源奇货可居，他在寻找合作商的时候掌握三条原则：一是不与国有企业合作，这是因为国企财务管理死板，审计、监察环节太多，在项目运作过程中可操作空间太小；二是不与有高官背景的企业合作，马秉义知道现在的地产开发商大都背后有政界大佬做后台，一旦和这种企业合作，出现矛盾和冲突时，与某要人结下梁子是件划不来的事情，常言说鸡不与狗斗，民不与官斗就是这个道理；三是不与没实力的企业合作，马秉义可不想把自己的资源交给那些初闯商海的愣头青，他得寻求资金充裕、开发经验丰富的开发商，以免中途资金链条断裂。正是基于此，马秉义给合作商开出交付五千万元入伙资金的门槛费。在多家意向合作单位中，马秉义看中了三贤公司。他派人了解了这家企业的背景，几个股东背后没有官场上的拉扯，已经做过的地产盘子还算说得过去，尤其是这家企业的支柱产业是矿业开采。这让马秉义对这家企业的经济实力产生了信赖。这年头开矿的都发了财，取之不尽的地下资源会形成持久的资金保障。几番谈判之后，富民公司与三贤公司签署了合作协议。

关于建立汉京新区的消息，一阵时间在汉京城区周边各村也传得沸沸扬扬，马秉义是消息灵通人士，岂会不知道这个传言。按流行的说法，富民村当属新区规划范围的中心位置。周围的村子已经有村民突击加建新宅，不图质量只图数量，一砖到顶的五层土楼，中间稀里吧啦地使上几根钢筋，像搭积木一样，只要保持暂时不倒塌就行。村民把这种盖楼的方式称为“种楼”，目的只有一个，就是等待政府拆迁时按建筑面积索求补偿。又有村子在原有的产粮农田中突击栽树，突击挖掘根本算不上井的黑窟窿，据说，政府征用土地时，树木按棵补偿，水井按口补贴。然而就在周边村子疯了似的突击行动时，富民村却风平浪静。

其实，富民村早已有村民跟风蠢蠢欲动，但村里多年来形成的治理环境，却使得那些意欲种楼的人不敢造次。十几年来，马怀礼已经在村子里树立了绝对的领袖权威。用富民村人的话说，马村长在村口咳嗽一声，富民村就有一场流感发生。加上富民公司掌门人马秉义仗义疏财，村民历年来得下的实惠也不少，同时马秉义一身好武功，多少在村子里有一种无形的威慑力。

当有人给马怀礼提议可以学学别的村子允许村民多建点儿房子时，马怀礼阴着脸没有作声。找了个时间和由头，马怀礼在村民面前发表了一通慷慨激昂、义正词严的讲话：“富民村是一个有光荣传统的村子，是一个讲仁义的村子，是一个讲信用的村子，是一个值得党和政府信赖的村子。富民村不能允许有一个村民干出对不起党和政府、对不起祖辈名声的事情。现在有些地方把德行和良心都忘完了，做梦都想发横财。你搞种楼、栽树、打井那一套，不就是想把国家坑一下，在党和政府头上敲竹杠吗？这种事在我们富民村想都甭想！”德高望重的村长一字千金，让那些脑子活络的人顿时像泄了气的皮球一样蔫巴下去。马村长又给大家吃了一颗定心丸，他拍着胸脯跟大家说：“我马怀礼吃了大半辈子共产党的饭，我心里有数，跟党走不会有错。别看有些村子今天闹腾得欢，那都是小儿过家家想得美。我们村子一直是遵纪守法的模范村，政府也一直给我们吃偏灶，我们村子早已列入城中村改造。我敢跟大家负责任地说，要不了几年，我们都会住上漂亮方便的洋楼，那时候就让其他村子的人看着我们干瞪眼吧。”马村长最后把握紧的拳头向上一举，像是入党宣誓一样又把嗓门儿提高了几度：“我今天再把话搁到这儿，村民们有一户住不上洋楼房子，我马怀礼就永远窝在我那院老宅里！”马怀礼既是威严有加又是热情洋溢的讲话，让大多数村民心生几分温暖。自此以后，任其他村子人欢马叫，富民村却依旧保持着老样子，俨然汪洋波涛中一座静寂的孤岛。

其实马怀礼父子正谋划着下一盘更大的棋。看着外村热火朝天地种楼，马怀礼犹豫不定，他跟儿子马秉义商量过这件事情。对于儿子马秉义，小的时候马怀礼恨不得让儿子把书读得中状元，可惜儿子实在不是读书的料子，看着儿子整天纠结一帮野孩子使枪弄棒，马怀礼只担心儿子走上歧途。好在马怀礼是个明白人，知道强扭的瓜不甜，干脆因势利导，把儿子送到武术学校去，后来儿子长大懂事后又把儿子拉回自己身边。让马怀礼感到意外的是，马秉义这小子在外边待了几年，长了见识，虽说学的是拳脚上的功夫，但脑瓜子的机灵程度却一点儿也不赖，有些见地往往让做父亲的马怀礼瞠目结舌。马怀礼心里想着自己积了德，老天爷让儿子成器了。当初村子里和马秉义一般大的张家三小子考大学得了高分，被上海一所名牌大学录取，张家趾高气扬的时候，马怀礼在屋子里暗自神伤了一整天。现在，自己的儿子顶天立地撑持着富民村半个天下，却听说张家三小子大学毕业后分到一个工厂当技术员，前几年那工厂破产，张家三小子竟然下岗在家待业。想想世事无常，马怀礼不由得在得意中又心生几多感慨，也就越发地倚重自己的宝贝儿子。

马秉义心里也早就琢磨着新区建设中搬迁补偿事宜。他对父亲说："花无百日红，这富民村处在城乡接合部，别说要建新区，就是不建，迟早也会被这个扩张的大城市吃掉。城市一建到这儿，富民村也就完了，马家原来的势也就没有了。新区建设把长痛变成了短痛，在村子消失的当口，其实也带来了机会。我们马家也要转型，要成为城里人，当然要成为有钱的城里人。这样，就得在搬迁补偿上做文章。但是如果让村民一哄而起种楼，就没有我们的米汤和白面吃了。"

马怀礼听着儿子头头是道的分析，有些似懂非懂。他平时不大喜欢卖关子的人，瞅着儿子那张已显得有些老成的脸说："你小子别跟你老爹兜圈子，有啥想法，你明着说。"

马秉义自小崇拜自己的老爹，觉得在这富民村里老爹就是说一不二的皇上，等到在外闯荡一番，再回到村子时，方觉得老爹充其量只是个称雄一方的土皇上。现在看到自己把话说到这份儿上，老爹还不明白，心下就觉得有些伤感。怪不得人常说老来无能，看来这振兴马家的重担历史地落在了自己的肩上。马秉义亲切地凑到父亲身边："爹，你这么想，大家各干各的事，政府拆迁补偿就得跟每家每户认认真真地谈，村委会不就让架空了？我们如果把村民控制住，到时候就可以统一对外，把村子作为一个整体，政府对村上，村上对村民。"

马怀礼疑惑地问："政府怎么和村上谈？"

马秉义笑了："爹，外头的事情，你就不懂了。政府平日里最怕百姓闹事，只要哄着百姓安生，这政府领导就能受表扬。如果咱能把全富民村村民管住不寻政府的事，那政府求之不得哩。"

马怀礼听出了些门门道道："你小子肚子里的坏水我算是听出来了，你是想揩村民的油水哩，政府给你补十个，你给村民补七个八个，剩下的私吞？”

马秉义把头摇个不停：“爹，那你是小瞧我了，我也想让村民多得些哩。村民自己盖的那点儿破房子能补几个钱？你突击种楼、栽树、挖井，就能按你想的补吗？政府就那么好哄？我是想让富民村在整体形象上成为一个大拳头，把我们现有的资源握紧，到时候借助政府给村民好好谋点儿福利。”

马怀礼问：“富民村有啥资源？”

马秉义指了指脚下：“咱农民除了这片土地还有啥？我想把咱们的土地先动起来，你政府不是要改造我们吗？说改造，还不是又给一些人寻些挣钱的机会。我们自己先改造自己，这钱我们来挣，你政府有啥理由不允许。我们在这上面挣的钱可不知要大过政府补偿的多少倍？挣下钱，我们随随便便拿出来一部分，保准让村民比周围任何村子得到的实惠都多。”

马怀礼担心儿子的能力：“可是动起来就得钱，这可不是咱们能拿出来的。”

马秉义脸上露出轻松和得意：“这年头讲究借鸡下蛋。有了梧桐树，不愁凤凰来。这么赚钱的营生，只要外头搭个声，揣着钱寻我们的人一打一打的。”

马怀礼再问：“外头人拿钱也是为了挣钱。人家挣钱，咱们跟着玩吗？”

马秉义有些哭笑不得：“爹呀，你的脑筋真的要好好换一换。现在讲究强强联手，讲究互补，讲究双赢，别人拿钱就得让人家挣点儿钱。但你放心，该咱挣的一分钱也少不了，你难道不知道强龙不压地头蛇的道理？”

马怀礼若有所思地点着头：“还是你小子行，给你老子上了一课。我这算是懂了。”

马秉义却又不无忧虑地说：“爹，我现在担心的还是村民肯不肯跟咱一条心。”

马怀礼转身离去，留下一句话：“这你甭管。”

其实老于世故的马怀礼并非老朽无能，他对未来不可避免的大拆迁在方式和结果上早有预料。与儿子的一番谈话，只不过是想进一步了解一下这个看似成熟了的宝贝疙瘩肚子里到底有多少货。当然，他还不想与儿子狼狈为奸地损公肥私，他仍然希望在儿子心目中保留一个刚正无私的老爹形象。让他欣慰的是，儿子真的有勇有谋，不得不承认很多方面已超过了他。几十年的培养，心血没有白费。

富民公司与三贤公司的联合开发协议签署得很顺利。其后，马秉义和韩浩平又带着盖好红印的协议文本，郑重地在汉京市公证处办理了公证手续。韩浩平称赞马秉义是个有法制思维的企业家。马秉义说自己是个农民，一辈子信的就是法律，怕的也是法律。

三贤公司的首笔五千万元资金如期打到了富民公司的账上，富民公司提出了五百万元为村民每人购买一份人寿保险。按照保险公司的承诺，每人五千元的保险，可以保证村民从此以后人人享受全额免费医疗。如果投保村民身体健康活到二十年后，且达到退休年龄，每人可以至少一次性领到二十万元的返还。如果投保村民中途任何时候不幸身故，立即给家属补偿二十万元。保险公司派出专门的工作团队，在富民村口摆起了一长溜铺着红布的桌子，逐个登记村民的信息。怀揣着大红保单的村民一个个笑逐颜开。周围的村子也有来凑热闹的，羡慕的眼神让富民村男女老少一个个挺胸抬头，脚底生风，俨然个个身价二十万元。这件事又不知让谁捅给了好事的记者，第三天省《农民报》发了一篇报道，题目是《农村出了新鲜事，村民集体办保险》。很快这件事传遍了四邻八乡。

有了资金，建设的前期筹备工作搞得轰轰烈烈。按照两家公司的分工，三贤公司除负责投资外，还要委托设计单位进行项目设计，寻找施工单位施工，招聘监理单位监理，等等。富民公司负责理顺与政府部门的关系，组织村民腾清土地，完成施工前的地面平整，组织劳务人员开挖基坑，等等。由于买保险一事深得民心，村民在清理地面各类农作物和简易建筑的过程中显得轻松快捷。不待设计院拿出设计方案，富民公司雇请的几台推土机已进入现场。韩浩平怕后续工作跟不上，提出让富民公司的动作慢一些。马秉义却是不以为然，他说：“凡事得说干就干，千万不要拖拉。趁着村子里风正气壮，要尽快动起来。至于后续设计事宜，干着催着，这就叫狗儿撵兔，赶着往前跑。项目边审批、边设计、边施工，才能显出两家合作企业的各自优势。”韩浩平也担心夜长梦多，说：“只要工作不出现脱节，快一些当然比拖拉好。”

开工典礼搞得气势更大。马秉义安排手下人在村子的几个入口处分别挂上了巨大的横幅。面朝公路的主入口处横幅上写着“不靠天，不靠地，更不伸手靠政府；你出力，我出力，自力更生是大计”。几十台推土机机头前挂着红绸子结成的牡丹花，像接受检阅一样整齐地在工地上排成一行。本省著名的演艺界丑角大牌被邀请到场助兴。村子里组织起来的秧歌队，从一大早起就开始在村子的各个角落扭来扭去。工地临时搭起的主席台前坐着几个器宇轩昂的人，据说是马秉义请来的几个和自己身份一样的人大代表。

早上十点钟，开工仪式开始。马怀礼先是代表村委会表示祝贺，马秉义代表富民公司表达了对富民村父老乡亲效忠到底的决心，韩浩平代表三贤公司对村委会、富民公司、全体村民给予的信赖表示感谢。随着马秉义和韩浩平共同发出一声铿锵的开工令，几十台推土机瞬间隆隆作响，工地上腾起一片遮天蔽日的扬尘。

开工典礼之后，富民村又请戏班子演了三天大戏。富民村像过会一样吸引了成片的商贩。外乡与富民村有些瓜葛的人都来串亲戚，火热的阵势让富民村一下子成了明星村。

对双方合作的这个项目，马秉义和韩浩平商量后，起了个简洁大气的名字——富民广场。按照马秉义的想法，随着城市的扩张，富民村迟早会消失，有了富民广场这个永久性的建筑，富民的名号就会永远地存在下去，也算是他马秉义为富民村留下了不会磨灭的标记。以韩浩平最初的想法，想起名富民三贤大厦，可大家都说不伦不类，说起来听起来都显得别扭。马秉义最后提名叫富民广场，并解释说这个“广场”给人的感觉是平平整整的一块宝地上竖起一座宏伟的建筑，暗合了韩董事长“浩平”的名字。不管这个解释是不是牵强附会，大家都觉得挺好。

按合同约定，富民广场前期的基坑开挖，由富民公司作业，这其实也是遵守了开发项目的惯例。在基建项目中，前期的土方开挖是最赚钱的环节，却又是技术含量要求最低的环节，同时对人力数量需求较大。开发商为了搞好和当地老百姓的关系，一般都会把这类稳当赚钱的活路，交由当地的包工头去干，也算是对码头上的孝敬。富民公司自马秉义主事后，承揽了不少基坑开挖工程，这次自家村上的项目，当然肥水不流外人田。由于前期工作对管理方面的要求不高，三贤公司只是派出了一个工程技术员小吴坐镇现场，其实就是充当一个联络员的角色而已。

按既定的工期，前期土方开挖预计两个月时间。随后就得做地基处理，打压桩基，而桩基打压之前必须先确定设计方案。韩浩平这一阵子每过三两天就会给设计院打一个电话，他生怕因为设计方案延迟导致工地窝工。施工项目最怕停工待料，这不光是关系项目能否如期竣工的问题，更会让人觉得晦气。

一大早，韩浩平接到设计院王工程师的电话，说是设计中的一个结构问题想和甲方座谈一下。韩浩平心里着急，说事不宜迟，马上就可以碰面。韩浩平让司机备好车子，匆匆忙忙地下楼。一坐上车却发现把手机落在办公室，连忙吩咐司机上楼去取。待司机满头大汗跑下来时，只听见手机铃声响个不停。韩浩平接过手机，铃声却又断了。一看屏幕上有五个未接电话，都是富民广场项目工地上小吴打来的。他赶紧给小吴拨过去，却又是忙音。他知道可能是小吴还在给他拨打，索性把手机扔在车座上。韩浩平心里惦记着设计院的事儿不能耽搁，嘱咐司机快点儿开车。

车子启动后，韩浩平的手机不响了，司机的手机却叫个不停。长期以来养成了习惯，司机是不会在韩董事长乘车期间接听电话的。韩浩平听得心烦，让司机把手机关掉。

司机掏出手机用眼睛余光扫了一下说:“董事长，是小吴的电话。”

韩浩平从司机手中拿过手机。接通后小吴一听是韩董事长，声音略带急促地说:“董事长我就是找您的，刚才您的电话没人接，我才打给司机想问一问。”

韩浩平问:“有啥急事？”

小吴说:“今天早上来了几十个警察，把工地包围住了。”

韩浩平心里一惊:“咋回事？”

小吴说:“不太清楚，警察通知让公司的法人代表立即到现场去。”

韩浩平问:“是让富民公司的法人代表去还是咱们三贤公司的法人代表去？”

小吴说:“警察找到我，让我通知法人代表，没说是哪一家。”

韩浩平有些发蒙，他想不明白项目刚刚开始怎么会惹上公安局。难道是因为项目手续不健全的问题？可那也轮不上公安局派警察来管。按说马怀礼马秉义父子在那一片地面上也是有头有脸的人，政府部门和公检法熟人不少，怎么能发生公安人员强行阻挡施工的事情。韩浩平顺手拿起手机给马秉义拨过去，却始终处于关机状态。韩浩平心理闪过一丝不祥的预感。他让司机把车停在路边，又把电话给设计院王工拨过去，抱歉地解释说因为临时发生了一个重要事情，设计方案座谈的事往后推一下。王工倒不着急，说再约时间。

汽车掉了个头，朝富民村方向疾驶过去。

二十多天的施工，已经在原本平展展的土地上形成了半个足球场大小的深坑。深坑不远处已堆起一座小山似的大土丘。那是坑中挖出的土堆积起来的。韩浩平到达工地时，坑底下几十号工人三三两两地散坐在坑坑洼洼的作业面上。几个穿制服的人在人群中来回走动，显得异常醒目，那光景就像是电视剧中一群刚刚俘获的战俘，在为数不多的看管人员的看守下，乖乖地等待未知命运的降临。从坑底到地面的斜坡运道上，几辆装载机斜停在半道上。这一切都显示着不久前这里人欢马叫，车水马龙，只不过一场突然的风波让一切戛然而止。警察在通向坑底的运道上方拉起了一道蓝白警戒线，宣示着这里已成为临时禁区。在大坑四周不远的地方，男男女女的村民聚集着看稀罕，人们的脸上洋溢着期待中的兴奋。韩浩平使劲在坑底坑岸上扫视了几遍，希望看到马怀礼或者马秉义，却没有找见他们的身影。甚至连富民村他所认识的村委会任何一个领导都没有寻见。

小吴一看见韩浩平，急忙凑上去。韩浩平声音低低地问："知道是为啥事吗？"

小吴嗫嚅着嘴唇，木然地摇了摇头。

这时候从坑底走上来一名警察，看模样像是一名领导。他显然看见了跟小吴站在一起的韩浩平，老远就不太友好地问："法人来了没有？"

小吴半跑着迎上去说："我们韩董事长一接到电话，马上就赶过来了。"

警察走到韩浩平面前，像欣赏一件商品或艺术品一样从头到脚把韩浩平看了一遍。其间韩浩平伸出手想和警察握一下，那警察却两只手一直背在背后没有松开的意思。韩浩平只好讪讪地收回手，解嘲地把手伸进衣兜里，掏出一包烟，取出一支递给警察。警察摇了摇头表示拒绝。韩浩平只好把烟噙在自己嘴里。再仔细看了一下，警察服装上的肩徽是那种被称为"两毛一"的两杠一星。韩浩平知道这位警察的警衔是三级警督，估计应当是个派出所长一级的人物。

"两毛一"用威严的目光盯着韩浩平问："你是这家公司的董事长？"

韩浩平心里坦坦荡荡，把没有来得及点着的烟从嘴上取下来："我叫韩浩平。"

"两毛一"朝不远处的警戒线跟前站着的警察吆喝了一声，立即小跑过来两个年轻一些的警察。"两毛一"又对韩浩平说："找个地方说话。"就转过身朝前走去。两个年轻警察给韩浩平做了个手势，示意韩浩平跟上去。

韩浩平无可奈何地摇了摇头，跟着"两毛一"的背影往前走去。两个年轻警察虽说没有和韩浩平发生肢体接触，却也几乎是左右夹着韩浩平，俨然是押解罪犯的架势。不知所措的小吴只好远远地跟上。

随着“两毛一”的脚步，韩浩平来到富民村村委会门口。这个地方韩浩平并不陌生。与马秉义协商谈判的过程中，韩浩平不止一次来过这儿。这里应当是富民村的心脏地带，一个千把平方米的小广场上，盖着几间平房，有点儿像放大了的那种北方四合院。正面的建筑物门口一左一右挂着两块木匾，一块白底黑字，上书：“富民村村民委员会”；一块白底红字，上书：“中国共产党西城区 ×× 街道办委员会富民村支部”。门前的小花坛前竖起的一面五星红旗在无风的状态下耷拉着，却也显示着这方角落的不同凡响之处。村委会办公房右边的一排厦房，显得随便一些，门口也挂着两块牌子，一块写着“富民村老年活动中心”；一块写着“富民村国策院”。韩浩平第一次看见国策院牌子时有些纳闷儿。马秉义解释说那是原来的村计划生育办公室，并且笑着说：“这几间房子被富民村的人称作生死房。生下来之前进国策院，见阎王之前进老年活动中心。”生死房的对面是与其完全对称的另一排厦房，这是富民公司的办公场所。门口挂着的牌匾论规格尺寸都要比村委会门口和生死房门口的任何一块牌匾大得多。一个“×× 省富民农工商工贸有限总公司”的名号，似乎要在这里傲视一切。

“两毛一”目不斜视，径直走进村委会办公室，韩浩平也跟着走了进去。这村委会办公室里面是一厅四房，迎门的正厅摆着一个乒乓球案大小的会议桌，周围一圈木凳子。墙壁上挂着两块方牌子，一块是村委会成员职责表，一块是党员学习制度，看样子是按照会议室的规格布置的。正厅的两边分别又伸进去几间小房子。韩浩平走进办公室，一眼就看见大会议桌旁边坐着四个警察，大檐帽都放在会议桌上。有人手里夹着正在燃烧的香烟，桌上的烟灰缸里已经堆满了烟屁股。屋子里烟气缭绕，看来这些人在房间待的有些时间了。韩浩平再瞟了一下几间小房子，开着的门里似乎有人影。种种迹象告诉韩浩平，这个地方已经被警察临时接管了。

“两毛一”把韩浩平带进一间小房子，自己在办公桌前坐着，指了指靠墙的一张凳子，示意韩浩平也坐下，然后朝外喊了一声。应声又进来一名警察，带上门后和“两毛一”并肩坐在办公桌前，摊开了一个大本子。

这分明是审讯的架势，韩浩平心底里蹿起了一股火。自打韩浩平在农贸社因为私养肉牛一事吃了官司，他就在心底里告诫自己此生绝不能再触碰法律的红线。后来和方鸣那一场不为人知的纠葛，也让他发誓此生不再与公安和警察打交道。这么多年以来，但凡公司业务上需要与公安局发生联系的事情，他大都打发自己的副手出面处理，他几乎从来不参与有警察出现的聚会和宴请。今天他不得已来到工地上，从第一眼看到“两毛一”，他浑身就有一种不舒服的感觉。现在他又像罪犯一样，被安排在这里受审，心里越发地来气。他把三贤公司进入富民广场项目后的各种活动反复在脑海里筛选，实在找不出有什么违法甚至不太妥当的事情。要说起来，唯一摆不到桌面子上的事情，是项目谈到差不多的时候，他给马秉义的老爷子马怀礼送了一杆几年前在新疆旅游时购买的和田玉烟袋锅，不过价格也就是万把块钱。难道这件事成了行贿受贿？可又一想，粗通法律的韩浩平明白这件事论职能也是检察院管的事，犯得着警察大动干戈？

韩浩平突然觉得应该通知白川来一趟，他随手掏出手机想拨个电话给白川。不待韩浩平把电话拨通，“两毛一”身旁的警察冲过去夺下韩浩平的手机，连珠炮似的说道：“谁让你打电话？你以为你是在谈生意？就这你还是个领导，你懂不懂规矩？”

韩浩平鼓了鼓劲，眼睛直视着“两毛一”：“同志，你能不能告诉我这是为了什么？这一切又和我、和我们三贤公司有什么关系？”

“两毛一”嘲讽地冷笑了几声：“为了什么你自己应当明白。”说着他又对旁边的警察努了努嘴巴。年轻警察煞有介事地旋开笔帽，拉开记录的架势。

“两毛一”似乎故意以压低嗓门儿的方式强化自己的威严：“说一下你的个人情况，年龄、籍贯、民族、身份、地址。”

韩浩平一一作了回答。“两毛一”又让韩浩平说说三贤公司咋样到富民村来的。韩浩平索性把从认识马秉义开始，到考察项目，最后经公司董事会研究，决定参与项目的整个过程详细说了一遍。对于两家公司的合作内容，尤其是分工情况，韩浩平几乎一字不漏地把协议书背了一遍。

随着韩浩平的叙述过程，“两毛一”脸上的表情似乎发生了一些细微的变化。待韩浩平停顿的时候，他插嘴问道：“这么说在项目地基开挖的时候，你的三贤公司没有参与？”

韩浩平答道：“协议约定这是富民公司的事。”

“两毛一”突然霍地站了起来，声音提高了几度：“盗挖文物的事情你知道不知道？”

韩浩平愣住了。他一直在心里反复琢磨这个项目在实施过程中会在哪个环节触犯法律，他也担心会不会是马秉义组织开挖地基施工时出了大事故，诸如发生人员伤亡之类的重大工伤。可他怎么也想不到会和盗挖文物的事情扯到一起。听见“两毛一”的问话，他的眼睛睁得大大的，嘴巴半晌合不拢。

“两毛一”两只眼睛死死地盯着韩浩平，足足有两分钟，空气几乎要凝固住。

还是韩浩平慢慢地平静下来。常言说，心里没冷病，不怕吃西瓜。既然公安询问起韩浩平根本不知道的事，他自然心里也就敞亮多了，他平静地答道：“我不知道这回事。”

“两毛一”显然是个久经沙场的老侦查员，他从韩浩平面部表情的变化过程中基本得出了结论，这件事大约与这位企业的法人代表的确没有牵连。他把语调变得和缓了一些：“韩董事长，你作为一个堂堂正正的企业负责人，可一定要实话实说，也得有一些担当精神。”

韩浩平认真地点了点头，恳切地说道：“警察同志，请你相信我和我的三贤公司向来都是遵纪守法的。你刚问盗挖文物的事情，我们真的一点儿也不知道。你能不能把情况说一说。”

“两毛一”给自己点起了一根烟，又有些示好地走到韩浩平身边，递给韩浩平一支烟：“你们正在挖坑的这个项目，地下有大量的古墓，文物难以计数。从盗挖第一个墓起，今天已经是第五天了，现在丢失的文物都还没有追回来。”

韩浩平这下算是知道了事情的根由。他不由得在心里暗暗咒骂马秉义，这个王八蛋一定是见财起意，施工中发现文物，不向政府报告，为了私吞，也把消息对三贤公司严严实实地封锁住。他突然想起在动工之前，他曾提出要按照规定报请相关部门进行文物勘探时，马秉义哈哈笑着说，那个规定就是哄老实人的扯淡规定，无非是文物部门又借机敲诈一笔勘探费而已。莫非，莫非马秉义早有预感。

初步确定韩浩平并非涉案人员，“两毛一”给韩浩平介绍说自己是市公安局文物犯罪侦查支队三大队的大队长毛宏春，他代表市局正式口头通知项目暂停施工，同时要求韩浩平配合公安机关找到富民公司负责人马秉义，并说，尽快归案交回赃物才是正道。韩浩平惦记着工期，问毛大队长大概啥时能复工。毛大队长有些诧异，眉毛一扬反问道:“你还想着复工？”

富民公司偷挖古墓的事的确已有几天时间了。其实以马秉义为首的一帮人，干这种事并不是第一次。马秉义从武术学校毕业后，有一段时间就曾跟着几个同学四处蹓地面。月黑夜半，扛着个洛阳铲，像幽灵般游荡的情形，让这个天生喜欢冒险的小子时常感到刺激。久而久之，地下埋藏物的寻找规律，马秉义多少知道一些，也学会了一些文物鉴别的初级知识。盗挖文物的暴利，更让马秉义对这个特殊的行当感到着迷。幸亏老爹及时把马秉义从江湖游荡中拉回来，马秉义才在其后狐朋狗友先后栽跤吃官司时，安然无恙。进入富民公司后，马秉义培植了几个亲信死党，四处承揽土方工程，除了明面上挖土运土盈利外，伺机在地下寻宝成了不为人知的另一个目标。马秉义曾悄悄地用洛阳铲在富民村四周测试过一番，几个区域特殊的土层结构让他兴奋不已。马秉义又在书摊上买了一本《汉京城变迁史》，对照学习后更加坚信自己出生的这块土地下掩埋着巨大的秘密。马秉义曾经想以私人承包的方式，把那些可疑地块租下来，搞砖厂或是建工厂，却总是找不到合适的由头。天赐良机，城中村的规划，让马秉义找到了占领土地的合适理由，他的父亲马怀礼关键时候助了他一臂之力，富民公司成了堂而皇之的土地开发者。当然，这些背景因素，马秉义始终瞒着自己的老爹马怀礼。马秉义知道自己的这位村长父亲，虽说心里也是“私”字当头，可骨子里胆儿并不肥，一旦知道儿子干着坐牢甚至掉脑袋的营生，一定会使出浑身解数破坏儿子的计划。

富民公司负责组织开挖的几个核心人物已经被马秉义培训得成了内行。在如愿以偿地挖出来第一件宝贝之后，马秉义抑制住狂喜的心情，嘱咐手下六个字“冷静、安全、保密”。他把重要部位的挖掘机换上自己最信任的司机，又叮嘱对三贤公司派驻工地的工作人员严防死守。正因为如此，三贤公司的技术员小吴傻呵呵地被富民村几个男女缠在一间屋子里昏天黑地打了几天麻将，一直到大批警察包围工地时，他都没弄清楚自己哪阵子烧了高香，这几天赌运竟如此红火。随着古墓一座一座在疯狂的挖掘机轰鸣中悲哀地重见天日，海量的珍贵文物让马秉义从起初的喜悦变得有些害怕，他担心自己胃口太大，吞得太多会被撑死。

也是合该出事。正因为马秉义已经不太在意后续出土的藏品，手下就有人悄无声息地开始给自己的柜子里充实东西。这一下子秩序有些纷乱，连开挖掘机的司机也不甘寂寞，不时停下挖斗，下来找几件东西置放到驾驶舱中，最后竟至互相大打出手。司机不知道遭到谁的一记飞脚，疼得躺在地上呻吟不止。司机的老婆闻讯而来，把丈夫安顿到就近的医院，一拍片子肋骨断了两根，其中一根刺破了肺叶。老婆气愤不过，抄起电话就报了警。

一桩惊天大案就这样暴露了，随即市文物局、文化局、政府办公室也都获得了消息，而最先到达现场的是市公安局文物支队三大队长毛宏春。他在接受任务时，市公安局已紧急协调汉京市武警支队调集了一个中队，随毛大队长控制现场。

就在韩浩平接受毛大队长盘问的时候，姚丽霞也赶到了现场。

姚丽霞是在接到汉京市政府办公室一个朋友的电话后得知这件事

的。虽说没有接到官方的正式通知，多年的职业生涯让她敏感地意识到这是一条极具价值的特大新闻。姚丽霞带上助手，要了一辆车子，急急忙忙赶到了事发现场。到达富民村时，这里异样的气氛越发使姚丽霞感觉到事态的严重。两辆标有“文物勘探”字样的面包车醒目地停在硕大的基坑边上，几个身着蓝长衫的工作人员手里拿着卡尺之类的东西正在忙碌着。姚丽霞想接近他们去了解一些情况，却被执勤的警察挥手挡住。

姚丽霞随手掏出记者证给警察亮了一下，没想到警察却伸出手抓过记者证，认真地翻看了一遍，又把记者证上的照片和姚丽霞的面貌比对了一番，这才把记者证还给姚丽霞，不无揶揄地说：“这年头记者满天飞，假记者证多的是。”

姚丽霞看了警察一眼，不知道该顶上一句还是该说声谢谢。

见是大报正规记者，文物局一位年龄稍长的人接受了姚丽霞的采访。他说这片古墓群是他大半辈子考古生涯中从来没有经历过的大发现。从出土的青铜器规格和质地上分析，估计是西周时期的墓葬坑。老考古人一边说着一边摇头：“造孽呀，造孽呀，好端端的墓壁墓道全挖坏了，损失难以估量，难以估量。”姚丽霞问还有没有恢复的可能。考古人说：“难哪，难哪，人家这一铲子下去，我们可能是忙活一年也未必能恢复得了。”考古人说得伤心时，泪水在眼眶里打转转。姚丽霞又问下一步文物部门会采取什么保护手段。考古人说：“上头准备咋办我说不准。以我个人的看法，发现这样的古墓群，恐怕是本省十几年来最大的考古事件。这方圆几百米得好好地保护下来，盖个博物馆。”

等姚丽霞问起这场盗墓活动的具体情况时，考古人摇了摇头，说这事你得去问公安局的人。姚丽霞向四周望望，想找个管事的警察。突然，她的目光停留在大坑对面的一块公示牌上，那上面赫然写着“富民广场，开发商：富民农工商工贸总公司、三贤集团总公司”。脑子“轰”的一震，姚丽霞只觉得一阵心悸，三贤集团总公司不就是自己的丈夫当董事的那家公司吗？这几年自己家里过着宽裕的日子，丈夫在三贤公司没少拿酬金。难道丈夫供职的这家公司竟干着盗掘文物的勾当？

草草结束了采访，姚丽霞回到办公室，瘫软地坐在沙发上。她脑子里像塞进了一团乱麻。虽然没有完全搞清事情的真相，但她可以断定这件事情那个三贤公司脱不了干系，她现在只求丈夫没有卷进去。多年来，夫妻之间相互的理解和信任，让他们养成了不太过问对方工作情况的习惯。对丈夫业务上的事情，姚丽霞知之甚少。然而今天的事情，却让她实实在在感受到了危机。当她第一眼看见那块标识牌时，本能地想给白川打个电话，可理智告诉她，自己正在工作，不能公私不分，她更怕自己一旦在电话中失控，会在现场失态。她忍受着欲裂的头痛，努力梳理着杂乱无绪的思路。她觉得夫妻既要相互信任理解，更要相互坦诚负责。她必须严肃地把这件事挑明，丈夫必须给她一个明确的交代。她打定主意，如果丈夫深陷此事，她就只有一个要求，让丈夫磊落地去投案自首，然后举家搬出那套在一般市民眼中堪称“豪宅”的房子，变卖后作为赃物退赔。如果白川不答应，那么她就带着儿子，平静地与白川分手。

姚丽霞想尽快知道事情的真相，但她又觉得不能在电话中去问，她必须当面和丈夫认真地把事情说得明明白白。她一直无力地坐在沙发上，不时看一眼墙上那似乎停滞的挂钟。离下班还有一个多小时，副总编无意中看到了一副病相的姚丽霞，关切地问她是不是不舒服。姚丽霞搪塞说自己上午出去采访，天热出了一身汗，突然进办公室吹了一阵风扇，估计是伤风了。副总编是个善于体恤下情的人，连忙嘱咐姚丽霞去医院看医生。姚丽霞推说不碍事。副总编却不由分说抄起电话接通司机班，让派一辆车子送姚副主任去医院看病。姚丽霞不好意思再推托，收拾了办公桌上的东西下了楼。车子早已停在楼下。姚丽霞坐上车，司机问姚主任去哪家医院，姚丽霞说自己有药在家里放着，直接送她回家好了。

一回到家，姚丽霞一头倒在床上，头依旧疼，浑身像散了架一样软绵绵的。往常她每每躺在柔软的席梦思床上，四周乳白色的墙纸会让她有一种被幸福包裹着的感觉，而此时她却有一种莫名的恐惧感，她甚至怀疑过去一直让她沉醉的这处温柔之乡，会不会原本就搭建在不为人知的罪恶之上，也许当遮羞布撤下的时候，一切都显得那么可笑，那么肮脏。不知不觉间，几滴滚烫的泪珠顺着耳根流下，打湿了枕头。

儿子小川放学回家，没有看见妈妈像平日一样忙碌在厨房的身影。一看地板上脱下的皮鞋，小川急忙走进里间卧室。姚丽霞听见儿子的脚步声，想坐起来却感到四肢无力。小川伸手摸了一把妈妈的额头惊叫着说："妈妈你发烧了。"

姚丽霞这会儿意识到，一个下午的时间，自己傻傻地吹着风扇，真的是伤风发烧了。她抱歉地让儿子自己去楼下买点儿吃的东西。儿子小川却抄起电话拨通了父亲，说："爸，你快点儿回来，我妈病了。"

白川正在和韩浩平商量如何应对项目中突发的事情。接到儿子的电话，他急问病得重不重。小川说他妈在床上躺着，好像在发烧。韩浩平说："白川你快些回家去，这事儿已经闹出来了，急也急不得。"

白川风急火燎赶回家时，已是掌灯时分。儿子小川依旧坐在书房电脑前，自顾沉溺在游戏世界中。姚丽霞半躺在卧室床上，肩膀斜靠着床沿，现出一副疲惫不堪的病态。

白川关切地坐在床边，伸手摸了摸姚丽霞的额头，感觉烧得并不厉害。他问姚丽霞要不要瞧瞧医生。姚丽霞说她刚才自己量过体温，三十七度五，不算太热，喝了两小瓶藿香正气水，这会儿感觉好一些了。白川说："这几日天气太热，工作再忙再累时，还是要注意防暑降温。"白川问妻子有没有吃过晚饭。姚丽霞说倒是去问问儿子，他一打起游戏真的是废寝忘食了。

白川无奈地摇摇头："现在的孩子真是让人没法说，层出不穷的游戏让孩子神魂颠倒。电脑、电脑，到底是给孩子益智的宝贝，还是毁灭孩子的垃圾。我就担心小川被这游戏耽搁了学习。"

姚丽霞轻轻叹了口气说："孩子毕竟是孩子，有问题可以矫正，可一旦我们大人出了问题，恐怕事情就复杂了。”

白川听得有些莫名其妙：“小霞，你说这话是啥意思？”

姚丽霞头抬起来，眉毛一扬，盯着丈夫正色问道：“白川，多年来，我最看重的就是相互理解，相互坦诚。坦诚是理解的前提。我现在就想听你一句真话，你在外面干的事情有触犯过法律吗？”

白川没想到妻子以这种口气问出一句夫妻二人从未涉及的话题，一时觉得有些摸不着头脑：“小霞，你这话我听着有些糊涂，你是不是在外面听到什么了？”

姚丽霞没有作声，两眼依然死死地注视着丈夫。

白川缓了缓口气，把眼光移向窗外点点灯火的街区：“小霞，我是个自由职业者，有术语称谓是社会法律工作者。我日常时时面对着千奇百怪、光怪陆离的社会状态，其中有合法的现象，也有违法的现象，甚至不乏肮脏到极致的社会丑恶面，可我的工作就得面对这些。”白川又把眼光移向妻子，深情地说：“其实你也一样，我记得有一句名言说‘阳光之下无新闻’。你在采访编辑工作中除了那些歌功颂德、宣扬莺歌燕舞的八股文章外，真正算得上新闻的，恐怕也多是发生在社会的阴暗角落。咱们两个职业不同的地方是，你只需要揭露它，而我必须面对它，并且必须介入它。”

姚丽霞打断白川的话：“介入是不是就意味着同流合污？”

白川摇摇头：“错了，介入的目的在于矫正。我以法律为武器，以人格和良知为基础，改变它或者至少是改善它，并且要妥善调整因某些不良行为导致的失衡。”

听着丈夫铿锵的言语，姚丽霞觉得身上有了一丝力量，她坐了起来：“我不愿意自己最亲近的人口是心非。”

白川抓住妻子的手轻轻地抚摸着：“小霞，咱们心心相印、相濡以沫十几年，我是什么样的人，你应该明白。想想过去，当年刚参加工作的时候，那一记鲁莽的飞脚，差点儿改变了我的人生轨迹。多少年过去了，我始终把那件事当成长鸣的警钟，总是在脑海里时时告诫自己绷紧守法的弦。说实话，日常和一些不良的人不得已也有来往。

但你要相信，我能守住底线，不敢说自己是法律的卫道士，但独善其身是基本准则。”

看着丈夫诚恳的神态，姚丽霞心里泛起了一股怜爱。她不想再和自己至亲至爱的人兜圈子，直截了当地问道：“你们富民广场盗挖文物是咋回事？”

“你怎么知道这件事情？”白川感到有些惊讶。

姚丽霞嘴角轻轻地翘着：“别忘了我的职业，阳光下的罪恶，是我们记者最感兴趣的事情。我今天上午已经到现场采访过了。”

“小霞，我本不打算告诉你这件事，”白川脸色有些阴沉，“这件事对三贤公司来说是一场不小的麻烦。”

姚丽霞脸上显出愤怒：“果然是你们三贤公司干的好事。”

白川摇了摇头，两只手轻轻地按住姚丽霞的肩膀，让姚丽霞躺下去。然后他从韩浩平开始接触富民公司谈起，一直说到董事会讨论这个项目时大家存在不同意见，韩浩平力排众议，最终拍板与富民公司签约，筹款五千万元支付首笔资金……他特地把三贤公司与富民公司合作协议的内容详细地叙述了一遍。

姚丽霞听着听着又坐了起来：“这么说项目挖地基掘文物的事跟你们三贤公司没有关系？”

白川点了点头：“今儿一大早警察已经通知韩浩平到了现场，事情已经闹明白了。这一切都是合作方富民公司的行为，三贤公司一直被蒙在鼓里。”

姚丽霞瞬间感觉到一阵轻松，一天来压在她心头那块巨石一下子无影无踪。她忘情地扑到丈夫怀里，两只胳膊紧紧搂着丈夫的腰，把头埋在丈夫的胸前。她分明感受到丈夫火热的胸膛中那一颗激荡的心脏在坚强地跳动着。良久，她忍不住嘤嘤地哭泣起来，此时的她，全然没有了往日刚毅果敢、风风火火的报社新闻部副主任那个女强人的半点儿风采，她就是一个普通的妻子，或者说是一个小鸟依人的小女人。

白川轻轻地抚摸着妻子的后背，有些不解地问：“难为你了，我的大主任，这事何以让你如此动情？”

姚丽霞从白川怀里抬起头，揉了揉依然挂着泪珠的双眼：“我今天在现场看到了你们三贤公司的牌子，眼睛一黑差点儿晕倒。我琢磨着这桩事儿的元凶如果是三贤公司，你肯定脱不了干系。我不敢想象，你在一个如此胆大妄为的犯罪集团中扮演什么角色，我更不敢把我们现在所拥有的一切，与你可能违法犯罪联系在一起。”姚丽霞再一次动情地抱紧白川：“我不能失去你，我不能失去这个家。”

“小霞，你记着，”白川也紧紧地抱住妻子，“此生我们还有很长的路，我不敢承诺让你过上永远比别人幸福的生活，但我保证，我要一直让你拥有一个堂堂正正、遵纪守法、受人尊敬的丈夫。”

姚丽霞破涕为笑：“这是你的基本义务。”

姚丽霞又担心起三贤公司的利益：“这事对三贤公司影响有多大？”

白川说：“刚才儿子给我打电话的时候，我跟韩浩平正在商量这件事。估计这个项目一时半会儿动不了。可三贤公司的五千万元投进去了，这里面有相当一部分是银行贷款，成本很大。现在要么硬扛着，要么先把资金撤回来，可富民公司未必肯配合。韩浩平说从事发到现在，富民公司的负责人马秉义始终联系不上。”

“公安局也找不到人吗？”姚丽霞问。

白川摇摇头：“听说市公安局以今天的日期八月十三日将案件定名为‘八一三’大案。”

“‘八一三’？日本侵略上海，淞沪会战爆发，真不是个吉利的日子。”姚丽霞浅浅地笑了一下。

白川继续说道：“市公安局副局长方鸣亲自挂帅担任专案组组长，立下军令状：尽快破案，将全部犯罪嫌疑人缉拿归案，悉数追回流失的文物。侦破力量和工作力度据说是前所未有。”

一听见方鸣的名字，姚丽霞觉得有些耳熟，她若有所思地念叨了两声：“方鸣？方鸣？”

白川笑了笑说：“提起这方鸣，可真是和我们交情不浅。他原先是你表哥苏春明的师父，后来调到缉毒大队。原来跟韩浩平混得很熟，不知道为啥事两个人闹翻了，多年不见来往。就是这个人，当年亲手把我送进看守所，要不是你的那篇吹嘘我的文章，我现在就是一个刑满释放犯。”

姚丽霞明白过来：“看来这个方鸣副局长有些复杂。”

白川又说道：“听圈内人说，方副局长是个有争议的人，他干起工作雷厉风行，有些拼命三郎的劲头，脑瓜子很够用，破案时有些招儿。前多年在缉毒办案过程中，被毒贩子打折了腿，现在走起路来还是深一脚浅一脚，对手下人特狠。局里人都说谁惹上方拐子，谁活该倒霉。”

“这世界太小了，随便拉个人来都能扯上瓜葛。”姚丽霞说，“我在采访的时候经常有人套近乎，说不上三五句话就能扯上一个拐弯的亲戚或者故交。”

白川淡淡地一笑：“我再给你说个有瓜葛的事情。你最近大概有些日子没见过苏春明。我听市公安局的一个熟人透露，新设立的汉京新区要成立公安分局，你表哥要调过去，保不准还会高升，说不定富民广场项目的有些事儿还得他管。”

姚丽霞脸上露出惊喜：“我这个呆子表哥，不食人间烟火，不会巴结领导，能把他提拔了，倒也是一件稀奇事。”

白川脸上再显出一丝诡笑：“我跟你说件更有瓜葛的事。你的那位学长孙鸣飞已经是汉京新区负责人，又青云直上了一步，他以后就是苏春明的顶头上司。”

姚丽霞想起前不久母校聚会上的事情，若有所悟地说：“怪不得前一阵子看着孙鸣飞春风得意。”

“你们俩有完没完？”不知什么时候，小川站在房门口。白川和姚丽霞同时回过头去。已经是半大小伙子的小川脸上挂着几分坏笑，“爸，叫你回来是让你关心伺候我妈，看看要不要上医院，要不要做点儿吃的，不是让你回来和我妈卿卿我我。”

白川嗔笑着骂道：“滚一边去。”

姚丽霞这时才想起自己几乎一整天没有吃东西，就想下厨房做点儿吃的。

小川又尖着嗓子说:“妈，你是病号，今天该我爸尽义务了。”

白川朝儿子挥了挥手:“小子，你妈得的是心病，这阵子已经好了，该下床活动活动。”

小川惊喜地说:“我妈没病就好，我提议咱们到外边去吃个夜市。前边巷子里新开了个胖嫂烧烤，我们好多同学都在那儿吃过。”

白川用眼神征求妻子的意见，姚丽霞笑着点了点头。

第十八章

汉京市西郊发现古墓群的消息很快上报到国家文物总局，国内一流的考古专家顷刻间云集汉京。经过对各方面信息汇总鉴定，专家一致认为，这是西周末年一处中型规模的贵族墓葬区。其考古价值有着填补空白的划时代意义。对于文物被盗流失的事，专家们集体呼吁政府不惜一切代价追回文物，严惩肇事者。不几天工夫，国内各家媒体纷纷登载了汉京市发生重大考古发现的消息。由于宣传部门的着力协调，文物被盗挖及流失的情况被严严实实地捂住了。

虽说新闻上封锁了消息，但这起大要案还是惊动了高层。中央政法委某副书记阅完呈送件后拍案震怒，批示公安部督办案件并协助地方尽快缉凶追赃。很快，通缉元凶马秉义、马尚义及其骨干分子的通缉令，通过电传方式由公安部发至全国各地。由公安、海关、口岸、机场、车站、码头等部门合力组成的大网严严实实地罩住了每个角落。

文物盗挖事件更是引起了省市两级党政部门的高度重视。由于案件发生在即将设立的汉京新区核心位置，省委常委会甚至召开了专题会议。联系一段时间以来新区范围内村民为达到多得补偿，突击种楼、栽树、挖井的事，常委们一致认为，应尽快启动新区政务工作，早日建立新区正常秩序。

汉京新区管委会的牌子很快挂了起来。管委会办公地址临时占用了汉京橡胶厂的办公大楼。这汉京橡胶厂六七十年代是汉京市轻工业口的支柱企业，汉橡厂生产的胶皮轮胎曾是名扬国内和第三世界的名牌产品。改革开放后，由于观念陈旧、体制老化，产品逐渐被市场淘汰，又加生产设施无钱更新，废气、废水污染严重，环保部门屡次发出整改通知无效，干脆下达了一纸停产通知。汉橡厂一班党政领导人其实早已各自谋划着出路，也就借坡下驴全厂放假。几年时间，职工调走的调走、退休的退休、下岗的下岗，厂办也就剩下为数不多的看管人员，扮演着维持会的角色。但瘦死的骆驼比马大，停产后的汉橡厂留下了偌大的家业，尤其是近千亩的土地让多少家地产商垂涎不已。现在，管委会暂时接管了这方昔日的热土。

孙鸣飞当然是第一批涉足这片土地的头面人物。从欧阳锋透露孙鸣飞已内定为新区负责人那一刻起，经过不长时间的纠结，坚信唯物主义的孙鸣飞很快从没来由的心理阴影中解脱出来。什么龙脉上不能动土，人类文明几千年，脚下的哪一块土地没有经历过血雨腥风，哪一处角落没有演绎过生命的壮烈与悲哀。在他孙鸣飞短短的人生历程中，能有机会主宰这方曾经的圣土，应当是值得骄傲和荣耀的事情，何苦要自怨自艾。现在，管委会一把手由主管建委、环保等工作的颜副省长兼任，孙鸣飞作为常务副主任实际上主持工作。

离开雁马河开发区时，孙鸣飞不无留恋，眼睛有些发潮，毕竟自己把十多年的壮丽年华献给了那片土地，一旦真要离开朝夕摸爬滚打的地方，他真还有些割舍不下。在雁马河管委会组织的送别座谈会上，孙鸣飞感慨地说：“我来的时候，这里基本是不毛之地，我离开的时候，这里是繁华的街区。我有幸能够见证荒漠变都市，应当归功于各位同仁对我的认同和支持。而今，我又要去另一个待开拓的土地，前路茫茫，我不知道自己还有没有过去十多年的幸运，我还能不能像过去在这里的十来年一样，遇上一群认可我、支持我的人。但不管怎么说，在这里曾经积聚的力量，会给我未来的征程中注入无穷的鼓励。”孙鸣飞说到了伤感处，顺手抽出桌上的纸巾在眼眶上擦拭着。虽说是冠冕堂皇的官场辞令，但也多少道出了孙鸣飞的心声。谁都明白，在调教好的绿洲上耕耘，远比在不毛的处女地上开拓要惬意得多。但孙鸣飞是一个战士，战士就得勇往直前，安于现状不符合他的性格。孙鸣飞在动情的言论之后，用不易察觉的眼神迅速地扫视了一圈欢送自己的同仁。与往日充满巴结与逢迎不同的是，他分明在那一张张熟悉的脸孔上读出了不屑、失落、慨叹。他一下子就明白过来，自己的留恋简直是妇人之态，在这个世界上，唯一值得留恋的是位子，不断攀升的位子，而他现在不正在开始顺理成章地攀升吗？眼前这一切只不过是过眼烟云而已。

按照官场上的惯例，孙鸣飞在升迁时可以带上几个左膀右臂，一同走马上任。但自信的孙鸣飞为了树立一个清正的形象，没有从雁马河开发区挑兵选将，只带走了一个秘书科长杨昌利。杨昌利为孙鸣飞鞍前马后侍候了几年，在得知孙主任即将调离荣升之际，趁着个合适的机会，说出了想跟主任谋前程的想法。杨昌利说此生遇到让他敬畏且钦佩不已的好领导、好老师、好长辈，他不甘心就此分离。孙鸣飞一时动了恻隐之心，他想着小杨是个小人物，大不了也就是个通讯员角色，带上他也不至于让别人认为是拉帮结派，一时冲动也就答应把小杨调到汉京新区。此后这件事传开了，没有人对孙鸣飞说三道四，大家反倒认为孙鸣飞也有重情义的一面。

新区不属于一级行政区划，虽说不需要按照政治体制建立人大、政协等治理机构，但行政管理上的体系却也需要面面俱到。随着管委会挂牌开张，几个基本的行政机构需要成立起来。第一批设立的机构是招商局、工商局、土地局、规划局、环保局、公安局、执法局。对于各局的人员编制以及领导名单，最终都是由孙鸣飞审定后报由颜副省长签批。在审定公安局编制名单时，孙鸣飞无意中看到了拟担任副局长之一的苏春明的名字。二十多年过去了，这个当年在孙鸣飞刚刚走上工作岗位时与他发生过交集的警察的形象和名字，已牢牢地烙在他的印象中。说句实在话，当时在主办案件的警察方鸣声色俱厉的威胁恐吓下，年轻的办案副手苏春明彬彬有礼的态度，却也让他感到了一份温情。

多年来，孙鸣飞把苏春明这个名字一直与善良和正派联系起来。但是，让孙鸣飞心里有些许纠结的是，当年慑于方鸣的淫威，为了保住自己的前程，昧着良心按方鸣的要求做了不利于白川的笔录，差点儿让白川服了大刑，这一人生污点曾时时让他受到良心的拷问。当然他更不愿意让其他人知道这件事情。现在这个当年的知情者要到他的手下任职，自不必说是一件尴尬的事。孙鸣飞在无意识中顺手抄起笔在名单中苏春明的名字下方画了一道横杠。

说来无巧不成书，就在孙鸣飞心里纠结着公安局领导班子人选名单时，正为文物盗挖案件伤透脑筋的市委政法委书记走进孙鸣飞的办公室。市委政法委前一阵子也接到了中央政法委的内部电话，电话传达了中央领导对汉京市治安环境的严重不满，要求市政法委切实负起责任来，以协助公安侦破文物盗挖案为契机，真正发挥政法委对司法工作的监督指导作用。市政法委这一段时间也把不少工作人员派往司法系统一线岗位督战。政法委书记这会儿造访孙鸣飞，就是想就破案工作和后续的治理与新设的管委会并肩作战。

孙鸣飞与政法委书记算不上有私交，却彼此熟识，一见书记驾到，连忙招呼嘘寒问暖。寒暄之中政法委书记瞥见孙鸣飞手中标有秘密字样的《汉京新区公安分局人员编制名单》，哈哈一笑说："孙主任正在审查涉及我们政法系统的秘密文件。"孙鸣飞打趣地说："你们的秘密文件能让我接触，可实在是给了老大的面子。"

政法委书记顺手把名单接过去，拿在手中端详了一会儿说："这上面有几个人我了解，还算是精兵强将。"又指着画了横杠的苏春明的名字问："这个人你认识？"

孙鸣飞轻描淡写地说："我刚参加工作时与他打过交道。"

政法委书记轻轻地"唔"了一声，又问道："这个人咋样？"

孙鸣飞怕引起误解，忙说："和我没有啥关系。人是个很好的人，品行端正。"

政法委书记又问道：“你对这个名单有什么看法？”

孙鸣飞笑了笑：“我对公安是个外行，但我觉得新区下一步的治安工作是重中之重，尤其是未来必不可少的大规模拆迁工作会形成广泛的社会矛盾。公安担负着维护社会稳定的责任，既要敢担当，又要把握好政策，所以一定要打造一支高素质的队伍。”

政法委书记听完孙鸣飞的话，禁不住使劲拍了一下沙发扶手：“孙主任，都说你工作起来有板有眼，有大将风度，能抓住重点。听你一席话，这汉京管委会是非你掌舵莫属了。”

孙鸣飞连忙摇着手：“书记您可千万别这么说，我是在省政府颜副省长的带领下，在省委、省政府、市委、市政府领导下做具体工作的。”

政法委书记自知拍马屁的话说得有些过头，自嘲道：“说得也是，我们都是党委领导下的小走卒而已。”说着他又抓过那份名单，看了看说：“孙主任我看这个名单还需要稍做调整，我回去跟市局政治部商量一下，看能不能再充实一些有经验、懂政策、作风硬的同志。新区的工作是当下我们的头等大事，千万马虎不得。”

政法委书记和孙鸣飞聊了聊当下工作上的事，无非是要求新设立的管委会对公安的破案工作提供全方位的协助和配合。孙鸣飞自是一一答应。

政法委书记回到机关后，让秘书打电话通知市公安局政治部主任来一趟。待政治部主任来后，政法委书记开门见山问市局这回给新区分局的人员编制中苏春明这个人怎么样。政治部主任挠挠头说：“不太了解这个人。”政法委书记脸上显出一些不悦：“作为分局正副局长人选，政治部对他的情况应当全面掌握，你回去了解一下，把这个人的背景、简历、工作能力搞清楚，尽快汇报给我。”

第二天，市公安局政治部主任带着书面材料向政法委书记做了专项汇报。政治部主任说：“书记，在您的指导下，我们市局挖掘出了一个优秀的干部人选。这个苏春明同志几十年如一日，是个政治上、业务上都呱呱叫的好同志。他出身知识分子家庭，父亲是大学教授，本人是科班警校毕业生，原来在中城区公安分局花池街派出所当片警，后来在分局经侦大队当侦查员，因业务素质好，被上调到市局经侦支队，现为支队综合科科长，三级警司。”

政治部主任一口气把苏春明的历史说了个透。政法委书记一边听着，一边面露喜色点着头。

政治部主任又补充了几句：“苏春明同志工作能力强，多次被评为市局系统先进个人。另外，他的业务素质一般人比不上，听说还经常在杂志上发表专业论文哩。”

政法委书记又说道：“一个二十多年的老警校毕业生，现在才是个正科级，可见我们的干部选拔任用工作存在问题，你们回去后再认真考察一下，我看让苏春明同志担任汉京新区分局局长就挺合适。”

政治部主任连连点着头：“是、是、是，分局局长暂定为副处级，按苏春明同志的资历和现有条件，这个位置是再合适不过的。”

政法委书记既已有了旨意，汉京市公安局怎能不认真贯彻？很快，有关经侦支队正科级警员苏春明提拔为汉京新区分局局长的考察、公示、任命程序都在最短的时间内顺利完成。再加上苏春明个人过硬的条件，这次的提拔任用在全局反响良好。

在对苏春明的提拔干预上，政法委书记自有自己的想法。论级别，他和孙鸣飞同为正厅级干部，在权力与岗位的重要性上，他甚至要比孙鸣飞更强一些，按说他完全没有必要去讨好孙鸣飞，但政法委书记不是个政治上短视的人，他更看重的是孙鸣飞的未来。孙鸣飞是全市最年轻的正厅级干部，第一学历又是国民教育系列中正儿八经的本科，尤其是孙鸣飞背后有老省长欧阳老的支持，更何况传言孙鸣飞通过欧阳老和中央高层某首长建立了联系。各种因素都预示着孙鸣飞未来会飞黄腾达。政法委书记要为未来投资。那天孙鸣飞有意无意地把苏春明轻描淡写地提出来，其用意还不明显嘛，这件事情的成功处理，无疑会成为日后与孙鸣飞搞好关系的筹码之一。

当汉京市公安局把调整后的分局领导班子人员名单送交到孙鸣飞办公桌上时，孙鸣飞一眼瞅见苏春明的大名从原来的副局长位置调整到局长位置，一时觉得有些哭笑不得。他心里再清楚不过，肯定是那天与政法委书记几句不咸不淡的对话，让这位仁兄误解自己想帮苏春明谋职。没想到自己不慎流露出的纠结反倒弄巧成拙。但事已至此，他也不好再说什么。孙鸣飞是个脑瓜子活络的人，转眼一想，不如索性顺水推舟，待这个苏春明上任后，用策略的方式让他知道自己升迁的过程，未见得不是一件好事。也许苏春明将来会成为自己在新区坚实的左右膀。

孙鸣飞坚信一句格言：在这个世界上，既没有永恒的朋友，也没有永恒的敌人，只有永恒的利益。

新区中心位置的重大考古发现，很难定性为好事还是坏事。从积极的意义上讲，这一重大发现对汉京新区的宣传，提高新区的知名度，无疑有着不可估量的价值。但从消极意义上来讲，文物的绝对保护是国家大政方针之一，新区核心位置的这片古墓，必然导致整个新区市政规划的调整。新区建设的力度和速度必然大受影响。另外还有一个摆不上台面的因素让孙鸣飞总觉得心里不爽，当初环保产业园区搞了几年死气沉沉，几任领导无一善终，坊间归因于龙脉上动土。而今天大规模建设尚未启动，核心区域现出一群古墓，让孙鸣飞这个领头人情何以堪？

除了苏春明阴差阳错被提拔为局长这件事外，当孙鸣飞听取文物盗挖案件的详细汇报后，不由得心中又连连慨叹：真个是世界太小，冤家路窄。市局挂帅侦破案件的副局长竟然是当年那个飞扬跋扈、浑蛋无比的花池街派出所副教导员方鸣，而这个富民广场项目的投资开发商竟然是韩浩平控制的三贤集团公司，自己当年的朋友、情场角斗中打败自己的情敌白川正是三贤公司的核心人物。一开始，孙鸣飞以为三贤公司是涉案的犯罪集团，后来了解到三贤公司也是犯罪行为的受害者时，才稍稍松了一口气。但孙鸣飞隐隐觉得，一场难以避免的纠葛会在他的任期演绎出一部大戏。

不管怎么说，当务之急是要尽快破获案件，只有尽快地抓住肇事者，追回流失文物，才能对这片古墓群做出专业的保护规划，或者是整体搬迁，腾出土地继续按既往规划搞好新区建设，或者是就地保护，调整新区建设规划。而这一切，又不是孙鸣飞所能确定的，甚至不是省委、省政府所能确定的，关键是要看专家们的意见，当然最后得要有更高层领导拍板定案。为了尽快推动全局工作，孙鸣飞要求新区管委会工作人员务必全方位配合公安和文物部门的工作。

当公安布下天罗地网的时候，马秉义其实就在汉京市。

依马秉义早先对富民村四周土壤结构的探查，结合资料的翻阅，他坚信这块宝地下面宝贝不少。当第一件宝贝从工地基坑中挖出来呈送到他面前时，他压抑着巨大的兴奋，立即对现场做了周密的部署。干文物这档营生，比贩毒刺激多了，往往一铲子下去，意外的收获超过毒贩子几年担惊受怕的收益。但是高利益必然伴随高风险，一旦马失前蹄被政府抓个正着，蹲大狱是起码的“待遇”。盗墓贼一般是不会在自家门口作案的，他们大都是先选好地面，再寻找一两个当地的内应，远远地指给他们目标，干一单赶紧远走高飞。在熟悉的地界上干活儿，难免留下蛛丝马迹，这就是兔子不吃窝边草的道理。马秉义不是不懂得这个道理，但面临着说来就来的大规模城市建设，如果不早早下手，一切将化为乌有。天可怜有了这么一个城中村改造的天赐良机，岂不是一石二鸟？挖一挖地底下，哪怕是了了心思，顶不济寻不着宝贝还可以堂而皇之地通过开发建楼挣一笔堂堂正正的钱。所以马秉义此次作案，也并非利令智昏。为了安全，马秉义对挖掘现场做了认真的安排，由堂弟马尚义和自己的铁杆马仔王大毛二十四小时轮流坚守在坑内。这王大毛是马秉义在武校上学时的同学，家境贫寒，在武校时常得马秉义接济，后来成为莫逆之交。马秉义被父亲拉回家做正经生意后，这王大毛干脆投奔了马秉义，成了富民公司副总经理兼保安部的部长。马秉义虽然无时无刻不关注着挖掘现场每一个细节情况，但出于安全因素的考虑，他却始终未在现场出现过。

好在王大毛对吃地下饭不是外行，马尚义这几年跟着堂哥马秉义也学会了些本事，有这两个人在现场控制局面，马秉义心里还算踏实。马秉义反复叮咛要把握好几台挖掘机和装载机的驾驶人员，多花些小银子让司机感恩戴德，绝对服服帖帖听从命令；又关照手下人把那个三贤公司派来的傻蛋技术员伺候得晕晕乎乎无暇下坑。宝贝在马秉义的期待与意料中得见天日后，马秉义立即搬到了市区罗马假日小区的一套单元房内。这套单元房的业主是马尚义。这几年，马秉义打着富民公司的旗帜，包土方，揽工程，也挣了不少钱，尤其是几单成功的地下活路，可谓是财源滚滚。有了钱，他给自己在城里置了几套房子。为了不让马尚义心里不平衡，他让马尚义也寻机挑上一套房子，由公司支付购房款。罗马假日小区开盘时，马尚义为自己选了一套一百五十平方米带转角阳台的优质户型，说是邀请堂哥亲临现场替他参谋，实是让马秉义做好掏钱的准备。马秉义笑眯眯地在房间转了一圈，心血来潮一跺脚说买上两套，一套给马尚义，一套给王大毛。这王大毛知道后自是感激涕零。现在这两套房子都还没有来得及入住，刚好可以暂时充作仓库一用。马秉义待在刚刚装修完的房子，让马尚义把出土的宝贝都运到这里来。他叮嘱马尚义除王大毛之外，任何人不能知道这个地方，那辆运货的桑塔纳轿车必须由马尚义亲自驾驶。

出土宝贝的数量和品质远远出乎马秉义的意料。最初的时候，马秉义端详着说不上具体年代、锈迹斑斑的金属器皿，只觉得心旌摇曳，全然顾不上满屋子熏得人睁不开眼睛的甲醛味道。可是随着宝贝数量的增多，马秉义突然有了几丝愁意。看着地上堆成小山一样的宝贝，他清楚，随意一件东西遇到识货的主，换来这么一套住宅是轻而易举的事，而这些值钱的东西汇聚在一起，要变现恐怕就不是一件容易事，说不定会成为致命的累赘。再后来，他的愁烦演化为恐惧，他希望马尚义或王大毛快快给他带来宝贝已经挖完的消息。

这马尚义多年来跟着自己的堂兄经了不少风雨，也见了不少世面，虽说对村长伯伯和经理哥哥有些感恩，但相互间的巨大差别还是令他心中不时产生些许的不平衡感觉。何况依自己的父亲马怀德所言，这富民公司原本就有他父子的风险投入，而今与堂哥一家却成了老板和马仔的关系，如何让人接受得了。马尚义高中毕业后上了个民办的三本学校——汉京财经管理学院，虽说牌子不甚亮，四年大学毕竟培养了一副精于算计的脑瓜坯子。到富民公司任职财务总监后，也算是学有用武之地，没少为马家企业拨拉财富，闲暇之余，也自会瞅些机会把自己的腰包鼓一鼓。也许是马秉义懂得水至清则无鱼的道理，堂兄弟间一直相安无事。

马尚义大概也看出堂兄苦于宝贝数量太多的心思，心想何不趁此机会给自己小捞一些？因而在其后的几天，马尚义神不知鬼不觉地将几车宝贝运进自家院子，又在后院石榴树边挖了一个大坑，将宝贝埋在坑里，填平土后，又掩人耳目地在坑上栽了一株近来颇为流行的红豆杉。自以为做得天衣无缝。

常言说绳子单从细处断。马秉义虽说千叮咛万嘱咐，一定要把握好现场施工人员，可最终还是出事了。其实，连马秉义自己也没有想到，正是自己对宝贝数量增多后的厌弃心理，让马尚义胆敢吃独食，并且马尚义的行为不知不觉地迁延到包括挖掘机司机的一线人员。

当大批警察赶到现场的消息传到马秉义耳朵时，他瞬间呆若木鸡。他知道，自己犯下的案子足以称为惊天大案。他接到的第一个报信电话是王大毛打来的，在确信王大毛还未被控制或跟踪时，他吩咐王大毛赶快离开现场，再去买几张神州行电话卡送过来。老到的马秉义知道警察立案后第一个采取的行动就是控制涉案人员的手机，而只有市面上不记名的神州行电话卡才能逃避监控。当王大毛气喘吁吁跑到马秉义跟前时，马秉义来不及多问情况，立即打开手机后盖换上了神州行卡，说了声三十六计走为上计，就准备与王大毛逃之夭夭。王大毛问马尚义怎么办。马秉义说：“你放心，马总比你精。”

正当马秉义与王大毛准备出门之际，马尚义却急火火推门而入。

马秉义惊问：“尚义，你咋还往这儿运东西？”

马尚义抹了一把脸上的汗水：“我傻呀，我还运，我是来和你商量对策的。”

马秉义说：“现在得先躲一躲，看看风头再说。”

马尚义却另有主见：“现在往哪儿躲，难不成我们进山沟当野人？依我说大隐隐于市，小隐隐于野，我们就躲在这儿哪儿也不去，这才叫灯下黑哩。”

马秉义想起那辆穿梭运货的桑塔纳汽车：“尚义，你是开车过来的？”

马尚义嘴角轻轻上翘了一下：“我把车在工地上放着，挡了辆出租车过来的。”

马秉义仍有些不放心：“尚义，你确信没有旁人来过这里，知道这里？”

马尚义肯定地说：“我买罗马假日小区这套房子，用的是我表妹的身份证，连我媳妇都没让知道，我还怕以后跟她过不到一搭时她跟我分家产。”

当下马秉义决定三个人暂时就躲在这个小区。马秉义让王大毛多采购些食物回来，做好长期“抗战”的准备。

汉京市公安局副局长方鸣亲自挂帅担任“八一三”特大案件专案组的组长。不用说，他已经感觉到来自方方面面的压力。上头一日三次催问案件进展情况，公安部把案子列入督办系列，省公安厅要求及时汇报每一项工作步骤和有价值的线索，市政府主管公安的副市长要求方鸣立下军令状，市委政法委更是严令如不能破获案件，相关人员必须引咎辞职。当然，市局在这个案子上投入的人力和财力也是史无前例的，除了专案组抽调了几十名精兵强将直接上案子外，辖区各分局、派出所也都接到了全力配合专案组工作的通知。市局治安处加强了对宾馆、饭店、洗浴场所等行业的管控，交警支队结合正常的车辆管理，在各大交通要道设立了武装盘查点，技术侦查处更是二十四小时毫不懈怠地捕捉着专案组提供的几个设控电话号码的一切信息。

方副局长这几年的官场生涯算是风生水起。他从派出所一路干起，在中城分局缉毒大队屡破大案要案，被冠以“毒品克星”“破案能手”的称号。一场意外的偷袭，让他残了一条腿，成了跛子，却也给他带来了难以估量的政治资本。在上级的眼里，为了党和人民的利益，方鸣得罪了黑恶势力，牺牲了自己的健康，党和人民自然不应该亏待他。很快方鸣被提拔为中城分局的副局长，其间又脱产参加了由公安部与中国人民警察学院联合举办的为期一年的本科培训，拿了个公安系统承认的法律专业本科学历证。学成归来后他又被调到市局缉毒支队任政委一职，老本行干得仍是有声有色。一时间，“遇见方拐子”成了毒贩子相互诅咒的口头禅。再后来，占尽“知识化、年轻化、专业化、革命化”四项要素的方鸣顺利地被提拔为副局长，分管缉毒、文物、经侦诸项工作。

迄今为止，“八一三”案件专案组撒出去海量的便衣，收获却不大。除了抓住几个现场参与施工的司机和普通工人外，几个首犯依然下落不明。从那些小人物的口供上分析，这桩盗挖案件绝非是施工过程中见财起意的偶发案件，似乎更像有预谋有组织的策划犯罪。从第一件文物出土时起，现场的控制，文物的转移，消息的封锁等各个环节就布置得井井有条。也正是因为这个犯罪组织已早早做好反侦查准备，才使得本以为可以势如破竹的侦破工作举步维艰。方鸣心里明白，案件的破获，标志性的工作不是抓了几个人、了解了什么发案过程、通缉了几个犯罪嫌疑人，而是截获赃物。正是有这方面的考虑，方鸣让专案组把大量精力放到车站、机场、交通要道的物品查验上，便衣们的重点侦查场所是古玩市场和被称为鬼市的零星交易集市。但接近一周的时间，被盗掘的文物像人间蒸发了一样，未发现蛛丝马迹。方鸣断定，这伙狡猾的犯罪分子仍然藏匿在汉京城内，文物也没有离开这座城市。

方鸣坐在办公室里，不停地接听各路人马的电话汇报。但除了连一线人员自己都觉得价值不大的线索外，鲜有让方鸣觉得欣慰的信息。方鸣不禁在心里暗骂着这一群饭桶。他不由得又想起自己当年在缉毒一线屡破毒案、只身抓毒贩的场景，尽管有些不为人知的线人交易隐藏着不少的罪恶，但折射在他身上的光辉，却无时无刻不成为他的荣耀。他突然有一种冲动，想到一线去重温一下侦查英雄的旧梦，说不定会有意外的收获。想到这里，他打电话叫来专案组另一位负责人守住电话，自己稍稍收拾了一下，让司机开车送他去富民村发案现场。

捅下了天大娄子的富民村表面看上去静静悄悄。富民广场项目工地硕大的基坑中趴着几台早已熄火的挖掘机、推土机、装载机等施工机械，坑岸四周依然围挡着蓝白色的警用隔离带，几个荷枪的武警站在坑岸入口处。

方副局长亲临现场的消息让留守在富民村的几个民警诚惶诚恐，他们很快从各个角落汇拢到方鸣身边。站在坑岸上，看着周围十几名侦查人员，方鸣威严的脸上没有一丝笑容，他的目光在每个人脸上扫视了一番。警察们在副局长的眼神中分明读出了不满和责备，一个个惭愧地眼帘朝下盯着地面，等待着凶神似的上司劈头盖脸的臭骂。方鸣却没说一句话，转身朝坑底走去，一帮警察连忙紧随其后。

坑底十几号工作人员一律穿着蓝色大褂，或蹲或坐在土堆上摆弄着手里的物件，这些人显然是清一色的考古专业人员。方鸣找到了他们的负责人，说明自己的身份，想了解一些对破案有价值的信息。年龄稍大一些的负责人一听是公安局副局长驾到，不由分说先把公安局抱怨了一通，说成天看见大街上警车鸣着警笛耀武扬威四处奔跑，却为什么能让这么一桩大规模的盗挖文物案件在眼皮子底下干了几天才被发现。

方鸣一听心里没好气，心说你文物局是吃干饭的，老祖宗留下的这些宝贝你们几十年发现不了，非得等到盗墓贼替你们打了前站你们才做了跟屁虫。但方鸣不想和他见高低，脸上装出一副歉意和痛心的样子说："盗墓贼着实可憎，还得需要咱们共同联手把案子破了。"

负责人说："我们只会刨文物、认文物、修文物，破案能帮你们啥忙？"

见这位负责人一副懒得合作的态度，方鸣知道他是那种典型的酸臭知识分子类型的人，不想再与他纠缠。转身走到一个年岁较轻的工作人员身边问道："小伙子，咱们现在总共清理出多少件东西？"

年轻人大概是刚走出校门不久的大学生，鼻梁上架着一副深度近视镜，嘴唇上一排密密的绒毛，透出稚气未脱的气息。看见方鸣的气派，年轻人知道是大人物来了，连忙直起腰说："我们就用这小铲子和刷子，一天能清理出一两件。”

方鸣心里在想，怪不得盗墓贼干得利落，人家挖掘机一铲子下去，能干出你们一个月的活儿，你们当然只有做跟屁虫的份儿了。

方鸣觉得与这帮古董们的交流不会有太大收获，就离开了现场。负责蹲守富民村的三大队大队长毛宏春问方副局长要不要到村委会办公室去坐一坐，说那里是办案人员落脚休息的地方。方鸣鼻孔内哼了一声说道：“案子破不了，我没法休息，关心案子的领导也休息不了。”毛宏春连忙点着头：“是、是、是。”

方鸣环顾了一圈富民村的各个角落，问道：“嫌疑人的家里搜查过没有？”

毛宏春说：“都去过几遍了，我们现在锁定三个主犯，首犯是马秉义，村长马怀礼的儿子。主犯马尚义，是马秉义的堂弟。他们两个人都在这个村子，家里都搜查过了，没有发现赃物，这些狡猾的犯罪分子肯定把赃物转移到其他隐蔽的地方了。还有一个主犯叫王大毛，是个外地人，平常就住在富民公司的办公室，我们也查过，没有啥收获。”

听着毛宏春的汇报，方鸣不动声色地说道：“我们这就再去马秉义和马尚义家里看看。”

作为一村之长的马怀礼的家就坐落在离村委会办公地点不远的村子主街道上，五开间不算太高大的两层砖混结构楼房，与四周普通的砖木平房相比，显出不同寻常的气派和威严。毛宏春给方鸣介绍说，马秉义虽已娶妻，但仍然与自己的父亲同居一院。方鸣心想也许这个做父亲的村长跟案子有着某种牵连。

走进马家的院子，方鸣一眼看见院子的竹椅上坐着一个疲惫的半老头。毛宏春大声地咳嗽了两声，算是给坐着的人打了招呼。竹椅上的人却并不紧张，慢慢腾腾地站起来，没有说一句话，似乎用眼神询问着来客的意图。

毛宏春指着方鸣说：“这位是我们市局的方副局长，是‘八一三’专案组的组长。”

没等对方搭腔，方鸣用略带讥讽的口吻问道：“你就是村长？”

马怀礼嘴咧了一下，说不出是笑样还是哭样：“不敢当，马怀礼，马秉义的父亲。”

方鸣随口又问：“大白天坐在院子发啥愣？”

马怀礼把头扬起来，看了一会儿天空，才把脸转向方鸣：“我这心里一直在想，多亏我活在共产党执政的天下，这要是放在别的朝代，我这会儿恐怕早都带上枷板了。共产党就是好，不搞株连。”

方鸣本想再说几句有震慑作用的话，却不承想让老奸巨猾的马怀礼给噎了回去，只好又换了一种方式，不温不火地说：“你是老村长、老党员，党性原则都强着哩。儿子犯了事，也怨不着老子，但还得有高姿态，多给咱公安提供线索。”

马怀礼说：“我现在恨不得抓住那个畜生千刀万剐。你们让我帮什么忙，我全力以赴。要是人手不够，我挨家挨户动员村里的乡亲们跟你们一起出动抓人。”

听着马怀礼不知道是真情还是戏谑的回答，方鸣不禁在心底里咒骂着这个老狐狸。

方鸣在马怀礼的院子四周转了一圈，又上二楼看了看，却没有发现有什么破绽。

马怀礼用略带挑衅的口吻说道：“方局长，你们的办案人员都看了几遍了，依我看呀，就剩下挖地三尺了。”

方鸣狠狠地瞪了马怀礼一眼，没好气地甩了一句：“打扰了。”就头也不回地朝门外走去。身后传来马怀礼的声音：“方局长，您慢走，乡下路不平，小心摔着。”

方鸣只觉脑子霎时一阵发热，不由自主地停下脚步。因为他分明听见马怀礼喊出了“路不平”三个字。多年来，方鸣最不能容忍的就是别人用他的残疾取笑他，诸如拐子、跛子、瘸子之类的语言，在他看来那是比骂他祖宗八代还要让他难堪的事。难道这个马怀礼竟然狂妄到敢明目张胆地辱骂他一个堂堂的市公安局副局长？

正在方鸣欲回过头质问究竟时，理智忽然提醒他切勿冲动。也许马怀礼是在无意的状态下戳到了他的痛处，他不能因为一时的鲁莽做出让自己更难堪的举动而自取其辱。他在原地停了几秒，定了定神，又若无其事继续高一脚低一脚地朝前走去。他一边走一边心里暗暗发誓：马怀礼呀马怀礼，你要是撞到我手上，不叫你浑身上下脱层皮我不姓方。这回抓住马秉义，不把他送上刑场算我没能耐，你老小子就等着后半辈子孤独到死吧！

马尚义几年前在自己申请的宅基地上盖起了新房。因为是新宅基，离村子中心就稍远了一些。看见方鸣一拨人进入自家院子，马尚义的妻子吓得低眉顺眼地站在房檐底下，两手绞在一块反复地搓弄着，显出一副极度恐惧的样子。与刚才进入马怀礼家不同的是，方鸣一行没有任何人做任何介绍或解释，一群警察如入无人之地，毫无顾忌地在院子和房间四处探看寻觅。

虽说已经到了马尚义的家，可方鸣脑子里仍然不停地回味着和马怀礼刚才一番不愉快的对话。一个小小的村长，犯罪嫌疑人的父亲，甚至还不能完全界定为清白之人的老东西，竟敢在副局长面前言语放肆，对领导亲临现场视察的行为，竟还冷言冷语放出“挖地三尺”的话，这不是把警察暗讽为无恶不作的鬼子了吗？“哼，挖地三尺，该挖的时候，别说三尺，五尺十尺也得挖，让你全家无立锥之地。”方鸣不由自主地嘴里喃喃念叨着。忽然，方鸣眼睛一亮，既然你挑衅我，我就给你一个来而不往非礼也，我先从你侄子头上小试一下牛刀，让你嘴巴贱！

方鸣叫过毛宏春，让组织力量把这家院子能挖动的空地挖掘三尺。

毛宏春脸上显出一些迟疑：“局长，没有线索，这样会不会给我们惹麻烦？”

方鸣瞪了毛宏春一眼：“我们的案子是部里的督办案子，全国人民都在盯着。我可是给政法委立下了军令状，案子破不了，我辞职，你们恐怕也安生不了。你说说破不了案和挖地搜查，哪个麻烦大？”

毛宏春听着点了点头，随即一挥手，四五个警察应声围过来。毛宏春让警察就地取材找家伙挖地。马尚义家本就是庄户人家，这几年已渐受冷落的镐头、镢头、铁锨这会儿派上了用场。方鸣顺手指着院子一棵看着新栽上不久的红豆杉树说:“就从那儿挖起。”

警察们雷厉风行地干活儿，马尚义的老婆终于忍不住号啕大哭起来。方鸣轻蔑地扫了那女人一眼，心里说:“这都是你那个村长大伯惹的祸。”

就在方鸣沉浸在报复的快意中时，一个干活儿的警察大喊一声“有情况”，所有的人都停下了手中的家伙。

方鸣也凑上前去，只见喊话的警察嘴唇哆嗦着，不知是恐惧还是激动地睁大眼睛，慢慢地弯下腰，用两只手在土中轻轻地刨了几下，拽出了一个沾满泥巴、黑不溜秋的像铁质的东西，双手呈送到方鸣跟前。

方鸣小心翼翼地试探着用手摸了一下，硬邦邦的，显然是金属物品。他让警察找来一盆水，把那玩意儿简单地冲刷了一下，一个像锅不是锅、像壶不是壶、锈蚀斑斑的器皿呈现在眼前。

这不是失窃的文物吗？警察们群情振奋。

方鸣抑制着心中的狂喜，表面上装出不动声色的样子，气闲若定地对毛宏春说:“继续往下挖。注意不要用镐头，少用铲子多用手。”

瞬间对方副局长佩服得五体投地的毛大队长知道立功的机会来了，率先跪在土坑里边，用双手开始扒拉着其实并不太坚硬的黄土。

方鸣又对毛宏春说:“把你们案子上用的照相机拿来，留一些资料。”

毛宏春感激地点着头，吩咐手下人快去拿照相机来。

红豆杉树下总共挖出来几十件文物，全部堆在院子中央。方鸣坐在一旁的木凳上，心潮澎湃。他不知道自己啥时候烧了高香，老天爷竟然这样眷顾他，那个老浑蛋村长挑衅他的语言竟然成了对他的点拨。多日来为了这个案子他吃不下饭，睡不好觉，尽管对下属装得若无其事，其实内心的焦虑只有他自己默默地忍受着。而现在这一切都烟消云散，取而代之的是快活和喜悦。他知道也许赃物还远远没有挖完，但依据公安办案的规矩，只要找回部分赃物，案子就算是破了。兴奋的方鸣眼前似乎看到了庆功会上书记、市长给自己挂奖章的场景。

站在一旁的毛宏春同样激动万分。他看着方副局长微闭双眼沉思的样子，心说局长保不准又在思索另一个漂亮的歼灭战哩。直到方鸣睁开眼睛再次打量那堆文物时，毛宏春小心翼翼地请示局长要不要再开挖别处。方鸣煞有其事地背着手又在院子转了一圈，然后轻轻地说:“没有必要了。”方鸣心里明白，今天的收获，完全是瞎猫碰上个死耗子，而现在院子里的这场景，对不知情的人而言，绝对称得上侦查活动中的杰作。他不愿意再把这个现场进行无谓的破坏。

方鸣用开导的口吻对毛宏春说:“侦查工作，要的是细心和智慧。我一进院子，就觉得那棵树有些怪。树上枝叶长得不旺盛，说明根扎得并不深，像是刚栽下去的样子，一年中栽树的时候都是初冬和初春，哪有夏天栽树的？这就是细心和智慧的运用。至于其他的地方，你看一看，用脚丫子都能判定地底下干干净净。”几句话说得毛宏春肃然起敬。

毛宏春请示下一步该咋办。方鸣指示让尽快通知文物局派专家来这里对文物进行现场鉴定。毛宏春说挖掘现场那里就有专家，是不是派人叫过来。

方鸣严肃地摇了摇头:“这是部门之间的协作，我们私下把工作人员叫过来，成何体统？再说他个人做出的结论是他个人负责，还是文物局负责？”

毛宏春惭愧地低下头。方鸣又振作了一下精神，对在场的全体警察说:“公安部和省市领导正在焦急地等待着我们的消息，但越是这个时候，我们越要沉住气。没有文物部门的权威鉴定结果，在不能最终确定这批文物是‘八一三’失窃文物之前，我们绝不能草率地给党和人民报送未经确定的破案消息。大家心里要明白，我们头上的警徽要求我们一口唾沫甩地上也得有响声。”

闻讯而来的文物局副局长看着摆在地上的文物，激动地握着方鸣的手连声表示道谢，称公安局又为人民立了一功。刚才在工地大坑中与方鸣说话的那个年岁较大的人也进了院子，文物局副局长介绍说这位是方教授，是汉京大学考古系的主任，国内著名的考古权威人士。方鸣这才明白，这位方教授大约是带着几个学生在现场边工作边教学。

方教授把从院子起出的一堆东西略略端详了一阵，肯定地对文物局副局长说："就是流失的文物。"

文物局副局长指着方鸣说："多亏了这些人民的卫士。"

方教授脸上却依旧没有什么表情。文物局副局长试探性地问："方教授，文物有损坏吗？"

方教授慢条斯理地答非所问："冰山一角。"

在确认起获的赃物就是来自"八一三"案件现场后，方鸣随即安排分局办公室、宣传处两个部门把破案消息以汇报、简报等方式报告国家公安部、省公安厅、市委、市政府，并通报各相关部门及新闻媒体。方鸣亲自给公安厅厅长、市政法委书记打电话报告了最新情况。市政法委书记半认真半开玩笑地在电话中说："老方呀老方，'八一三'案件破不了，坏了你的名声，害了我的形象。现在我负责任地告诉你，你这个侦查英雄的称号，市委领导会认到底。放心，我一定给你和你的一帮兄弟请功。"

公安部和省政府的嘉奖令很快就传达到"八一三"案件全体成员。公安部在对办案干警表扬和问候的同时，要求全体参战人员再接再厉，力争早日抓获全部涉案人员，保证没有一件被盗文物流失尤其是出境。同时，公安部特别下拨十万元经费，以保障参战干警的后勤供应。

经省委宣传部统一口径，赃物起获的第三天，"八一三"特大文物盗挖案件成功侦破的消息在省内各家报纸同时刊发，省电视台、省电台也都在各自的黄金时段播出了这则重磅新闻。省委机关报《西部日报》登载了由新闻部副主任姚丽霞和另一位资深记者署名的通讯报道，题目是《红豆杉下藏罪恶，火眼金睛斗凶顽》。几乎占用了第二版整版页面的文章，除配发专案组组长方鸣英姿飒爽的半身威武照外，把方组长深入现场、明察秋毫、果断出击的过程绘声绘色地做了描述，一个大智大勇、智勇双全的人民卫士形象跃然纸上。

就在“八一三”专案组沉浸在初战告捷的喜悦中时，躲在罗马假日小区度日如年的马秉义三人在看到电视新闻后，几乎同时呆若木鸡。足足有几分钟，马秉义和王大毛不约而同把目光紧紧地定格在马尚义脸上，马尚义不由得冒出了虚汗。又过了几分钟，马尚义突然左右开弓地扇起了自己嘴巴。马秉义冷冷地笑了几声，抬起屁股关掉了电视机，一声不吭地走到另一个房间倒头躺下。

马秉义此刻心里像打翻了五味瓶一样不是滋味，他没想到这几年来他一直睁只眼闭只眼关照着的堂弟居然跟他离心离德，他更没有料到在他眼中谨小慎微的这个小人物如此胆大妄为。自从躲进罗马假日小区后，马秉义一直在盘算着日后的路子。说心里话，当初富民广场项目大开挖之前，他根本没有想到地下的宝贝如此之多，原本他只打算发一笔小财，在出乎意料的出土文物数量面前，他有些不知所措。当这套单元房间的文物已经成堆码放时，他明白自己的胃口已经被撑住了。他恨自己计划不周，预案太少。如果早有思想准备，他会以适当方式藏匿几件值钱玩意儿，然后高调地向政府报告地下的宝藏，那将是何等风光的名利双收。正在他绞尽脑汁寻思新的工作计划时，没想到挖掘机司机的一场争斗让形势急转直下。一桩惊天大案让公安和有关部门展开了空前的大缉捕。面对难以翻盘的局面，马秉义明白唯有三十六计走为上计。他设想着化装潜逃到边境一带，寻蛇头偷渡出去，他相信凭着自己的小脑瓜和还算说得过去的功夫，在异国他乡寻一个立足之地应当不成问题。只是他不能把自己拼着性命弄来的这些财富白白地扔掉。他想着先把这些文物永久性地藏起来，待他在国外站稳脚跟后再找合适的代理人把文物零星地转运出去。另外，三贤公司打到富民公司账上那几千万也得设法带走。在实施这些计划时，还有一个问题让马秉义心里有些纠结，那就是如何打发他的两个同伙马尚义和王大毛。一起带上，目标太大，纯粹是累赘，扔下不管又担心一旦这二人被抓，断了后路，自己将成为真正的丧家之犬。不承想在这翻江倒海的思想斗争之际，又出了马尚义吃独食这档事儿。

马秉义虽没有太多的文化，但是从他父亲那里继承了爱动脑子的习惯。别看他平日里说话做事直来直去，一介武夫的样子，但其实骨子里最瞧不起一根筋的人。面对变幻的形势，他善于及时拐弯，顺风扬帆。现在，他觉得自己处在风口浪尖上，他得好好地观察风向，确定自己的航向和目标。

忽然间，一个大胆的想法冒出来，顺着这个想法，他的脑子像一台高速运转的机器飞速旋转起来。终于，一个险中求胜的方案在脑海中形成了。

马秉义从床上爬起来，走到客厅电视机前。马尚义依然瘫软着坐在地上，等待着最严厉的处置。王大毛半躺在沙发上，手里夹着一支燃了半截的香烟，眼睛盯着马尚义，目光中流露出鄙夷和愤怒。

马秉义照着马尚义的后背踢了一脚，马尚义条件反射地站了起来。马秉义指了指房间说："你进去。"

马尚义眼中闪出几分恐惧，犹豫着没有动。马秉义给王大毛使了个眼色，王大毛抓住马尚义的肩膀，把马尚义拖进了房间。这马尚义虽说和马秉义是一脉相承的本家兄弟，但二人性格迥异，马秉义尚武好强，马尚义却自幼胆小怕事，像女孩子一样文弱，长大后又加学了个财务管理，越发一副娘儿们架势。在习武出身的马秉义、王大毛面前，马尚义犹如待宰的羊羔。

待马尚义被拖进房间，马秉义和颜悦色地对王大毛说："大毛，你先出去。"王大毛知趣地退回客厅。马秉义顺手带上了房门，然后转过头死死地盯住马尚义，几分钟没有说话。马尚义在极度的恐惧中用有些打颤的手抹了一把脸上的汗，"扑通"一声双膝跪在地上，接着就是雨点般的耳光在自己的双颊上扇了起来。扇了一阵，见马秉义没有作声，索性"呜呜"地哭起来。

马秉义坐在床沿上，待马尚义哭得差不多了，这才缓缓地问道："你说这事儿咋办？"马尚义心里明白，挖古董这行最忌有人吃独食，一旦发生这种事情，被同伙挑脚筋甚至索命都不足为怪。自己今天犯下了十恶不赦的大罪，尤其是私埋的东西让警察起获，让大家受到连累，就是把小命抵上去也说得过去，谁让他见财起意一时糊涂呢。现在一切都晚了，他只希望堂哥看在姓马的份儿上，放过他一马。

马尚义对着坐在床沿上的马秉义，使劲地在地板上磕了几个头，额头撞上地板发出的咚咚声响，分明让马秉义坐着的床板发出共鸣的颤动。马尚义擤了一把鼻涕说：“秉义哥，我是个小人，已经犯下大错，千刀万剐都由着你。可我还得给我爸我妈养老送终，求求哥看在我爸的脸面上饶我这一回。”

马秉义压低了声音说：“尚义，你干的这事羞了咱马家的先人。你要是不姓马，我今日就把你在这房间里剁碎了从马桶中冲到化粪池里去。”

马尚义听出马秉义有饶他的弦外之音，又咚咚地磕了几个响头。

马秉义嘴角露出嘲讽的笑意：“我原打算咱兄弟二人干好这一票后金盆洗手，后半辈子吃香喝辣，可惜我的如意算盘空打了。眼下的状况，我们是走不脱了，就等着公安局把我们一锅烩，后半辈子咱兄弟二人在一搭吃牢饭，也还有照应。”

马尚义一脸苦楚：“哥你本事大，办法多，就没有更好的法子了？”马秉义站起身来，走到房门边，把耳朵贴在门板上，似乎要确信门外的王大毛没有偷听，然后又坐在床沿上，伸手把跪着的马尚义拉起来。马尚义站起来活动了一下酸麻的膝盖，想坐在床沿上，又觉得不妥，就把身子往前挪了一下，一屁股坐在马秉义脚下的地板上。

马秉义又低声说：“兄弟，你真是让我恨铁不成钢，我气归气，但啥时候都不会做对不起马家祖宗的事。我原想着万一跑不脱，咱两个都把责任推到那个人身上。”马秉义把嘴朝客厅方向努了努：“可是，现在你家院子刨出了东西，你还能说这事跟你没关系？”

马尚义一脸悔愧：“哥，你说得对着哩。”

马秉义把手搭在马尚义肩膀上：“常言道识时务者为俊杰，事已至此，怕只有投案自首一条路了。”

马尚义怯怯地问：“政府能饶了我们吗？”

马秉义自言自语道：“饶了我们？蹲大狱是轻的，能保住吃饭的家伙就算是不错了。”

马尚义像泄了气的皮球一样又瘫软了。

马秉义沉思了一阵子，站起来在房间里来回踱了几圈，又坐在床沿上，目不转睛地盯着马尚义："兄弟，你看这样好不？咱二人分个工，你去投案自首，把事儿一股脑往王大毛身上推。我紧随你身后也去投案，只说啥也不知道。然后就安排人花钱打点，只要公安找不着王大毛，想给我定罪怕是有难度。至于你嘛，毕竟在你家院子里起获了赃物，你就说王大毛让你运宝贝，你临时起意，背着王大毛藏了一批东西。"

马尚义一脸疑惑："公安能信咱的话？王大毛能认账？"

马秉义说："王大毛以前贩卖文物被处理过，公安那儿王大毛有案底，让王大毛揽这事合情合理。另外，他不是本地人，我打算让他远走高飞，实在不行了就让他……"

马秉义把没有说出来的话噎了回去。马尚义急于知道马秉义的想法，轻轻地问："让他咋？"

马秉义把脚在地上跺了一下："让他在这个世界上永远消失掉！他本来就是咱马家的一条狗。"

马尚义浑身一震，吓得张开的嘴半天合不上。他只觉得脊背一阵阵发凉，手脚微微有些发颤。

马秉义又站起身来，用脚轻轻地在马尚义后背上踢了一下说："瞧你这熊样，丢了咱老马家的人。我挖空心思想着咋给你解这个局，你倒先是这稀泥巴糊不上墙面的烂巴货。你倒是振作一些，也好能让我为你做事时鼓点儿精神。"

马尚义哆嗦着嘴唇："哥，我投了案，公安局能相信？"

马秉义神色镇定："我给你安排一份大礼。等王大毛离开后，你就去投案，说这一切都是王大毛安排的，你只负责运货。随后你再把公安带到这里来，公安扣住了这些宝贝，你不就立了大功？"

"那咱们豁出命弄来的这些宝贝不要了？"

马秉义正色道："兄弟，为了你，为了咱马家，身外之物看淡些，保人要紧。"

马尚义眼中溢出了泪水。

马秉义继续说道："只要我不进去，我不相信把这事儿摆不平。这年头有钱使得鬼推磨，咱要让那些警察都乖乖地按咱们的想法办案子。"

马尚义喃喃地说道："这次赔大了，没落下钱，还得贴赔不少。"

马秉义鼻子哼了哼："反正这项目暂时也做不成了，三贤公司给我们的那笔合作资金够花一阵子的。"

调教完马尚义，马秉义走出客厅，留下马尚义一个人待在房间。看着马秉义似是一脸怒气，王大毛安慰道："大哥，你消消气，现在生气也没有用，你得赶快拿个法子。"马秉义一屁股坐在沙发上，接过王大毛递过来的香烟，狠命地抽了几口，忍不住大声地咳嗽起来。王大毛又递给马秉义一瓶矿泉水。马秉义咕咚了几口，依旧深沉地坐在沙发上不说话。一旁的王大毛焦急地看着马秉义，不停地挠着头。

也不知抽了多少烟，房间里烟雾缭绕，王大毛起身打开窗户。马秉义随口问："大毛，你看看外边好着没？"王大毛把头伸出窗户，使劲地朝四周望了望，回过头朝着马秉义不解地说："好着呢。"

马秉义叹了口气："大毛，事情闹到这步田地，我只怕警察很快就会找到这里。这里怕不能再待了。"

王大毛走到马秉义跟前："大哥，你的意思是咱跑？"

"跑？现在能跑得脱吗？你知道有多少便衣在大街小巷游荡着？"

王大毛一脸疑惑："待到这里怕被抓，跑又跑不成，那咋整？"

马秉义用拳头擂了一下膝盖，像是下定了决心一样，他示意王大毛坐在自己跟前："大毛，你我兄弟一场，虽是异姓，却比亲生的还亲，这场事尚义缺德，得让尚义受惩罚。我想着要不然咱俩先离开这里，让尚义去投案自首，把事情都揽下来，公安局把人抓住了，在这里又把赃物找到，案子也算彻底破了，人就该撤了。这时候我再冒险出去，只说我啥都不知道。凭着我人大代表的身份，总还算有个护身符。只要不关我，我一定花钱把事情摆平，等到一切都风平浪静，你再出来。万一我把事情摆不平，自己也进去了，大毛你就一个人跑吧。记着，永远不要再回这个城市。"

王大毛双手抓住马秉义的手："大哥，咋能这样？咱兄弟一场要死一块儿死，我不能一个人安生着让你去冒险。"

马秉义抽出手搭在王大毛肩膀上："兄弟甭犯傻，保一个是一个，何况你哥我也不是草包一个。"

王大毛双膝一弯跪在地板上："大哥，你对兄弟的恩情兄弟记住了。今生报不了，来生做牛做马也要报答。"

马秉义一脸的不高兴："大毛，你咋也跟马尚义这熊包学哩。男人膝下有黄金，上跪天，下跪地，中间只能跪父母。你快起来。"

王大毛说："大哥，你说啥我都认了。我王大毛就把你当再生父母。"

马秉义气呼呼地把王大毛拉起来坐在沙发上。

王大毛想想觉得有些不放心："大哥，尚义投案后不会把咱俩咬出去？"

马秉义略略思索了一下说："尚义胆子小，人不傻，把咱们咬了，对他有啥好处？没有我在外边给他上下打点，只怕是他得把牢底坐穿。"

马秉义让王大毛把马尚义从房间叫出来，三个人坐在客厅沙发上。马秉义又点着一根烟，平心静气地说道："到今天这一步，过去的事情咱就不说了，只说当下咋应对。我原来打算咱们三个人一起逃到国外去，现在看来不行了。我想咱们来个分工，尚义，你已经是板上钉钉的案犯，你就出去投案吧，然后带着警察把这些宝贝都拿去，争取一个立功的机会。只要你不乱咬我们，我随后就出去花钱替你打点，将来判个一年两年，说不定还能弄个监外执行，还有翻盘的机会。至于大毛，你是外地人，能跑就跑，过个两三年，风平浪静了，想干啥还干啥。"

见马尚义没有吭气，王大毛盯着马尚义问："尚义，你听见没有，你心里是咋想的？"

马尚义用几乎只有自己才能听见的声音说："我听秉义哥的。"

马秉义把脸扭向一边："事情能成不能成，就看你那张嘴争气不争气。"

三个人又说了一阵话，马秉义给马尚义详细交代了投案后应该注意的事项。马秉义让马尚义一定先到富民村辖区的富镇派出所去，由富镇派出所作为第一个接待马尚义投案的部门。他说富镇派出所的正副所长、正副教导员都是熟人，将来在投案自首的认定上不会出问题。

马秉义当下又决定了整体行动计划的时间顺序。马秉义和王大毛先离开，一天后马尚义去派出所投案，一周后马秉义出面。

计划已定，马秉义指点着王大毛把屋子收拾一下，这几天在房子待过的印记都得消除掉。王大毛心领神会，仔仔细细地把各个房间、厨房、卫生间统统捯饬了一遍。

第十九章

孙鸣飞走马上任有一阵子了，尽管有足够的思想准备，但新区工作的难度还是让他觉得有些吃不消。虽说市政府下属各职能部门设在新区的机构已陆续挂牌办公，但基于人事管理关系，这些新设的机构基本听命于自己的上级单位。管委会名义上是新区最高衙门，却似乎成了协调机构。这样一来，工作效率的低下程度可想而知。除了管理体系上存在的缺陷外，市政建设与原住民之间的拆迁矛盾更是让孙鸣飞伤透了脑筋。一方面，当地百姓为了迎接新区的建设，早在半年前就展开了热火朝天的“种楼”“植树”“挖井”工作，一砖到顶的三层、五层劣质楼房不为住宿，只为拆迁补偿。原来属于基本农田的耕地上一眼望不到边地栽上些“名贵”树种，就等着有人铲除时讨价还价。那些地面上星罗棋布的黑窟窿堂而皇之地在地面上架起道具一样的抽水设施，并标上主人的名字，显示着凛然不可侵犯的架势。另一方面，省市两级政府给新区的财政拨款极为有限，按主管财政的副省长的话说，新区把大片的土地纳入势力范围，等于把政府的饭碗抢走了，现如今各级政府都是土地财政，将来新区管委会是最富的衙门，现在就别指望着财政拨款了。这两头一夹，管委会就难了，上头政府明摆着让你就地取材自己解决财政问题，下头老百姓守着老祖宗留下的土地严阵以待。这真的好比既要马儿跑，又要马儿不吃草。

针对工作中的具体困难，孙鸣飞与自己的顶头上司——管委会名义上的一把手颜副省长商量。孙鸣飞提出建议，内部治理结构上争取把各部门的人事管理权交由管委会控制，实现新区行政管理上的块块化，再不济能由管委会与各上级部门实施共管，实现条块结合。对于拆迁问题，可侧重于引进社会力量，通过招商让有实力的开发商实施拆迁。颜副省长说也只有这样了，但强调关于行政管理块块问题不能违背国家大政方针，不能强求上级允许搞独立王国，另外就是依托社会力量搞拆迁不能引起群体矛盾。

孙鸣飞依旧保持着自己在雁马河开发区管委会工作时的习惯，吃住都在单位。他在办公室内用屏风隔出一个小间撑起一张床，作为自己的卧室。颜副省长几次走进孙鸣飞的办公室，没少发出感慨。有一次颜副省长调侃着说：“鸣飞，你把自己的身心全交给党，党和人民感激你，怕只怕是苦了弟妹和孩子。党有了一个好干部，弟妹没了好丈夫，孩子没了好父亲。”孙鸣飞心里一阵酸甜苦辣，苦楚地笑了笑没有作声。

让孙鸣飞感到欣慰的是自己带过来的杨昌利给了他很大的帮助。小杨在雁马河管委会工作时当了个小科长，调到新区后，孙鸣飞把他安排到管委会办公室主任的岗位上，升了一级，成为副处级。这杨昌利也是投桃报李，为报答孙主任的知遇之恩，一门心思扑在工作上，不分上班下班，领着自己的一帮下属，把管委会内部事务工作搞得井井有条。更让孙鸣飞打心眼儿里高兴的是杨昌利把自己的生活照顾得无微不至，平日办公室收拾得干净舒适不说，自己的小卧室卧具采购得齐齐全全，且还安排专人负责换洗。每到夜静时，必然有人送来茶点宵夜，这让孙鸣飞多少有了一些家的感觉。不善表露内心情感的孙鸣飞曾经情不自禁地拍着小杨肩膀说：“在管委会，就你这么一个小兄弟能让我随便一些。”

这一日，杨昌利走进孙鸣飞办公室，习惯地给孙鸣飞的茶杯中添水。见孙鸣飞正在看一份材料，偷眼瞟了一下是省公安厅的警情简报。杨昌利顺口说："孙主任，听说咱市公安局那个副局长真神，这回的文物案子破得漂亮。现在，有人给他起了个外号：'汉京福尔摩斯'。"

孙鸣飞放下简报，笑了笑没有说话。杨昌利又问："孙主任，你跟方副局长熟不熟？"

孙鸣飞先是点了点头后又摇了摇头。杨昌利在孙鸣飞脸上捕捉到一丝鄙夷的神色，就知趣地闭上了嘴巴，又在办公室四周打量了一圈，走到窗前打开窗户，看孙鸣飞又低头看材料，说了声："孙主任，您忙，有事叫我。"就转身准备离开。

孙鸣飞却抬起头叫住杨昌利说："公安局破的这个案子对我们管委会影响很大。我们作为案发地政府，不能没有表示。你安排做一面锦旗送过去。"

杨昌利问："还要不要送些礼品？"

孙鸣飞看着杨昌利，目光中有些征询意见的意思。杨昌利又说："按现在的行情，公安破了案子，发案单位或失主都得意思意思。通常就是给一些钱物，那叫赞助。"

孙鸣飞还是没有说话。

杨昌利往前凑了一步："孙主任，花些小钱，跟公安局把关系拉好，值。"

孙鸣飞长长地叹了一口气："这事情你看着办好了，金额不要太大。"

"孙主任……"杨昌利说了个开头，却又没往下说。

看着杨昌利欲言又止的样子，孙鸣飞正色道："小杨，你记着，在我面前，除了你个人隐私外，凡是与工作有关的事，你都坦坦荡荡地说给我，也不枉我对你的信任。"

杨昌利仍是吞吞吐吐："这事，跟工作有点儿关系，也可以说没关系。"

孙鸣飞有些来气："你啥时候也变得婆婆妈妈的，有啥事快说。"

杨昌利缓缓地坐在孙鸣飞办公桌前的凳子上："昨天师范大学的明教授给我打电话了。"

"明教授？就是那个明亮？"孙鸣飞放下手中的材料，"她给你打电话干什么？”

杨昌利有些无可奈何地说道：“雁马河开发区把汉京师范大学那个合作项目取消了。”

“你说什么？”孙鸣飞眉毛一扬，“那个合作项目不是上过主任办公会，定好的事情吗？难道……难道是因为我离开了雁马河区？”

“我说了您别生气。”杨昌利说，“昨天上午我接的明教授电话，说校方接到开发区通知，取消教学基地合作项目，问我您知不知道这件事情。我说孙主任已调离，肯定不知道这件事。我说让我打听一下，我随后就给那边王秘书打电话问这件事。王秘书说管委会又开了一个主任办公会，大家认为那个项目管委会赔钱赚吆喝，决策时缺少民主论证，因此决定废止与汉京师范大学的合约。”

孙鸣飞感到有些气愤：“当时开会的时候，大家都说好。管招商的梁副主任不是最积极吗？”

杨昌利说：“我问王秘书，主任办公会上是谁最坚决反对这件事，王秘书不肯说，最后好不容易套出话来，原来第一个对合作项目提出质疑的就是梁副主任，也是梁副主任坚持把这件事提交主任办公会再次讨论决定的。”

孙鸣飞情不自禁地骂了一句：“王八蛋！”

孙鸣飞端起茶杯想喝口茶，手却有些微微发颤。杨昌利连忙接过杯子，又往杯子里加了些水说道：“孙主任您别生气。我本来不想告诉您这件事，怕您分心，但又担心为这件事让您在母校丢面子。”

孙鸣飞把手掌在座椅扶手上拍了一下：“这岂是丢面子的事情，简直是耻辱。当着各界人士的面，那么隆重地搞签约仪式，现在说不干就不干了，我们不成骗子了吗？不行，这事儿得想个办法。”

杨昌利双手把茶杯递给孙鸣飞：“孙主任，您消消气，这事儿得从长计议。依我看，雁马河管委会肯定有人做小动作，说不定就是给您难看的。如果这时候我们跟那些小人一般见识，保不准正中他们下怀。”

孙鸣飞用手指头敲着桌面，依然激愤难平：“那你说这事儿咋收场，我咋跟母校的老师和同学们解释？”

“这未必是完全的坏事，”杨昌利说，“汉京师范大学是全国的名牌院校，在哪里落户是哪里的福气。有道是没有梧桐树，哪得凤凰来。雁马河开发区离开了您，一帮蠢材当政，不明白这个道理，出了昏招儿，我们何不借这个机会把那个基地招到新区来，做大做强？一来学校那边气势更壮，二来我们新区也会增色，岂不两全其美。”

孙鸣飞脸上有些不悦：“我在雁马河开发区时把项目招到雁马河，我调到汉京新区再把项目带到这边，难道搞成家天下不成？好好的一个科研合作项目，成了我以权谋私的笑柄。”

杨昌利有些惶恐：“孙主任您想得周到，我只是想着把这事儿处理好。”

孙鸣飞却又缓缓地说道：“你说的话也未见得不对。搞好本职工作是我的天职，也是我的本能。既然那帮人鼠目寸光，不妨我们引到这边来。只是这种断人后路的做法难免让人有些恶心。”

杨昌利见孙鸣飞采纳了自己的意见，赶忙献言：“现在只需要跟汉京师范大学那边做好解释，倒不如说您一直操心惦记着这个项目，恨不得把项目放在更大的平台汉京新区上做大做强，雁马河管委会为了促成项目入户汉京新区，故意取消了合作。”

孙鸣飞自言自语道：“只怕是太过牵强了。”

待杨昌利离开后，孙鸣飞翻开笔记本，找出了明亮教授的电话。明亮的电话号码一直被孙鸣飞记在醒目的位置。自从母校聚会之后，他有若干次想打这个电话，但却没有拨出去。与其说他不知道拨通电话后该说什么，不如说他自己没有拨电话的勇气。提起这位女教授，他心里总有一种异样的感觉，他曾无数次地回味女教授在签约仪式上的一言一行，大方得体的言谈，温文尔雅的举止，无一不在他的脑海中留下深深的印记。多少年来，孙鸣飞一心扑在工作上，早把儿女情长抛在九霄云外。这半辈子他只狂热地爱过一个女人，那就是当年委婉地拒绝了他的姚丽霞。与李红艳的结合，更像是完成一项索然无味的人生任务。在工作单位，面对成群的女下属，他从来没有用异性的眼光去注意任何一个人，尽管他也经常感受到某双眼睛发送的秋波，但却总是以合适的方式发出凛然不可侵犯的回应。他知道下属们说他不食人间烟火，可他不气不恼，他认为领导干部就应当这样。而那次与明教授的邂逅，却似乎唤醒了心底里尘封多年的对女性的欣赏。好长一段时间，连他自己对自己的心理状态都觉得无法理解。他后来想着也许是在那一方曾经燃烧过激情的象牙塔里，触景生情，本能被激活了。聚会结束后，每次有给明教授打电话的冲动时，孙鸣飞脑海里都会有一场激烈的思想斗争。一方面他想感受那种让他陶醉的情绪，哪怕是聆听几句让他愉悦的话语；一方面他又告诫自己冲动是魔鬼，放纵是毁灭的开始，一旦擦出火花，也许自己前半生摸爬滚打拼死拼活挣来的一切都将不复存在。孙鸣飞现在是个极为理性的人，理智的堤坝永远不会被冲动冲溃。几个月时间，他没有给明教授打过电话，而那位明教授虽在那天聚会时与孙学长一见如故，亲热有加，并且互相记了电话，但在其后也好像忘了有这档子事儿。

而今天的情况不同。堂堂的孙大主任在众目睽睽之下为母校献上的大礼，被一风吹了。这个笑话也许不几天就会传遍整个校园，再通过遍布社会各个角落的昔日学子们传遍社会。有头有脸的孙鸣飞绝不能容忍这种情形发生，他必须采取措施消除影响。可冷静地想一想，自己已经离开雁马河开发区，虽说职务升迁了，可汉京新区与雁马河开发区互无隶属关系，他已无力干预雁马河开发区的事务。如果自己舰着脸去求那几个昔日唯他马首是瞻的货色，无异于告诉别人这个项目本就是他孙鸣飞以权谋私的证明。不能！他绝不能自取其辱，自送把柄。再想一想，其实小杨说的办法未必不是一条路子，可这需要时间，需要设计运作，更需要母校的理解。眼下当务之急，是学校方面平静地面对雁马河开发区管委会的态度，以豁达的姿态给孙鸣飞提供补救的机会。这一切，又必须通过明教授来实施。今天的电话是不打不行了。

手机铃声仅仅响了一声就传出一阵忙音，接着是那句千篇一律的提示语："您所拨打的电话正在通话中，请您稍后再拨。"孙鸣飞心里一沉："拒绝接我的电话？"他脑海里像开了锅，翻腾不已。过去有给明教授打电话冲动的时候，他曾不止一次地想象着那位女教授接到电话的神态，他坚信她至少会流露出惊喜的语气。他也想过无人接听或忙音占线或关机，但唯独没有想过会有掐断电话的情形。难道就因为雁马河开发区管委会那一帮现任该死的毁约行为，明教授迁怒于自己，连电话也不接了？如果真是这样，也枉费了孙鸣飞心底深处对她的那一份敬重和欣赏。

孙鸣飞怔怔地坐在椅子上，心潮起伏。

手机铃声突然一阵紧接一阵地响了起来。孙鸣飞抓起手机一看，正是那位明亮教授的电话。他抬头看了一下墙上的挂钟，距离他拨打电话的时间刚好十分钟。孙鸣飞抑制着“咚咚”的心跳，端起杯子喝了一口水，尽量让自己的心绪平静下来，直到电话铃声响了有七八下，他才摁压了接听键。

“是孙学长吗？我是汉京师范的明亮。”虽不响亮又略带沙哑却富有磁性的柔美腔调，让孙鸣飞眼前立刻浮现出那一副端庄、娇媚、活力无限的身影。

孙鸣飞控制着自己的音量，沉稳地说道：“我是孙鸣飞，难得能与你明大教授通个电话。刚才给你打电话，被你掐断了，我这会儿正寻思着敢不敢再给你拨第二个电话。”

那边明亮笑道：“学长您果真是生气了，刚才我正站在讲台上给学生们上课。您不知道，上课不准接电话，是我们学校铁的纪律。谁胆敢犯规，有好事的学生投诉，老师可就惨了，轻则诫勉谈话，重者全校通报。刚才一看到是您电话，我就没心思再讲下去了。这不我找了个理由，提前十几分钟下课。这会儿正站在教学楼楼顶阳台上给您打电话呢。”

明亮一通连珠炮似的解释，顷刻间让孙鸣飞心中的阴霾烟消云散，他把声音提高了几度：“瞧你说的，我哪能那么小家子气，我知道你们多有不便，只是拿不准给你打电话的时间。”

明亮说：“什么时候都可以。我一周只有十个课时，您算算能占到多大比例？今天这种情况实在是碰巧了。”

孙鸣飞觉得第一次通话不宜过多闲聊，遂清了一下嗓子说道：“明教授，今天小杨把情况给我说了，我想跟你解释一下。”

不待孙鸣飞一句话说完，那边抢过话头：“学长您千万别纠结，这事儿再正常不过，人走茶凉到哪里都一样，何况还有那个梁副主任作梗。”

“梁副主任？”孙鸣飞有些纳闷儿明亮怎么知道管委会内部的情况，正想再问，却听见明亮那边轻松地笑着：“好啦好啦，我给杨科长打电话，也就是想让您知道这件事儿没什么大不了的，学校少一个教学基地影响不了啥。作为我个人来说，能有机会跟学长您沟通，就挺开心的。”

明亮的话，让孙鸣飞一时不知道说什么好。他本想给明亮解释一下有些事情是不以他的意志为转移的，也想提示一下其实他调到汉京新区以后，有些事会更好做一些，但明亮的大方与豁达反倒让他觉得气短。

感觉到孙鸣飞的沉默，明亮又说道：“学长，是我说错话了吗？我是真心的。”

孙鸣飞突然觉得脑子一片空白，嘴巴不听大脑指挥地冒出一句：“明教授，我想见你一面。”

“好啊，什么时候，什么地点，我随时恭候学长的召唤。”

孙鸣飞回过神来，觉得刚才失言了，却不料明亮大方地接上了茬儿，脑子里又飞速旋转起来。

那边明亮又说道：“您是学长，理当我先敬您。您要今天有时间，下午下班后我在西城巷子那家新开的明亮咖啡馆等您。”

“明亮咖啡馆？”

“对，跟我同名。”

孙鸣飞竟然含含糊糊地答应下来。

放下手机，孙鸣飞心里又一阵翻腾。这个明教授，不仅潇洒漂亮，说起话来也似乎有一种强大的磁场，尽管相互之间只有通信电波连接着，但孙鸣飞似乎被明亮导引着思维和对话。他原本想解释和开导一番，却不承想自己反倒像一个受屈的小男孩一样接受了姐姐般的慰藉。他心里明白，就这么一个电话，已经宣示了自己的内心远不及明亮强大。

西城巷子是近年来自发形成的咖啡一条街，那里聚集着不下十家各类咖啡馆和茶舍。最初多为文化人扎堆的场所，字画界的人谈书法、论画技，文艺界的人以文会友，再后来，演艺界的演员占据了半壁江山。久而久之，西城巷子成了休闲的代名词，文人们多日不见会说一句“好久不去西城巷子了”。这明亮一下子提出去西城巷子，说明她是个很有生活品位的人。孙鸣飞又琢磨着明亮咖啡馆这个名字，难道这个咖啡馆是明亮自己开的？如果真是那样，这个女教授可就不是一般人了。

下午的时间过得很漫长。

尽管办公桌上堆着一大摞急等孙鸣飞审阅和签批的文件，但孙鸣飞却实在静不下心来处理那些千篇一律、却又不得不认认真真签注意见的公文。他不停地抬头看墙上的挂钟，往日只恨走得太快的时针今天却像有意和孙鸣飞闹别扭，懒洋洋地磨着洋工。无聊之际，他顺手拿起前阵子顾不上细看的那张《西部日报》，上边有姚丽霞署名的为公安局歌功颂德的那篇文章。他漫不经心地浏览着。当看到描述方鸣副局长不放过任何蛛丝马迹，凭细微观察加智慧分析果断决定在红豆杉树下挖土寻赃那一段时，他不禁笑了。对这个方鸣，孙鸣飞可以说除了厌恶再没有别的感觉。当年这家伙为了讨好韩浩平企图把自己和白川送进大狱，最终又威胁自己背弃良心出卖白川。这样的坏人心里装着的只有个人利益，哪能把精力放在钻研业务上。孙鸣飞坚信，方鸣的事迹，要不是贪他人之功据为己有，就必然是瞎猫碰个死耗子。他同时又觉得姚丽霞好笑，为这样的人鼓唇唱赞歌，实在是有些丢份儿。他心里想，如果姚丽霞知道自己笔下的这个英雄，当年曾编造事实罗织罪名差点儿让她丈夫发配千里之外劳改，不知还会不会把稿子发出来。

挨到下午五点半，孙鸣飞起身收拾桌上的东西准备出发。他走到穿衣镜前仔细打量了一下自己的装束，忽然觉得自己的衣服有些不太合适。这几年孙鸣飞除了工作以外，社交活动多是参加各类会议或论坛，一身西装包打天下。而今天，自己的约会绝不能定性为公务活动，再说他去的地方也似乎不是商务谈判的场所，这身古板的行头难免会被人看作异类。另外，他也不想给那位明教授留下一成不变的官场形象，他得让自己显得随意一些。他心里想着，就走到自己的卧室小间，想寻一件便装穿上。可让他难堪的是，翻遍备用的几件衣服，却没有一件中意的外套，要不然是款式陈旧，要不然是季节不宜。他甚至找出了一套已有几年不曾上身的中山装。他把那些认为可做选择的衣服拿到穿衣镜前逐件试着套在身上，却没有称心的。他这时才感觉有点儿悲哀，一个经常被人前呼后拥的堂堂厅局级干部，背后却没有一个知冷知热体贴他的人。他索性把刚刚脱下的外套又穿到身上，心想大不了见着明亮自嘲一下自己缺少生活情趣就行了。

正在孙鸣飞收拾摊开的那些旧衣服时，门外响起了敲门声。孙鸣飞随口喊了一声“请进”，却是办公室主任杨昌利走进来。这杨昌利一看孙主任正在鼓捣旧衣服，忙问：“主任您这是干啥，是给灾区捐献衣服吗？”

孙鸣飞不把杨昌利当外人，不无嘲弄地说：“我还等着别人给我捐衣服哩。这不整天老虎下山一张皮，出门想找件合适的便装都没有。活到这份儿上，也够窝囊的。”

杨昌利摸着后脑勺问：“主任，您是要去见朋友？”

孙鸣飞说：“我又没把自己卖给公家。见朋友不行吗？”

杨昌利说声“主任您等一下”，转身出了门，不消两三分钟时间，又返回身，手里拿着两件包装未开封的衣服说：“主任，您试试这两件衣服。”边说边打开包装。

孙鸣飞一看是两件夹克衫，一件铁锈红色的，一件藏蓝色的。孙鸣飞迟疑地把其中一件套在身上，却正好不长不短肥瘦适中。

杨昌利说：“主任，您穿着黑裤子，配这件铁锈红的上衣显得活泼一些，那件藏蓝色的配条浅色的裤子会更合适。”

孙鸣飞问道：“这是谁的衣服？这个人体型和我差不多。既然还没有开封，就把这件留给我。回头我把钱给你，让人家再买一件。”

杨昌利走到孙鸣飞身后帮着整了整衣领说：“主任，瞧您说的，这就是给您买的。礼拜天我跟媳妇上街，让媳妇给我参谋，照您的身高和体形买下的。媳妇说这是今年刚上市的流行款式。”

孙鸣飞心里稍稍一热：“你咋想起来给我买衣服？”

杨昌利不好意思地低下头：“主任，您整日一门心思扑在工作上，全不把自己的生活当回事。你看人家那些领导们，八小时之内轻松工作，八小时之外潇洒享受。我见过一个厅官，人家专车后边的行李箱中光鞋子就有十多双，有跑步鞋、登山鞋、网球鞋、旅游鞋、懒汉鞋，看得人眼花缭乱，人家说这就是生活的品位。而主任您整日一身西装，八小时之外八小时之内一个状态，让人看着真心酸。我就想着给您买件衣服，您也应当有属于自己的休闲生活。”

听着杨昌利的话，孙鸣飞半晌没有作声。

杨昌利以为孙鸣飞不高兴，忙又解释：“主任，我眼光短浅，说得不对您千万别生气。说一千道一万还是工作重要。”

孙鸣飞若有所思地摇了摇头，叹了口气说道：“小杨你说得对，我的确是个除了工作再一无是处的窝囊废。”

杨昌利显出几分惶恐：“主任，您千万别这么说。现在像您这样心思全用在工作上的好干部实在是太少了，管委会要不是您撑着，没准早乱成一锅粥了。”

孙鸣飞自言自语道：“铁打的衙门，流水的官，这世界离开谁都照样好好的。”

孙鸣飞又突然想起什么似的在衣服上寻找一番。

杨昌利问：“主任您找什么？”

孙鸣飞说：“我看看商标。这衣服多少钱，我把钱给你。”

杨昌利声音有些发颤：“主任，您说哪里话。这是小杨一片心意，咋能提钱呢。您像待亲兄弟一样待我，我一辈子也报答不了您的恩情。”

看到杨昌利真的动情了，孙鸣飞把手搭在杨昌利肩膀上用力按了按。杨昌利的眼睛立时有些湿润。

晚上七点半，天还没有完全黑下来。秋天的季节，对城里人来说，基本没有视觉上的大变化，看不见大片的绿色海洋日渐枯萎，也看不见挂在枝头的累累果实，唯一能感受到的是气温一天天变凉了，白日一天天变短了。几场秋雨之后，让汉京人烦躁不已的闷热天气已消失得无影无踪。一阵轻风刮过，已有一些凉意。街道上除了爱美的俊男靓女依旧是短袖短裙外，大部分人已经套上了外套。孙鸣飞穿着杨昌利送他的那件铁锈红夹克衫，毫不起眼地走在西城巷子的巷道上。这个地方孙鸣飞第一次光顾，巷子的布局和店面的陈设多少让他有些新奇感。与其他地方市政建设不同的是，这里的巷道地面不是用柏油和水泥铺成的，而是由清一色的蓝色方砖拼接成各种纹饰，显出古色古香的气息。巷道口一个仿古式的仪门，门头雕梁画栋，威严中显出几分滑稽。仪门内巷子两边是错落有致的店面，临街的墙面也是清一色的灰砖，细看却是在水泥墙面上描画出来的，多少有些不伦不类。家家户户的店面都挂着小旗子，不少店家还挂着一串一串的红灯笼。行走在巷道的孙鸣飞突然有一种穿越的感觉，这与电视电影中旧时代的灯红酒绿的场面何其相似。

明亮咖啡馆的门脸不算太大，一个传统的两开扇门明显是那种故意做旧的样子。木门框两边蹲着两尊小青石狮子，倒真像是淘来的古董。进门后却看不见厅堂，而是直直的一道木楼梯直通二楼。原来营业厅设在二楼，街面上的门脸仅仅算是楼梯出入口。顺着楼梯拾阶而上，楼道两边的墙壁上缀着某些时期的生活画作，其中不乏艺术大师的复制品。而最引人注目的是每一幅画作旁边都配有一首小诗，读起来清爽可人。一幅大约是民国装束的女子摇纺车图，图边一首诗写道：

你生就一双天足，
叹命运不济。
纺车吱吱摇起，
摇出整整一个世纪。

孙鸣飞心想，这家咖啡馆的老板应当是个有品位的文化人。

上了二楼，果然好雅致。营业厅面积说大不大，说小也不算小，面积也就四五百平方米。柔和的灯光下很艺术地排着十几个卡座，相互之间用仿真的绿色植物隔开来。家具是咖啡色的仿古式样，与传统的小格子窗户浑然一体。营业厅正中间是一个小假山，假山四周一圈流动的水，又有一部小水车不停地旋转，带动着水流哗哗地响着，似有人间仙境的感觉。

咖啡馆吧台设在二楼楼梯口上。一见孙鸣飞上来，一个门迎模样的女子轻盈盈走上前来鞠了一个躬，慢声慢语地问：“先生是不是姓孙？”

孙鸣飞一惊，忙问：“你怎么知道我姓孙？”

女子莞尔一笑：“明老师有交代，晚间有一个姓孙的贵客。我猜就是您。”

“明老师在哪里？”

女子用目光示意孙鸣飞跟着自己，然后把孙鸣飞带到了靠窗户的一个双人卡座上。孙鸣飞看见桌上放着一个用过的小杯子，心想明亮可能已经来了，就下意识地朝四周望了望。

善解人意的服务员又轻声说道：“先生您稍坐，明老师一直在这里等着您，刚刚上卫生间了。”

孙鸣飞很绅士地坐下来。

未几，明亮从远处走过来。

孙鸣飞只觉得眼前一亮，这个曾经在孙鸣飞脑海中留下深刻印象的女人，今天完全是另外一番装束，盘在头上的发髻已经解开，乌亮的头发像瀑布一样垂下来，那张好看的瓜子脸，在两片若隐若现的雀斑的映衬下，更显出了一种魅力无穷的古典美，一袭紫色的连衣裙让她浑身透出既不妖媚却又成熟的少妇气息。

看见孙鸣飞，明亮兴奋地两只手合在一起，加快脚步走过来。孙鸣飞抑制着心跳，站起来迎着明亮，伸出了右手。两个人的手握在一起，孙鸣飞分明感觉到掌心女人的手柔弱娇软，凉凉的，像抓住一块

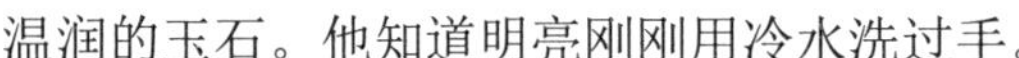

温润的玉石。他知道明亮刚刚用冷水洗过手。

“看到您真高兴，我可亲可敬的学长。”明亮说，“有机会跟您独处，我知道机会难得。”

孙鸣飞笑着说：“我的明大教授，不愧是搞过诗歌创作，说起话来都像是作诗一样。”

明亮说：“学长过奖，我知道您忙，不像我们在学校的人，上完课天王老子都管不住。您可是做大事的，操大心的。”

两个人坐定，明亮大方地盯着孙鸣飞，脸上笑眯眯的。

孙鸣飞反倒有些局促不安，突然冒出了一句自己也觉得不太得体的话：“你这样子真漂亮。”

明亮咯咯地笑了起来：“学长真会拿我开涮。半老徐娘的女人了，哪里还能和漂亮联系起来。只要不丑得让人嫌弃，学妹就挺开心的。”

孙鸣飞说：“明教授的漂亮是让人肃然起敬的漂亮。你身上高贵的气质，只怕是让一般的女人望尘莫及。”

孙鸣飞说这话时，心里忽然就想起了李红艳。那个在法律上属于自己妻子的女人，的确也长得周正，可浑身上下却透出一种俗气。他现在称赞明亮，是打心眼儿里说实话。

明亮依然笑眯眯地说：“学长的这件夹克不错，颜色和款式真适合学长。这是今年刚上市的进口货圣大保罗。看得出学长是个很有生活品位的人。”

孙鸣飞一边心里暗暗吃惊，原来这明亮不单是个文化人，对消费也这么内行，一边又想着小杨买这件衣服不知花了多少钱。嘴里却是词不达意地说：“随性惯了，让明教授见笑。”

一个服务生站在桌前轻声问道：“明老师，来点儿什么？”

明亮突然醒悟过来：“学长，见到您光顾着高兴了，傻傻地忘了问您要用点儿什么。您吃过晚饭没有？这里有简餐，中式、西式、日式的都有。”

孙鸣飞觉得在这种环境下，当着一个可人的异性埋头吃饭，似乎有些不雅，遂说：“我平常晚间不太吃东西，这会儿也不饿，喝点儿什么就行了。”

明亮也不勉强，随手拿起桌上的咖啡单递给孙鸣飞：“学长，您看看哪一款适合您？”

孙鸣飞接过咖啡单，那一串串莫名其妙的名字让他不知就里，再一看后边的价格，更是高得唬人，每一杯都超过百元。孙鸣飞装着漫不经心地浏览了一眼说道：“明教授你是有品位的人，干脆点个你喜欢的，也好让我对你有个深入的了解。”

明亮说：“学长既是这么客气，那就恭敬不如从命了。”转过脸对服务生说：“来两杯法国‘雪中美人’就好了。”

“这里的服务员好像跟你都挺熟的？”孙鸣飞想起服务生提到明老师时的神态，“他们都管你叫明老师。”

明亮说：“这是我一个特别要好的闺蜜开起来的。从筹划到开张，我一手帮她。到后来我连名字都借给她用了。至于这里的服务员嘛，不瞒学长您，大部分都是我的学生。您知道我是教应用文学的，搞应用的离不开社会实践。我让学生们到这里来，一是早早地出来跟社会接轨，二是也算搞点儿勤工俭学。”

孙鸣飞恍然大悟：“原来是这样，明教授你可真是个好老师啊，能在你跟前当学生，也是福分。”

两杯咖啡端上桌来。孙鸣飞定睛一看，玻璃杯子里装着大约三百毫升的酱色液体，有三分之一的部分是漂浮的沫子。他心里想着可能就是因了这沫子与颜色，起了个洋名叫法国“雪中美人”吧。孙鸣飞端起杯子，习惯性地凑到鼻子下方，一股淡淡的苦香随着蒸腾的热气进入他的鼻孔，让他平添了一种莫名的兴奋感。孙鸣飞小呷了一口，除了焦苦味道，再没有什么特别的感觉。他不经意地皱了皱眉头，把杯子放回到桌面上。

明亮似乎一直在观察着孙鸣飞的每一个动作细节，待孙鸣飞咽下那口咖啡，才轻轻地问道：“学长喝咖啡不加点儿糖？”

其实孙鸣飞没有喝咖啡的习惯，他刚才闻咖啡喝咖啡的动作，纯粹是沿袭喝茶的习惯。孙鸣飞不好直接回答明亮的话，嘴里含混地嗯了一声，点了点头。

明亮说：“我跟学长一样，喝咖啡从来不放糖。我喜欢这种质朴的苦味，苦得甘醇，苦得清香，关键是苦得恰到好处。要不然人们说起味道的种类时，会说苦辣酸甜，能把苦放在第一位，说明苦比甜对人更重要。”

孙鸣飞笑着说：“你懂得生活，诗意的生活。”

孙鸣飞记着今天约会的由头，为了在初次往来中保持自己的形象，他觉得应当恰到好处地进入正题：“明教授，雁马河管委会单方取消合作项目的事儿，我是今天刚刚知道消息的，让人有点儿……”孙鸣飞略顿了一下，他思量该用“遗憾”之类的外交辞令，还是该用“生气”这种表达感情色彩的词语。

明亮莞尔一笑，接过话头：“让人觉得顺理成章。”

孙鸣飞眉毛一扬：“明教授，这话咋讲？”

明亮说：“办教学基地，本就是学长回馈母校的一份礼物。有学长在，这份礼品就能实实在在地送出去，学长不在，就难有人落实了。所以说到合作，其实是母校跟学长之间的纽带连接，何况……何况您原来的那位副手梁副主任又从中作梗。”

孙鸣飞不明白明亮为什么知道管委会的决策内幕，他也很想了解那位梁副主任在这件事前后过程中出尔反尔的真实原因：“你能告诉我梁副主任反对这件事儿的来由吗？”

明亮答道：“说来怪没意思。梁副主任的公子在北京一所二流大学读书，谈了个女朋友，那女娃找门子想到咱们学校就业。后来学校派人去北京外调，了解到那女娃就不是正经做学问的坯子，上学时闹多角恋爱，搞得几个男生大打出手，梁副主任的公子就是打架时胜出的那一位，为这事儿北京那所学校还给梁公子一个严重警告的处分。您说这样的祸水咱们学校敢招惹吗？梁副主任后来又找人给学校说情，并且提到在雁马河开发区建教学基地的事。学校人事处跟我了解过，后来学校还是拒绝接收那个女娃，我就知道咱们教学基地这件事儿悬了。”

孙鸣飞嘘了一口气：“原来是这样。”他想起自己在雁马河管委会任上的时候，梁副主任也算是任劳任怨、兢兢业业。心想这人不可貌相，谁知道这家伙骨子里狭隘、自私到了极点。

看到孙鸣飞为了这事心里纠结，明亮反倒开导起孙鸣飞来：“这事儿夏老师知道后开始有些想不通，我给他讲了这个道理。我说孙学长现在调到新区，官升了，管的事更大了，将来给母校奉献的能力更强了。我们没必要抱残守缺，以后更好的机会有的是。夏老师又让我联系您，叮咛不要为这事再闹得满城风雨，不搞就不搞了，不要给您添麻烦，也不要给学校脸上抹黑。”

孙鸣飞想起夏教授和蔼可亲的形象，心里暖暖的。

明亮三言两语几句话，让孙鸣飞感觉到一切解释都显得多余。来前他心里反复揣摩着事情的善后方案，尤其是不能让母校对自己产生不诚不信的感觉。现在看来，这位清纯可人的学妹，除了形象上有风度，内心也极善良，关键是善解人意，处事得法。孙鸣飞打心眼儿里感激：“这事儿放了空炮，怪丢人的，多亏了你周旋。”

明亮说：“放空炮是预演，以后自然就是实弹。”

“我该怎么感谢你？”孙鸣飞半开玩笑半认真地问道。

明亮歪了一下头，做了个俏皮的表情：“您说呢？”

孙鸣飞稍稍想了一下：“改天我请你吃大餐。”

明亮摇了摇头：“只要学长愿意跟我来往就行。”

孙鸣飞一时不知说什么好。没想到明亮灿烂的表情却慢慢地暗淡下来，不知不觉地两行泪水顺着脸颊滚落下去。

“让您笑话了。”自知失态的明亮破涕为笑，“想起了伤心事儿，忍不住就要落泪，我这人就这点不好。学长您千万别计较。”

孙鸣飞心里有些不解，想问问明亮有啥伤心事，又怕惹起明亮更大的悲伤。不问吧，又似乎少些怜香惜玉的男子汉风度。

明亮大概猜到了孙鸣飞的心态，轻轻地问道：“学长心里一定想知道我为什么会伤心？”

孙鸣飞没有说话，眼中流露出柔柔的关切。

“我原来有个哥哥，比我大五岁。”明亮看了看孙鸣飞，苦笑了一

下，“他应当和你一般大，他叫明飞，跟你叫了一个名字。”

孙鸣飞一惊，怪不得他第一次见到明亮时，就觉得明亮对他有些异样的关注。

明亮又缓缓地说道：“可惜他死了。在我七岁的时候，也就是他十二岁的时候。”

孙鸣飞心里一震，不由得替明亮感到伤心。他把身子往前倾了倾，又递给明亮几张纸巾。

明亮继续说道：“在我的记忆里，哥哥是我在这个世界上最亲最亲的人，我是哥哥在怀里抱大的。那时候父母忙，把我扔给哥哥，一直到我上幼儿园，哥哥都是上学前先送我，放学后又去接我。”

明亮的眼泪不断地涌出来。孙鸣飞似乎也回到了儿时大山中那个几乎与世隔绝的军工厂。

“七岁我上小学一年级，哥哥已经升到初中一年级，我这下子跟哥哥在同一个学校，也不用哥哥每天去幼儿园接我了。每天上学放学我们就在一起。那一年的冬天，离放寒假就剩几天时间，晚上突然下了一场大雪，第二天一出门，一片银白色的世界，我高兴得又蹦又跳。马路上的雪被汽车碾轧后结成了冰溜子。我学着别家孩子的样子，小跑一下后像滑冰一样任由双脚在冰面上滑出去老远。我压根儿没有意识到这种危险的动作有多可怕，当我背后一辆汽车呼啸着朝我撞来时，我仍然浑然不觉。让我一辈子也忘不掉的是哥哥那一声尖叫，随后我被哥哥推出去老远摔倒了。当我回过神来，我哥哥已躺在冰冷的雪地上，殷红的血从他的头上冒出来，一大片雪地染得通红……”

沉溺在痛彻心扉般回忆中的明亮显得有些不能自已，她抽抽噎噎地啜泣着，忍不住肩膀上下起伏地抖动着，双手捂住脸，任由泪水从指缝中溢出来。

从吃惊中缓过神来的孙鸣飞有些不知所措。他呆若木鸡地坐着，不知道该用什么样的行动，抑或是什么样的言语，安慰眼前这位半生以来隐忍着巨大悲痛的可怜女子。平心而论，长居官位的孙鸣飞，见惯了矫揉造作的女性。他厌恶那些出于功利目的，在异性上司面前取巧卖乖的女人。而今天这一幕，却从灵魂深处让孙鸣飞产生了震撼。他突然有一种强烈的冲动，想把明亮搂在怀里，真正像哥哥一样抚摸着她的头发，把嘴凑在她的耳边，喃喃地安慰她忘记过去，珍惜眼前这美好的生活。

许久，明亮抬起头，看着孙鸣飞苦笑了一下，站起身来向卫生间走去。几分钟时间，她又返回身来。孙鸣飞眼前的明亮，依旧是楚楚动人的样子，显然是洗去了泪痕，补了淡妆。

坐下后，明亮有些抱歉地说："对不起学长，第一次单独见您，就说这些不开心的话。您别介意，更别生气。"

孙鸣飞半晌没有说话，看着明亮，眼神中分明流露出几许怜爱。

明亮心里一热，声音有些发颤地问道："学长，我可以叫您一声哥哥吗？"

孙鸣飞双眼微微一闭，几滴泪珠从眼眶中滚落下来，他轻轻地却又坚定地点了几下头。

"哥哥！"明亮带着哭腔从喉咙里迸发出热辣辣的呼唤，随即又伸出双手，隔着桌子抓着孙鸣飞的一只手，孙鸣飞另一只手也凑过来。四只手紧紧地握在一起。

第二十章

“八一三”重案主犯之一马尚义投案自首的消息很快报到方鸣跟前，方鸣指示突击审讯，务必从马尚义嘴里挖出案件的所有细节，尤其是赃物的去向。又过了半天时间，审讯信息传过来，马尚义交代盗挖古墓的主谋和全程指挥头目是一个叫王大毛的山东人。关键是马尚义供出了王大毛赃物的存放地点，在本市罗马假日小区一个单元住宅内。专案人员请示方副局长是否立即出动警力按照马尚义提供的地点抓捕王大毛，起获赃物。闻讯的方鸣又一次欣喜若狂，他没有想到一切来得如此顺利。这样一来，案件的破获进度比上级要求远远提前了很多。现在既然已经知道了赃物藏匿地点，当然要立即起获赃物。

方鸣判断，既然主犯是山东人王大毛，那王大毛安排的赃物藏匿地点中，赃物数量一定会更多，很可能马尚义家院子里的红豆杉树下的埋藏物只是极小一部分。另外，如果主犯王大毛还守着他的宝贝，很难排除他手头有枪支之类的武器，一定要防止王大毛狗急跳墙做垂死反抗。想到这里，方鸣把专案组几个骨干人员叫到办公室，通报了案件最新进展情况，制订了行动方案，又当即决定抽调一个中队的武警配合行动。末了，方鸣又叮咛通知市局宣传部门，带上摄像机和照相机，务必把整个行动过程记录下来。

按照方副局长的部署安排，行动组全体人员统一着便装，分乘几辆无警用标志的汽车先行到达罗马假日小区周围。武警在距离现场一百多米远的一家工厂院子严阵以待听候命令。方鸣亲自挂帅，乘坐一辆民用中型面包车作为指挥车辆。各方人员就位后，方鸣让办案人员把马尚义提到指挥车辆上来。

马尚义的到来，是方鸣亲自安排的。他翻阅了审讯记录，知道这个王大毛是习武之身，难免穷凶极恶，为了减少不必要的牺牲，他决定以智取为主。既然马尚义是自动投案的，必然立功心切，他就决定让马尚义装作无事敲开房门，然后由干警伺机干净利落地实施抓捕。

马尚义被带到方鸣乘坐的面包车里时，方鸣不觉有些哑然失笑。这哪里是一个江洋大盗，一米六不到的个头，麻秆一样的两条腿支着随时像要被风吹倒的身子，小鼻子小眼睛胡乱地摆布在刀把般的瘦脸上，好长时间没理的头发像一堆乱麻一样罩在头顶，佝偻着腰站在车厢里，活脱脱像一只大虾米。方鸣威严地咳嗽了一声，用眼神示意马尚义坐在座椅上。

一旁押解的警察说：“马尚义，我们市局方副局长跟你说话，你要珍惜机会，老老实实。”

马尚义把头点得像鸡啄米一样，嘴里唯唯诺诺地应承着。

方鸣的目光像两道利剑一样射向马尚义，半晌没说话，直看得马尚义两条腿微微发颤。看着火候差不多了，方鸣一字一顿地说：“马尚义，你立功的时候到了。顺利查获赃物，抓住王大毛，公安局给你出立功证明，让法院对你宽大处理。”稍停了一下，方鸣又用鼻子哼了一声：“你要敢耍花招，死路一条。必要时，我们可以当场击毙你。”

马尚义嘴巴嗫嚅着想说话却没有发出声音。方鸣脸色缓和了一些问道：“你还有啥话要说？”

马尚义用几乎听不见的声音问道：“要是抓不住王大毛，我能算立功吗？”

方鸣沉思了一下说道：“抓不住王大毛，截获赃物，也算。”

两个便衣警察腰上掖着上了膛的手枪，一左一右夹着马尚义走进那栋大楼。方鸣手持高倍警用望远镜，目送三个人的身影消失在楼门口。

时间一分一秒过去，方鸣的手心里微微有些出汗。从警二十多年时间，方鸣经历了无数次惊心动魄的武装行动，也算是出生入死，屡建奇功。他有多个战友壮烈地倒在凶犯的枪口或利刃下，有些就是在他身边牺牲的。现在他已经身居要位，不需要提着脑袋冲在最危险的第一线，但他作为指挥官，肩上的担子依然很重，他要尽量避免下属的流血牺牲，他要尽力保证整个战役漂亮完胜。

终于，指挥车中的对讲机里传来急促却又轻松的喊话声："001—001—，1103 房门已打开，人没有发现，东西在。"

001 是专案组里方鸣的代号。方鸣一听"东西在"三个字，知道赃物已经查获，心里又是一阵高兴，对着对讲机镇定地喊道："001 听见。控制好现场，保持原貌，我马上就到。"

方鸣指挥待命的全体武警赶过来，在大楼四周布置好警戒，以确保这批国家级文物的安全。又让市局宣传部通知省市主要媒体，尤其是省、市电视台，可以现场采访。布置已毕，方鸣一挥手，神情刚毅地走下车来，站在一片空场地上。

其他几辆车上的专案人员一见副局长下车，也迅速钻出车与方鸣聚在一起。二十多号专案人员站成一排，唯方鸣一身整齐的警装，越发衬托出英气。

几十号全副武装的武警对大楼密不透风地布下了包围圈。这种如临大敌、杀气腾腾的阵势，让罗马假日小区的住户如堕五里雾中。各栋楼上的住户纷纷跑到楼下，迅速聚拢在警察的身后，现场一下子集中了几百号人。大家互相打听着消息，却没有一个人知道事情的究竟。人们望眼欲穿地盯着那个被牢牢把控的楼门道，似乎等待着从那里面源源不断地抬出尸体之类的东西。生活平淡的市民们，企望有机会看到发生在自己身边的人间大戏。

当方鸣在十几个武装便衣的簇拥下进入那套单元房时，眼前的景象还是让他呆住了。各种锈迹斑斑的物品满满当当地堆了一地。他这下才明白那天在马尚义家里起获赃物时，那位方教授慢吞吞说出“冰山一角”四个字的含义。原来被盗的古墓真是个大宝藏。方鸣随手捡起一件带两只耳朵的玩意儿，用手敲了敲，沉闷的响声让粗通一些文史常识的方鸣猜测这大约是青铜器。

方鸣忽然听到有人喊“方局长”。循声望去，是蹲在床边的马尚义。这个时候，马尚义已经被戴上铐子，铐在床沿的挡杆上。马尚义眼里流露出凄楚的神色，用小得可怜的声音问道：“方局长，我这算立功吗？”方明鄙夷地斜着瞅了马尚义一眼：“回去好好交代自己的罪行，不要心存侥幸。”马尚义有些意外地张开嘴，想喊什么，但想了想又闭上嘴巴，而后无奈地低下头。

接到通知的文物部门相关人员迅速赶到，那个给方鸣留下不太好印象的方教授也来了。看到如此之多的东西。方教授似乎也是大喜过望，拿起一件件东西时手也有些微微颤抖。文物局领导问方教授是不是富民村出土的东西，方教授连连点头。让方鸣觉得意外的是，方教授朝着唯一穿警服的他礼貌地笑了笑说：“这回公安局的人可真是立了大功。”

又是烦琐的清点造册。方鸣觉得自己的使命已基本完成，随即指示现场留下少量人员，由毛宏春带队协助文物部门将文物安全运走，其他人带上马尚义撤回市局。下到楼底时，看着依旧聚在武警身后的大批居民，方鸣突然有一种将军出征凯旋的感觉。

就在方鸣带领专案组和武装警察大张旗鼓查抄马尚义指认的赃物窝藏点时，这场活动的真正导演马秉义就躲在罗马假日小区另一栋大楼某个单元中。前面说到，马秉义为了笼络人心，在罗马假日小区开盘时，曾经分别为马尚义和王大毛各买了一套，但工于心计的马秉义却在为王大毛办理买房手续时用了自家一个远方亲戚的名字，所谓的为王大毛买房一事也就成了概念而已。故而躲在罗马假日小区这一段时间，马秉义并不担心警察按图索骥通过买房的信息登记找上门来。

那天，安排好马尚义投案自首后，马秉义即悄悄告诉王大毛准备躲在另一栋楼的一套单元房中。王大毛担心离这套即将暴露的据点距离太近不安全。马秉义说看似最不安全的地方才是最安全，这就是尚义说的灯下黑。那天晚上，马秉义对临出门的马尚义交代，让马尚义一定要在郊外的某一个地方待到天亮。尽量把自己搞得疲惫一些再去投案。待马尚义一离开，马秉义和王大毛各自把自己裹得严实一些，带上自用的全部物品，幽灵似的窜入了另一栋楼房。临走时，马秉义没有忘记在众多的宝贝中精心地挑选一些东西塞进包里。

一切似乎都按着马秉义设计的思路往前发展。当武装警察还没有进入小区的时候，马秉义已经嗅出了院子里异常的味道，他一直手持高倍望远镜站在窗户跟前。果然不出所料，一会儿工夫，他看到两个便衣挟持着马尚义上了一辆外观寻常的面包车。

马秉义心里一阵暗喜，对王大毛说："大毛，尚义已经带着警察来了，等着看好戏吧。"

王大毛显得有些惴惴不安："大哥，我总有些不放心。尚义他真的能按你交代的话去哄警察？他真的不会咬咱俩？"

马秉义阴阴地笑了笑："大毛，尚义是个软熊货，但人不傻，他在自家院子藏宝的事，已经让他结结实实成了犯罪分子。他还指望我出去找门子花钱捞他哩。"

"那警察要万一狠命地打他，那熊货扛不住咋办？"

马秉义摇着头："大毛，这你就不知道了。尚义是投案的，又主动带着警察查抄赃物，警察吃多了撑的打他？警察打人那也是急了没办法才那样。谁不知道打人既犯纪律又损阴德。"

王大毛若有所悟地点着头。马秉义却又不无担心地在王大毛肩上拍了一把："不过，我真的保不住尚义会把你供出来。"

王大毛一惊，片刻又是一脸疑惑。

马秉义分析道："这么大的案子，警察肯定要追问尚义同伙是谁。尚义扛不住时，也可能会咬你。那天我已经想到这一点，所以让你出去躲几年。只要尚义不把我咬出来，我出去保尚义时，一定会让公安把案子结了，保你安全无事。”

马秉义顿了一下又神色凝重地说：“兄弟，咱俩虽不是亲生兄弟，却比亲生兄弟感情还深。不管出啥情况，我们之间深厚的感情咋也破不了。万一尚义咬出了我，我会把一切都揽在身上，你远走高飞，永远不要再回到这个城市。”

王大毛激动的眼泪在眼眶中打转：“大哥，今生今世你就是我最亲的亲人。万一我让尚义咬出来被抓住，不管尚义咋说，我一定会把一切事情都扛下来。尚义胡说，我在阴间都饶不了他。”

马秉义也是一阵激动，伸出双臂把王大毛紧紧地拥抱起来，他明显能感到王大毛“咚咚”的心跳。

马秉义一直站在窗口观察那栋楼前的一举一动，前后折腾了大半天时间，才见有十几个人各自提着大号箱子进了那栋楼里面，马秉义估摸着应该是提运文物的人。楼底下除了全副武装的警察外，还有相当一部分明显不是围观群众的人来回走动。马秉义根据自己的经验判断着那些人的身份：便衣、记者等等。直到天傍黑时分，十几个大号箱子又被人抬着从楼道中鱼贯而出。箱子在荷枪实弹的武警拱卫下被装进一辆封闭的箱式货车，扬长而去。不大会儿工夫，现场的武警撤得无影无踪，罗马假日小区又恢复了往日的平静。晚间归来的住户们匆匆忙忙地钻进属于各自领地的单元房中，大多数人也许并不知道今天这里发生了一场惊心动魄的大行动。

马秉义坐在沙发上闷头抽开了烟。他现在心里只想着一个问题，如何处理眼前这个傻货王大毛。他原来想了两个方案，一是真的让他远走高飞，二是做掉他。反复权衡后却总是拿不定主意。让他远走高飞，跑得了初一，跑不了十五，一旦他被抓住，仍然是麻烦事。做掉他吧，毕竟是多年的朋友，马秉义有些下不了手。何况如果真的干起来，以马秉义的功夫，未必能完全取胜，他必须下黑手。另外，一旦败露，他马秉义只怕是死定了。马秉义苦思冥想，一时觉得才思枯竭，索性又站起来走到窗前，看着远处如流水般的车辆在马路上川流不息。

突然，马秉义眼前一亮：车祸！

在马秉义目光能及的远处，两辆汽车紧挨着停在路中央，过往的车辆小心翼翼地避开停着的那两辆车子。马秉义回身找到望远镜仔细观察。原来是一辆小轿车与一辆货车发生追尾，小轿车头部已撞得变形，司机似乎也受了伤。马秉义放下望远镜又陷入了沉思。车祸启发了他。他心里想，如果能让王大毛在一场车祸中丧命，那该是多么美妙的安排，既永远让王大毛闭上了嘴，也让公安的抓捕活动告一段落。可又一想，这种方案靠他一个人是根本不可能实现的，他绝不可能蠢到自己驾车撞死王大毛。他内心无奈地否定了这个方案，只恨没办法搞到一种延时发作令人死亡的药，让王大毛吃下去死在逃亡的路上。

一只苍蝇在马秉义眼前飞来飞去，嗡嗡的声响让马秉义感到厌烦。马秉义挥了一下手，苍蝇往高处飞了一阵落在靠近天花板的墙壁高处。待马秉义目光转向别处时，那可恶的小家伙又飞过来，甚至得寸进尺地落在马秉义的额头上。马秉义摇了摇头，待苍蝇再飞起，伸开巴掌朝空中抓去，却抓了一个空。正在懊丧时，他又听见脚下传来异样的声音，低头一看，一只苍蝇正浮在地板上的水盆中央，挣扎着扑腾翅膀却无法从水中飞起来，显然是刚才马秉义伸出的手掌把它击落了。马秉义看着一起一伏徒劳的苍蝇，想象着一个不识水性的人在水中濒临死亡时的情形。要是能让眼前这个亟需处理掉的王大毛淹死在某条河中或某个大水库中，不也是一个绝妙的结局吗？

忽然间，马秉义想起一个月前出去钓鱼时的那场想起来让人头皮发麻的经历。那是一个礼拜天的早晨，马秉义独自驾车去郊外钓鱼。由于心情不错，马秉义不想在那种营利的鱼塘子消磨时间，他打算在废弃的水库中野钓。沿着一条新修的公路，他驱车前行，嘴里哼着歌儿，根本没有注意路边设置的禁行标志。虽然路面似乎还没有完工，但他的车速却并不慢，等他看到眼前一片汪洋的时候，才尖叫了一声，本能地踩死了刹车。车子怪叫了一声，前半部分已朝下倾斜。马秉义下了车，观察了一下，不由得冒出一身冷汗。原来这是一条正在施工的断头路，而那些不负责任的施工人员却没有在断头处设置任何障碍物。如果马秉义踩刹车再迟哪怕是零点几秒，他就会随车子葬身水底。回想起这一段经历，马秉义有了新的灵感。

又一个绝妙的计划在马秉义脑海中形成了。马秉义前一段时间刚刚从朋友那里买了一辆二手雪佛兰轿车，虽然付了钱，车子还没有办理过户手续。那辆车现在就停在罗马假日小区的地下车库，钥匙就装在马秉义的口袋里。马秉义寻思最好用这辆车作为王大毛的陪葬品兼棺材，亲手把王大毛送入另一个世界。他计划在天黑以后，驾车带着王大毛，拐到那条断头路上，高速冲入水库，让王大毛带着雪佛兰一起去见阎王。当然这是一步险棋，马秉义必须保证既不能让别人发现他和王大毛同行，又不能让王大毛觉察他的意图，更关键的是他必须在车子冲入水库之前离开车子。凭着马秉义的聪明，他相信自己有能力也有运气实施好这个完美的计划。

马秉义又把一些细节问题反复考虑了几遍，觉得已经天衣无缝时，他开始跟王大王分析形势："大毛，尚义已经投案了，宝贝也让公安查获了，我估摸着公安局那些家伙也都累了，该歇歇神了。趁着这个空当，你该走了。万一尚义那熊货一犯迷瞪说了不该说的话，警察再一鼓劲，你可能就难离开了。"

王大毛不假思索地说："我听大哥的。"

马秉义说："事不宜迟。今儿个警察都累了，外面肯定松，今晚就走，我驾车把你送到郊县。你从那里搭长途车到河南，找咱们武校的那些同学去。或者你到山东，在你的老家找个亲戚家躲起来。记着，这里大哥会想尽一切办法把事情摆平。等危机化解了，大哥去找你。没有大哥的消息，你千万不敢回来。"

王大毛擦了一把鼻涕："大哥，你对兄弟的这份情义，兄弟到死都忘不了。万一我出去走不脱被抓住，我就把事情都包揽下来。"

马秉义说："兄弟先别说晦气话，走时多带些钱。"

夜幕降临的时候，马秉义和王大毛匆匆收拾好行装，一前一后走出了房间，两个人在地下车库会合后坐上了那辆已经停放了好久的雪佛兰轿车。马秉义把车钥匙插进点火开关，半晌却没有动静。

王大毛有些急：“大哥，你日怪啥哩，快些发动车子离开这里。”

马秉义说：“兄弟，这车子有一些日子没动了，我害怕电瓶里没电车子打不着。”

王大毛不解地问：“大哥，你一试火不就知道了，何必瞎担心。”

马秉义说：“兄弟，咱今儿出师利不利，就看这一招了。车子要是顺利打着，咱俩方保无事。要是打不着，咱还回房间，另想招数。”

王大毛随口应道：“大哥，都听你的。”

马秉义在心里默默地祈祷着神灵保佑，让这辆车子争气一些。他手里捏着车钥匙后把，用力拧了一下，“扑哧哧”，车子顺利地启动了。

王大毛兴奋地伸出右手拇指：“大哥，你是神人，咱哥儿俩肯定吉人有天相。”

虽然是晚上，大街上依然亮如白昼，明亮的路灯下行人如织，马路上的车辆还是川流不息。马秉义坐在驾驶位上，熟练地开着车。王大毛坐在副驾座上，张望着窗外的花花世界。马秉义突然想起了什么，一只手握着方向盘，另一只手从工具盒中拿出来两副墨镜，一副给自己带上，一副递给王大毛。王大毛觉得奇怪：“大哥，这黑天半夜的戴这劳什子玩意儿有啥用？”马秉义显得老成持重：“小心没不是。谁敢肯定路边电杆上的探头不正好拍下咱们？”王大毛心服口服：“大哥，你不愧是咱兄弟好当家的。”

不一会儿工夫，汽车驶出郊外。路灯没有了，雪佛兰汽车车灯射出的光柱在黑黢黢的夜色中显得分外醒目。突然从路边蹿出一只野兔子，大约是受到灯光的惊吓，顺着汽车灯光柱没命地朝前奔去，王大毛下意识地喊了声：“野兔！”马秉义却没有作声，车子仍然没有减速。可怜那四条腿的小畜生怎么也跑不过汽车轮子，车头越过兔子，车身“咯噔”地轻轻颠了一下。

王大毛又有些可惜地叹道：“轧上了。要是平常，带回去做一盆红烧兔肉。”

马秉义不动声色地说：“大毛，记着以后要学会拐弯儿，不能一根筋，一条路走下去必然死路一条。”马秉义说这话的时候，连自己也搞不清楚自己给这个即将见阎王的倒霉蛋送上这句话的用意。

“今晚到安邑县城，你找个地方将就一下，千万不要住旅馆。”马秉义说，“我估计大小旅馆都接到了警察通知，都张好网抓咱哩。明天一早，你在安邑县汽车站出口等着，只要是朝省外开的汽车你就招手上车。记着，千万不要进站买票，站上的便衣肯定不少。”

王大毛有些不以为然：“大哥，你放心，我不是小孩子，眼亮着哩。你开好车就行了。”

马秉义在黑暗中露出了一丝笑：“晚上路上没车，开起来还不跟玩儿一样。”

车子已经拐上了那条新路，估计再走四五公里就到了断头路口。马秉义突然把车停到路边，熄了火，懒懒地打了几个哈欠。

王大毛问：“大哥，你困了？”

马秉义继续打着哈欠，用不连贯的声音说道：“困了……犯迷瞪……”

王大毛本能地说：“大哥你歇着，我来开。”

马秉义显出有些不放心：“大毛，你路不熟。”

王大毛大大咧咧地说：“这整条路上就咱一辆车，方向盘上挂片肉狗都能开。我来开车，你给咱指路就行。”

马秉义显得气哼哼地说道：“来来来，大毛你就当个狗，来开车吧。”说着就打开车门下了汽车，又绕过车头走到车子另一侧的路边，站在路旁，解开裤带，稀里哗啦地朝草丛中撒了一泡热尿。

王大毛也下了车，与马秉义并肩站着方便。两个人解完手，马秉义从口袋中掏出烟盒，抽出一支烟递给王大毛，又给自己嘴巴上叼上一支。王大毛从衣兜中取出打火机给马秉义和自己分别点上。两个人在一明一灭的火星映照下更像是两个幽灵。

“兄弟，记着今天晚上这个日子，你我在逃难的路上。”马秉义说。

王大毛却毫不在乎：“大哥，这有啥啊，当年毛泽东领导红军被人家老蒋打得团团转，后来还不是逃难走了两万五千里长征。结果怎么样？人家老毛照样进了北京，做了皇帝。”

马秉义笑了：“大毛，你让电视剧把你看瓜了。”

王大毛说：“不要自己看不起自己嘛，我们干的也是大事情。”

马秉义止住笑：“大毛，你我兄弟一场，缘分不浅。你跟着我到汉京闯天下多年，当哥的没让你过上吃香喝辣的日子，到头来还得让你往外逃跑，想起来心里够酸的。”

王大毛“哎呀”了一声：“大哥，你说这是哪里的话？我这些年来在你手下，别人见了我都叫王总，富民村的男男女女没有人敢拿下眼瞧咱。我身上装着花不完的钱，啥样的饭没吃过，啥样的女人没碰过？光是那大大小小的澡堂子，咱扔进去多少银子。”

马秉义心里一热，把两手搁在王大毛肩上：“兄弟，难得你是个知足的人。这一辈子老天爷给咱俩缘分，让咱俩走到一起，下辈子咱俩还做兄弟。”

王大毛说：“那是自然。”

马秉义和王大毛调了个位置，马秉义坐在副驾驶位上，王大毛重新发动起车子，朝前开去。此时此刻，马秉义心里混杂着酸甜苦辣。自他在少林武校上学起，就与这个王大毛整日厮混在一起。学生们因为来自天南海北，自然就以乡土区域形成了几个帮派，相互常为没有意义的事情争风头、打群架。王大毛与马秉义虽来自不同的地方，但两个人却走得异乎寻常地近。睡觉的床铺紧挨着，到后来吃饭和上厕所都是形影不离。马秉义家庭条件不错，花着老爹的钱不心疼，常把家里寄来的钱与王大毛匀着花，王大毛自是感激。又因为王大毛年少马秉义半岁，后来两个人就在学校后面的嵩山脚下找了个地方，像模像样撮土为香，对天盟誓，结为异姓兄弟，不求同年同月同日生，但求同年同月同日死。自此，王大毛以大哥称谓把马秉义喊了多年。后来离开武校，兄弟俩各自在外闯荡，其间没少信件来往。马秉义被父亲硬拉扯回家后，时间不长就写信把王大毛叫到身边。论起来，不能说马秉义和王大毛没有情分，事情到了今天这一步，也真的是迫不得已。马秉义默默地在心里念叨：“兄弟呀，这事不是当哥的心狠，咱们摊上了大罪，与其都去死，不如保一个是一个。等你去了那边，我每年定时给你烧香送纸，清明节、寒食节保证一次都不落下。”马秉义用手擦了擦雪佛兰汽车的前玻璃挡板，只怕嘴里哈出的热气在玻璃上结霜影响了视线。手摸着汽车，心里又在想，也许明天，最迟后天，这辆车就会被人发现淹没在水中，到那个时候，盗挖文物大案的主犯驾车冲进水库淹死的消息自会家喻户晓，一切就都成功了。为了大事，这辆还没来得及好好发挥用场的雪佛兰汽车也算是物有所值了。

车子大约以每小时九十迈的速度向前行驶。马秉义的手心微微有些出汗，他瞪大着眼睛，透过前风挡玻璃尽量地朝远方看着。他务必要做好两件事，第一是尽量分散王大毛的注意力，让王大毛在没有觉察的状况下冲入水库；第二个尤其重要的是，他要确保车子在进入水库前的一刹那打开车门飞身跃出车外。他刚才在副驾驶位置上坐定后，已经悄悄地打开了副驾驶位子上的车门安全锁，并且早早地解下了安全带。当然，他没有忘记叮咛驾车的王大毛注意安全扣紧安全带，关键时候一定要保证王大毛紧紧地与车子绑在一起。

眼看着就要到达断头路口，马秉义摇下了侧门的窗玻璃。王大毛问马秉义：“不嫌凉风吹着？”马秉义说想清醒清醒。其实，马秉义虽然对自己在瞬间跃出车外有足够的把握，但他仍要对最坏的可能留下预案。万一来不及飞出车外，他必须保证自己从敞开的车窗中钻出车子，浮出水面。

目的地越来越近，马秉义双眼死死地盯着前方，右手在黑暗中摸到车门拉手，左脚紧紧蹬着车子座位下的脚踏板，他已经微微弓起身子做好了起跳前的一切准备。

马秉义忍不住用有些异样的腔调说着胡扯的话：“大毛呀，回家见了你老娘，就说我这个干儿子早晚要去看她。”

王大毛把头往马秉义这边一歪：“大哥你糊涂了，我老娘早死了，你又不是不知道。”

马秉义嘴里嘟囔：“糊涂了，糊涂了，我是说见到你老爹。”

到地方了，该是与王大毛阴阳分离的时候了。

正在马秉义准备飞身跃出车外的时候，王大毛突然一声尖叫，一阵刹车的怪叫声，汽车戛然停下。

由于惯性作用，马秉义的头重重地碰在了前挡风玻璃上，而王大毛因为身上系着安全带，却似乎没有受到多大冲击。马秉义揉了揉眼睛，朝车前一看，一堆不大的沙土堆在路中央，雪佛兰汽车的车头已经扎进沙土中。

这堆沙土显然是有人设置的临时简易路障。

人算不如天算，马秉义的计划落空了。

马秉义在制订计划时设想了多个失败的可能，唯独没有把施工单位发现危险而设上路障这一最基本的可能性考虑进去。现在，他像泄了气的皮球一样无力地倚在车靠背上。王大毛下车察看了一番，嘴里不干不净地骂着脏话，全然不知道正是这堆被他诅咒的沙土，把他挡在了鬼门关外。王大毛又坐回到驾驶座上，把车挂上倒挡，使劲一轰油门，车头从沙堆上不太费力地拔了出来。

王大毛朝着黑暗中的马秉义问道：“大哥，现在咋办？”

马秉义有气无力地回答：“既然路不通，掉头回去，找别的路。”

王大毛说：“大哥，干脆你还来开，我路不熟。”

马秉义嘴里含糊地应了一下。

见马秉义没有下车的意思，王大毛索性把车停下来熄了火，有一搭无一搭地跟马秉义说话，尽管马秉义似乎并没有心思答话。

其实，此刻的马秉义心里正在激烈地做着斗争。原先的计划失败了，要不要趁着这无人的夜色，铤而走险把王大毛收拾掉？说不定今天错过了这个机会，就将酿成他人生的最大失误。可是要临时选择合适的方式对付这个在体力和功夫上并不比他逊色多少的家伙，他实在没有太大的把握。何况不管他干得多利索，都难免留下第一现场，说不定鲁莽的举动直接会把自己送上断头台。反复权衡，他还是决定放弃这个机会。马秉义只好听天由命了，就让王大毛逃离汉京，逃得越远越好。

等到主意打定，马秉义拍了一下黑暗中的王大毛：“大毛，换个位子，还是我来开好了。”

两个人下了车换了位子，车子又朝相反的方向驶去。马秉义恢复了精神，又对着王大毛打开了话匣子：“大毛，送你再远，终有一别。大哥真舍不得你离开，可这是件没办法的事情。我们走另一条道，估摸着再有一个小时就到安邑县城了，我把你送到县城我就回汉京。本来咱哥儿俩还可以坐在车上聊上半夜，但我怕天一大亮我就回不去了。”

王大毛善解人意地说：“大哥，别见外，咱哥儿俩谁跟谁，待会儿你把我放到县城，你就赶紧往回返，后半夜还能睡上一觉。”

不大会儿工夫，他们远远地瞧见了一片灯火，安邑县城到了。王大毛突然觉得肚子有些饿，征求马秉义意见：“大哥，咱俩有几天没有放开肚皮吃饭了，要不找个夜市，吃上百十串烤肉，喝顿啤酒咋样？”

马秉义为这个不争气的蠢汉感到悲哀：“吃、吃、吃，你就知道吃。现在是逃亡的路上，能有点儿东西充饥就行了。”

王大毛一听马秉义动了气，作声不得。马秉义在一处昏暗的路灯下停住车，朝着远处的一排房子指了指：“你就在这儿下车，晚上在那排房子的房檐下将就一夜，明儿个天麻麻亮时就到车站出口去搭车。”

王大毛唯唯诺诺地下了车，无奈地说：“大哥，你回吧。”

马秉义也拉开车门下了车，伸开胳膊把王大毛紧紧抱住，贴着王大毛耳朵说：“兄弟，相信哥的能力。过一段时间，这边事情摆平，哥到你那里找你。”

马秉义驾着雪佛兰汽车掉了个头扬长而去，剩下王大毛一个人孤零零地站在路边。一阵咕咕的叫声从肚子传到耳朵中，耐不住馋虫的勾引，王大毛只觉百爪挠心。马秉义既已不在跟前，凡事他得自己决断，他不顾马秉义的叮咛，信步朝县城中灯火最亮的地方走去。

走到一处繁华的夜市区，王大毛放眼望去，这里摊位的数量和品种一点儿也不比汉京城中的夜市逊色。几排不甚规则的台面上充斥着琳琅满目的生熟吃食，有面条、饺子、米线、麻食、砂锅、冒菜，当然最多的还是烧烤类。热气蒸腾、炉火辉映的灶边，身兼服务员、营业员、炉头于一身的摊主们声嘶力竭地招揽着食客。王大毛刚刚走到一个烧烤摊前，叼着烟卷正在往一撮烤肉上刷油的男人急忙取下嘴上的烟屁股，夸张地像是说快板又像是唱歌：“大哥朝里坐，保你吃红火。想热有火锅，想凉有更多。你想吃烤肉，羊肉牛肉鸡肉都是好肉，有板筋、腰子、纯瘦、肥瘦，吃到嘴里满嘴流油涎水直流。”王大毛听着摊主的叫卖声，仍是东张西望。没想到摊主身旁的女人直接走过来，看年龄和身份，女人像是烤肉男人一家的。那女人干脆抓住王大毛的胳膊，亲热的大兄弟长大兄弟短地把王大毛生拉硬扯着坐到自家摊位后边的餐桌上。王大毛又渴又饿又累，一屁股坐下来，让女人先上两瓶啤酒。不待烤肉端上来，王大毛用牙齿启开啤酒瓶子，“咕噜噜”把大半瓶啤酒一仰脖子送进肚子，这才一抹嘴，大大咧咧地朝摊主喊道：“先来一百串烤肉，一半儿板筋，一半儿肥瘦。”

王大毛在罗马假日小区那间房子里待了多日，伙食自是比较清淡，今天晚上好不容易逮住机会，如何不大快朵颐？三下五除二的工夫，他的身旁已经堆起了一大堆吃完肉的空扦子。

老板娘看到来了一个大主顾，高兴得眉开眼笑，不由得就讨好地和王大毛攀谈起来：“大兄弟，你不是咱本地人？”王大毛虽然在汉京城混了多年，但毕竟仍掩不住浓浓的山东乡音。

王大毛吃得正起劲，也不想和女老板多费口舌，模棱两可地回答：“嗯，嗯，我在汉京。”

老板娘知趣地转了话头：“咱家的烤肉是夜市上最有名气的一家。你吃好，下回再来时把嫂子记着。”

王大毛忽然想起明天早上搭车的事，顺嘴问道：“咱县上公共汽车站在哪里？”

老板娘哈哈一笑，随手往对面一指：“马路对面就是安邑县长途汽车站，早上五点就开始发车了。还有好多过路车，最远的开到北京，好多人就是晚上在我这儿吃夜市一直吃到早上天快亮，刚好赶上早班车。”

王大毛心里一喜：“你的夜市啥时候撤摊儿？”

老板娘嘿嘿一笑：“夜市，夜市，一夜的市场，除非刮大风下大雨，我们都是天黑了设摊，天亮了撤摊。”

王大毛没想到可以在这儿将就到天亮，高兴地说：“那我今晚就吃到天亮。”

老板娘扬了一下手：“大兄弟，没事儿。你就是吃到明天大中午，嫂子这摊子也省得撤了，明天晚上接着开。”

王大毛感激地点点头。

后半夜的时候，夜市上的食客已经不多了，摊主们辛苦了大半夜，似乎也都疲倦了，此起彼伏的叫卖声已经基本上听不见了。有些摊子已经不紧不慢地开始收拾家伙准备撤摊。王大毛胃口异乎寻常地好，他吃了羊肉、牛肉、板筋、腰子、鸡胗等等，算起来咋也超过三百串，又前后喝了四瓶啤酒。虽说中途撒了两泡尿，但肚皮仍然觉得有些撑，站起来只觉得身子有些沉。迷迷糊糊之际，忍不住胳膊放在桌沿上，头搭在胳膊上，糊里糊涂地进入梦乡。

直到有人使劲拍打着自己的肩膀，王大毛才极不情愿地抬起头，揉着惺忪的眼睛。待定下神时，才看清四五个穿制服的人站在面前。

“你们是……”王大毛目瞪口呆的问道。

一个制服用训斥的口吻说：“例行巡查。把证件出示一下。”

王大毛心里叫声“不好”，条件反射地抓起桌上的包想跑。

这几个穿制服的人是安邑县城关镇派出所的协警，晚上巡逻转了几圈，也想在夜市上打个尖，没想到王大毛引起了他们的注意。常光顾夜市的人都知道，夜深时能沉溺于餐桌上的人大部分都是三五个对劲的哥们儿，一边狂饮一边神侃，很少有单个人黏在夜市深夜还不回家的。协警们自然不会轻易放过嘴边的疑似猎物。等王大毛张嘴一说话，浓浓的外乡口音更让协警们生疑。这王大毛刚一起身想跑，训练有素的几个协警七手八脚地抓胳膊、揪头发，手脚并用，三下五除二用铐子把王大毛铐了个结结实实。要是放在往常，也许王大毛凭借自己的功夫会化险为夷，但今天晚上毕竟他是在梦中被推醒的，何况刚吃得肚皮发撑，身手并不敏捷，也就只剩下束手就擒的份儿了。

王大毛这么快就落网了，多少有些出乎马秉义的意料。

方鸣副局长在第一时间获悉“八一三”案件主犯落网的消息，虽然心里高兴，但已经少了些在马尚义家和罗马假日小区起获赃物时的那种兴奋。因为不管是对公安部、公安厅条条上的领导而言，还是对市委、政法委、市政府块块上的领导而言，查获赃物，案件就算是破了。至于抓了几个案犯，案犯的身份和作案动机、背景等因素，都不再是领导们的关心范围，那是公安局预审部门、检察院起诉部门、法院审判部门业务范畴的事情。此时此刻让方鸣舒心的是，主犯落网，无疑可以尽快结案，同时也顺势给“八一三”案件成功破获庆功大会锦上添花。此次案件的顺利破获，不管是流失文物的追回数量，还是侦破时间的神速，都让各级领导倍感满意。省公安厅报请公安部批准，为专案组组长方鸣副局长记大功一次，专案组主要成员毛宏春等三人各记二等功一次，专案组成员集体记一等功一次。除记功外，市政府为专案组特别嘉奖人民币五十万元，且计划在九月中旬由市政府在市公安局大礼堂召开隆重的颁奖记功大会。这时候王大毛的落网，无疑让颁奖记功大会的召开更加顺理成章，也必然更为圆满。

让方鸣稍感意外的是，原来专案组一直把“八一三”案件首犯锁定为富民村村委会主任马怀礼的儿子、富民村农工商工贸公司法人代表马秉义，但据投案的马尚义交代，自己一直听命于富民公司外乡人王大毛的安排，案件似乎与马秉义并没有太多的瓜葛。联想到那天在富民村现场侦查时与马怀礼的那一小段交锋，方鸣坚信有其父必有其子，马怀礼像老狐狸一样奸诈，他的儿子马秉义也绝不是一个善茬儿，在没有确切证据排除马秉义的嫌疑时，仍然不能解除对马秉义的追捕措施。何况自案发以后，马秉义不明不白好像人间蒸发了一样无影无踪，这本身就是可疑之处。现在，王大毛既已落网，就要尽快把案件来龙去脉梳理清楚，尤其是嫌疑人马秉义在案件中的角色。

想到这些问题，方鸣给毛宏春打了个电话，叮咛尽快把案犯王大毛从安邑县押回汉京，突击审讯，务必把案情搞个水落石出。方鸣又特别交代说：“这个案件涉及的一个重要嫌疑人马秉义是区人大代表，要注意按政策规定办好手续，避免因工作失误引起不必要的麻烦。”

与王大毛分手后，马秉义多少有些垂头丧气地回到汉京城。一个周密的计划因为客观条件的变化而泡汤，他不得不重新考虑应对策略。他心里明白，有勇无谋的王大毛被抓是迟早的事，他现在只能寄希望于王大毛心里神圣无比的“义气”二字。不过，跟王大毛相处多年，他知道这家伙关键的时候还真仗义，如果不出现意外情况，王大毛不会轻易把自己供出来。当然，这需要他做好工作，至少要有关系，跟公安局办案的人接上头，以免警察出奇招制伏王大毛。因为这王大毛虽是不吃硬，可难保会不吃软。

马秉义仍然回到罗马假日小区那栋未暴露的藏身单元房内。他把车放进地下车库。回到房间的时候，桌子上摆着的电子台钟时针已指向四点，再有两个小时天就亮了。他感到一阵困意，干脆连鞋也懒得脱下，倒头和衣躺在床上。

迷迷糊糊中，马秉义看见王大毛脚上拴着重重的镣子，五花大绑着，步履艰难地在两个武警一左一右的押解下向前移动，好不容易挪到一个小河边上，武警松开王大毛，在王大毛后腿弯上蹬了一脚，王大毛应声跪倒在地。就见一排扛枪的武警从另一个方向跑过来，一字排开端着枪站在王大毛身后做着瞄准动作。随着一声令下，震耳欲聋的枪声响了起来。马秉义吓得大叫一声，直挺挺从床上坐了起来，原来是做了一个梦。

马秉义一摸自己的额头，已是大汗淋漓，头发也被汗水浸得透湿。这时，窗外恰好响起了一阵与梦境中的枪声几乎无异的鞭炮声。马秉义明白，黄泉路上又有人出发了。汉京城有个习惯，凡家里有人去世，一般都在黎明时分出殡，起灵之前，必然要放一挂鞭炮，大意是敬神炮。

马秉义虽然仍觉得周身困乏，但却睡意全无。现在马尚义已经投案进去，王大毛被抓只是迟早的事。这就像一盘棋的残局，棋子已经不多了，下一步就要看对弈的双方如何运筹走好每一步。马秉义心里明白，此时此刻，能帮他的人几乎没有，他必须靠自己的聪明和智慧险胜这关乎生死存亡的一局。

马秉义决定立刻开始行动。

早上八点是各单位上班的时候。到了这会儿，小区里已经安静下来。马秉义洗漱完毕，找了一件风衣套在身上，又戴上一副黑色的宽边平光眼镜。他站在镜子前反复打量着自己的形象，觉得颇像一个在学校或医院之类单位上班的知识分子。他又找来一个大号的牛皮纸袋子夹在肘弯中。这形象无疑显出一副白领急匆匆上班或是要参加某一项商事活动的架势。自以为没有什么破绽后，马秉义从容地走出了楼门。

没有人注意到外表坦然其实内心很紧张的马秉义。马秉义顺利地在大街上挡住一辆出租汽车，对司机说声去第五医院。司机点了点头，一踩油门，出租车汇入川流不息的车流中。

汉京市第五医院在市区中心，马秉义到这里是想找自己的小姨子。她在这家医院当护士，平常跟姐姐走动得比较频繁，关系自然也就亲密一些。马秉义找小姨子，是想让她给自己的父亲传个话。这个时候，只有小姨子是合适的人选。

医院里病人很多，门诊大厅人流拥挤的程度远远超过了百货商店。这年头，各行各业生意萧条，唯医院人气最旺，让其他行业望尘莫及。大厅里挂号窗口、划价窗口、缴费窗口、取药窗口无不排着长队。马秉义心想，怪不得小姨子一个护士学校毕业的中专生，每个月工资奖金加起来赶得上政府部门的一个科长。

马秉义小姨子在住院部内二科病房。还好，今天正好她当班，马秉义没费周折就找到她。一看到马秉义，小姨子惊得眼睛瞪得老大，半天没有说出话来。马秉义把手指竖着放在嘴巴上，示意小姨子不要作声，又指了指楼道的尽头。两个人快步走到楼道尽头的窗户跟前。

“哥，你咋到这里来了？”小姨子显得有些慌张，“不是说你出事了，公安局到处在找你吗？”

马秉义把风衣领口往上拽了拽：“妹子你怕啥？哥是清白的，都怪我手下那几个浑蛋干了坏事，让公安局怀疑我。我现在就是要想办法证明我的清白。”

小姨子脸上有些活泛：“这么说，哥你没事。我就说嘛，哥你不会让我姐后半辈子一个人吃苦受累的。”

马秉义嘴角显出一些笑意：“不光是你姐，还有我爸，还有你，我都不会让你们在人前因为我抬不起头来。”

小姨子一听这话脸上绽开了笑容，自告奋勇地问：“哥，我能给你帮上啥忙？”

马秉义说：“你得去我家一趟，见到我爸就说，我在五院对面的顺风茶馆等他。”

小姨子一歪头：“就现在吗？”

马秉义坚定地点了点头。

小姨子又问：“给马叔打个电话不行吗？”

马秉义淡淡地笑一笑：“傻丫头，打电话要是能行，我干吗还大老远来找你。”

小姨子似懂非懂地说：“哥，我明白。我这就去跟护士长请个假，说家里有急事需要回去一趟。”

马秉义满意地点点头：“妹子，让你费心了。改日事完后哥好好请你吃顿饭。”

小姨子走出去老远又折回来，压低声音问道：“要不要跟我姐说我见到你？”

马秉义说：“你姐现在帮不上忙，最好先不给她提。”

那边小姨子去给自己的父亲传递消息，这边马秉义不动声色地从医院走出来，到了顺风茶馆，在二楼一个靠窗的小包间坐定。透过窗户，马秉义可以清楚地看到从大街上进入顺风茶馆的所有人。他必须在这里等着见自己的父亲，要不然父亲会因为不知道他在哪个包间而找不见他。现在，他已经开始实施自己的计划，但他得有一个帮手，这个帮手非父亲莫属。然而以他现在的处境，想与父亲联系上都很困难。他想过用公用电话给父亲打个电话，可转念一想，父亲的电话可能早已被监听，那样无异于自投罗网。如今最安全的联系方式也就只剩下最原始的办法，那就是找人跑腿传话，无疑小姨子担当这个角色最为合适。姐夫出了事儿，剩下姐姐一个人担惊受怕，妹妹上门安慰姐姐，天经地义，任谁也不会生疑。

时间一分一分慢吞吞地过去，马秉义此刻真的尝到了度日如年的感觉。平常跟社会上那些朋友在茶馆打麻将、在歌厅唱歌、在洗浴场泡澡，不知不觉间，大半天、大半夜的时间就过去了。那阵子只恨时间过得太快，而今天却不得不接受这种近似折磨的时间停滞。为了能让自己的注意力分散一些，马秉义让服务员拿来一盒扑克，一边紧张地盯着窗户外边，一边百无聊赖地把扑克摊在桌上为自己算命。

终于，在望眼欲穿之际，马秉义看到了父亲那熟悉的身影。十来天没见面，往日那透着刚毅的板直身材似乎有些佝偻，老相毕现。看来父亲跟自己一样，经历着痛苦的心理折磨。马秉义心里一阵酸酸的感觉。

马秉义快步走出包间，迎上父亲，两个人相跟着又回到包间。

坐定，马秉义恭恭敬敬地递给父亲一杯茶水，嘴里说:“爹，让你受累了。”

马怀礼却没有伸手去接茶杯，冷冷地坐着不动。

马秉义分明看见父亲两个眸子里射出的怒火，他只好又把茶杯放回到桌子上，想给父亲好好解释一下:“爹，你听我说……”

“啪”的一声，马怀礼抡圆胳膊，一记响亮的耳光打在马秉义脸上。

马秉义一时有些愕然。有生以来，父亲还从来没有这样打过他。马秉义的母亲在生马秉义的时候得了产后风，在炕上挨了半年死去了。后来马怀礼就一把屎一把尿把马秉义拉扯着长大。在马秉义模模糊糊的记忆中，很小的时候家里好像有个好凶的后妈，但后来又不见了。长大后听村里张婶说，自己的亲娘死后，爹为了有人能照看孩子，经人撮合，在马秉义不到两岁的时候续了弦。没想到二房是个恶女人，把前房留下的小秉义横竖折磨。马怀礼与二房的婚姻勉强维持了两年不到的时间，在马秉义三岁半时，一气之下把那女人赶出了马家大门。从此马怀礼既当爹又当娘。也许是马怀礼感叹秉义是个无娘的孩子，从小少不了有些娇惯，虽然在村子里为人处世走得端行得正，护犊子却是出了名的。别说不允许别人碰一下自家孩子，就是自己也从来没有打过孩子一个巴掌。今天，马怀礼重重地打出了对儿子的第一记耳光。

马秉义手捂着热辣辣的脸庞，眼泪忍不住夺眶而出。半晌才用纸巾擦了擦泪，一字一顿地说："爹，你——误会——了。"

马怀礼依旧怒目盯着马秉义："你个畜生，马家的脸让你丢尽了！你干下的事，对得起你死去的娘？对得起你媳妇？对得起我？你让我这张老脸在富民村七八百号乡亲面前往哪儿放？"

马秉义"扑通"一声跪在父亲脚下，扬起脖子，眼中依然闪着泪花："爹，我是你的亲生儿子，你千万要相信儿子说的话，那件案子真的跟我没关系，那都是王大毛那个瞎熊货串通尚义那个糊涂蛋干的好事。"

"跟你没关系？"马怀里礼眼睛一瞪，"那你咋不去给公安局说清楚，省得东躲西藏。"

马秉义站起来又重坐回到椅子上："爹，我平心静气地跟你说，我真的是清白的。你要不相信，回头你看结果。我今天叫你来，就是想让你帮我洗冤哩。"

马怀礼的脸色好看了一些，掏出烟袋，装上烟，点着火，吧嗒吧嗒地吸了几口，闷声闷气地说："我能帮你啥忙？"

马秉义说："你回去找我怀德叔，让他快点儿给尚义兄弟找个好律师，一定要跟公安局熟悉的律师，不怕花大价钱，一切费用由我来承担。"

马怀礼有些听不明白："给尚义请律师关你啥事儿？"

马秉义咳了一声："我还不是想通过律师了解一下尚义给公安局咋说的。尚义要是实话实说，我这立马就光明正大地去做该做的事。尚义如果胡说八道，或者公安局那帮人给尚义上手段，逼着尚义胡说，那我还得想别的办法。"

马怀礼低着头寻思了一会儿，若有所悟地自言自语道：“说得有些道理。”

马秉义看着父亲的态度已经发生了变化，不失时机地又补了几句：“咱马家在富民村经营了这么多年，难免惹一些人眼红，你敢保证没有人等着看咱家的好戏。这要是儿子真被冤枉了，咱马家就彻底倒灶了。”

马怀礼停了片刻，像是下了决心，把手中的烟袋锅往桌上一摔：“我就信你一回。这就回去找你怀德叔，给尚义找最好的律师。”

看到父亲相信了自己，马秉义一阵高兴：“爹，上阵父子兵，有你给我撑腰，我给自己申冤就有信心了。”

马怀礼是个干脆人，既然儿子信誓旦旦地说自己是清白的，他又何尝不想快点儿让真相大白于富民村，也好让他的腰板挺得直直的，当下起身就要回去。

马秉义却抓住父亲的手继续叮咛：“爹，我怀德叔为人谨慎，请律师的事，恐怕你得陪着怀德叔去请，一定要找一个跟公安局常打交道的律师，把案子的内情摸清楚。”

马怀礼说：“这我知道。”

马秉义又强调道：“关键是要快，夜长梦多，三天以后的中午，我还在这里等你，你把律师打听的情况都告诉我。”

马怀礼一愣：“三天？律师能听咱的？再说律师有那能耐吗？”

马秉义不以为然：“爹，这年头，有钱使得鬼推磨。你给律师提出硬任务，让他两天以内把案情了解清楚告诉你。至于费用嘛，满足他就行，你要相信重赏之下必有勇夫。”

马怀礼将信将疑：“那我就试试看。”

马秉义在罗马假日小区那间单元房中度日如年地挨过两天，到第三天中午，早早就赶往第五医院门口那家茶馆。让他喜出望外的是，在茶馆门厅，他看见了已经坐着等他的父亲马怀礼。马秉义心里一热，到底是亲生父子心连心，看来老爹比他还着急。马怀礼看见儿子，眼中流露出无限的怜爱，忍不住就在走到身边的儿子脸上摸了一把。父亲的眼神和动作已让马秉义心里有了几分感觉，不免一阵窃喜。

父子二人又走到二楼一个小包间，来不及点茶水，马秉义胡乱地支走引路的服务生，伺候父亲坐定，急切地说："爹，我没说假话吧！"

马怀礼嘴角现出一丝笑意："我跟你怀德叔给尚义找了个好律师，姓苟，人很精干。要了咱家五万块钱的律师费，人家果然只用了一天时间，就把案子搞清楚了。"

马秉义抑制着怦怦的心跳："爹，你说说情况。"

马怀礼说："苟律师跟办事的警察见了面，人家还到看守所去把尚义那王八蛋提出来问了话。尚义果然糊涂，都是那个山东瞎熊王大毛鼓捣的这桩烂事儿。"

马秉义出了一口长气，心里悬着的一块石头终于落了地，他从烟盒中抽出一支烟递给父亲。马怀礼指了指随身带着的烟袋锅，摇了摇头。

马秉义把烟叼在自己嘴上，点着火，狠狠地吸了几口，又把大半截烟蒂使劲地摁灭在桌上的玻璃烟缸中："我该出去自己把事情说清楚了。"

马怀礼对儿子卖了一个关子："还有一个好消息我要告诉你，你先猜猜。"

马秉义此时哪有心情和父亲兜圈子，他知道，这个时候父亲不会带给他任何让他兴奋的其他消息："爹，有啥事你快说，甭把人急死。"马怀礼慢腾腾地说："那个瞎熊王大毛抓——住——咧。"

马秉义一惊，不由得打了一个激灵。虽然王大毛被抓住在他意料之中，但他没有想到竟这么快。他原本打算至迟在王大毛落网之前把方方面面的铺垫工作做好，没想到这草包如此不中用，这样势必打乱自己的全盘计划。

看到儿子并没有感到高兴，马怀礼问道："抓住王大毛，他是真正犯了法的人，你不就自然而然地解脱了吗？"

马秉义心神不定地随口说道："事情没有那么简单。"

事已至此，马秉义也只有硬着头皮冒险出击了，未来能不能准确把控局面，化险为夷，也就只能凭运气了。

马怀礼提出让儿子跟他一起去公安局说明情况，他认为真的假不了，假的真不了，灯不拨不亮，理不辩不清。等到儿子说清楚了，推脱了压在头上的不白之冤，他一定要选择一个合适的时机，带着儿子昂首阔步地在富民村的街道上走上一遭。

马秉义却摇了摇头，拒绝了父亲的好意：“爹，你年龄大了，好好在家休息，这事儿就不劳你再操心了。你回去跟我媳妇说一声，就说我啥事儿没有，过两天就回家。”他顿了一下又说道：“还有，你再跟我怀德叔说一下，让他放心，尚义兄弟也是一时糊涂，大不了是个从犯，我回头找人好好打点打点，争取让尚义早点儿出来，我以后的生意还离不开尚义兄弟的帮衬。”

马秉义送走了父亲，又独自在茶馆待了一阵子，闷头抽了几支烟。看看已是饭点，就叫来茶馆服务员要了一份简餐红烧牛肉面，慢慢地吃罢，又继续抽烟喝茶。一直磨蹭到下午两点，他这才起身唤来服务生，结完账，整了整自己的行装，像是军人上战场一样抖擞了一下精神，离开了茶馆。

出门挡了一辆出租车，马秉义径直赶到了西城区人大常委会大院。前面曾经提到，马秉义在富民公司仗着父亲的撑持，又兼自身脑瓜子活络，在村子里也有些仗义疏财，半是靠着权势，半是靠着人缘当上了汉京市西城区的人大代表。这人大代表有个特权，凡惹上官司时，公安局或者检察院等司法机关不经过人大代表所在的人大常委会批准，不得实施拘留或逮捕。要不然这年头凡是有点儿根基或者家底的人，打破头都想争个人大代表的头衔，说到底还是为了挣个护身符。马秉义今天就要小试牛刀，他要靠着这张护身符和自以为是的智慧搏上一把。

西城区人大常委会主任万辉跟马秉义有过几面之交，也算是没啥交情的江湖朋友。当马秉义未经通报直接出现在万主任办公室时，万主任一时愣住了。

还是马秉义先打破了僵局："万主任，您真是忙啊，我有好些日子见不上您了。"

万辉说话时显得结结巴巴："你……你是马秉义？"

马秉义哈哈一笑："富民村村民、富民公司法人代表马秉义。"

"你……你没事？"

"我好着哩。我当然没事。"

万辉主任显得有些慌张，他起身离开办公桌想要给马秉义倒杯茶，拿起纸杯抖抖索索地捏了一小撮茶叶放进去，提起水壶往杯子里倒水，手一抖，水洒在桌子上，又手忙脚乱地拿起抹布在桌子上来回擦着。

马秉义留心观察着万辉的一举一动。他心里明白，其实此时此刻的万主任内心的恐慌远远超过自己，谁都明白一个制造了惊天大案的亡命之徒什么事都能干得出来。估计万主任现在心里只有一个念头，那就是千万不要成为他马秉义杀人越货的人质。

"万主任，我是来向您汇报工作的，您千万别客气。"马秉义说，"我当了快一届人大代表，没做出啥成绩，倒是给咱区人大的脸上抹了黑。"

万辉略略沉着下来："你给咱人大抹了啥黑？"

马秉义苦涩地笑了一下："你难道不知道咱西城区发生的那个大案子？事情可是发生在我们富民村，就在我们公司富民广场那个开发项目的工地上。"

万辉尴尬地点点头："是……是……我知道。"

马秉义有些垂头丧气："也怪我太官僚主义了，没把手下人管好。如今到了这步田地，我自己跳到黄河里也洗不清。"

万辉眉毛一扬："这事儿跟你没关系？"

马秉义"咳"了一声："好我的万主任哩，我好赖也受您培养多年，我能去干这种违法乱纪伤天害理的事？这都是手底下那帮王八蛋见财起意，趁着我在外边忙，偷偷做下的事。不过我总还是负有领导责任。我今天来您这儿就是要向您请罪。您说打说罚我都认了。"

“原来是这样。”万辉松了一口气。现在他起码知道自己并无人身危险。他恢复了镇定，拿出了主任的威严和宽宏：“秉义，我们人大是权力机关，虽然无权干涉司法机关的办案，但我们还是有监督权的。你说的话如果是事实，起码这件刑事案子跟你没有关系，你又是咱们的人大代表，保护代表的安全是咱们常委会的职责之一，你就放心好了。另外嘛，也要相信人民警察以事实为依据，以法律为准绳。”

马秉义显现出无限的感激：“万主任，您能这么说，我真的就放心了。我会好好记住这次教训的。”

万辉抓起桌子上的电话拨了一通，接通后对着话筒说了几句话。搁下话筒，他又对马秉义说：“秉义，凡事得讲个规矩，既然这事跟你没有太大的关系，我们有必要通知公安局把事情落实一下。前一段时间市公安局给咱们送了一份提请对你批准拘留的意见书，就是因为没有证据，我一直压着没办。今天刚好你在这里，就让公安局来一趟，看看他们还有啥说。”

万辉话音刚落，进来一个四十岁左右的短发女人。马秉义一看，是打过多次交道的白萍，急忙站起身来向白萍伸出手：“白姐你好。”白萍似乎已有思想准备，落落大方地与马秉义握完手，把短发向耳朵后边捋了捋，平静地看着万辉，颇有素养地站着，等待领导布置工作。

万辉示意白萍坐下，又把头转向马秉义：“秉义，小白是咱们代表联络委员会的主任，这件事就交由她和公安局沟通，你就放心好了。”

白萍接过话：“马代表和我在一起调研过好多次，我们还是了解的。”

万辉关切地再次叮咛：“小白你联系市局到咱们这里来，马代表接受询问时你最好在场。”

白萍说：“主任，我明白。”

接到西城区人大常委会电话后，市公安局经侦支队三大队大队长毛宏春带了两名警员迅即赶到西城区人大常委会。在人大代表座谈室内，毛宏春等人给马秉义做了详细的谈话笔录。因为有代联委主任白萍在场，警察的询问气氛相当祥和，马秉义犹如一个局外的证人一样，从容不迫地回答了警察的询问，其间马秉义和毛宏春等人还不停地互敬香烟。马秉义把自己从担任富民公司总经理一直到与三贤公司形成合作开发协议，最后委派王大毛和马尚义负责项目具体施工事宜的全部过程叙述了一遍。在警察问到王大毛身份时，马秉义强调说自己和王大毛是在武校上学时认识的，对其家庭背景并不知情。当毛宏春单刀直入地问马秉义是否知道工地上挖出文物的事时，马秉义“扑哧”一声笑了，说:“我要是不知道这件事，我今天就不会到这里来。”毛宏春问啥时候知道的，马秉义说:“比你们警察知道的稍迟一些。”毛宏春反问:“这么说你在案发之前不知道他们挖掘文物的事？”马秉义又是淡淡地一笑说:“我要是知道就不会有这个案子了。”毛宏春无奈地挠了挠头，又问了一些无关痛痒的事。其间，毛宏春几次离开问话场所。马秉义和白萍心里都明白，毛宏春是不间断地把问讯情况向市局领导做着汇报。

毛宏春做完笔录，仍旧客气地让马秉义再在座谈室小坐一会儿，留下两个警察陪着马秉义聊天，然后招呼白萍出了座谈室。马秉义表面上显得很平静，但心里却一直像有十五个吊桶一样，七上八下。他知道警察肯定去和万辉主任商量下一步对他的发落方式，决定他命运的时刻到了。也许，再过一小会，一副冰冷的铐子就会不加商量地套在他的腕子上，那也就标志着自己这场博弈的失败。但是，他有一种预感，一种乐观的预感，他从警察的问话中，基本断定马尚义和王大毛都没有朝他乱咬。尽管警察对他有一千条怀疑、一万条戒备，但也仅仅是停留在推理判断的阶段，他们并没有掌握可以置自己于死地的证据。另外，他也相信这个万辉不会轻易同意公安局把自己抓走。在维护各自的形象上，人大常委会和公安局毕竟是站在完全不同的立场上。所以，马秉义内心虽然仍很紧张，但对于他自导自演的这一出戏，依然自信没有什么破绽。至于最后结局是福是祸，也就只好听天由命了。

过了一个多小时，万辉、白萍、毛宏春三人从外边鱼贯而入。

一进门，万辉开门见山地说：“马代表，发生在你眼皮子底下的这桩大案，市公安局的同志仍认为不能排除你的嫌疑。”

马秉义陡然心里一凉，下意识地往楼道看了一眼，但很快他就意识到，此时一旦拔腿逃跑，一切努力都会成为泡影，遂又镇定下来。

万辉好像是故意考验马秉义的忍耐力，足足停了有半分钟才继续说道：“人大代表是特殊的群体，光凭怀疑是不能对其限制人身自由的。鉴于市公安局目前没有取得确凿的证据，咱们区人大决定不批准对你的强制措施。”

马秉义心里一阵狂喜，但却极力掩饰着自己的情绪。

万辉话锋又一转：“我们人大代表应当遵法守法，虽然不能随意限制人身自由，但这也不能成为我们不受法律约束的护身符。市局正在办的这个案子，还需要马代表配合调查。马代表，你这一段时间不要随意外出，保证和公安局保持联系，可别让我们区人大到时候背上袒护嫌疑犯的罪名。”

一块悬在心头的石头终于落地了。马秉义用有些自嘲的口气说：“我的项目上、我的手下人干出了这档子事，我哪里还有心到外头去。要不然，干脆你们公安局给我指定个地方，我一天二十四小时等着按你们的吩咐做事就得了。”

毛宏春不阴不阳地说：“马代表抬举我们了，不经区人大同意，我们没有权力为你指定处所。当然如果一切条件都具备，也就不需要为你专门指定地方了。”

毛宏春的意思马秉义明白，所谓的具备条件就是对自己参与犯罪相关证据的落实。

毛宏春等人一走，万辉拍了一下马秉义的肩膀，意味深长地说：“秉义你好自为之吧。”就转身离去了。

剩下白萍一边收拾着桌子上的笔记本，一边漫不经心地说：“这公安局办案也是光图省事，动不动就把人先抓起来，然后再想办法问口供找线索，就不符合原则么。”说着又抬起头看着马秉义，“咱万主任就是行，顶着压力坚持原则。”

马秉义激动地点了一下头："我明白。"

马秉义第一个回合成功了。

现在，马秉义可以光明正大、自由自在地实施他的后续计划。尽管现在有人大代表身份罩着，公安局暂时不会把他怎么样，但是关在监狱里的马尚义和王大毛仍然是两颗随时会引爆的定时炸弹，只要两人中有一人张口吐出真情，他马秉义就完了。他必须想办法堵死那两张嘴。

回到富民村的马秉义没有先到自己家里，而是径直去看叔父马怀德。一进叔父家院子，他就看见婶娘坐在墙角的矮凳子上抹眼泪。婶娘看见马秉义进来，虽然有些意外，却并不吃惊，抽抽噎噎地说："饼子你回来了，可怜你兄弟还关在班房里。"马秉义小名叫"饼子"，村里上了年岁的人都这么叫他，虽然现在长大了觉得这个称谓不怎么顺耳，但乡里乡亲习惯了，马秉义也就由着他们去叫。马秉义不想多跟婶娘啰嗦，问了一句："我叔人呢？"婶娘把嘴一撇："在炕上挺尸呢。"

马怀德看见侄子秉义进来，惊得一骨碌从炕上爬起来："饼子你果然没事。前日你爹来跟我说尚义一伙的事跟你没关系，我还不相信，尚义这几年啥事不是听你的？"

马秉义坐在炕沿上拉住叔父的手："叔，这事儿也怪我太大意了。尚义是个好人，都是那个山东佬把咱尚义拐带瞎了。我今儿来就是告诉你，我正在想办法搭救尚义。咱尚义又不是主犯，罪不会太大。"

马怀德长吁短叹一番，又不无感激地说："饼子，你跟尚义从小在一搭耍大的，你兄弟胆小怕事，就得靠你这当哥的帮衬。难为了给尚义请律师花的五万块钱都是你爹拿的，这你现在东奔西跑也少不了花钱，叔真的有些过意不去。"

马秉义说："叔你说的是哪里话，一笔写不出两个马字，咱一家人不说外气话。我这还得再去找律师。"

安慰完叔父，马秉义回到自己家里。马怀礼看见儿子果然平安无事，自是大喜过望，一下子又恢复了往日的气势，夸张地朝里屋大声喊道:“秋霞，你男人回来了。”

秋霞是马秉义的老婆，嫁到马家算是攀上了高枝，遗憾的是多年来肚子一直保持着嫁过来时那般干瘪。马怀礼在儿子娶完媳妇后就急着想抱孙子，却无奈儿媳妇迟迟不显怀，急着想问又不好意思跟儿子张嘴，问儿媳更是不成体统，后来让兄弟怀德打发弟媳妇催问了几次儿媳，也没问出个所以然。这秋霞娘家在远离城区的乡下，家里无甚背景，嫁到马家原想着快点儿生个一男半女，也好母以子贵，不承想肚子不争气，平日也就自觉气短。公爹是村长，在外边威严，在家里还算和气，无奈自己的男人从来没太用正眼瞧过她。这阵子男人摊上了事，好长时间不见踪影，村里人风言风语说他男人犯了法，她也就整日提心吊胆地吃不下饭睡不着觉。公爹说自己的男人没事，她只当是糊弄她。今天男人真的回来了，她一时喜得眼泪哗哗地流下来。

马秉义看见自己女人流泪，没好气地低声吼道:“哭啥哩，哭啥哩，好端端的日子让你个丧门星非得给哭出个事儿来不可！”

马怀礼看不惯儿子对儿媳的轻贱:“不是我说你，把你那歪劲儿少在家里使一些，拿到外头去多耍耍，别人还高看你一眼哩。”

马秉义没工夫跟父亲和女人斗嘴，他从屋里拿出二十万元现金装在一个挎包里。这笔钱原本是给挖土方的劳务队准备的工钱，现在他有更重要的用场。他问父亲给尚义请的律师在哪里办公，电话号码有没有。马怀礼进了自己的房间，找了一张律师的名片递给儿子。

马秉义一看那律师大名叫苟敬业，心里觉得有些好笑，想想父亲找到他是不是因为看了他的名字后决定雇他的。随手掏出电话按名片上印着的号码给苟律师打了过去。

电话铃声响了一下就通了，马秉义心想这律师果然敬业。不待对方开口问他是谁，马秉义抢先说道:“苟律师吗？我是马尚义的哥哥，我想见你一下。”

电话那头似乎有些犹豫:“马尚义的哥哥？我没见过你，一般情况下，我只和我的委托人沟通。这个案子的委托人是马尚义的父亲马怀德。”

马秉义心里骂道，你不就是像狗一样谁给你喂食你认谁嘛，你可知道尚义他爹那五万元是从我这里拿走的，但嘴上却客客气气："马怀德是我叔，他年岁大了，出门行动不方便，怀德叔让我代他拜见你。"

苟律师有些不太耐烦："那你上班时到我办公室来吧。"

马秉义用低沉但却坚决的语调说："苟律师，你等着我，我现在就到你办公室去，大约需要一个小时。"不待苟律师确认同意，马秉义就挂断了电话。

按照名片上标注的地址，马秉义顺利地找到了苟律师的办公地点。这是一栋二层楼房的民宅，明显属于那种寿命不会太长的待拆迁私房。从这里再往前走不远就是市中级法院。可能就是因了这优越的地理位置，让这家律师事务所把房子租了下来。马秉义一进律师办公室，一面墙上挂着十几面鲜艳夺目的锦旗，锦旗上的金字内容大同小异，诸如"为民请命""仗义执言""法律卫士""忠人之事"等等。另一面墙上挂着十来个律师的标准照，每张照片下方标着律师的名字。马秉义一眼就瞅见排在第一位的照片下方写着"苟敬业"三个字。再看照片上那人的长相，除了胖些似乎再没有啥特点。门口坐着的一个穿西装的女子问马秉义找谁，马秉义说找苟律师。女子莞尔一笑，说："你跟我来。"就把马秉义从一个窄窄的木楼梯带到二楼。

苟敬业律师的确很胖，他坐在办公桌后边的一张高靠背皮质沙发椅上，庞大的身躯把椅子座位空间占得满满的。看到有人进来，他放下手里的文件，抬起头来。马秉义看见的是一张布满横肉的大脸，尤其是脖子后方高高地鼓起了四五道厚厚的赘肉。马秉义忽然就想起了电视剧里某个独霸一方、杀人如麻的军阀，他实在没办法把眼前这副尊容同心目中的律师形象联系起来。

苟律师闪着狡黠的眼睛："你找谁？"

马秉义也不见外，不等苟律师让坐，一屁股坐在苟律师办公桌对面的沙发上，把拎着的挎包随意放在脚下："我是马尚义的堂哥马秉义。"

"你是马秉义？"苟律师眼睛睁得老大。

马秉义略略有些意外："怎么，你知道我？"

荀律师嘴角露出一丝不易觉察的笑意:“当然知道，富民公司的法人代表，‘八一三’案子的责任人，还有，你是人大代表。”

马秉义说:“荀律师，你知道得挺详细。”

荀律师说:“这些信息都是案子中的重要内容。”

马秉义明白，自己目前仍是案件中一个焦点人物。

“你来找我有啥事？”荀律师把两只手十个指头交叉抓在一起，胳膊肘搭在桌沿上，一副公事公办的架势。

马秉义轻轻地说道:“给我兄弟尚义请律师是我的主意，律师费五万元也是从我那里拿的。”

一提到律师费，荀律师显得有些不自然，但却没有说话。

马秉义继续说道:“论行情，荀律师你收费不算低，但对你的工作方式和结果，我还是很满意的，我愿意和你交个朋友。”

荀律师面部表情变得友善了一些:“受人之托，忠人之事，这是我们律师行当的职业道德。我只是做了我应该做的事。”

马秉义说:“应该做的事做到了，就是好人。”

荀律师说:“你把好人的标准定得太低了。”

几句不咸不淡的话之后，马秉义掏出一支烟递给荀律师。荀律师摆了摆手，又不经意地朝一边墙上扫了一眼。马秉义循着荀律师的目光看去，那里贴着一张用打印机打出来的小纸条，上面写着:“谢绝吸烟。”马秉义“呵呵”地笑了一下说声:“对不起。”就又把香烟放回烟盒中。荀律师说:“没关系，你自己可以抽。”马秉义稍稍犹豫了一下，还是从烟盒中抽出烟点着吸上，房间里立时弥漫开淡淡的烟味。荀律师站起身，走到窗户边，打开一扇窗户，重新又回到靠背椅上。

猛吸了几口烟后，马秉义想摁灭烟头，却找不到烟灰缸。荀律师又起身拿了个一次性纸杯，隔桌子递给马秉义。

马秉义摁灭烟头，清了清嗓子:“荀律师，我来找你有两件事，第一件事是感谢你能为我尚义兄弟当律师，第二件事嘛……”马秉义顿了一下:“我想为王大毛请个律师。”

“王大毛？”

“对，王大毛。”马秉义用坦然的眼神看着苟律师。

苟律师把眼光转向一边，略略思考了一下问道：“你以什么身份替王大毛请律师？”

马秉义从容地说道：“王大毛是外地人，在汉京城里没有亲人，我和他原来是同学，后来他跑到汉京城来投奔我，他现在出了事，我不能不管。”

苟律师说：“可是按照规矩，我不能同时为马尚义和王大毛当律师。”

马秉义说：“这我知道。我就是想让你帮着再找一个律师。”

苟律师笑了笑：“再找律师还是要付律师费的。”

马秉义没说话，从脚下抓起那只挎包，站起身来把挎包拎个底朝天，一大堆花花绿绿扎成捆的钞票像小山一样堆在苟律师的办公桌上。

苟律师一时惊诧，言语结巴起来：“用……用不……不了这么多，当初我才收……收了五万。”

马秉义坐回到沙发上，显得异乎寻常地平静：“苟律师，我本想另外给王大毛请个律师，可是又担心另找的人和你配合不好，所以我就还来找你。这笔钱我就交给你，或者说由你来支配。你找一个能跟你合得来的律师，一块儿做这个案子。如果你嫌费用少，我还可以再加一些。”

苟律师站起身来，把钱迅速地整理到一起，码到桌子的一角，顺手拿起一张报纸遮住：“足够了，足够了，够请一个辩护团了。”

马秉义说：“兵在精而不在多。苟律师你要能再找一个敢啃硬骨头的，管保马到成功。”

“成功？”苟律师突然回过神来，“我说马总，你想让我们做到啥结果？莫非是无罪放人？”

马秉义笑了一下：“我又不是三岁的小孩，尚义和大毛都犯了罪，不给点儿教训，别说国家法律不答应，就连我也不会答应的。我只是希望能在法律规定的范围内尽量让他们判得轻一些。”

苟律师松了一口气："马总你是个通情达理的人。"

马秉义又点着一支烟。

苟律师转身从背后的书柜中取出一个纸盒子打开，拿出一个古铜色的工艺品烟灰缸放在马秉义面前的桌子上。

马秉义往烟灰缸中掸了掸烟灰说："苟律师，我有个要求。"

苟律师显得很豁达："马总你尽管讲。"

"我希望你每周能给我通报一次案情。"马秉义目光中露出不容置疑的神色。

苟律师微微一笑："你找对人了，别的律师在这点上可能满足不了你，而我行。"

马秉义略略一怔："苟律师你告诉我，为啥你能行，别人不行？"

苟律师轻描淡写地说："我表妹夫就在市局经侦支队，他办案子常请我给他支招。"

"他叫啥名字？"马秉义问。

"名字……"苟律师有些犹豫，停了几秒，还是说了出来，"毛宏春。"

马秉义心里一喜，这真是个意外收获。

苟律师沉思了一小会儿，看着马秉义说："马总，我看你也是个爽快人，我愿意把你当朋友看，有些不该说的话我也就给你说了，马尚义的案子，市局还要挖出后边的主犯。"

马秉义接住话头："主犯不是王大毛吗？"

苟律师轻轻摇了摇头："有人不这样看，可能人家觉得你马总当个主犯才是合情合理的事情。"

马秉义故作惊讶："你说什么，怀疑我是主犯，是谁这么想的？"

苟律师说："'八一三'案件专案组组长、市公安局副局长方鸣。"

马秉义气咻咻地说："这些个吃人饭不干人事的当官的，就知道瞎胡猜，还不是因为案子发生在我的工地上，我是法人代表，就想当然地给我搁事。不过话又说回来，咱身正不怕影子斜，我看你方局长能找出证据来寻上我，那才叫出了奇了。"

苟律师突然想起了什么，一拍脑袋："哎呀，马总，半天忙着说话，忘了给你倒茶水了。还好，我这里有朋友送来的还没开封的铁观音，我给你泡一杯。”

马秉义觉得此行目的已经实现，不想再浪费时间，挥了挥手说：“苟律师你不用客气，我还有事要先走一步。我再给你交代一下，你尽快安排律师去见见王大毛，就说我马秉义不管他犯了啥错，到死都认他这个兄弟，我会尽一切力量在外边搭救他，让他一定放心，好好地跟公安局把事情说明白。”

苟律师说：“马总你放心，这事儿委托给我，我会办好的。”

马秉义握着苟律师的手，道别时又冒出一句：“过后再谢。”

苟律师会心地笑了。

第二十一章

孙鸣飞依旧很忙，开不完的会，听不完的汇报，签不完的文件，整日像陀螺一样忙得不亦乐乎。但现在的孙鸣飞却感到前所未有的充实，而这种充实只有孙鸣飞自己明白，是因为有了一份牵挂。自从与明亮在咖啡馆会面之后，孙鸣飞是真的喜欢上了这个天上掉下来的妹妹。明亮知书达理，善解人意，浑身透着书卷气息，跟她在一起，孙鸣飞有一种置身花丛的清新感觉。咖啡馆见面之后，他们又见过两次，一次是明亮约孙鸣飞的，一次是孙鸣飞约明亮的。几次相会中，孙鸣飞都觉得时间过得太快。后来，明亮每天都会给孙鸣飞发一个短信，无非是“哥，今日天凉，注意加件衣服”，或者“哥，今日有雨，出门带把伞”。尽管这种嘱咐对孙鸣飞没有任何实质意义，但每每读着这短短的富含生活气息的话，孙鸣飞心里都热乎乎的。结婚十几年，那个和他在法律上互称夫妻的异性李红艳早已与他形同陌路，他实际上过着无异于单身的生活。每当看到电视剧中男欢女爱的场面时，孙鸣飞都会觉得那是编剧们胡编乱造，他不相信男女之间会有真的爱情。可没想到，这个纯情的明亮突然唤起了他尘封多年的儿女之情。在明亮见天给他小小问候的同时，他又何尝不是时时牵挂着那个娇美的小妹，他想她坐在桌上写作的样子，想她站在讲台上给学生授课的神态。有时候，他也不免为自己四十多岁一个半老男人竟然有这样的心态而感到害羞，可他的确在这种牵挂中感受了从来没有过的快乐。但是，孙鸣飞毕竟又是一个十分理智的人，他告诫自己，明亮只是一个清纯可爱的妹妹，两个人的关系最好停留在这个层面上，他的身份不容他越雷池半步。尽管孙鸣飞不得不承认自己对这个妹妹有一种异样的爱恋，可这一切，只能存在心中，他认为最美不过保持柏拉图式的情感。

昨日接到省委组织部临时通知，作为新区管委会主要负责人，孙鸣飞要到北京中央党校参加为期五天的一个理论研讨班，不得缺席。孙鸣飞把工作向副手做了简单安排，又让办公室主任杨昌利为自己买好了机票。明天一大早坐飞机出发，今天下午和晚上还有些空闲时间，孙鸣飞想着临走前再和明亮见上一面。前几次他们俩都是在明亮咖啡馆喝茶吃简餐，孙鸣飞一直想请这个妹妹吃一顿像样的大餐，毕竟当哥哥的要有点儿男子汉的风度。但孙鸣飞心里也多少有些顾忌，他担心只他们两个人，去低档餐馆，怕明亮觉得寒碜；去高档酒店，又怕让熟人看见引起不必要的误会。今天有些时间，索性他可以亲自驾车与明亮去郊外找个地方吃顿饭。

主意打定，孙鸣飞拨通了明亮的手机。很快，话筒里传来了让他感到亲切无比的声音。明亮惊喜地说：“哥哥，我正想给你发信息，我现在带着学生去实习，车刚进南山，满山遍野一望无际的红叶，好看极了。你说，你有什么事？”

一听明亮说带着学生去实习，孙鸣飞知道自己今天的计划要泡汤了，心里不免生出几许遗憾，就把原本准备说的话都咽了回去，改口说道：“我没事，就是问你一声好，顺便告诉你，我明天要到北京去参加一个会议。”

“去北京？多长时间？”

孙鸣飞答：“会期五天，来回也就是一个礼拜左右。”

明亮略沉默了一下，随即用欢快的声音说道：“好啊，哥哥，成天忙得顾不上歇脚，有机会到北京去开会，权当去休假，好好休息几天。”

孙鸣飞说：“你好好保重，到北京后我会给你打电话。”

明亮嘿嘿一笑：“哥哥，这话该我说。你去时多带几件衣服，北京早晚天气比汉京凉，小心感冒。”说着她又压低了嗓音：“哥哥，我会想你的。”

孙鸣飞知道明亮周围可能坐着一圈学生，挂上电话，孙鸣飞心里有一丝淡淡的惆怅。

手机提示铃声轻轻响了两下，孙鸣飞拿起一看，是明亮的信息：“哥哥，我的心此刻已不在这美景如画的山中，我想吃北京的糖葫芦，我想吃前门的烤鸭。”孙鸣飞信手回了一条温馨的信息：“我回来时买只烤鸭带给你。”

在北京的几天，孙鸣飞感觉比上班时单调得多，除了听听老师讲课外，就是开开座谈会。平日拘谨惯了的官员们来自天南海北，凑在一起除了几句官样文章的开场白，就是各自神侃自己治下的逸闻趣事，倒也轻松。这天中午刚下课，孙鸣飞拿出手机。因为上课时手机设置为静音，所以一下课他就习惯看看手机上有无重要的未接电话或信息。几条有关公务的电话和信息让他觉得无趣外，明亮在信息中发给他的一首诗不禁让他心旌摇荡，他忍不住轻轻地读出声来：

我手持一片红红的秋叶静思默想，
恨不得像叶片摇曳飞向遥远的北方。
最是这说不清道不明的牵挂，
有谁解这朦朦胧胧中的甜蜜惆怅？

中文系毕业的孙鸣飞虽不擅长诗歌创作，但他能读懂这些饱含深情的文字字里行间的浓浓温情。他仿佛看到坐在桌前的明亮，一手拿着钢笔，一手托着腮，正在凝眸沉思。他想了想，编了一段信息：“北京的秋天，是一年中最好的季节，最好的季节中有最好的体验。可惜我不会写诗，否则的话，我也会献给你几首拙作，以不虚此行。”

研讨班结束的前两天，孙鸣飞打算抽点儿时间去逛逛。他记着来之前明亮给他手机上留言说想吃前门的烤鸭，虽然有些调侃的意思，但他觉得真的应该给明亮带回去一只正宗的全聚德烤鸭。

下午的小组讨论会刚结束，孙鸣飞在地图上看了看路线，背上包正准备出门，手机响了，一看正是明亮的号码，急忙接通，“喂”了几声，却不见对方回应，以为手机掉线了，正准备挂断再拨过去，却听见明亮咯咯地笑声：“哥哥，跟您说件事，您不会批评我吧？”

孙鸣飞说：“啥时候学得这么客气，再说我哪有资格批评你？”

明亮说：“哥哥，我想见你。”

孙鸣飞柔柔地说：“再过几天，我就回汉京了。”

明亮说：“可是我就想现在见你。”

孙鸣飞开玩笑说：“那你到北京来。”

明亮的口气有些严肃：“哥哥，这可是你说的。”

孙鸣飞有些语塞。相互沉默了有半分钟，明亮说：“哥哥，我已经到北京，我住在玉渊潭附近的小天鹅宾馆。你能到我这里来一趟吗？”

“什么？”孙鸣飞感到吃惊，“你真的来北京了？”

明亮说：“哥哥，你要是心里惦记这个妹妹，就快些来这里，我住在八号楼1800房间。时间还早，你晚上请我吃饭。”

孙鸣飞不假思索地说：“好，我马上过去。”

放下手机，孙鸣飞心里一阵激动，他不知道明亮是因为有其他公务恰好此时来北京，还是专程冲着他来的北京。但不管怎么说，明亮此行，肯定是有意安排的。在汉京时，他与明亮每次会晤多少都有些顾忌，因为他害怕碰见熟悉的人说三道四，现在身处这个相对陌生的城市，他不担心某个角落里隐藏着别有用心的眼睛，他可以像普通人一样，随心所欲地放飞自己。

四星级的小天鹅宾馆坐落在绿树掩映的玉渊潭湖边。宾馆的占地面积不算小，院落的假山、流水以及各种名贵的树木让乍进来的人感觉有如公园一般。出租车司机在闲聊中告诉孙鸣飞，小天鹅宾馆实际是部委招待所，它的实质规格已经达到五星级标准，只是因为接待工作的需要，低定了一个星级。

出租车子七拐八绕后，停在了八号楼前。

孙鸣飞走进富丽堂皇的接待大厅，心里又是一阵感慨。看这架势，这儿的住宿费用是不会低的。孙鸣飞一向清廉，他是苦出身，节俭的习惯一直保持着，往日他出差在外，除非会议安排或商事要求，他都要求属下安排不超过三星级的饭店或宾馆。明亮此行，估计是单人独行，仅仅这种奢侈的住宿就让身为厅级官员的孙鸣飞心中有了几分慨叹。

孙鸣飞觉得还是应当保持一些基本的礼节，他没有直接乘电梯上到十八楼明亮的房间，而是坐在专为访客设置的大堂会客厅内。坐上柔软的真皮大沙发，半个身子陷进去，像是被松软的棉团包裹起来，惬意而又舒服。孙鸣飞掏出手机，给明亮又拨了个电话，告诉他自己已坐在八号楼接待大厅。明亮说："哥哥你干吗不直接上房间来呢？"又咯咯笑了一下说："好了，好了，哥哥你坐着别动，我这就下楼去接你。"孙鸣飞又禁不住一阵怦怦心跳。

当明亮款款地朝孙鸣飞走过来的时候，孙鸣飞简直有些不相信自己的眼睛。此时此刻的明亮，完全不同寻常的模样，她穿着一身既像睡衣又不像睡衣的休闲装，脚下趿拉着一双颇有工艺品风格的布质拖鞋，原本头顶上那团带有标志性的发髻不见了，代之为如瀑布般散开的长发，显然是刚刚沐浴罢。大厅里略带点儿红色的柔光照在她身上，与周围富丽的装饰相互映衬。

这分明是一幅绝美的公主出浴图。孙鸣飞看呆了。

明亮走到孙鸣飞跟前，孙鸣飞依然坐在沙发里没动。直到明亮笑着，伸出手要跟孙鸣飞握手时，孙鸣飞才意识到自己的失态，红着脸窘迫地站起身来，握住明亮的手。

明亮说："哥，我几天时间没见你，你又显瘦了。"

孙鸣飞不由自主地说了一句："多日没见你，你更美了。"

明亮指了一下大厅硕大的钟表："哥哥，已经六点半了，咱们先去吃饭，要不然饭点过了，大厨一下班，饭菜质量就差了。"

孙鸣飞第一次听人说在宾馆吃饭还怕厨师下班的，笑道："我听妹妹的。"孙鸣飞又看了一眼明亮脚上的拖鞋说道："咱们要出门，你要不要去换鞋子，我还在这里等你。"

明亮又是一笑："出去多麻烦，大厅左拐就是宾馆的餐厅，比外边干净、方便，我们就去那里。"

偌大的餐厅里食客看上去并不多。门迎小姐冲着孙鸣飞和明亮浅浅地鞠了一躬，款款地问二位是用西餐还是中餐。明亮看了孙鸣飞一眼，像是征求孙鸣飞意见，孙鸣飞抿着嘴笑了笑没吱声。明亮说："就中餐吧。"门迎又问坐大厅还是包间。明亮说："不坐大厅，不要包间，两个卡座就行。"门迎把二人带到大厅边上的小隔间座位上，又鞠了一躬退了回去。

门迎离开，大堂服务员走过来问二位需要用点儿什么，又双手递过了菜单。

明亮接过菜单又递给孙鸣飞说："哥，你来点菜吧。"

孙鸣飞连忙摇着手："还是你来。"

明亮不再客气，拿起菜单随手翻了几下，又合上。看着服务员，她用商量的口吻说道："就来一盘法式鹅肝，一份XO牛柳，一份清炒西兰花，一罐冬瓜煨汤。"服务生问要不要酒水，明亮说就要一瓶长城干红好了。

孙鸣飞坐了半天车，觉得有些口渴，问明亮要不要来壶茶，明亮朝服务员打了个响指，服务员回过身来，明亮说："麻烦来两杯苏打水。"

孙鸣飞笑着说道："你来吃中餐，却为何点西式菜？"

明亮也是一笑："哥哥，这你就老外了。其实我点的都是中餐，只不过名字听起来有点儿洋气而已，现如今饮食文化都讲究相互融合，中餐在受到西餐影响的情况下不断改进，西餐也在中餐的熏陶中变着花样。就说这法式鹅肝，实际上就是卤水鹅肝，只不过鹅肝的原料和卤制汤的配方上吸收了一些西式工艺。XO牛柳不过是酱爆牛柳中加了点儿红酒。”

孙鸣飞从来没有和人聊过厨艺，见明亮说得头头是道，不免来了兴趣：“你刚说鹅肝的制作原料不同，你详细说来我听。”

明亮清了清嗓子说：“传统的中国鹅肝用的是一般的鹅肝，卤水中少不了盐水、花椒、大料、黄酒之类，制成的食物看上去发黑，味道陈香却有些发苦。而法式鹅肝是用特别饲养的鹅宰杀后的肝脏炮制。这种鹅饲养时长期食用大量的食用酒精，这样一来鹅的肝就变得肥大，说白了就是酒精肝。把这种酒精肝再用改良的卤水卤制，制成的食物颜色透亮，味道鲜香，略带甜味。”

孙鸣飞听得目瞪口呆：“原来你对厨艺这么有研究。”

明亮兴致盎然：“哥哥，孔老夫子说，食色，性也。这食乃人生第一要务，我们天天都要吃饭，不只是要吃其然，也要吃其所以然。中国的四大菜系闻名遐迩，鲁菜、川菜、粤菜、淮扬菜，各有千秋。为什么粤菜现在最受欢迎，就是因为粤菜最早接受了西方饮食文化的影响。”

孙鸣飞禁不住轻轻地拍起了巴掌：“哎呀，我只当你会写诗，会讲新闻写作，没想到你还是美食家，你可以去兼职教烹饪课。”

明亮淡定地说：“哥哥，人生一世，草木一秋。既到这个世界上走了一遭，就要对得起自己。要学会生活，尽可能地体验生活。”

菜上齐了。明亮举起高脚玻璃杯在空中轻轻摇了几圈说：“哥哥，当年李白斗酒诗百篇，那么多传世之作大都是酒精激发出来的，所以读起来豪迈。我不喜欢喝白酒，因而也写不出气吞山河的诗句来。可是我喜欢喝红酒，每次看见杯中这诱人的猩红色，心里就泛起无限的柔情，就像在读一首柔曼的诗。”

孙鸣飞问：“你莫非又有了吟诗的雅兴？”

明亮仍然举着杯子，目光定定地看着杯中的红色液体，轻轻地吟道：

我是一叶波涛中上下起伏的小船，
不知道何日可以到达幸福的彼岸，
今夜风平浪静，
休负了这令人心醉的心田港湾。

明亮的眼中分明溢出了泪水。孙鸣飞也受到了感染。他此刻并不能完全理解明亮这首即兴吟来的诗的全部含义，但他起码知道，这是一个疲惫的女子在获得暂时的抚慰后发出的心声。

孙鸣飞举起杯子，朝明亮伸过去："来吧，我多愁善感的好妹妹，愿这杯酒带给你开心。"

明亮破涕一笑："哥哥，我参加宴会时也喝酒，但那叫灌酒，除了痛苦没有别的感觉。情绪好时，常常独自一个人品酒，品着品着就不知不觉地哭了。今天我和你在这远离家乡的地方对饮，心里真有一种说不出来的幸福滋味。"说着话两个人把杯子碰到一起。

孙鸣飞想知道明亮此行的背景，他更想知道明亮享受的这种奢华来源于哪里，但他不好意思明着问出来，因为他觉得聊起这种话来未免有些俗。毕竟他现在对眼前这个让他心仪的女子还了解得不透，甚至他连明亮的家庭状况都还不知道，她的丈夫是干什么的，孩子多大了，这些他都不清楚。

孙鸣飞吃了几口菜说道："喝着红酒，再细品你点的这几个菜，真的能领略出你刚才所说的饮食文化中中西合璧的味道。"

明亮说："当然，有些传统的东西必须保持原汁原味，如果扛不住外来侵略，就会丧失生命力。就像北京烤鸭一样，只有死守住千锤百炼的制作工艺，才能保证传统特色经久不衰。"

孙鸣飞突然想起原本打算下午去买烤鸭的事："你不知道，下午接你电话的时候，我正准备上街去买两只烤鸭给你带回去。"

明亮又笑了，边笑边用手捂住嘴。孙鸣飞一时有些莫名其妙，怔怔地看着明亮。

明亮笑罢说道：“哥哥，说你土你真土，烤鸭哪能带出去吃？店里的鸭子都是从炉中取出来现场由厨师片开即取即食，一旦放凉了，也只有扔的份儿了。”

孙鸣飞有些不解：“食品商店里不是搁着包装好的北京烤鸭在卖吗？难道那些商品买回去都得扔。”

明亮夸张地点点头：“不扔，也只能凑合着当成过期食物随便吃吃或者炖咸汤了事。”

看孙鸣飞一脸茫然，明亮又说：“哥哥，现在的商品，有好些是只卖概念的，买家也多是为了送礼而买的。北京烤鸭名闻遐迩，就成了商家营销的噱头，所以商店的烤鸭就成了商家赚钱、买家表达礼数的一种载体而已。你要是不信，改日买一个包装漂亮的烤鸭尝尝就知道了。”

“你打算再在北京待几天？有需要我这个哥哥帮忙的吗？”孙鸣飞策略地打听明亮的行程。

明亮说：“哥哥，我是来看你的。你让我啥时候回去，我就啥时候回去。”

孙鸣飞一惊：“你是专程来看我的？”

明亮眼睛睁得老大：“不可以吗？你不是今天说让我到北京来吗？”

孙鸣飞说：“那阵子你已经到北京了。”

明亮说：“那不正好说明我和哥哥心心相印吗？”

“你来这一趟得花多少钱？”孙鸣飞到底忍不住说出了自己的困惑。

明亮反问道：“这很重要吗？”

孙鸣飞自嘲道：“我是个俗人，有些看不懂。你是个老师，也挺不容易的。”

明亮又是一笑：“哥哥，你不但是老土，还是老外，你别小瞧我们学校。上头说十年改革最大的失误是教育，这几年国家政策就向教育事业倾斜起来。大的不说，你现在到农村看看，每个地方最气派的建筑物必然是中小学校。咱们大学就更不用说了，每年的经费愁着花不完，学校明里暗里鼓励大家花钱，因为今年的钱花不完，明年就不好追加经费。我手里有几个科研项目，经费每年都有结余。”

原来是这样，孙鸣飞恍然大悟。想着自己在雁马河管委会主政期间，因为办公经费不足，三令五申要求各部门压缩开支的情景，心中不免有些说不出来的滋味。

孙鸣飞随口叹道：“现在的体制，真的有些琢磨不透。创造财富的没资格花钱，有条件花钱的不知道财富创造的艰难。”

明亮低头夹着菜，瞥了一眼孙鸣飞：“哥哥，你又来了，在我眼里，你就是体制内的一个不大不小的官员。至于国家的大政方针嘛，那是上头的事情，我们只需要把分内的事儿做好就行了，正所谓‘食肉者谋之，又何间焉’。”

孙鸣飞感慨万千：“与君一席话，胜读十年书。明亮啊明亮，你不愧为老师。”

吃罢饭，明亮唤来服务生买单，孙鸣飞忙从口袋里掏出了钱夹子。

明亮做了个手势挡住了孙鸣飞：“哥哥，你能拿回去报销？”

孙鸣飞心想，我何时有过把私人接待的费用拿回单位报销的习惯，看来这个妹妹对我还是不完全了解。正想争执几句，又听明亮说道：“哥哥，你别跟我外气。让你自己掏腰包，实在没有必要。让你拿回去报销，还得你在用途上费脑子，还不如我回去稀里糊涂给财务上一交，权当是给我们争取来年经费的压力减减负。”

孙鸣飞想了想，把钱夹子装回了口袋。明亮在服务员递过来的餐单上龙飞凤舞地签上了房号和自己的大名。孙鸣飞偷眼瞄了一下，这一顿饭花了五百八十元。

已经是晚上九点多了，孙鸣飞觉得应当知趣地适可而止。他看了看明亮那似乎征求他意见的眼神，故意用不经意的方式，撩起衣袖看了看表：“时间不早了，你今天坐飞机累了，该早些歇下。要不然咱们到此为止？”说完，却见明亮摇了摇头，表现出十分不情愿的样子。

孙鸣飞又说道：“要不然我陪你在院子散散步。刚才我进来时看见这院子风景还不错，有点儿公园的味道。”

明亮嘟起嘴巴，像是生了气，瞬间又咧开嘴笑了：“哥哥，真不知你是关心我还是冷落我。人家专程来看你，这样急急忙忙地吃顿便餐，就算了事？这大老晚的，我还穿着个拖鞋，院子有蚊虫叮咬倒不说，万一草丛蹿出一条蛇什么的，还不把人吓个半死。”

孙鸣飞显出无可奈何：“那你要干啥？我听你的。”

明亮说：“你陪我喝杯咖啡吧。”

孙鸣飞向四周环视了一圈：“不知道这酒店里有没有夜咖啡馆？”

明亮说：“哥哥你不必费心，房间里有个小型消费吧台。我刚看了一下，倒还不算太赖。咱们回房间，我给你煮咖啡。”

孙鸣飞心底升腾起一种异样的感觉，嘴上说道：“客随主便。”

这家酒店的房间应该是按照五星级的标准配备的，房间的面积看上去有将近四十平方米。松软的羊毛地毯踩上去让人有腾云驾雾的感觉。一张两米宽的席梦思大床放在房间黄金分割处的副中心位置。靠窗的部位放着两排对应着的布艺沙发，中间设着一个矮矮的但却显示着精湛工艺的花梨木茶几。明亮打开窗帘，霓虹闪烁的夜景立时扑入孙鸣飞的眼帘。远远望去，在鳞次栉比的高楼环绕中，有一大片波光粼粼的水面，水面上有星星点点的亮点，估计是游船之类的东西。

孙鸣飞盯着窗外随口问道：“那是玉渊潭吗？”

明亮说：“是的，我每次到北京来都喜欢住在这里，玉渊潭的名字富有诗意，这里的环境也好。我住的房子叫湖景房，每次来前我都打电话预订上。”

孙鸣飞由衷地叹道：“诗人的意境，诗人的生活，诗人的消费。”

“哥哥，你稍坐片刻。”明亮把孙鸣飞招呼坐到靠窗的沙发上，自己转身进了卫生间。

孙鸣飞又把目光转向窗外的夜景，看着万家灯火，他想象着在那一户一户亮光的房间里，不知道演绎着多少人间欢歌，又不知发生着多少人间悲凉之事。湖面游弋的小船上，那些开心的人们不知会不会想到大街小巷中饥寒交加的流浪汉。孙鸣飞忽然又想起最近让他感到有些焦头烂额的拆迁纠纷。新区建设中，为拆迁补偿而上访不断的村民，已经有人蠢蠢欲动准备进京讨说法。如果那些为了保卫家园而豁出身家性命讨说法的人，看到此刻这番情景，不知作何感想。

从卫生间出来的明亮坐到孙鸣飞的对面。孙鸣飞眼前又是一亮。现在的明亮，比刚才又多了一份妩媚，眉毛更浓了，嘴唇更红了，生动的雀斑融入淡淡的红晕中。

孙鸣飞赞道："你更漂亮了。"

明亮道："难得哥哥欣赏我。常言道，女为悦己者容。我这夜妆，就是为哥哥一个人化的。"

孙鸣飞心里一阵阵甜蜜。

明亮又站起身，从小吧台拿下咖啡壶，熟练地插上电源。一阵嗞嗞的电热器发出的声音，显得悦耳动听。明亮再走到窗前拉上窗帘，屋子里立刻充溢着无以复加的柔和与静谧。

孙鸣飞问："刚才你打开窗户，美景尽收眼底，现在为何又拉上窗帘？"

明亮咬了咬嘴唇说："大多数的时候，人是在群体存在时共享资源。但最高的境界，莫过于单独欣赏自己或属于自己的东西，这就是孤芳自赏。哥哥，这会儿应当是我们俩最高境界的互赏。外边的景色，此时也许可以理解为是对意境的破坏。"

孙鸣飞说："诗人的眼里容不下一丝杂色。"

咖啡煮好，明亮给孙鸣飞和自己分别斟了一小杯，又呷了一小口，放下杯子说道："味道不地道，但还算醇。我就是喜欢咖啡这种无与伦比的曼妙苦味。"

孙鸣飞仗着刚才多喝了些酒，说话也就随意了一些："明亮，你总像谜一样，困扰着我的想象。你说话带点儿东北口音，为啥能到汉京去上学？你多才多艺，又似天马行空，真好似那首歌里唱的'你对我像雾像雨又像风，来来去去却总是一场空'！"

"有些事说起来真的让人伤感。"明亮又嘬了一口咖啡，"哥哥，你记得我给你说过我那个和你同名的哥哥在车祸中丧生的事吗？"

孙鸣飞点了点头。

明亮又说道："后来，我的母亲也随着哥哥去了。"

孙鸣飞心头一震，又看见明亮眼中的泪花。

“我姥姥家在辽宁鞍山，就是那个闻名全国的钢铁城。”明亮缓缓地说道，“我父亲是汉京市人。五十年代，我父亲初中毕业后投奔他远在鞍山的舅舅，在那里结识了我妈，后来两个人爱得死去活来，终于走在一起。那个年代，东北是老工业基地，国家号召支援大西北的时候，我母亲动员我父亲回到家乡，母亲当然也义无反顾地带着哥哥一起到了汉京。那会儿汉京市要上一个大型炼钢厂，东北来了大量的骨干人员，我父母就属于其中的成员。后来我母亲生下了我。因为从小在东北人聚居的圈子里生活，所以说话的口音就不可避免地打上了烙印。本来我们一家四口日子过得和和美美，不承想那年一场突如其来的车祸夺走了哥哥的生命。”

孙鸣飞一阵激动，原来明亮的父母竟与自己的父母有着相似的经历，他们在同一时代、同一背景下，为了同一个目标，从东北辗转到大西北。孙鸣飞愈发觉得自己和明亮之间有一条神秘的线牵着。

“哥哥死了，我不敢独自去上学，更不敢面对那一段夺走哥哥生命的马路。无奈爸爸只好每天绕道送我上下学。久而久之，爸爸也要正常上下班，总不是长法。没办法，我只好转到另外一个稍远一些的学校去继续学业。因为离家路途远，不得已成了住校生，每个礼拜六才回家一次。可是另一个麻烦我当时并不理解，自哥哥走后，母亲经常莫名其妙地发呆，有时候哭一阵，有时候笑一阵。母亲好时把我搂在怀里亲来亲去，哭闹时我吓得躲到一边。我永远忘不了，一个礼拜六，我被父亲接回家时，看见家里的桌子上摆着母亲的相片，四周用黑布绕着。父亲告诉我说母亲去了很远的地方，回不来了。再后来长大一些，我才知道，母亲因受了刺激，先是患上抑郁症，后来演变成分裂症，趁父亲不在家时，母亲从五楼的阳台一跃而下……

“父亲经受的打击可想而知，我成了父亲唯一的精神安慰。父亲三天两头就到学校来看我，抱着我就只是无声地流眼泪。过了几年，我的家里来了一个阿姨，父亲让我把阿姨叫妈，可是我死活看她不像我妈。尽管那阿姨整天对我笑，我咋也不喜欢她，后来阿姨也就不再对我笑了。再后来，礼拜六父亲接我回家时，我说我不想回家。父亲问为啥，我说嫌家里有个阿姨。父亲问礼拜天学校没有同学和老师，我一个人怕不怕，我说那也比回家好，父亲就又流泪了。再后来，父亲又来接我，他对我说：'亮亮，你回家吧，那个家是你的，不是阿姨的。她走了，再也不会回来了。'

"父亲为了我与那个阿姨结了婚又离了婚，后来一直没有再续弦。父亲经常到学校来看我，给我送吃的，给我源源不断的零花钱。我在同学们心目中是最富有的人。父亲跟我说，为了他的亮亮他什么都可以不要，但亮亮一定要争气，好好学习，对得起爸爸，对得起疼你爱你的妈妈和哥哥。让爸爸开心的是，我的学习成绩一直很好，从初中到高中直至考上大学。拿到大学通知书时，爸爸高兴得落泪了，他在饭馆里摆了几桌，把他的同事连同我的高中老师都请去喝酒。那年代不像现在，孩子考上大学摆席请客的人很少。

"大学毕业后，我如愿以偿地找到了自己心仪的工作，做了大学老师。风华正茂时，追我的男孩子不少，后来千挑万拣，我跟一个在另一所大学当哲学老师的助教确定了关系，谈了一年，结婚了。两年后我有了孩子，一个眼睛长得大大的小天使般的女孩儿。可是没有人知道，我的婚姻生活糟透了，那个哲学助教是个认真到极致的人，他把逻辑关系应用到无所不在的领域和细节中。慢慢地，我明白我们两个人其实不是一路人，促使我下决心跟他分手是他对我的侮辱。年迈的父亲是我在这个世界上最忘不了的牵挂，我常回家去看父亲。哲学助教说我变态，有浓浓的恋父情结。我们分开时，哲学助教坚持要把孩子给他。我感觉哲学助教的妈妈，也就是我那个婆婆是个好人，加之我懂得父爱如山，我就答应了他的要求。这是五六年前的事情。"

明亮一口气说完了自己的前半生，像是叙述一段听来的故事，显得平淡无奇，而孙鸣飞却听得心潮起伏。原先明亮只告诉他亲哥哥死于车祸的事儿，他只以为这个清纯可爱的女人内心隐藏着一段痛彻心扉的记忆，他没想到其实明亮自小就是在一个缺乏母爱的环境中成长。孙鸣飞难过地低下了头，小声说道："对不起，明亮，我勾起了你痛楚的回忆。”

明亮看着孙鸣飞，眸子里射出热辣辣的光：“哥哥，我第一次见到你，就觉得有一条无形的线牵着我们。现在，你是我心心相印的亲人，我没有理由对你隐瞒我的一切。”

已经是晚上十点多，孙鸣飞担心自己回去太晚会影响其他学员的休息，再说明亮累了一天也该歇下了，孙鸣飞恋恋不舍地向明亮道别。明亮站起身做出送别的样子。孙鸣飞上了趟卫生间，用毛巾擦了一把脸，出来跟明亮轻轻地说了声“晚安”，一只手去拉房门的把手。

一直站着没动的明亮，却突然扑了过去，紧紧地抱住了孙鸣飞的腰，喃喃地说：“哥哥，我舍不得离开你。”

孙鸣飞僵住了。

尽管在潜意识里有一种朦朦胧胧的期盼，但当这种情形实实在在地发生时，孙鸣飞还是有些心慌意乱。他怔怔地站着，不知道该如何回应眼前这一幕。直到明亮在他的怀里嘤嘤地哭泣起来时，他才伸出手抚摸着明亮油亮柔滑的头发。

半晌，明亮从孙鸣飞的怀里抬起头来，痴痴的泪眼盯着依然有些发木的孙鸣飞：“哥哥，今晚别走了，陪着我好吗？”

孙鸣飞回过神来，越发地不知所措：“明亮……我……我觉得……”

明亮伸出手，轻轻地掩住孙鸣飞的嘴巴，半是依偎半是推着孙鸣飞向房间里挪去。孙鸣飞身子好似不听使唤，不由自主地往后倒退着。待退到床跟前，孙鸣飞后腿弯被床磕着，身子向后倒去。明亮就势压在孙鸣飞的身上，两个人立时陷入柔软的席梦思床上。不待孙鸣飞翻身，明亮滚烫的双唇已紧紧地贴在孙鸣飞的嘴巴上。

好久以来积聚在孙鸣飞心头的倾慕和向往瞬间被激发出来，他反手按住明亮，忘情地吻遍了明亮的头发、脸颊、眼睛、耳朵，他的手隔着薄薄的绢纱抚摸着明亮丰满的乳房，一股电流传遍了全身，让他有一种震颤的感觉。这种感觉孙鸣飞平生从来没有体验过，他有些抑制不住自己，真想大喊大叫。直到明亮抓住他的手，从床上坐起来，凌乱着头发，大口大口喘着粗气时，他才回过神来，为刚才的鲁莽向明亮道歉：“对不起，我太激动了。”

“谢谢你。”明亮说，“真的谢谢你能接受我，我真的很幸福。”她一边说着，一边就帮着孙鸣飞去解衣服扣子。

孙鸣飞突然觉得自己忙活了一整天，身上出了不少汗，应当去洗个澡，就把明亮轻轻地按倒在床上，吻了一下说：“你躺着，我去洗个澡。”

待孙鸣飞穿着酒店房间配置的浴衣走出卫生间时，明亮已经把房间的大灯都关上了，仅仅留着床头发着弱光的灯。床铺已经整理好，明亮盘腿坐在床上，妩媚的脸上似乎略带一些娇羞，那样子就像是新婚房中刚刚揭去盖头的新娘。

孙鸣飞陡然间心里一个激灵，此情此景，与他当年和李红艳结婚时的情形何其相似。李红艳当年在宾客散去后的新婚之夜，也是这样坐在床上，孙鸣飞初看时不禁心旌摇荡，可当他把欣赏转换为行动时，那个美人却像被蜂蜇了一样大呼小叫。几次霸王硬上弓之后，孙鸣飞兴头全无。今天，这一熟悉的情境，竟又出现在他的面前。

看着发愣的孙鸣飞，明亮笑道：“哥哥，你又不是不解风情的小阿哥，干吗还羞羞答答。”

孙鸣飞猛然意识到有些失态，言不由衷地说：“明亮，你坐在那里真像新娘一般。”

明亮说：“但愿哥哥不要嫌弃我，半老徐娘了，再怎么说也是中年妇女。”

孙鸣飞与明亮相依着钻进被窝，麻木地任由明亮除去他身上的衣服，待明亮也光着身子紧紧地贴着他时，他才意识到自己有生以来第一次和别的女人发生了婚外情。这个一段时间让他魂绕梦牵的女人此刻就光溜溜地躺在他的怀抱中，他可以随心所欲地摆布她，侵入她的身体。可他似乎没有那种欲望，他满脑子仍然充斥着与李红艳的往事。

明亮把头埋在孙鸣飞的臂弯里，动情地舔舐着孙鸣飞的肌肤，两只手交替地上下抚摸，最后，一只手牢牢地握住孙鸣飞胯间的物件。

孙鸣飞此时正沉浸在不愉快的回忆中，对明亮的渴望和爱抚却丝毫没有回应的激情。

好久，明亮把头从被窝里探出来，有些忧郁地说：“哥哥，你不喜欢我？”

孙鸣飞扑哧一声笑了：“这个时候你叫我哥哥，不就是灭我的兴头了吗？”

明亮摇了摇头：“哥哥你在说假话。”

明亮坐起身来，把衣服披在身上，沉思了一会儿，轻轻吟道：

我憧憬在遥不可及的巅峰之上，
尽情地体验至高境界的淋漓酣畅！
我盼望上帝赐给我神奇的力量，
就在这静谧的温柔之乡。

吟毕，明亮的眼中滚出了豆大的泪珠。孙鸣飞忽然感到一阵心疼，这个给他献出了感情和身体的女子，此刻无疑承受着莫大的心理痛苦与失落。孙鸣飞觉得对不起她，他似乎应当把自己的心理活动告诉明亮，他既不能让明亮在生理上得到慰藉，起码应当在心理上抚慰她。

孙鸣飞又轻轻地把明亮按下躺在自己的怀里：“明亮，你别生气，听我给你解释。”孙鸣飞一口气把自己当年经人介绍认识李红艳，新婚之夜不欢而散，几次单方面冲动而后丈母娘义正词严谴责自己，再后来与李红艳形同陌路的情形叙述了一遍。当然，他隐瞒了自己那个独生女儿是野种的猜测，因为他觉得那是一个男人只能埋在心底永不示人的耻辱。

果然，当孙鸣飞说完这些往事的时候，明亮的神态缓和下来，她用手指替孙鸣飞抹去眼角的泪痕说：“哥哥，原来你心里受过这么深的伤。放心吧，妹妹以后慢慢抚慰你受伤的心灵。”

孙鸣飞两只手捧着明亮的脸蛋说：“咱俩都这关系了，以后就不要哥哥妹妹的叫了。”

明亮倔强地摇着头说：“不，你就是我的哥哥，我的亲哥哥。莫说今天你我只是情人，就是日后有机会做了夫妻，我也叫你哥哥，一直叫到老。”

孙鸣飞心里又是一阵激动：“好妹妹，随你怎么叫都行。”

明亮显然是累了，跟孙鸣飞又说了一会儿闲话，就静静地进入了梦乡。孙鸣飞却怎么也睡不着，看着熟睡的明亮，说不出心里是甜蜜还是痛苦。在官场混迹了近二十年，他看惯了那些形形色色的丑态劣行，每当有人传言某某领导有几个情妇时，他都会嗤之以鼻。他自己做梦也没有想到，自己有朝一日也会拥着一个不是妻子的女人上床。现在他才知道，这世界上有些东西真的不能简单地用非白即黑的观点去分析判断，有些传统观念根本不能接受的东西，往往就是这样水到渠成、自然发生。孙鸣飞又回味着明亮的身世，不由得替这个可怜的女子感到酸楚。在不知内情的人眼里，年轻的女教授漂亮、阳光、能干、人见人羡，可又有谁知道她其实更有小鸟依人的需求。不管怎么说，从今往后关爱她、照顾她，应当成为自己的一份责任。

后半夜，孙鸣飞依然毫无睡意，躺在床上不停地翻身。他担心惊醒熟睡的明亮，索性悄悄地下床，独自坐在窗前的沙发上，把窗帘儿掀开了一道缝，漫无边际地在夜空中浏览闪烁的星星，想象着一栋栋高楼里面发生着的人间故事。

不知道什么时候，明亮也坐在孙鸣飞的身边。

孙鸣飞怜爱地把明亮身上搭着的披肩往上抻了抻，关切地说：“房间有些凉，小心别冻着。”

明亮问道：“哥哥，你一个人坐在这里想啥？”

孙鸣飞把胳膊搭在明亮肩上：“今天晚上，我们虽然没有干什么，但我想着从今以后，我的人生轨迹将会发生改变，因为我实实在在拥有了一个爱我、同时也被我深深爱着的女人，一条无形的红线将把我们俩牢牢地拴在一起。”

明亮说：“哥哥的话也是我想说的。”

明亮的肩膀上搭着一条薄薄的披肩，掩不住赤裸着的身子，曼妙的胴体纤毫毕现地呈现在孙鸣飞的眼前。这真是造物主的一份杰作，秀发下半掩着一张动人的脸，两个丰满的乳房，像两只蓄势待发的兔子。腹部红润的肌肤因为微弯的腰身，富有诗意地形成了几个环形的圆圈。圆圈的下边，一片黑色的毛发似乎不安于点缀的效果，不安分地向四周努力扩散着自己的地盘。孙鸣飞看得陶醉，恨自己不是画家，否则将会创造出一幅多么美好的艺术之作。

看着孙鸣飞的呆样，明亮说："哥哥，你别贪眼，往后妹妹这身子随时给你看，关键是不能光看……"

孙鸣飞说："看着就是享受。"

明亮突然又咯咯地笑起来，笑着笑着不禁前仰后合。

孙鸣飞有些莫名其妙："你有啥好笑的？"

明亮捂着肚子说："我想起来前一阵子，我们系一个年轻女教师结婚时，大家商量着咋样行礼，那个爱说段子的张放老师给大家说的一个段子，真是把人肚皮能笑破。"

孙鸣飞说："你说来听听。"

明亮忍住笑说道："说是有个学校的两个年轻教师结婚，教数学的老师送了一副对联。上联：开括号解平方只为求根；下联：走直线穿圆心直达终点；横批：零大于一。"

短暂的沉默之后，孙鸣飞笑得忍不住拍着巴掌说："绝了绝了！"

明亮又跟着笑个不停。

孙鸣飞看着掩面弯腰的明亮，突然间感觉到周身发热，一股强大的热流像是从心灵的最深处迸发出来，瞬间传遍了身体的每个部位，最后又汇成一股不可抗拒的力量，齐齐地汇聚在两腿之间。

孙鸣飞胯下的物件直直地挺起来。他突然站起来，像虎狼叼小羊一样抱起明亮，三步两步走到床前，把明亮抛到床上。随着明亮的身子在床上有节奏地弹跳，孙鸣飞重重地压在明亮身上。

明亮从毫无防备的吃惊中明白过来，顿时惊喜不已。她伸手捏住孙鸣飞那坚硬的物件，导引着进入自己的身体。

几分钟后，大汗淋漓的孙鸣飞躺在床上。明亮嘴巴贴着孙鸣飞的耳朵说:“哥哥，你是天下最棒的男人，有你在妹妹身边，妹妹就是最幸福的人。”

孙鸣飞眼角溢出了成串的泪珠:“妹妹，活了半辈子，我从来没有这样过，你让我成了真正的男人。”

“在你的眼里，我还是像雾像雨又像风吗？”明亮问道。

孙鸣飞笑眯眯地摇着头:“你记着，以后，‘寂寞的夜里你要知道，疼爱你的心永远不会老’。”

第二十二章

马秉义跟踪市公安局副局长方鸣已经一个多星期，方鸣的活动规律被马秉义掌握得差不多了。

自从荀律师给马秉义透露方副局长一直把他定性为案件主犯的信息后，马秉义心里就明白，不拿下方鸣，他是不会有安生日子过的。他随后找人打听了方副局长的人品和经历，知道这尊神是一个难缠的主儿，干起工作不要命，年轻时被毒贩子打瘸了腿，十多年来却丝毫不示弱，算是官场上身残志坚的人。但熟悉内情的人也给方副局长总结出三个短板：心黑、贪财、好色。既然方副局长有短处，马秉义就相信自己有能力找到缺口攻破他。近一段时间，马秉义给自己购置了几套服装、墨镜之类的盯梢工具，又在车上放了一架高倍军用望远镜。他先是设法打听清楚方副局长的车号、家庭住址等等信息，然后就是下班时分把车停在公安局门口不远的路边伺机跟踪。

功夫不负有心人。方副局长似乎喜欢亲自驾车出行，这给马秉义跟踪提供了方便。为了隐蔽自己，马秉义不得不保持应有的距离，虽然几次失去目标，但到底还是让马秉义发现了一个耐人寻味的秘密。这方副局长的家在市公安局家属院，但他下班后却经常把挂着警牌的车子开到一家停车场，然后再换上另一辆普通牌照的汽车，七拐八绕地进入位于北湖岸边的枫洲湾小区。这北湖是十多年前汉京市为打造美丽城市而开挖的一个人工湖，经过多年装扮，也就成了汉京市的著名风景区之一。北湖四周后来冒起一栋一栋的高档住宅楼，每个小区的门口都忘不了标上“高档住宅区”的唬人名头，当然也自然有了北湖区居民对自己的居住地引以为傲的心态。枫洲湾小区是北湖岸边最高档的小区，据说这里的商品房房价引领着汉京市的潮流。当马秉义发现方副局长几次下班后进入枫洲湾小区时，他断定这里是他踏破铁鞋寻觅缺口的理想之地。

马秉义轻松地找到了方鸣副局长落脚的具体楼号、单元号、房号。他在合适的位置上用望远镜对那间屋子观察了很久，清清楚楚在阳台上看到了一个女子的身影。马秉义心里有了谱，他决定实施更为大胆的行动。

这天，马秉义拎着一个沉甸甸的公文包，那里面装着他从本市知名度最高的金店里买来的十条黄鱼，每条黄鱼计重五百克，十条黄鱼总共五公斤。因为是大单交易，金店每克黄金优惠了五元钱，马秉义总共花了一百三十五万元。因为金店的点钞机出现了一点儿小故障，光数钱就花了十几分钟。当马秉义按响那套神秘的单元房门铃时，半晌无人应答。马秉义却是不懈地按着响铃，足足有两三分钟后，才听见屋子里一个懒洋洋的女人声音问道:“谁呀？”马秉义回答说是物业公司检查煤气管道的。门“吱呀”一声拉开后，马秉义不由分说闯进屋里。屋里的女人显然有些发愣。

马秉义打量着眼前这个女子，三十岁上下的样子，高挑的身材，白皙的面孔，一看就是那种过着养尊处优生活的女人。

女子看着马秉义不像是物业公司的工人，迟迟疑疑地问道:“你是谁？你找谁？”口音中有些外乡的味道。

马秉义用和缓的口吻说:“方局让我给家里送个东西。”

“送东西？”女子显得诧异，“家里不需要啥东西呀。”

马秉义说:“我不给你多解释了，方局跟我是多年的哥们儿，早间他跟我打电话说他有急事要出去一趟，把这个地方跟我说了，让我直接过来把东西交给你。”

女子犹豫了一下说道：“那让我给他打个电话？”

马秉义顿了一下说：“好吧，你打。”

女子掏出手机拨电话。马秉义平静地整理着自己的思路。他现在可以断定，眼前这位面容娇美的女人应当就是方鸣的二奶。既然自己已经站在了方鸣藏娇的金屋，就不怕这位道貌岸然的副局长再装模作样，他心里想好了和方鸣通话的开场白。

没想到女子连拨了几次电话，都没有拨通，女子就显得有些焦烦。

马秉义说：“早上方局出去说是参加一个重要的会议，估摸着这会儿可能会场上的信号有屏蔽，电话无法接通。”

女子盯了一眼马秉义手上的公文包说：“他让你送的是啥东西？”

马秉义从容地打开公文包，十个包装精美的盒子呈现在面前。再打开其中的一个盒子，黄灿灿的硕大的金条发出了耀眼的金光。马秉义偷眼看了一下那女子，只见她脸上闪出一丝惊喜，不由自主地张开嘴巴，半晌没有合上。

马秉义关上盒子盖，又合上公文包，双手把公文包递给女子说：“我平常当着人面把方局叫方局，人背后我叫他方哥，我们两个是十几年的交情了。我好早以前就知道你在这里，以后我会替方哥常来看你的。”

女子把公文包接过去抱在怀里：“你贵姓啊？”

马秉义说：“我姓马，快马加鞭的马。”

女子招呼马秉义落座。马秉义说：“不客气。”又好似关心地把房子四周打量了一圈。这是一套精装修过的住宅，看风格和装修用料，应当是花了不少钱。

离开枫洲湾小区，少了沉沉的公文包，马秉义手里轻松了，心里更是轻松。刚才那金丝鸟女人竟然假模假样地留他吃饭，他觉得目的已经达到，不想再磨蹭时间。另外，事已至此，他也不忍看到女子接通方鸣电话后的窘态。他与女子敷衍了几句，匆匆离开了那套单元房。现在，他要去直面那位英雄的方副局长，他倒要看看在这场较量中，他们两个人到底谁是真正的勇者。

马秉义以人大代表的身份，堂而皇之地要求约见市公安局副局长方鸣同志。市局接待室工作人员热情地招呼马秉义坐下，一边拿起座机电话跟方副局长联系。因为马秉义坐着的地方跟电话隔着一道玻璃墙，马秉义听不清工作人员打电话的声音，但隔着玻璃，他能看到握着话筒的工作人员一边说着话，一边不停地抬头看看他，似乎是在电话中描述他的长相或是现在的状态。

好长时间，工作人员才走出来，脸色有些不自然，方才的热情转换成生硬的公事公办："方副局长说他正在接待一个重要的客人，让你等几分钟再上去。"

马秉义豁达地说道："没事，莫说几分钟，几个小时也行。"

少顷，玻璃墙后的电话铃声响了起来，工作人员走过去接过电话"嗯"了几声，放下电话又走到马秉义跟前说："方局长让你上去，他在二楼 203 房间。"

市公安局办公大楼显得稍稍有些陈旧。马秉义在区人大开会时听到过市人大某代表说，市财政前几年准备拨出一部分款子把政法口的办公条件改善一下，一开始准备先建公安大楼，后来市委书记发话，说市法院是汉京市的窗口，应当先给法院盖个审判大楼，就把公安局给搁下了。一晃几年了，公安局还窝在改革开放初年建成的大楼中。马秉义走到楼道上，隐隐约约能闻见厕所里传出来的特殊味道。当他顺着房号找到 203 房间时，只见办公室的门洞开着，马秉义一眼就瞧见宽大的写字台后正襟危坐的方鸣副局长。

方副局长手里还夹着一根燃了半截的烟头，看架势好像是坐在审讯台上。看见马秉义走进来，方鸣身子一动不动，用不太大但却显得底气很厚的声音问道："你是马秉义？"

马秉义心里暗自发笑，心说你别来装腔作势的这一套，却满脸坏笑，夸张地把腰弯了一下："富民村的马秉义。"

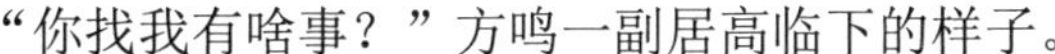

“你找我有啥事？”方鸣一副居高临下的样子。

马秉义没有急着回话，像是老熟人一样大大方方地坐在方鸣办公桌对面的沙发上，挠了挠头说道：“我刚才一听说方局长在203房间，就不由得心里一阵激动。”

方鸣不知道马秉义葫芦里卖的是啥药，依然用貌似威严的目光盯着马秉义没有作声。

马秉义接着说：“我小时候看电影《林海雪原》，那上面有两个英雄人物，一个是杨子荣，一个是少剑波，那少剑波是剿匪小分队队长，代号二〇三首长，我最崇拜他了。今天一看您的办公室恰好是二〇三，不由得我一下子又想起了剿匪英雄，以后您就是我眼里的二〇三。”

看着马秉义声情并茂、油腔滑调的劲头，方鸣忍住心中的怒气：“马秉义，你干的好事！”

马秉义不知道方鸣说的“好事”是指自己与王大毛一起犯的案子，还是指他去枫洲湾小区的事，脸上故作吃惊的神色：“方局长，我不过就是想给您汇报一下思想，我没干啥见不得人的事呀？”

方鸣咬着牙恨恨地说：“你今天早上去哪里了？你以为我方鸣就那么容易被拉下水？”

马秉义这下明白方鸣说话的意思了，情知那“金丝鸟”已经跟方鸣通过电话，随即哈哈一笑，又做出神秘的样子说：“方局长您还别说，今个早上见到二嫂，就觉得眼熟，仔细一想，她真的长得跟《林海雪原》电影中的卫生员小白鸽一模一样。这一到您这儿来又碰上个二〇三，您说神奇不神奇？”

方鸣眼里喷出怒火：“马秉义，你别胡说八道！枫洲湾小区是我表妹家，她是外地人，刚来汉京不久，你敢造谣生事，当心我告你诬陷。”

马秉义用手轻轻打了一下自己的嘴巴：“方局长，就算我这嘴犯贱，您可千万别往心里去。也是您表妹太好了，她还要留我在家里吃饭哩，我就给想歪了。”

方鸣脸色缓和了一些：“回头把你那东西赶紧拿走，别整出个案中案，闹出个行贿来。”

马秉义连忙把两只手摆来摆去：“方局长，别……别……我这个人干事，从来没有走回头路一说。赶明儿您真想治我罪，就把纪委、检察院，还有电视台的记者都叫到枫洲湾小区去，对我来个现场抓捕，就好像上次您在富民村现场挖出树下的赃物一样，我也能风风光光地在电视上露一回脸。”

方鸣抓起桌上的茶杯，站了起来，看架势像是要向马秉义砸过去，但是犹豫了一阵，气咻咻地又坐下去。

“方局长，我没有别的意思。这个案子出在我们公司的工地上，我们也算是发案单位。我知道现在公安经费紧张，有时候常让发案单位出一些赞助，我这就是略表心意。只不过我不想赞助给公家，也是借个机会想攀一下您这棵大树。”

方鸣低着头想了片刻，又抬起头问道：“你想让我给你帮什么忙？”

马秉义站起身，像是诚惶诚恐地说：“在法律允许的尺度内，放他们一条生路。”

方鸣把眉毛一扬：“你让我放了王大毛和马尚义？”

马秉义连连摇头：“哪里，哪里，法律怎么能当儿戏，我只是说在法律许可范围内，给他们宽大一些。我记得有一句话叫惩前毖后，治病救人。”

方鸣说：“给他们最后的处理不是我说了算，我这里侦查完了就了事了，咋定罪量刑是检察院和法院的事。”

马秉义显得通情达理：“这我当然知道，关键是您这儿要打个好基础。”说完他又缓缓地坐下。

“你心肠那么好？”方鸣说，“各人的责任各人担，你是替自己操心还是替他们操心？”

马秉义当然听出了方鸣话语中的弦外之音，悲悲怆怆地说：“说来也是替我操心，马尚义是我的亲堂弟，我叔就这一个宝贝疙瘩，这一出事我就得伺候我叔。这王大毛更可怜，跟我同学一场，背井离乡到汉京来投奔我，结果干下这一场事。尽管是他们浑蛋，但我心里怎能不酸酸的？”马秉义顿了一下又说道，“其实我心里也明白，犯下这事就是天王老子也救不下他俩，我找您也是尽尽心，日后求个对得起自己良心就是了。”

方鸣说：“马秉义，你的心思我明白。”

马秉义高兴地说：“难得方局长是明白人。现在这世道，披着一张人皮真不容易，谁叫我是尚义的哥，是王大毛的同学，是富民公司的法人代表哩。”

方鸣说：“你那东西我不会要的。”

马秉义说：“那东西不是送给您的，是送给您那表妹的。她从外乡来汉京不容易，就当我看见了《林海雪原》上的小白鸽，一时高兴送的一份情意，与您方局长无关。”

方鸣用鼻子哼了一声：“别以为有几个钱就可以任性。”

马秉义说：“方局长，我还真不同意您这说法。你们当官的手里有权，可以靠着权干你们想干的事，我们商人要是连任性花钱的权利都没有，这世界就太不公平了。”

“我不想再和你斗嘴。”方鸣说，“我这里还有好多公事要处理。”

马秉义站起身来做出离开的姿势，却把嗓门拉低了一些问道：“方局长，能告诉我这案子啥时候了结吗？”

方鸣像泄了气的皮球一样软软地坐在椅子上，有气无力地小声说：“我尽快。”

马秉义靠着自己的聪明和胆识终于成功地渡过了眼前的一劫。

三贤公司董事长韩浩平最近以来有些焦头烂额，公事不遂人意，家事更不顺心。富民广场的项目，因为出了个举世震惊的“八一三”案件，合作方几个骨干人物都成了涉案分子，更有传言说项目所在地可能会被国家征用后建一个博物馆，眼见得这个项目泡汤了，而前期投入的五千万元能不能顺利收回还在两可之间。富民公司的马怀礼、马秉义父子是远近出了名的难缠人，他们能把信用二字当回事吗？“八一三”案件发案后，韩浩平就与马秉义联系不上了，无奈之际韩浩平找过马怀礼，没想到那位村长比他的儿子脾气大多了，他不但没有给韩浩平提供任何让韩浩平哪怕是有些安慰的说法，反而倒打一耙，让韩浩平去找回自己的儿子，好像是韩浩平教唆他的儿子犯了大罪一般。当初做这个项目时，董事会其他几个董事的意见并非完全一致，可以说韩浩平是一锤定音才拍板与富民公司合作的，到了现在这个份儿上，韩浩平就觉得有些愧疚。说到家事上话就更长了。韩浩平自那年吴君玫空难中一尸两命魂断蓝天后，在精神上受到了沉重的打击，对男女之情从此没了丝毫兴趣。这些年来生意上干得风生水起，不免就有人为这个钻石级男人穿针引线，也不乏漂亮能干的未婚女大学生毛遂自荐。韩浩平却一概冷言谢绝，十多年间一直孑然一身。虽说没再成家，但韩浩平实际上却担负着两个家庭的照管责任。吴君玫的母亲五年前去世，韩浩平以儿子的身份风风光光地为老人办了丧事。吴君玫的女儿多年来一直受到继父韩浩平经济上的支持，直到大学毕业，没有缺过钱花。前年继女在特区找到工作，户口落在深圳，韩浩平二话没说坐飞机到深圳，把大大小小的商品楼盘转了一圈，挑了个位置、环境、户型都还算不错的房子掏钱买下，把钥匙交给继女。当然，做这些事的时候，韩浩平只当是替亡故的妻子处置遗产。继女也是心照不宣，对继父的关心，也少有感激之类的言语和行为。但不让韩浩平省心的是自己的亲生闺女。韩浩平与魏秀琴离婚后，虽有芥蒂，但基于女儿的因素却一直来往。女儿原先聪明伶俐，深得外公喜爱，不免就受些娇惯。魏老理事长当年看不起曾经给自己当过司机的女婿韩浩平，训斥女婿时也不避孙女，久而久之，晶晶对自己的父亲也就没了基本的尊重。韩浩平离家不久，魏老理事长撒手归西，魏秀琴母女没有了依靠，孤儿寡母就有些难怅。亏得韩浩平是个有情有义的男人，又主动找到前妻，自愿把晶晶的教育和生活费全部包揽下来。韩浩平手头一宽裕，魏秀琴母女二人吃穿自不用发愁。可让韩浩平和魏秀琴头疼的是，女儿晶晶上初中之后，不知道出于什么原因，学习成绩一落千丈。这倒罢了，要命的是常跟社会上一帮男男女女厮混在一起。让韩浩平最揪心的一次是女儿三天不知去向，魏秀琴精神几近崩溃，韩浩平不由得把自己那年与老八偷越国境贩毒的事与女儿的出走联想到一起，只觉得不寒而栗。好在女儿出走只三天就回来了，惊魂甫定的韩浩平质问女儿去了哪里，女儿却抛来一句：“兴你永远离家，不兴我离家三天？”把韩浩平气得就差吐血了。后来，这晶晶勉勉强强读完初中和高中，大学自然是没有考上。韩浩平托人找门子，花钱让女儿上了个没有学位的民办大学，征求女儿的意见选专业时，晶晶说要学就学出来能赚大钱的专业，把韩浩平气得说不出话来。最后晶晶上了个商业策划与营销专业。在那个民办大学混了三年毕业后，无所事事，三天两头给父亲打电话要钱花。韩浩平有心切断晶晶的经济来源，让她早点儿学会自食其力，又愧于自己在晶晶小的时候离开了家，以至于孩子在畸形的单亲家庭形成了不健康的心态。父女二人就在这种情感拉锯战中难分胜负。前一阵子，晶晶谈了一个男朋友，是个派出所的合同制民警，据说是晶晶在那个大学的同学，后来因为家庭背景被招录到公安系统。魏秀琴对那个男娃谈不上满意，却也不十分排斥。可消息传到韩浩平耳朵时，韩浩平却是一百个不愿意。这里面有感性的因素，也有理性的因素。从感性出发，韩浩平这多年来一提起警察就打怵，以至于看见穿制服的人就反感，自己的女儿这会儿找个警察，无异于扇自己的耳光。从理性出发，韩浩平认为那个男娃能去民办大学上学，肯定不是成才的料子，将来女儿和那个男娃半斤八两，西葫芦配南瓜，只怕是一辈子恓惶。可扛不住女儿铁定了心思非那男娃不嫁，韩浩平如何不心中叫苦不迭。

韩浩平坐在办公室独自烦恼之际，手机响了，一看是白川的电话，他连忙接通。电话中白川告诉韩浩平，听某个律师同行说“八一三”案件的全部案犯已经归案了，让韩浩平尽快跟马秉义取得联系，商讨双方合作关系的善后问题。

韩浩平挂断白川电话，就手又把马秉义的手机号码拨了一遍。让韩浩平感到意外的是，一段时间以来一直处于关机状态的手机竟然接通了。几声响铃音后，话筒里传来马秉义久违的声音，听起来底气仍很足：“韩总，我正想给你拨电话，不料你先打过来了。”韩浩平想问问马秉义是否平安无事，又觉得有些不合适，改口道："马总，好长时间不见面了，有空赶紧碰一碰。"马秉义说："好哇，随时听你安排。"当下两人商定在象牙海岸茶餐厅一起吃晚餐。

象牙海岸茶餐厅是一家集茶秀和餐馆于一体的服务场所，这里多为商界老板谈生意、聊天、棋牌娱乐的场所。韩浩平到那里时，马秉义已经先到了。看着多日未见的马秉义，韩浩平觉得马秉义似乎胖了、白了一些，情知这家伙最近一段时间过得还算滋润。

不待韩浩平开口说话，马秉义先是自嘲："当了一段时间的逃犯，让你受惊了。"

韩浩平有些不解："我受啥惊？"

马秉义说："你替你的那五千万担惊。"

韩浩平也不掩饰："你说的这话倒也没错，真有个啥闪失，我跟股东们没法子交代。"

马秉义说："你们那些股东不至于不知道做生意有赔有赚这个基本的道理吧？"

韩浩平觉得马秉义说话有些不在道上，不冷不热地说道："赔赚是正常的，但要有理由。没有理由赔钱，莫说股东们接受不了，我也是接受不了的。"

韩浩平急于想知道马秉义跟那个案子有没有干系，策略地问道："尚义怕是出不来了，还有你们那个王大毛，平日里看着都还听你的话，这回干了这一档事，真真是辜负了你。"

马秉义若无其事地咳了一声："莫说人家是在咱手下混口饭吃的人，就是咱自家的孩子，你敢保证他能听你话？"

马秉义无意中的几句话正好说在韩浩平的痛处，韩浩平鼓了鼓劲想反驳，到底没想出合适的话来。

两个人点了几个简单的菜品，要了两瓶啤酒，一边吃着喝着，一边各自想着各自的心事。马秉义揣摩着韩浩平的心思，等着韩浩平先开口。

韩浩平心里急躁，没工夫跟马秉义遛弯子，三下五除二扒拉了几口饭，咕咚咕咚地灌了几杯啤酒，抹了抹嘴说道：“马总，你这一段时间不在，想跟你好好商量一下也找不着机会。我寻思富民广场这个项目怕是也干不下去了，要不然咱们把前期的事情盘一下，富民公司把我们的投资款退给我们。”

马秉义把头一扬，一副吃惊不小的样子：“哟嗬，韩总，这碌碡滚到半坡，正需要给力的当口，你们想溜号？”

韩浩平尽量让自己保持着平和的情绪：“马总，话不能这样说。当初咱们合作到一起，就是想把事情干成，现在你手下的人犯了事，那个地方也可能作为重要的考古遗迹保护起来。项目不做了，投资款自然要给我们退回来。如果前期有费用，咱们两家可以商量着分担一下。”

马秉义眉毛一扬：“韩总，你是要让我为我手下的人负责，还是让我为政府负责？王大毛、马尚义自己犯了事自己承担，连公安局也不敢株连到我这里。至于政府保护不保护遗迹，那也不是我能说了算的。我听人说法律上有个不可抗力，咱们这就叫不可抗力，不可抗力是不承担责任的。”

韩浩平觉得马秉义有些无赖相，干脆也就不再顾忌什么：“马总，那我现在就正式跟你说一声，三贤公司前期的五千万元投资款，希望你能尽快地返还给我们，我们从现在起退出项目。”

对于韩浩平的态度，其实马秉义早已料到。但马秉义压根儿就没打算把钱退回去。一方面，马秉义不愿意煮熟的鸭子飞掉；另一方面，前期的款项除了给村民们买保险之外，马秉义已经为其他的事务支出了不少，就连为案子的事花在苟律师那里的钱和给方鸣买金条的钱也都是从三贤公司投资款中支的。现在一旦要还钱，这亏空咋能填上？只有强压着不退钱，才能冠冕堂皇地反过来指责对方。至于项目能不能干下去，马秉义根本不在乎。马秉义明白强龙不压地头蛇的道理，那块土地就在富民村的地界上，日后不管有什么别的用场，不会少了他马秉义的用武之处。今天项目搞不成了，说不定是老天爷为他留下后路哩。韩浩平也罢，三贤公司也罢，只当是为马秉义、为富民村的父老乡亲做了一场贡献。

“说到今天这一出，我还是一肚子气哩。”马秉义说，“如果不是三贤公司投资这个项目，也不会有那个大开挖，尚义兄弟和王大毛也不会做那糊涂事。现在我那两个兄弟进去了，我脸上也让人家抹得五花六蓝。富民村这多年来的名声远近呱呱叫，也让这档子事弄得臭不可闻。我想起都心酸，你说说我该找谁说理。”

韩浩平一看马秉义满嘴胡话，情知话不投机，说不出个名目。忍住气，冷冷地说道：“马总，合作一场，要讲信用，项目不干了，钱是一定要退回来的。”

马秉义嘿嘿一笑：“富民村的人是最讲信用的。”

与马秉义分手后，韩浩平给白川打了个电话，把他跟马秉义见面的过程简单说了一下。白川说还是见面商量一下对策，两个人约好一同到三贤公司办公室。白川又提出来要不要把秦大明和牛天儒都叫过来一起商量。韩浩平说牛老师到外省参加一个学术交流会，过几天才能回来，秦大明倒是在。

半年前决策参与富民村城中村改造项目时的情景还历历在目。也是在这间办公室，韩浩平信心满满，力主全力投入。而今天，韩浩平却显得灰头土脸。

韩浩平把跟马秉义初步交锋的过程详细地跟白川和秦大明讲了一遍，末了不无感触地说：“看来这农民真打不成交道，见财起意，不讲信用。”

秦大明不乐意：“韩总，你这话不对，农民是最纯朴的，我跟白川都是农民出身。你问问白川，天底下农民是不是最实在？你不能一叶障目，用一个无良的马秉义把整个农民都给概括了。”

白川笑了笑：“好了，好了，都啥时候了，还忘不了斗嘴。现在当务之急是要想法子把咱们的钱追回来。”

韩浩平用请教的口吻问道：“白川，原来说好是干项目的，现在项目干不成了，马秉义把咱们的钱拿着拒不退还，这行为算不算诈骗？公安局可不可以抓他？”

白川摇摇头：“三贤公司和富民公司是建立在协议基础上的一个合作关系，马秉义拒不退还三贤公司的财产，充其量是个违约行为。何况这违约责任还得富民公司来承担，找不上马秉义个人的事。”

韩浩平有些不解：“那富民公司不就是马秉义私人的公司吗？”

白川觉得一时说不清楚其中的道理，也不做解释，就直接谈出了自己的想法：“依我看，马秉义已经起了歹心，想赖掉咱们这笔投资款，咱们得赶快采取措施，通过诉讼方式追回款项。”

秦大明问：“打官司需要多长时间？”

白川说：“这不好说，法律规定民事案件两审终审，一年半载算是快了，两年三年是正常的。我们有个律师代理了一桩案子，上上下下打了八年，还没有结果。”

韩浩平一听吐出了舌头：“要是那样，黄花菜都凉了，钱可能也就让马秉义那个王八蛋花光了，打官司有啥用？”

白川说：“我正在琢磨这件事。法律上有个诉讼保全，我们可以先申请法院采取保全措施把我们的钱扣住。”

韩浩平急着问：“啥叫诉讼保全？”

白川答道：“就是为了防止被告把钱款或者财物转移，原告申请法院立即把钱物冻结住，等到官司打完了，再把钱物拿回来。”

韩浩平舒了一口气：“这样最好。”

当下三人决定立即由白川着手起草打官司搞诉讼保全所需要的文书材料，尽快地向法院提出申请。韩浩平说：“现在就全仗着白川了。”

秦大明有事情先离开了，办公室就剩下白川和韩浩平两个人。

韩浩平翻出了原来和富民公司签署的合作协议等文件交给白川，愧疚地说道：“当初做这个项目时，大家本来还都有些疑虑，只怨我一时心血来潮，坚持着要做。如今给公司惹下这麻烦，真有些觉得对不住大家。”

白川说：“世上没有常胜将军，谁也不敢保证自己一辈子决策上不会失误，何况这个项目的失败原因，主要是发生了这个意外的案件。”

韩浩平说：“你说得也对也不对。依我看，今天的马秉义，就算不发生这个案子，也难保以后会耍什么幺蛾子，说不定这件事是好事，早早让我们在泥潭中收脚。”

正说着，韩浩平手机铃声响了起来。韩浩平一边接电话，一边朝窗口走过去，似乎要找到强一些的通话信号。

白川听不见韩浩平说些什么，模模糊糊听得出来韩浩平情绪有些激动，看了一眼韩浩平，只觉得他有些失去理智。

韩浩平一只手拿着手机贴着耳朵，另一只手激动地在窗户上拍打着。白川以为又是马秉义的电话，想走过去提示一下韩浩平注意情绪，又怕打扰了韩浩平的思路，也就只好由着他去。

待韩浩平打完电话，垂头丧气地坐回椅子上，白川才缓缓地说：“老韩，你是咱们的掌门人，公司的大旗扛在你身上，任何时候都需要冷静，大旗不能倒。”

韩浩平连连叹气：“真让人不得心静，一件事一件事地让人心里添堵。”

白川问韩浩平又有啥事，韩浩平没好气地说：“魏秀琴的电话，为了晶晶的婚事。”

韩浩平十几年来一直过着单身生活，周围的一圈朋友没少为他操心。按说以韩浩平的状态再组成一个家庭应当是不费吹灰之力的事，但韩浩平却拒绝了所有的牵线搭桥。久而久之，大家也就认可了韩浩平自以为是的生活方式，只说韩浩平不愿再有婚姻的束缚。唯有白川明白，韩浩平是个重情重义的男人，真正的原因是内心抹不掉吴君玫的影子。那个女人虽然去了另一个世界，但是带走了韩浩平的牵挂，也带走了韩浩平的激情，就连韩浩平现在拼命干的事业，一半是出于人的本能，另一半也是为了告慰那个阴阳相隔的女人。白川也知道魏秀琴与韩浩平离婚后一直未再嫁，他有心撮合韩浩平和魏秀琴复婚，但却一直没有找到合适的机会。白川觉得，目下的韩浩平并不需要来

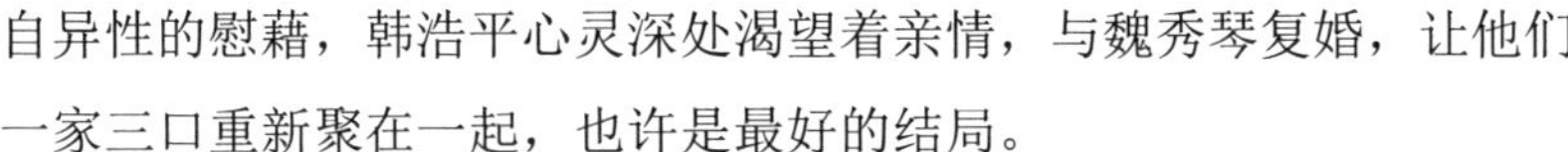

自异性的慰藉，韩浩平心灵深处渴望着亲情，与魏秀琴复婚，让他们一家三口重新聚在一起，也许是最好的结局。

“韩兄。”白川轻轻地唤了一声。

多年来，白川一直以“老韩”的称谓与韩浩平沟通，今天，白川破天荒地喊了一声“韩兄”，不禁让韩浩平感到有些诧异，他抬起头来，怔怔地望着白川。

白川在韩浩平对面的凳子上坐下来，从韩浩平放在桌上的烟盒中抽出一支烟递给韩浩平，又替韩浩平点上。白川没有抽烟的习惯，平常也从来不给人敬烟，今天这个反常的举动，多少让韩浩平有些纳闷儿。

“一直以来我想跟你说说心里话，却总是找不到机会。”白川说，“吴君玫死了以后，我知道你心里的痛苦没法子排解。可是你要明白，有时候命运是无法抗拒的。在那场空难中，有上百个家庭跟你一样，一夜之间变了样子。可是活着的人还得鼓起勇气好好地活着。”

吴君玫死了多年，韩浩平除了常常在夜半三更或是一个人寂寞时独自思念外，从来没有和外人在一起谈论过。今天白川提起这件事，他本想阻止白川的话题，却不忍拂了白川的善意。韩浩平一时觉得伤感得难以自已，又怕白川看见自己戚戚然的表情，就把头低了下去。

白川继续说道：“人不能老活在悲伤和痛苦中，我想跟你谈谈嫂子的事情。”

白川所称的“嫂子”，无疑是指魏秀琴。在白川的印象中，魏秀琴是一个形象欠佳但人品却相当不错的女人。当初韩浩平犯了错误受了追究，魏秀琴不离不弃鼓励丈夫重振生活的勇气，但当她知道丈夫已躺在别的女人床上时，又义无反顾地为了自己的尊严选择了与丈夫分道扬镳。多年来她独身一人拉扯着女儿苦度光阴，她的做派无疑是值得称颂的。

“你当年跟嫂子分手，嫂子实在是没有过错。”白川说，“我做律师多年，也办过几件离婚的案子，像嫂子那样大义大气的女人，的确不多见。这些年来，她一直单身。我敢肯定，这辈子她心里除了你以外，装不进别的男人。你就没有想过再回头跟嫂子过日子？”

韩浩平低着头半天没有吱声。白川起身给韩浩平的茶杯中加了一些水，韩浩平这才抬起头来，白川分明看见韩浩平的眼中闪着泪花。

韩浩平用手背揉了揉眼睛说：“我这辈子最对不起的两个人，除了吴君玫，就是魏秀琴。魏秀琴当年为了能嫁给我，跟她父亲闹得死去活来，后来跟我离了婚，再没有嫁人，也算我把她的一辈子给耽搁了。”

白川说：“你既是觉得对不起这两个人，吴君玫已经死了，没有可能去弥补遗憾，而嫂子一直等着你，你为啥任这种遗憾继续折磨自己？”

韩浩平叹了一口气：“想想过去，心里说不出来是什么滋味。我跟魏秀琴结婚之前，我是她父亲的司机，别人骂我像家奴一样。后来跟魏秀琴结了婚，实实在在成了家奴，她父亲从来没有拿正眼看过我。就说现在晶晶在我跟前经常耍横，说到底还是她外公当年在孩子心里埋下的种子。”

白川说：“老韩，你这是自己给自己的消极找理由。你跟嫂子当年自由恋爱，魏老理事长情感上不能接受，可并没碍着你俩最后走到一起。至于他对你的态度、你们翁婿之间的关系，跟你和嫂子的关系，又有哪门子关系？”

“当年，你是弱者，而今天你是强者。”白川说，“如果你以昨天曾经的弱者心态去支配你今天强者的行为，无疑你仍然甘愿做懦夫。”

白川的话让韩浩平听得似懂非懂。

白川有些动情：“我想起小时候的事情，就恨我今日不能痛快地做一些想做的事。你知道，我在月子里就死了妈，我吃着百家饭长大，我的名字原本是因为东家出西家串，被人称为公娃‘串儿’。在我的记忆中，有那么多人给我饭吃，给我衣穿，可是我成家立业后，却没能回报他们。前几年父亲离世时，我跪在父亲的灵前，还是乡亲们左一句右一句地安慰我。当年我是弱者，我需要别人帮助，可今天我已经不是弱者，有时候想想自己泰然自若地把那个曾经养育自己成长的家乡抛到脑后，过着自己的小日子，觉得自己就是个懦夫。”

韩浩平知道白川时时挂念着远在家乡的傻哥哥白亮，关切地问道：“你哥哥最近还好吗？”

白川说：“父亲临终时就托付我这一件事。我曾经让哥哥到汉京城和我一起生活，难得丽霞也是个懂事理的人。可惜我哥在城里住不惯，待了两三天哭着闹着要回去，我只好把他送回去托邻家三叔照管。还好，听说老家要建一个敬老院，我寻思把他送到那里去。”

韩浩平自言自语道：“一家有一家难念的经。”

白川觉得韩浩平心里有些矛盾，就想趁热打铁把话说透一些：“老韩，既然你觉得对不起嫂子，你心里也没有别人，干脆就跟嫂子复婚吧？”

韩浩平摇着头：“当初我为了吴君玫离开了魏秀琴，吴君玫死了，我再去找魏秀琴，难道魏秀琴那里成了收容站不成？我既然已经做过对不起她的事，我不能再去伤害她。”

白川理解韩浩平的心思，安慰道：“你把嫂子想得太狭隘了，嫂子不是那种人。”

韩浩平坚决地摇了摇头：“这事以后再说吧。”

让白川大吃一惊的是，在他紧锣密鼓地整理好诉讼资料，以三贤公司名义起诉富民公司并且提出诉讼保全申请之后仅一天时间，汉京市中级法院的办案法官告知白川，富民公司账户上的资金仅仅剩下一百三十元钱。这也就是说，三贤公司支付给富民公司五千万元投资款已被马秉义等人挥霍、转移一空。

白川找办案法官了解富民公司账户资金转移的详细情况。法官把银行提供的账户流水单拿给白川。流水单显示，几个月前三贤公司打入的五千万元，前期陆续发生提取现金和小额支出，截止五天前，账面余额仍有四千一百余万元。而五天前的下午，账面全部资金分三笔转移给了三家外地公司。白川掐指一算，转款的时间恰好是韩浩平与马秉义不欢而散之后的当天下午。

韩浩平得知消息后更是如五雷轰顶，但事已至此，也就只能坦然面对了。韩浩平又把秦大明和白川召集到一起商量对策。秦大明问韩浩平，马秉义如何解释这件事。韩浩平说从知道款项被转走后自己就不间断地给马秉义打电话，却始终无人接听。

白川说："老韩，你不要再打电话了。从转款的时间和转款的去向上看，一切都是马秉义策划好的。转款的时间是在你提出退款的当天下午，收款的三家单位都是外地企业，明摆着是转移藏匿资金，你还指望着他再主动把钱还给咱们？"

秦大明说："我咋觉得马秉义这行为像是诈骗，我们能不能给公安局报案？"

韩浩平说："我说是诈骗，白川说够不上，法律上的事情让人理解不了。"

白川沉思了一会儿道："以前案子是民事性质，现在马秉义明目张胆地抽逃资金，非法占有的故意显而易见。依我个人的分析，从马秉义转款行为发生时，这个案子性质已经发生了变化，马秉义的行为应该涉嫌合同诈骗罪。"

韩浩平问："那公安局就可以抓马秉义了吗？"

白川轻轻点了点头，却又摇了摇头："事情不是那么简单，经济犯罪案件弹性很大，罪与非罪之间，往往会有很大争议，就看公安局的判断了。"

白川想到了苏春明，这个正直豁达的警官，干了十几年的经济犯罪侦查工作，有一定的理论水平和丰富的工作经验。几个月前，白川听说苏春明调任汉京新区公安分局任一把手，他还给苏春明打了电话表示祝贺。现在这个案子的发案地富民村正好在汉京新区范围内，汉京新区公安分局也恰好有管辖权，他决定去找苏春明探讨商量一下这件事情。

白川拨通了苏春明的电话，半开玩笑地说有个工作情况要向苏局长汇报一下。苏春明笑问是公事还是家事，白川说家事不劳苏局长，苏春明哈哈一笑："对家事，我可是有一份责任的，说到底你是我表妹夫，表妹受了欺负我是不会答应的。至于工作的事嘛，你是专家，是大主任，你别寒碜我这个可怜的民警了。”白川说：“正经事，有个经济犯罪案子，想和你当面沟通一下。”

汉京新区公安分局跟管委会同在一处办公。原汉京橡胶厂偌大的办公楼门口密密麻麻地挂着十几个牌子。白川在那一溜牌子中很容易地找见了“汉京市公安局新区分局”的招牌。进到大楼内，各种因陋就简的设施和布置还是让人体会到创业者的开拓精神。公安分局占了三层的几间房子，苏春明的办公室除了几件家具看上去是新购置的以外，房间的白灰墙因为经年暖气的熏烤，部分地方有些发黑，天花板上竟然有几处墙皮已经脱落。苏春明正坐在桌子后边埋头看一份文件，没有注意到白川已经走进来，直到白川大声地咳嗽了一下，苏春明才抬起头来，高兴地跟白川打招呼，让座倒茶。

看白川四处打量着自己的办公室，苏春明自嘲道：“你今日能到我这里来，也算是贵人光临。我这黑黢黢的办公室这会儿还显得亮堂一些，这是因为你来了，蓬荜生辉。”

白川笑道：“你这里虽不辉煌，却能保证社会的光明。那些歌厅和夜总会，一个个金碧辉煌，却不知有多少藏污纳垢的地方，还得靠你们去洗涤。”

“你是无事不登三宝殿，”苏春明说，“遇到啥事了，又来给我布置任务？”

白川也不绕弯子，开门见山地把来意讲了，又把三贤公司与富民公司从签署合作协议到地基大开挖再到王大毛等人盗掘文物最后到马秉义把投资款转移一空的过程详细叙述了一遍，末了强调说：“这个案子我有些吃不准。以我个人的看法，双方前期是合作关系，发生矛盾也属于正常的民事纠纷。但当项目合作即将终结，三贤公司提出退款时，马秉义一日之间把钱转移一空，非法占有目的明显，应当构成合同诈骗罪。我来找你，一是想让你帮我论证一下，看看我的观点对不对；二是如果马秉义真的构成了犯罪，三贤公司想在你们分局报案。”

苏春明沉思了一会儿说："经济犯罪案件多是高智商型犯罪，和别的刑事案件不同。普通刑事案件的核心工作是抓捕疑犯，疑犯落网了，案子就基本大功告成。而经济犯罪案件的疑犯往往就在你面前站着，和公安展开智力上的角力，这就要看猎人与狐狸谁更高出一筹。你说的这个马秉义我听说过，也算是地面上一个叫得响的人物，听说还是个人大代表。原来公安局怀疑他是'八一三'案件主犯，后来却排除了。你对案子的分析，我基本同意。但是现在要考虑一个问题，我们新区公安局刚挂牌，有些手续还要到市局去办理。这个案子能不能立上，还得征求市局意见。再说这个马秉义，一旦听到风吹草动，不会不动用自己的关系网干扰正常办案。所以说，这个案子能否办理，政治因素大于法律因素。"

苏春明一席话，不由得让白川心服口服。看来苏春明早已不是当年那个一身正气甚至带点儿愤青的小民警了，他已经习惯于从政治角度出发，宏观地分析事物的发展态势了。

白川说："我这多年办案，只注重法律领域的思维，其他的背景因素就考虑得少了些。但是我相信一点，黑白颠倒的事情毕竟是少数，或者是暂时的，最后必然会正本清源。"

苏春明赞许道："白川，我就喜欢你这种超凡脱俗的风格。我当年差点儿跟着马明阳到南方去发展，就是为了痛快淋漓地发挥自己的特长。后来还想学着你的样儿去干律师，但到底还是懦弱，丢不下坛坛罐罐，就在体制内混了这么些年。"

白川说："你的话不全对，能在体制内长期待下去，说明你是个比较严谨的人。其实大部分下海的人都是因为自己工作上出现了问题或者修行上有了失误。我当年离开农贸社，还不是因为一个外事接待活动中的轻率举动。"

苏春明忽然想起了什么似的问道："白川，你来这里，不去看看你的老朋友、老同事？他现在可是我的顶头上司。"

白川知道苏春明说的是孙鸣飞，想了想摇头说道："算了，十几年来就在殡仪馆送一个老师时打过照面，少有来往。我们现在不是一股道上走的人。他应当忙着各种公务，我就不去打扰他了。再说了，他若是问我来这里干什么，我还真不知道该咋回答。”

苏春明深有感触地说：“你们俩真的不是一股道上的人。”

话题又回到马秉义的案件上，两个人继续讨论了一阵。最后苏春明说：“维护社会的正义与秩序是公安局的责任，这个案子归我们分局管辖，你随后写一个报案材料来。”

“八一三”案件的成功破获，让汉京市公安局大出了一阵风头，几乎所有的参战民警都获得了不同程度的表彰与奖励。主帅方鸣副局长更是名噪一时，“汉京神探”“古城福尔摩斯”之类的桂冠让方鸣成了汉京市家喻户晓的人物，同时也收获了“神算子”“铁拐李方鸣”等等难以分清褒贬的称号。在方鸣从警几十年的生涯中，虽也破获过一些大要案，但其影响力能达到如此程度，也还是第一次。基于诸多因素，有消息灵通人士传言，方副局长有可能很快成为省公安厅主管刑侦的副厅长。传言真也罢，假也罢，方鸣的未来仕途风生水起不成悬念。

然而，就在周围的同仁和朋友们对方鸣大加褒扬和祝福之际，压在方鸣心头的一块不大不小的石头，却让方鸣愈来愈觉得吃不消，这就是他和马秉义之间的交易。

本来，贵为市公安局副局长的方鸣与小混混马秉义根本就不在一个档次，可谁知道命运却偏偏让这么一个小人物掌握了方鸣的命脉，甚或说掐住了方鸣的死穴。当初，因了马秉义父亲马怀礼一句无意中的话，方鸣在马尚义家撒气耍横，却意外地破了案子。初战告捷的方鸣一鼓作气，非得要找出马秉义涉案的证据才肯解气。可他做梦也没想到工于心计的马秉义也并非善茬儿，竟能不动声色地抄了他在枫洲湾小区的温柔乡。说到那个外乡的“金丝鸟”女人，这里要说的话就多了一些。方鸣自年轻时起，就不是个安分的人，见了有些姿色的女人，腿就有些发沉。结婚之后，还时常在外边打野食，为此跟自己的妻子没少发生龃龉。被人打瘸腿后，因为生理特征明显，不得不适当收敛进出风月场所的频率，但风流习性岂能一朝褪尽。三年以前，方鸣在一次接受宴请中结识了一个来自康宁的女服务员，名叫肖红。漂亮可人的肖红为方副局长执杯把盏，让醉意朦胧的方鸣心猿意马，当着众人的面就多少有些放肆。偏巧饭局做东的人刚好是那家酒店的老板，老板正因为一桩解不开交的刑事案件需要方副局长高抬贵手。那天晚宴结束后，老板软硬兼施，安排女服务员肖红在酒店的房间把方副局长伺候了一夜。第二天，方副局长拍着胸脯对老板夸下海口，让老板放心大胆地去做生意。老板其后给肖红付了两千元的酬劳，心安理得地把这件事抛在脑后。谁知方副局长一夜欢娱之后，却像上了瘾一样，三天两头来这家酒店。久而久之，老板担心别的女员工看样学样，坏了酒店的规矩，就找了个岔子让肖红卷铺盖走人。肖红这时已觉得腰杆变硬，一个电话打给方副局长让为她撑腰。方鸣倒是大仁大度，安慰心上人不必动怒，此处不留奶，自有留奶处。隔天，肖红就到了另外一个更上档次的酒店做了大堂领班。这肖红尝到了背靠大树的甜头，工作的劲头就再没有结识方副局长之前那么大了。时间一长，新的雇用单位也觉得肖红的到来有败坏酒店风气之虞，由经理与肖红面谈之后，付给肖红了一笔可观的辞退费，肖红便离开了新单位。再后来，肖红干脆跟方副局长提出愿接受包养的请求。方鸣吃公安饭几十年，又一直在缉毒和经侦口掌握着大权，自是积攒了不菲的财富。当下二话没说，就在风景如画的枫洲湾小区购置了一套精装修的三居室住宅。那肖红从此过上了衣来伸手、饭来张口、优哉游哉的金丝鸟生活。方鸣从此金屋藏娇，每周总有一两个夜晚在枫洲湾小区过夜。一妻一妾的生活虽让方鸣乐享无穷趣味，但方鸣心里明白，此事必须高度隐秘。他给肖红严束口风，叮嘱肖红任何人问起时只说他俩是表兄妹关系。但他没有想到马秉义这个家伙不知动用了什么手段直接进了那套单元房，又提着沉甸甸的十根黄鱼，让不谙世事的肖红露出了马脚。现在，马秉义是唯一掌握着方鸣致命秘密的人物，而这个心黑手狠的家伙，谁敢担保他不会哪一天心血来潮，把这一切公之于众？

方鸣想过从此以后不再理会那个小混混，把那桩不快乐的记忆从心头抹去，权当是不认识这个叫马秉义的人。可转念一想，这无异于掩耳盗铃，自欺欺人。想着通过策略的方式把马秉义吓唬一下，又觉得以马秉义做这件事的过人胆识，似乎只会自取其辱。情急之中，方鸣甚至萌生出做掉马秉义的念头，但这种想法一闪即逝。一是方鸣觉得犯不着为了排险冒更大的险，另一方面方鸣了解马秉义的身世，知道那家伙有一点儿三脚猫功夫，搞不好吃不上狗肉连链绳都贴赔上了。苦思冥想了好长时间，方鸣终于想出了一个不是办法的办法：用安抚的方式与马秉义结成同盟，用时间换空间，在空间中找机会，彻底了却自己心头的担忧。

这天，方鸣让手下人找到西城区人大代表、富民公司法定代表人马秉义的电话。关上房门，方鸣用固定电话照着号码拨了过去。

几声铃音后，电话里传来了那个虽接触时间不长，但已给他脑海中留下深刻记忆的声音：“是方局长吗？您找我有何吩咐？”

方鸣有些惊讶，这家伙怎能一下子知道是自己打的电话，遂反问道：“马秉义，你怎么知道是我打的电话？”

马秉义哈哈一笑：“好我的二〇三首长哩，我虽然不敢轻易打电话打扰您，但是您的手机、办公室电话、家里的电话，可都像宝贝一样在我的手机里存着哩。”

方鸣暗暗吃惊，看来这王八蛋的确是不可小瞧的人物。他整理了一下思绪，用低沉而又平静的口气说：“马秉义，你到我办公室来一趟，我有话要告诉你。”

话筒中沉默了一会儿，传来马秉义似含委屈的声调：“方局长，您小瞧我马秉义了，我不是个过河拆桥的人，送您的几条腊肉，都是自家腌制的，您别老放在心上，待日后过年过节时，我还会再有新做的送您尝鲜。”

方鸣明白马秉义误以为自己要退还那几根黄鱼，心说你想得倒美，我既已有把柄攥在你手里，莫说是十根黄鱼，就是一百根你也休想拿回去。方鸣嘴上说道：“马秉义，我敬你是条汉子，敢说敢做，过去的事情就过去了，我找你想说点儿别的事情。”

话筒那头的声音立刻变得清亮多了：“方局长，难得您看得起我，我随时都有时间。您啥时候召唤我，我啥时候就去见您？”

方鸣说：“你现在有时间吗？我在办公室等你。”

马秉义答道：“方局长，您等着我，我保准一个小时以内赶到。”

马秉义这回去见方鸣，与上次拜会的心情完全不同。上一次，尽管马秉义成竹在胸，但毕竟心里有些七上八下，忐忑不安。今天，他再来到这个让一般老百姓觉得有些威严的地方，却有一种闲庭信步的感觉。他大大方方地走进接待室，说有事见方局长，接待员问他有过预约没有。他说方局长约的他，说着抽出一支烟悠闲地点着。接待员打了一个电话后，便诚惶诚恐地请马秉义进去。马秉义潇洒地使劲在烟缸中摁灭烟头，甩了一下额头上的刘海，踱着方步进了市公安局大门。

一进方鸣办公室，马秉义先自笑了起来。方鸣站起身来，趔趄着身子从办公桌后边走出来，脸上挂着似笑非笑的尴尬。

马秉义打着哈哈说：“方局长，您猜我笑啥？”

方鸣脸上有些茫然，显出不解的样子。

马秉义说：“方局长，我认准您了，以后您就是我心目中的二〇三首长，我愿意做您手下的杨子荣。”

方鸣突然心头一震，他想起了那个多年前自己手下的得力干将老八杨子荣。莫非，冥冥之中真的有一种神奇的线牵着他和眼前的这个马秉义？难道马秉义真会成为他此生中第二个铁杆马仔？

看着方鸣有些怪异的神态，马秉义用讨好的口吻说道：“方局长，二〇三手底下只带了几十号人，而您手下的警察都上万人了，您比二〇三首长的官大得多。”

方鸣没好气地说道：“马秉义呀马秉义，我不知道该说你这个人幽默，还是该说你这个人油滑。”

马秉义一脸俏皮：“幽默也好，油滑也好，只要二〇三首长您认我这个朋友，都是优点。”

马秉义大大方方地坐在上回坐过的沙发上。方鸣拿起一只茶杯想给马秉义倒茶。马秉义急忙站起来，从方鸣手中接过茶杯说：“我自己来。”方鸣也不见外，给马秉义指了指门口摆着的净水器。马秉义把空茶杯放在一边，先从桌上拿起方鸣喝水的杯子，给杯中加满了水，这才给自己的空杯子中倒上水，又重新坐回到沙发上。

方鸣说：“秉义，你到我办公室，还用得着你招呼我？”

马秉义分明听出方鸣的称谓中已经省去了自己的姓氏，知道方鸣已有心与自己拉近乎，不禁心中又是一阵高兴：“论年岁，您比我大好多，您是大哥，我是小兄弟，招呼好大哥，是做兄弟的本分。”

“我叫你来是想跟你说说心里话。”方鸣点着一根烟，拉开了叙家常的姿态，“我干公安几十年，这身皮子穿得实在有些烦了，整日里开会、巡查、听汇报、做总结，忙得团团转，自己都不知道自己在干啥。对比一下，我真地羡慕你们这些当老板的，老天为大我为二，逍遥自在，有多好。”

马秉义摇着头：“方局长，您千万别这么说，您是饱汉不知饿汉饥。您一天坐在这办公室，指挥着千军万马，谁敢不尊您、不敬您？您可知道我们这些在垃圾中刨食吃的老板有多可怜，寻不着生意急，寻下生意找不来钱做生意急，找来钱做完生意收不回来钱更急。整日里求爷爷告奶奶，工商、税务、银行，还有你们公安，见庙就得烧香，香烧得不好就把自己烧着了。”

方鸣颇有些理解似的问道：“照你这么说咱们各有各的难处？”

马秉义道：“我们比您难多了。您那不叫难，充其量是时间长了有些烦。”

“就算是烦吧。”方鸣说，“我想让自己从烦恼中解脱出来。”

马秉义问：“难不成您放着一个好端端的局长不干了？”

方鸣说：“那倒不至于，我这一段时间老是琢磨着也想在商场上体验体验。要说我这个人也太死板，这几年光知道在工作上瞎拼，没有交下一个商界的朋友。自从见到你，就觉得你是一个有胆有识的人，我想和你合作干点儿事情。”

方鸣一说到这里，马秉义愣住了。今天，方鸣打电话让马秉义过来，马秉义在心里猜测了几种方鸣找他的用意，唯独没有想到方鸣会向他提出这么一个让他意想不到的事。按说对马秉义来讲，与方鸣合伙做事肯定是天上掉馅饼的好事，但这个目前仍不能完全排除与他保持敌意的人，突兀地提出来这么一个想法，又不能不让他本能地起疑，这会不会是方鸣在给他设置陷阱？马秉义目不转睛地盯着方鸣肉乎乎的胖脸，努力地想找出那副看似虔诚的表情后边隐藏的东西。

方鸣见马秉义没有表态，追问了一句：“秉义，你是看不上和我合作，还是信不过我？”

马秉义摸着后脑勺迟迟疑疑地说：“方局长，我咋觉得像是做梦？”

方鸣说：“秉义，我说的是心里话。”

半晌，马秉义一拍大腿说：“方大哥，难得您看中我，我最近正想着干一宗大买卖。”马秉义大着胆子把“方局长”换成了“方大哥”。

方鸣阴着脸怪笑了一下：“莫不是又要挖地下的东西？”

马秉义咳了一声：“方大哥，您真是哪壶不开提哪壶。不过，还真跟挖土有关系。您知道汉京新区大建设已经开始了，有多少工程等着人干？我原先就是搞土方起家的。这几年新区那一片的村民都想着拆迁时好好敲一下国家的竹杠，家家户户都突击盖了些不能住人的豆腐渣房子，种了些根本长不成材的树木，挖了些根本抽不上水的井。现在建设一开始，拆迁肯定是个大麻烦，靠政府的人根本把那些关系摆不平。如果咱们成立一个拆迁公司，从政府手里把拆迁活儿包下来，咱不愁没办法解决农民的问题。这里边可有大学问，咱是农民出身，跟土地打了小半辈子交道，吃土地这碗饭，保准呱呱叫。”

方鸣也分析道：“如果真是这样，既能替政府快速低成本地完成拆迁，又能让农民理智地争取自己的权利，同时也能让我们实现必要的效益，岂不是一举三得？”

马秉义赞赏道：“方大哥，您不愧是能干的人，一说就说到点子上了。”

马秉义趁热打铁："方大哥，咱们说干就干，我给咱成立个公司，咱们二一添作五，各占一半的股份。"

方鸣连连摇头："那可不行，我只是想体验体验做生意的感觉，哪敢跟你平摊股份。你给我一成的股就行了，再说我也没有太多的钱去出资。"

马秉义说："方大哥，这您就老外了，做这号生意是不需要本钱的，只需要有关系揽来工程，然后招兵买马组织人力就是了。我在社会上有一帮哥们儿专门等着接这些活儿，人力是不存在问题的。你若是能给咱疏通一下上头的关系，保证我们无本万利，财源滚滚。"

方鸣说："关系我当然是有一些，新区管委会的那个常务副主任孙鸣飞，我就能说上话。"

马秉义说："这是个重量级的人物，有他支持准行。"

两个人热热乎乎地你推我让，最后说定马秉义持股百分之八十，方鸣持股百分之二十，公司的注册资本金和所需要的流动资金全部由马秉义筹措，方鸣负责为公司协调外部关系。

方鸣最后强调说："秉义，公司名义上全部是你的，等挣下了钱，你凭着良心分给我百分之二十就行了，赔了钱我也照认不误。"

马秉义却说出了不同的意见："方大哥，常言说这合伙的生意要先小人后君子，我们说好了股份比例，就得严格按比例分红，绝不是我凭着良心做事的事。所以对公司的经营情况尤其是财务情况，您一定要参与。"

方鸣笑着把眼一瞪："我去登记当你的股东不成？"

马秉义不怀好意地阴阴一笑："您可以找一个替身当股东啊。我看枫洲湾小区那个二嫂就挺适合。"

方鸣脸色一沉："你又胡说八道了，那是我表妹。"

马秉义面朝地"呸呸"了两下："我胡说，我胡说。表妹更放心，自家人永远不会有外心。"

为了能让马秉义感受到自己的价值，方鸣用桌上的固定电话压在免提上给新区管委会的孙鸣飞打了个电话。电话接通后方鸣自报了家门。孙鸣飞立即对方鸣表示感谢，称方局长在侦破“八一三”案件中的神速结果有力地支持了新区建设，新区将来的功劳簿上一定会记下方局长云云。方鸣说他打电话想咨询一个业务上的事，他的一个朋友成立的公司是专门承揽拆迁业务的，尤其擅长对农村土地和宅基的拆迁，现在想为新区建设做一些贡献，不知新区有无需要。孙鸣飞说这正是瞌睡就有人送枕头，新区现在最头疼的就是拆迁工作难以推进。一方面上头要进度又要稳定，一方面管委会既缺钱又缺人，真是让人揪心。方鸣说：“既是如此，我让我那朋友去新区找你。”孙鸣飞说：“这事儿归建设局管，回头我跟他们打个招呼。”顿了一下，孙鸣飞又说道：“要不然你让你朋友跟我们管委会办公室杨主任联系，他叫杨昌利，我让他协调一下建设局。”

放下电话，方鸣用目光征询马秉义的意见。马秉义会意地说：“方大哥，您这个电话，胜过您给公司出资五十万，不，五百万。”

第二十三章

一场大雪悄无声息地覆盖了古城汉京。天一亮，晨起的人们推开窗户，惊讶地看到户外银白的世界。住在高层楼的人放眼望去，错落有致的建筑物顶端齐刷刷扣上白色的帽子，整个世界以黑白二色组成了一幅绝妙的富有生机的图画。住在低层楼的或者平房的人眼前呈现出银装素裹的大地，树杈和没来得及落下的树叶上挂满了厚实的积雪，鸟儿在树枝上蹦跳几下，就会纷纷扬扬地往树下洒上一阵白色的雪雨。往年的古城一到冬季，人们就开始盼雪，雪却总是姗姗来迟，有时候一直拖到新春，天空才吝啬地飘下几片根本等不到落地就已化为乌有的雪片，谁也没有想到今年的雪竟然来得这么快、这么猛。前一阵子还有人穿着短袖尽情地享受秋天的凉爽，这才过了几天，气温就骤然下降，户外不穿毛衣之类的御寒衣物已经有些受不了。人们都说这古城的气候真的是三岁小孩的脸，说变就变，一转眼工夫，往年常常迟到的大雪竟不期而至。街上的行人有的已经穿上了圆嘟嘟的羽绒服。最高兴的要数孩子们，在稀罕的雪地上相互追逐打闹抛着雪球。一尊一尊的雪人堆积在道边，神态各异，有的雪人戴着火红的绒帽子，有的雪人嘴上竟叼着硕大的烟卷，神气活现，憨态可掬。古城平添了几分动人的生气。

孙鸣飞一大早接到通知，要去省委宣传部参加一个有关全社会共建和谐家园的宣传部署会议。一看会议的名字，孙鸣飞就知道这多半又是那种雷声大雨点小的务虚性会议，有心派一名副职去参加，但一看出席会议的领导名单中赫然写着省委常务副书记的名字，颜副省长也位列其中，心想会议通知既是要求孙鸣飞本人参加，自己也就必须亲自前往，免得因一个小小的疏忽惹出麻烦。

离开会的时间还剩下不到一个小时，孙鸣飞让杨昌利备车出发，待车子行到大街上，才意识到今天可能要迟到了。一场突如其来的大雪，让大街上的交通显得异常拥堵，排成长龙的汽车像蜗牛一样慢慢地蠕动着。孙鸣飞心里虽然着急，嘴上却叮咛司机开慢点儿。

孙鸣飞果然迟到二十分钟。多年来，孙鸣飞在工作中养成了一个好习惯，就是从来都守时。他和别人约好时间，基本上都是踩点到场。凡以他为首组织的会议，他不但自己以身作则从不迟到，也要求下属严格遵守时间，久而久之，别人送他个并不让他反感的外号“孙钟表”。在自己的领地守时间，参加上级或别的部门举办的会议更不用说，孙鸣飞一般都会提前几分钟到场。而今天孙鸣飞却迟到了。

带着满脸的歉意，孙鸣飞进了指定的会议室，却惊讶地发现偌大的房间三三两两散坐着几个人。除了一两个熟悉的面孔外，都是陌生人。常在一起开会已混得熟悉的宣传部副部长一看见孙鸣飞，就竖起拇指说：“老孙，你今天是第二个守时的人，我们会议室坐着的都是先到的工作人员。刚才省委王副书记打电话过来说，因为下雪路滑，估计有人会迟到，会议时间临时推迟一个小时。”孙鸣飞这才长舒了一口气。

省委王副书记十点四十进了会议室，看着到场的人仍稀稀拉拉，王副书记脸露愠色，拉开袖管看了看表说：“时间紧张，迟到的人不等了，会后另行传达。”简单的几句开场白后，由宣传部副部长开始宣读一份冗长的文件。孙鸣飞习惯地拿出笔记本认真地做着笔记。忽然，设置在静音上的手机震动了一下，孙鸣飞悄悄拿出手机一看，却是明亮发来的短信，内容是一首诗：

毋忘昔日同窗时，
难却今日相煎急。
半生寄托成泡影，
借问人生有何趣？

孙鸣飞心里一震，他不知道明亮出了什么状况。在他心中，明亮永远是阳光快乐的代名词，即便是情绪上稍有低沉，也会在片刻后像乌云吹散般恢复风和日丽。明亮喜欢写诗，虽多是抒发情怀感天悯人的题材，却从来没有写过今天这种悲观到极致甚或有些轻生倾向的诗句。再看看内容，似乎是源于同某位同窗学友之间的纠葛。孙鸣飞回忆与明亮的交往中，明亮并没有提及哪一个大学或中学同学中有和她过从甚密的人。主席台上，省委宣传部副部长仍然在满怀激情地读着文件，但心慌意乱的孙鸣飞却全然听不见副部长在说些什么。他脑海中不时闪出一个个画面：雪地上，穿着单薄衬衣、瑟瑟发抖的明亮正孤寂地徘徊在湖岸边……寒风中，裹着红色长围巾的明亮，迎着风像要腾飞一样走向悬崖边……孙鸣飞环顾了一下左右，大家都在认真地听报告做笔记，没有人注意到他的神态。他镇定了一下情绪，迅速地在手机上发出了一行信息："亮亮，我正在开会。天大的事，有我在。"

信息发出去后，孙鸣飞希望尽快收到明亮的回复。可是几分钟过去，手机却死一般地沉寂着。终于，孙鸣飞实在坐不住了，他悄悄把手机掖在裤兜里，站起来猫着腰，一手捂着肚子，脸上现出难堪的表情。主持会议的副书记轻轻地往外头摆摆手，示意他赶紧去卫生间。

孙鸣飞出了会议室，没敢进紧挨着的卫生间，而是去了楼下的卫生间，把自己关在一个封闭的便池间，这才掏出手机，忍不住有些颤抖地拨通了明亮的电话。

好长一段时间的响铃音后，电话里才传来了低低的一声："喂。"

孙鸣飞急促地问道："亮亮，你出什么事了？"

电话里一阵沉默，好长时间才传过来抽抽噎噎的哭泣声。

孙鸣飞心里越发着急："亮亮，你说话嘛，好着吗？好着吗？"

终于听见明亮回话："哥，我还好着。"

孙鸣飞心里稍稍感到宽慰："我正在省委宣传部开会，你那里有啥事先顶着，我开完会就去找你。"

明亮仍不说话。孙鸣飞问明亮现在在什么地方。明亮说就在明亮咖啡馆。

孙鸣飞说："你没事就先待在那里，我开完会就去找你。"

孙鸣飞度日如年地挨到会议结束，已经是一点钟。饭点过了，副书记说："今日是特殊情况，下雪耽误时间，大家就在省委机关灶上吃顿饭，由宣传部做东。"与会人员都兴高采烈地鼓起掌来。按道理，通常这种机会是不多有的，因为能够近距离地接触领导，且又是在这种小规模的宴席场面上，谁都不会轻易放弃这种能够充分给领导留下印象的表现机会。但孙鸣飞却无心留下来就餐，他必须立刻去见明亮。他跟颜副省长告假说，刚才管委会办公室杨主任发过来一个信息，说是北京有一个部委的司长早间在管委会一直等着要见他，人家已经买好了下午五点的回程机票，出于礼貌他得回去见见人家。颜副省长说："京官大小不要怠慢，那是正事。你先回去招呼人家。"

街道上的雪已经化得差不多了，毕竟时令还早，除了房顶上还能看到白色外，马路上、人行道上只留下一汪一汪的泥水。车子行进中仍然显得拥堵。虽然是在开完会返回的路上，但孙鸣飞着急的心情更甚于早上开会之前。他交代司机开车去省总工会，说要去那里见一个领导。孙鸣飞知道省总工会就在西城巷子附近，他不愿意跟司机提起那个不太与他身份搭界的地名。等车子到省总工会门口后，孙鸣飞交代司机先回管委会。司机说要不然车就停在这里等着孙主任。孙鸣飞不愿意在办私事的时候多一份顾忌，他摆了摆手让司机先走。

西城巷子还是老样子，窄窄的街道上融化的雪水让地面上显得有些不干净。几步路走过，裤脚上就溅满了带着泥印的水渍。孙鸣飞提着公文包进了明亮咖啡馆小小的门廊，把脚上的泥水在门口的垫子上认真地蹭了蹭，忐忑不安地上了二楼，一眼就看见坐在最里边卡座上的明亮。

孙鸣飞三步两步赶过去，把公文包放到一旁的座位上，急切地询问明亮遇到什么麻烦事。

明亮抬头看着孙鸣飞，随着轻轻的一声呼唤“哥哥”，泪如雨下。

孙鸣飞见过明亮落泪的次数不算少，但像今天这种梨花带雨的场景却并不多。孙鸣飞一阵怜爱之情油然而生，他愈发觉得这个可爱的妹妹楚楚动人，他有一种强烈的欲望想把明亮搂在怀里，但碍于四周的顾客和来回走动的服务员，他还是抑制住了自己的冲动。

孙鸣飞隔着桌子把明亮的手握在自己手心，用尽量平静的语调说道:“亮亮，还是那句话，天大的事，有我在。”

明亮抽出一张纸巾擦着泪痕，点着头:“哥哥，我明白。”

明亮一番断断续续的叙述，终于让孙鸣飞明白了事情的来龙去脉。原来，明亮有一个大学的同窗好友，也可以算得上是闺蜜的女同学，毕业后分配到一家银行工作，虽和明亮进入不同的行当，但二人的情感却不是姐妹胜似姐妹。好友在银行工作，自然在社会上的交往就比明亮多一些，眼界也阔一些。两年前，好友撺掇明亮一起在生意场上一试身手，两个人就筹划着开一个咖啡馆，明亮咖啡馆就成了她们两人的杰作。当初双方言明咖啡馆合股经营，二人各半股份。又因为好友在银行工作，资金筹措上自然方便一些，咖啡馆的开办费用、装修费用、公关费用就先由好友出资垫付。为了平衡各方的义务，明亮主动担下了经营管理的责任。原指望咖啡馆开张后创下效益，先尽快把好友前期的垫资还上，却没想到事与愿违，咖啡馆的经营状态并不景气，大多数的月份，收入仅够工资和房租支出，好友不免就对负责经营的明亮有些微词。再后来，两个人商量着合伙的生意不能干，遂由好友退出股份，由明亮独持股份，一人说了算地自主经营。但股份的合并仍然没有给咖啡馆带来生机，好友却开始催还咖啡馆前期的垫资，更麻烦的是好友声称前期垫资是她挪用客户的资金，如不尽快还上自己难免吃官司。明亮虽对好友的说法存些疑问，但毕竟欠人家的钱，也不好去戳穿她，只能好言央求好友再宽限些日子。可就在前天晚上，好友带着两个陌生人敲开了明亮的家门，陌生人自称是被挪用资金的客户，找上门来的目的是讨债，并且放言如不尽快还钱，除了报案外，还要带上一帮人到汉京师范大学扯上横幅张扬这件事情。明亮对好友的做法自是气愤，但又能辩争些什么？原只当是陌生人吓唬她，没想到昨天早上明亮给学生上课之际，那两个陌生人又带着几个人守候在离教室不远的地方。

遇到这样的事，孙鸣飞也觉得麻烦，他试探着问明亮："欠人家多少钱？"

明亮低下头轻轻地说："本利合计八十六万。"

孙鸣飞倒抽了一口凉气，八十六万！这对于工薪阶层而言，无异于天文数字。自己现在是正厅级，全部的工资加上各类补贴、奖金，每个月拿到手上的也就三千多元，八十六万，岂不是要自己不吃不喝干上二三十年才能还上。他不禁在心里替明亮感到无奈，又觉得明亮的那个好友实在不够意思，明明是两个人的事情，而且又是她发起的，凭什么生意不好时把烂摊子扔给明亮一个人，还用这种下三滥的方式逼债。可无奈归无奈，气愤归气愤，眼前的问题总要解决。以明亮的身份，一旦事情惹大了，前程没有了不说，恐怕连一个普通教师的脸面也丢了。

孙鸣飞突然想起明亮告诉过他，现在学校的科研经费每年花不完，可这个念头一闪即逝。作为明亮的肌肤知己，作为明亮信得过的哥哥，作为一个堂堂的正厅级官员，自己怎么能去动这个歪念头。

孙鸣飞思虑了好久，再一次伸出胳膊抓住明亮冰冷柔软的小手："亮亮，我不是你最信任的人吗？哥哥和你一道来扛这件事，没有过不去的火焰山。"

明亮的眼中燃起希望的光芒，却又慢慢地黯淡下去："哥哥，我知道你是个清廉的官员，我不会让你为我犯错误的。"

孙鸣飞心里一阵温热："好妹妹，两人总比一人强，办法总比困难多。你跟那位好友说说，再宽限三五日。"

八十六万元的巨款，实在不是一笔小数字。半辈子谨小慎微、克勤克俭的孙鸣飞这回是真正遇到了难题。他坐在办公室，眼睛盯着天花板，苦思冥想。他把自己多年来结交过并且到现在还保持联系的人在脑海里细细地梳理了一遍，却悲哀地发现，自己在遇到麻烦时，竟然找不出一个能两肋插刀的人。回顾过去十几年间的官场生涯，那些见面抱拳、恭维溢美言辞一大套一大套说着不嫌肉麻的同僚们，其实背后不捅刀子都算是本分人。孙鸣飞对下属向来是一本正经，在雁马河管委会那些男女干部中，孙鸣飞找不出一个可以托付私人事务的人。在社会上，孙鸣飞严于律己，从不愿拉扯结交商人，非公务需要的宴请活动概不参加，以至于被人嘲笑为不食人间烟火的异类。再说自己的亲戚朋友，为了树立清正形象，孙鸣飞自始至终把以权谋私的那扇门关得紧紧的。为此，父亲没少埋怨儿子不但没有光耀父母，还给家里挣来了不少骂名，可最后也只好听之任之。想着自己的境况，此时的孙鸣飞突然有一种深深的孤独感，朋友用时方恨无。他在心底里质问自己：过去的几十年，到底是对还是错？

下班了，办公大楼里的人已经走得差不多了。孙鸣飞不想去吃饭，他一点儿食欲也没有。站在窗户前，外边已经是漆黑一片。到新区快半年了，刚过来的时候，下午下班时艳阳还高高地挂在西边的天空，这才百十来天，同样的时刻天就黑成这样。季节像人生一样，不可抗拒地发生着变化，初夏到初冬，好似三十岁的壮年汉子一晃进入五十来岁知天命的年龄，火热的激情代之为万象俱疲。孙鸣飞看着远处初上的华灯，又想起了前不久在北京的那个温柔之夜，也是置身窗前，也是静观窗外万家灯火，可那会儿的心情是何等甜蜜。莫非今天的愁烦正是对那种甜蜜的补偿？

孙鸣飞的眼前不断地浮现着明亮姿态各异的身影，一会儿是蝴蝶般飞舞在人群中的明教授，一会儿是像维纳斯一样赤裸着身子的尤物，一会儿又是梨花带雨柔弱无力的小可怜。此时此刻，不知道她正在干什么，但有一点孙鸣飞可以肯定，那就是这个娇柔的小妹妹正在经受着比他更剧烈的精神折磨。

北京之行后，明亮唤醒了孙鸣飞沉寂多年的阳刚之气。孙鸣飞对异性的生理渴望像火山一样爆发了，连孙鸣飞自己都有些难以相信为什么自己竟有如此非比寻常的内功。而柔情似水的明亮又给了孙鸣飞最大限度的满足。每隔两三天，他们总会出去一次，有时候在宾馆，有时候在明亮的家。共同的欢娱，共同的忘情，已经让他们二人相互视作生命中不可分割的组成部分。孙鸣飞在一次缠绵之后深情地说，自己过去不理解为啥昔日有皇帝宁舍江山不舍美人，现在明白了，皇帝舍不下的不是美人，而是自己心灵深处最高的一份境界。明亮回应说："哥哥，自从拥有你，我明亮已别无所求。"

孙鸣飞是个有责任心的人。既然这个自己无比爱恋的女人已经把全部身心都托付给了他，他必须勇于担当。他要像一个真正的男子汉那样在明亮的头上撑起一把伞，为明亮遮住风、挡住雨。

"孙主任，您还没吃晚饭吗？"孙鸣飞身后有人说话。

孙鸣飞把眼光从窗外收回来，回转过身子，原来是办公室杨昌利主任，不知道他什么时候进了自己的办公室。

"我不饿。"孙鸣飞摇着头说。

杨昌利又关切地说道："主任，晚饭不能多吃，但也不能不吃。您一天东奔西走，操心劳神，体力精力消耗都大，营养可一定要跟上。万一折腾出病来，就麻烦了。"

孙鸣飞没有说话，坐回到办公桌后的椅子上，继续想着烦心的事。在新区管委会，办公室主任杨昌利是唯一一个孙鸣飞带过来的人，因而孙鸣飞也就把杨昌利看得知己一些，也不想在小杨面前太过掩饰自己的情绪。

杨昌利是个聪明人，怎能看不出孙主任心中有事？想直接问一下又怕遭训斥，就借机拿起办公桌上孙鸣飞喝水的杯子，看了一眼说："主任，您这杯茶估计已冲了七八遍了，早没了味道。"说着，他就拿起杯子到楼道的卫生间把茶根倒掉，冲洗了一下杯子又回到房间沏上一杯新茶，双手端着放到惆怅万分的孙鸣飞面前。看着孙鸣飞没有嫌弃的意思，杨昌利就在孙鸣飞办公桌对面坐下来，试探地说道："孙主任，有句话我说了您别反感。"

孙鸣飞把头抬起来，做出了倾听的样子。

孙鸣飞的神情鼓励了杨昌利，杨昌利咽了一口唾沫，大胆地说道："我是个很幸运的人，家里没有什么背景，但命运却让我碰上了您，您拉扯我，栽培我，我今天这一切都是您给我的，您对我的情分，真有如再生父母，而我对您却是无以为报。我想说一句心里话，您要不嫌弃，我愿意做您身边一条死心塌地的狗。"

杨昌利说到这里，孙鸣飞的眉头不禁皱了一下。他倒不是反感杨昌利这种露骨的衷心表白，而是一听见"狗"字，本能地心生排斥。他不禁想起了欧阳锋家里那条唤作"妮妮"的贵宾犬，妮妮伸出吊着哈喇子的猩红舌头舔舐欧夫人脸颊的那一幕，像刀子一样刻在孙鸣飞的记忆中。

杨昌利大概看出了孙鸣飞的不快，赶忙给自己打着圆场："外人知道您看重我，有人说我是狗，可话传到我耳朵，我却一点儿也不觉得刺耳。士为知己者生，士为知己者死。可是我心里还是常常有些失落，也有些想不明白。"杨昌利脸上显出一些委屈："您为什么就不能让我替您做一些工作之外的事呢？说起来我是您的心腹，可除了工作上的事，您哪肯给我哪怕是一点点报答您恩情的机会？"

杨昌利住嘴的时候，孙鸣飞没有说话。办公室里安静极了，墙上的挂钟发出的嘀嗒声清晰地传入孙鸣飞的耳中，孙鸣飞一时觉得不知说什么好。虽然他日常对每一个向他表忠心的下属都保持着一丝警惕，但对这个在管委会自己唯一信得过的人，不能不说有一种特别的亲近感。他知道此时此刻这些话从杨昌利嘴里说出来，应当都是真话。可他依然觉得自己有必要保持一定的矜持。

杨昌利一时有些尴尬。孙鸣飞毕竟不想太冷落这个忠心且又机灵的跟班，遂缓缓地说："小杨，我把你从雁马河管委会带过来，是看中你的才华，当然也信赖你的人品。我这样做的目的，无非是想让你有一个好的发展平台，另外也想让我工作上有个帮手。我压根儿就没想过把你当成我个人的附属品，那样对你对我都不好。”

杨昌利说：“您那样想是您高风亮节，可未见得就一定对。人活在世上，不就是图个‘幸福’二字，其实最大的幸福就是有个知遇，而我既有缘碰到您这个知遇，您为什么就不让我为这份知遇去做一些让自己舒心的奉献呢？常言说：‘私字当头人常情，公而忘私是大私。’您的公而忘私难道不是为了避免别人的闲话，而对自己名节的一种过分看重吗？”

孙鸣飞没有想到这个杨昌利竟然能说出如此富有哲理的话，不禁颇为赞同地笑着点了点头。

看着孙主任放弃了戒备心理，杨昌利继续说道：“孙主任，从今往后，您就把我当成您的兄弟，当成您的儿子，当成您的家奴，不管公事私事，您随时吩咐就行。”

孙鸣飞欲言又止地点了点头。

“我看得出来，您今天心里有事。”杨昌利说，“孙主任，除了上级领导的关系我无能为力之外，其他有啥烦心事，您都交给我去办。”

孙鸣飞正在一筹莫展之际，也还愁着没个人哪怕是商量一下，这会儿刚好跟杨昌利借此交心。孙鸣飞也就不再顾忌，把他和明亮的关系以及明亮目前遇到的麻烦讲了一遍。当然，在说到他和明亮关系的时候，只说到同属一个母校毕业的师兄师妹，为了上一次捐赠母校教学基地未成的事有些来往，彼此还算谈得来。

孙鸣飞猜想，杨昌利肯定会劝他少蹚这一汪浑水，断绝和明亮的往来。按常理，跟一个不相干的男人吐露自己经济困窘的女人，多半会让人将其归入品行不端之列。

但令孙鸣飞没有想到的是，杨昌利却说：“明教授既信得过主任您，依您二人的身份和相互的看重，这个忙是一定要帮的。”

孙鸣飞问杨昌利这忙怎么帮。

杨昌利胸有成竹地说：“这事我来想办法。”

其实，精于世故的杨昌利岂能看不明白个中缘由。自从雁马河管委会取消与孙主任母校合建教学基地时起，善于察言观色的杨昌利就敏锐地感觉到孙主任对那位学妹特殊的关注。近一段时间来，孙主任一反常态地经常单个神秘外出，杨昌利猜测主任有了新情况。今天主任把这些事情说出来，杨昌利瞬间有了答案，原来主任真的有了红颜知己。至于主任对他们两个人关系轻描淡写的表述，杨昌利才不信呢，他敢断定，这两个人的关系早已超越了同学之谊，今天明亮遇到的麻烦，实际上就是主任的麻烦，因而他必须做出看似本能的建议。至于夸下海口答应自己解决巨款一事，其实他心里根本没谱。但他知道，今天这个关键时刻，如果他作壁上观，他与这位决定自己日后命运的人物关系也就基本到此为止。不过，杨昌利相信活人不会让尿憋死，守着那么多的资源，为什么不能充分地整合挖掘一下，事在人为嘛。

“你有那么多钱？”孙鸣飞情不自禁地站了起来。

杨昌利不好意思地笑了一下：“主任，我哪有这能耐。不过……”杨昌利把自己的左腕扬了一下：“我外边有几个经商的朋友，我这块表就是今年过生日时一个大款送的。主任您知道，我在进雁马河管委会之前，在社会上混过一段时间，待我进了体制内以后，我的一些朋友人家在外边把事干成了，现在已经有了几个千万富翁。凭着过去的交情，我向他们张个嘴，借个百八十万的总还有些可能。”

孙鸣飞紧锁着的眉头一下子舒展开来。停了一会儿，他又显出几分愁闷地说道：“不过小杨，依我看，明教授这笔钱一旦借了，估计短期内是还不上的。”

杨昌利说：“主任，这您就不用担心了，只要朋友愿意把钱借给我，啥时候还钱是我说了算。”

孙鸣飞心里一阵激动，深情地说：“昌利呀，我没看走眼，你恐怕是这个世界上唯一肯为我两肋插刀的人。”

杨昌利把手搭在自己的胸脯上：“主任，您又不需要我上刀山下火海。今后您一定不要见外，我就是您一个小卒子，但这个卒子已经过河了。”

两天以后，杨昌利给孙鸣飞回话说他的朋友愿意拿出钱来，孙鸣飞喜出望外。

为了能把事情做得妥帖一些，孙鸣飞交代杨昌利跟人家出借资金的人把手续做全，借款的条据要写好，借款的期限要长一些。孙鸣飞说："小杨，你的朋友看的是你的面子。你对你朋友负责，我对你负责，要不然我给你打个欠条。"

杨昌利连连摇头："主任您说哪里话，这件事本就和您没有关系，连我也都是牵个线搭个桥而已。我把借钱的方案都想好了，我那朋友直接把钱借给明教授，明教授现在不是独家经营那家咖啡馆吗？让明教授用她的咖啡馆经营权给人家做个担保。这样，借给明教授钱的人不就心里踏实多了。"

孙鸣飞一听要拿咖啡馆做担保，心里不免有些替明亮惋惜，但想想人家借钱的人也是图个资金安全，也就觉得这是合情合理的事。

杨昌利看出孙鸣飞心中的纠结，往孙鸣飞跟前凑近了一步说："主任，担保的事是我主动提出来的。依我的分析，明教授那家咖啡馆估计不会有太多的利润，今后前景可能不会太好，我想着以后要是钱还不上，就把咖啡馆给债主顶账算了，省得让明教授再操心劳神。万一时来运转，咖啡馆生意好了，明教授把钱还给人家，咖啡馆还不是照样好好地经营吗？"

孙鸣飞恍然大悟："这样一来，借钱的期限也就无所谓了，说不定还把明教授的包袱给甩了。"

杨昌利点着头："我就是这样寻思的。"

孙鸣飞再一次见识了杨昌利的机灵。

孙鸣飞给明亮打了个电话，把有人愿意借钱的事说了一遍。电话那头的明亮一下子恢复了往日的欢快。

孙鸣飞担心提到担保时明亮一时想不透道理，没想到不待孙鸣飞解释，明亮就说："哥哥，你真是妹妹的贴心人。有人愿意借钱给咱，是天大的好事，人家愿意用咱的咖啡馆经营权担保，是比天更大的好事。"

孙鸣飞不由得又在心里佩服这个妹妹，心说你真是个全才，漂亮、聪慧、会教书、能写诗，竟然还有经济头脑。孙鸣飞叮咛道：“这件事是我们那个杨主任安排办的，你认识他，我让他直接跟你联系。记着一定把手续做全。”

明亮连声说：“小杨就是那个杨昌利，我跟他打了几回交道，人不错。”

到了晚上七八点的时候，孙鸣飞又接到了明亮的电话。

明亮说：“哥哥我跟你汇报一下，小杨把那件事情办好了，很简单，我给人家打了个条子，又给人家写了个担保承诺。两个小时以后钱就打到我的账户上了。”

孙鸣飞问那债主看着怎么样。

明亮说：“就小杨一个人来的，在咖啡馆喝了一杯咖啡就走了。”

孙鸣飞不禁又有些纳闷儿，难道这债主借钱连债务人的面都不见一下？

不等孙鸣飞再说话，明亮又说道：“哥哥，我打借条时先打了一张八十六万元的借条，小杨让我撕碎重新打一百万元的条子。我说要不了那么多，小杨说为了记账方便。后来我就打了一百万元的条子，我账上也收到了一百万元。”

这下孙鸣飞真有点儿搞不懂了，但他没有多说话，又叮嘱了几句让明亮快些跟那个好友了结关系、注意情绪、注意身体之类的话，就放下了电话。

孙鸣飞想了一阵子，还是把杨昌利叫到自己办公室。

不等孙鸣飞开腔，杨昌利说道：“主任，我一直没跟您汇报，我是想等明教授收到钱后再给您打电话。”

孙鸣飞说：“明教授已经收到钱了。”

杨昌利像似松了口气：“看来我这朋友还挺讲信用。”

孙鸣飞问：“小杨，听明教授说你那个朋友没跟她见面，借给她的钱是整一百万元？”

杨昌利答道:“主任，我那朋友借钱是给我面子，我不想让明教授跟他打照面，毕竟是知识分子，脸皮都薄一些，而且我也不愿意他以后随随便便以债权人身份去见明教授。至于一百万元嘛，我原本就是给他说的这个数，明教授经营中肯定还缺流动资金，既是借，一次就借够。再说了，关键是明教授那个咖啡馆的经营权价值超过一百万元。”

话说到这里，孙鸣飞心里全明白了。他平复住情绪，尽量用平静的口吻说道:“小杨，难为你想得周到。”

杨昌利刚离开，手机提示音又响起来，孙鸣飞拿起来一看，是明亮发来的短信，又是一首诗:

漫天的飞雪纷纷扬扬撒落在初冬，
期待的果实却早已被伤心的风儿揉成一场空。
无助的灵魂像云彩中断线的风筝，
你奋身一跃抢过线头紧紧握攥在手中!
快要陨落的风筝又一次抬头升空，
陶醉享用这浓浓的不解风情。

孙鸣飞感觉到一阵幸福的眩晕。他终于为自己倾心爱慕的女人解开了一个死结，他第一次感受到一个男人在体现了自己价值后在女人面前收获的骄傲。他仿佛又看到了明亮在讲台上声情并茂地为学生们传道、授业、解惑。谁又能想到，现在这一切，都是他力挽狂澜，避免了一场悲剧。他不禁在心里说道:“好妹妹，你就尽情地享受生活的美好吧。有哥哥在，没有过不去的火焰山。”

杨昌利从学校毕业之后，的确在外面混了几年，也在所谓的生意场上结交了几个旗鼓相当的朋友。可遗憾的是，心比天高的杨昌利一干人，一无经验、二无资金、三无背景，如何能在强手如林的商海中分得一杯羹？没几年工夫，一帮子年轻人四处碰壁，灰头土脸地把父母们辛辛苦苦挣下的血汗钱贴赔进去不少。杨昌利算是眼睛亮堂的人，赶紧急流勇退，找门子进了体制内，又幸运地遇上了伯乐孙鸣飞，这下子草鸡变凤凰。而那些仍在江湖上执迷不悟的哥们儿，几年以后破产的破产，打工的打工，远走他乡的一走了之，哪里能有一个给杨昌利提供巨资借款的主儿。但杨昌利是个心思活络的人，他懂得整合资源，挖掘资源，他就想起了马秉义。十来天之前，自称是西城区人大代表的马秉义手持印有某公司总经理头衔的名片找到杨昌利，说是市公安局副局长方鸣推荐他过来，孙鸣飞主任指令他来找杨主任。杨昌利听明白马秉义的来意，抽了个空跟孙鸣飞请示了一下。孙鸣飞说确有其事，嘱杨昌利在同等条件下适当给予一些方便。杨昌利知道这事跟孙主任没有太大关系，但一听马秉义是市公安局方副局长的朋友，有心攀上这一条线，就与马秉义聊得投机了一些。马秉义做事向来周密，行前已经打听过办公室杨昌利主任的背景，知是西城区实权人物孙鸣飞副主任的心腹，自然也就向杨昌利频频示好，其间甚至提出与杨昌利绑锅发展的愿景。有了这个良好的开端，遇到麻烦事，杨昌利就试着给马秉义打了个电话，提出借钱要求后，马秉义竟然一口答应。为了能让马秉义心甘情愿，杨昌利策略地告诉马秉义借钱人是孙鸣飞副主任的表妹。这马秉义一听又动了心思，只说这官员都有个知冷知热的表妹，就势主动提出想吸收孙主任表妹一起参与经营的想法。杨昌利说孙主任是不会同意他表妹在自己辖区内搞经营的。马秉义说:“杨主任，你在领导手下做事难道不知道替领导遮掩一下？这事情你问一下孙主任的表妹看她愿不愿意，再说他表妹借钱我还想让他表妹以后能有还钱能力。”杨昌利说:“孙主任的表妹有个咖啡馆可以作为担保。”马秉义说:“杨主任你寒碜人，要是信不过你，信不过孙主任，我就不给你们借钱了，担保的事休提。”

杨昌利随后把债主愿意拉明亮一起做生意的事说给明亮，明亮果然愿意。杨昌利叮咛这事得先瞒着孙主任，否则孙主任肯定会阻拦。后来明亮真的就没有告诉孙鸣飞自己参股经营的事。明亮收到款项的当天，杨昌利就拿走了明亮的身份证，说是去办公司注册登记手续用。至于明亮打的借条和那张担保承诺书，都悄悄地存在杨昌利手中。

马秉义成功地吸收了方鸣副局长的“表妹”肖红和孙鸣飞副主任的“表妹”明亮参与自己筹建的工程公司。转念一想，不如自己也当个隐身人，就决定让自己的妻子张秋霞代表自己出任公司股东。这样，由三个特殊身份的女人作为股东的公司粉墨登场。在给公司起名时，马秉义想到了“三角”的概念，他觉得由他和政界的人组成一个坚实的三角组合，必然会在商场上杀遍天下无敌手，但又觉得这个名字有些俗气，就想叫“铁三角”，又怕让别人跟黑社会联系起来。最后，马秉义找了一家起名公司，花了五百元起名费，公司遂有了一个响亮的名字：“汉京市红三角工程建设有限公司”，公司注册资本金登记为一千万元。

为了五千万元被骗一案，按照苏春明的嘱咐，白川认真地起草了报案材料，把涉及案件的全部证据汇集成册一并交给了新区公安分局。焦急地等待了十多天，他终于等来了苏春明的电话。苏春明说：“这个案子有一定的隐蔽性，经侦上的同志们讨论了一下，大部分人认为构成犯罪无疑，但也有少部分人认为属于经济纠纷。为了慎重起见，分局决定先受理案件进行初查，待证据落实后再办理立案手续不迟，何况案件的当事人马秉义还是现任的人大代表，办案过程中就更得注意政策。”白川知道苏春明已经竭尽全力了，连忙表示感谢。苏春明又交代白川说：“程序上的问题还得在意。这个案子三贤公司已起诉到法院，下一步公安局如果正式立案，法院的民事案件就没法子审了。”白川说：“这我知道，为了能保证公安局这边正常工作，我回头就去把法院的案子先撤诉。”

白川把西城区公安局决定受理案件的消息又打电话告诉给韩浩平，并说了法院的案子得先撤诉的事。

韩浩平说：“这些事我不懂，你看着办好就行。我只关心咱们被骗的钱啥时候能追回来。”

白川忧心忡忡地说:“老韩，你要有充分的思想准备，我们面临的对手马秉义奸诈狡猾，他会用骗走我们的钱为他铺垫开路，织起一张保护网。我们的钱最终能不能追回来，现在真是一个未知数。”

韩浩平气愤地说:“我就不信法律治不了这些恶人。国家开着公安局，开着检察院，开着法院，能让坏人在社会上胡作非为？真到了无理可讲的时候，我掂上刀子去找马秉义算账，看他是要钱还是要命？”

白川说:“老韩，你现在是咱们企业的董事长，说话做事可得注意自己的情绪和风度。”

韩浩平的情绪确实是糟透了。

就在与白川通话的前几个小时，前妻魏秀琴给韩浩平打来电话，说晶晶生病了躺在家里，韩浩平着急地问生的是啥病，为啥不到医院去看医生。魏秀琴先是吞吞吐吐，而后竟抑制不住情绪放声大哭起来。韩浩平越急，魏秀琴哭得越伤心。终于，在魏秀琴断断续续、泣不成声的叙述中，韩浩平听到了一个晴天霹雳似的消息，自己的宝贝女儿晶晶怀孕了，估计已经有三个月了。

放下电话，韩浩平脑子一片空白。他呆若木鸡地在沙发上坐着半天没有动，直到手中的烟蒂烧着手指，他才打了一个激灵回过神来。环顾着陈设富丽的办公室，他有一种想哭的感觉。他悲叹自己在血雨腥风中打拼几十年，到头来空有一堆概念上的财富和虚无的企业家名分，却连自己在这个世界上唯一的至亲——宝贝女儿都没保护好。韩浩平无父无母无兄无妹，自己曾经爱得感天动地的女人吴君玫，早早地带着他未来得及呼吸一口世间空气的骨血，在一场震惊世界的空难中去了另一个世界。对吴君玫留下的女儿，虽然韩浩平视同己出，却难敌那孩子强烈的心理和行为排斥，终归油水似的难以贴近。女儿晶晶成了他唯一的寄托。可是，当年在晶晶还没有成人的时候，韩浩平逃避了一个父亲应负的责任，让晶晶生活在一个单亲家庭。作为女儿的晶晶，不可能不把深深的不满甚至怨恨记在父亲身上。作为父亲的韩浩平，随着年龄的增长，又时时受到良心的谴责，他甚至把晶晶后来在学业上的荒废以及长大后的叛逆任性，也归责于自己。他没有脸面抱怨魏秀琴，他没有资格批评女儿晶晶。他不得不把这一切痛苦默默地承受下来。

与白川通完电话，韩浩平渐渐冷静下来。白川提醒他注意自己的风度和气度，无疑是对的。现在，他是三贤公司的掌门人，为了企业的兴旺，自己这杆大旗不能倒。而在那个残缺不全的家里，他又何尝不是扮演主心骨的角色？魏秀琴虽然做事也有主意，但毕竟对外面的事情知之甚少，大事面前难免六神无主。晶晶说起来虽已是成年人，可又的确还没长大。关键时刻，他必须挺身而出。可转念一想，女儿出了这种事情，当父亲的实在难以出手，不说别的，光是和晶晶交流这一档，估计晶晶就不会给他好脸色。现在他需要和别人商量商量，可这种难以启齿的事能和谁说呢？想着想着又想到了白川，他后悔刚才没把白川叫过来。看了看手表，时间还不算晚，他又拨通了白川的电话。

电话那头的白川问韩浩平还有什么事情需要叮嘱。韩浩平说想见白川一面。白川说："天大的事情总归有个结局，这个案子公安局既已决定受理，我们就耐心地等着消息，急躁也不顶用。"韩浩平说："我见你是别的事。"白川问："有那么重要，非得现在见？"韩浩平说："重要！现在见！"

看到韩浩平双眉紧锁的样子，走进办公室的白川想活跃一下气氛："老韩，自从'八一三'案发，富民广场项目失败以后，我就没见你笑过。胜败乃兵家常事，你整日就这样，把公司上上下下的气氛也给破坏了。要知道，兵熊熊一个，将熊熊一窝，你可真的要振作起来。"

韩浩平有些悲怆地说："公司的事有大家和我一起扛着，我心里松活一些。可自个家的事，我实在想不出法子摆平，就只有劳驾你了。"

白川吃惊地问道："嫂子又咋了？"

韩浩平苦楚地一笑："魏秀琴好着哩。晶晶可不是省油的灯，她怀孕了。"

一句话把白川说得无以应对。

韩浩平笑着笑着又咬住牙关，额头上的青筋鼓了起来，像爬上了小蚯蚓一般。

白川走到韩浩平身边，把手搭在韩浩平肩上："老韩，咱们都是男子汉，要勇于面对现实。事情已经发生了，就得有合理的解决办法。你知不知道事情的背景？"

看着韩浩平好像没听明白，白川又说道："我是说，晶晶是跟男孩子谈恋爱，年轻人一时冲动，还是……"

韩浩平气呼呼地说："这事我能去问吗？她能告诉我吗？"

白川安慰道："老韩，我理解你的心情。这事你先别上火，我估摸，既然没有别的事情发生，大概是孩子谈朋友时越了雷池，不必大惊小怪。"

韩浩平眼睛一瞪："你养着个儿子省心，这会儿大风地里说凉话。"

白川知道韩浩平在气头上，就拐弯抹角地把他所知道的现时年轻人的开放程度说了一遍。他还举了个例子："去年我们所里招聘了一帮大学刚毕业的年轻人，有一天晚上我下班后写一份法律意见书。隔壁的几个小姑娘可能以为办公室的人走光了，放肆地谈起了各自的性经历，听她们说话的口气，明显是谁睡过的男孩子多谁才有派头，没碰过异性的女孩简直就是异类。听得我一阵阵脸红。你说说现在这社会风气都到啥地步了，咱们的观念是不是也该与时俱进了？"

"我就想掂着刀子去寻那个浑小子。"韩浩平怒火难平。

白川说："老韩，要是我分析的那样，只怕你刀子刚提到手上，晶晶就跑过来跟你拼命了。"

韩浩平垂头丧气地低下了头。

白川说："当务之急，是要解决问题。赶快找一家医院，让晶晶终止妊娠，其他的问题待以后再说。"

韩浩平说："魏秀琴平日做事倒还果断，遇上这事只会哭，指望她也指望不上。”

白川说:“你要理解嫂子，多年来她一个人拉扯着晶晶，晶晶是她唯一的精神支柱。别说出了这事，就是晶晶走路摔上一跤，嫂子怕都是心疼得受不了。”

白川想了一下又说道:“要不然这样，我让丽霞去看看嫂子和晶晶。丽霞是记者，见多识广，让她去安慰一下嫂子，跟晶晶好好谈谈，就势寻个医院，先把手术做了。”

韩浩平抬起头来:“这样最好，让弟妹费心了。你跟弟妹说说，让她一定从晶晶嘴里把那个王八蛋的名字和下落问出来，我咽不下这口气。”

白川说:“我还是那句话，你注意风度。”

第二十四章

初冬那一场大雪过后，天上就再没有出现过一丝云彩。持续的干旱和着郊区日化厂、炼钢厂、助剂厂几个污染大户日夜不停排向空中的烟尘，古城汉京似乎被笼罩在硕大的锅盖之下。白天，市区灰蒙蒙一片，尽管天气预报为晴天，但人们仰头却找不着太阳，日光被厚厚的粉尘层分散成均匀的白炽光。夜晚来临时，远近的灯光只能显示出模模糊糊的建筑物的轮廓。商店里的口罩一时间脱销了。街道上的行人们有半数戴着口罩。唯一让人感到有些生机的是商家们在口罩上印制的各种卡通图案。据说各家医院里已经人满为患，尤其是呼吸科、内科科室门前，大多排起了长龙。人们诅咒这鬼天气，期盼着再像初冬那样来一场漫天大雪。

元旦过后不到一个月，春节就要到了，虽说天气不怎么理想，但依然没有影响人们喜迎春节的激情。大街上的食品店、百货店比赛似的挂出了各类喜迎年节大促销的横幅，更有一些背景较深的商家在街道上、马路边上占道搭起临时经营铺位。今年还有一个引人注目的特点，那就是大大小小的烟花爆竹摊点。春节禁放烟花的政策已经实施十多年了，春节放炮、放焰火的习俗早已成为汉京人的回忆，而在去年的“两会”上，却有一帮好事的人大代表和政协委员联合提出议案，声称为了丰富古城人民的文化生活，提高百姓生活满意度，建议春节期间解禁烟花爆竹燃放。没想到这议案还真的通过了。春节前市政府关于解禁的通告一张贴，百姓一片叫好，却全然忘了自己正在严重的污染中饱受蹂躏。但不管怎么说，花花绿绿的炮摊又给古城增添了年节的气氛，市民们的年货提篮中又多了些内容。

和大部分中国人的习惯一样，汉京的百姓也不例外，不管平日的生活有多节俭，春节几天实实是要放开肚皮大吃大喝一阵的。这样一来，买、买、买，存、存、存，就成了大家不约而同的忙碌内容。这个时候，市民似乎铆着劲儿在比试谁家的年货囤得丰富，谁家单位福利发放得扎实。谁也不心疼短短的几天节后不得不想办法处理甚至倒进垃圾桶的多余食物。

新区管委会是今年新成立的单位，孙鸣飞早早就给办公室等关键单位做出指示，务必要保证干部们过一个欢乐、祥和的春节。办公室主任杨昌利又专门组织了几个精干的年轻人，成立了一个临时工作班子“年节后勤保障队”，把能想到的福利都想到了。临时腾出的库房里待分发的年货堆积如山，米、面、油、猪肉、牛肉、白条鸡、冻带鱼、花生、木耳、大枣、烟、酒、茶应有尽有，甚至连小到调料的八角、桂皮、花椒也都采购齐了。按照孙副主任的要求，为了不影响工作秩序，年货并不集中发放，而是由保障队每天下班前按各部门人员名单，分散地将年货送到办公室门口。管委会的干部就这样蚂蚁搬家似的每天拎个小袋，陆陆续续地把年货搬回家中。第一个春节的供应，让管委会上上下下的员工感到了来自组织的温暖。

腊月三十除夕日，上半天还能看见的各办公室进进出出的职员们，到了中午，基本上都走光了。杨昌利带着几个人挨个给办公室门上糊上封条。管委会偌大的办公楼内，一下子显得冷清无比。

孙鸣飞一直到晚上快下班的时候，还坚持在自己的岗位上。杨昌利进到孙鸣飞办公室，把一把车钥匙递到孙鸣飞手中，小心翼翼地说道：“主任，我把那辆陆地巡洋舰给您留下，油已经加满了。另外，过节期间如果需要司机，我安排小梁随时等候您的电话。”

孙鸣飞满意地点了点头。

杨昌利又接着说：“主任，节日期间路上车流量大，自己开车一定多加小心。”

孙鸣飞用关切的口吻说道：“小杨，忙了半年了，节日好好休息休息，替我问你父母好。今年就算了，以后过年，我去给二老拜年。”

杨昌利连忙抱起双拳：“主任，您过节有多少关系要走动，我帮不上您忙，您可千万别为我分心。”

待两个人分手后，孙鸣飞盯着杨昌利的背影，想着这个年轻人无微不至地照顾他的工作和生活，不禁一阵感动。

往年过春节时，孙鸣飞都会留下一个司机为他服务。尽管前几年他已经通过非正式培训拿到了驾驶证，但他觉得作为一个不大不小的领导干部，坐车出行是应有的本分。看着有些级别不低的官员自己驾着车东奔西走，他总觉得有些不伦不类。而今年春节前老早的时候，明亮就跟他说想和他一起驾车去远一些的地方游玩，这下子孙鸣飞终于也步入了自驾官员的行列。办公室主任负责车辆的调配使用和司机的排班，杨昌利当然明白孙主任今年首次提出自己驾车的个中缘由，就把一辆最好使的越野汽车留给了孙主任。

十多年来，每每到过春节的时候，孙鸣飞都有一种莫名的惆怅，他恨不得在生活中抹掉这段特殊的日子。这倒不是因为孙鸣飞属于工作，狂惧怕休息，而是因为孙鸣飞的家庭背景。平常，他把办公室当成家，旁人已习惯成自然，可一旦到了过节的时候，尤其是万家团聚的春节期间，孙鸣飞似乎没有合适的理由再继续待在办公室，毕竟他还不想过分地引起别人议论。可回到那个徒有虚名的家里，无异于折磨他的灵魂。后来，他尝试着回到山沟里和父母一起过年，可只过了一次，父母就给他立下了以后拒绝他春节单人回家的命令。父亲说，大过年的儿子不跟老婆孩子待在一起，孤零零一个人回来跟父母过年，厂里的老伙计们私下议论得翻了天。因而一到过年，孙鸣飞就觉得自己成了无处容身的可怜虫。今年却不同，他那知冷知热的情妹明亮早已给他规划好了春节期间的具体内容，明亮说今年她啥也不想干，只想做好一件事，就是陪着心爱的哥哥鸣飞快快乐乐地过好每一天。另外，有一件事孙鸣飞还没有弄明白，刚刚从咖啡馆经营债务中喘了一口气的明亮，突然间又在南山脚下的别墅区订购了一套装修全部到位、业主拎包入住的连体别墅商品房。明亮说春节就在那栋新房中体验一下。这一切，都不由得让孙鸣飞有一种幸福的期盼，他终于也可以与自己心爱的人在传统的节日里欢聚一室。正因为这些因素，在今年新区管委会年节福利的安排上，他要求办公室精心置办，他要与他的属下们同乐共庆。

孙鸣飞把办公室的文件和其他物品又整理了一下，提上公文包出了门。走到楼下的时候，他老远看见杨昌利仍站在那辆陆地巡洋舰汽车旁。杨昌利显然是在等孙鸣飞。看见孙鸣飞出了楼门，杨昌利三脚两步赶过去替孙鸣飞拿上公文包。孙鸣飞问杨昌利咋还没有回家，杨昌利说他还想把大楼安全工作再检查一遍。孙鸣飞用遥控钥匙打开车锁，杨昌利先是拉开驾驶座门，手搭着车顶伺候孙鸣飞坐上驾驶位，又绕过车头打开副驾驶门坐上了车。

孙鸣飞不知杨昌利还有什么话要说，正想问时，杨昌利回过身指了一下车尾的货箱说："主任，这是给您准备的拜年用的礼品。"

孙鸣飞转头一看，吃了一惊，后厢里满满当当地塞着烟、酒、食品之类的东西，一时竟觉得难以计数。

孙鸣飞迟疑地说："我哪用得了这么多东西？"

杨昌利说："主任，往年您都是让司机跟着，走哪都不方便。今年好容易您自由自在地一个人随意走动，我寻思着您要拜访的人肯定不少，领导、亲戚，还有老师、同学。"

一句话倒是提醒了孙鸣飞，他的确应该去拜会一下诸如夏教授这样的多年未曾拜过年但却有恩于他的人。田老师死了，他的老伴也该去看一看。至于欧阳锋和现任的上司们，过节前必不可少的功课已经做过了。想到这些，孙鸣飞不禁又打心眼儿里赞许杨昌利这个操心到家的好助手。

杨昌利又打开副驾驶座前的小工具箱，拿出一个牛皮纸袋子说：“这里边是一些购物卡之类的礼券，估计也用得着。”说完又把袋子塞进工具箱。

孙鸣飞待要问个究竟，杨昌利已经拉开车门下了车，回过身来两手抱着拳，朝孙鸣飞深深地鞠了一躬说：“主任，给您拜个早年，您节日愉快，有需要我时，随时打电话给我。”

孙鸣飞忽然觉得和一个属下你推我让过分谦虚似乎不太合适，就潇洒地扬了一下手，发动了车子，轻轻按了一下喇叭，扬长而去。

孙鸣飞回的第一个家，仍然还是那个在法律意义上属于他的家。

七八年前，市政府新建成的三号家属小区给他分了一套房，以他的正处级别，分了个三居室两厅两卫、面积一百三十六平方米的房子。房子钥匙拿到手后，孙鸣飞和李红艳倒不咋兴奋，李红艳的母亲也就是孙鸣飞的那位丈母娘却是兴高采烈，欢天喜地，又是张罗找人设计，又是四处找寻装修工队。后来房子装修好了，丈母娘随着女儿、外孙女堂而皇之地住进了新居。也多亏李红艳的爹死得早，要不然三居室恐怕仍然显得拥挤。李红艳跟她的母亲、女儿三代人住在一起，家里虽不常见到男人的影子，但也早已习惯了。别人问起来，李红艳只说自己男人整天忙在单位，是个工作狂。孙鸣飞之所以还要回这个家，他是不愿意放弃自己道德上的制高点。三号小区住着不少和自己熟识的市政府各机关的干部，他得让别人知道，孙鸣飞并非完全不顾家，再怎么忙，到了大年三十还是会回家陪老婆、孩子、丈母娘的。再说，他也不愿意给李红艳和她妈留下太过明确的谴责他的说辞。

家家户户的门上贴着内容大同小异的新春楹联，自家的门口也贴上了带有银行标志的红对联，显然是银行为了扩大宣传给市民随机派发的那种。看见门楣的横批上“阖家幸福”四个字，孙鸣飞突然觉得有些讽刺的味道，不由得脸上露出一丝苦涩的笑。

随着门铃声“叮咚”地响过几下之后，门打开了，女儿孙飞飞站在门口。孙鸣飞又是几个月没见到飞飞了，看着飞飞似乎个头又往上蹿了一截。十五岁的小姑娘，身高已经远远超过了自己的母亲。也许是继承了李红艳的基因，飞飞的长相没啥可挑剔的，天生一个美人胚子。飞飞看见自己的父亲，像瞧怪物一样把孙鸣飞看了一会儿，嘴里没说一句话，头一甩，回到了自己的房间，关上房门。

李红艳的母亲听见门铃声从里屋走出来，看到女婿，脸上挤出了笑容，一边说“小孙你回来了”，一边就去接孙鸣飞手中的包。孙鸣飞用小得连自己都听着困难的声音叫了一声“妈”。李红艳的母亲从门口的鞋架上取出一双看着像新买的大号男人拖鞋弯腰放到孙鸣飞脚下。孙鸣飞换上拖鞋，没有进自己的房间，而是直接坐到客厅电视机前的沙发上。

李红艳的母亲给孙鸣飞递过去一杯茶，就势也坐在孙鸣飞身边，嘴里唠哩唠叨着说：“今年春节单位福利搞得好，管委会的司机把年货都送到家里来了。厨房里堆着满满的东西，只怕过年人少吃不了坏了可惜。”那架势不像是孙鸣飞回到自己家，倒像是做客在别人家里或者是单位的领导视察下属贫困家庭时听取主家倾诉的情形。

孙鸣飞纳闷儿李红艳到哪里去了，正寻思间，看见那女人从卫生间走出来，鬼一样的面容吓了孙鸣飞一大跳，仔细一看原来是脸上贴着一张护理面膜。

李红艳脸上贴着东西，说话就有些不太方便。她说：“孙鸣飞，你回来了就好，帮着把冰箱里的饺子吃一些。你们单位光饺子馅就给拿回来十斤，过年光吃饺子了。”

李红艳说话的时候，孙鸣飞看不见她的表情，只看见她鼻翼下边面膜贴不上的那一小片纸，随着嘴唇的翕动和鼻孔的呼吸，呼扇呼扇地动着。孙鸣飞不知道李红艳是想表达单位福利好年货丰裕还是埋怨单位胡乱发东西让家里泛滥成灾。他很想说一句“实在吃不完时拿出去喂野狗或野猫”之类的话，但到底还是忍住了，他不愿意破坏自己的情绪。

一番无关痛痒的话后，李红艳又去忙她的事情。李红艳的母亲也进了厨房，飞飞的房门依然关得死死的。孙鸣飞无聊之际打开电视机，屏幕上显示着中央一台新春文艺晚会的预热场景，正在不停地切换着各种画面，电视机里传出的欢快气息与屋子里的沉闷形成了鲜明的对比。孙鸣飞看看表，时针已接近七时，距离进屋只过去了短短的四十分钟，但他却好似熬过了四个小时。他很想立刻起身离开这间有如一具活棺材的屋子，但到底顾虑着左邻右舍和院子好事者们的眼睛。他想尽量等到春晚开始以后再找借口离开这里。

没有料到李红艳的母亲不长时间从厨房里端出了几盘菜，又打开了一瓶酒放在客厅边上的餐桌上。

孙鸣飞正在诧异，李红艳的母亲说道："小孙，我怕你一会儿接到电话又要出去，你们当官的总是身不由己。干脆咱们一家快快地吃顿年夜饭，也算是一年有这么一回团聚。"

孙鸣飞也就只好站起来坐在餐桌边上。

李红艳母亲招呼李红艳过来。李红艳说："我还没忙完，你们先吃。"

李红艳母亲又去敲飞飞的门，半晌才听见屋里的怨气声："烦不烦，人家正忙着给同学发信息哩！"

李红艳母亲尴尬地冲孙鸣飞笑笑说："这娘儿俩是一路子货，小孙你别管他们，你自己慢慢吃。"

孙鸣飞拿起筷子夹着菜放进嘴里，像嚼蜡一样吃了几口，就放下筷子。

李红艳母亲又端着酒杯递给孙鸣飞："过年了，你少喝些。"

孙鸣飞接过杯子又放到一边说："我一会儿还要出去见个领导，司机来不了我得自己开车，不敢喝酒。"

李红艳母亲说："那是的，要注意安全。"说话间她就在孙鸣飞对面坐下来，沉默了一阵却吧嗒吧嗒地落下泪来。

孙鸣飞不冷不热地问："你哭什么？"

李红艳母亲用手抹着眼泪："小孙，你这整日忙着不顾家，就我们三个女人待在家里，这屋子里没有一点儿活泛劲儿。平日里我在院子里跟几个老姐妹一起聊天，人家都是夸自家的儿子、女婿，可是我总觉得低人一头，你一年半载在家吃不上一顿饭，我哪好意思跟人家说这些。”

孙鸣飞听着岳母的话，不由得就想起当年这老家伙斥责他在她女儿跟前耍流氓的事，心说你和你女儿、外孙女三个女人清清静静，也不用担心有个男人侵害你家女儿。今天这一切，也是你自作自受。孙鸣飞心里这样想着，嘴上却说道：“您想开些就好。”

终于熬到晚上八点，春节晚会隆重开场，估摸着院子里的人都已经坐在自家屋子里的电视机旁，孙鸣飞装着看了一下手机，对坐在一旁沙发上的岳母说：“来信息了，我得走了。”李红艳母亲立马站起来，大声喊着女儿和外孙女的名字，说：“鸣飞要走了，你爸要走了。”那阵势反倒有些像一直盼着客人出门，这会儿好不容易等到客人要走人了，如释重负地喊人来送客一样。

孙鸣飞一下子意识到，原来在这套房子里，他真的是个多余的人物。尽管岳母可能希望他常回来，给邻居们看看，但相比于他回家后给这个家造成的尴尬局面，宁可他不出现在这个屋子。

李红艳母亲的招呼没有得到女儿和外孙女的任何回应。李红艳和孙飞飞都没有走出来哪怕看一眼孙鸣飞。孙鸣飞瞬间的失落之后，萌生了解脱感。在这样一个既无亲情、更无爱情的环境，有什么值得挂念的，哪有什么责任可言？自己何必还要在意这个虚无的概念，多此一举地在这宝贵的除夕时刻，浪费时间呢？

下楼走到院子，孙鸣飞大口地呼吸了几下自由的空气，却感到一股浓浓的硝烟味道，隐隐地喉咙里有一种土腥气。再看看空旷的院子，到处是炮仗燃放后的纸屑，在灯光的照射下显出血红一片，几乎盖住了地面。有些成堆的纸屑还冒着淡淡的烟，礼花弹放过的空盒子随意丢弃在院子里，让原本整洁的院落狼藉一片。天空中不时绽放出五颜六色的礼花，当灿烂的烟花消逝时，才传来钝响声。楼上不知谁家的窗户里，不间断地射出小一些的带响烟花，孙鸣飞知道这是那种政府禁售的闪光雷。

孙鸣飞又坐回到车子里。此时，他的心里只有一个念头，就是尽快赶到他那可爱的妹妹明亮跟前。他看了一下表，估计需要半个多小时，他祈盼着路上不要塞车，好让他能快一些到南山别墅。

果然，当车子开到大街上的时候，马路上显得比往常冷清得多，偶尔对面过来一辆车，也是毫不减速地呼啸而过。此时，孙鸣飞才真正感到四个轮子的汽车给人们带来的速度上的便捷，全不似往常马路上车辆拥堵时乘车人恨不得弃车步行的情形。突然间，一阵刺耳的警笛声从远方传来，孙鸣飞下意识地松开脚下的油门放缓车速。警笛声由远而近，孙鸣飞终于看见了岔道上拐上来的一溜闪烁着红灯的消防车，他数了一下，有八九辆。消防车朝着市区中心方向驶去，孙鸣飞估计可能是燃放烟花惹的祸，不禁又在心里斥责那些闲着没事的人大代表和政协委员，干吗要提出解禁烟花的议案，把个好端端的空气破坏得污浊不堪，还又不知道造成多少的大小火灾，连累着消防干警不得安生。

车子开了二十多分钟就到达南山别墅区。带有欧式风格的小区大门旁边站着不亚于仪仗队军人军姿的保安。看见外边驶进来的汽车，一个标准的敬礼后，保安一只胳膊平伸向大门里面，另一只胳膊弯曲着贴在胸前。孙鸣飞觉得这里的保安比管委会聘请的门卫专业多了。

进到院子里，孙鸣飞感觉到相对静谧的气息，虽说也是除夕之夜，但除了道边连绵不断的红灯笼之外，却没有发现有燃放烟花的残留物。错落有致的清一色两层楼房，整齐而又稀疏地顺着缓缓的山势，排列在树木掩映着的坡地上。偶尔可以看见三三两两的穿着保安制服的人，在路灯下来回巡逻。这里像一个巨大的公园，恬静中透着秩序和安全。孙鸣飞按着路边依稀可辨的导引牌，把车子开到了八排二号楼下。禁不住“咚咚”的心跳，孙鸣飞按响了门铃。

门开了，一股温热的气息扑面而来，穿着粉红色羊绒衫的明亮出现在门口。

也许是屋子里暖气给得太足的缘故，明亮的脸色显得比平日更为红润，鼻翼两侧若隐若现的雀斑看起来更加生动。

不等房门闭上，明亮就一头扑进孙鸣飞的怀里，柔声慢语地抱怨着："人家从中午就开始等着你，这都快晚上九点了。"

孙鸣飞用脚跟带上门，把公文包放在门边的鞋柜顶端，两只手托起明亮的下巴，把自己有些冰凉的嘴唇紧紧地贴在明亮热乎乎的嘴唇上，足足有几分钟时间，直到明亮觉得有些喘不过气来，用手扒开孙鸣飞的手掌，把自己的嘴巴从孙鸣飞的嘴唇下挣脱出来，深深地吸了两口气。孙鸣飞却并未罢休，又贪婪地把明亮的鼻子、眼睛、耳朵、两颊统统地吻了个遍。

孙鸣飞第一次到明亮这栋新居里来。一个月以前，明亮告诉孙鸣飞自己在南山别墅购买了一套房子。孙鸣飞问："你这刚刚从咖啡馆的债务中抽出身来，哪来的资金再去买房子？"当然，孙鸣飞的话里也隐含着对明亮负债未还却又投资购置地产的担忧。明亮却嘻嘻哈哈地说："有了哥哥后交上了红运。再说房子是分期付款，还款压力不大。"孙鸣飞猜想明亮会不会在股市之类的平台撞了大运，但又觉得不便详问。今天进了这间屋子，不免要上上下下领略一番。

这种连体别墅虽然是多户联盖成一栋楼，但每家每户都有独立进出的大门，屋子一层的客厅里设着通往二楼的室内楼梯，上下两层的功能似乎是区别开来的。一层是会客厅、厨房、阅读室，正对大门的楼房另一面，一道小门连着一个不小的后花园。二层是两间卧室，卫生间、化妆间一应俱全，又有独立的户外露台。房子里的家具虽不算多却也应有尽有，家具的颜色和格调的搭配显示出主人不同凡响的品位。

明亮喋喋不休地给孙鸣飞介绍着房间陈设与布置时自己的想法和用意。孙鸣飞心口如一地啧啧称赞。

明亮说："哥哥，你要说心里话，我这一切努力都是为了能让你满意。"

孙鸣飞却不太同意明亮的说法："这是你的房子，只要你满意就行了，我毕竟是客人嘛。"

明亮努起了嘴巴："哥哥你说哪里话，要是没有你，我不会买这套房子的，我也买不起这套房子。我现在已经是你的人了，我的一切也都是你的。为了你的满意和幸福，我干啥都行。”

孙鸣飞听着心里激动，却又觉得明亮的话说得有些过了，也不知道该咋样回话。无语间他又把明亮搂到怀里，长时间地吻了一阵，含含糊糊地好妹妹好亮亮唤个不停。

明亮变戏法似的从厨房端出了几样菜肴，凉的、热的、荤的、素的，样样俱全。看着色形俱全的美食，闻着扑鼻的香味，孙鸣飞只觉得食欲大开，忍不住拿起筷子每样尝了一口，由衷地不停赞叹点头。明亮却夺下孙鸣飞手中的筷子，嗔笑着说：“等喝口酒再吃不迟。”说着，她从酒柜里挑出一瓶印着洋文的葡萄酒说：“这是上个月一个朋友从澳大利亚带回来的干红，尝尝它。”

孙鸣飞突然想起停在外边的车子上放着的烟酒，担心小偷晚上敲碎玻璃行窃，就起身打算出门把东西搬进屋子。

明亮问：“哥哥，你要干啥？”

孙鸣飞说：“车上有些烟酒，我怕晚上招贼。”

明亮笑着说：“这院子别的不敢说，安保工作却是一流的，物业对外承诺，若有住家失窃，物业照单赔偿。”

孙鸣飞觉得还是小心一些为好，就径直走出门把车上的酒和烟来回几趟都搬进了屋子。

看着墙角堆得小山似的烟酒，明亮开玩笑道：“赶明儿我就在咱们家门口开个烟酒铺子，不愁没买主。”

孙鸣飞又想起还有一件重要的东西落在车上，就又出门返回到车上。他打开了副驾驶座前边的工具箱，拿出了杨昌利跟他特别交代的那个牛皮纸袋子。借着车内微弱的灯光，孙鸣飞掏出袋子中的东西一看，顿时吃了一惊，那里面是五捆用皮筋扎着的商场购物卡，每捆十张卡片，每张卡片标注金额为一千元，五捆购物卡总计五万元。信封内还装着一沓绿色的钞票，整整一万美元。孙鸣飞原想着杨昌利不过是给他准备了几张用以送作人情的购物卡，大不了几千元而已，却没想到有这么多的钱。也不知杨昌利的这些东西来路如何，一时不知道该如何处理，想着放在车里更让人不放心，也就只好一并拿回屋子，心里却不停地打鼓。

明亮显然看出了孙鸣飞表情的变化，问道："哥哥，你出去了一趟，回来脸上的肌肉都僵硬了，是不是外边太冷，冻着了？"

孙鸣飞含糊其词地顾左右而言他。

明亮有些狐疑："哥哥，我在这屋子里苦苦地等了你大半天，就是要和你贴心贴肺地亲亲热热。你有啥心事，瞒着妹妹，可就真有些亏了妹妹的真情。"

孙鸣飞一想明亮说得也对，此时此刻，这个坐在他跟前的人，实际上已经是他在这个世界上最亲近的人了，他没有理由把心事瞒着她。孙鸣飞就把杨昌利下午给他备车、车上放烟酒，还有那个牛皮纸袋子的事情一五一十地说了。他把刚拿进屋子的牛皮纸袋子里的东西哗啦一下全倒在桌子上："这杨昌利是我一手提起来的，他给我拿这么多东西，不是明着让我犯错误吗？再说他一个月工资也就那么小几千块，他从哪里弄这么多钱，还不是歪门邪道？"

明亮听着，轻轻地点着头，待孙鸣飞话说完了，却又使劲地摇着头："哥哥，我看你是错怪杨昌利了。小杨我打过几回交道，绝不是胡来的那种人。上回人家给我介绍他那个朋友借钱，我才真的见识了有钱人的大气。人家跟咱们不是一个层次，在人家眼里，一百万元也就像咱们眼里的一万元。你没有听说过香港的明星结婚时，朋友送礼都是百万往出甩吗？杨昌利本就是做生意的，出手自然也就大方。他在体制内工作，平日自然要掩饰自己。可他现在跟你走得近了，不免就要把真实的自己展示给你。所以说，这件事恐怕还是要咱们自己先提高提高档次。"

孙鸣飞对明亮的话有些不以为然，摇着头说："你说的也可能是事实，但我和他的关系不允许这样。"

明亮又说道："你现在回到你小时候的工厂去，那里还很贫穷，你见了邻家的孩子给了一百元的见面礼，孩子的家人说你对孩子图谋不轨，你说你冤不冤？"

孙鸣飞没有说话。

明亮端起酒杯递到孙鸣飞手中，自己又拿起另一只杯子跟孙鸣飞碰了一下说：“好哥哥哟，时代在进步，认识在提高，与时俱进是党中央发出的号召。让我们勇敢地和昨日告别，大胆地拥抱未来吧。”说着将杯中的酒一饮而尽。

孙鸣飞受了感染，也猛地一大口把杯中的酒喝光了。明亮借着高兴劲儿，又“咕咚咕咚”地给孙鸣飞和自己把杯子斟满，两个人你来我往，不几下把一瓶酒干了个底儿朝天。

孙鸣飞忽然想起春节文艺晚会还没结束，就走过去打开了电视机。此时，那个近年来红遍大江南北的女歌星清脆又甜美的歌声直冲耳膜：“今天是个好日子，心想的事儿都能成，今天又是好日子，咱赶上了盛世享太平……”

明亮摇摇晃晃地站起来，把手往旁边一挥说：“哥哥，快关掉电视，我一听这种歌就反胃。”

孙鸣飞说：“别人都说好，你偏说不好。”孙鸣飞有些不情愿地走到电视机旁，“吧嗒”一声关上了开关，屋子里顿时一阵寂静。

明亮转身在一个抽屉里找出一张CD碟片插进功放机，一阵舒缓的西洋乐曲在屋子里回荡起来。孙鸣飞虽然也觉得好听，却不知道曲子名字。

明亮随着曲子，饶有兴致地扭动起身子来，半晌转过头问孙鸣飞：“哥哥，好听吗？”

孙鸣飞说：“好倒是好，没有中国民歌好听。”

明亮在孙鸣飞肩膀上拍了一下：“哥哥，门德尔松的《婚礼进行曲》，多有激情，多有韵味……”

明亮又在抽屉里翻了一会儿，换了一张碟插进去。一阵民乐之后，柔美的女声唱起来：

哥是天上一条龙，
妹是地下花一丛。
龙不翻身不下雨，

雨不洒花花不红……

一曲歌唱完，明亮关上功放机眯着眼睛坐在孙鸣飞大腿上："哥哥，你是龙，我是花，待会儿咱俩上床，你翻身行云布雨，我雨露滋润花红。"

孙鸣飞忍不住推开了坐在腿上的明亮，笑得弯下了腰，几乎岔了气，老半天方才直起腰说："好亮亮哩，不，好我的明大教授哩，这么好听的一个歌儿，让你给解读成十足的淫调了。赶明儿你就在讲台上这样给学生讲课吧。"

明亮坐下来，又眉飞色舞地讲起来："哥哥，什么叫高雅，什么叫粗俗，从来都是看在什么地方，由谁来行为。一张刺激感官的裸体女人图片，画家们说那是艺术，医生们说那是科普，拿在某些人手中，就成了低俗下流。每个人都有两面性，你敢说艺术家中就没有卑鄙龌龊之徒，普通人中就没有富具艺术细胞的高人？每一个人最真实的状态恐怕就是在床上的时候。平日里的道貌岸然、温文尔雅、仪态万千，还不都是装出来给别人看的。所以说，这世间最粗鄙的东西恰恰是最真实最高雅的，最低级的东西往往又是境界至高无上的。"

孙鸣飞还是笑着："尽是歪理，不过听着倒是有些意思。"

明亮仗着酒性，说得越发起劲儿："哥哥，我去年带一帮学生去北方采风，你知道草原上的信天游唱起来悠扬动听，可那原汁原味的内容你想都想不到。"

明亮说着站起身来，清了清嗓子，轻轻地唱道：

奴家今年一十八，
别了父母头上扎起了花。
七八岁的小娃娃来采奴的花，
蹲在奴怀里叫了一声妈，
奴嫌你是没开过荤的小娃娃。
五六十岁的老头来采奴的花，

满脸的胡茬硬生生把奴的嫩脸扎，
奴嫌你剩下一根老鸡巴。
十八岁的小伙子来采奴的花，
热切切把奴身上衣服扒，
一阵阵痒疼二阵阵麻，
三阵阵奴家酥软满眼泪花花……

明亮一边唱着，一边手舞足蹈，兴致愈加高涨。

孙鸣飞突然觉得一股欲火从心中升腾起来，一时间唇干舌燥，难以自已。他不由自主地从凳子上弹了起来，把明亮拦腰一抱，往前走了几步，把她整个人扔到了沙发上，三下五除二撕开了明亮的裤子，又手脚不听使唤地把自己的裤子褪下一点儿，就在沙发上活动起来。没几下子，孙鸣飞就如赛场上斗败的公鸡一样瘫软在明亮身上。明亮穿着一件羊绒衫，被孙鸣飞压在身子下哼哼唧唧地呻吟着，一副意犹未尽的样子。

直到孙鸣飞坐起来，明亮才娇声娇气地说道："亏了亏了，久旱的田地盼着一场甘霖，没想到就来了这么几滴可怜的雷阵雨。"

孙鸣飞有些不好意思："都是你挑逗的。"

明亮忽然把孙鸣飞的手抓住，贴着自己的肚皮说："哥哥，我告诉你一件事情。我两个月没见到大姨妈了。"

孙鸣飞从来没听说过明亮有姨妈之类的亲戚，不觉有些奇怪。

看到孙鸣飞迷茫的样子，明亮笑着又补上一句："我是想说我两个月没'倒霉'了，就是没来月经了。"

孙鸣飞这下听明白了，但他依然不清楚明亮想表达啥意思。

明亮把孙鸣飞贴在自己肚子上的手甩开，努着嘴说："你真是个榆木疙瘩，人家有了。"

"有了？"

"有了你的种，一个小孙鸣飞。"

孙鸣飞像弹簧一样从沙发上跳了起来，他有些不相信自己的耳朵，结结巴巴地问道:“你……你是说……你肚子里怀上了孩子？……我的……？”

明亮却显得很镇定，微微笑着说道:“哥哥，你是高兴，还是不高兴？”

孙鸣飞脑子里忽然间像塞进了一堆乱麻一样，听到这个突如其来、意想不到的消息，他一时无法判断是真是假。看明亮的样子不像是开玩笑，可谁又敢断定她肚子里的崽子就一定是他孙鸣飞下的种子？至于高兴与否，现在似乎谈不上。

明亮也坐起身来，整了整皱巴巴的羊绒衫，脸色有些严肃:“哥哥，你是怀疑我说的话？”

孙鸣飞搪塞道:“我真的有些不敢相信。再说，你现在是个单身，这一旦让别人看出来，可就麻烦了。”

没想到明亮坚决地说道:“我想把孩子——生——出——来。”

孙鸣飞心里一沉，顺口说道:“亮亮你疯了，你是堂堂的大学教授，又是系副主任，你的前程不要了？”

明亮倔强地把头别向一边:“我早都想好了，今年学校有个外地的进修指标在厦门大学，从五月开始到十月结束。我已经跟学校领导谈好了，领导同意我参加。五月我去上学，中间有两个多月的暑期假，等到九月开学时，我的身子不太方便，就跟进修的那边请个假，反正是进修，结业证是不难混的。等到十月生完孩子，把孩子寄养到外边，我拿上进修结业证再回到学校。岂不是神不知鬼不觉了却大事一桩？”

孙鸣飞又问道:“你自己生下孩子，寄养给别人，何苦又要去生呢？”

明亮答道:“我才不会把我的心肝宝贝交给别人养着。我回来以后，就找关系办个领养手续，就说是我在外头捡了个孩子。我不相信会有人把一个活生生的孩子从我怀里夺走。”

孙鸣飞半晌沉默无语。跟明亮交往了小半年，他已经基本掌握了这个女人的性格，她是那种看准了目标九头牛也拉不回来的主儿。此时此刻，他明白自己如果直白地要求明亮打掉肚子里的孩子，只会徒增不快。可这种事儿摊在他头上，一旦走漏了风声，只怕他的政治生命就要完结了。他不由得想起了雁马河管委会他的前任王乐平，前车之鉴，不能不让他胆寒。他只觉心慌意乱，又不愿在明亮跟前过分地表露自己的内心感受。坐着坐着，孙鸣飞就觉得有些局促不安。

明亮却似乎猜透了孙鸣飞的心思，她挪了一下屁股，靠近孙鸣飞，把两手搭在孙鸣飞肩上，嘴巴凑在孙鸣飞耳朵边上说道："哥哥你不用担心，本来我就不想告诉你这件事，但又怕你发现我怀上孩子误解我。这件事儿你权当跟你没有关系，将来生下的孩子不管是男是女，我都会把他负责任地养大成人。你要是喜欢他就常来看看他，我让孩子叫你伯伯，你要是不喜欢，就不要理他。我这一辈子，真真切切就爱你一个人，我实在舍不得让我们爱的结晶被轻易摧毁。"

看着孙鸣飞无动于衷，明亮把手从孙鸣飞肩上挪开，显得有些伤心地说道："我知道你心里对这个孩子的来路不踏实，我指天发誓我没有跟别人在一起。你要是不相信，待孩子将来生下来，悄悄去做个亲子鉴定，一切就都清楚了。"明亮说着话忍不住哭了起来。

孙鸣飞这才回过神来，把明亮又揽进怀里。在明亮的脸上亲了一阵，一只手在明亮光溜溜的大腿上来回摩挲着。

一会儿工夫，明亮又破涕为笑，用手在孙鸣飞脸上轻轻掐了一下："哥哥，妹妹的身体和心灵早都归属你了。我不图你别的，就图你在精神上撑持我。"

孙鸣飞说："我会的。今天的事情来得太突然，我一时感情上有些接受不了。"

明亮说："接受不了是因为爱得还不深，等到形影不离时，就没有接受不了的事情。"

孙鸣飞突然想起该到例行功课的时候了，看了一下表，离新年钟声敲响的零点只剩下十分钟，他赶紧起身从桌上拿起手机编发信息。这几年人们形成了一个习惯，同事之间、同学之间、亲友之间都会在重大节日期间发送问候的短信息，以示关系密切，而官场尤甚。每年除夕春晚高潮迭起的零时，孙鸣飞都会准时给他的领导、幕僚、下属群发祝福的信息。当然，内容会根据接收信息对象的不同，稍做调整。今天孙鸣飞完全置身于一个新的环境，差点儿把这档子重要的事给忘记了。待到他打开手机翻看时，发现已接收到一长串大同小异的祝福问候信息。有相当一部分内容完全雷同，无非是转来转去的那一类现成的陈词滥调。孙鸣飞自己编好了合适的信息用语，三下五除二分类把信息发了出去。随即，他又仔细翻阅了手机接收到的信息，对一些重要的对象一一回复。处理完这些亦公亦私的事务，孙鸣飞又坐回明亮身边。

明亮有些不屑地说道："现在的人越来越虚了，过年过节，不管关系远近，都要发个拜节的信息，也不管信息上的内容合适不合适，只要发出几个字就算了事一桩。我就接到过几个祝福的信息，电话号码是熟悉的，而信息落款却是素不相干的陌生名字，不用说是转发时忘了更改信息下边的落款。你说这样的问候信息让人看了腻歪不腻歪？所以我逢年过节压根儿就不看信息，也更不会给别人发信息。"

孙鸣飞说："你说得有道理，但有些事情不能认得太真，要不然为啥说难得糊涂？"

明亮说："哥哥，你在官场上，是得按规矩行事，不像我们这些教书匠，相对地可以超脱一些。"

"哥哥，这是咱俩第一次在一起过年，难道就在这沙发上过一夜不成？"明亮拿起自己的手机看了一下时间，"都快一点了，咱们该上床歇息了，我还等着一场透雨滋润呢。刚刚过去的那场，已经是去年的雷阵雨，太不解旱了。"

孙鸣飞拉起明亮，两个人相拥着上了二楼的卧室。

松软的席梦思床上，风情万种的明亮把孙鸣飞上上下下地抚慰亲昵着，无奈孙鸣飞却是激情全无。他脑子里反复交替闪现出挺着大肚子的明亮和怀抱着婴儿的明亮，一会儿是在学校的讲台上，一会儿又好像是在管委会的办公室。好不容易强迫自己不去想这些画面，眼前却又出现了杨昌利送给他的那个牛皮纸袋子，厚厚的几摞购物卡，花花绿绿的美钞……

手机铃声突然大作，在静寂的房间显得异常刺耳，温柔乡中又显得如此不合时宜。

明亮吓了一跳，嘟嘟囔囔地说："谁这么不识趣，过年大半夜给你打电话？"

孙鸣飞虽不情愿，却也无可奈何地拿过手机。一看显示的号码，孙鸣飞的脸色骤然变得严肃起来，原来是自己的顶头上司颜副省长。他连忙按下接通键，一边忙不迭说："颜省长您好，给您拜年啦！"一边光着身子朝窗户边挪动，他担心屋子信号不好影响通话质量。颜副省长并没有搭理孙鸣飞的问候，只是说："鸣飞，你用最快的速度，把管委会各主要部门的领导尤其是负责宣传和治安口的人召集到管委会，开个临时会议。"孙鸣飞不知道出了什么事情，询问颜副省长能不能把临时会议议题说一下。颜副省长略顿了一下说："具体的事情我也说不清楚，咱们新区拆迁的那个村子死人了，事情闹得很邪乎。省长刚发完火，我还在落实情况，但咱们要赶紧制订对策。你先安排人布置开会，我随后赶过去。"

挂上颜副省长的电话，孙鸣飞又拨通了杨昌利的电话。铃音只响了一声，就传来了杨昌利的祝福语。孙鸣飞急促地交代杨昌利尽快通知公安分局、规划分局、土地分局、宣传办各部门负责人，火速到管委会办公室开会。杨昌利问会议内容咋通知。孙鸣飞说："你只说是颜副省长安排的会议。"

明亮披衣坐起身来，睁大了眼用目光询问孙鸣飞。

孙鸣飞对着明亮面露歉意地苦笑了一下："我得离开了。"

明亮问："不走不行吗？"

孙鸣飞摇着头答："不行。"

明亮无限惋惜却又通情达理地替孙鸣飞拿过衣服，看着孙鸣飞手脚忙乱地套在身上。

孙鸣飞下到一楼客厅时，裹着睡衣的明亮也紧跟在孙鸣飞身后下了楼。待孙鸣飞拿起公文包时，明亮又一头扑进孙鸣飞怀里，两只胳膊紧紧地抱着孙鸣飞的腰部，久久不愿意松开。

孙鸣飞心里愧疚，觉得自己仓仓促促，实在有负于明亮的苦心，搂着明亮的头有些自嘲地说道："赶明儿我辞了这破官，跟你在一起好好过日子。"

明亮抬起头，眼中又闪着泪花："哥哥，官不能辞，那是男人的事业。至于跟你一起过日子，你就当是我永远的期盼好了。"

孙鸣飞心里一热，又把明亮紧紧地拥抱了一下。明亮无限爱怜地替孙鸣飞整了整衣襟："忙完早点儿回来，我在这儿等着你。"

第二十五章

孙鸣飞拉开门，一股冷风吹进来。透着昏暗的路灯，依稀可见马路上已是一片灰白，几片雪花落在脸上，迅即又融化了。孙鸣飞坐上车子，打着火，让车子预热了一阵。看着驾驶仪表盘上的钟表，正好半夜两点整。孙鸣飞屈指算了一下，从昨天下午离开管委会大院到现在，不过九个小时。

颜副省长和孙鸣飞几乎是一前一后进入管委会办公楼内。在楼下碰面时，颜副省长铁青着脸跟孙鸣飞握过手，只简单地问该到的人到了没有。孙鸣飞还没有见到杨昌利，只好嘴里含混地答道:“已经让办公室主任通知下去了。”颜副省长面露愠色:“到会议室。”然后快步自顾自上了楼梯。孙鸣飞紧跟其后，不免又在心里犯嘀咕，心说:“我接你电话后一分钟没敢耽搁就布置开会，又马不停蹄地赶过来，你干吗给我摆脸色？”但嘴上却不敢多说一句。

随着颜副省长进了会议室，孙鸣飞只看见杨昌利和苏春明二人坐着说话。

一看见两位领导进来，杨昌利和苏春明都站了起来，几乎异口同声地说:“领导过年好。”

颜副省长一落座劈头就问：“就来了你们两个？”

杨昌利答道：“我接到孙主任电话，就立刻给有关部门领导把电话都打了，估计大家都在路上。”

苏春明说：“我是除夕晚上看望一线巡逻的同志，刚好就在离这儿不远的地方。杨主任一打电话，我十几分钟就过来了，所以快一点儿。”

说话间宣传办主任也推门进来，似乎感到气氛有些紧张，没敢说话，静静地挑了个位子坐了下来。

看了一下表，颜副省长说：“今天情况特殊，也就不怪大家迟到。时间紧急，咱们就先开会，后头来的同志，随后传达。”

大家都拿出了笔记本，准备记录。

颜副省长指了一下窗外说道：“同志们，现在外边下着小雪，大家本应当与家人团聚守岁聊天。可我们有没有想到，因为我们工作的失误，因为我们施政的不力，在我们的辖区，有人居无定所，甚至没有一间避寒的房子。就在刚刚过去的昨天，小王村一家老少五口人服毒，造成一死四伤。”

除了孙鸣飞略有思想准备以外，会场的其他人面面相觑。苏春明尤为意外，自己身为公安分局局长，辖区内发生了如此重大的恶性事件，已引起高层震怒，而自己却还蒙在鼓里，他不由得一阵脸红。

听完颜副省长的训斥，大家基本明白了事情的原委。小王村的拆迁队搞得动静过大了，有一家钉子户因为与拆迁队谈不拢，拒不搬家，也许是拆迁队工作方法不当，导致矛盾激化，除夕之日，一家人集体服毒。幸得被人发现，拨打了120电话，经医院抢救，四人被救活，一人死亡。偏巧这事传到记者耳朵里，不知怎么就捅到省长那里。正在为构建古城和谐社会而费尽脑子的省长哪能容忍发生这样的事，把颜副省长劈头盖脸训斥了一通，严令新区管委会上下动员，立即做好安抚工作，务必杜绝一切媒体的介入和信息泄露，严查责任人。颜副省长挨了训，自然也是一肚子火，方才在会上的情绪，已经是克制多了。

其他部门的人陆陆续续到齐了。颜副省长跟孙鸣飞咬了一阵耳朵，由孙鸣飞宣布几项决定：一、从现在开始，各部门抽人组成工作组，由孙鸣飞任组长，杨昌利任副组长。工作组主要负责事故调查和善后处理，节日期间放弃休息。二、宣传办负责和省、市宣传部联系，做好媒体协调工作，确保消息不上电视、不见报、不上网。三、建设局审查雇用的拆迁单位，整顿拆迁队伍，把害群之马清理出新区建设领域。四、公安局加强辖区治安管理，必要时以司法手段介入。五、做好住院病人安抚工作，不惜代价稳定病人情绪。

颜副省长在孙鸣飞宣布决定后，又强调说：“我们干工作向来是两手抓，一手抓建设，一手抓稳定。我们既不能为了求稳定而怠于建设，也不能为了建设引起社会矛盾。这是考验我们执政能力的试金石，如果我们不能做到两全其美，那就应当自觉地挪开位子。”颜副省长表情严肃地把大家扫视了一圈：“我希望今天的决定务必落到实处，谁的环节出了问题，拿谁是问。”颜副省长站起身来，也不宣布散会，拎起包径直朝外走去。孙鸣飞连忙起身相送。留下会议室其他人，一个个傻呆呆地坐着。

不用说，一年就这么一个除夕夜，一场突发事件把颜副省长的过年兴致破坏无余。现在还是黎明时分，颜副省长作为管委会最高首长的责任已经尽到了，接下来该是常务副主任孙鸣飞带着一帮人去具体落实了。

一家五口服毒的恶性事件发生在除夕的中午，看似单纯的事件，背景却相当复杂。

由马秉义妻子张秋霞、方鸣“表妹”肖红、师范大学教授明亮三个女人作为登记股东成立的红三角工程建设有限公司，在马秉义紧锣密鼓的张罗下，很快拉起了一帮人马。因为公司的工作目标主要瞄准工程拆迁，马秉义自然发挥自己的专长，把过去多年闯荡社会结识的大小喽啰又招集到自己麾下。方鸣又以副局长的身份，介绍马秉义和市公安局下属的天盾保安公司建立了合作关系，从而在人力和政治资源上都得到了保证。公司队伍一配齐，由新区管委会办公室主任杨昌利策略地打着市里领导的旗号，借口孙鸣飞主任的特意安排，协调红三角公司与建设分局建立了外包战略协作合同关系，把管委会的若干拆迁项目发包给红三角公司。那些先期已介入新区开发的地产商，知道红三角公司的背景，也纷纷把工程订单拱手送给红三角公司，光订金和预付款就让红三角公司财源滚滚。这红三角公司接手拆迁任务以后，果然不负众望，拆迁的速度和力度颇让上上下下感到满意。

拆迁工作本来是让政府和建设单位最头疼的事情，缘何红三角公司的拆迁工作却能推进得顺风顺水，这里面有几个原因。红三角公司的拆迁项目不少是杨昌利协调拿下来的，杨昌利打着领导的旗号对委托方施加压力，委托方不但出价高，而且付款也及时，红三角公司资金丰裕，拆迁中的人力物力自然有了保障。另一方面，红三角公司的实际控制人马秉义多年在城乡接合部打拼，深谙郊区农民的心理状态，他把网罗起来的那帮打手聘请专人培训，又配发了统一的制服和器具，俨然一支正规的执法队伍，每天这伙不伦不类的队伍又是集体呐喊跑操，又是模拟辩论谈判。一旦进了拆迁区域，那架势活像是鬼子进村，鸡飞狗跳中的百姓自然也就多一事不如少一事，宁肯少要点儿钱，只图早些看不见这些“宝贝”落个眼前干净。

对小王村的拆迁，红三角公司立下军令状，保证在三个月内把全村七十余户村民全部搬出。由于拆迁任务紧，红三角公司的拆迁承包费自然不低。但这并不意味着村民们可以多拿到拆迁补偿款，因为红三角公司为了实现更多的拆迁利润，就千方百计压低补偿标准。这小王村村民分属王张两大姓，各姓氏内部扯起来都是一脉相承，只要往上辈追溯，到了太爷爷、太太爷爷、太太太爷爷那一辈，必然是同宗同祖。碍着个同根的情分，村里谁家有个大事小情，同姓氏的村民几乎齐上阵。又因王张两姓规模上旗鼓相当，互相之间又越发在料理事务上注重显示自己户族的团结。这种特殊的关系自然给拆迁带来了不同以往的困难。寻常各个击破的方式在这个村子就难以显灵。

但事情却出在外姓人李怀仁一家身上。这李怀仁祖籍不在小王村，按李怀仁父亲的说法，自己的爷爷，也就是李怀仁的太爷爷，当年挑着担子从安徽老家逃难到这里落了脚，成了小王村的杂姓。李怀仁家从他太爷爷那一辈起一直单传，因为枝不繁叶不茂，一直在村子里势单力孤。到了李怀仁这一代，人丁算是旺了一些，可生下的两个儿子不怎么灵巧，除了傻笨地干活儿之外脑子不会打弯。老大娶了个媳妇，也是个半斤八两的瓷货，老二干脆一直打着光棍。一家五口人守着败落的院子，打发着日子。李怀仁虽然年轻时刚强，但奈何不了命运的安排，后来也就只好认命了。了解到李怀仁一家无依无靠无背景，红三角公司的拆迁队就想先把这个软柿子捏掉。李怀仁人虽老了，心里却依然亮堂，面对难以接受的低标准补偿，知道是欺负他家没有根基，横竖就只有一句话："我跟大家一个样子，别家咋补我家咋补。"话不投机，拆迁队用刺眼的红漆在李家院子能写字的墙面上都画上圈，圈内写个大大的"拆"字，有的地方干脆打上一个大红"×"。不知道是哪个有才的家伙竟然在墙上写上了"李怀仁不搬=离坏人不远"。李怀仁气得浑身发抖，但看到两个儿子一对窝囊货的样子，也就只好忍气吞声，抱定主意我扛着不搬，你奈我何？

红三角公司既已瞅准了李怀仁这个软柿子，就想把这家作为突破口给其他村民树个样板。在李怀仁家明摆着受欺负时，别的村民却默不作声，这其中的道理不言自明。大家都知道拆房搬家是迟早的事，只不过都想憋着劲多要一些补偿罢了，李怀仁成了拆迁公司的拆迁实验点，大家也想摸一摸拆迁公司的底牌。故而，在李怀仁孤身抗争之际，王张两姓村民乐得作壁上观。除夕一大早，拆迁人员照样又来到李家纠缠。李怀仁索性把自己关在房中，拒绝开门见客。到中午时分，李怀仁叮嘱老婆下厨做饭。一开房门，却看见院子里横七竖八地摆着十几根花花绿绿的棍子，待走到近前一看，竟然是冻僵的花蛇。李妻一声尖叫，吓得晕了过去。不用说，这是那帮无良的拆迁队员干的好事。李怀仁气得浑身哆嗦，操起干活儿的铁锹，把花蛇逐个铲作数段。一时间满院血腥，身首异处的花蛇尸体比比皆是。两个不争气的儿子和一个儿媳妇串门回来，看着这骇人的场景，却也是三棒槌打不出一个屁来。

李怀仁自思李家从太爷爷一辈起就在夹缝中生存，虽说艰难却也扎下根来，可惜到了自己这辈，要了两个没出息的后人，如今眼看着连祖宗的基业都保不住了。他越想越羞，越想越气，越想越恨，一时悲愤难抑，就偷偷地在自家的饭锅里撒了一包多年前在小摊上买来的耗子药。

等到拆迁队的人下午又来到院子时，看到这场景也傻了眼，赶紧给老板马秉义报告。马秉义做事狠归狠，却知道人命关天的道理，立即吩咐手下人拨打 120 急救电话，又让现场的人火速打扫院中的花蛇尸体，务必在村子保持最大限度的安静，避免出现更大事端。也亏得急救车来得及时，把李怀仁一家五口拉到医院，经紧急抢救，又是洗胃，又是输液，除李怀仁妻子因身体虚弱没有被救下来之外，李怀仁和他的两个儿子、一个儿媳还是被医生从死神手中夺了回来。用医生的话说，如果那包老鼠药质量再好一些，恐怕他们也回天乏术了。

对这件事，马秉义严令公司人员保守秘密，又加除夕之际村民都忙着过年，救护车来到村上虽也引起村民一阵躁动，但各人都牵心着自家锅里煮着的年肉、笼屉里蒸着的花馍，一切很快恢复了平静。因而连新区公安分局也都没有得到任何消息。

说起小王村的杂姓，除了李怀仁一家外，还有一家外来户苏姓人家。这苏家是六七十年代来这里的，据说苏家老家是重庆一带的大地主。那年代因为家庭成分不好，苏家姑娘经人介绍远嫁到小王村。苏姑娘上门时不要彩礼，只要求夫家跟村上说好让她的弟弟一同在小王村落户就行。后来苏姑娘成了小王村的媳妇，苏弟借着姐夫家的庇佑成了小王村的村民。谁料十来年工夫苏姑娘得了个麻缠病，最后一命归西。时间不长，苏弟的姐夫再娶，苏弟的根基没有了，在村子里也就成了村民的出气筒。谁料时过境迁，几十年后，苏弟的儿子考上了北京一所著名大学，毕业后又留在首都一家报社工作，这下父以子荣，苏家在小王村挺起腰来。这也是红三角公司进村拆迁时没敢招惹苏家的主要原因。要说李怀仁一家被拆迁队欺负，最为关注的要数苏家，毕竟是惺惺相惜的外来户，苏家懂得唇亡齿寒的道理。可巧苏家在北京工作的儿子今年带着媳妇回老家过年，苏老爹也就是当年的苏弟自然把发生在村上的各种新闻说给儿子听，年轻气盛的苏子自是愤愤不平。除夕恰好出了这档子事，已经积累了一些工作经验的苏子很快就摸清了事情的来龙去脉。

苏子遂以暴力拆迁酿出命案为主题给自己单位主管业务的领导做了电话汇报。且说时下的一些非主流媒体最热衷于搜集地方政府的负面新闻，不为舆论监督，只为拿捏住政府的软肋好为自己的机构谋点好处，说白了就是搞点儿文明的敲诈。苏子所在的报社尽管面向全国发行，但毕竟属于行业刊物，发行量一直上不去。接到苏子的电话，报社的领导也知道这种负面新闻不属于他们的监督范围，但既是有关一省形象的爆料，岂肯白白浪费资源，就明着是善意提醒，暗里却是半带威胁地把电话打给了这边省委宣传部。正巧除夕之夜省委常委一干人在新闻媒体陪同下看望坚守岗位的一线职工，身为省委常委的宣传部长自然少不了参与这幕重要的出镜秀。宣传部长听到值班室汇报的北京某媒体打来的电话内容，立时心急火燎，转身就给身兼副书记的省长做了汇报。省长正在体恤下情之际，出了这样的事情，立时火冒三丈，拿起手机就给新区管委会的负责人颜副省长打了电话，毫无疑问，言语中夹杂着不满与质问。颜副省长大过节的挨了训，不给孙鸣飞及一帮属下甩脸色那才叫怪。省委宣传部长其后又责令下属主动与北京那家行业报社加强协调，务必把这一丑闻严严实实地封锁起来。当天那家报社提出来让这边省委宣传部帮他们扩订一万份报纸，宣传部自然满口答应，却把这笔账记在了新区管委会的头上。

再说红三角公司闯下了如此大祸，公司的掌门人马秉义却并不在乎。他让手下人给医院交了一些费用，又临时在医院找了几个护工照料病人，然后上上下下统一口径，只说拆迁工作人员除夕日走访村民时，偶然发现这一悲剧，立即拨打 120 急救电话，并且垫钱派人治病救人，俨然一支菩萨心肠的慈善队伍。至于谎言会不会被戳穿，马秉义其实并不太担心。现在，公司明摆着有那两个叫肖红和明亮的股东在，方鸣和孙鸣飞自然有义务全力以赴在上层消除对公司的一切不良影响。马秉义是个出手大方的人，他知道政府里混事的那些官员从来不相信承诺，在红三角公司实际分红之前，他就是把公司的前景描述得再宏伟，也免不了会让方鸣和孙鸣飞怀疑他是为了寻找靠山而许下空愿。为了让他们吃到现成的红利，他从自己私人账户上先分别给肖红和明亮的账户上转了一笔钱，美其名曰预支分红款。春节之前，他又兑换了四万元的美元，给方鸣和孙鸣飞各两万元作为年节礼金。方鸣的那两万元他直接送到本人手中，而孙鸣飞那两万元则是由杨昌利转交的。对孙鸣飞这个人，马秉义做过专门的了解，他是貌似清廉不喜欢在社会上拉扯的那种人。马秉义之所以一直没有跟孙鸣飞打照面，他是觉得应该顾及这个幕后合作人的脸面。不到万不得已的时刻，横在二人之间的遮羞布没有必要扯下来。

可马秉义没有想到的是，麻绳单从细处断。红三角公司在小王村千挑万选，找个单门独户的李家，杀鸡给全村的猴看，却没想到另一户依旧是单门独户的苏姓人家竟藏龙卧虎，利用自己的特殊身份把消息捅到了高层。

马秉义是在新春第一天天还没亮时接到杨昌利电话的。

昨日为了李怀仁家的事，把马秉义折腾得不轻，一直到晚上十点钟，此起彼伏的爆竹声震耳欲聋时，他才给手下的相关人员训完了话，末了又现场给每人发了一万元的加班费，这才让大家各回各家。那一万元名义上是加班费，其实毋宁叫封口费。喽啰们心知肚明，临走时集体向老板举手表态维护公司形象，严守公司秘密，让马秉义颇感宽心。封口会一结束，马秉义驱车回家跟老爹马怀礼通报了一下事情的来由，当然也隐去了一些诸如放蛇和墙上写标语的情节。马怀礼对自己的儿子拉队伍搞拆迁的事本来就不支持，总觉得拆人家房子毁人家田地是损阴德的事，何况在自家门口大张旗鼓地干，岂不是违了兔子不吃窝边草的古训？现在一听死了人，更是埋怨儿子放着稳当的生意不干，偏要做刀尖上舔血的营生。父子俩几句话不投机，马秉义说他还要连夜去找找关系。马怀礼叹口气说：“可怜了秋霞，嫁到马家过不上稳当日子。”马秉义没再跟父亲纠缠，回自己的房间拿了几件衣服，也不顾妻子怨艾的眼神，丢下一句“照顾好咱爹”的话就自顾出了门。可让马怀礼根本想不到的是，自己的儿子其实又去逍遥宫浴池过夜了。

说到马秉义夜不归宿，话就多了。这马秉义脑瓜子绝顶聪明，更兼一身别人传起来有些神乎的三脚猫功夫，难免江湖上人见人羡，但马秉义却有一样隐忍着无法告人的短处，那就是自己的性无能。打从娶了秋霞，漂亮的女人躺在身边，马秉义却一直揽着个瓷器活儿苦于没有金刚钻，虽也时时尝试着在妻子面前发些神威，却总是力不从心。后来他还背着人偷偷地买了些雄狮丸、壮阳宝之类的东西服下去，仍未见明显效果。久而久之，秋霞也懒得跟丈夫亲热。马秉义又在心里把责任归结到妻子身上，只说这女人缺少风情，让自己无味起不了性，就慢慢地恋上了风月场所。汉京城里大大小小带有荤味的舞厅、浴场成了马秉义常去的地方。虽说马秉义胯下的东西始终不太争气，但风月场上小姐们手口并用，让马秉义体验到了男人被异性无微不至伺候的心理愉悦。前几日，疯传逍遥宫浴池从俄罗斯招了一批金发碧眼的服务生，马秉义早想感受一下来自异域的风骚。原打算除夕夜好好体味，没承想出了李怀仁服毒的事情。等到把事情安顿完毕，马秉义赶到逍遥宫浴场时，已是子夜时分。好在除夕夜在浴场中过夜的浴客并不多，马秉义在众多的俄罗斯女人中挑了两个个头不算太高的“洋马”，为自己做了全套的“双飞燕”服务。那两个“洋马”似乎只会说四个汉字“先生”“你好”，但马秉义却从“洋马”的眼神中，读出了她们对自己在万般挑逗下仍显不出功力的不屑。行为不爽，言语上也无法沟通，马秉义又觉无趣，找了个茬儿把两个“洋马”打发走了，又换来一个娇小玲珑的本地妞儿。在打情骂俏中，本地妞哄得马秉义进入梦乡。当手机铃声唤醒马秉义时，身旁的那个陌生女子正在呼呼大睡。

杨昌利是在颜副省长开完会，孙鸣飞送颜副省长下楼的那阵工夫，快步走进自己的办公室关起门来给马秉义打电话的。杨昌利把省上领导已经知道这件事、严令彻查并做出处理的消息告诉马秉义。迷迷糊糊的马秉义顿时吃了一惊，急问杨昌利这消息是咋捅到上头的。杨昌利说具体的来龙去脉他也说不清楚，当务之急是要做好应对工作。马秉义又简短地把他派人到医院给李怀仁一家垫付医药费，请护理工以及跟拆迁队员们统一口径的过程简单地叙述了一遍。杨昌利听后也觉得事已至此，别无良法，又反复叮嘱了几句小心谨慎的话。

送走了颜副省长，孙鸣飞又回到了会议室。治下出了这样窝心的事，孙鸣飞自然心情差到了极点。孙鸣飞明白，管委会名义上是颜副省长当一把手，但那不过是挂名而已，这上上下下的工作还得他一肩挑。颜副省长可以高屋建瓴地做出指示，可以没有顾忌地训斥人，但他孙鸣飞不能，他得多用体贴和鼓励的方式求得属下同他众志成城。他努力抑制着自己的情绪，和颜悦色地跟大家商议如何把颜副省长提出的几条工作要求落到实处。

颜副省长既已离席，大家说话也就随意了一些。迟到的建设分局局长首先发了一通牢骚，说现在政府和群众的关系成了水火不容的敌我矛盾，究其原因还是政府太贱，成天提倡构建和谐社会，老百姓一有诉求就先是想着如何安抚，慢慢地把老百姓都惯成了刁民，屁大个事就纠结一帮人上访闹事，还动不动堵门堵路，长此下去，这社会还不乱成一锅粥。宣传办主任更是一肚子的怨气，说现在的媒体成了社会的公害，成天打发一帮无良的记者伸着狗鼻子东嗅西嗅，无事挑事，挑起事就公开敲诈勒索。他还举了个例子，说他有一个同学在外地一个小县当副县长，某日一个小报记者找到副县长说县上的一个小造纸厂污染环境，屡遭群众举报，已引起媒体关注。副县长问记者想了解些什么。没想到小报记者竟赤裸裸地要求县上给他支付五万元费用，他保证摆平各路媒体。副县长一听勃然大怒，立马通知县公安局以敲诈勒索为由把小报记者拘留了。没想到这下捅了马蜂窝，省上各家媒体连同省外的一些知名媒体都报道了那个县造纸厂污染环境祸害百姓的事，最后以省环保厅直接责令造纸厂关闭了事。原来各媒体之间都是串通好的，那个小报记者不过是一大帮记者组成的敲诈团伙中的马前小卒而已。杨昌利也不失时机地为管委会鸣冤叫屈。他说自管委会挂牌成立以来，孙鸣飞主任带领大家没黑没白地奋战在第一线，总想以优异的成绩给党和人民交一份满意的答卷，但上要面对不体察下情的领导，下要面对不顾全大局的百姓。就拿拆迁来说，领导们要的是速度，又没有充裕的资金，还不允许发生不稳定的群体事件；老百姓狮子大张口，恨不得一场拆迁把子孙几辈安顿得吃闲饭。中间就苦了咱们这些干实际工作的，这岂不是既要马儿跑，又要马儿不吃草。

看着大家七嘴八舌地说不到正题上，孙鸣飞似有感触地挥了一下手说："大家的心情我都理解，谁让我们吃共产党这一碗饭呢？共产党是人民群众的党，政府是在党的领导下为人民群众服务的，我们没有理由责怪群众是刁民。如果说政府和群众是水火不容的敌我矛盾，那恰恰说明我们这个政府真的出了大问题。"

孙鸣飞的话说得虽然空洞了一些，但毕竟是和大家推心置腹地聊天，也就没有人觉得反感。不知不觉之间，窗外天已大亮。在这个新旧交替的夜晚，孙鸣飞和他的幕僚们经历了这么一个难忘之夜，也算是管委会自成立以来值得纪念的日子。

正是万家团聚的新春佳节，一场突发事件让新区管委会这些头头脑脑不得不放弃与家人的团圆，大家心里自然都有些窝火。孙鸣飞又何尝不和大家心情一样。要是放到往年，也许这种工作方式会让他觉得正好打发无聊的寂寞，而今年不同，他能想象得出望眼欲穿的明亮是何等企盼着看见他的身影。看着大家疲倦的样子，孙鸣飞实在心里有些不忍，但颜副省长布置的工作岂容懈怠，再说事件的后续发展必须要完全控制住。现在当务之急是先到医院去看望病人，稳住病人情绪。他抬起手腕看了一下表说："让大家放弃休息实在是不得已之举，但咱们也没有必要搞形式主义。从现在开始，每个人手机保证二十四小时不关机，确保随叫随到。目下咱们兵分两路，我和公安局的苏局长带几个人去医院看病人，办公室主任杨昌利和宣传办的同志去宣传部，一定要动员一切力量切断事件的发酵渠道。办完这两件事，除我和杨昌利在管委会坐守外，其他同志抽空回去跟家人聚一聚。”

李怀仁一家住院的地方是本市一家三流医院。这几年人们看病也开始对医院有所选择，一流的医院人满为患，二流的医院可以正常维持，三流的医院却是门可罗雀。为了维持医院的正常运转，三流的医院不得不靠 120 电话接诊收治一些突发性病人或车祸之类的伤者。孙鸣飞一行赶到那家医院时，李怀仁一家四口还躺在医院病房挂着点滴。医院的值班院长一听有领导造访，哪有不殷勤接待的道理，忙不迭地回答孙鸣飞提出的各种问题，又叫来了急诊室的值班大夫现场答疑。按值班大夫的说法，那个女性死者因为年龄偏大，身体机能稍差，加之耽误了抢救时机，不治身亡，其他四个病员经过系列治疗，生命体征平稳，再观察一阵子就可以回家了。孙鸣飞问死者如何安置，院长说就在医院后边的小平房放着。孙鸣飞回过头对苏春明说道：“苏局长，你派人跟有关方面联系一下，在符合政策和原则的情况下尽快让死者入土为安。”

孙鸣飞在值班院长和值班大夫的陪同下进了李怀仁一家住着的病房。一股浓烈的酸臭味和着医院特有的福尔马林气味扑鼻而来，孙鸣飞不禁皱了一下眉头。

院长有些不好意思地解释说：“我们是小医院，条件差一些。”

孙鸣飞没有理会院长的话，用眼神询问值班大夫哪一位是要看的病人。

值班大夫说：“这病房中的四个人是一家人。”

孙鸣飞仔细打量着四张病床上躺着的人，除了一个女人呼呼大睡外，三个男人都睁着眼睛看着孙鸣飞这一群不速之客。两个年岁稍轻的人脸上呈现着茫然，而墙角那个看似有六十岁左右的老男人则是一脸的凄楚与仇恨交织在一起。当孙鸣飞的眼光与那老男人的眼光碰撞时，他明显感觉到老男人目光中透出一股幽幽的杀气，那是一种绝望之际视死如归的神情。

孙鸣飞知道这位就是这场事件的主人公李怀仁，他往前走了几步，和颜悦色地自我介绍说：“老人家，我是咱们新区管委会常务副主任孙鸣飞，我代表党和政府来看望你们一家，希望你能好好养病，早日痊愈出院。”

躺在病床上的李怀仁脸色毫无变化，牙关紧咬着，瘦削的脸颊下腮帮子鼓了起来。

孙鸣飞伸出手试图和李怀仁握一下手，李怀仁一动不动，恶狠狠地冒出了一句话：“赶明儿我抱上炸药包把你们政府全炸了，让你们先拆迁。”

孙鸣飞不禁一阵心悸。

孙鸣飞正想再找一些合适的话跟李怀仁拉近距离，却不料李怀仁一阵剧烈地咳嗽，末了使劲地咳出一口浓痰，朝孙鸣飞脚下狠劲地吐了过去。孙鸣飞瞟了一眼地下，那摊带着血渍的痰差点儿落在自己脚面上。再看看床上，李怀仁索性脸面扭向墙壁，再不愿搭理病床前站着的这一帮人。孙鸣飞有些尴尬地转身想去问候另外的病号，却见他们傻乎乎地咧着嘴，一副不知所措的样子。孙鸣飞只好带着一行人退出了病房。

现在，孙鸣飞最担心村民借机聚众闹事。当然，媒体更让他不放心，一旦有好事的记者找到李怀仁，可想而知会是一个什么结局。另外，那具放在医院小平房的尸体处理起来会不会顺当，他心里也没有把握。他想找个人商量商量，杨昌利此时去了宣传部，有些心里话他一时又觉得无法跟别人说。最后，他的目光落在了苏春明的身上。这个阴差阳错被自己拉上公安局局长位子的人，其实一直和自己在情感上隔着一道无形的鸿沟。自苏春明上任后，他从来没有和苏春明有过任何单独的交流。今天，他让苏春明和他一起到医院来，无非是担心有人借故闹事，好让苏春明现场调动警察弹压而已。现在遇到这件棘手的事，不正好可以借机跟苏春明拉近一些距离，一方面试探一下苏春明对自己的态度，另一方面也摸一摸苏春明的工作能力。

“苏局长。”孙鸣飞朝苏春明招了一下手。

苏春明应了一声，往孙鸣飞跟前走了几步。

“你觉得现在该怎么办？”孙鸣飞诚恳地问道。

“我有个想法，这事情还得通过法律手段解决。”苏春明不假思索地回答。

孙鸣飞略觉意外，他面朝值班院长说道：“院长，能不能借你们的办公室用一用？”

院长连声说道：“可以，可以。”

孙鸣飞第一次和苏春明面对面坐着近距离说话。在孙鸣飞眼里，这个不善言辞、不苟言笑的公安人员似乎脸上永远只有一个表情，不过却并不是某些警察常常挂在脸上的那种装腔作势、不可一世的神气。

孙鸣飞为了体现自己的诚恳，说出了心里话：“苏局长，论起搞行政工作，我有一些经验，但一说到法律，我就外行了。对付社会上的事情，非你们公安不可。你快谈谈你的想法，也好少让我们这些门外汉着急。”

苏春明有板有眼地说道：“今天凌晨在管委会讨论的时候，我只为辖区发生了这么大的案子，我们分局竟然被蒙在鼓里而感到惭愧。到现在为止，有些事情我仍然没搞清楚，也不敢随意下结论。但是从整个事件的轮廓来看，这已经不是普通的民事纠纷，而是不折不扣的刑事案件了。”

孙鸣飞一愣：“你是说有人犯罪了？”

苏春明点了点头：“李怀仁一家能走到服毒这一条路上，很可能是我们雇请的拆迁公司已经形成暴力拆迁。一旦有证据证明其手段恶劣到一定的严重程度，就可能涉嫌毁坏公私财物、故意伤害等犯罪。而从另外一个角度分析，刚才李怀仁的两个儿子明显表现出智力欠佳的特征，所以集体服毒的说法肯定不成立，李怀仁的行为可能涉嫌投毒犯罪。这是两起相互关联的刑事案件，应该交由公安机关立案侦查。”

“这么说，李怀仁应该控制起来？”孙鸣飞问道。

苏春明用肯定的口吻说道：“尽管在面对拆迁一事中李怀仁可能

是受害人，但这种角色决不能淡化他投毒犯罪的刑事责任。这个案件的基本事实是清楚的，如果不采取相应的强制措施，后续局面难以控制。”

苏春明所说的后续局面是指李怀仁缺少制约继续实施犯罪的可能。而孙鸣飞听起来却是另一番感受，目前他最担心的是李怀仁与外界的接触以及李怀仁在处理老婆后事上的难缠。如果能够把李怀仁当成罪犯控制起来，一切不都好办了嘛。

孙鸣飞略显激动地站了起来：“苏局长，当初给咱们西城区分局配备局长时，我一看见花名册中你的名字，就觉得有一股无形的力量会让我们团结在一道干事业，今天看来果然如此。你早有这种想法，就该早早地提出来，省得我们走弯路。”

苏春明却仍然显得很淡定：“干我们这一行，最忌拍脑袋。我也是刚才在病房看见李怀仁和他儿子的情形才敢下结论。”

孙鸣飞当场表态：“苏局长，就按你说的办。你们分局马上立案，把可能存在的暴力拆迁和李怀仁投毒一案查个水落石出。上头需要协调的关系由我去办，遇到障碍你跟我说，我们一定本着对党、对政府、对人民负责的态度把事情做个了断。”

苏春明说：“我这就回去安排警力。”

孙鸣飞不放心眼下这家医院的看护。苏春明说：“我现在就打电话让分局来两个警察，对就医的李怀仁一家以保护的名义禁止无关人员接触。待立案手续完成后，转为对李怀仁的监视居住。另外，我以分局的名义通知医院，李怀仁一家的全部就医资料暂时列入案件秘密，未经分局同意，任何人不得翻阅、复制。”

孙鸣飞赞叹道：“我相信你和你领导的干警都是训练有素的职业能手，辛苦你们了，注意政策就行。”

说话间杨昌利又打来电话。杨昌利说宣传部那边接到省委领导的指示，已严令省内各媒体，未经宣传部同意，不得派出记者采访与此事件相关的人和事。但在与北京一家媒体的对接中，需要发生一笔报纸订阅费用，得由管委会消化。孙鸣飞又松了一口气。

在公安行当干了小半辈子的苏春明可谓见惯了司法系统的腐败，看透了部分警察的无良。做了经侦警察之后，在新的工作环境待了一年多，他的理想再一次受到了现实无情地碾压。本来，经侦部门的设立，旨在保障经济领域中的正常秩序，预防和打击商业活动中作奸犯科的人。但苏春明在进入实际工作后却发现相当一部分的案子是为了迎合某些要员而按照事先设定的目标去介入侦查，那些所谓的受害人为数不少是在借助公安局排除异己，消灭竞争对手。触目惊心的事实让苏春明再一次迷茫。无奈之际，他开始把精力用在钻研学问上。他知道自己中专生底子薄，就买了大量的本科教材，一旦坐在办公室，哪怕别人正在神侃如何交朋友，如何炒股票，甚至如何讨女人欢心，他都旁若无人地捧着书，边看边做笔记。久而久之，在别人眼里，他成了另类人物。经侦大队的大队长觉得这么个书生气十足的人难当大任，索性也就不太派他工作，苏春明乐得清闲。也是功夫不负有心人，两年不到的工夫，苏春明顺利拿到了不脱产函授的刑法学本科文凭。再说运气来了挡都挡不住，苏春明本科文凭刚拿到，中城分局接到市局教育处通知，要求选派一名品学兼优的干警参加公安部与华北政法学院联合举办的研究生班深造，条件是本科学历，且必须通过正规的入学考试。中城分局在干警花名册中筛了一圈，觉得苏春明论年龄、论学历都是最合适的人选，尤其是苏春明几乎一直吃着闲饭，脱产上学不会给工作带来太大影响，就把苏春明报了上去。参加入学考试时，苏春明刚刚把函授本科各门课程大考完毕，死记硬背下来的那些概念和原理已烂熟于心，又加热蒸现卖，在全体考生中竟然考了个总分第二名，以至于汉京市公安局在公安部教育工作会议上也觉得有了脸面。两年的研究生脱产学习完毕，市局一纸调令把苏春明从中城分局经侦大队调到了市局经侦支队。在市局工作期间，苏春明却又似乎找准了自己的工作坐标。这经侦工作和刑侦工作有些差异，刑侦上办的都是些杀人、放火、强奸之类的暴力案件，公安的主要任务是找罪犯、抓罪犯，而经侦上办的案子却大都是些智力犯罪，犯罪嫌疑人道貌岸然地坐在那里与经侦警察斗法，往往是猫鼠游戏难分伯仲。这就要求干经侦的警察有扎实的法律理论功底。苏春明经过几年的深造，把犯罪学、刑法学、刑诉法学研究得头头是道。遇到支队办案民警拿不下来的案子，就由苏春明在技术上进行诊断。对某些大案要案，市局为了慎重起见，会聘请本市一些知名的法律界和学界人士进行探讨论证。苏春明作为局里的工作人员，往往技压群芳，其独到的见地有时候让那些徒有虚名的专家感到汗颜。久而久之，苏春明得了个外号“经侦一把刀”。在调往新区分局任局长之前，苏春明是支队综合科的科长。综合科实际上就是支队内部负责把关的部门。凡由支队对外发送的技术性文件诸如“起诉意见书”“批捕意见书”“协查通报”之类的材料，概由苏春明斧正。本来苏春明打算在这个半属理论研究、半属实践操作的岗位上穷尽自己的精力，没想到半年以前方鸣副局长找他谈话，动员他到新设的新区公安分局挂帅当局长。从心底里讲，苏春明对这一貌似提拔的调动并不情愿，他担心自己再度陷入那种让他讨厌的旋涡，他希望能够清清静静地用自己的学问做一些实事。但方鸣以开门师父和上级领导的双重身份要求苏春明尊重组织上的人事安排。苏春明是个不愿意拿原则讲条件的人，何况毕竟这种调动让自己从正科级升为副处级。为了顺应时势，他只好走马上任。到任后，苏春明决心从队伍建设入手从严治警，他亲自选调骨干人员，并且注重从近年来分配到市局基层单位的年轻大学生中招贤任能。新区公安分局挂牌后，很快就成为市局系统最具活力的分局。

对于管委会负责人孙鸣飞，多年前农贸社那件案子的办理过程，一直深深地刻在苏春明脑海深处。虽然没有什么直接的证据，但苏春明总觉得孙鸣飞属于那种朋友落难时落井下石的人。因而，上任新区分局局长之后，他并没有像其他职能部门的领导那样为搞好关系而频频与管委会上司加深互动，尽管他知道分局虽属条条上的市局领导，但块块上管委会的领导亦不可小视。苏春明自始至终抱着一种超然的心态，自己尽力做好工作，若真的因为不识时务而被管委会排斥，他宁可回到市局重操旧业。令苏春明稍感欣慰的是，新的工作环境比他想象的要好一些，管委会实际上的一把手孙鸣飞也还算清正廉明，在干部中的口碑说得过去。苏春明又不由得多了几分庆幸。

凭着多年公安工作积累的经验，通过对案件的初步了解，苏春明隐隐感觉到，这场看似拆迁矛盾引发的案件背后，一定有更深层次的背景。他对孙鸣飞提出自己的观点，也并非主动请缨，而是出于一个公安局负责人的本能。他不能对自己辖区内明显涉及刑事犯罪的案件放任不管。现在，他已表态由分局出面处理案件，就决心把这桩案子作为分局的一场实战演练活动。与孙鸣飞分手后，他跟政委和其他几个副职在电话上略略做了沟通，随即抽调警力组成了案件侦破小组，并且亲自制订了办案计划。他指示先从李怀仁投毒一案查起，对投毒案件相关联的拆迁一并进行调查，一旦发现犯罪线索，两案并一案，务必查个水落石出。

第二十六章

孙鸣飞是在不安与焦虑中度过春节几天假期的。一场拆迁致死案件虽未在社会上张扬开，却把相关党委和政府内部上上下下折腾得如临大敌。颜副省长几乎每天给孙鸣飞打一个电话，闹得孙鸣飞也成了惊弓之鸟。当然，对于由公安局介入案件并控制李怀仁的做法，颜副省长也觉得可行，但仍反复叮咛孙鸣飞在对待因此案可能导致的群体上访和媒体介入时，一定要严防死守。为了能让领导放心，孙鸣飞也顾不上休假，几乎每天都守在管委会办公室。其间也有两个晚上回到明亮那里，但因为心中有事，似乎就少了一些情趣。原本和明亮计划好的驾车外出活动也就泡汤了。好在明亮虽少有微词，但毕竟还是通情达理。一晃过了元宵节，一切又进入了正常的工作状态。

一份标有秘密字样的《案情通报》呈送到孙鸣飞办公桌上。这是新区公安分局对发生在小王村拆迁服毒案件初查后形成的一份内部汇报材料。孙鸣飞看到《案情通报》的标题后一阵高兴。因为他这几天正要去找颜副省长请示节后的工作安排，颜副省长少不了询问案件的进展情况。苏春明的工作效率看来还是让人满意的。孙鸣飞静下心来，把那份《案情通报》仔细浏览了一遍。

从案情通报上得知，李怀仁因对拆迁补偿不满，为制造社会影响，竟将私存的管制剧毒药物磷化锌撒在自家饭锅内，被自己及其妻子、两个儿子、一个儿媳食用，造成其妻周巧娥中毒死亡，其他中毒人员经抢救脱险。李怀仁构成投毒罪，已被刑事拘留，目前正在报送检察院批准逮捕。造成李怀仁投毒案件的直接原因，是承担小王村拆迁任务的汉京市红三角建筑工程有限公司的暴力拆迁。该公司直接控制人马秉义身为西城区人大代表，在社会上招揽了大量闲散人员组成拆迁队，打着政府的旗号，通过利诱、威逼、恐吓等手段强行实施拆迁，其手段花样百出，令人发指。另外，马秉义还涉嫌犯有合同诈骗罪。根据初步的调查结论，马秉义犯有组织领导黑社会性质组织的犯罪，因马秉义的人大代表身份，拟报请相关部门批准，对其正式立案侦查。

看到马秉义的名字，孙鸣飞有些印象。当初发生在富民村的那个文物大盗窃案就跟这个人有点儿关系，可后来他却安然无事。这样的一个人，很难说得清有什么样的社会背景，让他担纲新区项目拆迁责任，由不得让人心里不踏实。分局的《案情通报》后还附送了一部分材料，其中有一份红三角公司的情况简介。孙鸣飞又拿起那份简介，想看看这个红三角公司到底是什么来头。

突然，孙鸣飞在公司的股东简况中看到了“明亮”，他不由得一阵惊讶，难道这样少有的名姓竟然在汉京市还会出现重名重姓？然而，当他读完股东明亮的全部信息时，只觉五雷轰顶，股东明亮的性别为女性，住址正是他再熟悉不过的汉京师范大学那栋家属楼。

孙鸣飞呆若木鸡，他说什么也无法相信自己心目中像女神一样纯洁、美丽、善良的女人会与这个带有黑社会性质的公司有染，他更无法接受自己心爱的女人与马秉义这种社会渣滓发生牵连的事实。几分钟的时间，他脑子里一片空白，他不知道自己身在何处，难道这是一场骇人的噩梦？

孙鸣飞用手使劲掐了一下自己的大腿，确信这一切都是事实之后，他不由得又把红三角公司的简介认真看了一遍。这家公司成立的时间不长，也就三个多月时间，注册资本金一千万元，明亮占股百分之二十，其他的两个股东，也都是女人，一个叫肖红，身份背景不详，另一个叫张秋霞，是公司实际控制人马秉义的老婆。

根据公司的登记信息分析，明亮是在三个多月以前出资二百万元参与马秉义组建的这家公司的。孙鸣飞屈指算了一下，也就在那个时候，明亮正因为迫于合作伙伴的压力，为了偿还咖啡馆投资款八十六万元而一筹莫展。她哪里来的钱再去投资搞企业？难道，难道这一切都是骗局？孙鸣飞不寒而栗。

孙鸣飞努力地回忆着几个月以来与明亮往来的点点滴滴。想着想着，他把疑问集中到杨昌利身上。明亮最终摆脱那场债务要归功于杨昌利，杨昌利从朋友那里借到的钱款数额竟多达一百万元，而那间对明亮而言已明显成为负担的咖啡馆，成了一百万元借款的担保物。按照杨昌利的意思，最终的还债也许就指望那间咖啡馆抵账了。现在回过头来想一想，哪有这样的好事。难道杨昌利那些在社会上挣了大钱的老板连这一点儿商业判断能力都没有？砸在明亮手里可能一钱不值的咖啡馆会被人家作为担保物收下，换出一百万元的巨款来？那些有钱人是傻瓜？还是慈善家？还是别有所图？

孙鸣飞又想起一件事，那个让他厌恶却又不能得罪的市公安局副局长方鸣曾经给他打过电话，要介绍一家专门搞农村拆迁的公司为新区建设服务，他把这件事情安排给了杨昌利，这件事大约也是明亮筹措借款前后发生的事，莫非这个马秉义正是方鸣介绍的人？

春节放假前的最后一天下班之前，杨昌利交给孙鸣飞那个装有五万元购物卡和一万元美金的纸袋子，这事一直让孙鸣飞心里纠结不已。尽管明亮对此有一番解释，但多年来秉持清廉干政的孙鸣飞在内心无法接受如此豪气的礼物。从他那天晚上发现纸袋里的内容后，他就一直没有动过。到现在为止，购物卡和美钞还原封不动地躺在他办公桌的抽屉内锁着，他一直想找个时间和杨昌利单独谈一谈这件事，却一直没有找到合适的机会。今天，他不由得又把这件事和明亮通过杨昌利借款的事联系在一起。

孙鸣飞反复地琢磨着这些让人费解的事，觉得头疼欲裂。他从办公桌旁站起来，信步走到窗口，却一眼看见杨昌利正在大楼前边的院子里转悠。杨昌利是办公室主任，巡查管委会大院的管理状况是他的职责之一。看着杨昌利旁若无人的样子，孙鸣飞心里忽然有一丝怨气，说不定就是他把自己陷于这不清不白的泥潭中。

孙鸣飞决定当面向杨昌利问个究竟。

当孙鸣飞把杨昌利叫到办公室，开门见山地问起杨昌利知不知道马秉义组建红三角公司承揽拆迁项目，知不知道明亮教授参股红三角公司经营诸事时，杨昌利先是一愣，接着脸一阵红，一阵白，半天说不出所以然来。孙鸣飞从杨昌利脸色上已经读出了一个大概，顿时气得眼冒金星。这张平素看起来亲切的脸孔此时变得丑陋猥琐，他真想抡圆巴掌，照那张让人生厌的脸掴去，但是他极力地克制住自己。他告诫自己，理智、理智、再理智。回忆自己在官场上多年的风云历程，无不靠理智过关斩将，化险为夷。今天在这关键时刻，他更不能因为冲动而酿下大错。

也许是知道瞒不过去，或者瞒下去没有任何意义，杨昌利定了定神，把当时急于为明亮筹钱而在无奈中找到马秉义张口借钱的事说了出来。

说到明亮入股一事，杨昌利却又略显委屈地说道："马秉义答应借钱给明教授，可人家担心明教授后边没有能力还钱，刚好人家提出来他们要成立一个公司，需要有个文化人参与，一来给他们公司撑个门面，二来也好给公司的现代化管理提供保障。明亮教授各方面都符合条件，我想着这岂不是两全其美的事，刚好给明教授日后提供个挣钱的机会，强似她守着个不死不活的咖啡馆受累。"

孙鸣飞又问起明亮入股的二百万元资金是哪里来的。

杨昌利说："公司的启动资金全部是马秉义筹集的，明教授和那个肖红的股本金在以后公司的盈余中冲减。"

孙鸣飞再问那个叫肖红的股东杨昌利认识不认识。杨昌利说他从来没见过那女人，听马秉义说是市公安局副局长方鸣的表妹。听到这里，孙鸣飞总算明白了方鸣副局长给他打电话推荐人员到新区搞施工拆迁的原因了。

孙鸣飞正想再问那五万元购物卡和一万元美元的事，杨昌利却又主动竹筒倒豆似的说道：“我也没有想到马老板这人是个特别豪气的人，他通过我要走了明教授身份证后，不几天时间就把公司成立下来，紧接着就开始招人揽工程。听说公司搞得红红火火，老早前就给明教授分了一笔数额不小的红利，又给我拿了些购物卡和美元。我推辞不要，人家硬放到我的办公桌上。”

话说到这里，孙鸣飞已觉真相大白，敢情杨昌利拿给自己的那些购物卡和美元是马秉义给杨昌利的贿赂，而杨昌利又转送给了自己。但杨昌利并没有说清马秉义给他行贿的具体数额。孙鸣飞猜想杨昌利的心思，往好处想是不让孙鸣飞有心理负担，往坏处想是让孙鸣飞明白，不管马秉义拿出多少钱物，总归那是给我杨昌利的，给你孙鸣飞的卡和钱是我杨昌利孝敬你孙鸣飞的，你孙鸣飞别想着我从你应得中截留了多少。

事已至此，孙鸣飞又能说些什么？他心里明白，对于他和明亮的关系，精明的杨昌利比谁都清楚，一旦他和杨昌利翻脸，只怕杨昌利反咬一口，说自己为了给情妇筹款指使他杨昌利去敲诈马秉义。现在看来，自己是聪明一世，糊涂一时，就为了一场粉色的温柔之梦，让自己置身于人生的悬崖之上。这一切该归责于谁呢，是明亮吗？她并没有出于某种不可告人的目的勾引自己。是杨昌利吗？他也仅仅是出于讨好和巴结而顺理成章地实施了一些不宜示人的勾当。是马秉义吗？唯利是图的商人秉性就是不择手段。是孙鸣飞自己吗？谁又让自己的人生中邂逅一个清纯可爱的红颜知己。这一切的一切，似乎是上帝早就安排好的一出戏。孙鸣飞内心不得不哀叹命运的无奈。

善于察言观色的杨昌利何尝看不懂孙鸣飞的心思，到了这个时候，他也不想再搜肠刮肚寻些违心的话说。他索性往孙鸣飞跟前靠了靠，摆出一副推心置腹的架势说：“孙主任，千错万错，都是我的错，我不该向您隐瞒那些事。可您也别太怪罪我，我做的这一切都是为了大家好。明教授是您的学妹，为了原先雁马河管委会捐助教学基地单方毁约的事，明教授替我们担待了不少。上一回她遇到麻烦向您求助，您总不能一口回绝了吧。可我们大家能力有限，不想些办法怎么行？我之所以有些事瞒着您，就是怕您有思想负担。您现在放眼看看周围，有哪一个厅级干部像您这样寒酸，要房没房，要车没车。人活着得有尊严，可尊严是社会给的，不是自己内心给的。你没有实力，谁都瞧不起你。而实力是啥，说白了就是财富。财富不靠自己去创造，难道能飞到你的口袋不成？咱远的不说，就说人家市公安局那个方副局长，论级别还到不了副厅级，可人家论工作，是全系统闻名的破案能手，论财富，知道底细的人都说方副局长不输本市那些一流的企业家。人家那才叫成功人士。”

杨昌利第一次敢于在孙鸣飞面前毫无顾忌地剖白自己的内心世界。孙鸣飞听着听着不由得暗暗吃惊。原来他器重了多年的这个得意下属竟是一个十足的贪财之徒。可现在，他哪里有资格、有条件、有心情去对这个危险的属下进行心理矫正呢，当务之急，是如何面对红三角公司与明亮的参股关系。

“分局的意思是要对红三角的拆迁行为以黑社会性质犯罪来认定，你怎么看这个问题？”孙鸣飞压住心头的火气，用尽量平和的语气问道。

杨昌利显出极度的不解：“红三角公司怎么能跟犯罪扯到一起？简直是天方夜谭。人家公司合法经营，短短几个月的工作业绩有目共睹，不能因为出了一桩人命案子就无限上纲。”

“依你的看法，我们该咋样应对这件事？”孙鸣飞继续问道。

杨昌利清了清嗓子：“公安分局虽然是司法机关，但也不能成为独立王国，毕竟在块块上还要接受管委会的领导，管委会应当对这件事有个相对明确的态度。我们可以要求分局从政治角度出发，以经济建设为大局，对企业在经营活动中的某些过头的行为抓大放小，口头提出警告就行了，不要随意立案抓人。”

孙鸣飞又问道：“管委会出面干预公安办案，合适吗？”

杨昌利却显得胸有成竹："处理好地方党政关系，为地方经济保驾护航，是各级公安机关的工作准则，管委会的态度不可能不作为分局的决策依据。必要的时候，我相信市局也会从大局出发对分局提出指导性意见。"

杨昌利停了一下，看了看孙鸣飞的表情，又接着说道："我不信市公安局的方鸣副局长会让苏春明把这个案子办下去。如果真的把红三角公司定性成黑社会组织，那方局长的表妹、明亮教授不都成了黑社会的成员了吗？"

孙鸣飞无力地坐在办公椅上，回味着杨昌利说的话，他不得不承认，杨昌利提出的方案，或许是目前唯一可行的办法。如果任由分局按常规办案，一旦明亮作为涉案人员受到讯问或追究，后果将不堪设想。为了明亮的前程，为了自己的前程，他必须想办法阻止分局的立案计划。可是如何向分局提出不立案的建议，实在又是一件棘手的事情。

孙鸣飞苦无对策之际，杨昌利又不失时机地说："孙主任，这事其实不必太费脑子，您只需要口头上和苏春明交换一下意见，谈一下在对待红三角公司问题上要注意保护新区的经济建设秩序，不能顾此失彼就行了。接下来的事情，就让马秉义和方鸣商量好了。"

就在孙鸣飞看到新区公安分局发送的《案情通报》时，方鸣也正在阅读着同样的东西。按照分局的工作原则，涉及重大案情，在通报辖区党政部门的同时必须同时上报上级局。方鸣作为市局副局长，自然有权阅读这样的文件。一看到马秉义的名字，方鸣自然格外用心，待看到红三角公司股东名册时，他也感到了事态的严重。当初以肖红名义参股红三角公司，他是在马秉义盛情邀请下半推半就应承下来的，而现在既已与马秉义绑在一起，他就必须想办法把这件事情捂住。一旦搞不好让真相大白于天下，自己别说这个副局长的位子保不住，恐怕连这身衣服也得脱下。但《案情通报》中又提到马秉义涉嫌合同诈骗一事，他却有些丈二和尚摸不着头脑，难道马秉义已经带案在身？事已至此，他也顾不上遵守保密制度，他要向马秉义问个究竟。

当方鸣拨通马秉义手机时，却长时间无人应答，一直到话筒中传来无人接听的提示音，他才狠狠地关了按键。方鸣突然有一种不祥的感觉，难道马秉义出事了？或者苏春明已经下手控制了马秉义？方鸣的大脑中飞速地切换着各种可能的画面，不觉额头冒出了一层密密的细汗。突然他的手机铃声响起来，拿起一看正是马秉义打过来的，不觉稍稍松了一口气。电话中马秉义仍然是那副油腔滑调，全然没有危险来临之际的惊慌，笑问方老板有何指教，并解释说刚才他上了趟卫生间。方鸣说有事想见一下马秉义。马秉义“嘿嘿”一笑说难得老板主动召见马仔，可自己现在人在澳门。方鸣心里骂着这个王八蛋火烧眉毛了还忘不了去赌博，嘴上只说有急事要见。马秉义问：“能不能在电话上说？”方鸣想了想说：“你找个固定电话，给我办公室打过来。”

方鸣让马秉义通过固定电话与他通话，是为了安全起见，干公安的他心里明白，手机通话没有秘密性可言，他不能不顾忌电话被监听，何况马秉义已经涉案。不长时间，方鸣办公桌上的电话铃响了。方鸣一看，号码显示着一长串怪模怪样的数字，他知道这是境外打来的电话。他拿起听筒，正是马秉义的声音。

马秉义有些调侃地说道：“方老板呀方大哥，我的二〇三首长，难不成你要用电话号码测试我在不在澳门？你怎么对你的部下老是怀疑呢？”

马秉义显然误解了方鸣的意思。方鸣也不想做解释，直截了当地问小王村拆迁死人的事是咋回事。

马秉义又笑了：“我当是啥事哩，咱们的拆迁一没打人，二没骂人，拆迁队只是求爷爷告奶奶让大家体谅拆迁的难处，早早搬出去，再早早搬回来。人家不买账，自己把药喝了，无非是想吓唬一下咱，没想到没把住药量，喝多了，人死了。你说这跟咱有啥关系？”

方鸣听到这里，心里暗暗有了一丝安慰，又问马秉义最近是不是欠人家钱不还让人家告下了。

马秉义沉默了一会儿说："要是有人告我，除非是韩浩平那个王八蛋。"

"韩浩平？"方鸣心里一惊。多少年来，虽一直没有见过面但却无数次出现在他梦中，他怎么能和马秉义发生牵连，会不会是重名重姓的另一个人？方鸣深深地吸了几口气，尽量让自己保持平静："你给我说一下这个韩浩平和你的交往过程。"

马秉义电话里显得不耐烦，但还是把韩浩平看中了富民村项目，三贤公司与富民公司签署合作协议投资五千万元，项目大开挖后又出了一桩文物案子，不得不把项目停下来的过程大略地讲了一遍。末了马秉义强调说："这韩浩平好赖也在大机关待过，应当懂些道理。两家合作的事，肯定要共担风险。项目搞不成了，前头花的钱谁来担？韩浩平光说让给他退钱，没算账，咋退？他要是告我，我还要让他赔损失哩。项目管理权归他们，出了那个糟心的案子，还不是都怪他们管理没跟上。"

马秉义一席话，让方鸣断定自己的仇家韩浩平正是马秉义的对头。听着马秉义一副满不在乎的语气，方鸣知道这家伙是个不见棺材不掉泪的主儿。但是基于共同的利益，方鸣不能任由马秉义疏忽大意而坐失良机。不得已中，他把新区分局拟对红三角公司涉嫌黑社会组织犯罪和马秉义涉嫌合同诈骗罪作为系列案件立案查处的信息告诉了马秉义。

马秉义听后一阵愕然，随即却又装腔作势道："方大哥，我马秉义身正不怕影子斜。我就不相信一个老老实实的商人，他新区公安分局能给我找个啥茬儿？"

方鸣倒也在心里佩服这家伙临危不惧的气概，就换了一个口气说道："秉义，你也是大风大浪中过来的人。常言说阴沟里面能翻船，你还是小心为上。这边我及时注意动向，你办完事赶紧回来，咱们见面商量商量。"

在方鸣的心目中，马秉义是个目中无人、狂妄自大的家伙，但其实他的认识并不正确。马秉义是个胆子特大但却绝对粗中有细的人。看到方鸣打来电话，马秉义就预感到不会有什么好事，不是给他透露麻烦的信息就是给他出难题。他这会儿正在澳门的一家五星级宾馆。昨夜在宾馆顶层的贵宾室，他豪赌了半宿，天快亮时一盘点，竟然小有进项，心想见好就收。临走，他又随手召来了一个赌场中四处游走的流莺。那流莺自称是内地来的湘妹子，几句打情骂俏之后，马秉义在托盘中抓了一把筹码，估摸着总也有个几千块钱，塞到那流莺的口袋中，把那流莺带到自己的房间。几番折腾，虽无实质性的酣战，却也备享尊贵的伺候。正当马秉义筋疲力尽抱着流莺酣睡之际，手机不识趣地响了起来。马秉义拿起手机一看是方鸣的，有心接听，又觉得身旁躺着个陌生的女人实在不方便，这才找了个茬儿把那流莺赶出房间，又给方鸣把电话拨了回去。

马秉义此行澳门有两个原因。一是李怀仁家的麻烦事让他觉得烦心，又不想回到富民村那个家去跟老爹斗嘴，更不想与自己的那个哭丧着脸的婆娘对眼，这就想着出门散散心，反正春节期间生意上也没有太多的事情要办理。第二个原因其实最重要，王大毛和马尚义落网时，按照他周密的策划，大部分出土的宝贝都被公安局查获了，但其中几件在马秉义眼中堪称上品的东西，却在公安局查获之前被马秉义搬到了罗马假日小区的另一套单元房中。现在那几件东西虽然被转到了更安全的地方，但他马秉义不是收藏家，他要尽快让那些值钱的玩意儿变成现钱。此次澳门之行，他带来了那些物件的照片，按事先与澳门牵线朋友的约定，若买家初步看中后即在一个月内赴汉京一手交钱，一手交货。昨日他已经将照片交给了朋友，现在就等着买家的回话了。而今天方鸣突然打来的这个电话，让他意识到汉京城里的事情远比在澳门等待买家信息重要得多。马秉义之所以在方鸣打电话的时候故作轻松，那是因为他要在方鸣跟前保持自己的形象。毕竟方鸣跟自己仅仅是生意上初步合作的人，他不愿意方鸣看到自己软弱的一面。

马秉义经过短暂的思考，决定立即打道回汉京。他给澳门的那位朋友打通电话说自己有急事要先回去。朋友说买家那边还想让专家再看看照片，没有最后给准信。马秉义说有准信后电话联系他就行了，大不了根据需要再飞过来一趟。朋友说那样也行。

马秉义火速退了酒店，收拾行李从拱北海关进境，又搭乘一辆出租汽车赶到广州白云机场。经过几个小时飞行，天将黑的时候，飞机降落在汉京国际机场。

从机场回市区的路上，马秉义几次拿出手机想给方鸣打个电话告知自己已回到汉京的消息，但经过激烈的思想斗争，还是没有打出去。他知道自己这阵子给方鸣打电话，一准会让方鸣感觉到自己外强中干，到底心里发虚，还是得立马回来求助他方鸣，他不想让方鸣小瞧他。另外，他对方鸣仅凭着一个副局长的职权能不能完全控制事态仍然心存疑虑。靠天靠地不如靠自己，他要再一次施展身手，让自己化险为夷。

马秉义的绝招仍然是上次对付方鸣的那一套，马秉义坚信在这个世界上，是人都脱不了俗。只要这个人生活在他能够看得见接触到的地方，他马秉义就有能力抓住对方的软肋，让其乖乖地听候摆布。汉京新区公安分局局长是市局派下来的苏春明，马秉义自然要从苏春明身上做文章。待拿到相关证据后，再去找方鸣商量方案不迟，也好让方鸣知道他马秉义不是单靠他方鸣遮风挡雨。

焦头烂额的韩浩平是在情绪极度低落的状态下度过春节的。

当韩浩平得知自己的亲生女儿晶晶未婚先孕的消息时，气了个半死，在白川的劝导下情绪略略缓和了一些。白川提出让姚丽霞陪着晶晶去做掉肚子里的孩子，顺带跟晶晶交流一下，也好知道晶晶跟那个男孩子交往的程度，以便确定下一步晶晶的终身大事。韩浩平相信白川，也觉得白川的想法比较合理，就让白川代他先谢谢弟妹。

姚丽霞本是热心人，又兼着白川和韩浩平多年的合作情分，自是把这桩事看得极重，用了礼拜天一整天的时间到魏秀琴家，跟晶晶推心置腹地谈了一通。姚丽霞做了小半辈子的记者，懂得一点儿心理学，和孩子谈天说地，让晶晶觉得姚阿姨比自己的母亲贴心得多。一来二去，晶晶把心里话都告诉了姚阿姨，连同她男朋友的姓名、身份、爱好、父母的姓名都和盘托出。对于自己的婚姻，晶晶表示此生非那个男娃不嫁。至于肚子里的孩子，晶晶表示愿意先做掉。姚丽霞趁热打铁，第二天给报社请了半天假，带着晶晶在正规的医院妇产科做了人流手术。

姚丽霞把她和晶晶的交流内容给白川大致讲了一遍。她希望白川能够说服韩浩平尊重孩子的意见，达观地面对晶晶和那个男孩子之间的冲动。姚丽霞不太理解为什么韩浩平对警察这个职业那么样地排斥。她认为警察队伍中有很多敬业的人，不能因为个别警察的劣行就对整个行业以偏概全。她觉得表哥苏春明就是典型的德才兼备的好警察。白川当然也认同姚丽霞的观点。

然而，当姚丽霞说出晶晶那个男朋友父亲的名字时，白川大吃一惊。

晶晶男朋友的父亲正是现任汉京市公安局副局长方鸣。对这个人的现状，白川虽不完全清楚，但二十多年前，自己差点儿毁在这个人手上的那一段经历，却是刻骨铭心。当然，那时候的方鸣是为了帮助韩浩平而对他痛下狠手。后来他和韩浩平化干戈为玉帛，成了莫逆之交，他也就没有理由对方鸣继续耿耿于怀。然而，多年来令他不解的是，韩浩平后来与方鸣老死不相往来。某次白川无意在韩浩平面前提起方鸣，却明显感觉出韩浩平忍不住的那种咬牙切齿的仇恨。他隐隐觉得这两个人之间应当发生过一场水火不相容的矛盾，甚至韩浩平后来对所有的警察敬而远之的态度，他也怀疑与方鸣有关。现在韩浩平的女儿与方鸣的儿子谈上了朋友，也许又是一场冤家路窄的交锋。

韩浩平得知晶晶顺利地做了人流手术，心里略感宽慰一些。他自然又问起姚丽霞把晶晶的思想工作做得咋样。白川就把姚丽霞希望韩浩平多理解孩子的观点说了一遍。韩浩平却倔犟地表示只要晶晶还认他这个父亲，他就不会让晶晶嫁给警察过一辈子。

白川觉得又笑又气，试探地说道：“你嫌警察不好，人家那个男孩可是警察世家，他父亲还是一个级别不低的公安局领导哩。”

韩浩平稍稍愣了一下，更是坚定地摇着头：“儿子是小流氓，父亲也不会是什么正经货色，谁知道是咋爬上去的？”

白川试图说服韩浩平。他心里明白，晶晶多年来未和韩浩平共同生活，父女之间本就缺乏感情上的纽带，一旦在晶晶的婚事上两个人发生了激烈的冲突，最终的结局必然是那份残存的血缘之情被彻底摧毁。而晶晶会义无反顾地按照自己的选择往前走。到那个时候，白川一直撮合着让韩浩平与魏秀琴破镜重圆的想法，也就彻底成了泡影。但要让韩浩平接受目前的现实，白川觉得还是有必要让韩浩平知道晶晶男朋友的一些背景，也许这样会找到一个新的契机，让韩浩平思想转过弯来。

“晶晶的男朋友说不定你见过。”白川微笑着说道。

“唔？”韩浩平眉毛一扬，“你是说糟践咱晶晶的那个男娃我认识？”

白川说：“我是说你可能见过，因为那个男孩的父亲曾经是你的老朋友。”

“老朋友？谁？”

白川轻轻地说道：“汉京市公安局现任副局长……方……鸣。”

韩浩平惊骇得大张着嘴巴，像中了魔法一样定定地坐在凳子上，半晌保持着一个动作。

直到白川给韩浩平递过来一杯水时，韩浩平才回过神来，嘴里自言自语地嘟哝着：“方鸣……方鸣……”

白川问：“老韩，你原来和方鸣走得很近，后来又好像不来往了，是不是你们之间发生了什么误会？这人和人在一起共事，锅碗瓢盆总有磕碰的时候，如果有不愉快的事，多少年过去了，时间也该把一切都冲淡了。”

韩浩平没有理会白川的劝导，嘴里依旧自言自语地说些白川听不明白的话。看得出来，韩浩平陷入了一段痛彻心扉的回忆。

白川还想再给韩浩平做做思想工作，却不料韩浩平语气坚决地说道：“白川，我知道你是好心，这事没有商量的余地。你回去帮我好好谢谢弟妹，就说她的想法我会认真考虑的。”

韩浩平给白川下了逐客令。这在白川的记忆中，可算是绝无仅有的一次。这多年来，白川事实上已经成了韩浩平工作上的参谋、生活上的知己，每遇大事小情，韩浩平不说对白川言听计从，起码不经白川肯定的事心里就不踏实，而今天韩浩平如此决绝的态度，着实让白川感到有些意外。白川隐隐觉察出，韩浩平内心藏着一段不为人知的秘密，这段秘密可能对韩浩平的人生产生过巨大的影响，而秘密中的主人公之一很可能就是这个方鸣。韩浩平一直以来不与警察交往也大概源出于此。

既然韩浩平内心结着一个巨大的心结，白川明白，光靠自己的言语一时半会儿无法解开。白川有些无可奈何地对韩浩平叮嘱了几句无关痛痒的话，起身离去，留下韩浩平一个人待在屋子里发愣。

韩浩平内心掀起了巨大的波澜，他不明白命运之神为什么会如此无情地捉弄他。十几年前那场惊心动魄的死里逃生，让他从骨子里认识了一个魔鬼般的警察方鸣。虽然从边境线上捡回了一条命，可他却几乎成了废人。甚至，他把自己这一生唯一爱过的女人吴君玫与自己尚未出世的孩子双双殒命的事，也归责于这个无恶不作的方鸣。是方鸣毁了他的美好生活，他与这个人此生不共戴天。当然，韩浩平不是个逆来顺受、忍气吞声的窝囊废，他用自己独特的方式让方鸣也付出了代价。也许，在那个蒙蒙的月黑之夜，如果韩浩平内心再狠一些，如今的方鸣早已到另外一个世界了。也就是韩浩平心底里的一丝善念，八面威风的方鸣才不得不四处拖着个残腿，高低不平地在人们的视线中装腔作势。本来，韩浩平以为此生与方鸣的恩怨从那时候起一笔勾销，只当是一场噩梦永远尘封在记忆中。可如今怎么也没有想到这场恩怨竟然轮回到下一代。难道是老天对自己的报应，要让自己唯一的亲生女儿帮他赎回该向方鸣承担的残腿责任？

扪心自问，多少年过去了，韩浩平从未为自己的报复行为感到过后悔或歉疚。方鸣的所作所为，以韩浩平朴素的判断，判他个十年八年甚或枪毙都不算过分。韩浩平坚信方鸣的腿残根本不足以抵偿他犯下的累累罪行。韩浩平把自己的行为视作除恶扬善的义举，他没有必要背负道义、良心、法律等等责任。从这个角度出发，方鸣的儿子欺负晶晶，无疑是对韩浩平持续的侵害。事已至此，他决不能再任由事态继续发展下去，他要真正履行一个父亲的责任，他要把女儿从火坑中拉出来，他要弥补十几年来在晶晶身上亏欠的父爱。为了自己的女儿，他没有什么需要顾忌的，就算是付出生命，他也豁出去了。

然而，今天的韩浩平已经不是十几年前的韩浩平了，他也不会再凭借着自己的一身蛮力去简简单单地打打拼拼。他冷静地把晶晶与那个男娃的关系分析了一遍，他估计方鸣可能并不知道自己的宝贝儿子正与仇家的女儿谈情说爱。另外，方鸣的儿子能够依仗着父亲的庇佑穿上警服，说明这个儿子对他的老子多少还有一些敬畏。要让方鸣的儿子从晶晶身边滚开，只有从方鸣身上想招数了。

韩浩平经过一番痛苦的思量，决定只身会一会这位昔日的仇人。

为了让晶晶的身体再恢复一段时间，韩浩平决定再隐忍个把月时间。因为他担心一旦见到方鸣发生事端，晶晶得知消息后，说不定会发生更让他痛心的事情。看了看日历，已经快过春节了。干脆，就让方鸣过一个安生的新春，节后再找他摊牌不迟。

因为心情极差，春节期间韩浩平也无心走亲访友。银行的贷款偿还期限快到了，信贷员三番五次给韩浩平打电话。被马秉义骗走的款项迟迟无法追回，看来只能把希望寄托于银行高抬贵手，办理贷款展期手续上。银行提出展期手续需要三贤公司提供更为完善的近期财务运营资料，而公司的财务总监又向韩浩平报告近期钼矿出现严重的效益滑坡，这引起了韩浩平的警觉。钼矿厂是三贤集团公司的支柱产业，集团公司百分之八十的效益来自于钼矿，他必须高度关注这件事。正好韩浩平春节期间无处可去，他就把自己关在空荡荡的红都矿山深处，和一帮留守加班人员认认真真地从采矿掘进到加工选矿、市场销售等各个方面找原因，定对策。

元宵节一过，韩浩平在市公安局的值班室打听出方鸣办公室的电话号码，然后就在离市公安局不远的地方找了一间茶馆坐下来。一连喝了几杯浓茶，韩浩平让自己的情绪稳定下来，这才用手机拨通了方鸣办公室的电话。

韩浩平知道，官做到方鸣这个地步，办公室是不会常待的，他准备着花上几天时间在这里守株待兔，每隔个把小时拨一次电话，直到方鸣接上电话为止。可让韩浩平略感意外的是，对方的电话铃声只响了两下，就有人拿起了话筒，一声低沉却又略显威严的声音传来："哪里？"

韩浩平努力地辨别着电话那头声音的主人，似乎还能听出一些当年那个见了他就蹭着脸要自行车票、缝纫机票的谄声谄气的味道，他断定接电话的正是方鸣。

韩浩平抑制着自己的心跳说："我找方鸣。"

也许是方鸣已经习惯了别人对他方局长的尊称，一听这个陌生的人在电话中对自己直呼其名，心中自是有些不快，声音稍微提高了一些："你是谁？找我有什么事？"

韩浩平仍然用镇静的声音回答道："我找你是私事，跟你的局长身份无关。我是原省农贸社的总务科长韩浩平！"韩浩平强调自己过去的身份，是想帮着方鸣回到二十多年前的记忆中，别忘了自己曾经是一个派出所的混混警察。

"谁？韩浩平？"毫无准备的方鸣显然吃了一惊，一声本能的称呼后半晌沉默下来。

韩浩平却并不说话，他想象着话筒那边方鸣惊愕的神色。反正韩浩平已经做了应对各种事态的打算，他要看看做贼心虚的方鸣还会使出什么招数。

足足停了有半分钟，方鸣突然朗声笑了起来："你是韩大科长呀，我只说这十几年你在外边闷声发大财，早把我这个老朋友忘到九霄云外去了。今天怎么想起给我打这个电话来了，有什么需要我效劳的？你现在是大老板，又搞矿山又搞房地产，可是轻易攀不上的大款。你放心，我可是个念旧情的人，有啥用得着我的，你尽管吩咐就是。我还听说你前阵子让人骗了一把，说不定我还能帮你些忙哩。”

韩浩平听着方鸣的话，心里微微有些吃惊。他没有想到自己从不愿搭理的这个人，对自己的近况竟然知道得一清二楚，连自己的业务内容甚至生意上受骗的事都了如指掌。难道这家伙多年来一直在暗中秘密地窥视着自己？但是现在他没有精力去理会这些，他更不愿意应对方鸣假惺惺的寒暄。他冷冷地说道：“方鸣，我不劳驾你用手中的权力为我谋利益，我和你有一些私事要了断。咱们见个面吧。”

方鸣问：“一定要见面吗？”

韩浩平斩钉截铁：“一定！”

方鸣顿了一下说：“那你到我办公室来吧，到大门口你就说是找我的。”

韩浩平说：“办公室是谈公事的，我找你是说私事，办公室不方便。”

方鸣似乎不甘被韩浩平摆布：“我这几年不太喜欢和别人在外边见面说事。”

韩浩平觉得没有必要再和方鸣绕圈子，声音提高了八度：“方鸣，你知不知道你那个不要脸的儿子糟践了我女儿？”

“你说什么，我儿子？”方鸣似乎的确诧异，“韩浩平，你胡说些什么？”

韩浩平控制不住自己的情绪，胸脯上下起伏着：“方鸣，有其父必有其子，我女儿晶晶已经做了人流手术，你们父子却跟没事人一样逍遥自在，就不怕遭报应？”

突然，电话那头方鸣笑了起来：“我说韩科长，韩老板，闹了半天我们家儿子谈的女朋友是你家闺女，这是年轻人的事，也犯不着你这个当父亲的动这么大肝火呀。再说，孩子们你欢我爱，咱们愿不愿意又有什么意义？”

方鸣的几句话像是给韩浩平火上浇油，韩浩平也不顾体面，吼着嗓子喊道：“方鸣，你必须让你儿子从晶晶身边滚开！否则，有他的好果子吃。”

方鸣冷冷地问：“你想怎样？”

韩浩平吼叫着:“我一命换一命，值了！”说完挂断了手机。

茶馆里的服务生不知道发生了什么事，应声跑进韩浩平坐着的包间，看见韩浩平抖抖索索地用打火机点烟，几次都没有点着，便随手从口袋掏出打火机帮韩浩平点着叼在嘴上的烟，柔声提醒韩浩平有什么事可以按一下呼叫器，就走了出去。韩浩平意识到自己刚才在激动中失态了，狠狠地用手掌捶了一下自己的头，又仔细回味着刚才跟方鸣通话过程中方鸣的每一句话。

韩浩平的手机铃声响了起来。韩浩平拿起来一看，正是方才他拨给方鸣的那个号码。他心里一阵放松，看来心中有鬼的方鸣到底是心虚。一直等电话铃声响了四五下，韩浩平才把通话键按下去，但没有说话。

方鸣的口气比刚才和缓了一些:“韩浩平，你是女儿，我是儿子，我理解你的心情，但请你理智一些，我们可以见个面。”

韩浩平说:“就现在，我在你们市局门口的茶馆等你。”

当身着便装的方鸣出现在韩浩平面前的时候，尽管韩浩平已有足够的心理准备，但方鸣的形象还是让韩浩平有些意外。也许是瘸腿的缘故，方鸣的个头显得比原来矮了一截。原先瘦削的脸颊现在因为过剩的营养而膨胀起来，下巴隆起了一道厚实的横肉，稍显花白的头发为这张肥猪似的面孔增加了一些沧桑感，圆球似的便便大腹被两条腿高低不平地撑着，看起来有些滑稽。这样一副尊容，很难让人把他和一个堂堂的市公安局副局长联系起来。

茶馆的包间里只有坐着的韩浩平和站着的方鸣。韩浩平注视着方鸣，方鸣也紧盯着韩浩平。在令人窒息的对视中，谁也不想说出第一句话。

韩浩平眼神中露着一种无畏的杀气，他的脑海中忽而浮现出老八杨子荣在边境树林里被边防警察打成筛子的情形，忽而又浮现出吴君玫身首异处的惨相，忽而又换成晶晶躺上手术台的场景。这一切，无不与眼前的这个人有关。新仇旧恨涌上心头，他真的恨不得跳起来把这个人撕成碎片。

还是方鸣先开了腔:“韩浩平呀韩浩平，现如今在这汉京城，能给我下命令让我马上和他见面的人没几个，你韩浩平做到了。”

韩浩平冷冷地说道:“你不招惹我，只怕是用八抬大轿抬着让我和你见面，我还嫌费时间哩。”

方鸣一屁股坐在韩浩平对面的沙发上:“我还以为这辈子跟你再见不上面了。”

韩浩平说:“跟我见面会让你做噩梦。”

方鸣拍了拍自己的瘸腿:“我从光荣负伤到现在十几年了，梦中常出现鬼影子。你知道，我的职业可是打鬼的，哪怕我遭到鬼的报复。”

韩浩平说:“白日不做亏心事，半夜不怕鬼敲门，你到底是打鬼的，还是装鬼的，你自己心里明白。”韩浩平望着方鸣那条有些弯曲的残腿，心里泛出一丝快感。

“我那浑小子在外边谈了一个女朋友，我一直说要见见那个未来的儿媳妇，没想到竟然是你韩浩平的千金。”方鸣说，“这莫非是现世报，我也不知道这辈子是我欠你韩浩平的，还是你韩浩平欠我的，我也不知道老天爷让我儿子和你女儿凑在一起，是要让我们言和，还是要让我们继续冤冤相报？”

“你死了那条心，”韩浩平狠狠地说道，“我就是让女儿死了，也不会嫁到你方家门上！”

方鸣冷笑了一声:“哟嗬，倒好像是我上赶着来寻你韩浩平求亲来了。我儿子不缺胳膊不少腿，响当当的人民警察，想嫁我儿子，想攀我方家高枝的姑娘多了去了。”

韩浩平反唇相讥:“你把‘人民’两个字用到你方家人身上，只怕是脏了那两个字。方家有你这样的人物，门风好不到哪里去，谁家姑娘瞎了眼，才会往你方家那火坑中跳哩。”

“我就搞不明白，我儿子正儿八经谈朋友，你干吗寻我说事？”方鸣说道，“你我都是过来的人，这青年男女之间，两人看得对眼，自自然然走到一起，干父母啥事？话说粗一点儿，母狗不撅腚，公狗不敢上，你咋不去问问你那宝贝女儿是咋样勾搭上我儿子的？”

方鸣的几句话，让怒火中烧的韩浩平再也无法克制自己的情绪。待方鸣的话一落音，韩浩平像弹簧一样跳了起来，扑到方鸣跟前，揪住了方鸣的衣领。

方鸣却异常平静地坐着未动，韩浩平额头上的青筋鼓了起来，方鸣甚至能看见对方那紫红色的血管突突地跳动。面对着韩浩平凶恶的眼神，方鸣报之泰然自若的目光。

僵持了足足有两分钟，方鸣抓住了韩浩平揪着自己衣领的手腕，微微使了一下劲，韩浩平的手松了开来。方鸣年轻时练过擒拿格斗，再加上十几年来腿脚不太方便，臂力和腕力就用得多了一些，在局里常和年轻人掰手腕，几乎是打遍天下无敌手。所以对付韩浩平的一只手，还是不太费力气。

韩浩平忍住火又坐了回去，觉得一股气流从肺里涌上嗓子眼，狠劲地咳嗽了几声，也顾不上斯文，一口痰啐在方鸣脚下。

“我今天把话给你搁这儿，”韩浩平清了清嗓子，“我的女儿绝不容许你那浑蛋儿子再碰一下指头。不然的话，你儿子轻则和你一样成为瘸子，重则去见阎王。我韩浩平是说到做到的人。你记着，今生今世，咱俩不会再见面了。你要是不服，等到了阎王殿里去打官司。”

韩浩平说完话，招呼茶馆的服务生结了账，头也不回地出了茶馆包间，剩下方鸣一个人孤零零地坐着。

马秉义从澳门回到汉京城以后，就马不停蹄地开始了自己的工作。好在他手下现在有几名得力干将，他除了亲自出马外，又让几个马仔昼夜不歇地连轴转。当然所有的工作内容只有一个目标，就是全方位跟踪监视新区公安分局局长苏春明的行踪。

然而，这一次马秉义并不像上一次对付方鸣时那样成绩斐然。七八天的工夫，马秉义连同自己派出的各路人马竟没有找出一丝有价值的线索。这苏春明似乎是一个另类人物，每天除了上班就是回家。

离开这两点一线的地方，大都是在政府或者某些部门参加会议。马秉义原来计划好的在宾馆、酒楼、浴池、舞厅之类的敏感场所偷拍，无一实现。时间一长，马秉义也失去了耐性，心里琢磨着既是碰上个不食人间烟火的主儿，也就只好另想办法了。

谁知道天无绝人之路，就在马秉义准备吩咐手下人停止跟梢苏春明之际，一个喽啰把一张照片递到马秉义面前。这张照片显然是在一家档次不低的酒店里拍摄的。照片上男男女女有八九个人围坐在一张饭桌上聚餐，正中央正好坐着苏春明，紧挨着苏春明的一个男子看着和苏春明年龄不相上下，两个人正在商谈着什么。除了苏春明和这个男子面貌清晰外，其他人要么正在低头吃饭，要么表情模糊。马秉义把这张照片拿在手中反复端详着。他无法根据画面判断出苏春明出席的是公务宴会，或是社会上的宴请，还是家人的聚会。但不管怎么说，这么长时间的努力总归有一些收获。既然已经拿到了这张照片，他就有必要顺藤摸瓜找出可以做文章的素材。

马秉义奖赏了获得这张照片的马仔，又重新把任务布置下去。他让手下人从那个酒店查起，看看那天吃饭的人都有谁。务必想方设法搞清楚照片中那个和苏春明坐在一起的男子的身份。

隔天，派出去的马仔给马秉义汇报了调查的结果。那天苏春明参与的宴会，是由西部日报社的一个姓姚的女记者订的餐。

“女记者？”马秉义大脑中的敏感神经被调动起来。这年头，女记者几乎成了花边新闻的代名词，说不定这里边又隐藏着一宗吊人胃口的桃色事件。要真是那样，可就是老天爷怜念他马秉义了。马秉义好似打了一针鸡血，精神十足地立即吩咐手下人再查再报。

常言说功夫不负有心人，得来全不费工夫。马秉义派出的手下到了西部日报社院子一打听，偌大的报社机关干部员工虽然几百号，但姓姚的女记者仅姚丽霞一人，况且基于姚丽霞新闻部副主任的身份，没有人不知道姚记者的。马秉义手下人又拿出了那张照片，说要找照片上的人，马上就有热心人指称苏春明身边的那个男子是姚副主任的爱人，听说是个干律师的。有了这个基本信息，马秉义手下人随便找了家律师事务所一打听，就得出了准确的结论：那天与苏春明同桌用餐的男子名叫白川，是汉京市京法律师事务所的主任。

当手下人把这些信息报给马秉义后，不无失望地强调说："女记者跟她的丈夫一起去吃饭，看来不会有那种事，线索到此该断了。"

一听"白川"两个字，马秉义忽然觉得有些耳熟，似乎在哪个文件上看见过这个名字。马秉义是个记忆力很强的人。小时候虽说学习不怎么用功，但对连环画、漫画之类的印刷品却是发疯般的痴迷。后来长大一些，又迷上了武侠小说，金庸、梁羽生的作品中，那些精彩的章节，他几乎倒背如流，尤其是那些侠客的名字，看过一遍后十年八年还烂熟于心。现在听见"白川"的名字，他觉得似乎在某一份商务文件中出现过。他努力地在脑海中把自己这一年多以来接触的各类文字材料反复地梳理着。终于，他想起来了，半年前，在富民公司与三贤公司城中村改造项目合作协议签署时，三贤公司的一份董事会决议文件上，有"白川"这个人的名字。

马秉义立即找人翻阅富民公司与三贤公司那套项目合作文件，果然找出了这份材料。这是一份三贤公司董事会同意参与投资富民广场开发项目的董事会决议文件复印件，公司董事白川的名字赫然签署在文件下方。

会不会是同名同姓的另一个人？为了保险起见，马秉义又让人到负责注册登记的工商行政管理局去查阅三贤公司的工商档案。当复印的工商档案中董事白川的照片与饭桌上的白川照片一比对，马秉义眼睛一亮，二者为一人无疑。

马秉义欣喜若狂。原来，举报他的三贤公司与新区公安分局局长苏春明有幕后交易，怪不得新区分局那么上心地替三贤公司追讨债务。有这张照片为证，谅他苏春明局长百口难辩。马秉义长长地出了一口气，要不是顾忌到周围的人，马秉义真想振臂为自己呼喊万岁。

马秉义从澳门回汉京已经有近十天时间了，但他却并没有跟方鸣联系。不是他不想见方鸣，而是他觉得与方鸣会面没有太大意义。他知道要想消除新区公安分局对他的威胁，仅靠方鸣的干预是做不到的，搞不好还会弄巧成拙。他也不想让那个瘸子借势在他跟前摆出一副救世主的面孔拿捏他一把。他必须靠自己的力量进行自救，他不但要让自己安然无恙，还要让方鸣见识自己的能耐。现在，他已经成功了，该是和方鸣联系的时候了。

马秉义拨通了方鸣的电话。

方鸣劈头就是一句："马秉义，你真是个不识人敬的货！我给你打电话这么多日子，你倒是安安稳稳顾着自己享乐，怂心不操。"

马秉义不气不恼地笑着："二〇三首长，你咋骂人哩？"

方鸣说："赶明儿等你进了监狱，想听我骂你也没机会了。"

马秉义说："你放心，监狱不是给咱开的，那地方跟咱这辈子没缘分。我现在要见你，有特别重要的事情跟你汇报。"

方鸣说："那你到我办公室来。"话未落音，方鸣又改口道："不，你不要来这里，过会儿下班见面。你现在找个清静的地方，到了给我打电话，我随后过去。"

方鸣接到马秉义电话时，正是心里犯堵的时候。头天，十几年不见的韩浩平突然出现在自己的面前，让方鸣心里像打翻了五味瓶，酸甜苦辣咸，五味杂陈。这位昔日的朋友，方鸣觉得自己并没有出于恶意去伤害过他，当初他只不过想用江湖上那种特有的手段拉这个人入伙。最早的盟友老八杨子荣，其实也是因为吸上了那种让人销魂的玩意儿，才跟他死心塌地绑到一块儿的。老八是个缺心眼儿的憨货，难成大事。而韩浩平是行伍出身，又在政府机关当过科长，犯了事儿辞职下海，这种人是最合适的合作伙伴。为了与韩浩平结成铁杆，他安排了老八与韩浩平的那次金三角之行。但没有想到，在那一次出行中，老八马失前蹄，葬身边防武警的枪口之下。方鸣是从公安内部的警情通报上得悉身藏毒品的老八已命丧黄泉。起初一段时间他对与老八同行的韩浩平忧心忡忡，他只怕韩浩平落网后道出实情，那样他一辈子也就玩完了。谢天谢地，在提心吊胆中，平安地过了一段时间，但他却不敢直接跟韩浩平照面。直到那一次在汉京郊外的大路上偶遇，他从韩浩平的举止和眼神中读出了那种不共戴天的仇恨。再后来，雨夜之中他被人痛下黑手，在床上躺了多日才一瘸一拐地下了床，从此生理上刻下了屈辱的印记。受伤之后，他把自己的仇家在心里梳理了无数遍，最后确认非韩浩平莫属。但他明白和韩浩平之间的恩怨，是永远不可告人的。因而，在其后公安局对他遭袭一事进行侦查时，他虽然提供了大量所谓的工作中可能结仇的信息，但对他和韩浩平之间的事情却只字未提，侦查工作最后当然不了了之。但这笔把自己致残的账，他却在心底里牢牢地记在韩浩平的头上。十几年过去了，方鸣的工作风生水起，甚至那条标示着屈辱的残腿，在他刻意的粉饰下也成了出生入死、屡建奇功的见证，与韩浩平的恩怨也渐渐在记忆中淡漠了。但做梦也没有想到，命运折腾人不带商量，他的儿子在茫茫人海中，却偏偏与冤家韩浩平的闺女结上了缘。最初接到韩浩平的电话，方鸣惊讶、愕然，但干了多年公安的他见惯了人间怪象，很快强迫自己镇静下来。韩浩平约他见面，他本想拒绝，但韩浩平一句威胁的话又不能不让他慎重起来。毕竟韩浩平是个说到做到的狠家伙，他不忍看儿子和自己一样成为瘸子。与韩浩平照面的过程，除了仇家见面分外眼红之外，没有其他任何有价值的意义。韩浩平给方鸣下了通牒，要求方鸣的儿子远离他的女儿，可这是方鸣几句话能做到的事吗？平日里颐指气使的方鸣让一个本来对自己欠下孽债的人反过来发号施令，其怒难言，其情难堪。故而在接到马秉义电话时，方鸣自然没了好气。

在一家顾客不多的私人会所，方鸣和马秉义坐在灯光有些昏暗的卡座中。

马秉义仍然是嬉皮笑脸："二〇三首长，我接到你的电话就回汉京了。"

方鸣有些诧异："你回来了为什么不早和我联系？分局给市局打的那份报告，我一直借故在我的办公桌上压着。不然，说不定你现在已经在高墙里边待着了。"

马秉义说："我就不信堂堂的方局长能让自己手下的喽啰去折腾自己的兄弟？"

方鸣听出了马秉义的弦外之音，那分明是告诉方鸣他俩可是一条绳上拴着的蚂蚱。方鸣就在心里骂着这个王八蛋。

马秉义却又左右环顾了一下，神秘地说道："好我的首长哩，我的屁股还得我自己擦。我这几天就忙了个没停，现在就来跟你汇报一下成果。"

马秉义说着话，从包里抽出一张照片递给方鸣。

方鸣看了一阵有些不解："这不就是我们新区分局的局长苏春明吗？人家和一帮人在一起吃饭，跟你有啥关系？"

"关系大了，"马秉义说，"你猜猜紧挨着苏局长的这个人是谁？我告诉你，他是告我黑状的那个三贤公司的董事，叫白川，是个律师。"

"三贤公司？"方鸣有些听不明白。

马秉义继续说道："就是韩浩平那个龟孙子，他的公司叫三贤集团公司，跟我合作搞城中村项目改造，诬陷我骗了他，在新区公安局报案告我。这不明摆着他们私下跟公安局长叽叽咕咕对我栽赃陷害吗？"

"原来是这样。"方鸣自言自语道。跟韩浩平交锋后积郁在心头的怒气仍然让方鸣久久不能消弭。这会儿又是韩浩平的事，方鸣能不分外上心？方鸣把照片又拿在手里端详了一阵子，心想据他的了解，苏春明是个爱钻研学问不善交际的人，一般是不会接受别人宴请的，莫不是跟这个白川沾亲带故？再看看这个叫白川的人，似乎有些眼熟，一时又想不起来在哪里见过。看来，新区分局对马秉义涉嫌诈骗案件的受理值得推敲了。

方鸣又抬起头看着马秉义："你怎么搞到这张照片的？"

马秉义一副志得意满的样子："在汉京这个地面上，谁和我过不去，我不会让谁舒坦的，任他是天王老子。"

看着马秉义骄横的样子，方鸣在心里有些厌恶："你想拿这张照片怎么样？"

“怎么样？”马秉义声音提高了几度，“我要写几十份控告材料，控告你们分局公安局长和坏蛋勾结起来，给我罗织罪名，陷害我。再把这张照片附上，寄到上级公安局、公安厅、公安部，还有政法委、纪检委。我就不信治不了他苏春明。”

方鸣脸上浮现出一丝轻蔑的笑意：“你以为凭着你的那一套手法，就能把各级党政机关像耍猴一样玩着当枪使？万一人家苏春明那顿饭吃得有由头，你的这份控告材料还不是会当成造谣的黑材料，扔进垃圾堆？说不定那个时候，该给你定性成干扰公安机关正常办案、诬告陷害了。”

马秉义两只眼睛瞪得溜圆，半晌没说话。在社会上要横的事情，马秉义得心应手，但真正论起党政机关内部的行行道道，马秉义可就是门外汉了。方鸣的几句话让马秉义一腔激情骤然冷却：“这么说，我辛辛苦苦搞到的东西没有啥价值？”

方鸣点了点头，却又摇了摇头：“这事需得从长计议。”

“你不是人大代表吗？”方鸣问道。

马秉义答道：“西城区人大代表。”

方鸣说：“现如今各行各业都在讲究整合资源。啥叫整合资源？就是充分利用自己的财力、物力、人力去干成自己想干的事。你的人大代表身份就是你的资源。你回头联络一帮和你一样的人大代表，给我们新区公安分局发一个质询案，质询公安局新区分局局长和案件中的当事方三贤公司有无特殊关系，分局的案件办理程序是否合法。到那个时候，事情就热闹了。”

对于人大代表的质询案，马秉义是了解的。当了一届人大代表，马秉义也曾经被别人拉着在一些质询案上糊里糊涂地签了名字。但那些质询案不外乎某个地方道路长期失修，影响到百姓出行，或者某地设立的市场管理不到位、脏乱差、声音扰民之类鸡毛蒜皮的事情，却从来没有质询过公安局的工作。

马秉义不解地问道：“你刚说我写控告材料没用，人大代表质询案能起作用吗？”

方鸣用手指点着桌面说："你是人大代表，难道不知道人大是专门监督政府和司法机关依法办事的部门？对人大代表的质询案，公安机关是不敢怠慢的。这事一折腾起来，就得有专人调查，没有三两个月的时间，不会做出结论。就算苏春明参加宴会没有犯纪律，但他和那个案子的当事人存在特殊关系的事实明摆在那里，我估摸着光是这一条，那个案子就难往下办了。"

马秉义禁不住兴奋地在方鸣肩膀上拍了一把："哎呀，你不愧是我的二〇三首长，大智大勇、智勇双全、智慧非凡、智力过人。"

听着马秉义一通狗屁般的赞美语言，方鸣不禁皱了一下眉头。马秉义拍他肩膀的时候，让他心里有一种不爽。这种动作在方鸣看来应当是上司在下属跟前的一种示爱或者是特别亲近的朋友间的一种亲昵，而不知天高地厚的马秉义竟然在自己的肩膀上拍来拍去，实在是对自己的一种侮辱。但是，面对共同困难之际，他不能和这个蹬鼻子上脸的家伙一般见识。现在他觉得和马秉义已经交流完毕，没有必要再和他浪费时间。他站起身来说："马秉义，我还有别的事情，得先走一步，你抓紧时间去搞质询案吧。记着，越快越好。"

马秉义得到方鸣的指点，自然心里劲头更足。西城区人大代表们因为经常共同开会，偶尔也有些集体视察，所以马秉义认识了一些人。马秉义心里盘算了一下，觉得拉上十来个人大代表给他捧场，应当不存在问题，又想到这质询案最终还是要人大常委会加盖印章，就觉得这事不能不先给万辉打个招呼。万辉是西城区人大常委会的一把手，原本跟马秉义没啥交情，自从上一次万辉在马秉义危难之际挺身庇护马秉义，让马秉义安渡险关之后，马秉义知恩图报，三天两头拜会这位恩公。马秉义出手又大方，两个人之间的关系自然升温很快。现在有用得着万辉的地方，马秉义相信万辉不会推辞。

果然不出马秉义所料，当马秉义把自己的用意说给万辉主任，并且把那张照片呈上时，万辉愤慨地表示，作为人大机关，就应该对此类现象仗义出手，勇于干预。但万辉却又提出了更为圆满的方案，他说新区公安分局是市公安局的派出机构，与西城区人大常委会之间没有直接的联动关系，最好能把质询案发给市公安局，让分局的上级部门去调查好了。因为级别原因，最好能让市人大代表发出质询案。

马秉义却作难自己不是市级人大代表，没法子联络代表人选。

万辉笑着说："秉义，你也是聪明人，人家分局的局长跟当事人吃了一顿饭你就放不下了，你难道能以人大代表的身份去为你自己的案子提质询案？这事我想着放到市人大去提，一来市人大级别高一些，二来也是怕惹出闲话，说我们西城区人大常委会为了自己代表的私事滥发质询案。"

马秉义不好意思地摸着头："还是万主任站得高，看得远，只是这市人大我没有熟人。"

万辉拍着马秉义肩膀说："秉义，这事不用你管。你把这张照片给我留下，质询案材料由我安排人来写，市人大代表由我来找。"

马秉义千恩万谢。

没过多久，经汉京市人民代表大会常务委员会代表联络委员会加盖公章、由八名人大代表共同签名的质询案摆到方鸣的办公桌上。质询案质询汉京市公安局下属新区分局在一桩经济活动往来中涉嫌非法插手经济纠纷，新区分局局长苏春明涉嫌与一方当事人存在利益输送关系。质询案并附送了一张苏春明参与宴请的照片。在这份质询案的文件办理单上，市局办公室主任签呈局长阅示，局长签批："此事关乎公安局形象，拟请方鸣副局长负责组织力量调查。一旦发现违纪、违法，做出严肃处理，并及时将后续情况通报市人大及各位代表。"

方鸣拿着这一份质询案和文件办理单，心里暗暗发笑。他敢断定，曾经做过他徒弟的苏春明是不会在大是大非问题上犯糊涂的，这张照片反映的情景一定有原因。可是对这个苏春明，方鸣有一种说不出来的感觉。按常理，苏春明刚一踏上工作岗位，就跟着他在派出所当基层片警，这师徒之情应该是够深厚的，但出身书香门第的苏春明却好像始终与方鸣保持着距离。记忆中苏春明从来没有跟方鸣谈过工作以外的事情，后来工作调动，两个人各奔前程，自此鲜有来往。直到方鸣在市局担任领导职务，苏春明成为市局经侦支队业务上的骨干，两个人仍无任何情感上的亲近。方鸣曾数次暗示苏春明与自己可以走得近一些，但却奈何苏春明全然没有一丝悟性。久而久之，方鸣也就把他和苏春明曾经的师徒情分抛到脑后。这一次，苏春明被马秉义抓住了辫子，不管背后的真相如何，仅是与当事人一起吃饭这一着，就够他苏春明喝一壶的。方鸣正好可以利用这一桩事情让苏春明懂得一个道理：在这个世界上，一个篱笆三个桩，一个好汉三个帮，谅你再有本事，没有人帮你，你有麻烦时就真的麻烦了。方鸣有心通过这件事情的处理让苏春明主动向自己靠拢。

方鸣想了想，在属于自己签注意见的文件办理单那一栏中写下几行文字：

> 遵照局长的批示，我意由市局纪委、政治部、警风警纪督察处、经济犯罪侦查支队等部门抽出人员联合进行调查。务必把事件查个水落石出，给人大、人大代表以及社会各部门一个满意的交代。

苏春明是在莫名其妙中被市局纪委叫过去的。纪委书记老王是个上了年岁的老公安，苏春明没有下分局之前常和苏春明在一起谈天说地。老王器重苏春明的学识，常调侃苏春明待在局里屈了才，应当到法学院去当老师。苏春明也把老王当成忘年交。这会儿，老王笑眯眯地跟苏春明扯了一阵子家常。

苏春明心里着急，仗着和老王多年的交情，迫不及待打断了老王的兴致："你叫我过来就是为了和我说这些闲话？我可是做好了有来无回的思想准备。谁不知道你们纪委是阎王殿，逮着谁不让他掉膘也得脱层皮。"

老王依然一副笑意："这么说你苏局长心里还是有事。"

苏春明拍了一下胸脯："老王，我不把你当纪委的人，咱关起门来说心里话，我不敢保证在工作上不出差错，但是在经济和个人作风上，哪天查出我的问题来，在纪委收拾我之前，我先让你这个老朋友扇我几个耳光。”

老王正色道：“你既有此话，我心里也踏实一些。”说着从桌上的案卷中拿出一张照片递给苏春明。

苏春明接过照片看了一眼，先是诧异地瞪大眼睛，过了一会儿又爽朗地笑了起来，不无调侃地说道：“我说你们纪委快成特务机关了，连别人私人事务都开始跟梢侦查了。这是我和家人在一起吃饭，难道也犯了纪律？”

老王脸上闪过一丝欣慰：“那你就跟我说说具体情况。”

苏春明觉得有些无聊：“没有啥具体情况。过节一家人想聚一下，就在一起吃了个饭，宴席上没有一个外人，饭钱还是我掏的。”

老王问和苏春明凑在一起说话的人是谁，苏春明说是自己的妹夫。

老王吁了一口气，语重心长地说道：“春明，我离退休的日子不远了，啥都无所谓了。可是我得提醒你几句，这世界上做人难，做好人更难，你行得端，走得正，可你根本不知道在你周围有多少别有用心的人瞪大眼睛给你找事。你现在是咱们局里的一方诸侯，可得屁股上都长着眼睛。现在有人拿你吃饭的这张照片说事，竟然捅到市人大去了。局里很重视，成立了一个调查组，由纪委牵头调查。”

苏春明大惑不解：“这种鸡毛蒜皮的小事人大也要插手？”

老王咳了一声：“春明，你还是那股呆子劲，这年头什么叫大事，什么叫小事，想找你的事，你的一句话能让你罢官，不想找你的事，再大的差错都可以下不为例。”

苏春明自言自语道：“不知道我招谁惹谁了。”

“我索性都告诉你，”老王说，“你们分局办了个案子，嫌疑人叫马秉义，人家反映你和另一方当事人之间存在不良关系，办人情案，非法插手经济纠纷。市人大几个代表联名提了个质询案，把这张照片作为证据。市局决定由纪委牵头调查。按说不能先和你接触，得先把事情查清楚。我看了材料，凭感觉这又是一桩利用人情关系对案件办理的干预，我信得过你，不愿意背着你去调查。你要知道，就连我今天单独和你谈话，也有违程序，可是我不想让你这种只知道工作不知道拉关系的人寒心。”

苏春明感到一阵愤怒，他没有想到那个涉嫌犯罪的家伙竟然利用这种下三滥的方式阻挠案件的办理。可他又有些不明白，对马秉义涉嫌诈骗和黑社会组织犯罪的案件并没有进入立案程序，马秉义是怎么嗅到对自己不利的味道。毫无疑问，有人给马秉义通风报信。

老王又提醒苏春明道:“无风不起浪，你那个妹夫跟案子有没有牵连？别让人家在案件办理的程序上抓住把柄。”

苏春明忽然意识到一个问题，当初三贤公司报案时是白川找的他，麻烦的是白川本来就是三贤公司的董事，虽说这里边不存在法定的回避事由，但有关人情案件的指控恐怕是真的难以说清楚了。

苏春明参加的那场家宴缘于外甥女毛毛。娟子姐的独生女儿大学时读了个冷门专业国际贸易学，原想着海阔天空地在国际贸易舞台上展示身手，直到四年学业快满时，才知道好高骛远学了一门屠龙术，毕业都一年多了一直找不到合适的就业岗位。姚丽娟已经离开了自己心爱的列车员岗位，又加年轻时常年在列车上奔波，饮食不定，落下了难以治愈的胃病，前几年已经办理了内退手续。娟子姐和吃闲饭待业在家的毛毛少不了因为各自心烦，时不时拌几句嘴。看着年岁不小的姑娘整日待在家里无所事事，娟子姐如何心里不急，这就央着苏春明给外甥女想办法。苏春明二十多年来一直在公安系统，妻子在一家书店上班，夫妻二人在商界少有朋友，又不愿以权谋私，难把娟子姐的嘱托落到实处，为此没少让娟子姐说些有怨气的话。幸得姚丽霞做了多年记者，在社会上认得一些人，打听到省上新成立了一个半官半民的机构，叫对外友好交流促进中心，跟毛毛学过的专业沾点儿边，就托门子找人把毛毛介绍过去。事情真的就办成了。娟子姐一家欢喜不尽，新春过后，提出一家人聚个餐，一来联络情感，二来也为毛毛找到工作庆贺一下，这就有了那场家宴。

老王虽是纪委的人，但苏春明却把他当朋友看。苏春明意识到他与白川的关系可能会被人利用来做文章，就把起初白川代表三贤公司来找他举报马秉义的过程跟老王讲了一遍。老王干了一辈子公安，对办案程序上的事情了然于胸，听完后默想了一会儿说:“以我个人的分析，这个案子发生在你们辖区，受害人报案，你们受理，合理合法。法律和规章有关回避的要求，只是针对办案人员。马秉义举报的事实算不上硬伤。但是，人大一旦介入，事情就复杂化了。”

苏春明脑海中正在梳理这乱麻一般的思绪，老王站了起来，挺了挺腰板，用无比坚定的语气说道:“春明，我觉得，纪委是搞监督的，更应当是搞保障的，纪委不能让坏人为了达到自己的目的当枪使。你们的案子，只要办得公道，不用担心流言。在这里，我挺你。今天咱俩的谈话，算是非正式的，就让局里的调查组按程序去调查吧。”

听着老王斩钉截铁、慷慨激昂的话语，苏春明心里升起一股热浪。

第二十七章

春节过后，为了成立法律援助委员会的事情，白川忙得不亦乐乎。这几年，社会上对律师行当的负面评价越来越多。这也难怪，自从国家政策把律师群体完全推向社会之后，律师虽然成了名副其实的自由职业者，却也不可避免地让一部分律师的价值取向牢牢地锁定在经济收入上，挣钱的案子趋之若鹜，没有油水的案子鲜有律师接手。以致在一些引人瞩目的恶性刑事案件中，被告人辩护席上常常空缺，检察院派出的公诉人唱起了独角戏。这当然引起了政府和社会的重视，于是自上而下发起了倡导法律援助的呼声。所谓法律援助，就是由律师为缴不起费用的当事人免费提供法律服务。省律师协会是在接受省司法厅领导口头建议后，决定在律协内部成立法律援助委员会。经过会长会议研究，一致推选京法律师事务所主任白川担任法律援助委员会主任。法援委白手起家，要人、要钱、要物，除了律协拨付的极少一部分开办费用外，大部分要靠化缘解决。好在各家律师事务所也都还在意行业的形象和社会使命，出钱出人，让白川感到欣慰。

法律援助委员会一挂牌，就接到了省高院及下级法院一批指定辩护的案子。为了能让新机构一炮打响，白川把收到的案子按性质划分，根据各家律师事务所的业务专长，逐一进行分配，并亲自协调，确保每个案子落到实处。

作为法援委的主任，白川身先士卒，亲自上阵，他给自己留了一个相对难啃的骨头，一件颇为复杂的文物盗挖案。

白川接手的案件，正是半年前震惊古城的“八一三”特大文物盗挖案件。白川担任辩护人的当事人叫王大毛，是盗挖案的主犯。同案还有若干名被告人。一审法院判处王大毛死刑，判处第二被告马尚义十年有期徒刑。蹊跷的是王大毛没有上诉，马尚义和其他被告却提起上诉。按照程序上的要求，省高级法院作为二审法院，要为王大毛指定辩护律师，白川接受指定成为王大毛的二审辩护人。

用了整整两个半天的时间，白川在省高级法院刑事审判庭阅览了王大毛盗挖文物案件厚厚的十多本卷宗，详细地摘抄了案卷中的一些重要证据。阅完卷后，白川陷入了深深的沉思中。

有一个问题让白川百思不得其解。案件的第二被告马尚义委托了圈子内小有名气的苟敬业律师，马尚义的堂兄马秉义为王大毛聘请了与苟敬业同为一个律师事务所的盖军律师。在二审中，盖军律师向高级法院送交辩护委托手续后，却又申请撤回了自己的委托书。这在律师执业中是让人费解的事，难道是为了律师费？作为律师协会的副会长，白川对这种有违职业道德的做法自然比较敏感。

从案卷中反映的犯罪事实来看，一些难以解释的问题也让白川产生了疑问。正是这桩惊天大案，直接导致三贤公司与富民公司那宗城中村改造的合作项目宣告失败。案卷反映出王大毛是整个案件的组织策划者，但其在富民公司并不算最核心的人物。按照两家公司的合作约定，地基的开挖由富民公司负责实施。难道王大毛能对工地上的大小人员发号施令？身为公司财务总监的马尚义会对王大毛俯首听命？王大毛文化程度较低，如何具备文物鉴赏能力？对于海量的出土文物，王大毛却无出手计划，侦查机关也未发现王大毛之前有文物走私前科，难道王大毛犯下如此大案却是随机起意？再看王大毛落网后的口供，交代犯罪事实出奇顺畅，前后口供高度一致，这实在有违常理。一般的文物犯罪案件中，文物贩子无一例外地和办案人员绕弯子，兜圈子，斗智斗勇，而王大毛显然属于另类。这一切，似乎显示案件有重大的隐情。

带着一大堆不解的疑问，白川前往汉京市公安局看守所，会见了正在羁押的王大毛。

穿着号衣的王大毛出现在白川面前时，那种若无其事、满不在乎的态度让白川有些伤心。作为一名负责任的律师，为了尊重生命，捍卫法律，白川在浩繁的案卷中，恨不得用放大镜找出能够挽回一条生命的所有线索，而自己倾心力图保护的对象，却是这样轻贱自己的生命，这不能不让白川在伤心之余又感到困惑。

王大毛在铁栏后的受审椅上坐定，用戴着铐子的双手揉着惺忪的眼睛。显然他是刚刚才被人从睡梦中叫醒。

王大毛盯着白川看了一阵说："我好像没见过你，今天又要问啥事？"

白川拿出自己的律师执业证给王大毛出示了一下："我是京法律师事务所的白川律师，省高级法院委托我给你的二审案件担任辩护律师。"

王大毛眼睛一瞪："这弄的啥瞎㞞事。法院给我判刑，又给我请律师辩护哩，那还不如你法院直接把我一放算了。搞这些脱了裤子放屁的事有啥意思？"

白川不想给王大毛太多解释，直截了当地问道："王大毛，你愿不愿意我给你二审当辩护人？"

王大毛嘻嘻一笑："我看你这人挺和善的，能和我对上眼。你有时间常来和我聊聊，能让我岔心慌。"

白川把笔录纸摊开，拿出笔做出记录的架势。但他刚一开口问话，王大毛就用铐在一起的双手在空中摇了摇："白律师，你不要问我咧，说来说去都是那一套。我们老家人常说，话说一遍有点儿味，话说两遍淡如水，话说三遍打驴嘴。我这张嘴不是驴嘴，不想说车轱辘话，待会儿你自己把口供写好了，我给你画个押就行了。"

白川暗暗吃惊，怪不得案卷中王大毛的口供那样顺畅、一致。

白川决定变换一种谈话方式，找出王大毛感兴趣的话题与他拉近距离。想了想，白川把桌上的笔录纸放到一边，与王大毛拉起家常。白川问王大毛号子里住了几个人，他住在几号板子上，有没有人欺负他这个外地人。一提起这些，王大毛来了精神："我在号子里住第一块板子，大家都叫我大哥。号子里谁不听话时，我使个眼色，就有人替咱顺毛。"

原来这个可恶的王大毛竟然是号子中的红头。白川不禁对这个头脑简单、四肢发达的蠢货感到悲哀。

王大毛继续说道："昨天晚上看电视，小日本跟咱国踢足球，小日本踢赢了，四号板子上的老曹还喊了一声好，让我狠狠地抽了两个耳光。"

可怜的王大毛，即将赴死的罪犯，却还有着朴素的爱国热情，又让白川生出一丝感动。

"号子里能看电视吗？"白川问道。

王大毛答："能。两个月前政府给号子里装上电视，就是太高了，吊在房顶上，看得人脖子酸麻。再说，只有一个频道，早晚只能看一会儿。"

"你喜欢足球吗？"白川问。

"我看不太懂，就是觉得热闹，一只球踢过来踢过去，半天踢不进去一个。有时看得人心里急得慌。"

"昨天日本球队胜了中国球队，你心里不舒服？"白川问道。

王大毛把双手在椅子扶手上拍了一下，铐子磕碰着木头发出老大的声响，与王大毛气呼呼的叹气声交织在一起："我就不明白了，十几亿中国人选不出来几个能把小日本踢赢的足球队员？看那球场上人家小日本硬势的样子，真恨不得上去把咱们那些球员一个个屁股上踢几脚。"

白川说："足球水平不是靠人多势众。日本人从小孩子起就重视体育锻炼。"

王大毛一副鄙夷的神色："小日本再张狂也得把咱中国当祖宗，就说他们现在那么多人，也还不是当年唐太宗派了一百个童男童女，让郑和下西洋时带到日本，才生出那么多人。"

白川"扑哧"一声笑了，他没有想到王大毛竟然能把历史上这么多不同朝代、地理上不同方位的事扯到一起。他笑着说："你错了。传说中的一百个童男童女是秦始皇派徐福送到日本的，唐太宗是唐朝的开国皇帝，比秦始皇晚几百年。郑和是明朝的使臣，西洋也不是现在的日本，而是南洋一带。”

王大毛不好意思地低下了头：“跟你们这些有学问的人在一起，说起话费劲。谁有工夫去把那些个麻烦的事一串一串地记下来？”

“咱俩谈谈正经事吧。”白川问道，“你收到汉京市中级法院的判决书了吗？”

王大毛轻松地答道：“不就是个死刑判决书嘛，我这辈子快快结束了，来生再好好活一次。”

白川神色凝重地说：“王大毛，如果生命只有一次，没有来生，你就这样了结自己的生命，真的就不觉得遗憾吗？”

王大毛低下头沉默了一阵，又扬起头来：“我从小野惯了，后来跟马哥到汉京，吃香的喝辣的。啥样的饭没吃过？啥样的女人没睡过？想想也知足了。”

白川一愣：“马哥是谁？”

王大毛不无骄傲地说：“马哥可是了不起的人，他叫马秉义，是汉京城里响当当的人物。他还是个什么代表，整天跟大人物见面。”

马秉义这个名字早已在白川的心中留下了深刻的印迹。三贤公司五千万元到现在追不回来，就是这个马秉义仗着自己人大代表的身份公然与法律抗衡。原来马秉义为非作歹时，还豢养着像王大毛这样死心塌地的追随者。白川隐隐觉得，马秉义与王大毛的案子应当存在着某种说不清、道不明的关系。

白川想再和王大毛深谈下去，却不料会见的时间到了，谈话必须中断。

白川收拾了纸、笔，对王大毛说：“今天咱们只能说到这里。我希望下一次见到你的时候，你能够尊重我的劳动，把案件的实际情况原原本本地告诉我。”

王大毛显出有些恋恋不舍：“白律师，你是个好人，跟你谈话让我开心，你以后没事常来看我。你知道，号子里闷得慌。”

白川神色严肃地说：“我很忙，我到这里来是为了工作，不是给你解闷的。你如果还跟我说假话，对不起你的良心，也对不起我的苦心。”

盖军律师也许是打开白川心结的一把钥匙。白川觉得应该以坦诚的态度会一会王大毛的这位前任辩护律师。

通过律师协会会员部的律师花名册，白川很容易地找到了盖军律师的联系电话。当白川拨通电话自报家门后，对方显出欣喜的口气，连说：“白老师，我知道您，您是咱们律协的副会长，能接到您电话很荣幸。”

白川说：“我接手了一个法律援助案子，当事人叫王大毛。我在案卷中看到你曾经是他的辩护律师，我想和你交流一下。”

白川说清了自己的用意，电话那头却好一阵没有作声。

白川又说道：“盖律师，我们是同行，我无权对你的工作做评价。我只是想在一条生命即将消逝之前，我们这些负有职责的人，不致因为不应该的疏忽酿成大错。”

盖军声音低低地表示同意见一面。

为了表示自己的诚意，白川提出去盖军的办公室，盖军却坚持自己是年轻人，应该到白老师的律师事务所会面。

两个人通完话后不到两个小时，自称是盖军的人出现在白川的办公室。

白川打量着这个年轻人，国字形的脸庞，浓浓的剑眉下一双眼睛炯炯有神，中等偏高的个头，穿着合体的西装，拎着公文包，浑身上下透着职业的睿智与干练。这是一副标准的律师形象。白川心里先自对盖军多了几分好感。寒暄之后，白川招呼盖军坐下喝茶。

盖军说话显得很谦恭，言语之间无不表露出对白川的尊敬。两个人先是谈了一些同行之间的感悟。白川把这一次律协成立法律援助委员会的事免不了渲染一番，说着说着就进入正题。白川说根据他对案卷的阅查与对王大毛的会见，总觉得以王大毛的身份、经历、文化程度等因素，王大毛没有能力策划、组织、指挥这一场有一定规模的犯罪，他怀疑王大毛身后背景深厚。盖军一边听着，一边微微地点着头。

末了，白川策略地说道：“我看了你的一审辩护词，你对王大毛认罪伏法、如实交代罪行、希望法庭从轻处理的意见，法庭都认定了，但却没有影响到判决结果。”

盖军的脸微微泛红，手脚也显得有些局促不安。

白川又说道：“当然，仁者见仁，智者见智，律师的辩护概莫如此。”

盖军似乎正在进行着一番激烈的思想斗争。终于，他的脸色平静下来，轻轻地舒了一口气：“白老师，您是前辈，我在您跟前说的话，希望您能为我考虑，适当替我保密。”

白川说：“替当事人保密是律师应有的职业准则，何况我们同行之间。”

盖军站了起来：“我接手这个案子后，把案卷看了几天，见了几回王大毛，我就提出了一串疑问：王大毛背井离乡到古城投奔谁来了？王大毛又是在谁的手下混饭吃？王大毛是在谁的地面上犯的案子？王大毛如何拥有如此神奇的功力？”

白川听着，不禁两只手拍了一下。盖军的见解无疑是尖锐的，一个出道不久的年轻律师，能在复杂的案件中找出最实质性的疑点，无疑是一个大有前途的好苗子。可白川不明白，为什么盖军却没有把自己的观点在辩护中提出来。

“你的这些疑问，恰恰是这个案子中最蹊跷、最耐人寻味的问题。”白川说道。

“可是……”盖军摇着头坐下来，“我们苟副主任否定了我的辩护思路。”

“苟副主任？苟敬业律师吗？”白川问道。

盖军说：“苟律师是我们的副主任，是我的老师。”

白川又问道：“苟律师不是给同案的马尚义当辩护人吗？”

盖军说：“是的，苟律师揽来的案子。他给马尚义当辩护人，又指派我给王大毛当辩护人。当我提出对案子的一些疑问后，苟律师批评我哗众取宠。他说这个案子事实清楚，只能在王大毛认罪态度上去强调。”

“你的委托书是谁签的？”白川问道。

“是马秉义，但我没有见到他，是苟主任转交给我的委托书。”

白川这下心里有些明白，马秉义花钱找了苟律师，苟律师转托盖军，盖军被迫按照苟律师的思路去为王大毛“辩护”，而辩护的原则，却必须符合马秉义的利益。按照这个逻辑，如果马秉义真的是这起案件的元凶，那么无疑可以断定，马秉义与苟敬业律师在心照不宣的合作中实施了一桩玷污律师职业的肮脏交易。

“可是，你为什么要退出案件呢？”白川问道。

盖军说：“白老师，直觉告诉我，这个案子后边有复杂的背景。当一审判处王大毛死刑后，苟老师让我继续做王大毛的辩护人，可是我心里越来越慌，有几个晚上连着做噩梦。良心告诉我，我不能再犯糊涂了。既然我不能尽自己能力去做辩护，我只能选择逃避。我不当王大毛的律师，也许会有其他人出面。为了这件事，苟主任已经对我有了看法。我也知道，以后我在所里的日子不会好过。可即使如此，我仍不后悔自己的做法。”

看着眼前这个热爱自己的职业，但却在无奈中不得不运用消极手段保持自己做事底线的年轻律师，白川既感动又心疼。他站起身，走到盖军跟前，伸出了右手，盖军也站起来双手抓住白川的手。

白川有些动情地说：“盖律师，你是一个值得尊敬的正派人，我理解你。”

从二审法官口中得知，王大毛盗掘文物案第二审程序将不再组织开庭。这也就意味着，在法律许可的书面审理方式中，几个法官会随时碰个头，拿出合议意见，做出二审判决。现在，留给白川的时间已经不多了，他必须在二审合议之前了解掌握案件的真相，拿出完全有别于盖军律师一审辩护意见的新观点。可是，历经公安侦查、预审，检察院审查起诉，中级法院一审等众多环节，王大毛始终保持一致的口供，貌似既定的一桩铁案，以一个律师单枪匹马的能力，能翻过来吗？即使王大毛此时翻供，法院会采信吗？白川意识到，自己的职业生涯中遇到了前所未有的挑战。

白川第二次会见王大毛是在一个细雨霏霏的上午。因为雨天，又加上白川不等上班铃声响起，就赶到看守所的接待室，等待提审犯人的警察和会见被告人的律师也只有三两个。没有等待排队会见的情形，白川很快又和王大毛面对面坐在会见室铁栅栏的两边。

看见白川，王大毛显得友好多了。他先自笑着问白律师把今天的笔录写好了没有，写好他就快快地签个字画个押，然后慢慢坐下来聊天。白川无奈地摇了几下头，想着如何设法打开王大毛已经锈死的心结。

王大毛突然眼睛死死地盯着脚下一处地方。白川连唤了王大毛几声，王大毛才抬起头来。白川问王大毛看什么，王大毛说脚下有一条虫子。白川问虫子有什么奇怪的。王大毛说像一条蚕宝宝。

“蚕宝宝？”白川忽然意识到，眼前这个玩世不恭的王大毛和自己一样，也曾经有过多彩丰富的童年生活。

儿时在农村，缺乏课外生活的孩童们每到春季，就将养蚕当成一项乐趣横生的游戏。孩子们各显神通找来脂粉盒、烟卷盒、药盒、文具盒等容器，把村里村外的桑树嫩芽寻着摘下来放在容器中，伺候着那些蠕动的小精灵们，渐渐地从蚂蚁般的小黑虫一点一点长大，直到结茧。能坚持到收获一大堆黄的、白的蚕茧的孩子，必然是最受伙伴们佩服的人物。白川小时候是养蚕能手，每年到春末，白川都会抱上一小篮子蚕茧，到合作社为自己换回一些铅笔和作业本之类的文具。

“你养过蚕吗？”白川问道。

王大毛眼睛一亮：“养过呀，我们那个地方桑树可多了，我们家每年都养几大箩。到了春天，八成比现在这个时候早一些，我妈都会把几片蚕子装到我贴身的坎肩口袋里。我妈说我名字叫‘道生’，我捂出来的蚕子长得壮实。每天放学回来，我妈把蚕子从我身上掏出来，拿个小刷子把出壳的小蚕刷到桑叶上，再把蚕子片装回我身上。三两天工夫，几大片蚕子就只剩下一片清亮清亮的蚕壳了。”王大毛说着话，脸上露出了幸福的笑意。他显然沉浸在美好的回忆中。

“你叫道生？”白川注意到王大毛无意中提到他母亲对他的称谓。

王大毛不好意思地回答："那是我的小名，小时候我妈一直那样叫我。"

白川若有所思地点了点头。

"道生"这个名字，唤醒了白川的记忆。二十多年前，初出校门的白川阴差阳错地进了几天看守所，在"看床板"时遇到了即将被处死的一个叫老道的犯人。他父母早亡，独自栖身在废弃的道观，得了一个"老道"的雅号。他唯一的亲人是远嫁山东的妹妹。一个偶然的机会，他从恶犬口中救下一个弃婴，取名"道生"，养育一段时间后，送给了山东的妹妹。没想到一个"善举"惹来麻烦，妹妹本家的几个亲戚央求老道也帮他们抱养孩子。老道随后又在公社卫生院抱了两个弃婴送到山东。这件事惊动了公安局，老道被当成人贩子抓了起来。多少年过去了，夜深人静之际，他常常咀嚼老道叙述的那些故事情节。

"你家里都有什么人？"白川问道。

"我家有我爹、我弟、我妹，他们都在山东老家。"王大毛答道。

"你的妈妈呢？"白川问道。

王大毛没有说话，脸上显出悲戚的神态。

白川猜想王大毛的母亲可能已不在人世，抱歉地说："不好意思，问了你不该问的话。"

"我爹、我弟、我妹都不是我的亲人。"

王大毛的话让白川有些意外。

白川没有打断王大毛的话，只做出专注倾听的样子。

王大毛继续说了下去："我不是我爹和我妈亲生的，我妈老家就是咱们这边的人，她是嫁到山东的。在我到王家以前，我妈一直没有生过孩子。后来我妈让我舅把我抱到山东交给她，我就姓了王。我到了王家，长到三岁以后，我妈又生了我弟，后来又有了我妹……"

"你给王家带去了欢乐。"白川说道。

王大毛却略带嘲讽地摇着头："我们山东那边有个习惯，谁家女人要是不生养，就找孩子多的人家抱养一个，这叫'引孩'。引孩一上门，女人就开怀了。我就是我妈给王家抱的引孩。我弟还没出生时，我爹还算是爱我的，后来有了我弟弟，我爹就骂我是野种。我妈疼我，常为我和我爹吵嘴。我妹五岁时，我妈得了个瞎瞎病，死了，那个家我就觉得没意思了。后来我长大了一些，就一个人偷跑出门，自己给自己找饭吃。为了不让人欺负，我就想学些功夫，再后来就到了河南，又认识了马哥。”

“你就没去找过你舅？”白川问道。

王大毛说：“我家里穷，我妈嫁到山东后就很少回娘家。我只知道舅家在这个省，不知道是哪个县哪个村。再说，听我妈讲，我舅也死了。”

“死了？”白川心里一惊，“怎么死的？”

王大毛不好意思地瞅着白川：“你是好人，说出来你也别笑话，我妈临死时跟我说我舅犯了法，被政府镇压了。”

“你舅犯了什么法？”白川顿时感到血液都凝住了。

王大毛说：“好像是贩卖人口。”

白川惊呆了，世界上竟然有如此的巧合。如果一切都是事实，那么，眼前的这个死刑犯王大毛，正是二十多年前他在看守所里遇到的那个死刑犯老道从路边恶犬口中救下来的孩子。

白川陷入了痛苦的回忆中。在那间特殊的牢房，在那个漆黑的夜晚，即将受死的老道被捆绑在特别的床板上，为了得到同为犯人的白川的一句评价，老道把自己的血泪史讲述给白川。在得到白川一句“你是好人”的评价后，老道欣慰地接受了一切现实。然而，把老道一步一步引入鬼门关的救人之举，几十年后却又演绎出一桩令人扼腕的死刑案件，这难道就是冥冥之中无法抗拒的命运？

“我跟着马哥到汉京来，也想碰碰运气找到我舅家。”王大毛轻轻地说道。

看着王大毛那张玩世不恭却又略显沧桑的脸，白川决定把二十年前老道讲给他的故事再给王大毛讲一遍。

“我也坐过监狱。”白川平静地说道。

王大毛一下来了精神：“原来咱俩真对路，连坐监狱这档事的经历都一样。”

白川自顾自说道：“那是一段噩梦一般的经历……”

随着白川对老道那段叙述的回忆，王大毛脸上的表情慢慢发生了变化，他从听热闹的期待中，逐渐神情凝重起来，继而眼眶中涌出了泪水。当白川说到老道听闻白川一句“你是好人”的评价而感到满足时，王大毛忍不住哭出声来。

白川擦了擦自己的眼睛说道：“几十年过去了，老道的那一张面孔和他讲给我的故事，像刀子一样刻在我的心田。然而我做梦也没有想到，他用自己宝贵的生命换来的另一条生命，却如此地自暴自弃。老道是个好人，如果你和他在九泉相会，他会原谅你吗？”

王大毛擦了擦眼泪，把头抬起来：“白律师，我把一切都说给你……”

苏春明涉嫌以权谋私、违法乱纪的案件，在市局纪委的牵头下，由各部门组成的相关人员进行了认真地调查了解，确认人大代表质询案中反映的情况是真实的，但其参与的宴会是纯粹的家庭聚会，不涉及违纪问题。然而，对于苏春明和自己表妹夫白川律师的关系问题，调查组形成了两种意见。大多数人认为，不能因为作为受骗单位三贤公司的董事白川跟苏春明是亲戚关系，新区分局就不能受理报案材料，况且法律也没有关于公安局长个人原因导致全局回避的规定，苏春明决定受理案件的行为不存在任何瑕疵。少部分人认为，苏春明身为局长，安排属下侦查自己亲属供职的单位作为受害人的案件，难免会在案件办理中掺杂感情色彩，况且这种瓜田李下的事情已经闹到人大，应该予以纠正。

市局副局长方鸣发表了自己的看法。他说苏春明是经过组织多年培养、久经考验的好干部，这一次对他的调查结果也充分说明了这一点。但是考虑到政治因素，为了不让人大那边对公安局产生误解，他觉得应当先把涉及马秉义的案子全停下来，事缓则圆，争取让时间作为消化剂。公安局打击犯罪也是为了化解社会矛盾，只要不引起社会争端，在罪与非罪之间，还是要多考虑避免用刑事侦查的极端手段，尽量化干戈为玉帛。建议由纪委拿出具体意见并回复人大代联委。

纪委书记老王听完方鸣副局长的高见后，并没有说出自己的观点。他只是表示会充分吸纳同志们的意见，尤其是方鸣副局长的指示，要让这一次的联合调查结果经得起历史的考验，并且应当举一反三，让全局干警通过这件事，牢牢树立严于律己的观念，思想深处警钟长鸣。

纪委书记跟苏春明的诫勉谈话是调查工作的必要环节。在老王的办公室，老王语重心长地说道："春明，明枪易躲，暗箭难防，这件事情从前到后细想起来，令人费解。你吃饭的那张照片，绝不是别人偶然拍到的，从照片的拍摄角度和距离分析，肯定是偷拍者用专业相机在充分准备后拍到的。也就是说你可能一直被作为盯梢对象。好在你没有什么出格的事让人抓住把柄。而为什么有人对你盯梢，我怀疑是你们对案件的侦查意图、办案方向已经被嫌疑人掌握，他们无非想扰乱视线，干扰案件正常办理。这说明什么问题？说明我们出了内鬼。"

做了大半辈子公安工作的老王，不愧是老侦查员出身，做出的分析合情合理。苏春明心悦诚服地点着头。

老王继续说道："我们面前有两张网，一张是疏而不漏的法网，一张是与法网抗衡的关系网。我们是法网的捍卫者，但我们又深受关系网之害。犯罪嫌疑人动用他们的关系网，无非是想将法网撕开一个口子。他们借用人大代表干预，不就是想让案子停下来吗？现在按照方鸣副局长的意见，要从讲政治的高度出发，把案子暂时搁置起来，这不恰恰遂了犯罪嫌疑人的心愿？"

苏春明心里一热。他没有想到，让人以为从来都是以找茬为己任的纪委，却在这个时候为自己撑起了腰。平心而论，对于白川最早的报案，他之所以接受下来，不能不说和白川多年的交情有一丝关系。但当案件受理后，经过分析论证，多年的经侦业务经验让他判断马秉义无疑构成诈骗犯罪。这个时候，他的价值取向只在查处犯罪、维护正常社会秩序的理念上。直到面对别人偷拍的那张照片，他才猛然意识到自己和白川的这种特殊关系应该早早地引起他的警觉。他检讨自己的行为过程，觉得唯一的失误，是没有把自己与白川的关系提前开诚布公地讲出来，以至于让自己甚至全局工作陷入被动。如果因为自己的小小疏漏，让侦查工作停下来，让受害方的巨大损失无法追回，让犯罪分子弹冠相庆，他觉得自己无异于犯罪。

“王书记，您是前辈，我听您的。”苏春明诚恳地说道。

老王把搭在桌上的手紧紧地捏成拳头状：“方鸣副局长不是让我们纪委拿意见吗？我的想法是，你们分局形式上先不要急于立案，给外界形成一个案子停下来的状态。但调查工作不要停，抓紧搜集马秉义涉嫌黑社会组织犯罪和合同诈骗犯罪的确凿证据。市局要是问起来，只说是完善案件的善后收尾。等到把案件查清了，证据摆在桌面上，我就不信有人敢公然替罪犯遮掩。”

“可是……”

苏春明刚一开口，老王打断了他的话：“没有什么可是，我知道你是担心工作顶不住压力。这个案子既然已经牵扯到我们纪委，市局纪委从现在起全程监督案件的侦查过程，防止出现偏差，这也好给市局和人大一个说法。”

苏春明感动地握住老王的手：“我明白了，你们纪委以监督的名义支持我们继续办案。我们查案时内紧外松，明修栈道，暗度陈仓，一定把案子查个水落石出，把作恶的人绳之以法。”

老王笑眯眯地点了几下头。两双手紧握在一起。

了解了案件幕后真相的白川迅即整理出一份辩护意见，连同他制作的与王大毛会见的笔录，一同交给了高级法院负责案件的主审法官。

法官把辩护意见略略翻了一遍，吃惊地问道：“白律师，你的意思是说这个案子是个错案，王大毛被冤枉了？”

白川镇定地答道：“王大毛参与了犯罪，但绝不是案件的策划者和组织者。王大毛的落网与受审，很可能是这个犯罪案件的善后持续。从这一点来讲，可以说是个错案。”

法官脸上露出了几许不屑："你给案子定性为错案，凭的就是犯罪分子的翻供笔录？还有你的判断？"

白川说："我是个律师，没有侦查权，但我有义务也有责任基于我对事实的了解和法律判断提出质疑。我的质疑应当受到尊重。"

法官说："从案件立案侦查，到起诉，再到一审，那么多司法人员参与后确认的事实，你觉得仅凭你短短的一场会见就推翻，是不是有点儿搞笑？"

白川无法接受法官这样的说话方式，"如果仅因为案件经过那么多环节，就可以坚信事实认定上没有出入，法律适用上没有偏差，那二审何必要请律师？省高院为什么还要在辩护人缺位的时候为被告人指定律师？"

法官有些语塞，换了一种温和的口气："白律师，你做了多年的律师，难道不懂这些作恶多端的犯罪分子在生命的最后时刻，会想尽一切办法耍花招，以苟延自己的生命。他的话你能信？"

白川执着地说："王大毛的说法跟我对事实的判断是吻合的。"

法官显得有些不耐烦："白律师，我希望你冷静点儿。面对死刑犯，说好听一点儿，你要保持理性的心态；说不好听一点儿，你要做到冷漠地面对一切。"

白川瞪大了眼睛："在生命面前，法律不允许我冷漠，你也不能冷漠。"

也许是法官觉得和白川谈到这里已经无法再深层次交流了，他把白川的辩护意见夹到案卷中，不无戏谑地说道："白律师，我知道你们律师办案就追求出彩。辩护意见我收下了，我会把你的观点说给其他合议庭成员，但愿有人能同意你的观点。"

白川语气沉重地说道："割人头不是割韭菜，一旦酿成大错，恐怕所有的责任者都会永远钉在历史的耻辱柱上。"

话说到这里，法官显出几分不悦，他给白川下了逐客令："二审是书面审，你把材料留下就完成任务了。"

半个月后，白川接到省高院刑事审判庭书记员的电话通知，让他去领取王大毛盗掘文物案件的二审判决书。白川没敢耽搁，放下电话就赶到省法院。

接到厚厚的判决书，白川迫不及待地翻到最后一页，判决主文只有八个字：驳回上诉，维持原判。

白川感到一阵眩晕，他的辩护意见显然没有被采纳。手中依然散发着浓浓油墨臭味的这一份文书，再一次给王大毛的棺材上钉了一根钉子。王大毛的生命已进入倒计时。

二审程序已经结束，白川的辩护工作画上了句号，律师的使命也已经完成。可是，真的就这么了结了吗？难道自己追求的结果，仅仅是递交一份材料？仅仅是和法官进行一场无谓的争辩？仅仅是在这份丑陋的判决书显示的辩护人位置打印上自己的名字？不是！这绝对不是自己的工作风格！这绝对不是自己的做人原则！

白川站在省高院威严的大门前头的石阶下，仰头看着门头上高悬的国徽，心里隐隐作痛。

按照《刑事诉讼法》规定，死刑犯在执行前还有一个报请最高法院死刑复核的程序，可那是法院内部的一个审查环节，律师根本无法介入。全国各地多如牛毛的复核案件，最高法院屈指可数的几个复核法官，哪里有足够的时间和精力吃透案件。白川明白，寄希望于最高法院复核中发现问题，撤销二审判决，希望实在太渺茫了。

做了近二十年的律师，白川看遍了人间百态，他尊崇高尚的情愫，也鄙夷肮脏的灵魂，但是他笃信法律。他坚信法律是惩恶扬善的利器，法律是保障公平和正义的最后屏障。然而今天，法律竟然被马秉义这个无恶不作的败类当作金蝉脱壳的平台，逃避惩罚。无知愚昧的王大毛成了一场罪恶的祭品，而一帮头顶国徽的法律人却有意无意地装聋作哑。难道这就是自己倾注了半生激情，并为之自豪和骄傲的法界真谛？

白川突然想起过去读过的小说中那些为民请命的形象：《复活》中的伊万诺维奇·聂赫留朵夫，《十五贯》中的况钟，《杨三姐告状》

中的杨三姐。那些不畏强暴、不计个人得失的人物，之所以能为后人津津乐道，无非是因为他们以自己柔弱的个人力量，只身挑战庞大的国家机器。生死攸关之际，一个大胆的想法从白川的脑海中冒出来：以律师的名义，直接致书最高人民法院院长！

律师是法律工作者。遵守法律规定的程序，是律师的基本行为规范。一个普通的律师，针对一个普通的案件，直接与国家最高审判机关的最高首长单向沟通，显然违背了律师的工作原则。何况，对王大毛申冤，实际上也是对逍遥法外的马秉义的指控，而马秉义又是三贤公司受骗一案的举报嫌疑人，白川和三贤公司之间的利益联系，会不会让别人把白川捅天告状的行为理解为挟私报复？马秉义知情后又会采取什么样的反扑？律师圈内圈外的人们会怎么评价和看待身为律协副会长、法律援助委员会主任的白川？

一阵略带寒意的风吹过来，白川不禁打了个冷战。此时此刻，他觉得有些孤独。他多么希望关键时候能有人和他并肩扛起道义的担子。他不由得又想起了自己的良师益友田智礼，如果他现在还活着，听听他的意见该有多好。白川回忆着与田老师在康宁洪水中孤岛般的楼顶上，携手战胜人性丑恶的那一幕，仿佛看见自己身陷囹圄时，田老师为自己上下奔波的情景。

忽然，一阵亲切的声音在他耳际响起：“白川，你是律师，是法律的卫道士，明哲保身是可耻之举，勇敢地站出来吧，为了正义，为了神圣的事业！”白川环顾一番，四周空无一人，刚才的话语却清清楚楚地留在脑海中。

是田老师，田智礼，那醇厚中略带诙谐的音质，曾经给白川带来难以估量的支持和难以言表的力量。那个在人妖颠倒的年代里因为仗义执言而做了半辈子右派的铮铮汉子，虽然早已去了另一个世界，但他的风格和情操，却仍然无时不影响着白川的一言一行。

白川为自己的顾虑和怯懦感到羞愧。为了至高无上的法律，为了一条不该逝去的生命，纵使流言怕什么，纵有威胁又奈我何！身正不怕影子斜，就让自己在这一场正义与邪恶的较量中经受一番洗礼吧！

第二十八章

在大风大浪中每每有惊无险的马秉义最近遇上一件窝心的事。自从老爹给他娶回了那个一心只图攀高枝的张家闺女秋霞后，在马秉义的记忆中，似乎就没有在一块儿过过像样的日子。个中的缘由只有马秉义和张秋霞心里明白。新婚之夜，马秉义搂着个如花似玉的新媳妇，却咋也体验不出幻想过多少次的欢娱。连着几个晚上，马秉义那个玩意儿说软不软，说硬不硬，让张秋霞也没了兴头。马秉义又是个自尊心极强的人，不想在老婆跟前太丢面子，自此夫妻聚少离多。马秉义少了床笫之乐，就把精力用在风月场所的寻花问柳上。虽少有阳刚猛气，花钱买来的百般伺候倒也让马秉义心里受用。然而，张秋霞过门几年肚子一直瘪着不见动静，却急坏了马秉义的老爹马怀礼。马怀礼早年死了老婆，为了宝贝儿子不受外来女人虐待，尝试了短暂的二婚后一直孤身，既当爹又当娘地把儿子拉扯大。看着儿子娶回了媳妇，他眼角眉梢都是喜，指望儿媳妇快快地生下个大胖孙子，也让他在乡亲们面前好好地显摆一番，却不想如意算盘年复一年落空。焦虑之际，就少不了整天在马秉义跟前叨咕，一会儿抱怨马家养了一只不下蛋的母鸡，一会儿责怪马秉义不恋家荒了自家的田地。马秉义自知自己不争气，不敢在老爹面前明说，背地里没少吃些壮阳大补的药物。碍着父亲的脸面，十天半个月回家一趟。也许是天公开眼，几个月以前，马秉义却发现张秋霞的肚子隆了起来，而且这开怀晚的女人似乎前期不太显怀，当马秉义发现张秋霞怀孕的时候，离预产期只剩下三四个月了。

按说张秋霞怀孕，对马秉义来说应该是一件天大的喜事，可马秉义却怎么也高兴不起来，他在潜意识里总觉得张秋霞肚子里的孩子跟自己没太大关系。因为张秋霞显怀的时间比较晚，他实在回忆不起小半年前他是否和张秋霞有过勉强的温存。但他可以肯定，自己没有在张秋霞的身体内留下啥东西。难不成是张秋霞红杏出墙？可他又实在不信张秋霞有招惹其他男人的胆量。这个疑问在他脑子里一直纠结着，随着张秋霞预产期一天一天逼近，越发地发酵起来。一个在外边叱咤风云的男人，摊上这种事，连个说心里话的对象都没有，如何不让马秉义心烦意乱？

最高兴的人莫过于马秉义的父亲马怀礼。儿媳妇终于怀上了，马家养的母鸡终于要下蛋了。马村长半辈子操心劳神，修成正果，终于要当爷爷了，马怀礼如何不欣喜若狂？马秉义整日忙着外边的事情，顾不上照看妻子，马怀礼也顾不上村上好事的长舌妇长舌男恶意或善意的调侃，整日里大鱼大肉地往家搬着各类营养品，只盼着白白胖胖的孙子早点儿抱在怀中。

如果张秋霞果真怀上了野种，那马秉义是绝对不能咽下这口恶气的。马秉义不能容忍显赫一方的他，让一个穷困家庭出身的女人胆大包天地给自己戴上绿帽子，并且堂而皇之地主宰马家偌大的基业，他必须把这个不要脸的女人连同她生下的野种逐出家门。但是要做到这一点，他必须取得老爹的支持。可怎么才能让老爹知道事实的真相呢？马秉义想到了这几年社会上流行的亲子鉴定。何不等张秋霞把孩子生下来，悄悄地做个亲子鉴定，万一孩子真是他马秉义的，他就把这件事永远埋在心底，把张秋霞当作神仙供起来。如果孩子跟他马秉义没有关系，他不相信自己的父亲会糊涂到连凤凰和鸡都分不清的地步。

十月怀胎，一朝分娩。张秋霞挺着个大肚子，深居简出，直到临产的前几天，才在公公的陪护下，乘着医院准妈妈接送车，住到本市著名的天使之门孕产医院。没想到住院的当天晚上，羊水破裂，值班大夫一检查，断定孕妇肚子里的宝宝耐不住性子，要急着出来，赶紧把张秋霞推进待产室。也许是张秋霞怀孕后期公爹照顾得有些过于周到，见天大鱼大肉把张秋霞肚子里的宝宝催得太肥，也或许是张秋霞孕期活动太少，更或许是张秋霞高龄初产，总之张秋霞进了待产室已五六个小时，仍只听见产妇撕心裂肺的号啕声却不闻婴儿的啼哭声。

看来自然分娩是不行了，医生告知家属需要立即实施剖腹产手术。大夫问产妇的丈夫在哪里，马怀礼正生气这个时候儿子马秉义竟然像没事人似的不知到哪里疯去了，一听大夫的询问急得直跺脚。大夫说这种情况下需要由丈夫在手术告知单上签字同意。好在马怀德带着老婆也来到医院，连劝哥哥先顾着产床上的秋霞，快快办手续先做手术。马怀礼颤颤巍巍地在手术告知单上签上了自己的名字。待张秋霞进了手术室，马怀德赶紧给侄儿马秉义打电话，却听见马秉义一副满不在乎的腔调，说自己正在忙着一桩紧要的事暂时走不开。马怀德说："饼子啊饼子，你媳妇好不容易怀上咱马家的孩子，你爹半辈子给你既当爹又当妈，难道你现在让他既当爷又当爹？"

马秉义接到叔叔电话的时候，正在爱莎洗浴中心的包间里接受按摩。妻子张秋霞临产的最后个把月，马秉义只回过一趟家，跟张秋霞没说上几句话，院子里老爹就嚷嚷着嫌秉义分不清主次，放着个大肚子婆娘，整天在外边忙些劳什子的事，不知挣钱为了啥。马秉义听得心烦，找了个由头又一溜烟地出了家门，再没回过家。老爹给马秉义打电话，马秉义反嫌老爹婆婆妈妈。马怀礼问儿子"你老婆你不管交给谁管"。马秉义说去把婶娘叫过来。马秉义说的婶娘是指马尚义的妈。马怀礼听着儿子的话气不打一处来，却也拿马秉义没有办法。

接完叔叔的电话，马秉义思索了一阵，觉得还是要到医院去一下。一是毕竟对张秋霞肚子里的崽子到底是不是他马家的种，他没有百分之百的把握，万一孩子是他马秉义的，他这样漠然会给张秋霞日后留下永远的话把儿。二来他也不愿意跟老爹太犟劲。除这两个原因外，马秉义也想着去医院伺机做一下亲子鉴定的准备工作。此前马秉义已经做了些功课，搞亲子鉴定的医院告知他最好是父子之间抽血鉴定，如果不方便时，也可以通过口腔唾液或毛发作为检材做出鉴定结论。马秉义想着不妨就借照看张秋霞的当口，收集几根婴儿的头发。

马秉义到天使之门医院时，天已大亮，张秋霞已出了手术室。马怀德一看见侄儿，就迎上去讨好地告知马秉义秋霞母子双双平安，说秋霞的确了得，给马家生了一个八斤重的带把儿的胖孙子。对于张秋霞生男生女，马秉义才不在乎哩，只是应付差事地含含糊糊点着头。马怀礼老远看见儿子过来，气得把头偏向一边。马秉义像领导视察一样进了病房。张秋霞头上缠着毛巾，剖腹产刚做完的刀伤痛得她不停呻吟，看见丈夫进来，几颗大滴的泪珠从眼角滚落下去。

护士把刚出娘胎的宝宝用毛毯裹着抱到产房中。

马秉义的婶娘先抢着把宝宝接到怀里，仔细地端详了一阵说:“到底是你马家的种儿，你看这娃儿多像咱饼子小时候的模样。我还记得生饼子时，我刚过门才几个月，嫂子怀里抱着的饼子，就跟这孩子一样一样的。”

马怀礼瞧着弟媳妇怀里的婴儿，乐得眼睛眯成了一条线，一边又急不可耐地用手去撩遮住婴儿肚皮的毯子。

马秉义的婶娘醒悟过来，忙着说:“我的乖乖，快把那把儿让爷爷看看，一会儿撒一泡尿浇到爷爷脸上。”她一边说着话一边扯开毯子，婴儿红红的鸡鸡就显露出来。一阵欢笑声让房间的所有人连同护士都受到了感染。

马秉义此时百感交集，他真希望此前自己对张秋霞的怀疑是小肚鸡肠，尤其是婶娘说孩子跟自己小时候的模样相像时，他甚至感到自己可能真的犯了神经病。他凑到婶娘身边，婶娘要把婴儿递给他，他却没有伸手去接。他看着襁褓中的小家伙，通体粉红。因为太胖，小脸上竟然布着几道横肉，两只眼睛闭得紧紧的。马秉义不敢相信自己刚生下来时会是这样。

护士把一个小塑料袋子递给马秉义的婶娘说："这是你家孩子的胎毛，刚剃下来的，留着做个纪念。"

马秉义的婶娘随手把那袋子递给马秉义。马秉义接过来看了看，透明的小袋子中一撮弯弯曲曲的毛发相互缠绕着。马秉义犹豫了一下把那个袋子装进衣兜中。

马怀德不失时机地凑到马秉义跟前说："要是你尚义兄弟也在这里，看着碎娃子这模样，该有多好。"

马秉义明白，叔叔是想让他尽快地找门路把马尚义二审改判得轻一点儿。叔叔这会儿说这话，他只好敷衍着："尚义的事，你放心，我会操心的。"

本来，满屋的欢笑声几乎让马秉义打消了收集亲子鉴定检材的念头，瞬间的工夫，他甚至相信了这个胖乎乎的婴儿就是他马秉义的骨血。可谁也没料到护士却把从婴儿头上剃下来的胎毛通过婶娘递给了他。原本想着要费些周折的检材却轻而易举到手了。马秉义是个有点儿迷信的人，他想不明白这一偶然的举动预示着什么，难道老天爷支持他去做这场鉴定？果真如此的话，老天爷想告诉他什么？是想让他知道这孩子原本就是他马秉义亲生的，他不能再胡乱猜疑？还是想让他知道这孩子果然就是野种，不能乱了马家宗脉？

手机响了起来。马秉义低头一看，是方鸣打来的。

马秉义急忙接通了电话，又往无人的地方挪了几步，这才"喂"了一声。

方鸣问马秉义在哪里，马秉义说在医院里。

方鸣说："这倒奇怪了，你寻常欢实得跟野马一样，怎么也上医院了？"

马秉义说老婆生了个儿子。

方鸣说："原来是马下马驹了，那是要紧事。不过我这里有更要

紧的事，你抽空赶紧过来和我见一面。”

马秉义淡淡地说：“那还得看我时间。”

肖红参股红三角公司一段时间后，马秉义认为方鸣借助肖红的名义拿到的好处已相当可观。事实上，马秉义不是个吃独食的人，他知道有钱大家挣、有事大家扛的道理。红三角公司的两个特殊股东肖红和明亮虽没有参加公司的经营，但其身后的两个重要人物方鸣和孙鸣飞却是公司顺当挣钱必不可少的保障。反正公司的钱来得容易，他也绝不会在给那两个人的分配上吝啬。半年多来，肖红和明亮的账户上月月有进账。也正因为这样，除了和孙鸣飞中间还隔着个杨昌利外，马秉义和方鸣之间，已经基本上无遮无掩。通电话时，他也都是直来直去，对方鸣早已没有了恭维和客套。

方鸣这边当然不知道马秉义的窝心事，只当是马秉义喜得贵子，光顾着自个儿乐，全不顾外边的危险已经临头。自己替这个王八蛋处处操着心，这王八蛋却不领他情，连见个面都显得勉勉强强。

新区公安分局拟对马秉义涉嫌黑社会组织犯罪和合同诈骗犯罪立案查处的事，经马秉义借助人大这么一折腾，再加上方鸣使些暗劲，案子终于搁浅了。又听说纪委揪着这一案例不放，要监督新区分局举一反三，把警风警纪建设推到一个新高度，方鸣甚是欣慰。心想着：春明啊春明，你在下边当着个分局长，可别以为自己能闹独立王国，市局要给你上个紧箍咒，你不还得乖乖地按上头的意思来。只希望你以后脑子活络点儿，别忘了我这个师父现在戴着顶副局长的帽子。

一波未平，一波又起。让方鸣潜意识中一直有些担心的“八一三”文物盗掘案件，最近果然传出了一些令人揪心的消息。也正是在那个案件的侦破过程中，他跟马秉义出于无奈走到了一起。而这个马秉义，方鸣却觉得远不像当年用起来得心应手的马仔老八杨子荣。老八有勇无谋，对方鸣服服帖帖，唯命是从，而马秉义却像一匹难以驯服的烈马。马秉义心眼儿太多，鬼点子一串一串，方鸣跟马秉义之间来往就不得不时时多个心眼儿。另外“八一三”案件侦破中，专案组曾把马秉义列为头号嫌疑犯，马秉义后来用肖红的事情对方鸣进行威胁，让方鸣不得不放弃对马秉义应当采取的必要措施。所幸后来落网的王大毛和其他案犯的交代让公安机关把主犯锁定为王大毛，方鸣才舒了一口气。反正上头关心的是赃物的查获和案犯的落网，至于案件中的具体环节，没有人会在意。方鸣也就督促着办案人员快快地终结了侦查手续。案子虽是结了，但依着方鸣多年的办案经验，他总觉得马秉义不会和案子没有牵连。他一直担心，如果自己的判断是准确的，万一马秉义的涉案事实在后续的起诉和审判中被抖搂出来，马秉义落网之日，也就是他方鸣倒霉之时。谢天谢地，王大毛的案子历经汉京市检察院起诉，汉京市中级法院一审判决，竟然顺顺当当地一路走下去。前一阵子听说王大毛的死刑案件已经进入二审审理程序，方鸣只盼着程序走得更快一些。待到打着红叉的执行死刑布告张贴出来，他的一颗心才能完全落地。然而就在昨天，省高级法院刑事审判庭一个多年的朋友不经意间告诉方鸣一个消息，说王大毛案件二审时，杀出来一个叫白川的律师，偏说王大毛案件是错案，真正的元凶另有他人，王大毛只不过是替身而已。方鸣惊问后续结局，朋友说高院不可能因为一个律师说一通胡话，就把原来公检法三方认定的案子给推翻了，案子当然维持原判。不过按规定，死刑还有个最高法院的复核程序，有无变数还很难料。

听到这个消息，方鸣如何不惊出一身冷汗。白川，又是这个白川，真的是冤家路窄。上一次马秉义拿给他的那张照片，他一看就觉得苏春明旁边的人有些眼熟。随着联合调查组的深入调查，他才知道原来这个人就是二十年前为了韩浩平，他费尽心机送进看守所的那个刚参加工作的大学生。可他到底没搞明白这个白川怎么最后又和韩浩平打得火热，他更不明白曾经办过白川案件的苏春明怎么能和白川结成亲戚。

好一阵子没去枫洲湾小区过夜了，肖红给方鸣的手机上发了不少宣泄情绪的怨言。这也难怪，方鸣包养肖红时做过承诺，一周至少要到枫洲湾待一个晚上。刚开始的时候，方鸣一周至少去个一两次，有时候兴致来了，一待就是连着几个晚上。反正干着公安的事，给老婆撒谎也不是啥难事。可时间一长，新鲜劲过了，方鸣去枫洲湾的次数也就有些稀了。肖红少不了撒娇、哭闹，有时执拗起来，指责、怨愤的短信会接二连三地发到方鸣的手机上，也够方鸣心烦的。常言说，吃啥利受啥害，这金屋藏娇虽乐趣多多，却也实在劳心多多。方鸣记得小时候老人讲的话：做饭请客忙一天，盖房建屋忙一年，娶个二房忙一辈子。现在方鸣真的尝到了个中滋味。今天方鸣答应陪肖红过夜，下班后方鸣没有磨蹭，开着车绕了一圈后，又熟练地潜入枫洲湾小区。一推开爱巢的门，一眼看见肖红已经把做好的饭菜摆到餐桌上。

方鸣洗了一把脸，就坐到餐桌旁边。肖红问方鸣要不要喝一杯。方鸣心里仍然为马秉义和王大毛的案子揪心，也想以酒解解闷，就点了点头。肖红只当是方鸣有了兴致，赶忙打开一瓶酒给方鸣斟上。方鸣喝酒有个习惯，喜欢用高脚杯喝白酒，他说那种传统的烧酒盅喝白酒辣嗓子，不如用大杯大口喝着醇绵。方鸣把酒杯端在手上端详着，心说这酒也算是好东西，能让人忘却烦恼，进入极乐世界。

肖红给自己也倒了一杯酒，拿着酒杯兴致盎然地和方鸣碰了一下，却没想到方鸣一仰脖子，把一大杯酒全灌到肚子里去了。肖红正要劝方鸣缓着劲慢慢喝时，方鸣却拿着杯子让肖红再给他满上。

方鸣连干了两大杯酒，有些微醉。一阵燥热涌上来，就想解开上衣扣子，手指却有点儿不听使唤。

肖红娇滴滴地说：“方哥，我来。”说着她伸出纤纤玉指替方鸣解扣子。

方鸣顺势把肖红揽在怀里，一只手搭在肖红腰上，另一只手从肖红低低的衣领上方伸进去，硬生生地扯开胸罩，揉搓着那两只丰满的乳房。一不小心使劲过大，把肖红疼得尖叫了一声。

肖红嗔怪地在方鸣脸上拍了一巴掌说：“你们男人都是急死鬼。没干活儿前急死忙活，上了阵没几下就成了缩头乌龟。”

方鸣虽然喝得有些多，脑子却很清楚。一听肖红的话，他把手从肖红怀里抽出来："我们男人？你干过几个男人？"肖红自知失口，灵机一动说道："方哥，你真小心眼儿，你不知道我一天闲着无事，就在家看电视剧看小说，那上面说的男人可不都是那种德行。"

方鸣"嗯"了一声，又抿了一口酒，看着肖红说道："人都说男人的两个宝贝，美酒加女人。这酒杯端在手上，女人搂在怀里，也不过就是这个样子。"

肖红有些气恼："方哥，你到底是爱我还是玩我？"

方鸣说："爱和玩有啥不一样？男人爱女人才会和女人在一起玩，能在一起玩肯定爱嘛。"

肖红说："男人要爱女人就得相信女人，我看你就不相信我。"

方鸣眼睛瞪了一下："我咋不相信你？"

肖红沉默了片刻，说道："我的卡你咋不让我管着？"

肖红说的卡，是指自己名下的一张银行借记卡。马秉义在开办红三角公司时，用肖红的身份登记了公司股东，除了拿走肖红的身份证，又让肖红专门在银行办了一张借记卡。公司注册的时候需要会计事务所出具验资报告书，验资过程中需要核实各股东出资到位情况，马秉义事先说定公司全部出资由他来筹措。所以肖红的借记卡上，就由马秉义从外边打进二百万元，再从肖红卡中把二百万元转到红三角公司的账面上。这样一来，肖红就在形式上完成了对红三角公司股本金的投入。借记卡完成使命后，马秉义把它还给了肖红，并叮嘱肖红把这张卡保存好，说以后公司的分红都会进到这个卡上。其后一段时间，这张卡陆陆续续地收到一百多万元的款额。肖红待在这套单元楼中吃闲饭，有了这张卡，进项不断，当然心里觉得踏实了许多。但两个月之前，方鸣问肖红要走了这张卡，说是要和马秉义对账用，此后却没再还给肖红。肖红问过几次，方鸣起初说对账还没结束，后来就有些不耐烦。

此时，肖红又提起要卡的事，方鸣觉得兴味索然。他正想把肖红调教一番，却听见手机铃声一阵紧似一阵地响了起来。方鸣看了肖红一眼，肖红知趣地从方鸣怀中站起来，转身从茶几上拿起手机递给方鸣。

方鸣一看是马秉义的号码，心想这个王八蛋拖了一天时间，这会儿才来电话，赶明儿事情捂不住时，看你还能稳如泰山不，一边又对肖红说道："说鬼鬼就来了。你只知道要卡，可不知道背后有多少麻烦事情。"

喝了些酒，方鸣失去了平日的谨慎，索性把手机免提键按下，与马秉义大声地说起话来。方鸣问马秉义为啥才来电话。马秉义回说人家毕竟今天当了爸，也是大喜事一件，总得安排安排。

方鸣说："你既当了爸，就得为孩子的将来考虑，别等着孩子懂事了，人家小朋友骂孩子说你爸是个死刑犯。"

电话那边的马秉义有些吃惊："方哥，你这话是啥意思？"

方鸣说："王大毛的案子，有人在为他翻案，人家说王大毛只是个替身，背后的主谋是马秉义。"

马秉义声音有些发颤："你告诉我是谁在跟咱捣蛋？"

方鸣说："这个人你跟他较量过。他叫白川，是王大毛二审案子的律师。"

"白川？"马秉义问，"就是那个和苏春明一起吃饭的律师白川？"

方鸣答道："是这个白川，京法律师事务所的主任，三贤公司的董事。苏春明办的那个案子，就是白川找苏春明举报的。"

电话那边一阵长时间的沉默。

方鸣道："说来也算是缘分。这个白川，二十来年前我办过他的案子，差点儿就把他判个三五年，送到新疆沙漠上服苦役去了。没想到报纸上登了一篇稿子，说他是什么抗洪英雄，省上的领导出面说话，把他放了，也算这小子命大。"

话筒里传来马秉义恶狠狠的声音："方哥，你放心，这世界上谁让我不安生，我就先让他不安生。我想办法就是了。"

方鸣说："秉义，你不敢胡来……"话没说完，话筒里传来挂机的忙音。

"看看这架势，谁知道明天自己会在哪里？你光知道卡、卡。"方鸣一边说着话，一边转身看着肖红，却发现肖红呆若木鸡地站在一旁，两只眼睛死死地盯着方鸣的手机。

方鸣连喊了几声，肖红却好像没有听到。直到方鸣站起身来走到肖红跟前，拍了肖红一把，肖红才好像从梦中惊醒一般。

“你怎么了？”方鸣问道。

肖红有些慌张：“没……没什么……”

方鸣有些不解：“你是不是中了魔障？”

肖红定下神来：“你刚才打电话时我忽然头晕，差点儿摔倒了。我想着是不是喝酒的原因。”

方鸣已没了兴致，看了看墙上的挂钟说：“时间也不早了，你收拾一下，快快地咱们上床吧。”说着话，方鸣就抬起屁股径直进了卧室，甩下肖红一个人怔怔地站在客厅。

肖红磨磨蹭蹭地收拾完桌上的残羹剩饭、杯盘碗碟，进到卧室时，和衣倒在床上的方鸣已经睡得像死猪一样，鼾声一浪高过一浪。

肖红没有理会和衣而卧的方鸣，轻轻地躺在席梦思大床的边上，瞪大双眼盯着屋顶的天花板，任由思绪倒转回二十多年以前……

那是一场无法在记忆中抹去的灾难。在那个漆黑的夜晚，在那片骇人的汪洋中，肖红的爸爸妈妈和弟弟一同葬身洪水。一家四口唯有七岁的肖红奇迹般地漂浮在水面上，被树杈挂住，又幸运地被一个大哥哥救起。后来她记下了那个大哥哥的名字：白川。

肖红是康宁人，七岁以前有个幸福的家。爸爸是邮递员，整日骑着绿色的自行车大街小巷穿行。妈妈是街道幼儿园的阿姨。弟弟还少不更事。那时候，肖红学前班刚毕业，暑假之后，就该背上书包当正式学生了。一九八三年，就是那个最闷热的雨夜，一场历史上从未出现过的滔天洪水，把康宁市淹没在水底下。那天晚上，住在邮电局家属院平房的肖红一家四口在院子纳凉，突然一阵暴雨把家人赶回房间。后半夜，全家人熟睡之际，洪水呼啸而来。爸爸、妈妈、弟弟三人没来得及睁开眼睛，就糊里糊涂地去了另一个世界。而肖红却鬼使神差地被洪水冲出窗外，随波逐流。当肖红醒过来的时候，已经坐在一棵树杈上。她深刻的记忆中，是黑暗中只能听见声音看不见身形的陌生大哥哥紧紧抓着她的肩膀。垂在树枝下的两只腿，半截没在湍急的水中，她想抱紧树干，却不想树上盘绕着软软的和她一样侥幸逃生的蛇。从未体验过的恐惧和突如其来的寒冷，让她浑身打着哆嗦。她忘不了自己被那个大哥哥用布条拴在身上，朝那个孤岛似的房顶游去的时候，一个浪头过来把她打得眼冒金星。就在她手脚不听使唤沉入水底时，大哥哥一使劲把她拽出水面，一捆漂浮在水面上的东西被她紧紧抓住。

劫后余生的肖红随着救她性命的大哥哥，在洪水围困的楼顶上待了一天一夜。她想爸爸妈妈，她身上冷，她肚子饿，但她不敢说话，她只知道一步不离地跟着那个大哥哥。后来木排救走她的时候，大哥哥还留在楼顶。跟她一起被救走的那个爷爷告诉她，救她的大哥哥叫白川。

大水之后，肖红和数不清的破衣烂衫、蓬头垢面的人，被安顿在一个搭起无数帐篷的地方。除了开饭时间大家像木偶一样拿着发来的碗筷去领吃的东西外，其余时间大家都呆坐着。唯一熟悉的声音是偶尔几声号啕和不绝于耳的低声哭泣。一天又一天，帐篷里的人越来越少了。一个闷热的中午，一个戴着红袖标的人来问肖红有没有熟悉的亲戚。肖红说她有个舅舅在邻县。来人问明了舅舅的姓名、单位就走了。过了几天舅舅来了，一见面就把肖红搂在怀里大声哭了起来。那时，肖红却不会哭了。

肖红成了孤儿。舅舅把肖红接到邻县自己的家里，肖红有了一个新家。舅舅待她不薄，舅妈却把她看成累赘。比肖红长几岁的表姐更是嫌这个不速之客打扰了自己。肖红想自己的家，想爸爸妈妈弟弟，常常一个人闷声坐在墙角掉眼泪。舅妈看见了又骂她，说好端端的屋里来了个丧门星。亏得舅舅极力护着，肖红才不至于被舅妈和表姐逐出家门。秋天，舅舅让肖红背上书包去了学校。记忆中，好像因为是康宁的灾民，学校为肖红提供了免学杂费的优待。过了几年她才知道，因为寄养在舅舅家，公家每月给舅舅家补助三十元钱的生活费。知道自己寄养背景后，肖红在舅舅家也不再低声下气了，和舅妈表姐的关系也就愈趋紧张。几次激烈的冲突后，肖红终于离家出走。舅舅闻讯后在外面苦苦找了五天，才在康宁火车站找到了衣衫不整的肖红。原来肖红凭着模糊的记忆，到康宁市去寻找和父母、弟弟住过的房子。只是那里早已今非昔比。一排排拔地而起的新楼把肖红的记忆完全颠覆。来来去去的住客们，谁也想不到这个姑娘曾经是这里的主人。

迫不得已，舅舅为未完全成年的肖红在离家不远的地方租了一小间屋子。肖红不得不自己照顾自己。舅舅会定时给她送来米和面。虽然困难不少，但肖红觉得比跟舅妈和表姐待在一起强多了。

因为要自己张罗吃穿，肖红的学习状态可想而知，考试成绩总是排在后面。老师不待见，同学瞧不起。久而久之，肖红也干脆我行我素，把学业视为扯闲的事，就这样一直凑合着读完高中。毕业前夕，学生们夜以继日地备战高考，肖红满大街溜达着观景，心里嘲笑着那些书呆子一根筋。后来，汉京市一家民办模特学校来县里招生，肖红心血来潮报了名，没想到偌大的县城就录了肖红一个人。

模特学校读了三年，整日里在T台上练着走猫步，肖红又觉得无聊。临近毕业，一次走猫步时，脚上的高跟鞋突然卡在T台上裂开的木板缝隙中。一阵撕心裂肺的疼痛后，医生确诊肖红脚跟肌腱断裂，遗憾地宣告肖红模特生涯终结。住院治疗之后，尚未出道的肖红离开学校，独自闯荡社会。五六年的工夫，售货员、服务员干了个遍。再后来，身心俱疲的肖红被方鸣包养了。

孤儿肖红自懂事起，看尽了人世间的眉高眼低，尝遍了生活的酸甜苦辣。自己至亲至爱的人在那场灾难中齐刷刷与她阴阳相隔，这个世界上唯一与她有血缘关系的舅舅，却时时表现出有些爱莫能助。她觉得人和人之间的情感淡薄如纸，她不相信任何人，她也不指望任何人。她对自己的未来没有一丝憧憬，只求今天活着今天快乐。在她心底里唯一让她挂念的是洪水中和她相处了一天一夜的那个大哥哥白川。那个救下她性命的人，是她失去父母后，第一个让她觉得能保护她的人。在那个爷爷拉着她先登上筏子的时候，要不是爷爷紧紧抓着她，她会不顾一切地再回到楼顶上跟那个让她觉得心里踏实的大哥哥待在一起。二十多年来，她无数次在梦中回到那片汪洋中，白川哥哥常常在梦中朝她招手。那个爷爷告诉她，白川哥哥是从汉京城到康宁去的。她上学到汉京后，多次想在报纸上刊登一则寻人启事，可她又怕真的找到白川哥哥，自己窘迫的生活状况让那个大哥哥伤心。跟方鸣在一起后，她知道方鸣是市公安局的领导，有能耐帮她找到那个日夜挂念的人，可方鸣小肚鸡肠的性格又让她不敢轻易启齿。

今天晚上，方鸣和那个马秉义的对话，肖红听得清清楚楚。当他们提到白川的名字时，本能让肖红把两个人的每句话都刻在心里，方鸣说这个白川二十来年前是抗洪英雄，那不正好就是那个白川哥哥吗？而接下来让肖红揪心的是，方鸣竟然和马秉义商量着如何整治这个白川。马秉义挂断电话之前那种恶狠狠的腔调，让肖红不寒而栗。难道马秉义要向可能就是自己救命恩人的白川哥哥下毒手不成？

辗转反侧、难以入眠的肖红时不时看看窗户，她盼着窗外快快地泛白。天亮后方鸣就会离开这里，她要立刻去找她挂念了二十年的白川哥哥，尤其是她要把有人要对他下毒手的消息告诉白川哥哥。

天终于大亮了，从床上爬起来的方鸣不满地责问肖红怎么晚上没有帮他脱去身上的衣服。肖红说:“看着你睡得香，不忍心把你折腾醒。”方鸣骂了一句脏话，急匆匆地洗漱了一番，拉开门深一脚浅一脚地走进电梯上班去了。

方鸣一走，肖红急忙拿起自己的手机。她记得很清楚，昨天晚上方鸣曾说白川是个律师。她平时看电视剧知道律师都在律师楼上班，114 电话查号台肯定能查出律师楼的电话号码。肖红屏住呼吸，拨通了查号台，却是一连串的语音提示，按照提示音按了一通按钮，才终于听到了接线员的问讯声。肖红说想问律师楼的电话。接线员告诉肖红查号台没有登记律师楼的电话。正在失望之际，训练有素的接线员问肖红是不是要找律师。肖红说是找律师。但她一想又觉得不对，改口说不是，不是，是要找一个律师。接线员可能觉得肖红有些逗趣，说找律师的人都找一个。肖红说要找一个自己过去认识的律师。接线员问肖红知不知道那个律师在哪家律师事务所。肖红说不知道。接线员顿了一下，建议肖红给律师协会打个电话，说兴许他们能帮着找到要找的律师。

肖红按着查号台提供的电话号码拨过去，却一直无人接听。看见墙上的挂钟刚刚七点钟，她这才明白还没有到上班时间。肖红只得放下手机，看着挂钟一分一分地熬到八点钟。再拨电话时，那边果然有人说话。肖红说："我想找一个叫白川的律师。"电话那头说："他是我们的副会长，不过不常来这里上班，要找他得去京法律师事务所。"

在汉京城生活了多年的肖红，没费太大的周折，就找到了位于汉京大学门口那栋楼上的京法律师事务所。

当助理带着一个衣着光鲜的漂亮女人出现在白川办公室时，正在仔细研读王大毛案卷的白川抬头看了一下。凭经验，白川判断这又是一个富商弃妇之类的当事人，无非就是要让花心的老公在娶回新欢之前，在财产上狠狠地出点儿血。白川礼貌地做了个手势，示意来人坐下来，然后又低下头把自己刚才脑子里思考的问题在案卷中做上标注，这才合上卷宗，站起身来。

然而，当白川再次抬起头时，却发现那个女人依然站在原地定定地看着他。

白川从办公桌后面走出来，客气地请女人坐下说话。

助理把一杯茶放在沙发前的茶几上，点点头退出了房门。

白川说："来我这里的人，少不了有些情感上、身体上、财产上受到伤害的人，我们会尽力提供帮助。你有什么事，坐下来慢慢说。"

女人没有挪动身子，嘴唇微微地颤动了半天，蹦出来几个字："你真的是白……川……哥哥？"

"我是白川律师。"白川觉得这个女人有些怪异。

"我找了你十几年。"女人说。

"找我？"白川问，"你是谁？"

“二十一年前……在康宁……那天晚上，在大水中……”女人说不下去了。

白川浑身一震，康宁、大水，这几个此生永远无法在脑海中抹去的关键词汇，一下子让他封存的记忆被激活了。在那场灾难中，他曾经热恋过的女友张丽霞永远离开了这个世界，也正是那场灾难，一段不平常的经历改变了他的人生轨迹。而眼前这个女人是谁？他在自己的脑海里快速地检索着记忆中的数据。

“白川哥，”女人用颤抖的声音说，“我是被你从水中拉到树枝上，又从树枝上带到楼顶的那个女孩。”

“你是小红？”二十多年过去了，那个叫小红的女孩的形象依然深深印刻在白川的脑海中。可怜的孩子被洪水冲散了家人，侥幸捡了一条命，与白川在灾难中相识。小红随着田老师坐着筏子离开楼顶时高声呼喊“白川哥哥”的模样，已烙刻在白川的心里。

女人点着头，已经是泪如雨下。

白川也是一阵激动。此时此刻，他不知道该说什么样的话，该做什么样的动作，来安慰眼前这位已成为少妇的昔日的落难小妹妹。

女人忘情地扑上去，紧紧地抱住白川的肩膀，嘤嘤地哭了起来，泣不成声地说道：“白川哥，我想你，我想你……”

白川眼里也涌出了泪水。那种在鬼门关前结下的情缘，让见惯了世态炎凉的白川也难以自已。

白川扶着女人坐到沙发上，抽出几张纸巾递过去，迟迟疑疑地问起了自己一直挂念的事情：“小红，你家里的人都还好吗？”

“白川哥，”女人说，“我姓肖，叫肖红。小时候爸爸妈妈叫我小红。”

白川“嗯”了一声。

肖红用纸巾擦着眼睛，苦笑了一声说道：“大水以前，我们一家四口，爸爸、妈妈、弟弟和我。大水来的时候，我一个人被你救下，其他人都被淹死了。”

白川一阵唏嘘，又问起肖红这多年是怎么过来的。

肖红摇摇头说：“白川哥，过去的事情就不提了吧，高兴的是我还能见到你。”

“你来汉京多久了，我能为你做点儿什么吗？”白川猜想失去了父母的肖红一定吃过不少的苦。

“我挺好的。”肖红忽然神情严肃地往四周瞅瞅，“白川哥，我急着来找你，是想告诉你一件事。”

白川爽快地说：“肖红，有事你尽管说。”

“有人可能要找你麻烦。”

肖红话音一落，白川突然警惕起来。眼前的这个女人，虽然是二十多年前自己救过的那个小女孩，可现在到底是什么身份，为什么她在没有任何联系的情况下突然造访？为什么她与自己一见面就说出这样让人糟心的话？

肖红大概也看出了白川的心思，表情严肃地说：“白川哥，真的很对不起你，一见面就给你说这种丧气的话，可你一定要相信我。你是不是得罪了一个姓马的人？”

白川脱口而出：“你是说马秉义？”

肖红使劲地点了几下头。

“你怎么认识他的？”白川问道。

肖红却低下头沉默了。

“你告诉我这件事，想让我干什么？”白川怀疑肖红可能跟马秉义有瓜葛，保不准肖红就是马秉义派来的说客。白川想知道到底是准备收买他，还是恐吓他。

“我也不知道，我只想让你提防着点儿。”肖红看着白川说道。

白川与肖红的眼神碰撞在一起时，能感觉出肖红的眼神中流露出那种真诚的关切、发自内心的紧张。多年的律师生涯，阅人无数，从肖红的神态中，白川判断眼前的肖红一腔诚意。

“你了解这个马秉义吗？”白川问。

肖红摇了摇头。

白川决定把马秉义的真实面目告诉肖红：“马秉义是汉京新区富民村人，仗着他老子是村长，长期纠结一帮社会闲杂人员横行霸道，诈骗钱财。更有甚者，他打着干工程挖地基的旗号，大肆盗掘国家珍贵文物，他犯下的罪行足以判处死刑。案件暴露后他又金蝉脱壳、嫁祸他人。”

肖红听着，惊恐地张大了嘴巴。

白川继续说道：“论马秉义的罪责，他迟早会被送上断头台。”

白川注意着肖红脸上的表情，他现在相信，肖红肯定和马秉义不是一路人。可他又实在弄不明白，肖红为什么知道马秉义要找他报复。前一阵，马秉义用一张偷拍的照片，拿他和苏春明的关系做文章，这件事让他意识到，作恶多端的马秉义会采用一切下流卑鄙的手段，除掉自己视为敌人的人。了解王大毛案件真相后，他考虑过一旦挺身而出揭开黑幕时，得到消息的马秉义会向他下毒手。可是神圣的职责和庄严的使命，让白川选择了担当。没有想到危险这么快就真的来了。看来马秉义的确已织成了一张不可小视的保护网。

“肖红，我真的感谢你提醒我，可是……”白川顿了一下，又说道，“我想知道你是怎么知道马秉义要加害我的。如果你信得过我，就把事情真相都告诉我。”

“白川哥……”肖红欲言又止。

白川看出肖红似有难言之隐，他忽然觉得，要求肖红说出不愿示人的内情，意味着对肖红进行情感绑架，毕竟他对肖红目前的状况一无所知，强迫一个女人说出自己不愿意暴露给别人的隐私，似乎有些不道德。他连忙又说道：“好了，肖红，我知道你有难处。你能来提醒我，我就该感谢你，我会多加小心的。”

肖红低头咬着嘴唇，沉默了一会儿把头抬起来，捋捋前额的头发，语气坚定地说：“不，白川哥，我把一切都告诉你。但我知道我说出缘由后，你会瞧不起我。”

白川说：“你信得过我这个当哥哥的，我有什么理由瞧不起你？”

“我被方鸣包养了。”

“方鸣？”白川一愣。

肖红点点头：“他是个警察。”

白川情不自禁地站了起来，“你说的是不是汉京市公安局副局长方鸣？”

“你和他熟悉吗？”肖红问道。

“熟悉，也不熟悉。”白川的脑海中立刻浮现出当年他与韩浩平那场纠葛中，方鸣审问他时那副不可一世的嘴脸。在那场风波之后，白川鬼使神差地与韩浩平结下了深厚的友情，与另一个警察苏春明成了亲戚。而同那个始作俑者方鸣却再也没打过照面。只是他知道方鸣后来官运亨通，一直做到堂堂的市公安局副局长高位上。“八一三”案件专案组的组长就是方鸣。难道说方鸣跟马秉义有瓜葛？

白川抑制住自己的情绪，又坐了下来。

肖红继续说道：“方鸣在外面买了一套不错的房子让我住，每月给我些零花钱。半年以前，有个人突然闯进我住的那个屋子，说他是方哥的朋友，方哥让他把一包东西送来。那个包里装了很多金条。后来我知道那个人叫马秉义。再后来方鸣和马秉义合伙做生意，又拿我的身份证去注册办公司。我的银行卡每月都能收到分红，但那个银行卡后来又被方鸣收走了。”

“原来是这样。”白川一切都明白了，他只觉得一股热血冲上头顶。他不由自主地攥紧了拳头。

“昨天晚上，方鸣回到我那里。他喝了不少酒，马秉义给他打电话时，他们俩用免提通话，我都听清楚了。我也是昨天晚上才从方鸣嘴里知道你的下落的。我知道你现在面临危险，早上方鸣出门后，我就急忙偷偷来找你。”

久久困扰着白川的疑团终于解开了。在涉及马秉义的系列案件中，白川一直搞不明白，为什么王大毛案件中的诸多疑点在侦查阶段被有意无意地忽略？为什么其他案犯尤其是第二被告马尚义的口供与王大毛的口供高度一致？刚刚他还疑惑不解，为什么他在高级法院的翻案行为能让马秉义迅速地闻到味道？现在，这一切都有了答案。

毫无疑问，肖红千方百计找到白川，偷偷地把这些情况告诉白川，是要冒很大风险的。一旦方鸣知道肖红的所作所为，肖红的结局可想而知。面对这个不忘情义、知恩图报的女子，白川心怀感激。他立刻又替肖红的安危担心起来。当年，方鸣为了讨好韩浩平，对一个初涉社会的大学生就能痛下杀手，如今在面对一个自己出钱供养着却又敢背叛自己的女人，定会不择手段。想到此，白川陷入了少有的作难中。

说完话的肖红低下头，用双手捂住脸面，任由泪水从指缝中溢出来。看得出来，肖红是在激烈的思想斗争之后，为了保护白川，义无反顾地孤注一掷。

白川站起身，走到窗户边上，看着外面林立的高楼、街道上川流不息的车流和人流，心潮起伏。在这个大变革的时代，有多少像田老师、周华安、苏春明、韩浩平这样的热血志士在一点一滴地装扮着这个世界，又有多少像马秉义、方鸣之流的败类，在冠冕堂皇的位子上，或是在阴暗的角落里，像毒瘤一样吞噬着这个社会的健康肌体，更有多少像肖红这样处于底层的弱者，苦苦地挣扎在物质或精神的煎熬中。白川又回头看了看低头坐着的肖红，他决定用自己力所能及的方式帮助肖红。

“你下一步打算怎么办？”白川问道。

肖红眼神有些迷茫：“我也不知道。”

“离开他吧，肖红。”白川说，“我可以断定，方鸣是一个披着警察外衣、干着罪恶勾当的犯罪分子，他跟马秉义之间，就是那种典型的警匪一家的关系。马秉义长不了，方鸣也快了。你还是早早离开方鸣，用自己的双手创造幸福生活吧。”

“可是我一无所能。”肖红喃喃说道，“我没学下多少东西，连服务员都当不好。”

白川正色道：“肖红，你错了。你读完了高中，应当算是有文化的人。这个社会上，有多少没有读过书的人，照样干出了一番轰轰烈烈的事业。你还年轻，当年荒废了的学业还可以迎头补上。你觉得自己一无所能，那是因为你自己不想去干你能干的事。这个城市中，有多少打工仔、打工妹做着最不起眼但却不可或缺的工作。他们都是最值得尊重的劳动者，他们比那些身居高位、坐享其成、无所事事的达官贵人要高尚得多。为什么你不能跟他们一样去实现自己的价值呢？”

“白川哥，你说得对。可是……”肖红脸色有些凄楚，“方鸣毕竟拿钱养了我几年，可是我却出卖了他……”

“方鸣为什么要拿钱养着你？”白川的语气有些激动，“他是侠肝义胆？还是助人为乐？他为了谁，难道是为了你吗？他还不是为了构建自己那种让人不齿的生活方式。反过来说，他带给你的是什么？是对你灵魂的麻醉！是对你人格的践踏！你就不想想，再过十年八年，当你不可避免地人老珠黄之时，他还会出钱养着你吗？再说了，方鸣一个公务员，哪来的钱供他这样挥霍？不就是靠他手中的那点儿权力贪赃枉法吗？这样的渣滓，有什么值得留恋的？”

“可他要知道我把他的事情说出去，他会放过我吗？”肖红心有余悸。

肖红的担心不是多余的。对于心狠手辣的方鸣来说，做事是没有底线的。一旦方鸣知道底细，也许不用方鸣自己动手，方鸣手下的喽啰可能就会让肖红遭受难以想象的痛苦。如果现在动员肖红勇敢地站出来揭发方鸣，似乎还缺乏必要的证据和条件。如果不能把方鸣绳之以法，肖红的处境可能更危险。况且，作为方鸣死党的马秉义依然逍遥法外。这两个人如果联手整治肖红，后果不堪设想。

反复地琢磨之后，白川说：“肖红，咱俩能不能做个约定？现在我们的头等大事，是保护好我们自己的安全。我时时提防马秉义一伙人对我的报复。而你呢，要应付好方鸣，做好随时离开他的准备。相信在这个世界上，正义总会战胜邪恶。等到有一天，正义的审判来临之时，我们都勇敢地站出来。”

白川的情绪感染鼓励了肖红，肖红的表情显得轻松了一些。她抓住白川的手，深情地说：“白川哥，我听你的。”

白川使劲地握着肖红的手：“回去就做些准备，找机会离开方鸣，离开那个房子，越早越好。”

肖红依依不舍地向白川道别。

送肖红走到门口的时候，白川忽然想起了什么，他让肖红等一等。他然后返回办公桌旁，拿了自己一张名片，又飞快地写了几个号码递给肖红:“这上面有我的办公室电话号码，我把手机号码和家里的固定电话号码都写在上面了。你有什么事，二十四小时随时打电话给我。”

第二十九章

马秉义知道白川律师为王大毛翻案的时候，自然出了一身冷汗。半年多来，尽管他平日外表上看着若无其事，其实心里却犹如惊弓之鸟。头脑简单、四肢发达的王大毛，虽然在落网后完全按照和他商定的说法给公安局做了交代，可是谁也不敢保证王大毛在吃枪子儿的前一刻，哪根筋转动一下就道出实情，更不敢保证后面哪个办案人员心血来潮，把案子翻腾翻腾。他唯独没有想到会有一个律师站出来，狗拿耗子多管闲事。他更没有想到这个从中作梗的律师，竟然是那个策划告他犯诈骗罪的白川。难道这个人真是老天爷给他派来的克星？马秉义不是任人欺负的窝囊废，既是克星来了，那就得硬着头皮较量一番。

在调查苏春明那张照片背景的过程中，马秉义已经把白川的底细摸得清清楚楚。这个律师界有一定名望的人，在担任律师事务所主任的同时，还身兼律师协会的副会长。他的妻子正是苏春明的表妹，现任西部日报社新闻部副主任。而自己目前那个“诈骗案”的对手韩浩平与白川又是一种密切的合作关系。要想整治这个白川，就不得不考虑他周围的这一圈关系网。马秉义设想了几种应对方案，其中包括单刀赴会与白川摊牌，威胁利诱并举，或者用对付方鸣和苏春明的那一套，通过盯梢找出他的软肋，在政治上搞臭他。可最终这些方案都被自己一一否定了。他认为对付白川必须用更狠的手段。

在马秉义看来，这个白川之所以处处与自己作对，究其原因还是因为韩浩平的那一笔投资款收不回去。白川无非是通过各种手段置自己于死地，从而取悦韩浩平。看来必须针对韩浩平和白川想出对策。马秉义不由得把心思又放在了三贤公司。如果能把三贤公司整垮，白川和韩浩平的纽带就断了，白川也就再没有心劲和自己叫板了。三贤公司虽然业务复杂，但真正支撑着这个商业集团的核心企业就是那个钼矿。如果钼矿垮了，三贤公司将会像断了根基的大厦一样轰然倒塌。

一个罪恶的计划在马秉义脑海中萌发出来，何不设法制造一场矿井大爆炸之类的矿难，保准让钼矿关门大吉。到那个时候，哼，别说你韩浩平、白川再吃香喝辣，只怕是作为公司的管理人员都得吃官司。马秉义想到这里，不禁阴险地笑了起来。

说干就干。马秉义手下不缺愿意为他出生入死的铁杆心腹。马秉义思量可以派几个人以打零工的名义混进矿山，然后趁机在矿井中制造动静。当然，这样的人选，既要胆大心细，又要手脚麻利，关键是脑瓜子要够用。

为了能把这一宏伟的计划制订得周密些，马秉义决定亲自到红都县走一遭。他要去实地瞧一瞧，看看韩浩平发家的老窝到底是一块什么样的风水宝地，他更要模拟体验一下矿难发生时的场景。

马秉义带了两个随从，用了两天时间，把三贤公司的钼矿从外面仔细侦察了一番。勘察的结果却让他改变了计划。马秉义伪装成游客进了凌山，顺着凌河那条沟道，驱车十几公里才到达钼矿。一到矿山，一道高高的大坝吸引了马秉义的注意。他吩咐随从把车停在路边，几个人沿着崎岖的羊肠小道爬到了大坝顶端，他看到了一幅从来没有见过的画面。坝面上，方圆几平方公里的水库中装的不是清澈的水，却是黑乎乎一望无际的淤泥。一条粗粗的管道，正在向坝中喷吐褐色的黏稠液体。放眼望去，那条管道像一条长龙一样蜿蜒伸向远处的厂房。马秉义明白了，这就是采矿企业的尾矿坝。几年前电视上播出的某地尾矿坝垮坝的画面，一下子清晰地浮现在他的脑海中。怪不得这样的事情动不动会惊动省市领导，甚至国务院。马秉义再朝远处望去，尾矿坝经过沉淀后滤出的水流，顺着坝侧简陋的水道正缓缓地向下方流去，几千米后注入凌河。马秉义构想，如果能让这个看着并不怎么结实的大坝决开一个口子，任由黑乎乎的泥沙一泻而下，这一条凌河将会成为什么样子？出山后的凌河会给红都县城送去什么样的礼物？这样的动静，显然比派人混进矿井去搞爆炸更为简单，风险更小。马秉义再一次阴笑起来。

与肖红分手后，白川陷入了更为迫切的等待中。肖红给他提供的情况，让他解开了顶包的王大毛案件一路顺畅无阻进入审判程序的谜团。现在，他既为王大毛的死刑复核结果揪心，更为肖红在那个方鸣控制的魔窟中的安危担心。当然，他也得无时无刻防备针对自己可能发生的各种意外。然而现在能做的，似乎只有等待。十几天前，他冒着违反纪律的风险，把王大毛案件背后的阴谋直接书面寄送给最高法院院长。白川不知道自己这份枪下留人的呼吁，能不能有幸呈递到院长手上，他最担心的是这封信不经启封就被扔进废纸篓中。命悬一线的王大毛只能等待命运的安排了。而王大毛一旦沉冤伏法，真正的元凶马秉义将可能永远逃脱法律的制裁，方鸣也会让这个混淆是非的案件成为自己头上永久的光环。这一切，都可能成为自己律师职业生涯中一场最刻骨铭心的伤痛。

白川有一种深深的孤独感，他第一次感到自己的渺小与无助。自己虽然充满了正义的信念，但却像茫茫大海中随着波涛上下起伏的一叶轻舟，随时一个大浪掀过来，都会在片刻中葬身汪洋！

白川忽然想到了苏春明，这个和自己交往了多年的好朋友，也许能助自己一臂之力。起码，善良的本性与正直的为人，决定了他不会袖手旁观。如果能得到苏春明哪怕是精神上的鼓励与支持，自己也会增加些勇气。更何况，苏春明毕竟是一个重权在握的公安分局局长。

白川拨通苏春明电话的时候，苏春明仍然是一副乐呵呵的腔调："好你个白川，你还嫌给我找的麻烦不大？你要是谈家事，我洗耳恭听。你要是谈公事，就免开尊口。我还担心，万一我的电话被别人偷听了，我是跳到黄河也洗不清了。"

白川说："我不谈家事，也不谈公事，就想和你谈谈心。我不想找你以权谋私，再说以你的个性也不肯谋私给我。咱俩都应当心底无私天地宽。"

苏春明问白川，什么时候在什么地方见面。

白川想了想说："干脆你到我家里来，晚上我让丽霞准备几个小菜，咱俩小抿几口。我想，别人总不至于举报你到表妹家和表妹夫一起吃饭喝酒吧？"

姚丽霞一听表哥苏春明要来家里做客，心里当然高兴。她下班提早走了一会儿，急急忙忙赶到超市，采购了几样生、熟食品，回到家里有条不紊地在厨房摆弄一番。待苏春明敲响门铃时，桌上的酒菜已经摆齐整了。

一对志同道合的知己朋友执杯把盏，谈起话来自然就越说越多。几杯酒下肚，苏春明就把进门前自己给自己设下的言语禁区打破了，他有些歉意地说道："白川，莫说咱俩的交情和关系，就是换成不相识的人，你到我们局里报了案，我也得快快地给你个交代。难为你们被马秉义骗走那么多钱，从我们受理到现在有几个月了，别说帮你们追回赃款，就连个正式的答复都没有给你们，想想真是觉得惭愧。可我又有什么办法，这边稍微有个风吹草动，上面局里就会念紧箍咒。马秉义这样的坏人，为啥敢胆大妄为地作奸犯科，还不是仗着自己那一张关系网。"

白川正寻思着怎么给苏春明叙述他与马秉义目前的角力争斗，没想到苏春明倒是先提起了马秉义。白川理了理思路说道："春明，我约你来，就是想跟你谈谈马秉义的事，但不是你们受理的那个诈骗案子。”

苏春明来了兴趣：“你还掌握了马秉义其他情况？慢慢说……”

白川把接受王大毛法律援助案件以后阅卷产生疑问，与王大毛几次会面，王大毛道出实情的事情说了一遍。

苏春明大为惊愕：“难道这桩在公安部挂上号、受到层层嘉奖的案件原来是个错案？”

白川自信地点着头：“我以一个从事法律工作二十几年的法律人名义，负责任地说，主犯就是这个马秉义，可是……”

白川表情异常凝重：“你能猜出有意无意制造这起错案的责任者是谁吗？不是别人，正是‘八一三’案件专案组组长，你们市公安局副局长——方鸣。”

“方鸣？”苏春明瞪大了眼睛，“你是说方鸣副局长炮制了这宗狸猫换太子的错案？”

白川答道：“我还不敢说是他直接策划了这宗错案，但至少他有意无意地开脱了马秉义，而且他现在与马秉义沆瀣一气狼狈为奸。”

“就凭你的判断？”苏春明对白川的说法表示怀疑，“你是不是对二十多年前的事情还耿耿于怀？”

“不是判断，而是事实。”白川语气坚定地说道，“我所知道的情况和案件中的众多不合理现象结合起来，恰恰有了合理的解释。”白川换了一种语气，把肖红来找他的事情详细叙述了一遍，末了说道：“肖红是个不幸的女子，命运让她坠入了社会的底层。但她天性中的善良，决定了她和方鸣不是一条道上的人。我现在最担心的是她的安全，方鸣和马秉义一样，是个心狠手辣、没有底线的人。”

“原来是这样。”苏春明的双眉拧成了一道锁，他犹豫了好一阵说道，“白川，有些话出于纪律上的要求，我本不能跟你说，可现在也顾不上那么多了。你刚才说的话，把我心中的疑团也解开了。我们分局受理调查马秉义诈骗犯罪、组织黑社会犯罪的案子，在没有正式传讯案犯之前，马秉义派人对我盯梢，偷拍了那么一张照片，显然是有人给马秉义透漏了消息。就连马秉义通过人大代表发质询案的事，也无疑是对程序特别熟悉的人帮着策划的。市局纪委王书记分析说，肯定我们有内鬼给马秉义通风报信。原来这个内鬼竟然是他。”

苏春明突然又像想起了什么，激动地用手拍了一下桌子：“有答案了！”

白川不解地问：“什么答案？”

“你刚才提到的肖红，让我想起来一个重要事实。”苏春明说，“涉嫌用黑社会手段进行暴力拆迁的红三角公司有三个在册股东，一个是马秉义的老婆，一个是汉京师范大学的女教授明亮，还有一个就是持康宁市公安局签发身份证的女人肖红。对这三个股东，我们进行了秘密调查，马秉义老婆张秋霞不用说了，显然是替马秉义挂名的。这个明亮说起来比较神秘，身为汉京师范大学应用文学系的副主任，却插手城市的拆迁领域，且与新区管委会办公室主任杨昌利来往频繁，而西区管委会常务副主任孙鸣飞又恰好毕业于汉京师范大学中文系，很难说清这中间还有什么瓜葛。让人费解的是同为股东的肖红，只是一个打工妹，没有任何背景，我们一直搞不明白她是借助哪路神仙和马秉义搭上了线，这下完全明白了。”

“马秉义的案子你们不是停下来了吗？”白川问道，“马秉义那张偷拍咱们的照片，产生的结果又能让他得意一阵。”

苏春明神秘地笑了笑：“你以为共产党的公安局真的能让他马秉义任意摆布？一个区区的方鸣就能一手遮天？有正义给我们撑腰，有共产党的纪委给我们撑腰，我们的案子照办不误。只不过马秉义的行为让我们更加注意工作的原则性和策略性。”

白川欣慰地舒了一口气。

苏春明又说道：“马秉义用诈骗三贤公司的资金为他后续的犯罪行为搭建了平台，织下了关系网。据我们的侦查人员顺藤摸瓜调查，马秉义把三贤公司资金从富民公司转出后，在外省的某个皮包公司账上转了一圈，又回到了汉京市。红三角公司的注册资本金就是来自那笔赃款。明亮和肖红的银行卡上进项资金，也跟赃款有着直接的联系。”

“看来马秉义难逃法网。”白川觉得心潮激荡，但是一想到目前的局面，却又不无忧虑，“我担心，迟来的正义阻止不住马秉义和方鸣当下的疯狂。”

“能不能让肖红现在站出来揭发方鸣？”苏春明说。

白川轻轻地摇了摇头：“肖红没有那种勇气。再说了，肖红找我的动机，不是出于对方鸣的愤慨，而完全源于对我的报恩。现在肖红已经面临威胁，如果我们再把重担放在肖红肩上，情感上也说不过去。”

“现在就看王大毛死刑复核结果会怎么样。”白川继续说道，“我相信我写的那份反映材料不管能不能转呈到最高法院院长跟前，只要任何一个有良知的领导能够耐心地看完它，都会有所动作的。”

“那万一没有人理会怎么办？”苏春明担心地问道。

“我还有最后一招不是办法的办法。”白川说，“按我的预测，死刑复核维持裁定下来，到最高法院下达死刑执行命令，应当还有几天时间。如果维持裁定下来，说明我的反映材料真的被当成废纸扔掉了，那我就上北京找全国律师协会帮着申诉。全国律协的老会长曾在最高人民法院当过主管刑事的副院长，我说动他站出来，用他的身份和影响力去做最后一搏。不过，不管最后结果如何，这场不得已而为之的奋争过程，必将成为我律师生涯中最大的败笔，因为我用了非正常手段企图去干预神圣的程序。”

苏春明眼睛有些湿润：“如果真的裁定下来，我和你一起奔走。我去找市局纪委的王书记，他是我的忘年交，他在中央纪律检查委员会有认识的人。为了公平与正义，我们没必要顾虑太多了。”

白川深情地看着苏春明：“我们是法网上的一缕缕线条，正是我们紧紧地牵着手，才保证了法律天网恢恢，疏而不漏。而我们面对的却又是一张邪恶而又结实的关系网，有时候真是力不从心。”

苏春明握住白川的手说：“正义永在我们心中。你岂不闻道高一尺，魔高一丈？”

一夜无眠，白川觉得头昏脑涨。直到姚丽霞上班离开家，白川才懒洋洋地爬起来进了卫生间洗漱。正在刷牙的当口，手机铃声却响了起来。因为满嘴的牙膏沫子，白川也就没有理会。却不料那铃声一直执着地响个不停。待响过四五遍之后，白川出了卫生间抓起手机，里面传出来的急促声音让白川吃了一惊，原来是肖红打过来的。

白川急问肖红这么早打电话有什么事情。肖红却问白川这几天是不是要到红都去。

白川感到意外:“我最近不去红都。你干吗要问我这事？”

肖红说:“昨天晚上方鸣又到我这里来了，他在房间接了马秉义一个电话，马秉义说了些什么我没有听见。听方鸣说话的意思，好像还是跟你有关。方鸣说你不常去红都，让马秉义好好动动脑子。我就担心马秉义会不会在红都对你下毒手？这阵子方鸣刚刚离开我这儿，我就赶紧给你打个电话。”

白川知道那两个家伙又在策划着什么见不得人的罪恶勾当。想着肖红不顾自己身陷险境，时时还挂念着他，白川心里感激不已，连忙又安慰了肖红几句，嘱咐肖红一定要注意自身的安全。

放下电话，白川仔细琢磨着肖红提供的信息。如果这一举动是马秉义的报复行为，那么他的下手对象必然是三贤公司位于红都的矿山，难道马秉义丧心病狂到要去实施破坏活动？莫非他想通过毁掉矿山彻底搞垮三贤公司？那么他又会怎么做？派人混进矿山制造矿难？还是破坏设备？

突然，白川心中一紧。他想起上一次公司董事会上，秦大明提出矿山尾矿坝亟需加固的意见。按秦大明的说法，钼矿排放废渣的尾矿坝已经超过使用年限，如不尽快对坝基加宽加高，一旦发生汛情，极有可能发生垮坝，后果将不堪设想。考虑到冬季施工困难，董事会决定来年夏初组织施工队伍实施大坝加固工程。眼下春汛将至，尾矿坝的安全防护就成为矿山各项工作中的重中之重。万一这个时候，穷凶极恶的马秉义派人混进矿山破坏坝体……

白川不敢再想下去，他连忙拨通了韩浩平的电话，提出对红都钼矿尾矿坝安全的顾虑。韩浩平不理解白川为什么操起矿山业务上的心来。白川有心把最近以来和马秉义、方鸣角力的状况告诉韩浩平，又觉得过分地扩散案件信息不合规矩，遂借口说最近恐怖势力比较嚣张，不少地方出现暴恐事件，矿山安全要引以为戒。韩浩平说秦大明一直在矿山，他随后会给秦大明交代一下。与韩浩平通完电话，白川心里仍觉不踏实，就又给秦大明拨了个电话，提醒秦大明加强安保工作，对进入矿山的闲杂人员提高警惕。

回忆昨天晚上和苏春明谈话的过程，白川愈加感觉到，横亘在自己面前的这一张丑陋的大网要想扯开，太难了。马秉义、方鸣、杨昌利，甚至还有搞不清真实面孔的孙鸣飞、明亮教授等等，他们分布在这个社会的各个层面上，相互盘根错节地串在一起，像肌体中的癌细胞一样吞噬着健康的组织。同时，又让白川感到悲哀的是韩浩平，一腔激情投入的五千万元开发资金，竟最后转化成为这些社会毒瘤的营养剂。

手机铃声再一次响起来。白川拿起手机一看，显示的是一个陌生的北京号码。白川判断可能又是那些冒充某个中央部委下属机构开学术会、办杂志约稿、搞出版拉赞助之类的电话。

白川接通电话后正想一口回绝，却未料对方直截了当自报家门："我这里是最高人民法院，我找白川律师。"

白川一下子站了起来："我是白川。"

对方语气柔和却透着刚毅："你写给最高法院院长的反映材料，引起了最高法领导的高度重视，院长已做了批示。鉴于你反映的情况足以推翻一、二审判决，我们想和你见一面，当面听听你的意见。"

白川只觉得心中一热，瞬间泪眼模糊。他忘记了自己是在对着手机说话，接连不断地点着头："太好了，太好了。需要我去北京吗？"

电话那边又说道："本来我们最高法院想派人到汉京去，但为了暂时保密，我们还是想请你到北京来一趟。当然，这会给你带来一些不便，也会产生费用。考虑到这个案子是法律援助项目，你此行北京的全部费用由我们最高法院全额报销。"

白川声音有些沙哑："我不知道该怎样称呼您，但我想代表为了正义而奔走的律师，向法律致敬，向最高人民法院致敬，向最高人民法院院长致敬。至于我的费用，由我们律师事务所自己承担，这是我们法律援助的义务。”

白川只觉得郁结在胸口中的一团闷气化解开来，长长地舒了一口气。他走到窗户边上，推开窗扇。窗外蓝天如洗，天高云淡。一轮红日从东方喷薄而出，远处逶迤的山峦若隐若现。忽然，几十只大雁排着人字形的队伍从遥远的天际飞了过来。几十年没有见过这种情形了，激动不已的白川似乎又回到儿时那广阔的田野上。听着清晰可辨的雁鸣声，目送着雁群不停地变换队形飞向远方，白川的心中升腾起一股骄傲。他想起那句耳熟能详的歌词：“歌唱我们亲爱的祖国，从今走向繁荣富强。”

惶惶不可终日的马秉义在处心积虑地想着整治与自己叫板的白川律师的同时，却并没有放弃自己计划的另一桩重要事情。那天在天使之门医院，护士把婴儿的一撮胎毛交给他，他坚信那是神灵在促他完成亲子鉴定。这一段时间，因为忙着正事，他把鉴定的事抛到了脑后。昨天那家搞鉴定的医院给他打来电话，让他尽快去医院采样，并强调说这宗鉴定是熟人交代安排的，现在不来，过一段时间手续办起来会很麻烦。马秉义答应第二天上班就去那家医院。这亲子鉴定是近几年来才兴起来的一项认定血缘关系的技术手段，虽说帮人们解决了几千年来难以判断是非的难题，但也给不少原本和睦相处的家庭带来了灾难甚至诱发了血案，故而这项技术的临床应用也饱受诟病。后来就有了一项不成文的规定，凡司法机关委托的鉴定，鉴定机构做起来顺理成章。但个人申请鉴定的，如果没有熟悉的关系，鉴定机构都会拒绝接受申请。马秉义正是找了一个熟人，才让那家医院同意为他私下进行鉴定。

同意为马秉义进行鉴定的这家机构是一家民营医院，整日里为提高医院的效益四处做广告、拉病人。马秉义一到这家医院，就被接待的护士热情地劝着做个全面体检。护士说：“马老板，您是成功人士，成功的人士首先要成功地保护自己的身体。身体是事业的本钱，没有好的身体，再成功的事业都是一场空。”马秉义经不住护士小姐的软磨硬泡，也就勉强答应做个全面体检。护士小姐自告奋勇地帮着马秉义去办理缴费手续。看着护士欢天喜地离去的背影，马秉义又一次感到钞票的神奇作用。

有钱能使鬼推磨。从来不太和医院打交道的马秉义没有想到，花钱竟然能在医院买来跟按摩院可以相提并论的星级服务，马秉义被貌若天仙般的女护士们陪着，接受各种闻所未闻的检查。眼前是各种新奇的进口仪器，耳边是护士贴心贴肺的款款软语。中午，护士把特意采购的饭食送到贵宾休息室，马秉义在众星捧月中享受完这场不算丰盛却让他难以忘怀的午餐。到下午检查结束时，马秉义忽然对这家医院有了一种恋恋不舍的感觉。

临出医院时，护士叮嘱马秉义一周以后来取结果。马秉义问是鉴定结果还是体检结果。护士说：“您贵人贵事，到时候您把您的健康证明和您儿子血统纯正的护身符一起拿走好了。”

远处突然传来隆隆的雷声。出了医院大门的马秉义仰头朝天望去，乌云密布。他心里又是一阵高兴，真是天遂人愿，随着开年的第一声春雷，雨季就要到了，就让这场春雨成为断送白川、韩浩平美梦的催命曲吧。待到滚滚的矿渣洪流从那个大坝上一泻而下时，就等着在电视新闻上瞧热闹吧。

淅淅沥沥的春雨一连下了四五天，还没有放晴的迹象。马秉义派往红都的几个喽啰一直没有报过来得手的好消息，马秉义不免有些心烦意乱。闲着没事时，马秉义掐指一算，跟那家医院约好取结果的日子到了，心想着做一桩事，少一桩事，就驱车赶到那家医院。

接待马秉义的护士还是上一次动员马秉义做全面体检的那位。可今天这位护士的表情却与上一次判若两人。原先的种种殷勤与妩媚变成了明显的矜持。虽然脸上也堆着笑，却让人感觉出一种牵强。护士还是把马秉义让进上次给马秉义带来皇帝般感觉的贵宾室，招呼马秉义坐下，然后拿出两本装潢精美的册子。马秉义瞅了一眼，一本是鉴定报告书，一本是体检报告书。

马秉义急急地把两个册子拿过来翻了一阵，却半晌看不明白那些奇奇怪怪的符号和晦涩的医学术语。他干脆把册子合上，劈头问道："你就告诉我，儿子是不是我亲生的？我身体是不是健康？"

护士浅浅地微笑了一下："马先生，您别急，要不然我请我们的主任医师跟您谈谈。"

一个鼻梁上架着金丝眼镜的男大夫走过来坐在马秉义的对面，温文尔雅地朝马秉义点了点头，就低头看起了两份报告册。足足翻看了有四五分钟，金丝镜一会儿皱起眉头，一会儿又好似沉思。

马秉义等得着急，忍不住说了一句："大夫，你能不能给个干脆话？"

金丝镜抬起头看了马秉义半晌，突然没头没脑地问道："先生，你做这个鉴定有什么意义？"

马秉义一脸不满："我来拿鉴定报告，谁让你管我鉴定的意义。"

金丝镜把鼻梁上的镜框往上推了推，慢条斯理地说道："亲子鉴定是现代科技发展后对人类特殊需求的一种满足，但一定要辩证地看待结果，尽量不要因为鉴定结论破坏正常的家庭秩序。"

马秉义不耐烦地打断了金丝镜的话："你能不能直接告诉我结果？"

金丝镜却依然按着自己的思路说下去："先生，我们的鉴定结论是完全依据科学数据做出来的，正常人身上有二十三对染色体，同一对染色体同一位置上的一对基因为等位基因，一个来自父亲，一个来自母亲，如果……"

"够了！"马秉义粗暴地打断了金丝镜的侃侃而谈，"我不是来听你讲课的，你就告诉我孩子是不是我亲生的？"

金丝镜无可奈何地摇了摇头："很抱歉，先生，那我就遗憾地告诉你，这孩子染色体中有五个位点与你不同，理论上完全可以排除亲子关系。"

"果然如此。"马秉义早有心理准备，他站起身来强调了一句，

“你们有没有搞错的可能？”

金丝镜再次摇了摇头，而后又苦笑了一下：“不过……”

“不过什么？”马秉义紧张地把身子往前倾了一下。

“你们确实不具备亲子关系，但又有很亲的血缘关系。”金丝镜说道。

“什么意思？”马秉义听得有些糊涂。

金丝镜说：“你们的基因符合同一代特征，也就是说，你们二者至少源于同一母亲或父亲。换言之，你们应当是亲兄弟，或者是同父异母或同母异父的兄弟。”

“你说什么？”马秉义以为自己听错了。直到金丝镜面无表情地点着头，他才确信刚才的话是从这个人嘴里说出来的。

马秉义蒙了。同母异父？同父异母？显然只有一种可能，也就是说，张秋霞生下的孩子是自己亲生父亲马怀礼的孩子。

马秉义的眼睛变得模糊起来，金丝镜仍在喋喋不休地说着话。但马秉义已听不见他在说什么。突然，马秉义看到金丝镜框下方有一张狰狞的血盆大口朝自己吞咬过来，失去自制力的马秉义抡起巴掌，朝那张嘴巴扇了过去。

一声脆响，金丝镜嘴角上流出了鲜血，接着吐出一口血沫子，一个牙齿从地上弹跳起来。金丝镜惊恐地指着马秉义，用带着哭腔的声音吼道：“你个疯狗，我干脆都告诉你，你的体检报告书反映你的染色体是XXY，正常的男人是XY，正常的女人是XX。你根本就不是一个正常的男人，你也根本生不出孩子来！”

白川接到最高法院电话的当天，就乘飞机到了北京。当晚他找了一家离最高法院不远的酒店住下来，晚上又花了大半夜时间把王大毛案件中摘抄的内容认真温习了一遍。第二天一大早，他就赶到最高法院，按照那个电话告诉他的联系方式，很快就看到了约见他的法官。

法官看上去有五十来岁，说话时带有浓浓的东北口音。见了面握着白川的手，称赞白川是律师中勇于担当的硬骨头，他说白川写给院长的反映材料帮助法院避免了一桩恶性错案的发生，要不是那份反映材料，也许死刑执行令早就签发了。法官又给白川透露了一个让白川震惊不已的消息：据国家安全部掌握的情报，汉京市“八一三”案件中有部分高等级文物相关出手信息出现在香港文物拍卖会上，这说明汉京市公安局并没有完全破获案件。现在国家安全部门已介入案件。而这个案件背后的情况恰好与白川反映的事实形成吻合。

“看来元凶马秉义在王大毛落网后，仍然在继续实施盗掘后的文物走私。”白川分析道。

“问题恐怕更复杂，”法官说，“据安全部门判断，如果没有公安内部的人提供配合，后续的事情不可能发生。”

白川心里明白，给马秉义提供配合的人少不了方鸣，可他又觉得无法把肖红的情况提供给法官，毕竟他是以律师身份向最高审判机关反映情况，他不能把超出工作范围获知的信息随意说出去。

法官详细询问了白川与王大毛会面过程中的各个细节，不无担心地提出王大毛会不会再次发生口供上的变化。白川也担心方鸣、马秉义通过监所内部的漏洞对王大毛施压、欺骗，甚至下毒手。他趁机向法官建议对王大毛异地羁押。法官说这个问题安全部门的同志已经考虑到了，下一步重启侦查程序，会考虑对原办案人员的回避与甄别。包括个别领导人员。

白川感觉到千斤重担卸下了肩头。

马秉义在情绪失控中怒打了医院的主任医师，被接到报警电话的警察带到了派出所。一番询问后，鉴于马秉义的人大代表身份，派出所没有对马秉义采取强制措施，训诫之后，留下马秉义的住址、电话等联系方式，让马秉义回去听候处理。

像喝醉了酒一般，马秉义跌跌撞撞地离开派出所。天已经完全黑下来，雨似乎也停了，马路上往来的车辆发出的耀眼灯光让马秉义的眼前一片模糊，他仿佛觉得那些疾驰的车辆都是朝自己轧过来，瞬间会让他变成血糊糊的肉泥。

马秉义的车子还停在那家医院的停车场。来派出所时是被警察一左一右架到警车上的，现在他还得返回那家医院。他站在马路边上想挡住一辆出租车，可是连着驶过几辆空车，却没有司机停下来，好不容易有一辆车子在他身边减慢了速度，待马秉义去拉车门时，车子却又一加油门，飞速离去。马秉义这下才明白，自己衣衫不整，身上未带任何东西，这种形象，是十足的醉鬼或闲汉模样。

不远处的街边上有一处花坛，花坛边上有几排供人们小憩的石椅空着。马秉义信步走了过去，无力地坐在石椅上。

在江湖上叱咤风云的马秉义怎么也没有想到自己会被这个世界上唯一至亲至爱的人抄了后路。打小时候起，父亲在自己心目中就是顶天立地、无所不能的英雄般人物。父亲对自己既威严又慈祥，父亲是他在伙伴们、同学们面前不败的炫耀资本。长大后，虽然老迈的父亲在他内心深处已不再高大，但多年的思维定势，仍让他不敢对父亲有太过造次的言行。他心里也清楚，这个在他跟前既当爹又当娘的人对他的养育之恩，会让他毕生难以报答。然而就是这个人，却亲手给自己的儿子戴上了绿帽子。马秉义有千般苦楚，更有万般不解：马怀礼呀马怀礼，你为了儿子半生不娶，却为何老了老了，放着多如牛毛的女人不找，偏偏要睡自己儿子的老婆？你到底是慈父，还是魔鬼？你到底是好人，还是畜生？

让马秉义更为万箭穿心的事儿是医生给他的结论。怪不得这么多年来他和所有的女人睡觉时，那玩意儿总不争气，原来自己压根儿就不是一个真男人。过去小的时候骂别人最毒的一句话莫过于某某是个“二尾子”，而今天自己却实实在在不折不扣就是一个“二尾子”。这个世界为什么对自己如此不公，自己是不是上辈子做了亏人的事，所以老天爷这辈子无情地惩罚自己。

装在口袋里的手机响了起来，马秉义掏出来一看，正是派去红都执行任务的人打来的。马秉义有气无力地“喂”了一声，却听见对方哭丧着腔调：“马哥，事没弄成。我们在坝上干活儿时被矿上的人发现了，我跑脱了，另外两个兄弟让人家抓住了。”马秉义又是一个激灵，随口骂道：“我操你妈的×。”

一阵冷风吹过来，马秉义的脑子陡然清醒了许多。回忆今天发生的一幕幕情景，马秉义似乎是做了一场不堪回首的噩梦，但这一切又的的确确都是真的，他现在必须面对这一切。那个曾经给过他骄傲、而今又给了他登峰造极的屈辱和痛苦的“家”，他再也不想回去了。那对在名义上被称为父亲和妻子的狗男女，他连杀他们的心都有了。这件事情得有个了结，马秉义绝不能放过他们。刚才手下人报告给他红都失手的事，又意味着他在和白川一伙人的较量中失败了，难道自己真的如此无能？难道自己就这样坐以待毙地等着白川带着公安来抓他？不能！绝对不能！

马秉义牙关一咬，自己对自己说：“你医生说我马秉义不是男人，我偏偏要做点儿男人的事儿给你看看，我要让所有的男人提起我都胆战心惊！我要让这个世界上跟我作对的人统统下地狱！白川、韩浩平、苏春明、马怀礼、张秋霞，我要让你们一个个不得好死、生不如死！”

礼拜天，姚丽霞一大早去早市买了些蔬菜水果之类的东西。丈夫白川去北京还没有回来，儿子小川已经嚷了几回要去远郊新落成的影视城玩一玩。昨天晚上姚丽霞约了姐姐姚丽娟和外甥女毛毛，两家四口人决定今天自驾去影视城游玩一遭。按照昨晚的约定，吃过早饭后，姚丽霞要开车带着小川先去接上姐姐和外甥女，然后再去目的地。

吃完早点，又往包里塞了些水果，姚丽霞和儿子说笑着并肩出了屋子。到了楼下，启动了自家那辆黑色的奥迪A6轿车。通常这辆车子是白川开着，去北京的时候，白川把钥匙留给了姚丽霞。

打开车上的音响，一阵舒缓的音乐声在车厢里回荡起来。姚丽霞把车开出了小区院子。坐在副驾驶位置上的小川忍不住又拿出了自己心爱的迷你游戏机 GameBoy，姚丽霞责怪儿子在车上玩游戏机伤了眼睛，又嘱咐儿子注意安全，系好安全带。

这一对沉浸在幸福与喜悦中的母子，怎么也没有想到，在他们的车子后面，魔鬼马秉义正驾驶着一辆载重量几十吨的大卡车，紧紧地尾随着他们。

马秉义在凌晨时分从施工工地开出了一辆渣土运输车，天不亮就停靠在白川居住的小区大门外边。他早已打听到白川的私家车车型和车号，他要亲手实施摧毁仇家的计划。

黑色奥迪车驶上了新开通不久的城市三环大道，因为这条路刚通车不久，路上行驶的车辆显然比市区要少一些。车子行驶的速度稍稍提高了一些，大卡车与奥迪车保持着同一方向，一前一后行驶着，奥迪车偶尔甩下大卡车一段距离，但很快大卡车又加速咬住奥迪车的尾巴。

马秉义原计划的撞车方式是追尾撞车。要想形成追尾的效果，就必须在前车减速的情况下大车加速冲上去，否则速度再高也形不成巨大的撞击力。虽然一路跟着奥迪车，马秉义却一直难以寻到合适的碰撞机会，要不然就是车辆太多，大车的速度上不去，要不然就是小车的速度太快，大车渐渐被甩下。现在已经到了孤注一掷的时候，马秉义绝不能只搞一场磕磕碰碰的事故，他要的是壮观，要的是惨烈。

机会终于到了，前面的十字路口，奥迪车的右转方向灯闪烁起来，看来这辆车要转弯了。等到奥迪车速度减下来，马秉义一咬牙，右脚使劲踩下油门，“轰”的一声，奥迪轿车在原地翻了个滚。大卡车车身朝左边稍稍偏了一下，却没有停下来，轰鸣着一溜烟消失在前方。

飞机正在万米高空的云海中穿行，白川坐在靠窗的舱位上，欣赏着这变幻莫测、仪态万方的云朵。小时候每当天空晴朗之际，白川就喜欢半躺在地上，仰面朝天看空中一团一团奇特的云朵，一会儿像奔跑的骏马，一会儿像玩耍的小猴子，一会儿又像灿烂的花朵，听大人说，那是雷公和雨娘的孩子们一起玩耍。现在，他置身在浩瀚的云海中，再一次为造物主神奇的杰作所震撼。

与最高法院法官的深层次沟通，让白川对王大毛案件的后续结果充满了信心，尤其是得知国家安全部门的介入，让白川对方鸣、马秉义一伙的关系网在案件复查中对抗的担心荡然无存，他坚信案件会在不长时间内正本清源。马秉义逍遥法外的日子该结束了，披着警察外衣的方鸣兔子尾巴长不了了。与法官分手之前，白川郑重表示自己愿意尽最大的努力全方位配合司法机关的后续工作。离开最高法院后，白川又捎带着办了几件业务上的事情，顺便看望了全国律师协会的几位老同志。其间他还接到了韩浩平和秦大明分别打来的电话，方知真的有人窜到红都的矿山上去搞破坏，幸好被秦大明组织的护矿队及时发现，一场灾难擦肩而过。秦大明感叹白川未卜先知，料事如神。白川却在心底里感激着不畏危险通风报信的肖红。想着疯狗般的马秉义破坏失败后不会轻易善罢甘休，白川又隐隐有了一丝担心，越发盼着最高法院和相关部门尽快配合着控制住马秉义。心里有事，白川就急着赶回汉京。临去机场前，白川特意到王府井食品店采购了儿子小川最爱吃的北京果脯，这是他每次出差到北京为儿子必做的功课。

飞机还在跑道上滑行，机舱里的乘客有些已经迫不及待地解开保险带站了起来。虽然广播中仍在提示滑行中乘客不得打开手机，但机舱中形形色色的手机铃声已经不绝于耳。南腔北调的报平安声让机舱里像集贸市场一样嘈杂不已。经常出行的白川遵循着良好的习惯，静静地坐在舱位上，直到飞机完全停稳，才打开了关闭着的手机。

白川起身去拿头顶上方行李厢中的行李，却听见手机信息提示声音连着响了几遍。打开手机一看，是丽霞的姐姐丽娟发来的。内容大同小异：“速回电话”“有急事速回电话”“来电话，急”。姚丽娟平时不常给白川打电话，今天却连着发了这么多条急切的信息，显然是姚丽娟在他刚才手机关机打不通时发过来的。

白川突然有一丝不祥的预感，难道……他不敢多想，顾不上机舱中乱哄哄往舱外涌去的人流，又坐在舱位上，拨通了姚丽娟的电话。

几声铃音后却是姚丽娟的女儿毛毛带着哭腔的声音：“姨夫，你快来吧，小姨和小川出车祸了……”

白川的脑袋“嗡”的一声轰鸣。

姚丽霞的驾驶技术并不娴熟，虽说已经通过考试拿到驾驶证多年，但真正驾车行驶里程却屈指可数。原本说好去影视城游玩时由外甥女毛毛驾车，但为了方便，姚丽霞还是想着先带上小川把车开到姐姐家里再由毛毛驾驶。姐姐前几年搬到城外新开发的楼盘上，离姚丽霞家有十几公里的距离。姚丽霞上车后不敢开得太快，又嘱咐儿子系上安全带。母子俩说着话，小川手里握着个游戏机欲罢不能。沿着新开通的三环路，见路上行车少，姚丽霞稍稍提高了一些车速。眼看着离姐姐家不太远了，姚丽霞打亮转弯方向灯，缓缓踩下刹车，准备拐下三环道。却突然间一声巨响，脑后像被谁敲了一棒，失去了知觉。

黑色奥迪车被加速冲上来的大吨位卡车撞上后尾部，巨大的冲击力让奥迪车就地一个三百六十度的翻转后又奇迹般地翻过来四轮着地趴在马路上。小川是在碰撞发生后两三分钟醒过来的，睁眼一看，车外已经站了好几个路人，只觉得黏糊糊的东西遮住了眼睛，摸了一把，竟然是殷红的鲜血，再看看旁边的母亲，嘴角正往下流血，头无力地下垂着。

惊恐的小川连着喊了几声“妈妈”，姚丽霞却无动于衷，吓坏了的小川立刻号啕大哭起来。

路人七手八脚地为小川解开保险带，把小川拉下车子，又把姚丽霞小心地抬出驾驶室放到路边。有人拨打了120急救电话。人们诅咒着那个无良的肇事司机闯下这么大的祸竟然逃之夭夭。有人提醒傻哭的小川快点儿跟就近的亲人们联系。小川拨通了姐姐毛毛的电话。

心急火燎的白川赶到医院时，姚丽霞正处于深度昏迷中，头上缠着绷带的小川看见爸爸，扑在白川的怀里又一次放声大哭起来。在抢救室的玻璃门外，满脸悲戚的白川拉住大夫的手询问妻子的伤情。大夫说病人由于剧烈碰撞出现外伤性颅内出血，急需进行开颅手术，希望家属尽快决策是否同意手术。

白川问大夫手术的把握性有多大。大夫没有正面回答白川的疑问，表情严肃地说道：“如果不施行手术，病人随时会出现生命危险。

侥幸摆脱死亡威胁，也会因为出血压迫脑内周围神经而引起障碍，形成植物人状态。”

十几年风雨同舟、相濡以沫的生活经历，妻子姚丽霞早已深深地融入白川的生命中。白川不敢想象没有爱妻的生活会是什么样子，更不敢想象缺失母亲的小川会是什么样的状态。毋庸置疑，开颅手术的巨大风险是无法把控的，可此时此刻，除了同意立即手术外，白川还能有别的选择么？

手拿着大夫递过来的手术风险告知单。白川模糊的双眼几乎看不清那上面一行一行用黑色加粗字体标示的风险提示。他抬头看了看姚丽娟，这个已经两鬓染霜的善良女人同样沉浸在巨大的悲伤中。扶着母亲的毛毛用鼓励的眼神盯着姨夫，似乎是替自己的母亲坚定地点头。白川觉得似有泰山压在自己的头顶，他觉得一阵窒息，一把把小川抱在怀里，从兜里掏出笔，递到小川手里，又握着小川握笔的手，父子两人用颤颤巍巍的手一起在手术风险告知单下方的家属签字栏上，签下了“白川”和“白小川”几个字。

昏迷中的姚丽霞被推进手术室。

闻讯的苏春明赶来了，西部日报社的同事们也来了一大群，大家的脸上无一例外地显露着凄楚的神情。姚丽霞的安危牵动着每一个人的神经，人们的眼睛都在紧张地注视着门外那几个闪烁的红字“手术中”。偶有医护人员推开手术室房门出来时，大家都会满怀希望地围上去，而后又进入漫长而又焦急的等待中。

十几个小时过去了，手术依然在进行中。终于，闪烁不停的“手术中”三个大字消失了，接下来是死一般的寂静。时间一分一秒地流过，所有人的心都提到了嗓子眼儿。白川的精神几近崩溃，他无力地靠着墙，勉强让自己保持着站立的姿势。

手术室的门开了，疲惫的大夫一只口罩还挂在耳朵上。手术室外等候的人们“呼啦”一下子拥到大夫面前。白川的眼睛盯着大夫，却听不见大夫嘴里说什么。直到毛毛两只手举起来兴奋地喊了一声，白川还在瞪着惊恐的眼睛。

毛毛转过身来把小川抱在怀里，朝着姨夫喊了一声："手术成功，小姨脱险了！"

听得真切的白川，鼻子一酸，两腿一软，无力地瘫坐在地上。

术后的第三天早晨，一缕阳光从窗口洒进了病房。躺在病床上的姚丽霞仍然紧闭着双眼。连着几天几夜没有合眼的白川一直守候在妻子的病床前，他每隔一两个小时就把嘴巴贴在姚丽霞的耳边轻轻地呼唤几声，可总也唤不醒不知是昏迷还是沉睡着的妻子。焦急的白川多么希望妻子能睁开眼睛哪怕是给他一个微不足道的眼神。尽管大夫宣布手术成功，可是不看见妻子醒过来，白川这颗悬着的心任怎么说也放不到肚里。

突然，姚丽霞的手动了一下，白川急忙握紧妻子的手，再一次贴着妻子的耳朵呼唤着"小霞"。

终于，姚丽霞四周紧裹着纱布的脸上似乎有了表情，她的眼皮跳动了几下，嘴里嗫嚅着像要发出声音。白川把耳朵贴上去，他分明听见妻子呼唤着"小川"。白川一阵狂喜，激动的泪水顺着自己的脸颊又流到姚丽霞的脸上。

又一阵子过去了，姚丽霞终于睁开了双眼，看着身边的白川，小声而又艰难地问道："我……这是……在……在……哪里？"

看到妹妹醒了过来，提着饭盒走进病房的姚丽娟喜极而泣。

韩浩平像一阵风似的冲进病房，他刚刚从外地出差回来，一下火车，就直接赶过来。看着病床上的姚丽霞，韩浩平紧紧握住白川的手，眼睛里含着怒火说："这八成又是一场阴谋。"白川用眼神阻挡住韩浩平的话头。韩浩平伸开双臂，紧紧地拥抱住白川。无言中，坚定的意志和无畏的信念通过两副火热的胸膛相互传递给对方。

苏春明忽然带着两个穿制服的警察赶到病房。苏春明把病房的人一一介绍给警察，又给白川介绍说这两位是市交警支队事故科的同志。

领头的警察说："这个事故属于性质较为恶劣的交通肇事逃逸案

件。根据目击群众的反映，肇事车辆是一辆大货车，我们正在排查可疑车辆。从现场痕迹的勘查分析看，受害车辆当时正在减速，肇事车辆从后面冲了过来，没有丝毫的刹车迹象，速度好像不减反增，我们最初判断有可能司机把油门误当刹车踩下，但认真分析之后又排除了这种可能。作为一个卡车驾驶员，一般属于职业司机，犯下如此低等的错误，基本不可能。”

白川接过警察的话头：“也许这一切，都是计划好的。”

警察眉毛一扬：“你是说可能是一场有意制造的交通事故？那么你有嫌疑犯线索吗？”

马秉义的罪恶形象在白川的脑海中翻腾着。但是作为一个律师，白川深知在缺乏基本证据的情况下，仅凭猜测对一个公民发出犯罪指控有违道德底线。他摇了摇头说道：“希望你们能够理解一个家属的心情。”

警察试图问姚丽霞一些车祸发生时的情景，姚丽霞却一直微微地摇着头。苏春明一旁说道：“表妹是经受巨大外力撞击后形成脑震荡并伴有颅内血管破裂。她不大可能会回忆起车祸发生前一刻的事情。”

问话的警察不好意思地笑了笑说道：“不过，受害人良好的驾驶习惯换来了这场不幸中的万幸，如果正副驾驶位上的人没系安全带，后果更不堪设想。”

警察让白川在笔录上签完字，又安慰道：“相信我们会把事故查个水落石出。你刚才的判断我们也会慎重考虑，必要的时候，我们会请求刑侦上的同志和我们一起分析案情。”

待警察离开病房，白川对苏春明说道：“春明，你不该利用你的身份去影响交警部门的办案。毕竟，权力是人民赋予的，把权力和身份当成为自己利益服务的资本，违背我们的初心。”

苏春明反唇相向：“白川，你错了，我是一个公安分局局长不假，但我更是一个中华人民共和国公民，我有权利更有义务在我的家人受到侵害时挺身而出。一个对家人不能尽到义务的人，很难想象会恪尽职守，服务百姓。”

白川心里又是一热，他为自己有这么一位多年来肝胆相照的好朋友、好妻兄感到自豪和骄傲。

放在病床上的手机提示铃声响了几下，白川拿过手机一看，突然脸色大变。

几行小字出现在白川的手机屏幕上："白川哥，快来救我，枫洲湾小区三栋三单元十八层 1801。"

信息是肖红发来的。

"肖红出事了！"白川惊叫道。

韩浩平和苏春明不约而同地问道："什么事？"

白川顾不上多做解释，随手抓起搁在床头的衣服，一边往身上套着，一边往外走着。忽然他又想起自己没有开车，转身对韩浩平说道："你开车送我到枫洲湾小区。"

苏春明抓住白川的肩膀说："白川，你冷静点儿，到底发生了什么事？"

"方鸣，一定是方鸣，他要对肖红下毒手了！"白川说道。

"方鸣？"苏春明问："你是说方鸣要对那个康宁来的女子下毒手？"

白川急促地点着头。

"我跟你们一起去！"苏春明突然坚定地说道。

"你？"白川惊讶地看着苏春明。

"相信我，白川。"苏春明说，"我是一个警察，但我也是你的朋友，你的妻哥！"

第三十章

此刻，方鸣正揪着肖红的头发，使劲地把肖红的头往墙上撞着。

也是肖红做事不慎，昨天晚上，方鸣回枫洲湾小区过夜，一夜相安无事。早上起来，方鸣坐在客厅看电视，肖红去厨房给方鸣准备早点。换衣服时，一张名片从肖红的口袋中掉落在客厅地板上，眼尖的方鸣顺手捡了过来，一看却是省律师协会副会长、京法律师事务所主任白川的名片。方鸣脸色立刻大变，这不正是折腾王大毛案件的那个律师吗，肖红怎么会有他的名片？

方鸣一把把站在客厅的肖红按倒在沙发上，问肖红这张名片是怎么回事。肖红张口结舌，吞吞吐吐，最后说是自己捡来的。方鸣岂肯相信肖红的话，又追问肖红最近是不是见过这个白川，惊恐万状的肖红连连摇头。可是她的眼神如何能骗得过方鸣那双老辣的眼睛？方鸣一个巴掌抡圆扇过去，肖红的嘴角流出了殷红的鲜血。

方鸣揪住肖红的衣领使劲地摇晃着，拷问肖红是怎么跟白川勾搭上的。事已至此，肖红干脆横下一条心，紧闭着嘴巴一句话也不说。方鸣恼羞成怒，又左右开弓打了肖红几个耳光，嘴里骂道：“老子养着你，你他妈的竟然吃里爬外，老子今天废了你！”

忽然，方鸣想到了肖红的手机。肖红与那个白川如果有联系，少不了手机上会留下通话记录或信息内容。方鸣急忙用手在肖红的衣兜中摸索，一边摸着一边喊：“把手机交出来。”

肖红挣脱了方鸣，说了一句：“我去拿给你。”就跑进卧室。

肖红一进卧室，就“砰”的一声关上了房门，把门反锁住，又飞快地从床头拿起自己的手机，把电话给白川拨了过去，却没有拨通。方鸣已经发觉了肖红的意图，使劲地在门外砸着门板。情急之中，肖红向白川发了一条求救信息。信息刚发出去，“哗啦”一声，房门被方鸣踹开了。

方鸣从肖红手中夺过手机，一眼就看见肖红给白川发出的消息内容。他气急败坏地把手机朝地上使劲一摔，手机顿时摔成两半，散落在地上。他又疯了似的揪住肖红的头发，把肖红的头往墙上撞着。肖红惨叫几声，无力地顺着墙边瘫下去，倒在了地板上。

看着昏倒在地上的肖红，方鸣余怒未消，又狠劲在肖红的腰上踹了两脚，才回到客厅的沙发上坐下。

方鸣燃起了一根烟，使劲吸了几口，脑子慢慢地清醒下来。他回忆着与肖红相处这几年的过程，咋也想不明白这个女人怎么能和自己的对头白川律师有瓜葛。想起自己曾经当着肖红的面与马秉义在电话中讨论白川的事，肖红不动声色地待在一边，他真觉得最毒莫过妇人心。他不知道这个女人会告诉白川些什么，如果她是替白川卧底的，那自己就惨了。想到这里，他急忙又回到卧室，把自己刚才盛怒之下摔在地板上的手机捡起来。手机已摔成两半，他试着把电池和机体再装到一起，不停地按动电源按钮，但手机屏幕上却黑乎乎的，没有任何反应，看来手机已彻底摔坏了。他为自己的冲动懊恼，但是已经晚了。

肖红渐渐醒了过来，垂头坐在墙角低声抽泣着。方鸣看了她一眼，又回到客厅坐下。

两根烟吸完，方鸣突然意识到不能再在这里待下去了。他清楚地记得，刚才肖红发给白川的信息上有这套单元房的小区名和具体楼位房号，说不定白川一会儿就会找到这里。而这套房子，实质上虽然属于他，但他根本不敢公示于人，尤其是当他和一个不是妻子的女人在这个家里的生活状态暴露出去的话，他的政治生命肯定就完结了，说不定等着他的还有一副锃亮的铐子。三十六计走为上计，他必须马上离开这里，并且把这个女人带离这里。至于这套房子……

方鸣忽然想到了马秉义，何不让这个江湖上的商人在关键时候为自己圆个场。马秉义应当对他和肖红的关系了如指掌，他不妨把难处给马秉义说清楚，让马秉义快点儿过来守在这套房子内，马秉义和白川更是死敌，一旦这两个人在这里碰面，谁知道又会上演一出什么样的大剧。

方鸣连着给马秉义拨了两次电话，却始终无人接听。直到第三次电话铃声响了一阵后，话筒里才传来马秉义无精打采的声音。

方鸣尽量保持着平静的音调："秉义，我有个事情让你帮忙，你能不能快点儿或者说马上一刻不停地到枫洲湾小区来？"

方鸣做梦也不会想到此时的马秉义正在经历着生命中前所未有的精神折磨与兽性的大爆发。马秉义不问青红皂白只说了一句话："方鸣，老子累了，没空陪你玩。"就挂上了电话。

见鬼了，莫名其妙的方鸣简直有些不能相信自己的耳朵。虽然有些桀骜不驯但总体上还算俯首听命的马秉义今天吃了豹子胆，竟敢对自己如此造次。但现在最重要的事情是给自己擦净屁股，马秉义的事情只能留下以后再说了。既然马秉义指望不上，只能靠自己了。

方鸣把房间属于自己、标志明显的东西简单地收拾了一下，装进一个旅行袋中，之后走进卧室把仍然坐在地上的肖红提了起来，用稍微和善一些的语气说道："肖红，我方鸣是个眼里不容沙子的人，你既然和别的男人有来往，我也就不再勉强你了。咱两个人就此了断，你马上搬出这套房子，现在就走。"

肖红无力地点点头，强撑着从地上站了起来，义无反顾地朝门外走去。

"我必须把你送出去！"方鸣喊道，"你不能这样蓬头垢面地离开，你难道想要告诉小区的人你刚刚遭受过暴力吗？”方鸣一把拽住肖红的袖口。

“好吧。”肖红说，“我跟你一起走！”

方鸣驾驶着他那辆挂着民用号牌的别克轿车，缓缓地驶出枫洲湾小区大门。

肖红坐在轿车的后排，紧张地注视着车外的情景，她心里明白，一刻不离开方鸣，她的危险就一刻不会消除，她必须在合适的时候拉开车门逃出去。在汽车等待小区大门电动栏杆抬起的那一刹那间，她拉动了车门把，却没有想到老奸巨猾的方鸣已经关上了车门中控锁，车门没有拉开。

突然，小区传达室出现了一个虽只见过一面却已深深刻在脑海中的身影，那不正是白川哥哥吗？他真的接到自己发出的信息了，他来救她了！

肖红激动地喊出声来，可是隔着车窗玻璃，外边什么也听不见。方鸣察觉到异样，顾不上栏杆未完全抬起，就开始加油。情急之下，肖红摁下车窗玻璃控制钮，随着车窗玻璃缓缓落下，凄厉的声音从车子中传到外边：“白川哥，白川哥……”

随着叫声，别克车加速向前冲去，凄厉的声音在空中回荡着。

白川在医院中接到肖红的求救信息，心急如焚地与韩浩平、苏春明同乘一辆汽车向郊外的枫洲湾小区驶去。韩浩平虽是司机出身，但近年来已经习惯了由专职司机为他驾车，今天他亲自驾驶着这辆公司配备的奔驰轿车，尽管车子已经开得飞快，白川却仍在催他快点儿、再快点儿。路上，白川不断地给肖红的手机打电话，却始终提示关机。肖红的情况不明，白川心里愈发紧张，手心里不停地出汗，一张擦手的纸巾已经被汗水完全浸湿。

车子行驶到枫洲湾小区，保安人员一看是外来车辆，要求与住户联系后方肯放行。白川下车和保安解释之际，忽听见肖红悲凄的叫声。回头一看，一辆别克轿车擦肩而过，依稀可见车窗内一个女人挥动手臂的影子。

白川飞身回到车上，朝韩浩平喊道：“追上前面那辆车子，肖红就在上边。”

老司机韩浩平熟练地转动着方向盘，车子来了个一百八十度大转弯，朝着别克轿车驶远的方向急驰而去。

白川紧张地问：“能追上吗？”

韩浩平淡淡地一笑：“凭着我的基本功，凭着这辆车子，没问题。”

一直没有说话的苏春明突然拿起手机，拨了一个号码，待电话接通后说道：“喂，110报警台吗，我叫苏春明，汉京公安局新区分局局长，我以一个公民的身份报警……”

电话中传来清晰的女接线员的声音：“什么，您是苏局长……”

苏春明继续说道：“有一辆黑色别克轿车劫持一名女子正在往城外逃窜，嫌疑犯身份不详，车号是汉A×××××，车子正在枫洲大道自东向西逃窜……”

白川惊讶地转过身来：“春明，事情还没有搞清楚，你报警？……”

苏春明脸上一副刚毅的神情：“刚才的一幕我看得清清楚楚，车上的女子显然已经处于被控制的状态，而驾车人猛轰油门飞车而去，显然是躲避拦截。为了避免可能发生的伤害事件，我们有义务报警。”

白川问：“你明知驾车人是方鸣，你就不怕他反诬我们报假警？”

苏春明泰然自若：“那就更应该在阳光下把真相抖搂出来。”

驾车的方鸣听到肖红的喊声，知道那个白川已经来到了枫洲湾小区。他回过头对着肖红狠狠地骂了一声“婊子”，加足油门向前冲去。时间不长，他从倒车后视镜里发现了紧紧追上来的一辆奔驰轿车，他断定那正是白川的车辆。

本来，方鸣打算把肖红送到长途汽车站或者火车站，给肖红几个零用盘缠，威胁她永远离开这个城市。他相信，只要他拿出狠劲，不怕这个弱女子不就范。只要过上三两个月，这一段露水夫妻的情缘就会永远成为历史。万一肖红不识相，再考虑别的办法。但是此刻，白川已经赶过来，汽车站或者火车站肯定是去不了了。

看着奔驰车从后面追上来，方鸣心里有几分惊恐，又有几分高兴。惊恐的是他不知道这个白川到底有多大能耐，也不知道白川到底掌握着多少让他被动的信息，狭路相逢，他担心出现闪失。高兴的是到底把白川引离了那个让他百口莫辩的枫洲湾小区单元房，只要离开了那里，不管是大庭广众之下，还是郊野荒地，两个男人和一个女人之间的冲突，八成又会被当作桃色事件。加之毕竟自己还有一个堂堂市公安局副局长的头衔，有的是条件和能力把脏水泼给白川。想着这些，他把车子朝着郊外开去。

在一条绿化带夹持的旅游大道上，奔驰车终于超越了别克汽车，并且稳稳地压在别克车前面。随着奔驰车闪着应急灯，车速渐渐慢下来时，别克车不得不停了下来。

白川和方鸣几乎同时从两辆车中走出来。方鸣鼻梁上架着一副墨镜，不可一世地站在车门边，一条腿直立着，另一条瘸腿微弯着，脚尖着地。那架势好像是在问：哪个不知天高地厚的家伙敢在太岁头上动土？

一脸正气的白川迎着方鸣走了上来。

突然间，肖红打开后车门，一边喊着“白川哥”，一边不顾一切地朝白川跑过去。谁也没想到，方鸣以迅雷不及掩耳之势一把抓住肖红的衣领，像老鹰抓小鸡一样把肖红就地甩了一大圈，又将她身子重重地撞在别克汽车上。

待方鸣回头再看白川时，他简直不敢相信自己的眼睛，白川的身后，竟然又多了两个人，一个是他的死对头韩浩平，而另一个竟然是他曾经的徒弟，那个他一手提拔起来的新区公安分局局长苏春明。

“一切都该有个结论了，”白川平静地说道，“该是你方鸣副局长解释的时候了。”

“你们？”方鸣惊慌失措，“你们都搅到一起了？”

白川依然一脸平静：“人以类聚，物以群分，我们志同道合。而你只配和马秉义狼狈为奸，沆瀣一气。”

“哈哈……”方鸣突然发出了一阵大笑，“志同道合？笑话，问问你身边的韩浩平，当年为了把你送到监狱去，他是怎么求我给他帮忙的？如今可倒好，穿到一条裤裆里了。”

韩浩平开了腔：“方鸣，你说得不假。当年我是求你整治白川。那时候我是个混蛋，可我后来不是了，我现在更不是混蛋。白川是我这一生中交往的最值得信赖的朋友，而你却是我一生中遇到的最烂的人渣。我今天就正式告诉你，你的那条瘸腿，就是我敲的，我甚至后悔当时没有把你的两条腿都废了，这样你也就不会祸害人到今天了。”

方鸣并不诧异：“韩浩平，你以为老子不知道是你下的黑手？老子只是不想和你一般见识罢了。”

韩浩平怒火中烧：“方鸣，你敢把我打断你腿的真相说出来吗？你敢把我废你的真正原因说出来吗？”

方鸣阴毒地一笑：“人有一亏，天有一补。你欠我一条腿，我儿子在你女儿裤裆里伸了一条腿，你女儿替你们韩家还债了。”

“你个不要脸的无赖！”韩浩平冲上前去，却被白川一把抓住了肩膀。

“苏春明，你这个忘恩负义的王八蛋！”方鸣吼道，“我给你当了一场师父，把你领进了这个行当，又罩着你，亲手提拔你做了局长，你竟然恩将仇报！”

“收起你这一套吧，”苏春明凛然正气，“我这一生中最大的悲哀就是跟着你这个败类做了徒弟。你知道吗？给你当徒弟的那一段时间，我在你身上看到的尽是龌龊和阴损。因为你，我曾经想脱下这身衣服，所幸后来我离开了你。如果说我这个局长是因为你徇私而任命的，为了严明的组织纪律，为了一个共产党员的党性，为了我不容玷污的人格，我马上申请组织核查任命程序。我宁愿回到我原来的岗位上去，哪怕是下基层派出所再去做一个片警。”苏春明一口气把闷在心里的话全倒出来：“你披着警察的外衣，勾结犯罪分子，泄露案件秘密。马秉义举报我以权谋私办人情案，难道不是你一手策划的阴谋？你就是一个不折不扣的蛀虫、败类。不清除你，公安队伍就谈不上纯洁！”

方鸣又把目光投向白川：“姓白的，别以为有几个破帮手，你就能忘乎所以。你一个小小的律师，在我眼里就是狗屁！”

白川异常镇静：“是的，我一点儿也不奇怪你的狂妄。因为在你眼里，法律本来就是狗屁，法律体系中的一切自然也都是狗屁。你置党纪国法于不顾，包养情妇，收受马秉义巨额贿赂，在办理案件中徇私枉法，包庇真正的罪犯，又与罪犯勾结起来，警匪一家，成立公司，涉黑护黑，坐地分赃，你是货真价实的罪犯。你罪行累累，罄竹难书！”

“你都知道？”方鸣惊恐地睁大眼睛，回头又看看趴在车子引擎盖上的肖红，“果然是你这个臭女人！”说着便一把揪住了肖红的头发。

“住手！”苏春明吼道。

谁也没有料到，方鸣突然从腰间拔出了一把手枪，黑洞洞的枪口对准了白川。

白川三人与方鸣相距五六米远。眼盯着方鸣手里的枪，三个人同时惊呆了。

按照现行的枪支管理制度，日常活动中，警察是不允许携带枪支的，除非执行任务时，才能在专门的管理部门办理严格的领用手续。方鸣携带的这把警用五四式手枪并不是市局正式配发的，十几年前枪支管理制度松弛时，方鸣利用自己特殊的身份和便利的条件，私藏了一把老式枪支，这么多年来一直悄悄地随身带在身上。这也是他十几年前被黑棍敲断腿后养成的秘不告人的习惯，今天让他派上了用场。

“方鸣，你冷静点儿！”苏春明喊道，“你敢开枪，就是死罪！”

方鸣一手揪住肖红的头发，一手拿枪指着白川，对着苏春明冷笑道：“你小子别在老子面前充大头，你们让老子不安生，老子先送你们上西天！”

方鸣狞笑着扣动扳机。

“白川哥！”一声尖叫，肖红不顾一切地抱住了方鸣拿枪的手。

“砰”的一声闷响，一团青烟在肖红胸前升腾起来，肖红的身子晃了晃，歪倒在地上。

苏春明一个箭步冲上去，飞起一脚，踹在方鸣的手腕上，手枪被踢出老远。

韩浩平又是一记扫堂腿，踢在方鸣那条未残的腿上。随着一声惨叫，方鸣像死猪一样瘫在地上，再也爬不起来。估计这条腿也废了。

白川把肖红抱在怀里，殷红的鲜血浸湿了肖红胸前的衣衫。

肖红脸上挂着一丝笑容，断断续续地说道："白川哥……我不行了……死在你……你的怀里……我真的很幸福……"

白川失声地喊道："肖红，你没事的，你要挺住！"

肖红轻轻地晃了几下头："白川哥……这辈子……你是我的亲人……你……救了我的命……又救……救了我的灵魂，我在……在天堂保……保佑你……"

白川的眼中溢出了泪水："肖红，不会的，你会好起来的。"

"我……我想求你……白川哥……我死后，你把……我的骨灰带……带到康宁去……撒到汉江……我要回……回家……，那里……"

肖红话没说完，一歪头，永远闭上了眼睛。

一阵急促的警笛声隐约传了过来。白川抱着肖红，抬起泪眼向远方望去。模糊中，几辆闪烁着警灯的车辆正向这边驶来。

汉京市最繁华的商业街开达百货大楼楼顶上，腰缠炸药，怀抱婴儿的马秉义正与楼下的警察对峙着。数百名看热闹的群众被警用隔离带拦在大楼五十米以外的安全区域，现场气氛紧张到极点。

马秉义今天要用最"男人"的方式为自己的生命画上句号。一大早，他把前几年盗墓用的炸药和雷管组装在一起，捆在自己身上。担心雷管年久失效，他特意挑选了几个电雷管和火雷管串在一起，打算一旦电雷管不能引爆，就用打火机点着火雷管的导火索。捆好爆炸装置后，他把一件风衣套在身上，挺着鼓鼓囊囊的腰身，开车回到家里。看见父亲马怀礼，他没说一句话，径直进了自己的房间。低头给孩子喂奶的张秋霞看着一脸凶相的丈夫，胆战心惊，不敢作声。马秉义二话不说，从张秋霞怀中像拔萝卜一样拔出孩子，又像夹着个包袱一样把婴儿夹在腋下，头也不回地朝外走去。婴儿的啼哭声断断续续地传过来，张秋霞才定过神来，号啕大哭起来。马怀礼看着儿子失常的举止，叫骂着从后面追过去。马秉义一声不响地打开车门，把婴儿像扔包裹一样扔进后车座，一溜烟把车开走了。

马秉义把车开到市区最繁华的开达百货大楼地下停车场，把车座上的婴儿抱起来，进了商场。因为怀里抱着一个孩子，谁也没有注意到马秉义风衣遮盖着的臃肿身体。凭着对地形的熟悉，马秉义躲过商场保安人员的眼睛，七弯八拐地爬上商场五层顶楼的平台。

一看到商场顶楼上出现了一个抱孩子的男人，大街上的行人迅速停住脚步。不长时间，商场大楼下聚起了上百人，而更让围观的人们惊骇的是，这个楼顶的男子竟然亮出了腰间捆得结结实实的炸药包。

闻讯而来的大批警察赶到现场，同时又调来了专业谈判人员，与马秉义展开了攻心谈判。

弄清马秉义身份后，警察火速把马秉义的父亲马怀礼和妻子张秋霞接到现场，希望通过家属的说服让马秉义放弃愚蠢的举动。

马秉义像一个进入角斗场的斗士，毫不畏惧地站立在楼顶上。他大声地重复着那几句话："我是西城区人大代表马秉义，我干的事都是一般男人不敢干的事。'八一三'案件是我干的，前几天城郊那个撞车车祸也是我干的，我恨这个社会！我今天要带着这个孽种，连着这栋大楼，一起离开这个世界。"

被公安人员接来的马怀礼颤颤巍巍地走到楼底下，仰着脖子，老泪纵横地扯着嗓子喊到："你个龟儿子，我一把屎一把尿把你拉扯大，实实地指望你能给马家争点儿气，你今天是吃错了啥药，要唱这一出？你这样子，对得起我这把老骨头吗？对得起你媳妇张秋霞吗？"

"闭上你那张臭嘴。"马秉义骂道，"你个老不死的，还有脸跟我提那个婊子。"马秉义把婴儿提在手中，疯狂地笑着："我要让你们这些猪狗不如的人活着生不如死，我今天就让这个孽种下地狱。"

马怀礼脸色蜡黄，瘫坐在地上。

也许别人不太能听懂马秉义话语中的含义，但马怀礼明白了，自己的儿子已经知道了一切秘密，他不由得陷入悔愧的回忆中。

那是去年的清明之后，两户村民为了庄基盖房的事儿发生了摩擦，马怀礼作为一村之长出面调停。天上正下着雨，互不相让的两户人竟然在雨中动起手来。义愤填膺的马怀礼岂容自己的治下出现这样的恶行，脱下外衣挺身站在两拨剑拔弩张的人群中间。雨水浇透了马怀礼单薄的衣衫，威严的正气形象终使两方如斗败的公鸡垂头丧气地各自散去。一场干戈化解了，五十多岁的马怀礼却让一场雨浇得躺下了。到了夜间，昏昏沉沉的马怀礼上茅房小解，一头栽倒在院子里。响声惊动了儿媳妇张秋霞。秋霞小心翼翼地把公公扶起来，一摸公公额头，烧得像火炭一般，遂风风火火唤来村医。一番测体温，量血压，村医说老汉是着急上火，又加冷雨浇身，患了重症感冒。秋霞伺候着公公吃了药，看着村医打了针，送走村医，却再不敢离开公公半步。到后半夜，公公喊口渴，秋霞把水杯递给公公喝罢，却没想到公公一把抱住了秋霞。原来，迷迷糊糊的马怀礼在梦中回到了自己的年轻时代，面前的这个女人多像自己那个知冷知热的妻子。虽然多少年过去了，马怀礼却常常在梦中回到逝去的岁月中，今天他似乎真的穿越了。从来没有与男人亲近过的张秋霞害羞，嘴里喃喃地呻吟着:“不能……不能……”等马怀礼清醒过来的时候，儿媳妇正赤裸着躺在自己的怀里。马怀礼羞愤难当，却也只能自己打自己嘴巴子。谁又能料到，就是那么唯一的一次，儿媳妇竟然怀上了。

马怀礼巴不得跑到楼顶上与儿子同归于尽。在这个世界上，儿子是他的最爱，可他却一时糊涂把儿子毁了。如今，他又能说些什么？无望中，他跪在地上，把额头朝地上使劲磕着，鲜血把他的面颊糊成血葫芦，像是马戏团里的丑角。

张秋霞瘫坐在地上，披头散发，撕心裂肺地哭着喊叫:“我的娃呀，我的娃呀！”

见家属劝告无效，谈判专家继续与马秉义周旋:“马秉义，你纵有千般冤屈，万般仇恨，总得为自己的名声考虑考虑。人生一世，最后都得死。有些人死了，留下英名，有些人死了，遗臭万年。你就是真想死，为什么要让自己遗臭万年？现在你悬崖勒马还来得及，你要相信政府会给你一条生路。”

“住嘴吧！”马秉义喊道，“什么是政府？谁是政府？政府还不就是那些说人话不做人事的骗子们。我见识过的政府官员多了，你们市公安局副局长方鸣，新区管委会副主任孙鸣飞，哪个不是只认钱不认人的坏家伙？他们都得下地狱。我今天先走一步，我在地狱中等着他们。”

一辆伪装成看热闹的面包车停靠在紧挨着开达百货大楼的马路上，两名狙击手悄悄把狙击步枪枪口从开了一道缝隙的车窗伸出窗外。狙击手接到的命令是务必在罪犯引爆炸药之前将其击毙，同时，要尽量保护人质婴儿的安全。狙击手在车内不停地变换着姿势，调整射击角度，寻找最佳的开枪机会。

马秉义迎天长笑了一阵，拼尽最后的力气喊道：“我马秉义是个真正的男子汉，这个城市会永远记住我的名字！”

马秉义把婴儿往脚下一扔，双手向自己的腰部摸去……

说时迟那时快，一声沉闷的枪声，马秉义中弹了，他的身子前后摇晃了几下，最后一个前倾，从高高的楼顶上栽下来，像风车一样在空中翻了几个滚，“嘭”地砸在地面上。

两名警察飞速冲上楼顶，抱起了已经昏迷过去的婴儿。

孙鸣飞是在马秉义被击毙后的第三天被省纪委宣布双规的。那天早上，孙鸣飞正在看明亮给他发过来的手机短信。怀孕后已经显怀的明亮按原先的计划离开了汉京城。明亮告诉孙鸣飞自己早把进修学校的各项手续办理完毕，学校给学员安排的是单人宿舍，这对她搞好自我护理还算方便。当纪委的工作人员把针对孙鸣飞和杨昌利的双规决定宣读完毕后，孙鸣飞平静地问纪委的人可不可以发一个信息出去。纪委的人说可以，但要审查信息内容。孙鸣飞编了一段信息给纪委的人看了一下，得到允许后，他把那条信息发了出去。那是给明亮的。信息内容是：

明亮，感谢你，我此生唯一从你那里享受到真正的快乐和幸福。遗憾的是，为了这份享受，我付出了沉重的代价。如果你愿意，同时有条件把孩子生出来，一定要善待孩子。记得千万不要告诉孩子他的父亲是谁。等孩子长大了，告诉他踏踏实实学一门手艺。一定要远离政治，远离官场。孙鸣飞。

火化完肖红遗体的第二天，韩浩平的前妻魏秀琴出现在白川的办公室。

魏秀琴比十几年前稍瘦了一些，鬓角已经出现了些许银丝。看着白川，魏秀琴情不自禁地流出了眼泪。白川也是百感交集，说了声："嫂子，这么多年过去，难为你受苦了。"魏秀琴揉了揉眼睛，苦笑了一下，对白川说："韩浩平昨天回来，在家里吃了一顿饭，离开时交给我两封信。一封是给我的，一封让我转给你的。他写给我的信很长，他向我道歉了。昨天晚上我把信看了好几遍，我想我应该原谅他。"白川连连点头，高兴地说："这样最好！这样最好！"魏秀琴从口袋中掏出一封信递给白川，说："这是他让我转交给你的信，他昨天特别叮咛我今天才能送给你。他说你看到信的时候，他已经去公安局了。"

白川撕开了韩浩平粘封过的信封，四页信笺纸上，是韩浩平不甚好看却极工整的笔迹：

白川，我的好兄弟，原谅我多年来给你满（瞒）着一个密（秘）密。这个密（秘）密折磨了我十几年，今天终于可以痛快地说给你了……

白川一口气读完了韩浩平的信。他终于明白多年来韩浩平为什么一直与方鸣老死不相往来，为什么一直对警察职业那样排斥，为什么对女儿与方鸣儿子的婚事那样极力反对。明白真相之际，他不禁又对韩浩平的复仇手段慨叹不已。

韩浩平在信中告诉白川自己已经决定向公安机关投案自首，他要如实交代自己当年参与贩毒和打残方鸣的事。他说唯有这样，他的后半生才能坦坦荡荡地活下去，哪怕是在监狱中度过。他拜托白川替他向三贤公司各位董事致歉，同时希望大家继续把公司齐心协力地办下去。

魏秀琴担心韩浩平后半生还能不能过上正常人的日子。白川思索了一阵，动情地对魏秀琴说："嫂子，你放心，只要老韩说的都是真话，我相信法律会原谅他的。这一次，我再来做老韩的辩护律师。"

尾声

半年后，飞驰的动车上。

宽敞的车厢，松软的座椅，舒缓的音乐，列车服务员把冒着热气的咖啡和饮料递到旅客手中。此情此景，不像是出行乘车，倒像是咖啡厅中的小憩。

这是一列自汉京开往康宁的城际高速动车，自一年前运行以来，每天三对列车，双向并行，三百多公里的运行距离，只需要一个半小时。

白川坐在宽大的座椅上，把眼光投向窗外。崇山峻岭中，列车忽而行驶在高高的桥梁上，如腾云驾雾一般，忽而又进入长长的隧道，像驶入地层深处一样。正是晚秋季节，群山被密实的绿色植被包裹着，山川在眼前飞速地向后退去。

白川的思绪不由得回到第一次坐火车去康宁时的情景：绿皮车厢内，每个旅客能享受到的位置往往只有一只脚掌大小，有多少人以金鸡独立的姿势完成漫长的旅行。那个时候，车厢里弥漫着污浊不堪的空气，无良的三只手趁机伸进自顾不暇的旅客的口袋中。在那次旅行中，白川被小偷洗劫一空，幸而邂逅了善良的列车长娟子姐。

短短的二十多年，共和国的变化多大呀，白川的心里升起一股骄傲。生活在这个大变革的时代，亲身经历和见证着日新月异、天翻地覆的进步，多么幸运。白川又想起了逝去的张丽霞、田老师，还有父亲，如果他们能活着看到今天的盛景，该有多好。

让白川欣慰的是，妻子姚丽霞已经完全康复，白川一家三口又生活在其乐融融中。

“八一三”盗掘文物案件经过重新侦查、起诉，王大毛被判处有期徒刑五年。恶贯满盈的方鸣已被汉京市中级人民法院以杀人罪、贩毒罪、受贿罪、徇私枉法罪数罪并罚，一审判处死刑。司法的公正让白川倍感鼓舞。

让白川欣慰的是，自己作为辩护律师针对韩浩平贩毒、伤害一案提出的辩护意见得到了检察机关的采纳。韩浩平投案自首后，案件经汉京市公安局中城分局侦察终结移送中城区人民检察院审查起诉，中城区人民检察院认定韩浩平既往贩毒行为是在受蒙蔽状态下所为，不符合贩毒罪的主观要件，不宜追究刑事责任；韩浩平雨夜袭击方鸣并致其残废的行为虽已构成犯罪，但已过法定追诉时效，故决定不追究韩浩平的刑事责任。一份《不起诉决定书》让韩浩平得到了心灵上的彻底解脱。

前几天省纪委对孙鸣飞做出了开除党籍、撤销党内外一切职务的处理决定。白川不由得又替孙鸣飞唏嘘不已。

此行康宁，白川是要实现肖红的遗愿。他要把肖红的骨灰带到康宁去，撒在川流不息的汉江里，让肖红魂归故里。

风驰电掣的动车钻山穿岭，飞谷越涧，一个多小时，汉江上的明珠、美丽的山城康宁市呈现在眼前。

宏伟的康宁高速列车站屹立在半山腰中。山脚下，是迷人而又美丽的汉江。老远望去，水面比过去宽阔多了，显然，这是人工创造的杰作。一片亦江亦湖的水面，让这条带给康宁魅力、带给康宁繁荣、也给康宁带去过灾难的河流更加慷慨地把妩媚呈献给康宁。江面上罩着淡淡的雾霭。对岸，是鳞次栉比的高楼大厦，放眼望去，恍若置身香港的维多利亚海湾。

顺着长长的电动扶梯，白川离开车站。下行几百米，就是兼做沿江大道的江堤。

江面上游弋着各式各样的游船，岸边是垂钓和漫步的人们。

沿着江堤向下游走了不到一公里，一道拦江大坝横亘江上。大坝的下方是一道峡谷。江水越过大坝，在这里又恢复了不羁的洒脱，咆哮着奔向远方。

白川站在江岸的石阶上，从挎包中掏出肖红的骨灰盒，朝着江水，缓缓地打开盒盖。一阵轻风吹来，不待盒子完全翻转过去，骨灰在空中飞扬开来，恰似千百只白色的小蝴蝶。

江水腾起的氤氲中，出现了一道五颜六色的彩虹。

顺着彩虹，白川把目光投向不远处的江岸上。峭壁中，一尊摩崖石刻佛像正襟危坐。石佛的眼睛微睁着，似乎在冷峻地审视着人世间发生的一切。佛像的旁边，斑驳中依稀可见两行遒劲的大字刻在岩石上。

朗朗乾坤明镜台
滔滔江水涤尘埃

二〇一七年十一月四日凌晨第一稿于西安
二〇一八年元月三十日深夜第二稿于山东寿光
二〇一八年三月二十四日午后第三稿于四川剑阁

后记
追梦的过程

九岁的时候，一个偶然的机会，我在父亲秘不示人的藏书堆中翻出了厚厚的一本书，书的封面上印着“林海雪原”四个大字。我当时并不知道它叫小说。好奇心让我翻开顺着页码读下去。现在清楚地记得当时的第一感觉：天哪，世界上还有这么好看的东西，这比语文课本不知有趣多少倍。不几天时间我偷偷地把那本书读完了。当然，里边有很多不认识的字，但似乎都能猜出意思。意犹未尽之际，我又读了第二遍、第三遍，有些段落可以一字不落地背出来。又因了爱显摆的天性，遂不时给班上的同学们讲述一番。于是，课余间常会出现一景，一大帮同学围在我的身旁。终于有一天，这个秘密被老师发现了。一个九岁的孩子阅读“大毒草”并深中流毒的事件被上报校长。后来，那本书被没收，在学校教书的父母也因此灰头土脸。再后来，我知道那本书正是母亲在哺乳我的月子里读过的书，我的名字肯定与那本书有关。

那一次的“毒”确实中得太深。自此，年幼的我迷上了小说。可惜那年月除了《金光大道》《艳阳天》《万山红遍》等几本红书外，正规场合再鲜有别的文艺读物，于是和几个气味相投的同学八仙过海各显神通地到处搜集交换各种“毒草”读物。一晃，时代变了，高考恢复了。十七岁那年，背着铺盖，进入西北大学中文系，自以为从此跨进了文学殿堂。

上大学时，我幻想着毕业后当一名作家，也就有意在小说创作课程上花费了一些精力，也曾尝试着写了几个短篇投递给文学期刊。无奈，除收到几封退稿信之外再无收获。一九八三年大学毕业，我被分配到政府部门工作，从此一头扎入俗世，闲暇之际，却难免时时对文学梦断感到些许遗憾。

因了原本的专业，依然喜欢看书。我从政府部门调离，后来辞职下海，又阴差阳错地做了律师。每次搬家，最多最重要的行李莫过于书。有时骤然蹦出一个念头：为什么这些书中没有一本属于自己的作品？其实自己心里也明白，不解的情缘中，一直与文学的梦想藕断丝连。

二〇一六年十月的一个夜晚，我做了一个梦，自己在滔滔洪水中命悬一线，天地似乎合为一体，千万个生灵在汪洋中挣扎求生……醒来后一身大汗。再仔细琢磨，历历在目的梦境，何等相似于现实。我何不把似梦似实的世界用笔记下来？经过几天的思索，我决定再续昔日之梦，拿起笔“爬格子”。于是，一场大水灾成了这部书的开篇。

妻子是我大学同班同学，她当年的毕业论文就是关于小说创作的主题，后来还登载在当年学校毕业生优秀论文汇编上。遗憾的是，她后来和我一样背叛了初衷。当她发现我写出了几页并非与律师业务相关的文字后，惊问我想干什么。我笑了笑没说话。再后来，远在国外工作的儿子打来电话，以极为诧异的口吻向我求证他妈妈传递的有关我写小说的信息是真是伪时，我顿时明白，原来我已成为与文学毫不搭界的人。那一刻，我下定决心，一定要把这场追梦之旅坚持到底。

接下来的日子，于我自己来说，似乎很有趣。接续上那场大水灾，我感觉天天都要和梦境打交道。每天早上睁开眼，赖在床上，于似睡似醒中在那个不断延续的梦境中游历一番，然后起床洗漱，于清醒状态中快速地把游历梦境的过程用笔记下来。在我类似于神经质的发呆中，妻子问我是不是在构思小说。我说不是。其实，我觉得脑子里有另一个世界，一直与我所置身的现实并行存在着。脑子里的那个世界，不是我构思出来的，而是自发地演绎着。进入那个世界，我就是一个纯粹的看客，我把这个过程比作“梦游”。而我爬格子的时候，仅仅是对梦游的记录。

记梦的过程因为儿子的婚礼一度中断，长达三个月时间没有拿起笔。几次努力，却好像那场梦断了再也接续不上。我甚至不得不叹息再度文学梦断的无可奈何。妻子几次督促无望后说，看来你在儿子面前把人丢了。没想到，一句戏谑的话，让我提起了精神。说来也怪，当一切重新开始后，梦境又续上了。

从二〇一六年十月份动笔到二〇一七年十一月，其间除停笔三个月外，前后用了十个月时间，写下了六十多万字。这个过程中，我除了每天早上九时之前在家“梦游”和“记梦”之外，其他时间依然是穿梭于律师事务所和仲裁委员会等工作单位，同事和朋友没有人知道我还在搞“创作”。因为我不擅长用电脑敲字，当我把半尺厚的手稿抱到办公室央求年轻人帮我打成电子稿时，同事们非常吃惊。自然，这些年轻人成了这部书的第一批读者。

说心里话，写这部书的初衷，并没有奢望它能成为一本公开出版的作品，我最基本的追求无非是自己对自己有一个交代。我原本想着把它打印出来摆在案头聊以自慰，但让我颇感意外的是，当办公室的年轻同事们打印完稿件且相互交流后，一致给了一个令我非常开心的评价——“有意思，读起来很吸引人。”于是，我揣着一颗忐忑的心，给我大学同窗、现已成为著名文学评论家的杨乐生教授打电话，说我写了一本书。他淡淡地说拿过去让他看看。在我的心中，已是文学圈中重量级人物的杨乐生是个狂傲到极致的人，把这部书拿给他看，我得准备着忍受尖酸的奚落。书稿给他后，半个月未见动静，我猜想他应该是随意翻了几页后已经扔进了垃圾堆，但心里仍然存着一丝侥幸，忍不住再次打电话给他。可让我万万没有料到的是，他说：该祝贺你了，没有想到你竟然悄悄地写出了这么一本大作，我这十几天来一字一句地读着，你先别着急，我得仔细地品味它。那一刻，我恍如梦中。一个多月后，杨乐生把打印成四册的厚厚文稿详细做了评注，甚至对错别字和标点也做了校正。他问我下一步打算怎么办，我说没想过下一步。他说你找出版社出版吧。

可以说，这本书的付梓面世，是乐生给了我最初的信心。

作家出版社是我一直崇敬的出版机构。我斗胆将书稿以电子邮件方式投递给作家出版社。确定出版后，幸得文学巨匠、大腕贾平凹老师、吴义勤老师、高建群老师、李国平老师盛情评价和推荐，贾平凹老师又题写书名，这实在是我原先想都不敢想的事情。除了表示崇高的敬意和谢意外，说其他话都显得有些多余。

这部书涉及的社会面比较宽泛，人物类型也比较庞杂，可能跟我稍为复杂的经历有一定关系。每每有人问我是否书中的人物都有原型，我都予以否认，仔细想想确实很难找出现实中某个对应的人物。有人问我主人公白川跟我有什么关系，我坦陈除了职业相同外几乎没有任何雷同之处。而静下心来琢磨，却又觉得书中的人物在现实中比比皆是。这本书的场景真的就是一场梦境，一切都是虚幻的，但这个梦境又的的确确是现实生活的折射。

有人问我书是如何构思的。我说我从来没有对书的轮廓构思过，开始提笔时，就像一盆水从手中泼了出去，落地的水随着地势变成若干细流，流到何处，流向何方，我根本不知道。我只是顺着众多的细小水流，机械地用笔把那些痕迹描述下来，仿佛记录一个持续的梦一样。

我没有着力美化任何一个形象，也没有刻意丑化任何一个角色。让我感到欣慰的是，当我问到读过书稿的人谁是书中最可爱的人时，评说迥异。围绕书中的女性，有人说喜欢女神姚丽霞，有人说喜欢女强人吴君玫，有人说喜欢风情万种的明亮，还有人说喜欢无能却又倔强的魏秀琴。对白川、韩浩平、孙鸣飞等人，评价也各有好恶。有这些反响，我自认为是因为作品对他们的描写忠实于生活的本真。

写作这本书的目的，首先是追梦，亦即自己的文学梦；其次是记梦，也就是把一个虚幻的梦境记下来，作为提供给乐于阅读者茶余饭后的闲趣。如果能借此传播正能量，那实在是一份意外的收获。

因不是专业作家，写作难免有失水准。希望有缘的朋友评短指谬，以帮助我有所提高。

在书稿录入校对过程中，我的律师同行提供了无私的帮助。吴志刚律师、周凯律师、郭之瑶律师、袁佳律师、王勇律师，还有雷东宇、张璐、刘静妍等人均鼎力支持。他们是书稿的录入者，也是最早的读者和评论者，书作的面世也有他们的一份功劳。在此一并表示感谢。

刘林海

二〇一九年三月十四日